JUSTIN CRONIN

Der Übergang

GOLDMANN

JUSTIN CRONIN

Der Übergang

ROMAN

AUS DEM AMERIKANISCHEN
VON RAINER SCHMIDT

GOLDMANN

Die Originalausgabe erschien 2010 unter dem Titel »The Passage« bei Ballantine Books, a division of Random House Inc., New York.

S. 9: Katherine Anne Porter: Fahles Pferd, fahler Reiter. Aus dem Amerikanischen von Helga Huisgen © 1936, 1937, 1939 Katherine Anne Porter, (erneuert) 1964, 1965, 1967. Klett-Cotta, Stuttgart 1986.
S. 531: Louise Glück: Wilde Iris. Gedichte © 2008 by Luchterhand Literaturverlag, München, in der Verlagsgruppe Random House GmbH. Übersetzung: Ulrike Draesner.

MIX
Papier | Fördert gute Waldnutzung
FSC
www.fsc.org
FSC® C014496

Penguin Random House Verlagsgruppe FSC® N001967

7. Auflage
Neuausgabe Mai 2018

in der Penguin Random House Verlagsgruppe GmbH,
Neumarkter Straße 28, 81673 München
produktsicherheit@penguinrandomhouse.de
(Vorstehende Angaben sind zugleich Pflichtinformationen nach GPSR.)

Redaktion: Martina Klüver
Umschlaggestaltung: UNO Werbeagentur, München, unter Verwendung des Originalcovers/The Orion Group Ltd., London
Umschlagmotiv: © Getty Images/Andrew Geiger
KN · Herstellung: kw
Satz: Buch-Werkstatt GmbH, Bad Aibling
Druck und Bindung: GGP Media GmbH, Pößneck
Printed in Germany
ISBN: 978-3-442-48796-7

www.goldmann-verlag.de

Meinen Kindern.
Träumt nichts Schlimmes.

Sah ich der Alten stolze Wunderpracht
Durch Wütrichshand der Zeit gestürzt verwittern,
Der Erde hohe Türme gleichgemacht,
Unsterblich Erz vor Menschenwut erzittern:
Sah ich die gierige See am Königreich
Der Meeresküsten überflutend zehren,
Die Feste dann, an Wasserschätzen reich,
Fülle mit Raub, und Raub mit Fülle mehren:
Wenn ich dies Wandelleben übersah,
Ja Leben selbst zum Untergang getrieben,
Kam unter Trümmern mir dies Grübeln nah:
Einst kommt auch Zeit und fordert deinen Lieben. –
Solch ein Gedank' ist wie ein Tod; er treibt
Zum Weinen, dass du hast, was dir nicht bleibt.

William Shakespeare, *Sonett 68*

I

Der schlimmste Traum der Welt

5-1 v.V.

Der Weg zum Tod ist ein langer Marsch durch allerlei Unheil, und das Herz verzagt bei jedem neuen Grauen etwas mehr, die Knochen begehren auf bei jedem Schritt, der Geist leistet seinen eigenen Widerstand, und zu welchem Ende? Eine nach der anderen fallen die Barrieren, und kein Augenschließen kann die Landschaft des Verderbens verhüllen noch den Anblick der dort begangenen Verbrechen.

Katherine Anne Porter, *Fahles Pferd, fahler Reiter*

1

Bevor sie Das Mädchen Von Nirgendwo wurde – das Mädchen, das plötzlich auftauchte, Die Erste Und Letzte Und Einzige, die tausend Jahre lebte –, war sie nur ein kleines Mädchen aus Iowa und hieß Amy. Amy Harper Bellafonte.

Als Amy geboren wurde, war ihre Mutter Jeanette neunzehn. Jeanette taufte das Baby Amy nach ihrer eigenen Mutter, die schon lange tot war, und den zweiten Vornamen, Harper, gab sie ihr nach Harper Lee, der Frau, die *Wer die Nachtigall stört* geschrieben hatte, Jeanettes Lieblingsbuch – und obendrein das einzige Buch, das sie auf der Highschool von Anfang bis Ende gelesen hatte. Sie hätte sie vielleicht auch Scout genannt, nach dem kleinen Mädchen in dem Buch, denn sie wollte, dass ihr kleines Mädchen genauso wurde, zäh und komisch und klug – so wie sie selbst, Jeanette, nie hatte werden können. Aber Scout war ein Jungenname, und sie wollte nicht, dass ihre Tochter ihr Leben lang erklären musste, warum sie so hieß.

Amys Vater war ein Mann, der eines Tages in das Lokal hereingeschneit kam, in dem Jeanette schon seit ihrem sechzehnten Lebensjahr bediente; ein Diner, der bei allen nur The Box hieß, weil er genauso aussah: wie ein großer verchromter Schuhkarton neben der Landstraße. Rechts und links nur Mais- und Bohnenfelder, und meilenweit sonst gar nichts außer einer Autowaschanlage

mit Selbstbedienung, so einer, wo man Münzen einwerfen und dann die ganze Arbeit selbst tun musste. Der Mann, der Bill Reynolds hieß, verkaufte große Landmaschinen, Mähdrescher und solche Sachen, und er war ein Schmeichler und erzählte Jeanette, als sie ihm seinen Kaffee einschenkte und danach immer wieder, wie hübsch sie doch sei und wie gut ihm ihr kohlrabenschwarzes Haar und ihre nussbraunen Augen und ihre schlanken Handgelenke gefielen. Und es klang so, als meinte er es wirklich ernst, nicht wie die Jungs in der Schule, die so etwas nur sagten, um sie rumzukriegen. Er hatte ein großes Auto, einen neuen Pontiac mit einem Armaturenbrett, das glänzte wie ein Raumschiff, und mit Ledersitzen, so weich wie Butter. Sie hätte diesen Mann lieben können, dachte sie, ihn wirklich und wahrhaftig lieben können. Aber er blieb nur ein paar Tage in der Stadt und fuhr dann weiter. Als sie ihrem Vater erzählte, was passiert war, wollte er sich den Kerl schnappen und dafür sorgen, dass er für alles geradestand. Aber was Jeanette wusste und nicht sagte, war dies: Bill Reynolds war ein verheirateter Mann. Er hatte eine Familie in Lincoln, weit weg in Nebraska. Er hatte ihr sogar die Fotos seiner Kinder in seiner Brieftasche gezeigt, zwei kleine Jungs in Baseballtrikots, Bobby und Billy. Und deshalb sagte sie ihrem Vater nicht, wer der Mann war, der ihr das angetan hatte, auch wenn er sie noch so oft fragte. Sie verriet ihm nicht einmal seinen Namen.

Und um ehrlich zu sein, machte ihr das alles nichts aus: nicht die Schwangerschaft, die bis zum Schluss problemlos verlief, nicht die Entbindung, die kurz, aber schwer war, und schon gar nicht das Baby, ihre kleine Amy. Um Jeanette zu zeigen, dass er ihr verziehen hatte, hatte ihr Vater das alte Zimmer ihres Bruders als Kinderzimmer hergerichtet, sogar das alte Kinderbett hatte er vom Speicher geholt, in dem Jeanette vor Jahren selbst noch geschlafen hatte. Gegen Ende der Schwangerschaft war er mit ihr zu Wal-Mart gefahren, um ein paar Sachen zu holen, die sie brauchen würde – Strampelanzüge und eine kleine Plastikwanne und ein Mobile zum Aufziehen, das über dem Bettchen hängen sollte. Er hatte in einem

Buch gelesen, dass Babys solche Sachen bräuchten, Sachen zum Anschauen, damit ihr kleines Gehirn in Gang kam und anfing, ordentlich zu arbeiten. Von Anfang an dachte Jeanette bei dem Baby immer an »sie«, denn im Grunde ihres Herzens wünschte sie sich ein Mädchen, aber sie wusste, dass man so etwas niemandem sagen durfte, nicht einmal sich selbst durfte man das eingestehen. Im Krankenhaus drüben in Cedar Falls hatte sie eine Ultraschalluntersuchung machen lassen. Als die Frau in dem geblümten Kittel mit dem kleinen Plastikpaddel über ihren Bauch strich, hatte sie sie gefragt, ob sie sehen könne, was es war. Aber die Frau hatte nur gelacht, auf den Monitor mit Jeanettes vor sich hin träumendem Baby geschaut und gemeint: *Honey, dieses Baby ist schüchtern. Bei manchen kann man es sehen, bei anderen wieder nicht, und das hier ist eins von den Letzteren.* Deshalb wusste Jeanette es nicht, und es war ihr auch recht. Nachdem sie und ihr Vater das Zimmer ihres Bruders ausgeräumt und seine alten Wimpel und Poster von den Wänden genommen hatten – José Canseco, eine Band namens Killer Picnic, die Bud Girls –, sahen sie, wie verschossen und verschrammt die Wände waren, und sie strichen sie mit einer Farbe, die »Dreamtime« hieß und die irgendwie eine Mischung aus Rosa und Blau war – passend für Babys beiderlei Geschlechts. Ihr Vater klebte eine Tapetenbordüre oben an die Wand, ein gleichförmiges Muster aus Enten, die in einem Tümpel plantschten, und polierte den alten Schaukelstuhl aus Ahorn, den er bei einer Versteigerung ergattert hatte. Jeanette sollte schließlich auch etwas haben, wo sie sitzen und die Kleine im Arm halten konnte.

Das Baby kam im Sommer; es war ein Mädchen, wie sie es sich gewünscht hatte, und wurde Amy Harper Bellafonte genannt. Reynolds stand als Name nicht zur Debatte – der Nachname eines Mannes, den Jeanette vermutlich nie wiedersehen würde und den sie jetzt, da Amy da war, auch gar nicht mehr wiedersehen wollte. Und Bellafonte – einen besseren Namen konnte man gar nicht haben. Es bedeutete »schöne Quelle«, und genau das war Amy auch. Jeanette fütterte und wiegte sie und wechselte ihre Windeln, und

wenn Amy mitten in der Nacht weinte, weil sie nass oder hungrig war oder Angst vor der Dunkelheit hatte, dann stolperte Jeanette durch den Flur zum Kinderzimmer, ganz gleich, wie spät es war oder wie müde sie nach der Arbeit im Diner war. Und sie nahm die Kleine auf und sagte, sie sei da, und sie werde immer für sie da sein: Wenn du weinst, komme ich gerannt, das ist der Deal zwischen uns beiden, zwischen dir und mir, für immer und ewig, meine kleine Amy Harper Bellafonte. Dann hielt sie sie auf dem Arm und wiegte sie, bis die Jalousien in der Morgendämmerung fahl wurden und sie in den Ästen der Bäume draußen die Vögel singen hörte.

Mit einem Mal war Amy drei und Jeanette allein. Ihr Vater war gestorben, an einem Herzinfarkt, sagte man ihr, oder vielleicht an einem Schlaganfall. Niemand nahm das so genau. Was immer es war, es traf ihn eines Wintermorgens in aller Früh, als er zu seinem Truck ging, um zur Arbeit im Silo zu fahren; er hatte gerade noch Zeit, seinen Kaffee auf den Kotflügel zu stellen, bevor er tot umfiel. Er verschüttete keinen Tropfen. Sie arbeitete immer noch im Diner, aber plötzlich reichte das Geld nicht mehr, nicht für Amy und sie zusammen, und ihr Bruder, der irgendwo bei der Navy war, beantwortete ihre Briefe nicht. *Gott hat den Staat Iowa geschaffen,* hatte er immer gesagt, *damit man wieder von dort abhauen kann.* Sie wusste nicht, was sie tun sollte.

Da kam eines Tages ein Mann in das Lokal. Es war Bill Reynolds. Er war irgendwie verändert, aber nicht zum Besseren. Der Bill Reynolds, an den sie sich erinnerte – und sie musste zugeben, dass sie von Zeit zu Zeit immer noch an ihn dachte, an Kleinigkeiten hauptsächlich: wie sein aschblondes Haar beim Sprechen in die Stirn fiel, oder wie er über seinen Kaffee blies, bevor er einen Schluck trank, selbst wenn er gar nicht mehr heiß war –, dieser Bill Reynolds hatte etwas an sich, so etwas wie ein warmes Licht von innen heraus, in dessen Nähe man gern sein wollte. Es erinnerte sie an diese kleinen Plastikstäbe, die man knicken musste,

damit die Flüssigkeit darin anfing zu leuchten. Dies war noch derselbe Mann, aber das Leuchten war nicht mehr da. Er sah älter aus, dünner. Sie sah, dass er unrasiert war, und sein Haar war nicht gekämmt; es war fettig und stand wirr vom Kopf ab, und er trug kein gebügeltes Poloshirt, sondern nur ein gewöhnliches kariertes Arbeitshemd, wie ihr Vater eins getragen hatte, und es hing aus der Hose und hatte Schweißflecken unter den Armen. Er sah aus, als habe er die Nacht im Freien verbracht oder irgendwo im Auto geschlafen. In der Tür suchte er ihren Blick, und sie folgte ihm nach hinten zu einem Tisch.

– *Was machst du hier?*

– *Ich habe sie verlassen,* sagte er, und als er sie ansah, wie sie vor seinem Tisch stand, roch sie Bierdunst in seinem Atem, und sie roch Schweiß und schmutzige Kleider. *Ich hab's getan, Jeanette. Ich habe meine Frau verlassen. Ich bin ein freier Mann.*

– *Du bist den ganzen Weg hierhergefahren, um mir das zu sagen?*

– *Ich habe an dich gedacht.* Er räusperte sich. *Oft. Ich habe an uns gedacht.*

– *Wie, an uns? Uns gibt es nicht. Du kannst hier nicht einfach so aufkreuzen und sagen, du hast an uns gedacht.*

Er richtete sich auf. – *Es ist aber so.*

– *Hier ist viel Betrieb. Siehst du das nicht? Ich kann mich nicht einfach so mit dir unterhalten. Du musst etwas bestellen.*

– *Okay,* antwortete er, aber er schaute nicht zur Speisentafel an der Wand hinüber. Er wandte den Blick nicht von ihr. *Ich nehme einen Cheeseburger. Einen Cheeseburger und eine Coke.*

Als sie seine Bestellung notierte und die Worte vor ihren Augen verschwammen, begriff sie, dass sie angefangen hatte zu weinen. Ihr war, als habe sie einen ganzen Monat nicht geschlafen, ein ganzes Jahr nicht. Mit allerletzter Willenskraft stemmte sie sich gegen die Last der Erschöpfung. Es hatte eine Zeit gegeben, da hatte sie mit ihrem Leben etwas anfangen wollen: Haareschneiden vielleicht, einen Gewerbeschein beantragen, einen klei-

nen Friseursalon aufmachen, in eine richtige Stadt ziehen, nach Chicago oder Des Moines, ein Apartment mieten, Freunde haben. Aus irgendeinem Grund hatte sie immer ein ganz bestimmtes Bild von sich selbst im Kopf gehabt: Sie saß in einem Restaurant, einem Coffeeshop eigentlich, aber hübsch; es war Herbst und kalt draußen, und sie saß allein an einem kleinen Tisch am Fenster und las ein Buch. Vor ihr auf dem Tisch stand ein dampfender Becher Tee. Dann schaute sie aus dem Fenster auf die Straße der Stadt, in der sie war, und sah die Leute draußen vorbeihasten, in dicken Mänteln und Mützen, und sie sah auch ihr eigenes Gesicht, das sich in der Scheibe spiegelte, vor all den Leuten draußen. Aber als sie jetzt dastand, war es, als gehörten all diese Gedanken zu einer ganz anderen Person. Jetzt war da Amy, die halbe Zeit krank – erkältet oder mit einem verdorbenen Magen, den sie sich in der miesen Tagesstätte geholt hatte, in die Jeanette sie brachte, wenn sie zur Arbeit musste. Ihr Vater war gestorben, so plötzlich, als sei er durch eine Falltür verschwunden, und Bill Reynolds saß hier am Tisch, als wäre er nur mal kurz hinausgegangen, nicht vier Jahre weggewesen.

– *Warum tust du mir das an?*

Er schaute ihr eine ganze Weile in die Augen und berührte ihren Handrücken. – *Lass uns später reden. Bitte.*

Am Ende zog er bei ihr und Amy ein. Sie hätte nicht mehr sagen können, ob sie es ihm angeboten hatte oder ob es einfach irgendwie passiert war. So oder so bereute sie es auf der Stelle. Dieser Bill Reynolds – wer war er wirklich? Er hatte seine Frau und seine Jungs, Bobby und Billy in ihren Baseballtrikots, verlassen, hatte alles in Nebraska zurückgelassen. Der Pontiac war weg, und mit seinem Job war es auch vorbei. Angesichts der wirtschaftlichen Lage, erklärte er, kaufe kein Mensch irgendetwas. Er habe einen Plan, sagte er, aber der einzige Plan, den sie sehen konnte, bestand offenbar darin, zu Hause rumzusitzen. Er tat nichts, nicht mal das Frühstücksgeschirr räumte er ab, während Jeanette den ganzen Tag im Diner arbeitete.

Er schlug sie zum ersten Mal, als er drei Monate bei ihr wohnte; er war betrunken, und danach brach er sofort in Tränen aus und sagte immer wieder, es tue ihm so leid. Er lag auf den Knien und heulte, als wäre *sie* diejenige, die *ihm* etwas getan hätte. Sie müsse verstehen, sagte er, wie schwer das alles sei, all die Veränderungen in seinem Leben – das sei mehr, als ein Mann, jeder Mann, ertragen könne. Er liebe sie, es tue ihm leid, und so etwas werde nie wieder passieren, nie wieder. Er *schwor* es. Und am Ende hörte sie sich selbst sagen, dass es auch ihr leidtue.

Es war um Geld gegangen, als er sie geschlagen hatte. Als der Winter kam und sie nicht genug Geld auf dem Konto hatte, um den Heizöllieferanten zu bezahlen, schlug er sie wieder.

– *Verdammt noch mal, Frau, sieht du denn nicht, dass ich fürchterlich in der Scheiße stecke?*

Sie lag auf dem Boden in der Küche und hielt sich den Kopf. Er hatte sie so hart geschlagen, dass sie hingefallen war. Komisch – jetzt, als sie dalag, sah sie, wie schmutzig der Boden war, dreckig und fleckig, mit Staubflocken und Gott weiß, was da noch alles unten an den Schränken klebte, wo man es normalerweise nicht sehen konnte. Mit der einen Hälfte ihres Verstandes registrierte sie den Schmutz, während die andere Hälfte sagte, du tickst nicht mehr richtig, Jeanette: Bill hat dich geschlagen und dabei eine Schraube gelockert, und jetzt machst du dir Gedanken über den Staub. Irgendwie passierte in dem Moment auch etwas Komisches mit den Geräuschen. Amy saß oben vor dem kleinen Fernseher in ihrem Zimmer, aber Jeanette konnte alles ganz laut und deutlich hören, als liefe der Apparat in ihrem Kopf – Barney, den lila Dinosaurier, und ein Lied über das Zähneputzen. Und dann hörte sie, wie aus weiter Ferne, den Heizöllaster wegfahren; er bog aus der Einfahrt, und das Motorgeräusch verklang auf der Landstraße.

– *Du hast hier nichts zu suchen,* sagte sie.

– *Da hast du recht.* Bill nahm eine Flasche Old Crow von dem Bord über der Spüle und goss sich etwas in ein Marmeladenglas, obwohl es erst zehn Uhr morgens war. Er setzte sich an den Tisch,

aber er schlug die Beine nicht übereinander wie einer, der es sich bequem machen will. *Und das Heizöl geht mich auch nichts an.*

Jeanette versuchte aufzustehen, aber sie konnte es nicht.

– *Mach, dass du wegkommst.*

Er lachte, schüttelte den Kopf und nahm einen Schluck Whiskey.

– *Das ist witzig,* sagte er. *Das sagst du mir von dort unten.*

– *Ich mein's ernst. Mach, dass du wegkommst.*

Amy kam herein. Sie hielt den Stoffhasen im Arm, den sie überallhin mitschleppte, und trug eine Latzhose – die gute, die Jeanette im Outlet Center für sie gekauft hatte, bei OshKosh B'Gosh, mit den gestickten Erdbeeren auf dem Latz. Ein Träger baumelte an Amys Hüfte. Jeanette begriff, dass Amy wahrscheinlich selbst den Träger aufgemacht hatte, weil sie aufs Klo musste.

– *Du liegst ja auf dem Boden, Mama.*

– *Alles okay, Süße.* Jeanette stand auf, um es ihr zu beweisen. In ihrem linken Ohr war ein leises Pfeifen, wie in einem Zeichentrickfilm, als ob Vögel in ihrem Kopf herumschwirrten. Sie sah auch ein bisschen Blut an ihrer Hand; sie wusste aber nicht, woher es kam. Sie nahm Amy auf den Arm und lächelte, so gut es ging. *Siehst du? Mama ist nur hingefallen, mehr nicht. Musst du mal, Süße? Musst du aufs Töpfchen?*

– *Sieh dich bloß an,* sagte Bill. *Sieh dich doch selber an!* Wieder schüttelte er den Kopf und trank. *Blöde Fotze. Wahrscheinlich ist das Kind nicht mal von mir.*

– *Mama,* sagte die Kleine und streckte den Zeigefinger aus, *du hast dir wehgetan. An der Nase.*

Ob es daran lag oder an dem, was sie gehört hatte, jedenfalls fing das kleine Mädchen an zu weinen.

– *Siehst du, was du angerichtet hast?,* sagte Bill. *Jetzt komm,* sagte er zu Amy. *Ist halb so schlimm. Manchmal streiten sich die Leute. Das ist einfach so.*

– *Ich sag's dir noch einmal: Verschwinde.*

– *Was willst du denn tun? Sag's mir. Du kannst ja nicht mal den Öltank füllen lassen.*

– *Glaubst du, das weiß ich nicht? Das brauchst du mir weiß Gott nicht zu sagen.* Amy hatte angefangen zu heulen. Jeanette hielt sie auf dem Arm und fühlte die warme Feuchtigkeit durch die Hose, als das Mädchen seine Blase entleerte.

– *Himmel noch mal, bring das Gör zum Schweigen.*

Sie drückte Amy fest an die Brust. – *Du hast recht. Sie ist nicht dein Kind. Sie ist es nicht, und sie wird's auch nie sein. Jetzt verschwinde, oder ich rufe den Sheriff.*

Tu mir das nicht an, Jean. Im Ernst.

Doch. Genau das tu ich.

Da war er auf den Beinen und polterte durch das Haus, raffte seine Sachen zusammen und warf sie in die Pappkartons, in denen er sie vor ein paar Monaten erst hereingeschleppt hatte. Warum hatte sie nicht sofort gesehen, wie merkwürdig es war, dass er nicht mal einen richtigen Koffer hatte? Sie saß am Küchentisch mit Amy auf dem Schoß, beobachtete die Uhr über dem Herd und zählte die Minuten, bis er in die Küche zurückkam und sie noch einmal schlug.

Aber dann hörte sie, wie die Haustür aufschwang. Seine schweren Schritte dröhnten auf der Veranda. Er ging ein paarmal ein und aus und trug die Kartons nach draußen und ließ dabei die Haustür offen, sodass kalte Luft ins Haus wehte.

Schließlich kam er wieder in die Küche und brachte eine Schneespur mit herein. Die Sohlen seiner Stiefel hinterließen kleine waffelförmige Fladen.

– *Schön. Schön. Ich soll also gehen? Pass nur auf.* Er nahm die Flasche Old Crow vom Tisch. *Deine letzte Chance,* sagte er.

Jeanette sagte nichts, sah ihn nicht einmal an.

Das wär's wohl. Schön. Was dagegen, wenn ich noch einen Schluck zum Abschied nehme?

Da holte Jeanette aus und schlug das Glas mit der flachen Hand quer durch die Küche, wie man mit dem Schläger gegen einen Pingpongball klatscht. Sie wusste ungefähr eine halbe Sekunde bevor sie es tat, dass sie es tun würde, und sie wusste auch, dass

es nicht die beste Idee war, die sie je gehabt hatte, aber da war es zu spät. Das Glas prallte mit dumpfem Knall gegen die Wand und fiel auf den Boden, ohne zu zerbrechen. Sie schloss die Augen und drückte Amy fest an sich, und sie wusste, was kommen würde. Einen Augenblick lang war das Geräusch des rollenden Glases auf dem Boden das einzige in der Küche. Sie spürte Bills Wut wie heiße Wellen, die von ihm ausgingen.

– Du wirst schon sehen, was die Welt für dich in petto hat, Jeanette. Denk an meine Worte.

Dann verließen seine Schritte den Raum, und er war weg.

Sie gab dem Heizölmann das Geld, das sie noch hatte, und drehte den Thermostat auf zehn Grad herunter. *Weißt du, Amy, wir tun einfach so, als wären wir auf einem großen Campingausflug,* sagte sie, während sie die Hände des kleinen Mädchens in Fausthandschuhe stopfte und ihr eine Mütze auf den Kopf zog. *Siehst du, es ist eigentlich gar nicht so kalt. Es ist wie ein Abenteuer.* Sie schliefen zusammen unter einem Berg von alten Steppdecken, und es war so eiskalt im Zimmer, dass ihr Atem die Luft über ihren Gesichtern vernebelte. Jeanette nahm einen Zusatzjob an und putzte abends in der Highschool. Amy ließ sie in dieser Zeit bei einer Nachbarin, aber als die Frau krank wurde und ins Krankenhaus musste, blieb ihr nichts anderes übrig, als die Kleine allein zu lassen. Sie erklärte ihr, was sie tun musste: Bleib im Bett, mach niemandem auf, mach einfach die Augen zu, und ich bin wieder da, ehe du dichs versiehst. Sie achtete darauf, dass das Kind schlief, bevor sie sich zur Tür hinausschlich, und dann ging sie mit schnellen Schritten durch die Einfahrt hinunter zu ihrem Auto, das sie ein Stück weit vom Haus entfernt geparkt hatte, damit Amy den Motor nicht hörte.

Aber dann beging sie eines Abends den Fehler, jemandem davon zu erzählen, einer anderen Frau in der Putzkolonne, mit der sie kurz hinausgegangen war, um eine Zigarette zu rauchen. Jeanette hatte nie gern geraucht und wollte auch kein Geld dafür

ausgeben, aber die Zigaretten halfen ihr, wach zu bleiben, und ohne eine Zigarettenpause gab es nichts, worauf man sich freuen konnte – nur noch mehr Toiletten schrubben und Flure wischen. Sie bat die Frau, die Alice hieß, es niemandem zu erzählen, denn sie wusste, sie konnte Ärger bekommen, wenn sie Amy so allein ließ, aber genau das tat Alice: Sie lief geradewegs zum Hausmeister, und der entließ Jeanette auf der Stelle. *Ein Kind so allein zu lassen ist nicht in Ordnung,* erläuterte er ihr in seinem Büro neben der Heizungsanlage, in einem Raum, nicht größer als drei Meter im Quadrat, mit einem verbeulten Metallschreibtisch, einem alten Sessel, aus dem die Polsterung hervorquoll, und einem Kalender an der Wand, der nicht mal aus diesem Jahr war. Die Luft dort drinnen war immer so heiß und stickig, dass Jeanette kaum atmen konnte. Er sagte: *Sie können von Glück reden, dass ich die Behörden nicht informiere.* Sie fragte sich, wann sie jemand geworden war, zu dem man so etwas mit Fug und Recht sagen konnte. Bis dahin war er durchaus nett zu ihr gewesen, und vielleicht hätte sie ihm die Situation begreiflich machen können – dass sie ohne das Geld, das sie mit dem Putzen verdiente, nicht wusste, was sie tun sollte, aber sie war zu müde, um die richtigen Worte zu finden. Sie nahm ihren letzten Scheck in Empfang und fuhr mit ihrem klapprigen alten Auto nach Hause, mit dem KIA, den sie noch auf der Highschool gekauft hatte. Der Wagen war damals schon sechs Jahre alt gewesen, und zwischenzeitlich konnte man im Rückspiegel die Schrauben und Nieten über den Asphalt kullern sehen.

Als sie wenige Tage später am Quick Mart anhielt, um eine Packung Capri zu kaufen, sprang der Motor nicht mehr an, und sie fing an zu weinen. Eine halbe Stunde lang saß sie da und weinte und konnte nicht mehr aufhören.

Das Problem war die Batterie. Eine neue kostete dreiundachtzig Dollar bei Sears. Inzwischen hatte sie eine Woche nicht gearbeitet und außerdem ihren Job im Diner verloren. Sie hatte gerade noch genug Geld, um ihre Sachen in ein paar Einkaufstüten

und die Kartons zu packen, die Bill zurückgelassen hatte, und zu verschwinden.

Niemand erfuhr je, was aus ihnen geworden war. Das Haus stand leer; die Leitungen froren zu und platzten wie überreifes Obst. Als der Frühling kam, lief tagelang das Wasser heraus, bis die Wasserwerke merkten, dass niemand die Rechnung bezahlte, und zwei Männer schickten, die es abdrehten. Die Mäuse zogen ein, und als bei einem Sommergewitter ein Fenster im oberen Stockwerk zerbrach, auch die Schwalben. Sie bauten ihre Nester in dem Zimmer, in dem Jeanette und Amy in der Kälte geschlafen hatten, und bald war das Haus erfüllt vom Lärm und Geruch der Vögel.

In Dubuque arbeitete Jeanette in der Nachtschicht an einer Tankstelle. Amy schlief auf einem Sofa im Hinterzimmer, bis der Eigentümer es herausbekam und sie rauswarf. Es war Sommer; sie schliefen im KIA und wuschen sich in der Toilette hinter der Tankstelle, und so brauchten sie nur wegzufahren. Eine Zeitlang kamen sie bei einer Freundin in Rochester unter, die Jeanette aus der Schule kannte; sie war dort hinaufgezogen, um Krankenschwester zu werden. Jeanette bekam einen Job als Putzfrau in dem Krankenhaus, in dem die Freundin arbeitete, aber nur zum Mindestlohn, und das Apartment der Freundin war zu klein für sie alle. Sie zog in ein Motel, doch dort gab es niemanden, der sich um Amy kümmern konnte, und so schliefen sie schließlich wieder in dem KIA. Es war September, und es wurde kühl. Im Radio war die ganze Zeit die Rede vom Krieg. Sie fuhr nach Süden und kam bis Memphis, als der KIA endgültig den Geist aufgab.

Der Mann, der sie mit seinem Mercedes auflas, sagte, sein Name sei John, und die Art, wie er es sagte, ließ sie vermuten, dass er log wie ein Kind, das nicht zugeben wollte, wer die Lampe kaputt gemacht hatte – er taxierte sie einen Augenblick lang, bevor er sie ansprach. *Ich heiße … John.* Sie schätzte ihn auf fünfzig, aber sie hatte keinen guten Blick für so was. Er hatte einen sauber gestutzten Bart und trug einen dunklen Anzug, wie ein

Bestattungsunternehmer. Beim Fahren warf er immer wieder einen Blick auf Amy im Rückspiegel, schob sich auf seinem Sitz zurecht und stellte Jeanette Fragen: wohin sie wolle, was sie gern tue und was sie ins herrliche Tennessee geführt habe. Der Wagen erinnerte sie an Bill Reynolds' Pontiac Grand Prix; er war nur noch schöner: Bei geschlossenen Fenstern hörte man kaum etwas von draußen, und die Sitze waren so weich, dass es sich anfühlte, als säße sie in einer Schale Eiscreme. Am liebsten wäre sie eingeschlafen. Als sie vor dem Motel hielten, kümmerte es sie kaum noch, was passieren würde. Es erschien unausweichlich. Sie waren in der Nähe des Flughafens; das Land war flach wie in Iowa, und in der Dämmerung sah sie die Lichter der Flugzeuge, die in langsamen, verschlafenen Bogen darüber kreisten.

Amy, Süße, Mama wird mit diesem netten Mann kurz da hineingehen, okay? Schau dir doch solange dein Bilderbuch an, Schätzchen.

Er war höflich, nannte sie Baby und so weiter, und bevor er ging, legte er fünfzig Dollar auf den Nachttisch – genug für Jeanette, um die Übernachtung für sie und Amy zu bezahlen.

Aber andere waren weniger nett.

Abends schloss sie Amy im Zimmer ein und ließ den Fernseher als Geräuschkulisse laufen, und dann stellte sie sich draußen vor dem Motel an den Highway, stand da einfach irgendwie herum, und es dauerte nie lange, bis jemand anhielt, immer ein Mann, und sobald sie sich geeinigt hatten, nahm sie ihn mit ins Motel. Bevor sie ihn ins Zimmer ließ, trug sie Amy schnell ins Bad, wo sie ihr aus ein paar Extradecken und Kissen ein Bett in der Badewanne gemacht hatte.

Amy war sechs. Sie war still und redete die meiste Zeit kaum ein Wort, aber sie hatte sich lesen selbst beigebracht, indem sie immer wieder dieselben Bücher angeschaut hatte, und sie konnte auch rechnen. Einmal schauten sie *Glücksrad*, und als es so weit war, dass die Frau das Geld ausgeben durfte, das sie gewonnen

hatte, wusste das Kind genau, was damit zu haben war: Den Urlaub in Cancun konnte sie sich nicht leisten, aber wenn sie die Wohnzimmergarnitur nähme, hätte sie noch genug übrig für die Golfschläger. Jeanette nahm an, dass Amy wohl ziemlich gescheit war, wenn sie so etwas ausrechnen konnte, und vermutlich sollte sie zur Schule gehen, aber sie wusste nicht, wo es hier eine gab. Überall waren nur Karosseriewerkstätten und Pfandleihen und Motels wie das, in dem sie wohnten, das SuperSix. Der Eigentümer hatte große Ähnlichkeit mit Elvis Presley, aber nicht mit dem hübschen jungen, sondern mit dem fetten alten mit den verschwitzten Haaren und der klobigen Goldbrille, hinter der seine Augen aussahen wie Fische in einem Aquarium. Er trug eine Satinjacke mit einem Blitz auf dem Rücken, genau wie Elvis. Meistens saß er einfach an seinem Schreibtisch hinter der Rezeption, spielte Solitaire und rauchte eine dünne Zigarre mit einem Plastikmundstück. Jeanette bezahlte die Zimmermiete wöchentlich in bar, und wenn sie einen Fünfziger drauflegte, ließ er sie in Ruhe. Eines Tages fragte er sie, ob sie vielleicht eine Waffe von ihm kaufen wolle, zu ihrer eigenen Sicherheit. Klar, sagte sie, was kostet so was, und er sagte: noch mal hundert. Er zeigte ihr einen rostig aussehenden kleinen Revolver, einen .22er. Als sie ihn da im Büro in die Hand nahm, sah er ziemlich mickrig aus, nicht wie etwas, womit man jemanden erschießen konnte. Aber er passte in die Handtasche, die sie mitnahm, wenn sie sich draußen an den Highway stellte, und vielleicht wäre es ja gar nicht so schlecht, ihn dabeizuhaben. *Passen Sie auf, wohin Sie damit zielen,* sagte der Manager, und Jeanette meinte*: Okay, wenn Sie Angst davor haben, muss er ja funktionieren. Ich kauf Ihnen den Revolver ab.*

Und sie war froh, dass sie ihn hatte. Jetzt erst erkannte sie, dass sie vorher Angst gehabt hatte und jetzt nicht mehr, jedenfalls nicht mehr so viel. Der Revolver war wie ein Geheimnis, das ihr ganz allein gehörte, das Geheimnis nämlich, wer sie war. Als trüge sie das letzte Überbleibsel ihrer selbst in der Handtasche. Die andere Jeanette, die jetzt im Rock und engen Top am Highway stand,

die Hüfte vorstreckte und lächelte und fragte: *Was möchtest du, Baby? Kann ich heute Abend was für dich tun?* –, diese Jeanette war eine erfundene Person, eine Frau in einer Geschichte, deren Ende sie vielleicht gar nicht erfahren wollte.

Der Mann, der an dem Abend, als es passierte, bei ihr anhielt, war nicht das, was sie erwartet hätte. Die Üblen erkannte sie meist auf den ersten Blick, und manchmal sagte sie, nein danke, und ging einfach weiter. Aber der hier sah nett aus, ein College-Boy vermutlich, zumindest noch jung genug für das College, und er war gut angezogen – eine frische, saubere Khakihose und eins von diesen Hemden mit dem kleinen hammerschwingenden Mann auf dem Pferd. Er sah aus wie jemand, der zu einem Date unterwegs war, und darüber musste sie innerlich lachen, als sie in den Wagen stieg, einen großen Ford Expo mit einem Gestell auf dem Dach, für ein Fahrrad oder so was.

Aber dann passierte etwas Komisches. Er wollte nicht ins Motel fahren. Manche Männer wollten es gleich hier mit ihr machen, im Wagen, ohne auch nur auf den Parkplatz zu fahren, aber als sie damit anfing, weil sie dachte, er wollte es so, schob er sie sanft von sich. Er wolle sie ausführen, sagte er.

Was heißt das, ausführen?, fragte sie.

Irgendwohin, wo es nett ist, erklärte er. *Möchtest du nicht irgendwohin, wo es nett ist? Ich bezahle dir mehr, als du sonst kriegst.*

Sie dachte an Amy, die allein im Zimmer schlief, und dachte sich, es sei kein großer Unterschied, so oder so. *Solange es nicht länger als eine Stunde dauert,* sagte sie. *Dann musst du mich zurückbringen.*

Aber es dauerte länger als eine Stunde, viel länger. Als sie ankamen, wo sie hinwollten, bekam Jeanette Angst. Er hielt vor einem Haus mit einem großen Schild über der Veranda. Darauf standen drei Umrisse, die aussahen wie Buchstaben, aber nicht ganz, und Jeanette wusste, was es war: eine Studentenverbindung. Irgendein Laden, in dem ein paar reiche Jungs mit Daddys Geld wohnten

und sich betranken, während sie so taten, als studierten sie, um Ärzte oder Anwälte zu werden.

– Meine Freunde werden dir gefallen, sagte er. *Komm, ich möchte, dass du sie kennenlernst.*

– Ich gehe da nicht rein, sagte sie. *Bring mich wieder zurück.*

Er schwieg einen Moment, saß da mit beiden Händen auf dem Lenkrad, und als sie sein Gesicht anschaute und sah, was da in seinen Augen war, diese langsam anschwellende, wilde Gier, erschien er ihr plötzlich nicht mehr ganz so sehr wie ein netter Junge.

– Das, sagte er, *kommt nicht in Frage. Es steht heute sozusagen nicht auf der Speisekarte.*

– Du kannst mich mal.

Sie stieß die Tür des Wagens auf und wollte weglaufen, auch wenn sie nicht wusste, wo sie war, aber dann war er auch draußen und packte sie grob am Arm. Jetzt war ziemlich klar, was sie in dem Haus erwartete, was er wollte und wie sich das alles entwickeln würde. Sie war selbst schuld, dass sie es nicht gleich begriffen hatte – schon viel früher, vielleicht schon in dem Diner an dem Tag, als Bill Reynolds hereingekommen war. Sie erkannte, dass der Junge auch Angst hatte – dass jemand ihn zwang, dies zu tun, seine Freunde in dem Haus. Zumindest empfand er es jedenfalls so. Aber das war ihr egal. Er drängte sich hinter sie und wollte den Arm um ihren Hals schlingen, um sie in den Schwitzkasten zu nehmen, und sie schlug mit den Faustknöcheln hart zu – dahin, wo es wehtat –, und er schrie auf und nannte sie ein Dreckstück und eine Nutte und schlug ihr ins Gesicht. Sie verlor das Gleichgewicht und fiel rückwärts hin, und dann war er über ihr, saß rittlings auf ihren Hüften wie ein Jockey auf seinem Pferd und ohrfeigte und schlug sie und versuchte, ihre Arme festzuhalten. Wenn ihm das gelänge, wäre alles aus. Wahrscheinlich war es ihm egal, ob sie bei Bewusstsein war oder nicht, wenn er es täte; keinen von ihnen würde es interessieren. Sie griff in die Handtasche, die neben ihr im Gras lag. Ihr Leben kam ihr fremd vor, als wäre es gar nicht mehr ihr eigenes, wenn es das je gewesen war.

Aber auf einen Revolver war Verlass, und sie spürte, wie das kühle Metall der Waffe in ihre Handfläche glitt, als wollte es dort sein. Ihr Verstand sagte: *Überleg nicht lange, Jeanette,* und sie drückte dem Jungen die Mündung seitlich an den Kopf und spürte die Haut und den Knochen, wo sie ihn berührte, und sie dachte sich, dass es nah genug war, um nicht danebenzuschießen, und dann drückte sie ab.

Sie brauchte die ganze Nacht für den Heimweg. Als der Junge von ihr heruntergekippt war, war sie so schnell, wie sie konnte, zur nächsten großen Straße gelaufen, die sie sehen konnte, breit und mit einem Grünstreifen, leuchtend im Licht der Laternen, und dort erwischte sie gerade noch einen Bus. Sie wusste nicht, ob sie Blut an den Kleidern hatte, aber der Fahrer sah sie ohnehin kaum an, als er ihr erklärte, wie sie zum Flughafen zurückkam, und dann setzte sie sich in die letzte Reihe, wo niemand sie sehen konnte. Der Bus war fast leer. Sie hatte keine Ahnung, wo sie war. Der Bus kroch durch endlose Viertel mit Wohnhäusern und Geschäften, vorbei an einer großen Kirche und dann an den Wegweisern zum Zoo, bis er schließlich in die Innenstadt kam. In einem Wartehäuschen aus Plexiglas stand sie fröstelnd in der klammen Kälte und wartete auf einen zweiten Bus. Sie hatte ihre Uhr verloren und wusste nicht, wie spät es war. Vielleicht war sie bei dem Kampf abgerissen, sodass die Polizei jetzt eine Spur hatte. Aber es war nur eine Timex, die sie im Walgreens Drugstore gekauft hatte, und vermutlich würde sie nicht viel verraten. Der Revolver aber schon. Sie hatte ihn auf den Rasen geworfen; jedenfalls hatte sie es so in Erinnerung. Ihre Hand war immer noch ein bisschen taub von der Wucht, mit der er losgegangen war. Die Knochen vibrierten wie eine Stimmgabel, die nicht zur Ruhe kam.

Als sie am Motel ankam, ging schon die Sonne auf. Sie spürte, wie die Stadt erwachte. Im aschgrauen Licht schloss sie die Zimmertür auf. Amy schlief bei laufendem Fernseher; in einem Infomercial für irgendeine Trainingsmaschine sah man einen mus-

kelbepackten Mann mit einem Pferdeschwanz und einem großen Mund, der aussah wie eine Hundeschnauze. Lautlos bellte er auf dem Bildschirm. Jeanette vermutete, dass sie nicht mehr als zwei Stunden Zeit hätte, bevor jemand käme. Es war dumm von ihr gewesen, die Waffe einfach liegen zu lassen, aber es hatte keinen Sinn, sich darüber jetzt noch den Kopf zu zerbrechen. Sie wusch sich das Gesicht und putzte sich die Zähne, ohne sich im Spiegel anzusehen, und dann zog sie sich um; sie zog Jeans und ein T-Shirt an und brachte die alten Kleider – den kurzen Rock und das Stretch-Top und die Fransenjacke –, die beschmiert waren mit Blut und anderem Zeug, über das sie gar nichts wissen wollte, zu dem stinkenden Container hinter dem Motel und stopfte sie hinein.

Es war, als wäre die Zeit irgendwie komprimiert, zusammengedrückt wie ein Akkordeon. All die Jahre, die sie gelebt hatte, und alles, was ihr passiert war, quetschte das Gewicht dieses einen Augenblicks zusammen. Sie erinnerte sich, wie sie Amy, als sie noch ein Baby war, frühmorgens am Fenster im Arm gehalten und gewiegt hatte und wie sie dabei oft selbst eingeschlafen war. Das waren schöne Momente gewesen, und sie würde sich immer daran erinnern. Sie packte ein paar Sachen in Amys Kinderrucksack und Kleidung und Geld für sich selbst in eine Einkaufstüte. Dann schaltete sie den Fernseher ab und rüttelte Amy sanft wach.

»Komm, Süße. Aufwachen. Wir müssen los.«

Die Kleine schlief noch halb, aber sie ließ sich von Jeanette anziehen. Sie war morgens immer so, benommen und ein bisschen verwirrt, und Jeanette war froh, dass es noch so früh war; zu jeder anderen Tageszeit wäre viel mehr Erklärung und Überredung nötig gewesen. Sie gab dem Mädchen einen Müsliriegel und eine Dose lauwarme Traubenlimo, und dann gingen sie zusammen hinaus an den Highway, wo Jeanette aus dem Bus gestiegen war.

Sie erinnerte sich an die große steinerne Kirche, die sie auf der Rückfahrt zum Motel gesehen hatte. »Unsere Schmerzensreiche Mutter« hatte auf dem Schild davor gestanden. Wenn sie mit den

Bussen nichts falsch machte, würden sie wieder dort vorbeifahren.

Sie saß mit Amy in der letzten Reihe und hatte ihr den Arm um die Schultern gelegt. Das kleine Mädchen schwieg; nur einmal sagte sie etwas, als sie wieder Hunger bekam, und Jeanette gab ihr noch einen Müsliriegel aus der Schachtel, die sie zusammen mit den sauberen Sachen und der Zahnbürste und dem Stoffhasen in ihren Rucksack getan hatte. Amy, dachte sie, du bist mein liebes Kind, mein liebes Kind, es tut mir leid, es tut mir so leid. In der Stadtmitte stiegen sie wieder um und fuhren noch einmal eine halbe Stunde lang, und als Jeanette das Schild zum Zoo sah, befürchtete sie, dass sie zu weit gefahren war, aber dann fiel ihr ein, dass die Kirche vor dem Zoo gekommen war, und deshalb würde sie jetzt danach kommen, weil sie in die andere Richtung fuhr.

Plötzlich sah sie sie. Bei Tag sah sie anders aus, nicht so groß, aber das machte nichts. Sie stiegen durch die hintere Tür aus, und Jeanette zog den Reißverschluss an Amys Jacke hoch und hängte ihr den Rucksack um, während der Bus weiterfuhr.

Dann schaute sie auf und sah das andere Schild, an das sie sich aus der vergangenen Nacht erinnerte. Es war an einem Pfosten befestigt, an der Ecke einer Einfahrt, die neben der Kirche entlangführte: *Konvent der Barmherzigen Schwestern.*

Sie nahm Amy bei der Hand und ging die Einfahrt hinunter. Sie war von hohen Bäumen gesäumt, einer Art Eichen, die ihre langen bemoosten Arme über sie breiteten wie ein Zelt. Sie wusste nicht, wie ein Konvent aussah. Wie sich herausstellte, war es nur ein Haus, aber ein hübsches Haus – aus einem Stein, der ein bisschen glitzerte, und mit einem Schindeldach und weiß umrandeten Fenstern. Davor lag ein Kräutergarten, und sie nahm an, dass die Nonnen sich mit so etwas beschäftigten: dass sie hier herauskamen und sich um winzige Pflänzlein kümmerten. Sie ging zur Haustür und läutete.

Die Frau, die ihr öffnete, war nicht alt, wie Jeanette es erwartet hatte, und sie trug auch keine Robe, oder wie diese Gewänder

sonst hießen. Sie war jung, nicht viel älter als Jeanette, und abgesehen von einer Haube war sie ganz normal gekleidet: Rock, Bluse und braune flache Halbschuhe. Und sie war schwarz. In Iowa hatte Jeanette in ihrem ganzen Leben höchstens ein oder zwei Schwarze gesehen – außer im Fernsehen oder im Kino. Aber in Memphis wimmelte es von ihnen. Sie wusste, dass manche Leute Probleme damit hatten, aber ihr selbst hatte es bisher nichts ausgemacht. Eine schwarze Nonne war sicher völlig okay.

»Entschuldigen Sie, dass ich störe«, fing Jeanette an. »Mein Auto ist kaputtgegangen, und ich dachte …«

»Natürlich«, sagte die Frau. Ihre Stimme klang merkwürdig, anders als alle, die Jeanette je gehört hatte – als steckte Musik in jedem Wort und schwänge darin. »Kommen Sie herein, alle beide.«

Die Frau trat in der Tür zurück und ließ Jeanette und Amy in den Hausflur. Irgendwo in diesem Gebäude waren noch andere – vielleicht auch schwarze – Nonnen, das wusste Jeanette, und sie schliefen oder kochten oder lasen oder beteten, was Nonnen vermutlich oft taten, vielleicht sogar die meiste Zeit. Still genug war es ja. Jetzt musste sie eine Ausrede finden, um die Frau mit Amy allein zu lassen. Das wusste sie, wie sie wusste, dass sie in der vergangenen Nacht einen Jungen umgebracht hatte. Was sie jetzt vorhatte, war noch schmerzhafter, aber ansonsten nicht anders – nur noch mehr Schmerz an derselben Stelle.

»Miss …?«

»Oh, nennen Sie mich einfach Lacey«, sagte die Frau. »Wir sind hier nicht so förmlich. Ist das Ihre kleine Tochter?« Sie kniete vor Amy. »Hallo, du, wie heißt du denn? Ich habe eine kleine Nichte in deinem Alter, die ist fast so hübsch wie du.« Sie schaute zu Jeanette hoch. »Ihre Tochter ist sehr schüchtern. Vielleicht liegt es an meinem Akzent. Wissen Sie, ich bin aus Sierra Leone in Westafrika.« Sie wandte sich wieder an Amy und nahm ihre Hand. »Weißt du, wo das ist? Es ist sehr weit weg.«

»Sind alle Nonnen hier von dort?«, fragte Jeanette.

Die Frau stand auf. Sie lachte und zeigte dabei ihre weißen Zähne. »Du meine Güte, nein! Ich bin die Einzige.«

Einen Moment lang sagte niemand etwas. Jeanette mochte diese Frau, und sie hörte ihre Stimme gern. Es gefiel ihr, wie sie mit Amy umging und wie sie ihr in die Augen schaute, wenn sie mit ihr sprach.

»Ich wollte sie schnell noch zur Schule bringen«, erzählte Jeanette. »Aber mein altes Auto …? Das Ding ist einfach stehen geblieben.«

Die Frau nickte. »Bitte. Kommen Sie.«

Sie führte Jeanette und Amy durch einen Korridor in die Küche, einen großen Raum mit einem mächtigen Esstisch aus Eichenholz und Schränken mit Schildern an den Türen: »Geschirr« und »Konserven« und »Reis und Nudeln«. Jeanette hatte noch nie daran gedacht, dass Nonnen auch aßen. Bei all den Nonnen, die hier wohnten, war es vermutlich nicht verkehrt, alles zu beschriften. Die Frau zeigte auf das Telefon. Es hing an der Wand, ein alter brauner Apparat mit einer langen Schnur. Den nächsten Schritt hatte Jeanette sich genau überlegt. Sie wählte eine Nummer, während die Frau einen Teller Kekse für Amy brachte – keine gekauften, sondern welche, die jemand gebacken hatte. Eine Tonbandstimme am anderen Ende erzählte ihr, heute sei mit bewölktem Himmel und vereinzelten Schauern gegen Abend zu rechnen, die Höchsttemperaturen lägen bei dreizehn Grad, und sie tat, als redete sie mit der Pannenhilfe, und nickte dabei mit dem Kopf.

»Der Abschleppwagen kommt«, sagte sie, als sie eingehängt hatte. »Er hat gesagt, ich soll draußen auf ihn warten. Zufällig wäre einer gleich um die Ecke.«

»Na, das ist doch prima!« Die Frau strahlte. »Heute ist Ihr Glückstag. Wenn Sie wollen, können Sie Ihre Tochter bei mir lassen. Wäre nicht gut, wenn Sie auf einer verkehrsreichen Straße auf sie aufpassen müssten.«

Das war es. Jeanette brauchte gar nichts weiter zu tun. Sie musste nur noch ja sagen.

»Macht das keine Umstände?«

Die Frau lächelte. »Wir kommen zurecht. Nicht wahr?« Sie schaute Amy aufmunternd an. »Sehen Sie? Sie ist ganz zufrieden. Gehen Sie und kümmern Sie sich um Ihren Wagen.«

Amy saß auf einem Stuhl an dem großen Eichenholztisch, vor sich den unberührten Teller mit den Keksen und ein Glas Milch. Sie hatte ihren Rucksack abgenommen und hielt ihn auf dem Schoß. Jeanette schaute sie an, solange sie sich traute, und dann kniete sie bei ihr nieder und nahm sie in die Arme.

»Sei schön brav«, sagte sie, und Amy nickte an ihrer Schulter. Jeanette wollte noch etwas sagen, aber sie fand keine Worte. Sie dachte an den Zettel, den sie in den Rucksack gesteckt hatte, das Blatt, das sie sicher finden würden, wenn sie nicht zurückkäme, um Amy zu holen. Sie umarmte sie so lange, wie sie es wagen durfte. Sie fühlte Amy um sich herum, die Wärme ihres Körpers und den Duft ihrer Haare und ihrer Haut. Sie wusste, gleich würde sie weinen, und das durfte die Frau – Lucy? Lacey? – nicht sehen, aber sie umarmte Amy doch noch einen Augenblick länger und versuchte, dieses Gefühl in ihrem Innern zu bewahren, irgendwo, wo es sicher war. Dann ließ sie ihre Tochter los, und bevor jemand ein Wort sagen konnte, ging Jeanette aus der Küche und aus dem Haus und durch die Einfahrt zur Straße, und dann ging sie immer weiter.

2

Auszug aus den E-Mails von Dr. Jonas Abbott Lear
Professor für Molekular- und Zellularbiologie an der Harvard University
Abgeordnet an das United States Army Medical Research Institute (USAMRIID)
Abt. Paläovirologie, Fort Detrick, MD

Von: lear@amedd.army.mil
Datum: Montag, 6. Februar, 13:18
An: pkiernan@harvard.edu
Betreff: Satellitenverbindung steht

Paul,

Grüße aus dem bolivianischen Dschungel vom landumschlossenen Arsch der Anden. Da, wo du im kalten Cambridge sitzt und dem Schnee zuschaust, klingt ein Monat in den Tropen bestimmt nicht wie ein schlechtes Angebot. Aber glaub mir: Das hier ist nicht die Karibik. Gestern habe ich eine Schlange gesehen, so groß wie ein U-Boot.

Die Reise hierher war ereignislos – sechzehn Stunden Flug nach La Paz, dann mit einer kleineren Regierungsmaschine nach Concepción im östlichen Dschungelbecken des Landes. Von hier aus gibt es im Grunde keine anständigen Straßen mehr; es ist der reine Busch, und uns wird nichts anderes übrig bleiben, als zu Fuß weiterzugehen. Alle im Team sind ziemlich aufgeregt, und die Teilnehmerliste wächst immer noch. Zusätzlich zu der Gruppe von der UCLA ist Tim Fanning von der Columbia University in La Paz zu uns gestoßen, und dann auch Claudia Swenson vom MIT. (Ich glaube, du hast mir mal erzählt, du kanntest sie aus Yale.) Neben seiner eigenen, nicht unbeträchtlichen Starpower hat Tim, wie du mit Freuden hören wirst, ein halbes Dutzend Nachwuchskolleginnen mitgebracht, und so ist das Durchschnittsalter im Team mit einem Schlag um ungefähr zehn Jahre gesunken, und das Geschlechterverhältnis hat jetzt ein klares Übergewicht auf der weiblichen Seite. »Erstklassige Wissenschaftlerinnen, jede einzelne«, behauptet Tim. Dreimal geschieden, und jede Frau jünger als die vorige – der Kerl lernt's nie.

Ich muss sagen, meinen (natürlich auch deinen und Rochelles) Bedenken zum Trotz hat die Einbeziehung des Militärs doch alles gewaltig verändert. Letztlich hat nur USAMRIID genug Einfluss und Geld, um ein solches Team zusammenzustellen, zumal innerhalb eines Monats. Nachdem ich jahrelang versucht habe, die Leute zum Zuhören zu bringen, ist es, als wäre plötzlich eine Tür aufgegangen, und wir brauchten nur noch durchzumarschieren. Du kennst mich, ich bin Wissenschaftler durch und durch und habe keinen Funken Aberglauben im Leib. Aber trotzdem kommt es mir so vor, als wäre es Schicksal. Nach Liz' Krankheit und ihrem langen Kampf ist es doch eine ironische Fügung des Schicksals, dass ich endlich Gelegenheit bekomme, das größte Geheimnis von allen zu lösen: das Geheimnis des Todes selbst. Ich glaube übrigens, ihr hätte es hier gefallen. Ich sehe sie fast vor mir mit ihrem großen Strohhut, wie sie auf einem Baumstamm am Fluss in der Sonne sitzt und ihren geliebten Shakespeare liest.

Übrigens: Glückwunsch zur Festanstellung. Kurz vor meiner Abreise habe ich gehört, dass du im Fakultätsausschuss allgemeine Zustimmung gefunden hast, was mich nach der internen Abstimmung nicht überrascht hat – ich darf dir zwar nichts darüber erzählen, aber unter uns gesagt: Das Ergebnis war einstimmig. Ich kann dir nicht sagen, wie erleichtert ich bin. Mal ganz davon abgesehen, dass du der beste Biochemiker bist, den wir haben, ein Mann, der imstande ist, ein zykloskeletales Mikrotubuli-Protein aufstehen und den Halleluja-Chor singen zu lassen – was hätte ich in meiner Mittagspause getan, wenn mein Squashpartner keine Dauerstelle bekommen hätte?

Liebe Grüße an Rochelle, und sag Alex, sein Onkel Jonas wird ihm aus Bolivien was ganz Besonderes mitbringen. Wir wär's mit einem Anaconda-Baby? Wie ich höre, sind das gute Haustiere, solange man sie füttert. Und unsere Verabredung für das Eröffnungsspiel der Red Sox steht hoffentlich noch. Keine Ahnung, wie du an die Karten gekommen bist.

Jonas

Von: lear@amedd.army.mil
Datum: Mittwoch, 8. Februar, 08:00
An: pkiernan@harvard.edu
Betreff: Re: Viel Glück bei den Frauen!

Paul,

danke für deine Mail und natürlich für deine überaus weisen Ratschläge bzgl. des hübschen weiblichen Wissenschaftsnachwuches mit Eliteuni-Schliff. Ich kann dir nicht widersprechen, und in mehr als einer einsamen Nacht in meinem Zelt sind mir die gleichen

Gedanken gekommen. Aber keine Angst! Rochelle ist die einzige Frau für mich, das kannst du ihr ruhig von mir ausrichten.

Die Neuigkeiten von hier – und ich höre schon ein lautes »Hab ich's nicht gleich gesagt?« von Rochelle: Wie es aussieht, sind wir militarisiert worden. Vermutlich war das unausweichlich, zumindest nachdem ich das Geld von USAMRIID genommen habe. (Und hier geht es um viel Geld. Luftaufklärung ist nicht billig – zwanzigtausend Dollar, um einen Satelliten umzudirigieren, und auch dafür kriegst du nur dreißig Minuten.) Trotzdem kommt es mir vor wie ein Overkill. Wir waren gestern bei den letzten Vorbereitungen für den Abmarsch, als im Basiscamp ein Hubschrauber landete, und wer springt da heraus? Ein Kommando der Special Forces, allesamt aufgezäumt, als ob sie einen feindlichen Bunker zu stürmen hätten: Dschungel-Camouflage, grün-schwarze Kriegsbemalung im Gesicht, schwere M-19-Gasdrucklader – das volle Programm. Ein paar ziemliche Draufgänger. Hinter der Meute kommt ein Mann im Anzug, ein Zivilist, der offenbar das Kommando hat. Er stolziert quer über den Platz auf mich zu, und ich sehe, wie jung er ist – nicht mal dreißig. Und er ist braun wie ein Tennisprofi. Was macht er bei einem Spezialkommando? »Sind Sie der Vampirtyp?«, fragt er mich. Du weißt, wie ich zu diesem Wort stehe, Paul – du brauchst ja nur mal zu versuchen, eine NAS-Finanzierung zu bekommen, wenn im Projektantrag irgendwo das Wort »Vampir« vorkommt. Aber aus Höflichkeit – und verdammt, er hat genug Kanonen hinter sich, um eine kleine Regierung zu stürzen – sage ich, ja, das bin ich. »Mark Cole, Dr. Lear«, sagt er und schüttelt mir mit breitem Grinsen die Hand. »Ich habe eine weite Reise gemacht, nur um Sie kennenzulernen. Sie werden's nicht glauben, aber Sie sind jetzt Major.« Major?, denke ich. Und was machen diese Leute hier? »Das hier ist eine zivile wissenschaftliche Expedition«, sage ich. »Jetzt nicht mehr«, sagt er. »Wer hat das entschieden?«, frage ich, und er sagt: »Mein Chef, Dr. Lear.« »Und wer ist Ihr Chef?«, frage ich ihn. Er sagt: »Dr. Lear, mein Chef ist der Präsident der Vereinigten Staaten.«

Tim ist ziemlich sauer, weil er nur Captain sein darf. Ich könnte einen Captain nicht von diesem Kentucky-Fried-Chicken-Colonel unterscheiden; deshalb ist es mir egal. Claudia war diejenige, die wirklich Theater machte. Sie drohte sogar damit, ihre Sachen zu packen und nach Hause zu fahren. »Ich habe diesen Kerl nicht gewählt, und ich werde nicht in seine gottverdammte Army eintreten, ganz egal, was der Schwachkopf sagt.« Immer mit der Ruhe, wir haben ihn alle nicht gewählt, eigentlich kann sie das nicht ernst meinen. Aber wie sich herausstellt, ist sie Quäkerin. Ihr jüngerer Bruder war sogar Kriegsdienstverweigerer während des Irankriegs. Aber schließlich konnten wir sie doch beruhigen und zum Bleiben überreden; wir mussten ihr nur versprechen, dass sie vor niemandem salutieren muss.

Das Problem ist, ich begreife nicht so recht, weshalb diese Leute hier sind. Natürlich haben die Militärs ein Interesse an uns, denn schließlich geben wir ihr Geld aus, und dafür bin ich ihnen dankbar. Aber warum schickt man eine Einheit der Special Forces (formal gesehen ist es eine »Spezialaufklärungseinheit«) als Babysitter zu einem Haufen Biochemiker? Der Bengel im Anzug – ich schätze, er ist von der National Security Agency – hat mir erzählt, die Region, in die wir da gehen, werde vom Rauschgiftkartell Montoya kontrolliert, und die Soldaten seien zu unserem Schutz da. »Wie würde es aussehen, wenn ein Team von amerikanischen Wissenschaftlern von bolivianischen Drogenbaronen umgebracht würde?«, fragte er. »Das wäre kein Glückstag für die amerikanische Außenpolitik, wirklich kein Glückstag.« Ich habe ihm nicht widersprochen, aber ich weiß verdammt genau, dass es dort, wo wir hingehen, keinen Rauschgifthandel gibt, sondern nur im Westen, auf dem Altiplano. Das östliche Becken ist praktisch unbewohnt – von ein paar verstreuten indianischen Siedlungen abgesehen, die großenteils schon seit Jahren keinen Kontakt mit der Außenwelt hatten. Und er *weiß,* dass ich das alles weiß.

Ich kann mir keinen Reim darauf machen, aber soweit ich es übersehen kann, ergibt sich daraus für die Expedition an sich kein Unterschied. Wir werden jetzt nur von ein paar schweren Geschützen begleitet. Die Soldaten halten sich sehr zurück; ich habe kaum gehört, dass mal einer von ihnen den Mund aufgemacht hat. Gespenstisch – aber zumindest sind sie nicht im Weg.

Jedenfalls brechen wir morgen früh auf. Das Angebot mit der zahmen Schlange steht noch.

Jonas

Von: lear@amedd.army.mil
Datum: Mittwoch, 15. Februar, 23:32
An: pkiernan@harvard.edu
Betreff: Siehe Attachment
Attachment: DSC00392.jpg (596 kb)

Paul,

seit sechs Tagen unterwegs. Sorry, dass ich mich nicht gemeldet habe, und sag Rochelle, sie soll sich keine Sorgen machen. Jeder Schritt hier ist eine mühsame Schinderei unter dem dichten Laubdach und bei tagelangem, unaufhörlichem Regen. Zu viel Arbeit, die Satellitenkommunikation einzurichten. Abends hauen wir alle wie die Holzfäller rein und fallen dann erschöpft in unsere Zelte. Und keiner hier riecht besonders gut.

Aber heute Abend bin ich zu aufgedreht zum Schlafen. Das Attachment wird dir klarmachen, warum. Ich habe immer geglaubt an das, was wir tun, aber natürlich hatte ich auch Augenblicke des Zweifels, schlaflose Nächte, in denen ich mich gefragt habe,

ob das alles nicht komplett blödsinnig ist – irgendeine Fantasie, die mein Gehirn sich zusammengebraut hat, als Liz so krank wurde. Ich weiß, du hast es auch gedacht. Es wäre dumm, wenn ich meine eigenen Motive nicht in Frage stellen wollte. Aber ich tue es nicht mehr.

Nach dem GPS sind wir noch gut zwanzig Kilometer von der Stelle entfernt. Die Topografie stimmt mit den Satellitendaten überein: ebenes Gelände mit dichtem Dschungel, aber am Fluss entlang eine tiefe Schlucht mit Kalksteinwänden, die von Höhlen durchsiebt sind. Jeder Amateurgeologe könnte in diesen Formationen lesen wie in einem offenen Buch: die üblichen Schichten von Flusssedimenten und dann, etwa vier Meter unterhalb der Oberkante, ein kohlschwarzer Streifen. Das entspricht der Sage der Chucote: Vor tausend Jahren wurde die ganze Gegend durch ein Feuer geschwärzt, »durch eine mächtige Feuersbrunst, die der Gott Auxl schickte, der Herr der Sonne, um die Dämonen des Menschen zu vernichten und die Welt zu erretten«. Wir haben letzte Nacht am Flussufer kampiert und die Schwärme der Fledermäuse gehört, die bei Sonnenuntergang aus den Höhlen schwirrten. Heute Morgen sind wir in östlicher Richtung durch die Schlucht weitermarschiert.

Kurz nach Mittag sahen wir die Statue.

Zuerst dachte ich, ich fantasiere mir etwas zusammen. Aber sieh dir das Bild an, Paul. Ein menschliches Wesen und doch wieder nicht: die tierhaft gebückte Haltung, die klauenartigen Hände, der mit langen Zähnen dicht besetzte Mund, der muskulöse Oberkörper. Diese Details sind aus irgendeinem Grund immer noch zu erkennen nach – ja, nach wie langer Zeit? Wie viele Jahrhunderte lang haben Wind und Regen und Sonne den Stein verwittern lassen? Trotzdem hat es mir den Atem verschlagen. Und die Ähnlichkeit mit den anderen Bildern, die ich dir gezeigt habe, ist

unbestreitbar – die Pfeiler an dem Tempel in Mansarha in Indien, die Reliefs an der Grabstätte in Xianyang, die Höhlenzeichnungen in Cotes d'Amor.

Heute Abend wieder Fledermäuse. Man gewöhnt sich an sie, und sie halten die Moskitos in Schach. Claudia hat eine Falle aufgestellt, um eine zu fangen. Anscheinend mögen die Biester die Dosenpfirsiche, die sie als Köder benutzt hat. Vielleicht möchte Alex lieber eine zahme Fledermaus …?

– J.

Von: lear@amedd.army.mil
Datum: Samstag, 18. Februar, 18:51
An: pkiernan@harvard.edu
Betreff: Weitere JPGs
Attachment: DSC00481.jpg (596 kb), DSC00486.jpg (582 kb), DSC00491.jpg (697 kb)

Sieh dir das an. Wir haben jetzt neun Figuren gezählt.

Cole glaubt, wir werden verfolgt, aber er sagt mir nicht, von wem. Ist nur so ein Gefühl, sagte er. Die ganze Nacht kommuniziert er über SATCOM, verrät allerdings nicht, worum es geht. Zumindest hat er aufgehört, mich »Major« zu nennen. Er ist jung, aber nicht so grün, wie er aussieht.

Endlich gutes Wetter. Wir sind dicht davor, weniger als 10 km, und kommen gut voran.

Von: lear@ammed.army.mil
Datum: Sonntag, 19. Februar, 21:51
An: pkiernan@harvard.edu
Betreff:

[ohne Text]

Von: lear@ammed.army.mil
Datum: Dienstag, 21. Februar, 01:19
An: pkiernan@harvard.edu
Betreff:

Paul,

ich schreibe dir für den Fall, dass ich nicht zurückkomme. Ich will dich nicht beunruhigen, aber ich muss die Lage realistisch sehen. Wir sind weniger als fünf Kilometer von der Grabstätte entfernt, doch ich bezweifle, dass wir die Ausgrabung wie geplant vornehmen können. Zu viele hier sind krank oder tot.

Vor zwei Nächten wurden wir angegriffen – nicht von Drogenbanden, sondern von Fledermäusen. Sie kamen ein paar Stunden nach Sonnenuntergang, als die meisten von uns noch auf dem Lagerplatz mit den abendlichen Erledigungen beschäftigt waren. Es war, als hätten sie uns die ganze Zeit ausgespäht und auf den richtigen Augenblick für einen Luftangriff gewartet. Ich hatte Glück; ich war ein paar hundert Meter weit flussaufwärts gegangen, weg von den Bäumen, um ein gutes GPS-Signal zu finden. Ich hörte die Schreie und dann die Schüsse, aber bevor ich zurückkam, war der Schwarm bereits flussabwärts gezogen. An dem Abend starben vier Leute, darunter Claudia. Massenhaft Fledermäuse hatten sich auf sie gestürzt. Sie versuchte noch, zum Fluss zu kommen –

vermutlich dachte sie, sie könnte sie dort abschütteln –, doch sie schaffte es nicht mehr. Als wir sie erreichten, hatte sie so viel Blut verloren, dass sie keine Chance mehr hatte. In dem Chaos wurden sechs andere gebissen oder gekratzt, und alle sind jetzt krank und sehen aus, als litten sie an einer beschleunigten Version des Bolivianischen Hämorrhagischen Fiebers – Blutungen aus Mund und Nase, Haut und Augäpfel rosarot von geplatzten Kapillargefäßen, hohes Fieber, Wasser in der Lunge, Koma. Wir hatten Kontakt mit der Gesundheitsbehörde, aber ohne eine Gewebeanalyse ist man auf Vermutungen angewiesen. Tim haben die Viecher beide Hände praktisch abgekaut, als er versuchte, sie von Claudia herunterzureißen. Ihm geht's am schlechtesten. Ich habe ernsthafte Zweifel daran, dass er morgen früh noch lebt.

Gestern Abend kamen sie wieder. Die Soldaten hatten einen Verteidigungsring errichtet, aber es waren einfach zu viele – es müssen Hunderttausende gewesen sein, ein riesiger Schwarm, der die Sterne verdunkelte. Drei Soldaten tot und Cole. Er stand direkt vor mir; sie haben ihn regelrecht hochgehoben, bevor sie sich in ihn hineinfraßen wie heiße Messer in die Butter. Es war kaum noch etwas von ihm übrig, das wir begraben konnten.

Heute Nacht ist es still, keine Fledermaus am Himmel. Wir haben einen Ring von Feuern um das Camp herum angezündet, das scheint sie in Schach zu halten. Sogar die Soldaten sind ziemlich verdattert. Die wenigen, die von unserem Team noch übrig sind, überlegen jetzt, wie es weitergehen soll. Ein großer Teil unserer Ausrüstung ist zerstört; es ist nicht ganz klar, wie es passiert ist, aber irgendwann während des Angriffs gestern Abend flog ein Granatengurt ins Feuer, und die Explosion tötete einen Soldaten und demolierte einen Generator sowie das meiste von dem, was im Materialzelt untergebracht war. Wir haben allerdings immer noch die SATCOM-Anlage und genug Strom, um die Evakuierung anzufordern. Wahrscheinlich sollten wir alle nur machen, dass wir hier rauskommen.

Und trotzdem. Wenn ich mich frage, warum ich jetzt umkehren sollte und was zu Hause auf mich wartet, fällt mir nichts ein. Es wäre etwas anderes, wenn Liz noch lebte. Ich glaube, im letzten Jahr hat ein Teil meiner selbst einfach so getan, als wäre sie einfach nur für eine Weile weggegangen, als würde ich eines Tages aufblicken, und sie stände in der Tür und lächelte, wie sie es immer getan hat, den Kopf zur Seite gelegt, damit ihr das Haar nicht ins Gesicht fällt. Meine Liz, endlich wieder zu Hause, durstig auf eine Tasse Earl Grey, bereit zu einem Schneespaziergang am Charles River entlang. Aber jetzt weiß ich, dass das nicht mehr sein wird. Seltsamerweise haben die Ereignisse der letzten zwei Tage in meinem Kopf Klarheit über das geschaffen, was wir hier tun und was auf dem Spiel steht. Ich bedaure überhaupt nicht, dass ich hier bin, und ich habe keine Angst. Wenn es hart auf hart kommt, gehe ich vielleicht allein weiter.

Paul, was auch passieren mag und wie immer ich mich entscheide, du sollst wissen, dass du ein großartiger Freund warst. Mehr als ein Freund: ein Bruder. Merkwürdig, diesen Satz zu schreiben, während ich am Ufer eines Flusses im bolivianischen Dschungel sitze, viertausend Meilen weit entfernt von allem anderen und von allen, die ich je gekannt und geliebt habe. Ich habe das Gefühl, als hätte eine neue Ära in meinem Leben begonnen. Das Leben kann uns doch an seltsame Orte führen, in dunkle Korridore.

Von: lear@amedd.army.mil
Datum: Dienstag, 21. Februar, 05:31
An: pkiernan@harvard.edu
Betreff: Re: Sei nicht blöd, hau ab, bitte

Paul,

wir haben gestern Abend per Satellit die Evakuierung angefordert. Abholung in zehn Stunden – in allerletzter Minute! Ich weiß nicht, wie wir hier noch eine weitere Nacht überleben sollen. Diejenigen, die noch gesund sind, haben entschieden, den Tag zu nutzen und einen letzten Vorstoß zum Zielort zu unternehmen. Wir wollten Münzen werfen, aber wie sich herausstellte, wollten alle mit. Wir brechen in einer Stunde auf, sobald es hell wird. Vielleicht lässt sich aus dieser Katastrophe immer noch etwas retten. Eine gute Nachricht gibt es immerhin: Tim hat in den letzten paar Stunden anscheinend die Kurve gekriegt. Sein Fieber ist deutlich gesunken; er reagiert zwar noch nicht, aber die Blutung hat aufgehört, und seine Haut sieht besser aus. Aber für die anderen, würde ich sagen, steht es immer noch auf Messers Schneide.

Ich weiß, dein Gott ist die Wissenschaft, Paul, aber wäre es zu viel verlangt, wenn du für uns beten würdest? Für uns alle.

Von: lear@amedd.army.mil
Datum: Dienstag, 21. Februar, 23:16
An: pkiernan@harvard.edu
Betreff:

Jetzt weiß ich, warum die Soldaten hier sind.

3

Das Polunsky Unit des Texas Department of Criminal Justice, auch bekannt unter dem Namen Terrell, lag in East Texas, auf einem 15 km^2 großen Gelände mit Kiefernwald und Kurzgrasprärie. Von außen unterschied es sich kaum von einem Verwaltungszentrum oder einer großen Highschool. Für einen Schwarzen indes, der im Staat Texas wegen Mordes verurteilt war, bedeutete es nur eines: Hierher kam man, um zu sterben.

An jenem Morgen im März saß Anthony Lloyd Carter, Häftling Nr. 999642, verurteilt zum Tode durch die Giftspritze wegen Mordes an Rachel Wood, einer Mutter von zwei Kindern aus Houston, deren Rasen er allwöchentlich gegen Bezahlung von vierzig Dollar und einem Glas Eistee gemäht hatte, seit eintausenddreihundertzweiunddreißig Tagen im Terrell Unit in Einzelhaft – weniger als viele, länger als manche. Nicht dass es in Carters Sicht der Dinge irgendetwas geändert hätte; man bekam keinen Preis dafür, dass man am längsten hier gesessen hatte. Ändern würde sich erst an dem Tag etwas, an dem der Direktor und der Priester in seiner Zelle erschienen und er den Trip in den Raum mit der Nadel anträte, und dieser Tag war nicht mehr allzu weit entfernt. Er durfte lesen, aber das fiel ihm nicht leicht, war ihm nie leichtgefallen, und er hatte längst aufgehört, sich damit zu plagen. Seine Zelle war eine Betonschachtel, zwei mal drei Meter, mit einem Fenster

und einer Stahltür, durch deren Schlitz er gerade mal die Hände schieben konnte. Das war alles. Die meiste Zeit lag er auf seiner Pritsche, und sein Kopf war so leer wie ein trockener Eimer. Die halbe Zeit hätte er nicht mal mit Sicherheit sagen können, ob er wach war oder noch schlief.

Der Tag begann wie alle anderen um drei Uhr morgens, als sie das Licht einschalteten und die Frühstückstabletts durch die Türschlitze schoben. Meistens gab es kaltes Müsli oder angerührtes Trockenei oder Pfannkuchen; gut war ein Frühstück, wenn sie Peanut Butter auf die Pfannkuchen strichen, und heute war es gut. Die Gabel war aus Plastik und brach meistens ab; also setzte Carter sich auf seine Pritsche und aß die Pfannkuchen zusammengerollt wie Tacos. Die anderen Männer im H-Flügel beschwerten sich über das Essen; es sei scheußlich. Aber Carter fand es alles in allem gar nicht so übel. Er hatte schon Schlimmeres gegessen, und es hatte Tage in seinem Leben gegeben, da hatte er gar nichts gehabt, und deshalb waren Pfannkuchen mit Peanut Butter am Morgen ein ganz willkommener Anblick, auch wenn es noch nicht Morgen in dem Sinne war, dass es draußen hell war.

Natürlich gab es Besuchstage, doch Carter hatte in der ganzen Zeit in Terrell nur ein einziges Mal Besuch gehabt, nämlich als der Ehemann der Frau gekommen war und ihm erzählt hatte, er habe zu Jesus Christus gefunden, welcher sei der Herr, und er habe für Carter gebetet, der ihm und seinen Kindern seine wunderschöne Frau für alle Zeit genommen habe, und in den Wochen und Monaten des Betens habe er sich damit abgefunden und beschlossen, Carter zu verzeihen. Der Mann weinte viel, als er so auf der anderen Seite der Scheibe saß und sich den Telefonhörer ans Ohr drückte. Carter war selbst von Zeit zu Zeit in die Kirche gegangen, und er wusste zu schätzen, was der Mann ihm da sagte. Aber so wie dieser es aussprach, erweckte es den Eindruck, als dächte er nur an sich. Es ging ihm besser, wenn er Carter verzieh. Er sprach jedenfalls nicht davon zu verhindern, was mit Carter passieren würde. Carter wusste nicht, wie er darauf reagieren sollte.

Also dankte er dem Mann und sagte, Gott segne Sie, es tut mir leid, und wenn ich Mrs Wood im Himmel sehe, werde ich ihr erzählen, was Sie hier heute getan haben, und daraufhin stand der Mann hastig auf und ließ ihn mit dem Hörer in der Hand sitzen. Das war das letzte Mal, dass irgendjemand Carter in Terrell besucht hatte, und es war mindestens zwei Jahre her.

Die Sache war die, dass die Frau, Mrs Woods, immer nett zu ihm gewesen war; sie hatte ihm einen Fünfer oder einen Zehner extra gegeben, und an heißen Tagen hatte sie ihm den Eistee herausgebracht, immer auf einem kleinen Tablett, wie sie es im Restaurant machten, und was sich zwischen ihnen zugetragen hatte, war verwirrend. Carter tat es leid, abgrundtief leid, aber in seinem Kopf ergab es trotzdem keinen Sinn, wie er es auch drehte. Er hatte nie abgestritten, dass er es getan hatte, aber es war nicht recht, dass er für etwas sterben sollte, was er nicht verstand – zumindest nicht, bevor er Gelegenheit hatte, es herauszufinden. Im Geiste ging er es immer wieder durch, doch auch in vier Jahren war es ihm nicht klarer geworden. Die Sache ergab weniger Sinn denn je, und so, wie die Tage und Wochen und Monate in seinem Kopf zu einem einzigen Brei zerflossen, war er nicht mehr sicher, ob er sich überhaupt noch richtig erinnerte.

Bei Schichtwechsel um sechs Uhr weckten die Wärter wieder alle. Sie riefen Namen und Nummern und zogen mit den Wäschesäcken durch den Korridor, um Unterhosen und Socken auszutauschen. Das bedeutete, dass heute Freitag war. Carter hatte nur einmal wöchentlich Gelegenheit zum Duschen, und alle sechzig Tage durfte er zum Friseur; deshalb war es gut, saubere Sachen zu bekommen. Das klebrige Gefühl auf der Haut war im Sommer schlimmer. Man schwitzte den ganzen Tag, selbst wenn man stocksteif dalag, aber nach dem, was sein Anwalt in dem Brief mitgeteilt hatte, den er vor sechs Monaten geschrieben hatte, würde Carter in seinem Leben nicht noch einen texanischen Sommer durchstehen müssen. Am zweiten Juni wäre Schluss.

Zwei harte Schläge an die Tür rissen ihn aus seinen Gedanken.

»Carter. Anthony Carter.« Die Stimme gehörte Pincher, dem Leiter der Schicht.

»Ach komm, Pincher«, sagte Anthony von seiner Pritsche her. »Was glaubst du, wer hier drin ist?«

»Antreten für die Handschellen, Tone.«

»Jetzt ist keine Freistunde. Und mein Duschtag ist auch nicht.«

»Glaubst du, ich hab den ganzen Morgen Zeit, um hier rumzustehen und zu quatschen?«

Carter erhob sich von der Pritsche, wo er an die Decke gestarrt und an die Frau gedacht hatte, an das Glas Eistee auf dem Tablett. Seine Glieder waren steif und schmerzten, und mit Mühe ließ er sich auf die Knie nieder, den Rücken zur Tür gewandt. So hatte er es schon tausendmal gemacht, aber es gefiel ihm immer noch nicht. Das Gleichgewicht zu halten, das war das Knifflige daran. Als er kniete, zog er die Schulterblätter ein, bog die Arme zurück und schob die Hände mit aufwärts gewandten Handflächen durch den Türschlitz, durch den sie das Essen hereinreichten. Er spürte den kalten Biss des Metalls, als Pincher ihm die Handschellen anlegte. Pincher, den Kneifer, nannten sie ihn hier alle, weil er sie so stramm zusammendrückte.

»Zurücktreten, Carter.«

Carter stellte einen Fuß vor, und sein linkes Knie gab ein Knacken von sich, als er seinen Schwerpunkt verlagerte und dann vorsichtig aufstand, wobei er zugleich die gefesselten Hände aus dem Türschlitz nahm. Auf der anderen Seite der Tür klirrte Pinchers großer Schlüsselbund, und dann ging die Tür auf. Er sah Pincher und den Wärter, den sie Dennis the Menace nannten – wegen seiner Haare, die aussahen wie bei dem kleinen Jungen aus den Cartoons. Er bedrohte einen gern mit seinem Schlagstock, und er hatte es raus, Stellen am Körper zu finden, von denen man gar nicht wusste, dass sie so wehtun konnten, wenn man nur ein bisschen mit dem Knüppel dagegenstieß.

»Anscheinend hast du Besuch, Carter«, sagte Pincher. »Und es ist weder deine Mutter noch dein Anwalt.« Er lächelte nicht und

verzog auch sonst keine Miene, doch Dennis hatte anscheinend großen Spaß. Er wirbelte seinen Stock herum wie eine Majorette.

»Meine Mom ist im Himmel, seit ich zehn war«, sagte Carter. »Das weißt du, Pincher, das hab ich dir schon hundertmal gesagt. Wer will mich sehen?«

»Kann ich dir nicht sagen. Der Direktor hat es angeordnet. Ich soll dich nur in den Käfig bringen.«

Das brachte nichts, dachte Carter. Es war so lange her, dass der Ehemann der Frau ihn besucht hatte; vielleicht war er gekommen, um sich zu verabschieden oder um ihm zu sagen: Ich hab's mir anders überlegt, ich verzeihe dir doch nicht, fahr zur Hölle, Anthony Carter. So oder so, Carter hatte dem Mann nichts mehr zu sagen. Er hatte sich immer wieder bei allen entschuldigt, und jetzt reichte es ihm.

»Dann los«, sagte Pincher.

Sie führten ihn den Korridor hinunter. Pincher packte ihn hart beim Ellenbogen, als bugsierte er ein Kind durch eine Menschenmenge oder ein Mädchen, mit dem er tanzen wollte. So führten sie einen überallhin, sogar in die Dusche. Teils gewöhnte man sich daran, ihre Hände so an sich zu spüren, teils aber auch nicht. Dennis ging voraus und öffnete die Tür zwischen dem Einzelhaftflur und dem Rest des H-Flügels und dann die zweite äußere Tür in den Gang, der durch die allgemeine Bevölkerung zu den Käfigen führte. Es war fast zwei Jahre her, dass Carter außerhalb des H-Flügels gewesen war – H für »Höllenloch«, H für »Hau mir deinen Stock noch mal auf meinen schwarzen Arsch«, H für »Hey, Mama, bald werde ich Jesus sehen« –, und obwohl er den Kopf gesenkt hielt, ließ er den Blick verstohlen hin und her wandern, und sei es nur, damit seine Augen einmal etwas Neues zu sehen bekämen. Aber das alles war immer noch Terrell, ein Labyrinth aus Beton und Stahl und schweren Türen, und die Luft war erfüllt vom dumpfen, sauren Geruch der Männer.

Im Besuchsraum meldeten sie sich beim diensthabenden Wärter und betraten dann einen leeren Käfig. Die Luft drinnen war

deutlich wärmer und roch so stark nach Scheuermittel, dass Carter die Augen tränten. Pincher schloss die Handschellen auf, und während Dennis die Spitze seines Schlagstocks an die weiche Stelle unter Carters Kiefer drückte, ketteten sie seine Hände vorn wieder zusammen und die Füße ebenfalls. Überall an der Wand hingen Schilder, auf denen stand, was Carter tun durfte und was nicht; er hatte keine Lust, sich die Mühe zu machen, eins davon zu lesen oder auch nur anzuschauen. Sie schoben ihn zum Stuhl und gaben ihm den Telefonhörer. Carter konnte ihn nur ans Ohr halten, wenn er die Knie halb bis an die Brust hob – wieder knackte es in seinen Kniegelenken – und die Kette straff wie einen Reißverschluss über den Oberkörper spannte.

»Letztes Mal brauchte ich keine Ketten zu tragen«, stellte er fest.

Pincher kläffte ein gehässiges Lachen hervor. »Tut mir leid – haben wir vergessen, dich nett zu fragen, ob es okay ist? Leck mich am Arsch, Carter. Du hast zehn Minuten.«

Sie gingen, und Carter wartete darauf, dass die Tür auf der anderen Seite sich öffnete, damit er sehen konnte, wer ihn nach all der Zeit besuchte.

Special Agent Brad Wolgast hasste Texas. Er hasste alles hier.

Er hasste das Wetter, das eben noch heiß wie im Backofen und im nächsten Augenblick eiskalt war, während die feuchte Luft sich anfühlte, als hätte man ein nasses Handtuch auf dem Kopf. Er hasste die Landschaft, angefangen bei den Bäumen, die krakelig und erbärmlich aussahen, die Äste so knorrig wie aus einem Kinderbuch von Dr. Seuss, bis hin zu diesem flachen, windigen Nichts. Er hasste die Reklametafeln und die Schnellstraßen und die gesichtslosen Vororte und die texanische Flagge, die über allem wehte, immer so groß wie ein Zirkuszelt. Er hasste die riesigen Pick-ups, mit denen alle herumfuhren, auch wenn der Liter Benzin drei Dollar kostete und die Welt sich langsam zu Tode dünstete wie eine Packung Erbsen in der Mikrowelle. Er hasste die Stiefel

und die Gürtelschnallen und die Art, wie sie hier redeten, als säßen sie von morgens bis abends lassoschwingend im Sattel, statt Zähne zu reinigen und Versicherungen zu verkaufen und ihre Bücher zu führen wie die Leute überall auf der Welt.

Und vor allem hasste er es, weil seine Eltern ihn gezwungen hatten, hier zu leben, damals auf der Junior High. Wolgast war vierundvierzig – immer noch ganz gut in Form, aber ein paar Wehwehchen und schütteres Haar waren nicht mehr zu verbergen. Die sechste Klasse lag lange zurück und war letztlich Schnee von gestern, aber trotzdem: Als er jetzt mit Doyle den Highway 59 hinauffuhr, die Hauptverbindung zwischen Houston und Dallas, und das frühlingshafte Texas sich ringsumher erstreckte, fühlte die Wunde sich wieder ganz frisch an. Texas, das kotelettförmige Elend von der Größe eines Staates: Gerade noch hatte er als wunschlos glücklicher Junge in Oregon auf dem Pier in der Mündung des Coos River geangelt und endlose, unbeschwerte Stunden lang mit seinen Freunden in den Wäldern hinter ihrem Haus gespielt, und im nächsten Augenblick steckte er im Großstadtsumpf von Houston, wohnte in einem beschissenen Ranchhaus ohne eine Spur von Schatten und wanderte bei achtunddreißig Grad in die Schule, in einer Hitze, die sich anfühlte, als fiele ihm ein riesiger Schuh auf den Kopf. Am Ende der Welt, dachte er damals. Da war er. Houston, Texas war das Ende der Welt. An seinem ersten Tag in der sechsten Klasse hatte der Lehrer ihn aufstehen und den Treueeid auf Texas, schwören lassen, als hätte er sich darum beworben, in einem ganz anderen Land zu leben. Drei elende Jahre. Nie war er so froh gewesen, von irgendwo fortzugehen, trotz der Art und Weise, wie es dazu gekommen war. Sein Vater war Maschinenbauingenieur; seine Eltern hatten sich kennengelernt, als sein Vater ein Jahr nach dem College einen Job als Mathelehrer in der Reservation in Grande Ronde angenommen hatte, wo seine Mutter als Schwesternhelferin arbeitete. Sie war zur Hälfte Chinook-Indianerin – der Familienname mütterlicherseits war Po-Bear. Nach Texas waren seine Eltern des Geldes

wegen gegangen, aber beim Ölcrash 86 verlor sein Vater seinen Job. Sie versuchten, das Haus zu verkaufen, doch das ging nicht, und am Ende hatte sein Vater die Schlüssel einfach bei der Bank abgeliefert. Sie zogen nach Michigan, dann nach Ohio, dann nach Upstate New York, immer auf der Suche nach irgendwelchen Handwerkerjobs, doch sein Vater kam danach nie wieder richtig auf die Beine. Als er zwei Monate vor Wolgasts Highschool-Abschluss an Leberkrebs gestorben war – für Wolgast war es die dritte Highschool in ebenso vielen Jahren –, war es leicht, alles irgendwie auf Texas zu schieben. Seine Mutter war kurz danach wieder nach Oregon zurückgegangen, aber jetzt war sie auch nicht mehr da. Niemand war mehr da.

Den ersten Mann, Babcock, hatte Wolgast in Nevada abgeholt. Die anderen kamen aus Arizona und Louisiana, aus Kentucky und Wyoming und Florida, aus Indiana und Delaware. Viel mehr hatte Wolgast für diese Gegenden auch nicht übrig. Aber alles war besser als Texas.

Wolgast und Doyle waren am Abend zuvor von Denver nach Houston geflogen. Sie hatten im Radisson am Flughafen übernachtet; er hatte überlegt, ob er einen kurzen Abstecher in die Stadt machen und vielleicht sein altes Haus aufsuchen sollte, aber dann hatte er sich gefragt, weshalb zum Teufel er so etwas tun sollte. Am Morgen hatten sie einen Leihwagen genommen, einen Chrysler Victory, der so neu war, dass er roch wie die Druckfarbe an einem Dollarschein, und waren nach Norden gefahren. Es war ein klarer Tag, und der hohe Himmel war kornblumenblau. Wolgast saß am Steuer, und Doyle nippte an seinem Caffè Latte und las eine Akte. Ein Berg Papier lag auf seinem Schoß.

»Darf ich Ihnen Anthony Carter vorstellen?« Doyle hielt das Foto hoch. »Proband Nummer zwölf.«

Wolgast wollte nicht hinschauen. Er wusste schon, was er sehen würde: noch so ein schlaffes Gesicht, noch ein Paar Augen, die kaum jemals lesen gelernt hatten, noch eine Seele, die zu lange in sich selbst hineingestarrt hatte. Diese Männer waren schwarz oder

weiß, dick oder dünn, alt oder jung, aber die Augen waren immer gleich: leer wie ein Abfluss, in dem die ganze Welt verschwinden konnte. Es war leicht, abstraktes Mitgefühl für sie zu empfinden, doch es blieb abstrakt.

»Wollen Sie nicht wissen, was er getan hat?«

Wolgast zuckte die Achseln. Er hatte es nicht eilig damit.

Doyle schlürfte seinen Latte und las vor. »Anthony Lloyd Carter. Afroamerikaner, ein Meter sechzig, hundertzwanzig Pfund.« Doyle blickte auf und zuckte die Achseln. »Das erklärt den Spitznamen. Raten Sie mal.«

Wolgast war jetzt schon müde. »Keine Ahnung. Little Anthony?«

»Da merkt man Ihr Alter, Boss. Er heißt T-Tone. T wie *tiny.* Der Winzling. Nehme ich an, aber man weiß ja nie. Mutter verstorben, kein Dad weit und breit vom ersten Tag an, Unterbringung in diversen Pflegefamilien auf Kosten des Countys. Schlechter Start in jeder Hinsicht. Vorstrafenregister, aber hauptsächlich Kleinkram: Bettelei, Erregung öffentlichen Ärgernisses, solche Sachen. Also – die eigentliche Story ist die: Unser Mann Anthony mäht jede Woche den Rasen bei einer Lady. Sie heißt Rachel Woods, wohnhaft in River Oaks, zwei kleine Töchter, der Ehemann irgendein großer Anwalt. Wohltätigkeitsbälle, Benefizveranstaltungen, Country Clubs. Anthony Carter ist ihr *Projekt.* Fängt an, ihren Rasen zu mähen, als sie ihn eines Tages unter einer Hochstraße stehen sieht, mit einem Schild: ›Habe Hunger, bitte um kleine Spende.‹ Etwas in der Richtung. Jedenfalls – sie nimmt ihn mit nach Hause, macht ihm ein Sandwich, telefoniert ein bisschen herum und findet eine Bleibe für ihn, irgendeine Wohngruppe, für die sie Spenden sammelt. Dann ruft sie all ihre Freunde in River Oaks an und sagt: ›Lasst uns diesem Mann helfen. Habt ihr irgendetwas für ihn zu tun?‹ Sie wird plötzlich zur Pfadfinderin und trommelt ihre Truppe zusammen. Und der Kerl fängt überall an, Rasen zu mähen, Hecken zu schneiden, wissen Sie, all das Zeug, das bei diesen großen Häusern getan werden muss. Das geht ungefähr zwei

Jahre so. Alles läuft bestens, bis unser Mann Anthony eines Tages aufkreuzt, um den Rasen zu mähen, und eins der kleinen Mädchen ist nicht in der Schule, sondern zu Hause, weil es krank ist. Es ist fünf. Mom hängt am Telefon oder macht irgendwas anderes, und die Kleine geht raus in den Garten und sieht Anthony. Sie weiß, wer er ist, sie hat ihn schon oft gesehen, doch diesmal geht irgendetwas schief. Er macht ihr Angst. Hier steht irgendwas darüber, dass er sie vielleicht angefasst hat, aber der psychiatrische Gutachter hat seine Zweifel. Jedenfalls fängt das Mädchen an zu schreien. Mom kommt aus dem Haus gerannt, sie schreit auch, alle schreien, und plötzlich ist es wie ein Schreiwettbewerb, eine gottverdammte Kreisch-Olympiade. Gerade war er noch der nette Mann, der immer pünktlich kommt, um den Rasen zu mähen, und plötzlich ist er bloß noch ein schwarzer Penner, der sich an das Kind ranmacht. Und schon ist Schluss mit der Mutter-Teresa-Scheiße. Man wird handgreiflich. Es kommt zu einer Rangelei. Irgendwie fällt Mom in den Pool, oder sie wird reingeschubst. Anthony springt hinterher, vielleicht um ihr zu helfen, aber sie schreit ihn immer noch an und wehrt sich. Jetzt sind alle nass und schreien und schlagen um sich.« Doyle sah ihn mit hochgezogenen Brauen an. »Wissen Sie, wie es endet?«

»Er ertränkt sie.«

»Bingo. An Ort und Stelle, vor den Augen des kleinen Mädchens. Eine Nachbarin hat alles gehört und ruft die Polizei, und als die eintrifft, sitzt er immer noch am Rand des Swimmingpools, und die Lady liegt drin.« Er schüttelte den Kopf. »Kein schönes Bild.«

Manchmal beunruhigte es Wolgast, wie viel Energie Doyle in diese Geschichten steckte. »Kann es ein Unfall gewesen sein?«

»Das Opfer war zufällig früher im Schwimmteam der Southern Methodist University. Schwamm immer noch jeden Morgen fünfzig Runden. Aus dieser Kleinigkeit hat der Staatsanwalt eine Menge Kapital geschlagen. Daraus und aus der Tatsache, dass Carter praktisch zugab, sie umgebracht zu haben.«

»Was hat er gesagt, als er festgenommen wurde?«

Doyle zuckte die Achseln. »Er habe nur gewollt, dass sie aufhörte zu schreien. Und dann bat er um ein Glas Eistee.«

Wolgast schüttelte den Kopf. Die Geschichten waren immer schlimm, aber was ihm an die Nieren ging, waren die kleinen Details. Ein Glas Eistee. Gütiger Himmel. »Wie alt ist er, sagten Sie?«

Doyle blätterte zwei Seiten zurück. »Habe ich nicht gesagt. Zweiunddreißig. Achtundzwanzig bei der Festnahme. Und jetzt kommt's. Überhaupt keine Verwandten. Der Letzte, der ihn in Polunsky besucht hat, war der Ehemann des Opfers, vor etwas mehr als zwei Jahren. Carters Anwalt ist nicht mehr in Texas. Er zog fort, als der Revisionsantrag abgelehnt worden war. Carter wurde jemand anders im Harris County Police Department zugewiesen, aber die haben nicht mal die Akte aufgeklappt. Mit einem Wort: Keiner schert sich drum. Anthony Carter bekommt am zweiten Juni die Giftspritze wegen vorsätzlichen Mordes, und kein Mensch auf Erden interessiert sich dafür. Der Kerl ist jetzt schon ein Geist.«

Die Fahrt nach Livingston dauerte anderthalb Stunden. Die letzten dreißig Minuten von Huntsville nach Osten fuhren sie auf einer schmalen Landstraße durch schattige Kiefernwälder und offenes, mit Lupinen übersätes Präriegelände. Es war gerade erst Mittag. Mit etwas Glück, dachte Wolgast, könnten sie bis zum Abendessen mit allem fertig sein. Dann hätten sie noch genug Zeit, um nach Houston zurückzufahren, den Leihwagen abzugeben und einen Flug nach Colorado zu erwischen. Es war besser, wenn diese Trips schnell erledigt waren. Wenn der Mann herumdruckste und die Sache in die Länge zog – obwohl jeder am Ende bislang noch auf den Deal eingegangen war –, fing Wolgast an, bei der ganzen Geschichte ein mulmiges Gefühl in der Magengrube zu bekommen. Er musste dann immer an ein Stück denken, dass er auf der Highschool gelesen hatte, *Der Teufel und Daniel Webster,* und daran, dass er, Wolgast, bei diesem Deal der Teufel war. Für Doyle war es anders; zunächst mal war er jünger, noch keine

dreißig, ein rotwangiger Farmboy aus Indiana, der mit Vergnügen den Robin für Wolgasts Batman spielte und ihn »Chief« und »Boss« nannte und einen so unverfälschten Hang zum altmodischen Midwest-Patriotismus besaß, dass Wolgast tatsächlich einmal gesehen hatte, wie er bei der Nationalhymne zu Beginn eines Rockies-Spiels in Tränen ausgebrochen war – bei einer Fernsehübertragung. Wolgast hatte nicht gewusst, dass es Kerle wie Phil Doyle heutzutage immer noch gab. Der Junge war zweifelsohne clever und hatte eine glänzende Zukunft vor sich. Er hatte an der Purdue University studiert und den Zulassungsantrag zum Jurastudium bereits eingereicht, war dann aber zum FBI gegangen, unmittelbar nach dem Massaker in der Mall of America: dreihundert unschuldige Menschen beim Weihnachtsshopping von iranischen Dschihadisten niedergeschossen, der ganze Horror von Überwachungskameras aufgezeichnet und auf CNN in grausigen Details wiederholt – an diesem Tag war anscheinend das halbe Land bereit gewesen, etwas zu unterschreiben, irgendetwas.

Nach der Ausbildung in Quantico war Doyle ins Büro Denver zur Terrorismusbekämpfung versetzt worden, und als die Army zwei Außenagenten gesucht hatte, war er der Erste gewesen, der sich gemeldet hatte. Wolgast konnte es sich nicht genau erklären. Auf dem Papier sah das Projekt NOAH aus wie eine Sackgasse, und genau aus diesem Grund hatte er selbst sich für den Einsatz gemeldet. Vor Kurzem war seine Scheidung ausgesprochen worden – seine Ehe mit Lila war weniger mit einem Schlag zu Ende gegangen als vielmehr langsam aufgelöst worden, weshalb er überrascht gewesen war, wie traurig ihn das faktische Urteil noch machte –, und ein paar Monate herumzureisen schien genau das Richtige zu sein, um wieder einen klaren Kopf zu bekommen. Bei der Scheidung hatte er eine kleine Abfindung erhalten – seinen Anteil am Wert ihres Hauses in Cherry Creek und an Lilas Altersvorsorge von der Klinik –, und er hatte tatsächlich daran gedacht, beim FBI auszuscheiden, nach Oregon zurückzugehen und mit dem Geld ein kleines Geschäft aufzumachen, Werkzeug vielleicht

oder Sportartikel, obwohl er von beidem eigentlich nichts verstand. Die Leute, die das FBI verließen, landeten immer bei irgendeiner Security-Firma, aber Wolgast fand den Gedanken an einen kleinen Laden, schlicht und sauber, mit Baseballhandschuhen oder Sägen im Regal, mit Dingen, deren Zweck man sofort erkennen konnte, wenn man sie anschaute, viel ansprechender. Und diese Noah-Sache hatte ausgesehen wie ein Spaziergang – nicht die schlechteste Art, das letzte Jahr beim FBI zu verbringen, wenn es wirklich dazu kommen sollte.

Natürlich hatte sich bald gezeigt, dass es doch mehr war als Babysitten und Papierkram – sehr viel mehr. Und er fragte sich, ob Doyle das irgendwie gewusst hatte.

In Polunsky mussten sie sich ausweisen und ihre Waffen abgeben, und dann gingen sie zum Büro des Direktors. Polunsky war ein düsterer Laden, aber das waren sie alle. Während sie warteten, suchte Wolgast auf seinem BlackBerry nach Abendflügen ab Houston. Einer ging um zwanzig Uhr dreißig; wenn sie sich beeilten, konnten sie den noch erreichen. Doyle saß stumm da und blätterte in einer *Sports Illustrated,* als säße er im Wartezimmer beim Zahnarzt. Es war kurz nach eins, als die Sekretärin sie hereinkommen ließ.

Der Direktor war ein Schwarzer, ungefähr fünfzig Jahre alt und mit grau meliertem Haar. Die Weste seines Anzugs spannte sich über die Brust eines Gewichthebers. Er stand nicht auf und reichte ihnen auch nicht die Hand, als sie hereinkamen. Wolgast gab ihm die Unterlagen, damit er sie durchsah.

Als er sie gelesen hatte, blickte er auf. »Das ist verdammt noch mal das Verrückteste, was ich je gesehen habe. Was zum Teufel wollen Sie mit Anthony Carter?«

»Das darf ich Ihnen leider nicht sagen. Wir sind nur hier, um den Transfer zu übernehmen.«

»Verstehe.« Der Direktor schob die Unterlagen zur Seite und verschränkte die Hände auf dem Schreibtisch. »Und wenn ich nein sage?«

»Dann würde ich Ihnen eine Nummer geben, die Sie anrufen können, und der Mann am anderen Ende der Leitung würde Ihnen erklären, dass es um die nationale Sicherheit geht.«

»Eine Nummer.«

»Jawohl.«

Der Direktor seufzte gereizt, drehte sich mit seinem Sessel um und deutete durch das breite Fenster hinter ihm. »Gentlemen, wissen Sie, was das da draußen ist?«

»Ich kann Ihnen nicht ganz folgen.«

Er drehte sich wieder zu ihnen um. Er schien nicht wütend zu sein, dachte Wolgast. Er war nur ein Mann, der es gewohnt war, seinen Kopf durchzusetzen. »Das ist Texas. Zweihundertsiebenundsechzigtausend Quadratmeilen Texas, um genau zu sein. Und als ich das letzte Mal nachgesehen habe, war Texas mein Arbeitgeber. Nicht jemand in Washington oder in Langley, oder wer immer sonst am anderen Ende dieser verdammten Nummer sitzen mag. Anthony Carter ist ein Häftling in meiner Anstalt, und die Bürger dieses Staates haben mich damit beauftragt, das Urteil an ihm zu vollstrecken. Und nur ein Telefonanruf von meiner Gouverneurin wird verhindern, dass ich genau das tue.«

Verdammtes Texas, dachte Wolgast. Das würde den ganzen Tag dauern. »Das lässt sich arrangieren, Sir.«

Der Mann hielt ihm die Papiere entgegen. »Gut. Dann arrangieren Sie es.«

Sie holten ihre Waffen am Besuchereingang ab und gingen zum Wagen zurück. Wolgast rief in Denver an und ließ sich über eine verschlüsselte Leitung mit Colonel Sykes verbinden. Dann erklärte er ihm, was passiert war. Sykes war verärgert, aber er versprach, das Nötige zu veranlassen. Dauert höchstens einen Tag, sagte er. Bleiben Sie da und warten Sie auf den Anruf, und dann lassen Sie sich von Anthony Carter die Papiere unterschreiben.

»Nur damit Sie es wissen: Vielleicht müssen Sie mit einer Protokolländerung rechnen«, sagte Sykes noch.

»Was soll sich ändern?«

Sykes zögerte. »Ich lasse es Sie wissen. Besorgen Sie einfach Carters Unterschrift.«

Sie fuhren zurück nach Huntsville und gingen in ein Motel. Dass der Gefängnisdirektor mauerte, war nichts Neues; so etwas war schon öfter vorgekommen. Es war eine ärgerliche Verzögerung, aber mehr auch nicht. In ein paar Tagen, höchstens in einer Woche, wäre Carter im System, und jeder Hinweis darauf, dass er jemals existiert hatte, wäre vom Angesicht der Erde getilgt. Sogar der Direktor würde schwören, dass er noch nie von dem Kerl gehört habe. Natürlich würde sich jemand mit dem Ehemann des Opfers unterhalten müssen, mit dem Anwalt aus River Oaks, der seine beiden kleinen Töchter jetzt allein großziehen musste. Aber das war nicht Wolgasts Aufgabe. Man würde einen Totenschein brauchen und wahrscheinlich etwas über einen Herzinfarkt und eine schnelle Einäscherung faseln und darüber, wie die Gerechtigkeit am Ende gesiegt habe. Letztlich war es auch egal; der Auftrag würde erledigt werden.

Um fünf hatten sie noch nichts gehört. Sie wechselten die Anzüge gegen Jeans und spazierten die Straße hinauf, um ein Lokal zum Essen zu finden. Sie entschieden sich für ein Steak-Restaurant in einem Gewerbegebiet zwischen einem Costco und einem Best Buy. Es gehörte zu einer Kette, und das war gut: Sie wollten so wenig wie möglich auffallen. Die Verzögerung machte Wolgast nervös, doch Doyle schien sich nicht daran zu stören. Ein gutes Essen und ein bisschen freie Zeit in einer fremden Stadt auf Kosten der Bundesregierung – worüber wollte er sich beklagen? Doyle zersägte ein gewaltiges Porterhouse, dick wie eine Schiffsplanke, während Wolgast in einer Portion Spareribs herumstocherte. Als sie bezahlt hatten – mit Bargeld von einem Bündel neuer Scheine, das Wolgast in der Tasche hatte –, setzten sie sich an die Bar.

»Glauben Sie, er unterschreibt?«, fragte Doyle.

Wolgast klimperte mit dem Eis in seinem Scotchglas. »Sie unterschreiben immer.«

»Sie haben ja auch kaum eine Wahl.« Doyle schaute

stirnrunzelnd in sein Glas. »Die Spritze – oder das, was hinter Tür Nummer zwei ist. Aber trotzdem.«

Wolgast wusste, was Doyle dachte: Was immer hinter Tür Nummer zwei wartete, es konnte nichts Gutes sein. Weshalb sonst suchten sie Todeskandidaten, Männer, die nichts mehr zu verlieren hatten?

»Trotzdem.« Er nickte.

Im Fernseher über der Bar lief ein Basketballspiel, Rockets gegen Golden State, und eine Zeitlang schauten sie schweigend zu. Das Spiel hatte gerade erst begonnen, und beide Mannschaften machten einen trägen Eindruck. Sie bewegten den Ball hin und her, ohne viel damit anzufangen.

»Haben Sie was von Lila gehört?«, fragte Doyle.

»Ehrlich gesagt, ja.« Wolgast machte eine Pause. »Sie heiratet.«

Doyle machte große Augen. »Diesen Kerl? Den Arzt?«

Wolgast nickte.

»Das ging aber schnell. Wieso haben Sie nichts gesagt? Mein Gott, hat sie Sie etwa zur Hochzeit eingeladen?«

»Das nicht gerade. Sie hat mir eine E-Mail geschickt. Meinte, ich sollte es wissen.«

»Was haben Sie darauf geantwortet?«

Wolgast zuckte die Achseln. »Nichts.«

»Sie haben nichts gesagt?«

Es kam noch dicker, aber Wolgast wollte nicht darüber reden. *Lieber Brad,* hatte Lila geschrieben, *ich dachte, du solltest wissen, dass David und ich ein Kind bekommen. Wir heiraten nächste Woche. Ich hoffe, du kannst dich für uns freuen.* Zehn Minuten lang hatte er am Computer gesessen und die Mail auf dem Bildschirm angestarrt.

»Da gab es nichts zu sagen. Wir sind geschieden. Sie kann tun, was sie will.« Er trank seinen Scotch aus und schälte noch ein paar Scheine von seinem Bündel, um zu zahlen. »Kommen Sie mit?«

Doyle ließ den Blick durch das Lokal wandern. Als sie sich an die Bar gesetzt hatten, war es fast leer gewesen. Aber inzwischen waren ein paar Leute gekommen, unter anderem eine Gruppe

von jungen Frauen, die hohe Tische zusammengeschoben hatten, Margaritas aus Karaffen tranken und sich lautstark unterhielten. In der Nähe war ein College – Sam Houston State –, und Wolgast nahm an, dass es Studentinnen waren. Oder sie arbeiteten irgendwo zusammen. Und wenn die ganze Welt zum Teufel ging – Happy Hour war Happy Hour, und in Huntsville, Texas, drängten die hübschen Mädchen in die Bars. Sie trugen enge Shirts und tief sitzende Jeans mit modischen Rissen an den Knien und hatten sich zum Ausgehen geschminkt und frisiert. Eins der Mädels, ein bisschen füllig, saß mit dem Rücken zu ihnen, und ihr Hosenbund saß so tief, dass Wolgast die kleinen Herzchen auf ihrem Slip sehen konnte. Er wusste nicht, wollte er genauer hinschauen oder lieber eine Decke über sie werfen.

»Vielleicht bleibe ich noch ein Weilchen«, sagte Doyle und hob ihm sein Glas entgegen. »Seh mir das Spiel an.«

Wolgast nickte. Doyle war nicht verheiratet; er hatte nicht mal eine feste Freundin. Sie sollten ihren Umgang mit Fremden auf ein Minimum beschränken, aber er sah nicht, was es ihn anging, wie Doyle seinen Abend verbrachte. Er empfand leisen Neid, schob diesen Gedanken jedoch beiseite.

»Okay. Vergessen Sie nur nicht …«

»Schon klar«, sagte Doyle. »Was steht auf den Schildern des National Forest Service? ›Nimm nur Erinnerungen mit und lass nur Fußspuren zurück.‹ Von diesem Augenblick an bin ich ein Handelsvertreter für Faseroptik aus Indianapolis.«

Hinter ihnen fingen die Mädels an, laut zu lachen. Wolgast hörte den Tequila in ihren Stimmen.

»Nette Stadt, Indianapolis«, sagte er. »Besser als die hier jedenfalls.«

»Ach, das würde ich nicht sagen.« Doyle grinste verschmitzt. »Ich glaube, mir wird's hier ganz gut gefallen.«

Wolgast verließ das Restaurant und ging den Highway hinauf. Sein Handy hatte er im Motel gelassen; er hatte befürchtet, sie könnten während des Essens einen Anruf bekommen und müssten

dann gehen, aber als er jetzt nachsah, war keine Nachricht da. Nach dem Lärm und dem Betrieb im Restaurant war die Stille im Zimmer beunruhigend, und fast wünschte er, er wäre doch bei Doyle geblieben. Doch er wusste, dass er zurzeit kein unterhaltsamer Gesprächspartner war. Er zog die Schuhe aus und legte sich angekleidet auf das Bett, um sich den Rest des Spiels anzusehen. Eigentlich interessierte es ihn nicht, aber es war etwas, worauf er seine Gedanken konzentrieren konnte. Schließlich, um kurz nach Mitternacht – kurz nach elf in Denver, ein bisschen zu spät, aber egal –, tat er, was er nicht hatte tun wollen, und wählte Lilas Nummer. Eine Männerstimme meldete sich.

»David? Brad hier.«

Einen Augenblick lang sagte David gar nichts. »Es ist spät, Brad. Was wollen Sie?«

»Ist Lila da?«

»Sie hatte einen langen Tag«, sagte David mit fester Stimme. »Sie ist müde.«

Ich weiß, dass sie müde ist, dachte Wolgast. *Ich habe sechs Jahre in einem Bett mit ihr geschlafen.* »Geben Sie sie mir einfach, ja?«

David seufzte und legte den Hörer mit einem Knall hin. Wolgast hörte das Rascheln des Bettzeugs und dann Davids Stimme, als er zu Lila sagte: *Es ist Brad, Herrgott noch mal. Sag ihm, er soll nächstens zu einer anständigen Zeit anrufen.*

»Brad?«

»Entschuldige, dass ich so spät anrufe. Ich habe nicht auf die Uhr geschaut.«

»Das glaube ich dir nicht eine Sekunde. Was willst du?«

»Ich bin in Texas. In einem Motel. Ich kann dir nicht genau sagen, wo.«

»Texas.« Sie schwieg einen Moment. »Du kannst Texas nicht ausstehen. Ich glaube nicht, dass du mich anrufst, um mir zu erzählen, dass du in Texas bist. Oder?«

»Entschuldige. Ich hätte dich nicht wecken sollen. Ich glaube, David findet es gar nicht gut.«

Lila seufzte ins Telefon. »Oh, das ist schon in Ordnung. Wir sind ja immer noch Freunde, oder? David ist ein großer Junge. Er kommt damit zurecht.«

»Ich habe deine E-Mail bekommen.«

»Ja.« Er hörte sie atmen. »Habe ich mir irgendwie gedacht. Ich nehme an, deshalb rufst du an. Ich dachte mir schon, dass ich irgendwann von dir hören würde.«

»Hast du es getan? Geheiratet?«

»Ja. Letztes Wochenende, hier zu Hause. Nur mit ein paar Freunden. Meinen Eltern. Sie haben übrigens nach dir gefragt, wollten wissen, wie es dir geht. Sie haben dich immer wirklich gemocht. Du solltest sie anrufen, wenn du Lust hast. Ich glaube, mein Dad vermisst dich mehr als irgendjemand sonst.«

Er ließ die Bemerkung hingehen. Mehr als irgendjemand sonst? Mehr als du, Lila? Er wartete darauf, dass sie noch etwas sagte, aber das tat sie nicht, und ein Bild entstand vor seinem geistigen Auge und füllte das Schweigen aus, ein Bild, das eher eine Erinnerung war: Lila im Bett, in einem alten T-Shirt und den Socken, die sie immer trug, weil sie zu jeder Jahreszeit kalte Füße bekam, und mit einem Kissen zwischen den Knien, um die Wirbelsäule zu strecken, wegen des Babys. Ihr Baby. Eva.

»Ich wollte dir nur sagen, dass ich es tue.«

Lilas Stimme wurde leise. »Du tust was, Brad?«

»Ich ... ich freue mich für dich. Wie du es wolltest. Ich dachte mir, du solltest ... weißt du, diesmal deinen Job aufgeben. Nimm dir ein bisschen Zeit, pass besser auf dich auf. Weißt du, ich hab mich immer gefragt, ob ...«

»Das werde ich«, unterbrach Lila ihn. »Keine Sorge. Alles in Ordnung, alles normal.«

Normal. Normal, dachte er, war alles eben nicht. »Ich dachte nur ...«

»Bitte.« Sie holte tief Luft. »Du machst mich traurig. Ich muss morgen früh aufstehen.«

»Lila ...«

»Ich habe gesagt, ich muss jetzt Schluss machen.«

Er wusste, dass sie weinte. Sie gab keinen Laut von sich, der es ihm verriet, aber er wusste es. Sie dachten beide an Eva, und der Gedanke an Eva würde sie zum Weinen bringen. Darum waren sie nicht mehr zusammen und konnten es auch nicht sein. Wie viele Stunden seines Lebens hatte er sie im Arm gehalten, während sie weinte? Und das war der springende Punkt: Er hatte nie gewusst, was er sagen sollte, wenn Lila weinte. Erst später – zu spät – hatte er begriffen, dass er gar nichts sagen sollte.

»Verdammt, Brad. Ich will nicht darüber reden, nicht jetzt.«

»Es tut mir leid. Ich habe nur ... an sie gedacht.«

»Das weiß ich. Verdammt. *Verdammt.* Tu das nicht. *Tu es nicht.*«

Er hörte sie schluchzen, und dann kam Davids Stimme durch die Leitung. »Rufen Sie nicht wieder an, Brad. Das meine ich ernst. Haben Sie verstanden?«

»Lecken Sie mich am Arsch.«

»Wie Sie meinen. Aber belästigen Sie sie nicht mehr. Lassen Sie uns in Frieden.« Er legte auf.

Wolgast warf einen Blick auf sein Handy und schleuderte es dann durch das Zimmer. Es beschrieb einen schönen Bogen und drehte sich wie ein Frisbee, bevor es mit dem Knirschen von zerbrechendem Plastik an die Wand über dem Fernseher prallte. Sofort bereute er es. Aber als er sich hinkniete, um es aufzuheben, sah er, dass nur der Akkudeckel abgesprungen war, nichts weiter. Das Ding war völlig in Ordnung.

Wolgast war nur einmal auf dem NOAH-Gelände gewesen, im Sommer zuvor, um mit Colonel Sykes zusammenzutreffen. Es war eigentlich kein Bewerbungsgespräch gewesen. Man hatte ihm gleich zu verstehen gegeben, dass der Auftrag ihm gehörte, wenn er ihn haben wollte. Zwei Soldaten brachten ihn mit einem Van hin. Die Scheiben waren geschwärzt, aber Wolgast merkte, dass sie von Denver aus nach Westen fuhren, in die Berge. Die Fahrt

dauerte sechs Stunden, und am Ende war er tatsächlich eingeschlafen. Als er ausstieg, empfing ihn die helle Sonne eines Sommernachmittags. Er streckte sich und sah sich um. Aufgrund der Umgebung hätte er vermutet, dass er irgendwo in der Nähe von Ouray war, vielleicht aber auch weiter im Norden. Die Luft in seiner Lunge fühlte sich dünn und sauber an, und er spürte das erste Pochen von Höhenkopfschmerz unter der Schädeldecke.

Auf dem Parkplatz wurde er von einem Zivilisten empfangen, einem kompakten Mann in Jeans und einem Khakihemd mit aufgekrempelten Ärmeln. Eine altmodische Pilotensonnenbrille saß auf seiner breiten, etwas knolligen Nase. Das war Richards.

»Die Fahrt war hoffentlich nicht zu übel«, sagte Richards, als sie sich die Hand schüttelten. Aus der Nähe sah Wolgast, dass seine Wangen von alten Aknenarben übersät waren. »Wir sind hier ziemlich hoch. Wenn Sie nicht daran gewöhnt sind, sollten Sie es langsam angehen.«

Richards begleitete Wolgast über den Parkplatz zu einem Gebäude, das er das »Chalet« nannte: ein riesiger, vornehmer, alter Kasten mit drei Stockwerken und dem freiliegenden Balkengerüst einer altmodischen Jagdhütte. Früher waren die Berge voll von solchen Häusern gewesen, wusste Wolgast – von wuchtigen Überbleibseln einer Ära, in der es noch keine Timeshare-Apartments und modernen Ferienanlagen gegeben hatte. Vor dem Gebäude lag eine Rasenfläche, und dahinter, ungefähr hundert Meter weiter, stand eine Ansammlung von eher alltäglichen Bauten: Hohlblockbaracken, ein halbes Dutzend Militärzelte, ein flaches, gestrecktes Gebäude, das aussah wie ein Highway-Motel. Militärfahrzeuge, Humvees und kleinere Jeeps und Fünftonner, fuhren auf und ab, und mitten auf dem Rasen lag eine Gruppe von Männern, nackt bis zur Taille, mit breiten Schultern und Bürstenhaarschnitten in Liegestühlen in der Sonne.

Als sie das Chalet betraten, hatte Wolgast das verwirrende Gefühl, hinter eine Filmkulisse zu schauen: Das Haus schien bis auf das Fachwerkgerüst ausgekernt und die ursprüngliche Architektur

durch die neutralen Strukturen eines modernen Bürogebäudes ersetzt worden zu sein: graue Teppichböden, Einheitsbeleuchtung und abgehängte, mit Akustikplatten verkleidete Decken. Er fühlte sich an eine Zahnarztpraxis erinnert, oder an das Hochhaus neben der Autobahn, wo er einmal im Jahr seinen Steuerberater aufsuchte. Sie blieben an der Empfangstheke stehen. Richards forderte ihn auf, seinen BlackBerry und seine Waffe abzugeben, und er gab beides dem Wachhabenden, einem Jungen im Tarnanzug, der es registrierte. Es gab einen Aufzug, aber Richards ging daran vorbei und führte Wolgast durch einen schmalen Korridor zu einer schweren Stahltür, hinter der ein Treppenhaus lag. Sie gingen in den ersten Stock hinauf, und durch einen weiteren nichtssagenden Korridor kamen sie zu Sykes' Büro.

Sykes stand hinter seinem Schreibtisch auf, als sie eintraten: ein großer, ansehnlicher Mann in Uniform mit den diversen Streifen und kleinen farbigen Stücken auf der Brust, die Wolgast noch nie hatte deuten können. Das Büro war picobello; sämtliche Gegenstände bis hin zu den gerahmten Fotos auf dem Schreibtisch erweckten den Eindruck, als wären sie unter dem Gesichtspunkt maximaler Effizienz an ihren Platz gestellt worden. Mitten auf Colonel Sykes' Schreibtisch lag eine einzelne braune Akte, dick von zusammengefalteten Blättern. Wolgast war beinahe sicher, dass es seine Personalakte war – oder zumindest eine Kopie davon.

Sie gaben sich die Hand, und Sykes bot ihm einen Kaffee an. Wolgast nahm ihn an. Er war nicht schläfrig, aber er wusste, dass das Koffein gegen die Kopfschmerzen helfen würde.

»Entschuldigen Sie den Bullshit mit dem Van.« Sykes deutete auf einen Stuhl. »So arbeiten wir einfach.«

Ein Soldat brachte den Kaffee herein – eine Plastikkanne und zwei Porzellantassen auf einem Tablett. Richards blieb hinter Sykes' Schreibtisch stehen, vor dem breiten Fenster, das einen Ausblick auf das Waldland rings um das Gelände bot. Sykes erklärte Wolgast, was er von ihm wollte. Es war alles ganz unkompliziert, und inzwischen wusste Wolgast in groben Zügen, worum es ging:

Die Army brauchte zwischen zehn und zwanzig Todeskandidaten für die dritte Phase einer Versuchsreihe, bei der eine Medikamententherapie mit dem Codenamen Projekt NOAH getestet werden sollte. Für ihre Zustimmung würde man ihr Todesurteil in eine lebenslange Haftstrafe ohne Bewährung umwandeln. Wolgasts Aufgabe wäre es, die Unterschriften dieser Männer zu beschaffen, weiter nichts. Alles war juristisch abgesichert, weil das Projekt jedoch streng geheim war, würden all diese Männer offiziell für tot erklärt werden. Nachher würden sie den Rest ihres Lebens mit einer neuen Identität im Gewahrsam der Bundesjustiz in einem der besseren Gefängnisse des Landes verbringen. Die Auswahl der Männer würde aufgrund mehrerer Faktoren getroffen werden, aber sie alle würden zwischen zwanzig und fünfundzwanzig Jahren alt sein und keine lebenden Verwandten ersten Grades haben. Wolgast wäre Sykes unmittelbar unterstellt und würde mit niemandem sonst Kontakt haben, auch wenn er formal gesehen weiter zum FBI gehörte.

»Muss ich sie aussuchen?«, fragte Wolgast.

Sykes schüttelte den Kopf. »Das ist unsere Aufgabe. Sie bekommen Ihre Anweisungen von mir. Sie müssen lediglich die Zustimmung dieser Häftlinge erwirken. Wenn die Männer unterschrieben haben, übernimmt die Army die Sache. Die Betreffenden werden ins nächste Bundesgefängnis verlegt, und wir schaffen sie dann hierher.«

Wolgast überlegte kurz. »Colonel, ich muss Sie fragen …«

»Was wir tun?« In diesem Augenblick war es, als gestattete er sich ein beinahe menschliches Lächeln.

Wolgast nickte. »Mir ist klar, dass ich nicht ins Detail gehen kann. Aber ich soll diese Leute immerhin dazu bringen, mir ihr ganzes Leben zu überschreiben. Da muss ich ihnen etwas sagen.«

Sykes wechelte einen Blick mit Richards, und der zuckte die Achseln und sagte: »Ich lasse Sie jetzt allein.« Er nickte Wolgast zu.

Als Richards gegangen war, lehnte Sykes sich in seinem Sessel zurück. »Ich bin kein Biochemiker, Wolgast. Sie werden sich mit

der Laienversion zufriedengeben müssen. Der Hintergrund ist folgender, soweit ich es Ihnen erzählen kann. Vor etwa zehn Jahren bekam CDC, das Zentrum für Seuchenkontrolle und Prävention, einen Anruf von einem Arzt in La Paz. Er hatte vier Patienten, allesamt Amerikaner, die an etwas erkrankt waren, das aussah wie das Hanta-Virus – hohes Fieber, Erbrechen, Muskel- und Kopfschmerzen, Hypoxämie. Alle vier hatten an einer Öko-Tour teilgenommen, die tief in den Dschungel hineingeführt hatte. Sie gaben an, zu einer vierzehnköpfigen Gruppe zu gehören; sie seien von den anderen getrennt worden und wochenlang im Urwald umhergeirrt. Es war reines Glück, dass sie auf einen abgelegenen Handelsposten gestoßen waren, der von ein paar Franziskanern geführt wurde, und die sorgten dafür, dass sie nach La Paz transportiert wurden. Hanta ist in der Tat etwas anderes als ein Schnupfen, aber besonders selten ist das Virus auch wieder nicht, und deshalb wäre das alles nicht mehr als ein Pünktchen auf dem Radar des CDC gewesen, gäbe es nicht noch etwas anderes. Alle vier waren unheilbare Krebspatienten. Die Reise war veranstaltet von einer Organisation namens ›Der Letzte Wunsch‹. Sie haben davon gehört?«

Wolgast nickte. »Ich dachte, die lassen die Leute nur Fallschirm springen und solche Sachen.«

»Das dachte ich auch. Aber anscheinend ist es nicht so. Von den vieren hatte einer einen inoperablen Hirntumor, zwei hatten eine akute lymphozytische Leukämie, und eine hatte Eierstockkrebs. Und jeder Einzelne wurde gesund. Nicht nur, was die Hanta-Infektion angeht, oder was immer es war. Auch der Krebs war weg. Spurlos.«

Wolgast kam nicht mit. »Das verstehe ich nicht.«

Sykes nahm einen Schluck Kaffee. »Tja, das CDC auch nicht. Aber irgendetwas war passiert – irgendeine Interaktion zwischen ihrem Immunsystem und etwas anderem, das höchstwahrscheinlich viraler Natur war und dem sie im Dschungel ausgesetzt gewesen waren. Vielleicht etwas, das sie gegessen hatten? Oder das Wasser, das sie getrunken hatten? Niemand konnte es erklären.

Und sie konnten nicht mal genau sagen, wo sie gewesen waren.« Er beugte sich über seinen Schreibtisch nach vorn. »Wissen Sie, was die Thymusdrüse ist?«

Wolgast schüttelte den Kopf.

Sykes zeigte auf seine Brust, dicht über dem Brustbein. »Ein kleines Ding, zwischen Brustbein und Luftröhre, ungefähr so groß wie eine Eichel. Bei den meisten Menschen ist es komplett atrophiert, wenn sie in die Pubertät kommen; manche merken ihr ganzes Leben nicht, dass sie eine Thymusdrüse haben. Es sei denn, sie ist krank. Niemand weiß wirklich, wozu sie gut ist. Zumindest wusste man es nicht, bis man diese vier Patienten untersucht hatte. Die Thymusdrüse hatte sich bei ihnen irgendwie wieder eingeschaltet. Und nicht nur das: Sie war sogar auf das Dreifache ihrer üblichen Größe gewachsen. Es sah aus wie eine bösartige Geschwulst, aber das war es nicht. Außerdem hatte das Immunsystem dieser Leute in den Overdrive geschaltet. Die Zellregeneration war enorm beschleunigt. Und es gab noch andere positive Veränderungen. Wohlgemerkt, es handelte sich um Krebspatienten, allesamt über fünfzig. Und es war, als wären sie wieder Teenager. Riech-, Hör- und Sehvermögen, die Spannkraft der Haut, das Lungenvolumen, Körperkraft und Ausdauer, selbst die Sexualfunktion. Einer der Männer bekam sogar wieder dichtes Haar.«

»Und das hat ein Virus bewirkt?«

Sykes nickte. »Wie gesagt, das ist die Laienversion. Aber ich habe da unten Leute, die glauben, genau das ist passiert. Und manche von denen haben ein Diplom auf Gebieten, die ich nicht mal buchstabieren kann. Sie reden mit mir wie mit einem Kind, und dazu haben sie guten Grund.«

»Was ist aus ihnen geworden? Aus den vier Patienten?«

Sykes lehnte sich zurück, und sein Gesicht verfinsterte sich ein wenig. »Tja, das ist nun leider nicht der schönste Teil der Geschichte. Sie sind alle tot. Der letzte hat achtundsechzig Tage überlebt. Zerebrales Aneurysma, Herzinfarkt, Schlaganfall. In ihrem Körper brannte irgendwie eine Sicherung durch.«

»Und was war mit den anderen, die an der Tour teilgenommen hatten?«

»Das weiß niemand. Spurlos verschwunden, übrigens auch der Reiseveranstalter, der sich als ziemlich zwielichtige Figur erwies. Höchstwahrscheinlich hat er in Wirklichkeit als Rauschgiftkurier gearbeitet und diese Touren als Tarnung benutzt.« Sykes nahm noch einen Schluck Kaffee. »Wahrscheinlich habe ich schon zu viel gesagt. Aber ich glaube, Sie werden verstehen, warum die Sache so wichtig ist. Es geht nicht darum, eine Krankheit zu heilen. Wir reden hier davon, *alles* zu heilen. Wie lange würde der Mensch leben, wenn es keinen Krebs gäbe, keine Herz-Kreislauf-Erkrankungen, keinen Diabetes, keine Alzheimer? Und wir haben jetzt einen Punkt erreicht, an dem menschliche Versuchsobjekte nötig, ja unerlässlich sind. Kein schöner Ausdruck, aber eigentlich gibt es keinen anderen. Und an dieser Stelle kommen Sie ins Spiel. Ich brauche Sie, damit Sie mir diese Männer beschaffen.«

»Warum nicht die Marshalls? Fällt das nicht eher in deren Gebiet?«

Sykes schüttelte abschätzig den Kopf. »Das sind doch bessere Justizbeamte, wenn Sie mir den Ausdruck verzeihen wollen. Wenn ich ein Sofa hätte, das die Treppe heraufgetragen werden muss, wären sie die Ersten, die ich rufen würde. Aber hierfür? Nein.«

Sykes schlug die Akte auf seinem Schreibtisch auf und fing an zu lesen. »Bradford Joseph Wolgast, geboren in Ashland, Oregon, am 29. September 1974. 1996 Bachelor in Strafrecht, State University Buffalo, Bestnoten. Einen Anwerbungsversuch des FBI lehnt er ab, akzeptiert ein Graduiertenstipendium für Stony Brook zur Promotion in Politikwissenschaft, bricht aber nach zwei Jahren ab und tritt doch noch in den Dienst des FBI. Nach der Ausbildung in Quantico stationiert in ...« Er zog die Brauen hoch und schaute Wolgast an. »In Dayton?«

Wolgast zuckte die Achseln. »War nicht besonders aufregend.«

»Na ja, wir müssen alle unsere Zeit ableisten. Zwei Jahre in

der Provinz, ein bisschen dies, ein bisschen jenes, überwiegend Pipifax, aber durchgehend gute Beurteilungen. Nach 9/11 beantragt er Versetzung zur Terrorismusbekämpfung, achtzehn Monate Langley, dann im September 2004 dem Außenbüro Denver zugewiesen, zuständig für die Koordination mit dem Finanzministerium bei der Verfolgung von Geldern, die von russischen Staatsangehörigen durch amerikanische Banken geschleust wurden – mit anderen Worten, von der Russenmafia, aber so nennen wir sie nicht. Was die private Seite angeht: keine Parteizugehörigkeit, keine Mitgliedschaften, nicht mal ein Zeitungsabonnement. Eltern verstorben. Ein paar Dates, aber keine feste Freundin. 2006 Eheschließung mit Lila Kyle, Unfallchirurgin. Scheidung vier Jahre später.« Er klappte die Akte zu und sah Wolgast an. »Um ganz offen zu sein, Agent, wir brauchen jemanden, der einen gewissen Schliff hat. Gutes Verhandlungsgeschick, nicht nur im Umgang mit den Gefangenen, sondern auch mit der Gefängnisverwaltung. Jemanden, der sich unauffällig bewegen kann und nicht groß auffällt. Was wir hier tun, ist völlig legal – verdammt, vielleicht ist es das bedeutendste medizinische Forschungsprojekt in der Geschichte der Menschheit. Aber man könnte es leicht missverstehen. Ich erzähle Ihnen das alles, weil ich glaube, es wird Ihnen helfen zu verstehen, was hier auf dem Spiel steht, wie hoch der Einsatz ist.«

Wolgast vermutete, dass Sykes ihm vielleicht zehn Prozent der ganzen Geschichte erzählt hatte – überzeugende zehn Prozent. »Ist es ungefährlich?«

Sykes zuckte die Achseln. »Was ist schon ungefährlich? Ich werde Sie nicht belügen. Es gibt Risiken. Wir tun allerdings, was wir können, um sie zu minimieren. An einem schlechten Versuchsausgang kann niemand hier interessiert sein. Und ich erinnere Sie daran, dass es sich um Todeskandidaten handelt. Nicht die sympathischsten Männer, die Sie jemals kennenlernen werden. Viel anderes bleibt ihnen ohnehin nicht übrig. Wir geben ihnen die Chance, am Leben zu bleiben und vielleicht zugleich einen bedeutsamen Beitrag für die

medizinische Wissenschaft zu leisten. Das ist kein schlechter Deal, ganz und gar nicht. Alle Beteiligten stehen auf der Seite der Engel.«

Wolgast nahm sich noch einen letzten Augenblick Zeit zum Nachdenken. Das alles war ein bisschen schwer zu verdauen. »Ich glaube, ich begreife immer noch nicht, was das Militär dabei zu suchen hat.«

Sykes' Haltung wurde steif, er schien beinahe beleidigt zu sein. »Das begreifen Sie nicht? Denken Sie nach, Agent. Angenommen, ein Soldat auf dem Boden in Khorramabad oder in Grosny wird von einem Granatsplitter erwischt. Sagen wir, eine Straßenbombe, ein Klumpen C4 in einem Bleirohr voller Schrauben. Vielleicht auch ein russisches Geschütz vom Schwarzmarkt. Glauben Sie mir, ich habe aus erster Hand gesehen, was die Dinger anrichten. Wir müssen ihn rausbringen, und vielleicht verblutet er unterwegs, aber wenn er Glück hat, schafft er es bis ins Lazarett, wo ein Chirurg, zwei Sanitäter und drei Krankenschwestern ihn zusammenflicken, so gut sie können, bevor er nach Deutschland oder Saudi-Arabien ausgeflogen wird. Es ist schmerzhaft, es ist schrecklich, es ist ein verfluchtes Pech für ihn, und wahrscheinlich ist er raus aus dem Krieg. Er ist nicht mehr einsetzbar, ein Totalverlust. Das ganze Geld, das wir für seine Ausbildung ausgegeben haben, können wir abschreiben. Und es wird noch übler. Er kommt deprimiert nach Hause, wütend, vielleicht hat er ein Bein verloren, einen Arm oder was Schlimmeres, und er hat über nichts und niemanden mehr etwas Gutes zu sagen. Er hockt in der Bar an der Ecke und erzählt seinen Kumpels: Mein Bein ist weg, ich pisse für den Rest meines Lebens in einen Beutel – und wofür?« Sykes lehnte sich zurück und ließ seine Story wirken. »Wir sind seit fünfzehn Jahren im Krieg, Agent. Wie es aussieht, werden wir es noch einmal fünfzehn Jahre sein, wenn wir *Glück* haben. Ich mache Ihnen nichts vor. Die größte Herausforderung, vor der das Militär steht und immer gestanden hat, besteht darin, immer genug Soldaten im Feld zu haben. Nehmen wir also an, derselbe GI kriegt dasselbe Schrapnell ab, aber innerhalb eines halben Tages ist seine Verletzung geheilt, und er ist

wieder bei seiner Einheit und kämpft für Gott und sein Vaterland. Glauben Sie, an so etwas wäre das Militär nicht interessiert?«

Wolgast war zerknirscht. »Ich verstehe, was Sie meinen.«

»Gut, denn das sollten Sie auch.« Sykes' Miene hellte sich wieder etwas auf. Der Vortrag war zu Ende. »Vielleicht wird also das Militär für die Rechnung aufkommen. Gut so, sage ich, denn offen gestanden – wenn Sie wüssten, was wir bisher ausgegeben haben, würden Ihnen die Augen aus dem Kopf fallen. Ich weiß nicht, wie es Ihnen geht, aber ich würde gern noch meine Ururenkel kennenlernen. Verflucht, ich würde gern an meinem hundertsten Geburtstag einen Golfball über dreihundert Meter schlagen und dann nach Hause gehen und es meiner Frau so oft besorgen, dass sie eine Woche lang komisch geht. Wer möchte das nicht?« Sykes sah Wolgast forschend an. »Die Seite der Engel, Agent. Nicht mehr und nicht weniger. Sind wir uns einig?«

Sie schüttelten einander die Hand, und Sykes ging mit ihm zur Tür. Draußen wartete Richards, um ihn zum Van zurückzubringen. »Eine letzte Frage noch«, sagte Wolgast. »Wieso NOAH? Was bedeutet die Abkürzung?«

Sykes sah kurz zu Richards hinüber. Wolgast spürte, wie sich das Machtverhältnis verschob. Sykes mochte formal gesehen das Kommando haben, doch in gewisser Weise, da war Wolgast sich sicher, war er Richards unterstellt. Wahrscheinlich war Richards der Verbindungsmann zwischen dem Militär und denen, die in Wirklichkeit die Fäden in der Hand hatten: USAMRIID, das Heimatschutzministerium, vielleicht die National Security Agency.

Sykes wandte sich wieder Wolgast zu. »Es ist keine Abkürzung. Sagen wir's mal so. Schon mal die Bibel gelesen?«

»Ein bisschen.« Wolgast schaute zwischen den beiden hin und her. »Als Kind. Meine Mutter war Methodistin.«

Sykes gestattete sich ein zweites, letztes Lächeln. »Schlagen Sie sie noch mal auf. Die Geschichte von Noah und der Arche. Lesen Sie nach, wie lange er gelebt hat. Mehr sage ich nicht.«

Zu Hause in Denver tat Wolgast an diesem Abend, was Sykes

gesagt hatte. Er besaß keine Bibel und hatte wahrscheinlich schon seit seiner Hochzeit keine mehr gesehen. Aber er fand eine Konkordanz im Internet.

Noahs ganzes Alter ward neunhundertfünfzig Jahre, und er starb.

In diesem Augenblick begriff er, welches Puzzlestück fehlte und was Sykes nicht erwähnt hatte. Natürlich musste es in seiner Akte stehen. Und es war der Grund, weshalb sie unter allen FBI-Agenten, die sie hätten nehmen können, ausgerechnet ihn herausgepickt hatten.

Sie hatten ihn wegen Eva genommen. Weil er hatte zusehen müssen, wie seine Tochter starb.

Am Morgen weckte ihn das Zirpen seines BlackBerrys. Er hatte geträumt, und im Traum war es Lila, die ihn zurückrief, um ihm zu sagen, dass das Baby geboren war – nicht Davids Baby, sondern das, das von ihm war. Einen Augenblick lang war Wolgast glücklich, aber dann wusste er wieder, wo er war – Huntsville, das Motel –, und seine Hand fand das Telefon auf dem Nachttisch und drückte auf die Rufannahmetaste, ohne dass er einen Blick auf das Display warf, um zu sehen, wer da anrief.

»Alles okay«, sagte Sykes. »Die Sache ist geregelt. Besorgen Sie nur Carters Unterschrift. Und packen Sie Ihre Sachen noch nicht. Vielleicht müssen Sie noch eine Besorgung für uns erledigen.«

Er warf einen Blick auf die Uhr: 06:58. Doyle war unter der Dusche. Wolgast hörte das Ächzen des Wasserhahns beim Zudrehen, und dann rauschte ein Föhn los. Nebelhaft erinnerte er sich, dass er gehört hatte, wie Doyle aus der Bar zurückkam – ein kurzer Schwall von Straßenlärm durch die offene Tür, eine gemurmelte Entschuldigung. Er hatte auf die Uhr geschaut und gesehen, dass es kurz nach zwei war.

Doyle kam aus dem Badezimmer; er hatte ein Badetuch um die Taille gewickelt. Die Luft um ihn herum war feucht vom Dampf. »Gut, Sie sind wach.« Seine Augen glänzten, und seine Haut war

rot von der heißen Dusche. Wie der Kerl es schaffte, die halbe Nacht zu saufen und dann immer noch auszusehen, als wäre er bereit zu einem Marathon, war für Wolgast unbegreiflich.

Wolgast räusperte sich. »Wie läuft das Faseroptikgeschäft?«

Doyle setzte sich auf das andere Bett und fuhr sich mit der Hand durch das feuchte Haar. »Sie wären überrascht, wie interessant diese Branche ist. Die Leute unterschätzen das Faseroptikgeschäft, glaube ich.«

»Lassen Sie mich raten. Die mit der Hose?«

Doyle grinste und wackelte komisch mit den Augenbrauen. »Sie hatten alle Hosen an, Boss.« Er legte den Kopf schräg. »Was ist denn mit Ihnen passiert? Sie sehen aus, als hätte man Sie aus einem Autowrack gezogen.«

Wolgast schaute an sich herunter und stellte fest, dass er in seinen Kleidern geschlafen hatte. Das wurde allmählich zur Gewohnheit; seit der E-Mail von Lila hatte er die meisten Nächte auf dem Sofa in seinem Apartment verbracht und ferngesehen, bis er eingeschlafen war, als käme es ihm nicht mehr zu, ins Bett zu gehen wie ein normaler Mensch.

»Achten Sie nicht drauf«, sagte er. »Muss ein langweiliges Spiel gewesen sein.« Er stand auf und streckte sich. »Eine Nachricht von Sykes. Bringen wir's hinter uns.«

Sie frühstückten in einem Denny's und fuhren wieder zurück nach Polunsky. Der Direktor erwartete sie in seinem Büro. Lag es nur an seiner Stimmung heute Morgen, dachte Wolgast, oder sah der Mann aus, als hätte er auch nicht gut geschlafen?

»Sie brauchen gar nicht erst Platz zu nehmen«, sagte der Direktor und reichte ihnen einen Umschlag.

Wolgast warf einen Blick auf den Inhalt. Es war mehr oder weniger das, was er erwartet hatte: ein Strafumwandlungsbeschluss vom Büro der Gouverneurin und eine gerichtliche Verfügung, die Carter als Bundesgefangenen in ihren Gewahrsam überstellte. Vorausgesetzt, Carter unterschrieb, könnten sie ihn noch vor dem Abendessen in die Bundeshaftanstalt nach El Reno transferieren.

Von dort würde er nacheinander in drei weitere Bundesgefängnisse verlegt werden, und seine Spur würde sich immer weiter verflüchtigen. Irgendwann in zwei oder drei Wochen, höchstens in einem Monat, würde ein schwarzer Van auf das Gelände fahren, und ein Mann, der dann nur noch als Nummer 12 bekannt wäre, würde aussteigen und in die Sonne von Colorado blinzeln.

Die letzten Dokumente in dem Umschlag waren Carters Totenschein und ein Obduktionsbericht, beide auf den 23. März datiert. Am Morgen des 23., heute in drei Tagen also, würde Anthony Lloyd Carter in seiner Zelle an einem zerebralen Aneurysma versterben.

Wolgast schob alles wieder in den Umschlag und steckte ihn in die Tasche. Ein eisiges Gefühl schlängelte sich durch seinen Bauch. Wie einfach es war, einen Menschen verschwinden zu lassen – einfach so. »Danke, Sir. Wir wissen Ihre Kooperation zu schätzen.«

Der Direktor sah sie beide nacheinander an und biss die Zähne zusammen. »Ich habe außerdem die Anweisung zu sagen, dass ich noch nie von Ihnen beiden gehört habe.«

Wolgast lächelte, so gut er konnte. »Haben Sie damit ein Problem?«

»Ich nehme an, wenn ich eins hätte, gäbe es über kurz oder lang so einen Obduktionsbericht mit *meinem* Namen darauf. Ich habe *Kinder,* Agent.« Er griff zum Telefon und wählte eine Nummer. »Zwei Wärter sollen Anthony Carter zu den Käfigen bringen und dann in mein Büro kommen.« Er legte auf und sah Wolgast an. »Wenn Sie nichts dagegen haben, möchte ich Sie bitten, draußen zu warten. Wenn ich Sie noch länger sehen muss, wird es mir ziemlich schwerfallen, das alles zu vergessen. Guten Tag, Gentlemen.«

Zehn Minuten später erschienen zwei Wärter im Vorzimmer. Der Ältere sah aus wie ein gütiger, übergewichtiger Weihnachtsmann in einer Shopping Mall, aber der zweite Wärter, der nicht älter als zwanzig sein konnte, hatte einen bösartigen Zug im Gesicht, der Wolgast nicht gefiel. Es gab immer einen Wärter, dem sein Job aus den falschen Gründen Spaß machte, und dieser hier war so einer.

»Sie wollen zu Carter?«

Wolgast nickte und zeigte seinen Ausweis. »Ganz recht. Special Agents Wolgast und Doyle.«

»Mir egal, wer Sie sind«, sagte der Dicke. »Der Direktor sagt, ich soll Sie hinbringen, also werde ich das tun.«

Die Wärter führten Wolgast und Doyle in den Besucherraum. Carter saß auf der anderen Seite der Glasscheibe. Der Telefonhörer klemmte zwischen seinem Ohr und seiner Schulter. Er war schmächtig, wie Doyle gesagt hatte, und der Häftlingsoverall hing locker an seinem Körper wie die Kleidung an einer Ken-Puppe. Es gab viele Möglichkeiten, auszusehen wie ein Verdammter. Das allein war für Wolgast nichts Neues. Carters Miene zeigte jedoch weder Angst noch Wut, sondern schlichte Resignation, als hätte die Welt sein ganzes Leben hindurch langsam und unerbittlich an ihm genagt.

Wolgast deutete auf die Ketten. »Nehmen Sie ihm die bitte ab.«

Der ältere Wärter schüttelte den Kopf. »Das ist hier Vorschrift.«

»Mir egal, was es ist. Nehmen Sie sie ab.« Wolgast nahm den Hörer von der Gabel an der Wand. »Anthony Carter? Ich bin Special Agent Wolgast. Das ist Special Agent Doyle. Wir sind vom FBI. Diese Männer werden jetzt zu Ihnen herumkommen und Ihnen die Ketten abnehmen. Ich habe sie darum gebeten. Sie werden doch mit ihnen kooperieren, oder?«

Carter nickte knapp. Seine Stimme am Telefon war leise. »Ja, Sir.«

»Kann ich sonst noch etwas tun, damit Sie es bequemer haben?«

Carter sah ihn verwundert an. Wie lange war es her, dass ihm jemand eine solche Frage gestellt hatte?

»Ist schon okay«, sagte er.

Wolgast drehte sich zu den Wärtern um. »Und? Wie sieht's aus? Rede ich hier mit mir selbst, oder muss ich den Direktor anrufen?«

Die beiden schauten einander an und überlegten, was sie tun sollten. Dann ging der namens Dennis hinaus und erschien gleich

darauf auf der anderen Seite der Glasscheibe. Wolgast beobachtete ihn und ließ ihn nicht aus den Augen, während er Carter die Ketten abnahm.

»War's das?«, fragte der dicke Wärter.

»Das war's. Jetzt lassen Sie uns allein. Wir sagen dem Wachhabenden Bescheid, wenn wir fertig sind.«

»Wie Sie wollen.« Der Mann ging hinaus und schloss die Tür hinter sich.

Es gab nur einen Stuhl im Raum, einen Klappstuhl aus Metall, der aussah, als stammte er aus einer Highschool-Aula. Wolgast nahm ihn und setzte sich mitten vor die Scheibe. Doyle blieb hinter ihm stehen. Das Reden war Wolgasts Aufgabe. Er griff wieder zum Hörer.

»Besser?«

Carter zögerte und musterte ihn. Dann nickte er. »Ja, Sir. Danke. Pincher macht sie immer zu stramm.«

Der Kneifer. Wolgast registrierte es bei sich. »Hungrig? Haben Sie Frühstück bekommen?«

»Pfannkuchen.« Carter zuckte die Achseln. »Aber das war vor fünf Stunden.«

Wolgast drehte sich zu Doyle um und zog die Brauen hoch. Doyle nickte und ging hinaus. Ein paar Minuten lang wartete Wolgast nur. Trotz eines großen Rauchverbotsschilds an der Wand war die Kante der Theke vor ihm narbig und zerfurcht von braunen Brandspuren.

»Sie sagen, Sie sind vom FBI?«

»Ja, Anthony.«

Die Andeutung eines Lächelns huschte über Carters Gesicht. »Wie in der Fernsehsendung?«

Wolgast wusste nicht, wovon Carter redete, aber das war okay; so hätte Carter Gelegenheit, es ihm zu erklären.

»Welche Sendung meinen Sie, Anthony?«

»Die mit der Frau. Mit den Aliens.«

Wolgast musste kurz nachdenken, dann fiel es ihm ein.

Natürlich: *Akte X*. Die lief doch schon seit – na, seit zwanzig Jahren nicht mehr. Carter hatte sie wahrscheinlich als Kind gesehen, in den Wiederholungen. Wolgast konnte sich kaum noch daran erinnern, höchstens an die Grundidee: Entführungen durch Aliens und irgendeine Verschwörung, die alles vertuschen sollte. Das war Carters Vorstellung vom FBI.

»Ja, die hat mir auch gefallen. Kommen Sie hier drin gut zurecht?«

Carter spreizte die Schultern. »Sind Sie hergekommen, um mich das zu fragen?«

»Sie sind clever, Anthony. Nein, das ist nicht der Grund.«

»Was ist es dann?«

Wolgast beugte sich näher an die Scheibe, suchte Carters Blick und hielt ihn fest. »Ich weiß Bescheid über diese Anstalt, Anthony. Über Terrell. Ich weiß, was hier vorgeht. Ich will nur dafür sorgen, dass man Sie anständig behandelt.«

Carter beäugte ihn skeptisch. »Ganz erträglich, denke ich.«

»Sind die Wärter in Ordnung?«

»Pincher zieht die Handschellen stramm, aber meistens ist er okay.« Carter hob die knochigen Schultern. »Dennis ist kein Freund von mir. ’n paar andere auch nicht.«

Die Tür hinter Carter öffnete sich, und Doyle kam mit einem gelben Tablett aus der Kantine herein. Er stellte es vor Carter auf die Theke: ein Cheeseburger mit Fritten, fettglänzend auf einer Lage Wachspapier in einer kleinen Plastikschale. Daneben stand eine Schokomilch.

»Na los, Anthony.« Wolgast deutete auf das Tablett. »Wir können reden, wenn Sie fertig sind.«

Carter legte den Hörer auf die Theke und hob den Cheeseburger zum Mund. Drei Bissen, und das Ding war halb verschwunden. Carter wischte sich den Mund mit dem Handrücken ab und machte sich über die Fritten her. Wolgast sah zu. Carter war völlig konzentriert. Es war, als sähe man einem Hund beim Fressen zu, dachte Wolgast.

Doyle war auf seine Seite der Scheibe zurückgekommen. »Verdammt«, sagte er leise. »Der Typ hatte wirklich Hunger.«

»Hatten sie da unten auch was zum Nachtisch?«

»Ein paar vertrocknete Törtchen. Und Éclairs, die aussahen wie Hundescheiße.«

Wolgast dachte kurz nach. »Wenn ich's mir recht überlege – streichen Sie den Nachtisch. Besorgen Sie ihm ein Glas Eistee. Machen Sie's hübsch, wenn es geht. Motzen Sie es ein bisschen auf.«

Doyle runzelte die Stirn. »Er hat doch die Schokomilch. Ich weiß nicht mal, ob sie da unten überhaupt Eistee haben. Das ist wie in einer Scheune da.«

»Wir sind in Texas, Phil.« Wolgast unterdrückte die Ungeduld in seiner eigenen Stimme. »Glauben Sie mir, die haben Eistee. Besorgen Sie ihn einfach.«

Doyle zuckte die Achseln und ging wieder hinaus. Als Carter seine Mahlzeit beendet hatte, leckte er sich das Salz von jedem einzelnen Finger ab und tat einen tiefen Seufzer. Er griff zum Hörer, und Wolgast tat es auch.

»Wie geht's, Anthony? Besser?«

Wolgast hörte Carters wässrig schweren Atem durch den Hörer. Seine Augen glänzten. All die Kalorien, all die Proteinmoleküle und komplexen Kohlenhydrate trafen seinen Organismus wie ein Hammer. Es war, als hätte Wolgast ihm einen großen Whiskey spendiert.

»Ja, Sir. Danke.«

»Ein Mann muss etwas Ordentliches essen. Von Pfannkuchen allein kann man nicht leben.«

Einen Moment lang war es still. Carter leckte sich langsam die Lippen. Als er wieder sprach, flüsterte er fast. »Was wollen Sie von mir?«

»Es ist umgekehrt, Anthony.« Wolgast nickte. »Ich bin hier, um zu erfahren, was *ich* für *Sie* tun kann.«

Carter senkte den Blick und betrachtete die fettigen Überbleibsel seiner Mahlzeit. »Er hat Sie geschickt, nicht?«

»Wer, Anthony?«

»Der Mann der Frau.« Bei der Erinnerung runzelte er die Stirn. »Mr Wood. Er war schon mal hier. Hat mir erzählt, er hat zu Jesus gefunden.«

Wolgast erinnerte sich, was Doyle ihm im Wagen erzählt hatte. Es war zwei Jahre her, und Carter ging es immer noch im Kopf herum.

»Nein, er hat mich nicht geschickt, Anthony. Ich gebe Ihnen mein Wort.«

»Ich habe ihm gesagt, es tut mir leid«, sagte Carter beharrlich, und seine Stimme klang brüchig. »Ich hab's allen gesagt. Ich sag's nicht mehr.«

»Niemand verlangt es von Ihnen, Anthony. Ich weiß, dass es Ihnen leidtut. Deshalb habe ich den weiten Weg gemacht, um Sie zu besuchen.«

»Welchen weiten Weg?«

»Einen weiten Weg, Anthony.« Wolgast nickte langsam. »Einen sehr, sehr weiten Weg.«

Er schwieg und schaute Carter forschend ins Gesicht. Der Mann hatte etwas an sich, das anders war als bei den anderen. Wolgast spürte, dass der richtige Augenblick gekommen war. Es war, als ob sich eine Tür öffnete.

»Anthony, was würden Sie davon halten, wenn ich Ihnen sagte, ich kann Sie hier herausholen?«

Carter musterte ihn skeptisch durch die Trennscheibe. »Wie meinen Sie das?«

»Wie ich es sage. Sofort. Noch heute. Sie könnten Terrell verlassen und brauchten nie mehr zurückzukommen.«

Carters Augen ertranken in Verwirrung. Der Gedanke war zu viel und kam zu schnell. »Ich würde sagen, jetzt weiß ich, dass Sie mich verarschen.«

»Es ist aber nicht gelogen, Anthony. Deshalb haben wir den weiten Weg hierhergemacht. Vielleicht wissen Sie es nicht, aber Sie sind ein besonderer Mensch, Anthony. Man könnte sagen, Sie sind einzigartig.«

»Sie reden davon, dass ich hier weggehen soll?« Carter runzelte erbittert die Stirn. »Das kann nicht sein. Hab keine Berufung gekriegt. Hat mir der Anwalt geschrieben.«

»Keine Berufung, Anthony. Was Besseres. Sie kommen einfach raus hier. Wie klingt das?«

»Es *klingt* super.« Carter lehnte sich zurück und lachte trotzig. »Es *klingt* zu gut, um wahr zu sein. Das hier ist *Terrell.*«

Wolgast sah immer wieder mit Staunen, wie sehr das Akzeptieren einer Strafumwandlung den fünf Phasen der Trauer ähnelte. Im Moment war Carter in der Phase des Verleugnens. Die Vorstellung war einfach zu viel für ihn.

»Ich weiß, wo Sie sind. Ich kenne diesen Ort. Es ist der Todestrakt, Anthony. Aber das ist nicht der Ort, an den Sie gehören. Deshalb bin ich hier. Nicht für irgendjemanden. Nicht für diese anderen Männer. Ihretwegen, Anthony.«

Carters Haltung entspannte sich. »Ich bin nichts Besonderes. Das weiß ich.«

»Sind Sie doch. Vielleicht wissen Sie es nicht, aber Sie sind es. Sehen Sie, ich möchte, dass Sie mir einen Gefallen tun. Dieser Deal ist keine Einbahnstraße. Ich kann Sie hier herausholen, aber dafür müssen Sie etwas für mich tun.«

»Einen Gefallen, sagen Sie.«

»Die Leute, für die ich arbeite, Anthony, haben gesehen, was hier drin mit Ihnen passiert. Sie wissen, was im Juni passieren wird, und sie halten es nicht für richtig. Sie halten es nicht für richtig, wie man Sie behandelt hat – dass Ihr Anwalt Sie hier einfach im Stich gelassen hat. Sie wollen etwas dagegen unternehmen und haben einen Job, für den sie Sie stattdessen brauchen.«

Carter zog verständnislos die Stirn kraus. »Rasenmähen, meinen Sie? Wie bei der Lady?«

Herrje, dachte Wolgast. Der Mann hatte allen Ernstes geglaubt, er solle Rasen mähen. »Nein, Anthony. Das nicht. Etwas viel Wichtigeres.« Wolgast senkte die Stimme. »Sehen Sie, das ist der springende Punkt. Was ich von Ihnen will, ist so wichtig,

dass ich es Ihnen nicht verraten kann. Denn ich weiß es selbst nicht mal.«

»Woher wissen Sie, dass es so wichtig ist, wenn Sie nicht wissen, was es ist?«

»Sie sind ein gescheiter Mann, Anthony, und Sie haben mit dieser Frage absolut recht. Aber Sie werden mir vertrauen müssen. Ich kann Sie hier herausholen, auf der Stelle. Sie müssen nur sagen, dass Sie es wollen.«

Dies war der Augenblick, da Wolgast den Umschlag des Direktors aus der Tasche zog und öffnete. In diesem Moment fühlte er sich immer wie ein Zauberer, der seinen Zylinder hob und ein Kaninchen präsentierte. Mit der freien Hand drückte er das Dokument an die Scheibe, damit Carter es sehen konnte.

»Wissen Sie, was das ist? Das ist eine Strafumwandlung, unterzeichnet von der Gouverneurin des Staates Texas, Jenna Bush. Mit Datum von heute, ganz unten. Wissen Sie, was das ist, eine Strafumwandlung?«

Carter spähte mit schmalen Augen auf das Blatt. »Ich krieg keine Spritze?«

»Ganz recht, Anthony. Nicht im Juni, überhaupt nicht.«

Wolgast ließ das Blatt in seiner Jackentasche verschwinden. Jetzt war es ein Köder, etwas Begehrenswertes. Er steckte es zu dem anderen Dokument, das Carter würde unterschreiben müssen – das er unterschreiben *würde,* wenn das ganze Hin und Her vorbei wäre, dessen war Wolgast sich sicher. Jenes Dokument, mit dem Anthony Lloyd Carter, Strafgefangener 999642 des Staates Texas, einhundert Prozent seiner irdischen Person dem Projekt NOAH übereignete. Wenn dieses zweite Stück Papier das Tageslicht sähe, käme alles nur darauf an, dass es nicht gelesen wurde.

Carter nickte langsam. »Die hab ich immer gemocht. Schon als sie First Lady war.«

Wolgast ließ den Irrtum unkommentiert. »Sie ist nur eine von denen, für die ich arbeite, Anthony. Es gibt noch andere. Sie würden vielleicht ein paar der Namen kennen, die ich Ihnen nennen

könnte, aber das darf ich nicht. Man hat mich gebeten, Sie zu besuchen und Ihnen zu sagen, wie sehr Sie gebraucht werden.«

»Sie wollen mich also hier rausholen? Aber Sie können mir nicht sagen, worum es geht?«

»So sieht's praktisch aus, Anthony. Sagen Sie nein, und ich bin weg. Sagen Sie ja, und Sie können Terrell noch heute Abend verlassen. So einfach ist das.«

Die Tür hinter Carter öffnete sich wieder. Doyle kam mit dem Tee herein. Er hatte getan, was Wolgast ihm aufgetragen hatte: Er balancierte das Glas auf einer Untertasse mit einem langen Löffel und einer Zitronenspalte und ein paar Päckchen Zucker. Das alles stellte er vor Carter hin. Carter sah das Glas an, und sein Gesicht erschlaffte. Wolgast ging ein Licht auf. Anthony Carter war nicht schuldig, zumindest nicht so, wie das Gericht es dargestellt hatte. Bei den anderen war von Anfang an klar gewesen, womit er es zu tun hatte: Die Story war die Story. Aber nicht hier. Etwas war an jenem Tag im Garten passiert, und die Frau war gestorben. Aber das war noch nicht alles, längst noch nicht. Er sah Carter an und spürte, wie sein Geist in einen dunklen Raum eindrang, in einen Raum ohne Fenster und mit einer verschlossenen Tür. Hier, das wusste er, würde er Anthony Carter finden – in der Dunkelheit würde er ihn finden –, und dann würde Carter ihm den Schlüssel zeigen, der die Tür aufschließen konnte.

Carter blickte starr auf die Scheibe. »Ich will bloß ...«, fing er an.

Wolgast wartete darauf, dass er den Satz zu Ende brachte, aber er tat es nicht. »Was wollen Sie, Anthony? Sagen Sie's mir.«

Carter hob seine freie Hand, legte sie seitlich an die Scheibe und strich mit den Fingern daran herunter. Das Glas war kühl und ein bisschen beschlagen; Carter nahm die Hand weg und rieb einen Wassertropfen zwischen Daumen und Fingern, und sein Blick war völlig auf diese Bewegung gerichtet. Seine Konzentration war so intensiv, dass Wolgast spüren konnte, wie der Mann sein ganzes Denken dafür öffnete und sie aufnahm. Es war, als wäre das Gefühl

des kühlen Wassers an seinen Fingerspitzen der Schlüssel zu jedem Geheimnis seines Lebens. Er schaute auf und sah Wolgast an.

»Ich brauche Zeit … um das zu kapieren«, sagte er leise. »Was mit der Lady passiert ist.«

Noahs ganzes Alter ward neunhundertfünfzig Jahre …

»Die Zeit kann ich Ihnen geben, Anthony«, sagte Wolgast. »Alle Zeit der Welt. Unendlich viel«

Noch ein Augenblick verstrich. Dann nickte Carter.

»Was muss ich tun?«

Wolgast und Doyle erreichten den George-Bush-Intercontinental-Airport kurz nach sieben. Der Verkehr war mörderisch, aber sie hatten immer noch neunzig Minuten Zeit. Sie lieferten den Leihwagen ab und fuhren mit dem Shuttle zum Inlands-Terminal. Mit Hilfe ihrer Ausweise umgingen sie die Sicherheitskontrolle und schlängelten sich durch das Gedränge zum Gate am hinteren Ende des Terminals.

Doyle verzog sich, um etwas zu essen aufzutreiben; Wolgast hatte keinen Hunger, obwohl er wusste, dass er seine Entscheidung später bedauern würde, erst recht, wenn der Flug sich verspätete. Er warf einen Blick auf seinen BlackBerry. Immer noch nichts von Sykes. Das war gut. Er wollte jetzt nur noch raus aus Texas. Am Gate warteten nur wenige andere Passagiere: zwei Familien, ein paar Studenten mit Blu-ray- oder iPod-Stöpseln in den Ohren, eine Handvoll Männer in Anzügen, die telefonierten oder auf Laptops tippten. Wolgast schaute auf die Uhr: fünf vor halb acht. Inzwischen würde Anthony Carter hinten in einem Van sitzen und auf dem Weg nach El Reno sein, und er hinterließ nichts als einen Wirbel von geschredderten Dokumenten und die verblassende Erinnerung daran, dass er überhaupt jemals existiert hatte. Wenn der Tag zu Ende wäre, würde sogar seine Bundespersonennummer gelöscht sein; dann wäre der Mann namens Anthony Carter nur noch ein Gerücht, nicht mehr als eine verplätschernde Welle auf der Oberfläche der Welt.

Wolgast lehnte sich auf seinem Stuhl zurück und merkte plötzlich, wie erschöpft er war. Es überkam ihn immer so – als öffnete sich unversehens eine geballte Faust. Nach diesen Reisen war er körperlich und emotional ausgehöhlt, und er empfand leise Gewissensbisse, die er stets nur mit etwas Mühe unterdrücken konnte. Er war einfach zu verdammt gut in dem, was er tat; er verstand es zu gut, die eine Geste, das eine richtige Wort zu finden. Er verstand diese Männer instinktiv, er konnte in ihnen lesen wie in einem offenen Buch. Ein Mann brauchte nur lange genug in einer Betonschachtel zu sitzen und über seinen eigenen Tod nachzudenken, und er kochte zu milchigem Staub ein, wie das Wasser in einem Teekessel, der vergessen auf dem Herd gestanden hat. Um ihn zu verstehen, brauchte man nur noch herauszufinden, woraus dieser Staub bestand – was von ihm übrig war, wenn der Rest seines Lebens, vergangen und zukünftig, verdunstet war. Meistens war es etwas Einfaches: Zorn, Trauer, Scham oder schlicht das Bedürfnis nach Vergebung. Ein paar wenige wollten überhaupt nichts; geblieben war von ihnen nichts als eine dumpfe, animalische Wut auf die Welt und all ihre Systeme. Anthony war anders; Wolgast hatte eine Weile gebraucht, um darauf zu kommen. Anthony war wie ein menschliches Fragezeichen, der lebende und atmende Ausdruck reiner Ratlosigkeit. Er wusste wirklich nicht, *warum* er in Terrell war. Nicht dass er das Urteil nicht verstanden hatte; das war klar, und er hatte es akzeptiert, wie es fast alle taten, weil sie mussten. Um das zu wissen, brauchte man nur die letzten Worte von Todeskandidaten zu lesen. »Sagt allen, dass ich sie liebe. Es tut mir leid. Okay, Leute, bringen wir's hinter uns.« Immer ging es in diese Richtung, und es überlief einen kalt, wenn man die Worte las, wie Wolgast es seitenweise getan hatte. Aber bei Anthony Carter fehlte immer noch ein Puzzlesteinchen. Das war Wolgast klar geworden, als er gesehen hatte, wie der Mann die Trennscheibe berührt hatte – und sogar schon vorher, als er nach Rachel Woods Ehemann gefragt und, ohne es auszusprechen, gesagt hatte, es tue ihm leid. Ob Carter sich nicht daran erinnerte, was an jenem Tag

im Garten der Woods passiert war, oder ob es ihm nicht gelang, aus seinen Handlungen den Mann zusammenzufügen, für den er sich selbst hielt – Wolgast wusste es nicht. So oder so, Anthony Carter musste dieses Stückchen seiner selbst finden, bevor er starb.

Von seinem Platz aus konnte Wolgast durch die hohen Fenster des Terminals auf die Rollbahn sehen. Die Sonne ging unter, und ihre letzten Strahlen blinkten hell auf den Rümpfen der geparkten Flugzeuge. Der Heimflug war jedes Mal eine Wohltat. Ein paar Stunden in der Luft, hinter dem Sonnenuntergang her, und er war wieder er selbst. Er trank nichts, las und schlief auch nie, sondern saß einfach nur ganz still da, atmete die abgestandene Luft des Flugzeugs und schaute starr aus dem Fenster, während die Erde unter ihm in der Dunkelheit verschwand. Einmal, auf dem Rückflug von Tallahassee, war das Flugzeug um eine Gewitterfront herumgeflogen, die so groß war, dass sie aussah wie ein fliegendes Gebirge, und das wabernde Innere war von Blitzen erleuchtet gewesen wie eine Weihnachtskrippe. Eine Nacht im September: Sie waren irgendwo über Oklahoma, vermutete er, oder Kansas, jedenfalls über einer flachen, leeren Landschaft. Vielleicht war es auch weiter im Westen. In der Kabine war es dunkel. Fast alle im Flugzeug schliefen, auch Doyle, der neben ihm saß und sich ein Kissen unter die stoppelbärtige Wange geklemmt hatte. Volle zwanzig Minuten lang flog das Flugzeug am Rand des Gewitters entlang, ohne auch nur einmal zu bocken. In seinem ganzen Leben hatte Wolgast noch nie solch ein gigantisches Naturschauspiel gesehen, noch nie die immense Gewalt der Natur so direkt vor Augen geführt bekommen. Die Luft im Innern des Gewitters war ein Tumult aus purer atmosphärischer Hochspannung, und doch saß er hier, von Stille umhüllt, jagte dahin mit nichts als dreißigtausend Fuß Luft unter sich und beobachtete das alles, als wäre es ein Film auf einer Leinwand, ein Stummfilm. Er wartete darauf, dass die näselnde Stimme des Piloten knisternd aus den Lautsprechern kam und etwas über das Wetter sagte, damit die anderen Passagiere die Show ebenfalls

genießen könnten, aber das geschah nicht, und als sie mit vierzig Minuten Verspätung in Denver gelandet waren, hatte Wolgast es auch nicht erwähnt, nicht einmal Doyle gegenüber.

Jetzt dachte er, dass er gern Lila anrufen und ihr davon erzählen würde. Das Bedürfnis war so stark, so klar in seinem Kopf, dass es einen Augenblick dauerte, bis er begriff, wie verrückt es war, und dass es nur die Zeitmaschine war, die da redete. Die Zeitmaschine: Diese Bezeichnung hatte die Psychologin dafür gehabt. Sie war eine Freundin Lilas aus der Klinik, zu der sie nur zweimal gegangen waren: eine Frau von etwas über dreißig Jahren mit langem, vorzeitig ergrautem Haar und großen Augen, die ständig feucht vor Mitgefühl waren. Zu Beginn jeder Sitzung streifte sie die Schuhe ab und zog die Beine unter sich wie eine Sommercamp-Betreuerin, die jetzt mit ihnen singen würde, und sie sprach so leise, dass Wolgast sich auf dem Sofa vorbeugen musste, um sie zu verstehen. Von Zeit zu Zeit, erklärte sie mit ihrer zarten Stimme, werde Wolgasts und Lilas Verstand ihnen Streiche spielen. Wie sie es sagte, war es keine Warnung; sie konstatierte lediglich eine Tatsache. Er und Lila würden irgendetwas sehen oder tun, und plötzlich würde sie ein starkes Gefühl aus der Vergangenheit überkommen. Vielleicht würden sie zum Beispiel unversehens mit einer Packung Windeln im Einkaufswagen in der Kassenschlange im Supermarkt stehen, oder sie würden auf Zehenspitzen an Evas Zimmer vorbeigehen, als schliefe sie. Das würden die schwersten Augenblicke sein, erklärte die Frau, denn dabei würden sie den Verlust noch einmal durchleben; aber im Laufe der Zeit, versicherte sie ihnen, würde es immer seltener vorkommen.

Das Merkwürdige war nur, dass es für ihn keine schweren Augenblicke waren. Es passierte ihm immer noch hin und wieder, noch nach drei Jahren, und wenn es geschah, hatte er überhaupt nichts dagegen, ganz im Gegenteil. Es waren unerwartete Geschenke, die sein Gehirn ihm hin und wieder machte. Aber für Lila war es anders; das wusste er.

»Agent Wolgast?«

Er drehte sich um. Der schlichte graue Anzug, die preiswerten, aber bequemen Oxfordschuhe, die farblose, unauffällige Krawatte – Wolgast hätte ebenso gut in den Spiegel schauen können. Doch das Gesicht war ihm neu.

Er stand auf und zog seinen Ausweis. »Der bin ich.«

»Special Agent Williams, Büro Houston.« Sie wechselten einen Händedruck. »Ich fürchte, diese Maschine wird ohne Sie fliegen. Ich habe draußen einen Wagen für Sie.«

»Gibt es was Neues?«

Williams holte einen Umschlag aus der Tasche. »Ich glaube, Sie möchten das hier.«

Wolgast nahm den Umschlag. Er enthielt ein Fax. Er setzte sich hin und las es, und dann las er es noch einmal. Er las immer noch, als Doyle zurückkam; er trank etwas durch einen Strohhalm und hatte eine Tüte von Taco Bell in der Hand.

Wolgast hob den Kopf und sah Williams an. »Geben Sie uns einen Augenblick Zeit, ja?«

Williams wandte sich ab und spazierte durch die Halle davon.

»Was ist los?«, fragte Doyle leise. »Stimmt was nicht?«

Wolgast schüttelte den Kopf. Er reichte Doyle das Fax.

»Herr im Himmel, Phil. Es ist ein Zivilist.«

4

Schwester Lacey Antoinette Kudoto wusste nicht, was Gott wollte; aber sie wusste, er wollte etwas.

Soweit sie zurückdenken konnte, hatte die Welt so zu ihr gesprochen, flüsternd und murmelnd: im Rascheln der Palmwedel im Meereswind über dem Dorf, in dem sie aufgewachsen war, im Plätschern des kühlen Wassers auf den Steinen im Bach hinter ihrem Haus, sogar in den geschäftigen Geräuschen, die die Menschen machten, in den Motoren und Maschinen und Stimmen der menschlichen Welt. Sie war noch ein kleines Mädchen gewesen, nicht mehr als sechs oder sieben Jahre alt, als sie Schwester Margaret, die Leiterin der Klosterschule in Port Loko, gefragt hatte, was sie da hörte. Die Schwester hatte gelacht. *Lacey Antoinette,* hatte sie gesagt. *Ich muss mich über dich wundern. Weißt du es denn nicht?* Sie hatte die Stimme gesenkt und war sehr nah herangekommen. *Das ist die Stimme Gottes.*

Dabei wusste sie es sehr wohl. In dem Moment, als die Schwester es gesagt hatte, begriff Lacey, dass sie es immer schon gewusst hatte. Sie erzählte niemandem sonst von dieser Stimme. Die Art, wie die Schwester mit ihr gesprochen hatte, als sei es etwas, das nur sie beide wüssten, verriet ihr, dass das, was sie im Wind und in den Blättern hörte, im Gewebe des Daseins an sich, ein Geheimnis zwischen ihnen beiden war. Es gab Zeiten, da dieses Gefühl

zurückging, manchmal für Wochen oder sogar einen ganzen Monat lang; dann wurde die Welt wieder zu einem ganz gewöhnlichen Ort mit gewöhnlichen Dingen. Sie war davon überzeugt, dass die meisten Leute die Welt so empfanden, selbst diejenigen, die ihr am nächsten standen, ihre Eltern und Schwestern und ihre Freundinnen in der Schule; sie verbrachten ihr ganzes Leben in einem Gefängnis aus trister Stille, in einer Welt ohne Stimme. Weil sie das wusste, war sie manchmal so traurig, dass sie tagelang nicht aufhören konnte zu weinen, und dann gingen ihre Eltern mit ihr zum Arzt, zu einem Franzosen mit langen Koteletten, der Bonbons lutschte, die nach Kampfer rochen, der sie bepikste und befühlte und sie von oben bis unten mit der eiskalten Scheibe seines Stethoskops berührte, ohne je etwas zu finden. *Wie furchtbar,* dachte sie, *wie furchtbar, so zu leben, ganz allein für alle Zeit.* Aber dann ging sie eines Tages durch die Kakaofelder zur Schule, oder sie aß mit ihren Schwestern zu Abend, oder sie tat gar nichts, betrachtete nur einen Stein auf dem Boden oder lag wach in ihrem Bett – und dann hörte sie es wieder: die Stimme, die eigentlich keine Stimme war, die aus ihrem Innern kam und zugleich von überall her um sie herum, ein gedämpftes Flüstern, das nicht aus Tönen zu bestehen schien, sondern aus dem Licht selbst, und das so sanft über sie hinwegwehte wie eine Brise über dem Wasser. Als sie achtzehn war und zu den Schwestern ging, wusste sie, was es war, und dass es ihren Namen rief.

Lacey, sagte die Welt zu ihr. *Lacey. Hör zu.*

Und jetzt hörte sie es auch, viele Jahre später und einen Ozean weit entfernt, hier in der Küche des Konvents der Barmherzigen Schwestern in Memphis, Tennessee.

Nicht lange nachdem die Mutter gegangen war, hatte sie den Zettel im Rucksack des Mädchens gefunden. Etwas an dieser Situation hatte ihr Unbehagen bereitet, und als sie das Mädchen ansah, erkannte sie, was es war: Die Frau hatte ihr nicht gesagt, wie das Mädchen hieß. Das Kind war offensichtlich ihre Tochter – das gleiche dunkle Haar, die gleiche helle Haut und die langen

Wimpern, deren Enden aufwärtsgebogen waren, als hätte ein leiser Wind sie erfasst. Sie war hübsch, aber ihr Haar musste dringend gekämmt werden – es war an manchen Stellen verfilzt wie bei einem Hund –, und am Tisch hatte sie ihre Jacke angelassen, als wäre sie es gewohnt, einen Ort eilig zu verlassen. Sie sah gesund aus, wenn auch ein bisschen dünn. Ihre Hose war zu kurz und starr vor Schmutz. Als das kleine Mädchen seine Kekse restlos aufgegessen hatte, setzte Lacey sich auf den Stuhl neben ihr und fragte sie, ob sie etwas in ihrem Rucksack habe, womit sie spielen wolle, oder ein Buch, das sie zusammen lesen könnten. Das kleine Mädchen, das noch kein Wort gesprochen hatte, nickte nur und schob den Rucksack von seinem Schoß herüber. Lacey betrachtete ihn; er war pinkfarben und mit irgendwelchen Cartoonfiguren beklebt – ihre riesigen schwarzen Augen ähnelten denen des Kindes –, und sie dachte an das, was die Frau ihr erzählt hatte: dass sie ihre Tochter zur Schule habe bringen wollen.

Sie zog den Reißverschluss auf und fand den Stoffhasen, zusammengerollte Unterhosen, Söckchen, ein Etui mit einer Zahnbürste und eine halb leere Schachtel mit Erdbeer-Müsliriegeln. Sonst war nichts in diesem Rucksack – doch dann entdeckte sie das kleine Reißverschlussfach an der Seite. Es war zu spät für die Schule, erkannte Lacey, und das Mädchen hatte keine Lunchdose und keine Bücher. Sie hielt den Atem an und öffnete das Reißverschlussfach. Darin fand sie das zusammengefaltete Blatt aus einem Notizblock.

Es tut mir leid. Sie heißt Amy. Sie ist sechs Jahre alt.

Lacey betrachtete es lange. Nicht die Worte – deren Bedeutung war klar genug. Was sie betrachtete, war der Platz um die Worte herum, eine ganze weiße Seite, leer. Drei winzige Sätze waren alles, was dieses Kind auf der Welt besaß, um zu erklären, wer es war, nur drei Sätze und ein paar Kleinigkeiten in einem Rucksack. Es war bei Weitem das Traurigste, was Lacey Antoinette Kudoto in ihrem ganzen Leben gesehen hatte. So traurig, dass sie nicht einmal weinen konnte.

Es hatte keinen Sinn, der Frau nachzulaufen. Sie war inzwischen

längst weg. Und was sollte Lacey auch tun, wenn sie sie fände? Was könnte sie sagen? *Ich glaube, Sie haben etwas vergessen. Ich glaube, da ist Ihnen ein Irrtum unterlaufen.* Aber es war kein Irrtum. Lacey war klar, dass die Frau genau das getan hatte, was sie vorgehabt hatte.

Lacey faltete das Blatt zusammen und schob es in ihre tiefe Rocktasche.

»Amy«, sagte sie, und genau wie Schwester Margaret es vor all den Jahren auf dem Schulhof in Port Loko getan hatte, beugte sie sich nah an das Gesicht des Mädchens heran. Sie lächelte. »Heißt du so, Amy? Das ist ein schöner Name.«

Das Mädchen sah sich in der Küche um, hastig und beinahe verstohlen. »Kann ich Peter haben?«

Lacey überlegte kurz. Ein Bruder? Der Vater? »Natürlich«, sagte sie. »Aber wer ist Peter, Amy?«

»Er ist im Rucksack«, sagte das Mädchen.

Lacey war erleichtert: Die erste Bitte des Kindes war etwas, das sie leicht erfüllen konnte. Sie zog den Hasen aus dem Rucksack. Er war aus Baumwollplüsch und an manchen Stellen glänzend verschlissen, ein kleiner Hasenjunge mit schwarzen Knopfaugen und drahtverstärkten Ohren. Lacey reichte ihn Amy, und die setzte ihn schroff auf ihren Schoß.

»Amy«, begann Lacey, »wo ist deine Mutter hingegangen?«

»Das weiß ich nicht.«

»Und Peter?«, fragte Lacey. »Weiß Peter es? Könnte er es mir sagen?«

»Er weiß nichts«, sagte Amy. »Er ist ausgestopft.« Sie runzelte tief die Stirn. »Ich will ins Motel zurück.«

»Sag mir«, bat Lacey, »wo ist das Motel, Amy?«

»Das darf ich nicht sagen.«

»Ist es ein Geheimnis?«

Das Mädchen nickte und starrte auf die Tischplatte. Ein so großes Geheimnis, dass sie nicht einmal laut sagen konnte, es sei eins, dachte Lacey.

»Ich kann dich nicht hinbringen, wenn ich nicht weiß, wo es ist, Amy. Möchtest du das denn gern? Zurück ins Motel?«

»Es ist an der großen Straße.« Amy zupfte an ihrem Ärmel.

»Und da wohnst du mit deiner Mutter?«

Amy sagte nichts. Sie hatte eine Art, weder zu schauen noch zu sprechen und selbst in Anwesenheit einer anderen Person ganz mit sich allein zu sein, wie Lacey sie noch nie erlebt hatte. Es war fast ein bisschen beängstigend. So als wäre sie, Lacey, verschwunden.

»Ich habe eine Idee«, verkündete Lacey. »Möchtest du ein Spiel spielen, Amy?«

Das Kind beäugte sie skeptisch. »Was für eins?«

»Ich nenne es ›Geheimnisse‹. Es geht ganz einfach. Ich verrate dir ein Geheimnis, und dann verrätst du mir eins. Verstehst du? Ein Tausch. Mein Geheimnis gegen deins. Wie findest du das?«

Amy zuckte die Achseln. »Okay.«

»Also, dann fange ich an. Hier kommt mein Geheimnis. Einmal, als ich noch so klein war wie du, bin ich von zu Hause weggelaufen. Das war in Sierra Leone, wo ich herkomme. Ich war sehr wütend auf meine Mutter, weil sie mir nicht erlauben wollte, mir eine Zirkustruppe anzusehen, bevor ich meine Schulaufgaben erledigt hatte. Ich wollte unbedingt dorthin, denn ich hatte gehört, sie zeigten Kunststücke mit Pferden, und ich war verrückt nach Pferden. Ich wette, du hast Pferde auch gern, oder, Amy?«

Das Mädchen nickte. »Glaub schon.«

»Jedes Mädchen hat Pferde gern. Aber ich – ich habe sie geliebt! Um meiner Mutter zu zeigen, wie wütend ich war, weigerte ich mich, meine Hausaufgaben zu machen, und da schickte sie mich auf mein Zimmer. Oh, ich war so was von wütend! Ich stampfte in meinem Zimmer auf und ab wie eine Verrückte. Und dann dachte ich, wenn ich weglaufe, wird es ihr schon leidtun, dass sie mich so behandelt hat. Dann darf ich von jetzt an tun, was ich möchte. Das war sehr dumm, aber ich dachte es trotzdem. Und in der Nacht, als meine Eltern und meine Schwestern alle schliefen, schlich ich mich aus dem Haus. Ich wusste nicht, wohin ich gehen sollte; also

versteckte ich mich in den Feldern hinter unserem Garten. Es war kalt und sehr dunkel. Ich wollte die ganze Nacht dableiben; am Morgen würde ich dann hören können, wie meine Mutter meinen Namen rief, wenn sie aufwachte und merkte, dass ich nicht mehr da war. Aber ich schaffte es nicht. Irgendwann fing ich an zu frieren und bekam Angst. Ich ging wieder nach Hause und ins Bett, und niemand hat je erfahren, dass ich weg gewesen war.« Sie sah Amy an, die sie aufmerksam beobachtete, und lächelte, so gut sie konnte. »So. Diese Geschichte habe ich noch niemandem erzählt, bis heute. Du bist der erste Mensch in meinem Leben, der sie hört. Was sagst du dazu?«

Das Mädchen sah Lacey gespannt an. »Du bist einfach wieder nach Hause gegangen?«

Lacey nickte. »Weißt du, ich war nicht mehr so wütend. Und am nächsten Morgen kam mir alles so vor, als hätte ich es geträumt. Ich wusste nicht mehr genau, ob es wirklich passiert war, aber heute, viele Jahre später, weiß ich es.« Aufmunternd tätschelte sie Amys Hand. »Jetzt bist du an der Reihe. Hast du ein Geheimnis, das du mir erzählen kannst?«

Amy senkte den Kopf und schwieg.

»Ein kleines wenigstens?«

»Ich glaube, sie kommt nicht wieder«, sagte Amy.

Die Polizisten, die auf den Anruf hin erschienen – ein Mann und eine Frau –, kamen auch nicht weiter. Die Frau, eine untersetzte Weiße mit einem kurzen Männerhaarschnitt, sprach in der Küche mit dem Kind, während der andere Officer, ein gut aussehender Schwarzer mit einem glatten, schmalen Gesicht, sich von Lacey die Mutter beschreiben ließ. Wirkte sie nervös?, fragte er sie. War sie betrunken, auf Drogen? Wie war sie gekleidet? Hatte Lacey den Wagen gesehen? Es ging immer so weiter, aber Lacey merkte, dass er die Fragen nur stellte, weil er es musste. Er glaubte auch nicht, dass die Mutter des Mädchens wieder auftauchen würde. Ihre Antworten notierte er mit einem winzigen Bleistift auf einem

Block, der sofort wieder in der Brusttasche seiner Uniform verschwand, als er fertig war. Aus der Küche kam ein Lichtblitz: Die Polizistin hatte Amy fotografiert.

»Möchten Sie die Behörden benachrichtigen, oder sollen wir das tun?«, fragte der Polizist. »Vielleicht wäre es ja auch vernünftig, noch abzuwarten. Hat ja keinen Sinn, die Kleine sofort ins Heim zu geben, vor allem am Wochenende, wenn Sie nichts dagegen haben, sie hierzubehalten. Wir können eine Beschreibung der Frau herausgeben. Vielleicht bringt uns das weiter. Wir werden das Mädchen auch in die Datenbank vermisster Kinder eingeben. Und es könnte auch sein, dass die Mutter zurückkommt, aber wenn sie es tut, sollten Sie das Kind nicht herausgeben und uns anrufen.«

Es war kurz nach Mittag. Die übrigen Schwestern würden um eins von der Volksküche zurückkommen, wo sie den Vormittag über Regale bestückt und kistenweise Konserven und Haferflocken, Spaghettisauce und Windeln an Bedürftige verteilt hatten. Das taten sie jeden Dienstag und Freitag. Lacey hatte allerdings schon die ganze Woche Schnupfen – auch nach drei Jahren in Memphis hatte sie sich an die feuchtkalten Winter nicht gewöhnen können –, und Schwester Arnette hatte gemeint, sie solle lieber zu Hause bleiben. Es habe ja keinen Sinn, wenn sie noch kränker werde. Eine solche Entscheidung war typisch für Schwester Arnette. Dabei hatte Lacey sich heute Morgen beim Aufwachen völlig wohlgefühlt.

Sie sah den Polizisten an und sagte kurz entschlossen: »Ja, mach ich.«

Und so begab es sich, dass Lacey es unterließ, den Schwestern, als sie nach Hause kamen, die Wahrheit über das Kind zu sagen. *Das ist Amy,* sagte sie ihnen, als sie im Hausflur ihre Mäntel und Schals ablegten. *Ihre Mutter ist eine Freundin von mir. Sie wurde zu einer kranken Verwandten gerufen, und Amy wird das Wochenende bei uns bleiben.* Es war überraschend, wie leicht die Lüge ihr über die Lippen ging. Sie war nicht geübt im Täuschen, und trotzdem hatten sich die Worte schnell in ihrem Kopf

zusammengefügt und mühelos den Weg zu ihrer Zunge gefunden. Während sie sprach, warf sie Amy einen kurzen Blick zu; vielleicht würde das Kind sie verraten. Aber sie sah ein Flackern des Einverständnisses in Amys Augen. Lacey begriff, dass die Kleine es gewohnt war, Geheimnisse zu bewahren.

»Schwester«, erklärte Schwester Arnette missbilligend, »es freut mich zu sehen, dass du diesem Kind und seiner Mutter unsere Hilfe anbietest, aber wahr ist auch, dass dies etwas ist, wonach du mich vorher hättest fragen müssen.«

»Es tut mir sehr leid«, sagte Lacey. »Es war ein Notfall. Und es ist ja nur bis Montag.«

Schwester Arnette musterte Lacey und schaute dann zu Amy hinunter, die vor Lacey stand und den Rücken an ihren Faltenrock schmiegte. Dabei zog Schwester Arnette die Handschuhe aus, Finger für Finger. Die kalte Luft von draußen wirbelte noch immer in dem kleinen Hausflur.

»Dies ist ein Konvent, kein Waisenhaus. Es ist kein Ort für Kinder.«

»Das weiß ich, Schwester. Und es tut mir sehr leid. Es ging einfach nicht anders.«

Wieder verstrich ein Augenblick. *Lieber Gott,* dachte Lacey, *hilf mir, diese Frau mehr zu lieben, als ich es tue – Schwester Arnette, die herrisch ist und so viel von sich hält, aber die deine Dienerin ist wie ich.*

»Also gut«, sagte Schwester Arnette schließlich und seufzte gereizt. »Bis Montag. Sie kann das freie Zimmer haben.«

In diesem Augenblick fragte Schwester Lacey sich, warum sie gelogen hatte und warum das Lügen ihr so leichtgefallen war – als wäre es gar keine Lüge im weiteren Sinne von Wahrheit und Unwahrheit gewesen. Außerdem war ihre Geschichte voller Löcher. Was würde passieren, wenn die Polizei wiederkäme oder anriefe und wenn Schwester Arnette herausfände, was sie getan hatte? Und was würde am Montag passieren, wenn sie die Behörden anrufen müsste? Aber sie hatte keine Angst bei diesen Fragen. Das

Mädchen war ein Geheimnis, das Gott ihnen gesandt hatte. Und nicht so sehr *ihnen,* sondern speziell *ihr* – Lacey. Ihre Aufgabe war es, dieses Geheimnis zu ergründen, und mit der Lüge hatte sie sich die nötige Zeit verschafft, ebendies zu tun. Womöglich war es ja gar keine Lüge gewesen, sagte sie sich, denn wer wusste schon, ob die Mutter nicht tatsächlich zu einer kranken Verwandten gefahren war? Vielleicht war das Lügen deshalb so einfach gewesen: Der Heilige Geist hatte durch sie gesprochen, hatte sie mit der Flamme einer anderen, tieferen Wahrheit erhellt, und was er gesagt hatte, war dies: Das Kind war in Not und brauchte Laceys Hilfe.

Die anderen Schwestern freuten sich. Sie bekamen nie oder nur sehr selten Besuch, und dann meist von Priestern oder von Schwestern wie ihnen. Aber ein kleines Mädchen, das war etwas Neues. Kaum war Schwester Arnette die Treppe zu ihrem Zimmer hinaufgegangen, redeten alle durcheinander. Woher kannte Schwester Lacey die Mutter des Mädchens? Wie alt war Amy? Was tat sie am liebsten? Was war ihr Lieblingsessen? Ihre Lieblingssendung? Sie waren so sehr aus dem Häuschen, dass sie kaum bemerkten, wie wenig Amy sagte. Ja, tatsächlich sagte das Mädchen fast überhaupt nichts. Lacey redete die ganze Zeit. Also fing sie an: Abends aß Amy am liebsten Hamburger und Hotdogs – das waren ihre Leibgerichte – und zwar mit Pommes, und danach Schokoladeneis. Sie malte und bastelte gern und mochte Filme, in denen Prinzessinnen vorkamen – und Hasen, wenn so etwas zu bekommen war. Kleider würde sie auch brauchen. In der Eile hatte die Mutter den Koffer der Kleinen vergessen, so durcheinander war sie wegen ihrer eigenen Barmherzigkeitsmission gewesen (die Großmutter der Kleinen – in Arkansas, in der Nähe von Little Rock – war Diabetikerin und hatte Herzbeschwerden). Doch als sie deshalb noch einmal nach Hause fahren wollte, hatte Lacey es abgewehrt, weil sie auch so zurechtkommen würde. Die Lügen flossen so geschmeidig aus ihrem Mund und trafen auf Ohren, die sie bereitwillig aufnahmen: Eine Stunde später schien jede der Schwestern eine etwas andere Version der Geschichte zu haben. Schwester Louisa und Schwester Claire

fuhren mit dem Van zum Piggly Wiggly, um Hamburger, Hotdogs und Pommes zu holen, und dann weiter zu Wal-Mart wegen Kleidern, DVDs und Spielsachen. Schwester Tracy machte sich daran, das Abendessen zu planen, und sie verkündete, sie hätten nicht nur mit den versprochenen Hamburgern, Hotdogs und dem Schokoladeneis zu rechnen, sondern zum Eis auch noch mit einer dreischichtigen Schokoladentorte. (Sie freuten sich immer auf den Freitagabend, wenn Schwester Tracy mit dem Kochen an der Reihe war. Ihre Eltern hatten ein Restaurant in Chicago, und bevor sie zu den Schwestern gekommen war, hatte sie eine Ausbildung in der Kochakademie »Le Cordon Bleu« absolviert.) Sogar Schwester Arnette schien sich von der Partystimmung anstecken zu lassen; sie saß mit Amy und den anderen Schwestern im Aufenthaltsraum vor dem Fernseher, und sie schauten sich *Die Braut des Prinzen* an, während das Abendessen vorbereitet wurde.

Die ganze Zeit über richtete Schwester Lacey ihre Gedanken auf Gott. Als der Film, den alle wunderbar fanden, zu Ende war, gingen Schwester Louise und Schwester Claire mit Amy in die Küche, um ihr die Spielsachen zu zeigen, die sie im Wal-Mart gekauft hatten: Malbücher, Buntstifte, Klebstoff und Bastelbogen und eine Barbie-Tierhandlung, bei der Schwester Louise eine Viertelstunde gebraucht hatte, um all die kleinen Teile – Kämme, Hundebürsten, Futternäpfe und alles andere – aus dem Gefängnis der Plastikverpackung zu befreien. Lacey ging die Treppe hinauf. In der Stille ihres Zimmers betrachtete sie das Geheimnis um Amy im Gebet, und sie lauschte nach der Stimme, die sie durchwehen und mit der Kenntnis Seines Willens erfüllen würde. Aber als sie den Geist zu Gott erhob, verspürte sie nichts als eine Frage ohne klare Antwort. Auch auf diese Weise, das wusste sie, konnte Gott zu einem Menschen sprechen. Die meiste Zeit blieb Sein Wille unfasslich, und obwohl das frustrierend war, ließ sich daran nichts ändern. Die meisten Schwestern beteten in der kleinen Kapelle hinter der Küche, und Lacey tat es auch, aber ihre wirklich ernsthaften, forschenden Gebete waren Augenblicken wie diesem vorbehalten,

wenn sie allein in ihrem Zimmer war, und dann kniete sie nicht einmal, sondern saß an ihrem Schreibtisch oder auf der Kante ihres schmalen Bettes. Dann legte sie die Hände in den Schoß, schloss die Augen und schickte ihren Geist so weit hinaus, wie sie konnte. Schon als Kind hatte sie sich dabei einen Drachen an einer Schnur vorgestellt, der höher und höher stieg, während sie die Schnur abwickelte und abwartete, was passieren würde. Jetzt saß sie auf ihrem Bett und ließ den Drachen, so hoch es ging, steigen, und das imaginäre Knäuel der Schnur in ihren Händen wurde immer kleiner und leichter. Der Drachen selbst war nur noch ein winziger Farbtupfer hoch über ihrem Kopf, und sie konnte deutlich die Macht des Windes spüren, der an ihm zerrte, eine Urgewalt gegen etwas sehr Kleines.

Nach dem Abendessen kehrten die Schwestern ins Wohnzimmer zurück, um sich im Fernsehen eine Krankenhausserie anzusehen, die sie schon das ganze Jahr über verfolgt hatten, und Schwester Lacey ging mit Amy nach oben, um sie ins Bett zu bringen. Es war acht Uhr; normalerweise waren alle Schwestern um neun im Bett und standen morgens um fünf zur Frühandacht wieder auf. Damit käme ein Mädchen in Amys Alter bestimmt auch zurecht. Sie badete Amy, wusch ihr die Haare mit Himbeershampoo und massierte einen Klecks Conditioner in die verfilzten Strähnen. Dann kämmte sie sie, bis sie glatt und glänzend waren, und das tiefe Schwarz wurde mit jedem Strich des Kamms dunkler. Schließlich trug sie die alten Sachen hinunter in die Waschküche. Als sie wieder heraufkam, hatte Amy den Pyjama angezogen, den Schwester Claire am Nachmittag bei Wal-Mart gekauft hatte. Er war rosa, hatte ein Muster aus Sternen und Monden mit lächelnden Gesichtern und war aus einem Stoff, der raschelte und glänzte wie Seide. Als Lacey ins Zimmer kam, sah sie, dass Amy ratlos die Ärmel und Beine betrachtete: Sie waren zu lang und baumelten wie bei einem Clownskostüm über Hände und Füße. Lacey krempelte sie hoch. Amy putzte sich die Zähne, legte ihre Zahnbürste wieder in das Etui, wandte sich vom Spiegel ab und sah sie an.

»Soll ich hier schlafen?«

So viele Stunden waren vergangen, seit sie die Stimme des Mädchens gehört hatte, dass Lacey nicht sicher war, ob sie die Frage richtig verstanden hatte. Sie schaute Amy verdutzt an. Die Frage, so merkwürdig sie war, erschien dem Mädchen offenbar naheliegend.

»Warum solltest du im Badezimmer schlafen, Amy?«

Amy schaute zu Boden. »Mama sagt, ich muss still sein.«

Lacey wusste nicht, was sie damit anfangen sollte. »Nein, natürlich nicht. Du schläfst in deinem Zimmer. Gleich neben meinem. Ich zeige es dir.«

Das Zimmer war sauber und einfach. Die Wände waren kahl, und die Einrichtung bestand nur aus einem Bett, einer Kommode und einem kleinen Schreibtisch. Nicht einmal ein Teppich lag auf dem Boden, um ihn zu wärmen, und Lacey wünschte, sie hätte irgendetwas, um es dem Kind ein bisschen hübscher zu machen. Morgen würde sie Schwester Arnette fragen, ob sie einen kleinen Bettvorleger kaufen dürfe, damit Amy morgens nicht mit nackten Füßen über die kalten Dielen laufen musste. Sie deckte Amy zu und setzte sich auf die Bettkante. Durch den Boden hörte sie die leisen Geräusche des Fernsehers im Erdgeschoss, und in den Wänden tickten Rohrleitungen, die sich ausdehnten. Draußen strich der Wind durch das erste Märzlaub der Eichen und Ahornbäume, und das leise Summen des Abendverkehrs auf der Poplar Avenue wehte herüber. Der Zoo war nur zwei Blocks weiter, am anderen Ende des Parks. An Sommerabenden, wenn die Fenster offen standen, hörte sie manchmal das Heulen und Kreischen der Stummelaffen in ihren Käfigen. Es war seltsam und wunderbar, ihre Stimmen so weit weg von daheim zu hören, aber als sie dann in den Zoo gegangen war, hatte sie gesehen, dass es ein furchtbarer Ort war, fast ein Gefängnis: Die Pferche waren klein, die Großkatzen wurden in öden Käfigen hinter Plexiglasscheiben gehalten, und die Elefanten und Giraffen trugen Ketten an den Beinen. Alle Tiere sahen deprimiert aus. Die meisten hatten kaum Lust, sich

zu bewegen, und die Leute, die dort hinkamen, um sie zu sehen, waren laut und rüpelhaft und ließen ihre Kinder Popcorn durch die Gitter werfen, damit die Tiere Notiz von ihnen nahmen. Lacey fand es unerträglich; sie war den Tränen nahe gewesen und hatte schleunigst die Flucht ergriffen. Es brach ihr das Herz zu sehen, wie Gottes Geschöpfe völlig sinnlos so grausam und mit so kaltherziger Gleichgültigkeit behandelt wurden.

Aber als sie jetzt auf der Bettkante saß, dachte sie, dass es Amy dort vielleicht gefallen könnte. Vielleicht war sie überhaupt noch nie im Zoo gewesen. Da Lacey nichts für die armen Tiere tun konnte, erschien es ihr nicht sündhaft, ein kleines Mädchen, das so wenig Freude in seinem Leben hatte, zu ihnen zu bringen. Das wäre nicht so, als würde sie ein zweites Unrecht auf das erste setzen. Sie wollte Schwester Arnette am nächsten Morgen danach fragen, wenn sie wegen des Bettvorlegers mit ihr spräche.

»So«, sagte sie und stopfte die Decke um Amy fest. Die Kleine lag ganz still – fast als wagte sie es nicht, sich zu bewegen. »So ist alles gut. Und ich bin gleich nebenan, falls du etwas brauchst. Morgen unternehmen wir etwas Lustiges, warte nur ab. Wir beide zusammen.«

»Kannst du das Licht anlassen?«

Lacey versprach es. Sie beugte sich über das Kind und gab ihm einen Kuss auf die Stirn. Die Luft um Amy herum roch nach Marmelade, aber das kam von dem Shampoo.

»Deine Schwestern sind nett«, sagte sie.

Lacey musste lächeln; bei allem, was passiert war, hatte sie mit diesem Missverständnis irgendwie nicht gerechnet. »Ja. Hm. Das ist schwer zu erklären. Weißt du, wir sind keine *richtigen* Schwestern – nicht, wie du es meinst. Wir haben nicht dieselben Eltern. Aber trotzdem sind wir Schwestern.«

»Wie geht denn das?«

»Oh, es gibt noch andere Möglichkeiten, Schwestern zu sein. Wir sind Schwestern im Geiste. Schwestern in den Augen Gottes.« Sie gab Amys Hand einen Stups. »Sogar Schwester Arnette.«

Amy runzelte die Stirn. »Sie ist muffelig.«

»Das stimmt. Aber so ist sie eben. Sie ist froh, dass du hier bist. Wie alle hier. Ich glaube, wir haben gar nicht gewusst, was uns entgeht, bis du hergekommen bist.« Noch einmal berührte sie Amys Hand, und dann stand sie auf. »Jetzt ist genug geredet. Du brauchst deinen Schlaf.«

»Ich verspreche, dass ich still sein werde.«

Lacey blieb in der Tür stehen. »Das brauchst du nicht«, sagte sie.

In dieser Nacht hatte Lacey einen Traum, und darin war sie wieder ein kleines Mädchen in den Feldern hinter ihrem Haus. Sie kauerte unter einem niedrigen Palmbusch, dessen lange Wedel sie umgaben wie ein Zelt und an ihren Armen und ihrem Gesicht leckten. Ihre Schwestern waren auch da – und rannten weg. Hinter ihnen hörte sie Männer – besser gesagt, sie spürte sie, ihre dunkle Anwesenheit, sie hörte das Knallen von Schüssen und die Stimme ihrer Mutter, die rief und schrie: Lauft weg, Kinder, lauft weg, so schnell ihr könnt. Aber Lacey war vor Angst wie angewurzelt; es war, als hätte sie sich in eine neue Substanz verwandelt, in eine Art lebendes Holz: Sie konnte keinen Muskel bewegen. Sie hörte, wie es wieder knallte, und bei jedem Knall flammte ein Blitz auf und zerschnitt die Nacht wie ein Messer. In diesen Momenten sah sie alles um sich herum, das Haus, die Felder und die Männer, die sich darin bewegten, Männer, die sich anhörten wie Soldaten, allerdings nicht so gekleidet waren, und die mit ihren Gewehrläufen über den Boden vor ihnen fegten. So erschien ihr die Welt – in einer Serie von starren Bildern. Sie hatte Angst, konnte jedoch nicht wegschauen. Ihre Beine und Füße waren nass und merkwürdig warm: Sie merkte, dass sie sich in die Hose gemacht hatte, erinnerte sich aber nicht mehr daran, wie es passiert war. Sie schmeckte bitteren Rauch in Mund und Nase, Schweiß und noch etwas anderes, das sie kannte, ohne einen Namen dafür zu haben. Es war der Geschmack von Blut.

Dann spürte sie es: Jemand war in der Nähe. Es war einer der Männer. Sie hörte das Rasseln seines Atems in der Brust, seine tastenden Schritte, und sie roch die Angst und die Wut, die sein Körper verströmte wie einen leuchtenden Dunst. *Nicht bewegen, Lacey,* sagte die Stimme zu ihr, heiß und eindringlich. *Nicht bewegen.* Sie schloss die Augen und wagte nicht einmal zu atmen. Ihr Herz klopfte so wild in ihr, dass sie fast nichts anderes mehr war als das: ein klopfendes Herz. Sein Schatten fiel auf sie, strich wie ein großer schwarzer Flügel über ihr Gesicht und ihren Körper. Als sie die Augen wieder öffnete, war er weg, das Feld war leer, und sie war allein.

Starr vor Angst schreckte sie aus dem Schlaf. Sie begriff, wo sie war, als der Traum endlich in ihr zerbrach. Er huschte um eine Ecke und verschwand. Die Berührung der Blätter an ihrer Haut. Die wispernde Stimme. Der Geruch wie von Blut. Aber jetzt war auch das verschwunden.

Dann spürte sie es. Jemand war im Zimmer. Sie setzte sich rasch auf und sah Amy in der Tür. Lacey warf einen Blick auf die Uhr. Es war gerade Mitternacht; sie hatte erst zwei Stunden geschlafen.

»Was ist denn, Kind?«, fragte sie leise. »Fehlt dir was?«

Das kleine Mädchen kam herein. Ihr Pyjama schimmerte im Licht der Straßenlaterne vor Laceys Fenster, und es sah aus, als wäre sie von lauter Monden und Sternen umhüllt. Einen Moment lang fragte Lacey sich, ob das Kind schlafwandelte.

»Amy, hast du schlecht geträumt?«

Doch Amy sagte nichts. Im Dunkeln konnte Lacey ihr Gesicht nicht sehen. Sie schlug die Bettdecke beiseite, um dem Kind Platz zu machen.

»Es ist alles gut. Komm her.«

Wortlos kletterte Amy zu ihr in das schmale Bett. Ihr Körper strahlte Hitzewellen aus – kein Fieber, aber auch keine gewöhnliche Hitze. Sie glühte wie ein Stück Kohle.

»Du brauchst keine Angst zu haben«, sagte Lacey. »Hier kann dir nichts passieren.«

»Ich möchte hierbleiben«, sagte Amy.

Lacey begriff, dass sie nicht das Zimmer oder das Bett meinte. Sie wollte für immer hierbleiben, hier leben. Lacey wusste nicht, was sie darauf antworten sollte. Am Montag würde sie Schwester Arnette die Wahrheit sagen müssen; das war einfach unvermeidlich. Was dann – mit ihnen beiden – passieren würde, wusste sie nicht. Jetzt sah sie es ganz klar und deutlich: Durch ihre Lüge hatte sie ihr und Amys Schicksal unauflöslich miteinander verknüpft.

»Wir werden sehen.«

»Ich sag's auch niemandem. Lass sie mich nicht wegbringen.«

Ein Schauer der Angst lief ihr über den Rücken. »Wer, Amy? Wer will dich wegbringen?«

Amy antwortete nicht.

»Mach dir keine Sorgen.« Lacey legte den Arm um Amy und zog sie an sich. »Schlaf jetzt. Wir brauchen unsere Ruhe.«

Aber Lacey lag noch stundenlang wach im Dunkeln, mit weit offenen Augen.

Es war kurz nach drei Uhr morgens, als Wolgast und Doyle in Baton Rouge ankamen und in Richtung Norden weiterfuhren, auf die Grenze nach Mississippi zu. Doyle hatte die erste Schicht am Steuer übernommen, von Houston bis in die Gegend östlich von Lafayette, während Wolgast zu schlafen versucht hatte. Kurz nach zwei hatten sie abseits des Highways an einem Waffle House angehalten und die Plätze getauscht, und seitdem hatte Doyle sich fast nicht gerührt. Es nieselte ganz leicht, gerade so viel, um die Windschutzscheibe mit einem feuchten Schleier zu überziehen.

Im Süden lag der Bundeseigene Industriebezirk New Orleans, und Wolgast war froh, dort nicht hinzumüssen. Allein der Gedanke daran war deprimierend. Er war ein einziges Mal im alten New Orleans gewesen. Mit Freunden vom College war er zum Mardi Gras gefahren und hatte sich sofort von der unbändigen Energie dieser Stadt anstecken lassen – von ihrer pulsierenden Freizügigkeit, ihrem intensiven Lebensgefühl. Drei Tage

lang hatte er kaum geschlafen und auch nicht das Bedürfnis dazu gehabt. Eines frühen Morgens dann hatte er sich in der »Preservation Hall« wiedergefunden – trotz des wohlklingenden Namens war es kaum mehr als ein Schuppen gewesen und höllisch heiß noch dazu – und einem Jazzquartett zugehört, das den »St. Louis Blues« spielte, und da hatte er gemerkt, dass er seit fast achtundvierzig Stunden ununterbrochen auf den Beinen gewesen war. Die Luft in dem Laden war dick wie in einem Treibhaus, und alle tanzten und klatschten dicht zusammengedrängt, Scharen von Leuten jeden Alters und sämtlicher Hautfarben. Wo sonst fand man sich um fünf Uhr morgens wieder und hörte vier alten Schwarzen zu – keiner von ihnen war auch nur einen Tag jünger als achtzig –, wie sie Jazzmusik spielten? Aber dann war 2005 Hurrikan Katrina über die Stadt gekommen und ein paar Jahre später Hurrikan Vanessa – ein ausgewachsenes Monstrum der Kategorie fünf, das mit einer Windgeschwindigkeit von 180 Meilen pro Stunde auf das Land zugerast war und eine zehn Meter hohe Flutwelle vor sich hergetrieben hatte –, und das war dann das Ende gewesen. Jetzt war dieser Ort kaum mehr als eine riesige petrochemische Raffinerie, umgeben von einem überfluteten Tiefland, das so verpestet war, dass das Wasser aus den stinkenden Lagunen einem die Haut von der Hand ätzen konnte. In der Stadt selbst lebte niemand mehr; sogar der Himmel darüber war für jeglichen Flugverkehr gesperrt, lediglich ein Geschwader Kampfjets von der Kessler Air Force flog dort Patrouillen. Das ganze Gelände war durch Zäune gesichert und wurde von Verbänden des Heimatschutzministeriums in voller Kampfmontur bewacht. Rings um diesen abgesperrten Bereich, ungefähr zehn Meilen weit in alle Richtungen, erstreckte sich der New Orleans Housing District, ein Meer von Trailern, das ursprünglich zur Unterbringung von evakuierten Einwohnern gedacht gewesen war, jetzt aber als Schlafstätte für die Tausenden von Arbeitern diente, die den städtischen Industriekomplex bei Tag und Nacht in Gang hielten. Es war kaum mehr als ein riesenhafter Slum, eine

Mischung aus Flüchtlingslager und einer Wildweststadt; in Polizeikreisen war allgemein bekannt, dass die Mordrate im NOHD sämtliche Grenzen sprengte, aber weil es offiziell keine Stadt, ja, nicht einmal Teil eines Staates war, blieb diese Tatsache weitgehend unbeachtet.

Jetzt, kurz vor Sonnenaufgang, tauchte der Checkpoint an der Grenze nach Mississippi vor ihnen auf, ein Dorf mit funkelnden Lichtern in der frühmorgendlichen Dunkelheit. Selbst um diese Zeit gab es hier lange Warteschlangen – hauptsächlich Tanklaster auf dem Weg nach Norden, nach St. Louis oder nach Chicago. Grenzposten mit Hunden, Geigerzählern und Spiegeln an langen Stangen bewegten sich an den Fahrzeugkolonnen entlang. Wolgast hielt hinter einem Sattelschlepper an. Yosemite Sam aus den Bugs-Bunny-Cartoons schmückte die Schmutzfänger, und auf einem Autoaufkleber stand: HEUTE TREFFE ICH MEINE EXFRAU – ZWISCHEN DIE AUGEN.

Doyle regte sich und rieb sich die Augen. Er richtete sich auf und sah sich um. »Sind wir schon da, Brad?«

»Nur eine Grenzkontrolle. Schlafen Sie weiter.«

Wolgast lenkte den Wagen aus der Schlange und hielt bei dem nächstbesten Uniformierten an. Er drehte das Fenster herunter und hielt seinen Ausweis hoch.

»FBI. Können Sie uns irgendwie durchwinken?«

Der Grenzer war ein junger Kerl. Er hatte noch ein Pickelgesicht. Die gepanzerte Kleidung ließ ihn klobig erscheinen, aber Wolgast sah, dass er wahrscheinlich ein Fliegengewicht war. Er gehörte nach Hause, dachte Wolgast, wo immer das sein mochte; er sollte gemütlich im Bett liegen und von einem Mädchen aus seiner Matheklasse träumen, statt mit dreißig Pfund Kevlar am Leib an einem Highway in Mississippi zu stehen und ein Sturmgewehr vor der Brust zu halten.

Er betrachtete Wolgasts Ausweis nur flüchtig interessiert und deutete dann mit dem Kopf zu einem Betongebäude am Rande des Highways.

»Sie müssen drüben an der Station halten, Sir.«

Wolgast seufzte genervt. »Söhnchen, ich hab keine Zeit für so was.«

»Wenn Sie vorgelassen werden wollen, doch.«

In diesem Augenblick trat ein zweiter Posten in das Licht ihrer Scheinwerfer. Er drehte die Hüften seitwärts zum Wagen und nahm die Waffe von der Schulter. *Was zum ...?*, dachte Wolgast.

»Himmel noch mal, ist das wirklich notwendig?«

»Hände dahin, wo wir sie sehen können, Sir!«, bellte der zweite Mann.

»Du meine Güte«, sagte Doyle.

Der erste Soldat wandte sich dem Mann im Scheinwerferlicht zu und winkte ihm, die Waffe zu senken. »Alles okay, Duane. Die sind vom FBI.« Der zweite Mann zögerte, doch dann zuckte er die Achseln und ging weg.

»Entschuldigen Sie. Fahren Sie einfach da rum. Die lassen Sie schnell durch.«

»Das will ich ihnen auch raten«, knurrte Wolgast.

Der Wachhabende in der Station nahm ihre Ausweise und forderte sie auf zu warten, während er telefonisch ihre Nummern durchgab. FBI, Heimatschutzministerium, Staats- und sogar Ortspolizisten – alle waren jetzt in einem zentralen System gespeichert, und jede ihrer Bewegungen konnte verfolgt werden. Wolgast nahm sich einen Becher Kaffee aus der Maschine, trank ein paarmal lustlos von der dicken Brühe und warf den Becher in den Müll. An der Wand hing ein Rauchverbotsschild, doch der Raum stank wie ein alter Aschenbecher. Die Wanduhr zeigte kurz nach sechs. In einer Stunde würde die Sonne aufgehen.

Der Wachhabende kam mit ihren Ausweisen nach vorn an die Theke. Er war schlank und unauffällig und trug die aschgraue Uniform der Heimatschutzbehörde. »Okay, Gentlemen. Fahren Sie mal fröhlich weiter. Nur eins noch: Das System sagt, Sie waren heute Abend auf einen Flug nach Denver gebucht. Wahrscheinlich ein Irrtum, aber ich muss das vermerken.«

Wolgast hatte darauf eine Antwort parat. »Das stimmt. Wir wurden nach Nashville umdirigiert, um einen FBI-Zeugen abzuholen.«

Der diensthabende Officer dachte kurz darüber nach. Dann nickte er und tippte diese Angaben in seinen Computer. »In Ordnung. Schon übel, dass die Sie nicht rübergeflogen haben. Müssen ja mehr als tausend Meilen sein.«

»Wem sagen Sie das? Aber ich tue, was man mir sagt.«

»Eben.«

Sie kehrten zum Wagen zurück, und ein Posten winkte sie zur Ausfahrt. Ein paar Augenblicke später waren sie wieder auf dem Highway.

»Nashville?«, fragte Doyle.

Wolgast nickte, ohne den Blick von der Straße zu wenden. »Überlegen Sie doch mal. Auf der I-55 gibt es Checkpoints in Arkansas und Illinois, einen gleich südlich von St. Louis und einen zwischen Normal und Chicago. Aber wenn man die 40 ostwärts durch Tennessee nimmt, kommt der erste Checkpoint, wenn man quer durch den Staat gefahren ist, an der Kreuzung I-40 und 75. Ergo war dies der letzte Checkpoint zwischen hier und Nashville, und so wird das System nicht erfahren, dass wir *nie* dort waren. Wir können die Abholung in Memphis erledigen, nach Arkansas rüberfahren und den Checkpoint in Oklahoma umgehen, indem wir den Umweg um Tulsa herum machen. Nördlich von Wichita stoßen wir auf die I-70 und treffen Richards an der Grenze nach Colorado. Nur ein Checkpoint zwischen hier und Telluride, und damit wird Sykes fertig. Nirgendwo steht, dass wir je in Memphis waren.«

Doyle runzelte die Stirn. »Was ist mit der Brücke an der I-40?«

»Die müssen wir umfahren, aber es gibt einen ziemlich einfachen Umweg. Ungefähr fünfzig Meilen südlich von Memphis führt eine alte Brücke über den Fluss zu einem State Highway auf der anderen Seite, in Arkansas. Für die großen Tanklastzüge, die aus New Orleans heraufkommen, ist sie nicht zugelassen; deshalb

fahren da nur Personenwagen, und das läuft großenteils automatisiert. Der Scanner wird uns registrieren und die Kameras auch. Aber darum können wir uns später kümmern, wenn es sein muss. Und dann fahren wir einfach nach Norden und stoßen südlich von Little Rock auf die I-40.«

Sie fuhren weiter. Wolgast überlegte, ob er das Radio einschalten und vielleicht den Wetterbericht hören sollte, aber dann ließ er es bleiben. Er musste sich konzentrieren. Als der Himmel sich blassgrau färbte, waren sie bereits nördlich von Jackson. Sie kamen gut voran. Es hörte auf zu regnen und fing kurze Zeit später wieder an. Rings um sie herum erstreckte sich das Land wie eine sanfte Dünung weit draußen auf dem Meer. Wolgast dachte immer noch an die Nachricht von Sykes.

Weibliche Weiße. Amy – Nachname unbekannt. Keine weiteren Daten im System. 20323 Poplar Avenue, Memphis, TN. Zugriff spätestens Samstagnachmittag. Keine Kontaktaufnahme. TUR. Sykes.

TUR: *Travel Under Radar.*

Sie sollen nicht nur einen Geist fangen, Agent Wolgast. Sie sollen ein Geist *sein.*

»Soll ich weiterfahren?« Doyle brach das Schweigen, und Wolgast hörte an seiner Stimme, dass er an das Gleiche gedacht hatte. Amy – Nachname unbekannt. Wer war Amy – Nachname unbekannt?

Er schüttelte den Kopf. Das erste Tageslicht legte sich über das Mississippi-Delta wie eine nasse Wolldecke. Er drückte kurz auf den Wischerhebel, um die beschlagene Scheibe zu klären.

»Nein«, sagte er. »Es geht noch.«

5

Etwas stimmte nicht mit Proband Zero.

Seit vollen sechs Tagen war er nicht mehr aus der Ecke gekommen, nicht einmal zum Fressen. Er hing einfach nur da wie eine Art Rieseninsekt. Grey sah ihn auf dem Infrarotschirm, ein leuchtender Klecks im Schatten. Von Zeit zu Zeit verlagerte er seine Position ein kleines Stück weit nach rechts oder links, aber das war auch schon alles. Grey hatte nie gesehen, wie er es tat. Er wandte den Blick kurz vom Monitor oder verließ den Sicherheitsraum, um sich eine Tasse Kaffee zu holen oder im Pausenzimmer rasch eine Zigarette zu rauchen, und wenn er dann wieder hinschaute, hing Zero woanders.

Hing? Klebte? Verdammt – *schwebte*?

Niemand hatte Grey irgendetwas erklärt. Mit keinem einzigen verdammten Wort. Zum Beispiel, was Zero eigentlich *war.* Er besaß Merkmale, von denen Grey sagen würde, dass sie irgendwie menschlich waren. Zwei Arme und zwei Beine beispielsweise. Er hatte einen Kopf da, wo ein Kopf sitzen sollte, mit Ohren und Augen und einem Mund. Unten baumelte sogar so etwas wie ein Pimmel, ein zusammengerolltes Ding wie ein Seepferdchen. Aber das war's praktisch auch schon mit den Ähnlichkeiten.

Zum Beispiel: Proband Zero leuchtete. Auf dem Infrarotschirm tat das jede Wärmequelle. Proband Zeros Gestalt hingegen strahlte

auf dem Monitor wie ein brennendes Streichholz, fast so grell, dass man nicht hinschauen konnte. Sogar seine *Scheiße* leuchtete. Sein unbehaarter Körper, glatt und glänzend wie Glas, war wulstig, und seine Augen waren orangegelb wie Highway-Markierungskegel. Aber die Zähne waren das Schlimmste. Ab und zu hörte Grey ein leises Klimpern aus dem Lautsprecher, und dann wusste er, dass wieder ein Zahn aus Zeros Mund auf den Zementboden gefallen war. Ein halbes Dutzend pro Tag regnete so herunter. Sie wanderten in den Verbrennungsofen wie alles andere; es gehörte zu Greys Aufgaben, sie aufzufegen, und es überlief ihn eisig, wenn er sie sah – so lang wie die kleinen Spieße, die man in einem Cocktail bekam. Genau das Richtige, wenn man, sagen wir, ein Kaninchen häuten und in zwei Sekunden ausweiden wollte.

Etwas an Zero unterschied ihn von den anderen. Nicht dass er sehr viel anders *ausgesehen* hätte. Diese Glühstäbe waren allesamt hässliche Knilche, und im Laufe der sechs Monate, die Grey jetzt auf Ebene vier arbeitete, hatte er sich an ihr Aussehen gewöhnt. Natürlich gab es auch kleine Unterschiede, die man entdeckte, wenn man genau hinschaute. Nummer sechs war ein bisschen kleiner als die anderen, Nummer neun ein bisschen aktiver, Nummer sieben hing beim Fressen gern mit dem Kopf nach unten und machte dabei eine Heidensauerei, und Nummer eins plapperte ständig vor sich hin und gab diese gespenstischen Laute von sich, die sie alle machten: ein feuchtes Krächzen tief in der Kehle, das Grey an nichts erinnerte, das er kannte.

Nein, es war nichts äußerlich Sichtbares, wodurch Zero sich von den anderen abhob. Es war das *Gefühl,* das er weckte. Besser konnte Grey es nicht erklären. Die anderen interessierten sich für die Leute vor der Scheibe ungefähr so sehr wie ein Haufen Schimpansen im Zoo. Aber bei Zero war es anders: Zero war aufmerksam. Immer wenn sie das Gitter herunterließen und Zero im hinteren Teil des Raums einschlossen und wenn Grey sich in seinen Bioschutzanzug zwängte und durch die Luftschleuse hineinging, um sauber zu machen oder die Kaninchen hineinzubringen –

Kaninchen, Herrgott, wieso mussten es Kaninchen sein? –, kroch ein Prickeln an seinem Nacken herauf, als krabbelten Ameisen über seine Haut. Er erledigte seine Arbeit schnell und schaute fast nicht vom Boden auf, und wenn er wieder draußen und in der Dekontaminationsschleuse war, brach ihm der Schweiß in Strömen aus, und er atmete schwer. Sogar jetzt, mit einer zwei Zoll dicken Glasscheibe zwischen ihnen, hinter der Zero so hing, dass Grey nur seine große leuchtende Rückseite und die gespreizten, klauenartigen Füße sehen konnte, spürte er, wie Zeros Geist durch den Raum streifte – wie eine unsichtbare Schleppangel.

Trotzdem musste Grey zugeben, dass es alles in allem kein schlechter Job war. Er hatte in seinem Leben jedenfalls schon schlimmere gehabt. Die meiste Zeit seiner Acht-Stunden-Schicht hatte er nichts weiter zu tun, als dazusitzen, Kreuzworträtsel abzuarbeiten, den Monitor im Auge zu behalten, seine Berichte einzugeben – was Zero aß, was er nicht aß, wie viel Pisse und Scheiße von ihm durch den Abfluss gingen – und ein Backup der Festplatte zu machen, wenn ihre Kapazität nach hundert Stunden Videoaufnahmen von Zero beim Nichtstun erschöpft war.

Er fragte sich, ob die anderen auch nicht fraßen. Er würde einen der Techniker danach fragen. Vielleicht waren sie alle in den Hungerstreik getreten, und vielleicht hatten sie auch bloß die Nase voll von Kaninchen und wollten lieber Eichhörnchen oder Opossums oder Kängurus. Ein komischer Gedanke angesichts der Art, wie diese Glühstäbe fraßen – Grey hatte sich nur einmal gestattet, dabei zuzusehen, und das war einmal zu viel gewesen. Er war dabei praktisch zum Vegetarier geworden. Aber er musste auch sagen, dass sie dabei einen irgendwie kritischen Eindruck machten, als befolgten sie bestimmte Regeln beim Essen. Das fing an mit dieser Geschichte um das zehnte Kaninchen. Wer wusste schon, was da dahintersteckte? Man gab ihnen zehn Kaninchen, sie fraßen neun und ließen das zehnte, wo es war, als wollten sie es für später aufheben. Grey hatte mal einen Hund gehabt, der sich genauso benahm – er hatte ihn Brownbear genannt, ohne besonderen

Grund, denn er sah nicht besonders bärenhaft aus und war nicht mal braun, seine Farbe war eher ein sanftes Gold mit weißen Flecken um die Schnauze und auf der Brust. Dieser Hund hatte seinen Napf jeden Morgen exakt halb leergefressen und die andere Hälfte nachts verputzt. Grey hatte meistens schon geschlafen, wenn das passierte; er wachte nachts um zwei oder drei Uhr auf, weil er hörte, wie der Hund in der Küche sein hartes Trockenfutter mit den Reißzähnen krachend zerbiss, und am nächsten Morgen stand der Napf dann leer an seinem Platz vor dem Herd. Brownbear war ein guter Hund gewesen, der beste, den er je gehabt hatte. Aber das war Jahre her, viele, viele Jahre; er hatte ihn weggeben müssen, und inzwischen war Brownbear sicher längst tot.

Alle zivilen Mitarbeiter, das Reinigungspersonal und die Techniker, waren zusammen in den Baracken am Südrand des Geländes untergebracht. Die Zimmer waren nicht schlecht. Sie hatten Dusche und Kabelanschluss, und Rechnungen musste man auch nicht bezahlen. Keiner von ihnen durfte das Gelände verlassen. Das war Teil der Vereinbarung, doch das machte Grey nichts aus, denn alles, was er brauchte, hatte er hier, und die Bezahlung war gut, genauso gut wie die auf der Ölplattform, und das ganze Geld sammelte sich auf einem Auslandskonto, auf dem sein Name stand. Nicht mal Steuern wurden abgezogen; es gab da irgendein spezielles Arrangement für zivile Angestellte nach dem Bundesnotstandsgesetz zum Heimatschutz. In ein oder zwei Jahren, dachte Grey, und solange er nicht allzu viel in der Kantine für Zigaretten und Snacks verplemperte, würde er genug Geld auf der hohen Kante haben, um einen gehörigen Abstand zwischen sich und Zero und die anderen zu bringen. Die übrigen Reinigungskräfte waren ganz okay, aber er blieb lieber für sich. Er saß gern abends in seinem Zimmer vor dem Fernseher, sah den Travel Channel oder National Geographic und überlegte sich, wohin er gehen könnte, wenn das alles hier vorbei wäre. Eine Zeitlang hatte er an Mexiko gedacht. Grey vermutete, dass dort reichlich Platz sein würde, denn die Hälfte der Mexikaner stand hier vor dem Home Depot oder

einem anderen Baumarkt herum und suchte nach Arbeit. Aber letzte Woche hatte er dann eine Sendung über Französisch-Polynesien gesehen – das Wasser so blau, wie er noch kein Blau gesehen hatte, und kleine Häuser, die auf Stelzen darin standen –, und jetzt zog er es ernsthaft in Betracht. Grey war sechsundvierzig Jahre alt und rauchte wie ein Schlot, und deshalb schätzte er, dass er noch zehn gute Jahre hatte, die er genießen könnte. Sein Alter, der genauso viel geraucht hatte wie er, hatte die letzten fünf Jahre seines Lebens auf einem kleinen Wägelchen verbracht und an einem Sauerstofftank genuckelt, bevor er einen Monat vor seinem sechzigsten Geburtstag endgültig die Kurve gekratzt hatte.

Trotzdem wäre es nett gewesen, ab und zu hier rauszukommen, und sei es nur, um sich mal umzusehen. Er wusste, dass sie irgendwo in Colorado waren; das sah er an den Nummernschildern an einigen der Autos hier, und hie und da ließ jemand – vermutlich einer der Offiziere oder einer der Wissenschaftler, die nach Belieben kommen und gehen konnten – eine Ausgabe der *Denver Post* herumliegen, und deshalb war es eigentlich kein großes Geheimnis, wo sie waren, was immer Richards erzählen mochte. Einmal, als es stark geschneit hatte, war Grey mit ein paar anderen Reinigungsleuten auf das Dach der Baracke gestiegen, um den Schnee hinunterzufegen, und da hatte er durch die dichten Reihen verschneiter Bäume etwas gesehen, das aussah wie ein Wintersportort: Eine Seilbahn zog sich an einem Berghang hinauf, und auf einer Piste sausten kleine Punkte bergab. Das Ganze konnte nicht mehr als fünf Meilen weit entfernt sein. Komisch, so etwas zu sehen – mitten im Krieg und angesichts des katastrophalen Zustands der Welt. Grey war in seinem ganzen Leben noch nie Ski gelaufen, aber er wusste, dass es in Wintersportorten auch Bars und Restaurants geben musste und Whirlpools und Saunen und solche Sachen – und Leute, die im Dampf herumsaßen und plauderten und an Weingläsern nippten. Auch das hatte er auf dem Travel Channel gesehen.

Jetzt war März, immer noch Winter, und es lag noch reichlich

Schnee; wenn die Sonne unterging, ging die Temperatur in den Keller. An diesem Abend wehte außerdem ein scheußlicher Wind, und als er zurück zu den Baracken stapfte, die Hände tief in den Taschen und das Kinn in seinem Parka vergraben, hatte Grey das Gefühl, als schlüge ihm jemand immer wieder ins Gesicht. Das alles ließ ihn wieder an Bora Bora denken, an die kleinen Häuser auf Stelzen. Scheiß auf Zero, der anscheinend den Appetit auf frische Osterhäschen verloren hatte; was Zero fraß und nicht fraß, ging Grey nichts an. Wenn sie ihm sagten, er sollte ihm von jetzt an Eier Bénedict oder Toastecken servieren, würde er es mit einem Lächeln tun. Was würde so ein Haus wohl kosten? Bei einem solchen Haus würde man nicht mal ein Wasserklosett brauchen. Man stellte sich einfach ans Geländer und erledigte sein Geschäft, bei Tag oder bei Nacht. Als Grey auf den Ölplattformen im Golf von Mexiko gearbeitet hatte, hatte er das gern getan, frühmorgens oder spätabends, wenn niemand in der Nähe war. Da musste man natürlich auf den Wind achten. Aber mit einer steifen Brise im Rücken gab es nur wenige Freuden im Leben, die damit vergleichbar waren, von einer sechzig Meter hohen Plattform zu pinkeln und zu sehen, wie der Strahl im Bogen durch die Luft flog, bevor er zwanzig Stockwerke tiefer ins blaue Meer regnete. Da kam man sich gleichzeitig klein und groß vor.

Jetzt stand natürlich die gesamte Ölproduktion unter Bundesaufsicht, und anscheinend war praktisch jeder, den er aus den alten Zeiten kannte, verschwunden. Nach der Sache in Minneapolis und dem Bombenanschlag auf das Gasdepot in Secaucus, dem Attentat auf die U-Bahn in L.A. und all dem anderen, und natürlich auch nach dem, was im Iran oder Irak – wo immer es gewesen sein mochte – passiert war, hatte die komplette Wirtschaft sich festgefressen wie ein kaputtes Getriebe. Mit seinen Knien und der Raucherei und dieser einen Sache in seiner Akte war es völlig ausgeschlossen, dass sie Grey im Homeland oder sonst wo noch nahmen. Er war fast ein Jahr arbeitslos gewesen, als der Anruf gekommen war. Er war sicher gewesen, dass es wieder ein Job auf

einer Plattform sein würde, vielleicht für eine ausländische Firma. Irgendwie hatten sie es so klingen lassen, ohne es tatsächlich zu sagen, und er war überrascht gewesen, als er zu der Adresse gefahren war, in der Nähe des Messegeländes in Dallas, und festgestellt hatte, dass dort nichts als eine leere Ladenfassade in einer verlassenen Einkaufszeile war, die Fenster weiß mit Seifenschaum verschmiert. Es war früher eine Videothek gewesen. Grey hatte den Namen noch lesen können – »Movie World«, eine gespenstische Formation aus fehlenden Lettern auf dem grau verschmutzten Putz über dem Eingang. Daneben war einmal ein chinesisches Restaurant gewesen und auf der anderen Seite eine chemische Reinigung. Alles andere war nicht mehr zu erkennen. Er war ein paarmal davor auf und ab gefahren und hatte befürchtet, er sei an der falschen Adresse, und er hatte keine Lust gehabt, aus der klimatisierten Kabine seines Pick-up Trucks zu klettern, nur um hier auf eine sinnlose Phantomjagd zu gehen. Aber dann hatte er doch angehalten. Draußen war es fast vierzig Grad heiß gewesen, typisch für August, nichts jedoch, woran man sich je gewöhnen konnte. Die Luft war dick und roch schmutzig, und die Sonne knallte wie ein Hammer vom Himmel. Die Tür war abgeschlossen, aber da war ein Summer. Er drückte auf den Knopf und wartete eine Minute, während der Schweiß sich unter seinem Hemd sammelte. Dann hörte er das Klirren eines großen Schlüsselbunds hinter der Tür und das metallische Klappern des Schlosses.

Sie hatten im hinteren Teil einen kleinen Schreibtisch und ein paar Akten. Der Raum war immer noch voll von leeren Regalen, in denen einmal DVDs gestanden hatten, und aus Löchern zwischen den Deckenplatten hing ein Gewirr von Drähten und anderem Zeug. An der hinteren Wand des Ladens lehnte eine lebensgroße Pappfigur, die von einer Staubschicht bedeckt war, irgendein Filmstar, den Grey nicht erkannte, ein glatzköpfiger schwarzer Typ mit Wrap-around-Sonnenbrille und Armmuskeln, die sich unter seinem T-Shirt wölbten, als ob er zwei Dosen Schinken aus einem Supermarkt schmuggeln wollte. Auch an den Film konnte Grey

sich nicht erinnern. Er füllte ein Formular aus, aber die Leute da, ein Mann und eine Frau, warfen kaum einen Blick darauf. Während sie etwas in ihren Computer tippten, forderten sie ihn auf, in einen Becher zu pinkeln, und dann schlossen sie ihn an den Lügendetektor an, doch das gehörte zum üblichen Verfahren. Er versuchte, sich gar nicht erst vorzustellen, dass er lügen könnte, und als sie ihn nach seiner Haft in Beeville fragten, wie er es vorausgesehen hatte, erzählte er ihnen die Story ohne Schnörkel, denn angesichts der Drähte konnte er nichts verheimlichen, und ohnehin war die Sache aktenkundig, zumal in Texas, wo man auf einer Website sämtliche Gesichter und den ganzen Rest sehen konnte. Aber nicht mal das schien ein Problem zu sein. Sie schienen bereits eine Menge über ihn zu wissen, und die meisten ihrer Fragen betrafen sein Privatleben, lauter Sachen, die man nur erfuhr, wenn man danach fragte. Hatte er Freunde? (Eigentlich nicht.) Lebte er allein? (Ja, schon immer.) Hatte er lebende Verwandte? (Nur eine Tante in Odessa, die er seit zwanzig Jahren nicht mehr gesehen hatte, und zwei Cousins, an deren Namen er sich nicht erinnern konnte.) Der Trailerpark, in dem er wohnte, dort oben in Allen – wer waren da seine Nachbarn? (Was für Nachbarn?) Und so weiter in der Art. Je mehr er ihnen erzählte, desto zufriedener sahen sie aus. Sie bemühten sich, es zu verbergen, es stand ihnen jedoch im Gesicht geschrieben. Als er zu dem Schluss kam, dass sie nicht von der Polizei waren, wurde ihm klar, dass er vermutet hatte, sie könnten es sein.

Zwei Tage später – inzwischen war ihm aufgefallen, dass er den Namen des Mannes und der Frau nie erfahren hatte und dass er sie nicht mal hätte beschreiben können – saß er im Flugzeug nach Cheyenne. Das mit dem Geld und dass er ein Jahr nicht würde weggehen können, hatten sie ihm erklärt. Ihm war es recht. Sie hatten außerdem unmissverständlich klargemacht, dass er niemandem sagen dürfe, wohin er ging; aber das hätte er auch gar nicht tun können, denn er kannte ja niemanden. Am Flughafen in Cheyenne wurde er von einem Mann im schwarzen Trainingsanzug

abgeholt, den er später als Richards kennenlernte – ein drahtiger Typ, gerade mal eins fünfundsechzig groß und mit einer ständig gerunzelten Stirn. Richards ging mit ihm hinaus. Am Straßenrand vor dem Ausgang standen zwei andere Männer, die mit anderen Flügen gekommen waren, neben einem Van. Richards öffnete die Fahrertür und kam mit einem Stoffbeutel von der Größe eines Kissenbezugs zurück, den er aufsperrte wie ein Maul.

»Brieftaschen, Handys, persönliche Gegenstände, Fotos, alles, was eine Schrift trägt, einschließlich des Kugelschreibers, den ihr auf der Bank gekriegt habt«, befahl er. »Und wenn es ein verdammter Glückskeks ist. Hier rein.«

Sie leerten ihre Taschen aus, stemmten ihre Reisetaschen auf die Gepäckablage und stiegen durch die Seitentür ein. Erst als Richards die Tür geschlossen hatte, sah Grey, dass die Fenster geschwärzt waren. Von außen sah der Wagen aus wie ein ganz gewöhnlicher Van, aber drinnen war es anders: Die Fahrerkabine war abgetrennt, hinten war es nichts als ein Blechkasten mit am Boden festgeschraubten Vinylsitzen. Richards hatte gesagt, sie dürften einander ihre Vornamen nennen, aber weiter nichts. Die beiden anderen hießen Jack und Sam. Sie hatten enorme Ähnlichkeit mit Grey. Er meinte fast, sein Spiegelbild zu sehen: weiße Typen mittleren Alters mit Bürstenhaarschnitt, aufgequollenen roten Händen und einer Arbeiter-Sonnenbräune, die an den Handgelenken und am Kragen aufhörte. Greys Vorname war Lawrence, aber den benutzte er kaum. Aus seinem eigenen Munde klang er sonderbar. Als er ihn ausgesprochen und dem Mann namens Sam die Hand geschüttelt hatte, fühlte er sich verändert, als wäre er in Dallas ins Flugzeug gestiegen und als anderer Mensch in Cheyenne gelandet.

In dem verdunkelten Van war nicht zu erkennen, wohin sie fuhren, und die Fahrt weckte leise Übelkeit. Nach allem, was Grey mitbekam, umkreisten sie nur immer wieder den Flughafen. Weil es nichts zu tun oder zu sehen gab, waren sie alle bald eingeschlafen. Als Grey aufwachte, hatte er das Zeitgefühl verloren.

Außerdem musste er pinkeln wie ein Stier. Das war das Depo. Er stand auf und klopfte mit den Fingerknöcheln an die Schiebeluke. »Hey, ich muss mal anhalten«, rief er.

Richards schob die Luke auf und eröffnete Grey einen Blick durch die Frontscheibe nach vorn. Die Sonne war untergangen; die Straße vor ihnen, eine zweispurige Asphaltstraße, war dunkel und leer. In der Ferne schimmerte ein violetter Lichtstreifen, wo der Himmel an eine Bergkette stieß.

»Ich muss pinkeln«, sagte Grey. »Sorry.«

Hinter ihm im Abteil wachten die beiden anderen Männer auf. Richards langte nach unten und reichte Grey eine durchsichtige Plastikflasche mit breiter Öffnung nach hinten.

»Da soll ich reinpissen?«

»Genau.«

Richards schloss das Fenster ohne ein weiteres Wort. Grey setzte sich wieder auf seinen Platz und betrachtete die Flasche in seiner Hand. Groß genug war sie vermutlich. Aber die Vorstellung, hier im Wagen vor den Augen der anderen Männer sein Ding herauszuholen, als wäre da nichts weiter dabei, bewirkte, dass die Muskeln rings um seine Blase sich zusammenzogen wie eine Schlinge.

»Mich bringt keiner dazu, da reinzupinkeln«, sagte der Mann namens Sam. Er saß mit geschlossenen Augen da und hielt die Hände auf dem Schoß verschränkt, und in seinem Gesicht lag der Ausdruck intensiver Konzentration. »Ich halte einfach ein.«

Sie fuhren ein Stück, und Grey versuchte, an etwas zu denken, das ihn von seiner platzenden Blase ablenken würde, doch davon wurde alles nur noch schlimmer. Es fühlte sich an, als schwappte da ein Ozean in ihm herum. Sie fuhren durch ein Schlagloch, und der Ozean brandete ans Ufer. Er hörte sich stöhnen.

»Hey!«, schrie er und hämmerte wieder an die Luke. »Hey, da vorn! Das ist ein Notfall!«

Richards schob die Luke auf. »Was ist jetzt schon wieder?«

»Hören Sie«, sagte Grey. Er schob den Kopf durch die schmale Öffnung und senkte die Stimme, damit die anderen ihn nicht

hören konnten. »Das geht nicht. Im Ernst. Ich kann diese Flasche nicht benutzen. Sie müssen anhalten.«

»Halten Sie doch einfach ein, verflucht!«

»Ich mein's ernst. Ich flehe Sie an. Ich kann … ich *kann* das nicht so. Das ist was Medizinisches bei mir.«

Richards seufzte genervt. Ihre Blicke trafen sich kurz im Rückspiegel, und Grey fragte sich, ob der Mann Bescheid wusste. »Bleiben Sie da, wo ich Sie sehen kann, und keine Mätzchen. Das meine ich verdammt ernst.«

Er hielt am Straßenrand an. »Los, los …«, murmelte Grey, und dann ging die Tür auf, und er sprang hinaus, weg vom Licht des Vans. Er stolperte die Böschung hinunter, und jede Sekunde vertickte, als hätte er eine Bombe im Unterleib. Dann war er auf einer Art Weide. Eine dünne Mondsichel stand am Himmel und überstäubte die Spitzen der Grashalme mit eisigem Glanz. Er musste mindestens fünfzehn Meter weit wegkommen, vielleicht noch ein bisschen weiter, wenn er es richtig hinkriegen wollte. Er kam zu einem Zaun, und trotz seiner kaputten Knie und des Drucks in seiner Blase flog er wie ein Pfeil darüber hinweg. Er hörte Richards hinter sich, der ihm nachschrie: *Fuck,* bleiben Sie sofort stehen, verdammt!, und dann hörte er, wie er auch den anderen Männern hinterherschrie. Taufeuchtes Gras streifte seine Hosenbeine und durchnässte seine Stiefelspitzen. Ein roter Lichtpunkt hüpfte vor ihm über das Feld, aber er hatte keine Ahnung, was das war. Er roch Kühe und spürte ihre massige Anwesenheit in seiner Nähe, irgendwo auf dem Feld. Eine neue Woge der Panik durchströmte ihn: Was, wenn sie ihn beobachteten?

Aber es war zu spät, er musste es jetzt einfach laufen lassen, er konnte keine Sekunde länger warten. Er blieb stehen, riss den Reißverschluss herunter und pisste so machtvoll in die Dunkelheit, dass er vor Erleichterung aufstöhnte. Kein schlaffer goldener Bogen – das Wasser schoss aus ihm hervor wie aus einem geborstenen Hydranten. Er pisste und pisste, und dann pisste er noch mehr. Allmächtiger Gott, es war das wunderbarste Gefühl der Welt, so

zu pissen – als hätte man einen riesigen Stöpsel aus ihm herausgezogen. Er war beinahe froh, dass er so lange gewartet hatte.

Dann war es vorbei. Seine Tanks waren leer. Einen Moment lang blieb er stehen und spürte die kühle Abendluft an seinem entblößten Körper. Eine unermessliche Ruhe erfüllte ihn, ein beinahe himmlisches Wohlbehagen. Das Feld dehnte sich um ihn herum wie ein endloser Teppich im Zirpen der Grillen. Er nahm eine Parliament aus der Schachtel in seiner Hemdtasche und zündete sie an, und als der Rauch in seine Lunge strömte, wandte er das Gesicht zum Horizont. Er hatte den Mond bis jetzt kaum bemerkt – eine dünne Rinde aus Licht, fast wie ein abgeschnittener Fingernagel, schwebte dort über den Bergen. Der Himmel war voller Sterne.

Er drehte sich um und schaute in die Richtung, aus der er gekommen war. Er sah die Scheinwerfer des Vans, der am Straßenrand parkte, und Richards in seinem Trainingsanzug, der dort wartete und etwas hell Glänzendes in der Hand hielt. Als Grey über den Zaun zurückkletterte, sah er, wie Jack vom Feld zurückkam, und dann entdeckte er Sam, der von der anderen Seite über die Straße kam. Alle drei erreichten den Van gleichzeitig.

Richards stand im Lichtkegel der Scheinwerfer und stemmte die Hände in die Hüften. Was immer er in der Hand gehalten hatte, war verschwunden.

»Danke«, sagte Grey über das Geräusch des laufenden Motors hinweg. Er nahm einen letzten Zug aus seiner Zigarette und warf die Kippe auf den Asphalt. »Ich musste wirklich nötig.«

»*Fuck you*«, sagte Richards. »Sie haben keine Ahnung.« Jack und Sam schauten zu Boden. Richards deutete mit dem Kopf auf die offene Seitentür des Wagens. »Rein mit euch. Und kein verdammtes Wort mehr.«

In zerknirschtem Schweigen nahmen sie ihre Plätze ein, und Richards fuhr weiter. Und im selben Moment begriff Grey. Er brauchte sie nicht anzusehen, um es zu wissen. Die beiden anderen, Jack und Sam – sie waren genau wie er. Und noch etwas: Das

Ding, das Richards in der Hand gehalten hatte und das jetzt vermutlich im Hosenbund seines Trainingsanzugs steckte oder wohl verwahrt im Handschuhfach lag, und der kleine tanzende Lichtpunkt im Gras, rot wie ein einzelner Blutstropfen …

Grey wusste: Noch ein Schritt, und Richards hätte ihn erschossen.

Einmal im Monat bekam Grey eine Depo-Provera-Injektion, und jeden Morgen nahm er eine winzige sternförmige Tablette: Spironolakton. Daran hielt er sich seit über sechs Jahren. Es war Bedingung für seine Freilassung gewesen.

Ehrlich gesagt machte es ihm nichts aus. Er musste sich nicht mehr so oft rasieren; das war ein Vorteil. Das Spironolakton, ein Antiandrogen, verkleinerte seine Hoden; seit er es nahm, rasierte er sich nur noch jeden zweiten oder dritten Tag, und das Barthaar war feiner und nicht mehr so hart – fast wieder wie in seiner Jugend. Seine Haut war reiner und weicher, trotz der Zigaretten. Und natürlich gab es den »psychologischen Nutzen«, wie der Gefängnispsychiater es genannt hatte. Es kam alles nicht mehr so sehr an ihn heran wie früher, als das Gefühl manchmal tagelang in ihm wühlen konnte, als hätte er eine Glasscherbe verschluckt. Er schlief wie ein Stein und konnte sich nie an seine Träume erinnern. Was immer ihn dazu gebracht hatte, an jenem Tag vor fünfzehn Jahren – an dem Tag, als alles angefangen hatte – mit seinem Pick-up Truck anzuhalten, war längst verschwunden. Immer wenn er seine Gedanken dorthin zurückwandern ließ, in jene Zeit damals und zu allem, was danach gekommen war, überkam ihn ein übles Gefühl. Aber tatsächlich war auch dieses Gefühl verschwommen wie ein unscharfes Foto. Es war, als ärgerte man sich über einen regnerischen Tag, an dem doch niemand etwas ändern konnte.

Aber das Depo setzte seiner Blase höllisch zu, denn es war ein Steroid. Dass er von niemandem gesehen werden wollte, gehörte vermutlich einfach zu der neuen Art und Weise, wie sein Kopf jetzt funktionierte. Der Seelenklempner hatte ihm davon erzählt,

und wie alles andere war es genau so gekommen, wie der Mann es vorausgesagt hatte. Die Unannehmlichkeiten waren geringfügig, aber das Mittel half Grey, hier und da wegzuschauen. Bei Kids zum Beispiel – deshalb war ihm die Arbeit auf der Ölplattform so sehr entgegengekommen. Bei schwangeren Frauen. Bei Highway-Raststätten. Bei den meisten Dingen im Fernsehen – Sendungen, die er früher angesehen hatte, ohne sich etwas dabei zu denken, nicht nur bei Sexkram, sondern auch bei so Sachen wie Boxen oder Nachrichten. Er musste sich mindestens zweihundert Meter von einer Schule und Kindertagesstätte fernhalten, und das war ihm recht. Zwischen drei und vier Uhr nachmittags fuhr er überhaupt nicht mit dem Wagen, wenn es sich vermeiden ließ, und nahm einen Umweg von mehreren Blocks in Kauf, wenn er dadurch einem Schulbus aus dem Weg gehen konnte. Sogar die *Farbe* Gelb konnte er nicht mehr ausstehen. Es war alles ein bisschen irre, und ganz sicher hätte er es niemandem erklären können, doch es war auf jeden Fall tausendmal besser als das Gefängnis. Und mehr als das: Es war tausendmal besser als das Leben, das er vorher geführt hatte, als er sich immer gefühlt hatte wie eine Bombe kurz vor der Explosion.

Wenn sein Vater ihn jetzt sehen könnte, dachte er. So wie er sich mit den Medikamenten fühlte, könnte Grey sich vielleicht sogar dazu durchringen, ihm zu verzeihen. Der Knastpsychiater, Dr. Wilder, hatte viel vom Verzeihen geredet. »Verzeihen« war wohl einfach sein Lieblingswort Nummer eins und Spitzenreiter aller Zeiten gewesen. Im Verzeihen, erklärte Wilder, bestand der erste Schritt auf der langen, langen Straße zur Genesung. Es war eine Straße, aber manchmal war es auch eine Tür, und nur wenn man durch diese Tür ging, konnte man seinen Frieden mit der Vergangenheit schließen und seinem inneren Dämon ins Auge sehen, dem »schlechten Ich« im »guten Ich«. Beim Reden benutzte Wilder oft seine Finger und malte damit kleine Anführungszeichen in die Luft. Grey fand, dass Wilder die meiste Zeit einen Haufen Scheiße redete. Wahrscheinlich erzählte er jedem den gleichen

Stuss. Aber Grey musste zugeben, dass etwas dran gewesen war an Wilders Zeug über das »schlechte Ich«. Der schlechte Grey war ja durchaus real, und eine Zeitlang – genauer gesagt, fast sein ganzes Leben lang – war der schlechte Grey der einzige Grey gewesen, den es gab. Und das war das Beste an den Medikamenten und der Grund, weshalb er vorhatte, sie den Rest seines Lebens zu nehmen, selbst wenn die vom Gericht festgesetzten zehn Jahre vorbei wären: Der schlechte Grey war jemand, dem er nie wieder begegnen wollte.

Grey stapfte durch den Schnee zu den Baracken und aß einen Teller Burritos, bevor er in sein Zimmer ging. Dienstags war Bingo Night, aber Grey konnte sich dafür nicht besonders begeistern; er hatte zweimal gespielt und mindestens zwanzig Dollar verloren, und die Soldaten gewannen immer, was ihn vermuten ließ, dass das Spiel gezinkt war. Es war sowieso ein blödes Spiel und eigentlich nur ein Vorwand zum Rauchen, und das konnte er gratis in seinem Zimmer. Er legte sich auf sein Bett, zwei Kopfkissen unter dem Kopf, einen Aschenbecher auf dem Bauch, und schaltete den Fernseher ein. Viele Sender waren gesperrt; es gab kein CNN, kein MSNBC, kein GOVTV, kein MTV, kein E! – nicht dass er sich diese Sender noch angesehen hätte –, und wenn die Werbung kam, wurde der Bildschirm für eine oder zwei Minuten blau, bis das Programm weiterging. Er zappte durch die Kanäle, bis er etwas Interessantes gefunden hatte: eine Sendung auf War Network über die Invasion der Alliierten in Frankreich. Für Geschichte hatte Grey immer etwas übriggehabt, und damals in der Schule war er sogar ziemlich gut darin gewesen. Er hatte ein Talent für Namen und Daten, und wenn man die im Kopf auf der Reihe hatte, bestand der Rest anscheinend nur noch im Ausfüllen der Leerstellen. Grey lag ausgestreckt auf dem Bett, immer noch im Overall, rauchte und schaute zu. Auf dem Bildschirm purzelten ganze Bootsladungen von GIs an die Strände, schossen wild um sich, gingen vor der Artillerie in Deckung und schleuderten ihre Handgranaten. Hinter ihnen, draußen auf dem Meer, über-

schütteten schwere Geschütze die Klippenküste des von den Nazis besetzten Frankreich mit Blitz und Donner. Das war noch ein Krieg, dachte Grey. Das Filmmaterial war verwackelt und die halbe Zeit unscharf, aber in einer Einstellung sah Grey ganz deutlich einen Arm – einen Nazi-Arm –, der sich aus der Schießscharte eines Bunkers reckte, den ein netter amerikanischer Junge soeben mit dem Flammenwerfer attackiert hatte. Der Arm war verbrannt und qualmte wie ein Hühnerflügel, den man auf dem Grill vergessen hatte. Greys alter Herr hatte zwei Vietnameinsätze als Sanitäter hinter sich gebracht, und Grey fragte sich, was er wohl zu so etwas gesagt hätte. Dass sein Vater Sanitäter gewesen war, merkte man nicht; der Alte hatte ihm nie auch nur ein Pflaster auf das Knie geklebt, nicht ein einziges Mal.

Er rauchte eine letzte Parliament und schaltete den Fernseher aus. Vor zwei Tagen waren Jack und Sam verschwunden, ohne zu irgendjemandem ein Wort zu sagen, und Grey hatte sich einverstanden erklärt, Doppelschichten zu arbeiten. Das hieß, morgen früh um sechs musste er wieder auf Ebene vier sein. Bedauerlich, dass die beiden Jungs einfach so abgehauen waren. Wenn man nicht das volle Jahr arbeitete, sah man gar kein Geld. Richards hatte keinen Zweifel daran gelassen, dass diese Geschichte ihm kein bisschen Freude machte, und falls sonst noch jemand daran denken sollte, sich zu verdrücken, sollte er es sich lieber lange und gründlich überlegen – *sehr* lange und gründlich, fügte er hinzu und ließ dabei den Blick langsam durch den Raum wandern wie ein stinksaurer Sportlehrer. Er hatte seine kleine Rede beim Frühstück im Speiseraum gehalten, und Grey hatte die ganze Zeit stur auf sein Rührei gestarrt. Was aus Sam und Jack geworden war, ging ihn nichts an, dachte er sich, und er war ja mit den beiden nicht gerade befreundet gewesen. Sie hatten ein bisschen gequatscht, über dies und das, aber nur so zum Zeitvertreib, und dass sie weg waren, bedeutete mehr Geld für Grey. Eine Zusatzschicht brachte fünfhundert extra, und wenn man in einer Woche drei davon übernahm, zahlten sie einem noch einen Bonus von

hundert Dollar dazu. Solange der Rubel rollte und sein Konto sich mit Nullen füllte, aufgereiht wie Eier in einem Karton, würde Grey hier auf dem Berg hocken bleiben, bis Ostern und Pfingsten auf einen Tag fielen.

Er schälte seinen Overall herunter und machte das Licht aus. Graupelkörner wehten an sein Fenster; es klang, als schüttelte jemand eine Papiertüte mit Sand. Alle zwanzig Sekunden leuchtete die Jalousie auf, wenn der Scheinwerfer am Westzaun über das Fenster schwenkte. Manchmal machten die Medikamente ihn unruhig, oder er bekam Krämpfe in den Beinen, aber dagegen halfen meist zwei Ibuprofen. Mitunter stand er auch mitten in der Nacht auf, um eine Zigarette zu rauchen oder zu pinkeln, meistens jedoch schlief er einfach durch. Jetzt lag er im Dunkeln und versuchte, seine Gedanken zu beruhigen, aber unversehens musste er wieder an Zero denken. Vielleicht lag es an dem verbrannten Nazi-Arm: Zeros Bild wollte ihm einfach nicht aus dem Kopf gehen. Zero war so was wie ein Gefangener. Seine Tischmanieren waren nicht berühmt, und die Sache mit den Kaninchen war kein schöner Anblick, aber Essen war Essen, und Zero wollte keins. Er tat überhaupt nichts, hing nur da, als schliefe er, doch Grey glaubte nicht, dass er schlief. Der Chip in Zeros Hals sendete alle möglichen Daten an die Konsole; ein paar davon verstand Grey, andere nicht. Er wusste allerdings, wie es aussah, wenn Zero schlief, und dass es anders aussah als dann, wenn er wach war. Zeros Puls war immer der gleiche: hundertzwanzig pro Minute, mehr oder weniger. Die Techniker, die in den Kontrollraum kamen, um die Daten zu lesen, verloren nie ein Wort darüber. Sie nickten nur und hakten die Kästchen in ihren kleinen Computern ab. Aber hundertzwanzig war für Grey hellwach.

Und das andere war: Zero vermittelte das *Gefühl*, dass er wach war. Jetzt ging es wieder los: Grey dachte an das Gefühl, das Zero ihm vermittelte, was verrückt war – aber trotzdem. Grey hatte nie viel für Katzen übriggehabt, doch das hier war das Gleiche. Eine schlafende Katze auf der Treppe schlief nicht wirklich. Eine schla-

fende Katze auf der Treppe war eine gespannte Sprungfeder, die darauf wartete, dass eine Maus vorübertrödelte. Worauf wartete Zero? Vielleicht hatte er einfach die Nase voll von Kaninchen, dachte Grey. Vielleicht wollte er Mars-Riegel oder Mortadella-Sandwiches oder Spaghetti bolognese. Nach allem, was Grey sehen konnte, hätte der Typ ein Stück Holz gefressen. Mit solchen Hauern gab es praktisch nichts, was er nicht hätte durchbeißen können.

Brrr, dachte Grey mit Schaudern, *diese Zähne.* Und er begriff, dass er mehr tun musste, als einfach dazuliegen und in seinen eigenen Gedanken zu schmoren, wenn er schlafen wollte. Es war schon nach Mitternacht. Ehe er sichs versähe, würde der Sechs-Uhr-Wecker losgehen wie ein Springteufel. Er stand auf, nahm zwei Ibuprofen, rauchte eine Zigarette und leerte sicherheitshalber noch einmal seine Blase. Dann kroch er wieder unter die Decke. Der Scheinwerferstrahl strich über das Fenster, einmal, zweimal, dreimal. Er strengte sich an, die Augen zu schließen und sich die Rolltreppe vorzustellen. Das war ein Trick, den Wilder ihm beigebracht hatte. Grey war das, was Wilder als »suggestibel« bezeichnete; das sollte heißen, er war leicht zu hypnotisieren, und die Rolltreppe war das Mittel, das Wilder dazu benutzt hatte. Man stellte sich vor, man wäre auf einer Rolltreppe und führe langsam abwärts. Es war egal, wo die Rolltreppe war, auf einem Flughafen, in einer Shopping Mall oder sonst wo. Der springende Punkt war: Es war eine Rolltreppe, und er stand drauf, allein, und die Rolltreppe fuhr abwärts, abwärts, abwärts in Richtung Boden, aber das war kein Boden in dem gewöhnlichen Sinne, dass hier etwas zu Ende war, sondern ein Ort aus kühlem blauem Licht. Manchmal war es nur eine einzige Rolltreppe, manchmal eine Folge von mehreren kürzeren Rolltreppen, die Stockwerk um Stockwerk nach unten führen, mit Kehren dazwischen. Heute Nacht war es nur eine. Die Stufe klickte leise unter seinen Füßen, und das Gummi des Handlaufs fühlte sich glatt und kühl an. Grey fuhr auf der Rolltreppe hinunter und fühlte, wie das Blau ihn unten erwartete.

Doch er brauchte den Blick nicht darauf zu richten, um es zu sehen, denn es war nichts, das man sehen konnte; es kam aus seinem eigenen Innern. Wenn es dich ausfüllte und übernahm, wusstest du, dass du schläfst.

Grey.

Das Licht war jetzt in ihm, aber es war nicht blau, und das war komisch. Die Farbe des Lichts war ein warmes Orangegelb, und es pochte wie ein Herz. Ein Teil seines Gehirns sagte: *Du schläfst, Grey. Du schläfst und träumst.* Doch ein anderer Teil, der Teil, der tatsächlich in dem Traum war, achtete nicht darauf. Er bewegte sich durch das pulsierende orangegelbe Licht.

Grey. Ich bin hier.

Das Licht war jetzt anders, golden. Grey war in der Scheune, im Stroh. Ein Traum, der eine Erinnerung war – aber nicht ganz. Er war voller Stroh, weil er sich darin gewälzt hatte; es hing an seinen Armen, seinem Gesicht, in seinen Haaren, und der andere Junge war da, sein Cousin Roy, der kein richtiger Cousin war, er nannte ihn nur so; und Roy war auch voller Stroh und lachte. Sie hatten darin herumgetobt und sich ein bisschen gebalgt, und dann hatte das Gefühl sich verändert, wie ein Lied sich verändern kann. Er roch das Stroh und seinen Schweiß, der sich mit Roys mischte, und das alles verband sich für seine Sinne zu dem Geruch eines Sommernachmittags in der Kindheit. Roy sagte leise: Ist schon okay, zieh die Jeans aus, ich zieh meine auch aus, da kommt niemand. Mach's wie ich, ich zeig's dir, es ist das beste Gefühl der Welt. Grey kniete neben ihm im Stroh.

Grey. Grey.

Und Roy hatte recht; es *war* das beste Gefühl der Welt. Als ob man im Sportunterricht ein Seil hinaufkletterte, nur noch besser. Als ob ein machtvolles Niesen sich in ihm aufbaute, das tief unten anfing und durch alle Gänge, Gassen und Kanäle in seinem Innern heraufstieg. Er schloss die Augen und ließ das Gefühl kommen.

Ja. Ja. Grey, hör doch. Ich komme.

Aber es war nicht nur Roy, der bei ihm war – nicht mehr. Grey

hörte das Gebrüll und dann die Schritte auf der Leiter, als veränderte sich das Lied noch einmal. Sein Vater gebrauchte den Gürtel, den schweren schwarzen. Grey brauchte ihn nicht zu sehen, um es zu wissen, und er vergrub das Gesicht im Stroh, während der Gürtel auf seinen nackten Rücken herabkam, klatschend, reißend, wieder und wieder, und dann war da noch etwas anderes, Tieferes, das ihn von innen heraus zerriss.

Das gefällt dir, ja? Das hast du gern? Ich werd's dir zeigen, sei still und nimm, was du verdienst.

Dieser Mann – er war nicht sein Vater. Jetzt erinnerte Grey sich wieder. Er gebrauchte nicht nur seinen Gürtel, und es war nicht sein Vater, der ihn gebrauchte; sein Vater war durch diesen Mann ersetzt worden, *diesen-Mann-namens-Kurt-der-jetzt-dein-Daddy-ist,* und durch dieses Gefühl, innerlich zerfetzt zu werden, wie sein richtiger Vater sich auf dem Fahrersitz seines Trucks zerfetzt hatte an dem Morgen, als es geschneit hatte. Grey konnte nicht mehr als sechs Jahre alt gewesen sein, als es passiert war. Eines Morgens wachte er auf, bevor irgendjemand sonst auf den Beinen war, und das Licht schwebte mit leuchtender Schwerelosigkeit in seinem Zimmer. Sofort wusste er, was ihn geweckt hatte: In der Nacht hatte es geschneit. Er warf die Bettdecke zurück, riss die Vorhänge auf und blinzelte in die glatte, neu erschaffene, helle Welt hinaus. Schnee! Es schneite niemals, nicht in Texas. Manchmal gab es Eis, aber das war nicht dasselbe, nicht wie der Schnee, den er manchmal in Büchern und im Fernsehen sah, diese wundervolle warme Decke in Weiß, der Schnee der Schlitten und der Skier, der Schnee-Engel, Schneeburgen, Schneemänner. Sein Herz machte einen Satz im Angesicht dieses Wunders, der Reinheit des Möglichen und des Neuen, dieses fantastischen, unvorstellbaren Geschenks, das draußen vor seinem Fenster wartete. Er berührte die Scheibe und spürte, wie die Kälte auf seine Fingerspitzen übersprang, ein plötzliches scharfes Kribbeln wie von einem Stromschlag.

Hastig wandte er sich vom Fenster ab und zog seine Jeans an, schob die bloßen Füße in die Turnschuhe und schnürte sie nicht

einmal zu. Wenn dort draußen Schnee lag, musste er sich einfach in die weiße Pracht stürzen. Er schlich sich aus dem Zimmer und die Treppe hinunter ins Wohnzimmer. Es war Samstagmorgen. Am Abend zuvor hatten seine Eltern eine Party gegeben – Leute im ganzen Haus, Unterhaltung und laute Stimmen, die er bis in sein Zimmer gehört hatte. Der Zigarettengeruch hing noch jetzt in der Luft wie eine klebrige Wolke. Seine Mutter und sein Vater würden oben noch stundenlang schlafen.

Er öffnete die Haustür und trat hinaus auf die Veranda. Die Luft war kühl und still, und sie duftete, frisch wie saubere Wäsche. Er atmete sie tief ein.

Grey. Schau.

Dann sah er ihn: den Pick-up seines Vaters. Er parkte wie immer in der Einfahrt, aber etwas war anders als sonst. Grey sah einen dunkelroten Fleck am Fenster auf der Fahrerseite – wie ein Spritzer aus einer Lacksprühdose. Der Schnee machte ihn dunkler und röter. Er überlegte, was es sein mochte. Es sah wie ein Jux aus. Vielleicht wollte ihn sein Vater auf den Arm nehmen, ihm einen kleinen Streich spielen. Grey lief die Verandatreppe hinunter und quer durch den Vorgarten. Der Schnee drang in seine Turnschuhe, aber er wandte den Blick nicht von dem Truck, der ihn jetzt mit Sorge erfüllte, als wäre es nicht der Schnee, der ihn geweckt hatte, sondern etwas anderes. Der Motor lief und blies einen grauen Abgasschwaden über die verschneite Einfahrt, und die Windschutzscheibe war beschlagen von Wärme und Feuchtigkeit. Er sah eine dunkle Gestalt, die an dem Fenster lehnte, wo der rote Fleck war. Greys Hände waren klein, und er hatte keine Kraft, aber er schaffte es trotzdem, er öffnete die Fahrertür, und sein Daddy kippte an ihm vorbei in den Schnee.

Grey. Schau. Schau mich an.

Er war mit dem Gesicht nach oben gelandet. Ein Auge war auf Grey gerichtet, im Grunde jedoch auf gar nichts, das sah Grey sofort. Das andere Auge war weg. Weg wie die ganze Seite des Gesichts, als hätte es sich irgendwie von innen nach außen gekehrt.

Grey wusste, was »tot« war. Er hatte Tiere gesehen, die zerfetzt am Straßenrand lagen – Opossums, Waschbären, manchmal Katzen oder sogar Hunde –, und das hier war genauso. Aus und vorbei. Die Pistole war noch in Daddys Hand, und der Finger krümmte sich durch das kleine Loch, wie er es Grey an jenem Tag auf der Veranda gezeigt hatte. *Hier, siehst du, wie schwer sie ist? Du darfst nie mit einer Pistole auf jemanden zielen.* Und überall war Blut, vermischt mit anderem Zeug, mit kleinen Fleischstücken und weißen Splittern von etwas Zerschmettertem, überall auf Daddys Gesicht und seiner Jacke und dem Sitz und der Innenseite der Tür. Grey konnte es riechen, so stark, dass der Geruch die Innenseite seines Mundes überzog wie eine schmelzende Pille.

Grey. Grey. Ich bin hier.

Die Szene veränderte sich. Grey spürte Bewegung um sich herum, als dehnte und streckte sich die Erde. Etwas an dem Schnee war anders. Der Schnee hatte angefangen, sich zu *bewegen,* und als er aufblickte, sah er keinen Schnee mehr, sondern Kaninchen: Tausende und Abertausende weißer flauschiger Kaninchen, alle Kaninchen der Welt, so dicht zusammengedrängt, dass man quer durch den Garten gehen konnte, ohne den Boden zu berühren. Der Garten war voll von Kaninchen. Und sie wandten ihm ihre sanften Gesichter zu, richteten ihre kleinen schwarzen Augen auf ihn, weil sie ihn kannten, weil sie wussten, was er getan hatte, nicht mit Roy, sondern mit den anderen, mit den Jungen, die mit ihren Ranzen von der Schule nach Hause gingen, den Nachzüglern, mit denen, die allein unterwegs waren. Und jetzt wusste Grey, dass es auch nicht mehr sein Daddy war, der da im Blut lag. Es war Zero, und Zero war überall, Zero war in ihm, zerriss und zerfetzte ihn, weidete ihn aus wie die Kaninchen, und Grey öffnete den Mund, um zu schreien, aber er brachte keinen Laut hervor.

Grey Grey Grey Grey Grey Grey Grey.

In seinem Büro auf Ebene zwei saß Richards an seinem Computer, in eine Partie FreeCell vertieft. Spiel Nummer 36 592, das muss-

te er zugeben, machte ihn fertig. Er hatte es schon ein Dutzend Mal gespielt und war immer dicht davor gewesen, hatte aber nie herausgefunden, wie er seine Reihen aufbauen musste, wie er die Asse aus dem Weg räumen sollte, um die roten Achten freizubekommen. In dieser Hinsicht erinnerte es ihn ein bisschen an Spiel Nummer 14 712, wo es auch nur um die roten Achten ging. Um das zu knacken, hatte er fast einen ganzen Tag gebraucht.

Aber jedes Spiel war zu gewinnen. Das war das Schöne an FreeCell. Das Blatt war ausgelegt, und wenn man es richtig anschaute, wenn man die richtigen Züge machte, einen nach dem anderen, dann hatte man das Spiel über kurz oder lang in der Tasche. Ein triumphierender Mausklick, und sämtliche Karten segelten nach oben auf den Stapel. Richards bekam nie genug davon, und das war gut so, denn er hatte immer noch 91 048 Spiele vor sich, dieses hier eingerechnet. In Washington State gab es einen zwölfjährigen Bengel, der behauptete, in knapp vier Jahren nacheinander jedes Spiel – auch 64 523, das Megamonster – gewonnen zu haben. Das waren achtundachtzig Spiele pro Tag, auch an Weihnachten, Silvester und am 4. Juli. Angenommen, der Junge hatte sich ab und zu einen Tag freigenommen, um zu tun, was Kids so taten, oder auch nur, weil er eine ordentliche Erkältung hatte, dann kam man wahrscheinlich auf über hundert Partien pro Tag. Richards begriff nicht, wie das gehen sollte. Musste der nie zur Schule? Hatte er keine Hausaufgaben zu machen? Wann schlief der kleine Scheißer?

Richards' Büro war wie alle unterirdischen Räume auf dem Gelände kaum mehr als eine von Leuchtstofflampen erhellte Schachtel, in die alles hineingepumpt wurde. Sogar das Licht wirkte recycelt. Es war kurz nach halb drei morgens, aber Richards kam mit weniger als vier Stunden Schlaf pro Nacht aus, schon seit Jahren, und deshalb achtete er nicht darauf. An der Wand über seinem Arbeitsplatz zeigten drei Dutzend Monitore mit Zeitstempel jeden Winkel auf dem Gelände – von den Wachtposten, die sich am vorderen Tor den Arsch abfroren, über die verlassene Kanti-

ne mit ihren leeren Tischen und dösenden Getränkeautomaten bis hinunter zu den geschlossenen Abteilungen für die Probanden, zwei Stockwerke unter ihm, mitsamt ihren leuchtenden infektiösen Insassen. Noch tiefer, weitere fünfzehn Meter durch das Gestein, befanden sich die Nuklearzellen, mit denen alles betrieben wurde und die noch hundert Jahre das Licht brennen und den Strom fließen lassen würden – plus/minus ein Jahrzehnt. Er hatte gern alles da, wo er es mit einem Blick erfassen konnte wie seine FreeCell-Karten. Manchmal nahmen sie zwischen fünf und sechs Uhr morgens eine Lieferung in Empfang, und deshalb konnte er genauso gut gleich die ganze Nacht aufbleiben. Die Versorgung der Probanden dauerte maximal zwei Stunden, und danach könnte er immer noch ein Nickerchen am Schreibtisch machen, wenn es sein musste.

Dann sah er die Lösung auf seinem Bildschirm. Genau da, unter der Sechs: die schwarze Dame, die er verschieben musste, um den Buben wegzubekommen und die Zwei legen zu können und so weiter. Zwei Klicks, und es war vorbei. Die Karten flogen über den Monitor wie die Finger eines Pianisten.

Möchten Sie weiterspielen?

Verdammt, und ob.

Denn dieses Spiel war der natürliche Zustand der Welt. Das Spiel war Krieg – und wann, bitte schön, gab es *keinen* Krieg, der einen Mann wie Richards in Lohn und Brot hielt? Wenigstens irgendwo? Die letzten zwanzig Jahre waren gut zu ihm gewesen, eine einzige lange Nacht am Spieltisch, mit lauter guten Karten: Sarajewo, Albanien, Tschetschenien. Afghanistan, Irak, Iran. Syrien, Pakistan, Sierra Leone, Tschad. Die Philippinen und Indonesien und Nicaragua und Peru.

Richards erinnerte sich an den Tag – an diesen glorreichen und schrecklichen Tag –, als er gesehen hatte, wie die Flugzeuge in die Türme gerast waren. In einer Endlosschleife war das Bild wiederholt worden. Die Feuerbälle, die in die Tiefe stürzenden Gestalten, die Verflüssigung von Millionen Tonnen Stahl und Beton, die

wallenden Staubwolken. Die machtvolle Ejakulation des neuen Jahrtausends, die ultimative Realityshow, vierundzwanzig Stunden täglich an sieben Tagen in der Woche gesendet. Richards war in Jakarta gewesen, als es passierte; er wusste gar nicht mehr, warum. Damals hatte er es sofort gedacht – nein, es war ihm instinktiv klar gewesen: Natürlich musste man dem Militär etwas zu tun geben, verdammt, sonst würden die sich einfach gegenseitig über den Haufen schießen. Aber von diesem Tag an war es vorbei mit der alten Methode, die Dinge zu regeln. Der Krieg – der wahre Krieg, der seit tausend Jahren im Gange war und noch tausend Jahre weitergehen würde, der Krieg zwischen uns und ihnen, zwischen den Besitzenden und den Besitzlosen, zwischen meinen Göttern und deinen Göttern, wer immer du bist – würde von Männern wie Richards geführt werden: von Männern mit einem Gesicht, das man nicht bemerkte und an das man sich nicht erinnerte, gekleidet als Hilfskellner oder Taxifahrer oder Postboten, mit Schalldämpfern im Ärmel. Er würde von jungen Müttern geführt werden, die zehn Pfund C4 im Kinderwagen vor sich herschoben, von Schulmädchen, die mit Sarin-Ampullen in ihren *Hello Kitty*-Rucksäcken in die U-Bahn stiegen. Er würde von der Ladefläche eines Pick-ups geführt werden, aus einem nichtssagend anonymen Hotelzimmer in der Nähe eines Flughafens, aus Höhlen in den Bergen in der Nähe von gar nichts. Er würde auf Bahnsteigen und Kreuzfahrtschiffen stattfinden, in Einkaufszentren und Kinos und Moscheen, auf dem Land und in der Stadt, im Dunkeln und bei Tag, im Namen Allahs oder des kurdischen Nationalismus, der Juden für Jesus oder der New York Yankees – die Themen hatten sich nicht geändert und würden es auch nie tun, denn wenn man den Bullshit verdampfte, ging es immer nur um irgendjemandes Quartalsgewinne oder um den Platz in der ersten Reihe. Jetzt war der Krieg überall, er metastasierte wie eine Million durchgeknallter Zellen, die rund um den Planeten Amok liefen, und jeder war mittendrin.

Deshalb hatte NOAH in gewisser Weise eingeleuchtet, damals,

als alles angefangen hatte. Richards war von Anfang an dabei gewesen, seit dem ersten Communiqué von Cole, möge er ruhen in Frieden, der kleine Scheißer. Er hatte gewusst, dass es um etwas Wichtiges ging, als Cole zu ihm gekommen war, in Ankara vor fünf Jahren. Richards wartete an einem Fenstertisch, als Cole hereinspaziert kam und mit einem Aktenkoffer schlenkerte, der wahrscheinlich nichts als ein Handy und einen Diplomatenpass enthielt. Außerdem trug er ein Hawaiihemd unter seinem Khakianzug – ein hübscher Touch, wie eine Romanfigur von Graham Greene. Richards hätte beinahe laut gelacht. Sie bestellten eine Kanne Kaffee, und Cole legte los. Sein glattes Gesicht war rosig vor Aufregung. Cole stammte aus einer Kleinstadt in Georgia, aber in all den Jahren in Andover und Princeton hatten seine Kiefermuskeln sich verkrampft, und jetzt klang er, als redete Robert E. Lee aus dem Jenseits durch Bobby Kennedys Mund. Hübsche Zähne hatte der Junge auch, die Zähne eines Menschen, der auf eine Eliteuni gegangen war, ebenmäßig wie ein Zaun und so weiß, dass man sie in einem dunklen Zimmer als Leselampe hätte benutzen können. Also, begann Cole: Denken Sie an die Atombombe, und wie sie alles verändert hat, nur weil man sie *hatte*. Bis die Russen 49 ihre eigene zündeten, gehörte die Welt uns, und wir konnten tun, was wir wollten; vier Jahre lang herrschte *Pax Americana, Baby*. Jetzt bauen sich Hinz und Kunz so ein Ding im Keller zusammen, und mindestens hundert verrostete Gefechtsköpfe aus der Sowjet-Ära kursieren auf dem freien Markt, und das sind nur die, von denen wir *wissen*. Und natürlich haben Indien und Pakistan das Fass zum Überlaufen gebracht mit ihrem Blödsinn; herzlichen Dank, Leute, ihr habt dafür gesorgt, dass es im Krieg gegen den Terror ein ganz gewöhnlicher Tag ist, wenn hunderttausend Menschen wegen einem Fliegenschiss eingeäschert werden.

Aber das hier, sagte Cole und nippte an seinem Kaffee. *Das hier* kann niemand sonst. Das hier ist das neue Manhattan Project. Das hier war sogar noch ein größeres Ding. Cole konnte nicht ins Detail

gehen, noch nicht, nur so viel: Denken Sie sich die menschliche Gestalt, zur Waffe gemacht. Denken Sie sich den *American Way* als etwas wirklich Langfristiges. Langfristig im Sinne von *für alle Zeiten.*

Deshalb war Cole zu ihm gekommen. Er brauchte jemanden wie Richards, erklärte er, jemanden, der nicht in den Büchern stand, aber nicht nur das – er brauchte auch jemanden mit praktischen Fähigkeiten, jemanden, der sich auf Leute verstand. Vielleicht nicht sofort, aber in den kommenden Monaten, wenn die einzelnen Teile sich zu einem Ganzen zusammenfügten. Security war das oberste Gebot. Security war Priorität Nummer eins auf Coles Liste. Deshalb hatte er den weiten Weg gemacht und dieses lächerliche Hawaiihemd angezogen. Um ihn einzukaufen. Um dieses Puzzlesteinchen an seinen Platz zu legen.

Alles schön und gut, wenn die Sache nach Plan gelaufen wäre, was sie nicht getan hatte; bei Weitem nicht, angefangen mit der Tatsache, dass Cole tot war. Viele Leute waren inzwischen tot, und andere – tja, es war schwer zu sagen, was sie eigentlich waren. Nur drei waren lebend aus diesem Dschungel gekommen, Fanning nicht mitgerechnet, der bereits weitgehend ... ja, was war er? Jedenfalls mehr als das, was Cole erwartet hatte, das stand fest. Vielleicht hatte es mehr Überlebende gegeben, aber der Befehl von Special Weapons war eindeutig gewesen: Wer nicht zum Evakuierungsplatz durchkam, war zu eliminieren. Die Rakete, die kreischend über die Berge herangekommen war, hatte dafür gesorgt. Richards fragte sich, was Cole wohl gesagt hätte, wenn er gewusst hätte, dass er auch dabei sein würde.

Inzwischen – Fanning war sicher verwahrt, Lear ebenfalls auf dem Gelände in Colorado, und alles, was sich in Südamerika ereignet hatte, war aus dem System gelöscht worden – hatte Richards erfahren, was dahintersteckte. SLA – Sehr Langsame Alterung. Richards zog den Hut vor demjenigen, der sich das ausgedacht hatte: SLA. Super Lächerliches Akronym. Ein Virus – besser gesagt, eine Familie von Viren – ist irgendwo auf der Welt versteckt, in Vögeln oder Affen oder auf einer dreckigen Klobrille. Ein Virus,

das – richtig modifiziert – dazu in der Lage wäre, die Thymusdrüse wieder voll funktionsfähig zu machen. Richards hatte Lears erste Forschungsberichte gelesen, diejenigen, die Coles Aufmerksamkeit erregt hatten – den ersten in *Science* und den zweiten im *Journal of Paleovirology*. Lear hatte darin eine Hypothese aufgestellt, die Hypothese von der Existenz eines »Agens, das die menschliche Lebenserwartung signifikant verlängern und die körperliche Robustheit steigern könnte und dies in ausgewählten Momenten der Menschheitsgeschichte auch getan hat«. Richards brauchte keinen Doktortitel in Mikrobiologie, um zu verstehen, dass dies riskantes Zeug war. Vampirzeug, auch wenn niemand bei den Special Weapons dieses Wort jemals benutzte. Wenn es nicht von einem Wissenschaftler mit Lears Renomee geschrieben worden wäre, einem Mikrobiologen aus Harvard immerhin, hätte sich das alles angehört, als stammte es aus der Regenbogenpresse. Trotzdem war Richards nicht so recht wohl bei der Vorstellung. Als Junge hatte er eine Menge solcher Geschichten gelesen, nicht nur die Comics – *Tales From The Crypt* und *Dark Shadows* und all das –, sondern auch den Original-*Dracula* von Bram Stoker, und die Filme kannte er sowieso. Alberner Quatsch und schlechter Sex, das hatte er schon damals gewusst, und doch hatten sie etwas an sich, das ein tiefes Gefühl des Wiedererkennens in ihm entstehen ließ – vielleicht sogar der Erinnerung? Die Zähne, der Blutdurst, die unsterbliche Vereinigung mit der Dunkelheit – was wäre, wenn das alles keine Fantasien wären, sondern Erinnerungen oder sogar ein Instinkt, ein Gefühl, das sich über Äonen in die menschliche DNA eingeprägt hatte, das Gespür für eine dunkle Macht, die im menschlichen Tier verborgen war? Eine Macht, die man reaktivieren, verfeinern, unter Kontrolle bringen konnte?

Lear hatte es geglaubt und Cole auch. Ihr Glaube hatte sie in den bolivianischen Urwald geführt, auf die Suche nach ein paar toten Touristen. *Un*tote Touristen, wie sich herausgestellt hatte. Richards mochte das Wort nicht, aber ein besseres fiel ihm nicht ein. »Untot« war letzten Endes eine ziemlich treffende Bezeich-

nung für ihren Zustand, der alle, die von dem Forscherteam übrig waren, getötet hatte, alle außer Lear, Fanning, einen der Soldaten und einen jungen Medizinstudenten namens Fortes. Wenn Fanning nicht wäre, hätte man das ganze Unternehmen als Totalverlust abschreiben müssen.

Lear. Man musste Mitgefühl mit dem Mann haben. Wahrscheinlich glaubte er immer noch, er versuche, die Welt zu retten, aber diesen Traum hatte er an dem Tag in den Wind schreiben können, als er sich mit Cole und Special Weapons eingelassen hatte. Wer weiß, was Lear jetzt durch den Kopf ging. Der Mann verließ E4 niemals. Er schlief da unten in seinem Labor auf einer verschwitzten kleinen Pritsche und hatte sein Essen auf einer Warmhalteplatte stehen, und wahrscheinlich hatte er seit einem Jahr die Sonne nicht mehr gesehen. Damals am Anfang hatte Richards ein bisschen ausführlicher gegraben und eine Reihe von interessanten kleinen Informationen zutage gefördert. »Beweisstück A« war der Nachruf auf Lears Frau im *Boston Globe,* erschienen sechs Monate bevor Cole Richards in Ankara aufgesucht hatte, ein volles Jahr vor dem Bolivien-Fiasko. Elizabeth Macomb Lear, 41. BA Smith, MA Berkeley, Promotion Univ. of Chicago. Professorin für Englisch am Boston College, Mitherausgeberin des *Renaissance Quarterly,* Verfasserin von *Shakespeares Monster: Tierverwandlung und das frühmoderne Moment* (Cambridge University Press, 2008). Nach langem Kampf gegen den Lymphdrüsenkrebs etc. ... Ein Bild war auch dabei. Richards hätte Elizabeth Lear nicht als umwerfend bezeichnet, aber auf ihre leicht unterernährte Art war sie ganz hübsch. Eine ernsthafte Frau mit ernsthaften Ideen. Zumindest waren keine Kinder im Spiel. Wahrscheinlich wegen der Chemo und Bestrahlung ausgeschlossen.

Wenn man es also genau betrachtete: Wie viel von Projekt NOAH hatte mit einem einzigen trauernden Mann zu tun, der in einem Keller saß und versuchte, den Tod seiner Frau rückgängig zu machen?

Jetzt, nachdem fünf Jahre verstrichen und tausenderlei Dinge

in die Binsen gegangen waren, hatten sie nach all ihren Mühen nichts weiter vorzuweisen als dreihundert tote Affen, ungezählte krepierte Hunde und Schweine, ein halbes Dutzend verstorbene Penner und elf ehemalige Todeskandidaten, die im Dunkeln leuchteten und allen eine Scheißangst einjagten. Wie die Affen waren auch die ersten sechs Männer innerhalb von wenigen Stunden gestorben, glühend vom Fieber und blutend wie geplatzte Hydranten. Aber dann hatte der Erste überlebt – Giles Babcock, ein durchgeknallter Irrer, wie ihn die Welt noch nicht gesehen hatte; alle auf E4 nannten ihn nur den Schwätzer, weil der Kerl nicht für eine Sekunde die Klappe halten konnte, vorher nicht und nachher nicht –, und dann auch Morrison und Chavéz und Baffes und die anderen, alles in allem elf Mann. Jede Modifikation hatte das Virus ein wenig weiter geschwächt, sodass der Organismus der Häftlinge dagegen ankämpfen konnte. Elf Vampire, oder was immer sie sein mochten – aber warum sollte man dieses Wort nicht benutzen? –, mit denen niemand etwas anfangen konnte, soweit Richards es überblickte. Sykes hatte ihm gestanden, er sei nicht mal sicher, dass man sie überhaupt noch *umbringen* konnte. Man musste ihnen schon eine Panzerfaust in den Rachen rammen. *SLA: Sag Laut Aaah.* Das Virus hatte ihre Haut in eine Art proteinbasiertes Exoskelett verwandelt, so hart, dass Kevlar dagegen ein Pfannkuchenteig war. Nur über dem Brustbein, in einem Bereich von zwei Zoll im Quadrat, war dieses Material dünn genug, um es zu durchdringen. Aber auch das war nur eine Theorie.

Und diese Glühstäbe wimmelten von dem Virus. Vor sechs Monaten war ein Techniker damit in Berührung gekommen; niemand wusste genau, wie. Doch mit einem Mal kotzte er in sein Visier und wand sich in Krämpfen auf dem Boden der Dekontaminationsschleuse. Wenn Richards ihn dabei nicht auf dem Monitor gesehen und die Ebene sofort abgeriegelt hätte – wer weiß, was dann passiert wäre. So hatte er nur die Kammer sterilisieren, dem Mann beim Sterben zusehen und dann einen Reinigungstrupp rufen müssen. Samuels hatte der Techniker geheißen, oder Samuel-

son – egal. Das Schrubberkommando war frei vom Virus gewesen, und nach einer zweiundsiebzigstündigen Quarantäne hatte Richards die Ebene wieder freigegeben.

Er zweifelte keine Sekunde daran, dass er irgendwann aus dem Projekt aussteigen würde. Das Elizabeth Protocol: Manche fanden den Einfall wahrscheinlich lustig. Obwohl es eigentlich ziemlich klar war, wer dahintersteckte. Auf so eine Idee konnte nur Cole kommen. Hinter seiner glatten Country-Club-Fassade hatte er den macchiavellistischen Spaßvogel nie ganz verstecken können. *Elizabeth,* verflucht noch mal. Nur Cole war es zuzutrauen, die Sache nach Lears verstorbener Frau zu nennen.

Richards spürte es: Das ganze Unternehmen war zum Scheitern verurteilt. Ein Teil des Problems war die grenzenlose Langeweile. Man konnte nicht achtzig Mann auf einem Berg absetzen und ihnen nichts weiter zu tun geben, als Kaninchenfelle zu zählen und ihnen zu befehlen, dazusitzen und für alle Zeit die Klappe zu halten.

Dazu kamen die Träume.

Richards hatte sie auch; das glaubte er jedenfalls. Er konnte sich nie genau erinnern. Doch manchmal wachte er mit dem Gefühl auf, dass in der Nacht etwas Seltsames passiert war – als hätte er eine ungeplante Reise unternommen und wäre gerade erst zurückgekommen. So war es bei den beiden Schrubberschwingern gewesen, die sich unerlaubt entfernt hatten. Das mit den Kastraten war Richards' Idee gewesen, und eine Zeitlang hatte es auch prima geklappt: die friedlichsten Typen, die man je gesehen hatte, milde wie der Buddha allesamt, Leute, die kein Mensch vermissen würde, wenn die ganze Geschichte erst vorüber wäre. Die beiden, Jack und Sam, waren entkommen, indem sie sich in zwei Mülltonnen versteckt hatten. Als Richards sie am nächsten Morgen aufstöberte – sie hatten sich zwanzig Meilen weiter in einem »Red Roof«-Motel am Interstate Highway verkrochen und warteten nur darauf, dass man sie fand –, konnten sie von nichts anderem reden als von den Träumen. Das orangegelbe Licht, die Zähne, die Stimmen im

Wind, die ihre Namen riefen. Sie hatten völlig durchgedreht. Eine Zeitlang saß er einfach auf der Bettkante und ließ sie reden: zwei Sexualstraftäter mit einer Haut so weich wie Kaschmir und rosinengroßen Hoden, zwei ausgewachsene Männer, die sich mit bloßen Händen den Rotz von der Nase wischten und heulten wie kleine Kinder. In gewisser Weise war es rührend, aber man konnte sich so was nicht unbegrenzt anhören. Wird Zeit, dass wir gehen, Jungs, sagte Richards, es ist alles in Ordnung, niemand ist böse auf euch. Dann fuhr er mit ihnen an eine Stelle, die er kannte, ein hübsches Plätzchen mit Blick auf einen Fluss, um ihnen die Welt zu zeigen, die sie jetzt verlassen würden, und jagte beiden eine Kugel in die Stirn.

Jetzt wollte Lear ein Kind, ein Mädchen. Da zögerte sogar Richards. Penner und Todeskandidaten waren eine Sache, menschliches Recyclingmaterial, soweit es ihn betraf – aber ein Kind? Sykes hatte erklärt, es habe etwas mit der Thymusdrüse zu tun. Je jünger sie war, desto besser konnte sie das Virus abwehren und es in eine Art Stasis versetzen. Darauf hatte Lear hingearbeitet: sämtliche Vorteile ohne die unangenehmen Nebenwirkungen. Unangenehme Nebenwirkungen! Richards hatte sich ein kurzes Lachen gestattet – auch wenn die Glühstäbe in ihrem früheren menschlichen Leben Männer wie Babcock gewesen waren, die ihrer Mutter für zehn Dollar und ein bisschen Kleingeld die Kehle durchgeschnitten hatten. Vielleicht hatte auch das etwas damit zu tun: Lear wollte ein unbeschriebenes Blatt, jemanden, dessen Hirn noch nicht vermüllt war. Wie es aussah, dachte Richards, würde er als Nächstes ein Baby verlangen.

Und Richards hatte die Ware besorgt. Er hatte ein paar Wochen gefahndet und das Richtige gefunden: ein Mädchen, Hautfarbe weiß, Name unbekannt, schätzungsweise sechs Jahre alt, abgelegt wie eine schlechte Angewohnheit in einem Konvent in Memphis, wahrscheinlich von der drogensüchtigen Mutter, die sich nicht mehr darum kümmern konnte. *Zero footprint,* hatte Sykes ihm aufgetragen – und dieses Mädchen würde nirgends einen Fußab-

druck hinterlassen. Aber am Montag wäre sie in der Obhut der Sozialbehörden, und dann: aus die Maus. So blieben achtundvierzig Stunden, um sie zu greifen, vorausgesetzt, dass die Mutter nicht zurückkam, um sie abzuholen wie ein verlorenes Gepäckstück. Was die Nonnen anging, mit denen würde Wolgast schon fertigwerden. Der Kerl konnte Höhensonnen auf einer Hautkrebsstation verkaufen. Das hatte er mehr als einmal bewiesen.

Richards wandte sich vom Computer ab und ließ den Blick über die Monitore wandern. All seine Schützlinge lagen brav im Bettchen. Babcock sah aus, als plapperte er vor sich hin wie immer; seine Gurgel hüpfte auf und ab wie bei einer Kröte. Richards schaltete den Ton ein und lauschte den Schnalz- und Grunzlauten eine Weile, und wie immer fragte er sich, ob sie etwas zu bedeuten hatten: »Lasst mich hier raus«, oder »Ich könnte noch ein paar Kaninchen vertragen«, oder »Richards, Freundchen, wenn ich hier rauskomme, bist du als Erster dran.« Richards sprach ein Dutzend Sprachen: die üblichen europäischen, aber auch Türkisch, Farsi, Arabisch, Russisch, Tagalog, Hindi und sogar ein bisschen Suaheli, und manchmal, wenn er Babcock über den Monitor zuhörte, hatte er das deutliche Gefühl, dass da Worte in seinem Gemurmel versteckt waren, zerhackt und verstümmelt, aber verständlich, wenn er seinen Ohren beibringen könnte, sie herauszuhören. Jetzt hörte er nur Geräusche.

»Können Sie nicht schlafen?«

Richards drehte sich um und sah Sykes in der Tür. Er hatte einen Becher Kaffee in der Hand und war in Uniform, aber seine Krawatte war nicht gebunden, und die Jacke war offen. Er fuhr sich mit der Hand durch das schüttere Haar, drehte einen Stuhl herum, setzte sich rittlings darauf und sah Richards an.

»Genau«, sagte er. »Ich auch nicht.«

Richards wollte ihn nach seinen Träumen fragen, ließ es jedoch bleiben: Die Frage war akademisch. Er konnte die Antwort in Sykes' Gesicht lesen.

»Ich schlafe nicht«, sagte er. »Jedenfalls nicht viel.«

»Na ja.« Sykes zuckte die Achseln. »Natürlich nicht.« Als Richards nichts sagte, deutete er mit dem Kopf auf die Monitore. »Alles ruhig da unten?«

Richards nickte.

»Sonst noch einer, der einen Mondscheinspaziergang macht?«

Er meinte Jack und Sam, die beiden Reinigungskräfte. Sarkasmus war nicht Sykes' Stil, aber er hatte guten Grund, sauer zu sein. In Mülltonnen, verdammt. Die Wachtposten hatten alles zu inspizieren, was hier ein und aus ging, aber eigentlich waren sie noch halbe Kinder, gewöhnliche Dienstpflichtige. Sie benahmen sich, als wären sie immer noch auf der Highschool, denn viel mehr kannten sie nicht. Man musste ihnen ständig im Nacken sitzen, und Richards hatte die Zügel schleifen lassen.

»Ich habe mit dem Diensthabenden gesprochen. Es war ein Gespräch, das er nicht vergessen wird.«

»Sie möchten mir nicht zufällig erzählen, was aus den beiden geworden ist?«

Richards hatte darauf nichts zu erwidern. Sykes brauchte ihn, aber er würde es niemals über sich bringen, einen Mann wie Richards zu mögen oder gar zu loben.

Sykes stand auf und trat an Richards vorbei an die Monitore heran. Er justierte die Lautstärke und zoomte Zero auf dem Monitor heran.

»Sie waren früher Freunde, wissen Sie«, sagte er. »Lear und Fanning.«

Richards nickte. »Hab ich gehört.«

»Ja. Hm.« Sykes atmete tief ein, ohne den Blick von Zero zu wenden. »Eine feine Art, seine Freunde zu behandeln.«

Sykes drehte sich um und sah Richards an, der immer noch an seinem Computerterminal saß. Er sah aus, als hätte er sich seit zwei Tagen nicht rasiert, und seine Augen, die im Licht der Leuchtstoffröhren blinzelten, waren verschleiert. Einen Moment lang sah er aus wie einer, der vergessen hatte, wo er war.

»Was ist mit uns?«, fragte er Richards. »Sind wir Freunde?«

Das war etwas Neues für Richards. Offenbar waren Sykes' Träume schlimmer, als er dachte. Freunde! Wen interessierte das?

»Na klar«, sagte Richards und gestattete sich ein Lächeln. »Wir sind Freunde.«

Sykes musterte ihn einen Augenblick lang. »Andererseits«, sagte er, »ist das vielleicht doch keine so tolle Idee.« Er winkte ab. »Trotzdem vielen Dank.«

Richards wusste, was Sykes bedrückte: das Mädchen. Sykes hatte selbst zwei Kinder, zwei erwachsene Söhne. Beide waren auf der Militärakademie in West Point gewesen wie ihr alter Herr. Der eine war jetzt im Pentagon beim Nachrichtendienst, der andere bei einer Panzereinheit in der Wüste von Saudi-Arabien, und irgendwo, dachte Richards, gab es möglicherweise auch noch Enkel. Sykes hatte es wahrscheinlich irgendwann beiläufig erwähnt, aber so etwas gehörte nicht zu den Dingen, über die sie hier normalerweise sprachen. So oder so gefiel Richards die Sache mit dem Kind nicht. Um die Wahrheit zu sagen, Richards interessierte es im Grunde einen Dreck, was Lear wollte. In jeder Hinsicht.

»Sie sollten wirklich ein bisschen an der Matratze horchen«, sagte Richards. »Wir haben einen Neuzugang in« – er sah auf die Uhr – »drei Stunden.«

»Dann kann ich auch gleich aufbleiben.« Sykes ging zur Tür, aber dort drehte er sich um und sah Richards müde an. »Ganz unter uns, und wenn Sie die Frage gestatten – wie haben Sie es geschafft, ihn so schnell hierherzubringen?«

»War nicht so schwierig.« Richards zuckte die Achseln. »Ich habe ihn in einem Truppentransport aus Waco untergebracht. Ein Haufen Reservisten. Sie sind kurz nach Mitternacht in Denver gelandet.«

Sykes zog die Stirn kraus. »Haben Sie eine Ahnung, was diese Eile soll?«

Richards wusste es nicht genau. Der Befehl war von dem Verbindungsmann bei Special Weapons gekommen. Aber wenn er hätte raten sollen, hätte er gewettet, dass es etwas mit der ver-

schwitzten Pritsche und der suppenverkrusteten Warmhalteplatte und einem Jahr ohne Sonne und frische Luft zu tun hatte, mit den üblen Träumen und dem »Red Roof«-Motel und all dem anderen. Zum Teufel, wenn man die Situation genau betrachtete – wozu er schon lange keine Lust mehr hatte –, ging wahrscheinlich alles zurück auf den hübschen Bücherwurm namens Elizabeth Macomb Lear, den langen Kampf gegen den Krebs etc. pp …

»Ich habe eine Gefälligkeit kassiert und die Spurenbeseitigung von Langley aus erledigen lassen. Systemweit, von A bis Z. Carter ist bereits ein Nobody.«

Sykes war skeptisch. »Niemand ist ein Nobody. Es gibt immer irgendwelche Spuren.«

»Kann sein. Aber dieser Kerl ist nah dran.«

Sykes blieb noch einen Augenblick in der Tür stehen, ohne etwas zu sagen, und beide wussten, was sein Schweigen bedeutete. »Tja«, sagte er schließlich, »es gefällt mir trotzdem nicht. Wir haben nicht umsonst ein festgelegtes Verfahren. Drei Gefängnisse, dreißig Tage – und erst dann bringen wir ihn her.«

»Ist das ein Befehl?« Ein Scherz. Sykes konnte ihm nichts befehlen – nicht wirklich. Richards war nur so nett, das nicht extra zu betonen.

»Nein, vergessen Sie's.« Sykes gähnte und hielt sich den Handrücken vor den Mund. »Was sollten wir auch tun – ihn zurückgeben?« Er klopfte mit der Hand gegen den Türrahmen. »Rufen Sie mich an, wenn der Van kommt. Ich bin oben, aber ich schlafe nicht.«

Komisch: Als Sykes gegangen war, merkte Richards, dass er sich wünschte, er wäre geblieben. Vielleicht waren sie in gewissem Sinne doch Freunde. Für ihn war es nicht der erste üble Job; er wusste, dass es einen Augenblick gab, in dem der Tonfall sich änderte wie jetzt. Unversehens hörte man sich reden, als sei nichts weiter, als sei die ganze Sache schon vorbei. Das war der Augenblick, in dem man anfing, jemanden tatsächlich zu mögen, und das war ein Problem. Danach brach alles sehr schnell auseinander.

Carter war nichts Besonderes – ein ganz gewöhnlicher Häftling, der nichts weiter einzutauschen hatte als sein Leben. Aber das Kind: Wozu brauchte Lear ein sechsjähriges Mädchen?

Richards drehte sich zu den Monitoren um und griff zum Kopfhörer. Babcock war wieder in der Ecke und schwatzte vor sich hin. Es war komisch: Irgendetwas an Babcock ließ ihm keine Ruhe. Es war, als gehörte Richards *ihm,* als besäße Babcock ein Stück von ihm. Das war ein Gefühl, das er nicht abschütteln konnte. Stundenlang konnte er dasitzen und dem Kerl zuhören. Manchmal schlief er mit dem Kopfhörer vor dem Monitor ein.

Wieder sah er auf die Uhr. Er wusste, dass er es nicht tun sollte, aber er konnte nicht anders. Es war kurz nach drei. Er hatte keine Lust mehr, FreeCell zu spielen. Zum Teufel mit diesem kleinen Scheißer in Seattle. Das stundenlange Warten auf den Van kam ihm plötzlich wie ein gähnendes Maul vor, das ihn mit Haut und Haaren zu verschlingen drohte.

Er kam nicht dagegen an. Er regelte die Lautstärke und lehnte sich zurück, um zuzuhören, und er fragte sich, was die Laute, die er da hörte, ihm zu sagen hatten.

6

Lacey wachte auf, allein. Sie hörte nur den Gesang der Vögel und das sanfte Rauschen des Regens, der auf das Laub vor ihrem Fenster wehte.

Amy.

Wo war Amy?

Sofort stand sie auf, warf sich den Bademantel über und lief die Treppe hinunter. Aber als sie unten ankam, hatte die Panik schon nachgelassen. Sicher war das Kind einfach aufgestanden, um sich auf die Suche nach einem Frühstück zu machen, um fernzusehen oder um sich einfach umzuschauen. Lacey fand das Mädchen in der Küche am Tisch, noch im Pyjama und mit einem Teller Frühstückswaffeln vor sich. Schwester Claire saß am Kopfende des breiten Tisches, im Jogginganzug nach ihrem Lauf durch den Overton Park. Sie trank Kaffee und las den *Commercial Appeal*. Schwester Claire war noch keine richtige Schwester, sondern Novizin. Die Schultern ihres Sweatshirts waren gesprenkelt vom Regen, und ihr Gesicht war feucht und rot.

Sie ließ die Zeitung sinken und lächelte Lacey an. »Schön, du bist wach. Wir haben schon gefrühstückt, nicht, Amy?«

Die Kleine nickte und kaute. Bevor sie in den Orden eingetreten war, hatte Schwester Claire in Seattle Häuser verkauft, und als Lacey sich an den Tisch setzte, sah sie, was die Schwester gelesen

hatte: den Immobilienteil der Sonntagsausgabe. Wenn Schwester Arnette das gesehen hätte, wäre sie erzürnt gewesen, das wusste sie, und vielleicht hätte sie sogar eine ihrer spontanen Predigten über die Ablenkungen des materiellen Lebens gehalten. Aber nach der Uhr am Herd war es kurz nach acht: Die anderen Schwestern waren nebenan in der Messe. Lacey verspürte jähe Verlegenheit. Wie hatte sie so lange schlafen können?

»Ich war schon in der Frühmesse«, sagte Claire, als hätte sie ihre Gedanken gelesen. Schwester Claire ging oft vor dem Joggen in die Sechs-Uhr-Messe. Ihr tägliches Laufen bezeichnete sie auch als Besuch bei »Unserer Lieben Frau von den Endorphinen«. Anders als die übrigen Schwestern, die nie etwas anderes gewesen waren, hatte Claire früher ein ganz normales Leben geführt, das nichts mit dem Orden zu tun gehabt hatte: Sie war verheiratet gewesen, hatte Geld verdient und Dinge besessen, zum Beispiel eine Eigentumswohnung und einen Honda Accord. Ihre Berufung hatte sie erst verspürt, als sie Ende dreißig und von dem Mann geschieden war, den sie einmal als den »schlimmsten Ehemann der Welt« bezeichnet hatte. Einzelheiten kannte da niemand außer vielleicht Schwester Arnette, und für Lacey war Claires Leben ein Quell des Staunens. Wie konnte ein Mensch zwei Leben haben, die sich so sehr voneinander unterschieden? Manchmal sagte Claire Dinge wie »Die Schuhe da sind süß«, oder »Das einzige gute Hotel in Seattle ist das ›Vintage Park‹«, und dann verfielen alle Schwestern in ein verdattertes Schweigen, das nur halb aus Missbilligung, halb aber auch aus Neid bestand. Claire war diejenige gewesen, die für Amy einkaufen gegangen war, und unausgesprochen war damit gesagt worden, dass sie die Einzige unter ihnen war, die davon etwas verstand.

»Wenn du dich beeilst, schaffst du es noch zur Acht-Uhr-Messe«, schlug Claire vor. Aber natürlich war es zu spät. Eigentlich meinte Claire etwas anderes, und das wusste Lacey. »Ich kann auf Amy aufpassen.«

Lacey sah die Kleine an. Ihr Haar war zerzaust vom Schlafen, doch ihre Haut und ihre Augen leuchteten ausgeruht. Lacey fuhr

ihr mit den Fingerspitzen durch den Pony. »Das ist sehr nett von dir«, sagte sie. »Vielleicht kannst du heute, nur ausnahmsweise, weil Amy hier ist ...«

»Sprich nicht weiter«, sagte Schwester Claire und fiel ihr lachend mit erhobener Hand ins Wort. Erleichterung durchströmte Lacey. »Ich spring für dich ein.«

Der bevorstehende Tag nahm in ihrem Kopf Gestalt an, und als sie jetzt am Tisch saß, erinnerte sie sich an ihren Plan mit dem Zoo. Wann öffnete er? Und wie war es mit dem Regen? Am besten, sie ging den Schwestern aus dem Weg, dachte sie. Nicht nur, weil sie sich fragen würden, warum Lacey nicht in der Messe gewesen war – sie würden vielleicht auch anfangen, Fragen wegen Amy zu stellen. Bis jetzt hatte die Lüge funktioniert, aber Lacey spürte, wie mürbe sie war – wie morsche Bodendielen unter ihren Füßen.

Als Amy ihre Waffeln und ein großes Glas Milch vertilgt hatte, ging Lacey mit ihr zurück nach oben und zog sie rasch an: eine frische Jeans, ganz steif, weil sie so neu war, und ein T-Shirt mit dem von Pailletten umrahmten Aufdruck »Frechdachs«. Nur Schwester Claire konnte die Kühnheit besitzen, so etwas auszusuchen. Schwester Arnette würde das T-Shirt überhaupt nicht gefallen. Wenn sie es sähe, würde sie wahrscheinlich seufzen und den Kopf schütteln, und die Luft im Zimmer würde sich mit einem sauren Geruch erfüllen. Doch Lacey wusste, dass das Shirt perfekt war – genau das, was ein kleines Mädchen gern tragen würde. Die Pailletten machten es zu etwas Besonderem, und sicher würde Gott wollen, dass ein Kind wie Amy so etwas bekam: ein bisschen Glück, und sei es noch so klein. Im Bad wusch sie ihr den Sirup von den Wangen und bürstete ihr das Haar, und dann zog sie sich selbst an: den üblichen grauen Faltenrock, die weiße Bluse und die Haube. Der Regen draußen hatte aufgehört; warmer Sonnenschein breitete sich gemächlich im Garten aus. Es würde ein heißer Tag werden, vermutete Lacey; eine Hitzewelle folgte von Süden her auf die Kaltfront, die während der ganzen Nacht den Regen über das Haus getrieben hatte.

Sie hatte ein bisschen Bargeld, genug für Eintrittskarten und etwas Süßes, und zum Zoo konnten sie natürlich zu Fuß gehen. Sie traten hinaus in eine Luft, die sich allmählich mit Wärme und dem süßen Duft des nassen Grases füllte. Die Kirchenglocken hatten angefangen zu läuten; die Messe würde jeden Augenblick vorbei sein. Schnell führte sie Amy durch das Gartentor, durch den würzigen Duft der Kräuter – Rosmarin, Estragon und Basilikum –, die Schwester Louise so sorgsam pflegte, und hinaus in den Park, wo sich schon jetzt die Leute sammelten, um den ersten warmen Frühlingstag zu genießen und die Sonne zu kosten und auf der Haut zu spüren: junge Leute mit Hunden und Frisbees, Jogger, die keuchend auf den Wegen entlangliefen, und Familien, die Klapptische und Grills aufstellten. Der Zoo lag am Nordende des Parks, flankiert von einer breiten Hauptstraße, die das Viertel zerschnitt wie eine Klinge. Die großen Häuser und die weiten, majestätischen Rasenflächen der alten Midtown auf der anderen Seite waren vergessen; an ihrer Stelle standen ärmliche Einfamilienhäuser mit eingestürzten Veranden und halb zerlegten Schrottautos, die langsam im Lehm der Vorgärten versanken. Junge Männer lungerten dort wie Tauben auf den Straßen herum, ließen sich an dieser oder jener Ecke nieder und gingen dann weiter, und über allem lag eine betäubende Langeweile von unbestimmter Bedrohlichkeit. Lacey hätten die Leute dort eigentlich mehr ans Herz gehen müssen, aber die Schwarzen, die in dieser Gegend wohnten, waren anders als sie, die nie arm gewesen war, zumindest nicht auf diese Weise. In Sierra Leone hatte ihr Vater beim Ministerium gearbeitet; ihre Mutter hatte einen Wagen und einen Fahrer gehabt, der sie zum Einkaufen nach Freetown oder zu Polo-Spielen gefahren hatte, und einmal waren sie auf einer Party gewesen, wo angeblich der Präsident persönlich mit ihr einen Walzer getanzt hatte.

Am Rande des Zoos veränderte sich die Luft; sie roch jetzt nach Erdnüssen und Tieren. Am Eingang hatte sich schon eine Schlange gebildet. Lacey kaufte die Eintrittkarten und zählte das Wechselgeld sorgfältig ab, und dann nahm sie Amy wieder bei der Hand

und ging mit ihr durch das Drehkreuz. Amy trug ihren Rucksack mit Peter, dem Hasen. Als Lacey vorgeschlagen hatte, ihn zu Hause zu lassen, hatte sie an dem kurzen Aufblitzen im Auge des Mädchens sofort erkannt, dass dies nicht in Frage kam. Diesen Rucksack würde die Kleine niemals irgendwo zurücklassen.

»Wohin möchtest du zuerst?«, fragte Lacey. Ein paar Schritte hinter dem Eingang stand ein Kiosk mit einem großen Lageplan, auf dem unterschiedliche Farben anzeigten, wo sich die verschiedenen Gehege und Tierarten befanden. Ein weißes Paar studierte den Plan. Der Mann trug eine Kamera an einer Kordel um den Hals, und die Frau bewegte einen Kinderwagen sanft hin und her. Das Baby lag unter einem Berg von rosa Decken begraben und schlief. Die Frau sah Lacey und musterte sie einen Moment lang argwöhnisch: Was tat eine schwarze Nonne mit einem weißen Mädchen? Aber dann lächelte sie – ein bisschen gezwungen, ein Lächeln der Entschuldigung, des Rückzugs –, und das Paar ging weiter.

Amy spähte zu dem Plan hinauf. Lacey wusste nicht, ob das Mädchen lesen konnte, neben der Schrift gab es jedoch auch Bilder.

»Ich weiß nicht«, sagte Amy. »Zu den Bären?«

»Was für welche?«

Die Kleine überlegte kurz, und ihr Blick wanderte über die Bilder. »Eisbären«, entschied sie, und dabei trat ein erwartungsvolles Leuchten in ihre Augen. Sie würden gemeinsam durch den Zoo gehen und sich die Tiere ansehen, ganz so, wie Lacey es erhofft hatte. Während sie noch dastanden, kamen immer mehr Leute durch das Drehkreuz, und bald wimmelte es im Zoo von Besuchern. »Und dann weiter zu den Zebras und Elefanten und Affen.«

»Wunderbar.« Lacey lächelte. »Wir werden uns alles anschauen.«

An einem Verkaufsstand kauften sie eine Tüte Erdnüsse und gingen weiter in den Zoo hinein, in eine dichte Wolke von Gerüchen und Geräuschen gehüllt. Als sie sich dem Eisbärengehege

näherten, hörten sie Lachen und Planschen und laute Schreie, ein Gewirr von jungen und alten Stimmen, begeistert und entsetzt zugleich. Amy ließ Laceys Hand los und rannte voraus.

Lacey drängte sich zwischen den Schultern der Menschen vor der Eisbärenanlage hindurch. Amy stand mit dem Gesicht dicht vor der Glasscheibe, die eine Unterwasseransicht des Bärenbassins ermöglichte – ein kurioser Anblick in der Hitze von Memphis: Steinblöcke, die so angestrichen waren, dass sie wie Eisschollen aussahen, in einem tiefen, arktisch blauen Becken. Drei Eisbären lagen in der Sonne hingestreckt wie große Kaminvorleger, und ein vierter paddelte mit seinen gewaltigen Pranken im Wasser. Er schwamm geradewegs auf Amy und Lacey zu und stieß mit der Nase an die Scheibe. Lacey hörte sich selbst aufschreien, und ein angenehmer Schreck fuhr durch ihre Wirbelsäule bis in ihre Füße und Fingerspitzen. Amy streckte die Hand aus und berührte das beschlagene Glas dicht vor dem Gesicht des Eisbären. Der Bär riss die Schnauze auf. Man sah seine rosarote Zunge.

»Vorsicht«, warnte ein Mann hinter ihnen. »Die sehen vielleicht niedlich aus, aber für sie bist du nur ein Mittagessen, Kleine.«

Erschrocken drehte Lacey sich um und suchte nach dem Sprecher. Wer war dieser Mann, der einem Kind solche Angst einjagen wollte? Aber keins der Gesichter hinter ihr erwiderte ihren Blick; alle lachten und beobachteten die Bären.

»Amy«, sagte sie leise und legte dem Kind eine Hand auf die Schulter, »vielleicht ist es besser, sie nicht zu reizen.«

Amy schien sie nicht zu hören. Sie drückte die Nase an die Glasscheibe. »Wie heißt du?«, fragte sie den Bären.

»Langsam, Amy«, sagte Lacey. »Nicht so nah.«

Amy streichelte die Scheibe. »Er hat einen Bärennamen. Ich kann ihn nicht aussprechen.«

Lacey zögerte. War das ein Spiel? »Der Bär hat einen Namen?«

Das Mädchen schaute blinzelnd zu ihr auf, und ein wissendes Leuchten lag auf ihrem Gesicht. »Natürlich hat er einen Namen.«

»Und den hat er dir gesagt.«

In diesem Augenblick erhob sich ein mächtiges Platschen im Becken. Ein Aufschrei ging durch die Menge. Ein zweiter Bär war ins Wasser gesprungen, und er – sie? – paddelte durch das Blau auf Amy zu. Jetzt waren es zwei Tiere, so groß wie Autos, die nur eine Handbreit vor dem Mädchen an die Scheibe stießen. Ihr weißes Fell kräuselte sich in der Strömung unter Wasser.

»Sieh dir das an«, sagte jemand. Es war die Frau, die Lacey am Kiosk gesehen hatte. Sie stand neben ihnen und hielt ihr Baby wie eine Puppe an die Glasscheibe. Ihr langes Haar war straff nach hinten gebunden, sie trug Shorts, ein T-Shirt und Flip-Flops. Durch das T-Shirt konnte Lacey den immer noch schlaffen Bauch der Frau erkennen. Das kam bestimmt von der Schwangerschaft. Der Mann stand hinter ihr. Er bewachte den leeren Kinderwagen und hielt seine Kamera in der Hand.

»Ich glaube, die mögen dich, Süße«, sagte die Frau zu Amy. »Sieh doch, Mäuschen«, sang sie und ließ das Baby auf und ab wippen, sodass es mit den Armen flatterte wie ein Vogel. »Da sind die Eisbären. Da sind die Eisbären, mein Mäuschen. Schatz, knips uns. Knips ... uns ... doch.«

»Ich kann nicht«, sagte der Mann. »Du schaust in die falsche Richtung. Du musst sie umdrehen.«

Die Frau seufzte genervt. »Na los, jetzt knips schon, solange sie lacht. Ist das so schwer?«

Lacey beobachtete das alles, und dann geschah es: ein zweites Klatschen und, ehe sie sich umdrehen konnte, ein drittes. Das Glas vor ihr schien sich zu wölben. Eine Welle schwappte über die Scheibe hinweg und ergoss sich auf die Zuschauermenge. Alle sahen, was passierte, aber niemand konnte etwas tun.

»Vorsicht!«

Das eiskalte Wasser traf Lacey wie ein Schlag und füllte Nase, Mund und Augen mit Salzgeschmack. Sie fuhr zurück. Schreie ertönten wie im Chor um sie herum. Neben ihr hörte sie das Baby weinen, und dann die Mutter: *Weg hier, weg!* Lacey wurde angerempelt, und sie merkte, dass sie die Augen geschlossen hatte,

um sie vor dem brennenden Salzwasser zu schützen. Sie taumelte rückwärts, stolperte und fiel auf ein Knäuel von Menschen. Sie wartete auf das Krachen des berstenden Glases, auf das Rauschen des entfesselten Wassers.

»Amy!«

Sie riss die Augen auf und sah, dass ein Mann sie anstarrte, nur eine Handbreit von ihrem Gesicht entfernt. Es war der Mann mit der Kamera. Dann war alles still. Das Glas hatte gehalten.

»Verzeihung«, sagte der Mann. »Alles in Ordnung, Schwester? Ich muss gestolpert sein.«

»Verdammt noch mal!«, schrie die Frau. Sie stand vor ihnen, Kleider und Haare durchnässt. Das Baby schrie an ihrer Schulter, und ihr Gesicht war wütend. »Was hat Ihre Göre getan?«

Lacey begriff, dass sie mit *ihr* sprach.

»Es tut mir leid …«, begann sie. »Ich habe nicht …«

»Sehen Sie doch, was sie macht!«

Die Menge war vor der Glasscheibe zurückgewichen, und alle Blicke waren auf das kleine Mädchen mit dem Rucksack gerichtet, das davor kniete und die Hände an die Scheibe gelegt hatte. Die vier Eisbären drängten sich vor ihr zusammen.

Lacey rappelte sich auf und trat rasch neben sie. Amy hielt den Kopf gesenkt, und das Wasser tropfte ihr von den Haaren auf die Knie. Lacey sah, dass sie die Lippen bewegte wie im Gebet.

»Amy, was ist denn?«

»Das Kind spricht mit den Eisbären!«, rief jemand, und ein erstauntes Raunen ging durch die Menge. »Seht euch das an, seht euch das an!«

Kameras klickten. Lacey hockte sich neben Amy und strich ihr die dunklen Haarsträhnen aus dem Gesicht. Tränen liefen über Amys Wangen und mischten sich mit dem Wasser aus dem Becken. Irgendetwas ging hier vor sich. »Sag's mir, Kind.«

»Sie wissen es«, sagte Amy leise und drückte die Hände an die Scheibe.

»Was wissen die Eisbären?«

Das Mädchen sah sie an. Lacey war wie vom Donner gerührt; noch nie hatte sie so viel Trauer im Blick eines Kindes gesehen, so viel leidvolles Wissen. Aber als sie ihr forschend in die Augen schaute, sah sie keine Angst. Was immer Amy hier erfahren hatte, sie hatte es akzeptiert.

»Was ich bin«, sagte sie.

Schwester Arnette saß in der Küche im Konvent der Barmherzigen Schwestern, und sie hatte beschlossen, etwas zu unternehmen.

Es wurde neun Uhr, neun Uhr dreißig, zehn. Lacey und das Mädchen waren immer noch nicht zurück von dort, wohin sie gegangen waren. Schwester Claire hatte die Geschichte letztlich preisgegeben: Lacey habe die Messe geschwänzt, die beiden seien kurz danach weggegangen, und das Kind habe seinen Rucksack mitgenommen. Claire habe vom Fenster aus gesehen, wie sie durch das Gartentor in Richtung Park gegangen waren.

Lacey führte irgendetwas im Schilde. Arnette hätte es wissen müssen.

An der Geschichte mit dem Kind stimmte etwas nicht, das hatte sie sofort gewusst – vielleicht nicht gewusst, aber doch gespürt, und aus dem Saatkorn des Argwohns war über Nacht die Gewissheit gewachsen, dass hier etwas nicht in Ordnung war. Schwester Arnette *wusste* es einfach.

Und jetzt war ein kleines Mädchen verschwunden.

Keine der anderen Schwestern wusste Bescheid über Lacey. Selbst Schwester Arnette hatte die ganze Geschichte erst erfahren, als das Büro der Generaloberin den psychiatrischen Bericht geschickt hatte. Arnette erinnerte sich, dass sie in den Nachrichten etwas darüber gehört hatte, vor all den Jahren, aber passierte so etwas nicht immer irgendwo, vor allem in Afrika? In diesen furchtbaren kleinen Ländern, wo ein Menschenleben anscheinend nichts wert war und Sein Wille seltsamer und undurchschaubarer war als irgendwo sonst? Es war herzzerreißend, entsetzlich, doch der Verstand konnte solche Geschichten letztlich nur in begrenzter

Zahl fassen. Arnette hatte das alles wieder vergessen, und jetzt war Lacey hier, in ihrer Obhut, und niemand sonst kannte die Wahrheit. Lacey war, das musste sie zugeben, in fast jeder Hinsicht eine vorbildliche Schwester, wenn auch ein bisschen verschlossen, vielleicht ein wenig zu mystisch in ihrer Frömmigkeit. Lacey behauptete – und zweifellos glaubte sie es auch –, ihre Eltern und ihre Schwestern seien noch in Sierra Leone, wo sie zu Bällen im Palast gingen und ihre Polo-Pferde ritten. Seit dem Tag, an dem sie von UN-Friedenstruppen in ihrem Versteck auf einem Feld gefunden und zu den Schwestern gebracht worden war, hatte sie nie etwas anderes gesagt. Das war natürlich eine Gnade; es war Gottes Barmherzigkeit, die sie vor der Erinnerung an das Geschehene beschützte. Denn nachdem die Soldaten ihre Familie ermordet hatten, waren sie nicht einfach weggegangen. Sie waren bei Lacey auf dem Feld geblieben, Stunden um Stunden, und das kleine Mädchen, das sie dann für tot gehalten hatten, hätte ebenso gut tot *sein* können, wenn Gott sie nicht beschützt hätte, indem er diese Ereignisse aus ihrem Kopf getilgt hatte. Dass Er beschlossen hatte, sie in diesem Augenblick nicht zu Sich zu nehmen, war nur ein Ausdruck Seines Willens, den Arnette nicht in Frage zu stellen hatte. Es war eine Bürde, dieses Wissen und die Sorge, die es begleitete, und Arnette musste sie schweigend tragen.

Aber jetzt war das Mädchen da. Diese Amy. Äußerst höflich, still wie ein Geist – aber war es nicht offensichtlich, dass die ganze Sache nicht stimmte? Sie war völlig unglaubwürdig. Jetzt, da sie darüber nachdachte, war Laceys Geschichte alles andere als plausibel. Sie war eine Freundin der Mutter? Unmöglich. Außer zur Morgenmesse verließ Lacey kaum jemals das Haus. Wie sie Kontakt zu einer solchen Frau hätte finden sollen – zumal zu einer Frau, die ihr ihre Tochter anvertraute –, das wusste Arnette nicht. Es war auch nicht zu erklären, denn die Geschichte war erlogen. Und jetzt waren die beiden verschwunden.

Als es halb elf war, wusste Schwester Arnette, was sie zu tun hatte.

Aber was sollte sie sagen? Wo sollte sie anfangen? Bei Amy? Keine der anderen Schwestern wusste anscheinend mehr über das Kind. Als es abgegeben wurde, war Lacey allein im Haus gewesen, wie so oft. Arnette versuchte immer wieder, sie hinauszulocken, in die Volksküche oder in den Supermarkt oder sonst wohin, aber Lacey lehnte stets ab, und in solchen Momenten strahlte ihr Gesicht eine so fröhliche Leere aus, dass die Frage augenblicklich erledigt war. *Nein danke, Schwester. Vielleicht ein andermal.* Drei, vier Jahre lang, und jetzt erschien von nirgendwoher ein Kind, und Lacey behauptete, es zu kennen. Wenn sie die Polizei anriefe, würde die Geschichte also dort beginnen müssen, begriff sie: bei Lacey und der Geschichte von dem Feld.

Arnette griff zum Telefonhörer.

»Schwester?«

Sie drehte sich um: Schwester Claire. Claire, die soeben in die Küche gekommen war, immer noch im Jogginganzug, obwohl sie sich längst für die Tagesarbeit hätte umziehen müssen. Claire, die Immobilien verkauft hatte, die nicht nur verheiratet gewesen, sondern *geschieden* war und die immer noch ein paar hochhackige Schuhe und ein schwarzes Cocktailkleid in ihrem Schrank aufbewahrte. Aber das war ein ganz anderes Problem, über das sie jetzt nicht nachdenken konnte.

»Schwester«, sagte Claire in sorgenvollem Ton, »da ist ein Auto in der Einfahrt.«

Arnette legte den Hörer wieder auf. »Wer ist es?«

Claire zögerte. »Es sieht aus wie … die Polizei.«

Arnette war schon an der Haustür, als es klingelte. Sie zog die Gardine am Fenster daneben zur Seite, um hinauszuschauen. Zwei Männer, der eine in den Zwanzigern, der andere älter, aber immer noch ein junger Mann für sie, und beide trugen dunkle Anzüge und Krawatten. Polizei, wenngleich nicht ganz. Etwas Ernsthaftes, Offizielles zweifellos. Sie standen in der Sonne am Fuße der Treppe, in einigem Abstand zur Tür. Der Ältere sah sie und lächelte freundlich, sagte jedoch nichts. Er sah nett, aber wenig

bemerkenswert aus, schlank und sportlich, mit einem sympathischen, wohlgeformten Gesicht. Ein bisschen grau an den Schläfen, die in der Sonne schweißfeucht glänzten.

»Sollen wir aufmachen?«, fragte Claire hinter ihr. Schwester Louise hatte die Türglocke gehört und war ebenfalls heruntergekommen.

Arnette atmete tief durch. »Selbstverständlich, Schwestern.«

Sie öffnete die Tür, hielt aber die Fliegentür verriegelt. Die beiden Männer kamen die Stufen herauf.

»Kann ich Ihnen helfen, Gentlemen?«

Der Ältere griff in seine Brusttasche und zog ein kleines Mäppchen heraus. Er klappte es auf, und die Buchstaben blitzten ihr kurz entgegen: FBI.

»Ma'am, ich bin Special Agent Wolgast, und das ist Special Agent Doyle.« Im Handumdrehen war das Mäppchen wieder in der Innentasche seines Jacketts verschwunden. Sie sah eine Schramme an seinem Kinn; er hatte sich beim Rasieren geschnitten. »Tut mir leid, dass wir Sie an einem Samstagmorgen einfach so stören ...«

»Es geht um Amy«, sagte Arnette. Sie konnte es nicht erklären. Sie war einfach damit herausgeplatzt. Als er nicht antwortete, fuhr sie fort: »Es stimmt doch, oder? Es geht um Amy.«

Der ältere Beamte – seinen Namen hatte sie schon wieder vergessen – schaute an ihr vorbei zu Schwester Louise und lächelte ihr kurz und beruhigend zu, bevor er sich wieder an Arnette wandte.

»Ja, Ma'am. Das ist richtig. Es geht um Amy. Wäre es Ihnen recht, wenn wir hereinkommen. Um Ihnen und den anderen Damen ein paar Fragen zu stellen?«

Und so kam es, dass sie im Wohnzimmer des Konvents der Barmherzigen Schwestern standen: zwei große Männer in dunklen Anzügen, die nach Männerschweiß rochen. Ihre massige Anwesenheit schien den Raum zu verändern, ihn kleiner zu machen. Abgesehen von gelegentlichen Handwerkern oder Father Fagan, der aus dem Pfarrhaus zu Besuch kam, betrat kein anderer Mann jemals dieses Haus.

»Verzeihen Sie, Officers«, sagte Arnette, »könnten Sie mir Ihre Namen noch einmal nennen?«

»Selbstverständlich.« Wieder dieses Lächeln: selbstbewusst, einschmeichelnd. Bisher hatte der Jüngere noch kein Wort gesagt. »Ich bin Agent Wolgast, und das ist Agent Doyle.« Er sah sich um. »Und – ist Amy hier?«

Schwester Claire schaltete sich ein. »Was wollen Sie von ihr?«

»Leider darf ich Ihnen nicht alles sagen, aber Sie sollten – um Ihrer eigenen Sicherheit willen – wissen, dass Amy eine Zeugin des FBI ist. Wir sind hier, um sie unter unseren Schutz zu stellen.«

Das Zeugenschutzprogramm des FBI! Panik spannte sich wie ein Ring um Arnettes Brust. Das war schlimmer, als sie gedacht hatte. FBI-Zeugin! Wie im Fernsehen, in diesen Kriminalserien, die sie nicht gern sah, aber trotzdem manchmal anschaute, weil die anderen Schwestern es wollten.

»Was hat Lacey getan?«

Der Agent zog interessiert die Brauen hoch. »Lacey?«

Er tat, als wüsste er Bescheid: Er gab ihr Gelegenheit zum Reden, um ihr Informationen zu entlocken, das sah Arnette sofort. Aber natürlich hatte sie genau das gerade getan: Sie hatte ihnen Laceys Namen gegeben. Niemand außer ihr hatte etwas von Lacey gesagt. Hinter sich spürte sie das drückende Schweigen der anderen Schwestern.

»Schwester Lacey«, erklärte sie. »Sie hat uns gesagt, Amys Mutter sei eine Freundin.«

»Ah ja.« Er warf seinem Kollegen einen Blick zu und nickte dann. »Tja, vielleicht sollten wir auch mit ihr sprechen.«

»Sind wir denn in Gefahr?«, fragte Schwester Louise ängstlich.

Schwester Arnette drehte sich um und brachte sie mit einem Stirnrunzeln zum Schweigen. »Schwester, ich weiß, du meinst es gut. Aber überlass diese Sache mir, bitte.«

»Ich würde nicht sagen, in Gefahr. Das nicht gerade«, sagte der Mann. »Aber ich glaube, es wäre am besten, wenn wir sie kurz sprechen könnten. Ist sie da?«

»Nein.« Das war Schwester Claire. Trotzig hielt sie die Hände vor der Brust verschränkt. »Sie sind weggegangen. Vor über einer Stunde.«

»Wissen Sie, wohin?«

Einen Moment lang sagte niemand etwas. Dann klingelte im Haus das Telefon.

»Bitte entschuldigen Sie mich, Gentlemen«, sagte Arnette.

Sie ging in die Küche. Ihr Herz klopfte.

Sie war dankbar für die Unterbrechung; sie gab ihr Gelegenheit zum Nachdenken. Als sie den Hörer abnahm, erkannte sie die Stimme am anderen Ende nicht.

»Ist da das Kloster? Ich weiß, dass diese Ladys da drüben wohnen. Sie müssen entschuldigen, dass ich einfach so anrufe.«

»Wer spricht da?«

»Sorry.« Er sprach hastig und klang abgelenkt. »Mein Name ist Joe Murphy. Ich bin der Sicherheitsbeauftragte im Zoo von Memphis.« Im Hintergrund kam Unruhe auf, und er sprach kurz mit jemand anders. *Machen Sie einfach das Tor auf*, sagte er. *Los, machen Sie schon.*

Er sprach wieder mit ihr. »Wissen Sie etwas über eine Nonne, die mit einem kleinen Mädchen hier sein könnte? Eine schwarze Lady, gekleidet wie Sie alle da?«

Eine summende Schwerelosigkeit erfüllte Schwester Arnettes Kopf wie ein Bienenschwarm. An diesem wunderschönen Morgen war etwas passiert, etwas Schreckliches. Die Küchentür öffnete sich, und die beiden FBI-Agenten kamen herein, gefolgt von Schwester Claire und Schwester Louise. Alle schauten sie an.

»Ja, ja, ich kenne sie.« Arnette bemühte sich, die Stimme zu senken, doch sie wusste, dass es sinnlos war. »Was gibt's denn? Was ist denn los?«

Einen Moment lang kamen nur gedämpfte Geräusche aus dem Hörer; der Mann im Zoo hatte die Hand auf die Sprechmuschel gelegt. Als er sie wieder wegnahm, hörte sie Geschrei, weinende Kinder und dahinter noch etwas anderes: Tierstimmen. Affen und

Löwen und Elefanten und Vögel kreischten und brüllten. Arnette brauchte einen Moment, um zu begreifen, dass sie diese Laute nicht nur durch das Telefon hörte. Sie kamen auch durch das offene Fenster, sie hallten quer durch den Park bis in die Küche.

»Was ist denn passiert?«, fragte sie flehentlich.

»Kommen Sie lieber her, Schwester«, sagte der Mann. »Das ist das Verrückteste, was ich je gesehen habe.«

Lacey war atemlos, bis auf die Haut durchnässt. Sie trug Amy auf dem Arm, drückte die Kleine an ihre Brust und lief durch den Zoo, verirrt im Labyrinth der Wege. Das Mädchen weinte und schluchzte in ihre Bluse – *was mache ich denn?*, fragte sie, *was mache ich denn?* –, und auch alle anderen Leute rannten. Angefangen hatte es mit den Eisbären, die immer wilder geworden waren, bis Lacey das Kind von der Scheibe weggerissen hatte, und dann hatten sich die Seelöwen dahinter in manischer Raserei ins Wasser gestürzt und waren wieder herausgeschossen. Lacey hatte daraufhin kehrtgemacht und war hastig zur Mitte des Zoos gelaufen, und da waren die Steppentiere, Gazellen und Zebras und Okapis und Giraffen, wie wild im Kreis herumgaloppiert und gegen die Zäune gerannt. Amy war es, die sie dazu brachte, das wusste Lacey – irgendetwas an Amy. Was immer mit den Eisbären passiert war, passierte jetzt mit allem, nicht nur mit den Tieren, sondern auch mit den Menschen: ein Chaos, das sich ringförmig über den ganzen Zoo verbreitete. Sie kamen an den Elefanten vorbei, und sofort spürte sie ihre Größe und Kraft; sie stampften mit ihren massigen Füßen auf den Boden, hoben die Rüssel und trompeteten durch die Hitze von Memphis. Ein Nashorn attackierte den Zaun seines Geheges, dass es krachte wie bei einem Autounfall, und fing wütend an, mit seinem gewaltigen Horn dagegenzustoßen. Die Luft war erfüllt von diesen Geräuschen, laut, schrecklich und schmerzhaft. Die Leute rannten umher und riefen nach ihren Kindern, sie drängten und schoben und stießen einander, und die Menge teilte sich vor Lacey, die immer weiterlief.

»Das ist sie!«, rief eine Stimme, und die Worte trafen Lacey von hinten wie ein Pfeil. Sie fuhr herum und sah den Mann mit der Kamera. Er stand neben einem Zoowärter in einem pastellgelben Hemd und zeigte mit dem Finger auf sie. »Und das ist das Kind!«

Sie drückte Amy noch fester an sich, drehte sich um und rannte weiter, vorbei an Käfigen mit kreischenden Affen, an einem Teich, auf dem Schwäne schrien und mit den großen nutzlosen Flügeln schlugen, und an hohen Käfigen, aus denen das Kreischen von Urwaldvögeln gellte. Eine entsetzte Menschenmenge strömte aus dem Reptilienhaus. Eine Gruppe panischer Schulkinder in roten T-Shirts kam ihr in die Quere; sie schlängelte sich um sie herum und wäre beinahe gefallen, aber irgendwie gelang es ihr, sich aufrecht zu halten. Der Boden vor ihr war übersät mit Hinterlassenschaften der Flüchtenden – Broschüren, Kleidungsstücken, zerlaufenden Eiskugeln, die noch am Papier klebten. Eine Gruppe von keuchenden Männern stürmte vorüber; einer trug ein Gewehr. Von irgendwoher verkündete eine Stimme mit roboterhafter Ruhe: »Der Zoo ist geschlossen. Bitte begeben Sie sich sofort zum nächstgelegenen Ausgang. Der Zoo ist geschlossen …«

Lacey lief jetzt im Kreis. Sie suchte einen Ausgang und fand keinen. Löwen brüllten, und dazwischen gellten die Schreie von Pavianen, Meerkatzen und den Stummelaffen, die sie in Sommernächten vor ihrem Fenster gehört hatte. Die Geräusche kamen aus allen Himmelsrichtungen und erfüllten ihren Kopf wie ein Chor, schwirrten hin und her wie Gewehrschüsse, wie die Schüsse auf dem Feld, wie die Stimme ihrer Mutter, die aus der Tür schrie: *Lauft weg, lauft weg, lauft, so schnell ihr könnt.*

Sie blieb stehen. Plötzlich fühlte sie es. Fühlte *ihn*. Den Schatten. Den Mann, der nicht da war und doch da war. Er war hinter Amy her, das wusste Lacey jetzt. Der dunkle Mann würde Amy auf das Feld bringen, wo die Äste waren, die Lacey Stunde um Stunde angestarrt hatte, während sie dalag und in die Höhe schaute, wo am Nachthimmel langsam der Morgen graute, und sie Geräusche hörte, die Geräusche dessen, was mit ihr passierte, die Schreie, die

aus ihrem Mund kamen. Aber sie hatte ihren Geist aus dem Körper entlassen und hoch hinaufgeschickt, durch die Äste hinauf zum Himmel, wo Gott war; das Mädchen auf dem Feld war jemand anders, niemand, an den sie sich erinnern konnte, und die Welt war umhüllt von einem warmen Licht, das sie für alle Zeit beschützen würde.

Ein bitterer Salzgeschmack war in ihrem Mund, aber das war nicht nur das Wasser aus dem Bassin. Sie weinte jetzt auch; sie sah den Weg vor sich durch einen Tränenschleier und hielt Amy fest umschlungen, als sie weiterrannte. Dann sah sie ihn: den Erdnussstand. Er tauchte vor ihr auf wie ein Leuchtfeuer, der Stand mit dem großen Sonnenschirm, wo sie die Erdnüsse gekauft hatte, und dahinter, wie ein offenes Maul, das breite Ausgangstor. Wärter in gelben Hemden bellten in ihre Walkie-Talkies und winkten die Leute hektisch durch. Lacey holte tief Luft, drückte Amy an sich und stürzte sich ins Gedränge.

Sie war nur noch ein paar Schritte vom Ausgang entfernt, als eine Hand ihren Arm packte. Jäh fuhr sie herum: ein Wärter. Mit der freien Hand winkte er über ihren Kopf hinweg jemand anders zu, und sein Griff wurde fester.

Lacey. Lacey.

»Ma'am, bitte kommen Sie mit …«

Sie zögerte nicht lange, nahm ihre ganze Kraft zusammen und riss sich mit einem Ruck los. Hinter sich hörte sie das Murren und Schimpfen von Leuten, die sie zur Seite gedrängt hatte, und der Wärter schrie ihr nach, sie solle stehen bleiben, aber Lacey rannte immer weiter, Richtung Parkplatz, den näher kommenden Sirenen entgegen. Sie schwitzte und keuchte und wusste, dass sie jeden Augenblick stürzen konnte. Sie wusste nicht, wohin sie rannte, aber das war egal. *Weg,* dachte sie, *nur weg. Lauft, so schnell ihr könnt, Kinder. Sie musste mit Amy von hier weg.*

Dann hörte sie hinter ihr, irgendwo im Zoo, einen Gewehrschuss. Der Knall durchschnitt die Luft, und Lacey blieb wie angewurzelt stehen. In der plötzlichen Stille danach kam ein Van

herangefahren und hielt mit kreischenden Bremsen vor ihr. Es war ihr Van, sah Lacey, der Wagen, den die Schwestern benutzten, der große blaue Van, mit dem sie zur Volksküche fuhren und ihre Besorgungen erledigten. Einen Augenblick lang fragte sie sich, woher sie wussten, was hier passierte. Schwester Claire, immer noch im Jogginganzug, saß am Steuer. Ein zweites Auto, ein schwarzer Personenwagen, hielt hinter ihnen an, als Schwester Arnette zur Beifahrertür heraussprang. Leute strömten an ihr vorbei, und Autos jagten vom Parkplatz.

»Lacey, was um alles in der Welt …«

Zwei Männer stiegen aus dem zweiten Auto. Dunkelheit umgab sie. Laceys Herz krampfte sich zusammen, und ihre Stimme versagte. Sie brauchte nicht näher hinzuschauen, um zu sehen, was sie waren. *Zu spät! Alles war verloren!*

»Nein!« Sie wich zurück. »Nein, nein, nein!«

Arnette packte sie beim Arm. »Schwester, nimm dich zusammen!«

Leute zerrten an ihr. Hände wollten ihr das Kind entreißen. Mit aller Kraft, die sie noch hatte, drückte Lacey die Kleine an die Brust. »Nein!«, schrie sie. »Helft mir!«

»Schwester Lacey, diese Männer sind vom FBI! Bitte tu, was sie sagen!«

»Nehmt sie nicht weg!« Jetzt lag Lacey am Boden. »Nehmt sie nicht weg! Nehmt sie nicht weg!«

Es war also Arnette. Schwester Arnette wollte Amy wegnehmen. Es war wie damals auf dem Feld: Lacey trat und schlug um sich und schrie.

»Amy! Amy!«

Ein heftiges Schluchzen schüttelte sie, und die letzten Kräfte verließen ihren Körper. Amy wurde aus ihren Armen gehoben. Sie hörte ihre dünne Stimme, *Lacey, Lacey, Lacey,* und dann das dumpfe Zuschlagen der Autotüren, als Amy im Wagen eingesperrt wurde. Sie hörte Motorengeräusch, Reifen auf dem Asphalt, einen Wagen, der mit hohem Tempo wegfuhr. Sie vergrub das Gesicht in den Händen.

»Nehmt mich nicht mit, nehmt mich nicht mit«, schluchzte sie. »Nehmt mich nicht mit, nehmt mich nicht mit, nehmt mich nicht mit.«

Claire war an ihrer Seite. Sie legte ihr einen Arm um die bebenden Schultern. »Schwester, es ist schon gut«, sagte sie, und Lacey hörte, dass sie auch weinte. »Es ist alles gut. Du bist in Sicherheit.«

Aber das war sie nicht. Niemand war in Sicherheit, nicht Lacey, nicht Claire, nicht Arnette, nicht die Frau mit dem Baby und nicht der Wärter in dem gelben Hemd. Das wusste Lacey jetzt. Wie konnte Claire sagen, es sei alles gut? Nichts war gut. Das war es, was die Stimmen all die Jahre zu ihr gesagt hatten, seit jener Nacht auf dem Feld, als sie noch ein Mädchen gewesen war.

Lacey Antoinette Kudoto. Hör zu. Schau.

Vor ihrem geistigen Auge sah sie es, sah endlich alles: die wogenden Armeen und die Flammen der Schlacht, die Gräber und Gruben und die Todesschreie von hundert Millionen Seelen, die Dunkelheit, die sich über die Erde ausbreitete wie ein schwarzer Flügel, die letzten bitteren Stunden voller Grausamkeit und Leid und letzter furchtbarer Fluchten, die machtvolle Herrschaft des Todes über alles, und zum Schluss die leeren Städte, erstarrt in der Stille von hundert Jahren. Das alles hatte bereits begonnen. Lacey weinte, und dann weinte sie noch mehr. Denn während sie in Memphis auf dem Randstein kauerte, sah sie vor ihrem geistigen Auge auch Amy, ihre Amy, die Lacey nicht retten konnte, wie sie sich selbst damals nicht hatte retten können. Amy, wie sie in Ewigkeit durch die vergessene, lichtlose Welt wanderte, allein und ohne Stimme außer dieser:

Was mache ich denn, was mache ich denn, was mache ich denn.

7

Carter war irgendwo, wo es kalt war. Das war das Erste, was er feststellte. Sie holten ihn als Ersten aus dem Flugzeug – Carter war in seinem ganzen Leben noch nie geflogen, und er hätte gern einen Fensterplatz gehabt, aber sie hatten ihn ganz hinten zu all den Rucksäcken hineingestopft und sein linkes Handgelenk an ein Rohr gekettet, und zwei Soldaten hatten ihn bewacht –, und als er auf die Treppe trat, die hinunter auf das Rollfeld führte, fuhr die kalte Luft in seine Lunge wie ein Stich. Carter hatte schon öfter gefroren; man konnte nicht im Januar in Houston unter der Autobahn schlafen, ohne zu wissen, was Kälte war, aber die Kälte hier war anders, so trocken, dass er spürte, wie seine Lippen sich runzelten. Außerdem hatte er einen Druck auf den Ohren. Es war spät – er wusste nicht genau, *wie* spät –, doch der Flugplatz war beleuchtet wie ein Gefängnishof. Carter zählte ein Dutzend Flugzeuge, große, dicke mit riesigen Luken, die hinten heruntergeklappt waren wie der Hosenboden eines Kinderpyjamas. Gabelstapler fuhren auf dem Rollfeld hin und her und verluden mit Tarnplanen bedeckte Paletten. Ob sie so etwas wie einen Soldaten aus ihm machen würden? Hatte er dafür sein Leben eingetauscht?

Wolgast: Er erinnerte sich an den Namen. Komisch, dass er ihm unversehens vertraut hatte. Carter hatte schon seit langer, langer

Zeit niemandem mehr vertraut. Aber etwas an Wolgast ließ ihn denken, dass der Mann wusste, was er tat.

Carter trug Ketten an Händen und Füßen, und so stieg er vorsichtig die Stufen der Gangway hinunter, um nicht das Gleichgewicht zu verlieren. Ein Soldat ging vor ihm, einer hinter ihm. Keiner von ihnen hatte ein Wort mit ihm oder, soweit Carter es mitbekommen hatte, mit dem anderen gesprochen. Er trug einen Parka über dem Overall, aber wegen der Ketten war der Reißverschluss offen, und der Wind pfiff ungehindert hindurch. Sie führten ihn über das Rollfeld zu einem hell erleuchteten Hangar, wo ein Van mit laufendem Motor wartete. Die Schiebetür glitt auf, als sie näher kamen.

Der erste Soldat stieß ihm sein Gewehr in die Rippen. »Rein da.«

Carter gehorchte. Die Tür schloss sich. Zumindest die Sitze waren bequem, anders als die harte Bank im Flugzeug. Das einzige Licht kam von einer kleinen Lampe unter der Decke. Draußen wurde zweimal gegen die Tür geschlagen, und der Van fuhr los.

Er hatte im Flugzeug gedöst und konnte nicht mehr schlafen. Ohne Fenster und ohne Uhr fehlte ihm jedes Gefühl dafür, in welche Richtung oder wie weit sie fuhren. Aber er hatte ganze Monate seines Lebens stillsitzend verbracht; ein paar Stunden mehr davon würde er auch noch schaffen. Für eine Weile hörte er einfach auf zu denken. Die Zeit verging, und er spürte, wie der Wagen seine Fahrt verlangsamte. Hinter der Trennwand zwischen ihm und der Fahrerkabine hörte er gedämpfte Stimmen, doch er wusste nicht, worüber sie redeten. Mit einem Ruck fuhr der Wagen ein Stück weiter und hielt dann wieder an.

Die Seitentür glitt auf, und er sah zwei Soldaten, die in der Kälte mit den Füßen stampften, weiße Jungs mit Parkas über dem Arbeitsanzug. Hinter den Soldaten pulsierte die grell beleuchtete Oase eines McDonald's in der Dunkelheit. Carter hörte Verkehrsrauschen und vermutete, dass sie irgendwo an einem Highway angehalten hatten. Es war zwar noch dunkel, aber am Himmel

ahnte man den Morgen. Seine Arme und Beine waren steif vom langen Sitzen.

»Hier«, sagte einer seiner Bewacher und warf ihm eine Tüte zu. Jetzt sah er, dass der andere in ein fast verzehrtes Sandwich biss. »Frühstück.«

Carter riss die Tüte auf. Sie enthielt einen Egg McMuffin, einen in Papier gewickelten Kartoffelpuffer und einen Plastikbecher mit Saft. Seine Kehle war ausgedörrt von der Kälte, und er wünschte, er hätte mehr Saft oder wenigstens Wasser. Er trank den Becher in einem Zug leer. Der Saft war so zuckersüß, dass ihm die Zähne kribbelten.

»Danke.«

Der Soldat gähnte hinter vorgehaltener Hand. Carter fragte sich, warum sie so nett zu ihm waren. Sie benahmen sich überhaupt nicht wie Pincher und die anderen. Sie trugen Pistolen am Gürtel, aber sie taten nicht so, als wäre das etwas Besonderes.

»Wir haben noch zwei Stunden vor uns«, sagte der Soldat. »Brauchst du eine Pinkelpause?«

Carter hatte zuletzt im Flugzeug gepinkelt, aber er war so ausgetrocknet, dass er vermutlich nicht viel herausbringen würde. So war er schon immer gewesen. Er konnte stundenlang einhalten. Doch er dachte an das McDonald's, an die Leute dort drinnen, an den Geruch von Essen und die hellen Lichter, und er wusste, das wollte er sehen.

»Ich schätze, ja.«

Der Soldat stieg zu ihm ein; seine schweren Stiefel dröhnten auf dem Metallboden. Er ging in dem engen Abteil in die Hocke, nahm einen glänzenden Schlüssel aus einer Tasche an seinem Gürtel und schloss die Ketten auf. Anthony sah sein Gesicht aus der Nähe. Er hatte rote Haare und konnte nicht viel älter als zwanzig sein.

»Mach keinen Blödsinn, verstanden?«, sagte er. »Eigentlich dürfen wir das nicht.«

»Ja, Sir.«

»Hier, mach den Reißverschluss zu. Es ist beschissen kalt draußen.«

Sie nahmen ihn in die Mitte, ohne ihn zu berühren, und führten ihn über den Parkplatz. Carter konnte sich nicht mehr erinnern, wann er zuletzt irgendwo hingegangen war, ohne eine fremde Hand irgendwo an seinem Körper zu spüren. Die meisten Autos auf dem Parkplatz trugen das Kennzeichen von Colorado. Die Luft roch sauber wie Fichtennadelspray, und er spürte die Anwesenheit von drückenden Bergmassen ringsum. Auf dem Boden lag Schnee; an den Rändern des Parkplatzes war er hoch aufgetürmt und von Eis überkrustet. Er hatte nur ein- oder zweimal im Leben Schnee gesehen.

Die Soldaten klopften an die Tür der Toilette. Als es still blieb, ließen sie Carter hinein. Der eine kam mit, der andere bewachte die Tür. Es gab zwei Urinale, und Carter trat an das eine. Der Soldat, der bei ihm war, nahm das andere.

»Die Hände dahin, wo ich sie sehen kann«, sagte der Soldat und lachte dann. »War nur ein Witz.«

Als Carter fertig war, ging er zum Waschbecken, um sich die Hände zu waschen. Die McDonald's-Lokale, die er in Houston gekannt hatte, waren ziemlich dreckig gewesen, besonders die Toiletten. Als er auf der Straße lebte, hatte er sich in dem in Montrose ab und zu gewaschen, bis der Geschäftsführer es gemerkt und ihn verjagt hatte. Aber hier war es hübsch sauber; es gab Seife, die nach Mädchen roch, und neben dem Waschbecken stand eine Topfpflanze. Er nahm sich Zeit mit dem Händewaschen und ließ das warme Wasser über seine Haut laufen.

»Haben sie jetzt Pflanzen bei McDonald's?«, fragte er den Soldaten.

Der Soldat sah ihn verblüfft an und lachte dann laut. »Wie lange warst du weg?«

Carter wusste nicht, was daran so komisch war. »Fast mein ganzes Leben lang«, sagte er.

Als sie aus der Toilette kamen, stand der zweite Soldat in der Schlange an der Theke. Sie gingen zu ihm und warteten zu dritt. Keiner der beiden rührte ihn auch nur an. Carter sah sich langsam

um: Zwei Männer, die allein saßen, ein oder zwei Familien, eine Frau mit einem halbwüchsigen Jungen, der auf einem Gameboy spielte. Alle waren weiß.

Als sie an der Reihe waren, bestellte der Soldat Kaffee.

»Willst du noch was?«, fragte er Carter.

Carter überlegte kurz. »Haben die Eistee hier?«

»Haben Sie Eistee?«, fragte der Soldat das Mädchen hinter der Theke.

Sie zuckte die Achseln und kaute geräuschvoll auf einem Kaugummi. »Nur heißen Tee.«

Der Soldat sah Carter an, und der schüttelte den Kopf.

»Dann nur Kaffee.«

Die Soldaten hießen Paulson und Davis. Sie stellten sich vor, als sie wieder am Wagen waren. Der eine war aus Connecticut, der andere aus New Mexico, aber das brachte Carter gleich durcheinander; es war wohl auch ziemlich egal, denn er war weder da noch dort jemals gewesen. Davis war der Rothaarige. Während der restlichen Fahrt ließen sie das kleine Schiebefenster in der Trennwand offen, und die Ketten legten sie ihm nicht wieder an. Sie waren in Colorado, wie er es vermutet hatte, aber immer wenn sie an einem Straßenschild vorüberkamen, befahlen sie ihm, die Augen zu schließen, und dann lachten sie, als wäre das superwitzig.

Nach einer Weile verließen sie die Interstate und fuhren auf einer schmalen Landstraße weiter, die sich in engen Kehren die Berge hochschlängelte. Carter saß auf der vorderen Bank und konnte ein bisschen von der vorüberziehenden Welt durch die Frontscheibe sehen. Steile Schneehaufen türmten sich am Straßenrand. Carter sah keine einzige Ortschaft, und nur ab und zu kam ihnen ein Auto entgegen: grelles Scheinwerferlicht und aufspritzender Schneematsch beim Vorüberfahren. Er war noch nie in einer Gegend gewesen, in der es so wenig Menschen gab. Auf der Uhr am Armaturenbrett war es kurz nach sechs.

»Kalt hier oben«, sagte Carter.

Paulson saß am Steuer; der andere, Davis, las ein Comicheft.

»Kann man wohl sagen«, antwortete Paulson. »Kälter als Beth Popes Rückenkorsett.«

»Wer ist Beth Pope?«

Paulson zuckte die Achseln und spähte über das Lenkrad hinweg. »'n Mädchen, das ich auf der Highschool kannte. Sie hatte – wie heißt das gleich – Skoliose.«

Was das war, wusste Carter auch nicht. Aber Paulson und Davis fanden es ziemlich komisch. Wenn der Job, den Wolgast für ihn hatte, bedeutete, dass er mit diesen beiden zusammenarbeiten sollte, würde er ihn mit Vergnügen übernehmen.

»Ist das ›Aquaman‹?«, fragte er Davis.

Davis reichte ihm zwei Comichefte von seinem Stapel nach hinten, *League of Vengeance* und *X-Men*. Es war zu dunkel zum Lesen, aber Carter machte es Spaß, sich die Bilder anzuschauen, und die erzählten die Geschichte auch so. Dieser Wolverine von den X-Men war ein übler Finger; Carter hatte ihn immer gemocht, aber er hatte auch ein bisschen Mitleid mit ihm gehabt. Es konnte ja kein Vergnügen sein, dieses ganze Metall in seinen Knochen zu haben, und dauernd passierte es, dass jemand, der ihm etwas bedeutete, starb oder umgebracht wurde.

Nach ungefähr einer Stunde hielt Paulson an. »Sorry, Mann«, sagt er. »Wir müssen dich wieder anketten.«

»Schon gut«, sagte Carter und nickte. »War ja nett von Ihnen.«

Davis stieg aus und kam nach hinten. Die Tür ging auf, und ein Schwall kalte Luft schlug herein. Davis legte ihm die Ketten an und steckte den Schlüssel ein.

»Bequem so?«

Carter nickte. »Wie lange fahren wir noch?«

»Nicht mehr lange.«

Sie fuhren weiter. Carter merkte, dass es bergauf ging. Den Himmel konnte er nicht sehen, aber er vermutete, dass es bald hell werden würde. Der Wagen bremste ab, um langsamer über eine lange Brücke zu fahren, und Windstöße schüttelten ihn.

Als sie auf der anderen Seite waren, schaute Paulson ihn im

Rückspiegel an. »Weißt du, du kommst mir irgendwie anders vor als die anderen«, sagte er. »Was hast du getan? Wenn ich fragen darf.«

»Welche anderen?«

»Du weißt schon. Andere Typen wie du. Sträflinge.« Er drehte sich zu Davis um. »Erinnerst du dich an diesen Babcock?« Er schüttelte den Kopf und lachte. »Heilandssack, was für ein Irrer.« Er sah wieder Carter an. »Er war nicht wie du, dieser Typ. Du bist anders, das spüre ich.«

»Ich bin kein Irrer«, sagte Carter. »Hat der Richter gesagt.«

»Aber du hast jemanden umgebracht, oder? Sonst wärst du jetzt nicht hier.«

Carter fragte sich, ob ein solches Gespräch zu den Dingen gehörte, die er mitmachen musste, ob es Teil der Abmachung war. »Sie haben gesagt, ich hätte 'ne Lady umgebracht. Aber das wollte ich nicht.«

»Wer war sie denn? Deine Frau, deine Freundin, so was?« Paulson grinste ihn weiter im Rückspiegel an, und seine Augen funkelten interessiert.

»Nein.« Carter schluckte. »Ich hab ihren Rasen gemäht.«

Paulson lachte und warf Davis wieder einen Blick zu. »Hör dir das an. Er hat der Lady den Rasen gemäht.« Er sah Carter im Spiegel an. »So'n kleines Kerlchen wie du – wie hast du das gemacht?«

Carter wusste nicht, was er antworten sollte. Er hatte jetzt ein schlechtes Gefühl – als wären sie vielleicht nur nett zu ihm gewesen, um ihn durcheinanderzubringen.

»Komm schon, Anthony. Wir haben dir einen McMuffin spendiert und dich aufs Klo gehen lassen, oder? Du kannst es uns erzählen.«

»Herrgott noch mal«, sagte Davis, »halt doch die Klappe. Wir sind gleich da. Was soll denn das?«

»Was es soll?« Paulson atmete ein. »Ich will wissen, was der Typ *getan* hat. Sie haben *alle* irgendwas getan. Komm, Anthony, erzähl uns deine Geschichte. Hast du sie vergewaltigt, bevor du sie abgemurkst hast? War es das?«

Carter spürte, wie sein Gesicht vor Scham glühte. »So was würde ich nie machen«, brachte er hervor.

Davis drehte sich zu ihm um. »Hör nicht auf diesen Wichser. Du brauchst ihm gar nichts zu erzählen.«

»Hör auf. Der Typ ist *zurückgeblieben.* Siehst du das nicht?« Paulson beäugte Carter eifrig im Rückspiegel. »Ich wette, so ist es gewesen, oder? Ich wette, du hast die nette weiße Lady gevögelt, nachdem du ihren Rasen gemäht hattest, stimmt's nicht, Anthony?«

Carter schnürte es die Kehle zu. »Ich ... sag ... nichts mehr.«

»Aber du weißt, was sie mit dir machen werden?«, fragte Paulson. »Oder dachtest du, das hier ist 'ne Spazierfahrt?«

»Verdammt. Jetzt halt dein Maul«, sagte Davis. »Sonst reißt Richards uns den Arsch auf.«

»Der kann mich mal«, sagte Paulson.

»Der Mann ... hat gesagt, ich kriege einen Job«, stammelte Anthony. »Was Wichtiges, hat er gesagt. Ich wäre ... was Besonderes.«

»Was Besonderes.« Paulson kicherte. »Das bist du allerdings.«

Schweigend fuhren sie weiter. Carter starrte auf den Boden. Ihm war schwindlig und übel, und er wünschte, er hätte den McMuffin nicht gegessen. Tränen kamen ihm hoch. Er wusste nicht, wann er zuletzt geweint hatte. Niemand hatte je etwas davon gesagt, dass er die Frau vergewaltigt hätte, zumindest nicht, soweit er sich erinnerte. Nach dem Kind hatten sie gefragt, aber da hatte er immer gesagt, nein, und das war die Wahrheit, das hatte er ihnen geschworen. Das kleine Ding war doch gerade mal fünf Jahre alt. Er hatte ihr nur eine Kröte zeigen wollen, die er im Gras gefunden hatte. Er hatte gedacht, es würde ihr gefallen, so was Kleines zu sehen, so klein wie sie. Was anderes hatte er nicht gewollt – nur nett sein. Zu ihm war niemand nett gewesen, als er klein war. *Komm mal her, Mäuschen, ich zeig dir was, das ist genauso klein wie du.*

Zumindest wusste er, was Terrell war und was da mit ihm passieren würde. Niemand hatte etwas davon gesagt, dass er die Lady,

Mrs Wood, vergewaltigt hätte. An dem Tag im Garten, da war sie einfach ausgerastet, sie hatte gekreischt und ihn geschlagen und dem kleinen Mädchen gesagt, sie solle wegrennen, und es war nicht seine Schuld, dass sie in den Pool gefallen war, er hatte nur versucht, sie zu beruhigen und ihr zu sagen, dass nichts passiert war und dass er weggehen und nie wiederkommen würde, wenn sie es so wollte. Das war ihm recht gewesen, und der ganze Rest auch, wenn es drauf ankäme; aber dann war dieser Wolgast aufgekreuzt und hatte gesagt, er brauchte die Spritze doch nicht zu kriegen, er hatte Carters Gedanken in eine neue Richtung gelenkt – und wo war er jetzt? Das alles ergab keinen Sinn. Es machte ihn völlig fertig.

Er hob den Kopf und sah, dass Paulson ihn angrinste. Das Weiße seiner Augen vergrößerte sich.

»Buh!« Paulson schlug auf das Lenkrad und lachte los, als hätte er soeben den besten Witz seines Lebens gemacht. Dann knallte er das Schiebefenster zu.

Wolgast und Doyle waren jetzt irgendwo in South Memphis und ließen ein Gewirr von Wohnstraßen hinter sich. Die ganze Sache war von Anfang an nicht gut gelaufen. Wolgast hatte keine Ahnung, was zum Teufel da im Zoo los gewesen war. Alle waren Amok gelaufen, und dann hatte die Frau, die alte Nonne namens Arnette, die andere, diese Lacey, fast über den Haufen gerannt, um ihr das Kind abzunehmen.

Das Kind. Amy – Nachname unbekannt. Sie konnte nicht mehr als sechs Jahre alt sein.

Wolgast war kurz davor gewesen, alles abzublasen, aber dann hatte die junge Schwester das Mädchen losgelassen, und die Oberin hatte sie Doyle gegeben, der sie zum Wagen trug, bevor Wolgast noch ein Wort sagen konnte. Danach blieb ihnen nichts anderes übrig, als so schnell wie möglich zu verschwinden, bevor man anfing, Fragen zu stellen. Der Himmel wusste, wie viele Zeugen dabei gewesen waren. Es war alles ziemlich schnell gegangen.

Er musste den Wagen loswerden. Er musste Sykes anrufen. Er

musste dafür sorgen, dass sie aus Tennessee verschwanden – in dieser Reihenfolge, und zwar schleunigst. Amy lag quer über dem Rücksitz, nach hinten gewandt, und umklammerte den Stoffhasen, den sie aus ihrem Rucksack gezerrt hatte. Gütiger Gott, was hatte er da getan? Ein sechsjähriges Mädchen!

In einer tristen Gegend voller Wohnblocks und Ladenzeilen hielt er an einer Tankstelle an und stellte den Motor ab. Er drehte sich zu Doyle um. Sie hatten kein Wort miteinander gesprochen, seit sie den Zoo verlassen hatten.

»Was zum Teufel ist in Sie gefahren?«

»Brad, hören Sie zu …«

»Sind Sie verrückt geworden? Sehen Sie doch hin. Das ist ein Kind.«

»Es ist einfach passiert.« Doyle schüttelte den Kopf. »Alles war völlig verrückt. Okay, kann sein, dass ich Mist gebaut habe, das gebe ich zu. Aber was hätte ich tun sollen?«

Wolgast atmete tief durch. »Warten Sie hier.«

Er stieg aus und wählte Sykes' abhörsichere Nummer. »Wir haben ein Problem.«

»Sie haben sie?«

»Ja, wir haben sie. Sie ist ein *Kind*. Was soll der Scheiß?«

»Ich weiß, dass Sie verärgert sind …«

»Da haben Sie verdammt recht, ich bin verärgert! Und wir hatten ungefähr fünfzig Zeugen, angefangen mit den Nonnen. Ich habe gute Lust, das Kind am nächsten Polizeirevier abzusetzen.«

Sykes schwieg für einen Moment. »Sie müssen sich jetzt zusammenreißen, Wolgast. Bringen Sie sie erst mal aus Tennessee raus. Dann überlegen wir uns, was als Nächstes passiert.«

»Gar nichts passiert als Nächstes. Das hier ist nicht das, wozu ich mich bereit erklärt habe.«

»Ich kann hören, dass Sie aufgebracht sind. Das ist Ihr gutes Recht. Wo sind Sie?«

Wolgast holte tief Luft und brachte seine Wut unter Kontrolle. »An einer Tankstelle. South Memphis.«

»Ist sie wohlauf?«

»Körperlich ja.«

»Tun Sie jetzt nichts Dummes.«

»Wollen Sie mir drohen?« Aber noch während er sprach, begriff Wolgast mit plötzlicher, schauriger Klarheit, was Sache war. Der Augenblick zum Aussteigen war vorüber. Er war im Zoo verstrichen. Sie waren jetzt alle auf der Flucht.

»Das muss ich gar nicht«, sagte Sykes. »Warten Sie auf meinen Anruf.«

Wolgast trennte die Verbindung und betrat die Tankstelle. Der Tankwart, ein schlanker Inder mit einem Turban, saß hinter einer kugelsicheren Scheibe und sah sich eine religiöse Show im Fernsehen an. Das Mädchen hatte wahrscheinlich Hunger. Wolgast nahm eine Packung Cracker und eine Schokoladenmilch und ging damit zur Theke. Er blickte hoch und sah die Kameras, als das Telefon an seiner Hüfte summte. Er bezahlte eilig und ging hinaus.

»Ich kann Ihnen einen Wagen in Little Rock besorgen«, sagte Sykes. »Jemand vom Außenbüro kann sich mit Ihnen treffen, wenn Sie mir eine Adresse nennen.«

Bis Little Rock waren es mindestens zwei Stunden. Zu lange. Zwei Männer in Anzügen, ein kleines Mädchen, ein schwarzer Wagen, so unauffällig, dass er nicht auffälliger hätte sein können. Und wahrscheinlich hatten die Nonnen auch die Autonummer. Nie im Leben würden sie am Scanner an der Brücke vorbeikommen. Wenn das Mädchen als entführt gemeldet worden war, würde man über Rundfunk und Fernsehen nach ihnen fahnden.

Wolgast sah sich um. Auf der anderen Straßenseite war ein Gebrauchtwagenhandel, über dessen Parkplatz bunte Fahnen flatterten. Die meisten Autos waren Schrottkarren, alte Benzinschlucker, die sich kein Mensch mehr leisten konnte. Ein altmodischer Chevy Tahoe, der mindestens zehn Jahre auf dem Buckel hatte, parkte der Straße zugewandt. Auf der Frontscheibe standen die Worte »Bequeme Raten«.

Wolgast erklärte Sykes, was er tun wollte. Dann ging er zum

Wagen, gab Doyle die Milch und die Cracker für Amy und überquerte im Laufschritt die Hauptstraße. Ein Mann mit einer riesigen Brille und flatternden, quer über den kahlen Schädel gekämmten Haarsträhnen kam aus einem Wohnwagen, als Wolgast auf den Tahoe zuging.

»Ein Prachtstück, was?«

Er handelte den Mann auf sechstausend herunter. Viel mehr Bargeld hatte er nicht mehr übrig; Sykes würde sich auch um das Geldproblem kümmern müssen. Weil heute Sonntag war, würde der Zulassungsvorgang die Computer der Verkehrsbehörde nicht vor Montagmorgen erreichen. Bis dahin wären sie längst weg.

Doyle folgte ihm mit dem anderen Wagen ungefähr eine Meile weit bis zu einem Apartmentkomplex. Er stellte ihn abseits der Straße ab und trug Amy zum Tahoe. Nicht perfekt, aber solange Sykes noch am selben Tag jemanden herschicken konnte, der den Wagen verschwinden ließ, würde man sie nicht verfolgen können. In dem Tahoe roch es penetrant nach Zitronenduftspray, doch der Wagen war sauber und bequem, und der Tachostand gar nicht so übel – nur etwas mehr als neunzigtausend Meilen.

»Wie viel Bargeld haben Sie noch?«, fragte Wolgast.

Er und Doyle legten ihr Geld zusammen; es waren etwas mehr als dreihundert Dollar. Mindestens zweihundert bräuchten sie für die Tankfüllungen, aber damit kämen sie bis ins westliche Arkansas, vielleicht sogar bis Oklahoma. Dort würde sie jemand mit Geld und einem neuen Wagen erwarten.

Sie fuhren zurück nach Mississippi und in Richtung Westen auf den Fluss zu. Es war ein klarer Tag. Nur ein paar Wolken bebänderten den Himmel. Amy saß immer noch reglos auf dem Rücksitz. Die Cracker und die Schokomilch hatte sie nicht angerührt. Sie war ein winziges Ding. Ein Baby fast noch. Das Ganze verursachte ihm ein flaues Gefühl im Magen. Der Wagen war ein rollender Tatort. Aber jetzt musste er sie erst einmal aus Tennessee rausbringen. Wie es dann weitergehen sollte, wusste er nicht. Als sie die Brücke erreichten, war es kurz vor neun.

»Glauben Sie, es klappt?«, fragte Doyle.

Wolgast blickte geradeaus. »Das werden wir sehen.«

Die Tore waren offen, und das Wächterhäuschen war unbesetzt. Sie rollten problemlos am Checkpoint vorbei und über den breiten schlammigen Fluss, der von den Frühjahrsfluten angeschwollen war. Unter ihnen kämpfte sich eine lange Reihe von Frachtkähnen unbeirrbar gegen die schäumende Strömung nach Norden. Der Scanner würde ihr Kennzeichen registrieren, aber der Wagen war ja noch auf den Händler zugelassen. Man würde den ganzen Tag brauchen, um die Videoaufzeichnung zu prüfen und sie mit dem Auto in Verbindung zu bringen. Auf der anderen Seite führte die Straße durch die weiten aufgeweichten Felder der Überflutungsebene. Wolgast hatte sich die Route sorgfältig überlegt; sie würden bis kurz vor Little Rock keine nennenswerte Stadt zu sehen bekommen. Er stellte den Tempomaten auf die vorgeschriebene Höchstgeschwindigkeit, fünfundfünfzig Meilen pro Stunde, und fuhr wieder in nördlicher Richtung, und er fragte sich, woher Sykes so genau gewusst hatte, was er tun würde.

Als der Van mit Anthony Carter auf das Gelände fuhr, saß Richards an seinem Schreibtisch und schlief, den Kopf auf der Platte. Erst das Summen der Sprechanlage weckte ihn. Es war die Torwache, die ihm mitteilte, dass Paulson und Davis da seien.

Er rieb sich die Augen und sammelte seine Gedanken. »Bringen Sie ihn sofort herein.«

Richards beschloss, Sykes schlafen zu lassen. Er stand auf und streckte sich, und dann veranlasste er, dass ein Sanitäter und ein Trupp Sicherheitsleute ihn oben erwartete. Er zog seine Jacke an und ging die Treppe zum Erdgeschoss hinauf. Die Ladebucht befand sich an der Rückseite des Gebäudes, die dem Wald und der Schlucht des Flusses zugewandt war. Das Gelände hatte früher eine Art Sanatorium beherbergt, eine Erholungseinrichtung für Manager und Regierungsbeamte. Richards kannte seine Geschichte nur in groben Zügen. Die ganze Anlage war mindestens zehn

Jahre geschlossen gewesen, bevor Special Weapons sie übernommen hatte. Cole hatte das Hauptgebäude Stück für Stück demontieren, die unteren Ebenen ausschachten und das Stromaggregat einbauen lassen, und dann hatte man die Fassade fast genauso wieder aufgebaut, wie sie gewesen war.

Richards trat hinaus in die eisige Dunkelheit. Ein breites Dach ragte über die Betonrampe hinaus; es hielt sie frei von Schnee und diente zugleich als eine Art Sichtschutz. Er sah auf die Uhr. 07:12. Inzwischen, vermutete er, würde Anthony Carter ein seelisches Wrack sein. Die anderen Probanden hatten Zeit gehabt, sich darauf einzustellen. Aber Carter war geradewegs aus der Todeszelle geholt und in weniger als einem Tag hier abgeliefert worden. In den nächsten zwei Stunden kam es vor allem darauf an, ihn ruhig zu halten.

Das Scheinwerferlicht des nahenden Vans ließ die Umgebung klarer hervortreten. Richards stieg gerade die Stufen hinunter, als die Sicherheitsleute, zwei mit Pistolen bewaffnete Soldaten, im Laufschritt durch den Schnee herankamen. Richards befahl ihnen, Abstand zu halten und die Waffen im Halfter zu lassen. Er hatte Carters Akte gelesen und bezweifelte, dass der Mann gewalttätig werden würde; er schien eigentlich ein lammfrommer Typ zu sein.

Paulson stellte den Motor ab und stieg aus. Außen an der Schiebetür des Vans war ein Tastenfeld; Paulson gab eine Nummer ein, und Richards sah, wie die Tür langsam aufglitt.

Carter saß auf der vorderen Bank. Er hielt den Kopf gesenkt, aber Richards konnte sehen, dass seine Augen offen waren. Seine gefesselten Hände lagen gefaltet auf dem Schoß. Richards sah eine zerknüllte McDonald's-Tüte auf dem Boden zu seinen Füßen. Zumindest hatten sie ihm etwas zu essen gegeben. Das Schiebefenster zur Fahrerkabine war geschlossen.

»Anthony Carter?«

Keine Antwort. Richards rief den Namen noch einmal. Nichts, nicht mal ein Zucken. Carter sah aus wie ein Katatoniker.

Richards trat von der Tür zurück und nahm Paulson beiseite. »Okay, erzählen Sie«, sagte er. »Was ist los?«

Paulson zuckte theatralisch die Achseln. *Wer, ich?* »Keine Ahnung. Der Typ ist einfach im Arsch. Was weiß ich?«

»Quatschen Sie keinen Blödsinn, Junge.« Richards sah den anderen an, den mit den roten Haaren: Davis. Er hielt einen Stapel Comics in der Hand. Comics, Herrgott noch mal. Zum tausendsten Mal dachte Richards: Das waren halbe *Kinder.*

»Was ist mit Ihnen, Soldat?«, fragte er Davis.

»Sir?«

»Spielen Sie nicht den Dummen. Haben Sie mir was zu berichten?«

Der Mann warf einen kurzen Blick zu Paulson hinüber und sah dann wieder Richards an. »Nein, Sir«, sagte er nervös.

Er würde sich die beiden später vornehmen. Jetzt trat er wieder an den Wagen heran. Carter hatte sich nicht gerührt. Richards sah, dass seine Nase lief, und seine Wangen waren nass von Tränen.

»Anthony, mein Name ist Richards. Ich bin der Sicherheitschef in dieser Einrichtung. Diese beiden Jungs werden Ihnen nichts mehr tun, haben Sie gehört?«

»Wir haben nichts *getan*«, sagte Paulson flehentlich. »Es war nur Spaß. Hey, Anthony, verstehst du denn keinen Spaß?«

Richards fuhr herum und starrte die beiden an. »Diese kleine Stimme in eurem Kopf, die euch rät, die Klappe zu halten?«, sagte er. »Auf diese Stimme solltet ihr wirklich hören.«

»Ach, kommen Sie«, winselte Paulson. »Der Typ ist irre oder so was. Das sieht doch jeder.«

Richards spürte, wie ein letzter Rest von Geduld aus ihm heraussickerte wie die letzten Wassertropfen aus einem lecken Eimer. Zum Teufel mit allem. Wortlos zog er seine Pistole aus dem Halfter in seinem Kreuz – eine .45er Long-Slide Springfield, die er hauptsächlich benutzte, um Eindruck zu machen: eine riesige, eine lächerliche Waffe. Aber trotz ihrer Klobigkeit lag sie gut in der Hand, und im Dämmerlicht des Morgengrauens strahlte der Titanrahmen die Bedrohlichkeit perfekter mechanischer Effizienz aus. In einer einzigen Bewegung legte er mit dem Daumen den

Sicherungshebel um, lud die Waffe durch, packte Paulson bei der Gürtelschnalle und zog ihn zu sich heran. Dann drückte er ihm die Mündung in das weiche, V-förmige Fleisch unter dem Kinn.

»Ist dir klar«, sagte er leise, »dass ich dich hier und jetzt erschießen würde, um ein Lächeln auf das Gesicht dieses Mannes zu zaubern?«

Paulson war starr vor Angst. Er versuchte, den Blick auf Davis oder die Sicherheitsleute zu richten, aber er schaute in die falsche Richtung. »*Fuck,* was soll denn das?«, würgte er mit verkrampften Halsmuskeln hervor. Er schluckte angestrengt, und sein Adamsapfel sprang über die Pistolenmündung. »Alles okay hier, alles okay.«

»Anthony«, rief Richards, ohne Paulson aus den Augen zu lassen, »Sie sind jetzt gefragt, mein Freund. Sagen Sie's mir. Ist alles okay mit ihm?«

Im Van blieb es lange still. Dann eine leise Stimme. »Schon gut. Er ist okay.«

»Sind Sie sicher? Denn wenn nicht, müssen Sie es mir sagen. Sie haben hier das letzte Wort.«

Wieder eine Pause. »Er ist okay.«

»Haben Sie das gehört?« Richards ließ den Gürtel des Soldaten los und steckte die Pistole ein. »Der Mann sagt, Sie sind okay.«

Paulson sah aus, als wollte er zu seiner Mama rennen. Die Sicherheitsleute oben auf der Laderampe lachten sich tot.

»Den Schlüssel«, sagte Richards.

Paulson griff an seinen Gürtel und gab ihm den Schlüssel. Seine Hände zitterten, und sein Atem roch nach Erbrochenem.

»Und jetzt ab«, befahl Richards und warf einen Blick zu Davis mit seinen Comics. »Du auch, Junior. Alle beide, macht, dass ihr wegkommt.«

Sie hasteten durch den Schnee davon. Die Sonne war inzwischen hinter den Bergen aufgegangen und tauchte den Himmel in blasses Licht. Richards beugte sich in den Van und schloss Carters Ketten auf.

»Alles in Ordnung? Haben diese Jungs Ihnen was getan?«

Carter rieb sich das nasse Gesicht. »Sie haben's nicht so gemeint.« Er schwang die Beine von der Bank und trat mit steifen Gliedern aus dem Wagen. Blinzelnd sah er sich um. »Sind sie weg?«

Richards nickte.

»Was ist das hier?«

»Gute Frage.« Richards nickte wieder. »Alles zu seiner Zeit. Haben Sie Hunger, Anthony?«

»Sie haben mir was zu essen gegeben. Bei McDonald's.« Carter entdeckte die Sicherheitsleute, die über ihnen auf der Rampe standen. Sein Gesichtsausdruck verriet Richards nichts. »Wer sind die?«, fragte er.

»Die sind Ihretwegen hier. Sie sind ein Ehrengast, Anthony.«

Carter sah Richards mit schmalen Augen an. »Hätten Sie den Mann wirklich erschossen, wenn ich es gesagt hätte?«

Etwas an ihm erinnerte Richards an Sykes, wie er mit diesem verlorenen Blick in seinem Büro gestanden und gefragt hatte, ob sie Freunde seien.

»Was glauben Sie? Glauben Sie, ich hätte es getan?«

»Ich weiß überhaupt nicht, was ich glauben soll.«

»Na, unter uns gesagt, nein. Ich hätte es nicht getan. Ich hab ihm was vorgemacht.«

»Hab ich mir gedacht.« Carter grinste plötzlich. »Aber ich fand's komisch. Was Sie da mit ihm gemacht haben.« Er schüttelte den Kopf, lachte kurz und sah sich dann wieder um. »Was passiert jetzt?«

»Jetzt«, sagte Richards, »bringen wir Sie erst mal rein ins Warme.«

8

Als es Abend wurde, fuhren sie fünfzig Meilen hinter Oklahoma City durch die offene Prärie und geradewegs auf eine Wand von Frühjahrsgewitterwolken zu, die über dem Horizont heraufwuchs wie ein Beet mit aufblühenden Blumen in einem Zeitraffervideo. Doyle saß auf dem Beifahrersitz des Tahoe und schlief fest; sein Kopf klemmte in der Lücke zwischen Kopfstütze und Fenster, durch sein zusammengerolltes Jackett vor den Stößen der unebenen Straße geschützt. Wolgast erkannte, dass er Doyle bei solchen Gelegenheiten um sein Talent zum Abschalten beneidete. Er konnte das Licht ausknipsen wie ein Zehnjähriger und buchstäblich überall schlafen. Wolgast war zutiefst erschöpft; er wusste, dass es klug wäre, anzuhalten und die Plätze zu tauschen, damit er selbst eine Mütze voll Schlaf nehmen könnte, wollte es aber nicht. Er war die ganze Strecke von Memphis hierhergefahren und musste das Lenkrand einfach in seinen Händen spüren. Es ließ ihn glauben, er habe noch eine Karte auszuspielen.

Nach seinem Anruf bei Sykes hatten sie nur einmal Kontakt gehabt, nämlich auf dem Parkplatz einer Fernfahrerraststätte außerhalb von Little Rock, wo ein FBI-Mann sie mit einem Umschlag mit Bargeld – dreitausend Dollar in Zwanzigern und Fünfzigern – und einem sauberen unauffälligen Auto erwartet hatte. Aber inzwischen war Wolgast zu dem Schluss gekommen, dass ihm der

Tahoe gefiel und dass er ihn behalten wollte. Er mochte den großen, kräftigen Acht-Zylinder-Motor, die Servolenkung, die elastischen Stoßdämpfer. Seit Jahren hatte er so etwas nicht mehr gefahren. Es war zu schade, einen solchen Wagen in die Schrottpresse zu schicken, und als der Mann ihm die Schlüssel zu dem neuen Fahrzeug übergeben wollte, winkte er streng ab, ohne es sich noch einmal zu überlegen.

»Gibt es irgendetwas über uns in den Nachrichten?«, fragte er den Agenten, einen jungen Rekruten mit einem Gesicht, so rosig wie eine Scheibe Schinken.

Der Agent zog verwirrt die Brauen zusammen. »Ich weiß nichts darüber.«

Wolgast dachte darüber nach. »Das ist gut«, sagte er schließlich. »Sorgen Sie lieber dafür, dass es so bleibt.«

Der Agent hatte ihn zum Kofferraum herumgeführt, der vor ihnen aufsprang. Darin sah Wolgast die Sporttasche aus schwarzem Nylon, die er zwar nicht verlangt, aber erwartet hatte.

»Behalten Sie die«, sagte er.

»Sind Sie sicher? Ich soll sie Ihnen geben.«

Wolgast schaute hinüber zu dem Tahoe, der zwischen zwei dösenden Sattelschleppern am Rand des Parkplatzes stand. Durch das Heckfenster sah er Doyle, aber nicht die Kleine; er hatte ihr befohlen, sich auf den Rücksitz zu legen. Er wollte jetzt wirklich weiter und keine Zeit verlieren. Was die Tasche anging – vielleicht brauchte er sie, vielleicht auch nicht. Aber der Entschluss, sie hierzulassen, fühlte sich richtig an.

»Erzählen Sie im Büro, was Sie wollen«, sagte er. »Was ich wirklich brauchen könnte, wären ein paar Malbücher.«

»Wie bitte?«

Wolgast hätte gelacht, wenn er in der Stimmung dazu gewesen wäre. Er legte die flache Hand auf den Kofferraumdeckel und drückte ihn zu.

In der Tasche waren natürlich Waffen und Munition und vielleicht zwei kugelsichere Westen. Wahrscheinlich auch noch eine

für das Mädchen; es gab jetzt eine Firma in Ohio, die welche für Kinder herstellte – nach dieser Sache in Minneapolis. Wolgast hatte in der *Today Show* etwas darüber gesehen. Sie hatten sogar einen Strampelanzug aus Zylon für Säuglinge im Programm. Was für eine Welt, dachte er.

Jetzt, als Little Rock hinter ihnen lag, war er immer noch froh, dass er die Tasche nicht mitgenommen hatte. Was immer passieren würde, würde passieren, und halb wünschte er sich, dass man ihn stoppen möge. Hinter Little Rock hatte er die Tachonadel auf achtzig klettern lassen, und nur unklar war ihm bewusst gewesen, was er da tat: dass er einen Highway-Bullen oder zumindest einen Ortspolizisten, der hinter einer Reklametafel lauerte, herausforderte, der ganzen Sache ein Ende zu machen. Aber dann hatte Doyle ihn ermahnt, langsamer zu fahren – *Yo, Chief, sollten Sie nicht ein bisschen vom Gas gehen?* –, und sofort war er wieder klar im Kopf gewesen. Er hatte sich die Szene regelrecht ausgemalt: die Blinklichter, ein kurzes, scharfes Aufjaulen der Sirene, und wie er dann rechts heranfuhr, die Hände oben auf das Lenkrad legte und im Rückspiegel zusah, wie der Officer über Funk Wolgasts Kennzeichen durchgab. Zwei Männer und ein Kind in einem Fahrzeug mit einem vorläufigen Kennzeichen aus Tennessee. Es würde nicht lange dauern, bis die Polizei eins und eins zusammengezählt und sie mit der Nonne und dem Zoo in Verbindung gebracht hätte. Aber wenn er sich die Szene vorstellte, kam er nicht über diesen Augenblick hinaus: der Cop mit einer Hand am Mikro und der anderen auf dem Kolben seiner Pistole. Was würde Sykes tun? Würde er zugeben, dass er von ihnen wusste? Nein – er und Doyle würden in den Schredder wandern wie Anthony Carter.

Und was aus dem Kind werden würde, wusste er nicht.

Sie hatten Oklahoma City am nordöstlichen Rand umfahren, waren dem Checkpoint an der I-40 ausgewichen und hatten die I-35 auf einer kleinen Landstraße gekreuzt, weit entfernt von allen Kameras. Der Tahoe war nicht mit einem Navigationssystem ausgestattet, aber Wolgast hatte eins in seinem BlackBerry. Er lenkte

mit der einen Hand und tippte mit dem Daumen der anderen flink auf den winzigen Tasten des Geräts, und die Route entwickelte sich während der Fahrt, ein Netz aus County-Straßen und State Highways und manchmal auch nur Schotterstraßen und festgefahrenen Lehmwegen, das sie abwechselnd nach Norden und nach Westen führte. Jetzt lagen nur noch ein paar Kleinstädte zwischen ihnen und der Grenze nach Colorado – Städte mit Namen wie Virgil und Ricochet und Buckrack, halb verlassene Oasen in einem Meer von hohem Präriegras, die wenig mehr vorzuweisen hatten als einen Mini Mart, zwei Kirchen und ein Getreidesilo, und dazwischen die meilenweite Ebene. Ein Land, das man sonst nur vom Flugzeug aus sah; das Wort, das ihm dabei einfiel, war *ewig*. Vermutlich sah es mehr oder weniger so aus, wie es immer schon ausgesehen hatte und wie es für alle Zeit weiter aussehen würde. In solch einer Gegend konnte man mühelos verschwinden, ein neues Leben beginnen, ohne dass eine Menschenseele es bemerkte.

Wenn das alles vorbei wäre, dachte Wolgast, würde er vielleicht wieder herkommen. Vielleicht würde er eine solche Gegend brauchen.

Amy war so still auf dem Rücksitz, dass man ihre Anwesenheit leicht hätte vergessen können. Das mit dem Mädchen war ein Fehler. Ein sechsjähriges Kind! Sechs! Der verfluchte Sykes, dachte Wolgast. Das verfluchte FBI, der verfluchte Doyle – und wenn er schon dabei war, konnte er sich auch gleich selbst verfluchen. Wie Amy so auf dem breiten Rücksitz lag und das Haar über ihre Wange floss, sah sie aus, als schliefe sie, doch das glaubte Wolgast nicht. Sie tat nur so und beobachtete ihn wie eine Katze. Was immer in ihrem Leben bisher geschehen sein mochte, sie hatte dabei gelernt zu warten. Jedes Mal, wenn er sie gefragt hatte, ob sie anhalten sollten, damit sie zur Toilette gehen oder etwas essen könnte – die Cracker und die inzwischen warme, verdorbene Schokomilch hatte sie nicht angerührt –, hatten ihre Lider sich beim Klang ihres Namens mit katzenhafter Schnelligkeit geöffnet, und ihre Augen hatten ihn eine Sekunde lang im Rückspiegel

angeschaut, mit einem vorwurfsvollen Blick, der ihn durchbohrte wie ein meterlanger Eiszapfen. Dann hatte sie die Augen wieder geschlossen. Er hatte ihre Stimme seit dem Zoo vor mehr als acht Stunden nicht mehr gehört.

Lacey. So hieß die Nonne. Die Amy festgehalten hatte, als ginge es um Leben und Tod. Als Wolgast daran dachte, an dieses grässliche menschliche Tauziehen auf dem Parkplatz, an das Schreien und Kreischen, krampften sich seine Eingeweide vor Schmerz zusammen. *Hey, Lila, weißt du was? Ich habe heute ein Kind gestohlen. Jetzt haben wir jeder eins. Wie findest du das?*

Doyle regte sich auf dem Beifahrersitz. Er richtete sich auf und rieb sich die Augen. Sein Blick ging ausdruckslos ins Leere. Wolgast wusste, dass sein Bewusstsein erst wieder zusammenfügen musste, wo er war. Doyle warf einen kurzen Blick zurück zu Amy und schaute dann wieder nach vorn.

»Scheint ein ziemliches Unwetter aufzuziehen«, sagte er.

Die Gewitterwolken waren dick aufgequollen. Sie verdeckten die untergehende Sonne, und es wurde vorzeitig dunkel. Unter einer Wolkenbank am Horizont wehten Regenschleier durch einen Streifen Sonnenlicht auf die Felder herunter.

Doyle beugte sich vor und begutachtete den Himmel durch die Scheibe. Seine Stimme war leise. »Wie weit, glauben Sie, ist das Gewitter entfernt?«

»Ich schätze, ungefähr fünf Meilen.«

»Vielleicht sollten wir kurz anhalten.« Er sah auf die Uhr. »Oder Richtung Süden ausweichen.«

Zwei Meilen weiter kamen sie an einer unbeschilderten, von Stacheldrahtzäunen gesäumten Straße vorbei. Wolgast hielt an und setzte zurück. Die Straße führte über eine kleine Anhöhe hinweg und verschwand in einer Reihe von Pappeln; wahrscheinlich verbarg sich ein Fluss hinter der Anhöhe, oder zumindest ein Bach. Wolgast warf einen Blick auf das Navi. Die Straße wurde nicht angezeigt.

»Ich weiß nicht«, sagte Doyle, als er ihm das Display zeigte. »Vielleicht sollten wir was anderes suchen.«

Wolgast schlug das Lenkrad ein und bog auf die Straße, in Richtung Süden. Er glaubte nicht, dass es eine Sackgasse war, denn in diesem Fall hätten Briefkästen an der Einmündung gestanden. Nach dreihundert Metern verengte sie sich auf einen einspurigen Lehmweg mit ausgefahrenen Fahrtrillen. Hinter der Baumreihe fuhren sie über eine Holzbrücke, die sich über den Bach spannte, den Wolgast erwartet hatte. Das Abendlicht hatte eine fahlgrüne Farbe angenommen. Im Rückspiegel sah er, wie der Sturm über den Horizont heraufkam, und die Spitzen des wehenden Grases zu beiden Seiten verrieten ihm, dass er ihnen folgte.

Sie waren noch einmal zehn Meilen weit gefahren, als es anfing zu regnen. Kein Haus, keine Farm hatte am Wegrand gelegen; sie waren mitten im Nirgendwo, und es gab keinen Schutz. Zuerst waren es nur ein paar Tropfen, aber Sekunden später brach ein so gewaltiger Sturzregen über sie herein, dass Wolgast nichts mehr sehen konnte. Die Scheibenwischer waren machtlos. Er hielt am Rand des Straßengrabens an, und eine heftige Bö schüttelte den Wagen.

»Was jetzt, Chief?«, fragte Doyle durch den Lärm.

Wolgast drehte sich zu Amy um, die sich immer noch schlafend stellte. Donner rollte über sie hinweg, aber sie machte keinen Muckser. »Abwarten, würde ich sagen. Ich werde mich ein bisschen ausruhen.«

Er schloss die Augen und lauschte dem Prasseln des Regens auf dem Dach des Tahoe, ließ das Geräusch durch sich hindurchfließen. Das hatte er in den Monaten mit Eva gelernt: sich auszuruhen, ohne sich wirklich dem Schlaf zu überlassen, damit er sofort aufspringen und zu ihrem Bettchen gehen konnte, wenn sie aufwachte. Verstreute Erinnerungen sammelten sich in seinem Kopf, Bilder und Empfindungen aus anderen Zeiten seines Lebens: Lila in der Küche des Hauses in Cherry Creek, an einem Morgen nicht lange, nachdem sie es gekauft hatten; sie schüttete Frühstücksflocken in eine Schale Milch. Das Eintauchen ins kalte Wasser, wenn er vom Pier in Coos Bay sprang, und die Stimmen seiner Freunde

über ihm, die lachten und ihn anfeuerten. Das Gefühl, selbst noch sehr klein zu sein, kaum größer als ein Baby, und die Geräusche und Lichter der Welt um ihn herum, die ihm sagten, dass er wohlbehütet war. Er war jetzt im Vorzimmer des Schlafs, dort, wo Träume und Erinnerungen sich mischten und ihre seltsamen Geschichten erzählten. Aber ein Teil seiner selbst saß immer noch im Wagen und lauschte dem Regen.

»Ich muss mal.«

Seine Augen klappten auf. Es regnete nicht mehr. Wie lange hatte er geschlafen? Es war dunkel im Wagen; die Sonne war untergegangen. Doyle hatte den Oberkörper nach hinten gedreht und schaute zum Rücksitz.

»Was hast du gesagt?«, fragte er.

»Ich muss mal«, stellte das Mädchen fest. Wolgast und Doyle fuhren zusammen, als sie ihre Stimme nach dem stundenlangen Schweigen hörten: klar und kräftig. »Aufs Klo.«

Doyle sah Wolgast nervös an. »Soll ich mitgehen?«, fragte er, aber Wolgast wusste, dass er es nicht wollte.

»Nicht *du*«, sagte Amy. Sie saß jetzt aufrecht und hielt ihren Hasen im Arm, ein schlaffes Ding, schmutzig und abgegriffen. Sie beäugte Wolgast im Rückspiegel, hob die Hand und zeigte auf ihn. »Er.«

Wolgast öffnete seinen Sicherheitsgurt und stieg aus. Die Luft war kühl und still. Im Südosten sah er das abziehende Gewitter; es ließ einen trockenen Himmel zurück, blauschwarz wie Tinte. Er drückte auf den Verriegelungsknopf an seinem Autoschlüssel, und Amy kletterte heraus. Sie hatte den Reißverschluss an ihrer Sweatshirtjacke geschlossen und die Kapuze über den Kopf gezogen.

»Okay?«, fragte er.

»Nicht *hier*«, sagte sie.

Wolgast sagte nichts vom Weglaufen. Es hatte keinen Sinn. Wohin sollte sie laufen? Er ging mit ihr zehn, fünfzehn Schritte den Weg hinunter, weg von den Lichtern des Tahoe, und er schaute weg, als sie sich am Graben ihre Hose herunterzog.

»Du musst mir helfen.«

Wolgast drehte sich um. Sie sah ihn an; ihre Jeans und ihre Unterhose knüllten sich um ihre Fußknöchel. Sein Gesicht wurde warm vor Verlegenheit.

»Was soll ich machen?«

Sie streckte beide Hände aus. Ihre Finger fühlten sich winzig an, und ihre Handflächen waren feucht von kindlicher Wärme. Er musste sie festhalten, als sie sich zurücklehnte, sodass sie fast mit ihrem ganzen Gewicht an ihm hing, bis sie in der Hocke über dem Graben schwebte wie ein Klavier an einem Kran. Wo hatte sie das gelernt? Wer sonst hatte ihre Hände schon so festgehalten?

Als sie fertig war, wandte er sich ab, damit sie ihre Hosen wieder hochziehen konnte.

»Du brauchst keine Angst zu haben, Süße.«

Amy antwortete nicht, aber sie traf auch keine Anstalten, zum Tahoe zurückzukehren. Die Felder ringsum waren leer, und die Luft war still wie zwischen zwei Atemzügen. Wolgast konnte alles fühlen: die Leere dieser Felder, die Tausende von Meilen, die sich in alle Himmelsrichtungen dehnten. Er hörte, wie die Beifahrertür des Tahoe geöffnet und wieder zugeschlagen wurde: Doyle ging pinkeln. Weit im Süden verrollte das ferne Echo des Donners, und dahinter ertönte ein neues Geräusch: eine Art Klingeln, wie von Glocken.

»Wir können Freunde sein, wenn du willst«, schlug er vor. »Wäre das okay?«

Sie war ein seltsames Kind, dachte er wieder. Warum hatte sie nie geweint? Sie hatte auch nie nach ihrer Mutter gefragt und nie gesagt, sie wolle nach Hause oder auch nur in den Konvent. Wo war ihr Zuhause? In Memphis vielleicht, aber sein Gefühl sagte ihm, dass es dort nicht war. Es war nirgendwo. Was immer ihr passiert sein mochte, es hatte den Gedanken an zu Hause ausgelöscht.

»Ich hab keine Angst«, sagte sie jetzt. »Wir können zurück zum Auto, wenn du willst.«

Einen Moment lang schaute sie ihn nur an, taxierte ihn, wie

es anscheinend ihre Art war. Seine Ohren hatten sich an die Stille gewöhnt, und jetzt war er sicher, dass er Musik hörte, verzerrt durch die Entfernung. Irgendwo an der Straße, auf der sie fuhren, spielte jemand Musik.

»Ich bin Brad.« Das Wort fühlte sich nichtssagend und schwer im Mund an.

Sie nickte.

»Und der andere Mann heißt Phil.«

»Ich weiß, wie ihr heißt. Ich habe euch reden hören.« Sie verlagerte ihr Gewicht. »Ihr dachtet, ich höre nicht zu, aber ich hab's doch getan.«

Ein unheimliches Kind. Und clever außerdem. Er hörte es an ihrer Stimme, sah es an dem Blick, mit dem sie ihn musterte, und daran, wie sie das Schweigen nutzte, um ihn zu prüfen und ihn zum Reden zu bringen. Es war, als spräche er mit einer sehr viel älteren Person, und doch nicht ganz so. Er hätte nicht genau sagen können, was der Unterschied war.

»Was ist in Colorado? Da fahren wir hin, das hab ich gehört.«

Wolgast wusste nicht, wie viel er ihr sagen sollte. »Na ja, da gibt's einen Doktor. Der wird dich ansehen. Wie bei einer Untersuchung.«

»Ich bin nicht krank.«

»Gerade deshalb, glaube ich. Ich habe keine … na ja, eigentlich weiß ich es nicht.« Er wand sich innerlich bei dieser Lügerei. »Du brauchst keine Angst zu haben.«

»Sag das nicht dauernd.«

Er war so verblüfft über ihre Unverblümtheit, dass er einen Moment lang sprachlos war. »Okay«, sagte er dann. »Das ist gut. Das freut mich.«

»Ich hab nämlich keine Angst«, erklärte Amy und ging auf die Lichter des Tahoe zu. »Du hast welche.«

Nach ein paar Meilen sahen sie es vor sich: eine kuppelartige Zone aus pulsierendem Licht, das sich, als sie näher kamen, in einzelne,

in Kreisen angeordnete Punkte auflöste. Es sah aus wie eine Gruppe von Sternbildern am Horizont. Wolgast hatte gerade begriffen, was er da sah, als die Straße an einem Highway endete. Er hielt an, schaltete die Innenraumbeleuchtung ein und schaute auf das Navigationssystem. Eine Kolonne von Personenwagen und Pick-ups – mehr, als sie seit Stunden gesehen hatten – zog auf dem Highway vorbei. Alle fuhren in dieselbe Richtung. Er öffnete sein Fenster, und der Klang von Musik in der Nachtluft war jetzt unüberhörbar.

»Was *ist* das?«, fragte Doyle.

Wolgast antwortete nicht. Er bog nach Westen und fädelte sich in die Reihe der Wagen ein. Auf der Ladefläche des Pick-ups vor ihnen saßen ein paar Teenager, ein halbes Dutzend vielleicht, auf Heuballen. Sie fuhren an einem Ortsschild vorbei: »Homer, Oklahoma, 1232 Einw.«

»Nicht so dicht«, sagte Doyle. Er meinte den Pick-up. »Die Typen gefallen mir nicht.«

Wolgast ignorierte ihn. Ein Mädchen entdeckte sein Gesicht hinter der Scheibe und winkte ihm zu. Ihr Haar flatterte im Fahrtwind um ihr Gesicht. Die Lichter des Jahrmarkts wurden immer heller, und die Anzeichen der Zivilisation mehrten sich: ein Wassertank auf Stelzen, ein dunkles Geschäft für landwirtschaftliche Geräte, ein flaches modernes Gebäude, vermutlich ein Altenheim oder eine Klinik, ein Stück weit abseits des Highways. Der Pick-up vor ihnen bog an einem Casey's General Store von der Straße auf den Parkplatz, wo es von Autos und Menschen wimmelte; die Kids waren heruntergesprungen, bevor der Wagen anhielt, und rannten ihren Freunden entgegen. Der Verkehr auf der Straße floss langsamer, als er die kleine Stadt erreichte. Amy saß aufrecht auf dem Rücksitz und beobachtete das rege Treiben durch das Fenster.

Doyle drehte sich um. »Leg dich hin, Amy.«

»Ist schon gut«, sagte Wolgast. »Lassen Sie sie ruhig gucken.« Er sprach lauter, damit Amy ihn hören konnte. »Hör nicht auf Phil. Guck, so viel du willst, Süße.«

Doyle lehnte sich zu ihm herüber. »Was ... soll das?«

Wolgast schaute weiter geradeaus. »Entspannen Sie sich.«

Süße. Woher war das gekommen? Die Straße wimmelte von Menschen; alle gingen in dieselbe Richtung, und manche trugen Wolldecken und Kühlboxen und Plastikstühle. Viele hatten kleine Kinder an der Hand oder schoben Kinderwagen: Farmer- und Rancherfamilien in Jeans und Overalls, alle in Stiefeln, viele Männer trugen Stetsons. Hier und da sah Wolgast große Wasserpfützen, aber der Abendhimmel war frisch und trocken. Der Regen war durchgezogen, der Jahrmarkt hatte begonnen.

Wolgast fuhr mit dem Verkehrsstrom zur Highschool, an der ein großes Transparent hing: »Branch County Consolidated High: Go Wildcats! Frühjahrsfest 20. - 22. März.« Ein Mann in einer reflektierenden orangegelben Weste winkte sie auf den Parkplatz, und ein zweiter Mann wies ihnen einen Platz auf dem schlammigen Feld zu. Wolgast stellte den Motor ab und sah Amy im Rückspiegel an. Sie spähte aufmerksam zum Fenster hinaus in das Licht und den Lärm des Volksfestes.

Doyle räusperte sich. »Das ist ein Witz, ja?«

Wolgast drehte sich auf dem Sitz herum. »Amy, Phil und ich steigen kurz aus, um miteinander zu reden. Okay?«

Das kleine Mädchen nickte; zwischen ihnen beiden herrschte plötzlich ein Einverständnis, an dem Doyle nicht beteiligt war.

»Wir sind gleich wieder da«, meinte Wolgast zu ihr.

Doyle erwartete ihn hinter dem Tahoe. »Das machen wir *nicht*«, sagte er.

»Was kann es denn schaden?«

Doyle senkte die Stimme. »Wir können von Glück sagen, dass wir noch keinen Polizisten gesehen haben. Überlegen Sie doch. Zwei Männer im Anzug und ein kleines Mädchen – glauben Sie, da fallen wir nicht auf?«

»Wir trennen uns. Ich nehme Amy mit. Wir können uns im Wagen umziehen. Gehen Sie ein Bier trinken, amüsieren Sie sich.«

»Sie denken nicht mehr klar, Boss. Sie ist eine Gefangene.«

»Nein, das ist sie nicht.«

Doyle seufzte. »Sie wissen, was ich meine.«

»Ja? Sie ist ein Kind, Phil. Ein kleines Mädchen.«

Sie standen sehr nah beieinander. Nach den Stunden im Tahoe konnte Wolgast Doyles schale Ausdünstungen riechen. Eine Gruppe von Teenagern kam vorbei, und sie verstummten für einen Augenblick, als sie die beiden Männer sahen.

»Hören Sie, ich bin auch nicht aus Stein«, sagte Doyle leise. »Glauben Sie, ich weiß nicht, wie beschissen das alles ist? Am liebsten würde ich aus dem Fenster kotzen.«

»Sie sehen aber ziemlich entspannt aus. Seit Little Rock haben Sie geschlafen wie ein Murmeltier.«

Doyle runzelte betreten die Stirn. »Okay, erschießen Sie mich. Ich war *müde*. Aber wir lassen sie jetzt nicht Karussell fahren. Karussell fahren steht nicht auf dem Plan.«

»Eine Stunde«, sagte Wolgast. »Sie können sie nicht den ganzen Tag ohne Pause im Auto einsperren. Sie soll ein bisschen Spaß haben, Dampf ablassen. Sykes braucht nichts davon zu wissen. Und dann geht's weiter. Wahrscheinlich wird sie den Rest der Fahrt verschlafen.«

»Und wenn sie abhaut?«

»Das wird sie nicht.«

»Ich weiß nicht, warum Sie da so sicher sind.«

»Sie können uns ja im Auge behalten. Wenn irgendetwas passiert, sind wir zu zweit.«

Doyle zog skeptisch die Stirn kraus. »Schön, Sie sind der Boss. Sie haben zu bestimmen. Aber es gefällt mir trotzdem nicht.«

»Sechzig Minuten«, sagte Wolgast. »Dann sind wir weg.«

Auf dem Vordersitz des Tahoe wanden sie sich in Polohemden und Jeans, während Amy wartete. Dann erklärte Wolgast ihr, was sie vorhatten.

»Du musst dicht bei mir bleiben«, sagte er. »Und sprich mit niemandem. Versprichst du mir das?«

»Warum darf ich mit niemandem sprechen?«

»Das ist einfach so. Wenn du es mir nicht versprichst, können wir nicht gehen.«

Das Mädchen überlegte kurz und nickte dann. »Ich versprech's«, sagte sie.

Doyle hielt sich im Hintergrund, als sie auf den Eingang des Jahrmarkts zugingen. Die Luft roch süßlich nach Bratfett. Über eine Lautsprecheranlage rief eine Männerstimme, so flach wie die Prärie von Oklahoma, Bingozahlen aus. *B ... sieben. G ... dreißig. Q ... sechzehn.*

»Pass auf«, sagte Wolgast zu Amy, als er sicher war, dass Doyle außer Hörweite war. »Ich weiß, es klingt komisch, aber ich möchte, dass du etwas spielst. Tust du mir den Gefallen?«

Sie blieben stehen. Wolgast sah, dass ihr Haar völlig zerzaust war. Er ging vor ihr in die Hocke und bemühte sich, es mit den Fingern glatt zu kämmen, so gut er konnte, und es aus dem Gesicht zu streichen. Auf ihrem T-Shirt stand das Wort »Frechdachs«, umrahmt von irgendwelchen Glitzerpailletten. Er zog den Reißverschluss an ihrer Jacke hoch, um sie vor der abendlichen Kühle zu schützen.

»Tu so, als wäre ich dein Daddy. Nicht dein wirklicher Daddy – du brauchst nur so zu tun. Wenn dich jemand fragt, sagst du, dass ich das bin, okay?«

»Aber ich soll doch mit niemandem sprechen. Das hast du gesagt.«

»Ja, aber wenn wir es doch tun. Dann.« Wolgast schaute über ihre Schulter hinweg zu Doyle, der mit den Händen in der Tasche dastand und wartete. Er trug eine Windjacke über seinem Polohemd, geschlossen bis zum Hals. Wolgast wusste, dass er immer noch bewaffnet war; seine Pistole steckte unsichtbar im Halfter unter dem Arm. Er selbst hatte seine Waffe im Handschuhfach gelassen.

»Also. Versuchen wir es. Wer ist der nette Mann, der da bei dir ist, kleines Mädchen?«

»Mein Daddy?«, sagte sie zögernd.

»Als ob du es ernst meinst. Tu einfach so.«

»Mein … Daddy.«

Eine solide Vorstellung, dachte Wolgast. Die Kleine sollte Schauspielerin werden. »Brav.«

»Können wir mit dem Twirly fahren?«

»Mit dem Twirly. Welches ist das Twirly, Schätzchen?« *Süße. Schätzchen.* Anscheinend konnte er nichts dazu; die Worte kamen einfach aus seinem Mund.

»Das da.«

Wolgast schaute in die Richtung, in die sie zeigte. Hinter dem Kartenhäuschen sah er eine riesige Konstruktion mit rotierenden Scheiben am Ende jedes Arms, auf denen die Mitfahrer in bunten Gondeln im Kreis herumgewirbelt wurden. Der Octopus.

»Natürlich können wir.« Er merkte, dass er lächelte. »Wir machen, was du möchtest.«

Am Eingang zahlte er das Eintrittsgeld und wanderte dann eine Reihe weiter zu einer zweiten Kabine, um die Tickets für den Octopus zu kaufen. Vielleicht wollte sie etwas essen, dachte er, aber er beschloss, noch zu warten: Womöglich würde ihr auf dem Ding sonst schlecht werden. Er merkte, dass es ihm gefiel, sich in die Kleine hineinzuversetzen, sich vorzustellen, wie sie das Ganze erlebte und was ihr Freude machen würde. Selbst er konnte das aufregende Kribbeln spüren, das diese Kirmes weckte. Eine Handvoll heruntergekommene Fahrgeschäfte, die meisten wahrscheinlich lebensgefährlich – aber war nicht gerade das der Sinn der Sache? Warum hatte er gesagt, nur eine Stunde?

»Fertig?«

Die Schlange vor dem Octopus war lang, doch es ging schnell voran. Als sie an der Reihe waren, hielt der Karussellführer sie mit erhobener Hand auf.

»Wie alt ist sie?«

Er blinzelte sie skeptisch über seine Zigarette hinweg an. Violette Tattoos schlängelten sich über seine nackten Unterarme. Bevor Wolgast den Mund öffnen konnte, um zu antworten, trat Amy einen Schritt vor. »Ich bin acht.«

Erst jetzt sah Wolgast die Tafel, die auf einem Klappstuhl lehnte: *Keine Kinder unter sieben Jahren.*

»Sie sieht aber nicht aus wie acht«, sagte der Mann misstrauisch.

»Lassen Sie sie«, sagte Wolgast. »Sie fährt mit mir.«

Der Mann musterte Amy von oben bis unten und zuckte die Achseln. »Ist Ihr Bier«, sagte er.

Sie kletterten in die wacklige Gondel, und der Tätowierte ließ die Sicherheitsbügel vor ihren Hüften einrasten. Mit einem Ruck bewegte sich die Gondel ein kleines Stück voran und blieb jäh wieder stehen, damit hinter ihnen die Nächsten einsteigen konnten.

»Angst?«

Amy hatte sich in der Kälte die Kapuze ins Gesicht gezogen und schmiegte sich fest an ihn. Sie machte große Augen. Energisch schüttelte sie den Kopf. »Nein!«

Noch viermal ruckte der Wagen voran und blieb wieder stehen. Auf dem Scheitelpunkt konnte man den ganzen Jahrmarkt übersehen, die Highschool und die Parkplätze und dahinter die kleine Stadt Homer mit ihren beleuchteten gitterförmigen Straßen. Noch immer strömte der Verkehr auf der Landstraße heran. Aus dieser Höhe sah es aus, als bewegten die Autos sich mit der Trägheit von Zielscheiben in einer Schießbude. Wolgast hielt Ausschau nach Doyle, als wieder ein Ruck durch die Gondel ging.

»Festhalten!«

In einem kreiselnden Absturz ging es jäh nach unten, und sie wurden aufwärts gegen den Sicherheitsbügel gepresst. Freudenschreie gellten durch die Luft, und Wolgast schloss die Augen vor der Wucht des Abstiegs. Er war seit unzähligen Jahren nicht mehr mit so einem Kreiselding gefahren, und die wilde Fliehkraft war erstaunlich. Er spürte Amys Gewicht an seinem Körper; der Schwung der Gondel drückte sie an ihn, als es wirbelnd abwärtsging. Er öffnete die Augen wieder, und sie waren dicht über dem Boden, nur wenige Handbreit über dem harten Lehm, und die Lichter der Kirmes schwirrten um sie herum wie ein Sternschnuppenregen.

Gleich wurden sie wieder himmelwärts geschleudert. Sechs-, sieben-, achtmal ging es im Kreis herum, und bei jeder Runde hob und senkte die Gondel sich wellenförmig. Es dauerte eine Ewigkeit und war doch nach wenigen Augenblicken zu Ende.

Als die ruckelnde Fahrt nach unten begann, wo sie aussteigen konnten, schaute er auf Amy hinunter. Noch immer dieser neutrale, abschätzende Blick – aber tief im Dunkel ihrer Augen sah er das warme Licht des Glücks. Ein neues Gefühl keimte in ihm auf: Noch niemand hatte ihr je ein solches Geschenk gemacht.

»Und – wie war's?« Er lächelte sie an.

»Das war *cool.*« Amy hob den Kopf. »Ich möchte noch mal fahren.«

Der Karussellführer befreite sie von dem Sicherheitsbügel, und sie kehrten ans Ende der Warteschlange zurück. Vor ihnen stand eine stattliche Frau in einem geblümten Hauskleid mit ihrem wettergegerbten Ehemann; er trug Jeans und ein enges Westernhemd, und ein dicker Priem Kautabak klemmte unter seiner Lippe.

»Du bist aber ein ganz entzückendes Mädchen«, meinte sie zu Amy und warf Wolgast einen warmherzigen Blick zu. »Wie alt ist sie?«

»Ich bin acht«, sagte Amy und schob ihre Hand in Wolgasts. »Das ist mein Daddy.«

Die Frau lachte, und ihre Brauen hoben sich rund wie zwei Fallschirme, die sich mit Luft füllten. Ihre Wangen waren ungeschickt mit Rouge geschminkt.

»Natürlich ist das dein Daddy, Herzchen. Das sieht doch jeder. So unübersehbar wie die Nase in deinem Gesicht.« Sie gab ihrem Mann einen Rippenstoß. »Ist sie nicht süß, Earl?«

Der Mann nickte. »Kann man wohl sagen.«

»Wie heißt du denn, Herzchen?«, fragte die Frau.

»Amy.«

Die Frau sah wieder Wolgast an. »Ich habe eine Nichte in ihrem Alter, und sie ist nicht halb so wortgewandt. Sie können sehr stolz sein.«

Wolgast war zu verblüfft, um zu antworten. Ihm war, als wäre er immer noch auf dem Octopus, wo gewaltige Fliehkräfte Geist und Körper durchschüttelten. Er dachte an Doyle und fragte sich, ob er irgendwo in der Menge stand und diese Szene beobachtete. Aber es scherte ihn nicht: Sollte Doyle nur zuschauen.

»Wir fahren nach Colorado«, erzählte Amy und drückte seine Hand verschwörerisch. »Zu meiner Großmutter.«

»Wirklich? Na, deine Großmutter ist ein Glückspilz, wenn ein Mädchen wie du sie besuchen kommt.«

»Sie ist krank. Wir müssen sie zum Arzt bringen.«

Mitfühlend verzog die Frau das Gesicht. »Das tut mir leid.« Sie wandte sich an Wolgast und flüsterte beinahe. »Ich hoffe, es ist alles in Ordnung. Wir werden für Sie beten.«

»Danke«, brachte er hervor.

Sie fuhren noch dreimal mit dem Octopus. Dann gingen sie weiter und machten sich auf die Suche nach etwas Essbarem. Wolgast konnte Doyle nirgends entdecken; entweder beschattete er sie wie ein Profi, oder er hatte beschlossen, sie in Ruhe zu lassen. Hier waren viele hübsche Frauen unterwegs. Vielleicht, dachte Wolgast hoffnungsvoll, hatte er sich ablenken lassen.

Er kaufte einen Hotdog für Amy, und sie setzten sich zusammen an einen Picknicktisch. Er sah ihr beim Essen zu: drei Bissen, vier Bissen, und der Hotdog war weg. Er kaufte ihr einen zweiten, und als der gegessen war, noch einen mit Puderzucker bestreuten Kuchen und eine Milch. Nicht eben eine gesunde Mahlzeit, aber zumindest hatte sie die Milch.

»Was jetzt?«, fragte er sie.

Amys Wangen waren mit Puderzucker und Fett beschmiert. Sie wollte sie mit dem Handrücken abwischen, aber Wolgast hielt sie fest. »Nimm eine Serviette.« Er reichte ihr eine.

»Karussell«, sagte sie.

»Wirklich? Das kommt mir nach dem Octopus aber ziemlich zahm vor.«

»Gibt's hier eins?«

»Bestimmt.«

Das Karussell, dachte Wolgast. Natürlich. Der Octopus war für den einen Teil ihrer selbst, für den erwachsenen Teil, der beobachtete und abwartete und die Frau in der Warteschlange mit selbstsicherem Charme belog. Das Karussell war für die andere Amy, für das kleine Mädchen, das sie in Wirklichkeit war. Im Bann dieses Abends voller Lärm und Lichter hätte er sie gern vieles gefragt: Wer sie wirklich war, wer ihre Mutter war, wer ihr Vater, falls sie einen hatte. Nach der Nonne Lacey, nach dem, was da im Zoo passiert war, nach dem Irrsinn auf dem Parkplatz. Wer bist du, Amy? Was hat dich hergebracht, was hat dich zu mir geführt? Und woher weißt du, dass ich Angst habe, dass ich die ganze Zeit Angst habe? Sie nahm wieder seine Hand, als sie weitergingen; es war ein elektrisierendes Gefühl, sie zu berühren – als ginge ein warmer Strom von ihr aus, der sich in seinem ganzen Körper ausbreitete, während sie weitergingen. Als sie das leuchtende Karussell mit den bunt bemalten Pferden sah, spürte er tatsächlich, wie ihre Freude in ihn herüberströmte.

Lila, dachte er, *Lila, das war es, was ich mir gewünscht habe. Hast du das gewusst? Es ist das Einzige, was ich mir je gewünscht habe.*

Er reichte dem Karussellführer ihre Tickets. Amy suchte sich ein Pferd am Rand aus, einen weißen Lipizzaner-Hengst, im Aufbäumen erstarrt; in seinem grinsenden Maul leuchteten Keramikzähne. Das Karussell war fast leer. Es war schon nach neun, und die ganz kleinen Kinder waren inzwischen nach Hause gebracht worden.

»Du musst neben mir stehen«, befahl Amy.

Er gehorchte, legte eine Hand an die Stange und die andere auf das Zaumzeug des Pferdes, als wollte er es führen. Amys Beine waren zu kurz, um die Steigbügel zu erreichen, die lose hin und her baumelten. Er ermahnte sie, sich gut festzuhalten.

In diesem Augenblick sah er plötzlich Doyle. Er stand keine dreißig Schritte weit entfernt hinter einer Reihe Strohballen am Rande

des Bierzelts und redete nachdrücklich auf eine junge Frau mit wilden roten Haaren ein. Er erzählte ihr eine Geschichte, das sah Wolgast, und dabei gestikulierte er mit seinem Becher, um eine Pointe zu unterstreichen oder einen Witz vorzubereiten. Er ging auf in der Rolle des gutaussehenden Faseroptikvertreters aus Indianapolis – genau wie Amy es bei der Frau in der Warteschlange getan hatte, als sie das schmückende Detail von der kranken Großmutter in Colorado zusammengesponnen hatte. So tat man es, begriff Wolgast: Man fing an, eine Geschichte darüber zu erzählen, wer man sei, und schon bald waren die Lügen alles, was man noch hatte, und man wurde zu dieser Person. Das Holzdeck des Karussells unter seinen Füßen erbebte, als das Getriebe sich in Gang setzte; aus den Lautsprechern über ihnen sprudelte Musik, und das Karussell kam in Bewegung, während die Frau mit den roten Haaren in einer Gebärde geübter Koketterie den Kopf zurückwarf; sie lachte und streckte gleichzeitig die Hand aus und berührte kurz Doyles Schultern. Dann drehte sich das Karussell, und die beiden gerieten außer Sicht.

Da kam ihm der Gedanke. Die Sätze standen klar und deutlich in seinem Kopf, wie geschrieben.

Geh einfach. Nimm Amy und geh.

Doyle hat die Zeit vergessen. Er ist abgelenkt, mach's einfach. Rette sie.

Rundherum im Kreis herum, immer wieder. Amys Pferd bewegte sich auf und ab wie ein Motorkolben, und in diesen wenigen Augenblicken formten sich die Gedanken zu einem Plan. Wenn die Karussellfahrt vorbei wäre, würde er sie nehmen und sich in die Dunkelheit und ins Gedränge schleichen, weg von dem Bierzelt und zum Eingang hinaus, und wenn Doyle erkannte, was passiert war, wäre da nur noch eine Lücke auf dem Parkplatz. Tausend und nochmals tausend Meilen in alle Himmelsrichtungen; das Land würde sie mit Haut und Haaren verschlucken. Er fühlte sich gut dabei. Er wusste, was er tat. Er hatte den Tahoe aus genau diesem Grund behalten, das begriff er jetzt; schon da auf dem Parkplatz in Little Rock hatte der Keim dieser Idee in ihm gelegen wie ein

Saatkorn kurz vor dem Platzen. Er wusste noch nicht, wie er es anstellen sollte, die Mutter des Mädchens zu finden, aber das würde er sich später überlegen. Noch nie hatte er so etwas empfunden – eine solche Explosion von Klarheit. Sein ganzes Leben schien sich hinter dieser Sache zu versammeln, hinter diesem einen Ziel. Der Rest – das FBI, Sykes, Carter und alle anderen, sogar Doyle – war eine Lüge, ein Schleier, hinter dem sein wahres Ich gelebt und darauf gewartet hatte, ans Licht zu treten. Jetzt war der Augenblick da, und er brauchte nur noch seinem Instinkt zu folgen.

Die Fahrt verlangsamte sich. Er warf nicht einmal einen Blick in Doyles Richtung; er wollte dieses neue Gefühl nicht verjagen, nichts verderben. Als das Karussell zum Stehen gekommen war, hob er Amy von ihrem Pferd und kniete vor ihr nieder, sodass er ihr in die Augen sehen konnte. Er nahm ihre beiden Hände.

»Amy, du musst mir jetzt einen Gefallen tun. Du musst genau aufpassen.«

Das Mädchen nickte.

»Wir gehen jetzt weg. Nur wir beide. Bleib dicht bei mir und sprich kein Wort. Wir müssen schnell gehen, aber nicht rennen. Tu einfach, was ich sage, und alles wird gut gehen.« Forschend sah er sie an: Hatte sie ihn verstanden? »Verstehst du?«

»Ich soll nicht rennen.«

»Genau. Gehen wir.«

Sie traten vom Karussell herunter; sie waren auf der anderen, dem Bierzelt abgewandten Seite gelandet. Wolgast hob sie rasch über den Zaun, der das Karussell umgab, legte dann eine Hand auf einen Metallpfosten und flankte hinüber. Niemand schien etwas zu bemerken – oder doch, aber er sah sich nicht um. Er hielt Amys Hand fest und ging mit schnellen Schritten auf den Rand des Kirmesgeländes zu, weg von den Lichtern. Er wollte außen herum zum Haupteingang gehen oder einen anderen Ausgang suchen. Wenn sie schnell genug waren, würde Doyle erst etwas merken, wenn es zu spät wäre.

Sie kamen zu einem hohen Maschendrahtzaun; dahinter ragte

eine dunkle Baumreihe auf, und noch weiter hinten leuchteten die Lichter eines Highways. Hier war kein Durchkommen; der einzige Weg führte am Zaun entlang zurück zum Haupteingang. Sie liefen durch ungemähtes Gras, das noch nass vom Regen war und ihre Schuhe und Hosenbeine durchnässte. Sie kamen bei den Imbissständen und dem Picknicktisch raus, wo sie gegessen hatten. Nur dreißig Schritte weiter konnte Wolgast den Ausgang sehen. Sein Herz klopfte bis zum Hals. Er blieb stehen und sah sich um: Doyle war nirgends zu sehen.

»Schnell da hinaus«, sagte er zu Amy. »Sieh dich nicht um.«

»He, Chief!«

Wolgast erstarrte. Doyle kam im Laufschritt hinter ihnen her und zeigte auf seine Armbanduhr. »Ich dachte, wir hätten gesagt, eine Stunde, Boss.«

Wolgast schaute in das harmlose Midwest-Gesicht.

»Ich dachte, wir hätten Sie verloren«, sagte er. »Wir wollten Sie gerade suchen gehen.«

Doyle warf einen kurzen Blick zurück zu dem Bierzelt. »Tja, wissen Sie«, sagte er, »bin da in eine kleine Unterhaltung geraten.« Er lächelte ein bisschen schuldbewusst. »Nette Leute hier in der Gegend. Richtige Plaudertaschen.« Er deutete auf Wolgasts nasse Hosenbeine. »Was ist passiert? Sie sind ganz nass.«

Einen Augenblick lang sagte Wolgast gar nichts. »Pfützen«, erklärte er dann und versuchte, Doyles Blick standzuhalten. »Vom Regen.« Es gab vielleicht noch eine Chance, wenn es ihm irgendwie gelingen könnte, Doyle auf dem Weg zum Wagen abzulenken. Aber Doyle war jünger und stärker als er, und Wolgast hatte seine Waffe im Auto gelassen.

»Vom Regen«, wiederholte Doyle. Er nickte, und in diesem Moment sah Wolgast es ihm am Gesicht an: Er wusste es. Er hatte es die ganze Zeit gewusst. Das Bierzelt war ein Test gewesen, eine Falle. Er hatte ihn und Amy nie aus den Augen gelassen, nicht eine Sekunde lang. »Verstehe. Na, wir haben einen Auftrag zu erledigen, nicht wahr, Chief?«

»Phil …«

»Nicht.« Seine Stimme klang ruhig – nicht bedrohlich, nur sachlich. »Sprechen Sie es gar nicht aus. Wir sind Partner, Brad. Jetzt wird's Zeit, dass wir fahren.«

Wolgasts Hoffnungen brachen mit einem Schlag zusammen. Amys Hand lag immer noch in der seinen; er ertrug es nicht, sie auch nur anzusehen. *Es tut mir leid,* dachte er und sandte ihr diese Botschaft durch seine Hand. *Es tut mir leid.* Doyle blieb fünf Schritte hinter ihnen, als sie durch den Ausgang auf den Parkplatz zugingen.

Keiner von ihnen bemerkte den Mann – den dienstfreien Highway-Polizisten, der zwei Stunden zuvor die Meldung über zwei männliche Weiße gesehen hatte, die im Zoo von Memphis ein kleines Mädchen entführt hatten. Der Mann hatte anschließend Feierabend gemacht und war zur Highschool gefahren, um sich mit seiner Frau zu treffen und seinen Kindern auf dem Autoscooter zuzusehen – und nun folgte ihnen sein Blick.

9

Ich hieß … Fanning.

Den ganzen Tag über lagen ihm diese Worte auf den Lippen. Als er um acht Uhr aufwachte, als er duschte und sich anzog und frühstückte und auf dem Bett in seinem Zimmer saß, durch die Kanäle zappte, seine Parliaments rauchte und auf die Nacht wartete – den ganzen Tag über hörte er nur das:

Fanning. Ich hieß Fanning.

Grey sprach es nicht aus. Der Name war keiner, den er kannte. Er war nie jemandem begegnet, der Fanning hieß – oder so ähnlich wie Fanning. Nicht, soweit er sich erinnern konnte. Und trotzdem hatte der Name sich, während er schlief, irgendwie in seinem Kopf festgesetzt, als hätte er beim Einschlafen einen Song gehört, der immer und immer wieder abgespielt wurde, bis der Text eine Furche in sein Hirn pflügte, und jetzt hing ein Teil seines Verstandes in dieser Furche fest und kam nicht wieder heraus. Fanning? Was zum Teufel …? Er musste an den Gefängnispsychiater denken, an Dr. Wilder, der ihn in einen Zustand, tiefer als der Schlaf, geführt hatte, in den Raum, den er »Verzeihen« nannte, und an das langsame *tap-tap-tap* seines Stifts auf der Schreibtischplatte, dieses Geräusch, das in ihm herumspukte. Jetzt konnte Grey nicht mehr das Fernsehprogramm wechseln oder sich am Kopf kratzen oder eine Zigarette anzünden, ohne die Worte zu hören, und ihr

synkopischer Rhythmus bildete den Takt zu jedem noch so kleinen Handgriff, den er tat.

(Schnipp) Ich … (anzünden) hieß … (ziehen) Fanning … (ausatmen).

Er saß da und rauchte und wartete und rauchte wieder. Was zum Teufel war los mit ihm? Er fühlte sich anders, und die Veränderung war nicht gut. Nervös, als wäre er irgendwie aus dem Takt geraten. Normalerweise konnte er einfach still dasitzen und buchstäblich gar nichts tun, während die Stunden verstrichen – das hatte er in Beeville ziemlich gut gelernt: ganze Tage in gedankenloser Trance dahinfließen zu lassen. Aber heute ging es nicht. Heute fühlte er sich zappelig wie ein Käfer in der Bratpfanne. Er versuchte fernzusehen, doch die Worte und die Bilder schienen nichts miteinander zu tun zu haben. Der Nachmittagshimmel draußen vor den Fenstern der Baracke sah aus wie altes Plastik, ein verwaschenes Grau. Grau wie Grey. Ein Tag, der tadellos dazu geeignet war, die Stunden zu verdösen. Aber hier saß er auf der Kante seines ungemachten Bettes und vibrierte innerlich wie eine Maultrommel.

Außerdem hatte er das Gefühl, keine Sekunde geschlafen zu haben, obwohl er den Wecker um fünf glatt verpennt und seine Frühschicht versäumt hatte. Es war eine Zusatzschicht, und deshalb würde er sich eine Ausrede ausdenken können – dass er da etwas durcheinandergebracht oder einfach vergessen hatte –, aber so oder so würde er etwas zu hören bekommen. Um zehn Uhr abends war er wieder dran. Er musste wirklich noch ein Nickerchen machen, eine Mütze voll Schlaf tanken, um dann acht Stunden lang Zero zu beobachten, wie er ihn beobachtete.

Um sechs zog er seinen Parka an und ging quer über das Gelände zur Kantine. Die Sonne würde erst in einer Stunde untergehen, aber die Wolken hingen tief am Himmel und saugten das letzte Licht auf wie ein Schwamm. Ein klammer Wind wehte ihm schneidend entgegen, als er zur Kantine stapfte, einem Hohlblockgebäude, das aussah, als wäre es in aller Eile errichtet worden. Die Berge konnte er überhaupt nicht sehen, und an solchen Tagen hatte Grey manch-

mal das Gefühl, das Gelände wäre in Wirklichkeit eine Insel – die Welt wäre stehen geblieben und in ein schwarzes Meer des Nichts gestürzt, irgendwo hinter dem Ende der langen Straße. Fahrzeuge kamen und verschwanden – Laster und Lieferwagen und militärische Fünftonner mit Vorräten –, aber nach allem, was Grey wusste, hätten sie vom Mond kommen und dahin zurückfahren können. Sogar seine Erinnerung an die Welt begann zu verblassen. Er war seit sechs Monaten nicht mehr jenseits des Zauns gewesen.

In der Kantine hätte um diese Zeit Hochbetrieb herrschen müssen; fünfzig oder mehr Leute hätten den Raum mit Wärme und Lärm erfüllen müssen, aber als er durch die Tür trat, den Reißverschluss an seinem Parka herunterzog und den Schnee von den Schuhsohlen stampfte, ließ er den Blick umherwandern und sah nur eine Handvoll Männer verstreut an den Tischen sitzen, allein oder in kleinen Gruppen, alles in allem nicht mehr als ein Dutzend. Man sah ihrer Kleidung an, was sie taten: Das medizinische Personal trug OP-Anzüge und Gummi-Clogs, die Soldaten in ihren winterlichen Tarnanzügen beugten sich über ihre Tabletts und schaufelten ihr Essen in den Mund wie Farmarbeiter, und der Putztrupp saß in UPS-braunen Overalls an den Tischen. Hinter dem Speisesaal war eine Lounge mit Pingpong und Air Hockey, aber niemand spielte dort, und auch vor dem Großbildfernseher saß keiner. Es war still im Raum; man hörte nur leises Gemurmel und das Klirren von Glas und Porzellan. Eine Zeitlang hatten in der Lounge auch ein paar Tische mit Computern gestanden, mit eleganten neuen vMacs für E-Mail und allem möglichen Kram, aber eines Morgens im Sommer hatten ein paar Techniker während des Frühstücks alle Geräte auf einem Rollwagen weggeschafft. Ein paar Soldaten hatten sich beschwert, aber das hatte nichts geholfen, die Computer waren nicht zurückgekommen, und alles, was noch verriet, dass es sie mal gegeben hatte, waren ein paar Drähte, die aus der Wand hingen. Ihre Entfernung war eine Art Strafe gewesen, vermutete Grey, aber er wusste nicht, wofür. Er selbst hatte nie etwas mit den Computern anfangen können.

Trotz des nervösen Gefühls in seinem Körper machte der Essensgeruch ihn hungrig – bei dem enormen Appetit, den das Depo machte, war es ein Wunder, dass er nicht noch mehr auf die Waage brachte –, und er belud sein Tablett, als er am Büfett entlangging. In Gedanken genoss er schon die Mahlzeit, die er gleich einnehmen würde: einen Teller Minestrone, Salat mit Croutons und Käse, Stampfkartoffeln und Rote Bete und eine Scheibe Schinken, auf der ein Ring gedörrter Ananas saß wie ein Diadem. Er vollendete das Ganze mit einem Stück Zitronentorte und einem großen Glas Eiswasser und trug sein Tablett zu einem freien Tisch in der Ecke. Die meisten Schrubberschwinger aßen wie er allein; es gab eigentlich nicht viel, worüber man reden durfte. Manchmal verging eine ganze Woche, ohne dass Grey auch nur »Buh« zu irgendjemandem sagte – außer dem Posten auf Ebene drei, der ihn vor dem Zellentrakt ein- und auscheckte. Es hatte eine Zeit gegeben, erinnerte Grey sich – und eigentlich war es noch nicht so lange her –, als die technischen und medizinischen Mitarbeiter ihm Fragen gestellt hatten, lauter Zeug über Zero und die Kaninchen und die Zähne. Sie hatten sich seine Antworten angehört und genickt und vielleicht etwas auf ihrem Laptop notiert. Aber jetzt holten sie sich die Berichte wortlos ab, als wäre die ganze Sache mit Zero erledigt, als gäbe es nichts Neues zu erfahren.

Grey arbeitete sich methodisch, Gang für Gang, durch sein Essen. Die Sache mit Fanning ging ihm immer noch durch den Kopf wie ein Nachrichtenticker, aber nicht mehr so schlimm; für ein paar Minuten vergaß er es fast. Er aß den letzten Bissen Torte, als jemand an seinen Tisch kam: einer der Soldaten. Grey glaubte sich zu erinnern, dass er Paulson hieß, aber die Soldaten sahen irgendwie alle gleich aus in ihren Camos und T-Shirts und blanken Stiefeln und mit Haaren, die so kurzgeschoren waren, dass die Ohren abstanden, als hätte jemand sie zum Spaß seitlich an den Kopf geklebt. Paulsons Haarschnitt war so kurz, dass Grey nicht einmal erkennen konnte, welche Haarfarbe er hatte. Er nahm den Stuhl

rechts von Grey, drehte ihn um und setzte sich rittlings darauf. Sein Lächeln empfand Grey nicht als freundlich.

»Euch Typen macht das Essen wirklich Spaß, was?«

Grey zuckte die Achseln.

»Du bist Grey, oder?« Er kniff die Augen zsuammen. »Hab dich schon mal gesehen.«

Grey legte die Gabel hin und schluckte seinen Kuchen hinunter. »Yeah.«

Paulson nickte versonnen, als müsste er sich überlegen, ob das ein guter Name war oder nicht. Sein Gesicht erschien äußerlich ruhig, aber es sah aus, als müsste er sich Mühe geben. Einen Augenblick lang huschte sein Blick hinüber zu der Überwachungskamera, die in der Ecke über ihnen hing. Dann schaute er wieder Grey an.

»Weißt du, ihr Typen redet nicht viel«, sagte Paulson. »Ist ein bisschen unheimlich, wenn ich das mal sagen darf.«

Unheimlich. Paulson hatte keine Ahnung. Grey schwieg.

»Darf ich dich was fragen?« Paulson deutete mit dem Kinn auf Greys Teller. »Lass dich nicht stören. Du kannst weiteressen, während wir uns unterhalten.«

»Ich bin fertig«, sagte Grey. »Ich muss jetzt zum Dienst.«

»Wie ist die Torte?«

»Du willst dich nach der Torte erkundigen?«

»Nach der Torte? Nein.« Paulson schüttelte den Kopf. »Ich wollte nur höflich sein. Das wäre ein Beispiel für das, was man Smalltalk nennt.«

Grey fragte sich, was der Mann wollte. Die Soldaten sprachen sonst nie ein Wort mit ihm, und auf einmal saß dieser Paulson hier, schwatzte auf ihn ein, als ob weit und breit keine Kamera da wäre.

»Sie ist gut«, brachte er hervor. »Ich mag Zitrone.«

»Genug von der Torte. Die Torte ist mir scheißegal.«

Grey griff mit beiden Händen zu seinem Tablett. »Ich muss gehen«, sagte er, aber als er aufstehen wollte, legte Paulson ihm eine Hand auf das Handgelenk. In dieser einen Berührung spürte Grey,

wie stark Paulson war – als wären die Muskeln an seinen Armen an Eisenstangen befestigt.

»Bleib. Sitzen. Verdammt.«

Grey blieb sitzen. Plötzlich wirkte der Speisesaal leer. Er warf einen Blick an Paulson vorbei und sah, dass es tatsächlich so war: Die meisten Tische waren unbesetzt. Nur am anderen Ende des Raums saßen zwei Techniker und tranken Kaffee aus Wegwerfbechern. Wo waren plötzlich alle?

»Weißt du, wir wissen, wer ihr Typen *seid,* Grey«, sagte Paulson ruhig und fest. Er beugte sich über den Tisch, und seine Hand lag immer noch auf Greys Handgelenk. »Wir *wissen,* was ihr getan habt; das meine ich. Kleine Jungs oder was weiß ich. Ich sage: von mir aus. Jeder, wie er kann. Was gut ist für die Gans, ist gut für den Ganter. Kannst du mir folgen?« Grey sagte nichts darauf. »So denkt zwar keiner außer mir hier, aber das ist meine *Meinung*. Und soviel ich weiß, ist dies immer noch ein freies Land.« Er rutschte auf seinem Stuhl nach vorn und schob sein Gesicht noch näher heran. »Ich kannte mal einen Typen auf der Highschool, weißt du? Der schmierte sich Kuchenteig auf den Schwanz und ließ ihn von seinem *Hund* ablecken. Wenn du also einen kleinen Jungen ficken willst – nur zu. Ich persönlich kapier's zwar nicht, aber das ist deine Sache.«

Grey wurde schlecht. »Tut mir leid«, brachte er hervor. »Ich muss gehen.«

»Wo musst du denn hin, Grey?«

»Wohin?« Er versuchte zu schlucken. »Zum Dienst. Ich muss arbeiten.«

»Nein, musst du nicht.« Paulson nahm einen Löffel von Greys Tablett und drehte ihn mit der Spitze seines Zeigefingers auf dem Tisch. »Deine Schicht fängt erst in drei Stunden an. Ich kenne die Zeiten, Grey. Wir *plaudern* hier miteinander, verdammt.«

Grey beobachtete den Löffel und wartete darauf, dass Paulson noch etwas sagte. Plötzlich brauchte er eine Zigarette, lechzte danach mit jedem Molekül seines Körpers, war wie besessen davon. »Was willst du von mir?«

Paulson drehte den Löffel ein letztes Mal. »Was ich will, Grey? Das ist die Frage, nicht wahr? Ich will etwas, da hast du recht.« Er beugte sich über den Tisch und winkte Grey mit dem Zeigefinger näher heran. Als er weitersprach, flüsterte er fast. »Ich will, dass du mir von Ebene vier erzählst.«

Grey spürte, wie sein Inneres jäh nach unten sackte, als hätte er den Fuß auf eine nicht vorhandene Stufe gesetzt.

»Ich putze da bloß. Ich gehöre zum Reinigungstrupp.«

»Entschuldige bitte«, sagte Paulson. »Aber – nein. Das kaufe ich dir nicht eine Sekunde lang ab.«

Grey dachte wieder an die Kameras. »Richards ...«

Paulson schnaubte. »Scheiß auf den.« Er sah hinauf zu der Kamera, winkte kurz, drehte dann die Hand langsam herum und ballte sie zur Faust. Nur sein Mittelfinger ragte hoch. »Glaubst du, da schaut wirklich jemand hin? Den ganzen Tag, jeden Tag? Hört uns zu? Beobachtet, was wir tun?«

»Aber da unten ist nichts. Ich schwöre.«

Paulson schüttelte langsam den Kopf, und Grey sah einen wilden Ausdruck in seinem Blick. »Wir wissen beide, dass das Bullshit ist. Also bitte, ja? Lass uns ehrlich zueinander sein.«

»Ich putze nur«, sagte Grey kläglich. »Ich bin nur zum Arbeiten hier.«

Paulson sagte nichts. Es war so still, dass Grey seinen eigenen Herzschlag zu hören glaubte.

»Sag mal, schläfst du gut, Grey?«

»Was?«

Paulson kniff die Augen bedrohlich zusammen. »Ich habe gefragt, ob ... du ... gut ... schläfst.«

Grey verstand überhaupt nichts mehr. »Ich nehm's an, ja«, stammelte er. »Na klar schlafe ich gut.«

Paulson lachte leise und resigniert. Er lehnte sich zurück und schaute zur Decke. »Du nimmst es an. *Du nimmst es an.*«

»Ich weiß nicht, warum du mich so was fragst.«

Paulson atmete jäh aus. »*Träume,* Grey«, sagte er mit plötzlichem

Nachdruck. Dann senkte er die Stimme wieder und beugte sich dicht zu Grey herüber. »Ich rede von *Träumen.* Ihr Typen träumt doch, oder? Na, verdammt, ich träume jedenfalls. Die ganze verfluchte Nacht lang. Jede Nacht. Und ich träume einen verrückten Scheiß.«

Verrückt, dachte Grey: Das beschrieb die Situation ziemlich vollständig. Paulson war verrückt. Die Räder berührten die Straße nicht mehr, die Ruder waren nicht mehr im Wasser. Vielleicht zu viele Monate auf diesem Berg, zu viele Tage in Schnee und Kälte. Grey hatte solche Leute in Beeville gekannt: ganz okay, als sie dort ankamen, aber als ein paar Monate vergangen waren, brachten sie keine zwei sinnvollen Sätze mehr zusammen.

»Willst du wissen, wovon ich träume, Grey? Na los. Rate mal.«

»Ich will nicht.«

»Du sollst verdammt noch mal raten.«

Grey schaute auf die Tischplatte. Er spürte, dass die Kameras ihn beobachteten – er spürte Richards, der das alles irgendwo verfolgte. Bitte, dachte er. Um Himmels willen. Keine Fragen mehr.

»Ich ... weiß es nicht.«

»Du weißt es nicht.«

Er schüttelte den Kopf und starrte weiter auf den Tisch. »Nein.«

»Dann will ich es dir verraten«, sagte Paulson leise. »Ich träume von *dir.*«

Sie schwiegen beide. Paulson war verrückt, dachte Grey. Verrückt, verrückt, verrückt.

»Es tut mir leid«, stammelte er. »Da unten ist nichts.«

Er wollte wieder aufstehen und wartete darauf, dass Paulson ihm die Hand auf den Ellenbogen legte und ihn festhielt.

»Na schön.« Paulson winkte kurz. »Ich bin vorläufig fertig. Hau ab.« Er drehte sich auf seinem Stuhl um und schaute zu Grey hinauf, der mit seinem Tablett dastand. »Aber ich will dir noch ein Geheimnis verraten. Möchtest du es hören?«

Grey schüttelte den Kopf.

»Kennst du die beiden Besenschwinger, die verschwunden sind?«

»Wen?«

»Du kennst die Typen.« Paulson runzelte die Stirn. »Die beiden Fettsäcke. Blödmann und sein Freund.«

»Jack und Sam.«

»Genau.« Paulsons Blick wanderte in die Ferne. »Die Namen hab ich nie mitgekriegt. Vermutlich standen die auch nicht auf dem Zettel.«

Grey wartete darauf, dass Paulson weiterredete. »Was ist mit ihnen?«

»Tja, ich hoffe, das waren keine Freunde von dir. Denn hier ist eine kleine Neuigkeit. Sie sind tot.« Paulson stand auf. Er sah Grey nicht an, als er fortfuhr. »Wir sind alle tot.«

Es war dunkel, und Carter hatte Angst.

Er war irgendwo unten, tief unten. Im Aufzug hatte er vier Knöpfe gesehen, und die Nummern waren rückwärtsgelaufen wie in einer Tiefgarage. Als sie ihn dort auf den Wagen gelegt hatten, war er benommen gewesen und hatte keinen Schmerz empfunden; sie hatten ihm irgendetwas gegeben, eine Spritze, die ihn schläfrig machte, ohne ihn einschlafen zu lassen, und so hatte er ein bisschen gespürt, was sie da an seinem Nacken machten. Ein kleiner Schnitt, und sie hatten etwas hineingetan. Hände und Füße fixiert, »damit er es bequem hatte«, sagten sie. Dann hatten sie ihn in den Aufzug geschoben, und das war das Letzte, woran er sich erinnerte: die Knöpfe, und ein Finger, der auf E4 drückte. Der Mann mit der Pistole, dieser Richards, war nicht mehr zurückgekommen, obwohl er es versprochen hatte.

Jetzt war Carter wach, und auch wenn er nicht sicher war, hatte er doch das Gefühl, unten zu sein, tief unten im Loch. Er war immer noch an Händen und Füßen gefesselt, und wahrscheinlich hatte er auch einen Gurt um den Leib. Der Raum war kalt und dunkel, aber irgendwo sah er blinkende Lichter; wie weit sie entfernt waren, konnte er nicht erkennen. Und er hörte das Rauschen eines Ventilators. Er konnte sich kaum erinnern, worüber er mit

den Männern gesprochen hatte, bevor sie ihn herunterbrachten; sie hatten ihn gewogen, das wusste er noch, und ein paar andere Dinge getan, die jeder Arzt tat: seinen Blutdruck gemessen und ihn in einen Becher pissen lassen und mit dem Hämmerchen an sein Knie geschlagen und in seine Nase und seinen Mund gespäht. Dann hatten sie ihm die Kanüle in den Handrücken gestochen – das hatte wehgetan, höllisch wehgetan, und das hatte er auch gesagt, daran erinnerte er sich: *verdammt!* – und den Schlauch mit dem Beutel am Ständer verbunden. Der Rest war verschwommen. Er erinnerte sich an ein komisches Licht, einen leuchtend roten Punkt an der Spitze eines Stifts, und die Gesichter um ihn herum hatten plötzlich Masken getragen. Einer, er konnte nicht sehen, welcher, sagte: »Das ist nur der Laser, Mr Carter. Sie werden jetzt vielleicht einen sanften Druck spüren.« Jetzt, hier im Dunkeln, wusste er es wieder: Als sein Gehirn sich in Wasser verwandelte und alles weit wegschwamm, da hatte er gedacht, dass Gott sich einen letzten Spaß mit ihm gemacht hatte und dass er jetzt vielleicht doch die Spritze bekommen würde. Und er hatte sich gefragt, ob er bald den lieben Gott sehen würde oder Mrs Wood oder den Teufel höchstpersönlich.

Aber er war nicht gestorben, er hatte nur geschlafen, keine Ahnung, wie lange. Seine Gedanken waren eine Zeitlang umhergedriftet, aus einer Dunkelheit in die andere, als wanderte er durch ein Haus, in dem kein Licht brannte. Weil er auch jetzt nichts sehen konnte, war es unmöglich, sich zu orientieren. Er wusste nicht mal, wo oben und wo unten war. Alles tat weh, und seine Zunge fühlte sich an wie eine zusammengerollte Socke in seinem Mund oder wie ein seltsames pelziges Tier, das dort wohnte. In seinem Nacken, dicht über den Schulterblättern, pochte der Schmerz. Er hob den Kopf, aber er sah nur ein paar kleine Lichtpunkte – rote Lichter wie das an dem Stift. Er konnte nicht erkennen, wie weit entfernt oder wie groß sie waren. Es hätten die Lichter einer fernen Stadt sein können.

Wolgast ... der Name schwebte aus der Dunkelheit in seinen

Kopf herein. Irgendetwas mit Wolgast, und was er gesagt hatte – dass er noch unendlich viel Zeit habe. *Die Zeit kann ich Ihnen geben, Anthony. Alle Zeit der Welt. Unendlich viel.* Als wüsste er, was sich im tiefsten Winkel von Carters Herzen verbarg, als wären sie einander nicht gerade erst begegnet, sondern schon seit Jahren gute Bekannte. Solange Anthony zurückdenken konnte, hatte niemand so mit ihm gesprochen.

Dabei musste er an den Tag denken, an dem alles angefangen hatte, als gehörten die beiden zusammen. Juni: Es war Juni, das wusste er. Juni, und die Luft unter der Autobahnbrücke glühend heiß, und Carter stand in einem Keil aus schmutzigem Schatten und hielt sein Pappschild vor der Brust – HABE HUNGER, BITTE UM KLEINE SPENDE, GOTT SEGNE SIE –, als der Wagen, ein schwarzer GMC Denali, am Randstein hielt. Das Beifahrerfenster öffnete sich, nicht nur einen Spaltbreit, damit die Person, die im Wagen saß, ihm ein paar Münzen oder einen zusammengefalteten Schein herausreichen konnte, ohne dass sich auch nur ihre Finger berühren mussten. Nein, die Scheibe glitt ganz herunter, in einer einzigen fließenden Bewegung, sodass Carters Spiegelbild in dem schwarz getönten Glas sich senkte wie ein Vorhang im Rückwärtsgang. Ihm war, als hätte sich in der Welt ein Loch aufgetan und einen geheimen Raum offenbart. Es war gerade zwölf Uhr, und der Mittagsverkehr auf der Westschleife wurde immer dichter. Über seinem Kopf dröhnte es wie ein langer Güterzug auf ratternden Gleisen.

»Hallo?«, rief jemand aus dem Auto. Eine Frauenstimme, und sie hatte Mühe, das Tosen des Autoverkehrs und den Echohall unter der Brücke zu übertönen. »Hallo, Sie? Sir? Verzeihen Sie, Sir!«

Als er an das offene Fenster herantrat, spürte Carter die kühle, klimatisierte Luft aus dem Wageninneren auf seiner Haut. Er roch den süßen, rauchigen Geruch von neuem Leder und, als er noch näher kam, auch den Duft von Parfüm. Sie beugte sich zum Beifahrerfenster herüber, und ihr Körper straffte den Sicherheitsgurt. Sie hatte die Sonnenbrille hochgeschoben. Eine Weiße natürlich.

Das hatte er schon gewusst, bevor er sie sah. Ein schwarzer Denali mit glänzendem Lack und einem riesigen spiegelblanken Kühlergrill. Der San Felipe Drive in östlicher Richtung, der von der Galleria Shopping Mall nach River Oaks führte, wo die großen Villen standen. Aber die Frau war jung, jünger, als er gedacht hätte bei einem solchen Auto, höchstens dreißig, und was sie trug, sah aus wie Tenniskleidung – ein weißer Rock und ein passendes Top, und die Haut feucht und glänzend. Glattes Haar, blond mit dunkleren Strähnen, aus dem Gesicht gekämmt und zurückgebunden. Eine zierliche Nase, hohe Wangenknochen. Er sah keinen Schmuck außer einem Ring mit einem Diamanten so groß wie ein Zahn. Er wusste, er sollte nicht genauer hinschauen, aber er konnte nicht anders: Er ließ den Blick durch den hinteren Teil des Wagens wandern. Da war ein leerer Kindersitz, über dem buntes Plüschspielzeug hing, und daneben auf dem Sitz eine große Einkaufstüte, die aus Papier war, aber aussah wie Metall. Darauf stand der Name des Geschäfts: Nordstrom's.

»Was immer Sie übrig haben«, stammelte Carter. »Gott segne Sie.«

Ihre Handtasche, ein Riesending zum Umhängen aus Leder, lag auf ihrem Schoß. Sie wühlte den Inhalt heraus und warf ihn neben sich auf den Sitz: einen Lippenstift, ein Adressbüchlein, ein winziges juwelenähnliches Telefon. »Ich möchte Ihnen etwas geben«, sagte sie. »Ist ein Zwanziger genug? Geben das die Leute? Ich weiß es nicht.«

»Gott segne Sie.« Carter wusste, dass die Ampel jetzt grün werden würde. »Was immer Sie übrig haben.«

Sie zog ihre Brieftasche hervor, als hinter ihnen die erste ungeduldige Hupe ertönte. Die Frau drehte sich hektisch um und blickte dann hinauf zur Ampel, die jetzt grün leuchtete.

»O verdammt, verdammt.« Hastig blätterte sie in ihrer Brieftasche, so groß wie ein Buch, mit Druckknöpfen und Reißverschlüssen und Fächern voller Zettel. »Ich weiß es nicht«, sagte sie immer wieder. »Ich weiß es nicht.«

Das Gehupe nahm zu, und dann gab der Wagen hinter ihr, ein roter Mercedes, aufbrüllend Gas, schoss auf die mittlere Spur hinüber und schnitt einen SUV. Der Fahrer des SUVs trat auf die Bremse und drückte endlos auf die Hupe.

»Tut mir leid, tut mir leid«, sagte die Frau. Sie starrte ihre Brieftasche an wie eine verschlossene Tür, deren Schlüssel sie nicht finden konnte. »Hier ist nur *Plastikgeld.* Ich dachte, ich hätte einen Zwanziger, vielleicht war es aber auch ein Zehner, o verdammt, *verdammt ...*«

»Hey, du Arschloch!« Ein Mann streckte den Kopf aus dem Seitenfenster eines großen Pick-ups, zwei Autos hinter ihnen. »Siehst du die Ampel nicht? Mach die Straße frei!«

»Ist schon gut«, sagte Anthony und wich zurück. »Sie müssen weiterfahren.«

»Bist du taub?«, schrie der Mann. Wieder gellte die Hupe. Er schwenkte einen nackten Arm aus dem Fenster. »Mach Platz da, verdammt!«

Die Frau verrenkte den Rücken, um in den Rückspiegel zu schauen. Sie riss die Augen weit auf. »Seien Sie still!«, rief sie erbittert und schlug mit den Fäusten auf das Lenkrad. »Mein Gott, seien Sie doch still!«

»Lady, fahren Sie Ihren Scheißwagen aus dem Weg!«

»Ich wollte Ihnen etwas geben. Mehr wollte ich nicht. Ich wollte doch nur *helfen ...*«

Carter begriff, dass es Zeit war zu verduften. Er wusste, was als Nächstes kommen würde: Eine Autotür würde auffliegen, wütende Schritte kämen heran, ein Männergesicht, dicht vor ihm, zähnefletschend – *Belästigst du die Lady? Was fällt dir ein, Junge?* –, und dann noch mehr Männer, keine Ahnung, wie viele, es waren immer viele in solch einem Moment, und was immer die Frau sagen würde, sie würde ihm nicht helfen können, denn sie würden sehen, was sie sehen wollten: einen schwarzen Mann und eine weiße Frau mit einem Babysitz und einer Einkaufstüte und mit einer offenen Brieftasche auf dem Schoß.

»Bitte«, sagte er, »Lady, Sie *müssen* weiterfahren.«

Die Tür des Pick-ups öffnete sich und spuckte einen massigen rotgesichtigen Mann in Jeans und T-Shirt aus. Seine Hände waren so groß wie Baseballhandschuhe. Er würde Carter zerquetschen wie eine Wanze.

»Hey!«, schrie er und streckte den Zeigefinger aus. Seine dicke runde Gürtelschnalle glänzte in der Sonne. »Du da!«

Die Frau hob den Blick zum Rückspiegel und sah, was Carter sah: Der Mann hatte eine Pistole. »O mein Gott! O mein Gott!«, schrie sie.

»Er will den Wagen klauen! Der kleine Nigger klaut ihr den Wagen!«

Carter war starr vor Schreck. Alles brach jetzt über ihn herein – ein wütendes Tosen, die ganze Welt hupte und brüllte und wollte sich auf ihn stürzen, wollte ihn endlich ergreifen. Die Frau langte hastig zur Beifahrertür und stieß sie auf.

»Steigen Sie ein!«

Er konnte sich nicht von der Stelle rühren.

»Machen Sie schon!«, schrie sie. »Steigen Sie ein!«

Und aus irgendeinem Grund gehorchte er. Er ließ sein Pappschild fallen, sprang in den Wagen und schlug die Tür zu, und die Frau trat das Gaspedal durch und überfuhr die Ampel, die inzwischen wieder auf Rot gesprungen war. Autos schleuderten links und rechts an ihnen vorbei, als sie über die Kreuzung schossen. Eine Sekunde lang war Carter sicher, dass es krachen würde, und er schloss die Augen und machte sich auf den Zusammenstoß gefasst. Aber nichts passierte; alle wichen ihnen aus.

Es war völlig irre, dachte er. Sie jagten unter der Brücke hervor in den Sonnenschein. Die Frau fuhr so schnell, dass es aussah, als hätte sie ihn ganz vergessen. Sie überfuhren ein Bahngleis, und der Denali machte einen solchen Satz, dass Carters Kopf ans Wagendach stieß. Auch die Frau schien es durchzuschütteln, denn sie trat viel zu heftig auf die Bremse, sodass er nach vorn gegen das Armaturenbrett flog. Dann riss sie das Lenkrad herum und fuhr

auf den Parkplatz vor einer Reinigung und einem Shipley's Doughnuts. Ohne Anthony anzusehen oder ein Wort zu sagen, ließ sie den Kopf auf das Lenkrad sinken und fing an zu weinen.

Er hatte noch nie eine weiße Frau weinen sehen, nicht aus der Nähe, außer im Kino und im Fernsehen. Im dicht verschlossenen Innenraum des Denali konnte er ihre Tränen riechen; sie rochen wie schmelzendes Wachs. Auch der saubere Duft ihrer Haare drang ihm in die Nase. Dann merkte er, dass er auch sich selbst riechen konnte, was er schon lange nicht mehr getan hatte, und der Geruch war nicht gut. Er war übel, wirklich übel, wie verdorbenes Fleisch und saure Milch, und er schaute an sich herunter auf seine schmutzigen Hände und Arme und das T-Shirt und die Jeans, die er schon seit vielen Tagen trug, und er schämte sich.

Nach einer Weile hob sie den Kopf vom Steuer und wischte sich mit dem Handrücken die Nase. »Wie heißen Sie?«

»Anthony.«

Einen Moment lang fragte er sich, ob sie ihn jetzt schnurstracks zur Polizei fahren würde. Der Wagen war so sauber und neu, dass er sich darin vorkam wie ein großer schmieriger Fleck. Aber wenn ihr der Gestank unangenehm war, ließ sie es sich nicht anmerken.

»Ich kann hier aussteigen«, sagte er. »Tut mir leid, dass ich Ihnen solchen Ärger gemacht hab.«

»Sie? Sie haben doch gar nichts getan.« Sie atmete tief durch, legte den Kopf nach hinten an die Kopfstütze und schloss die Augen. »O Gott, mein Mann wird mich *umbringen.* O Gott, o Gott. Rachel, was hast du dir nur dabei gedacht?«

Anscheinend war sie wütend, und vermutlich wartete sie darauf, dass er einfach ausstieg. Sie waren nur vier Blocks nördlich der Richmond Street; von dort konnte er mit dem Bus zu seinem Schlafplatz zurückfahren, einem Brachgrundstück unten am Westpark Drive, neben dem Recycling Center. Es war ein guter Platz; er hatte da nie Ärger, und wenn es regnete, ließen die Leute von der Müllsammelstelle ihn in einer der leeren Garagen schlafen. Er hatte etwas mehr als zehn Dollar bei sich, ein paar Scheine und

Kleingeld vom Vormittag unter der 610 – genug, um nach Hause zu fahren und sich etwas zu essen zu kaufen.

Er legte die Hand an die Tür.

»Nein«, sagte sie rasch. »Steigen Sie nicht aus.« Sie drehte sich zu ihm um. Ihre Augen waren verquollen vom Weinen. Forschend sah sie ihn an. »Sie müssen mir sagen, ob Sie das ernst meinen.«

Carter wusste nicht, wovon sie redete.

»Was Sie da auf Ihr Schild geschrieben haben. Was Sie gesagt haben. *Gott segne Sie.* Ich habe gehört, wie Sie es sagten. Denn die Sache ist die« – sie wartete nicht auf seine Antwort –, »ich habe nicht das Gefühl, gesegnet zu sein, Anthony.« Sie lachte gehetzt, sodass er eine Reihe von kleinen perlweißen Zähnen sah, und dann senkte sie den Blick. »Ist das nicht merkwürdig? Ich sollte es eigentlich, aber ich tue es nicht. Ich fühle mich schrecklich. Ich fühle mich andauernd schrecklich.«

Carter wusste nicht, was er sagen sollte. Wieso fühlte eine weiße Lady wie sie sich schrecklich? Aus den Augenwinkeln sah er den leeren Kindersitz mit der bunten Spielzeugsammlung auf dem Rücksitz, und er fragte sich, wo das Kind jetzt war. Vielleicht sollte er irgendetwas darüber sagen – wie schön es für sie sein müsse, ein Baby zu haben. Die Leute hatten gern Kinder, nach seiner Erfahrung, vor allem die Frauen.

»Ist nicht so wichtig«, sagte die Frau. Sie starrte mit leerem Blick durch die Frontscheibe zu dem Doughnut-Laden hinüber. »Ich weiß, was Sie denken. Sie brauchen nichts zu sagen. Wahrscheinlich komme ich Ihnen vor wie eine Verrückte.«

»Sie kommen mir ganz okay vor.«

Sie lachte wieder verbittert. »Ja, das ist es eben, nicht wahr? Das ist es ja gerade. Ich *wirke* ganz okay. Da können Sie jeden fragen. Rachel Wood hat alles, was ein Mensch sich wünschen kann. Rachel Wood *wirkt* völlig okay.«

Eine Weile saßen sie einfach so da. Die Frau weinte leise und starrte ins Leere, und Carter fragte sich immer noch, ob er besser aussteigen solle. Aber die Lady war ganz verstört, und es wäre

nicht in Ordnung, sie so allein zu lassen. Wollte sie, dass er Mitleid mit ihr hatte? Rachel Wood: Vermutlich war das ihr Name, und sie redete von sich selbst. Aber sicher war er nicht. Vielleicht war Rachel Wood auch eine Freundin von ihr, oder jemand, der auf ihr Baby aufpasste. Früher oder später würde er verschwinden müssen, das war klar. Die Stimmung, in der sie jetzt war, würde vergehen, und dann würde sie begreifen, dass sie sich für diesen stinkenden Nigger, der da in ihrem Auto saß, beinahe hätte erschießen lassen. Aber vorläufig genügten die kühle Luft aus dem Gebläse am Armaturenbrett und das seltsame traurige Schweigen der Frau, um ihn sitzen bleiben zu lassen.

»Wie heißen Sie mit Nachnamen, Anthony?«

Er konnte sich nicht erinnern, dass ihm jemals irgendjemand diese Frage gestellt hatte. »Carter«, sagte er.

Was sie als Nächstes tat, überraschte ihn mehr als alles andere bisher. Sie drehte sich auf dem Sitz herum, schaute ihm offen ins Gesicht und reichte ihm die Hand.

»Na«, sagte sie, und ihre Stimme hatte immer noch einen traurigen Unterton, »freut mich, Mr Carter. Ich bin Rachel Wood.«

Mr Carter. Das gefiel ihm. Ihre Hand war klein, aber ihr Händedruck war fest wie der eines Mannes. Er fühlte … Doch er fand kein Wort dafür. Er achtete darauf, ob sie sich die Hand abwischte, aber das versuchte sie gar nicht.

»O mein *Gott*!« Verblüfft riss sie die Augen auf. »Mein Mann kriegt einen Herzinfarkt. Sie dürfen ihm nicht erzählen, was passiert ist. Das meine ich ernst. Sie dürfen es *keinesfalls* erzählen.«

Carter schüttelte den Kopf. »Ich sag nichts.«

»Ich meine, es ist ja nicht seine Schuld, dass er ein so komplettes und totales Arschloch ist. Er wird es nur einfach nicht so sehen wie wir. Sie müssen es mir versprechen, Mr Carter.«

»Ich sag nichts.«

»Gut.« Sie nickte munter und zufrieden und schaute wieder nach vorn aus dem Fenster. Dann legte ihre glatte Stirn sich nachdenklich in Falten. »Doughnuts. Ich weiß nicht, warum ich

ausgerechnet hier angehalten habe. Sie wollen wahrscheinlich keine Doughnuts, oder?«

Das bloße Wort überflutete seinen Mund mit Speichel, und sein Magen knurrte. »Doughnuts sind okay«, sagte er. »Der Kaffee ist gut.«

»Aber das ist kein richtiges Essen, oder?« Ihre Stimme klang fest; sie hatte einen Entschluss gefasst. »Was Sie brauchen, ist ein richtiges Essen.«

In dem Moment begriff Carter, was das Gefühl war: Er fühlte sich *gesehen.* Als wäre er bisher ein Geist gewesen, ohne es zu wissen. Sie wollte ihn offensichtlich mitnehmen. Sie wollte ihn mit nach Hause nehmen. Er hatte von Leuten wie ihr gehört, aber er hatte es nie geglaubt.

»Wissen Sie, Mr Carter, ich glaube, Gott hat Sie heute aus einem bestimmten Grund unter die Hochstraße gestellt. Ich glaube, er wollte mir etwas sagen.« Sie legte den Gang ein. »Sie und ich, wir werden Freunde werden. Ich spüre es einfach.«

Und sie *waren* Freunde geworden, genau wie sie es gesagt hatte. Das war das Merkwürdige. Er und diese weiße Lady, Mrs Wood mit ihrem Mann – der alt genug war, um ihr Vater zu sein, auch wenn Carter ihn fast nie zu Gesicht bekam –, mit ihrem großen Haus unter den Immergrüneichen mit dem satten Rasen und den Hecken, mit ihren beiden kleinen Töchtern – da war nicht nur das Baby, sondern auch die Größere, genau wie ihre Schwester eine niedliche Maus, und beide sahen aus wie aus einem Bilderbuch. Er spürte es ganz tief im Innern, bis ins Mark: Sie waren Freunde. Sie hatte mehr für ihn getan als irgendjemand sonst. Es war, als hätte sie die Tür ihres Wagens geöffnet, und dahinter war ein großes Zimmer, und in dem Zimmer waren Menschen und Stimmen, die ihn beim Namen nannten, wenn sie mit ihm sprachen, und Essen und ein Bett zum Schlafen und alles andere. Sie hatte ihm Arbeit gegeben, nicht nur in ihrem Garten, sondern auch in anderen Häusern, und überall, wo er hinkam und den Rasen mähte, nannten die Leute ihn »Mr Carter« und fragten ihn, ob er heute vielleicht

noch eine Kleinigkeit extra erledigen könne, weil sie Besuch bekämen: das Laub von der Terrasse blasen oder Stühle lackieren oder den verstopften Gully sauber machen oder sogar ab und zu den Hund ausführen. *Mr Carter, ich weiß, Sie haben viel zu tun, aber wenn es Ihnen nicht allzu viele Umstände macht, könnten Sie dann nicht …?* Und er sagte immer ja, und in dem Umschlag unter der Fußmatte oder im Blumentopf waren dann jedes Mal zehn oder zwanzig Dollar mehr, ohne dass er darum bitten musste. Er mochte diese anderen Leute, aber in Wahrheit interessierten sie ihn nicht; er tat alles nur für sie. Mittwochs, am besten Tag der Woche – an ihrem Tag –, winkte sie ihm vom Fenster aus zu, wenn er den Rasenmäher aus der Garage schob, und manchmal, sehr oft eigentlich, kam sie aus dem Haus, wenn er fertig war und aufräumte; sie legte sein Geld nicht unter die Matte wie die anderen, sondern gab es ihm in die Hand, und vielleicht setzte sie sich dann noch kurz auf ein Glas Eistee mit ihm auf die Terrasse und erzählte ihm alles Mögliche aus ihrem Leben, aber sie fragte ihn auch nach seinem. Sie saßen im Schatten und unterhielten sich wie richtige Menschen. *Mr Carter,* sagte sie dann, *Sie sind ein Gottesgeschenk. Mr Carter, ich weiß nicht, wie ich ohne Sie jemals zurechtgekommen bin. Sie sind der Puzzlestein, der noch gefehlt hat.*

Er hatte sie geliebt. Das war die Wahrheit. Und es war das Geheimnis, das traurige, tragische Geheimnis bei alldem. Als er jetzt in der kalten Dunkelheit lag, spürte er, wie ihm die Tränen kamen, wie sie tief aus seiner Brust heraufstiegen. Wie konnte irgendjemand behaupten, er habe Mrs Wood etwas getan, wenn er sie doch so sehr geliebt hatte? Denn er wusste Bescheid. Er wusste, obwohl sie lächelte und lachte und zum Shoppen, zum Tennis und zum Friseur ging, war da etwas Leeres in ihr. Das hatte er schon am ersten Tag im Auto gesehen, und es hatte sein Herz angerührt, als könnte er diese Leere für sie füllen, nur weil er es wollte. An den Tagen, an denen sie nicht in den Garten herauskam – was im Laufe der Zeit immer öfter vorkam –, sah er sie manchmal stundenlang auf dem Sofa sitzen. Sie ließ sogar das Baby schreien,

wenn es nass oder hungrig war, und rührte keinen Finger. Es war, als wäre alle Luft aus ihr entwichen. An manchen Tagen sah er sie überhaupt nicht, und dann vermutete er, dass sie sich irgendwo tief im Haus verkrochen hatte und traurig war. An solchen Tagen tat er mehr als sonst; er stutzte die Hecken oder jätete ein bisschen Unkraut auf dem Weg und hoffte, wenn er nur lange genug wartete, werde sie mit dem Tee herauskommen. Der Tee bedeutete, dass es ihr gutging, dass sie wieder einen Tag überstanden hatte, an dem sie sich schrecklich fühlte, wie sie es oft tat.

Und an jenem Nachmittag im Garten – an jenem furchtbaren Nachmittag – hatte er das größere Mädchen, Haley, allein angetroffen. Es war im Dezember, das Wetter nasskalt. Der Pool war voller Laub, und das kleine Mädchen, das in die Vorschule ging, trug die blauen Shorts ihrer Schuluniform und eine Kragenbluse und sonst gar nichts, nicht mal Schuhe, und sie saß auf der Terrasse. Sie hielt eine Puppe im Arm, eine Barbie. Ist heute denn keine Schule?, fragte Carter, und sie schüttelte den Kopf, ohne ihn anzusehen. War ihre Mama da? Daddy ist in Mexiko, sagte das Mädchen und fröstelte in der Kälte. Mit seiner Freundin. Mama wollte nicht aus dem Bett kommen.

Er ging zur Haustür, aber sie war abgeschlossen, und er läutete und rief dann zu den Fenstern hinauf. Keine Antwort. Er wusste nicht, was er mit dem kleinen Mädchen anfangen sollte, das so allein da draußen saß, aber es gab vieles, was er bei Leuten wie den Woods nicht verstand, und nicht alles, was sie taten, ergab einen Sinn für ihn. Er konnte dem Mädchen nur seinen schmutzigen alten Pullover geben. Sie nahm ihn und wickelte sich darin ein wie in eine Wolldecke. Er machte sich an die Arbeit und mähte den Rasen; er hoffte, der Lärm des Rasenmähers würde Mrs Wood aufwecken, und dann würde ihr einfallen, dass ihr kleines Mädchen allein draußen auf der Terrasse war und dass sie aus Versehen die Tür abgeschlossen hatte. *Mr Carter, ich weiß nicht, wie das passieren konnte, ich bin irgendwie eingeschlafen, Gott sei Dank, dass Sie hier waren.*

Er mähte den Rasen zu Ende, und das Mädchen saß still mit seiner Puppe da und sah ihm zu, und dann holte er den Skimmer aus der Garage, um den Pool zu reinigen. Und da fand er sie am Rande des Gartenwegs: eine kleine Kröte. Nicht größer als ein Penny. Es war ein Glück, dass er sie nicht mit dem Rasenmäher erwischt hatte. Er bückte sich und hob sie auf; sie wog nichts in seiner Hand. Hätte er sie nicht mit eigenen Augen gesehen, hätte er gesagt, seine Hand sei leer, so leicht war sie. Vielleicht lag es daran, dass das kleine Mädchen ihn von der Terrasse aus beobachtete oder dass Mrs Wood im Haus hinter ihm schlief – aber in diesem Augenblick hatte er das Gefühl, die kleine Kröte könnte alles irgendwie in Ordnung bringen, dieses winzige Ding da im Gras.

Komm mal her, sagte er zu dem Kind. Komm her, ich muss dir was zeigen. Ein kleines Baby, Miss Haley. Ein kleines Ding wie du.

Er drehte sich um und sah Mrs Wood; sie stand hinter ihm im Garten keine drei Schritte entfernt. Sie musste zur Vordertür herausgekommen sein, denn er hatte nichts gehört. Sie trug ein großes T-Shirt, wie ein Nachthemd, und ihr Haar stand wirr um den Kopf herum.

Mrs Wood, sagte er, da sind Sie ja, schön, dass Sie auf sind. Ich zeige Haley gerade eine …

Gehen Sie weg von ihr!

Aber das war nicht Mrs Wood, nicht die, die er kannte. Ihr Blick war wild und verrückt. Sie sah aus, als wüsste sie nicht, wer sie war.

Mrs Wood, ich will ihr doch nur was Schönes …

Gehen Sie weg! Weg! Lauf, Haley, lauf!

Und bevor er noch ein Wort sagen konnte, gab sie ihm einen Stoß, mit aller Kraft. Er stolperte rückwärts und blieb mit dem Fuß an dem Skimmer hängen, den er am Pool hatte liegen lassen. Reflexhaft streckte er die Hand aus, und seine Finger krallten sich in ihr T-Shirt. Er spürte, wie sein Gewicht sie mitriss, und er konnte nichts mehr tun. So fielen sie ins Wasser.

Das Wasser. Es traf ihn wie eine Faust und füllte seine Nase und

seine Augen und seinen Mund mit einem scheußlichen Chemikaliengeschmack wie der Atem eines Dämons. Sie war unter und über ihm und um ihn herum, als sie untergingen, und ihre Arme und Beine verhedderten sich ineinander wie in einem Netz. Er wollte sich befreien, doch sie hielt ihn fest und zog ihn immer weiter hinunter. Er konnte nicht schwimmen, keinen einzigen Zug; er konnte irgendwie daherdümpeln, wenn es sein musste, aber selbst das machte ihm Angst, und er hatte nicht die Kraft, sie mitzuziehen. Er reckte den Kopf, um an die glänzende Wasseroberfläche zu gelangen, wo die Luft anfing, aber sie hätte ebenso gut eine Meile weit weg sein können. Die Frau zog ihn hinunter in eine Welt der Stille, als wäre der Pool ein umgedrehtes Stück Himmel – und da kapierte er es: Genau dahin wollte sie. Dahin hatte sie die ganze Zeit gewollt, seit jenem Tag unter der Autobahnüberführung, als sie angehalten und nach seinem Namen gefragt hatte. Was immer sie in der anderen Welt, in der dort über dem Wasser, gehalten haben mochte, jetzt war es endlich gerissen wie die Schnur eines Windvogels. Die Welt stand auf dem Kopf, und jetzt stürzte der Windvogel ab. Sie zog ihn in ihre Arme, drückte ihr Kinn an seine Schulter, und eine Sekunde lang sah er ihre Augen in den Strudeln des Wassers, sah die furchtbare, endgültige Dunkelheit darin. O bitte, lassen Sie mich doch. Ich sterbe, wenn Sie wollen, dachte er, ich sterbe für Sie, wenn Sie mich darum bitten. Lassen Sie mich an Ihrer Stelle sterben. Er brauchte nur einzuatmen. Das wusste er so genau, wie er seinen eigenen Namen kannte. Aber sosehr er es auch versuchte, er brachte es nicht über sich. Er hatte sein Leben schon zu lange, um es durch reine Willenskraft aufzugeben. Mit einem weichen Stoß landeten sie auf dem Grund. Mrs Wood hielt ihn immer noch fest, und er fühlte, wie ihre Schultern zuckten, als sie das erste Mal einatmete. Dann tat sie es noch einmal, und ein drittes Mal, und die letzten Luftblasen aus ihrer Lunge schwebten an seinem Ohr vorbei wie ein geflüstertes Geheimnis – *Gott segne Sie, Mr Carter* –, und dann ließ sie ihn los.

Er wusste nicht mehr, wie er aus dem Pool gekommen war oder

was er zu dem kleinen Mädchen gesagt hatte. Sie weinte laut, und dann hörte sie auf. Mrs Wood war tot, ihre Seele war längst fort, lediglich ihr leerer Körper trieb langsam an die Oberfläche und fand seinen Platz zwischen dem schwimmenden Laub, das er hatte abschöpfen wollen. Das alles hatte etwas Friedliches, den schrecklichen Frieden eines gebrochenen Herzens – wie etwas, das zu lange gedauert und schließlich doch zum Ende gefunden hatte. Und es war, als hätte er angefangen, wieder zu verschwinden. Stunden oder Minuten mochten vergangen sein, als die Nachbarin und dann die Polizei kam, aber inzwischen wusste er, dass er keiner Menschenseele erzählen würde, was passiert war, was er gesehen und gehört hatte. Es war ein Geheimnis, das sie ihm anvertraut hatte, das letzte Geheimnis: wer sie war. Und er musste es bewahren.

Carter entschied, dass es in Ordnung war, was jetzt mit ihm passieren würde. Vielleicht hatte Wolgast gelogen, vielleicht auch nicht, aber Carters Lebenswerk war zu Ende, das wusste er jetzt. Niemand würde ihn noch einmal nach Mrs Wood fragen. Sie war jetzt nur noch etwas in seinem Kopf, als wäre ein Teil von ihr mit diesem Flüstern in ihn übergegangen. Davon brauchte er niemandem etwas zu erzählen.

Ein Zischen durchbrach die Stille um ihn herum; es klang, als führe die Luft aus einem Autoreifen, und ein einzelnes grünes Licht erschien an der gegenüberliegenden Wand, wo vorher ein rotes gewesen war. Eine Tür schwang auf, tauchte den Raum in fahles bläuliches Licht. Carter sah jetzt, dass er auf einer fahrbaren Trage lag und ein Krankenhaushemd trug. Die Kanüle mit dem Schlauch steckte immer noch in seiner Hand, und als er einen Blick auf die Nadel warf, die unter dem Pflaster seine Haut verzerrte, tat es plötzlich wieder scheußlich weh. Der Raum war größer, als er vermutet hatte. Überall waren weiße Oberflächen außer dort, wo die Tür sich geöffnet hatte, und den Apparaten an der Wand gegenüber, die anders aussahen als alles, was er kannte.

Eine Gestalt stand in der Tür.

Er schloss die Augen und ließ sich wieder zurücksinken. In Ordnung, dachte er. Alles in Ordnung. Ich bin bereit. Sollen sie kommen.

»Wir haben ein Problem.«

Es war kurz nach zehn. Sykes stand in Richards' Bürotür.

»Ich weiß«, sagte Richards. »Ich bin schon dran.«

Das Problem war das Mädchen ohne Namen. Sie hatte jetzt einen Namen. Richards hatte die Nachricht kurz nach neun über den allgemeinen Informationsdienst der Polizeibehörden erhalten. Die Mutter des Mädchens stand im Verdacht, jemanden erschossen zu haben, irgendeine Sache vor dem Haus einer Studentenverbindung; der Junge, den sie erschossen hatte, war der Sohn eines Bundesrichters. Die Waffe, die sie am Tatort zurückgelassen hatte, hatte die örtliche Polizei zu einem Motel in der Nähe von Graceland geführt, wo der Manager – dessen Vorstrafenregister zwei Seiten füllte – das Mädchen anhand eines Fotos identifiziert hatte, das die Cops in dem Konvent von ihr aufgenommen hatten, in dem die Mutter sie zurückgelassen hatte. Die Nonnen hatten ihre Aussage gemacht und noch etwas anderes berichtet, womit Richards nichts anfangen konnte – es ging um irgendeinen Zwischenfall im Zoo von Memphis –, bevor eine von ihnen Doyle und Wolgast auf einem Überwachungsvideo erkannte, das in der Nacht zuvor an der I-55 am Checkpoint südlich von Memphis aufgenommen worden war. Das Lokalfernsehen hatte die Story rechtzeitig zu den Abendnachrichten erwischt, als die Fahndung nach dem entführten Kind herausgegangen war.

Im Handumdrehen suchte die ganze Welt nach zwei FBI-Agenten und einem kleinen Mädchen namens Amy Bellafonte.

»Wo sind sie jetzt?«, fragte Sykes.

Richards rief die Satellitenübertragung auf seinen Bildschirm und steuerte den Viewer auf die Staaten zwischen Tennessee und Colorado. Der Sender steckte in Wolgasts BlackBerry. Richards zählte achtzehn Hotpoints in dieser Region und fand dann denjenigen, der zu Wolgasts Tracking-ID gehörte.

»In West-Oklahoma.«

Sykes stand hinter ihm und schaute ihm über die Schulter. »Glauben Sie, er weiß es schon?«

Richards zoomte näher heran.

»Ich würde sagen, ja.« Er zeigte Sykes die ankommenden Daten.

Zielgeschwindigkeit 102 km/h.

Dann, einen Augenblick später:

Zielgeschwindigkeit 112 km/h.

Sie waren jetzt auf der Flucht. Richards würde sie holen müssen. Örtliche Polizeibehörden waren im Spiel, vielleicht auch die State Police. Es würde unangenehm werden, immer vorausgesetzt, dass er es überhaupt rechtzeitig schaffte. Der Hubschrauber aus Fort Carson war bereits unterwegs; Sykes hatte ihn angefordert.

Sie nahmen die Hintertreppe nach E1 im Laufschritt und traten hinaus, um zu warten. Nach Sonnenuntergang war es wärmer geworden. Dichter Nebel stieg in lockeren Spiralen unter den Lampen des Parkplatzes in die Höhe wie der Trockeneisdampf bei einem Rockkonzert. Sie standen schweigend nebeneinander; es gab nichts zu sagen. Die Situation war mehr oder weniger komplett im Arsch. Richards dachte an das Foto, das jetzt in allen Nachrichten gesendet wurde. Amy Bellafonte: *schöne Quelle.* Schwarzes Haar, das glatt auf ihre Schultern fiel – es sah feucht aus, als wäre sie durch den Regen gegangen –, und ein glattes kindliches Gesicht, die Wangen noch ein wenig gerundet vom Babyspeck, aber unter den Brauen dunkle Augen von wissender Tiefe. Sie trug Jeans und eine bis zum Hals geschlossene Sweatshirtjacke, und in der einen Hand hielt sie irgendein Spielzeug, ein Plüschtier. Vielleicht war es ein Hund. Aber die Augen – die Augen waren das, was Richards immer wieder in den Sinn kam. Sie schauten direkt in die Kamera, als wollten sie sagen: *Siehst* du? Was *dachtest* du, was ich bin, Richards? Dachtest du, niemand auf der Welt liebt mich?

Eine Sekunde lang, nur eine Sekunde lang, dachte er es. Es streifte ihn wie ein Flügelschlag: der Wunsch, er wäre ein anderer

Mensch, und der Ausdruck im Blick eines Kindes sagte ihm etwas.

Fünf Minuten später hörten sie den Hubschrauber, eine pulsierende Erscheinung, die tief über der Baumreihe im Südosten hereinschwebte. Er flog eine einzelne suchende Kehre und zog einen Kegel aus blendendem Licht hinter sich her, und dann senkte er sich mit balletthafter Präzision auf den Parkplatz herunter, und die Rotorblätter drückten eine Welle von bebender Luft unter sich her. Ein UH-60 Blackhawk mit voller Bewaffnung, ausgerüstet für nächtliche Aufklärungsflüge. Das schien eine Menge zu sein – für ein einziges kleines Mädchen. Aber in dieser Situation blieb ihnen nichts anderes übrig. Sie hielten die Hände vor das Gesicht, um sich vor Wind und Lärm und wirbelndem Schnee zu schützen.

Als der Hubschrauber landete, griff Sykes nach Richards' Ellenbogen.

»Sie ist ein Kind!«, schrie er über das Getöse hinweg. »Machen Sie es richtig!«

Was immer das heißen mochte, dachte Richards und ging zielstrebig davon, auf die offene Luke zu.

10

Sie drückten jetzt aufs Gas: Wolgast saß am Steuer, und Doyle neben ihm hämmerte mit dem Daumen wie wild auf die Tasten seines BlackBerry. Erstattete Bericht, um Sykes wissen zu lassen, wer jetzt das Kommando hatte.

»Scheiße, kein Netz!« Doyle warf den BlackBerry auf die Ablage. Sie waren fünfzehn Meilen hinter Homer und fuhren in Richtung Westen. Die offenen Felder ringsumher zogen endlos an ihnen vorbei, und der Himmel war übersät mit Sternen.

»Das hätte ich Ihnen sagen können«, antwortete Wolgast. »Hier draußen sind wir hinter dem Mond. Und achten Sie auf Ihre Ausdrucksweise.«

Doyle ignorierte ihn. Wolgast warf einen kurzen Blick in den Rückspiegel und sah, dass Amy ihn anschaute. Er wusste, dass sie es auch spürte: Sie waren jetzt miteinander verbunden. In dem Augenblick, als sie vom Karussell gestiegen waren, hatte er sich auf Gedeih und Verderb mit ihr zusammengetan.

»Wie viel wissen Sie?«, fragte er. »Ich glaube, jetzt macht es nichts mehr, wenn Sie es mir sagen.«

»Genauso viel wie Sie.« Doyle zuckte die Achseln. »Vielleicht mehr. Richards meinte, Sie könnten Probleme damit haben.«

Wann hatten die beiden miteinander gesprochen? Während er und Amy auf der Kirmes unterwegs gewesen waren? In der Nacht

in Huntsville, als Wolgast ins Motel zurückgegangen war, um Lila anzurufen? Oder schon vorher?

»Sie sollten vorsichtig mit ihm sein. Ich mein's ernst, Phil. So ein Typ. Der Kerl ist von einem privaten Sicherheitsdienst. Er ist kaum mehr als ein Söldner.«

Doyle seufzte gereizt. »Wissen Sie, was Ihr Problem ist, Brad? Sie wissen nicht, wer hier auf Ihrer Seite ist. Vorhin habe ich Ihnen einen Vertrauensvorschuss gegeben. Sie hätten nichts weiter tun müssen, als sie zum vereinbarten Zeitpunkt zum Auto zurückzubringen. Sie sehen den Gesamtzusammenhang nicht.«

»Ich habe genug gesehen.«

Eine Tankstelle tauchte vor ihnen auf, schimmernd wie eine Oase in der Dunkelheit. Als sie näher kamen, nahm Wolgast den Fuß vom Gas.

»Herrgott. Nicht anhalten«, sagte Doyle. »Fahren Sie einfach weiter.«

»Ohne Benzin werden wir nicht weit kommen. Wir haben nur noch einen Vierteltank. Das hier könnte für eine Weile die letzte Tankstelle sein.«

Wenn Doyle das Kommando haben wollte, dachte Wolgast, würde er sich zumindest entsprechend benehmen müssen.

»Na schön. Aber nur tanken. Und Sie bleiben im Wagen, alle beide.«

Sie hielten an der Zapfsäule. Als Wolgast den Motor abgestellt hatte, langte Doyle herüber und zog den Zündschlüssel ab. Dann öffnete er das Handschuhfach und nahm Wolgasts Waffe heraus. Er ließ das Magazin herausfallen, steckte es in seine Jackentasche und legte die Pistole wieder ins Handschuhfach.

»Bleiben Sie sitzen.«

»Sie sollten auch nach dem Öl sehen.«

Doyle atmete geräuschvoll aus. »Herrgott. Sonst noch was, Brad?«

»Ich sag's nur. Wir wollen ja keinen Motorschaden haben.«

»Schön. Ich sehe nach. Sie bleiben schön sitzen.«

Doyle stieg aus, ging hinten um den Tahoe herum und fing an, den Tank zu füllen. Als er draußen war, hatte Wolgast einen Augenblick Zeit zum Nachdenken, aber unbewaffnet und ohne den Schlüssel konnte er nicht viel tun. Er zog an dem Riegel unter dem Armaturenbrett. Doyle kam nach vorn und klappte die Motorhaube auf, sodass ihm die Sicht auf den Innenraum versperrt war.

Wolgast drehte sich zu Amy um.

»Alles okay?«

Das Mädchen nickte. Sie hielt ihren Rucksack auf dem Schoß. Das tausendmal gestreichelte Ohr ihres Stoffhasen ragte daraus hervor. Im hellen Licht der Tankstelle sah Wolgast, dass sie noch Reste vom Puderzucker auf den Wangen hatte. Es sah aus wie Schneeflocken.

»Fahren wir immer noch zu dem Doktor?«

»Das weiß ich nicht. Wir werden sehen.«

»Er hat eine Pistole.«

»Ich weiß, Süße. Ist schon okay.«

»Meine Mutter hatte auch eine.«

Bevor Wolgast eine Antwort einfiel, wurde die Haube des Tahoe zugeschlagen. Erschrocken fuhr er herum und sah drei Streifenwagen der State Police, die mit hohem Tempo in die entgegengesetzte Richtung fuhren.

Die Beifahrertür öffnete sich, und ein Schwall kalter Luft wehte herein. »Scheiße.« Doyle reichte ihm den Schlüssel und drehte sich auf dem Sitz herum, um den Streifenwagen nachzuschauen. »Glauben Sie, es geht um uns?«

Wolgast legte den Kopf schräg, um die Polizeiwagen im Rückspiegel zu sehen. Sie fuhren mindestens achtzig, wenn nicht mehr. Es konnte etwas Alltägliches sein, ein Unfall oder ein Brand. Aber sein Instinkt sagte ihm, dass es nicht so war. Er zählte die Sekunden und beobachtete, wie die Lichter in der Ferne verschwanden. Bei zwanzig war er sicher, dass sie wendeten.

Er drehte den Zündschlüssel um, und der Motor erwachte dröhnend zum Leben.

»Ja, das geht um uns.«

Zehn Uhr, und Schwester Arnette konnte nicht schlafen. Sie konnte nicht einmal die Augen schließen.

Oh, es war furchtbar, einfach furchtbar, alles, was da passiert war: zuerst die Männer, die wegen Amy gekommen waren – wie sie sie getäuscht hatten, wie sie alle getäuscht hatten, obwohl Schwester Arnette immer noch nicht verstand, wie sie gleichzeitig FBI-Agenten und Kidnapper sein konnten. Dann diese schreckliche Geschichte im Zoo – all das Schreien und Brüllen und Rennen, und Lacey, wie sie Amy festhielt und nicht loslassen wollte. Und die Stunden, die sie auf dem Revier verbracht hatten, den ganzen restlichen Tag; man hatte sie nicht wirklich wie Verbrecher behandelt, aber sicher auch nicht so, wie Schwester Arnette es gewohnt war: lauter unbestimmte Vorwürfe, und der Detective hatte ihnen immer wieder die gleichen Fragen gestellt. Dann die Reporter und die Übertragungswagen, die auf der Straße vor dem Haus gestanden hatten, und die riesigen Scheinwerfer, die die vorderen Fenster erleuchtet hatten, als der Abend seinen Lauf nahm, und das Telefon, das unaufhörlich klingelte, bis Schwester Claire auf die Idee gekommen war, den Stecker herauszuziehen.

Die Mutter des Mädchens hatte jemanden umgebracht, einen Jungen. Das hatte der Detective ihr gesagt. Der Detective hieß Dupree, ein junger Kerl mit einem borstigen kleinen Bart, und er hatte höflich mit ihr gesprochen; sein Tonfall hatte ein bisschen nach Old New Orleans geklungen, was bedeutete, dass er wahrscheinlich katholisch war, und er hatte sie *Dawlin'* und *Cher* genannt – aber hatte Schwester Arnette nicht den gleichen Eindruck von den beiden anderen Männern gehabt, als sie vor der Tür gestanden hatten? Wolgast und der andere, gut aussehende? Deren Gesichter sie auf dem körnigen Video wiedergesehen hatte, das Dupree ihr gezeigt hatte, aufgenommen irgendwo in Mississippi, als die beiden (vermutete sie) dachten, dass niemand sie beobachtete? Dass sie nette Männer waren, weil sie nett aussahen? Und die Mutter, das hatte Detective Dupree ihr erzählt, die Mutter war eine *Prostituierte.* »Eine Hure ist eine tiefe Grube, und eine

Ehebrecherin ist ein enger Brunnen. Auch lauert sie wie ein Räuber, und die Frechen unter den Menschen sammelt sie zu sich.« Buch der Sprüche, Kapitel 23. »Denn die Lippen der Hure sind süß wie Honigseim, und ihre Kehle ist glatter als Öl, aber hernach bitter wie Wermut und scharf wie ein zweischneidiges Schwert. Ihre Füße laufen zum Tod hinunter; ihre Gänge führen ins Grab.«

Zum Tod hinunter. Bei diesen Worten erschauerte Schwester Arnette in ihrem Bett. Die Hölle war real, sie war eine Tatsache, und die gepeinigten Seelen wanden sich dort in alle Ewigkeit. Eine solche Frau hatte Lacey in ihre Küche geführt, sie hatte vor nicht mehr als sechsunddreißig Stunden in ihrem Haus gestanden, eine Frau, deren Füße *zum Tod hinunterliefen.* Die Frau hatte den Jungen irgendwie betört – diesen Teil mochte Arnette sich nicht weiter vorstellen – und ihn dann erschossen, hatte ihm mit einem *Revolver* in den *Kopf* geschossen und ihr Kind dann zu Lacey gebracht, während sie selbst flüchtete, ein Kind, das Gottweißwas in sich hatte. Denn es stimmte: Sie hatte etwas ... Unirdisches an sich gehabt. Es war kein schöner Gedanke, aber es war so. Wie sonst sollte man erklären, was im Zoo passiert war, wo alle Tiere übergeschnappt waren und einen solchen Aufruhr verursacht hatten?

Alles war furchtbar. Furchtbar, furchtbar, furchtbar.

Arnette schloss die Augen, aber es brachte nichts: Noch immer hörte sie das Brummen der Generatoren in den Übertragungswagen, und durch den Schleier ihrer geschlossenen Lider sah sie das gierige Licht der Scheinwerfer, das sie überflutete. Sie wusste, was sie sehen würde, wenn sie den Fernseher einschaltete: Reporter, die mit ernster Stimme in ihre Mikrofone sprachen und auf das Haus hinter sich deuteten, wo Arnette und die anderen Schwestern jetzt auf verlorenem Posten darum kämpften zu schlafen. Als Tatort würden sie es bezeichnen, wenn sie von den neuesten Entwicklungen in dieser sensationellen Mord- und Entführungsgeschichte berichteten, in die offensichtlich auch Beamte der Bundespolizei verwickelt waren – obwohl Dupree den Schwestern strengstens verboten hatte, über diesen Teil der Angelegenheit

mit irgendjemandem zu sprechen. Als die Schwestern mit dem Polizeibus, der sie vom Revier zurückgebracht hatte, sprachlos vor Erschöpfung zu Hause angekommen waren und mindestens ein Dutzend Übertragungswagen aufgereiht wie eine Zirkuskolonne vor dem Haus gesehen hatten, da war es Schwester Claire gewesen, der aufgefallen war, dass es sich nicht nur um die Lokalsender aus Memphis handelte, nein, sie kamen von weit her, aus Nashville und Paducah und Little Rock, ja sogar aus St. Louis. Kaum waren sie in die Zufahrt eingebogen, hatten sich Schwärme von Reportern auf den Bus gestürzt, ihre Scheinwerfer und Kameras und Mikrofone auf sie gerichtet und sie mit dem wütenden Gebell ihrer unverständlichen Fragen überschüttet. Diese Leute besaßen keinen Anstand. Schwester Arnette bekam solche Angst, dass sie zitterte. Zwei Polizisten waren nötig gewesen, um das Pack vom Grundstück zu vertreiben – *Seht ihr nicht, dass das Nonnen sind? Müsst ihr einen Haufen Nonnen belästigen? Alles zurück jetzt, und zwar sofort!* Nur so konnten die Schwestern wohlbehalten ins Haus gelangen.

Ja, die Hölle gab es wirklich, und Arnette war mittendrin.

Danach hatten sie zusammen in der Küche gesessen; keine war hungrig, aber trotzdem mussten sie irgendwo sein – alle außer Lacey, die Claire geradewegs hinauf in ihr Zimmer gebracht hatte, damit sie sich ausruhte. Es war merkwürdig: Von allen schien Lacey nach den Ereignissen des Nachmittags am wenigsten erschüttert zu sein. Sie hatte kaum ein Wort von sich gegeben, weder zu den Schwestern noch zu Dupree. Sie hatte einfach nur dagesessen, die Hände im Schoß, und die Tränen waren ihr über die Wangen gerollt. Doch dann war etwas Komisches passiert: Die Polizisten hatten ihnen das Video aus Mississippi gezeigt, und als Dupree den Film anhielt, um ihnen ein Standbild der beiden Männer zu zeigen, war Lacey vorgetreten und hatte konzentriert auf den Monitor gestarrt. Arnette hatte Dupree bereits gesagt, dass die beiden es gewesen seien: Sie habe nicht den geringsten Zweifel daran, dass die Männer auf dem Bildschirm dieselben waren, die

zum Konvent gekommen waren, um das Mädchen zu holen. Aber Laceys Gesicht – das so etwas wie Überraschung zeigte, doch das traf es nicht genau: Arnette fiel das Wort *Staunen* ein –, Laceys Gesicht ließ sie alle warten.

»Ich habe mich geirrt«, sagte sie schließlich. »Das ist er ... nicht.«

»Wen meinen Sie mit ›er‹, Schwester?«, fragte Dupree sanft.

Sie hob den Finger und zeigte auf den älteren der beiden Agenten, auf den, der die ganze Zeit gesprochen hatte. Dabei war es der jüngere gewesen, erinnerte Arnette sich, der Lacey das Kind aus den Armen gerissen und in den Wagen gesetzt hatte. Auf dem Bild schaute er beinahe direkt hinauf in die Kamera, und er hatte einen Plastikbecher in der Hand. Nach dem Zeitstempel in der unteren rechten Ecke war das um 06:01 Uhr gewesen, an jenem Morgen, als die beiden Beamten zu ihnen in den Konvent gekommen waren.

»Ihn«, sagte Lacey und berührte das Glas des Bildschirms.

»Er hat das Mädchen nicht genommen?«

»Er hat es ganz sicher getan, Detective«, erklärte Arnette. Sie drehte sich um und sah Schwester Louise und Schwester Claire an. Beide nickten zustimmend. »Darin sind wir uns alle einig. Die Schwester ist nur durcheinander.«

Aber Dupree ließ sich nicht beirren. »Schwester Lacey? Was meinen Sie damit – *das ist er nicht*?«

Ihr Gesicht leuchtete vor Überzeugung. »Dieser Mann«, sagte sie. »Sehen Sie?« Sie drehte sich um und schaute in die Runde, und dabei lächelte sie tatsächlich. »Seht ihr es? Er liebt sie.«

Er liebt sie. Was sollte man davon halten? Aber das war die einzige Erklärung, die Lacey abgegeben hatte, soweit Arnette wusste. Wollte sie damit etwa andeuten, dass Wolgast das Mädchen kannte? Konnte er Amys Vater sein? Was hatte das alles zu bedeuten? Es erklärte nichts von dem, was im Zoo passiert war – tatsächlich war in dem Chaos ein Kind niedergetrampelt worden und lag jetzt im Krankenhaus, und zwei Tiere, irgendeine Katze und ein

Affe, waren abgeschossen worden –, und es erklärte auch nicht den Mord an dem College-Studenten oder sonst irgendetwas. Aber während des restlichen Nachmittags auf dem Revier, wo sie ihre Geschichte in verschiedenen Büros immer wieder erzählt hatten, hatte Lacey still dagesessen und ihr seltsames Lächeln gelächelt, als wüsste sie etwas, was sonst niemand wusste.

Arnette vermutete, alles ging auf diese Geschichte zurück, die Lacey vor langer Zeit als Kind in Afrika zugestoßen war. Arnette hatte sie den Schwestern anvertraut, als sie gestern Abend in der Küche zusammensaßen. Sie hätte es wahrscheinlich nicht tun dürfen, aber sie hatte es Dupree erzählen müssen, und als sie wieder zu Hause waren, war einfach alles ganz von allein herausgekommen. Ein solches Erlebnis ließ einen Menschen niemals in Ruhe, darin waren sich die Schwestern einig; es blieb für alle Zeit in ihm. Schwester Claire – natürlich Schwester Claire, die auf dem College gewesen war und ein hübsches Kleid und Schuhe in ihrem Schrank verwahrte, als könnte sie jeden Augenblick auf eine schicke Party eingeladen werden – hatte auch einen Namen dafür: posttraumatische Belastungsstörung. Das leuchtete ein, meinte Schwester Claire; es ergab Sinn. Es erklärte Laceys Beschützerdrang dem Kind gegenüber, und es erklärte auch, warum Lacey das Haus nie verließ und dass sie sich von den anderen abseitshielt, zwar mit ihnen zusammenlebte, aber zugleich auch nicht – als wäre ein Teil ihrer selbst immer anderswo. Arme Lacey, dass sie eine solche Erinnerung mit sich herumtragen musste.

Arnette sah auf die Uhr. 12:05. Das Brummen der Generatoren draußen hatte endlich aufgehört, und die Kamerateams waren nach Hause gefahren. Sie zog die Decke zurück und seufzte sorgenvoll. Es war nicht zu leugnen: Das alles war nur Laceys Schuld. Arnette hätte diesen Männern das Kind niemals ausgehändigt, wenn Lacey sie nicht alle vorher belogen hätte. Und doch war es jetzt Lacey, die tief und fest schlief, während sie, Arnette, hellwach im Bett lag. Und die anderen Schwestern – sahen die es nicht auch? Aber wahrscheinlich schliefen sie allesamt. Nur sie, Arnette, war

dazu verdammt, die ganze Nacht lang durch die Korridore ihres Kopfes zu streifen.

Denn besorgt war sie. Zutiefst besorgt. Irgendetwas passte nicht, ganz gleich, was Schwester Claire sagen mochte. *Das ist er nicht. Er liebt sie.* Dieses seltsame, wissende Lächeln auf Laceys Lippen. Dupree hatte Lacey eingehend vernommen und sie gefragt, wie das zu verstehen sei, doch sie hatte nur gelächelt und diese Worte wiederholt, als wäre damit alles erklärt. Dabei widersprach es den Tatsachen diametral. Es *war* Wolgast, darin waren sich alle einig. Wolgast und der andere Mann – der, der das Mädchen weggeschleppt hatte. Jetzt erinnerte Arnette sich wieder an seinen Namen: Doyle, Phil Doyle. Wohin sie das Mädchen gebracht hatten und warum – tja, darüber hatte Arnette von niemandem etwas erfahren. Auch Dupree war offenbar ratlos gewesen. Er stellte immer wieder die gleichen Fragen, klickte mit seinem Kugelschreiber, runzelte ungläubig die Stirn und schüttelte den Kopf, er telefonierte und trank eine Tasse Kaffee nach der anderen.

Und unwillkürlich spürte sie dann doch, wie ihre Gedanken sich lockerten und die Bilder des Tages in ihrem Kopf abrollten wie ein Faden von der Spule und sie in den Schlaf hinunterzogen. *Erzählen Sie uns noch einmal, was auf dem Parkplatz geschehen ist, Schwester.* Arnette in dem kleinen Raum mit dem Spiegel, der kein Spiegel war, das wusste sie. *Erzählen Sie uns von den Männern. Erzählen Sie uns von Lacey.* Arnette saß der Glasscheibe gegenüber; hinter Duprees Schulter sah sie das Spiegelbild ihres Gesichts. Es war ein altes Gesicht, zerfurcht von Zeit und Müdigkeit, umrahmt vom grauen Stoff ihrer Haube, sodass es irgendwie körperlos im Raum zu schweben schien. Dahinter, auf der anderen Seite der Scheibe, über ihr und um sie herum, erkannte sie die Umrisse einer dunklen Gestalt, die sie beobachtete. Wer stand da hinter ihrem Gesicht? Jetzt hörte sie auch Laceys Stimme, Lacey auf dem Parkplatz, die verrückte Lacey, die abseits von ihnen allen zu leben schien. Sie saß auf dem Boden und umklammerte

panisch das Kind, und Arnette stand vor ihr, und Lacey und das Kind weinten. *Nehmt sie nicht weg.* Ihr Geist folgte dem Klang von Laceys Stimme hinunter an einen dunklen Ort.

Nehmt mich nicht mit, nehmt mich nicht mit, nehmt mich nicht mit …

Angst schoss durch ihre Brust, und viel zu schnell richtete sie sich kerzengerade auf. Die Luft im Zimmer war leichter, als wäre der ganze Sauerstoff hinausgeströmt. Ihr Herz hämmerte bis in den Hals hinein. War sie eingeschlafen? Träumte sie? Was war los?

Und dann wusste sie es. Ohne jeden Zweifel. Sie waren in Gefahr, in schrecklicher Gefahr. Etwas kam. Sie wusste nicht, was. Irgendeine dunkle Macht war auf der Welt entfesselt worden und brandete auf sie zu, auf sie alle.

Lacey wusste es. Lacey, die viele Stunden lang auf dem Feld gelegen hatte, wusste, was das Böse war.

Arnette stürzte aus dem Zimmer hinaus in den Korridor. Mit achtundsechzig Jahren von solchem Grauen verzehrt zu werden! Sein Leben Gott zu weihen, Seiner Liebe und Seinem Frieden, und dann einen solchen Augenblick zu erleben! Ganz allein damit im Dunkeln zu liegen! Ein Dutzend Schritte bis zu Laceys Zimmer: Arnette rüttelte am Türknauf, doch die Tür gab nicht nach, sie war von innen verschlossen. Sie hämmerte mit den Fäusten dagegen.

»Schwester Lacey, mach augenblicklich die Tür auf!« Es blieb still auf der anderen Seite. Arnette packte den Türknauf und rüttelte daran, wie ein Hund einen Lumpenfetzen schüttelt. Sie klopfte und hämmerte. »Tu, was ich sage! Sofort!«

Lichter gingen an, sie hörte Türen und Stimmen, um sie herum war Aufruhr. Die anderen Schwestern waren in den Korridor herausgekommen; erschrocken rissen sie die Augen auf und redeten durcheinander.

»Was ist los?«

»Ich weiß nicht, ich weiß nicht …«

»Ist alles in Ordnung mit Lacey?«

»Wir müssen die Polizei rufen!«

»Lacey!«, schrie Arnette. »Mach die Tür auf!«

Eine ungeheure Kraft packte sie und riss sie zurück. Schwester Claire – es war Schwester Claire, die Arnette von hinten bei den Armen genommen hatte. Sie spürte ihre Winzigkeit; gegen Schwester Claire kam sie nicht an.

»Seht doch – die Schwester ist verletzt …«

»Gütiger Gott im Himmel!«

»Seht euch ihre Hände an!«

»Bitte«, schluchzte Arnette, »helft mir.«

Schwester Claire ließ sie los. Ehrfürchtiges Schweigen senkte sich herab. Dunkelrote Streifen liefen an Arnettes Handgelenken hinunter. Claire nahm eine von Arnettes Fäusten und bog sie sanft auf. Die Handfläche war voller Blut.

»Seht doch, es sind nur ihre Fingernägel«, sagte Claire und zeigte es allen. »Sie hat sich die Fingernägel in die Handfläche gebohrt.«

»Bitte«, sagte Arnette, und die Tränen liefen ihr über die Wangen. »Macht die Tür auf und seht hinein.«

Niemand wusste, wo der Schlüssel war. Schwester Tracy kam auf den Gedanken, den Schraubenzieher aus dem Werkzeugkasten unter der Küchenspüle zu holen und das Schloss aufzuhebeln. Aber als es endlich so weit war, wusste Schwester Arnette schon, was sie finden würden.

Das Bett, in dem niemand geschlafen hatte. Die Gardine vor dem offenen Fenster, die im Abendwind wehte.

Die Tür öffnete sich, und das Zimmer war leer. Schwester Lacey Antoinette Kudoto war verschwunden.

02:00 Uhr. Die Nacht verging im Schneckentempo.

Nicht dass sie für Grey gut angefangen hatte. Nach seinem Zusammenstoß mit Paulson in der Kantine war Grey in sein Zimmer in der Baracke zurückgekehrt. Bis Schichtbeginn hatte er immer noch zwei Stunden totzuschlagen; das war mehr als genug Zeit zum Nachdenken über das, was Paulson über Jack und Sam

gesagt hatte. Das Gute daran war, dass es ihn von dieser anderen Sache ablenkte, von diesem komischen Echo in seinem Kopf, aber es war trotzdem beschissen, nur herumzusitzen und sich irgendwie Sorgen zu machen. Um Viertel vor zehn, als er kurz davor war, aus der Haut zu fahren, zog er seinen Parka an und ging über das Gelände hinüber zum Chalet. Unter den Lichtern des Parkplatzes gönnte er sich eine letzte Parliament und sog den Rauch in seine Lunge, während ein paar Mediziner und Labortechniker mit schweren Wintermänteln über den OP-Anzügen aus dem Gebäude kamen, in ihre Autos stiegen und wegfuhren. Keiner grüßte ihn auch nur mit einem Winken.

Der Boden vor dem Eingang war glitschig. Grey stampfte den Schneematsch von seinen Stiefeln und trat an die Theke, wo der Wachmann ihm seine Karte abnahm und durch den Scanner zog, bevor er ihn zum Aufzug weiterwinkte. Drinnen drückte er auf den Knopf für Ebene drei.

»Warten Sie!«

Grey machte innerlich einen Satz: Richards. Einen Augenblick später trat der Mann zielstrebig in den Aufzug. An seiner Nylonjacke hing eine Wolke kalter Außenluft.

»Grey.« Richards drückte auf den Knopf für E2 und warf einen kurzen Blick auf die Uhr. »Verdammt, wo waren Sie heute Morgen?«

»Ich hab verschlafen.«

Die Tür glitt zu, und die Kabine begann ihre langsame Abwärtsfahrt.

»Glauben Sie, Sie sind hier im Urlaub? Glauben Sie, Sie können einfach aufkreuzen, wenn Sie Lust haben?«

Grey schüttelte den Kopf und schaute zu Boden. Beim bloßen Klang der Stimme dieses Mannes krampfte sich sein Arsch zusammen wie eine Faust. Nie im Leben würde Grey ihm ins Gesicht sehen.

»Mhm.«

»Mehr haben Sie nicht zu sagen?«

Grey roch seinen eigenen nervösen Schweiß – einen ranzigen Gestank wie von Zwiebeln, die zu lange im Gemüsefach gelegen hatten. Wahrscheinlich konnte Richards ihn auch riechen. »Glaub nicht.«

Richards schnupperte und sagte nichts. Grey wusste, dass er sich überlegte, was er tun sollte.

»Ich streiche Ihren Lohn für zwei Schichten«, sagte Richards schließlich und blickte fest geradeaus. »Zwölfhundert Dollar.«

Die Tür glitt auf. Sie waren auf E2.

»Das passiert nicht noch mal«, warnte Richards.

Er verließ den Aufzug und ging davon. Als die Tür sich hinter ihm schloss, ließ Grey die angehaltene Luft aus der Lunge. Zwölfhundert Dollar, das tat weh. Aber Richards … er machte Grey ziemlich nervös. Erst recht jetzt, nach der kleinen Rede, die Paulson ihm in der Kantine gehalten hatte. Grey glaubte allmählich, dass den beiden wirklich etwas zugestoßen war, dass sie nicht einfach nur verduftet waren. Er erinnerte sich an den tanzenden roten Lichtpunkt auf dem Feld. Ja, es musste so sein: Irgendetwas war passiert, und Richards hatte diesen Lichtpunkt auf Jack und Sam gerichtet.

Die Tür zur Ebene drei öffnete sich, und er sah den Sicherheitsposten, zwei Soldaten mit der orangegelben Armbinde der Wache. Er war jetzt tief unter der Erde, und am Anfang bekam er hier immer einen leichten klaustrophobischen Anfall. Über der Theke hing eine große Schrifttafel: *Zutritt für Unbefugte verboten. Biologische und radioaktive Gefahrenstoffe. Essen, Trinken, Rauchen verboten. Alle nachfolgend aufgeführten Symptome sind unverzüglich dem diensthabenden Offizier zu melden.* Die Liste, die folgte, las sich wie die Beschreibung einer ordentlichen Magen-Darm-Grippe, nur schlimmer: Fieber, Erbrechen, Schwindelgefühl, Krämpfe.

Er reichte seine Karte dem, den er als Davis kannte.

»Hey, Grey.« Davis nahm die Karte und zog sie durch den Scanner, ohne auch nur einen Blick auf den Monitor zu werfen. »Ich hab einen Witz für dich. Wie viele Kids mit Aufmerksamkeitsstörung braucht man, um eine Glühbirne einzuschrauben?«

»Keine Ahnung.«

»*Hey, wollen wir Fahrrad fahren?*« Davis lachte und schlug sich aufs Knie. Der andere Soldat zog die Stirn kraus; Grey nahm an, dass er den Witz auch nicht verstanden hatte. »Kapierst du nicht? Er hat 'ne Aufmerksamkeitsstörung. Das heißt, er kann sich nicht konzentrieren.«

»Oh. Jetzt kapier ich.«

»Das war ein *Witz,* Grey. Du musst lachen.«

»Ulkig«, brachte Grey zustande. »Aber ich muss jetzt zur Arbeit.«

Davis seufzte tief. »Immer mit der Ruhe!«

Grey trat zusammen mit Davis zurück in den Aufzug. Davis nahm einen langen silbernen Schlüssel, den er an einer Kette um den Hals trug, und schob ihn in das Schlüsselloch neben dem Knopf für E4.

»Viel Spaß da unten«, sagte er.

»Ich mache nur sauber«, sagte Grey nervös.

Davis runzelte die Stirn und schüttelte den Kopf. »Ich will darüber gar nichts wissen«, sagte er.

Im Spindraum auf E4 wechselte Grey seinen Overall gegen den Schutzanzug. Noch zwei andere Männer waren da, Reinigungskräfte wie er; der eine hieß Jude, der andere Ignacio. Auf einer großen weißen Tafel an der Wand stand eine Liste der Aufgaben für die Mitarbeiter dieser Schicht. Wortlos zogen sie sich alle drei um und verließen den Raum.

Grey hatte das Glückslos gezogen: Er hatte nichts weiter zu tun, als die Korridore zu wischen und die Mülleimer auszuleeren; die restliche Schicht musste er als Babysitter bei Zero verbringen und darauf achten, ob er etwas aß. Aus der Gerätekammer holte er seinen Mopp und was er sonst noch brauchte, und dann machte er sich an die Arbeit. Um Mitternacht war er fertig. Er ging zur Tür am Ende des ersten Korridors, zog seine Karte durch den Scanner und trat ein.

Der Raum, ungefähr sechs Meter im Quadrat, war leer. Auf

der linken Seite führte eine Luftschleuse mit zwei Kammern in die Isolierzelle. Da durchzugehen dauerte mindestens zehn Minuten, und auf dem Rückweg noch länger, weil man duschen musste. Rechts neben der Luftschleuse war das Steuerpult. Es bestand aus einer Unmenge von Lampen und Knöpfen und Schaltern; die meisten davon sagten Grey nichts, und er durfte sie auch nicht berühren. Darüber war eine dunkle Wand aus Panzerglas, und dahinter lag die Zelle.

Grey setzte sich an das Pult und schaute auf den Infrarotmonitor. Zero kauerte in der Ecke, gegenüber der Tür, die offen geblieben war, als die letzte Schicht die Kaninchen hereingebracht hatte. Der verzinkte Wagen stand noch da, mitten im Raum, mit zehn offenen Käfigen. Drei Kaninchen hockten noch drin. Grey ließ den Blick durch die Zelle wandern: Die anderen saßen überall verstreut. Unversehrt.

Kurz nach eins ging die Tür zum Korridor auf, und einer der Techniker kam herein, ein großer Hispanic namens Pujol. Er nickte Grey zu und schaute auf den Monitor.

»Frisst er immer noch nichts?«

»Mhm.«

Pujol tippte auf das Display seines Computers. Er hatte eine Gesichtshaut, die aussah, als wäre er unrasiert, auch wenn er sich gerade rasiert hatte.

»Ich hab mich da was gefragt«, sagte Grey. »Wie kommt's, dass sie das zehnte nicht fressen?«

Pujol zuckte die Achseln. »Woher soll ich das wissen? Vielleicht heben sie es sich für später auf.«

»Ich hatte mal einen Hund, der das gemacht hat«, erzählte Grey.

Pujol hakte noch ein paar Kästchen ab. »Ja, ja.« Er hob eine seiner breiten Schultern. Die Information sagte ihm nichts. »Ruf im Labor an und sag Bescheid, wenn er doch noch was frisst.«

Als Pujol gegangen war, wünschte Grey, er hätte daran gedacht, ihm noch ein paar der anderen Fragen zu stellen, die ihn beschäftigten. Zum Beispiel: Wieso überhaupt Kaninchen? Oder: Wie konnte

Zero an der Decke hängen, wie er es manchmal tat? Wieso bekam Grey inzwischen schon Gänsehaut, wenn er nur hier saß. Denn das war das Komische bei Zero, mehr noch als bei den anderen: Wenn man bei ihm war, hatte man das Gefühl, es wäre eine andere Person im Raum. Zero hatte einen Verstand, und man konnte spüren, wie dieser Verstand arbeitete. Noch fünf Stunden. Zero hatte sich nicht einen Zollbreit bewegt, seit Grey hier war. Aber die Anzeige unter dem Infrarotmonitor registrierte immer noch eine Pulsfrequenz von 102, nicht anders, als wenn er sich bewegte. Grey bereute, dass er nicht daran gedacht hatte, eine Illustrierte oder ein Kreuzworträtselheft mitzubringen, um wach zu bleiben, aber Paulson hatte ihn so sehr durcheinandergebracht, dass er es vergessen hatte. Außerdem sehnte er sich nach einer Zigarette. Viele der anderen rauchten heimlich auf dem Klo – nicht nur die Reinigungsleute, sondern auch die Techniker und sogar ein oder zwei Ärzte. Es war allgemein klar, dass man dort rauchen durfte, wenn man unbedingt musste und wenn es nicht länger als fünf Minuten dauerte, aber Grey wollte sein Glück bei Richards nicht auf die Probe stellen – nicht nach der Begegnung mit Richards im Aufzug.

Er lehnte sich auf seinem Stuhl zurück. Noch fünf Stunden. Er schloss die Augen.

Grey.

Was zum Teufel …? Grey riss die Augen auf und saß plötzlich kerzengerade.

Grey. Sieh mich an.

Es war keine Stimme, was er da hörte, nein, eigentlich nicht. Die Worte waren in seinem Kopf, fast so, als könnte er sie lesen; es waren die Worte eines anderen, aber die Stimme war seine eigene.

»Wer ist da?«

Auf dem Monitor die leuchtende Gestalt Zeros.

Ich hieß Fanning.

Und jetzt sah Grey es, als hätte jemand in seinem Kopf eine Tür geöffnet. Eine Stadt. Eine große Stadt, pulsierend von Licht. So viele Lichter, dass es aussah, als wäre der Nachthimmel auf die

Erde gefallen und bedeckte Gebäude und Brücken und Straßen. Dann trat er durch die Tür, und er fühlte und roch, wo er war: den harten, kalten Asphalt unter seinen Füßen, die schmutzigen Auspuffgase und den Geruch von Stein, die Winterluft, die sich in festen Bahnen um die Gebäude herum bewegte, sodass man immer den Wind im Gesicht spürte. Aber es war nicht Dallas oder sonst eine Stadt, in der er schon gewesen war. Es war ein kalter Ort, und es war Winter. Halb saß er am Steuerpult auf E4, und halb war er an diesem anderen Ort. Er wusste, dass seine Augen geschlossen waren.

Ich will nach Hause. Bring mich nach Hause, Grey.

Ein College, das wusste er, aber wie kam er darauf? Dass es ein College war, was er da sah? Und woher konnte er wissen, dass dies New York City war, wo er in seinem ganzen Leben noch nie gewesen war? Er kannte die Stadt nur von Bildern. Und die Gebäude um ihn herum waren die Gebäude einer Universität: Büros, Hörsäle, Wohnheime, Labors. Er ging einen Weg entlang – nein, eigentlich ging er nicht, aber er bewegte sich irgendwie voran, und Menschen strömten an ihm vorbei.

Sieh sie an.

Es waren Frauen. Junge Frauen, eingemummelt in dicke Wollmäntel und Schals, die fest um den Hals zusammengebunden waren, und manche hatten sich Mützen tief ins Gesicht gezogen, und ihr junges Haar quoll wie Seidentücher unter dem Druck dieser Halbkugeln hervor auf ihre glatt gerundeten Schultern. Sie alle strömten durch die kalte Winterluft in New York City. In ihren Augen leuchtete das Leben. Sie lachten, und sie trugen Bücher unter dem Arm oder an die schlanke Brust gedrückt und redeten in lebhaftem Ton miteinander, auch wenn er die Worte nicht hören konnte.

Sie sind schön. Sind sie nicht schön, Grey?

Ja. Sie waren schön. Warum hatte Grey das nie gewusst?

Kannst du es nicht fühlen, kannst du die Mädchen nicht riechen? Ich konnte nie genug davon bekommen, sie zu riechen. Wie

die Luft hinter ihnen süßer wird, wenn sie vorbeigehen. Dann stand ich einfach da und atmete es ein. Du riechst sie auch, nicht wahr, Grey? Wie die Jungen.

– Die Jungen.

Du erinnerst dich doch an die Jungen, nicht wahr, Grey?

Ja. Er erinnerte sich an die Jungen. Die Jungen, die von der Schule nach Hause gingen, schwitzend in der Hitze, die Büchertaschen schwer an ihren Schultern, mit feuchten Hemden, die am Körper klebten. Er erinnerte sich an den Geruch von Schweiß und Seife, von Haut und Haaren, und an den feuchten Halbmond auf ihrem Rücken, wo die Schultasche auf das Hemd drückte. Und an den einen Jungen, den Nachzügler, der jetzt die Abkürzung durch die Gasse zwischen den Häusern nahm, den schnellsten Heimweg nach der Schule: an diesen Jungen, an seine Haut, kupferbraun von der Sonne, an sein schwarzes Haar, das im Nacken klebte. Er spielte irgendein Spiel mit den Ritzen zwischen den Pflastersteinen, sodass er Grey nicht gleich bemerkte, der mit seinem Pick-up langsam hinter ihm herfuhr und dann anhielt. Wie allein er aussah …

Du wolltest ihn lieben, nicht wahr, Grey? Ihn deine Liebe spüren lassen?

Er fühlte, wie eine gewaltige, schlafende Macht in ihm schwerfällig zum Leben erwachte. Der alte Grey. Panik schnürte ihm die Kehle zu.

– Ich weiß es nicht mehr.

Doch, du weißt es noch. Aber sie haben etwas mit dir gemacht, Grey. Sie haben dir diesen Teil weggenommen, den Teil, der Liebe empfinden konnte.

– Ich hab nicht … ich kann nicht –

Er ist noch da, Grey. Er ist nur vor dir verborgen. Ich weiß es, denn dieser Teil war auch in mir verborgen. Bevor ich wurde, was ich bin.

– Was du bist.

Du und ich, wir sind gleich. Wir wissen, was wir wollen, Grey. Liebe geben, Liebe spüren. Mädchen, Jungen, das ist alles das

Gleiche. Wir wollen sie lieben, wie sie geliebt werden müssen. Willst du das, Grey? Willst du es wieder fühlen?

Er wusste es. In diesem Augenblick wusste er es.

– Ja. Das will ich.

Ich muss nach Hause, Grey. Ich will dich mitnehmen, es dir zeigen.

Und Grey sah sie wieder vor seinem geistigen Auge, als sie vor ihm heraufwuchs: die große Stadt, New York. Überall um ihn herum, summend und brummend, mit einer Energie, die jeden Stein und jeden Ziegel durchdrang und auf unsichtbaren Verbindungslinien in seine Fußsohlen strömte. Es war dunkel, und er empfand die Dunkelheit als etwas Wunderbares, zu dem er gehörte. Sie floss in ihn hinein, durch seine Kehle und in seine Lunge, und es war ein machtvolles, wohliges Ertrinken. Er war überall und nirgends zugleich, er bewegte sich nicht über die Landschaft hinweg, sondern durch sie hindurch, ein und aus, und er sog die dunkle Stadt in sich auf, die auch ihn aufsog.

Dann sah er sie. Da war sie. Ein Mädchen. Sie war allein auf dem Fußweg zwischen den Collegegebäuden – ein Wohnheim voll lachender Studenten, eine Bibliothek mit stillen Fluren, die großen Fenster von Frost beschlagen, ein leeres Büro, wo eine einsame Putzfrau mit Motown-Musik im Kopfhörer sich über einen fahrbaren Eimer beugte, um ihren Mopp auszuspülen. Er kannte das alles, er hörte das Lachen und die Laute des ruhigen Lernens, und er konnte die Bücher auf den Regalen zählen und den Text des Lieds hören, das die Frau mit dem Eimer mitsummte – *whenever you're near … dah dah … I hear a symphony* –, und da war das Mädchen vor ihm auf dem Weg, und ihre einsame Gestalt schimmerte und pulsierte von Leben. Sie kam geradewegs auf ihn zu, den Kopf vor dem Wind gesenkt, und die zierlichen, unter dem schweren Mantel gehobenen Schultern verrieten ihm, dass sie etwas Schweres trug. Das Mädchen, das eilig nach Hause ging. So allein. Sie war lange geblieben und hatte die Worte in dem Buch studiert, das sie an ihre Brust drückte, und jetzt hatte sie Angst.

Grey wusste es; er hatte ihr etwas zu sagen, bevor sie weg war. *Du hast es gern, das hast du gern, ich werde es dir zeigen ...* Er erhob sich, schwang sich auf, fiel über sie her –

Liebe sie, Grey. Nimm sie.

Dann wurde ihm schlecht. Er kippte auf seinem Stuhl nach vorn, und in einem krampfhaften Schwall entließ er den Inhalt seines Magens auf den Boden: Suppe und Salat, Rote Bete, Stampfkartoffeln und Schinken. Sein Kopf klemmte zwischen den Knien, und ein langer Faden Speichel hing an seinen Lippen.

Verdammt, was ist das? Verdammt.

Langsam richtete er sich auf, und allmählich wurde sein Kopf wieder klar. E4. Er war auf E4. Etwas war passiert. Er wusste nicht mehr, was. Ein schrecklicher Traum vom Fliegen. Im Traum hatte er etwas gegessen. Er hatte den Geschmack noch im Mund, einen Geschmack wie von Blut. Hatte er sich auf die Zunge gebissen? Und dann hatte er auf einmal gekotzt.

Kotzen, dachte er, und sein Magen krampfte sich zusammen – das war schlecht. Er wusste, worauf er zu achten hatte. Erbrechen, Fieber, Krämpfe. Oder schon ein heftiges Niesen aus heiterem Himmel. Die Schilder hingen überall, nicht nur im Chalet, sondern auch in der Baracke, im Speisesaal, sogar auf dem Lokus: »Alle nachfolgend aufgeführten Symptome sind *unverzüglich* dem diensthabenden Offizier zu melden ...«

Er dachte an Richards. Richards mit seinem kleinen tanzenden Lichtpunkt und die Männer namens Jack und Sam.

O Scheiße. O Scheiße, Scheiße, Scheiße.

Er musste schnell etwas unternehmen. Niemand durfte sie sehen, die große Kotzpfütze auf dem Boden. Er ermahnte sich zur Ruhe. Keine Panik, Grey, keine Panik. Er sah auf die Uhr: 02:31. Ausgeschlossen, dass er noch dreieinhalb Stunden abwartete. Er stand auf, ging um die Sauerei herum und öffnete leise die Tür. Ein kurzer Blick durch den Korridor: keine Menschenseele zu sehen. Tempo, das war das Entscheidende. Schnell arbeiten, und dann raus hier. Scheiß auf die Kameras; Paulson hatte wahrscheinlich

recht: Wie sollte jemand Tag und Nacht jede Minute alles beobachten? Aus der Gerätekammer holte er sich einen Mopp, und am Spülbecken ließ er Wasser in einen Eimer laufen und gab einen Becher Putzmittel dazu. Wenn jemand ihn sehen sollte, könnte er sagen, er habe etwas verschüttet, eine Cola oder einen Kaffee. Er durfte so etwas hier nicht mit reinnehmen, aber alle taten es. Er hatte eine Cola verschüttet. Tat ihm schrecklich leid. Das würde er sagen.

Er war auch nicht wirklich krank, das spürte er – nicht so, wie man bei den Tafeln denken konnte. Er schwitzte unter seinem Hemd, aber das war nur die Panik. Als er den nach Chlor riechenden Eimer aus dem tiefen Spülbecken hob, war die Botschaft seines Körpers völlig klar. Etwas anderes hatte ihn kotzen lassen, irgendetwas in diesem Traum. Das Gefühl war noch in seinem Mund, nicht nur der Geschmack an sich – eine allzu warme, klebrige Süße, die Zunge und Kehle und Zähne überzog –, sondern das Gefühl von weichem Fleisch, das zwischen seinen Kiefern nachgab und saftig zerplatzte. Als hätte er in eine verfaulte Frucht gebissen.

Er riss ein paar Meter Kreppapier aus dem Handtuchspender, holte einen Gefahrgutbeutel und ein Paar Handschuhe aus der Kammer und schleppte alles zurück in den Überwachungsraum. Die Schweinerei war zu groß, um sie einfach aufzuwischen; also kniete er sich hin und versuchte, so gut es ging, alles mit dem Papierhandtuch aufzusaugen, und die größeren Brocken schob er zu Haufen zusammen, die er mit den Händen aufheben konnte. Er stopfte alles in den Beutel und verschloss ihn fest, und dann schüttete er das Wasser mit dem Putzmittel auf den Boden und wischte es in Kreisbahnen auf. Irgendetwas klebte in Klumpen an seinen Slippern, und er wischte auch sie ab. Der Geschmack in seinem Mund war jetzt anders, wie von etwas Verdorbenem, und er musste an seinen Hund Brownbear denken, dessen Atem manchmal so gerochen hatte. Das war das einzig Unangenehme an ihm gewesen, wenn er zum Trailer zurückgekommen war und nach irgendeinem vor Wochen überfahrenen Tier gestunken hatte,

und wenn er dann seine Schnauze dicht vor Greys Gesicht gehalten hatte, um ihn auch mal schnuppern zu lassen. Grey konnte es ihm nicht verübeln, Brownbear war eben nur ein Hund, aber diesen Geruch konnte er nicht ausstehen, schon gar nicht wie jetzt in seinem eigenen Mund.

Im Spindraum zog er sich hastig um, schob seinen Schutzanzug in den Einwurf für Schmutzwäsche und fuhr mit dem Aufzug hinauf nach E3. Davis war noch da; er saß zurückgelehnt auf dem Stuhl, hatte die Füße auf sein Pult gelegt und las eine Zeitschrift. Er hatte kleine Ohrhörer drin, und seine Stiefel wippten im Takt der Musik.

»Ehrlich, ich weiß nicht, wieso ich mir dieses Zeug überhaupt noch angucke«, sagte Davis laut über die Musik hinweg. »Was hat es für einen Sinn?«

Davis ließ die Füße auf den Boden fallen und hielt Grey die Titelseite seines Hefts entgegen: zwei nackte Frauen in einer verschlungenen Umarmung, mit offenen Mündern, und ihre Zungenspitzen berührten sich. Grey fand, die Zungen sahen aus wie Muskelstränge, wie etwas, das im Deli in der Vitrine auf Eis lag. Der Anblick ließ eine neue Welle von Übelkeit in ihm aufsteigen.

»Ach, stimmt ja«, sagte Davis, als er Greys Gesicht sah, und zupfte sich die Knöpfe aus den Ohren. »Ihr steht nicht auf dieses Zeug. Sorry.« Er beugte sich vor und rümpfte die Nase. »Mann, du stinkst. Was ist das?«

»Ich glaube, ich hab was Falsches gegessen«, sagte Grey vorsichtig. »Ich muss mich kurz hinlegen.«

Davis wich entsetzt zurück. Er stieß sich von seinem Pult ab und ging auf Abstand. »Scheiße, sag das nicht.«

»Ich schwöre, mehr ist es nicht.«

»Mein Gott, Grey.« Die Augen des Sicherheitsmanns weiteten sich vor Panik. »Was soll das? Hast du Fieber oder so?«

»Ich hab nur gekotzt, weiter nichts. Auf dem Klo. Ich glaube, ich hab vielleicht zu viel gegessen. Ich muss nur für 'ne Weile die Füße hochlegen.«

Davis überlegte kurz und beäugte Grey nervös. »Na, ich hab gesehen, wie du frisst, Grey. Ihr solltet euch alle nicht so vollstopfen. Nimm's mir nicht übel, aber du siehst beschissen aus. Ich sollte das wirklich melden.«

Dann würden sie die Ebene abriegeln müssen, das wusste Grey. Und das bedeutete, dass auch Davis hier unten festsitzen würde. Was mit ihm selbst passieren würde, wusste er nicht. Er hatte auch keine Lust, darüber nachzudenken. Er war nicht wirklich krank, das wusste er. Aber etwas stimmte nicht mit ihm. Er hatte schon öfter Alpträume gehabt, doch noch keinen, von dem er hatte kotzen müssen.

»Bist du *sicher*?«, fragte Davis. »Ich meine, du würdest es mir doch sagen, wenn du wirklich krank wärst, oder?«

Grey nickte. Ein Schweißtropfen lief aus seiner Achsel an seinen Rippen herunter.

»Mann, was für ein Scheißtag.« Davis seufzte resigniert. »Na schön, warte.« Er warf Grey den Aufzugschlüssel zu und nahm das Funkgerät von seinem Gürtel. »Sag nicht, ich hätte dir nie einen Gefallen getan, okay?« Er hielt sich die Sprechmuschel vor den Mund. »Hier Posten auf drei? Wir brauchen einen Ersatzmann ...«

Aber Grey hörte nicht mehr zu. Er war schon im Aufzug verschwunden.

11

Irgendwo westlich von Randall, in Oklahoma, ein paar Meilen südlich der Grenze nach Kansas, beschloss Wolgast, sich zu stellen.

Sie parkten in einer Waschanlage an einer Landstraße; welche genau, hatte er längst vergessen. Bald würde der Morgen dämmern. Amy lag zusammengerollt wie ein Bärenjunges auf dem Rücksitz des Tahoe und schlief tief und fest. Drei Stunden lang waren sie durch die Gegend gerast. Doyle hatte einen Weg gewiesen, den er eilig auf dem Navi zusammengestoppelt hatte, und eine Kette von Lichtern hatte in der Ferne hinter ihnen geblitzt. Manchmal verblasste sie, wenn sie irgendwo abbogen, aber sie formierte sich immer wieder neu und blieb ihnen auf der Spur. Um kurz nach zwei Uhr morgens hatte Wolgast die Autowaschanlage gesehen; auf gut Glück war er hineingefahren, und jetzt saßen sie im Dunkeln und hörten, wie die Streifenwagen vorbeijagten.

»Was meinen Sie, wie lange sollten wir warten?«, fragte Doyle. Das Gepluster war ihm vergangen.

»Eine Weile«, sagte Wolgast. »Die sollen ein bisschen Abstand zwischen uns bringen.«

»Aber das verschafft ihnen nur Zeit, Straßensperren an der Grenze zu Kansas aufzubauen. Oder zurückzukommen, wenn sie merken, dass sie uns verloren haben.«

»Wenn Sie eine bessere Idee haben, würde ich sie gern hören«, sagte Wolgast.

Doyle dachte kurz nach. Die großen Reinigungsbürsten, die über der Windschutzscheibe hingen, ließen den Raum im Wagen enger erscheinen. »Eigentlich nicht, nein.«

Also blieben sie, wo sie waren. Jeden Augenblick rechnete Wolgast damit, dass die Waschanlage in hellem Licht erstrahlte und die Lautsprecherstimme eines State Troopers ihnen befahl, mit erhobenen Händen herauszukommen. Aber noch war es nicht passiert. Sie hatten jetzt wieder Verbindung zum Mobilfunknetz, allerdings war es ein analoges Netz und ließ sich nicht verschlüsseln; deshalb konnten sie niemandem sagen, wo sie waren.

»Hören Sie«, sagte Doyle, »es tut mir leid, was da gelaufen ist.«

Wolgast war zu müde, um sich darauf einzulassen. Die Kirmes schien weit weg zu sein. »Vergessen Sie's.«

»Wissen Sie, die Sache ist die: Ich mochte diesen Job wirklich. Das FBI und alles, was damit zusammenhängt. Es war genau das, was ich immer tun wollte.« Doyle holte tief Luft und berührte einen Tropfen Kondenswasser am Beifahrerfenster. »Was glauben Sie, was jetzt passieren wird?«

»Keine Ahnung.«

Doyle runzelte bissig die Stirn. »Doch, das wissen Sie. Dieser Kerl, Richards. Sie hatten recht mit ihm.«

Fahles Licht drang durch die Fenster der Waschanlage. Wolgast sah auf die Uhr; es war kurz vor sechs. Sie hatten so lange gewartet, wie es ging. Er drehte den Zündschlüssel im Schloss und fuhr den Tahoe rückwärts aus der Waschanlage.

Amy erwachte. Sie setzte sich auf, rieb sich die Augen und sah sich um. »Ich habe Hunger«, verkündete sie.

Wolgast sah Doyle an. »Wie wär's mit Frühstück?«

Doyle zögerte. Wolgast sah seinem Gesicht an, dass ihm eine Erkenntnis dämmerte. Er begriff, was Wolgast ihm damit sagen wollte: Es ist aus.

»Warum nicht.«

Wolgast wendete den Tahoe und fuhr zurück in die Richtung, aus der sie gekommen waren: in die Stadt Randall. Die Hauptstraße dort machte nicht viel her; sie reichte vielleicht über ein halbes Dutzend Blocks. Alles sah verlassen aus. Die meisten Fenster waren mit Papier verklebt oder mit Seifenlauge gestrichen. Wahrscheinlich gab es einen Wal-Mart in der Nähe, dachte Wolgast, oder einen anderen großen Supermarkt, der eine Kleinstadt wie Randall glatt von der Landkarte verschwinden ließ. Am Ende des Blocks fiel ein Lichtquadrat über die Straße, davor parkte ein halbes Dutzend Pick-ups schräg vor dem Bordstein.

»Frühstück«, verkündete er.

Das Restaurant bestand aus einem einzigen schmalen Raum. Die verkleidete Decke war fleckig von dem Zigarettenrauch und Fettdunst vieler Jahre. Auf der einen Seite erstreckte sich eine lange Theke, und gegenüber war eine Reihe von Tischen mit gepolsterten hochlehnigen Sitzbänken. Es roch nach Kaffee und brutzelnder Butter. Ein paar Männer in Jeans und Arbeitshemden saßen an der Theke; ihre breiten Rücken beugten sich über Kaffeebecher und Teller mit Eiern. Die drei setzten sich an einen Tisch im hinteren Teil. Die Kellnerin, eine Frau mittleren Alters mit breiten Hüften und klaren grauen Augen, brachte ihnen Kaffee und Speisekarten.

»Was kann ich den Herren bringen?«

Doyle erklärte, er habe keinen Hunger und bleibe beim Kaffee. Wolgast sah zu der Frau auf. Sie trug ein Namensschild: Luanne. »Was ist denn gut hier, Luanne?«

»Ist alles gut, wenn Sie Hunger haben.« Sie lächelte unverbindlich. »Die Maisgrütze ist nicht schlecht.«

Wolgast nickte und reichte ihr seine Speisekarte. »Okay.«

Die Frau sah Amy an. »Und für die Kleine? Was möchtest du denn, Süße?«

Amy hob den Blick von der Karte. »Pfannkuchen.«

»Und ein Glas Milch«, fügte Wolgast hinzu.

»Kommt sofort«, sagte die Frau. »Die werden dir schmecken, Süße. Der Koch macht sie besonders schön.«

Amy hatte ihren Rucksack mitgenommen. Wolgast ging mit ihr nach hinten zur Damentoilette, damit sie sich frisch machen konnte. »Soll ich mit reinkommen?«

Amy schüttelte den Kopf.

»Wasch dir das Gesicht und putz dir die Zähne«, sagte er. »Und bürste dir auch die Haare.«

»Fahren wir immer noch zu dem Doktor?«

»Ich glaube nicht. Wir werden sehen.«

Wolgast kehrte zum Tisch zurück. »Hören Sie«, sagte er leise zu Doyle. »Ich möchte nicht in eine Straßensperre fahren. Das könnte schiefgehen.«

Doyle nickte. Es war klar, was er meinte. Bei so vielen Schusswaffen konnte leicht jemand nervös werden. Ehe man sichs versah, wäre der Tahoe von Kugeln durchlöchert, und alle wären tot.

»Was ist mit dem Bezirksstaatsanwalt in Wichita?«

»Zu weit. Ich weiß nicht, wie wir da hinkommen sollen. Und ich glaube, in dieser Situation wird kein Mensch zugeben, dass er je von uns gehört hat. Das alles ist völlig inoffiziell.«

Doyle starrte in seinen Kaffeebecher. Er sah abgespannt und resigniert aus, und Wolgast empfand jähes Mitgefühl für ihn. Auf all das war der junge Mann nicht gefasst gewesen.

»Sie ist ein gutes Kind«, sagte Doyle und seufzte tief durch die Nase. »*Fuck.*«

»Ich glaube, mit der Ortspolizei wird es besser laufen. Entscheiden Sie selbst, was Sie tun wollen. Ich gebe Ihnen den Schlüssel, wenn Sie wollen. Ich werde der Polizei alles sagen, was ich weiß. Ich glaube, so haben wir die größten Chancen.«

»So hat *sie* die größten Chancen, meinen Sie.« Es war kein Vorwurf. Doyle konstatierte lediglich eine Tatsache.

»Ja. So hat sie die größten Chancen.«

Das Essen kam, als Amy von der Toilette zurückkehrte. Der Koch hatte ihre Pfannkuchen so dekoriert, dass sie aussahen

wie ein Clownsgesicht, mit Schlagsahne aus der Sprühdose und Blaubeeren als Augen und Mund. Amy goss Sirup über alles und machte sich darüber her; abwechselnd nahm sie einen großen Bissen Pfannkuchen und einen Schluck Milch. Es tat gut, ihr beim Essen zuzusehen.

Wolgast stand vom Tisch auf, als sie fertig waren, und ging in den kleinen Flur vor den Toiletten. Er wollte seinen BlackBerry nicht benutzen, und das Gerät lag außerdem im Tahoe. Er hatte dort hinten ein Münztelefon gesehen, eine Antiquität. Er wählte Lilas Nummer in Denver, aber das Telefon klingelte und klingelte, und als der Anrufbeantworter sich einschaltete, wusste er nicht, was er sagen sollte, und legte wieder auf. Wenn David ihn abhörte, würde er seine Nachricht sowieso gleich löschen.

Als er zum Tisch zurückkam, war die Kellnerin dabei, das Geschirr abzuräumen. Er ließ sich die Rechnung geben und ging zur Kasse. »Gibt es hier in der Nähe eine Polizeiwache?«, fragte er die Frau, während er ihr das Geld gab. »Einen Sheriff oder so was?«

»Drei Blocks weiter«, sagte sie und legte die Scheine in die Kasse. »Aber so weit brauchen Sie gar nicht zu laufen.« Mit einem *ka-tsching* schloss sie die Kassenschublade. »Kirk da drüben ist Deputy Sheriff. Stimmt's, Kirk?«

»Ach, hör auf, Luanne. Ich bin beim Essen.«

Wolgast schaute zu ihm hinüber. Kirk saß vor einem Teller French Toast. Er hatte Hängebacken und große wettergegerbte Hände. Er trug Zivil – eine enge Wrangler, die unter seinem Bauch zusammengeschnürt war, und eine fettfleckige Carhartt-Jacke in der Farbe von verbranntem Toast. In einer Stadt wie dieser hatte er wahrscheinlich drei verschiedene Jobs.

Wolgast ging zu ihm. »Ich muss eine Entführung melden«, sagte er.

Der Mann drehte sich auf dem Hocker um, wischte sich mit einer Serviette den Mund ab und starrte Wolgast ungläubig an. »Wovon reden Sie?« Er war unrasiert, und sein Atem roch nach Bier.

»Sehen Sie das Mädchen da drüben? Das ist die, die überall gesucht wird. Ich nehme an, Sie haben's in den Nachrichten mitbekommen.«

Der Mann schaute zu Amy hinüber und sah dann Wolgast an. Er riss die Augen auf. »Scheiße. Das soll wohl ein Witz sein. Die aus Homer drüben?«

»Er hat recht.« Luanne strahlte und zeigte auf Amy. »Ich hab's im Fernsehen gesehen. Das ist das Mädchen. Du bist es, nicht wahr, Schätzchen?«

»Da soll mich doch ...« Kirk stemmte sich von seinem Hocker hoch. Es war still geworden. Alle Gäste sahen jetzt zu. »Die State Police sucht sie überall. Wo haben Sie sie denn gefunden?«

»Wir sind diejenigen, die sie entführt haben«, erklärte Wolgast. »Wir sind die Kidnapper. Ich bin Special Agent Wolgast, und das ist Special Agent Doyle. Sagen Sie hallo, Phil.«

Doyle winkte matt herüber. »Hi.«

»Special Agent? Sie meinen, vom FBI?«

Wolgast zog seinen Ausweis aus der Tasche und legte ihn auf die Theke, damit Kirk ihn sehen konnte. »Ist ziemlich schwer zu erklären.«

»Und *Sie* haben das Kind entführt.«

Wolgast nickte. »Wir möchten uns stellen, Deputy. Sobald Sie fertig gefrühstückt haben.«

Einer der anderen Männer an der Theke kicherte.

»Oh, ich bin fertig«, sagte Kirk. Er hielt immer noch Wolgasts Ausweis in der Hand und studierte ihn, als könnte er nicht glauben, was er da sah. »Leck mich am Arsch. Heilige Scheiße.«

»Na los, Kirk.« Der andere Mann lachte. »Verhafte die beiden, wenn sie das wollen. Du weißt doch noch, wie das geht, oder?«

»Halt mal die Klappe, Frank. Ich muss nachdenken.« Kirk sah Wolgast betreten an. »Sorry, aber es ist 'ne Weile her. Hauptsächlich grabe ich Brunnen. Ist ja nicht viel los hier, höchstens mal 'n paar Besoffene und Ruhestörer, und so einer bin ich die halbe Zeit selber. Ich hab nicht mal Handschellen oder so was.«

»Das macht nichts«, sagte Wolgast. »Wir können Ihnen welche leihen.«

Er wies Kirk an, den Tahoe zu beschlagnahmen, aber Kirk sagte, dazu müsse er später noch einmal zurückkommen. Sie lieferten ihre Waffen ab und kletterten alle zusammen in Kirks Pick-up, um die drei Blocks zum Rathaus zu fahren, einem zweigeschossigen Backsteinbau, über dessen Eingang in großen Blockbuchstaben das Jahr 1854 stand. Die Sonne war aufgegangen und badete die Stadt in einem flachen gedämpften Licht. Als sie aus dem Laster stiegen, hörte Wolgast in einer Gruppe von Pappeln mit zarten grünen Knospen die Vögel singen. Er empfand eine Art beschwingte Fröhlichkeit und erkannte, dass es Erleichterung war. Während der Fahrt in der engen Kabine des Pick-ups hatte er Amy auf dem Schoß gehalten. Jetzt kniete er vor ihr und legte ihr die Hände auf die Schultern.

»Ich möchte, dass du alles tust, was der Mann dir sagt, okay? Er wird mich in eine Zelle sperren, und wahrscheinlich werde ich dich eine Zeitlang nicht wiedersehen.«

»Ich will bei dir bleiben«, sagte sie.

Er sah, dass ihre Augen sich mit Tränen füllten, und ein Kloß stieg ihm in die Kehle. Aber er wusste, dass er das Richtige tat. Die Oklahoma State Police würde sehr bald in hellen Scharen hier einfallen, sobald Kirk die Festnahme gemeldet hätte, und dann wäre Amy in Sicherheit.

»Ich weiß«, sagte er und lächelte, so gut er konnte. »Alles wird gut werden. Das verspreche ich dir.«

Das Büro des Sheriffs lag im Keller. Kirk hatte ihnen doch keine Handschellen angelegt, als er sah, wie fügsam sie waren. Er brachte sie außen um das Gebäude herum und zu einer Treppe, die in einen niedrigen Raum hinunterführte. Hier standen zwei Metallschreibtische, ein Gewehrschrank voller Schrotflinten und eine Reihe Aktenschränke. Das einzige Licht fiel durch zwei Oberlichter herein; die Kellerschächte außen davor waren mit Laub verstopft. Das Büro war leer. Die Frau, die hier die Telefone bediente,

kam erst um acht, erklärte Kirk, als er das Licht einschaltete. Was den Sheriff anging – kein Mensch wusste, wo der steckte. Fuhr wahrscheinlich irgendwo durch die Gegend.

»Um die Wahrheit zu sagen«, gestand er, »bin ich mir nicht mal so sicher, wie man eine Verhaftung richtig durchzieht. Ich versuche lieber, ihn per Funk zu erreichen.«

Er fragte Wolgast und Doyle, ob sie etwas dagegen hätten, in einer Zelle zu warten. Es gab nur eine, und die war zum großen Teil vollgestellt mit Pappkartons, aber für die beiden war noch Platz. Wolgast sagte, das sei okay. Kirk führte sie zu der Zelle, schloss die Tür auf, und Wolgast und Doyle gingen hinein.

»Ich möchte auch in die Zelle«, sagte Amy.

Kirk runzelte ungläubig die Stirn. »Das ist die merkwürdigste Entführung, von der ich je gehört hab.«

»Ist schon recht«, sagte Wolgast. »Sie kann bei mir warten.«

Kirk dachte kurz darüber nach. »Okay. Zumindest so lange, bis mein Schwager kommt.«

»Wer ist Ihr Schwager?«

»John Price«, sagte er. »Er ist der Sheriff.«

Kirk setzte sich ans Funkgerät, und zehn Minuten später kam ein Mann in einer eng sitzenden Khakiuniform hereinmarschiert und ging geradewegs nach hinten zu der Zelle. Er war klein und hatte die Figur eines schlanken, muskulösen Jungen; er war höchstens eins sechzig groß, trotz der hohen Absätze seiner Cowboystiefel, die aus irgendeinem edlen Material zu sein schienen – aus Eidechsen- oder Straußenleder, vermutete Wolgast. Wahrscheinlich trug er diese Stiefel, um ein bisschen größer zu erscheinen.

»Ja, heilige Scheiße«, sagte er mit einer überraschend tiefen Stimme. Er stemmte die Hände in die Hüften und musterte sie von oben bis unten. Ein kleines Stück Papier klebte an seinem Kinn; er hatte sich geschnitten, als er sich hastig rasierte. »Sie sind vom FBI?«

»Jawohl.«

»Na, das ist ja ein schöner Schlamassel.« Er sah Kirk an. »Wieso hast du das Kind eingesperrt?«

»Sie wollte es.«

»Mein Gott, Kirk, du kannst doch kein Kind da einsperren. Hast du die beiden anderen erkennungsdienstlich behandelt?«

»Ich hab damit gewartet, bis du kommst.«

Price seufzte genervt. »Weißt du«, sagte er und verdrehte die Augen, »du musst wirklich an deinem Selbstvertrauen arbeiten, Kirk. Wir haben darüber schon gesprochen. Du lässt dich von Luanne und den anderen zu oft runterputzen.« Als Kirk nicht antwortete, fuhr er fort: »Na, dann setz ich mich mal ans Telefon. Ich weiß, dass sie überall Himmel und Hölle in Bewegung gesetzt haben, um die Kleine zu suchen.« Er sah Amy an. »Alles okay, Kind?«

Amy, die neben Wolgast auf der Betonbank saß, nickte kurz.

»Sie hat gesagt, sie will es so«, wiederholte Kirk.

»Ist mir egal, was sie gesagt hat.« Kirk nahm einen Schlüssel aus einem Fach an seinem Gürtel und schloss die Zelle auf. »Komm, Kindchen«, sagte er und streckte eine Hand aus. »Der Knast ist kein Ort für dich. Wir besorgen dir 'ne Limo oder so was. Und, Kirk – ruf Mavis an, ja? Sag ihr, wir brauchen sie hier, und zwar pronto.«

Als sie allein waren, legte Doyle, der zusammengesunken auf der Betonbank saß, den Kopf in den Nacken und schloss die Augen. »Mein Gott«, stöhnte er, »das ist wie aus einer Folge von *Beverly Hillbillies.*«

Ungefähr eine halbe Stunde verging. Wolgast hörte, wie Kirk und Price nebenan redeten. Sie beratschlagten, was sie tun und wen sie als Erstes anrufen sollten. Die State Police? Den Bezirksstaatsanwalt? Bis jetzt hatten sie noch nicht mal ihre Personalien aufgenommen. Aber das machte nichts; das würde schon noch passieren. Wolgast hörte, wie die Tür aufging, und dann sprach eine Frauenstimme mit Amy und sagte ihr, was für ein hübsches kleines Mädchen sie sei; sie fragte nach dem Namen ihres Hasen, und ob sie vielleicht ein Eis haben wolle; der Laden um die Ecke werde gleich öffnen, und dann könne sie hingehen und ihr eins kaufen. Das alles war genau so, wie Wolgast es vorausgesehen

hatte, als er in der dunklen Waschanlage im Tahoe gesessen und beschlossen hatte, sich zu stellen. Er war froh, dass er es getan hatte, und diese Zelle, die vermutlich die erste von vielen Zellen in seinem Leben war, kam ihm gar nicht so übel vor. Er fragte sich, ob Anthony Carter genauso empfunden, ob er sich auch gesagt hatte: *Dies ist von jetzt an mein Leben.*

Price kam mit dem Schlüssel in der Hand ans Gitter. »Die State Police ist unterwegs«, sagte er und wippte auf seinen Absätzen vor und zurück. »Hört sich an, als hätten Sie in ein echtes Wespennest gestochen.« Er warf zwei Paar Handschellen durch das Gitter. »Ich schätze, Sie wissen, wie man damit umgeht.«

Doyle und Wolgast legten sich die Handschellen an. Price schloss die Zellentür auf und führte sie nach vorn ins Büro. Amy saß auf einem Klappstuhl vor dem Schreibtisch; sie hatte ihren Rucksack auf dem Schoß und aß eine Eiswaffel. Eine großmütterliche Frau in einem grünen Hosenanzug saß neben ihr und zeigte ihr ein Malbuch.

»Er ist mein Daddy«, sagte Amy zu ihr.

»Der da?« Die Frau drehte sich um. Sie hatte dunkel gemalte Augenbrauen, und ihr rabenschwarzes Haar saß wie ein Helm auf dem Kopf. Es war eine Perücke. Sie sah Wolgast verwundert an und wandte sich dann wieder Amy zu. »Der Mann da ist dein Daddy?«

»Ist schon gut«, sagte Wolgast.

»Das ist mein Daddy«, wiederholte Amy. Ihre Stimme klang streng und belehrend. »Daddy, wir müssen *jetzt sofort* gehen.«

Price hatte ein Fingerabdruckset hervorgeholt, und hinter ihnen stellte Kirk Leinwand und Kamera für die erkennungsdienstlichen Fotos auf.

»Was soll das jetzt?«, fragte Price.

»Das ist eine lange Geschichte«, sagte Wolgast nur.

»Daddy, *sofort*«, sagte Amy.

Wolgast hörte, wie hinter ihm die Tür aufging. Die Frau hob den Kopf. »Kann ich Ihnen helfen?«

»Hey, guten Morgen«, sagte eine Männerstimme, die irgendwie vertraut klang. Price hielt Wolgasts rechte Hand beim Handgelenk fest, um seine Finger über das Stempelkissen zu rollen. Dann sah Wolgast Doyles Gesicht, und er wusste Bescheid.

»Ist hier das Büro des Sheriffs?«, fragte Richards. »Hey, alle miteinander. Wow, sind die Dinger alle echt? Das sind aber viele Gewehre. Hier, ich muss Ihnen was zeigen.«

Wolgast drehte sich um und sah gerade noch, wie Richards der Frau in die Stirn schoss. Ein einziger Schuss aus nächster Nähe, durch den langen Schalldämpfer zu einem leisen Schlag gedämpft: Sie kippte auf dem Stuhl zurück, die Augen erschrocken aufgerissen, die Perücke verrutscht. Ein zarter Blutschleier wehte nass hinter ihr auf den Boden. Ihre Arme hoben und senkten sich und lagen dann still.

»Sorry«, sagte Richards und verzog schmerzlich das Gesicht. Er trat um den Schreibtisch herum. Es roch stechend nach Schießpulver. Price und Kirk standen starr vor Angst und mit offenen Mündern da. Vielleicht war es auch nicht Angst, was sie empfanden, sondern stumme Fassungslosigkeit. Als wären sie plötzlich in einen Film hineingeraten, den sie nicht verstanden.

»Hey«, sagte Richards und hob die Pistole. »Stehen Sie still. Genau so. Superduper.« Er erschoss sie beide.

Niemand rührte sich. Alles hatte sich mit einer seltsamen, traumartigen Langsamkeit abgespielt und war doch nach einem Augenblick vorbei. Wolgast sah die Frau an und dann die beiden Toten auf dem Boden, Price und Kirk. Wie überraschend der Tod war, wie unwiderruflich und endgültig. Amy starrte auf das Gesicht der Toten. Sie hatte nur zwei Schritte entfernt gesessen, als Richards die Frau erschossen hatte. Der Mund der Frau stand offen, als wollte sie etwas sagen. Blut rieselte über ihre Stirn herunter und verteilte sich in den tiefen Falten ihres Gesichts, verbreitete sich fächerförmig wie ein Flussdelta. Amys Hand umklammerte die schmelzenden Überreste ihrer Eiswaffel, und wahrscheinlich lag ein wenig davon jetzt in ihrem Mund und überzog ihre Zunge

mit seiner Süße. Eine kleine Absonderlichkeit, dachte Wolgast: Für den Rest ihres Lebens würde der Geschmack von Eiscreme dieses Bild heraufbeschwören.

»*Fuck!*«, sagte Doyle. »Sie haben sie erschossen, verdammt!«

Price war mit dem Gesicht voran hinter seinem Tisch zu Boden gefallen. Richards kniete neben dem Toten nieder und klopfte seine Taschen ab, bis er den Schlüssel für die Handschellen gefunden hatte. Er warf ihn Wolgast zu und winkte Doyle müde mit seiner Waffe zu, als dieser die Vitrine mit den Schrotflinten beäugte.

»Würde ich nicht machen«, warnte Richards, und Doyle setzte sich.

»Sie werden uns nicht erschießen?«, sagte Wolgast, als er die Hände frei hatte.

»Vorläufig nicht«, sagte Richards.

Amy hatte angefangen zu weinen, und ihre Brust verkrampfte sich in einem Schluckauf. Wolgast gab Doyle den Schlüssel zurück, nahm sie auf den Arm und drückte sie an sich. Sie erschlaffte an seiner Brust. »Es tut mir leid, es tut mir leid.« Etwas anderes fiel ihm nicht ein.

»Das ist sehr rührend«, sagte Richards und reichte Doyle den kleinen Rucksack mit Amys Habseligkeiten, »aber wenn wir jetzt nicht gehen, werde ich noch sehr viel mehr Leute erschießen, und ich finde, ich hatte jetzt schon einen sehr ausgefüllten Morgen.«

Wolgast dachte an das Restaurant. Möglicherweise waren auch dort alle tot. Er fühlte Amys Schluckauf an seiner Brust, und ihre Tränen durchnässten sein Hemd. »Verdammt noch mal, sie ist ein *Kind.*«

Richards runzelte die Stirn. »Wieso sagt jeder das dauernd?« Er deutete mit der Pistole zur Tür. »Gehen wir.«

Der Tahoe wartete draußen in der Morgensonne; er parkte neben Price' Streifenwagen. Richards befahl Doyle zu fahren und setzte sich mit Amy auf den Rücksitz. Wolgast fühlte sich absolut hilflos; nach allem, was er getan, nach Hunderten Entscheidungen, die er getroffen hatte, konnte er jetzt nur noch gehorchen.

Richards dirigierte sie aus der Stadt hinaus und auf ein freies Feld, auf dem ein Hubschrauber mit schlanken schwarzen Umrissen stand. Als sie herankamen, begann der Rotor sich zu drehen. Wolgast hörte Sirenengeheul in der Ferne, das immer näher kam.

»Beeilung jetzt.« Richards wedelte mit seiner Waffe.

Sie stiegen in den Hubschrauber und waren im nächsten Augenblick in der Luft. Wolgast hielt Amy fest umschlungen. Er fühlte sich wie in Trance oder in einem Traum – in einem furchtbaren, unbeschreiblichen Traum, in dem ihm alles, was er sich jemals im Leben gewünscht hatte, genommen wurde, ohne dass er etwas dagegen tun konnte. Er hatte diesen Traum schon öfter geträumt; es war ein Traum, in dem er sterben wollte, aber nicht konnte. Der Hubschrauber flog eine Steilkurve, die einen Blick auf die lehmigen Felder eröffnete. Weiter hinten raste eine Kolonne von Polizeiwagen die Straße entlang. Wolgast zählte neun Fahrzeuge. Vorn im Cockpit deutete Richards durch die Scheibe und sagte etwas zu dem Piloten, der den Hubschrauber daraufhin in die entgegengesetzte Richtung kurven und dann auf der Stelle schweben ließ. Die Streifenwagen kamen immer näher und waren nur noch wenige hundert Meter vom Tahoe entfernt. Richards bedeutete Wolgast durch ein Handzeichen, er solle einen Kopfhörer aufsetzen.

»Jetzt passen Sie auf«, sagte er dann.

Bevor Wolgast etwas sagen konnte, erstrahlte ein gleißender Lichtblitz wie von einer gigantischen Kamera, und ein Stoß erschütterte den Hubschrauber. Wolgast umfasste Amys Taille und drückte sie an sich. Als er wieder aus dem Fenster schaute, war von dem Tahoe nur noch ein rauchendes Loch im Boden zurückgeblieben, so groß, dass ein Haus hineingepasst hätte. Er hörte Richards' Lachen im Kopfhörer. Der Helikopter legte sich auf die Seite, und die Beschleunigung presste sie in die Sitze, als er mit ihnen davonflog.

12

Er war ein toter Mann, so viel stand fest. Wolgast hatte sich damit abgefunden; er wusste, dass es unvermeidbar war. Wenn alles vorbei wäre – ganz gleich, wie es verlaufen mochte –, würde Richards ihn irgendwo in einen Raum führen, ihn mit dem gleichen kühlen Blick ansehen, mit dem er Price und Kirk angesehen hatte, prüfend, als versuchte er, eine Billardkugel anzuvisieren oder eine Papierkugel in den Abfallkorb zu werfen, und das wäre dann das Ende.

Möglich, dass Richards ihn dazu auch ins Freie bringen würde. Wolgast hoffte, er könnte Bäume sehen und die Sonne auf der Haut fühlen, bevor Richards ihm eine Kugel in den Kopf jagte. Vielleicht würde er sogar darum bitten. Hätten Sie was dagegen?, würde er sagen. Wenn es nicht zu viele Umstände macht. Ich würde gern die Bäume ansehen.

Er war jetzt seit siebenundzwanzig Tagen auf dem Gelände. Nach seiner Zählung war es die dritte Aprilwoche. Wo Amy oder Doyle war, wusste er nicht. Sie waren sofort nach der Landung getrennt worden; Richards und ein paar bewaffnete Soldaten hatten Amy weggebracht, und Wolgast und Doyle waren von einer eigenen Eskorte in die andere Richtung abgeführt worden, aber dann hatte man sie auch getrennt. Eine Schlussbesprechung hatte nicht stattgefunden. Zuerst hatte er sich gewundert, aber als

genug Zeit vergangen war, hatte er begriffen, weshalb. Es hatte keinen offiziellen Einsatz gegeben. Es gab keine Schlussbesprechung, weil seine Geschichte genau das war: eine Geschichte.

Für ihn gab es nur noch eine Frage zu klären: Warum hatte Richards ihn nicht einfach gleich erschossen?

Das Zimmer, in dem sie ihn eingesperrt hatten, sah aus wie in einem billigen Motel, aber schlichter: kein Teppichboden, keine Vorhänge an dem einzigen Fenster, schweres, am Boden verschraubtes Anstaltsmobiliar. Ein winziges Bad mit einem eiskalten Fußboden. Ein Gewirr von Drähten an der Wand, wo einmal ein Fernseher gewesen war. Die Tür zum Flur war dick und wurde mit einem Summer von außen geöffnet. Seine einzigen Besucher waren die Männer, die ihm die Mahlzeiten brachten: schweigsame, schwerfällige Gestalten in braunen Overalls ohne irgendeine Kennzeichnung, die ihm das Tablett mit seinem Essen auf den kleinen Tisch stellten, an dem Wolgast den größten Teil des Tages mit Sitzen und Warten verbrachte. Wahrscheinlich tat Doyle das Gleiche, wenn Richards ihn nicht schon erschossen hatte.

Die Aussicht draußen war nicht weiter bemerkenswert, ein kümmerlicher Kiefernwald, aber manchmal stand Wolgast trotzdem stundenlang am Fenster und schaute hinaus. Es wurde Frühling. Der Wald troff von schmelzendem Schnee, und überall hörte man plätscherndes Wasser; es tropfte von Dächern und Ästen und lief in die Abflüsse. Wenn er sich auf die Zehenspitzen stellte, konnte er hinter den Bäumen einen Zaun erkennen, vor dem sich Gestalten bewegten. Eines Nachts am Anfang der vierten Woche seiner Gefangenschaft zog ein schweres Unwetter durch, von fast biblischer Gewalt: Der Donner rollte die ganze Nacht hindurch über die Berge, und als er am Morgen aus dem Fenster schaute, sah er, dass der Winter vorbei war. Der Regen hatte ihn fortgeschwemmt.

Eine Zeitlang hatte er versucht, mit den Männern zu sprechen, die ihm das Essen und jeden zweiten Tag einen sauberen OP-Anzug und Schlappen brachten. Er hatte zumindest versucht, sie nach

ihren Namen zu fragen, aber keiner hatte auch nur ein einziges Wort gesagt. Sie wirkten plump; ihre Bewegungen waren schwerfällig und ungenau, ihre Gesichter betäubt und phlegmatisch wie die der Untoten in einem alten Film. Wandelnde Leichen, die sich vor einem Farmhaus versammelten und stöhnend über die eigenen Füße stolperten, gekleidet in die zerfetzten Uniformen ihres früheren Lebens: Als Junge hatte er solche Filme geliebt, ohne zu begreifen, wie wahr sie tatsächlich waren. Was, dachte Wolgast, waren die lebenden Toten anderes als eine Metapher für den langen, planlosen Marsch des mittleren Alters?

Es war möglich, begriff er, dass das Leben eines Menschen nichts weiter war als eine lange Serie von Fehlern, und das Ende, wenn es dann kam, war auch nur ein weiteres Ergebnis falscher Entscheidungen. Das Dumme war, die meisten dieser Fehler waren von anderen Leuten geborgt. Man übernahm ihre schlechten Ideen und machte sie aus irgendwelchen Gründen zu seinen eigenen. Das war die Wahrheit, die er auf dem Karussell mit Amy erfahren hatte, obwohl der Gedanke schon seit einer Weile in ihm keimte, eigentlich fast seit einem Jahr. Jetzt hatte Wolgast mehr als genug Zeit, um darüber nachzudenken. Man konnte einem Mann wie Anthony Carter nicht in die Augen sehen, ohne es zu bemerken. Es war, als hätte er an jenem Abend in Oklahoma die erste richtige Idee seit Jahren gehabt. Die erste seit Lila, seit Eva. Aber Eva war gestorben, drei Wochen vor ihrem ersten Geburtstag. Und seit jenem Tag wandelte er auf Erden wie die lebenden Toten oder wie ein Mann, der einen Geist bei sich trug, den leeren Raum in seinen Armen, wo Eva gewesen war. Darum hatte er so gut mit Carter und den anderen umgehen können: Er war genau wie sie.

Er fragte sich, wo sie war und was mit ihr passierte. Hoffentlich war sie nicht einsam und hatte keine Angst. Das war mehr als eine Hoffnung: Er bewahrte diesen Gedanken mit der Inbrunst eines Gebets und versuchte, mit der Kraft seines Geistes zu bewirken, dass es so war. Wolgast fragte sich, ob er sie je wiedersehen würde, und bei diesem Gedanken stand er von seinem Stuhl auf und trat

ans Fenster, als wollte er sie dort draußen in den schrägen Schatten der Bäume suchen. Und irgendwie vergingen wieder ein paar Stunden, und nur der Wechsel des Lichts, das durch das Fenster hereinfiel, markierte den Fortgang der Zeit zusammen mit dem Kommen und Gehen der Männer mit seinem Essen, das er meist kaum anrührte. Nachts schlief er einen traumlosen Schlaf, der ihn morgens benommen aufwachen ließ; dann waren seine Arme und Beine schwer wie Blei. Er fragte sich, wie viel Zeit er noch hatte.

Am Morgen des vierunddreißigsten Tages kam jemand. Es war Sykes, aber er war verändert. Der Mann, den er vor einem Jahr kennengelernt hatte, war gepflegt gewesen. Der hier trug immer noch die gleiche Uniform, aber er sah aus, als hätte er darin unter einer Autobahnbrücke geschlafen. Die Uniform war zerknautscht und fleckig; graue Bartstoppeln wuchsen an Kinn und Wangen, und seine Augen waren blutunterlaufen wie die eines Boxers nach mehreren Runden gegen einen übermächtigen Gegner. Er ließ sich schwer auf einen Stuhl an Wolgasts Tisch fallen, verschränkte die Hände, räusperte sich und sprach.

»Ich komme, um Sie um einen Gefallen zu bitten.«

Wolgast hatte seit Tagen kein Wort mehr gesprochen. Als er antworten wollte, war seine Luftröhre halb verstopft, zugequollen nach dem langen Schweigen. Seine Stimme war ein Krächzen.

»Mit Gefälligkeiten bin ich fertig.«

Sykes atmete tief ein. Ein schaler Geruch ging von ihm aus, nach getrocknetem Schweiß und Polyester. Einen Moment lang ließ er den Blick in dem kleinen Zimmer umherwandern.

»Wahrscheinlich wirkt das alles ein wenig … undankbar. Das gebe ich zu.«

»*Fuck you.*« Es bereitete Wolgast ein enormes Behagen, diese Worte auszusprechen.

»Ich bin wegen des Mädchens hier, Agent.«

»Ihr Name«, sagte Wolgast, »ist Amy.«

»Ich weiß, wie sie heißt. Ich weiß eine Menge über sie.«

»Sie ist sechs. Sie isst gern Pfannkuchen und fährt gern Karussell.

Sie hat einen Stoffhasen namens Peter. Sie sind ein herzloses Arschloch, wissen Sie das, Sykes?«

Sykes zog einen Umschlag aus seiner Jackentasche und legte ihn auf den Tisch. Er enthielt zwei Fotos. Das eine war ein Bild von Amy und war, vermutete Wolgast, im Konvent aufgenommen worden. Das andere stammte aus einem Highschool-Jahrbuch, und die junge Frau auf dem Foto war offensichtlich Amys Mutter. Das gleiche dunkle Haar, der gleiche zarte Knochenbau des Gesichts, die gleichen tiefliegenden, melancholischen Augen, die aber im Augenblick des Fotografierens von einem warmen, erwartungsvollen Licht erfüllt waren. Wer war dieses Mädchen? Hatte sie Freundinnen, eine Familie, einen Freund? Ein Lieblingsfach in der Schule, eine Sportart, die sie liebte und in der sie gut war? Hatte sie Geheimnisse, eine Geschichte, die niemand kannte? Was erhoffte sie von ihrem Leben? Sie war halb von der Kamera abgewandt und schaute über die Schulter ins Objektiv, und was sie trug, sah aus wie ein Ballkleid, hellblau und schulterfrei. Am unteren Rand des Bildes stand: »Mason Consolidated High School, Mason, IA«.

»Ihre Mutter war eine Prostituierte. In der Nacht, bevor sie Amy im Konvent zurückließ, erschoss sie einen Freier vor dem Haus einer Studentenverbindung. Nur zur Information.«

Und?, wollte Wolgast sagen. War das Amys Schuld? Aber das Bild der Frau – eigentlich noch keine Frau, sondern selbst noch ein Mädchen – bremste seinen Zorn. Vielleicht sagte Sykes nicht mal die Wahrheit. Er legte das Foto hin. »Was ist aus ihr geworden?«

Sykes hob die Schulter. »Das weiß niemand. Verschwunden.«

»Und die Nonnen?«

Ein Schatten huschte über Sykes' Gesicht. Wolgast sah, dass er ins Schwarze getroffen hatte, ohne es zu wollen. Mein Gott, dachte er. Die Nonnen auch? War es Richards gewesen oder jemand anders?

»Ich weiß es nicht«, sagte Sykes.

»Sehen Sie sich doch an«, sagte Wolgast. »Doch, Sie wissen es.«

Sykes sagte nichts weiter, und sein Schweigen machte deutlich,

dass dieses Thema beendet war. Er rieb sich die Augen, schob die Fotos wieder in den Umschlag und steckte ihn ein.

»Wo ist sie?«

»Wolgast, die Sache ist die ...«

»*Wo ist Amy?*«

Sykes räusperte sich. »Deshalb bin ich ja hier, wissen Sie«, sagte er. »Der Gefallen. Wir glauben, dass Amy vielleicht stirbt.«

Wolgast durfte keine Fragen stellen. Er durfte mit niemandem sprechen, sich nicht umsehen und Sykes' Gesichtsfeld nicht verlassen. Eine Eskorte von zwei Soldaten führte ihn durch die kühle Morgensonne über das Gelände. Die Luft roch nach Frühling, und sie fühlte sich auch so an. Nach fast fünf Wochen in seinem Zimmer sog Wolgast sie mit tiefen, gierigen Atemzügen in seine Lunge. Das Sonnenlicht tat seinen Augen weh.

Im Chalet führte Sykes ihn in einen Aufzug, und sie fuhren vier Etagen nach unten. Dort traten sie in einen leeren Korridor hinaus, spartanisch weiß wie in einem Krankenhaus. Wolgast schätzte, dass sie fünfzehn Meter tief unter der Erde waren, vielleicht noch tiefer. Was immer Sykes' Leute dort unten verwahrten, sie wollten, dass eine Menge Erde es von der Welt da oben trennte. Sie kamen zu einer Tür mit der Aufschrift »Hauptlabor«, aber Sykes ging daran vorbei, ohne seinen Schritt zu verlangsamen. Nach mehreren weiteren Türen erreichten sie die, zu der Sykes wollte. Er schob eine Karte durch den Schlitz des Lesegeräts und öffnete sie.

Wolgast betrat eine Art Beobachtungsraum. Im mattblauen Licht hinter einem breiten Fenster lag Amys kleine Gestalt allein in einem Krankenhausbett. Sie war mit einem Infusionsbeutel verbunden, aber das war alles. Neben dem Bett stand ein Plastikstuhl. Aus Schienen an der Decke hingen mehrere farbcodierte Schläuche, spiralig wie die pneumatischen Schläuche in einer Werkstatt. Davon abgesehen war der Raum leer.

»Ist er das?«

Wolgast drehte sich um und sah einen Mann, den er noch nicht bemerkt hatte. Er trug einen Laborkittel und darunter einen grünen OP-Anzug wie Wolgast.

»Agent Wolgast, das ist Dr. Fortes.«

Sie nickten einander zu, ohne sich die Hand zu geben. Fortes war jung, noch keine dreißig. Wolgast fragte sich, ob er ein Arzt oder etwas anderes war. Fortes sah genauso erschöpft aus wie Sykes: körperlich ausgepumpt. Seine Haut glänzte ölig, und er hatte einen Haarschnitt und eine Rasur nötig. Seine Brille sah aus, als hätte er sie seit einem Monat nicht mehr geputzt.

»Sie trägt einen implantierten Chip. Er sendet Daten an das Kontrollpult hier.« Fortes zeigte es ihm: Puls, Atmung, Blutdruck, Temperatur. Amy hatte 39,2.

»Wo?«

»Was, wo?« Der Arzt sah ihn verständnislos an.

»Wo sitzt der Chip?«

»Oh.« Fortes sah Sykes an, und der nickte. Fortes deutete auf seinen Nacken. »Subkutan, zwischen dem dritten und vierten Wirbel. Die Stromversorgung ist übrigens ziemlich schick. Eine winzige Nuklearzelle. Wie sie in Satelliten stecken, nur viel kleiner.«

Schick. Wolgast schauderte es. Eine schicke Nuklearbatterie in Amys Nacken. Er drehte sich zu Sykes um, der ihn wachsam beobachtete.

»Ist das auch mit den anderen passiert? Mit Carter und dem Rest?«

»Die waren … Vorläufer«, sagte Sykes.

»Vorläufer wofür?«

Sykes schwieg kurz. »Für Amy.«

Fortes erläuterte ihm die Situation. Amy lag im Koma. Damit hatte niemand gerechnet, und ihr Fieber war zu hoch und dauerte schon zu lange. Ihre Nieren- und Leberwerte waren schlecht.

»Wir hatten gehofft, Sie könnten mit ihr reden«, sagte Sykes. »Manchmal hilft das bei Patienten im Zustand langer Bewusstlosigkeit. Doyle sagt, sie … sie hat eine starke Bindung an Sie.«

Eine Doppelkammerschleuse lag zwischen ihnen und Amys Zimmer. Sykes und Fortes führten ihn in die erste Kammer. Ein orangegelber Bioschutzanzug hing an der Wand, der Helm war nach vorn gekippt wie bei einem Mann mit gebrochenem Genick. Sykes erklärte ihm, wie er funktionierte.

»Den müssen Sie anziehen und alle Nahtstellen mit Klebeband versiegeln. Das Einlassventil unten am Helm wird mit den Schläuchen an der Decke verbunden. Sie sind farblich gekennzeichnet, das sollte eigentlich kein Problem sein. Wenn Sie zurückkommen, müssen Sie mit dem Anzug duschen, und dann ein zweites Mal ohne. Entsprechende Anweisungen hängen an der Wand.«

Wolgast setzte sich auf die Bank und fing an, die Schuhe auszuziehen. Dann hielt er inne.

»Nein«, sagte er.

Die beiden Männer sahen ihn an. Sykes runzelte verärgert die Stirn. »Was, nein?«

»Ich ziehe das nicht an.« Er drehte sich um und sah Sykes ins Gesicht. »Es wird nicht hilfreich sein, wenn sie aufwacht und mich in einem Raumanzug sieht. Wenn ich da reingehen soll, gehe ich so, wie ich bin.«

»Das ist keine gute Idee, Agent«, sagte Sykes warnend.

Sein Entschluss stand fest. »Ich gehe ohne Anzug oder gar nicht.«

Sykes sah Fortes an. Der zuckte die Achseln. »Es könnte … interessant sein. In diesem Stadium sollte das Virus inaktiv sein. Andererseits, vielleicht ist es das nicht.«

»Das Virus?«

»Ich nehme an, Sie werden es sowieso erfahren«, sagte Sykes. Er wandte sich an Fortes. »Lassen Sie ihn rein; ich nehme es auf meine Kappe. Und, Agent – wenn Sie einmal drin sind, sind Sie drin. Darüber hinaus kann ich nichts garantieren. Ist das klar?«

Wolgast nickte. Sykes und Fortes verließen die Luftschleuse. Wolgast erkannte, dass er mit ihrer Einwilligung nicht gerechnet hatte. Im letzten Moment rief er hinaus: »Wo ist ihr Rucksack?«

Fortes und Sykes wechselten wieder einen Blick unter sich. »Warten Sie hier«, sagte Sykes.

Nach ein paar Minuten kam er mit Amys Rucksack zurück. Die *Powerpuff Girls:* Wolgast hatte ihn nie angesehen, nicht genau jedenfalls. Zwei dieser Cartoonfiguren aus gummiartigem Plastik, die auf das raue Segeltuch des Rucksacks geklebt waren. Sie flogen mit ausgestreckten Fäusten. Wolgast zog den Reißverschluss auf; ein paar von Amys Sachen fehlten, zum Beispiel ihre Haarbürste, aber Peter war noch da.

Er sah Fortes an. »Woran merke ich, wenn das Virus nicht … inaktiv ist?«

»Oh, das werden Sie merken«, sagte Fortes.

Sie versiegelten die Tür hinter ihm. Wolgast spürte, wie der Druck abfiel. Über der zweiten Tür wechselte das Licht von Rot zu Grün. Wolgast drehte den Türknauf und ging weiter.

Die zweite Kammer war länger als die erste. Im Boden war ein großer Abfluss, und neben dem sonnenblumenförmigen Duschkopf unter der Decke hing eine Stahlkette, mit der man ihn aktivieren konnte. Das Licht hier war anders; es hatte einen bläulichen Glanz, wie herbstliches Zwielicht. Auf einer Tafel an der Wand standen die Anweisungen, von denen Sykes gesprochen hatte: eine lange Liste von Schritten, die damit endeten, dass man nackt über dem Abfluss zu stehen, Mund und Augen auszuspülen und sich dann zu räuspern und auszuspucken hatte. Eine Kamera spähte aus einer Ecke unter der Decke auf ihn herunter.

Vor der zweiten Tür wartete er. Das Licht darüber leuchtete rot. An der Wand war ein Tastenfeld angebracht. Wie sollte er da durchgehen? Dann wechselte das Licht von Rot zu Grün, genau wie bei der ersten Tür. Sykes hatte das System von außen deaktiviert.

Er öffnete die Tür nicht gleich. Sie sah schwer aus und war aus schimmerndem Stahl, wie in einem Banktresor oder vielleicht in einem U-Boot. Er konnte nicht genau sagen, warum er darauf bestanden hatte, den Bioschutzanzug nicht anzuziehen. Die

Entscheidung erschien plötzlich übereilt. Amys wegen, wie er gesagt hatte? Oder um Sykes irgendwelche Informationen zu entlocken, und seien sie noch so spärlich? So oder so, es war ihm richtig vorgekommen.

Er drehte den Türknauf, und in seinen Ohren knackte es, als der Luftdruck wiederum abfiel. Er sog die Lunge voll Luft, hielt den Atem an und trat durch die Tür.

Grey hatte keine Ahnung, was los war. Seit Tagen ging es so: Er meldete sich zur Schicht, fuhr mit dem Aufzug hinunter nach E4 – nach der ersten Nacht war nichts passiert; Davis hatte ihn gedeckt –, zog sich im Spindraum um und erledigte seine Arbeit, er putzte die Flure und Toiletten, und dann ging er in die Beobachtungskammer und kam sechs Stunden später wieder heraus.

Alles völlig normal – nur dass er an diese sechs Stunden keine Erinnerung hatte. Sie waren wie eine leere Schublade in seinem Gehirn. Offensichtlich hatte er getan, was er tun sollte: Er hatte seine Berichte geschrieben, die Festplatten gesichert, die Kaninchenkäfige hinein- und hinausgeschoben, sogar ein paar Worte mit Pujol oder den anderen Technikern gewechselt, die hereinkamen. Aber er konnte sich an nichts von alldem erinnern. Er schob seine Karte ein, um in den Beobachtungsraum zu gelangen, und als Nächstes war seine Schicht zu Ende, und er kam wieder heraus.

Kleinigkeiten nur: flüchtige Dinge, winzig, aber irgendwie hell leuchtend, kleine Fragmente von aufgezeichneten Daten, die das Licht einzufangen schienen wie Konfetti, wenn sie im Laufe des Tages durch seinen Kopf flatterten. Es waren keine Bilder, nichts Klares, Geradliniges, und nichts, was er hätte festhalten können. Aber manchmal saß er in der Kantine oder in seinem Zimmer, oder er ging über den Platz zum Chalet, und ein Geschmack blubberte aus seiner Kehle herauf, und ein eigenartiges, saftiges Gefühl überzog seine Zähne. Manchmal überkam es ihn so heftig, dass er tatsächlich stocksteif stehen blieb. Und wenn das passierte, dachte er an komische Sachen, die gar nichts damit zu tun hatten,

aber oft ging es dabei um Brownbear. Als drückte der Geschmack in seinem Mund auf einen Knopf, der Gedanken an seinen alten Hund auslöste, an den er, um die Wahrheit zu sagen, bis vor Kurzem eigentlich kaum noch gedacht hatte. Jahrelang nicht – bis zu diesem Abend in der Isolierzelle, als er diesen Traum gehabt und den Boden vollgekotzt hatte.

Brownbear und sein stinkender Atem. Brownbear, der irgendeinen Kadaver, ein totes Opossum oder einen Waschbär, an die Haustür schleppte. Einmal war er unter dem Trailer auf ein Karnickelnest gestoßen, winzig kleine Klumpen aus pfirsichfarbener Haut, noch ganz ohne Fell, und er hatte sie alle zerkaut, einen nach dem anderen, und ihre kleinen Schädel hatten zwischen seinen Backenzähnen geknackt – als säße ein Kind mit einer Schachtel Knuspernüsse im Kino.

Und komisch: Er war nicht mal sicher, dass Brownbear das tatsächlich *getan* hatte.

Er fragte sich, ob er krank sei. Die Tafel über der Wachstation auf E3 machte ihn nervös. Das war vorher nie so gewesen. Es war, als redete sie mit ihm. *Alle nachfolgenden Symptome …* Eines Morgens auf dem Rückweg vom Frühstück hatte er ein Kribbeln in der Kehle gespürt, als wäre eine Erkältung im Anzug, und ehe er sichs versah, hatte er heftig in die flache Hand geniest. Seitdem lief ihm die Nase immer ein wenig. Andererseits war jetzt Frühling; nachts war es zwar immer noch kalt, doch nachmittags konnte es zehn oder sogar fünfzehn Grad warm werden, und alle Bäume trugen Knospen, und ein zarter grüner Dunst überzog die Berge wie versprühte Farbe. Er hatte immer schon Heuschnupfen gehabt.

Dann war da die Stille. Es dauerte eine Weile, bis Grey bemerkte, was es war. Niemand sagte mehr etwas – nicht nur die Schrubberschwinger, die sowieso nie viel geredet hatten, sondern auch die Techniker und Soldaten und Ärzte nicht. Es war nicht so, dass es auf einen Schlag passierte, an einem Tag oder innerhalb einer Woche. Aber langsam und mit der Zeit hatte sich das Schweigen wie ein Deckel über das Gelände gelegt. Grey selbst war immer eher

ein Zuhörer gewesen – das hatte Wilder, der Gefängnispsychiater, über ihn gesagt: »Sie sind ein guter Zuhörer, Grey.« Er hatte es als Kompliment gemeint, aber Wilder war vor allem in den Klang seiner eigenen Stimme verliebt und immer froh, wenn er ein Publikum hatte. Trotzdem vermisste Grey das Geräusch menschlicher Stimmen. Eines Abends in der Kantine hatte er dreißig Männer gezählt, die über ihre Tabletts gebeugt an den Tischen saßen, und keiner von ihnen hatte auch nur ein Wort gesprochen. Manche hatten nicht mal gegessen, sondern einfach nur dagesessen, an einer Tasse Kaffee oder Tee genippt und ins Leere gestiert. Als ob sie halb schliefen.

Eins immerhin: In puncto Schlafen war alles in Ordnung bei Grey. Er schlief und schlief und schlief, und wenn morgens um fünf der Wecker losging oder nach der Spätschicht erst um zwölf Uhr mittags, drehte er sich im Bett herum, zündete sich eine Zigarette aus der Packung auf dem Nachttisch an, blieb noch ein paar Minuten liegen und versuchte herauszufinden, ob er geträumt hatte oder nicht. Er glaubte es nicht.

Eines Morgens setzte er sich an einen Tisch in der Kantine, um zu frühstücken – French Toast, getränkt mit Butter, zwei Eier, drei Würstchen und eine Schale Grütze dazu –, und als er den Kopf hob, um den ersten Bissen zu nehmen, einen triefenden Brocken French Toast, dicht vor seinem Mund, sah er Paulson. Da saß er, ihm unmittelbar gegenüber, zwei Tische weiter. Grey hatte ihn seit dem Gespräch an jenem Abend ein- oder zweimal zu Gesicht bekommen, aber nicht aus der Nähe, nicht so. Paulson saß vor einem Teller Rührei, ohne ihn anzurühren. Er sah beschissen aus. Seine Haut spannte sich so straff über das Gesicht, dass man die Kanten seiner Knochen sehen konnte. Kurz, für einen winzigen Augenblick nur, trafen sich ihre Blicke.

Paulson schaute weg.

Als Grey sich an dem Abend zum Dienst meldete, fragte er Davis: »Kennst du diesen Paulson?«

Davis war in letzter Zeit auch nicht mehr so vergnügt wie

früher. Es war vorbei mit den Witzen und den unanständigen Illustrierten und dem Kopfhörer, aus dem kreissägenartige Musik sickerte. Grey fragte sich, was zum Teufel Davis die ganze Nacht an seinem Tisch machte; aber freilich wusste Grey auch nicht, was er selbst die ganze Nacht machte.

»Was ist mit ihm?«

Doch Greys Erkundigung war schon zu Ende; er wusste nicht, was er noch fragen sollte.

»Nichts. Wollte nur wissen, ob du ihn kennst, weiter nichts.«

»Tu dir einen Gefallen. Halte dich fern von diesem Arschloch.«

Grey fuhr hinunter und machte sich an die Arbeit. Erst später, als er mit einer Bürste eine Toilettenschüssel auf E4 schrubbte, fiel ihm die Frage ein, die er hatte stellen wollen.

Wovor hat er solche Angst?

Wovor haben hier alle solche Angst?

Sie nannten ihn Nummer zwölf. Nicht Carter oder Anthony oder Tone, aber es ging ihm jetzt so schlecht, als er allein hier im Dunkeln lag, dass diese Namen und die Person, die sie bezeichneten, jemand anders zu sein schienen, nicht er. Jemand, der gestorben war und nur seinen kranken Körper zurückgelassen hatte, der sich an seiner Stelle hier wand.

Die Übelkeit fühlte sich an wie eine Ewigkeit. Das war das Wort, das ihm einfiel. Nicht dass sie ewig dauerte, sondern dass sie die Zeit selbst war. Als wäre der Begriff der Zeit in ihm, in jeder Zelle seines Körpers. Sie war eine Million winziger Flammen, die niemals erlöschen würden. Das grässlichste Gefühl der Welt. Jemand hatte ihm gesagt, es werde ihm bald besser gehen, viel besser. Eine Zeitlang hatte er sich an diesen Worten festgehalten. Aber jetzt wusste er, dass es nicht stimmte.

Verschwommen nahm er Bewegungen um sich herum wahr, das Kommen und Gehen, das Tasten und Stochern der Männer in den Raumanzügen. Er wollte Wasser haben, nur einen kleinen Schluck Wasser, um seinen Durst zu löschen, aber als er darum bat, hörte

er keinen Laut aus seinem Mund, nur das Tosen und Klingen in seinen Ohren. Sie hatten ihm eine Menge Blut abgenommen – literweise, so kam es ihm vor. Der Mann namens Anthony hatte sein Blut von Zeit zu Zeit verkauft; er hatte auf den Gummiball gedrückt und zugeschaut, wie der Beutel sich damit füllte, und mit Staunen hatte er seine Dichte gesehen, seine satte rote Farbe, und wie lebendig es aussah. Nie mehr als einen halben Liter, bevor sie ihm Kekse und ein paar zusammengefaltete Geldscheine gegeben und ihn wieder weggeschickt hatten. Doch jetzt füllten die Männer in den Anzügen einen Beutel nach dem anderen damit, und das Blut war anders, auch wenn er nicht sagen konnte, inwiefern. Das Blut in seinem Körper war lebendig, aber er glaubte nicht, dass es noch seins war. Es gehörte jemandem oder etwas anderem.

Es wäre gut gewesen, jetzt zu sterben.

Mrs Wood, die hatte es gewusst. Nicht nur für sich selbst, sondern auch für Anthony, und bei diesem Gedanken *war* er für eine Sekunde wieder Anthony. Es war gut zu sterben. Es hatte etwas Leichtes an sich, ein Loslassen wie in der Liebe.

Er versuchte, diesen Gedanken festzuhalten, den Gedanken, bei dem er noch Anthony war, aber er konnte es nicht. Stück für Stück entglitt er ihm wie ein Seil, das langsam durch seine Hände gezogen wurde. Wie viele Tage vergangen waren, wusste er nicht. Irgendetwas passierte mit ihm, doch es ging den Männern in den Raumanzügen nicht schnell genug. Sie sprachen immer wieder darüber, sie befühlten und betasteten und stachen ihn und nahmen ihm noch mehr Blut ab. Und er hörte jetzt noch etwas anderes, ein leises Murmeln wie von Stimmen, aber es kam nicht von den Männern in den Raumanzügen. Die Laute kamen aus weiter Ferne und zugleich aus seinem Innern. Keine Worte, die er kannte, aber trotzdem Worte; es war eine Sprache, was er da hörte, es hatte Ordnung, Sinn und Verstand. Und nicht nur einen Verstand: zwölf. Aber eine Stimme war mehr als die anderen – nicht lauter, sondern *mehr*. Die eine Stimme, und dann dahinter die anderen, zwölf insgesamt. Sie waren in seinem Blut, und auch sie waren Ewigkeit.

Er wollte etwas antworten.

»Die Absperrung herunter!«, schrie jemand. »Er kippt!«

Die Gurtfesseln waren gar nichts, sie waren Papier. Die Nieten platzten aus dem Tisch und schwirrten durch den Raum. Zuerst seine Arme, dann die Beine. Der Raum war dunkel, doch seinen Augen war nichts verborgen, denn die Dunkelheit war jetzt ein Teil von ihm. Und in ihm, tief im Innern, entfaltete sich ein gewaltiger, alles verschlingender Hunger. Er wollte die Welt fressen. Wollte alles in sich aufnehmen, sich davon ausfüllen lassen und wieder ganz werden. Die Welt ewig machen, wie er es war.

Ein Mann rannte zur Tür.

Anthony fiel von oben auf ihn herab. Ein Schrei, und dann lag der Mann stumm in feuchten Fetzen auf dem Boden. Die wunderbare Wärme des Blutes! Er trank und trank.

Der, der ihm gesagt hatte, es werde ihm bald besser gehen – er hatte sich nicht geirrt.

Anthony Carter hatte sich in seinem ganzen Leben nie besser gefühlt.

Pujol, dieser dumme Sack, war tot.

Sechsunddreißig Tage – so lange hatte es gedauert, bis Carter gekippt war, länger als bei allen anderen, seit sie angefangen hatten. Aber Carter galt auch als der Übelste von allen, aus der letzten Phase, bevor das Virus seine endgültige Form erreichte. Die dann das Mädchen bekommen hatte.

Richards persönlich interessierte sich weder so noch so für das Mädchen. Sie würde überleben oder eben nicht. Sie würde ewig leben oder in den nächsten fünf Minuten sterben. Irgendwann im Laufe der Ereignisse war das Mädchen belanglos geworden, jedenfalls soweit es Special Weapons anging. Sie hatten Wolgast zu ihr gebracht; er sprach mit ihr und versuchte, sie zu sich zu bringen. Bis jetzt ging es ihm gut, aber wenn das Mädchen sterben sollte, spielte das auch keine Rolle mehr.

Was zum Teufel hatte Pujol sich gedacht? Sie hätten die Sperre

schon vor Tagen dahaben müssen. Aber zumindest wussten sie jetzt, wozu diese Biester in der Lage waren. Der Bericht aus Bolivien hatte es schon angedeutet. Es war jedoch noch einmal etwas anderes, wenn man es mit eigenen Augen sah, wenn man die Videoaufzeichnung von Carter anschaute und erlebte, wie dieser Winzling mit einem IQ von höchstens 80 an guten Tagen, dieser Kerl, der Angst vor seinem eigenen Schatten hatte, sich plötzlich fünf Meter weit durch die Luft schnellte und einen Mann vom Arsch bis zum Hals aufriss wie einen Brief, den er sehnsüchtig erwartet hatte. Als alles vorbei war – nach ungefähr zwei Sekunden –, hatten sie Carter mit Licht beschießen müssen, um ihn in die Ecke zurückzutreiben, damit sie die Absperrung herunterlassen konnten.

Jetzt hatten sie zwölf – dreizehn, wenn man Fanning mitzählte. Richards' Job war erledigt, oder doch fast. Gerade war der Befehl gekommen. Projekt NOAH würde in Operation Jumpstart übergehen. Der nächste Schritt. In einer Woche würden sie die Glühstäbe nach White Sands verlegen. Danach hatte er nichts mehr damit zu tun.

Die ultimativen Bunkerknacker. So hatte Cole sie genannt, schon damals, als alles noch Theorie gewesen war, vor Bolivien und Fanning und allem anderen. Man brauchte sich nur vorzustellen, was eins von diesen Viechern anrichten konnte – in den Berghöhlen im Norden von Pakistan zum Beispiel oder in den östlichen Wüsten im Iran oder in den zusammengeschossenen Gebäuden Tschetscheniens. Stell dir eine Darmspülung vor, Richards. Eine gründliche Säuberung von innen heraus.

Vielleicht wäre Cole irgendwann auf den Trichter gekommen. Aber in seiner Abwesenheit hatte die Idee ein eigenes Leben entwickelt. Da war es egal, dass Richards ein halbes Dutzend internationale Abkommen aufzählen konnte, gegen die dieses Unternehmen verstieß. Es war egal, dass es ungefähr die dämlichste Idee war, von der er in seinem ganzen Leben gehört hatte. Ein Bluff wahrscheinlich – aber wer bluffte, musste irgendwann die Karten

auf den Tisch legen. Und glaubte jemand ernsthaft auch nur eine verdammte Sekunde lang, man könnte eine von diesen Bestien in den Höhlen von Nordpakistan festhalten?

Sykes tat ihm leid, und er machte sich Sorgen um ihn. Der Kerl war ein Wrack. Seit der Befehl von Special Weapons gekommen war, hatte er sein Büro kaum noch verlassen. Richards hatte ihn gefragt, ob Lear Bescheid wisse, und Sykes hatte nur lange und kläglich gelacht.

»Der Ärmste«, hatte Sykes gemeint. »Der glaubt immer noch, er könnte die Welt retten. Und so, wie die Sache läuft, ist das am Ende vielleicht sogar nötig. Ich kann nicht glauben, dass das hier auch nur auf dem Tisch liegt.«

Gepanzerte Lastwagen würden die Glühstäbe nach Grand Junction bringen, und von dort würde man sie mit dem Zug nach White Sands transportieren. Richards erwog ernsthaft, sich ein Haus im Norden Kanadas zu kaufen, sobald das Ganze hier vorbei war.

Die Reinigungskräfte würden als Erste verschwinden. Auch die Techniker und das Gros der Soldaten – diejenigen, die am schlimmsten im Arsch waren, angefangen mit diesem Paulson. Nach dem Tag an der Laderampe hatte Richards sich seine Akte angesehen. Paulson, Derrick G., Alter 22. Meldung zum Militärdienst nach der Highschool in Glastonbury, Connecticut, ein Jahr in der Wüste, dann wieder in den Staaten. Kein Strafregister, und der Kerl war gescheit, hatte einen IQ von 136. Hätte ohne Zweifel aufs College oder zur Offiziersschule gehen können. War jetzt seit dreiundzwanzig Monaten auf dem Gelände. Zwei Disziplinarstrafen wegen Schlafens auf der Wache, eine wegen unerlaubten Benutzens der E-Mail, aber das war alles.

Was ihn störte, war die Tatsache, dass Paulson *Bescheid* wusste oder es zumindest glaubte. Es war nicht so, dass Paulson etwas getan oder gesagt hatte. Richards hatte es vielmehr an Carters Gesichtsausdruck gesehen, als er die Wagentür geöffnet hatte – als hätte der arme Kerl ein Gespenst oder Schlimmeres gesehen.

Niemand außer dem wissenschaftlichen Personal und den Reinigungskräften setzte einen Fuß auf Ebene vier. Da die Soldaten nichts anderes zu tun hatten, als im Schnee herumzustehen, waren müßige Vermutungen und loses Geschwätz in der Kantine unvermeidlich. Aber Richards hatte das instinktive Gefühl, dass Paulson nicht nur Tratsch nachgeplappert hatte, was immer er zu Carter gesagt haben mochte.

Vielleicht träumte auch Paulson. Vielleicht träumten sie *alle*.

Wenn Richards jetzt träumte, dann von den Nonnen. Diese Aktion hatte ihm nicht besonders gut gefallen. Vor langer Zeit – es war so lange her, dass es zu einem ganz anderen Leben zu gehören schien – war er auf einer katholischen Schule gewesen. Die Nonnen dort waren eine Bande von verhutzelten alten Hexen gewesen, die gern Ohrfeigen und Kopfnüsse verteilt hatte, aber er hatte sie respektiert: Sie hatten gemeint, was sie sagten. Nonnen zu erschießen ging ihm deshalb gegen den Strich. Die meisten hatte es einfach im Schlaf erwischt. Eine war allerdings aufgewacht, und so, wie sie die Augen öffnete, hatte er den Eindruck gehabt, dass sie ihn erwartet hatte. Zwei hatte er da bereits erledigt; sie war die dritte. Sie lag im Bett und öffnete die Augen, und in dem fahlen Licht, das durch das Fenster hereinfiel, sah er, dass sie kein vertrocknetes Seepferdchen war wie die anderen, sondern jung und nicht übel aussehend. Dann schloss sie die Augen und murmelte etwas, ein Gebet wahrscheinlich, und Richards erschoss sie durch das Kopfkissen.

Eine Nonne hatte gefehlt. Lacey Antoinette Kudoto, die Verrückte. Er hatte den psychiatrischen Befund von der Diözese gelesen. Niemand würde ihre Geschichte glauben, und selbst wenn doch: Die Spur endete in Western Oklahoma bei ein paar toten Cops, die von zwei durchgeknallten FBI-Agenten erschossen worden waren, und einem zehn Jahre alten Chevy Tahoe, der so pulverisiert war, dass man Pinzetten und ungefähr tausend Jahre brauchen würde, um ihn wieder zusammenzusetzen.

Trotzdem hatte es ihm nicht gefallen, diese Nonne zu erschießen.

Richards saß in seinem Büro und behielt die Überwachungsmonitore im Auge. Der Zeitstempel stand auf 22:26 Uhr. Die Schrubberschwinger hatten die Kaninchenkäfige in die Isolierzellen und später wieder herausgebracht; keiner der Probanden hatte sich für das Fressen interessiert. Das Fasten hatte mit Zero angefangen und sich dann auf die anderen ausgebreitet, als Carter gekommen war – vielleicht zwei Tage danach. Das war rätselhaft, aber wenn es nach Special Weapons ging, würden die Glühstäbe bald genug wieder fressen. Bis dahin jedoch wäre Richards hoffentlich beim Eisfischen in der Hudson Bay oder beim Ausstechen von Schneeblöcken für ein Iglu.

Er warf einen Blick auf den Monitor für Amys Zelle. Wolgast saß an ihrem Bett. Sie hatten ihm eine kleine Campingtoilette mit einem Nylonvorhang und eine Pritsche zum Schlafen hineingestellt. Aber er hatte überhaupt noch nicht geschlafen, sondern saß Tag für Tag auf dem Stuhl neben ihrem Bett, streichelte ihre Hand und sprach mit ihr. Was er sagte, wollte Richards gar nicht wissen. Trotzdem beobachtete er die beiden unwillkürlich immer wieder und stundenlang, fast so ausgiebig, wie er Babcock beobachtete.

Er richtete seine Aufmerksamkeit auf Babcocks Kammer. Giles Babcock, Nummer eins. Babcock hing mit dem Kopf nach unten an den Gitterstäben, und seine Augen, diese unheimlichen orangegelben Augen, waren geradewegs auf die Kamera gerichtet. Seine Kiefer mahlten langsam und kauten auf der Luft. *Ich bin dein, und du bist mein, Richards. Wir alle sind jemandem zugedacht, und ich bin dir zugedacht.*

Yeah, dachte Richards, du kannst mich gleichfalls am Arsch lecken.

Sein Funkgerät summte an seiner Taille.

»Torwache«, meldete eine Stimme. »Wir haben eine Frau hier draußen.«

Richards schaute auf den Tormonitor. Zwei Posten – der eine hielt das Funkgerät ans Ohr, der andere hatte sein Gewehr von der Schulter genommen. Die Frau stand am äußeren Rand des Lichtkreises vor der Postenbaracke.

»Und?«, fragte er. »Jagt sie weg.«

»Das ist es ja, Sir«, sagte der Posten. »Sie will nicht gehen. Sie sieht auch nicht aus, als ob sie einen Wagen hätte. Ich glaube, sie ist tatsächlich *zu Fuß* gekommen.«

Richards starrte auf den Monitor. Er sah, wie der Posten das Sprechgerät fallen ließ und seine Waffe von der Schulter nahm.

»Hey!«, hörte Richards ihn rufen. »Sofort zurück! Halt, oder ich schieße!«

Richards hörte einen Schuss. Der zweite Soldat rannte in die Dunkelheit davon. Zwei weitere Schüsse fielen; sie klangen gedämpft, denn das Funkgerät lag im Schlamm. Zehn Sekunden vergingen. Zwanzig. Dann erschienen die beiden Soldaten wieder im Licht. Richards sah an ihrer Körperhaltung, dass sie die Frau verloren hatten.

Der erste Soldat hob das Funkgerät auf und schaute in die Kamera.

»Tur mir leid. Sie ist irgendwie entkommen. Sollen wir sie suchen?«

Herr im Himmel. Das hatte er gerade noch gebraucht. »Wer war sie?«

»Eine Schwarze, sprach mit irgendeinem Akzent«, berichtete der Posten. »Sagte, sie sucht jemanden namens Wolgast.«

Er starb nicht. Nicht sofort, und nicht, als die Tage vergingen. Und am dritten Tag erzählte er ihr die Geschichte.

– *Da war einmal ein kleines Mädchen*, erzählte Wolgast ihr. *Noch kleiner als du. Sie hieß Eva, und ihre Eltern liebten sie sehr. In der Nacht nach ihrer Geburt nahm ihr Vater sie in dem Zimmer in der Klink, in dem sie alle schliefen, aus ihrem Bettchen und hielt sie im Arm; er spürte ihre Haut an seiner, und von diesem Augenblick an war sie wirklich und wahrhaftig in ihm. In seinem Herzen.*

Wahrscheinlich sah und hörte jemand zu. Die Kamera hing schräg hinter ihm. Es kümmerte ihn nicht. Fortes kam, nahm dem

Mädchen Blut ab, wechselte die Beutel und ging wieder. Wolgast redete weiter, den dritten Tag hindurch, und erzählte Amy alles, erzählte ihr die Geschichte, die er noch niemandem erzählt hatte.

– *Und dann passierte etwas. Mit ihrem Herzen. Ihr Herz, weißt du* – er zeigte auf die Stelle an seiner eigenen Brust –, *es fing an zu schrumpfen. Während der Körper ringsherum wuchs, tat ihr Herz es nicht, und dann hörte auch der Rest auf zu wachsen. Er hätte ihr seines gegeben, wenn er gekonnt hätte, denn es gehörte ihr ja sowieso. Es hatte ihr immer gehört und würde ihr immer gehören. Aber das ging nicht, er konnte nichts tun, niemand konnte etwas tun, und als sie starb, starb er mit ihr. Den Mann, der er gewesen war, gab es nicht mehr. Und der Mann und die Frau konnten einander nicht mehr lieben, denn ihre Liebe war jetzt nur noch Trauer, und sie vermissten ihre kleine Tochter.*

Er erzählte ihr die Geschichte, erzählte ihr alles. Und als die Geschichte zu Ende war, war auch der Tag zu Ende.

– *Und dann bist du gekommen, Amy,* sagte er. *Dann habe ich dich gefunden. Verstehst du? Es war, als wäre sie zu mir zurückgekommen. Komm zurück, Amy. Komm zurück, komm zurück, komm zurück.*

Er hob den Kopf. Er öffnete die Augen.

Und auch Amy öffnete die Augen.

13

Lacey im Wald: Sie bewegte sich geduckt, huschte von Baum zu Baum und brachte Distanz zwischen sich und die Soldaten. Die kalte, dünne Luft brannte in der Lunge. Sie blieb stehen und lehnte sich an einen Baum, um zu Atem zu kommen.

Angst hatte sie nicht. Die Kugeln der Soldaten bedeuteten nichts. Sie hatte gehört, wie sie durch das Unterholz fetzten, aber sie waren nicht einmal in ihre Nähe gekommen. Und sie waren so klein! Kugeln – wie konnten Kugeln einen Menschen verletzen? Nach dem weiten Weg, den sie hinter sich gebracht hatte – wie konnten sie da hoffen, sie mit etwas so Kümmerlichem zu verscheuchen?

Sie spähte um den dicken Stamm herum. Durch die unteren Äste sah sie das Licht der Wachbaracke und hörte die beiden Männer reden; ihre Stimmen hallten klar durch die mondlose Nacht. *Eine Schwarze, mit irgendeinem Akzent,* sagte der eine immer wieder. *Scheiße, dafür reißt er uns den Arsch auf. Wie konnten wir danebenschießen, verdammt? Hey? Wie denn? Fuck, du hast nicht mal gezielt!*

Wer immer es war, mit dem er da telefonierte, die beiden hatten Angst vor ihm. Aber dieser Mann – Lacey wusste, dass er nichts war, niemand. Und die Soldaten, die waren wie Kinder, die nicht allein denken konnten. Wie die auf dem Feld vor langer Zeit. Sie

erinnerte sich jetzt an sie, was sie getan und getan hatten, stundenlang. Sie hatten geglaubt, sie nähmen ihr etwas – sie sah es an dem dunklen Grinsen, das ihre Gesichter spaltete, roch es in dem sauren Geruch ihres Atems auf ihrem Gesicht –, und es stimmte: Sie hatten ihr etwas genommen. Aber jetzt hatte sie ihnen verziehen und sich wiedergeholt, was sie genommen hatten: Lacey selbst, und mehr außerdem. Sie schloss die Augen. *Aber du, Herr, bist der Schild für mich,* dachte sie:

der mich zu Ehren setzt und mein Haupt aufrichtet.

Ich rufe an mit meiner Stimme den Herrn; so erhört er mich von seinem heiligen Berge.

Ich liege und schlafe und erwache; denn der Herr hält mich.

Ich fürchte mich nicht vor viel Tausenden, die sich umher gegen mich legen.

Auf, Herr, hilf mir, mein Gott! Denn du schlägst all meine Feinde auf den Backen und zerschmetterst der Gottlosen Zähne.

Sie lief weiter zwischen den Bäumen hindurch. Der Mann am anderen Ende des Telefons, mit dem der Posten sprach: Er würde mehr Soldaten schicken, die sie jagen sollten. Und dennoch – etwas wie Freude durchströmte sie, eine neue, flinke Energie, voller und tiefer als alles, was sie in ihrem Leben bisher gespürt hatte. Es war im Laufe der Wochen gewachsen, während sie auf dem Weg zu ... ja, wohin gewesen war? Sie wusste keinen Namen dafür. Für sie war es einfach der Ort, an dem Amy war.

Sie war mit verschiedenen Bussen gefahren. Ein Stück weit war sie von einem Lastwagen mitgenommen worden, hinten neben zwei Hunden und einer Kiste mit Ferkeln. An manchen Tagen war

sie aufgewacht, wo immer sie gerade war, und hatte gewusst, dass dies ein Tag zum Gehen war, nur zum Gehen. Von Zeit zu Zeit aß sie etwas, und wenn sie ein gutes Gefühl hatte, klopfte sie an eine Tür und fragte, ob sie in einem Bett schlafen dürfe. Und die Frau, die ihr öffnete – denn es war immer eine Frau, ganz gleich, wo sie anklopfte –, sagte, natürlich, kommen Sie herein, und dann führte sie Lacey in ein Zimmer, in dem ein gemachtes Bett auf sie wartete, und sie sagte kein weiteres Wort.

Und eines Tages wanderte sie eine lange Bergstraße hinauf, und der Glanz Gottes lag im Sonnenschein ringsherum, und da wusste sie, dass sie angekommen war.

Warte, sagte die Stimme, *warte auf den Sonnenuntergang, Schwester Lacey. Der Weg wird dir den Weg zeigen.*

Und er tat es: Der Weg zeigte ihr den Weg. Jetzt waren mehr Männer hinter ihr her. Jeder Schritt, jedes Knacken eines Zweiges, jeder Atemzug war wie ein Schuss, lauter als laut, und verriet ihr, wo sie gerade waren. Sie waren in breiter Reihe hinter ihr ausgeschwärmt, sechs Mann, und richteten ihre Gewehre ins Dunkel, auf nichts, auf eine Stelle, an der Lacey gewesen war, aber nicht mehr war.

Sie kam zu einer Schneise zwischen den Bäumen. Die Straße. Links, zweihundert Meter weit entfernt, stand die Wachbaracke, von Licht überflutet. Rechts führte die Straße steil bergab durch den Wald. Irgendwo dort unten rauschte ein Fluss.

Nichts an dieser Stelle offenbarte ihre Bedeutung, und trotzdem wusste Lacey, dass sie hier warten musste. Sie legte sich bäuchlings auf den Waldboden. Die Soldaten waren hinter ihr, fünfzig Schritte, vierzig, dreißig.

Sie hörte das leise, angestrengte Dröhnen eines Dieselmotors. Die Tonlage wechselte, als der Fahrer herunterschaltete, um die letzte Steigung zu überwinden. Langsam krochen Scheinwerferlicht und Lärm auf sie zu. Sie erhob sich in die Hocke, als die Lichtstrahlen über den Höhenkamm fielen. Es war ein Militärlaster. Der Motorenlärm klang tiefer, als der Fahrer wieder hochschaltete und der Wagen seine Fahrt beschleunigte.

Jetzt?

Und die Stimme sagte: *Jetzt.*

Sie sprang auf und rannte, so schnell sie konnte, auf das Heck des Lasters zu. Eine breite Stoßstange, und darüber eine offene Ladefläche unter einer schwankenden Plane. Einen Moment lang sah es aus, als wäre sie zu spät losgelaufen, und der Lastwagen würde ihr davonfahren. Sie bot all ihre Kräfte auf und erreichte ihn. Ihre Hände erfassten die Kante der Ladeklappe, und erst der eine, dann der andere nackte Fuß verließ die Straße. Lacey Antoinette Kudoto flog durch die Luft, hoch und über die Klappe, und rollte auf die Ladefläche.

Mit metallischem Dröhnen schlug ihr Kopf auf den Boden. Sie öffnete die Augen. Kisten. Der Lastwagen war voller Kisten.

Sie kroch nach vorn bis zur Kabine. Der Laster fuhr wieder langsamer, als er sich der Wachbaracke näherte. Lacey hielt den Atem an. Was immer jetzt geschah, würde geschehen: Sie konnte nichts tun.

Die Druckluftbremsen zischten. Der Wagen kam ruckelnd zum Stehen.

»Die Frachtliste.«

Die Stimme gehörte dem ersten Soldaten, dem, der Lacey aufgehalten hatte. Dem Kind-Mann mit dem Gewehr. Der Winkel, aus dem seine Stimme kam, verriet ihr, dass er auf dem Trittbrett stand. Plötzlich roch die Luft nach Zigarettenrauch.

»Sie sollten nicht rauchen.«

»Wer sind Sie, meine Mutter?«

»Lesen Sie Ihre eigene Frachtliste, Sie Penner. Sie haben genug Artillerie hinten drauf, um uns alle auf den Mars fliegen zu lassen.«

Auf dem Beifahrersitz kicherte jemand.

»Ist Ihr Bier. Haben Sie auf der Straße zufällig jemanden gesehen?«

»Sie meinen, eine Zivilperson?«

»Nein, ich meine den Schneemenschen. Jawohl, eine Zivilperson. Eine Schwarze, ungefähr eins fünfundsechzig, ohne Schuhe.«

»Das haben Sie erfunden, nicht?« Kurze Pause. »Wir haben niemanden gesehen. Es ist dunkel. Keine Ahnung.«

Der Posten sprang vom Trittbrett. »Warten Sie. Ich werfe einen Blick hinten rein.«

Nicht bewegen, Lacey, sagte die Stimme. *Nicht bewegen.*

Die Plane wurde zur Seite geschlagen, schloss sich, öffnete sich wieder. Ein Lichtstrahl schien herein.

Mach die Augen zu, Lacey.

Sie gehorchte. Sie spürte, wie der Strahl der Taschenlampe über ihr Gesicht strich, einmal, zweimal, dreimal.

Du, Herr, bist der Schild für mich …

Sie hörte zwei harte Schläge gegen die Seitenwand, dicht neben ihrem Ohr.

»Alles klar!«

Der Lastwagen fuhr weiter.

Richards war alles andere als erfreut. Die schwarze Nonne, Lacey Antoinette Kudoto – was suchte sie hier?

Er beschloss, Sykes noch nichts zu sagen. Nicht solange er nicht mehr darüber wusste. Er hatte sechs Mann losgeschickt. Sechs! Knallt sie ab, verdammt! Und sie waren unverrichteter Dinge zurückgekommen. Er hatte sie noch einmal losgeschickt; sie sollten außen um den Zaun herum suchen. Findet sie! Jagt ihr eine Kugel in den Leib! Ist denn das so schwer?

Die Sache mit Wolgast und dem Kind dauerte jetzt zu lange. Und Doyle – wieso war *er* noch am Leben? Richards sah auf die Uhr: 00:03 Uhr. Er nahm seine Waffe aus der unteren Schreibtischlade, überprüfte das Magazin und schob sie sich ins Kreuz. Dann verließ er sein Büro, nahm die Treppe hinauf zur Ebene eins und trat über die Laderampe ins Freie.

Doyle war drüben in den zivilen Unterkünften untergebracht; sein Zimmer hatte einem der toten Schrubberschwinger gehört. Der Posten vor der Tür döste auf seinem Stuhl.

»Aufstehen!«, sagte Richards.

Der Soldat schreckte aus dem Schlaf und riss verständnislos die Augen auf. Anscheinend wusste er nicht, wo er war. Als er Richards erkannte, sprang er sofort auf und nahm Haltung an. »Verzeihung, Sir.«

»Machen Sie die Tür auf.«

Der Soldat gab den Code ein und trat beiseite.

»Sie können gehen«, sagte Richards.

»Sir?«

»Wenn Sie schlafen müssen, tun Sie es in der Baracke.«

Ein erleichtertes Aufatmen. »Jawohl, Sir. Verzeihung, Sir.«

Der Soldat verschwand im Laufschritt. Richards stieß die Tür auf. Doyle saß auf dem Fußende des Bettes, die gefalteten Hände auf dem Schoß, und starrte auf die leere Stelle an der Wand, wo der Fernseher gehangen hatte. Ein Tablett mit unberührtem Essen stand auf dem Boden und verströmte einen leichten Geruch von fauligem Fisch. Als Doyle den Kopf hob, kräuselte ein schmales Lächeln seine Lippen.

»Richards. Sie Drecksack.«

»Gehen wir.«

Doyle seufzte und schlug sich auf die Knie. »Wissen Sie, er hatte recht mit Ihnen. Wolgast, meine ich. Ich sitze hier und frage mich die ganze Zeit: Wann wird mein alter Freund Richards mich wohl besuchen?«

»Wenn es nach mir gegangen wäre, wäre ich früher gekommen.«

Doyle sah aus, als wollte er lachen. Richards hatte noch nie eine so gute Laune bei einem Mann gesehen, der sicher wusste, was mit ihm passieren würde. Doyle schüttelte wehmütig den Kopf. Er lächelte immer noch. »Ich hätte versuchen sollen, an diese Schrotflinten zu kommen.«

Richards zog die Pistole und entsicherte sie. »Es hätte ein bisschen Zeit gespart, ja.«

Er führte Doyle über das Gelände auf die Lichter des Chalets zu. Möglich, dass Doyle einen Fluchtversuch unternehmen würde,

aber wie weit würde er kommen? Und Richards wunderte sich. Warum hatte er nicht nach Wolgast oder der Kleinen gefragt?

»Sagen Sie mir eins«, bat Doyle, als sie auf dem Parkplatz waren. »Ist sie schon hier?«

»Ist wer hier?«

»Lacey.«

Richards blieb stehen.

»Also ist sie hier«, sagte Doyle und kicherte in sich hinein. »Richards, Sie sollten Ihr Gesicht sehen.«

»Was wissen Sie darüber?«

Es war seltsam. Ein kühles blaues Licht leuchtete in Doyles Augen. Selbst im Halbdunkel auf dem Parkplatz konnte Richards es sehen. Als schaute er in dem Augenblick in eine Kamera, als der Verschluss sich öffnete.

»Komisch – aber wissen Sie was?« Doyle hob den Blick zu den dunklen Umrissen der Bäume. »Ich konnte sie kommen hören.«

Grey.

Er war auf E4. Auf dem Monitor die leuchtende Gestalt Zeros.

Grey. Es ist Zeit.

Da fiel es ihm wieder ein, alles fiel ihm endlich wieder ein: seine Träume und all die Nächte, die er vor der Isolierzelle verbracht hatte, wo er Zero beobachtete, seiner Stimme lauschte und den Geschichten zuhörte, die er erzählte. Er erinnerte sich an New York City und an das Mädchen und all die anderen danach, jede Nacht eine neue, an das Gefühl der Dunkelheit, die ihn durchströmte, an das sanfte Glücksgefühl in seinen Kiefern, wenn er auf sie herabstürzte. Er war Grey und Nicht-Grey, er war Zero und Nicht-Zero, er war überall und nirgends. Er stand auf und trat an die Glasscheibe.

Es ist Zeit.

Es war komisch, dachte Grey. Nicht haha-komisch, sondern merkwürdig-komisch, die ganze Vorstellung von *Zeit*. Sie war keine Linie, sondern ein Kreis, und nicht einmal das: Sie war ein

Kreis, der aus Kreisen bestand, die aus Kreisen bestanden, und jeder lag über dem anderen, sodass jeder Augenblick mit anderen verbunden war; alles geschah zugleich. Und wenn man das einmal wusste, konnte man dieses Wissen nicht mehr abschaffen. So wie jetzt, als er Ereignisse sehen konnte, wie sie sich gleich entwickeln würden, als wären sie schon geschehen, weil sie ja in gewisser Weise auch schon geschehen waren.

Er öffnete die Luftschleuse. Sein Anzug hing schlaff an der Wand. Er musste die erste Tür schließen, um die zweite zu öffnen, und er musste die zweite schließen, um die dritte zu öffnen, aber nirgendwo stand geschrieben, dass er seinen Anzug tragen oder dass er allein sein musste.

Die zweite Tür, Grey.

Er betrat die zweite Kammer. Über ihm hing der Duschkopf wie die Blüte einer riesigen Blume. Die Kamera beobachtete ihn, aber niemand saß am anderen Ende vor dem Monitor; das wusste er. Und er hörte jetzt auch andere Stimmen, nicht nur Zeros, und er wusste auch, zu wem sie gehörten.

Die dritte Tür, Grey.

Oh, was für ein Glück, dachte er. Was für eine Erleichterung. Dieses Loslassen. Dieses Ab- und Weglegen. Tag um Tag hatte er gespürt, wie der gute Grey und der schlechte Grey sich zusammenfügten und etwas Neues bildeten. Etwas Unausweichliches. Den nächsten neuen Grey, den, der verzeihen konnte.

Ich verzeihe dir, Grey.

Er drehte den großen Türknauf. Die Sperre war offen. Zero entfaltete sich vor ihm in der Dunkelheit. Grey fühlte Zeros Atem auf dem Gesicht, auf seinen geschlossenen Augen, auf Mund und Kinn, und er fühlte sein eigenes hämmerndes Herz. Grey dachte an seinen Vater im Schnee. Er weinte, weinte vor Glück, weinte vor Entsetzen, weinte, weinte, weinte, und als Zeros Zähne die weiche Stelle an seinem Hals fanden, wo das Blut floss, wusste er endlich, was das zehnte Kaninchen war.

Das zehnte Kaninchen war er.

14

Es ging schnell. Zweiunddreißig Minuten, in denen eine Welt zu Ende ging und eine neue geboren wurde.

»Was haben Sie da gesagt?«, fragte Richards, und dann hörte er – sie beide hörten – den Alarm. Den Alarm, der niemals, niemals ertönen sollte: ein mächtiges, atonales Brummen, das auf dem freien Gelände hin und her hallte und von überall zugleich zu kommen schien.

Sicherheitsstörung im Probandentrakt auf Ebene vier.

Richards drehte sich um und schaute zum Chalet hinüber. Kurz entschlossen fuhr er wieder herum und richtete die Pistole dahin, wo Doyle gerade noch gestanden hatte.

Doyle war verschwunden.

Verdammt, dachte er, und dann sprach er es aus: »Verdammt!« Jetzt waren zwei außer Kontrolle. Rasch ließ er den Blick über den Parkplatz wandern und hoffte auf eine Schussgelegenheit. Überall strahlten Scheinwerfer auf und überfluteten das Gelände mit künstlichem grellem Licht. Rufe hallten von den Baracken herüber, und Soldaten näherten sich im Laufschritt.

Er hatte keine Zeit, sich jetzt um Doyle zu kümmern.

Er rannte die Stufen zum Chalet hinauf, vorbei an dem Wachtposten, der ihm etwas zubrüllte – etwas über den Aufzug –, und nahm die Treppe zur Ebene zwei. Seine Füße berührten kaum die

Stufen. Die Tür zu seinem Büro stand offen, und sofort ging sein Blick zu den Monitoren.

Zeros Zelle war leer.

Babcocks Zelle war leer.

Sämtliche Zellen waren leer.

Er drückte auf den Knopf für die allgemeine Sprechanlage. »Posten Ebene vier, hier Richards. Berichten Sie.«

Nichts. Kein Wort.

»Hauptlabor, berichten Sie. Kann mir jemand sagen, was da unten los ist, verdammt?«

Dann hörte er eine verängstigte Stimme. Fortes? »Sie haben sie rausgelassen!«

»Wer? Wer hat sie rausgelassen?«

Lautes Rauschen, und dann hörte Richards die ersten Schreie aus dem Lautsprecher, Schüsse und weitere Schreie. So schrien Männer, wenn sie starben.

»Heilige Scheiße!« Wiederum Rauschen. »Sie sind alle frei hier unten! Die verdammten Schrubber haben sie alle rausgelassen!«

Sofort schaltete Richards auf den Monitor für den Wachtposten auf Ebene drei. Ein großflächiges Gemälde aus Blut bedeckte die Wand. Der Posten, Davis, lag zusammengesunken darunter, das Gesicht auf die Fliesen gepresst, als suchte er seinen verlorenen Bodenkontakt. Ein zweiter Soldat kam ins Bild, und Richards erkannte Paulson. Er hielt eine .45er in der Hand. Die Aufzugtür hinter ihm war offen. Paulson schaute direkt in die Kamera, steckte die Waffe in das Halfter und nahm eine Handgranate aus der Tasche – und dann noch zwei. Mit den Zähnen zog er die Stifte heraus und rollte die Granaten in den Aufzug. Noch einmal schaute er Richards an. Richards sah seinen leeren Blick, als er die .45er an die Schläfe hob und abdrückte.

Richards drückte auf den Schalter, der die Ebene abriegelte, aber es war zu spät. Er hörte die Explosion, die durch den Aufzugschacht dröhnte, und dann ein zweites Krachen, als die Trümmer der Aufzugkabine unten aufschlugen. Dann gingen alle Lichter aus.

Zuerst wusste Wolgast nicht, was er da hörte. In Amys stiller Kammer ertönte der Alarm so plötzlich, so absolut fremdartig, dass er alle anderen Gedanken aus Wolgasts Kopf vertrieb. Er sprang von seinem Stuhl neben Amys Bett auf und stürzte zur Tür. Aber natürlich ließ sie sich nicht öffnen. Sie waren eingesperrt. Der Alarm hörte nicht auf. Brannte es irgendwo? Nein, dachte er durch das Getöse in seinen Ohren, es war etwas anderes, etwas Schlimmeres. Er sah zu der Kamera in der Ecke hinauf.

»Fortes! Sykes, verdammt! Macht die Tür auf!«

Dann hörte er das Rattern automatischer Gewehre, gedämpft durch die dicken Wände. Einen Augenblick lang dachte er hoffnungsvoll an Rettung. Aber das war natürlich unmöglich. Wer sollte sie retten?

Bevor er noch einen weiteren Gedanken fassen konnte, ertönte ein mächtiger, alles erschütternder Knall und ein schreckliches Donnern, das mit einem zweiten Knall endete, begleitet von einem tiefen, dröhnenden Vibrieren wie bei einem Erdbeben. Der Raum versank in Finsternis.

Wolgast erstarrte. Völlige Dunkelheit umgab ihn, jede Spur von Licht fehlte, und er verlor die Orientierung. Der Alarm war auch verstummt. Er verspürte einen blinden Drang zum Weglaufen, aber er konnte nirgends hin. Es war, als weitete sich der Raum und zöge sich gleichzeitig um ihn herum zusammen.

»Amy, wo bist du? Hilf mir, dich zu finden!«

Stille. Wolgast atmete tief durch und hielt die Luft an. »Amy, sag was. Sag irgendwas!«

Er hörte sie, hinter ihm, ein leises Stöhnen.

»So ist es gut.« Er drehte sich um, lauschte angestrengt, versuchte, Entfernung und Richtung zu ermessen. »Noch mal. Ich finde dich.«

Er konzentrierte sich. Die anfängliche Panik wich einer Art von Zielstrebigkeit, einem Gefühl für das, was jetzt zu tun war. Vorsichtig tat Wolgast einen Schritt auf ihre Stimme zu, dann noch einen. Ein zweites Stöhnen, kaum hörbar. Der Raum war klein,

höchstens fünf Meter im Quadrat. Warum also schien Amy im Dunkeln so weit weg zu sein? Draußen wurde nicht mehr geschossen; er hörte überhaupt nichts mehr, nur Amys leises Atmen, das ihn rief.

Wolgast hatte das Fußende ihres Bettes gefunden und tastete sich an den Chromstahlstangen entlang, als die Notbeleuchtung anging: zwei Lichtstrahlen kamen aus den Ecken an der Decke über der Tür. Es war kaum hell genug, um etwas zu sehen, aber es genügte. Das Zimmer war unverändert; was immer draußen passierte, hatte sie noch nicht erreicht.

Er setzte sich an Amys Bett und fühlte nach ihrer Stirn. Immer noch warm – aber das Fieber war gesunken, und ihre Haut war ein bisschen feucht. Wegen des Stromausfalls war die Infusionspumpe stehen geblieben. Er überlegte, was er tun sollte, und beschloss, sie abzunehmen. Vielleicht war das falsch, doch er glaubte es nicht. Er hatte oft genug zugesehen, wie Fortes und die anderen den Tropf auswechselten, um das Ritual zu kennen. Er drehte an der Klemme, stoppte den Durchfluss der Flüssigkeit und zog die lange Nadel aus dem Gummiventil am Ende der Kanüle, die in der Haut ihrer Hand steckte. Auch die Kanüle brauchte Amy nicht mehr; also zog er sie sanft heraus. Amy zuckte zusammen: ein gutes Zeichen. Der Einstich blutete nicht, aber um sicherzugehen, bedeckte er ihn mit einer Mullkompresse und klebte sie mit Pflaster vom Materialwagen fest. Dann wartete er.

Ein paar Minuten vergingen. Amy bewegte sich unruhig, als träumte sie. Wolgast dachte plötzlich, wenn er ihren Traum sehen könnte, würde er irgendwie wissen, was draußen vor sich ging. Doch darauf kam es jetzt sowieso nicht mehr an. Sie waren tief unter der Erde, abgeriegelt von der Außenwelt. Ebenso gut hätte man sie in ein Grab sperren können.

Wolgast hatte schon fast aufgegeben, als er hinter sich das Zischen des Druckausgleichs hörte. Hoffnung flammte auf; endlich kam Hilfe. Die Tür hinter ihm öffnete sich, und die Silhouette eines Menschen war zu erkennen. Der Mann machte einen Schritt

in den Raum hinein und wurde jetzt von den beiden Notleuchten angestrahlt. Er trug keinen Schutzanzug. Wolgast hatte ihn noch nie zuvor gesehen. Der Fremde hatte langes Haar, wild und zerzaust und von grauen Strähnen durchzogen, und einen ungepflegten, verfilzten Bart. Sein Laborkittel war zerknautscht und fleckig. Er blieb an Amys Bett stehen, vom Schreck gelähmt wie jemand, der Opfer eines Unfalls oder Zeuge einer schrecklichen Katastrophe geworden war. Wolgasts Anwesenheit hatte er noch mit keiner Regung zur Kenntnis genommen.

»Sie weiß es«, sprach er leise vor sich hin, den Blick auf Amy gerichtet. »Woher weiß sie es?«

»Wer sind Sie?«, fragte Wolgast. »Was ist hier los?«

Der Mann schien ihn noch immer nicht zu hören. Er strahlte etwas Unheimliches aus, eine überaus befremdliche Ruhe. »Es ist seltsam«, sagte er nach einer Weile und stieß einen tiefen Seufzer aus. Er fasste sich an den Bart, und dann ließ er den Blick über den nackten Raum schweifen. »Das alles. Ist es das ... was ich wollte? Ich wollte, dass es *einen* gibt, wissen Sie. Als ich *gesehen* habe, als ich *wusste,* was sie vorhatten, wollte ich, dass es wenigstens einen gibt.«

»Einen was? Was ist mit Sykes passiert?«, fragte Wolgast.

Endlich schien der Fremde Notiz von ihm zu nehmen.

Er sah Wolgast erst prüfend, dann finster an. »Sykes? Oh, der ist tot. Ich glaube, alle sind tot. Meinen Sie nicht auch?«

»Inwiefern tot?«

»Tot, hinüber, zerfetzt höchstwahrscheinlich. Die, die Glück hatten, jedenfalls.« Er schüttelte ungläubig den Kopf, ganz langsam. »Das hätten Sie sehen sollen, wie die von den Bäumen runtergeschossen kamen. Wie Fledermäuse. So was hätten wir vorhersehen müssen.«

Wolgast verstand überhaupt nichts mehr. »Bitte. Ich habe keine Ahnung ... wovon Sie reden.«

Der Fremde zuckte mit den Achseln. »Nun, Sie werden schon noch dahinterkommen. Früher, als Ihnen lieb ist. Tut mir leid.«

Er sah Wolgast an. »Sie müssen mich entschuldigen, Agent Wolgast. Meine Manieren. Es ist schon eine Weile her bei mir. Ich bin Jonas Lear.« Er lächelte verzagt. »Der Leiter des Projekts. Oder auch nicht. Unter den gegebenen Umständen würde ich eher sagen, hier leitet niemand mehr etwas.«

Lear. Der Name sagte Wolgast nichts. »Ich habe eine Explosion gehört …«

»Ja, ganz recht«, unterbrach Lear ihn. »Das dürfte der Aufzug gewesen sein. Ich möchte annehmen, das war einer der Soldaten. Aber ich hatte mich in der Kühlkammer im Labor eingeschlossen, deshalb habe ich nichts davon mitgekriegt.« Lear seufzte schwer und sah sich noch einmal in dem kleinen Raum um. »Nicht gerade ein Augenblick grandiosen Heldentums, nicht wahr, Agent Wolgast? Dass ich mich in der Kühlkammer verkrochen habe? Wissen Sie, ich wünschte wirklich, es gäbe hier noch einen Stuhl. Ich würde mich gern hinsetzen. Ich weiß nicht, wie lange es her ist, dass ich gesessen habe.«

Wolgast sprang auf. »Nehmen Sie meinen. Herrgott, bitte sagen Sie mir, was los ist.«

Aber Lear schüttelte den Kopf. Sein fettiges Haar schwang hin und her. »Dazu ist keine Zeit, fürchte ich. Wir müssen gehen. Es ist alles vorbei, nicht wahr, Amy?« Er schaute auf die schlafende Gestalt hinunter und berührte sanft die verbundene Hand. »Endlich vorbei.«

»*Was ist vorbei?*«, fragte Wolgast verzweifelt.

Als Lear den Kopf hob, sah er, dass der Mann Tränen in den Augen hatte.

»Alles«, sagte er.

Lear führte sie den Korridor hinunter. Wolgast trug Amy auf dem Arm. Brandgeruch hing in der Luft, wie von geschmolzenem Plastik. Als sie um die Ecke vor dem Aufzug bogen, sah Wolgast die erste Leiche.

Es war Fortes. Viel war nicht von ihm übrig. Sein Körper sah

verschmiert aus, als hätte etwas Riesiges ihn niedergeschlagen und über den Boden geschleift. Blutpfützen glitzerten im flimmernden Licht der Notbeleuchtung. Ein Stück weiter lag noch einer. Es dauerte einen Moment, bis Wolgast begriff, dass es auch Fortes war, nur ein anderer Teil von ihm.

Amys Augen waren geschlossen, aber Wolgast drückte ihr Gesicht trotzdem an sich, damit sie nichts davon sah. Hinter Fortes lagen noch zwei weitere Leichen, vielleicht auch drei – er konnte es nicht erkennen. Der Boden war glitschig vom Blut; seine Füße rutschten darin aus, im Schleim menschlicher Überreste.

Der Aufzug war explodiert; an seiner Stelle klaffte nur noch ein Loch, erleuchtet von den sprühenden Funken zerrissener Stromkabel. Die schweren Stahltüren waren quer durch den Flur geschossen und hatten die gegenüberliegende Wand durchschlagen. Im schräg einfallenden Licht der Notbeleuchtung sah Wolgast noch zwei Tote: Soldaten, die von den Trümmern der Tür zerrissen worden waren. Ein Dritter lehnte an der Wand, saß da wie zur Siesta, aber er saß in seinem eigenen Blut. Sein Gesicht sah müde und welk aus, und die Uniform hing schlaff an seiner Gestalt, als wäre sie ein paar Nummern zu groß.

Wolgast riss seinen Blick von ihm los. »Wie kommen wir hier raus?«

»Hier entlang«, sagte Lear. Der Nebel schien sich bei ihm gelichtet zu haben; er handelte jetzt mit drängender Zielstrebigkeit. »Schnell.«

Wieder ging es einen Korridor hinunter. Überall offene Türen – schwere Stahlabsperrungen wie die vor Amys Zimmer. Und auf dem Boden lagen noch mehr Leichen, doch Wolgast wollte – konnte – sie nicht mehr zählen. Die Wände waren von Einschusslöchern übersät, und überall lagen Patronenhülsen aus blinkendem Messing. Dann kam ein Mann aus einer Tür – besser gesagt, er stolperte heraus. Ein dicker, weicher Mann wie einer von denen, die Wolgast sein Essen gebracht hatten. Aber Wolgast kannte ihn nicht. Der Mann drückte die Hand auf einen tiefen Riss an seinem Hals,

und das Blut floss zwischen seinen Fingern hindurch, wo sie sich in das Fleisch pressten. Sein Hemd, ein OP-Hemd, wie Wolgast es trug, war von einem glitzernden Latz aus Blut bedeckt.

»Hey«, sagte er. »Hey.« Er sah die drei an und schaute den Gang hinauf und hinunter. Das Blut schien er gar nicht zu bemerken, oder es kümmerte ihn nicht. »Was ist mit dem Licht passiert?«

Wolgast wusste nicht, was er sagen sollte. Mit der Wunde müsste der Mann eigentlich längst schon tot sein. Wolgast konnte es kaum fassen, dass der Kerl noch stehen konnte.

»Uhhh«, sagte der Mann und fing an zu wackeln. »Langsam. Ich muss mich hinsetzen.«

Schwerfällig sank er zu Boden; er sackte in sich zusammen wie ein Zelt ohne Stangen. Er atmete tief ein und schaute zu Wolgast auf. Sein Körper wurde von heftigen Zuckungen geschüttelt.

»Schlafe … ich?«

Wolgast antwortete nicht. Die Frage ergab keinen Sinn.

Lear legte Wolgast die Hand auf die Schulter. »Lassen Sie ihn. Wir haben keine Zeit.«

Der Mann leckte sich die Lippen. Er hatte so viel Blut verloren, dass er auszutrocknen begann. Seine Lider fingen an zu flattern, und seine Hände lagen schlaff wie leere Handschuhe neben ihm auf dem Boden.

»Denn ich sage Ihnen, ich hatte verdammt noch mal den übelsten Traum, den Sie sich denken können. Grey, hab ich zu mir gesagt, du hast den schlimmsten Alptraum der Welt.«

»Ich glaube, es war kein Traum«, sagte Wolgast.

Der Mann dachte darüber nach und schüttelte den Kopf. »Das hatte ich befürchtet.«

Er zuckte in einem heftigen Krampf zusammen, als hätte ihn ein Stromschlag getroffen. Lear hatte recht. Man konnte nichts für ihn tun. Das Blut aus seinem Hals hatte sich blauschwarz verfärbt.

»Tut mir leid«, sagte er. »Wir müssen weiter.«

»Sie glauben, *Ihnen* tut's leid«, sagte der Mann, und sein Kopf schlug gegen die Wand.

»Agent …«

Greys Gedanken waren anscheinend woanders. »Das war nicht bloß ich, wissen Sie«, sagte er und schloss die Augen. »Das waren wir alle.«

Sie hasteten weiter und gelangten in einen Raum mit Spinden und Bänken. Eine Sackgasse, dachte Wolgast, aber Lear nahm einen Schlüssel aus der Tasche und öffnete eine Tür mit der Aufschrift »Technik«.

Wolgast ging hindurch. Lear kniete am Boden und benutzte ein kleines Messer, um eine Metallluke in der Wand aufzustemmen. Sie klappte an einem Scharnier auf, und Wolgast beugte sich vor, um hindurchzuschauen. Die Öffnung war höchstens einen Quadratmeter groß.

»Geradeaus, ungefähr zehn Meter, und dann kommen Sie an eine Stelle, wo ein Schacht senkrecht nach oben führt. Darin ist eine Leiter für Wartungsarbeiten. Sie geht bis zur Oberfläche.«

Mindestens fünfzehn Meter in pechschwarzer Dunkelheit mit Amy auf dem Arm eine Leiter hinauf. Wolgast wusste nicht, wie er das schaffen sollte.

»Es muss noch einen anderen Weg geben.«

Lear schüttelte den Kopf. »Es gibt keinen.«

Er nahm Amy, während Wolgast in den Gang hineinkroch. Im Sitzen und mit eingezogenem Kopf würde er Amy um die Taille fassen und mitziehen können. Er rutschte rückwärts hinein, bis er die Beine ausstrecken konnte, Lear legte Amy dazwischen. Sie schien jetzt am Rande des Bewusstseins zu schweben. Durch ihr dünnes Hemd spürte Wolgast noch immer die Wärme des Fiebers auf ihrer Haut.

»Denken Sie daran, was ich gesagt habe. Zehn Meter.«

Wolgast nickte.

»Sehen Sie sich vor.«

»Was hat diese Männer umgebracht?«

Aber Lear antwortete nicht. »Passen Sie gut auf sie auf«, sagte er nur.

Wolgast rutschte los; mit einem Arm umschlang er Amys Taille, mit dem anderen zog er sich immer tiefer in den Schacht. Erst als die Klappe sich hinter ihm schloss, begriff er, dass Lear nie die Absicht gehabt hatte mitzukommen.

Die Glühstäbe waren jetzt überall, im ganzen Chalet. Richards hörte die Schreie und die Schüsse. Er steckte ein paar Extramagazine aus seinem Schreibtisch ein und lief die Treppe hinauf zu Sykes' Büro.

Das Zimmer war leer. Wo war Sykes?

Sie mussten einen Sicherheitsring bilden und die Glühstäbe darin einschließen. Mit erhobener Waffe verließ er Sykes' Büro.

Etwas bewegte sich durch den Korridor.

Es war Sykes. Als Richards ihn erreichte, saß er auf dem Boden und lehnte an der Wand. Seine Brust hob und senkte sich wie die eines Kurzstreckenläufers, und sein Gesicht glänzte vor Schweiß. Er umklammerte seinen Unterarm; aus einem breiten Riss direkt über dem Handgelenk strömte das Blut. Seine Pistole, eine .45er, lag neben der nach oben zeigenden Hand auf dem Boden.

»Sie sind überall«, sagte Sykes und schluckte. »Warum hat er mich nicht umgebracht? Der Schweinehund hat mir ins Gesicht gesehen.«

»Welcher war es?«

»Wen interessiert das, verdammt?« Sykes zuckte die Achseln. »Ihr Kumpel. Babcock. Was ist das mit euch beiden?« Ein Zittern ging durch seinen Körper. »Mir geht's nicht gut«, sagte er und übergab sich.

Richards sprang zurück, aber nicht schnell genug. Der Geruch von Galle stieg herauf, und noch etwas anderes, etwas Elementares, Metallisches wie umgepflügte Erde. Richards spürte die Nässe durch Hose und Socken. Ohne Sykes anzusehen, wusste er, dass das Erbrochene mit Blut gemischt war.

»*Fuck!*«

Er richtete die Pistole auf Sykes.

»Bitte«, sagte Sykes, und er meinte, bitte ja, oder vielleicht, bitte nein, aber so oder so, dachte Richards, tat er ihm einen Gefallen, als er die Waffe auf Sykes' Brust richtete, auf den idealen Punkt. Er drückte ab.

Lacey sah, wie der Erste aus einem der oberen Fenster kam. So schnell! Schnell wie das Licht! Wie würde ein Mensch sich bewegen, wenn er aus Licht wäre! Im Handumdrehen war er vorüber, schnellte sich vom Dach in die Höhe, flog über das Gelände hinweg und landete hundert Meter weiter in einer Baumgruppe. Ein mannsgroßer Blitz von pulsierender Leuchtkraft, kometengleich.

Sie hatte den Alarm gehört, als der Lastwagen auf das Gelände fuhr. Die beiden Männer vorn in der Kabine hatten kurz debattiert – sollten sie einfach wieder wegfahren? Lacey hatte den Augenblick genutzt, um hinten hinauszuspringen und geduckt in den Wald zu laufen. Dort hatte sie den Dämon gesehen, der aus dem Fenster geflogen kam. Die Baumwipfel, in denen er landete, fingen sein Gewicht erschauernd auf.

Lacey sah es kommen.

Der Fahrer ließ die Heckklappe des Lastwagens herunter. Artillerie, hatte der Posten gesagt: Gewehre? Der Laster war voller Gewehre.

Die Baumwipfel schwankten wieder. Ein grüner Streifen schoss auf den Mann herunter.

Oh!, dachte Lacey. Oh! Oh!

Dann kamen noch mehr aus dem Gebäude, flogen aus Fenstern und Türen und erhoben sich in die Höhe. Zehn, elf, zwölf. Und Soldaten überall, rennend, schreiend und schießend, aber ihre Kugeln bewirkten nichts; die Dämonen waren zu schnell, oder die Kugeln waren harmlos für sie. Die Dämonen fielen auf die Soldaten, und einer nach dem anderen starb.

Deshalb war sie gekommen – um Amy vor den Dämonen zu retten.

Schnell, Lacey. Schnell.

Sie trat unter den Bäumen hervor.

»Halt!«

Lacey erstarrte. Sollte sie die Hände heben? Der Soldat kam aus dem Wald hinter ihr, wo er sich versteckt hatte. Ein guter Junge, der das tat, was er für seine Pflicht hielt. Bemühte sich, keine Angst zu haben, obwohl er natürlich welche hatte: Sie spürte, wie er sie in heißen Wellen ausstrahlte. Er wusste nicht, was mit ihm passieren würde. Sie empfand zärtliches Mitleid.

»Wer sind Sie?«

»Ich bin niemand«, sagte Lacey, und dann kam der Dämon auf ihn herab – bevor er auch nur seine Waffe heben, bevor er das Wort vollenden konnte, das er sprach, als er starb –, und Lacey rannte auf das Gebäude zu.

Wolgast schwitzte und keuchte, als sie unter dem senkrecht nach oben führenden Schacht angekommen waren. Ein matter Lichtschimmer fiel herab. Hoch oben sah er den Doppelstrahl einer Notbeleuchtung und noch weiter darüber die unbewegten Blätter eines großen Ventilators. Der zentrale Belüftungsschacht.

»Amy, Kleines«, sagte er. »Amy, du musst aufwachen.«

Ihre Lider flatterten und schlossen sich wieder. Er schob ihre Arme um seinen Nacken und stand auf. Ihre Beine schlangen sich um seine Taille, aber er spürte, dass sie keine Kraft hatte.

»Du musst dich festhalten, Amy. Bitte. Du musst.«

Ihr Körper straffte sich, trotzdem würde er sie mit dem einen Arm halten müssen, und so hätte er nur eine Hand frei, um sich an der Leiter hinaufzuziehen. O Gott.

Er drehte sich zu der Leiter um und setzte den Fuß auf die erste Sprosse. Es war wie eine dieser Aufgaben in einem standardisierten Test. *Brad Wolgast trägt ein kleines Mädchen auf dem Arm. In einem schlecht beleuchteten Belüftungsschacht muss er eine fünfzehn Meter hohe Leiter hinaufsteigen. Das Mädchen ist nur halb bei Bewusstsein. Wie kann Wolgast ihrer beider Leben retten?*

Dann sah er, wie er es tun könnte. Sprosse für Sprosse würde er

sich mit der rechten Hand hochziehen, dann den Ellenbogen dieser Hand um die Sprosse schlingen und Amys Gewicht auf dem Knie balancieren, um die Hände zu wechseln und die nächste Sprosse zu erreichen. Erst die linke, dann die rechte Hand, immer abwechselnd, und Amys Gewicht hin und her verlagern, Sprosse um Sprosse, bis sie oben wären.

Wie viel mochte sie wiegen? Fünfzig Pfund? Ein Gewicht, das im Augenblick des Händewechsels von der Kraft eines Arms getragen werden musste.

Wolgast begann zu klettern.

Richards hörte an den Schüssen und Schreien, dass die Glühstäbe jetzt draußen waren.

Er hatte gewusst, was mit Sykes vorging. Wahrscheinlich würde es mit ihm auch passieren, denn Sykes hatte ihm sein infiziertes Blut auf die Füße gekotzt. Er bezweifelte, dass er diese Sache bis zum Ende überleben würde. Hey, Cole, dachte er. Hey, Cole, du Ratte, du kleiner Scheißer. War es das, was du vorhattest? Ist das deine Pax Americana? Denn ich sehe hier nur eine Möglichkeit, wie das alles ausgehen kann.

Jetzt interessierte ihn nur noch eins: ein sauberer Abgang, und eine gute Show zum Schluss.

Der Vordereingang des Chalets war übersät mit Glasscherben und Einschusslöchern, und die Türen waren halb aus den Angeln gerissen und hingen schief herunter. Drei Soldaten lagen tot auf dem Boden; es sah aus, als wären sie im Chaos von den eigenen Leuten erschossen worden. Vielleicht hatten sie sich sogar absichtlich gegenseitig erledigt, damit es schneller ging. Richards hob seine Springfield und sah die Waffe an. Wieso dachte er, dass die Pistole ihm helfen würde? Die Gewehre der Soldaten würden auch nichts bringen. Er brauchte etwas Größeres. Die Waffenkammer war auf der anderen Seite des Geländes, hinter den Baracken. Er würde hinübersprinten müssen.

Er schaute zur Tür hinaus. Zumindest brannten draußen die

Lichter noch. Gut, dachte er. Besser jetzt als später, denn wahrscheinlich gab es kein Später. Weder für ihn noch für sonst jemanden. Er rannte los.

Die Soldaten waren überall, sie rannten versprengt umher und schossen auf nichts und aufeinander. Es gab nicht einmal den Anschein einer organisierten Verteidigung, geschweige denn einen Angriff auf das Chalet. Richards rannte, so schnell er konnte, und rechnete jederzeit damit, eine Kugel abzubekommen.

Er hatte das Gelände halb überquert, als er den Fünftonner sah. Er stand am Rand des Parkplatzes, nachlässig schräg geparkt, mit offenen Türen. Er wusste, was darin war.

Vielleicht brauchte er nicht bis zur anderen Seite zu laufen.

»Agent Doyle.«

Doyle lächelte. »Lacey.«

Sie waren im Erdgeschoss des Chalets, in einem kleinen, mit Schreibtischen und Aktenschränken vollgestopften Raum. Doyle hatte sich hier unter einem Schreibtisch verkrochen, gewartet, seit die Schießerei angefangen hatte. Hatte auf Lacey gewartet. Er stand auf.

»Wissen Sie, wo sie sind?«

Lacey zögerte. Sie hatte Schrammen im Gesicht und am Hals und Blattfetzen im Haar.

Sie nickte. »Ja.«

»Ich … habe Sie gehört«, sagte Doyle. »All die Wochen hindurch.« Eine Schleuse brach in ihm auf, als er sie sah. Seine Stimme klang tränenerstickt. »Ich weiß nicht, wie ich das konnte.«

Sie nahm seine Hand. »Das war nicht ich, die Sie gehört haben, Agent Doyle.«

Zumindest konnte Wolgast nicht nach unten schauen. Er schwitzte jetzt heftig, und seine Handflächen und Finger waren glitschig, wenn er die Sprossen umklammerte, um sich hochzuziehen. Seine Arme zitterten vor Anstrengung, und die Ellenbeugen, die er um

die Sprossen hakte, wenn er die Hände wechselte, fühlten sich an, als wären sie bis auf die Knochen wundgescheuert. Er wusste, es gab einen Augenblick, da der Körper einfach seine Grenzen erreichte, eine unsichtbare Linie, hinter die man nicht mehr zurückkonnte, wenn man sie einmal überschritten hatte. Er schob diese Gedanken beiseite und kletterte weiter.

Amys Arme, in seinem Nacken verschränkt, ließen nicht locker. Zusammen stiegen sie weiter, eine Sprosse nach der anderen.

Der Ventilator war jetzt nicht mehr so weit weg. Wolgast spürte einen leisen Lufthauch auf seinem Gesicht, kühl und vom Duft der Nacht erfüllt. Er reckte den Hals und suchte die Wände des Schachts nach einer Öffnung ab.

Er entdeckte eine, drei Meter über ihnen, neben der Leiter: ein offener Seitenkanal.

Er würde Amy zuerst hineinschieben müssen. Irgendwie würde er sein eigenes Gewicht und ihres auf der Leiter balancieren müssen, während er sie zur Seite schwenkte und in die Öffnung schob, und dann müsste er selbst hineinklettern.

Sie hatten die Öffnung erreicht. Bis zum Ventilator war es weiter, als er gedacht hatte. Noch einmal mindestens zehn Meter. Er schätzte, dass sie irgendwo in Höhe des Erdgeschosses des Chalets waren. Vielleicht sollte er noch höher klettern und einen anderen Ausgang suchen. Aber seine Kräfte waren fast erschöpft. Er brachte sein rechtes Knie in Stellung, damit es Amys Gewicht aufnehmen konnte, und streckte die linke Hand aus. Seine Fingerspitzen berührten eine konturlose Wand aus kühlem Metall, glatt wie Glas, aber dann fand er die Kante. Er zog die Hand zurück. Noch drei Sprossen, das dürfte genügen. Er atmete tief durch und stieg weiter, bis die Öffnung in Höhe seiner Füße lag.

»Amy«, keuchte er. Sein Mund und seine Kehle waren knochentrocken. »Wach auf. Du musst versuchen aufzuwachen, Kleines.«

Er spürte, wie ihr Atem an seinem Hals sich veränderte, als sie sich bemühte, zu sich zu kommen.

»Amy, du musst mich loslassen, wenn ich es dir sage. Ich werde

dich festhalten. Da ist eine Öffnung in der Wand. Du musst versuchen, die Füße hineinzuschieben.«

Das Mädchen antwortete nicht. Hoffentlich hatte sie ihn gehört. Er versuchte sich vorzustellen, wie das alles genau funktionieren sollte – wie er erst sie und dann sich selbst in diesen Seitentunnel zwängen sollte. Aber ihm lief die Zeit davon. Wenn er noch länger wartete, würde er überhaupt keine Kraft mehr haben.

Jetzt.

Er zog das Knie an und hob Amy hoch. Ihre Arme lösten sich von seinem Nacken, und mit seiner freien Hand packte er sie beim Handgelenk, sodass sie wie ein Pendel über der Röhre hing, und dann sah er, wie es gehen würde: Seine andere Hand ließ die Leiter los, ihr Gewicht zog ihn nach links, der Öffnung entgegen, und dann waren ihre Füße drinnen, und sie rutschte in die Öffnung.

Er glitt immer mehr nach unten. Unaufhaltsam. Seine Füße verloren den Kontakt mit der Leiter, seine Hände scharrten hektisch an der Wand entlang, seine Finger fanden schließlich die Kante der Seitenöffnung. Ein feiner Metallgrat schnitt sich in seine Haut.

»Hoaa!«, schrie er, und seine Stimme hallte durch das Rohr nach unten. Seine Füße baumelten ins Leere. »Hooaaa!«

Er hätte nicht sagen können, wie er es schaffte. Adrenalin. Amy. Weil er nach allem, was passiert war, einfach noch nicht sterben wollte. Mit aller Kraft zog er sich hoch, seine Ellenbogen krümmten sich langsam und brachten ihn unerbittlich nach oben – erst den Kopf, dann die Brust, dann die Taille, und schließlich glitt er vollends in den Tunnel.

Einen Augenblick lang blieb er still liegen und rang nach Luft. Dann hob er den Kopf und sah Licht vor sich, irgendeine Öffnung im Boden. Er schlang die Arme um Amys Taille, wie er es vorher getan hatte, und dann rutschte er auf dem Rücken voran. Das Licht wurde heller, als sie näher kamen. Es schimmerte durch eine vergitterte Öffnung herauf.

Das Gitter war von der anderen Seite festgeschraubt.

Er war den Tränen nahe. Sie waren so weit gekommen! Aber

selbst wenn er durch das enge Gitter greifen und die Schrauben mit den Fingern hätte erreichen können – er hatte kein Werkzeug, keine Möglichkeit, sie herauszudrehen. Und zurückzukriechen war ausgeschlossen. Er hatte keine Kraft mehr.

Etwas bewegte sich dort unten.

Er drückte Amy fest an sich und dachte an die Männer, die er gesehen hatte: Fortes, den Soldaten in der Blutlache, den Mann namens Grey. So wollte er nicht sterben. Er schloss die Augen, hielt den Atem an und war absolut still.

Dann hörte er eine Stimme, leise und fragend: »Chief?«

Es war Doyle.

Eine der Kisten vom Lastwagen stand bereits dahinter auf dem Boden. Es sah aus, als hätte jemand mit dem Abladen angefangen und dann fluchtartig das Weite gesucht. Richards warf einen kurzen Blick auf die Ladefläche und fand ein Stemmeisen.

Mit einem kurzen Schnappen brach das Scharnier. In der Kiste lagen, in Schaumstoff gebettet, zwei Raketenwerfer vom Typ RPG-29. Er hob sie mit der Halterung heraus und entdeckte darunter die Raketen, mit Flossen versehene Zylinder, etwa einen halben Meter lang und bestückt mit Panzerabwehr-Sprengköpfen mit Tandemhohlladung, die in der Lage waren, einen modernen Kampfpanzer zu durchschlagen. Richards hatte gesehen, was sie anrichten konnten.

Er hatte sie angefordert, als der Befehl gekommen war, die Glühstäbe zu verlegen. Vorsicht ist die Mutter der Porzellankiste, hatte er gedacht. *Sag Laut Aaah.*

Er schob die erste Rakete in den Werfer. Eine kurze Drehung, und er hörte das beruhigende Summen, das ihm sagte, dass der Sprengkopf scharf war. Jahrtausende des technischen Fortschritts, die ganze Geschichte der menschlichen Zivilisation, schienen in diesem Summen enthalten zu sein – im Summen eines einsatzbereiten Raketenwerfers. Das RPG-29 war mehrfach verwendbar, aber Richards wusste, dass er nur einen Schuss frei hatte. Er hob

die Waffe auf die Schulter, brachte die Zielvorrichtung in ihre Position und trat vom Lastwagen weg.

»Hey!«, schrie er, und genau in diesem Augenblick, als seine Stimme in der Dunkelheit verhallte, empfand er einen kalten Schauer von Übelkeit, der aus seinen Eingeweiden heraufquoll. Der Boden unter seinen Füßen schwankte wie ein Bootsdeck auf hoher See. Schweißperlen traten auf sein Gesicht. In einer willkürlichen Schaltung seines Hirns spürte er den Drang zum Blinzeln. Ah. Es ging schneller, als er gedacht hatte. Er schluckte angestrengt und ging noch einmal zwei Schritte weiter ins Licht hinein, und dann richtete er das RPG auf die Baumwipfel

»Hier, Miez, Miez!«, schrie er.

Eine bange Minute verging, während Doyle diverse Schubladen durchwühlte, bis er ein Taschenmesser gefunden hatte. Er stieg auf einen Stuhl und schraubte mit der Klinge das Gitter ab. Wolgast ließ Amy zu ihm hinunter und sprang dann selbst.

Er begriff nicht gleich, wen er vor sich sah.

»Schwester Lacey?«

Sie drückte das schlafende Mädchen an sich. »Agent Wolgast.«

Wolgast sah Doyle an. »Ich verstehe nicht …«

»Nicht?« Doyle zog die Brauen hoch. Er trug einen OP-Anzug wie Wolgast. Er war ihm zu groß und hing lose an seinem Körper. »Glauben Sie mir.« Er lachte kurz. »Ich verstehe es auch nicht.«

»Hier sind überall Tote«, sagte Wolgast. »Irgendetwas … Ich weiß es nicht. Es gab eine Explosion.« Er wusste nicht weiter.

»Das wissen wir.« Doyle nickte. »Wird Zeit, dass wir verschwinden.«

Sie gingen hinaus in den Flur. Wolgast vermutete, dass sie irgendwo im hinteren Teil des Chalets waren. Es war still; nur vereinzelt hörten sie draußen noch Gewehrschüsse. Schnell, und ohne zu reden, liefen sie zum vorderen Eingang. Wolgast sah die toten Soldaten, die dort lagen.

Lacey drehte sich zu ihm um. »Nehmen Sie das Kind«, sagte sie. »Nehmen Sie Amy.«

Er gehorchte. Viel Kraft hatte er in den Armen nicht mehr, aber er drückte sie fest an sich. Sie stöhnte leise; sie versuchte aufzuwachen und kämpfte gegen die Macht, die sie im Zwielicht festhielt. Sie gehörte in ein Krankenhaus, doch selbst wenn er hier eins finden könnte, was sollte er dann sagen? Wie wollte er das alles erklären? Die Luft an der Tür war winterlich kalt, und Amy fröstelte in ihrem dünnen Hemd.

»Wir brauchen ein Fahrzeug«, sagte Wolgast.

Doyle huschte zur Tür hinaus. Eine Minute später war er wieder da und hielt einen Autoschlüssel in der Hand. Irgendwo hatte er auch eine Pistole gefunden, eine .45er. Er führte Wolgast und Lacey zum Fenster und zeigte hinaus.

»Der ganz hinten, am Ende des Parkplatzes. Der silberne Lexus. Sehen Sie ihn?«

Wolgast sah ihn. Der Wagen war mindestens hundert Meter weit entfernt.

»Nette Karre«, sagte Doyle. »Man sollte meinen, der Fahrer lässt den Schlüssel nicht einfach unter der Sonnenblende.« Doyle drückte ihm die Schlüssel in die Hand. »Nehmen Sie die. Sie gehören Ihnen. Für alle Fälle.«

Es dauerte einen Moment. Dann begriff Wolgast. Der Wagen war für ihn, für ihn und Amy. »Phil ...«

Doyle hob die Hände. »Keine Widerrede.«

Wolgast sah Lacey an, und sie nickte. Dann kam sie zu ihnen. Sie küsste Amy und strich ihr über das Haar, und dann gab sie auch ihm einen Kuss auf die Wange. Eine tiefe Ruhe und ein Gefühl der Gewissheit strahlten von dort, wo ihr Mund ihn berührt hatte, durch seinen ganzen Körper. So etwas hatte er noch nie empfunden.

Sie gingen hinaus, Doyle vorneweg. Im Schutze des Gebäudes bewegten sie sich schnell voran. Wolgast kam kaum mit. Irgendwo hörte er wieder Schüsse, aber anscheinend wurde nicht auf sie geschossen, sondern in die Höhe, auf Bäume und Dächer. Wahllos

wie bei irgendeiner gespenstischen Festlichkeit. Jedes Mal hörte er einen Schrei, es war einen Augenblick lang still, und dann wurde weitergeschossen.

Sie erreichten die Ecke des Gebäudes. Auf der einen Seite war der Wald, auf der anderen der hell erleuchtete Parkplatz. Der Lexus stand ganz weit hinten, und das Heck war ihnen zugewandt. Sonst waren keine anderen Autos auf dem Parkplatz, die ihnen Deckung geboten hätten.

»Wir müssen einfach rennen«, sagte Doyle. »Sind Sie so weit?«

Wolgast war außer Atem, aber er nickte.

Sie rannten los, auf den Wagen zu.

Richards fühlte ihn, bevor er ihn sah. Er fuhr herum und schwenkte das RPG wie einen Hochsprungstab.

Es war nicht Babcock.

Es war nicht Zero.

Es war Anthony Carter.

Er hockte fünf Meter von ihm entfernt, hob den Kopf, drehte das Gesicht zur Seite und schaute Richards abschätzend an. Seine Haltung hatte etwas von einem Hund. Blut glitzerte auf seinem Gesicht, auf den klauenartigen Händen, den Reihen seiner nadelspitzen Zähne. Ein klickendes Geräusch kam aus seiner Kehle. Langsam und in einer genussvoll trägen Bewegung richtete er sich auf. Richards nahm seinen Mund ins Visier.

»Aufmachen«, sagte Richards und feuerte.

Schon als die Rakete aus dem Lauf schoss und die Wucht des Rückstoßes ihn rückwärtstaumeln ließ, wusste er, dass er nicht getroffen hatte. Dort, wo Carter gestanden hatte, war niemand mehr. Carter war in der Luft. Carter flog. Dann fiel er, schnellte auf Richards herunter. Die Panzerabwehrrakete explodierte und riss die Front des Chalets auf, doch das hörte Richards nur dumpf – das Krachen verhallte, wich in unglaubliche Ferne zurück –, denn er erlebte das für ihn völlig neue Gefühl, in zwei Hälften gerissen zu werden.

Die Explosion erreichte Wolgast als weißer Blitz. Eine Wand aus Hitze und Licht traf seine linke Gesichtshälfte wie ein Schlag. Dann wurde er hochgewirbelt, und Amy glitt aus seinen Armen. Er schlug auf dem Asphalt auf und rollte zweimal um sich selbst, ehe er auf dem Rücken liegen blieb.

Es dröhnte in seinen Ohren, und sein Atem schien tief unten in der Brust in einer Röhre festzustecken. Über sich sah er das tiefe, samtige Schwarz des Nachthimmels und die Sterne, Hunderte und Aberhunderte von Sternen, und einige von ihnen regneten herab.

Sternschnuppen, dachte er. Dann dachte er: Amy. Dann dachte er: Schlüssel.

Er hob den Kopf. Amy lag ein paar Meter weiter, mit dem Gesicht nach oben. Rauch hing in der Luft, dick und beißend. Im flackernden Schein des brennenden Chalets sah sie aus, als schliefe sie: eine Gestalt aus einem Märchen, die Prinzessin, die eingeschlafen war und nicht aufwachen konnte. Wolgast rollte sich auf alle viere herum und tastete den Boden in panischer Hast nach dem Schlüssel ab. Er spürte, das eins seiner Ohren verletzt war; es war, als hätte sich ein Vorhang über die linke Hälfte seines Kopfes gelegt, der alle Geräusche aufsaugte. Der Schlüssel, der Schlüssel. Erst jetzt merkte er, dass er ihn noch in der Hand hielt. Er hatte ihn gar nicht verloren.

Wo waren Doyle und Lacey?

Er ging zu Amy. Soweit er sehen konnte, hatte sie den Sturz und die Explosion unversehrt überstanden. Er schob die Hände unter ihre Arme, legte sie über seine Schulter und lief zu dem Lexus, so schnell er konnte.

Er bückte sich, um Amy hineinzuschieben und auf den Rücksitz zu legen. Dann stieg er selbst ein und drehte den Schlüssel im Zündschloss. Die Scheinwerfer strahlten hell über das Gelände.

Etwas schlug auf die Motorhaube.

Ein Tier. Nein – irgendein monströses Ding, das fahlgrün glimmerte. Er sah die Augen und das, was darin war, und er wusste, dieses seltsame Wesen auf der Motorhaube war Anthony Carter.

Carter erhob sich, als Wolgast den Rückwärtsgang einlegte und Vollgas gab. Er rutschte herunter. Wolgast sah ihn im Scheinwerferlicht des Lexus; er rollte über den Boden und schnellte dann blitzartig – so schnell, dass das Auge den Bewegungen fast nicht folgen konnte – in die Luft und war verschwunden.

Was zum Teufel …?

Wolgast trat auf die Bremse und riss das Lenkrad herum. Der Wagen kam in Richtung Ausfahrt zum Stehen. Die Beifahrertür wurde aufgerissen: Lacey. Sie kletterte schnell hinein, ohne ein Wort zu sagen. Blut lief ihr übers Gesicht und tropfte auf ihre Bluse. Sie hatte eine Pistole in der Hand. Verblüfft schaute sie sie an und ließ sie fallen.

»Wo ist Doyle?«

»Ich weiß es nicht.«

Er legte den Vorwärtsgang ein und gab Gas.

Dann sah er Doyle. Er kam quer über den Platz auf den Lexus zugerannt und schwenkte seine .45er.

»Fahren Sie los!«, schrie er. »Fahren Sie!«

Etwas krachte auf das Wagendach, und Wolgast wusste, dass es Carter war. Carter hockte auf dem Dach des Lexus. Wolgast bremste so stark, dass sie alle nach vorn geschleudert wurden. Carter rutschte vom Dach auf die Haube, aber dort hielt er sich fest. Wolgast hörte, wie Doyle auf ihn schoss, dreimal kurz hintereinander. Wolgast sah, wie eine Kugel Carter mit einem aufsprühenden Funken in die Schulter traf. Carter schien es kaum zu bemerken.

»Hey!«, schrie Doyle. »Hier bin ich! Hey!«

Carter hob den Kopf und sah Doyle. Er sprang von der Haube des Lexus, als Doyle einen letzten Schuß abfeuerte. Wolgast drehte sich um und sah, wie die Kreatur, die einst Anthony Carter gewesen war, auf Doyle herabfiel und ihn umschloss wie ein riesiger Mund.

Im Handumdrehen war es vorbei.

Wolgast trat das Gaspedal durch. Der Wagen schoss quer über

einen Rasenstreifen, und die Räder drehten durch, bis sie kreischend auf den Asphalt gelangten. Sie rasten den langen Fahrweg hinunter, weg von dem brennenden Chalet und zwischen den Bäumen der Allee hindurch. Alles flog an ihnen vorbei. Fünfzig, sechzig, siebzig Meilen pro Stunde.

»Was war das?«, fragte Wolgast und sah zu Lacey hinüber. »Was war das?«

»Halten Sie hier, Agent.«

»Was? Das ist nicht Ihr Ernst.«

»Sie werden uns kriegen. Sie folgen dem Blut. Sie müssen anhalten.« Sie legte ihm eine Hand auf den Arm, fest und beharrlich. »Bitte. Tun Sie, was ich sage.«

Wolgast lenkte den Lexus an den Straßenrand. Lacey drehte sich zu ihm herum, und jetzt sah er die Wunde oben an ihrer Schulter, einen glatten Durchschuss dicht unterhalb des Deltamuskels.

»Schwester Lacey ...«

»Das ist nichts«, sagte Lacey. »Nur Fleisch und Blut. Aber ich soll nicht mit Ihnen gehen. Das sehe ich jetzt.« Sie berührte seinen Arm und lächelte – ein letztes segnendes Lächeln und zugleich ein glückliches Lächeln. Ein Lächeln nach den Strapazen einer langen Reise, die jetzt zu Ende war.

»Geben Sie acht auf sie, Agent Wolgast. Amy gehört Ihnen. Sie werden wissen, was zu tun ist.« Sie stieg aus und schlug die Tür zu, bevor Wolgast noch ein Wort sagen konnte.

Im Rückspiegel sah er, wie sie in die Richtung zurückrannte, aus der sie gekommen waren. Sie winkte mit hocherhobenen Armen. Eine Warnung? Nein, sie rief sie auf sich herab. Sie kam keine dreißig Meter weit, bevor ein Licht aus den Bäumen herabschoss, dann noch eins und ein drittes – so viele, dass Wolgast nicht länger hinschauen konnte. Er gab Gas und fuhr weiter, so schnell es ging, ohne noch einmal zurückzuschauen.

II

Das Jahr null

Komm fort! Zum Kerker, fort! –
Da lass uns singen, wie Vögel in dem Käfig.
Bitt'st du um meinen Segen, will ich knie'n
Und dein Verzeihn erflehn …

Shakespeare, *König Lear*

15

Als alle Zeit zu Ende und jede Erinnerung ausgelöscht war; als der Mann, der er gewesen war, außer Sicht war wie ein davonsegelndes Schiff, das hinter der Krümmung der Erde verschwand und sein altes Leben im Laderaum mit sich nahm; als die kreisenden Sterne auf nichts herabschauten und der Mond auf seiner Bahn seinen Namen nicht mehr wusste und nichts mehr übrig war als das große Meer des Hungers, auf dem er für alle Zeit dahintrieb – da war noch immer in seinem tiefsten Innern dies: ein Jahr. Der Berg und der Wechsel der Jahreszeiten, und Amy. Amy und das Jahr null.

Sie erreichten das Camp im Dunkeln. Wolgast legte die letzte Meile langsam zurück. Er folgte den Strahlen der Scheinwerfer, wo sie durch die Bäume brachen, bremste ab, um im Kriechtempo durch die schlimmsten Schlaglöcher zu fahren, durch die tiefen Rinnen, die das Schmelzwasser hinterlassen hatte. Die tropfenden Finger der Äste kratzten über Dach und Fenster. Der Wagen war Schrott, ein uralter Corolla mit dicken grellen Felgen und einem Aschenbecher voll gelber Zigarettenstummel. Wolgast hatte ihn auf einem Trailer Park in der Nähe von Laramie gestohlen und dafür den Lexus zurückgelassen, mit dem Schlüssel im Zündschloss und einem Zettel auf der Ablage: *Behalten Sie ihn, er gehört Ihnen.* Ein alter angeketteter Köter, zu müde zum

Bellen, hatte gleichgültig zugesehen, wie Wolgast die Zündung kurzschloss, Amy aus dem Lexus in den Toyota brachte und auf den mit Fast-Food-Verpackungen und leeren Zigarettenschachteln vollgemüllten Rücksitz legte.

Einen Moment lang hatte Wolgast sich gewünscht, er könnte dabei sein und das Gesicht des Besitzers sehen, wenn er am nächsten Morgen aufwachte und feststellte, dass seine alte Mühle durch ein Achtzigtausend-Dollar-Sportcoupé ersetzt worden war, wie Cinderellas Kürbis sich in eine Kutsche verwandelt hatte. Wolgast hatte einen solchen Wagen in seinem ganzen Leben noch nicht gefahren. Hoffentlich würde der neue Besitzer, wer immer er sein mochte, sich wenigstens einmal eine kleine Spritztour gönnen, bevor er ihn still und leise verschwinden ließ.

Der Lexus gehörte Fortes. *Hatte* Fortes gehört, korrigierte Wolgast sich, denn Fortes war tot. Fortes, James B. – Wolgast hatte seinen Vornamen erst erfahren, als er ihn in der Zulassung gelesen hatte. Eine Adresse in Maryland, und das bedeutete wahrscheinlich USAMRIID oder das National Institute of Health. Wolgast hatte die Zulassung an einem Weizenfeld irgendwo an der Grenze zwischen Colorado und Wyoming aus dem Fenster geworfen. Aber den restlichen Inhalt der Brieftasche, die auf dem Boden unter dem Fahrersitz gelegen hatte, hatte er behalten: etwas mehr als sechshundert Dollar in bar und eine Titanium-Visa-Karte.

Aber das alles war viele Stunden her, und die Strecke, die hinter ihnen lag, hatte die Fahrt noch länger erscheinen lassen. Colorado, Wyoming, Idaho – Letzteres in völliger Dunkelheit. Er hatte nur das gesehen, was die Lichtkegel des Corolla beleuchtet hatten. Bei Sonnenaufgang am zweiten Morgen waren sie nach Oregon gekommen, und im Laufe des Tages hatten sie die faltigen Plateaus im kargen Innern dieses Staates überquert. Auf den Feldern und den goldenen, vom Wind zerzausten Hügeln ringsumher hatte der violette Beifuß in voller Blüte gestanden. Um wach zu bleiben, fuhr Wolgast mit offenem Fenster, und der süße

Duft wirbelte in den Wagen, der Duft der Kindheit, der Heimat. Am Nachmittag hatte er gespürt, dass der Motor des Toyota sich zu plagen begann: Endlich ging es bergauf. Als es dunkel wurde, ragten die Cascade Mountains vor ihnen auf, ein drohend aufragendes Gebirgsmassiv, das mit seinen Sägezähnen die Strahlen der untergehenden Sonne zerschnitt, sodass der Himmel im Westen in einer feurigen Collage aus Rot und Violett loderte wie ein Fenster aus buntem Glas. Hoch oben glänzte das Eis auf den felsigen Gipfeln.

»Amy«, sagte er. »Wach auf, Kleines. Schau doch.«

Amy lag mit einer Baumwolldecke auf dem Rücksitz. Sie war immer noch schwach, und die letzten zwei Tage hatte sie die meiste Zeit geschlafen. Aber das Schlimmste schien vorbei zu sein. Ihre Haut sah besser aus; die wächserne Blässe des Fiebers war weg. An diesem Morgen hatte sie tatsächlich ein paar Bissen von dem Ei-Sandwich gegessen und ein bisschen Schokoladenmilch getrunken; Wolgast hatte beides in einem Drive-in gekauft. Aber eins war komisch: Sie war äußerst empfindlich gegen Sonnenlicht. Es schien ihr Schmerzen zu bereiten, und das nicht nur in den Augen: Ihr ganzer Körper zuckte davor zurück wie vor einem Stromschlag. An einer Tankstelle hatte er ihr eine Sonnenbrille besorgt – in Filmstar-Pink, die einzige, die so klein war, dass sie ihr passte –, und dazu eine Truckermütze mit dem *John Deere*-Logo, die sie sich tief über die Augen ziehen konnte. Aber trotz Mütze und Sonnenbrille hatte sie den ganzen Tag über kaum einmal den Kopf unter der Decke hervorgeschoben.

Als sie seine Stimme hörte, erhob sie sich aus dem Gezeitensog des Schlafs und schaute wie er nach vorn durch die Windschutzscheibe. Noch immer trug sie die pinkfarbene Sonnenbrille, und sie blinzelte im Sonnenlicht und legte beide Hände an die Schläfen. Der Wind, der durch die offenen Fenster hereinwehte, ließ das lange Haar um ihr Gesicht flattern.

»Es ist … hell«, sagte sie leise.

»Die Berge«, sagte er.

Auf den letzten paar Meilen folgte er seinem Instinkt über unbefestigte Straßen, die sie immer tiefer in die bewaldeten Bergschluchten führten. Eine verborgene Welt: Wo sie hinfuhren, gab es keine Städte, keine Häuser, überhaupt keine Menschen. Zumindest hatte er es so in Erinnerung. Die Tankanzeige ging gegen null. Sie fuhren an einem Gemischtwarenladen vorbei, an den Wolgast sich vage erinnerte, obwohl der Name ihm nichts mehr sagte: »Milton's General Store / Jagd- und Angellizenzen«. Dann begann der letzte Aufstieg. Drei Weggabelungen später war er am Rande der Panik, weil er dachte, er habe sich verirrt, als plötzlich eine Reihe von kleinen Details wie aus der Vergangenheit vor ihm aufstieg: eine bestimmte Steigung, der Blick auf einen sternenübersäten Himmel hinter einer Kurve, und dann, unter den Rädern des Toyota, die großräumige Akustik der lichten Höhe, als sie einen Fluss überquerten. Alles so, wie es gewesen war, als er klein war und neben seinem Vater saß, der ihn hinauf zum Camp fuhr.

Ein paar Augenblicke später tat sich eine Lücke zwischen den Bäumen auf. Am Straßenrand stand ein verwittertes Schild mit der Aufschrift »Bear Mountain Camp«, und darunter hing an zwei rostigen Ketten eine zweite Tafel. »Zu verkaufen«, stand darauf, und dazu der Name eines Maklers und eine Telefonnummer in Salem. Das Schild war wie viele andere, die Wolgast am Straßenrand gesehen hatte, von Gewehrkugeln durchlöchert.

»Hier ist es«, sagte er.

Die Zufahrt zum Camp war eine Meile lang. Sie folgte dem Kamm einer hohen Böschung oberhalb des Flusses und führte dann um eine Ansammlung von Felsen herum nach rechts und in den Wald. Er wusste, das Camp war seit Jahren geschlossen. Würden die Gebäude überhaupt noch da sein? Was würden sie vorfinden? Die verkohlten Ruinen eines verheerenden Brandes? Verrottete Dächer, eingestürzt unter der Schneelast des Winters? Aber dann tauchte es zwischen den Bäumen auf – das Gebäude, das die Jungen »Old Lodge« genannt hatten, weil es schon damals alt gewesen war, und dahinter und ringsherum die kleineren

Nebengebäude und Hütten, alles in allem ungefähr ein Dutzend. Jenseits davon ging der Wald weiter, und ein Pfad führte hinunter zum See – ein halber Hektar spiegelglattes Wasser, nierenförmig aufgestaut von einem Erddamm. Als sie auf die Lodge zufuhren, strichen die Scheinwerfer des Toyota grell über die vorderen Fenster und erweckten für einen Augenblick die Illusion, im Haus gingen die Lichter an, als hätte man sie erwartet – als wären sie nicht quer durch das Land gefahren, sondern durch die Zeit zurück, über eine Kluft von dreißig Jahren dahin, wo Wolgast als Junge gewesen war.

Er hielt vor der Veranda und stellte den Motor ab. Wolgast saß am Steuer und verspürte den seltsamen Drang, ein Dankgebet zu sprechen, um ihre Ankunft irgendwie zu würdigen. Aber es war viele Jahre her, dass er gebetet hatte – zu viele. Er stieg aus und stand in der betäubenden Kälte. Sein Atem wölkte vor seinem Gesicht wie bei einem dampfenden Pferd. Es war Anfang Mai, und noch immer lag die ewige Erinnerung an den Winter in der Luft. Er ging nach hinten zum Kofferraum und schloss ihn auf. Als er ihn das erste Mal geöffnet hatte, auf dem Parkplatz eines Wal-Mart westlich von Rock Springs, war er voll von leeren Farbeimern gewesen. Jetzt lagen Vorräte darin – Kleider für sie beide, Proviant, Toilettenartikel, Kerzen, Batterien, ein Campingkocher und ein paar Propanflaschen, ein paar einfache Werkzeuge, ein Erste-Hilfe-Kasten und zwei Daunenschlafsäcke. Genug, um sich einzurichten, aber er würde bald genug wieder ins Tal fahren müssen. Im Licht der Kofferraumbeleuchtung fand er, was er suchte, und stieg auf die Veranda.

Ein harter Ruck mit dem Stemmeisen aus dem Toyota, und das Schloss an der Haustür riss ab. Wolgast knipste seine Taschenlampe an und trat ein. Wenn Amy allein aufwachte, würde sie vielleicht Angst bekommen, aber er wollte sich trotzdem rasch umsehen und sich vergewissern, dass keine Gefahr drohte. Er betätigte den Lichtschalter neben der Tür, aber nichts geschah. Natürlich war der Strom abgeschaltet. Wahrscheinlich gab es irgendwo

einen Notfallgenerator, er würde jedoch Benzin brauchen, um ihn in Gang zu setzen, und selbst dann – wer wusste, ob das Ding funktionierte. Er ließ den Lichtstrahl durch den Raum wandern: ein Durcheinander von Holztischen und -stühlen, ein gusseiserner Kachelofen, ein Büroschreibtisch aus Metall, der an der Wand stand, und darüber ein schwarzes Brett, an dem nur ein einziger Zettel hing, vom Alter gekräuselt. Die Fensterläden waren nicht geschlossen, aber die Scheiben hatten gehalten, das Haus war dicht und trocken, und wenn das Feuer im Ofen erst mal brannte, würde es schnell warm werden.

Er folgte dem Strahl der Taschenlampe zum schwarzen Brett. WILLKOMMEN CAMPER, SOMMER 2014, stand auf dem Blatt und darunter eine Liste mit Namen, die die ganze Seite ausfüllte: die üblichen Jacobs und Joshuas und Andrews, aber auch ein Sasha und sogar ein Akeem, jeweils gefolgt von der Nummer der Hütte, der er zugewiesen war. Wolgast war drei Jahre hintereinander als Camper hier gewesen, und im letzten – in dem Sommer, als er zwölf geworden war – hatte er als Juniorbetreuer in einer Hütte mit einer Gruppe kleinerer Jungen gewohnt, von denen viele von solch lähmendem Heimweh geplagt wurden, dass man es schon als Krankheit bezeichnen konnte. Zwischen denen, die ganze Nächte hindurch weinten, und den mitternächtlichen Possen ihrer Peiniger hatte Wolgast den ganzen Sommer über kaum ein Auge zugetan. Und dennoch war er nie so glücklich gewesen; jene Tage waren in vieler Hinsicht die besten seiner Kindheit gewesen, eine goldene Zeit. Erst im Herbst darauf waren seine Eltern mit ihm nach Texas gezogen, wo all ihre Sorgen angefangen hatten. Der Eigentümer des Camps war ein gewisser Mr Hale gewesen, ein Biologielehrer von der Highschool mit der tiefen Stimme und dem breiten Brustkorb eines Football-Verteidigers, der er auch gewesen war. Er war mit Wolgasts Vater befreundet, aber soweit Wolgast sich erinnern konnte, hatte ihn diese Freundschaft nie zu irgendeiner Art von Sonderbehandlung veranlasst.

Im Sommer hatte Mr Hale mit seiner Frau eine Art Apartment im oberen Stock bewohnt, und Wolgast machte sich jetzt auf die Suche danach. Durch eine Schwingtür verließ er den Gemeinschaftsraum und kam in die Küche: rustikale Kiefernholzschränke, ein Nagelbord mit rostenden Töpfen und Pfannen, ein Spülbecken mit einer altmodischen Wasserpumpe, ein Herd und ein Kühlschrank mit halb offener Tür. In der Mitte stand ein breiter Kiefernholztisch, und alles war von einer dicken Staubschicht bedeckt. Der Herd war ein altes Großküchengerät mit einer Uhr im Bedienfeld, die um sechs Minuten nach drei stehen geblieben war. Er drehte einen der Knöpfe und hörte das Zischen von Gas.

Aus der Küche führte eine schmale Treppe hinauf in den ersten Stock, in ein Labyrinth von winzigen Zimmern, die sich unter das Dach schmiegten. Die meisten waren leer, aber in zweien fand er zwei Pritschen, deren Matratzen hochgestellt an der Wand lehnten. Und noch etwas: Auf einem Klapptisch in einem der Zimmer stand ein Apparat mit Knöpfen und Schaltern – vermutlich ein Kurzwellenradio.

Er ging zum Auto zurück. Amy lag zusammengerollt unter ihrer Decke und schlief. Sanft rüttelte er sie wach.

Sie richtete sich auf und rieb sich die Augen. »Wo sind wir?«

»Zu Hause«, sagte er.

In jenen ersten Tagen auf dem Berg dachte er immer wieder an Lila. Seltsamerweise verspürte er keine allgemeinere Neugier im Hinblick auf die Welt und das, was da draußen jetzt vorging. Seine Tage waren ausgefüllt mit Haushaltspflichten; er musste alles in Ordnung bringen und sich um Amy kümmern, aber wenn seine Gedanken frei umherschweifen konnten, wanderten sie lieber in die Vergangenheit und schwebten darüber wie ein Vogel über einem grenzenlosen Meer, dessen Ufer nicht in Sicht war und wo nur das ferne Spiegelbild seiner selbst in der funkelnden Oberfläche ihm Gesellschaft leistete.

Es stimmte nicht, dass er sich sofort in Lila verliebt hatte. Das entwickelte sich langsam. Er hatte sie an einem winterlichen Sonntag kennengelernt, als er auf den Schultern zweier nach Turnhallenschweiß riechender Freunde in die Notaufnahme gekommen war. Wolgast war kein großer Basketballspieler; seit der Highschool hatte er überhaupt nicht mehr gespielt, aber er hatte sich überreden lassen, bei einem Wohltätigkeitsturnier mitzuspielen – drei gegen drei, halbe Spielfläche, so einfach wie möglich. Wundersamerweise hatten sie zwei Runden überstanden, als Wolgast zu einem Sprungwurf ansetzte und beim Landen ein schmatzendes Knacken an seiner Achillessehne spürte. Er sank zu Boden – der Ball prallte kläglich am Ring ab, was alles noch viel schlimmer machte –, und im selben Moment schossen ihm vor Schmerz die Tränen in die Augen.

Der Arzt in der Notaufnahme befand auf Sehnenriss und schickte ihn nach oben in die Orthopädie. Die Orthopädin war Lila. Sie kam herein, schob sich den letzten Löffel Joghurt in den Mund, warf den Becher in den Papierkorb und ging zum Waschbecken, um sich die Hände zu waschen, und dabei sah sie ihn nicht ein einziges Mal an.

»So.« Sie trocknete sich die Hände ab und warf einen munteren Blick auf seine Patientenkarte und dann auf Wolgast, der auf dem Tisch saß. Sie war nicht das, was Wolgast auf den ersten Blick als hübsch im klassischen Sinn bezeichnet hätte. Aber sie hatte etwas, das ihn stutzen ließ, eine Art Déjà-vu. Ihr Haar hatte die Farbe von Kakao und war zu einem Knoten zusammengeschlungen, der von einem Stab gehalten wurde. Sie trug eine schwarz geränderte Brille, sehr klein und weit vorn auf der schmalen Nase. »Ich bin Dr. Kyle. Sie haben sich beim Basketball verletzt?«

Wolgast nickte belämmert. »Ich bin nicht das, was Sie einen Sportler nennen würden«, gestand er.

In diesem Augenblick meldete sich ihr Piepser. Stirnrunzelnd warf sie einen raschen Blick darauf. Dann legte sie mit ruhiger Präzision einen einzelnen ausgestreckten Finger auf die weiche Stelle hinter dem dritten Zeh seines linken Fußes.

»Drücken Sie dagegen.«

Er tat es – das heißt, er versuchte es. Der Schmerz war so stark, dass ihm fast schlecht wurde.

»Sie arbeiten wo?«

Wolgast schluckte. »Vollzugsdienst«, brachte er hervor. »Mann, das hat wehgetan.«

Sie schrieb etwas auf die Karte. »Vollzugsdienst«, wiederholte sie. »Das heißt Polizei?«

»FBI, genau gesagt.«

Er hoffte auf einen Funken Interesse in ihrem Blick, aber er sah keinen. Sie trug keinen Ring an der linken Hand, doch das brauchte nichts zu bedeuten; vielleicht nahm sie ihn in der Klinik ab.

»Ich werde Sie zum Röntgen schicken«, sagte sie, »aber ich bin zu neunzig Prozent sicher, dass die Sehne gerissen ist.«

»Und das heißt?«

Sie zuckte die Achseln. »Operation. Ich will Sie nicht anlügen. Ein Spaß ist es nicht. Acht Wochen Ruhigstellung, sechs Monate bis zur vollen Wiederherstellung.« Sie lächelte betrübt. »Tut mir leid, aber mit dem Basketball ist es vorbei.«

Sie gab ihm etwas gegen die Schmerzen, und sofort wurde er schläfrig. Er bekam kaum etwas mit, als sie ihn zum Röntgen fuhren. Als er die Augen aufschlug, stand Lila am Fußende seines Bettes. Jemand hatte ihn mit einer Decke zugedeckt. Er sah auf die Uhr und stellte fest, dass es fast neun Uhr abends war. Er war seit fast sechs Stunden im Krankenhaus.

»Sind Ihre Freunde noch hier?«

»Das bezweifle ich.«

Sie hatte die Operation für sieben Uhr am nächsten Morgen angesetzt. Bevor er aufs Zimmer kam, musste er diverse Formulare unterschreiben. Sie wollte wissen, ob es jemanden gebe, den er anrufen müsse.

»Eigentlich nicht.« Er war immer noch ein bisschen benommen von dem Vicodin. »Hört sich vermutlich ziemlich kläglich an. Ich habe nicht mal eine Katze.«

Sie betrachtete ihn erwartungsvoll, als wartete sie darauf, dass er noch etwas sagte. Er war kurz davor, sie zu fragen, ob sie sich schon einmal gesehen hätten, als sie das Schweigen plötzlich mit einem strahlenden Lächeln beendete. »Gut«, sagte sie.

Ihr erstes Date, zwei Wochen nach der OP, war ein Essen in der Cafeteria der Klinik. Wolgast – auf Krücken, das linke Bein vom Knie bis zu den Zehen eingegossen in ein Gebilde aus Plastik und Klettband – war gezwungen, am Tisch zu sitzen und zu warten wie ein Invalide, während sie zum Büfett ging. Sie trug Krankenhauskleidung – sie hatte die ganze Nacht Rufbereitschaft, erklärte sie, und würde in der Klinik schlafen –, aber er sah, dass sie ein bisschen Lippenstift und Wimperntusche aufgetragen und sich das Haar gebürstet hatte.

Lilas ganze Familie war an der Ostküste, in der Nähe von Boston. Nach dem Medizinstudium an der Boston University – entsetzlich, sagte sie, die schlimmsten vier Jahre ihres Lebens, jedes Lebens – war sie nach Colorado gegangen, um als Assistenzärztin in der Orthopädie zu arbeiten. Sie hatte befürchtet, dass sie es dort schrecklich finden würde, in dieser großen gesichtslosen Stadt fern von zu Hause, doch das Gegenteil war der Fall gewesen: Sie empfand nichts als Erleichterung. Denver in seiner planlosen Ausdehnung, das chaotische Gewirr seiner Vororte und Autobahnen, die Weite der Prärie und die gleichgültigen Berge, die Art, wie die Leute dort miteinander redeten, so entspannt und unprätentiös, und die Tatsache, dass alle von woandersher gekommen waren: Das alles hatte ihr gefallen.

»Ich meine, es war alles so *normal* hier.« Sie strich Frischkäse auf einen Bagel – ihr Frühstück, obwohl es fast acht Uhr abends war. »Ich glaube, ich hatte nie gewusst, was normal war. Es war genau das, was ein verklemmtes Mädel vom Wellesley College brauchte.«

Wolgast fühlte sich klassenmäßig hoffnungslos unterlegen, und das sagte er ihr. Sie lachte hell und verlegen und berührte kurz seine Hand. »Das sollten Sie aber nicht«, sagte sie.

Sie machte ständig Überstunden; sich irgendwie auf die übliche Art mit ihr zu treffen, ins Restaurant oder ins Kino zu gehen war unmöglich. Wolgast war krankgeschrieben und saß zu Hause herum. Wenn er es gar nicht mehr aushielt, fuhr er zum Krankenhaus, und sie aßen zusammen in der Cafeteria. Sie erzählte ihm, wie sie in Boston als Tochter eines College-Dozentenpaars aufgewachsen war, sie erzählte von der Schule, von ihren Freunden und ihrem Studium und von dem Jahr, das sie in Frankreich verbracht hatte, wo sie sich als Fotografin versucht hatte. Es sah aus, als hätte sie darauf gewartet, dass jemand in ihr Leben trat, für den das alles neu sein würde. Er war rundum zufrieden damit, ihr einfach zuzuhören und dieser Jemand für sie zu sein.

Sie hielten einen ganzen Monat lang nicht einmal Händchen. Und sie hatten ihr Essen gerade beendet, als Lila die Brille abnahm, sich über den Tisch beugte und ihn lange und zärtlich küsste. Ihr Atem schmeckte nach der Orange, die sie gegessen hatte.

»So«, sagte sie. »Okay?« Sie sah sich dramatisch in der Cafeteria um und senkte die Stimme. »Ich meine, eigentlich bin ich ja deine Ärztin.«

»Meinem Bein geht es schon besser«, sagte Wolgast.

Er war fünfunddreißig und Lila einunddreißig, als sie heirateten. Im September. Die Hochzeit feierten sie auf Cape Cod in einem kleinen Yachtclub an einer stillen Bucht, auf der unter einem klaren, herbstlich blauen Himmel die Segelboote dümpelten. Fast alle, die kamen, gehörten zu Lilas Familie, die so groß war wie ein ganzer Stamm – so viele Tanten, Onkel und Cousinen, dass Wolgast die Übersicht verlor und sich all die Namen nicht merken konnte. Die Hälfte der Frauen schien zu irgendeinem Zeitpunkt mit Lila zusammengewohnt zu haben, und eifrig erzählten sie ihm alle irgendwelche Geschichten von jugendlichen Eskapaden, die sich am Ende alle gleich anhörten. Wolgast war noch nie so glücklich gewesen. Er trank zu viel Champagner und stieg auf einen Stuhl, um einen langen, rührseligen und absolut aufrichtig gemeinten

Toast auszubringen, der damit endete, dass er eine Strophe aus »Embraceable You« sang, so schräg, dass es in den Ohren wehtat. Alles lachte und klatschte, bevor sie in einem kitschigen Reisregen entlassen wurden. Wenn jemand wusste, dass Lila im vierten Monat schwanger war, erwähnte er es Wolgast gegenüber nicht. Wolgast schrieb es neuenglischer Zurückhaltung zu, aber dann begriff er, dass es niemandem etwas ausmachte: Alle freuten sich ehrlich für sie beide.

Von Lilas Geld – sein Einkommen sah neben ihrem lächerlich aus – kauften sie ein Haus in Cherry Creek, in einem alten Viertel mit Bäumen und Parks und guten Schulen, und dann warteten sie darauf, dass das Baby zur Welt kam. Sie wussten, es würde ein Mädchen werden. Lilas Großmutter hatte Eva geheißen; sie war eine feurige Persönlichkeit gewesen, die der Familienlegende zufolge auf der *Andrea Doria* gereist war und ein Verhältnis mit einem Neffen Al Capones gehabt hatte. Wolgast gefiel der Name einfach, und als Lila ihn vorgeschlagen hatte, stand er sowieso fest. Sie dachten sich, dass Lila bis zur Entbindung arbeiten würde; wenn Eva da wäre, würde Wolgast ein Jahr zu Hause bleiben, und dann würde Lila halbtags in der Klinik arbeiten, während er wieder zum FBI zurückginge. Es war ein verrückter Plan, voll von Problemen, die sie beide voraussahen, ohne viel darüber zu reden. Irgendwie würden sie es schon schaffen.

In der vierunddreißigsten Woche bekam Lila hohen Blutdruck, und der Arzt verordnete ihr Bettruhe. Sie sagte Wolgast, er solle sich keine Sorgen machen; der Blutdruck sei nicht so hoch, dass das Baby in Gefahr sei. Sie sei schließlich Ärztin, und wenn es wirklich ein Problem gäbe, würde sie es ihm sagen. Er befürchtete, sie habe zu viel gearbeitet, und war froh, sie zu Hause zu haben, wo sie wie eine Königin im Bett lag, mit lauter Stimme die Treppe herunterrief und Mahlzeiten und Filme und Bücher verlangte.

Eines Abends, drei Wochen vor dem Termin, kam er nach Hause, und sie saß schluchzend auf der Bettkante und hielt sich den schmerzenden Kopf.

»Irgendetwas stimmt nicht«, sagte sie.

Im Krankenhaus erfuhr Wolgast, ihr Blutdruck betrage 160 zu 95, dieser Zustand werde als Präeklampsie bezeichnet. Daher kämen die Kopfschmerzen. Sie befürchteten Krampfanfälle, sie sorgten sich um Lilas Nieren und um die Gesundheit des Babys. Alle machten sehr ernste Gesichter, besonders Lila, die grau vor Sorge war. Sie würden die Wehen einleiten müssen, sagte ihr Arzt ihm. Eine vaginale Geburt sei das Beste in solchen Fällen, aber wenn sie nach sechs Stunden nicht entbunden hätte, würde man einen Kaiserschnitt machen müssen.

Man hängte sie an einen Pitocin-Tropf und gab ihr zusätzlich eine Magnesiumsulfat-Infusion, um Krämpfe zu verhindern. Inzwischen war es nach Mitternacht. Das Magnesium, sagte die Schwester mit nerviger Fröhlichkeit, werde ihr unangenehm sein. Inwiefern unangenehm?, fragte Wolgast. Nun ja, sagte die Schwester, das sei schwer zu erklären, aber es werde ihr nicht gefallen. Man schloss Lila an ein Wehengerät an, und danach warteten sie alle.

Es war furchtbar. Lila lag auf dem Bett und stöhnte vor Schmerzen. Es klang anders als alles, was Wolgast je gehört hatte, und es erschütterte ihn bis ins Mark. Wie winzige Feuerflammen fühlte es sich an, sagte Lila, überall. Als habe ihr eigener Körper einen Hass auf sie. Noch nie habe sie sich so schrecklich gefühlt. Ob es von dem Magnesium oder vom Pitocin kam, wusste Wolgast nicht, und niemand antwortete auf seine Fragen. Die Wehen setzten ein, hart und schnell hintereinander, doch die Hebamme sagte, der Muttermund sei noch nicht genug geweitet, nicht einmal annähernd. Zwei Zentimeter, höchstens. Aber der Puls des Babys sei normal. Wie lange konnte das so weitergehen?, fragte Wolgast sich. Sie waren in einem Schwangerschaftsvorbereitungskurs gewesen. Niemand hatte ihnen allerdings gesagt, dass es wie ein Autounfall in Zeitlupe sein würde.

Endlich, kurz vor dem Morgengrauen, sagte Lila, sie müsse pressen. Sie *müsse.* Niemand glaubte, dass sie so weit war, aber der

Arzt untersuchte sie und stellte wundersamerweise fest, dass der Muttermund sich auf zehn Zentimeter geweitet habe. Alle rannten umher, schoben die fahrbaren Gegenstände im Raum zurecht, zogen frische Handschuhe an und klappten das Bett unterhalb von Lilas Becken herunter. Wolgast fühlte sich nutzlos, wie ein steuerloses Schiff auf hoher See. Er hatte Angst. Er hielt Lilas Hand, als sie presste, einmal, zweimal, dreimal, und dann war es vorbei.

Jemand hielt ihm eine abgeknickte Schere hin, damit er die Nabelschnur durchschneiden könnte. Die Schwester hüllte Eva in eine Wärmedecke und begann mit dem Apgar-Test. Dann setzte sie eine Mütze auf das winzige Köpfchen und reichte Wolgast das Baby. Unglaublich! Plötzlich war alles hinter ihnen, all der Schmerz, die Panik und die Sorge, und hier war dieses funkelnde neue Wesen. Nichts in seinem Leben hatte ihn darauf vorbereitet, auf dieses Baby, seine Tochter, in seinen Armen. Eva war klein; sie wog nur fünf Pfund. Ihre Haut war warm und rosig – rosig wie ein sonnenreifer Pfirsich –, und als er sein Gesicht an ihres schmiegte, verströmte sie einen rauchigen Duft, als wäre sie aus einem Feuer geholt worden. Sie nähten Lila zu; sie war immer noch benommen von den Medikamenten. Wolgast sah überrascht das Blut auf dem Boden, eine große, dunkel glänzende Pfütze unter ihr. In dem ganzen Durcheinander hatte er nicht gesehen, wie sie entstanden war. Aber Lila gehe es gut, sagte der Arzt. Wolgast zeigte ihr das Baby, und dann hielt er Eva lange, lange Zeit im Arm und sprach immer wieder ihren Namen aus, bis die Schwester sie wegbrachte.

Amy wurde mit jedem Tag kräftiger, ihre Lichtempfindlichkeit ließ jedoch nicht nach. In einem der Nebengebäude fand Wolgast einen Stapel Sperrholzplatten, eine Leiter sowie einen Hammer. Er musste die Platten mit der Hand messen und zuschneiden und dann damit auf die Leiter steigen und sie festhalten, während er sie annagelte, um die Fenster im ersten Stock zu verdunkeln. Aber nach dem langen Aufstieg durch den Luftschacht war dies ein Kinderspiel.

Amy verschlief fast den ganzen Tag und wachte in der Abenddämmerung auf, um etwas zu essen. Sie fragte ihn, wo sie seien – in Oregon, erklärte er, in einem Camp in den Bergen, wo er als kleiner Junge gewesen sei –, doch sie wollte nie wissen, warum. Entweder wusste sie es schon, oder es kümmerte sie nicht. Der Propantank der Lodge war beinahe voll. Er kochte kleine einfache Mahlzeiten auf dem Herd, Suppen und Doseneintöpfe, und es gab Haferflocken, mit Trockenmilch angerührt. Das Wasser im Camp schmeckte leicht schweflig, aber es war trinkbar und kam so eiskalt aus der Pumpe in der Küche, dass seine Zahnfüllungen davon vibrierten. Er sah gleich, dass er nicht genug Lebensmittel mitgebracht hatte: Bald würde er ins Tal fahren müssen. Im Keller hatte er Kisten mit alten Büchern gefunden – einen ganzen Satz gebundene Romanklassiker, stockfleckig von Alter und Feuchtigkeit –, und abends las er ihr bei Kerzenlicht daraus vor: *Die Schatzinsel, Oliver Twist, 20 000 Meilen unter dem Meer.*

Manchmal, wenn es bewölkt war, kam sie auch tagsüber heraus und sah ihm bei der Arbeit zu. Er hackte Holz, er reparierte ein Loch im Dach unter der Traufe, und er versuchte, die Funktionsweise eines alten Benzingenerators zu ergründen, den er in einem der Schuppen gefunden hatte. Dann saß Amy mit Sonnenbrille und Hut im Schatten auf einem Baumstumpf, und ein großes Handtuch schützte ihren Nacken. Aber diese Besuche dauerten nie lange; nach einer Stunde färbte sich ihre Haut wütend rosa, als hätte man sie mit kochendem Wasser übergossen, und dann schickte er sie wieder nach oben.

Eines Abends, sie waren seit fast drei Wochen im Camp, ging er mit ihr über den Pfad hinunter zum See, um zu baden. Abgesehen von den wenigen Stunden, die sie draußen verbracht hatte, um ihm beim Arbeiten zuzusehen, hatte sie sich nicht aus dem Haus gewagt, und überhaupt noch nie so weit. Der Pfad endete an einem wackligen Steg, der vom grasbewachsenen Ufer aus zehn Meter weit in den See hinausreichte. Wolgast zog sich bis auf die Unterhose aus und forderte Amy auf, das

Gleiche zu tun. Er hatte Handtücher, Shampoo und ein Stück Seife mitgebracht.

»Kannst du schwimmen?«

Amy schüttelte den Kopf.

»Gut, dann bringe ich es dir bei.«

Er nahm ihre Hand und führte sie ins Wasser. Es war eiskalt. Sie wateten hinein, bis es ihr an die Brust reichte. Wolgast hob sie auf, legte sie waagerecht ins Wasser und erklärte ihr, wie sie Arme und Beine bewegen sollte.

»Lass los«, sagte sie.

»Bist du sicher?«

Sie atmete schnell. »Ja.«

Er ließ sie los, und sie ging unter wie ein Stein. Im klaren Wasser sah Wolgast, dass sie aufgehört hatte, sich zu bewegen. Ihre Augen waren weit offen, und sie sah sich um wie ein Tier, das seine neue Umgebung in Augenschein nimmt. Dann streckte sie mit erstaunlicher Anmut die Arme aus und zog sie wieder zu sich heran; sie drehte die Schultern und bewegte sich mit gewandten, froschartigen Bewegungen durch das Wasser. Ein perfekter Grätschbeinschlag, und im nächsten Augenblick glitt sie über dem sandigen Grund dahin und verschwand. Wolgast wollte ihr nachtauchen, als sie drei Meter weiter wieder hochkam. Das Wasser war so tief, dass sie nicht mehr stehen konnte, aber sie strahlte vor Begeisterung.

»Ist einfach«, sagte sie und strampelte mit den Beinen. »Wie fliegen.«

Wolgast war völlig verdattert. Er konnte nur lachen. »Sei vorsichtig«, rief er, aber bevor er ausgesprochen hatte, holte sie tief Luft und tauchte wieder weg.

Er wusch ihr die Haare und erklärte ihr den Rest, so gut er konnte. Als sie fertig waren, war aus dem Violett des Himmels ein tiefes Schwarz geworden. Hunderte von Sternen, deren Funkeln sich in der stillen Oberfläche des Sees verdoppelte. Kein Laut außer ihren eigenen Stimmen und dem Grundrauschen des Wassers am Ufer. Mit der Taschenlampe beleuchtete er den Pfad zurück

zum Camp. Sie aßen in der Küche zu Abend, Suppe und Cracker, und danach gingen sie nach oben in ihr Zimmer. Er wusste, sie würde noch stundenlang wach bleiben – die Nacht war jetzt ihre Domäne, und allmählich wurde sie auch die seine. Manchmal saß er die halbe Nacht bei ihr und las ihr vor.

»Danke«, sagte Amy, als er es sich mit einem Buch bequem machte.

»Wofür?«

»Weil du mir das Schwimmen beigebracht hast.«

»Anscheinend konntest du es schon. Jemand muss es dir gezeigt haben.«

Mit verwirrtem Blick dachte sie über diese Feststellung nach. »Ich glaube nicht«, sagte sie dann.

Er wusste nicht, was er von alldem halten sollte. So vieles bei Amy war rätselhaft. Es schien ihr gut zu gehen – besser als gut sogar. Was immer auf dem Gelände mit ihr passiert war, was immer dieses Virus sein mochte, sie schien es überstanden zu haben. Nur die Sache mit dem Licht war sonderbar. Und ein paar andere Dinge: Warum, zum Beispiel, schienen Amys Haare nicht zu wachsen? Seine eigenen kräuselten sich inzwischen über dem Kragen, aber wenn er Amy anschaute, schien sie noch genauso auszusehen wie immer. Er hatte ihr auch nie die Fingernägel geschnitten, und dass sie es selbst getan hätte, hatte er auch nicht gesehen. Dazu kamen natürlich die tieferen Geheimnisse: Was hatte Doyle und alle anderen in Colorado getötet? Wie hatte dieses Ding auf der Motorhaube Carter und zugleich doch nicht Carter sein können? Was hatte Lacey gemeint, als sie sagte, Amy gehöre jetzt ihm, und er werde wissen, was er zu tun habe? Es sah ganz so aus; er hatte gewusst, was er zu tun hatte. Und trotzdem konnte er nichts von alldem erklären.

Später, als er mit dem Vorlesen aufhörte, sagte er ihr, er werde am nächsten Morgen ins Tal fahren. Es ging ihr gut genug, dachte er, um allein in der Lodge zu bleiben. Es würde ja nur ein oder zwei Stunden dauern. Er wäre zurück, bevor sie es merkte, bevor sie auch nur aufwachte.

»Ich weiß«, sagte sie, und auch darauf konnte Wolgast sich keinen Reim machen.

Kurz nach sieben Uhr fuhr er los. Nachdem der Toyota so lange stillgestanden und sich Pollen von den Bäumen darauf angesammelt hatte, protestierte er lange und keuchend, als Wolgast den Motor starten wollte, aber irgendwann sprang er doch an. Der Morgennebel über dem See fing gerade erst an zu verdunsten. Wolgast legte den Gang ein und fuhr im Schritttempo die lange Zufahrt hinunter.

Die nächste richtige Stadt war dreißig Meilen weit entfernt, aber so weit wollte er nicht fahren. Wenn der Toyota eine Panne hätte, wäre er aufgeschmissen, und Amy auch. Der Tank war ohnehin fast leer. Er fuhr den Weg zurück, auf dem sie gekommen waren, und hielt an jeder Weggabelung an, um seine Erinnerung zu überprüfen. Er sah keine anderen Fahrzeuge; das war in dieser Abgeschiedenheit nicht überraschend, beunruhigte ihn aber trotzdem. Die Welt, in die er, wenn auch nur für kurze Zeit, zurückkehrte, fühlte sich anders an als die, aus der er vor drei Wochen gekommen war.

Dann sah er es: *Milton's General Store / Jagd- und Angellizenzen.* Im Dunkel jener ersten Nacht war der Laden größer erschienen, als er tatsächlich war; in Wirklichkeit war es nur ein kleines zweigeschossiges Gebäude aus verwitterten Holzschindeln. Ein Häuschen im Wald, wie aus einem Märchen. Auf dem Parkplatz waren keine Autos, aber im Gras dahinter stand ein alter Lieferwagen aus den neunziger Jahren. Wolgast stieg aus und ging zum Eingang.

Auf der Veranda reihte sich ein halbes Dutzend Zeitungskästen aneinander, leer bis auf einen: *USA Today.* Er sah die fette Schlagzeile schon durch die verstaubte Klappe, die offen stand. Als er ein Exemplar herausnahm, stellte er fest, dass es nur eine Doppelseite umfasste. Er blieb auf der Veranda stehen und las.

CHAOS IN COLORADO

Rocky-Mountain-Staat von Killervirus überrannt – Grenzen geschlossen

Ausbruch der Epidemie auch in Nebraska, Utah, Wyoming gemeldet.

Präsident versetzt Militär in höchste Alarmbereitschaft und fordert die Nation auf, angesichts einer »nie da gewesenen terroristischen Bedrohung« Ruhe zu bewahren.

WASHINGTON, 18. MAI – Präsident Hughes kündigte gestern Abend an, »alle notwendigen Maßnahmen« zu ergreifen, um die Ausbreitung des sogenannten »Colorado-Fieber-Virus« einzudämmen und die Verantwortlichen zu bestrafen: »Der gerechte Zorn der Vereinigten Staaten von Amerika wird die Feinde der Freiheit und jeden Schurkenstaat treffen, der ihnen Unterschlupf gewährt.«

Der Präsident sprach aus dem Oval Office. Es war seine erste Rede zur Nation seit Ausbruch der Krise vor acht Tagen. »Es gibt eindeutige Hinweise darauf, dass diese verheerende Epidemie keine natürlichen Ursachen hat, sondern das Werk antiamerikanischer Extremisten ist, die mit Unterstützung unserer Feinde im Ausland auf amerikanischem Boden operieren«, sagte Präsident Hughes einer verängstigten Bevölkerung. »Dies ist ein Verbrechen nicht nur gegen das amerikanische Volk, sondern gegen die gesamte Menschheit.«

Gestern waren die ersten Erkrankungsfälle aus Staaten gemeldet worden, die unmittelbar an Colorado grenzen. Nur wenige Stunden vor seiner Rede hatte Hughes die Schließung der Grenzen Colorados angeordnet und das Militär in höchste Alarmbereitschaft versetzt. Außerdem wurde auf Anordnung des Präsidenten der inländische sowie der internationale Flugverkehr eingestellt. An den Verkehrsknotenpunkten herrschte Chaos, da Tausende von gestrandeten Passagieren gezwungen

waren, auf andere Transportmöglichkeiten umzusteigen. Präsident Hughes versuchte, die Bevölkerung zu beruhigen; er trat aber auch der zunehmenden Kritik entgegen, seine Regierung habe zu langsam auf die Krise reagiert, und forderte das amerikanische Volk auf, sich auf einen erbitterten Kampf einzustellen.

»Ich bitte Sie heute Abend um Ihr Vertrauen und um Ihre uneingeschränkte Unterstützung – beten Sie für unser Land«, erklärte der Präsident in der landesweit übertragenen Ansprache. »Wir werden nichts unversucht lassen, um die Verantwortlichen baldmöglichst ihrer gerechten Strafe zuzuführen.«

Der Präsident ging nicht im Einzelnen darauf ein, welche Gruppierungen und Staaten zum Gegenstand bundespolizeilicher Ermittlungen gemacht würden. Er verweigerte zum jetzigen Zeitpunkt auch jeden weiteren Kommentar zu den Hinweisen, dass es sich bei der Epidemie um das Werk von Terroristen handeln könne.

Auf die Frage nach möglichen militärischen Schritten erklärte der Sprecher des Weißen Hauses, Tim Romer: »Im Augenblick schließen wir gar nichts aus.«

Berichte lokaler Behörden in Colorado lassen vermuten, dass dort bereits fünfzigtausend Todesfälle zu verzeichnen sind. Unklar ist allerdings, wie viele Menschen der Krankheit zum Opfer gefallen sind und wie viele bei gewalttätigen Angriffen durch Infizierte zu Tode kamen. Zu den ersten Symptomen einer Infektion gehören Schwindel, Erbrechen und hohes Fieber. Nach einer kurzen – nur sechs Stunden dauernden – Inkubationszeit kommt die Erkrankung zum Ausbruch und äußert sich in vielen Fällen in einer deutlichen Zunahme von Körperkraft und Aggressivität.

»Die Patienten geraten in Raserei und töten jeden«, berichtete ein Vertreter der Gesundheitsbehörden von Colorado, der nicht namentlich genannt sein möchte. »In den Krankenhäusern geht es zu wie in einem Kriegsgebiet.«

Shannon Freeman, Sprecherin der Seuchenschutzbehörde in Atlanta, bezeichnete solche Berichte als »reine Hysterie«, räumte aber ein, dass die Kommunikation mit den Behörden innerhalb des Quarantänegebiets zusammengebrochen sei. »Wir wissen nur, dass die Mortalitätsrate extrem hoch ist – bei etwa fünfzig Prozent«, sagte Freeman. »Darüber hinaus können wir nichts Näheres dazu sagen, was in Colorado vorgeht. Im Augenblick kann man eigentlich nur jedem raten, zu Hause zu bleiben.«

Freeman bestätigte Berichte vom Ausbruch der Seuche in Nebraska, Utah und Wyoming, wollte darauf aber nicht weiter eingehen.

»Das scheint der Fall zu sein«, erklärte sie und fügte hinzu: »Wer glaubt, mit dem Erreger in Berührung gekommen zu sein, sollte sich umgehend an die nächste Polizeidienststelle oder an die Notaufnahme des Krankenhauses wenden. Das ist zurzeit unser Rat an die Bevölkerung.«

Die Städte Denver, Colorado Springs und Fort Collins, für die der Ausnahmezustand ausgerufen worden war, waren gestern Abend menschenleer. Die Einwohner hatten sich nicht an die Aufforderung des Gouverneurs gehalten, sich »an Ort und Stelle« in Sicherheit zu bringen. Stattdessen flohen sie massenhaft aus den Städten. Weit verbreitete Gerüchte, denen zufolge Streitkräfte des Heimatschutzministeriums den Befehl hätten, Flüchtlinge mit gezieltem Schusswaffeneinsatz von der Bundesstaatengrenze fernzuhalten, konnten nicht bestätigt werden, ebenso wenig wie Berichte darüber, dass Einheiten der Nationalgarde von Colorado begonnen hätten, die Patienten aus den Krankenhäusern zu evakuieren und an einen unbekannten Ort zu schaffen.

Es gab noch mehr. Wolgast las es wieder und wieder. Sie trieben die Kranken zusammen und erschossen sie – so viel schien klar zu sein, wenn auch zwischen den Zeilen. Der 18. Mai, dachte

Wolgast. Die Zeitung war drei – nein, vier Tage alt. Er und Amy waren am Morgen des 2. Mai im Camp angekommen.

Alles, was in der Zeitung stand, war innerhalb von knapp drei Wochen passiert.

Er hörte ein Geräusch aus dem Laden hinter ihm – gerade so laut, dass er wusste, er wurde beobachtet. Er klemmte die Zeitung unter den Arm und trat durch die Fliegentür. In dem kleinen Laden roch es nach Staub und Alter, und er war vollgestopft bis an die Decke mit allen möglichen Waren: mit Campingbedarf, Kleidern, Werkzeug und Konserven. Ein großes Bocksgeweih hing über einer mit einem Vorhang verschlossenen Tür, die nach hinten führte. Wolgast erinnerte sich, dass er mit seinen Freunden hier gewesen war, um Bonbons und Comics zu kaufen. Am Eingang hatte ein drehbarer Drahtständer gestanden: *Tales from the Crypt*, *Fantastic Four* und die *Dark Knight*-Serie, Wolgasts Lieblingslektüre.

Auf einem Schemel hinter der Theke saß ein massiger alter Mann, kahlköpfig und in einem karierten Flanellhemd. Die Jeans, die seinen breiten Wanst umspannte, wurde von einem Paar roter Hosenträger gehalten. In einem engen Halfter an der Hüfte steckte ein .38er Revolver. Sie nickten einander wachsam zu.

»Zeitung kostet zwei Dollar«, sagte der Mann.

Wolgast zog zwei Scheine aus der Tasche und legte sie auf die Theke. »Haben Sie auch was Neueres?«

»Ist die letzte, die ich gesehen hab.« Der Mann legte die Scheine in seine Registrierkasse. »Der Kerl, der sie bringt, ist seit Dienstag nicht mehr aufgetaucht.«

Dienstag. Heute war Freitag. Der Freitag vor dem Memorial-Day-Wochenende. Nicht dass es wichtig gewesen wäre.

»Ich brauche ein paar Sachen«, sagte Wolgast. »Patronen.«

Der Mann musterte ihn, und seine dichten grauen Augenbrauen zogen sich zusammen. »Was haben Sie?«

»Springfield. Eine .45er«, sagte Wolgast.

Der Mann trommelte mit den Fingern auf die Theke. »Na, lassen Sie mal sehen.«

Wolgast zog die Pistole aus dem Halfter in seinem Kreuz. Es war die, die Lacey auf dem Boden des Lexus hatte liegen lassen. Das Magazin war leer; ob sie es leer geschossen hatte oder jemand anders, wusste Wolgast nicht. Vielleicht hatte sie etwas erwähnt, aber er erinnerte sich nicht. In dem Chaos hatte er darauf nicht geachtet. Auf jeden Fall war die Waffe ihm vertraut; Springfields gehörten zur Standardbewaffnung beim FBI. Er ließ das Magazin herausfallen und zog den Verschluss zurück, um dem Mann zu zeigen, dass die Waffe nicht geladen war. Dann legte er sie auf die Theke.

Der Mann nahm die Springfield in seine große Hand und betrachtete sie. An der Art, wie er sie hin und her drehte und das Licht auf der Oberfläche spielen ließ, sah Wolgast, dass er etwas von Waffen verstand.

»Wolframrahmen, abgeschrägtes Auswurffenster, Titan-Schlagbolzen mit kurzem Abzugsweg. Ziemlich edel.« Er sah Wolgast erwartungsvoll an. »Wenn ich's nicht besser wüsste, würde ich sagen, Sie sind vom FBI.«

Wolgast machte ein möglichst unschuldiges Gesicht. »Man könnte sagen, ich war's mal. In einem früheren Leben.«

Der Mann grinste betrübt und legte die Pistole auf die Theke. »In einem früheren Leben«, sagte er und schüttelte betrübt den Kopf. »So eins haben wir wohl alle, was? Na, mal sehen.«

Er verschwand durch den Vorhang nach hinten und kam gleich darauf mit einer kleinen Pappschachtel zurück.

»Das ist alles, was ich in .45 habe. Hab immer ein paar davon hier, für einen, der mal bei der Behörde für Alkohol, Tabak und Schusswaffen war. Ist jetzt pensioniert. Zieht gerne mit einem Twelve-Pack rauf in den Wald und ballert auf die Dosen, wenn er sie leer getrunken hat. Sein Recycling-Tag, sagte er. Aber ich hab ihn schon seit 'ner Weile nicht mehr gesehen. Sie sind seit fast einer Woche der Erste, der hier reinkommt. Ich kann sie genauso gut Ihnen geben.« Er legte die Schachtel auf die Theke: fünfzig Patronen, Hohlspitzgeschosse. Er deutete mit dem Kopf darauf.

»Na los, in der Schachtel nützen sie nichts. Sie können gleich laden, wenn Sie wollen.«

Wolgast nahm den Clip und schob die Patronen nacheinander mit dem Daumen hinein.

»Kann ich irgendwo noch mehr bekommen?«

»Höchstens, wenn Sie nach Whiteriver runterfahren wollen.« Der Mann klopfte sich zweimal mit dem Zeigefinger auf sein Brustbein. »Es heißt, man muss sie genau hier treffen. Mit einem Schuss. Dann fallen sie um wie ein Sandsack. Anderenfalls war's das, dann sind Sie erledigt.« Es war eine nüchterne Feststellung, frei von Genugtuung oder Angst; es war, als redete er vom Wetter. »Kommt nicht drauf an, dass Sie mal Ihre liebe alte Oma war. Sie wird Sie aussaugen, bevor Sie ein zweites Mal zielen können.«

Wolgast schob das Magazin ein, zog den Verschluss zurück, um die Waffe durchzuladen, und vergewisserte sich, dass sie gesichert war. »Woher wissen Sie das?«

»Internet. Es ist überall.« Der Mann zuckte die Achseln. »Verschwörungstheorien, Vertuschungsaktionen der Regierung. Zeug über Vampire. Das meiste klingt halb irre. Ist schwer zu sagen, was Bullshit ist und was nicht.«

Wolgast verstaute die Pistole wieder in seinem Kreuz. Er dachte daran, den Mann zu fragen, ob er seinen Computer benutzen könne, um sich die Meldungen selbst anzusehen. Aber er wusste jetzt schon mehr als genug. Es war durchaus möglich, begriff er, dass er mehr wusste als irgendein anderer Sterblicher. Er hatte Carter und die anderen gesehen, und er wusste, wozu sie imstande waren.

»Ich sag Ihnen was. Da gibt's einen, der nennt sich ›Last Stand in Denver‹. Hat ein Blog mit Videos aus einem Hochhaus in der Stadtmitte. Sagt, er hat sich da mit einem Hochleistungsgewehr verbarrikadiert. Hat ein paar gute Aufnahmen gemacht – Sie sollten sehen, wie diese Scheißer sich bewegen.« Der Mann klopfte sich noch einmal auf das Brustbein. »Denken Sie an das, was ich gesagt hab. Ein Schuss. Sie kriegen keinen zweiten. Und sie sind nachts unterwegs, in den Bäumen.«

Der Mann half Wolgast, seine Einkäufe zusammenzusuchen und zum Wagen zu tragen: Konserven, Milchpulver und Kaffee, Batterien, Toilettenpapier, Kerzen, Benzin. Zwei Angelruten mit einer Kiste Zubehör. Die Sonne stand hoch und hell am Himmel, und die Luft um sie herum war wie erstarrt in einer ungeheuren Stille – so still wie in dem Augenblick vor dem Beginn eines Orchesterkonzerts.

Am Kofferraum wechselten sie einen Händedruck. »Sie sind oben im Bear Mountain Camp, stimmt's?«, sagte der Mann. »Wenn ich fragen darf.«

Wolgast wusste nicht, warum er es verheimlichen sollte. »Woher wissen Sie das?«

»Weil Sie da hergekommen sind.« Der Mann zuckte die Achseln. »Da oben gibt's sonst nichts außer dem Camp. Keine Ahnung, warum die das nie verkaufen konnten.«

»Ich war als Kind da. Komisch, es hat sich überhaupt nicht verändert. Aber deshalb fährt man vermutlich wieder hin.«

»Sie sind clever. Das ist ein guter Platz. Keine Sorge, ich sag's niemandem.«

»Sie sollten sich auch verdrücken«, sagte Wolgast. »Höher hinauf in die Berge. Oder in den Norden.«

Wolgast sah es den Augen des Mannes an: Er fasste einen Entschluss.

»Kommen Sie«, sagte er. »Ich zeig Ihnen was.«

Er ging mit Wolgast zurück in den Laden und durch den Vorhang nach hinten. Dahinter war ein kleines Wohnzimmer. Die Luft war abgestanden und stickig, und die Jalousien waren fest geschlossen. Unter dem Fenster brummte eine Klimaanlage. Wolgast blieb in der Tür stehen und wartete, bis seine Augen sich an die Dunkelheit gewöhnt hatten. Mitten im Zimmer stand ein großes Krankenhausbett mit einer schlafenden Frau. Das Kopfende war um fünfundvierzig Grad hochgestellt, und er sah ihr verhärmtes Gesicht, leicht zur Seite gewandt, zu dem Licht hin, das durch die geschlossenen Jalousien schimmerte. Sie lag unter

einer Wolldecke, aber Wolgast konnte sehen, wie mager sie war. Auf einem kleinen Tisch lagen Dutzende von Tablettenröhrchen, Verbandmull und Salbe, eine verchromte Schale, in Plastik verpackte Spritzen, und neben dem Bett stand eine hellgrüne Sauerstoffflasche. Die Decke war unten zurückgeschlagen, und ihre nackten Füße schauten heraus. Wattebäusche klemmten zwischen den gelblichen Zehen; auf dem Stuhl am Fußende lagen Fläschchen mit buntem Nagellack und eine Feile.

»Sie hatte immer gern die Füße hübsch«, sagte der Mann leise. »Ich hab sie ihr gerade gemacht, als Sie kamen.«

Sie gingen wieder hinaus. Wolgast wusste nicht, was er sagen sollte. Die Situation war klar: Der Mann und seine Frau gingen nirgendwohin. Wolgast trat hinaus in das helle Sonnenlicht auf dem Parkplatz.

»Sie hat MS«, erklärte der Mann. »Ich wollte sie so lange zu Hause behalten, wie ich kann. Das hatten wir vereinbart, als es im letzten Winter anfing, ihr wirklich schlecht zu gehen. Eigentlich sollte eine Pflegerin hier sein, aber seit einer Woche ist keine mehr gekommen.« Er scharrte mit dem Fuß im Kies und räusperte sich tränenerstickt. »Ich vermute, niemand macht mehr Hausbesuche.«

Wolgast nannte ihm seinen Namen. Der Mann hieß Carl, seine Frau Martha. Sie hatten zwei erwachsene Söhne; der eine war in Kalifornien, der andere in Florida. Carl hatte als Elektriker am Oregon State College unten in Corvallis gearbeitet, bis sie den Laden gekauft und sich hierher zurückgezogen hatten.

»Kann ich was tun?«, fragte Wolgast.

Sie hatten einander schon die Hand gegeben, aber jetzt taten sie es noch einmal. »Sehen Sie zu, dass Sie am Leben bleiben«, sagte Carl.

Wolgast war auf dem Rückweg zum Camp, als er plötzlich an Lila denken musste. Es waren Erinnerungen an eine andere Zeit, ein anderes Leben. An ein Leben, das jetzt vorüber war, vorüber für ihn, vorüber für alle andern. Als er an Lila gedacht hatte, wie er es getan hatte … da hatte er Lebewohl gesagt.

16

Im August, als die Tage lang und trocken waren, kamen die Brände.

Wolgast roch den Rauch eines Nachmittags, als er im Garten arbeitete, und am nächsten Morgen hing ein dicker, beißender Dunst in der Luft. Er stieg auf das Dach, um sich umzuschauen, aber er sah nur die Bäume und den See und die endlosen Berge. Er konnte nicht sehen, wie nah das Feuer war. Der Wind, das wusste er, konnte den Rauch Hunderte von Meilen weit treiben.

Er hatte den Berg seit mehr als zwei Monaten nicht mehr verlassen, nicht seit seinem ersten Trip hinunter zu Milton's. Sie hatten eine Alltagsroutine entwickelt: Wolgast schlief jeden Tag bis zum frühen Mittag und arbeitete dann draußen, bis es dunkel wurde; dann aßen sie und gingen schwimmen, und danach blieben sie die halbe Nacht auf, lasen oder spielten Brettspiele, als wären sie auf einer langen Seereise. Wolgast hatte in einer der Hütten eine ganze Sammlung gefunden: Monopoly, Menschärgeredichnicht, Dame. Eine Zeitlang ließ er Amy gewinnen, doch dann stellte er fest, dass es gar nicht nötig war. Sie war eine raffinierte Spielerin, vor allem beim Monopoly, wo sie Straße um Straße kaufte, blitzschnell die Mieten ausrechnete, die sie ihr einbringen würden, und genussvoll ihr Geld zählte. Boardwalk, Park Place, Marvin Gardens – was mochten ihr diese Namen sagen? Eines Abends hatte er sich

hingesetzt, um ihr vorzulesen – *20000 Meilen unter dem Meer,* das er ihr schon einmal vorgelesen hatte, aber sie wollte es wieder hören –, und da nahm sie ihm das Buch aus der Hand und fing an, ihm im flackernden Kerzenlicht vorzulesen. Bei den schwierigen Wörtern und der gewundenen, altmodischen Syntax stockte sie nicht ein einziges Mal. Wann hast du das gelernt?, fragte er sie ungläubig, als sie einmal zum Umblättern innehielt. Na ja, sagte sie, wir haben es ja schon mal gelesen. Ich glaube, ich hab's einfach behalten.

Die Welt jenseits des Berges war zu einer Erinnerung geworden, die sich täglich weiter entfernte. Er schaffte es nie, den Generator in Gang zu bringen – er hatte gehofft, dass er dann das Kurzwellenradio benutzen könnte –, und er hatte längst aufgehört, es zu versuchen. Wenn draußen das geschah, was er glaubte, dann war es besser, gar nichts darüber zu wissen, sagte er sich. Was hätte er mit den Informationen anfangen sollen? Wohin sonst könnten sie gehen?

Aber jetzt brannten die Wälder, und von Westen zog eine Wand von erstickendem Rauch heran. Am Nachmittag des nächsten Tages war klar, dass sie gehen mussten. Das Feuer kam auf sie zu. Wenn es über den Fluss spränge, würde nichts es mehr aufhalten. Wolgast belud den Toyota und setzte Amy, in eine Decke gehüllt, auf den Beifahrersitz. Er hatte nasse Tücher für sie beide, die sie vor den Mund und die brennenden Augen halten könnten.

Sie kamen keine zwei Meilen weit, dann sahen sie die Flammen. Rauch versperrte die Straße, die Luft war nicht atembar, eine giftige Wand. Der Wind trieb das Feuer den Berg herauf auf sie zu. Sie mussten umkehren.

Er wusste nicht, wie lange sie Zeit hatten, bis das Feuer da wäre. Es gab keine Möglichkeit, das Dach der Lodge nass zu machen; sie mussten einfach abwarten. Die verschlossenen Fenster boten immerhin ein wenig Schutz vor dem Rauch, doch als es Abend wurde, keuchten und husteten sie beide.

In einem der Nebengebäude lag ein altes Aluminiumkanu. Wolgast schleifte es zum Seeufer und holte Amy. Er paddelte in

die Mitte des Sees hinaus und sah zu, wie die Flammen den Berg herauf auf das Camp zukrochen. Es war ein Anblick von wütender Schönheit, als hätten die Tore der Hölle sich geöffnet. Amy lag quer vor ihm auf dem Boden des Kanus; wenn sie Angst hatte, zeigte sie es nicht. Es gab nichts weiter zu tun. Die Energie, die er den ganzen Tag über verspürt hatte, verflog, und ohne es zu wollen, schlief er ein.

Als er im Morgengrauen aufwachte, stand das Camp noch. Das Feuer war doch nicht über den Fluss gesprungen, und der Wind hatte in der Nacht gedreht und die Flammen nach Süden getrieben. Noch immer hing dichter Rauch in der Luft, aber er sah, dass die Gefahr vorüber war. Am Nachmittag hörten sie einen machtvoll rollenden Donner über ihren Köpfen, als würde jemand auf einen riesigen Blechkasten schlagen, und dann regnete es die ganze Nacht in Strömen. Er konnte ihr Glück kaum fassen.

Am nächsten Morgen beschloss er, mit dem letzten Rest Benzin den Berg hinunterzufahren und nach Carl und Martha zu sehen. Diesmal würde er Amy mitnehmen; nach diesem Brand wollte er sie nie wieder aus den Augen lassen. Er wartete bis zum Abend, und dann fuhren sie los.

Das Feuer war dicht herangekommen – auf knapp eine Meile an die Einfahrt des Camps. Dahinter war der Wald nur noch ein rauchendes Trümmerfeld und der Boden kahl und verbrannt wie nach einer schrecklichen Schlacht. Von der Straße aus sah Wolgast die Kadaver von Tieren, nicht nur von kleinen wie Opossums und Waschbären, sondern auch von Hirschen und Antilopen und sogar von einem Bären, der zusammengekrümmt am Fuße eines geschwärzten Baumstumpfs lag, wo er am Boden nach einem Rest von atembarer Luft gesucht hatte und verendet war.

Der Laden stand noch unversehrt da. Nirgends brannte Licht, aber natürlich war die Stromversorgung ausgefallen. Wolgast ließ Amy im Wagen warten. Er nahm eine Taschenlampe und stieg auf die Veranda. Die Tür war verschlossen. Er klopfte laut und rief Carls Namen, aber niemand antwortete. Schließlich schlug er mit

der Taschenlampe ein Fenster ein. Schön, dachte er, das kann ich ja bezahlen – und dann begriff er erschrocken, wie lächerlich dieser Gedanke war.

Carl und Martha waren tot. Dicht beieinander wie zwei Löffel lagen sie in Marthas Krankenhausbett, Carl an ihren Rücken geschmiegt, einen Arm über ihre Schulter gelegt, als schliefen sie. Vielleicht war es der Rauch gewesen, doch die Luft im Zimmer verriet, dass sie schon viel länger tot waren. Auf dem Nachttisch stand eine halb leere Flasche Scotch, und daneben lag eine zusammengefaltete Zeitung, beunruhigend dünn. Wolgast wandte den Blick von den schreienden Lettern der Schlagzeile ab und steckte das Blatt lieber in die Tasche, um es später zu lesen. Einen Augenblick lang blieb er am Fußende des Bettes mit den Toten stehen. Dann schloss er die Zimmertür, und zum ersten Mal weinte er.

Carls Lieferwagen parkte draußen vor dem Laden. Wolgast schnitt ein Stück von einem Gartenschlauch ab und fuhr den Toyota heran, um den Tankinhalt des Lieferwagens in seinen eigenen Wagen zu leiten. Er wusste nicht, wohin sie vielleicht würden fahren müssen, die Waldbrandsaison war noch nicht vorbei. Es war ein beinahe tödlicher Fehler gewesen, dass er nicht vorbereitet gewesen war. Er fand einen leeren Benzinkanister in einem Schuppen hinter dem Haus, und als der Tank des Toyota voll war, füllte er auch diesen. Dann half Amy ihm, den Laden nach Vorräten zu durchstöbern. Er nahm so viele Lebensmittel und Batterien und Propanflaschen mit, wie in den Toyota passen würden, packte alles in Kartons und trug sie zum Wagen. Dann kehrte er noch einmal in das Totenzimmer zurück, und vorsichtig und mit angehaltenem Atem zog er die .38er aus dem Halfter an Carls Gürtel.

In den frühen Morgenstunden, als Amy endlich schlief, zog Wolgast die Zeitung aus seiner Jackentasche. Es war diesmal nur eine einzige Seite, und das Datum war der 10. Juli. Das war fast einen Monat her. Der Himmel wusste, woher Carl sie hatte; wahrscheinlich war er nach Whiteriver hinuntergefahren, und als er dann zurückgekehrt war und gelesen hatte, was da stand, hatte er

allem ein Ende gemacht. Das Haus war voller Medikamente; es würde ihm nicht schwergefallen sein. Wolgast hatte die Zeitung aus Angst in die Tasche gesteckt, aber auch in der fatalistischen Gewissheit, dass er schon wusste, was er lesen würde. Nur die Details würden ihm neu sein.

CHICAGO FÄLLT

»Vampirvirus« erreicht die Ostküste – Millionen Tote.

Quarantänegrenze wandert Richtung Osten nach Central Ohio.

Kalifornien spaltet sich von der Union ab, will sich selbst verteidigen.

Säbelrasseln aus Indien – »begrenzter« Atomschlag gegen Pakistan angedroht.

WASHINGTON, 10. Juli – Auf Anordnung des Präsidenten haben die US-Streitkräfte nach schweren Verlusten den Ring um Chicago aufgegeben, nachdem Einheiten des Heeres und der Nationalgarde dem Ansturm infizierter Personen nicht gewachsen waren.

»Eine große amerikanische Stadt ist verloren«, erklärte Präsident Hughes in einer schriftlichen Verlautbarung. »Wir beten für die Einwohner von Chicago sowie für die Männer und Frauen der Truppe, die ihr Leben geopfert haben, um sie zu schützen. Ihr Andenken wird uns in diesem großen Kampf Kraft geben.«

Der Angriff ereignete sich kurz nach Einbruch der Dunkelheit, als US-Streitkräfte am South Loop meldeten, in der Nähe des Geschäftszentrums bilde sich ein Aufmarsch von bislang unbekannter Größe.

»Es war offensichtlich ein koordinierter Angriff«, erklärte General Carson White, Kommandeur des Zentralen Quarantänegebiets. Der General sprach von einer »beunruhigenden Entwicklung«.

»Die neue Verteidigungslinie verläuft jetzt entlang der Route 75, zwischen Toledo und Cincinnati«, berichtete White vor der Presse am Dienstagmorgen. »Das ist unser neuer Rubikon.«

Berichte, denen zufolge Soldaten scharenweise das Weite suchten, wollte White nicht bestätigen. Er bezeichnete solche Gerüchte vielmehr als »verantwortungslos«.

»Diese Männer und Frauen sind die tapfersten Kameraden, die ich kenne. Es ist mir eine Ehre, in dieser Armee zu dienen«, erklärte der General.

Der Ausbruch der Krankheit wurde jetzt auch aus weiteren Städten gemeldet, und zwar aus Tallahassee, Florida, und Charleston, South Carolina, aus Helena, Montana, und Flagstaff, Arizona, aber auch aus dem südlichen Ontario und dem nördlichen Mexiko. Nach Schätzungen, die das Weiße Haus und die Seuchenschutzbehörde bekannt gaben, liegt die Zahl der Todesopfer inzwischen bei mehr als 30 Millionen. Das Pentagon beziffert die Zahl der infizierten Personen auf weitere drei Millionen.

Große Teile von St. Louis, das am Sonntag geräumt wurde, standen gestern Abend in Flammen, ebenso Teile von Memphis, Tulsa und Des Moines. Beobachter vor Ort berichteten, sie hätten tieffliegende Flugzeuge über dem berühmten Gateway Arch von St. Louis gesehen, kurz bevor die Brände ausgebrochen waren. Aus Regierungskreisen gab es bisher noch keine Bestätigung dafür, dass die Bundesbehörden auf diese Weise die Großstädte der Zentralen Quarantänezone zu desinfizieren versuchen.

Benzin ist mittlerweile überall im Lande knapp oder ganz aus. Die Transportkorridore sind verstopft, da sich immer mehr Menschen vor der Ausbreitung der Epidemie in Sicherheit bringen wollen. Lebensmittel sind ebenfalls ausverkauft, das Gleiche gilt für medizinischen Bedarf wie Verbandmaterial und Antibiotika.

Viele der gestrandeten Flüchtlinge wissen nicht, wohin sie gehen oder wie sie irgendwohin kommen sollen.

»Wir sitzen fest wie alle anderen«, sagte David Callahan vor einem McDonald's östlich von Pittsburgh. Callahan war mit seiner Frau und seinen beiden kleinen Kindern aus Akron, Ohio, hierhergekommen – eine Reise, die unter normalen Umständen nur zwei Stunden dauert, in dieser Nacht aber zwanzig Stunden beansprucht hatte. Mit fast leerem Tank hatte Callahan an einer Raststätte in Monroeville angehalten und feststellen müssen, dass die Zapfsäulen trocken waren und das Restaurant seit zwei Tagen kein Essen mehr hatte.

»Wir wollten zu meiner Mutter nach Johnstown, aber jetzt höre ich, dass es da auch schon ist«, sagte Callahan, während ein Militärkonvoi mit fünfzig Fahrzeugen auf der freien Gegenfahrbahn in Richtung Westen rollte.

»Niemand weiß, wo er hinsoll«, sagte er. »Diese Dinger sind überall.«

Obgleich die Erkrankung bisher nur in den USA, in Kanada und Mexiko aufgetreten ist, scheinen sich Staaten auf der ganzen Welt auf den Eventualfall vorzubereiten. In Europa haben Italien, Frankreich und Spanien ihre Grenzen geschlossen, während andere Länder Riesenvorräte an Medikamenten angelegt oder den internationalen Luftverkehr eingestellt haben. Die Generalversammlung der Vereinten Nationen, die nach der Evakuierung ihres Hauptsitzes in New York Anfang letzter Woche zum ersten Mal in Den Haag zusammentrat, beschloss eine internationale Quarantäneresolution. Derzufolge ist es dem Schiffs- und Luftverkehr untersagt, sich dem nordamerikanischen Kontinent auf weniger als 200 Meilen zu nähern.

Kirchen und Synagogen in allen Teilen der USA meldeten Rekordbesucherzahlen. In Texas, wo das Virus inzwischen weit verbreitet ist, erklärte der Bürgermeister von Houston, Barry Wooten, die Stadt zur »Pforte des Himmels«. Wooten –

Bestsellerautor und ehemaliges Oberhaupt der Holy Splendor Church, der größten Kirche des Landes – forderte Einwohner und Flüchtlinge aus anderen Teilen des Staates nachdrücklich auf, sich im Reliant-Stadion in Houston zu versammeln, um sich »auf unseren Aufstieg zum Thron des Herrn« vorzubereiten, »nicht als Monster, sondern als Männer und Frauen Gottes«.

In Kalifornien, wo das Virus bislang noch nicht aufgetreten ist, trat die California State Legislature gestern Abend zu einer Dringlichkeitssitzung zusammen und erließ das Erste Gesetz zur Sezession Kaliforniens. Der Staat hat offiziell seine Unabhängigkeit erklärt und sich von den USA losgelöst.

In ihrer ersten Amtshandlung als Präsidentin der Republik Kalifornien stellte die ehemalige Gouverneurin Sandy Shaw sämtliche US-amerikanischen Militär- und Polizeieinrichtungen innerhalb der Staatsgrenzen unter den Befehl der kalifornischen Nationalgarde.

»Wir werden uns verteidigen, wie es das Recht eines jeden Staates ist«, erklärte Shaw in ihrer Rede vor dem Parlament unter donnerndem Applaus. »Kalifornien und alles, wofür es steht, wird bestehen bleiben.«

In einer ersten Reaktion auf die Meldungen aus Kalifornien sagte Regierungssprecher Tim Romer in einer Pressekonferenz: »Das ist vollkommen absurd. Dies ist ganz sicher nicht der Zeitpunkt, in dem irgendein Bundesstaat oder eine Lokalverwaltung eigene Wege gehen kann. Wir vertreten nach wie vor die Auffassung, dass Kalifornien Bestandteil der Vereinigten Staaten von Amerika ist.«

Romer kündigte außerdem an, dass Angehörige der Militär- und Polizeikräfte in Kalifornien, die störend in die Hilfsaktionen des Bundes eingriffen, mit harten Sanktionen zu rechnen hätten.

»Damit das klar ist«, sagte Romer. »Wir halten diese Leute für kriminelle, feindliche Kombattanten.«

> Bis zum Mittwoch wurde Kalifornien von den Regierungen der Schweiz, Finnlands, der südpazifischen Zwergrepublik Palau und des Vatikans diplomatisch anerkannt.
> Offenbar als Reaktion auf den Abzug der amerikanischen Streitkräfte aus Südasien erneuerte die indische Regierung gestern ihre Drohung, mittels eines Atomschlags gegen Rebelleneinheiten im südlichen Pakistan vorzugehen.
> »Es ist an der Zeit, dass wir der Ausbreitung des islamischen Extremismus Einhalt gebieten«, erklärte der indische Ministerpräsident Suresh Mitra vor dem Parlament. »Der Wachhund ist eingeschlafen.«

Da war es also, dachte Wolgast. Da war es endlich. Er kannte einen Ausdruck, der ihm jetzt in den Sinn kam; er kannte ihn nur aus dem Zusammenhang mit der Fliegerei, und er beschrieb, wie ein Flugzeug an einem klaren Tag unversehens vom Himmel fallen konnte. OBE – *Overcome By Events.* Von den Ereignissen überwältigt. Und das war es, was jetzt geschah. Die Welt – die Menschheit – war von den Ereignissen überwältigt worden.

Geben Sie acht auf Amy, hatte Lacey gesagt. *Sie gehört jetzt Ihnen.* Er dachte an Doyle, wie er ihm den Schlüssel zum Lexus in die Hand gedrückt hatte, an Laceys Kuss auf seine Wange, an Lacey, wie sie aus dem Wagen gesprungen war und die Sterne auf sich herabgerufen hatte – denn das waren sie für ihn: menschliche Sterne von tödlicher Helligkeit.

Die Zeit des Schlafens, des Ausruhens, war vorbei. Wolgast würde die ganze Nacht wach bleiben und die Tür beobachten, mit Carls .38er in der einen und der Springfield in der anderen Hand. Es war kühl, die Temperatur war auf zehn Grad gesunken, und Wolgast hatte den Kachelofen angezündet, als sie vom Laden zurückgekommen waren. Jetzt nahm er die Zeitung und faltete sie vierfach, achtfach und schließlich sechzehnfach zusammen. Dann öffnete er die Ofenklappe und legte das Papier ins Feuer und sah staunend zu, wie schnell es verschwand.

17

Der Sommer ging zu Ende, der Herbst kam, und die Welt ließ sie in Ruhe.

Der erste Schnee fiel in der letzten Oktoberwoche. Wolgast war draußen beim Holzhacken, als er aus den Augenwinkeln die ersten Flocken herabschweben sah, dick wie Federn und leicht wie Staub. Er hatte sich beim Arbeiten bis auf das Hemd ausgezogen, und als er innehielt und den Kopf hob und die Kälte auf seiner feuchten Haut spürte, begriff er, was hier geschah: Der Winter war da.

Er schlug die Axt in einen Holzklotz, ging ins Haus und rief nach ihr.

Sie erschien oben an der Treppe. Ihre Haut sah so wenig Sonne, dass sie hellweiß wie Porzellan war.

»Hast du schon mal Schnee gesehen?«

»Ich weiß nicht. Ich glaube schon.«

»Na, jetzt schneit es.« Er lachte, und er hörte die Freude in seiner eigenen Stimme. »Das darfst du dir nicht entgehen lassen. Komm.«

Als er sie angezogen hatte – Mantel, Stiefel, aber auch die Sonnenbrille und die Mütze und eine dicke Schicht Sonnenschutzcreme auf jedem ungeschützten Zollbreit ihrer Haut –, hatte es ernsthaft zu schneien begonnen. Sie trat hinaus in die weißen

Wirbel, und ihre Bewegungen waren feierlich wie bei einem Forscher, der den Fuß auf einen neuen Planeten setzt.

»Was sagst du dazu?«

Sie legte den Kopf zurück und streckte die Zunge aus, eine instinktive Gebärde, mit der sie die Schneeflocken einfing und kostete. Sie lächelte ihn an.

»Gefällt mir«, befand sie.

Sie hatten eine Unterkunft, sie hatten zu essen, und sie hatten es warm. Im September war er noch zweimal bei Milton's gewesen, denn er wusste, dass die Straße im Winter unbefahrbar sein würde, und er hatte alle Lebensmittel mitgenommen, die noch in dem Laden waren. Wenn sie Konserven, Milchpulver, Reis und Trockenbohnen gut einteilten, würden die Vorräte bis zum Frühling reichen. Der See war voller Fische, und in einer der Hütten hatte er einen Eisbohrer gefunden; es wäre also ganz einfach, ein paar Angelschnüre auszuhängen. Der Propantank war noch halb voll. Der Winter also – Wolgast hieß ihn willkommen, und er spürte, wie er sich entspannt seinem Rhythmus überließ. Niemand war gekommen; die Welt hatte sie vergessen. Sie waren zusammen abgeschieden in der Einsamkeit und in Sicherheit.

Am Morgen lag der Schnee dreißig Zentimeter hoch um die Hütten. Gleißend hell brach die Sonne durch die Wolken. Wolgast verbrachte den Nachmittag damit, den Holzstapel auszugraben und einen Weg zwischen der Lodge und dem Stapel und einen zweiten zu einer Hütte freizuschaufeln, die er als Kühlhaus benutzen wollte. Inzwischen spielte sein Leben sich fast nur noch in der Nacht ab – so war es am einfachsten, sich Amys Zeitplan anzupassen –, und das Sonnenlicht auf dem Schnee blendete ihn wie eine Explosion, vor der er die Augen nicht schließen konnte. Vermutlich empfand sie sogar gewöhnliches Licht ständig so, dachte er. Als es dunkel wurde, gingen sie beide wieder hinaus.

»Ich zeige dir, wie man einen Schneeengel macht«, sagte er und legte sich auf den Rücken. Am Himmel über ihm strahlten die Sterne. Von Milton's hatte er eine Dose Kakaopulver mitgebracht,

von der er Amy nichts erzählt hatte; er hatte sich vorgenommen, sie für einen besonderen Anlass aufzuheben. Heute Nacht würde er ihre Kleider am Kachelofen trocknen, und sie würden im Warmen sitzen und heißen Kakao trinken. »Jetzt musst du die ausgestreckten Arme und Beine auf und ab bewegen«, erklärte er. »So.«

Sie legte sich neben ihn in den Schnee. Ihre zierliche Gestalt war leicht und gelenkig wie die einer Turnerin. Sie bewegte ihre flinken Arme und Beine hin und her.

»Was ist ein Engel?«, fragte sie.

Wolgast überlegte. In all ihren Gesprächen war so etwas noch nicht vorgekommen. »Na ja, ich würde sagen, eine Art Geist.«

»Ein Geist. Wie Jacob Marley.« Sie hatten *Ein Weihnachtsmärchen* gelesen – besser gesagt, Amy hatte es ihm vorgelesen. Seit jenem Abend im Sommer, als er herausgefunden hatte, dass sie lesen konnte – und zwar mit Gefühl und Ausdruck –, saß Wolgast nur noch da und hörte ihr zu.

»Ich nehme es an, ja. Aber nicht so furchterregend wie Jacob Marley.« Sie lagen immer noch Seite an Seite im Schnee. »Engel sind … ja, ich würde sagen, sie sind gute Geister. Geister, die uns vom Himmel aus beschützen. Zumindest glauben das manche Leute.«

»Du auch?«

Wolgast verschlug es kurz die Sprache. Er hatte sich nie ganz an ihre direkte Art gewöhnen können. Amys Unbefangenheit erschien ihm einerseits sehr kindlich, aber oft war das, was sie sagte und fragte, von einer Unverblümtheit, die fast den Eindruck von Weisheit erweckte.

»Ich weiß es nicht. Meine Mutter hat es geglaubt. Sie war sehr religiös, sehr fromm. Mein Vater wahrscheinlich nicht. Er war ein guter Mann, aber er war Ingenieur. Er dachte nicht so.«

Sie schwiegen beide eine Weile.

»Sie ist tot«, sagte Amy dann leise. »Ich weiß es.«

Wolgast richtete sich auf. Amys Augen waren geschlossen.

»Wer ist tot, Amy?« Aber kaum hatte er die Frage gestellt, kannte er die Antwort: *meine Mutter. Meine Mutter ist tot.*

»Ich erinnere mich nicht an sie«, sagte Amy. Ihre Stimme war leidenschaftslos, als erzählte sie ihm etwas, das er längst wissen musste. »Aber ich weiß, sie ist tot.«

»Woher weißt du das?«

»Ich kann es fühlen.« Amy schaute Wolgast im Dunkeln in die Augen. »Ich fühle sie alle.«

Manchmal, in den frühen Morgenstunden, träumte Amy. Wolgast hörte ihre leisen Schreie aus dem Nachbarzimmer und das Ächzen der Sprungfedern ihrer Pritsche, wenn sie sich unruhig hin und her wälzte. Schreie waren es eigentlich nicht – eher ein Murmeln wie von Stimmen, die sich im Schlaf ihren Weg durch sie bahnten. Manchmal stand sie dann auf und ging die Treppe hinunter in das Hauptzimmer der Lodge, das mit den breiten Fenstern zum See. Wolgast beobachtete sie von der Treppe aus. Sie stand dann immer ein paar Augenblicke lang still im warmen Feuerschein des Ofens, das Gesicht zum Fenster gewandt. Es war offensichtlich, dass sie immer noch schlief, und Wolgast war klug genug, sie nicht zu wecken. Schließlich drehte sie sich um, kam die Treppe herauf und ging wieder ins Bett.

Wie fühlst du sie, Amy?, fragte er. *Was fühlst du?* Ich weiß es nicht, sagte sie dann, ich weiß es nicht. Sie sind traurig. Es sind so viele. Sie haben vergessen, wer sie waren. *Wer waren sie denn, Amy?* Und sie sagte: Alle. Sie sind alle.

Wolgast schlief jetzt im ersten Stock der Lodge in einem Sessel an der Tür. Sie sind nachts unterwegs, hatte Carl gesagt, in den Bäumen. Sie haben nur einen Schuss. Was waren sie, diese Wesen in den Bäumen? Waren sie Menschen, wie Carter einmal ein Mensch gewesen war? Was waren sie geworden? Und Amy: Amy, die von Stimmen träumte, Amy, deren Haare nicht wuchsen, und die anscheinend nur selten schlief und nur selten aß. Amy, die lesen und schwimmen konnte, als erinnerte sie sich an Leben und Erfahrungen, die nicht

ihre eigenen waren: Gehörte sie auch zu ihnen? Das Virus war inaktiv, hatte Fortes gesagt. Und wenn nicht? Würde er, Wolgast, nicht krank werden? Aber er war es nicht. Er fühlte sich wie immer, nämlich einfach ratlos, begriff er, ratlos wie ein Mann in einem Traum, verirrt in einer Landschaft voll sinnloser Wegweiser. Die Welt hatte eine Verwendung für ihn, die er nicht verstand.

Eines Nachts im März hörte er einen Motor. Draußen lag hoch und schwer der Schnee. Der Vollmond schien. Er war im Sessel eingeschlafen. Schon im Schlaf, erkannte er, hatte er das Geräusch eines Motors auf der langen Zufahrt zum Camp gehört. In seinem Traum – einem Alptraum – war dieses Geräusch das Tosen der Waldbrände im Sommer gewesen, die sich den Berg herauffraßen. Er war mit Amy durch den Wald geflüchtet, überall waren Rauch und Feuer gewesen, und er hatte sie verloren.

Grelles Licht fiel durch die Fenster, und Schritte polterten auf der Veranda, schwerfällige, stolpernde Schritte. Wolgast sprang auf. All seine Sinne waren hellwach. Die Springfield war in seiner Hand. Er lud sie durch und entsicherte sie. Drei harte Schläge erschütterten die Tür.

»Da ist jemand draußen.« Das war Amys Stimme. Wolgast drehte sich um. Sie stand am Fuße der Treppe.

»Nach oben!«, befahl Wolgast in rauem Flüsterton. »Lauf schnell!«

»Ist jemand da drinnen?« Eine Männerstimme auf der Veranda. »Ich sehe den Rauch! Ich trete ein Stück zurück!«

»Amy, lauf nach oben, *sofort*!«

Wieder hämmerte es an die Tür. »Um Gottes willen, wenn Sie mich hören können, machen Sie auf! Irgendjemand!«

Amy zog sich nach oben zurück. Wolgast schlich zum Fenster und schaute hinaus. Es war kein Auto, kein Laster, sondern ein Schneemobil. Klobige Behälter waren auf dem Chassis festgezurrt. Am Fuße der Verandatreppe, im Licht der Scheinwerfer, stand ein Mann in Parka und Stiefeln. Er stand vorgebeugt da, die Hände auf die Knie gestützt.

Wolgast öffnete die Tür. »Bleiben Sie, wo Sie sind«, warnte er. »Ich will Ihre Hände sehen.«

Matt hob der Mann die Arme. »Ich bin nicht bewaffnet«, sagte er. Er keuchte, und dann sah Wolgast das Blut – ein leuchtend rotes Band, das an der Seite seines Parkas herunterlief. Die Wunde war an seinem Hals.

»Mir geht's mies«, sagte der Mann.

Wolgast trat einen Schritt nach vorn und hob die Pistole. »Verschwinden Sie hier!«

Der Mann fiel auf die Knie. »O Gott«, stöhnte er. »Gott im Himmel.« Dann beugte er sich vor und übergab sich in den Schnee.

Wolgast drehte sich um. Amy stand in der Tür.

»Amy, geh ins Haus!«

»Ganz recht, Kleine.« Der Mann hob die blutige Hand und winkte nachlässig. Dann wischte er sich mit dem Handrücken über den Mund. »Tu, was dein Daddy sagt.«

»Amy, ich habe gesagt, du sollst ins Haus gehen, *sofort*!«

Amy schloss die Tür.

»Gut so«, sagte der Mann. Er lag auf den Knien und sah zu Wolgast herauf. »Sie sollte so was nicht sehen. Mein Gott, mir geht's beschissen.«

»Wie haben Sie uns gefunden?«

Der Mann schüttelte den Kopf und spuckte in den Schnee. »Ich hab Sie nicht gesucht, wenn Sie das meinen. Wir hatten uns zu sechst verkrochen, ungefähr vierzig Meilen weit westlich von hier. In der Jagdhütte eines Freundes. Da waren wir seit Oktober, nachdem sie Seattle plattgemacht hatten.«

»Wer ist ›sie‹?«, fragte Wolgast. »Was ist mit Seattle passiert?«

Der Mann zuckte die Achseln. »Dasselbe wie überall. Alle sind krank oder sterben und reißen sich gegenseitig in Fetzen, das Militär rollt an, und rums! Alles geht in Flammen auf. Manche Leute sagen, das sind die UN oder die Russen. Was weiß ich – vielleicht ist es auch der Mann im Mond. Wir sind nach Süden gefahren, ins Gebirge; da wollten wir überwintern und dann versuchen, uns

nach Kalifornien durchzuschlagen. Und dann kamen diese Bestien. Keiner von uns hat auch nur einen Schuss abfeuern können. Ich bin abgehauen, aber eine von ihnen hat mich gebissen. Das Biest kam aus dem Nichts auf mich runter. Ich weiß nicht, warum sie mich nicht umgebracht hat wie die anderen, aber so machen sie das, hab ich gehört.« Er lächelte matt. »Ich schätze, ich hatte meinen Glückstag.«

»Ist Ihnen jemand gefolgt?«

»Was weiß ich? Ich hab Ihren Rauch gerochen, schon eine Meile von hier. Keine Ahnung, wieso ich das konnte. Einfach so.« Er hob den Kopf, sein Blick war herzbewegend. »Um Gottes willen. Ich flehe Sie an. Ich würde es selbst tun, wenn ich eine Pistole hätte.«

Es dauerte einen Moment, bis Wolgast verstand, worum der Mann ihn bat. »Wie heißen Sie?«

»Bob.« Der Mann fuhr sich mit einer dicken trockenen Zunge über die Lippen. »Bob Saunders.«

Wolgast wedelte mit der Springfield. »Wir müssen ein Stück weg vom Haus.«

Sie gingen in den Wald. Wolgast folgte dem Mann mit fünf Schritten Abstand. Im tiefen Schnee kam der Mann nur langsam voran. Alle paar Schritte blieb er stehen, stützte die Hände auf die Knie und atmete schwer.

»Wissen Sie, was komisch ist?«, fragte er. »Ich war Versicherungsanalytiker. Leben und Unfallrisiko. Sie rauchen, Sie fahren ohne Sicherheitsgurt, Sie essen jeden Tag einen Big Mac zum Lunch, und ich konnte Ihnen so ziemlich auf den Monat genau sagen, wann Sie sterben.« Er klammerte sich an einen Baum, um nicht das Gleichgewicht zu verlieren. »Aber ich glaube, über das hier hat kein Mensch Tabellen geführt, oder?«

Wolgast antwortete nicht.

»Sie werden's doch tun, ja?« Bob schaute zwischen den Bäumen hindurch in die andere Richtung.

»Ja«, sagte Wolgast. »Es tut mir leid.«

»Ist schon in Ordnung. Machen Sie sich keine Vorwürfe.« Er

atmete schwer und leckte sich die Lippen. Dann drehte er sich um und berührte sein Brustbein, wie Carl es vor all den Monaten getan hatte, um Wolgast zu zeigen, wohin er schießen sollte. »Genau hierhin, okay? Sie können mir zuerst in den Kopf schießen, wenn Sie wollen, aber jagen Sie mir auf jeden Fall eine Kugel hier hinein.«

Wolgast konnte nur nicken. Die Offenheit des Mannes, sein sachlicher Tonfall verschlugen ihm die Sprache. »Es wird schnell gehen«, sagte er dann.

»Sie können Ihrer Tochter sagen, ich hätte eine Waffe gezogen«, fuhr der Mann fort. »Sie darf nichts davon erfahren. Und verbrennen Sie meine Leiche. Benzin, Kerosin, irgendwas Brennbares.«

Sie näherten sich der Böschung oberhalb des Flusses. Vom bläulichen Mondlicht übergossen war die Landschaft von unirdischer Stille. Unter Schnee und Eis hörte Wolgast das leise Gurgeln des Wassers. Die Stelle ist so gut wie jede andere, dachte Wolgast.

»Drehen Sie sich um«, sagte er. »Sehen Sie mich an.«

Aber Bob schien ihn nicht zu hören. Er ging zwei Schritte weiter durch den Schnee und blieb stehen. Unerklärlicherweise hatte er angefangen, sich auszuziehen. Erst warf er seinen blutigen Parka in den Schnee; dann nahm er die Träger seiner Schneehose ab und zog sein Sweatshirt aus.

»Ich habe gesagt, Sie sollen sich umdrehen.«

»Wissen Sie, was mir stinkt?«, sagte Bob. Er hatte sein Thermounterhemd abgelegt und kniete sich hin, um seine Stiefel aufzubinden. »Wie alt ist Ihre Tochter? Ich wollte immer Kinder haben. Wieso hab ich mir keine angeschafft?«

»Das weiß ich nicht, Bob.« Wolgast hob die Springfield. »Drehen Sie sich um und sehen Sie mich an. Sofort.«

Bob stand auf. Irgendetwas passierte mit ihm. Er fasste sich an die blutige Wunde an seinem Hals. Ein neuerlicher Krampf schüttelte ihn, aber sein Gesichtsausdruck war lustvoll, beinahe sexuell erregt. Im Mondschein schien seine Haut beinahe zu leuchten. Er krümmte den Rücken wie eine Katze, und seine Augen waren halb geschlossen vor Behagen.

»Wow, das ist gut«, sagte er. »Das ist wirklich ... gut.«

»Tut mir leid«, sagte Wolgast.

»Hey, warten Sie!« Erschrocken riss Bob die Augen auf und streckte die Hände aus. »Moment mal!«

»Tut mir leid, Bob«, wiederholte Wolgast und drückte ab.

Der Winter endete im Regen. Tagelang strömte er herunter, durchtränkte den Wald, ließ den Fluss und den See anschwellen und schwemmte davon, was von der Straße noch übrig war.

Er hatte den Leichnam verbrannt, wie Bob es ihm aufgetragen hatte. Er hatte ihn mit Benzin übergossen, und als die Flammen erloschen waren, hatte er die Asche mit Wäschebleiche bestreut und alles unter einem Hügel aus Steinen und Erde begraben. Am nächsten Morgen durchsuchte er das Schneemobil. Die Behälter, die darauf festgezurrt waren, erwiesen sich als leere Benzinkanister, aber in einem Lederbeutel am Lenker fand er Bobs Brieftasche. Ein Führerschein mit Bobs Foto und einer Adresse in Spokane, die üblichen Kreditkarten, ein paar Dollar in bar, ein Bibliotheksausweis. Ein Foto war auch dabei; es war in einem Atelier aufgenommen: Bob trug einen dicken Winterpulli und posierte neben einer hübschen blonden Frau, unübersehbar schwanger, und zwei Kindern, einem kleinen Mädchen in einem grünen Samtkleid und einem Baby im Strampelanzug. Alle lächelten breit, selbst das Baby. Auf der Rückseite des Fotos stand in Frauenhandschrift: »Timothys erstes Weihnachten«. Warum hatte er gesagt, er habe keine Kinder gehabt? Hatte er mitansehen müssen, wie sie starben? War das so schmerzhaft gewesen, dass sein Hirn es einfach aus dem Gedächtnis gelöscht hatte? Wolgast vergrub die Brieftasche am Hang und markierte die Stelle mit einem Kreuz aus zwei mit einer Schnur zusammengebundenen Stöcken. Es sah nicht sehr eindrucksvoll aus, aber etwas anderes fiel ihm nicht ein.

Wolgast wartete darauf, dass noch andere kamen; er nahm an, dass Bob nur der Erste gewesen war. Er verließ die Lodge nur noch, um die notwendigsten Arbeiten zu erledigen, und nur bei

Tag. Die Springfield hatte er immer bei sich, und Carls .38er lag geladen im Handschuhfach des Toyota. Alle paar Tage startete er den Motor und ließ ihn eine Weile laufen, damit die Batterie sich nicht entlud. Bob hatte etwas von Kalifornien gesagt. War es dort noch sicher? War es irgendwo noch sicher? Gern hätte er Amy gefragt: *Hörst du sie kommen? Wissen sie, wo wir sind?* Er hatte keine Landkarte, um ihr zu zeigen, wo Kalifornien lag. Stattdessen stieg er eines Abends kurz nach Sonnenuntergang mit ihr auf das Dach. Siehst du diesen Bergkamm?, fragte er und deutete nach Süden. Folge meinem Zeigefinger, Amy. Die Cascades. Wenn mir irgendetwas passieren sollte, musst du diesem Bergkamm folgen. Lauf weg und lauf immer weiter.

Aber Monate vergingen, und sie waren immer noch allein. Der Regen hörte auf, und eines Morgens trat Wolgast aus der Lodge, es roch und schmeckte nach Sonne, und er fühlte, dass sich etwas geändert hatte. Vögel sangen in den Bäumen, und als er zum See hinüberschaute, sah er offenes Wasser, wo eine massive Eisschicht gewesen war. Ein milder grüner Dunst hing in der Luft, und am Fundament der Lodge ragte eine Reihe von Krokussen aus dem Boden. Die Welt mochte sich selbst in die Luft sprengen, doch hier kam wieder der Frühling, der Frühling in den Bergen. Aus allen Himmelsrichtungen konnte man das Leben hören und riechen. Wolgast wusste nicht einmal, welcher Monat war. War es April oder Mai? Aber er hatte keinen Kalender, und die Batterie in seiner Uhr, die er seit dem Herbst nicht mehr getragen hatte, war längst leer.

Als er in dieser Nacht mit der Springfield in der Hand in seinem Sessel bei der Tür saß, träumte er von Lila. Halb wusste er, dass es ein Sextraum war, ein Traum, in dem er mit ihr schlief, aber trotzdem war es anders. Lila war schwanger, und sie spielten Monopoly. Der Traum hatte keine besondere Umgebung; der Bereich hinter dem Tisch, an dem sie spielten, lag im Dunkeln wie die verborgenen Bereiche einer Bühne. Wolgast überkam die irrationale Angst, dass es dem Baby schaden könnte, was sie taten.

»Wir müssen aufhören«, sagte er eindringlich, »es ist gefährlich.« Aber sie schien ihn nicht zu hören. Er würfelte, schob seine Figur weiter und landete auf dem Feld mit dem Polizisten, der in seine Trillerpfeife stieß. »Gehen Sie ins Gefängnis«, sagte Lila und lachte. »Gehen Sie direkt dorthin.« Dann stand er auf und fing an, sie auszuziehen. »Das ist okay«, sagte sie. »Du kannst mich küssen, wenn du willst. Bob wird nichts dagegen haben.« »Warum wird er nichts dagegen haben?«, fragte er. »Weil er tot ist«, sagte Lila. »Wir sind alle tot.«

Er schreckte aus dem Schlaf und spürte, dass er nicht allein im Zimmer war. Er drehte sich um und sah Amy, die mit dem Rücken zu ihm vor dem breiten Fenster zum See stand. Im Schein des Ofens sah er, wie sie die Hand hob und die Scheibe berührte. Er stand auf.

»Amy? Was ist?«

Er wollte zu ihr gehen, als ein blendendes Licht, gewaltig und rein, das Fenster erfüllte, und der Augenblick gefror: Wie ein Fotoapparat empfing sein Gehirn ein Bild von Amy und hielt es fest, als sie die Hände gegen das Licht hob, den Mund aufriss und vor Entsetzen schrie. Ein Windstoß ließ das Haus erzittern, und mit einem alles erschütternden Krachen barst die Fensterscheibe ins Zimmer. Wolgast wurde von den Beinen gerissen und zurückgeschleudert.

Eine Sekunde später, fünf, zehn: Die Zeit fügte sich wieder zusammen. Wolgast kauerte auf Händen und Knien an der Wand. Überall lag Glas auf dem Boden, tausend Scherben, deren Kanten funkelten wie verstreute Sterne in dem fremdartigen Licht, das den Raum durchflutete.

»Amy!«

Sie lag auf dem Boden. Er sprang auf und lief zu ihr.

»Hast du dich verbrannt? Geschnitten?«

»Ich kann nichts sehen, ich kann nichts sehen!« Sie schlug wild um sich und fuchtelte in formloser Panik mit den Armen vor ihrem Gesicht herum. Sie war übersät von glitzernden Glassplittern, ihr Gesicht und ihre Arme waren voll davon. Blut durchtränkte

ihr T-Shirt, als er sich über sie beugte und versuchte, sie zu beruhigen.

»Bitte, Amy, halt still! Ich muss sehen, ob du verletzt bist.«

Sie entspannte sich in seinen Armen. Behutsam wischte er die Glassplitter weg. Er konnte keine Schnittwunde entdecken. Das Blut, begriff er, war sein eigenes. Woher kam es? Er schaute an sich herunter und sah eine lange Scherbe, gebogen wie ein Krummsäbel, die in seinem linken Bein steckte, auf halber Höhe zwischen Knie und Leiste. Er zog daran, und das Glas glitt sauber und schmerzlos heraus. Drei Zoll Glas in seinem Bein. Warum hatte er nichts davon gespürt? Adrenalin? Aber kaum hatte er daran gedacht, als der Schmerz kam – wie ein verspäteter Zug, der donnernd in den Bahnhof einfuhr. Lichtpunkte tanzten vor seinen Augen, und eine Woge der Übelkeit rollte über ihn hinweg.

»Ich kann nichts sehen, Brad! Wo bist du?«

»Ich bin hier, ich bin hier.« Ihm war schwindlig vor Schmerzen. Konnte man an einem solchen Schnitt verbluten? »Du musst versuchen, die Augen zu öffnen.«

»Ich kann nicht! Es tut weh!«

Verblitzt, dachte er. Eine Netzhautverbrennung, weil sie ins Zentrum der Explosion geschaut hatte. Nicht Portland oder Salem, nicht mal Corvallis. Die Explosion hatte genau im Westen stattgefunden. Ein verirrter Nuklearsprengkopf, dachte er, aber von wem? Und wie viele gab es noch davon? Was konnten sie bewirken? Nichts, dachte er; es war nur eine weitere krampfhafte Zuckung einer Welt, die unter Qualen unterging. Er begriff plötzlich, dass er sich in der falschen Hoffnung gewiegt hatte, das Schlimmste läge hinter ihnen, und es würde doch noch alles gut werden – das hatte er gedacht, als er in die Sonne hinausgetreten war und den Frühling gerochen hatte. Wie töricht er gewesen war.

Er trug Amy in die Küche und zündete die Lampe an. Die Fensterscheibe über der Spüle hatte irgendwie gehalten. Er setzte sie auf einen Stuhl und band ein altes Geschirrtuch um sein verletztes Bein. Amy weinte und presste die Handflächen an die Augen.

Die Haut in ihrem Gesicht und an den Armen, die dem Blitz ausgesetzt gewesen war, war leuchtend rosa und fing schon an, sich zu schälen.

»Ich weiß, es tut weh«, sagte er, »aber du musst die Augen aufmachen. Ich muss sehen, ob Glassplitter hineingekommen sind.« Er hatte eine Taschenlampe auf dem Tisch bereitgelegt, damit er ihr in die Augen leuchten könnte, wenn sie sie öffnete. Ein Überfall – aber was blieb ihm übrig?

Sie schüttelte heftig den Kopf und wich vor ihm zurück.

»Amy, es muss sein. Du musst tapfer sein. Bitte.«

Sie sträubte sich noch ein Weilchen, aber schließlich gab sie nach. Er konnte ihre Hände herunterziehen, und sie öffnete die Augen einen winzigen Spaltbreit, schloss sie jedoch gleich wieder.

»Es ist so hell!«, weinte sie. »Es tut weh!«

Er schlug ihr eine Abmachung vor: Er würde bis drei zählen, und dann würde sie die Augen öffnen und sie offen halten, bis er noch einmal bis drei gezählt hätte.

»Eins«, fing er an. »Zwei … drei«!

Sie öffnete die Augen, und jeder Muskel in ihrem Gesicht war angespannt vor Angst. Wolgast begann zu zählen und leuchtete ihr ins Gesicht. Kein Glas, keine Spur einer sichtbaren Verletzung: Ihre Augen waren unversehrt.

»Drei!«

Sie schloss die Augen wieder, zitternd und schluchzend.

Er bestrich ihr Gesicht mit einer Brandsalbe aus dem Erste-Hilfe-Kasten, verband ihr die Augen mit einer elastischen Binde und trug sie hinauf in ihr Bett. »Deine Augen sind bald wieder in Ordnung«, versprach er ihr, ohne zu wissen, ob es stimmte. »Ich glaube, das ist nur vorübergehend, weil du in den Blitz geschaut hast.« Eine Zeitlang blieb er noch bei ihr sitzen, bis sie gleichmäßig atmete und er wusste, dass sie eingeschlafen war. Sie sollten verschwinden, dachte er, und ein bisschen Abstand zwischen sich und die Explosion bringen. Aber wohin sollten sie gehen? Zuerst der Waldbrand, dann der Regen – die Straße, die vom Berg

hinunterführte, war fast vollständig weggespült. Sie konnten es zu Fuß versuchen, doch wie weit würden sie kommen? Er konnte selbst kaum gehen und musste ein blindes Mädchen durch den Wald führen. Da blieb nur die Hoffnung, dass die Explosion klein oder weiter entfernt gewesen war, als er annahm, und dass der Wind den radioaktiven Fallout in die andere Richtung treiben würde.

Im Erste-Hilfe-Kasten fand er eine kleine Nähnadel und eine Rolle schwarzes Garn. Eine Stunde vor dem Morgengrauen ging er die Treppe hinunter in die Küche. Er setzte sich an den Tisch, und im Schein der Lampe entfernte er das verknotete Geschirrtuch und seine blutgetränkte Hose. Die Schnittwunde war tief, aber bemerkenswert sauber. Die Haut sah aus wie das aufgerissene Wachspapier an einem blutroten Steak. Er hatte schon Knöpfe angenäht und einmal auch eine Hose gesäumt. Wie schwierig konnte es sein? Aus dem Schrank über der Spüle holte er die Flasche Scotch, die er vor all den Monaten bei Milton's gefunden hatte, und goss sich ein Glas ein. Dann setzte er sich hin und stürzte den Whisky hinunter; er legte den Kopf in den Nacken und trank, ohne etwas zu schmecken. Er schenkte sich ein zweites Glas ein und trank es aus. Dann stand er auf, wusch sich am Spülbecken in aller Ruhe die Hände und trocknete sie mit einem Lappen ab. Er setzte sich wieder hin, knüllte den Lappen zusammen und klemmte ihn zwischen die Zähne. Er fädelte das Garn ein, nahm die Scotchflasche in die eine Hand und die Nadel in die andere. Wenn er nur mehr Licht hätte. Er holte tief Luft und hielt den Atem an. Dann goss er den Scotch auf die Wunde.

Wie sich herausstellte, war dies der schlimmste Teil. Danach war das Nähen der Wunde fast gar nichts.

Er wachte auf und stellte fest, dass er mit dem Kopf auf der Tischplatte geschlafen hatte. Es war eisig kalt in der Küche, und ein merkwürdiger chemischer Geruch hing in der Luft, wie von brennenden Autoreifen. Draußen fiel grauer Schnee. Mit seinem verbundenen, vor Schmerzen pochenden Bein humpelte Wolgast

hinaus auf die Veranda. Es war kein Schnee, sah er – es war Asche. Er stieg die Stufen hinunter. Asche fiel auf sein Gesicht und in sein Haar. Seltsam, aber er hatte keine Angst, nicht um sich und nicht einmal um Amy. Es war ein Wunder. Er hob das Gesicht, um sie zu empfangen. Die Asche war voller Menschen, wusste er. Es regnete die Asche von Seelen.

Er hätte mit ihr in den Keller ziehen können, aber das kam ihm sinnlos vor. Die Strahlung würde überall sein – in der Luft, die sie atmeten, in dem Essen, das sie zu sich nahmen, in dem Wasser, das aus dem See in die Pumpe floss. Sie blieben im oberen Stockwerk, wo zumindest die Sperrholzplatten vor den Fenstern ein wenig Schutz boten. Nach drei Tagen, als er Amy den Verband abnahm – und sie konnte wieder sehen, wie er es versprochen hatte –, fing Wolgast an, sich zu übergeben, und konnte nicht mehr aufhören. Er würgte noch lange, als schon nichts mehr herauskam als dünner Schleim, schwarz wie Teer. Sein Bein war entzündet, aber vielleicht kam auch das von der Strahlung. Grünlicher Eiter sickerte aus der Wunde und durchtränkte den Verband. Das Sekret roch faulig, aber der Geruch war auch in seinem Mund, in seinen Augen und seiner Nase. Anscheinend war er überall in seinem Körper.

»Das wird schon wieder«, sagte er zu Amy, die nach allem, was passiert war, wieder ganz die Alte war. Ihre versengte Haut hatte sich abgeschält, und darunter war eine neue zutage getreten, weiß wie Milch im Mondschein. »Nur ein paar Tage liegen, und ich bin wieder fit.«

Er legte sich auf seine Pritsche in dem Zimmer unter dem Dach neben Amys. Er spürte, wie die Tage um ihn herum und durch ihn hindurch verstrichen, und er wusste, dass er starb. Die schnellteilenden Zellen seines Körpers – in der Schleimhaut des Magens und der Kehle, in den Haaren und im Zahnfleisch, das die Zähne hielt – wurden als Erste zerstört. So war es doch bei Verstrahlung, oder? Und jetzt hatte es sein Innerstes gefunden, griff in ihn hinein wie eine große tödliche Hand, schwarz und vogelknochig.

Er löste sich auf wie eine Tablette in einem Wasserglas, und der Prozess war unumkehrbar. Er hätte versuchen sollen, sie vom Berg hinunterzubringen, aber der richtige Augenblick dazu war längst vorüber. An den Rändern seines Bewusstseins fühlte er Amys Anwesenheit, ihre Bewegungen, den Blick ihrer wachsamen, allzu weisen Augen. Sie hielt ihm Wassergläser an die rissigen Lippen, und er bemühte sich nach besten Kräften zu trinken; er wollte die Nässe, aber vor allem wollte er ihr eine Freude machen und ihr irgendwie versichern, dass er wieder gesund werden würde. Doch er konnte nichts bei sich behalten.

»Ich komme zurecht«, sagte sie immer wieder, aber vielleicht träumte er es nur. Ihre Stimme war leise und dicht an seinem Ohr. Sie strich ihm mit einem Tuch über die Stirn, und er fühlte im dunklen Zimmer ihren sanften Atem auf seinem Gesicht. »Ich komme zurecht.«

Sie war ein Kind. Was würde aus ihr werden, wenn er nicht mehr da wäre? Aus diesem kleinen Mädchen, das kaum schlief oder aß und dessen Körper nichts von Krankheit und Schmerz wusste?

Nein, sie würde nicht sterben. Das war das Schlimmste – das Furchtbare, das sie getan hatten. Die Zeit teilte sich vor ihr wie die Wellen an einem Pier. Sie zog an ihr vorbei, aber Amy blieb dieselbe. *Und Noahs ganzes Alter ward neunhundertfünfzig Jahre.* Wie immer es ihnen auch gelungen sein mochte: Amy würde und konnte nicht sterben.

Es tut mir leid, dachte er. Ich habe mein Bestes getan, doch es war nicht genug. Ich hatte von vornherein zu viel Angst. Wenn es einen Plan gab, konnte ich ihn nicht sehen. Amy, Eva, Lila, Lacey. Ich war nur ein Mensch. Es tut mir leid, es tut mir leid, es tut mir leid, es tut mir leid.

Und eines Nachts wachte er auf und war allein. Er spürte es sofort: Abschied lag in der Luft, Abwesenheit, Flucht. Es erforderte seine ganze Kraft, nur die Decke zurückzuschlagen. Der Wollstoff in seiner Hand fühlte sich an wie Sandpapier, wie brennende

Dornen. Er setzte sich auf – eine Riesenanstrengung. Sein Körper war ein gewaltiges sterbendes Ding, das sein Geist kaum noch zusammenhalten konnte. Und doch gehörte er noch ihm; es war der Körper, in dem er sein ganzes Leben verbracht hatte. Wie seltsam es war zu sterben, zu fühlen, wie sein Körper ihn verließ. Aber ein Teil seiner selbst hatte es immer gewusst. *Sterben,* hatte sein Körper ihm gesagt, *sterben. Darum leben wir: um zu sterben.*

»Amy«, sagte er, und er hörte seine eigene Stimme, ein fahles Krächzen. Ein schwaches, nutzloses Geräusch ohne Form, das einen Namen rief, in einem dunklen Zimmer, in dem niemand war. »Amy.«

Er schleppte sich hinunter in die Küche und zündete die Lampe an. In ihrem flackernden Licht sah alles aus wie immer, und trotzdem erschien es irgendwie verändert – derselbe Raum, in dem er und Amy ein Jahr lang gelebt hatten, und doch ein völlig neuer Ort. Er wusste nicht, wie spät es war, welcher Tag, welcher Monat. Amy war fort.

Er taumelte aus dem Haus, über die Veranda und in den Wald hinein. Der Mond hing über den Bäumen wie ein halb geschlossenes Auge, wie ein Spielzeug an einem Draht, ein lächelndes Mondgesicht über einem Kinderbett. Sein Licht ergoss sich über eine Landschaft aus Asche, in der alles starb; die lebendige Oberfläche der Welt war abgeschält und der felsige Kern bloßgelegt. Wie ein Bühnenbild, dachte Wolgast, ein Bühnenbild für das Ende aller Dinge und die Erinnerung an alle Dinge. Ziellos irrte er durch den bröselnden weißen Staub und rief ihren Namen.

Jetzt war er unter den Bäumen, im Wald, und die Lodge lag in namenloser Entfernung hinter ihm. Er bezweifelte, dass er den Weg zurück finden würde, aber das machte nichts. Es war vorbei, es war aus mit ihm. Nicht einmal zum Weinen hatte er noch Kraft. Am Ende, dachte er, kam es nur noch darauf an, sich einen Ort auszusuchen. Wenn man Glück hatte, konnte man es noch.

Er stand oberhalb des Flusses, unter dem Mond, zwischen nackten, unbelaubten Bäumen. Er sank auf die Knie, lehnte sich an

einen Stamm und schloss die müden Augen. Etwas bewegte sich über ihm in den Ästen, aber er nahm es nur verschwommen wahr. Raschelnde Gestalten in den Bäumen. Etwas, wovon ihm einmal jemand erzählt hatte, vor langer, langer Zeit: Etwas, das in den Bäumen unterwegs war. Sich an die Bedeutung dieser Worte zu erinnern erforderte jedoch eine Willenskraft, die er nicht mehr besaß; der Gedanke verließ ihn, und er war allein.

Ein neues Gefühl durchströmte ihn, kalt und endgültig – wie ein Luftzug durch eine offene Tür im tiefsten Winter –, und wehte weiter hinaus in den stillen Raum zwischen den Sternen. Wenn der Morgen dämmerte, würde er nicht mehr da sein. *Amy,* dachte er, als die Sterne herabregneten, überall und ringsumher, und er versuchte, sich ganz mit diesem einen Namen zu füllen, mit dem Namen seiner Tochter, der ihm hinaushalf aus seinem Leben.

Amy, Amy, Amy.

III

Die letzte Stadt

2 n.V.

Musik, wenn Stimmen sanft ersterben,
klingt leise im Gedächtnis fort,
der Duft der süßen Veilchen, die längst welk,
lebt in den Sinnen, die er hat beflügelt.

Die Rosenblätter, ist die Rose tot,
streut man dem Liebsten noch zum Lager,
gleich den Gedanken dein: Denn bist du nicht mehr dort,
so schlummert doch die Liebe endlos fort.

Percy Bysshe Shelley,
»Musik, wenn Stimmen sanft ersterben«

************ EVAKUIERUNGSBEFEHL ************

Oberkommando der US-Streitkräfte

Östliche Quarantänezone, Philadelphia PA

Travis Cullen, kommissarischer General der Army und Oberbefehlshaber der Östlichen Quarantänezone, und George Wilcox, Bürgermeister der Stadt Philadelphia, ordnen Folgendes an:

Sämtliche Kinder zwischen vier (4) und dreizehn (13) Jahren, wohnhaft in den nicht infizierten, GRÜN MARKIERTEN Gebieten (»Safe Zones«) Philadelphias und der drei Countys westlich des Delaware (Montgomery, Delaware, Bucks), haben sich unverzüglich am AMTRAK-Bahnhof 30th Street zur Abreise einzufinden.

Jedes Kind **MUSS** Folgendes mitführen:

- Geburtsurkunde, Sozialversicherungskarte oder einen gültigen Pass der Vereinigten Staaten.
- Einen Nachweis des Wohnsitzes, beispielsweise eine Strom- oder Wasserrechnung, ausgestellt auf den Namen der Eltern oder des gesetzlichen Vormunds, oder einen gültigen Flüchtlingsausweis.
- Einen aktuellen Impfpass.
- Ferner ist eine erwachsene Begleitperson erforderlich, die bei der Evakuierung behilflich ist.

Jedes Kind **DARF** mitführen:

- EIN Gepäckstück mit persönlichen Gegenständen, nicht größer als 55 x 35 x 22 cm. KEINE VERDERBLICHEN LEBENSMITTEL. Essen und Wasser werden im Zug verteilt.
- Wolldecke oder Schlafsack.

Die Mitnahme folgender Gegenstände in die Züge oder zum Evakuierungssammelplatz ist **VERBOTEN:**

- Schusswaffen.
- Messer oder Stichwaffen mit einer Klingenlänge von mehr als 3 Zoll.
- Haustiere.

- ***Eltern und Begleitpersonen ist der Zutritt zum AMTRAK-Bahnhof 30th Street untersagt.***
- ***Personen, die störend in den Evakuierungsprozess eingreifen, werden ERSCHOSSEN.***
- ***Personen, die unbefugt versuchen, sich Zutritt zu den Zügen zu verschaffen, werden ERSCHOSSEN.***

**Gott schütze das Volk der Vereinigten Staaten
und die Stadt Philadelphia**

18

Auszug aus dem Tagebuch der Ida Jaxon (»Das Buch Auntie«)
Vorgelegt auf der Dritten Internationalen Tagung zur Nordamerikanischen Quarantäneperiode
Zentrum zur Erforschung menschlicher Kulturen und Konflikte
University of New South Wales, Indo-Australische Republik
16.–21. April 1003 n.V.

… und es war das reine Chaos. So viele Jahre sind vergangen, aber solch eine Tragödie vergisst man nie, die vielen Tausend Leute, die sich voller Angst an die Zäune drängen, die Soldaten mit den Hunden, die für Ruhe zu sorgen hatten, die Schüsse in die Luft. Und ich, gerade mal acht Jahre alt, mit meinem Köfferchen, das meine Mama mir am Abend zuvor gepackt hatte, während sie die ganze Zeit heulte, weil sie wusste, was sie tat: Sie schickte mich für immer weg.

Die Jumps hatten New York erobert, Pittsburgh und D.C. Fast das ganze Land, soweit ich mich erinnere. Überall dort hatte ich Verwandte. Und vieles wussten wir einfach nicht. Zum Beispiel, was mit Europa oder Frankreich oder China passiert war, obwohl ich gehört hatte, wie mein Daddy mit ein paar anderen Männern aus unserer Straße darüber sprach, dass das Virus dort anders wäre: Es brächte einfach alle um. Wie durch ein

Wunder war Philadelphia damals die letzte Stadt auf der ganzen Welt, in der noch Leute waren. Wir waren eine Insel. Als ich meine Mama nach dem Krieg fragte, sagte sie, die Jumps wären Leute wie du und ich, nur krank. Ich war selber krank gewesen, und deshalb bekam ich eine Heidenangst, als sie mir das erzählte. Ich fing an, bitterlich zu weinen, weil ich dachte, ich könnte eines Tages einfach aufwachen und sie und meinen Daddy und meine Verwandten umbringen, wie die Jumps es taten. Meine Mama nahm mich fest in den Arm und sagte, nein, nein, Ida, das ist was anderes, es ist überhaupt nicht das Gleiche, und jetzt sei still und hör auf zu weinen, und das tat ich dann. Trotzdem konnte ich das alles eine Zeitlang überhaupt nicht begreifen – warum jetzt Krieg war und überall Soldaten kamen, wenn jemand auch nur einen Schnupfen oder Halsweh kriegte.

So nannten wir sie – Jumps. Nicht Vampire, obwohl man das Wort auch manchmal hören konnte. Mein Cousin Terrence sagte, sie wären welche. Er zeigte sie mir in einem Comic, den er hatte, eine Art Bilderbuch, wie ich mich erinnere, aber als ich meinen Daddy danach fragte und ihm die Bilder zeigte, sagte er, nein, Vampire kämen nur in erfundenen Geschichten vor, nett aussehende Männer in Anzügen und Capes und mit guten Manieren, aber das hier ist die Wirklichkeit, Ida. Keine erfundene Geschichte. Inzwischen gibt es natürlich viele Namen für sie: Flyers und Smokes und Drinks und Virals und so weiter, aber wir nannten sie Jumps, weil sie genau das taten, wenn sie einen schnappten: Sie sprangen. Mein Daddy sagte, egal, wie man sie nennt, sie sind einfach niederträchtige Drecksäcke. Du bleibst im Haus, wie die Army es gesagt hat, Ida. Ich war entsetzt, als ich ihn so reden hörte, denn mein Daddy war Diakon der African Methodist Episcopal Church, und ich hatte ihn bisher nie so reden hören. Nachts war es am schlimmsten, besonders in dem Winter damals. Wir hatten kein Licht wie heute. Es gab nicht viel zu essen außer dem, was die Army uns gab, und heizen konnten wir nur, wenn wir etwas hatten, das wir verbrennen

konnten. Die Sonne ging unter, und sofort spürte man sie, diese Angst, die sich wie ein Deckel auf alles legte. Wir wussten nie, ob die Jumps nicht in dieser Nacht kommen würden. Mein Daddy hatte unsere Fenster mit Brettern vernagelt, und er hatte auch ein Gewehr, das er die ganze Nacht neben sich hatte, wenn er bei Kerzenlicht am Küchentisch saß, Radio hörte und vielleicht ein Schlückchen trank. Bei der Marine war er Funkoffizier gewesen und kannte sich aus. Eines Nachts kam ich herein und sah, dass er weinte. Saß einfach da, die Hände vor dem Gesicht, und zitterte und weinte. Die Tränen liefen ihm über die Wangen. Ich weiß nicht, was mich geweckt hatte, aber vielleicht waren es seine Geräusche gewesen. Er war ein starker Mann, mein Daddy, und es tat mir leid, ihn so traurig zu sehen. Ich fragte, was ist denn, Daddy, warum weinst du so? Hat dir etwas Angst gemacht? Und er schüttelte den Kopf und sagte, Gott liebt uns nicht mehr, Ida. Vielleicht haben wir was falsch gemacht. Aber er tut es nicht mehr. Er ist einfach auf und davon. Dann kam meine Mama herein und sagte, sei still, Monroe, du bist ja betrunken. Und dann hat sie mich ins Bett gescheucht. So hieß mein Daddy: Monroe Jaxon der Dritte. Meine Mama hieß Anita. Damals wusste ich es nicht, aber ich glaube, in der Nacht, als er weinte, hatte er das mit dem Zug gehört. Es könnte aber auch was anderes gewesen sein.

Nur der liebe Gott selber weiß, warum er Philadelphia so lange verschont hat. Ich erinnere mich inzwischen kaum noch daran; nur ab und zu an Kleinigkeiten. Zum Beispiel, wie ich abends mit meinem Daddy losgegangen bin, um an der Ecke ein Wassereis zu kaufen. Ich kann mich auch noch an meine Freunde in der Joseph Pennell Elementary School erinnern und an ein kleines Mädchen namens Sharise, die unten an der Ecke wohnte; wir beide konnten stundenlang miteinander schwatzen. Im Zug habe ich nach ihr gesucht, doch ich habe sie nicht gefunden.

An meine Adresse erinnere ich mich noch. 2121 West Laveer. Da war ein College in der Nähe, und es gab Geschäfte und

belebte Straßen und alle möglichen Leute, die da jeden Tag hin und her gingen. Und ich weiß noch, wie mein Daddy mich mal mit dem Bus in die Stadt mitnahm, raus aus unserem Viertel, damit ich die Weihnachtsschaufenster sehen konnte. Da kann ich nicht mehr als fünf Jahre alt gewesen sein. Der Bus fuhr am Krankenhaus vorbei, wo mein Daddy arbeitete. Er machte dort Röntgenaufnahmen. Das waren Fotos von den Knochen der Leute. Den Job hatte er, seit er vom Militärdienst zurückgekommen war und meine Mama kennengelernt hatte, und er sagte immer, es wäre der perfekte Job für einen Mann wie ihn, sich die Dinge von innen anzusehen. Eigentlich hatte er Arzt werden wollen, aber Röntgenfotograf war fast genauso gut. Er zeigte mir dann die Schaufenster, die zu Weihnachten bunt dekoriert waren, mit Lichtern und Schnee und einem Baum und Figuren, die sich bewegten – Elfen und Rentiere und alles Mögliche. Ich war so glücklich wie noch nie im ganzen Leben, weil ich so etwas Schönes zu sehen bekam und wir beide da in der Kälte standen, wir beide zusammen. Wir wollen ein Geschenk für Mama kaufen, sagte er und legte mir seine große Hand auf den Kopf, wie er es immer machte. Einen Schal, oder vielleicht ein Paar Handschuhe. Alle Straßen waren voll von Leuten. So viele Leute, alte und junge, und jeder sah anders aus. Noch heute denke ich gern daran und wandere in Gedanken zurück zu diesem Tag. Niemand weiß mehr, was Weihnachten war, aber es war ein bisschen wie heute die Erste Nacht. Ich weiß nicht mehr, ob wir Schal und Handschuhe gekauft haben oder nicht. Wahrscheinlich ja.

Jetzt ist das alles nicht mehr da. Auch die Sterne nicht. Manchmal denke ich, diesen Anblick vermisse ich am meisten aus der Zeit Davor. Vom Fenster meines Zimmers aus konnte ich über die Dächer der Häuser schauen und sie sehen, diese Lichtpunkte am Himmel, die da hingen, als ob Gott selbst seine Weihnachtsbeleuchtung da aufgehängt hätte. Meine Mama sagte mir, wie ein paar davon hießen, und dass man Bilder sehen

könnte, wenn man sie eine Weile anschaute, einfache Dinge wie Löffel und Leute und Tiere. Ich dachte immer, wenn man die Sterne ansieht, sieht man Gott. Als schaute man in sein Gesicht. Es musste dunkel sein, damit man ihn deutlich sehen konnte. Vielleicht hat er uns vergessen, vielleicht auch nicht. Vielleicht haben wir ihn vergessen, als wir die Sterne nicht mehr sehen konnten. Ehrlich gesagt sind sie das Einzige, was ich gern noch einmal sehen würde, bevor ich sterbe.

Es gab noch mehr Züge, glaube ich. Wir hatten gehört, dass überall welche abfuhren, dass auch andere Städte sie losgeschickt hatten, bevor die Jumps kamen. Vielleicht war das nur das Gerede von Leuten, die Angst haben und sich an jedes Fitzelchen Hoffnung klammern. Ich weiß nicht, wie viele es wirklich schafften, dahin durchzukommen, wo sie hinwollten. Manche wurden nach Kalifornien geschickt, andere an Orte, deren Namen ich nicht mehr weiß. Nur von einem einzigen Trupp haben wir noch mal etwas gehört, ganz am Anfang, als Funkgeräte noch erlaubt waren. Irgendwo in New Mexico, glaube ich, war das. Aber dann passierte irgendetwas mit ihrem Licht, und danach hörten wir nichts mehr von ihnen. Wenn Peter, Theo und die anderen recht haben, sind wir die Einzigen, die noch übrig sind.

Über den Zug und Philadelphia und alles, was in diesem Winter passierte – darüber wollte ich eigentlich schreiben. Es war schlicht furchtbar. Die Army war überall, nicht bloß Soldaten, sondern auch Panzer und andere solche Geräte. Mein Daddy sagte, sie sollten uns vor den Jumps beschützen, aber für mich waren die Soldaten einfach große Männer mit Gewehren, und die meisten waren weiß. Trau keinem Weißen, Ida – das habe ich oft genug von meinem Daddy zu hören bekommen, als wären sie alle nur ein einziger Mann. Heute klingt das komisch, wo alle Leute so miteinander vermischt sind. Wer das hier liest, weiß wahrscheinlich nicht mal mehr, wovon ich rede. Wir kannten einen Kerl aus unserem Viertel, der erschossen wurde, nur weil er

versuchte, einen Hund zu fangen. Ich nehme an, er dachte, einen Hund zu essen wäre besser als gar nichts. Aber die Army hat ihn erschossen und in der Olney Avenue an einen Laternenpfahl gehängt, mit einem Schild auf der Brust, auf dem stand: »Plünderer«. Keine Ahnung, was er plündern wollte, außer vielleicht einen Hund, der halb verhungert war und sowieso gestorben wäre.

Und eines Nachts hörten wir dann einen unglaublich lauten Knall, und dann noch einen und noch einen, und Flugzeuge kreischten über unsere Köpfe hinweg, und mein Daddy sagte mir, sie hätten die Brücken gesprengt. Den ganzen nächsten Tag über sahen wir noch mehr Flugzeuge, wir rochen Feuer und Rauch, und wir wussten, dass die Jumps in der Nähe waren. Ganze Stadtteile standen in Flammen. Ich ging ins Bett, und einige Zeit später weckte mich ein Streit. Unser Haus hatte nur vier Zimmer und war hellhörig; man konnte in einem Zimmer nicht niesen, ohne dass in einem anderen jemand »Gesundheit!« rief. Ich hörte, wie meine Mama weinte und weinte, und mein Vater sagte, das kannst du nicht, wir müssen es tun, du musst stark sein, Anita. *Lauter solche Sachen, und dann ging meine Zimmertür auf, und mein Vater stand da. Er hielt eine Kerze in der Hand, und noch nie im Leben hatte ich ihn so verstört gesehen. Als wäre er einem Geist begegnet, und der Geist war er selbst. Schnell zog er mich warm an und sagte: »Sei jetzt brav, Ida. Geh und sag deiner Mutter auf Wiedersehen.« Und als ich das tat, hielt sie mich lange, lange fest im Arm und weinte so sehr, dass es immer noch wehtut, wenn ich daran denke, nach all den Jahren. Ich sah den kleinen Koffer an der Tür und fragte, fahren wir irgendwohin, Mama? Gehen wir weg? Aber sie gab keine Antwort, sie weinte nur immer weiter und hielt mich fest, bis mein Daddy mich losmachte. Dann gingen wir, mein Daddy und ich. Nur wir beide.*

Erst draußen wurde mir klar, dass es noch mitten in der Nacht war. Es war kalt und windig. Flocken fielen vom Himmel,

und ich dachte, es wäre Schnee, bis ich eine von meiner Hand leckte und merkte, dass es Asche war. Man konnte den Rauch riechen; er brannte mir in den Augen und im Hals. Wir hatten einen weiten Weg und waren fast die ganze Nacht auf den Beinen. Das Einzige, was sich auf der Straße bewegte, waren die Trucks der Army. Manche hatten Trichter auf dem Dach, aus denen Stimmen kamen, die den Leuten sagten, sie sollten nicht stehlen und ruhig bleiben bei der Evakuierung. Ein paar Leute waren auch unterwegs, zuerst nicht viele, aber immer mehr, je weiter wir kamen, bis die Straße voll von ihnen war. Keiner sprach ein Wort. Alle gingen in unsere Richtung mit ihren Koffern. Ich glaube, ich hatte noch gar nicht begriffen, dass es nur die Kinder waren, die wegfahren würden.

Es war noch dunkel, als wir am Bahnhof ankamen. Ich habe schon das eine oder andere darüber gesagt. Mein Vater sagte, wir wären schon so früh hingegangen, um nicht Schlange stehen zu müssen. Er hasste Schlange stehen, aber es sah aus, als hätte die halbe Stadt die gleiche Idee gehabt. Wir mussten lange warten, und allmählich wurde die Sache unangenehm, das konnte man spüren. Wie wenn ein Gewitter aufzieht und die Luft knistert und knackt. Die Leute hatten zu viel Angst. Die Feuer gingen aus, und die Jumps kamen, sagten die Leute. Wir hörten lautes Krachen in der Ferne wie Donner, und Flugzeuge flogen über uns hinweg, schnell und tief. Jedes Mal, wenn man eins sah, knackte es in den Ohren, und eine Sekunde danach gab es einen Knall, dass der Boden unter den Füßen wackelte. Manche Leute waren auch ohne Kinder da. Mein Vater hielt mich fest an der Hand. Im Zaun war eine Öffnung, wo die Soldaten die Leute durchließen, und da mussten wir auch hin. Es war so eng in dem Gedränge, dass ich kaum noch Luft kriegte. Manche Soldaten hatten Hunde dabei. Was auch passiert, du bleibst bei mir, Ida, sagte mein Daddy. Halt dich fest.

Dann endlich konnten wir unter uns den Zug sehen. Wir waren auf einer Brücke über den Gleisen. Ich schaute daran

entlang, aber ich konnte nicht bis zum Ende sehen, so lang war der Zug. Er schien sich endlos hinzuziehen, hundert Wagen lang. Und er sah anders aus als jeder Zug, den ich bis dahin gesehen hatte. Die Wagen hatten keine Fenster, und seitlich ragten lange Stangen mit Netzen heraus, wie Vogelflügel. Auf den Dächern waren Soldaten mit großen Gewehren in Metallkäfigen, eingesperrt wie Kanarienvögel. Zumindest nehme ich an, dass es Soldaten waren, denn sie trugen silbern glänzende Anzüge zum Schutz gegen das Feuer.

Ich weiß nicht mehr, was mit meinem Vater passierte. An manche Dinge kann man sich nicht erinnern, weil das Gedächtnis sie nicht speichert, wenn sie einmal passiert sind. Ich erinnere mich an eine Frau, die einen Karton mit einer Katze bei sich hatte, und ein Soldat sagte, Lady, was haben Sie mit der Katze vor, und dann ging es ganz schnell: Ob man's glaubt oder nicht, der Soldat erschoss die Frau an Ort und Stelle. Dann fielen noch mehr Schüsse, und die Leute rannten auseinander und schubsten und schrien, und bei alldem wurden mein Daddy und ich getrennt. Als ich seine Hand suchte, war sie nicht mehr da. Das Gedränge bewegte sich wie ein Fluss und riss mich mit. Es war furchtbar. Die Leute schrien, der Zug wäre noch gar nicht voll und würde trotzdem abfahren. Das muss man sich vorstellen: Ich hatte meinen Koffer verloren, und das Einzige, woran ich dachte, war, dass mein Daddy stinkwütend auf mich sein wird. Pass auf deine Sachen auf, Ida, sagte er immer, und sei nicht so nachlässig. Wir haben schwer gearbeitet für das, was wir haben; also geh nicht damit um, als wäre es nichts. Deshalb dachte ich gerade, ich bekäme jetzt den größten Ärger meines Lebens wegen dem Koffer, als mich etwas zu Boden schleuderte, und als ich aufstand, sah ich die Toten überall um mich herum. Einer war ein Junge, den ich aus der Schule kannte. Vincent Gum – der Kerl kriegte immer Ärger, weil er so gern Kaugummi kaute und in der Schule immer welchen im Mund hatte. Aber jetzt hatte er ein Loch mitten in der Brust und lag auf dem Rücken in

einer Blutpfütze. Aus dem Loch in seiner Brust kam immer noch mehr Blut, mit lauter Luftblasen wie der Schaum in der Badewanne. Ich weiß noch, dass ich dachte, da liegt Vincent Gum, und er ist tot. Eine Kugel ist durch seinen Körper gefahren und hat ihn umgebracht. Er wird sich nie wieder bewegen oder reden oder sein Kaugummi kauen. Er wird jetzt immer nur daliegen und ein Gesicht machen, als hätte er alles vergessen.

Ich war immer noch auf der Brücke, und die Leute fingen an, auf den Zug hinunterzuspringen. Alles schrie durcheinander. Die Soldaten feuerten in die Menge, als ob ihnen jemand befohlen hätte, auf alles zu schießen, was sich bewegte. Ich spähte über das Geländer und sah, dass die Leichen sich stapelten wie Holz in einem Feuer, und überall war Blut, so viel Blut, dass man denken konnte, die Welt hätte ein Leck bekommen.

Dann hob mich jemand hoch. Ich dachte, es wäre mein Daddy, und er hätte mich doch noch gefunden, aber er war es nicht, es war bloß irgendein Mann. Ein großer dicker Weißer mit einem Bart. Er packte mich um die Taille und rannte mit mir zur anderen Seite der Brücke, wo eine Art Trampelpfad durch das Unkraut hinunterführte. Wir stiegen auf eine Mauer über den Gleisen, und der Mann fasste mich bei den Händen und ließ mich hinunter, und ich dachte, gleich lässt er mich fallen, und dann werde ich sterben wie Vincent Gum. Ich sah dem Mann ins Gesicht, und nie werde ich seine Augen vergessen. Es waren die Augen eines Menschen, der wusste, dass er so gut wie tot war. Mit diesem Blick ist man nicht jung oder alt, nicht schwarz oder weiß, nicht mal Mann oder Frau. Das alles hat man dann hinter sich. Er schrie: Jemand muss sie nehmen, jemand muss dieses Kind hier nehmen! Und dann packte mich jemand bei den Beinen und hob mich herunter, und ehe ich michs versah, war ich im Zug, und der Zug fuhr. Und irgendwo da drin fing ich an zu denken, dass ich niemanden je wiedersehen würde, nicht meine Mama und meinen Daddy und überhaupt niemanden, den ich bis dahin gekannt hatte.

Was ich danach in Erinnerung habe, ist eher ein Gefühl als irgendetwas Handfestes. Ich erinnere mich, dass Kinder weinten und dass ich Hunger hatte, ich erinnere mich an Dunkelheit und Hitze und den Geruch von dicht zusammengedrängten Körpern. Draußen hörten wir Schüsse, und wir spürten die Hitze des Feuers, die durch die Wände drang, als stände die ganze Welt in Flammen. Die Wände wurden so heiß, dass man sie nicht mehr anfassen konnte, ohne sich die Hand zu verbrennen. Einige Kinder waren nicht mal vier Jahre alt, praktisch noch Babys. Wir hatten zwei Wächter bei uns im Wagen, einen Mann und eine Frau. Sie sahen aus wie Soldaten, aber das waren sie nicht, sie waren von der Katastrophenbehörde FEMA. Das weiß ich noch, weil es in dicken gelben Lettern hinten auf ihren Jacken stand. Mein Daddy hatte Verwandte unten in New Orleans; er war da aufgewachsen, bis er zur Navy ging, und er sagte immer, FEMA bedeutete: Fehlerhafter Einsatz mit Absicht. Ich weiß nicht mehr, was aus der Frau geworden ist, aber der Mann hieß Chou und hat später eine andere Wächterin geheiratet, und als sie starb, hatte er noch zwei andere Frauen. Eine von denen war Mazie Chou, Old Chous Großmutter.

Das Merkwürdige war, der Zug hielt nicht an. Für nichts. Ab und zu hörten wir ein mächtiges Krachen, und dann zitterte der Wagen wie ein Blatt im Wind, aber wir fuhren trotzdem weiter. Eines Tages verließ die Frau den Wagen und ging nach hinten, um bei ein paar anderen Kindern zu helfen, und dann kam sie völlig aufgelöst zurück. Ich hörte, wie sie dem Mann erzählte, dass die Wagen hinter uns weg wären. Sie hatten den Zug so gebaut, dass sie einen Wagen abhängen konnten, wenn die Jumps hineinkamen, und das war das Krachen gewesen, das wir gehört hatten: ein Wagen nach dem anderen, der hinten abgesprengt wurde. Ich wollte nicht über diese Wagen und die Kinder darin nachdenken, und bis heute habe ich es auch nicht getan. Deshalb werde ich hier auch nicht weiter darüber schreiben.

Aber Sie werden wissen wollen, wann wir hergekommen sind,

und daran kann ich mich noch erinnern, denn da habe ich meinen Cousin Terrence gefunden. Ich wusste nicht, dass er auch im Zug war; er war in einem anderen Wagen. Und es war ein Glück, dass er nicht in einem der hinteren Wagen gewesen war. Denn als wir ankamen, waren es nur noch drei, und zwei davon waren fast leer. Wir waren in Kalifornien, sagten uns die Wächter. Kalifornien war kein Staat wie früher, sagten sie, es war ein ganz anderes Land. Busse würden uns abholen und in die Berge hinaufbringen, wo wir in Sicherheit wären. Der Zug fuhr langsamer und hielt an, und alle hatten Angst, aber es war auch ein bisschen aufregend, nach all den Tagen endlich auszusteigen. Und dann gingen die Türen auf, und es war so hell, dass alle die Hände vors Gesicht halten mussten. Ein paar Kinder fingen an zu weinen, weil sie dachten, es wären die Jumps, die uns jetzt holen wollten, doch jemand sagte, seid nicht so albern, das sind nicht die Jumps, und als ich die Augen aufmachte, war ich erleichtert, weil ich einen Soldaten sah, der dastand. Wir waren irgendwo in der Wüste. Sie brachten uns weg, und da standen noch viel mehr Soldaten um eine Reihe von Bussen, die im Sand parkten. Hubschrauber knatterten darüber, wirbelten den Staub auf und machten einen Höllenlärm. Wir bekamen Wasser zu trinken, kaltes Wasser. Im ganzen Leben war ich nie so froh gewesen über den Geschmack von kaltem Wasser. Das Licht war so hell, dass es mir immer noch in den Augen wehtat, wenn ich mich nur umschaute, doch dann sah ich Terrence. Er stand da im Sand wie wir alle, mit einem Koffer und einem Kissen. Noch nie hatte ich einen Jungen so fest und so lange umarmt, und wir mussten beide lachen und weinen und sagten immer wieder: Sieh mal an. Er war nicht mein Cousin ersten Grades, sondern eher einer zweiten Grades, wenn ich mich recht entsinne. Sein Vater war der Neffe meines Daddys, Carleton Jaxon. Carleton war Schweißer auf der Werft, und Terrence erzählte mir später, sein Vater hätte zu denen gehört, die den Zug gebaut hatten. Einen Tag vor der Evakuierung war Onkel Carleton mit Terrence

zum Bahnhof gegangen und hatte ihn in den Triebwagen gesetzt, gleich hinter den Lokführer, und ihm befohlen dortzubleiben. Du bleibst da, Terrence. Tu, was der Lokführer dir sagt. So kam es, dass Terrence jetzt bei mir war. Er war nur drei Jahre älter als ich, aber damals kam mir der Unterschied größer vor, und deshalb sagte ich, du wirst auf mich aufpassen, nicht wahr, Terrence? Sag, dass du auf mich aufpasst. Und er nickte und sagte, ja, das würde er tun, und er hat es getan, bis er gestorben ist. Er war der erste Jaxon, der zum Haushalt gehörte, dem Obersten Rat der Kolonie, und seitdem gab es dort immer einen Jaxon.

Sie packten uns in die Busse. Für mich war alles anders, als Terrence bei mir war. Er lieh mir sein Kissen, und ich lehnte mich an ihn und schlief ein. Deshalb weiß ich nicht, wie lange wir mit dem Bus fuhren, aber ich glaube nicht, dass es mehr als ein Tag war. Und ehe ich michs versah, sagte Terrence, wach auf, Ida, wir sind da, du musst aufwachen. Sofort roch ich, dass die Luft da, wo wir jetzt waren, ganz anders war. Soldaten holten uns aus den Bussen, und zum ersten Mal sah ich die Mauer und die Scheinwerfer über uns, hoch oben auf ihren Masten, doch es war noch Tag, und deshalb brannten sie nicht. Die Luft war frisch und klar und so kalt, dass wir alle mit den Füßen stampften und froren. Überall war Militär, und FEMA-LKWs standen da, vollbeladen mit allen möglichen Sachen, mit Lebensmitteln und Gewehren und Toilettenpapier und Kleidung; auf manchen waren auch Tiere – Schafe und Ziegen und Pferde und Hühner in Käfigen und auch ein paar Hunde. Die Wächter stellten uns alle in einer Reihe auf, wie sie es vorher auch getan hatten, und sie schrieben unsere Namen auf, gaben uns saubere Kleider und führten uns in die Zuflucht. Der Raum, in den sie uns brachten, war der, den fast alle kennen und wo bis heute alle Kleinen schlafen. Ich nahm die Pritsche neben Terrence und stellte ihm die Frage, die mir im Kopf herumging: Wo sind wir hier, Terrence? Dein Daddy muss es dir doch gesagt haben, wenn er den Zug gebaut hat. Und Terrence war einen Moment lang ganz still

und sagte dann: Hier wohnen wir jetzt. Die Scheinwerfer und die Mauern werden uns beschützen. Vor den Jumps, und vor allem anderen, bis der Krieg vorbei ist. Es ist wie in der Geschichte von Noah: Das hier ist die Arche. Was für eine Arche, fragte ich, und wovon redest du, und werde ich meine Mama und meinen Daddy je wiedersehen? Und er sagte, ich weiß es nicht, Ida. Aber ich werde auf dich aufpassen, wie ich es versprochen habe. Auf dem Bett auf der anderen Seite saß ein Mädchen, das nicht älter war als ich. Sie weinte sich die Augen aus, und Terrence ging zu ihr und sagte leise, wie heißt du denn? Ich passe auch auf dich auf, wenn du willst. Da hörte sie auf. Sie war eine echte Schönheit, das war nicht zu übersehen, obwohl sie schmutzig und erschöpft war wie wir alle. Ein allerliebstes kleines Gesicht und Haare, so hell und fein wie bei einem Baby. Sie nickte und sagte, ja, bitte tu das, und wenn es dir nicht allzu viel Mühe macht, kannst du auch auf meinen Bruder aufpassen. Ja, und dieses Mädchen, Lucy Fisher, wurde meine allerbeste Freundin, und sie war es, die Terrence später heiratete. Ihr Bruder hieß Rex, ein kleines Kerlchen und genauso hübsch wie Lucy, nur eben so, wie ein Junge hübsch ist, und ich nehme an, Sie werden wohl wissen, dass die Fishers und Jaxons seitdem immer auf die eine oder andere Weise miteinander verbandelt waren.

Niemand hat gesagt, es wäre meine Aufgabe, mich an all das zu erinnern, aber ich glaube, wenn ich es nicht aufgeschrieben hätte, wäre inzwischen alles vergessen. Nicht nur, wie wir hergekommen sind, sondern auch die Welt, die alte Welt aus der Zeit Davor, in der wir zu Weihnachten Handschuhe und einen Schal gekauft haben und ich mit meinem Daddy die Straße hinaufgegangen bin, um Wassereis zu holen, und in einer Sommernacht am Fenster gesessen und zugesehen habe, wie die Sterne zu leuchten anfingen. Sie sind inzwischen natürlich alle gestorben, die Ersten, die hier eintrafen. Die meisten sind schon so lange tot, dass niemand sich auch nur an ihre Namen erinnert. Wenn ich an diese Zeiten denke, empfinde ich keine Trauer. Ein

bisschen Trauer um Leute, die ich vermisse – wie Terrence, der mit siebenundzwanzig befallen wurde, und Lucy, die kurz danach bei der Entbindung starb, und Mazie Chou, die noch ziemlich lange lebte, dann allerdings auch verstarb, ich weiß nicht mehr, woran. Blinddarmentzündung, glaube ich, oder der Krebs. Am schwersten fällt es, an die zu denken, die einfach aufgegeben haben, wie es im Laufe der Jahre so viele getan haben. Die es schließlich selbst in die Hand genommen haben, aus Trauer oder Sorge, oder weil sie die Last dieses Lebens einfach nicht mehr weiter tragen wollten. Sie sind es, von denen ich träume. Sie haben die Welt unvollendet verlassen und wissen nicht mal, dass sie fort sind. Aber vermutlich gehört es zum Alter, dass man so empfindet. Man ist halb in einer Welt und halb in der anderen, und alles fließt im Kopf durcheinander. Es ist niemand mehr da, der auch nur weiß, wie ich heiße. Die Leute nennen mich »Auntie«, weil ich immer nur die Tante für alle war und selbst nie Kinder haben konnte, und ich glaube, das ist mir ganz recht. Manchmal ist es, als hätte ich so viele Leute in mir, dass ich überhaupt nicht allein bin. Und wenn ich gehe, werde ich sie mitnehmen.

Die Wächter sagten uns, die Army würde wiederkommen und noch mehr Kinder und Soldaten herbringen, aber das ist nie passiert. Die Busse und Lastwagen fuhren weg, und als es dunkel wurde, verschlossen sie die Tore, und dann gingen die Scheinwerfer an, hell wie der Tag, so hell, dass sie die Sterne verdunkelten. Das war ein Anblick. Terrence und ich waren hinausgegangen, um es zu sehen. Wir beide standen fröstelnd in der Kälte, und da wusste ich, dass es so war, wie er gesagt hatte. Hier würden wir von jetzt an leben. Wir waren da, wir beide, in der Ersten Nacht, als die Scheinwerfer angingen und die Sterne erloschen. Und in all den Jahren seitdem, in all den vielen, vielen Jahren, habe ich diese Sterne nicht wiedergesehen, nicht ein einziges Mal.

IV

Augen überall

Erste Kolonie
San Jacinto Mountains
Republik Kalifornien

92 n.V.

O Schlaf! O holder Schlaf!
Du Pfleger der Natur, wie schreckt' ich dich,
Dass du nicht mehr zudrücken willst die Augen
Und meine Sinne tauchen in Vergessen?

Shakespeare, *Heinrich IV., II. Teil*

FEMA

Erste Kolonie, 92 n.V.

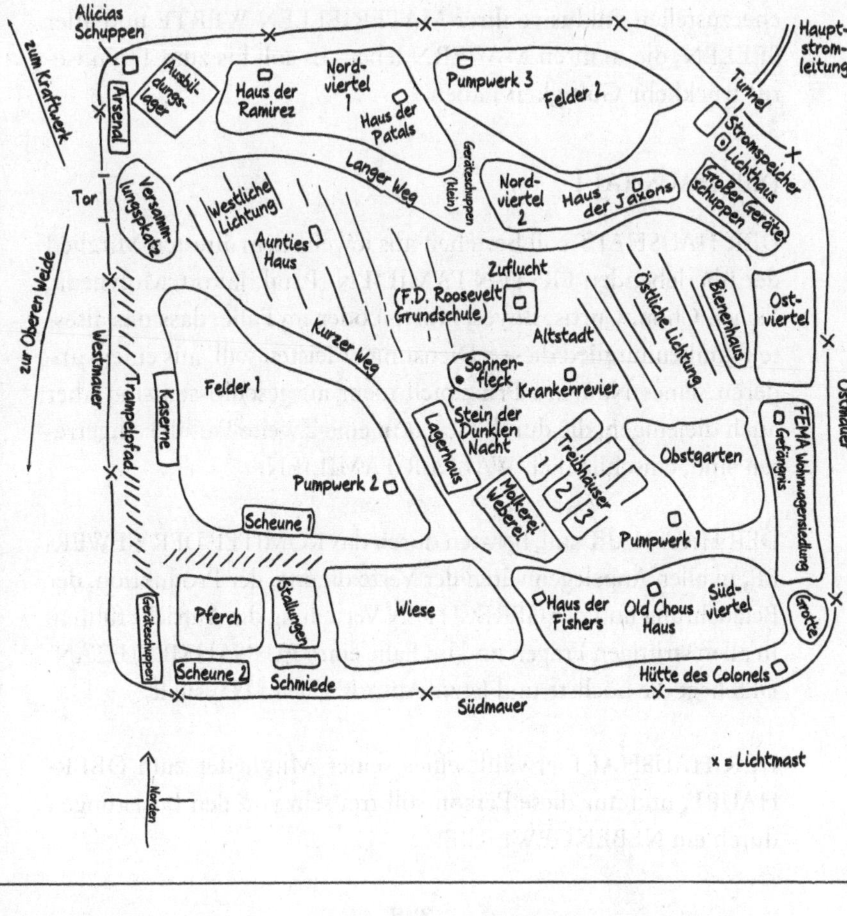

DAS EINE GESETZ (ORIGINALWORTLAUT)

HIERMIT SEI ALLEN BEWOHNERN DER KOLONIE FOLGENDES KUNDGETAN:

Wir, die Mitglieder des Haushalts, erlassen folgendes Gesetz in dem Bestreben, alle GLEICH zu behandeln, die ZUFLUCHT zu schützen, für GERECHTIGKEIT in allen Bereichen des ARBEITSLEBENS zu sorgen sowie die VERTEIDIGUNG der KOLONIE sicherzustellen, inklusive ihrer MATERIELLEN WERTE und aller SEELEN, die in ihren MAUERN leben. Es soll bis zum Tag unserer Rückkehr Gültigkeit haben.

DER HAUSHALT

DER HAUSHALT soll bestehen aus jeweils dem ältesten Mitglied der überlebenden ERSTEN FAMILIEN (Patal, Jaxon, Molyneau, Fisher, Chou, Curtis, Boyes, Norris) oder im Falle, dass das älteste Familienmitglied diesen Dienst nicht leisten will, aus einem anderen seines Namens. Prinzipiell nicht ausgeschlossen sind aber auch diejenigen, die durch Heirat in eine Zweite Familie eingetreten sind, einschließlich WALKER-FAMILIEN.

DER HAUSHALT soll, beraten durch das KOMITEE DER GEWERBE, in allen Angelegenheiten der Verteidigung, der Produktion, der Beleuchtung und der GERECHTEN Verteilung die Aufsicht führen. In allen strittigen Fragen und im Falle eines AUSNAHMEZUSTANDES liegt die höchste und letzte Autorität beim Haushalt.

DER HAUSHALT erwählt eines seiner Mitglieder zum OBERHAUPT, und nur diese Person soll frei sein von den Belastungen durch ein NEBENGEWERBE:

DIE SIEBEN GEWERBE

Sämtliche Aufgaben und Arbeiten inner- und außerhalb der Kolonie, darunter auch das KRAFTWERK und die TURBINEN nebst den WEIDEN und dem AUSBILDUNGSLAGER, seien eingeteilt in die SIEBEN GEWERBE, nämlich: Wache, Schwerarbeit, Licht & Strom, Landwirtschaft, Viehzucht, Handwerk & Handel sowie die Zuflucht & das Krankenrevier.

Jedes der SIEBEN GEWERBE (»Werke«) verwaltet sich selbst. Die MEISTER DER GEWERBE bilden das KOMITEE DER GEWERBE. Sie sind dem HAUSHALT unterstellt und haben seinen Anweisungen Folge zu leisten.

DIE WACHE

Die WACHE sei eins der SIEBEN GEWERBE und den anderen gleichgestellt. Sie soll aus mindestens einem FIRST CAPTAIN, drei SECOND CAPTAINS, fünfzehn VOLLWACHEN und einer noch zu bestimmenden Anzahl von Läufern bestehen.

Sämtliche SCHUSSWAFFEN und STICHWAFFEN (Langbogen, Armbrüste, Klingen mit einer Länge von mehr als 10 cm) sind im ARSENAL unter Aufsicht der WACHE aufzubewahren.

DIE ZUFLUCHT

Ein jedes Kind verbleibt im Schutz der ZUFLUCHT (»F. D. Roosevelt Elementary School«) und wird ihre Mauern bis zum Alter von acht Jahren nicht verlassen. Am Tag des achten Geburtstags wird ein jedes Kind den Schutz der ZUFLUCHT aufgeben und sich ein GEWERBE erwählen, entsprechend den Bedürfnissen der KOLONIE und vorbehaltlich der Billigung durch den HAUSHALT und das KOMITEE DER GEWERBE.

Bei der Entlassung aus der ZUFLUCHT fällt der ANTEIL, der jedem Kind gleichermaßen zusteht, bis zum Tag seiner HEIRAT an den HAUSHALT zurück, in dem es bis dahin lebt:

Kinder in der ZUFLUCHT dürfen keinerlei Kenntnis von der Welt in ihrer gegenwärtigen Gestalt bekommen, und jegliche Erwähnung der VIRALS, der Aufgaben der WACHE und des als GROSSE VIRALE KATASTROPHE bekannten Ereignisses ist untersagt. Jeder, der derlei Informationen an ein MINDERJÄHRIGES KIND weitergibt, wird mit der AUSSETZUNG VOR DIE MAUER bestraft.

RECHTE DER WALKER

WALKER, das heißt Seelen, die nicht zu den ERSTEN FAMILIEN gehören, sind vollkommen GLEICHBERECHTIGT, und niemand darf den ihnen zustehenden Anteil beanspruchen. Davon ausgenommen sind unverheiratete Männer, die aus freien Stücken in der KASERNE leben.

QUARANTÄNEVORSCHRIFT

Jede Seele, sei sie Mitglied einer ERSTEN FAMILIE oder WALKER, die unmittelbaren körperlichen Kontakt mit einem VIRAL hatte, muss für einen Zeitraum von mindestens 30 Tagen unter Quarantäne gestellt werden.

Zeigt eine Seele, ob in Quarantäne oder in Freiheit, Symptome einer VIRALEN INFEKTION, einschließlich, aber nicht beschränkt auf ANFÄLLE, ERBRECHEN, ÜBEREMPFINDLICHKEIT GEGEN LICHT, VERÄNDERUNG DER AUGENFARBE, BLUTDURST oder SPONTANES ENTKLEIDEN, unterliegt sie der sofortigen Inhaftierung und/oder der GNÄDIGEN HINRICHTUNG durch die WACHE.

Jede Seele, welche in der Zeit zwischen der ZWEITEN ABENDGLOCKE und der ERSTEN MORGENGLOCKE die Tore öffnet, sei es ganz oder nur einen Spalt, sei es versehentlich oder absichtlich, allein oder mit anderen, wird mit AUSSETZUNG VOR DIE MAUER bestraft.

Jede Seele, die ein FUNKGERÄT oder ein anderes für das Empfangen und Versenden von SIGNALEN bestimmtes Gerät besitzt, betreibt oder seinen Betrieb befördert, wird mit AUSSETZUNG VOR DIE MAUER bestraft.

Jede Seele, die das Verbrechen des Mordes an einer anderen Seele begeht – sprich den Tod eines anderen ohne hinreichende Beweise für eine Infektion absichtlich herbeiführt –, wird mit AUSSETZUNG VOR DIE MAUER bestraft.

ERLASSEN UND RATIFIZIERT
IM JAHR UNSERES WARTENS
17 n.V.

Devin Danforth Chou
Federal Emergency Management Agency – FEMA
Stellv. Regionalverwalter der Zentralen Quarantänezone
OBERHAUPT DES HAUSHALTS

Terrence Jaxon
Lucy Fisher Jaxon
Porter Curtis
Liam Molyneau
Sonia Patal Levine
Christian Boyes
Willa Norris Darrell

ERSTE FAMILIEN

19

An einem verblassenden Sommerabend gegen Ende der letzten Stunden seines alten Lebens nahm Peter Jaxon – Sohn des Demetrius und der Prudence Jaxon aus Erster Familie; Nachkomme des Terrence Jaxon, des Unterzeichners des Einen Gesetzes; Urgroßneffe von »Auntie«, einer der Letzten der Ersten; Petrus der Seelen, der Mann der Tage und der Letzte der Aufrechten – seinen Posten auf der Mauer über dem Haupttor ein und wartete darauf, seinen Bruder zu töten.

Er war einundzwanzig Jahre alt, Vollwache, groß, obwohl er sich selbst nicht als groß empfand, hatte ein schmales Gesicht mit hoher Stirn, kräftige Zähne und eine Hautfarbe wie von dunklem Honig. Er hatte die Augen seiner Mutter, grün mit goldenen Punkten. Sein Haar, das Haar der Jaxons, grob und dunkel, war wie bei der Wache üblich straff nach hinten gekämmt und im Nacken mit einem einzelnen Lederriemen zu einem festen nussförmigen Knoten zusammengebunden. Ein Netz von feinen Fältchen breitete sich fächerförmig an seinen Augenwinkeln aus, als er im fahler werdenden Licht blinzelte. An seiner linken Schläfe glänzte eine einzelne, hart erworbene graue Strähne. Er trug eine alte, abgetragene Hose, an Knien und Hintern scheckig geflickt und straff um seine schlanke Taille geschnürt, und ein dünnes Hemd aus weicher Wolle, unter dem die schmutzige Schweißschicht des Tages juckend auf seiner

Haut lag. Die Hose hatte er drei Jahreszeiten zuvor aus dem Gemeinsamen Lager geholt. Einen Achtel-Anteil hatte sie ihn gekostet – er hatte Walt Fisher von einem Viertel heruntergehandelt, was viel zu viel für eine Hose war, aber so war Walt nun mal: Er setzte den Preis immer zu hoch an. Außerdem war sie um eine Handbreit zu lang, sodass die Hosenbeine sich über seinen Füßen zusammenknüllten. Die Füße steckten in Sandalen aus zerschnittenem Segeltuch und alten Autoreifen. In der heißen Zeit des Jahres trug er immer Sandalen, oder er ging barfuß. Sein einziges Paar anständige Stiefel hob er sich jedenfalls für den Winter auf. Schräg an der Brüstung lehnte seine Waffe, eine Armbrust, und in einer weichen Lederscheide an seiner Hüfte steckte sein Messer.

Peter Jaxon stand auf der Mauer, wie sein Bruder es getan hatte, wie sein Vater und wie dessen Vater vor ihm.

Es war der Dreiundsechzigste des Sommers. Die Tage waren immer noch lang und trocken unter dem weiten blauen Himmel, und die Luft roch frisch nach Zypressen und Kiefernnadeln. Die Sonne stand zwei Handbreit über dem Horizont. Aus der Zuflucht hatte die Erste Abendglocke geläutet, die Nachtschicht zur Mauer befohlen und die Herde von der Oberen Weide hereingerufen. Die Plattform, auf der er stand – eine von fünfzehn, die auf dem Laufsteg oben entlang der Befestigungsmauer verteilt waren –, hieß Feuerposten eins. Normalerweise war dieser Posten dem First Captain der Wache, Soo Ramirez, vorbehalten, aber nicht heute. Heute gehörte er, wie in den letzten sechs Nächten, Peter allein. Die Plattform maß fünf Meter im Quadrat und war umgeben von einem überhängenden Netz aus Stahlseilen. Links von Peter, noch einmal dreißig Meter hoch aufragend, stand eine der zwölf Lichtanlagen, rasterförmig angeordnete Reihen von Natriumdampflampen, die jetzt, am Ende des Tages, noch nicht brannten. Zu seiner Rechten ragte der Kran mit Flaschenzug und Seilen über die Netze. Peter würde ihn benutzen, um sich zum Fuß der Mauer hinunterzulassen, sollte sein Bruder zurückkommen.

Hinter ihm, wie eine tröstliche Wolke aus Geräuschen und

Gerüchen und Betriebsamkeit, lag die Kolonie mit ihren Häusern und Ställen und Feldern und Treibhäusern und Pferchen. Hier hatte Peter sein ganzes Leben verbracht. Auch jetzt, als er sich abwandte und der heimkehrenden Herde entgegenschaute, konnte er im Geiste jeden Meter dort begehen. Er hatte eine dreidimensionale Karte im Kopf, komplett mit allen Sinneseindrücken ausgestattet: der Lange Weg vom Tor zur Zuflucht, vorbei am Arsenal mit dem musikalischen Klang von Hammer und Metall und der Hitze des Schmelzofens, die Felder mit den Reihen von Mais und Bohnen, die Rücken der Arbeiter, die sich tief über die schwarze Erde beugten und gruben und hackten, und jenseits des Obstgartens die Treibhäuser, deren Inneres im feuchten Nebel verborgen lag. Die Zuflucht mit den zugemauerten Fenstern und den Stacheldrahtrollen, die die Stimmen der Kleinen, die im Hof spielten, nicht zurückhalten konnten. Der Sonnenfleck, eine breite halbkreisförmige Plaza aus sonnengewärmten Pflastersteinen, auf der die Handelstage und die öffentlichen Sitzungen des Haushalts abgehalten wurden. Die Pferche und Scheunen und Weiden und Stallungen mit den Geräuschen und Gerüchen der Tiere. Das Lagerhaus, wo Walt Fisher über die Stände mit Kleidern und Lebensmitteln und Werkzeug und Brennmaterial herrschte. Die Molkerei, die Weberei, das Pumpwerk und das summende Bienenhaus, der alte Wohnwagenpark, in dem niemand mehr wohnte, und dahinter, noch hinter den letzten Häusern des Nordviertels und des Großen Geräteschuppens, wo Nord- und Ostmauer aufeinandertrafen und ein kleiner Tunnel in den Stein geschlagen war, im ewig kühlenden Schatten, standen die Akkus: drei graue Blöcke aus summendem Metall, umwickelt mit Spulen aus Draht und Rohren, immer noch auf den im Boden versunkenen Rädern der Sattelschlepper, die sie in der Zeit Davor auf den Berg gezogen hatten.

Die Herde war über die Kuppe gekommen. Peter sah von oben zu, wie sie heranzog, eine drängelnde, blökende Masse, die über die Höhe strömte wie eine Flüssigkeit, gefolgt von den Reitern, sechs insgesamt, hoch auf ihren Pferden. Die Herde bewegte sich

geschlossen auf ihn zu, und ihre Hufe wirbelten eine Staubwolke auf. Als die Reiter unter seinem Posten hindurchritten, nickte jeder von ihnen kurz und knapp zu ihm herauf, wie sie es auch an den letzten sechs Abenden getan hatten.

Kein Wort wurde zwischen ihnen gewechselt. Peter wusste, es brachte Unglück, mit jemandem zu sprechen, der darauf wartete, jemandem den Gnadentod zu geben.

Einer der Reiter löste sich von den anderen. Es war Sara Fisher. Sara war Krankenschwester. Peters Mutter hatte sie ausgebildet. Aber wie so viele Leute hatte sie mehr als einen Job. Und Sara war zum Reiten wie geschaffen: schlank, aber kräftig, geschmeidig im Sattel und flink am Zügel. Sie trug wie alle Reiter ein weites T-Shirt mit einem Gürtel um die Taille und darunter Leggings aus geflicktem Jeansstoff. Ihr Haar, ein sonnenwarmes Blond, war knapp über den Schultern abgeschnitten und nach hinten gebunden; eine einzelne Strähne wehte über ihre dunklen, tiefliegenden Augen. Ein lederner Armschutz umschloss ihren linken Arm vom Ellenbogen bis zum Handgelenk, und der Bogen, einen Meter lang, war diagonal über ihren Rücken geschlungen wie ein einzelner wippender Flügel. Es hieß, ihr Pferd, ein fünfzehnjähriger Wallach namens Dash, bevorzuge sie vor allen anderen; es lege die Ohren zurück und schlage mit dem Schwanz, wenn irgendjemand sonst versuchte aufzusitzen. Nicht so bei Sara; wenn sie im Sattel saß, bewegte es sich mit entgegenkommender Anmut, und Pferd und Reiterin schienen miteinander eins zu werden.

Peter sah, wie sie durch das Tor zurückkam und gegen den Strom ins offene Gelände hinausritt. Dann sah er den Grund: Ein einzelnes Lamm, eins von denen, die im Frühjahr geboren worden waren, war davonspaziert, angelockt von einem Fleckchen Sommergras am Rande des Schussfelds. Sara ritt geradewegs auf das kleine Tier zu und sprang aus dem Sattel, und in einer schnellen, gewandten Bewegung warf sie das Lamm auf den Rücken und schlang das Seil dreimal um seine Beine. Der letzte Rest der Herde zog jetzt durch das Tor, eine wallende Woge von Pferden und Schafen und

Reitern auf dem Pfad, der an der Westmauer entlang zu den Stallungen führte. Sara richtete sich auf und schaute zu Peter hoch, und ihre Blicke trafen sich für einen Moment. Bei anderer Gelegenheit, dachte er, hätte sie jetzt gelächelt. Er sah zu, wie sie das Lamm in Brusthöhe hob und quer über den Pferderücken legte. Mit einer Hand hielt sie es fest und schwang sich wieder in den Sattel. Noch einmal trafen sich ihre Blicke, lange genug, um einen Satz zu übermitteln: *Ich hoffe auch, dass Theo nicht kommt.* Bevor Peter weiter darüber nachdenken konnte, stieß Sara dem Pferd die Absätze in die Flanken und ritt durch das Tor. Peter war allein.

Warum taten sie das?, fragte Peter sich, wie er es sich in all den Nächten gefragt hatte, in denen er hier gestanden hatte. Warum kamen sie wieder nach Hause, diejenigen, die befallen worden waren? Welche Macht steckte hinter diesem mysteriösen Impuls? Eine letzte melancholische Erinnerung an die Person, die sie einmal gewesen waren? Kamen sie nach Hause, um auf Wiedersehen zu sagen? Ein Viral, hieß es, hatte keine Seele. Als Peter mit acht Jahren aus der Zuflucht entlassen worden war, hatte die Lehrerin ihm das alles folgendermaßen erklärt: In ihrem Blut war ein winzig kleines Wesen, das man Virus nannte, und es stahl ihnen die Seele. Das Virus drang durch einen Biss in sie ein, normalerweise in den Hals, aber nicht immer, und wenn es in eine Person hineingelangt war, verschwand die Seele und ließ den Körper für alle Zeit auf der Erde zurück. Die Person, die sie gewesen war, gab es nicht mehr. Das war eine unumstößliche Tatsache; die eine Wahrheit, von der sich alle anderen Wahrheiten ableiteten. Ebenso gut hätte Peter sich fragen können, was den Regen dazu brachte, vom Himmel zu fallen. Aber hier auf seinem Posten, in der herabsinkenden Dämmerung der siebten und letzten Nacht der Gnade, nach der sein Bruder für tot erklärt, sein Name in den Stein gemeißelt und seine Habe ins Lagerhaus geschafft werden würde, wo man sie flicken und reparieren würde, um sie als Gemeingut zu verteilen – hier stellte er sich diese Frage. Warum kam ein Viral nach Hause, wenn er keine Seele hatte?

Die Sonne stand jetzt nur noch eine Handbreit über dem Horizont und sank schnell auf die welligen Konturen des Vorgebirges hinab, das dort ins Tal überging. Selbst im Hochsommer schienen die Tage auf diese Weise zu enden: fast wie mit einem Absturz. Peter beschirmte seine Augen vor dem grellen Licht. Irgendwo da draußen – jenseits des von gefällten Bäumen locker übersäten Schussfelds, hinter der Weide und der Müllkippe mit ihren Bergen und Gruben, hinter dem von kümmerlichem Wald bedeckten Hügelland – lagen die Ruinen von Los Angeles, und noch weiter hinten war das unvorstellbare Meer. Als Peter klein war und in der Zuflucht lebte, hatte er in der Bibliothek davon erfahren. Man hatte zwar schon vor langer Zeit entschieden, dass die meisten der Bücher, die von den Erbauern hinterlassen worden waren, keinen Wert hatten und womöglich die Kleinen verwirren konnten, die nichts über die Virals wissen und auch nicht erfahren durften, was mit der Welt aus der Zeit Davor geschehen war. Aber ein paar hatte man doch behalten. Manchmal hatte die Lehrerin ihnen daraus vorgelesen, Geschichten von Kindern und Feen und sprechenden Tieren, die in einem Wald hinter den Türen eines Schranks lebten, oder sie hatten sich selbst ein Buch aussuchen dürfen, um sich die Bilder anzusehen und selbst darin zu lesen, so gut sie konnten. *Die Meere um uns herum* – das war Peters Lieblingsbuch gewesen, das er sich immer wieder ausgesucht hatte. Der Einband war verblichen gewesen, die Seiten hatten feucht gerochen und sich kühl angefühlt, und der gebrochene Rücken wurde von gelben Klebstreifen zusammengehalten, die sich an den Rändern kräuselten. Vorn auf dem Deckel hatte der Name des Autors gestanden, Ed. Time Life, und auf jeder einzelnen wunderbaren Seite waren Bilder und Fotos und Karten gewesen. Eine Karte hieß »Die Welt«, und das bedeutete: Alles. Und der größte Teil der »Welt« bestand aus Wasser. Peter hatte die Lehrerin gebeten, ihm beim Lesen der Namen zu helfen: Atlantik, Pazifik, Indischer Ozean, Polarmeer. Stunde um Stunde saß er auf seiner Matte im Großen Saal mit dem Buch auf dem Schoß und blätterte Seite um Seite um, den

Blick fasziniert auf diese blauen Flächen auf den Karten gerichtet. Die Welt, begriff er, war rund. Eine große Kugel aus Wasser – ein Tautropfen, der durch den Himmel raste –, und das ganze Wasser hing zusammen. Der Frühlingsregen und der Schnee des Winters, das Wasser, das aus den Pumpen strömte, und sogar die Wolken über ihren Köpfen – das alles war auch Teil der Ozeane. Wo ist das Meer?, fragte Peter eines Tages. Kann ich es sehen? Aber die Lehrerin lachte nur, wie sie es immer tat, wenn man ihr zu viele Fragen stellte, und tat sein Anliegen mit einem Kopfschütteln ab. *Vielleicht gibt es das Meer, vielleicht auch nicht. Das ist nur ein Buch, kleiner Peter. Zerbrich du dir nicht den Kopf über Ozeane und solche Sachen.*

Aber Peters Vater hatte das Meer gesehen: sein Vater, der große Demetrius Jaxon, Oberhaupt des Haushalts, und Peters Onkel Willem, der First Captain der Wache. Gemeinsam hatten sie die Langen Ritte angeführt, weiter, als irgendjemand seit der Zeit Davor jemals gekommen war. Ostwärts, der Morgensonne entgegen, und nach Westen bis zum Horizont und noch weiter, in die leeren Städte der Zeit Davor. Immer war sein Vater dann zurückgekommen und hatte von den großen und schrecklichen Dingen erzählt, die er gesehen hatte; aber nichts sei wunderbarer als das Meer an einem Ort, den er Long Beach nannte. Stellt euch vor, erzählte Peters Vater ihnen beiden – denn Theo war auch dabei; die beiden Jaxon-Brüder saßen am Küchentisch in ihrem kleinen Haus, als ihr Vater zurückkam. Sie lauschten hingerissen und tranken seine Worte in sich hinein wie Wasser. Stellt euch einen Ort vor, wo der Boden einfach aufhört, und dahinter ein endlos wogendes Blau, als hätte sich der Himmel auf den Kopf gestellt. Und darin versunken die rostigen Gerippe großer Schiffe, tausend mal tausend, eine ganze versunkene Stadt, von Menschen geschaffen, die da aus dem Wasser des Ozeans ragte, so weit das Auge reichte. Ihr Vater war kein Mann der vielen Worte; er kommunizierte mit sparsamen Sätzen und teilte auch seine Zuneigung auf diese Weise mit: eine Hand auf der Schulter, ein Stirnrunzeln zur rechten Zeit oder,

in Momenten der Zufriedenheit, ein knappes Nicken – und damit erübrigten sich weitere Reden für ihn. Aber wenn er von den Langen Ritten erzählte, erwachte seine Stimme. Wenn man am Rand des Ozeans stand, sagte sein Vater, dann fühlte man die Größe der Welt, und man spürte, wie still und leer sie war, wie allein, ohne dass ein Mann oder eine Frau sie ansah oder ihren Namen aussprach in all den vielen Jahren.

Peter war vierzehn, als sein Vater vom Meer zurückkam. Wie alle männlichen Jaxons, seinen älteren Bruder Theo eingeschlossen, hatte Peter seine Lehre bei der Wache gemacht und darauf gehofft, eines Tages seinen Vater und seinen Onkel auf den Langen Ritten zu begleiten. Aber dazu war es nie gekommen. Im darauffolgenden Sommer war der Spähtrupp an einem Ort, den sein Vater Milagro nannte, tief in der östlichen Wüste in einen Hinterhalt geraten. Drei Seelen waren verloren, unter ihnen Onkel Willem – und danach gab es keine Langen Ritte mehr. Die Leute sagten, sein Vater sei schuld, er sei zu weit gegangen, habe zu viel riskiert, und wofür? Seit Jahren hatte man von keiner der anderen Kolonien gehört. Die letzte, Taos, war vor fast achtzig Jahren gefallen. Im letzten Funkspruch – damals, vor der Trennung der Gewerbe und dem Einen Gesetz, als Funkgeräte noch erlaubt waren – hatte es geheißen, ihr Kraftwerk falle aus, die Scheinwerfer blieben dunkel. Sicher waren sie überrannt worden wie alle anderen. Was erhoffte Demo Jaxon sich davon, dass er die Sicherheit der Lichter immer wieder für Monate verließ? Was hoffte er zu finden, da draußen in der Dunkelheit? Es gab immer noch welche, die vom Tag der Rückkehr redeten, wenn die Army wiederkommen würde, um sie zu holen. Aber auf all seinen Reisen war Demo Jaxon nie auf Soldaten gestossen. Die Army gab es nicht mehr. Und inzwischen waren so viele aus der Kolonie gestorben, nur um herauszufinden, was sie alle schon wussten.

Tatsächlich war Peters Vater verändert, nachdem er von seinem letzten Langen Ritt zurückgekommen war. Da war eine große müde Traurigkeit, als wäre er ganz plötzlich viel älter geworden.

Als wäre ein Teil von ihm mit Willem in dieser Wüste geblieben. Peter wusste, dass sein Vater Willem am meisten geliebt hatte, mehr als ihn selbst, als Theo oder sogar ihre Mutter. Sein Vater trat als Oberhaupt des Jaxon-Haushalts zurück und gab seinen Platz an Theo weiter, und er fing an, allein auszureiten. Er zog im Morgengrauen mit den ersten Herden hinaus und kam erst wenige Minuten vor der Zweiten Abendglocke zurück. Soweit Peter wusste, sagte er niemandem, wohin er ging. Als er seine Mutter danach fragte, konnte sie nur sagen, sein Vater lebe jetzt in seiner eigenen Zeit. Wenn er dazu bereit wäre, würde er wieder zu ihnen zurückkommen.

An dem Morgen, als sein Vater zu seinem letzten Ritt aufbrach, stand Peter – er war inzwischen Läufer der Wache – auf dem Laufsteg beim Haupttor und sah, wie sein Vater sich bereit machte. Die Scheinwerfer waren eben erloschen, und gleich würde die Morgenglocke läuten. Es war eine ruhige Nacht gewesen, ohne Auffälligkeiten, und eine Stunde vor der Morgendämmerung hatte leichter Schneefall eingesetzt. Langsam brach der Tag an, grau und kalt. Als die Herde sich am Tor sammelte, erschien Peters Vater auf seinem Pferd, einer großen Rotschimmelstute, die er immer ritt. Sie hieß Diamond, wegen der Blesse auf ihrer Stirn: ein einsamer weißer Fleck unter den wehenden Haaren einer langen Stirnlocke. Sie war kein besonders schnelles Pferd, sagte sein Vater immer, aber treu und unermüdlich, und sie konnte flink sein, wenn es nötig war. Jetzt zügelte sein Vater sie hinter der Herde und wartete darauf, dass das Tor sich öffnete, und Peter sah, wie Diamond einen kurzen Quickstepp tanzte und den Schnee flachstampfte. Dampfwolken strömten aus ihren Nüstern und umwehten ihr langes, würdevolles Gesicht. Sein Vater beugte sich vor und tätschelte ihren Hals, und Peter sah, dass seine Lippen sich bewegten, als er ihr ein paar sanfte, aufmunternde Worte ins Ohr flüsterte.

Wenn Peter an diesen Morgen vor fünf Jahren zurückdachte, fragte er sich noch immer, ob sein Vater gewusst hatte, dass er dort auf der schneeglatten Mauer stand und ihn beobachtete.

Er hatte keinen Blick zu ihm heraufgeworfen, und Peter hatte nicht versucht, ihn auf sich aufmerksam zu machen. Als er sah, wie sein Vater mit Diamond sprach und mit beruhigender Hand ihren Hals streichelte, hatte Peter an die Worte seiner Mutter gedacht und gewusst, dass sie recht hatte. Sein Vater lebte jetzt in seiner eigenen Zeit. In den letzten Augenblicken vor der Morgenglocke zog Demo Jaxon immer seinen Kompass aus dem Beutel an seiner Hüfte, warf einen prüfenden Blick darauf und klappte ihn wieder zu. Dann rief er zur Wache hinauf und meldete sich ab. »Einer draußen!«, rief er mit seiner tiefen, volltönenden Stimme aus breiter Brust. »Einer zurück!«, antwortete der Torwächter dann. Immer das gleiche Ritual, gewissenhaft eingehalten. Aber nicht an jenem Morgen. Erst als das Tor sich geöffnet hatte und sein Vater hinausgeritten war, als er Diamond auf die Straße zum Kraftwerk lenkte, weg von den Weiden, bemerkte Peter, dass sein Vater keinen Bogen bei sich hatte und dass die Scheide an seinem Gürtel leer war.

Als an diesem Abend die Zweite Glocke läutete, war er nicht da. Peter erfuhr, dass sein Vater am Mittag beim Kraftwerk Wasser geholt hatte und dann unter den Windrädern hindurch in die offene Wüste hinausgeritten war. Eine Mutter konnte nicht für eins ihrer eigenen Kinder Wache stehen und eine Frau nicht für ihren Ehemann. Das stand zwar nirgends geschrieben, aber die Aufgabe, jemandem den Gnadentod zu geben, war bisher naturgemäß den Vätern und Brüdern und ältesten Söhnen zugefallen. Sie hatten diese Pflicht vom Tag Eins an ausgeübt. Deshalb hatte Theo für ihren Vater auf der Mauer gestanden, wie Peter jetzt für Theo dort stand – und so, wie jemand, vielleicht sein eigener Sohn, irgendwann für Peter dort stehen würde, sollte dieser Tag je kommen.

Denn wenn der Betreffende nicht tot war, wenn er befallen war, dann kam er wieder nach Hause. Es konnte drei Tage dauern, fünf, sogar eine Woche, aber nie länger. Die meisten waren Wächter, die auf der Suche nach Brauchbarem oder bei einem Abstecher zum Kraftwerk befallen worden waren. Es traf aber auch Reiter, die mit

der Herde unterwegs waren, oder die Schwerarbeitercrews, die im Wald Holz fällten, die Befestigungsmauer ausbesserten oder den Müll auf die Halde schleppten. Sogar am helllichten Tag wurden Leute getötet oder befallen. Man war niemals wirklich sicher. Die Jüngste, von der Peter wusste, war die kleine Boyes gewesen – Sharon? Shari? Mit neun Jahren war sie befallen worden, damals in der Dunklen Nacht. Die restliche Familie war gleich gestorben, entweder bei dem Erdbeben oder bei dem Angriff, der danach gekommen war, und weil niemand mehr da war, der für sie auf der Mauer stehen konnte, hatte Peters Onkel Willem als First Captain diese furchtbare Aufgabe übernommen. Viele, wie die kleine Boyes, waren vollständig befallen, wenn sie zurückkamen. Andere waren mitten im Übergang; krank und von Krämpfen geschüttelt rissen sie sich die Kleider vom Leib, als sie torkelnd in Sicht kamen. Die am weitesten Fortgeschrittenen waren auch am gefährlichsten. Mehr als ein Sohn, Vater oder Onkel war dabei schon zu Tode gekommen. Aber meistens leisteten sie keinen Widerstand. Meistens standen sie einfach vor dem Tor, starrten blinzelnd in die Scheinwerfer und warteten auf den Schuss. Peter nahm an, dass ein Teil ihrer selbst sich immer noch gut genug daran erinnerte, ein Mensch gewesen zu sein, und dass sie deshalb einfach sterben wollten.

Sein Vater kam nie zurück, und das bedeutete, er war tot, getötet von den Virals draußen in den Darklands, an einem Ort namens Milagro. Er hatte behauptet, er habe dort einen Walker gesehen, eine einsame Gestalt, die dort unter dem Mondhimmel durch die Schatten gehuscht war, kurz bevor die Virals angriffen. Aber da hatte ihm schon niemand mehr geglaubt: Der Haushalt und sogar Old Chou hatten sich gegen die Langen Ritte gestellt, und Peters Vater war in Ungnade gefallen und hatte seine Stellung aufgegeben, um auf seine geheimnisvollen, einsamen Expeditionen außerhalb der Mauer gehen zu können, deren expandierende Kreise für Peter ausgesehen hatten wie die Probe für irgendetwas Endgültiges. Auf eine so kühne Behauptung kam er sicher nur, weil

sein Vater nicht von seinen Ausritten abzuhalten gewesen war. Der letzte Walker, der zurückgekommen war, war der Colonel gewesen. Das war fast dreißig Jahre her, und er war inzwischen ein alter Mann. Mit seinem mächtigen weißen Bart und seinem windgegerbten Gesicht, dessen Haut braun und dick war wie gegerbtes Leder, schien er fast so alt wie Old Chou zu sein oder sogar so alt wie Auntie, die Letzte der Ersten. Ein einzelner Walker, nach all den Jahren? Unmöglich.

Selbst Peter hatte nicht gewusst, was er glauben sollte – bis vor sechs Tagen.

Als er jetzt im verblassenden Licht auf dem Laufsteg über der Mauer stand, wünschte Peter unversehens, seine Mutter lebte noch, damit er über all das reden könnte. Das wünschte er sich oft. Sie war eine Jahreszeit nach dem letzten Ritt seines Vaters krank geworden, so allmählich, dass Peter den rasselnden Husten tief in ihrer Brust zuerst gar nicht bemerkt und auch nicht gesehen hatte, wie dünn sie wurde. Als Krankenschwester hatte sie wahrscheinlich nur zu genau gewusst, was mit ihr passierte. Wie der Krebs, der so viele geholt hatte, sich mörderisch in ihr ausbreitete. Aber das hatte sie Peter und Theo verheimlicht, so lange sie konnte. Am Ende war von ihr kaum mehr übrig gewesen als ein Sack Haut mit Knochen, der um jeden einzelnen Atemzug rang. Ein guter Tod, das fanden alle, zu Hause im Bett zu sterben wie Prudence Jaxon. Aber Peter war in den letzten Stunden an ihrer Seite gewesen und wusste, wie furchtbar es für sie gewesen war, wie sehr sie gelitten hatte. Nein, so etwas wie einen guten Tod gab es nicht.

Die Sonne schob sich jetzt hinter den Horizont, und die goldene Straße, die sie quer durch das Tal dort unten legte, verblasste. Ein tiefes Blauschwarz färbte den Himmel und sog die Dunkelheit auf, die aus dem Osten heranfloss. Peter spürte, dass es kälter wurde. Die Abkühlung kam so rasch und heftig, dass alles einen Moment lang von einer vibrierenden Stille erfüllt war. Die Männer und Frauen der Nachtschicht – Ian Patal und Ben Chou und Galen Strauss und Sunny Greenberg und die anderen – stiegen

jetzt die Leitern herauf. Sie begrüßten einander mit Zurufen und liefen polternd und dröhnend zu den Feuerposten. Alicia kläffte von unten ihre Befehle herauf und ließ die Läufer auseinanderstieben. Ihre Stimme war ein kleiner Trost. Alicia war es, die in all den Nächten des Wartens an Peters Seite gestanden hatte. Sie war nie weit weggegangen, und er hatte immer gewusst, dass sie da war. Und wenn Theo zurückkommen sollte, würde Alicia sich mit Peter zusammen an der Mauer hinunterlassen, um zu tun, was getan werden musste.

Peter sog die Abendluft tief in die Lunge und hielt den Atem an. Er wusste, die Sterne würden bald hervorkommen. Auntie hatte oft von den Sternen gesprochen, genau wie sein Vater: über den Himmel verstreut wie leuchtende Sandkörner, mehr Sterne als alle Seelen, die je gelebt hatten, unmöglich zu zählen. Wenn sein Vater von ihnen gesprochen und von den Langen Ritten und den Dingen erzählt hatte, die er gesehen hatte, war das Licht der Sterne in seinen Augen gewesen.

Aber Peter würde die Sterne heute Nacht nicht sehen. Die Glocke läutete wieder, zwei harte Schläge, und Peter hörte Soo Ramirez von unten rufen: »Macht das Tor frei! Macht das Tor frei zur Zweiten Glocke!« Ein tiefes, markerschütterndes Erschauern lief durch die Mauer unter ihm, als die Gewichte einrasteten. Mit metallischem Kreischen glitten die Tore, zwanzig Meter hoch und einen halben Meter dick, aus ihren Fugen in der Mauer. Peter nahm seine Armbrust von der Plattform und wünschte sich im Stillen, dass der neue Tag kommen möge, ohne dass er sie benutzt hätte. Und dann strahlten die Scheinwerfer auf.

20

Log der Wache
Sommer 92

Tag 41: Keine Sichtung.
Tag 42: Keine Sichtung.
Tag 43: 23:06: Einzelner Viral gesichtet auf 200 m, Feuerposten 3. Keine Näherung.
Tag 44: Keine Sichtung.
Tag 45: 02:00: Schwarm von 3 bei FP 6. Ein Ziel bricht aus und attackiert die Mauer. Pfeilschüsse von FP 5/6. Ziel zieht sich zurück. Kein weiterer Kontakt.
Tag 46: Keine Sichtung.
Tag 47: 01:15: Läufer Kip Darrell meldet Bewegung am Schussfeld NW zwischen FP 9 und FP 10. Keine Bestätigung durch Wache auf Posten. Offiziell registriert als Keine Sichtung.
Tag 48: 21:40: Schwarm von 3 bei FP 1, 200 m. Ein Ziel nähert sich bis auf 100 m, zieht sich dann zurück.
Tag 49: Keine Sichtung.
Tag 50: 22:15: Schwarm von 6 bei FP 7. Jagen Kleinwild. Keine Näherung.
Glocke **23:05: Schwarm von 3 bei FP 3. 2 männlich, 1 weiblich.**

Schweres Gefecht, 1 Knock-out, Abschuss durch Arlo Wilson, Adjut. bei Alicia Donadio, 2. Captain. Auftrag zur Kadaverbeseitigung an Schwerarbeit. Reparaturmeldung an Schwerarbeit wg. Fugenriss am Aufstieg zu FP 6; für Schwerarbeit entgegengenommen durch Finn Darrell.

Während dieser Zeit insgesamt: 6 Kontakte, 1 unbestätigt, 1 Knock-out. Keine Seelen getötet oder befallen.

Hochachtungsvoll dem Haushalt vorgelegt durch
S.C. Ramirez, First Captain

Im Geflecht all dieser Ereignisse hatte das Verschwinden von Theo Jaxon – Mitglied einer Ersten Familie und Second Captain der Wache – seinen Anfang im Grunde schon zwölf Tage zuvor genommen, am Morgen des Einundfünfzigsten des Sommers, nach einer Nacht, in der Wächter Arlo Wilson einen Viral erlegt hatte.

Der Angriff war am frühen Abend aus südlicher Richtung gekommen, in der Nähe des Feuerpostens drei. Auf seinem Posten an der gegenüberliegenden Seite der Mauer hatte Peter nichts davon mitbekommen. Erst in den frühen Morgenstunden, als die Nachschubeinheit sich am Tor versammelte, erhielt er einen umfassenden Bericht.

Der Angriff war in fast jeder Hinsicht typisch verlaufen. Das ganze Jahr über kam so etwas vor, allerdings am häufigsten im Sommer. Ein Dreierschwarm, zwei männliche und ein weiblicher Viral: Soo Ramirez vermutete – und andere stimmten ihr zu –, es handelte sich vermutlich um denselben Schwarm, der im Laufe der vorigen fünf Nächte zweimal gesichtet worden war, wie er am Rand des Schussfeldes herumstrich. So ging es oft, über mehrere Nächte zog es sich hin. Eine Gruppe von Virals tauchte am Rand des Scheinwerferlichts auf, anscheinend um die Verteidigungsanlagen der Kolonie zu erkunden. Danach folgten zwei Nächte ohne Sichtung, und dann erschienen sie wieder und kamen näher heran.

Manchmal brach einer von ihnen aus, um das Feuer auf sich zu ziehen, aber immer zogen sie sich wieder zurück. Und in der dritten Nacht kam dann der Angriff. Die Mauer war viel zu hoch, als dass selbst der stärkste Viral mit einem Sprung heraufkommen konnte. Sie mussten die Fugen zwischen den Steinen benutzen, um Halt für die Zehen zu finden. Die Feuerplattformen mit ihren Stahlnetzen befanden sich auf der Mauerkrone. Jeder Viral, der so weit kam, war meistens vom Scheinwerferlicht geschwächt, schwerfällig und desorientiert, und viele zogen sich an dieser Stelle einfach wieder zurück. Wenn sie es nicht taten, klammerten sie sich an die Stahlgitter und streckten den Kopf so weit nach hinten, dass der Wächter auf dem Posten reichlich Gelegenheit hatte, mit der Armbrust auf den Sweetspot, den idealen Punkt unter dem Brustbein, zu schießen oder, wenn das nicht gelang, sein Messer zu benutzen. Nur selten schaffte ein Viral es, das Netz zu überwinden – Peter hatte es in seinen fünf Jahren auf der Mauer nur ein einziges Mal gesehen –, aber wenn es geschah, bedeutete es für den Wächter unweigerlich den Tod. Danach war die Frage nur noch, wie geschwächt der Viral vom Scheinwerferlicht war, wie lange die Wache brauchte, um ihn auszuschalten, und wie viele Leute sterben mussten, bis das gelang.

In jener Nacht war der Schwarm geradewegs auf Plattform sechs zugestürmt. Vielleicht hatten sie einfach nur Glück gehabt. Vielleicht hatten sie aber auch bei ihren zwei Besuchen vorher die verborgene Fuge unterhalb der Plattform entdeckt, einen Spalt von nicht mehr als einem halben Zentimeter Breite, verursacht durch unvermeidliche Verschiebungen zwischen den Steinen. Nur einer war ganz hinaufgekommen, ein weiblicher – ein Detail, das Peter immer verwunderlich fand, da die Unterschiede zwischen den Geschlechtern so gering waren und keinem Zweck dienten, weil die Virals sich nach allem, was man wusste, nicht fortpflanzten. Sie war groß, mehr als zwei Meter, und das Auffälligste an ihr war ihr dichtes weißes Haar. Ob dieses Haar darauf hindeutete, dass sie erst im hohen Alter befallen worden war, oder ob es Symptom

einer biologischen Veränderung war, die sich in den Jahren seitdem ereignet hatte – obwohl Virals eigentlich nicht alterten und als unsterblich galten –, all das ließ sich nicht sagen. Peter hatte jedenfalls noch nie einen Viral mit Haaren gesehen. Der weibliche Viral war zu der Fuge hinaufgesprungen, die ungefähr zehn Meter über dem Boden verlief, und dann sofort unter die Befestigung des Stahlnetzes weitergeklettert. Dort hatte sie sich von der Mauer abgestoßen und schnell den äußeren Rand des Gitters gepackt. Das alles hatte höchstens zwei Sekunden gedauert. Sie hatte zwanzig Meter hoch über dem Boden gehangen, die Beine angezogen und sich mit einer schnellen Schaukelbewegung über das Stahlnetz geschwungen, sodass sie mit ihren Klauenfüßen am Rand der Plattform landete. Arlo Wilson hatte ihr seine Armbrust ans Brustbein gedrückt und ihr den Bolzen aus nächster Nähe mitten durch den Sweetspot gejagt.

Im Morgengrauen berichtete Arlo mit lebhafter Freude am Detail, was passiert war, und Peter und die anderen hörten zu. Wie alle Wilsons liebte Arlo nichts so sehr wie eine gute Geschichte. Er war kein Captain, aber er sah aus wie einer: ein großer Mann mit einem dichten Vollbart, muskulösen Armen und einem jovialen Auftreten; ein Mann, der natürliche Autorität besaß. Er hatte einen Zwillingsbruder namens Hollis, der ihm in jeder Hinsicht glich wie ein Ei dem anderen, nur dass er glatt rasiert war. Arlos Frau Leigh war eine Jaxon; sie war Peters und Theos Cousine, und so war Arlo auch mit Peter verwandt. Manchmal, wenn er nicht Wache stand, saß Arlo abends im Scheinwerferlicht auf dem Sonnenfleck und spielte Gitarre für die Leute, alte Folksongs aus einem Buch, das die Erbauer hinterlassen hatten, oder er ging in die Zuflucht und spielte für die Kinder, während sie sich bettfertig machten; komische, selbst ausgedachte Lieder über ein Schwein namens Edna, das sich gern im Schlamm wälzte und den ganzen Tag Klee fraß. Jetzt, da Arlo selbst eine Kleine in der Zuflucht hatte, ein quäkendes Bündel namens Dora, vermutete man allgemein, dass er höchstens noch zwei Jahre auf der Mauer dienen würde,

bevor er seinen Posten aufgab und in einem weniger gefährlichen Job arbeitete.

Dass es Arlo war, der den Ruhm für diesen Abschuss in Anspruch nehmen konnte, war Zufall, wie er selbst sofort einräumte. Jeder von ihnen hätte auf Posten sechs stehen können. Soo schob ihre Leute gern so oft hin und her, dass man niemals wusste, wo man abends stehen würde. Trotzdem war mehr im Spiel als bloßes Glück; das wusste Peter, auch wenn Arlo zu bescheiden war, um es auszusprechen. Mehr als ein Wächter war im entscheidenden Augenblick erstarrt. Peter hatte noch nie aus solcher Nähe einen Viral ausschalten müssen. All seine Abschüsse waren Döser gewesen, die er am helllichten Tag erlegt hatte, und er wusste nicht, ob er einen solchen Augenblick überstehen würde. Wenn also Glück im Spiel war, dann war es ein Glück für sie alle, dass es Arlo Wilson war, der dort gestanden hatte.

Jetzt, im Nachglanz dieser Ereignisse, stand Arlo mit ein paar anderen vor dem Tor beisammen. Sie gehörten zu der Nachschubeinheit, die zum Kraftwerk hinausgehen würde, um die Wartungsmannschaft abzulösen und die Magazine aufzufüllen. Üblicherweise bestand ein solcher Trupp aus sechs Mann: jeweils zwei Wächter als Vor- und Nachhut, und zwischen ihnen zwei Schwerarbeiter – alle nannten sie nur »Schrauber« – auf ihren Maultieren. Diese beiden hatten die Aufgabe, die Windturbinen zu warten, die den Strom für die Scheinwerfer lieferten. Ein drittes Maultier, eine Stute, zog den kleinen Karren mit dem Nachschub: hauptsächlich Lebensmittel und Trinkwasser, aber auch Werkzeug und Schläuche mit Schmierfett. Das Fett wurde aus Maismehl und ausgelassenem Schafstalg hergestellt, und schon jetzt summte eine Wolke von Fliegen über dem Karren, angelockt von dem Geruch.

Gleich würde die Morgenglocke läuten. Die beiden Schrauber, Rey Ramirez und Finn Darrell, sahen das Nachschubmaterial durch, und die Wächter saßen im Sattel und warteten. Theo, der verantwortliche Offizier, übernahm die Spitze neben Peter, und die Nachhut bildeten Arlo und Mausami Patal. Mausami kam

aus einer Ersten Familie, und ihr Vater Sanjay war Oberhaupt des Haushalts. Aber im Sommer zuvor hatte sie Galen Strauss geheiratet, und so war sie jetzt eine Strauss. Peter kapierte es immer noch nicht so ganz. Ausgerechnet Galen. Er war ein durchaus sympathischer Kerl, aber letzten Endes hatte er etwas Verstörendes an sich. Als wäre Galen Strauss nur annähernd er selbst. Vielleicht lag es daran, dass er immer blinzelte (dabei wussten alle, dass er schlechte Augen hatte), vielleicht auch an seiner geistesabwesenden Art. Was immer es war, man sollte meinen, dass er der Letzte wäre, den Mausami sich aussuchen würde. Theo hatte es zwar nie gesagt, aber Peter vermutete, dass er darauf gehofft hatte, Mausami eines Tages selbst zu heiraten. Theo und Mausami waren zusammen in der Zuflucht aufgewachsen; sie waren im selben Jahr entlassen worden und hatten ihre Lehre bei der Wache angetreten, und die Nachricht von ihrer Verheiratung mit Galen hatte ihn schwer getroffen. Tagelang hatte er Trübsal geblasen und kaum ein Wort gesprochen. Als Peter schließlich selbst davon anfing, hatte Theo nur gesagt, er habe kein Problem damit. Wahrscheinlich habe er nur zu lange gewartet. Er wolle, dass Maus glücklich sei, und wenn Galen derjenige sei, der dafür sorgen könne, dann sei es eben so. Theo war nicht der Mann, der über solche Dinge sprach, nicht einmal mit seinem Bruder. Also war Peter nichts anderes übriggeblieben, als ihm zu glauben. Aber Theo hatte ihm beim Reden nicht in die Augen gesehen.

Das war Theos Art. Wie ihr Vater war er ein Mann, der durch sein Schweigen ebenso viel mitteilte wie mit Worten. Wenn Peter sich in den folgenden Tagen an diesen Morgen am Tor erinnerte, fragte er sich immer wieder, ob sein Bruder irgendwie verändert gewesen war, ob es irgendein Anzeichen dafür gegeben hatte, dass er vielleicht wusste – wie ihr Vater es gewusst hatte –, was passieren würde: dass er zum letzten Mal durch dieses Tor ritt. Aber da war nichts. Alles an diesem Morgen war gewesen wie immer. Eine ganz normale Nachschubexpedition, und Theo saß mit gewohnter Ungeduld auf seinem Pferd und befingerte den Zügel.

Während er auf die Glocke wartete, die ihnen das Zeichen zum Aufbruch gab, und sein Reittier unter ihm rastlos mit den Hufen scharrte, hing Peter seinen Gedanken nach, deren ganze Bedeutung er erst später verstehen würde. Als er den Kopf hob, sah er, dass Alicia vom Arsenal her zielstrebig auf sie zukam. Er erwartete, dass sie vor Theo stehen bleiben würde: zwei Captains, die sich besprachen, vielleicht die Ereignisse der Nacht und eine mögliche Smoke-Jagd auf den Rest des Schwarms erörterten. Aber das war es nicht. Sie marschierte geradewegs an Theo vorbei nach hinten.

»Vergiss es, Maus«, rief Alicia in scharfem Ton. »Du gehst nirgendwohin.«

Mausami sah sich um. Peter erkannte sofort, dass ihre Verwirrung gespielt war. Alle fanden, es sei ein Glück, dass Maus das Aussehen ihrer Mutter geerbt habe: das gleiche sanfte ovale Gesicht, das volle schwarze Haar, das in dunklen Wellen auf ihre Schultern fiel, wenn sie es löste. Sie war schwerer als viele andere Frauen, aber sie bestand aus lauter Muskeln.

»Was meinst du damit? Warum?«

Alicia blieb vor ihr stehen und stemmte die Hände in die schmalen Hüften. Selbst im kühlen Licht des Morgengrauens leuchtete ihr Haar, das sie auf dem Rücken zu einem langen Zopf geflochten hatte, in einem tiefen honiggoldenen Rot. Wie immer trug sie drei Klingen am Gürtel. Alle lachten darüber und frotzelten, sie habe nur deshalb noch keinen Mann gefunden, weil sie mit den Messern ins Bett ging.

»Weil du schwanger bist«, verkündete Alicia. »Darum.«

Für einen Augenblick verschlug es der Gruppe die Sprache. Peter drehte sich unwillkürlich im Sattel um und warf einen kurzen Blick auf Mausamis Bauch. Na, wenn sie schwanger war, konnte man es noch nicht sehen, obwohl es natürlich bei dem weiten T-Shirt nicht gut zu erkennen war. Er sah zu Theo hinüber, aber dessen Gesicht verriet nicht, was er dachte.

»Was sagt man denn dazu?« Arlos Mund in der Furche seines

Bartes verzog sich zu einem breiten Grinsen. »Ich habe mich gefragt, wann ihr zwei das endlich schafft.«

Ein tiefes Rot war auf Mausamis kupferbraunen Wangen erblüht. »Wer hat dir das erzählt?«

»Was glaubst du wohl?«

Mausami schaute weg. »Ich bringe ihn um, das schwöre ich.«

Theo drehte sein Pferd zu Mausami herum. »Galen hat recht, Maus. Ich kann dich nicht mitreiten lassen.«

»Ach, was weiß der denn? Er versucht schon das ganze Jahr, mich von der Mauer herunterzuholen. Das kann er nicht bringen.«

»Galen hat nichts damit zu tun«, erklärte Alicia. »Ich tue es. Du wirst von der Wache abgezogen. Schluss. Basta.«

Hinter ihnen kam die Herde den Weg herunter. In ein paar Augenblicken würden sie im lärmenden Chaos der Tiere versinken. Peter sah Mausami an und bemühte sich, sie als Mutter zu sehen, aber es gelang ihm nicht ganz. Es war üblich, dass Frauen die Wache verließen, wenn die Zeit für sie gekommen war; das taten sogar viele Männer, wenn ihre Frauen schwanger wurden. Aber Mausami war Wächterin durch und durch. Sie konnte besser schießen als die Hälfte der Männer, in einer Krise blieb sie kühl, und jede ihrer Bewegungen war ruhig und zielstrebig. Wie Diamond, dachte Peter. Flink, wenn es nötig war.

»Du solltest dich freuen«, sagte Theo. »Das ist eine fabelhafte Neuigkeit.«

Mausami machte ein zutiefst verzweifeltes Gesicht, und Peter sah, dass sie Tränen in den Augen hatte.

»Hör auf, Theo. Kannst du dir wirklich vorstellen, dass ich in der Zuflucht hocke und kleine Strümpfe stricke? Ich glaube, ich würde den Verstand verlieren.«

Theo streckte die Hand nach ihr aus. »Maus, hör doch zu ...«

Mausami wich zurück. »Nicht, Theo.« Sie wandte das Gesicht ab, um sich mit dem Handrücken die Tränen abzuwischen. »Okay, Leute. Die Show ist vorbei. Zufrieden, Lish? Du hast, was du wolltest. Ich gehe.« Sie ritt davon.

Als sie außer Hörweite war, faltete Theo die Hände über dem Sattelknauf und schaute auf Alicia hinunter, die eine ihrer Klingen am Saum ihres T-Shirts abwischte.

»Weißt du, du hättest auch warten können, bis wir zurück sind.«

Alicia zuckte die Achseln. »Ein Kind ist ein Kind, Theo. Du kennst die Regeln so gut wie jeder andere. Und offen gesagt, es ärgert mich ein wenig, dass sie es mir nicht gesagt hat. Es ist ja nicht so, als könnte sie es geheim halten.« Alicia wirbelte das Messer um den Zeigefinger und schob es wieder in die Scheide. »Es ist am besten so. Sie wird sich schon wieder beruhigen.«

Theo runzelte die Stirn. »Du kennst sie nicht so gut wie ich.«

»Ich werde nicht mit dir diskutieren, Theo. Ich habe bereits mit Soo gesprochen. Die Sache ist entschieden.«

Die Herde drängte jetzt heran. Das Morgenlicht erwärmte sich zu einem gleichmäßigen Glanz. Gleich würde die Morgenglocke läuten, und das Tor würde sich öffnen.

»Wir brauchen noch einen vierten Mann«, sagte Theo.

Alicia strahlte. »Komisch, dass du das erwähnst …«

Alicia Blades. Sie war die letzte Donadio, aber alle nannten sie nur »Blades«, wegen ihrer Messer. Der jüngste Captain seit Tag Eins.

Alicia war noch in der Zuflucht gewesen, als ihre Eltern in der Dunklen Nacht ums Leben gekommen waren. Von dem Tag an hatte der Colonel sie großgezogen; er hatte sie unter seine Fittiche genommen, als wäre sie seine eigene Tochter. Ihre Geschichten waren untrennbar miteinander verflochten, denn wer immer der Colonel sein mochte – und in dieser Frage bestand große Uneinigkeit –, er hatte Alicia nach seinem Bild geformt.

Seine eigene Vergangenheit war unklar und mehr Mythos als Wirklichkeit. Es hieß, er sei eines Tages aus heiterem Himmel vor dem Haupttor aufgetaucht, mit einem leeren Gewehr und einer langen Halskette aus schimmernden spitzen Objekten, die sich als Zähne erwiesen – Viralzähne. Wenn er jemals einen anderen

Namen gehabt hatte, kannte ihn niemand. Er hieß einfach »der Colonel«. Manche sagten, er sei ein Überlebender aus der Baja-Siedlung, und andere meinten, er habe zu einer Gruppe nomadischer Jäger gehört. Wenn Alicia seine wahre Geschichte kannte, hatte sie nie jemandem etwas davon erzählt. Er hatte nie geheiratet und wohnte für sich allein in der kleinen Hütte, die er sich am Fuße der Ostmauer aus Holzabfällen gebaut hatte. Die Aufforderung, in die Wache einzutreten, hatte er immer zurückgewiesen und arbeitete lieber im Bienenhaus. Es ging das Gerücht, er habe einen geheimen Ausgang, den er benutzte, um auf die Jagd zu gehen; dann schleiche er sich vor dem Morgengrauen aus der Kolonie, um Virals zu erlegen, wenn die Sonne aufging. Aber niemand hatte ihn tatsächlich dabei gesehen.

Es gab andere wie ihn, Männer und Frauen, die aus diesem oder jenem Grund niemals heirateten, sondern für sich blieben, und der Colonel hätte in der Anonymität eines Einsiedlers versinken können, wären da nicht die Ereignisse der Dunklen Nacht gewesen. Peter war damals gerade sechs Jahre alt gewesen, und er war nicht sicher, ob seine Erinnerungen auf der Wirklichkeit beruhten oder ob es nur Geschichten waren, die andere Leute ihm erzählt hatten und die seine eigene Fantasie im Laufe der Jahre ausgeschmückt hatte. Aber an das Erdbeben selbst konnte er sich erinnern. Erdbeben gab es öfter, allerdings nicht solche wie das, das den Berg an dem Abend erschüttert hatte, als die Kinder gerade zu Bett gehen sollten: ein einzelner massiver Stoß, gefolgt von einem Beben, das eine volle Minute dauerte und so heftig war, dass es schien, als wollte die Erde auseinanderreißen. Peter erinnerte sich an das Gefühl der Hilflosigkeit, als er hochgehoben und wie ein Blatt im Wind hin und her geschleudert worden war, an die lauten Schreie, an das Gebrüll der Lehrerin und den Höllenlärm, an den Geschmack von Staub in seinem Mund, als die Westwand der Zuflucht einstürzte. Das Erdbeben hatte kurz nach Sonnenuntergang begonnen, und die Stromversorgung war ausgefallen. Als die ersten Virals in die äußere Umgrenzung eindrangen, konnte man

nur noch das Schussfeld beleuchten und sich in die Reste der Zuflucht zurückziehen. Viele der Opfer starben verschüttet unter den Trümmern ihrer Häuser. Am nächsten Morgen waren 162 Seelen verloren, darunter neun ganze Familien, dazu die halbe Herde, die meisten Hühner und alle Hunde.

Viele von denen, die überlebt hatten, verdankten es dem Colonel. Er allein hatte die Sicherheit der Zuflucht verlassen und sich auf die Suche nach Überlebenden gemacht. Viele der Verletzten hatte er auf dem Rücken ins Lagerhaus geschleppt, und dort hatte er schließlich Stellung bezogen und die Virals die Nacht hindurch abgewehrt. Zu diesen Leuten hatten auch John und Angel Donadio gehört, Alicias Eltern. Von den fast zwei Dutzend Geretteten waren sie als Einzige gestorben. Am nächsten Morgen war der Colonel, von oben bis unten voller Blut und Staub, in die Ruinen der Zuflucht gekommen, hatte Alicia bei der Hand genommen und schlicht verkündet: »Um dieses Mädchen werde ich mich kümmern.« Dann war er mit ihr im Schlepptau hinausmarschiert. Keiner der anwesenden Erwachsenen hatte noch genug Kraft gehabt, um Einwände zu erheben. Die Donadios waren Walker, keine Erste Familie, und wenn jemand bereit war, die Kleine zu sich zu nehmen, schien das nur vernünftig zu sein. Es stimmte aber auch – so sagten es die Leute jedenfalls damals –, dass sie in der Fügsamkeit des kleinen Mädchens die Hand des Schicksals gespürt hätten, fast so, als handelte es sich um die Begleichung einer kosmischen Schuld. Alicia war für ihn bestimmt; so sah es jedenfalls aus.

In der Hütte des Colonels am Fuße der Mauer und später, als sie heranwuchs, im Ausbildungslager brachte er ihr alles bei, was er draußen in den Darklands gelernt hatte – nicht nur das Kämpfen und Töten, sondern auch das Loslassen. Denn das war es, was man tun musste. Wenn die Virals kamen, erklärte der Colonel ihr, musste man sich sagen: Ich bin schon tot. Das kleine Mädchen hatte seine Lektionen gelernt. Mit acht Jahren hatte sie ihre Lehre bei der Wache begonnen, und im Umgang mit Bogen und Messer

hatte sie alle anderen schnell hinter sich gelassen. Mit vierzehn hatte sie bereits als Läuferin zwischen den einzelnen Feuerposten hoch über der Mauer gearbeitet. Eines Nachts kam ein Schwarm von sechs Virals – sie waren immer in Dreiergruppen unterwegs – über die Südmauer herein. Als Läuferin hatte Alicia nicht die Aufgabe, sie abzuwehren. Eine Läuferin hatte zu laufen und Alarm zu schlagen. Aber stattdessen erwischte sie den ersten mit einem Wurfmesser mitten durch den Sweetspot. Dann spannte sie ihre Armbrust und erlegte den zweiten noch in der Luft. Den dritten tötete sie mit dem Messer aus nächster Nähe. Sie nutzte sein Gewicht, um die Klinge unter sein Brustbein zu stoßen, als er auf sie fiel, und sein Gesicht war ihrem so nah, dass sie den Gestank der Nacht riechen konnte, der sie anwehte, als er starb. Die übrigen drei stoben auseinander und verschwanden über die Mauer in der Dunkelheit.

Noch nie hatte irgendjemand drei auf einmal ganz allein zur Strecke gebracht – und sie war ein fünfzehnjähriges Mädchen. Von diesem Tag an hatte Alicia Wache stehen dürfen, und mit zwanzig hatte sie den Rang eines Second Captain. Alle rechneten damit, dass Lish, wie man sie nannte, zum First Captain aufsteigen würde, wenn Soo Ramirez ihr Amt niederlegte.

Sie hatte Peter eines Nachts unter den Scheinwerfern davon erzählt, als sie beide Wache gestanden hatten. Bei dem dritten Viral war es passiert – da hatte sie losgelassen. Alicia war Peters Vorgesetzte, doch die beiden verstanden sich so gut, dass Fragen der Hierarchie keine Rolle spielten. Deshalb wusste er, dass Alicia es ihm nicht erzählte, um aufzutrumpfen. Sie erzählte es, weil sie Freunde waren. Nicht beim ersten oder beim zweiten, sagte sie, aber beim dritten. Da hatte sie gewusst, ohne jeden Zweifel gewusst, dass sie sterben würde. Und das Seltsame war: Als ihr das klar geworden war, war es kinderleicht gewesen, das Messer zu ziehen. Alle Angst war verflogen. Ihre Hand fand die Klinge, als wollten die beiden zueinander, und als die Bestie auf sie herabfiel, dachte sie nur: *Na, nur zu! Wenn ich jetzt die Welt schon verlasse,*

kann ich dich genauso gut mit auf die Reise nehmen. Als wäre es eine Tatsache. Als hätte sie es bereits getan.

Die Herde war schon draußen, als Alicia mit ihrem Pferd zurückkam. Am Sattel hingen eine kleine Stofftasche und eine Wasserflasche. Alicia hatte keine ordentliche Wohnung. Es gab zwar viele leer stehende Häuser, aber sie bevorzugte einen kleinen Blechschuppen hinter dem Arsenal, wo sie eine Pritsche aufgestellt und ihre paar Habseligkeiten untergebracht hatte. Peter wusste nicht, ob sie jemals mehr als zwei Stunden am Stück geschlafen hatte, und wenn er sie suchte, schaute er in diesem Schuppen immer zuletzt nach, denn sie war ständig auf der Mauer. Sie trug jetzt einen Langbogen bei sich; der war leichter als eine Armbrust und beim Reiten weniger lästig. Aber einen Armschutz hatte sie nicht angelegt. Der Bogen sollte nur Eindruck machen. Theo bot ihr an, die Führung zu übernehmen, aber Alicia lehnte ab und nahm Mausamis Platz in der Nachhut ein. »Kümmert euch nicht um mich. Ich will nur frische Luft schnappen«, sagte sie und lenkte ihr Pferd an Arlos Seite. »Das hier ist dein Ritt, Theo. Gibt keinen Grund, die Befehlskette durcheinanderzubringen. Außerdem reite ich lieber mit diesem großen Kerl hier. Sein Geplauder hält mich wach.«

Peter hörte, wie sein Bruder seufzte. Er wusste, dass Alicia ihm manchmal auf die Nerven ging. *Sie sollte ein bisschen vorsichtiger sein,* hatte er schon mehr als einmal zu Peter gesagt, und er hatte recht: Ihre Zuversicht grenzte an Leichtfertigkeit. Theo drehte sich im Sattel um und schaute an Finn und Rey vorbei. Die zwei hatten die ganze Szene mit wortloser Gleichgültigkeit verfolgt. Wer mit wem ritt, war Sache der Wächter. Was interessierte es sie?

»Ist es dir recht, Arlo?«

»Na klar.«

»Weißt du, Arlo«, sagte Alicia, und ihre Ausgelassenheit ließ ihre Stimme heller klingen, »ich habe mich immer gefragt, ob es stimmt, dass Hollis sich den Bart abrasiert hat, damit Leigh euch beide auseinanderhalten kann.«

Es war allgemein bekannt, dass die Brüder Wilson als junge

Männer mehr als einmal die Freundinnen getauscht hatten, angeblich immer völlig unbemerkt.

Arlo lächelte vielsagend. »Da musst du Leigh fragen.«

Aber jetzt war keine Zeit mehr zum Reden. Sie hatten sich bereits verspätet. Theo gab den Befehl zum Abmarsch, doch als sie sich dem Tor näherten, hörten sie hinter sich jemanden rufen.

»Anhalten! Haltet am Tor!«

Peter drehte sich um und sah, dass Michael Fisher ihnen nachlief. Michael war Erster Ingenieur für Licht und Strom. Wie Alicia war er mit seinen gerade achtzehn Jahren sehr jung für diesen Posten. Aber alle männlichen Fishers waren Ingenieure gewesen, und Michael war gleich nach der Entlassung aus der Zuflucht bei seinem Vater in die Lehre gegangen. Niemand begriff genau, was die Ingenieure eigentlich taten. Licht und Strom war mit Abstand das am höchsten spezialisierte Gewerbe. Man wusste nur dies: Sie sorgten dafür, dass der Strom den Berg herauffloss und die Scheinwerfer nachts in der Kolonie brannten – eine Leistung, die an Zauberei grenzte und zugleich völlig selbstverständlich war. Schließlich ging das Flutlicht ja Abend für Abend an.

»Gut, dass ich euch noch erwischt habe.« Michael schnappte nach Luft. »Wo ist Maus? Ich dachte, sie reitet mit euch.«

»Das soll dich nicht kümmern, Akku«, rief Alicia von hinten. Ihr Pferd, eine kastanienbraune Stute namens Omega, scharrte ungeduldig mit den Hufen. »Theo, können wir bitte einfach losreiten?«

Leise Verärgerung huschte über Michaels Gesicht. In solchen Momenten kniff er die Augen unter den strohblonden Haaren zusammen, seine blassen Wangen liefen rot an, und er sah noch jünger aus, als er war. Wortlos reichte er Theo den Gegenstand hinauf, den er mitgebracht hatte. Es war ein Rechteck aus grünem Kunststoff, dessen Oberfläche mit glänzenden Metallpunkten verziert war.

»Okay.« Theo drehte die Platte hin und her und betrachtete sie. »Ich gebe auf. Was ist das?«

»Das nennt man ein Motherboard.«

»Hey«, rief Alicia. »Können wir endlich los?«

Michael sah sie an. »Weißt du, es würde dich nicht umbringen, wenn du dich ein bisschen mehr dafür interessieren würdest, wie wir die Scheinwerfer in Betrieb halten.«

Alicia zuckte die Achseln. Die Feindseligkeit zwischen den beiden war allgemein bekannt. Sie zankten sich in einem fort, wie zwei Eichhörnchen. »Ihr drückt auf einen Knopf, und sie gehen an. Was gibt's da zu kapieren?«

»Das reicht, Lish.« Theo sah Michael an: »Braucht ihr so ein Ding?«

Michael zeigte mit dem Finger auf die Platte. »Siehst du das da? Das kleine schwarze Viereck? Das ist der Mikroprozessor. Es braucht euch nicht zu kümmern, was er tut. Achtet nur darauf, dass die gleichen Zahlen draufstehen, wenn's geht, aber alles, was mit einer Neun endet, müsste eigentlich funktionieren. Wahrscheinlich könntet ihr genau den gleichen in jedem Desktop-Computer finden, aber die Kakerlaken fressen den Klebstoff. Also versucht, einen zu finden, der sauber und trocken ist, ohne Insektenkacke. Vielleicht probiert ihr es in den Büros am Südende der Mall.«

Theo betrachtete das Motherboard noch einmal und schob es dann in seine Satteltasche. »Okay. Das hier ist zwar kein Abstaubertrip, aber wenn wir es dazwischenschieben können, machen wir's. Sonst noch was?«

Michael runzelte die Stirn. »Ein Kernreaktor wäre praktisch. Oder ungefähr dreitausend Kubikmeter negativ ionisierter Wasserstoff in einem Protonenaustauschaggregat.«

»Um Himmels willen«, stöhnte Alicia, »sprich Englisch, Akku. Kein Mensch weiß verdammt noch mal, wovon du redest. Theo, können wir bitte *losreiten*?«

Michael warf ihr einen letzten wütenden Blick zu und wandte sich noch einmal an Theo. »Nur das Motherboard. Bringt mehr als eins mit, wenn ihr könnt, und denkt daran, was ich über den Klebstoff gesagt habe. Und – Peter?«

Peters Blick war zum Tor hinausgewandert. Draußen war die Herde nur noch als Staubwolke in der Morgensonne zu sehen, die den Hang hinauf zur Oberen Weide wehte. Aber er hatte nicht an die Herde gedacht, sondern an Mausami, an die Panik in ihrem Blick, als sein Bruder die Hand nach ihr ausgestreckt hatte. Als hätte sie Angst vor seiner Berührung, als wäre sie ihr unerträglich.

Er schüttelte diese Gedanken ab und sah Michael an, der vor ihm stand.

»Meine Schwester hat mich gebeten, dir etwas auszurichten«, sagte Michael.

»Sara?«

»Nur – du weißt schon.« Michael zuckte die Achseln. »Sei vorsichtig.«

Das Kraftwerk war vierzig Kilometer weit entfernt, fast einen ganzen Tagesritt. Als sie kaum eine Stunde unterwegs waren, verstummten alle, sogar Arlo, eingelullt von der Hitze und der Aussicht auf den vor ihnen liegenden Tag. Die Straße, die vom Berg hinunterführte, war teilweise weggespült, und sie mussten absteigen und ihre Tiere am Zügel führen. Das Fett hatte jetzt erst richtig angefangen zu stinken, und Peter war froh, dass er vorn ritt, nicht in dieser Duftwolke. Die Sonne stand hoch und heiß am Himmel, und es ging kein Lüftchen. Der Wüstenboden unter ihnen glänzte wie gehämmertes Metall.

Am Mittag machten sie Rast. Die Schwerarbeiter ließen die Tiere saufen, und die anderen kletterten vorsichtig auf einen Felsvorsprung, Theo und Peter auf der einen Seite, Arlo und Alicia auf der anderen, und sie spähten zur Baumgrenze hinüber.

»Siehst du, da?«

Theo hielt das Fernglas in der Hand und deutete auf den Schatten der Bäume. Peter beschirmte seine Augen vor dem grellen Licht.

»Ich sehe nichts.«

»Nur Geduld.«

Dann sah Peter es. Zweihundert Meter weit entfernt, eine kaum erkennbare Bewegung, nicht mehr als ein Rascheln in den Ästen einer hohen Kiefer, ein leiser Nadelschauer, der herabrieselte. Peter hielt den Atem an. Hoffentlich war es nichts. Aber dann hörte er es wieder.

»Er ist auf der Jagd. Hält sich im Schatten«, sagte Theo. »Wahrscheinlich sucht er Eichhörnchen. Sonst gibt's hier nicht viel. Muss einen verdammten Hunger haben, wenn er so bei Tage unterwegs ist.«

Theo pfiff langgezogen und hohl durch die Zähne, um die anderen aufmerksam zu machen. Alicia fuhr herum. Theo deutete mit zwei Fingern auf seine Augen und zeigte dann zu der Baumreihe hinüber. Er hob die Hand und krümmte sie zu einem Fragezeichen: *Siehst du es?*

Alicia antwortete mit einer geballten Faust: *Ja.*

»Los, Bruder.«

Sie kletterten von dem Felsen herunter und trafen sich bei dem Karren, wo Rey und Finn es sich auf den Fettschläuchen bequem gemacht hatten. Sie kauten Zwieback und reichten eine Plastikflasche mit Wasser hin und her.

»Wir können ihn mit einer der Stuten ködern«, sagte Alicia sofort. Sie fing an, mit einem langen Stock im Staub zu ihren Füßen zu zeichnen. »Wir tauschen das Wasser gegen Fett, führen sie hundert Meter näher an die Bäume heran und warten ab, ob er anbeißt. Wahrscheinlich hat er schon etwas gewittert. Wir verteilen uns auf drei Positionen, hier, hier und hier« – sie malte die Punkte in den Sand –, »und dann nehmen wir ihn unter Feuer. Draußen in der Sonne kriegen wir ihn mühelos.«

Theo runzelte die Stirn. »Aber das hier ist keine Smoke-Jagd, Lish.«

Zum ersten Mal blickten Rey und Finn auf.

»Was denn, verdammt?«, fragte Rey. »Ist das euer Ernst? Wie viele sind denn da drüben?«

»Keine Sorge, wir hauen ab.«

»Theo, da ist nur der eine«, sagte Alicia. »Wir können ihn nicht einfach so ziehen lassen. Die Herde ist nur – wie viel? – vielleicht zehn Kilometer von hier.«

»Doch, das können und werden wir. Und wo einer ist, sind auch noch andere.« Theo sah Rey und Finn mit hochgezogenen Brauen an. »Können wir los?«

Rey stand hastig auf. »Verdammt, niemand sagt uns was. Lasst uns bloß schnell von hier verschwinden.«

Alicia musterte die anderen mit verschränkten Armen. Peter fragte sich, wie wütend sie jetzt war. Aber sie hatte es am Tor selbst gesagt: Das war die Befehlskette.

»Schön, du bist der Boss, Theo«, sagte sie schließlich.

Sie zogen weiter. Am Nachmittag waren sie am Fuße des Berges angekommen. Während der letzten Stunde des Abstiegs hatten sie den Turbinenpark immer vor Augen gehabt. Hunderte von Windturbinen standen verstreut auf der Ebene vor dem San-Gorgonio-Pass wie ein von Menschen gemachter Wald. Dahinter schimmerte eine zweite Bergkette im Dunst. Hier wehte ein heißer, trockener Wind, der ihnen die Worte von den Lippen riss und jedes Gespräch unmöglich machte. Mit jedem Meter, den sie hinunterstiegen, wurde die Luft heißer. Es war, als ritten sie in einen Glutofen hinein. Die Straße endete an der alten Stadt Banning. Von hier aus ging es auf der Östlichen Straße noch einmal zehn Kilometer weit landeinwärts bis zum Kraftwerk.

»Augen überall, Leute«, rief Theo durch das Rauschen des Windes. Einen Moment lang suchte er die Landschaft vor ihnen mit dem Fernglas ab. »Bringen wir's hinter uns. Lish an die Spitze.«

Peter war einen Augenblick lang verärgert. Er war auf Position zwei, und deshalb kam es ihm zu, die Spitze zu übernehmen. Aber er sagte nichts. Theos Entscheidung würde die Wogen zwischen Theo und Alicia glätten, und wenn sie am Kraftwerk ankämen, wären sie alle wieder Freunde. Theo gab ihr das Fernglas, und Alicia stieß ihrem Pferd die Fersen in die Flanken und ritt in flottem Trab fünfzig Meter voran. Ihr roter Zopf schwang in der Sonne

hin und her. Ohne sich umzudrehen, hob sie die Hand und senkte dann die Handfläche parallel zum Boden. Sie stieß einen dünnen Pfiff aus; es klang wie der Ruf eines Vogels. *Alles klar. Vorwärts.*

»Also los«, sagte Theo.

Peter spürte, dass sein Herz schneller schlug. Nach der Monotonie des langen Ritts vom Berg herunter waren seine Sinne abgestumpft, aber jetzt erwachten sie wieder, und er nahm seine Umgebung mit verschärftem Bewusstsein wahr, als sähe er die Szenerie aus mehreren Blickwinkeln gleichzeitig. In gleichmäßigem Tempo ritten sie weiter, und sie hielten ihre Bogen schussbereit. Niemand sprach; nur Finn war vom Karren heruntergeklettert, führte die Maultierstute am Zügel und murmelte ihr beruhigende Worte zu. Der Weg, dem sie folgten, war kaum mehr als eine Sandpiste, zerfurcht von den Rädern der Karren, die hier seit vielen Jahren entlangfuhren. Peter empfand jedes Geräusch, jede Bewegung in der Landschaft wie ein Kribbeln in den Extremitäten: das leise Heulen des Windes durch ein zerbrochenes Fenster, das Flattern eines Segeltuchfetzens, der an einem schiefen Strommast hängen geblieben war, das Knarren eines längst unlesbaren Metallschilds, das über den Zapfsäulen einer alten Tankstelle hin und her schaukelte. Sie kamen an einem Haufen verrosteter Autos vorbei, halb im Sand begraben und ineinander verkeilt. Vor einem Häuserblock türmten sich Dünen, die fast bis unter das Dach reichten. Aus einer Wellblechhalle, ausgebleicht und rostzerfressen, wehte das Gurren von Tauben und, als sie mit dem Wind daran vorbeiritten, auch der Gestank ihres Kots.

»Augen auf, Leute«, wiederholte Theo. »Machen wir, dass wir schnell hier durchkommen.«

Schweigend erreichten sie die Stadtmitte. Die Gebäude hier waren größer. Sie hatten drei oder vier Geschosse, aber viele waren eingestürzt, sodass Lücken entstanden waren und Berge von gleichförmigem Schutt auf der Straße lagen. Autos und Lastwagen standen wild durcheinander am Straßenrand, manche mit offenen

Türen – der Augenblick, in dem der Fahrer die Flucht ergriffen hatte, in der Zeit erstarrt –, aber in anderen, eingeschlossen unter der sengenden Wüstensonne, lagen verdorrte Leichen. »Slims« hießen sie: zerklüftete Knochenhaufen, über das Armaturenbrett gekrümmt oder an die Fenster gepresst, verschrumpelte Umrisse, die als menschliche Wesen nur noch an einem starren, immer noch mit einer Schleife zusammengebundenen Haarbüschel erkennbar waren, vielleicht auch am glänzenden Metall einer Armbanduhr an einer Knochenhand, die nach fast hundert Jahren immer noch das Lenkrad eines Pick-ups umklammerte, der bis an die Radkästen im Wüstenboden versunken war. Und das alles bewegungslos und still wie ein Grab, alles so, wie es seit der Zeit Davor gewesen war.

»Ich kriege Gänsehaut davon, Cousin«, sagte Arlo leise. »Einfach nicht hinsehen, sage ich mir immer, aber dann tu ich's trotzdem jedes Mal.«

Als sie sich der Zufahrt zum Highway näherten, blieb Alicia unvermittelt stehen. Sie wendete ihr Pferd, hob die Hand und kam schnell zurück.

»Drei Döser unter der Trasse. Sie hängen an den Trägern an der Rückseite.«

Theo nahm diese Nachricht mit ausdrucksloser Miene auf. Das war anders als bei dem Viral, den sie an der Bergstraße gesichtet hatten. Es kam nicht in Frage, sich mit einem ganzen Schwarm anzulegen, schon gar nicht so spät am Tag.

»Wir müssen einen weiten Bogen um sie machen und die nächste Auffahrt nehmen, Lish. Einverstanden?«

»Nichts dagegen. Dann los.«

Sie wandten sich nach Osten und folgten dem Highway in einem Abstand von hundert Metern. Die Sonne stand jetzt vier Handbreit über dem Horizont; es wurde allmählich knapp. Im freien Gelände würden sie mit dem Karren nur langsam vorankommen, und bis zur nächsten Rampe waren es noch zwei Kilometer.

»Ich geb's ungern zu«, sagte Theo leise zu Peter. »Aber Lish

hatte nicht unrecht. Auf dem Rückweg sollten wir ein Jagdkommando aufstellen und diesen Schwarm hier ausschalten.«

»Wenn sie dann noch da sind.«

Theo legte die Stirn in Falten. »Oh, die werden da sein. Ein einzelner Smoke, der Eichhörnchen jagt, ist eine Sache. Das hier ist was anderes. Die wissen, dass wir diese Straße benutzen.«

Was die Smokes wussten und was sie nicht wussten, war immer die Frage. Waren sie reine Instinktwesen, oder konnten sie denken? Konnten sie planen und Strategien entwickeln? Und wenn Letzteres stimmte, folgte dann nicht daraus, dass sie in einem gewissen Sinn immer noch Menschen waren? Die Menschen, die sie gewesen waren, bevor sie befallen worden waren? Vieles war einfach unverständlich. Zum Beispiel, warum manche sich der Mauer näherten und andere es nicht taten. Warum einige – wie der, den sie an der Straße gesehen hatten – es riskierten, am helllichten Tag auf die Jagd zu gehen. Ob ihre Angriffe, wenn sie kamen, reine Zufallsereignisse waren oder ob sie durch irgendetwas ausgelöst wurden. Unerklärlich war auch ihr typisches Auftreten, immer in Dreiergruppen, wobei die individuellen Aktionen miteinander koordiniert waren wie die Reime eines Gedichts. Man wusste nicht einmal, wie viele eigentlich da draußen unterwegs waren und durch die Dunkelheit streiften. Ja, die Kombination von Scheinwerfern und Mauer hatte die Kolonie fast hundert Jahre lang zu einem sicheren Ort gemacht. Die Erbauer schienen den Feind gut gekannt zu haben oder doch wenigstens gut genug. Aber wenn Peter beobachtete, wie ein Schwarm sich am Rand des Scheinwerferlichts bewegte, wie er aus der Dunkelheit auftauchte und an der äußeren Umgrenzungslinie entlangpatrouillierte, um dann wieder zu verschwinden, wohin auch immer – wenn Peter das sah, hatte er jedes Mal das deutliche Gefühl, ein einzelnes Wesen zu beobachten, das lebendig und beseelt war, ganz gleich, was die Lehrerin sagen mochte. Den Tod verstand er: Im Leben war der Körper mit der Seele verbunden, und im Tode trennten sie sich. Das hatte er in den letzten Stunden seiner Mutter gelernt. Das Geräusch

ihrer letzten rasselnden Atemzüge und dann die plötzliche Stille – da hatte er gewusst, dass die Frau, die sie gewesen war, nicht mehr existierte. Wie konnte irgendetwas ohne Seele weiterleben?

Sie erreichten die Rampe. Im Norden, vor den Ausläufern der Berge, erkannte Peter durch die Staubschleier die lang gestreckten, flachen Umrisse der Empire Valley Outlet Mall. Er war schon oft mit Abstaubertrupps da gewesen. Das Einkaufszentrum war im Laufe der Jahre gründlich abgegrast worden, aber es war so riesig, dass man immer noch brauchbare Sachen finden konnte. The Gap war leergeräumt, J. Crew auch, genau wie Williams Sonoma, REI und die meisten Geschäfte am südlichen Ende in der Nähe des Atriums, aber es gab eine große Sears-Filiale mit Fenstern, die guten Schutz boten, und ein JC Penney mit einem Außeneingang, durch den man schnell hinauskommen konnte, und in beiden fanden sich immer noch brauchbare Sachen wie Schuhe und Werkzeug und Kochtöpfe. Ihm fiel ein, dass er vielleicht etwas für Maus suchen könnte, und vielleicht hatte Theo den gleichen Gedanken. Aber jetzt war dafür keine Zeit.

Im Sand am Anfang der Zufahrtsrampe stand eine Entfernungstafel, verbogen vom hartnäckigen Wind:

nt sta e 10 E
P lm ings 25
In io 55

Alicia ritt zu den anderen zurück. »Drunter ist alles klar. Wir sollten uns beeilen.«

Die Straße war passabel, und sie kamen wieder gut voran. Ein glühend heißer Wind wehte durch den Pass herunter. Peters Haut und seine Augen waren trocken wie Zunder kurz vor dem Entflammen. Ihm wurde bewusst, dass er kein Wasser mehr gelassen hatte, seit sie haltgemacht hatten, um die Pferde zu tränken, und er ermahnte sich, aus seiner Flasche zu trinken. Theo suchte mit dem Fernglas die Gegend vor ihnen ab. Mit einer Hand hielt er locker

den Zügel. Sie waren jetzt so nah herangekommen, dass Peter die Windräder deutlich genug sehen konnte, um zu erkennen, welche sich drehten und welche nicht. Er versuchte, die zu zählen, die es taten, aber er verlor schnell die Übersicht.

Der Schatten des Berges legte sich schon über das Tal, als sie die Östliche Straße verließen. Endlich kam ihr Ziel in Sicht: ein Betonbunker, halb im Talboden versenkt, umgeben von einem hohen Elektrozaun, auf dem so viel Strom war, dass alles, was ihn berührte, sofort verbrutzelte. Und dahinter die Starkstromleitung, eine mächtige rostfarbene Röhre, die sich östlich am Berg hinaufzog, an dieser Wand aus weißem Fels, die ein natürliches Hindernis bildete. Theo stieg ab und nahm den Lederriemen mit dem Schlüssel von seinem Hals. Der Schlüssel öffnete ein Metallkästchen an einem Pfosten. Es gab zwei solche Kästchen, eins auf jeder Seite des Zauns. Darin war ein Schalter für den Strom und ein zweiter, der das Tor öffnete. Theo schaltete den Strom ab und trat zurück, als das Tor aufschwang.

»Los.«

Neben dem Kraftwerk war ein kleiner offener Schuppen, von einem Blechdach überschattet, mit Trögen für die Pferde und einer Pumpe. Alle tranken gierig und gossen sich das Wasser mit hohlen Händen über das schweißnasse Haar. Finn und Rey versorgten die Tiere, und die anderen gingen zur Eingangstür. Theo drehte noch einmal den Schlüssel herum. Mit metallischem *klunk* öffnete sich das Schloss, und sie traten ein.

Ein Schwall kühler Luft wehte ihnen entgegen, und sie hörten das dumpfe Summen von Lüftungsventilatoren. Peter fröstelte in der plötzlichen Kälte. Eine Glühbirne unter einem Drahtgitter beleuchtete die Stahltreppe, die ins Kellergeschoss führte. Unten war eine zweite Tür, die offen stand. Dahinter lag der Turbinenkontrollraum. Noch weiter hinten waren Unterkünfte, eine Küche und Lagerkammern für Lebensmittel und Geräte. Dahinter führte eine Rampe hinauf zu dem Stall, in dem sie Pferde und Maultiere in der Nacht unterstellten.

»Jemand zu Hause?«, rief Theo und stieß die Tür mit dem Fuß weiter auf. »Hallo?«

Keine Antwort.

»Theo …«, sagte Alicia.

»Ich weiß«, sagte Theo. »Das ist komisch.«

Vorsichtig traten sie durch die Luke. Auf dem langen Tisch in der Mitte des Kontrollraums lagen die Wachsfladen mehrerer abgebrannter Bienenwachskerzen und die Überreste einer hastig beendeten Mahlzeit: Dosen mit Brei, Teller mit Zwieback, ein fettglänzender gusseiserner Topf, der anscheinend irgendein Fleischragout enthalten hatte. Alles sah aus, als wäre es seit mindestens einem Tag nicht mehr angerührt worden. Arlo wedelte mit seinem Messer über dem Topf hin und her, und eine Wolke von Fliegen stob auseinander. Trotz der summenden Ventilatoren war die Luft stickig, und es stank nach Menschen und heißen Isolierungen. Das einzige Licht, ein blassgelbes Leuchten, kam von den Anzeigen an der Kontrolltafel, mit denen der Stromfluss von den Turbinen überwacht wurde. Darüber hing eine Uhr. Es war 18:45.

»Wo zum Teufel sind sie?«, fragte Alicia. »Ist mir etwas entgangen, oder ist es gleich Zeit für die Zweite Glocke?«

Sie durchstöberten die Unterkünfte und die Lagerräume und fanden bestätigt, was sie schon wussten: Der ganze Bunker war leer. Sie stiegen die Treppe hinauf und traten hinaus in die Hitze des frühen Abends. Rey und Finn erwarteten sie im Schatten des Blechdachs.

»Irgendeine Ahnung, wohin sie gegangen sein könnten?«, fragte Theo die beiden.

Finn hatte sein Hemd ausgezogen und zusammengeknüllt. Er tauchte es in den Wassertrog und wischte sich dann über Brust und Achseln. »Einer der Werkzeugkarren fehlt. Und ein Maultier.« Er legte den Kopf zur Seite, sah Rey an und dann wieder Theo, als wollte er sagen: *So sieht meine Theorie aus.* »Sie könnten noch draußen bei den Turbinen sein. Zander ist manchmal knapp dran.«

Zander Phillips war der Chef des Kraftwerks. Er war nicht besonders gesprächig und übrigens auch nicht besonders ansehnlich. Nach der langen Zeit hier draußen in Sonne und Wind war er verschrumpelt wie eine Rosine, und das Leben in der Isolation hatte ihn schroff, ja beinahe stumm gemacht. Angeblich hatte niemand je gehört, dass er auch nur fünf Worte hintereinander gesprochen hatte.

»Wie knapp?«

Finn zuckte mit den Schultern. »Hey, das weiß ich nicht. Frag ihn, wenn er zurückkommt.«

»Wer ist sonst noch hier unten?«

»Nur Caleb.«

Theo trat aus dem Schatten und spähte hinaus zum Windpark. Die Sonne senkte sich inzwischen hinter den Berg, und bald würde sein Schatten quer über das Tal bis hinüber zum Vorgebirge auf der anderen Seite reichen. Wenn es so weit wäre, würden sie die Türen verschließen müssen; daran war nicht zu rütteln. Caleb Jones war fast noch ein Kind, gerade mal fünfzehn Jahre alt, und wegen seiner Vorliebe für knöchelhohe Sportschuhe nannten ihn alle nur Hightop.

»Na, sie haben noch 'ne halbe Handbreit«, sagte Theo schließlich. Alle wussten es, aber es musste trotzdem gesagt werden. Theo sah nacheinander jeden an, um sich zu vergewissern, dass sie verstanden hatten, was er meinte. »Bringen wir die Tiere hinein.«

Sie führten die Tiere über die hintere Rampe in den Stall und verriegelten das Schott für die Nacht. Als sie damit fertig waren, war die Sonne hinter dem Berg verschwunden. Peter ließ Arlo und Alicia im Kontrollraum zurück und ging zu Theo, der am Tor wartete und das Turbinenfeld mit dem Fernglas absuchte. Er spürte das erste Prickeln der Nachtkälte an seinen Armen und an der sonnenverbrannten Haut im Nacken. Mund und Kehle waren wieder trocken, und der Geschmack von Staub und Pferden lag auf seiner Zunge.

»Wie lange warten wir noch?«

Theo antwortete nicht. Es war eine rhetorische Frage, der Versuch, die Stille mit Worten zu füllen. Irgendetwas war passiert, denn sonst wären Zander und Caleb inzwischen längst wieder aufgetaucht. Peter dachte an seinen Vater, und vermutlich tat Theo es auch: Demo Jaxon, der auf das Turbinenfeld hinausgeritten und spurlos verschwunden war. Wie lange mochten sie in jener Nacht gewartet haben, bevor sie das Tor vor Demo Jaxon verschlossen hatten?

Peter hörte Schritte hinter sich. Alicia kam von der Luke auf sie zu. Sie blieb neben ihnen stehen und schaute hinaus über das Feld, das allmählich in der Dunkelheit versank. Sie standen noch einen Augenblick lang wortlos da und sahen zu, wie die Nacht sich über das Tal schob. Als der Schatten des Berges die Hügel auf der anderen Seite erreichte, zog Alicia ein Messer und wischte es am Saum ihres T-Shirts ab.

»Ich sag's nur ungern ...«

»Nicht nötig.« Theo drehte sich zu den beiden um. »Okay, wir sind hier fertig. Schließen wir ab.«

Von-Tag-zu-Tag. So nannten sie es. Nicht an die Vergangenheit zu denken, die allzu voll von Verlust und Tod war, und nicht an die Zukunft, weil sie alle vielleicht keine Zukunft hatten. Vierundneunzig Seelen lebten unter den Flutlichtscheinwerfern, von Tag zu Tag.

Aber so war es für Peter nicht immer. In müßigen Augenblicken auf Wache, wenn alles ruhig war oder wenn er in seiner Koje lag und auf den Schlaf wartete, dachte er oft unversehens an seine Eltern. Es gab Leute in der Kolonie, die immer noch vom Himmel sprachen, von einem Ort jenseits des körperlichen Daseins, zu dem die Seele nach dem Tod hinauffuhr, aber mit dieser Vorstellung hatte er nie etwas anfangen können. Die Welt war die Welt, ein Reich der Sinne, das man berühren, schmecken, fühlen konnte, und Peter vermutete, dass die Toten, wenn sie sich überhaupt irgendwohin begaben, in den Lebenden aufgingen. Vielleicht hatte

die Lehrerin es ihm gesagt, vielleicht war er auch selbst daraufgekommen. Aber solange er zurückdenken konnte, seit er aus der Zuflucht gekommen war und die Wahrheit über die Welt erfahren hatte, war er davon überzeugt, dass es so war. Solange er seine Eltern im Gedächtnis behalten konnte, würde ein Teil von ihnen weiterleben, und wenn er selbst eines Tages stürbe, würden diese Erinnerungen zusammen mit ihm in andere übergehen, die noch lebten. So würden sie alle – nicht nur Peter und seine Eltern, sondern alle, die schon gegangen waren und die noch kommen würden – immer weiterleben.

Die Gesichter seiner Eltern konnte er sich nicht mehr vor Augen rufen. Sie waren als Erstes verschwunden, schon nach wenigen Tagen. Wenn er an sie dachte, sah er sie weniger, als dass er sie fühlte. Es war eine Woge von erinnerten Empfindungen, die ihn wie Wasser durchflutete. Der sanfte Klang der Stimme seiner Mutter. Die Form ihrer Hände, blass und feingliedrig, aber zugleich kraftvoll, wenn sie ihrer Arbeit im Krankenrevier nachging, diesen und jenen berührte und Trost spendete, so gut es ging. Das Knarren der Stiefel seines Vaters, wenn er abends die Leiter der Schutzmauer hinaufstieg, wo Peter als Läufer zwischen den Posten unterwegs war. Und wie er wortlos an ihm vorbeiging und ihm zum Gruß nur eine Hand auf die Schulter legte. Die heiße, energiegeladene Atmosphäre des Wohnzimmers in den Tagen der Langen Ritte, wenn sein Vater, sein Onkel und die anderen Männer sich versammelten, um ihre Route zu planen. Und später dann der Klang ihrer Stimmen, wenn sie bis tief in die Nacht hinein auf der Veranda ihren selbstgebrannten Schnaps tranken und einander erzählten, was sie in den Darklands gesehen hatten.

Das hatte Peter sich gewünscht: sich als Teil von ihnen zu fühlen. Zu den Männern der Langen Ritte zu gehören. Aber er hatte immer gewusst, dass es nie dazu kommen würde. Wenn er im Bett lag und ihre Stimmen auf der Veranda hörte, ihren vollen männlichen Klang, wusste er es, weil er sich kannte. Irgendetwas fehlte ihm. Er wusste keinen Namen dafür, er wusste nicht einmal, ob es

einen Namen dafür gab. Es war mehr als nur Mut, mehr als Aufopferung, obwohl beides ein Teil davon war. Das einzige Wort, das ihm einfiel, war *Größe.* Das war es, was die Männer der Langen Ritte besaßen. Und Peter wusste, wenn der Tag käme, an dem einer der Jaxon-Söhne mit ihnen reiten durfte, dann wäre es Theo, den sein Vater zum Tor rief. Peter würde zurückbleiben.

Auch seine Mutter hatte das gewusst. Seine Mutter, die die Schmach seines Vaters und dann seinen letzten Ritt mit stoischem Gleichmut ertragen hatte, während jeder die Wahrheit kannte und niemand wagte, sie auszusprechen. Seine Mutter, die am Ende, als der Krebs ihr schon alles andere genommen hatte, noch immer kein böses Wort über ihren Vater gesprochen hatte, der sie alle verlassen hatte. *Er lebt jetzt in seiner eigenen Zeit.* Es war Sommer gewesen, ein Sommer wie jetzt, mit langen, glühend heißen Tagen, als sie sich ins Bett gelegt hatte. Theo war damals schon Vollwache – noch kein Captain, aber das sollte bald kommen. Die Aufgabe, ihre Mutter zu pflegen, war an Peter gefallen, und er hatte Tag und Nacht bei ihr gesessen, ihr beim Essen und Ankleiden und sogar beim Waschen geholfen, eine peinliche Intimität, die sie beide ertragen hatten, weil es unvermeidlich gewesen war. Sie hätte sich ins Krankenrevier legen können, wie es üblich war. Aber seine Mutter war die Erste Krankenschwester, und wenn Prudence Jaxon zu Hause in ihrem Bett sterben wollte, dann würde niemand ihr widersprechen.

Wenn Peter an diesen Sommer dachte, an diese langen Tage und endlosen Nächte, dann war es, als hätte er diesen Abschnitt seines Lebens nie ganz hinter sich gelassen. Es erinnerte ihn an eine Geschichte, die die Lehrerin ihnen einmal erzählt hatte: Eine Schildkröte kroch auf eine Mauer zu. Jeder Schritt war jeweils nur halb so groß wie der vorherige, und auf die Weise kam sie nie ans Ziel. So hatte Peter sich gefühlt, als er seiner Mutter beim Sterben zusah. Drei Tage lang hatte sie in einem unruhigen Fieberschlaf verbracht, aus dem sie immer wieder erwachte, um gleich wieder wegzudämmern. Sie hatte kaum ein Wort gesprochen und

nur die einfachsten Fragen beantwortet, die für ihre Pflege nötig waren. Ab und zu hatte sie einen Schluck Wasser getrunken, aber das war alles. Sandy Chou, die diensthabende Krankenschwester, war an jenem Nachmittag da gewesen, und sie hatte Peter gesagt, er solle sich auf das Ende gefasst machen. Es war dunkel im Zimmer; das Licht der Scheinwerfer wurde von den Ästen des Baumes gedämpft, der vor dem Fenster stand. Schweiß glänzte auf ihrer bleichen Stirn, und ihre Hände – die Hände, denen Peter im Krankenrevier stundenlang bei der Arbeit zugesehen hatte – lagen reglos neben ihr. Seit es Abend geworden war, hatte Peter das Zimmer nicht mehr verlassen, damit sie nicht allein war, wenn sie aufwachte. Dass der Tod nur noch wenige Stunden entfernt war, wusste Peter. Sandy hatte keinen Zweifel daran gelassen. Aber eigentlich sagte es ihm die Reglosigkeit ihrer Hände auf der Decke, die ihre lange, geduldige Arbeit eingestellt hatten.

Wie nahm man Abschied? Würde es sie erschrecken, wenn er die Worte ausspräche? Und was würde die Stille ausfüllen, die danach käme? Bei seinem Vater hatte er keine Gelegenheit dazu gehabt, und in mancher Hinsicht war dies das Schlimmste gewesen. Er war einfach verschwunden, im Nichts. Was hätte er zu seinem Vater gesagt, wenn er es gekonnt hätte? Ein selbstsüchtiger Wunsch, aber er dachte es trotzdem: *Nimm mich,* hätte er gesagt. *Nicht Theo. Mich. Bevor du gehst, entscheide dich für mich.* Die Szene stand glasklar vor seinem geistigen Auge: Die Sonne ging auf, sie saßen auf der Veranda, nur sie beide, sein Vater schon für den Ritt gekleidet. Er klappte den Kompass mit dem Daumen auf und wieder zu, wie es seine Gewohnheit war. Aber die Szene hatte kein Ende. Nie hatte er sich vorstellen können, was sein Vater geantwortet hätte.

Und jetzt starb hier seine Mutter. Wenn der Tod ein Raum war, den die Seele betrat, dann stand sie auf der Schwelle, und trotzdem fand Peter nicht die richtigen Worte, um ihr zu sagen, was er empfand: dass er sie liebte und dass sie ihm fehlen würde, wenn sie fort wäre. In ihrer Familie war es immer so gewesen – Peter war ihr Sohn, wie Theo der Sohn des Vaters war. Darüber wurde nie

gesprochen; es war eine schlichte Tatsache. Peter wusste, dass es Fehlgeburten gegeben hatte, und mindestens ein Baby war zu früh zur Welt gekommen, aber etwas hatte mit ihm nicht gestimmt, und es war nach wenigen Stunden gestorben. Er glaubte, es sei ein Mädchen gewesen. Doch das war passiert, als Peter selbst noch klein gewesen war, noch in der Zuflucht, und deshalb wusste er nichts Genaues. Vielleicht war es das, was fehlte – nicht etwas in ihm, sondern in *ihr* –, und vielleicht war es der Grund, weshalb er die Liebe seiner Mutter immer so stark gespürt hatte. Er war derjenige, den sie behalten wollte.

Das erste weiche Licht des Morgens erfüllte die Fenster, als er hörte, wie ihre Atmung sich veränderte, in ihrer Brust stecken blieb wie ein Schluckauf. Eine schreckliche Sekunde lang glaubte er, der Augenblick sei gekommen, aber dann öffnete sie die Augen.

Mama?, sagte er und nahm ihre Hand. Mama, ich bin hier.

Theo, sagte sie.

Konnte sie ihn sehen? Wusste sie, wo er war? Mama, sagte er, ich bin Peter. Soll ich Theo holen?

Sie schien in sich hineinzuschauen, in eine Tiefe, die unendlich und grenzenlos war, ein Ort der Ewigkeit. *Gib acht auf deinen Bruder, Theo,* sagte sie. *Er ist nicht stark wie du.* Dann schloss sie die Augen und öffnete sie nicht mehr.

Er hatte seinem Bruder nie etwas davon gesagt. Es hatte keinen Sinn, fand er. Manchmal dachte er, vielleicht habe er sich verhört, oder vielleicht seien diese letzten Worte dem Delirium der Krankheit entsprungen. Aber das war Wunschdenken. Sosehr er sich auch bemühte, es umzudeuten, es war doch völlig klar, was sie gemeint hatte. Nach all den langen Tagen und Nächten, in denen er sie gepflegt hatte, war es Theo gewesen, den sie in ihrer letzten Stunde an ihrem Bett gesehen hatte. Und an den sie die letzten Worte ihres Lebens gerichtet hatte.

Über die verschwundene Mannschaft des Kraftwerks fiel kein Wort mehr. Sie fütterten die Tiere, aßen dann selbst und zogen

sich in die Unterkunft zurück, einen engen, übelriechenden Raum mit Etagenbetten und schmutzigen, mit muffigem Stroh gefüllten Matratzen. Als Peter sich hinlegte, schnarchten Finn und Rey schon. Peter war es nicht gewohnt, so früh zu Bett zu gehen, aber er war jetzt seit vierundzwanzig Stunden auf den Beinen und döste bald ein.

Verwirrt wachte er ein paar Stunden später wieder auf. Seine Gedanken schwammen immer noch in den Strömungen angstvoller Träume. Seine innere Uhr sagte ihm, dass es Halbnacht oder später war. Die Männer schliefen alle, doch Alicias Koje war leer. Er stand auf und tappte durch den dunklen Flur in den Kontrollraum, und dort saß sie an dem langen Tisch und blätterte im Licht der Kontrolltafel in einem Buch. Die Uhr zeigte 02:33.

Sie hob den Kopf und sah ihn an. »Ich weiß nicht, wie du schlafen konntest bei dem Geschnarche.«

Er setzte sich ihr gegenüber auf einen Stuhl. »Habe ich ja nicht, nicht richtig jedenfalls. Was liest du da?«

Sie klappte das Buch zu und rieb sich die Augen. »Keine Ahnung. Ich hab's im Lagerraum gefunden. Da stehen Kisten über Kisten davon.« Sie schob es über den Tisch. »Sieh es dir an, wenn du willst.«

Wo die wilden Kerle wohnen, stand auf dem Cover. Es war ein dünnes Buch und enthielt hauptsächlich Bilder: Ein kleiner Junge in einem Tierkostüm mit Ohren und Schwanz verfolgte einen kleinen weißen Hund mit einer Gabel. Peter blätterte die spröden, staubig riechenden Seiten um, eine nach der anderen. Bäume wuchsen im Zimmer des Jungen, dann kam eine Mondnacht, dann eine Reise über das Meer zu einer Insel mit lauter Ungeheuern.

»Diese ganze Sache, dass man ihnen in die Augen schauen soll«, sagte Alicia, und dann hielt sie sich den Handrücken vor den Mund und gähnte. »Ich weiß nicht, was das nützen soll.«

Peter klappte das Buch zu und legte es zur Seite. Er konnte sich auf all die Bilder keinen Reim machen, aber so war es mit den meisten Dingen aus der Zeit Davor. Wie hatten die Menschen damals

gelebt? Was hatten sie gegessen, getrunken, was für Kleider getragen? Wie hatten sie sich verhalten? Waren sie im Dunkeln herumgelaufen, als wäre nichts dabei? Wenn es keine Virals gegeben hatte, wovor hatten sie dann Angst gehabt?

»Ich glaube, das ist alles erfunden.« Er zuckte die Achseln. »Nur eine Geschichte. Ich glaube, der Junge träumt.«

Alicia zog die Brauen hoch, und ihr Blick sagte: Wer weiß? Wer kann schon sagen, wie die Welt früher war?

»Ehrlich gesagt, ich hatte gehofft, dass du aufwachst«, erklärte sie. Sie stand auf und hob eine Laterne vom Boden auf. »Ich muss dir etwas zeigen.«

Sie führte ihn zurück, an den Unterkünften vorbei und in einen der Lagerräume. Auf Metallregalen stapelte sich Material: öliges Werkzeug, Rollen von Draht und Lötzinn, Plastikcontainer mit Wasser und Alkohol. Alicia stellte die Laterne auf den Boden, trat an eins der Regale und fing an, seinen Inhalt auf den Boden zu räumen.

»Und? Steh nicht einfach herum.«

»Was machst du da?«

»Na was schon! Und sprich nicht so laut. Ich will die anderen nicht wecken.«

Als das ganze Regal ausgeräumt war, befahl Alicia ihm, sich an das eine Ende zu stellen, und sie ging zum anderen. Peter sah, dass das Regal eine Rückwand aus Sperrholz hatte, die die Wand dahinter verdeckte. Sie schoben es nach vorn.

In der Wand war eine Luke.

Alicia trat vor, drehte an einem Ring, und die Luke schwang auf. Dahinter lag ein enger, schlauchartiger Raum mit einer offenen Wendeltreppe aus Stahl. An der Wand stapelten sich Metallkisten. Die Treppe verschwand oben in der Dunkelheit, irgendwo über seinem Kopf. Die Luft war abgestanden und roch nach Staub.

»Wann hast du das denn entdeckt?« Peter war verblüfft.

»In der letzten Jahreszeit. Ich habe mich nachts gelangweilt und ein bisschen herumgeschnüffelt. Ich nehme an, es ist eine Art

Fluchtweg, den die Erbauer hinterlassen haben. Die Treppe führt auf einen niedrigen Dachboden.«

Peter nahm die Laterne und deutete auf die Metallkisten. »Was ist da drin?«

»Das«, sagte sie und lächelte spitzbübisch, »ist das Beste überhaupt.«

Zusammen schleiften sie eine der Kisten zurück in den Lagerraum. Sie war aus Metall, einen Meter lang und halb so hoch, und auf der Seitenwand standen die Worte U.S. MARINE CORPS. Alicia kniete sich davor, klappte die Schließen hoch und öffnete den Deckel. Sechs lange, schwarze, ölig glänzende Objekte, in Schaumstoff gebettet, kamen zum Vorschein. Es dauerte einen Moment, bis Peter begriff, was er da sah.

»Heilige Scheiße, Lish.«

Sie reichte ihm eine der Waffen, ein langläufiges Gewehr. Es fühlte sich kühl an und roch leicht nach Öl. Verblüffend leicht lag es in seinen Händen, als wäre es aus einem Material, das der Schwerkraft trotzte. Selbst in dem trüben Licht des Lagerraums sah er den schimmernden Glanz im Schliff der Mündung. Die Schusswaffen, die er bisher gesehen hatte, waren kaum mehr als verrostete Antiquitäten gewesen, Gewehre und Pistolen, die die Army zurückgelassen hatte. Die Wache hatte noch ein paar davon im Arsenal, aber soweit er wusste, war die Munition dafür schon vor Jahren aufgebraucht worden. Noch nie im Leben hatte Peter etwas so Neues und Sauberes gesehen, so unberührt vom Zahn der Zeit.

»Wie viele sind es?«

»Zwölf Kisten mit je sechs Gewehren und etwas mehr als tausend Patronen. Oben unter dem Dach sind noch sechs Kisten.«

Seine ganze Nervosität war verflogen, und er gierte nur noch danach, dieses wunderbare neue Ding in seinen Händen zu benutzen und seine Macht zu fühlen. »Zeig mir, wie man es lädt«, sagte er.

Alicia nahm ihm das Gewehr aus der Hand und entriegelte das Magazin. Dann nahm sie einen Patronenclip aus der Kiste, schob ihn an seinen Platz vor dem Abzugbügel, drückte ihn nach vorn,

bis er einrastete, und schlug zweimal mit der flachen Hand unter den Schaft.

»Man zielt wie mit einer Armbrust.« Sie wandte sich ab, um es zu demonstrieren. »Im Grunde ist es das Gleiche, nur mit sehr viel mehr Power. Aber lass den Finger vom Abzug. Damit sollte man nicht spaßen.«

Sie gab ihm die Waffe zurück. Ein geladenes Gewehr! Peter hob es an die Schulter und sah sich nach irgendetwas um, auf das es sich zu zielen lohnte. Schließlich entschied er sich für eine Rolle Kupferdraht auf dem Regal gegenüber. Der Drang zu schießen, die explosive Wucht des Rückstoßes an der Schulter zu spüren war so stark, dass es fast körperliche Anstrengung erforderte, den Gedanken beiseitezuschieben.

»Vergiss nicht, was ich dir über den Abzug gesagt habe«, warnte Alicia. »Du hast zwanzig Schuss pro Magazin. Jetzt lade dieses hier, damit du weißt, wie es geht.«

Sie nahm ihm das geladene Gewehr ab und gab ihm ein neues. Peter versuchte, sich an die einzelnen Schritte zu erinnern: Sicherung, Magazinverschluss, Patronenclip. Als er fertig war, schlug er zweimal kräftig an den Rahmen, wie er es bei Alicia gesehen hatte.

»Wie war das?«

Alicia sah ihm prüfend zu. Sie hielt ihr eigenes Gewehr so, dass der Schaft an ihrer Hüfte lag. »Nicht schlecht. Ein bisschen langsam. Und halt es nicht so, sonst schießt du dir in den Fuß.«

Hastig hob er den Lauf. »Ich dachte, du hältst nicht viel von diesen Dingern.«

Sie zuckte die Achseln. »Tue ich eigentlich auch nicht. Sie sind unsauber, sie sind laut, und sie wiegen dich in falscher Sicherheit.« Sie gab ihm einen zweiten Clip für seine Hüfttasche. »Andererseits, die Smokes sind damit ziemlich gut in Schach zu halten, wenn man es richtig anstellt.« Sie klopfte mit dem Finger an ihr Brustbein. »Ein Schuss, genau auf den Sweetspot. Auf weniger als drei Meter kann es kaum schiefgehen. Aber verlass dich nicht drauf.«

»Dann hast du schon mal so ein Gewehr benutzt.«

»Habe ich das gesagt?«

Peter wusste, dass es keinen Sinn hatte, weiter zu bohren. Zwölf Kisten mit Army-Gewehren. Wie sollte Alicia da widerstehen?

»Wem gehören die Dinger?«

»Woher soll ich das wissen? Soweit ich sehe, sind sie Eigentum des United States Marine Corps, wie es auf den Kisten steht. Hör auf mit der Fragerei und lass uns gehen.«

Sie traten wieder durch die Luke und stiegen die Treppe hinauf. Mit jeder Stufe wurde es wärmer. Zehn Meter weiter oben erreichten sie eine kleine Plattform mit einer weiteren Leiter, und in der Decke über ihren Köpfen war eine weitere Luke. Alicia stellte die Laterne auf die Plattform, reckte sich auf den Zehenspitzen hoch und drehte an dem Rad. Sie schwitzten beide wie verrückt. Die Luft war so stickig, dass sie fast nicht atmen konnten.

»Sie klemmt.«

Er hob die Arme und half ihr. Mit einem Quietschen gab der Mechanismus nach. Zwei Drehungen, drei, und dann klappte die Luke an ihren Scharnieren herunter. Kühle Nachtluft floss wie ein Wasserschwall durch die Öffnung herunter. Sie roch nach Wüste, trockenen Zypressen und Büffelgras. Über sich sah Peter nichts als ein tiefes Schwarz.

»Ich gehe zuerst«, sagte Alicia. »Ich rufe dich.«

Sie stieg nach oben, und kurz darauf hörte er, wie ihre Schritte sich entfernten. Er lauschte, mit einem Mal war es still. Sie war irgendwo auf dem Dach, und es gab kein Licht, das sie schützte. Er zählte bis zwanzig, bis dreißig. Sollte er ihr folgen?

Dann erschien Alicias Gesicht über ihm in der offenen Luke. »Lass die Laterne unten. Alles klar. Komm hoch.«

Er stieg die Leiter hinauf, holte tief Luft und trat nach draußen.

Unter die Sterne.

Zuerst war es wie ein Schlag vor die Brust, der die Luft aus seiner Lunge presste, ein Gefühl von nackter Panik, als wäre er ins Nichts hinausgetreten, in den Nachthimmel. Seine Knie gaben

nach, und mit der freien Hand griff er in die Luft, um sich irgendwo festzuhalten und ein Gefühl für Form und Gewicht zu finden, für die gültigen Dimensionen der Welt um ihn herum. Der Himmel über ihm war ein schwarzes Gewölbe – und überall waren Sterne!

»Peter, atmen«, sagte Alicia.

Er merkte, dass ihre Hand auf seiner Schulter lag. In der Dunkelheit schien Alicias Stimme aus nächster Nähe und zugleich aus weiter Ferne zu kommen. Er tat, was sie sagte, und sog die Nachtluft tief in seine Brust. Nach und nach passten seine Augen sich an. Jetzt konnte er die Dachkante erkennen und dahinter das Nichts. Sie waren an der südwestlichen Ecke, erkannte er, in der Nähe des Abluftauslasses.

»Und – was sagst du?«

Er schwieg eine ganze Weile und ließ den Blick über den Himmel wandern. Je länger er hinsah, desto mehr Sterne erschienen. Sie drangen durch die Finsternis. Das waren die Sterne, von denen sein Vater erzählt hatte, die Sterne, die er auf den Langen Ritten gesehen hatte.

»Weiß Theo davon?«

Alicia lachte. »Weiß Theo wovon?«

»Von der Luke. Den Gewehren.« Er zuckte hilflos die Achseln. »Von allem.«

»Ich hab es ihm nie gezeigt, wenn du das meinst. Ich nehme an, dass Zander es weiß, denn er kennt jeden Zollbreit hier. Aber zu mir hat er nie ein Wort darüber verloren.«

Sein Blick suchte ihr Gesicht. Im Dunkeln erschien sie irgendwie verändert. Sie war die Alicia, die er schon immer gekannt hatte, aber sie war auch jemand Neues. Er begriff, was sie getan hatte: Sie hatte das alles für ihn aufgehoben.

»Danke.«

»Bilde dir deswegen bloß nicht ein, dass du was Besonderes bist oder so was. Wenn Arlo vor dir aufgewacht wäre, dann stände *er* jetzt hier.«

Das stimmte nicht, und das wusste er.

»Trotzdem«, sagte er.

Sie führte ihn an den Rand des Daches. Der Blick ging nach Norden über das leere Tal. Es war völlig windstill. Die Umrisse der Berge auf der anderen Seite hoben sich dunkel vom Himmel ab und ragten hinauf in den schimmernden Sternenkranz. Sie legten sich nebeneinander bäuchlings auf den noch sonnenwarmen Beton.

»Hier.« Alicia nahm etwas aus ihrem Beutel. »Das brauchst du.«

Ein Nachtsichtgerät. Sie zeigte ihm, wie man es oben auf dem Gewehr anbrachte und einstellte. Peter schaute schon durch das Okular und sah eine von fahlgrünem Licht übergossene Landschaft aus Büschen und Steinen, geteilt von einem Fadenkreuz. Am unteren Rand des Bildes sah er eine Anzeige: 212 Meter. Die Zahl stieg an und nahm ab, wenn er den Lauf hin und her schwenkte. Einfach unglaublich.

»Glaubst du, sie leben noch?«

Alicia antwortete nicht gleich. »Ich weiß es nicht«, sagte sie dann. »Wahrscheinlich nicht. Kann aber nicht schaden zu warten.« Wieder schwieg sie. Es gab nicht viel dazu zu sagen. »Glaubst du, ich war heute zu streng zu Maus?«

Die Frage überraschte ihn. Solange er Alicia kannte, hatte sie noch nie nachträgliche Bedenken geäußert.

»Nein, du hast es richtig gemacht.«

»Aber sie ist ein Verlust für die Wache. Das kannst du nicht bestreiten.«

»Egal. Du hast es selbst gesagt. Maus kennt die Regeln so gut wie jeder andere.«

»Ich würde lieber sie als Galen behalten.« Sie stöhnte. »Was zum Teufel findet sie bloß an diesem Kerl?«

Peter hob den Kopf. Der Himmel war so übersät von Sternen – fast war es, als könnte er die Hand ausstrecken und sie berühren. Noch nie im Leben hatte er etwas so Schönes gesehen. Er musste an die Ozeane denken, an ihre Namen in dem Buch, die klangen

wie Worte aus einem Lied – Atlantik, Pazifik, Indischer Ozean, Polarmeer –, und an seinen Vater, der am Meeresufer gestanden hatte. Vielleicht waren die Sterne das, was Auntie gemeint hatte, wenn sie von Gott sprach. Von dem alten Gott, aus der Zeit Davor. Vom Gott des Himmels, der über die Welt wachte.

»Musst du je …«, begann Alicia, »ich weiß nicht … daran denken?«

Peter sah sie an. Sie spähte immer noch durch das Nachtsichtgerät.

»Woran denken?«

Alicia lachte nervös. Das hatte er noch nie von ihr gehört. »Muss ich es wirklich aussprechen? Dich zu *verheiraten*, Peter. Kinder zu bekommen.«

Doch. Natürlich hatte er daran gedacht. Fast alle verheirateten sich, wenn sie erst zwanzig waren. Aber die Arbeit bei der Wache machte es schwer. Man war die ganze Nacht auf und verschlief fast den ganzen Tag, oder man lief halb benebelt vor Erschöpfung herum. Aber wenn Peter sich dieser Frage ernsthaft stellte, wusste er, dass das nicht der einzige Grund war. Etwas an dieser Vorstellung erschien ihm einfach unmöglich, sie traf auf andere zu, aber nicht auf ihn. Es hatte Mädchen in seinem Leben gegeben, und dann auch ein paar, die er als Frauen bezeichnet hätte, und jede hatte ein paar Monate in Anspruch genommen und ihn in einen Zustand versetzt, in dem sie für kurze Zeit praktisch das Einzige war, woran er dachte. Aber am Ende hatte er sich immer wieder von ihnen entfernt oder sie aus irgendeinem unerklärlichen Grund zu jemand anders manövriert, den er besser geeignet fand.

»Eigentlich nicht, nein.«

»Und was ist mit Sara?«

Er spürte, dass er in Abwehrstellung ging. »Was soll mit ihr sein?«

»Ach, komm, Peter.« Sie klang genervt. »Ich weiß, dass sie sich mit dir zusammentun will. Das ist kein Geheimnis. Sie kommt

auch aus einer Ersten Familie, und es wäre eine gute Verbindung. Das finden alle.«

»Was hat denn das damit zu tun?«

»Ich sag's nur. Liegt doch auf der Hand.«

»Na, für mich nicht.« Er schwieg kurz. So hatten sie noch nie miteinander gesprochen. »Hör zu, ich mag Sara. Ich bin nur nicht sicher, ob ich sie heiraten will.«

»Aber *willst* du es? Ich meine, heiraten?«

»Eines Tages. Vielleicht. Lish, warum fragst du mich das?«

Wieder drehte er sich um und sah sie an. Sie spähte durch ihr Zielfernrohr ins Tal und schwenkte den Gewehrlauf dabei langsam über den Horizont.

»Lish?«

»Warte. Da bewegt sich was.«

Er ging wieder in Position. »Wo?«

Alicia hob kurz das Gewehr und deutete auf »zwei Uhr«.

Er schaute durch sein Nachtsichtgerät. Eine einzelne Gestalt huschte von einem Busch zum nächsten, etwa hundert Meter weit vor dem Zaun. Ein Mensch.

»Das ist Hightop«, sagte Alicia.

»Woher weißt du das?«

»Er ist zu klein für Zander. Und sonst ist hier draußen niemand.«

»Ist er allein?«

»Ich kann's nicht erkennen. Warte. Nein. Zehn Grad nach rechts.«

Peter schwenkte hin. Etwas leuchtete grün, hüpfte über den Wüstenboden wie ein flacher Stein. Dann sah er den zweiten und den dritten Viral, noch zweihundert Meter weit entfernt, aber sie kamen näher.

»Was machen sie denn? Warum greifen sie ihn sich nicht einfach?«

»Ich weiß es nicht.«

Dann hörten sie es.

»Hey!« Das war Calebs Stimme, schrill und wild und voller Angst. Er rannte jetzt auf den Zaun zu und wedelte mit den Armen. »Macht das Tor auf, macht das Tor auf!«

»*Scheiße!*« Alicia sprang auf. »Komm schon.«

Sie sprangen hinunter in die Dachkammer, und Alicia riss eine der Kisten neben der Luke auf und nahm eine Art Pistole heraus – ein kurzes Ding mit einem dicken, stumpfnasigen Lauf. Peter hatte keine Zeit zu fragen, was es war. Sie rannten zurück aufs Dach, und Alicia hob die Pistole über das Turbinenfeld und drückte ab.

Die Leuchtkugel schoss in den Himmel und zog einen zischenden Lichtstreifen hinter sich her. Peter wusste instinktiv, dass er nicht hinschauen sollte, aber er konnte nicht anders. Er tat es doch, und sofort brannte sich der weißglühende Kern der Leuchtkugel in seine Netzhaut. Im Zenit ihrer Flugbahn schien sie zu verharren, schwebend im Raum, und dann explodierte sie und tauchte das Turbinenfeld in helles Licht.

»Damit hat er eine Minute«, sagte Alicia. »Hinten führt eine Leiter nach unten.«

Sie schlangen sich die Gewehre über die Schulter. Alicia war als Erste bei der Leiter und rutschte daran hinunter wie an zwei Stangen, ohne dass ihre Füße die Sprossen berührten. Während Peter noch hinunterkletterte, schoss sie eine zweite Leuchtkugel in den Himmel. Dann rannten sie los.

Caleb stand vor dem Tor im Elektrozaun. Die Virals waren ins Dunkel zurückgewichen. »Bitte! Lasst mich rein!«

»Scheiße, wir haben keinen Schlüssel«, rief Peter.

Alicia riss das Gewehr von der Schulter und zielte auf den Stahlkasten. Eine Explosion von Feuer und Lärm – und in einem Funkenregen flog der Schaltkasten von seinem Pfosten.

»Caleb, klettere über den Zaun!«

»Dann werde ich gegrillt!«

»Nein, wirst du nicht, jetzt ist kein Strom mehr drauf!« Sie sah Peter an. »Glaubst du, der Strom ist weg?«

»Woher soll ich das wissen?«

Alicia trat einen Schritt vor, und ehe Peter etwas sagen konnte, drückte sie die flache Hand an den Drahtzaun. Nichts passierte.

»Beeilung, Caleb!«

Caleb krallte die Finger zwischen die Maschen und fing an zu klettern. Ringsumher wurden die Schatten länger, als die zweite Leuchtkugel heruntersank. Alicia zog eine Leuchtpatrone aus ihrem Beutel, lud die Pistole damit und feuerte sie ab. Die Leuchtkugel zog ihren Rauchschweif hinter sich her, höher und höher, und dann zerbarst sie über ihnen in grellem Licht.

»Das war die letzte«, sagte Alicia zu Peter. »Wir haben ungefähr zehn Sekunden Zeit, bis sie begreifen, dass der Strom aus ist.« Caleb saß jetzt rittlings oben auf dem Zaun. »Caleb«, schrie sie, »beweg deinen Arsch!«

Er ließ sich die letzten fünf Meter herunterfallen, rollte beim Landen zur Seite und war gleich wieder auf den Beinen. Seine Wangen waren tränennass und verschmiert mit Dreck und Rotz, und er war barfuß. In ein paar Sekunden würde es wieder stockdunkel sein.

»Bist du verletzt?«, fragte Alicia. »Kannst du rennen?«

Der Junge nickte.

Sie liefen los. Peter fühlte die Virals, bevor er sie kommen sah. Als er sich umdrehte, war der erste oben auf dem Zaun und katapultierte sich zu ihnen herein. Neben seinem Ohr knallte ein Schuss. Die Kreatur krümmte sich in der Luft, stürzte zu Boden und sackte auf die harte Erde. Peter fuhr herum. Alicia hatte den Gewehrkolben an der Schulter und zielte auf den Zaun. Rasch hintereinander gab sie noch drei Schüsse ab.

»Bring ihn weg!«, schrie sie.

Er rannte mit Caleb zur Leiter. Hinter ihnen feuerte Alicia immer weiter. Ihre Schüsse hallten durch den Vorhof. Mehrere Virals waren jetzt innerhalb der Umzäunung. Peter schlang sich das Gewehr über die Schulter und kletterte die Leiter hinauf. Oben auf dem Dach drehte er sich um. Alicia kam rückwärts auf den Bunker zu. Als ihr Magazin leer war, warf sie das Gewehr weg

und stieg die Leiter hinauf. Peter nahm seins von der Schulter, zielte ungefähr in die Richtung, in die sie geschossen hatte, und drückte ab. Der Lauf flog in die Höhe, und die Kugel schwirrte blindlings in die Dunkelheit. Er zitterte am ganzen Körper von diesem Gefühl, von der unbändigen Wucht des Rückstoßes.

»Pass doch auf! Und du musst zielen, um Himmels willen!«

»Ich versuch's ja!« Es waren jetzt drei, die aus der Dunkelheit auf die Leiter zukamen. Peter trat einen Schritt nach rechts und drückte den Kolben fest an die Schulter. *Man zielt wie mit einer Armbrust.* Seine Chance, einen Viral zu treffen, war gering, aber vielleicht konnte er sie zurücktreiben. Er drückte ab, und sie sprangen davon, huschten zurück in die Dunkelheit. Ein paar Sekunden hatte er gewonnen.

»Halt den Mund und komm endlich herauf!«, schrie er.

»Ja, wenn du aufhörst, auf mich zu schießen!«

Dann war sie oben. Er packte ihre Hand und zog mit aller Kraft, und sie sprang auf das Dach. Caleb stand an der Luke und fuchtelte mit den Armen. »Hinter euch!«

Alicia kletterte durch die Luke, und Peter drehte sich um. Ein Viral stand an der Dachkante. Peter riss das Gewehr hoch und schoss, aber zu spät. Die Bestie war schon verschwunden.

»Vergiss die Smokes!«, rief Alicia von unten.

Er ließ sich einfach durch die Öffnung fallen und landete auf Caleb, der ächzend unter ihm einknickte. Ein stechender Schmerz zuckte durch seinen Fußknöchel, und sein Gewehr fiel klappernd zu Boden. Alicia sprang über sie beide hinweg und streckte sich, um die Luke zu schließen. Aber etwas drückte von außen dagegen. Alicia verzerrte das Gesicht vor Anstrengung, und ihre Füße suchten auf der Leitersprosse nach einem Halt.

»Ich ... krieg sie nicht ... zu!«

Peter und Caleb sprangen auf und halfen ihr, aber der Druck von der anderen Seite war zu stark. Peter hatte sich den Knöchel verstaucht, fühlte den Schmerz jedoch nur undeutlich. Er sah sich nach seinem Gewehr um und entdeckte es bei der Treppe.

»Lasst los«, sagte er. »Lasst die Luke herunterfallen. Anders geht's nicht.«

»Bist du verrückt?« Aber dann sah er ihren Augen an, dass sie begriff, was er vorhatte. »Gut, mach's.« Sie sah Caleb an, und der nickte. »Fertig?«

»Eins … zwei …«

»Drei!«

Sie ließen die Falltür los. Peter warf sich auf das Gewehr, riss es herum und stieß die Mündung nach oben durch die Öffnung. Zum Zielen war keine Zeit, aber er hoffte, dass es gar nicht nötig wäre.

Und das war es auch nicht. Der Lauf fuhr geradewegs in den offenen Mund des Virals, glitt wie ein Speer vorbei an den Reihen glänzender Zähne bis an den knochigen Grat über dem Schlund. Peter sah ihm in die Augen und dachte: *Halt still.* Mit einem letzten harten Stoß rammte er die Mündung hinein, und dann jagte er Zander Phillips eine Kugel ins Hirn.

21

Es gab einen gewaltigen Unterschied zwischen der Welt, wie sie heute war, und der Welt in der Zeit Davor, dachte Michael Fisher, und das waren nicht die Virals. Es war die Elektrizität.

Die Virals waren ein Problem, natürlich – ungefähr zweiundvierzigeinhalb *Millionen* Probleme, wenn die alten Unterlagen im Großen Geräteschuppen hinter dem Lichthaus recht hatten. Die komplette Geschichte der Epidemie hatte Michael dort nachlesen können. *CV1-CV13 Aktueller Bericht über die Verbreitung von Infektionskrankenkeiten in den USA*, Zentrum für Seuchenkontrolle und -prävention, Atlanta, GA. *Umsiedlungsprotokolle: Urbane Zentren, Zonen 6–1*, Katastrophenschutzbehörde FEMA, Washington, D.C. *Die Wirksamkeit der Postexpositionsprophylaxe gegen viral bedingtes hämorrhagisches Fieber bei nicht menschlichen Primaten*, Medizinisches Forschungsinstitut der U.S. Army für Infektionskrankheiten, Fort Detrick, Maryland. Und so weiter. Manches verstand er, manches nicht, aber überall stand im Grunde das Gleiche. Einer von zehn. Ein Befallener auf neun, die starben. Wenn man also von einer Bevölkerung von 500 Millionen zum Zeitpunkt des Ausbruchs ausging – die USA, Kanada und Mexiko zusammengenommen –, dann blieben immer noch 42,5 Millionen dieser blutgierigen Bestien zwischen der Landenge von Panama und der Beringstraße, die alles verschlangen, was Hämoglobin

in den Adern und eine Wärmesignatur zwischen 36 und 38 Grad aufzuweisen hatte – mit anderen Worten, 99,96 Prozent des Säugetierreichs von der Wühlmaus bis zum Grizzlybären.

Also ja, okay. Ein *Problem.*

Aber gebt mir nur genug elektrischen Strom, dachte Michael, und ich könnte die Virals für immer und ewig fernhalten.

Die Zeit Davor: Manchmal zitterte er, wenn er nur daran dachte, an diese ungeheure, vibrierende, von Menschen gemachte elektrische Fülle. An die Millionen Meilen von Draht, an die Milliarden Ampere, die darin flossen. Die gewaltigen Kraftwerke, die aus der gespeicherten Energie des Planeten jenes ewige Ja schufen, mit dem jedes einzelne Ampere durch die Leitung schoss: *Ja? Ja? Ja?*

Und die Maschinen. Die wunderbaren, summenden, leuchtenden Maschinen. Nicht nur Computer, Blu-rays und BlackBerrys – sie hatten Dutzende davon, im Laufe der Jahre zusammengesucht bei ihren Expeditionen ins Tal und dann im Geräteschuppen verstaut –, sondern auch einfache, alltägliche Dinge wie Haartrockner, Mikrowellen, Glühlampen, alles verdrahtet und angeschlossen und verbunden mit dem Stromnetz.

Manchmal war es, als wäre der Strom immer noch da draußen und wartete auf ihn. Wartete darauf, dass Michael Fisher den Hauptschalter umlegte und das Ganze – die menschliche Zivilisation selbst – wieder in Gang setzte.

Er verbrachte zu viel Zeit allein im Lichthaus. Elton war zwar auch dort, doch das war so, als wäre niemand da. Sie redeten nicht miteinander. Kein lockeres »Was macht das Wetter?«, oder »Was gibt's zum Abendessen?« So war es nun mal.

Doch da draußen war immer noch jede Menge Saft, das wusste Michael. Dieselgeneratoren, so groß wie eine ganze Stadt. Gigantische Gasturbinen, prallvoll mit Flüssiggas, die nur gestartet werden mussten. Ausgedehnte Solarzellenanlagen, die ihren starren Blick in die Wüstensonne richteten. Atombomben im Westentaschenformat, die vor sich hin brummten wie eine nukleare Ziehharmonika, während die Hitze in den Kontrollstäben im Laufe der Jahrzehnte

immer weiter anstieg, bis die ganze Kiste eines Tages durch den Boden brannte und in einer Wolke von radioaktivem Dampf explodierte. Und irgendwo hoch oben würde ein längst vergessener Satellit, angetrieben von seiner eigenen winzigen Nuklearzelle, in dieser Wolke die Todesqualen eines sterbenden Bruders erkennen, bevor auch er sich verdunkelte und kopfüber zur Erde stürzte, mit einem Kometenschweif, den niemand sah.

Was für eine Verschwendung. Und die Zeit wurde knapp.

Rost, Korrosion, Wind, Regen. Die knabbernden Zähne von Mäusen, ätzender Insektenkot, der gierige Fraß der Jahre. Der Krieg der Natur gegen die Maschinen, der chaotischen Kräfte des Planeten gegen die Werke des Menschen. Die Energie, die der Mensch aus der Erde gezogen hatte, wurde unerbittlich wieder hineingesogen, versickerte wie Wasser in einem Abfluss. Bald – wenn es nicht schon so weit war – würde kein einziger Hochspannungsmast auf Erden mehr stehen.

Die Menschheit hatte eine Welt erbaut, die hundert Jahre brauchen würde, um zu sterben. Ein Jahrhundert, bis die letzten Lichter ausgingen. Das Schlimmste war, er würde dabei sein, wenn es passierte. Die Stromspeicher zersetzten sich. Sie zersetzten sich *rapide.* Er konnte es mit eigenen Augen sehen, auf dem Bildschirm seiner schlachterprobten Kathodenstrahlröhre mit ihren pulsierenden grünen Streifen. Für welche Lebensdauer waren diese Zellen gebaut? Dreißig Jahre? Fünfzig? Dass sie nach fast einem Jahrhundert überhaupt noch imstande waren, einen Rest von Ladung zu speichern, war ein Wunder. Die Turbinen mochten sich bis in alle Ewigkeit im Wind drehen, aber ohne Akkus, die den Strom speicherten, genügte eine einzige windstille Nacht.

Die Akkus ließen sich nicht reparieren. Sie mussten *ersetzt* werden. Man konnte so viele Dichtungen erneuern, wie man wollte, man konnte die Korrosionsspuren beseitigen und das Ganze neu verdrahten, bis man einen langen Bart hatte. Das alles war nicht mehr als eine Beschäftigungstherapie, denn die Membranen waren erledigt. Sie waren verkocht, die Polymer-Leiterbahnen

hoffnungslos verklebt von Schwefelsäuremolekülen. Wenn die U. S. Army nicht irgendwann mit einer Ladung fabrikneuer Akkus hier aufkreuzte – hey, sorry, wir haben euch ganz vergessen! –, dann würden die Lichter ausgehen. In einem Jahr, maximal in zwei. Und wenn das passierte, würde er, Michael »Akku«, aufstehen und sagen müssen: *Hört zu, Leute, ich hab eine nicht so tolle Neuigkeit. Die Vorhersage für heute Nacht? Dunkelheit mit verbreitetem Schreien. Es hat Spaß gemacht, die Scheinwerfer in Gang zu halten, aber jetzt muss ich sterben. Wie ihr alle.*

Der Einzige, dem er es gesagt hatte, war Theo. Nicht Gabe Curtis, der formal gesehen die Aufsicht über Licht und Strom führte, sich aber, als er krank geworden war, die meiste Zeit abgemeldet und es Michael und Elton überlassen hatte, den Laden zu führen. Und auch nicht Sanjay oder Old Chou oder sonst jemandem. Nicht einmal seiner Schwester Sara. Warum hatte er mit Theo darüber gesprochen? Sie waren Freunde. Theo hatte einen Sitz im Haushalt, dem Obersten Rat der Kolonie. Freilich, Theo hatte etwas Schwermütiges an sich, und es war hart, einem Mann zu sagen, dass er und alle anderen, die er kannte, im Grunde dem Tod geweiht waren. Vielleicht hatte Michael dabei auch nur an den Tag gedacht, an dem er es würde verkünden müssen. Und insgeheim gehofft, dass Theo ihm das abnehmen oder ihm zumindest den Rücken stärken würde. Doch selbst Theo, der besser informiert als die meisten war, betrachtete die Akkus offensichtlich als dauerhafte Einrichtung der Natur. Nicht als etwas von Menschen Gemachtes und von den Gesetzen der Physik Beherrschtes. Wie die Sonne und der Himmel und die Befestigungsmauer, waren die Akkus für ihn einfach *da.* Sie tranken den Saft von den Turbinen und gaben ihn an die Scheinwerfer weiter, und wenn da etwas schiefging, verdammt, dann brachten Michael und Elton es wieder in Ordnung. Stimmt's nicht?, hatte Theo gesagt. Dieses Problem, das könnt ihr doch beheben? So war es eine Weile hin und her gegangen, bis Michael entnervt geseufzt und Klartext geredet hatte. Und jedes Wort, das er sagte, hatte exakt eine Silbe.

Theo, du hörst nicht zu. Du hörst nicht, was ich sage. Das. Licht. Geht. Aus.

Sie saßen auf der Veranda des kleinen eingeschossigen Holzhauses, das Michael mit Sara teilte. Sie war über den Nachmittag irgendwo unterwegs, hütete die Herde, maß das Fieber bei den Patienten im Krankenrevier oder besuchte Onkel Walt, um dafür zu sorgen, dass er vernünftig aß und sich wusch – mit anderen Worten, sie trieb sich rastlos herum, wie sie es immer tat. Es war spät am Nachmittag. Das Haus stand am Rande der stoppeligen Wiese, auf der sie das Pferd grasen ließen; aber die trockenen Tage des Sommers hatten diesmal schon früh eingesetzt, und die Wiese hatte die Farbe einer Brotkruste und war an manchen Stellen bis auf den Boden verdorrt. Auf den kahlen Flecken wehte der Staub in kleinen Wölkchen auf, wenn man darüber hinwegging. Alle kannten dieses Haus als das Haus der Fishers.

»Aus«, wiederholte Theo. »Das Licht.«

Michael nickte. »Aus.«

»In zwei Jahren, sagst du.«

Michael sah Theo aufmerksam an und beobachtete, wie diese Mitteilung allmählich zu ihm durchdrang. »Es könnte noch länger dauern, aber das glaube ich nicht. Könnte auch schneller gehen.«

»Und du kannst nichts dagegen tun.«

»Das kann niemand.«

Theo atmete jäh aus, als hätte er einen Schlag in die Magengrube bekommen. »Okay, kapiert.« Er schüttelte den Kopf. »Ich hab's kapiert. Wem hast du es sonst noch erzählt?«

»Niemandem.« Michael hob die Schultern. »Nur dir.«

Theo stand auf und trat an den Rand der Veranda. Eine Zeitlang schwiegen sie beide.

»Wir werden wegziehen müssen«, sagte Michael. »Oder wir brauchen eine neue Stromquelle.«

Theo schaute über die Wiese hinaus. »Und was schlägst du vor? Wie sollen wir das tun?«

»Ich schlage gar nichts vor. Ich konstatiere eine Tatsache. Wenn die Leistung der Speicher unter zwanzig Prozent sinkt …«

»Ich weiß, ich weiß, das war's, kein Licht mehr. Das hast du schon gesagt.«

»Was sollen wir tun?«

Theo lachte verzweifelt. »Woher zum Teufel soll ich das wissen?«.

»Ich meine, sollen wir es den Leuten sagen?« Michael zögerte und schaute seinen Freund forschend an. »Damit sie, du weißt schon, sich vorbereiten können.«

Theo überlegte kurz. Dann schüttelte er den Kopf. »Nein.«

Und das war alles. Sie hatten nie wieder darüber gesprochen. Wann war das gewesen? Vor gut einem Jahr, etwa um die Zeit, als Maus und Galen geheiratet hatten – die erste Hochzeit nach langer, langer Zeit. Es war merkwürdig gewesen, alle so glücklich zu sehen, während Michael wusste, was er wusste. Die Leute waren überrascht gewesen, dass Galen da oben mit Mausami stand und nicht Theo. Nur Michael wusste, warum – oder er konnte es sich zumindest denken. Er hatte den Ausdruck in Theos Blick gesehen, an jenem Nachmittag auf der Veranda. Irgendetwas hatte ihn da verlassen, und für Michael sah es nicht aus wie etwas, das man zurückbekommen konnte.

Jetzt konnten sie nur noch warten. Warten und lauschen.

Denn das war das Dumme: Das Funkgerät durfte nicht benutzt werden. Es war verboten. Offensichtlich waren damit zu viele Leute angelockt worden. Das Funkgerät war es gewesen, was die Walker in den Anfangstagen in die Kolonie geführt hatte, und für so viele Bewohner war die Kolonie nicht ausgelegt gewesen. Also hatte man im Jahr 17 – vor fünfundsiebzig Jahren – entschieden, die Funkantenne vom Berg zu holen, das Gerät zu zertrümmern und die Einzelteile auf die Müllkippe zu werfen.

Damals mochte das einleuchtend gewesen sein. Die Army wusste ja, wo sie zu finden waren, und der Vorrat an Lebensmitteln und

Brennstoff war ebenso begrenzt wie der Platz unter den Scheinwerfern. Aber jetzt sah die Sache anders aus. Jetzt, da die Akkus so weit heruntergekommen waren, dass die Lichter bald ausgehen würden. Dunkelheit, Schreie, Tod etc. pp.

Nicht lange nach seinem Gespräch mit Theo – nur wenige Tage später, wenn er sich recht erinnerte – war Michael zufällig auf ein altes Logbuch gestoßen. »Zufällig« war vielleicht nicht das richtige Wort, wie sich zeigen sollte. Es war in der stillen Stunde kurz vor Tagesanbruch. Michael hatte wie immer an der Kontrolltafel im Lichthaus gesessen, die Monitore im Auge behalten und in einem Buch gelesen, das der Lehrerin gehörte: *Wie soll unser Baby heißen?* (Ihm war jeder neue Lesestoff recht, und er war in dem Buch mittlerweile beim Buchstaben *I* angelangt.) Er wusste nicht mehr, warum – vielleicht war es Rastlosigkeit gewesen, Langeweile oder der verstörende Gedanke, dass seine Eltern ihn genauso gut Ichabod hätten nennen können (Ichabod den Akku!), jedenfalls war sein Blick zu dem Bord über seinem Monitor gewandert, und da hatte es gestanden. Ein Notizbuch mit einem schmalen schwarzen Rücken. Da stand es zwischen dem üblichen Kram, eingeklemmt zwischen einer Rolle Lötzinn und einem Stapel von Eltons CDs (*Billie Holiday Sings the Blues, Sticky Fingers* von den Rolling Stones, *Superstars No.1 Party Dance Hits* und eine Band namens Yo Mama, deren Musik sich in Michaels Ohren anhörte wie ein Haufen Leute, die sich gegenseitig anschrien – nicht dass er auch nur das Geringste von Musik verstanden hätte). Sicher hatte er dieses Notizbuch schon tausendmal gesehen, aber er konnte sich nicht daran erinnern, und das war seltsam. Ein Buch! Etwas, das er noch nicht gelesen hatte. (Er hatte alles schon gelesen.) Er stand auf und nahm es herunter. Als er es aufschlug, sah er als Erstes in der präzisen Handschrift eines Ingenieurs einen Namen, den er kannte: Rex Fisher. Michaels Urgroßvater. Rex Fisher, Erster Ingenieur für Licht und Strom, Erste Kolonie, Republik Kalifornien. Was zum Teufel …? Wie hatte er das übersehen können? Er blätterte die Seiten um. Das Papier war wellig von Feuchtigkeit und Alter.

Sein Verstand brauchte nur einen Augenblick, um die Informationen zu zergliedern, in ihre Komponenten zu zerlegen und zu einem kohärenten Ganzen zusammenzufügen, sodass er begriff, was die mit Tinte beschriebenen Seiten dieses schmalen Bandes enthielten. Zahlenkolonnen, Daten im alten Stil, gefolgt von der Uhrzeit und einer weiteren Zahl, die Michael als Sendefrequenz erkannte, und in der Spalte rechts daneben kurze Anmerkungen, selten mehr als ein paar Worte. Aber die waren befrachtet mit Andeutungen, und ganze Geschichten verbargen sich dahinter: »Unbemannter Notsender« oder »Fünf Überlebende« oder »Militär?« oder »Drei unterwegs aus Prescott, Arizona«. Er fand noch mehr Ortsnamen: Ogden, Utah. Kerrville, Texas. Las Cruces, New Mexico. Ashland, Oregon. Hunderte solcher Notizen, Seite um Seite, bis sie einfach aufhörten. Der letzte Eintrag lautete schlicht: »Sendebetrieb eingestellt auf Anordnung des Haushalts.«

Ein fahler Lichtschein erfüllte die Fenster, als Michael fertig war. Er löschte die Laterne und stand auf, als die Morgenglocke zu läuten begann: drei hallende Schläge, gefolgt von einer Pause von gleicher Dauer, und dann noch einmal drei, falls man die Botschaft beim ersten Mal nicht verstanden hatte (es ist Morgen, und du lebst noch). Er durchquerte das labyrinthhafte Durcheinander, das den kleinen Raum erfüllte – Plastikschachteln mit Ersatzteilen, verstreutes Werkzeug, wacklige Stapel von schmutzigen Tellern (wieso Elton nicht in der Unterkunft essen konnte, begriff Michael nicht. Der Kerl war einfach grässlich). Er legte den Hauptschalter um und ließ die Scheinwerfer erlöschen. Müde Genugtuung durchströmte ihn wie immer, wenn die Morgenglocke schlug. Die Arbeit einer weiteren Nacht war getan, alle Bewohner der Kolonie waren wohlbehalten und sicher hinter den Mauern und konnten einen neuen Tag beginnen. *Das sollte Alicia mit ihren Messern erst mal fertigbringen!* (Aber war es nicht in Wahrheit Alicias Bild vor seinem geistigen Auge gewesen, das ihn abgelenkt hatte? Wie so oft! Hatte er nicht an sie gedacht, als er den Kopf gehoben und das Logbuch gesehen hatte? Jenes Bild, wie sie am Abend zuvor aus dem Arsenal

gekommen war und das Sonnenlicht ihr Haar auflodern ließ. Ein ziemlich hinreißender Anblick, oder? Und stimmte all das nicht trotz der Tatsache, dass Alicia Donadio die unerträglichste Frau war, die es gab?) Er kehrte zur Kontrolltafel zurück und erledigte die letzten Arbeitsschritte; er startete den Ladevorgang der Zellen, schaltete die Ventilatoren ein und öffnete die Lüftungsschächte. Die Ladestandsanzeiger, die allesamt auf achtundzwanzig Prozent standen, zitterten und fingen an zu steigen.

Er drehte sich zu Elton um, der scheinbar dösend auf seinem Stuhl saß. Manchmal war das schwer zu erkennen. Ob er wach war oder schlief, Eltons Augen sahen immer gleich aus: zwei schmale gelbe Puddingstreifen spähten durch ständig tränenfeuchte Lider, die sich nie ganz schlossen. Seine bleichen Hände lagen gefaltet auf der Wölbung seines Bauches, und seine Kopfhörer umklammerten den schorfigen Schädel und pumpten ihm die Musik in die Ohren, die er die ganze Nacht hindurch hörte. The Beatles. Boyz-B-Ware. Art Lundgren: Party-Hits (das Einzige, das Michael halbwegs gefiel).

»Elton?« Keine Antwort. Michael sprach einen Tick lauter. *»Elton?«*

Der alte Mann – Elton war mindestens fünfzig – erwachte erschrocken zum Leben. »Verdammt, Michael! Wie spät ist es?«

»Keine Aufregung. Es ist Morgen. Wir haben abgeschaltet.«

Elton kippte auf seinem Stuhl nach vorn, dass die Scharniere ächzten, und zog sich den Kopfhörer in den faltigen Nacken. »Wieso weckst du mich dann? Gerade fing es an, gut zu werden.«

Neben den CDs vertrieb sich Elton die Zeit hauptsächlich mit sexuellen Abenteuerfantasien – Träume von längst toten Frauen, deren Inhalt er Michael in erschöpfenden Einzelheiten schilderte, wobei er behauptete, es seien tatsächlich Erinnerungen an Dinge, die er in jüngeren Jahren erlebt hatte. Lauter Blödsinn, vermutete Michael, denn Elton verließ kaum jemals das Lichthaus, und wenn Michael ihn so ansah mit seinen schuppendurchsetzten Haaren, dem verfilzten Bart und den grauen Zähnen, in denen die Überreste einer wahrscheinlich vor zwei Tagen eingenommenen Mahlzeit

steckten, konnte Michael sich nicht vorstellen, dass irgendetwas davon auch nur annähernd möglich sein sollte.

»Willst du's nicht hören?« Der alte Mann wackelte vielsagend mit den Augenbrauen. »Es war der Traum mit dem Heu. Ich weiß, der gefällt dir.«

»Nicht jetzt, Elton. Ich ... ich habe was gefunden. Ein Buch.«

»Du weckst mich, weil du ein Buch gefunden hast?«

Michael rollte auf seinem Stuhl an der Kontrolltafel entlang und legte dem alten Mann das Buch auf den Schoß. Elton strich mit den Fingern über den Einband und verdrehte die blicklosen Augen nach oben. Dann hob er es an die Nase und schnupperte daran.

»Tja, sieht ganz nach dem Logbuch deines Urgroßvaters aus. Fliegt seit Jahren hier herum.« Er gab es Michael zurück. »Kann nicht behaupten, dass ich es gelesen hab. Steht was Gutes drin?«

»Elton, was weißt du darüber?«

»Kann ich nicht sagen. Aber manche Sachen haben's an sich, dass sie genau dann auftauchen, wenn man sie braucht.«

Jetzt begriff Michael, warum er das Buch noch nicht gesehen hatte. Er hatte es nicht gesehen, weil es nicht da gewesen war.

»Du hast es da hingestellt, stimmt's?«

»Hör zu, Michael, Funkgeräte sind verboten. Das weißt du.«

»Elton, hast du mit Theo gesprochen?«

»Mit welchem Theo?«

Michael merkte, dass er wütend wurde. Wieso konnte der Kerl eine Frage nicht einfach beantworten? »Elton ...«

Der alte Mann hob die Hand und schnitt ihm das Wort ab. »Okay, reg dich nicht auf. Nein, ich habe nicht mit Theo gesprochen. Ich nehme aber an, du hast es getan. Ich habe mit niemandem gesprochen außer mit dir.« Er machte eine kurze Pause. »Weißt du, du hast mehr Ähnlichkeit mit deinem alten Herrn, als du glaubst, Michael. Er war auch kein guter Lügner.«

Aus irgendeinem Grund war Michael nicht überrascht. Er sackte auf seinem Stuhl zusammen, und im Grunde seines Herzens war er froh.

»Wie schlimm ist es?«, fragte Elton sanft.

»Sieht nicht gut aus.« Michael zuckte die Achseln und betrachtete seine Hände. »Nummer fünf ist am schlimmsten, zwei und drei sind ein bisschen besser als die anderen. Schwankende Ladung bei eins und vier. Durchschnittlich achtundzwanzig Prozent heute Morgen, und niemals mehr als fünfundfünfzig bei der Ersten Glocke.«

Elton nickte. »Das heißt, Teilverdunklung in den nächsten sechs Monaten, und Totalausfall innerhalb von dreißig. Mehr oder weniger das, was dein Vater sich schon dachte.«

»Er *wusste* es?«

»Dein Vater konnte in diesen Akkus lesen wie in einem Buch, Michael. Er hat es schon vor langer Zeit kommen sehen.«

So war das also. Sein Vater hatte es gewusst und seine Mutter wahrscheinlich auch. Eine vertraute Panik erwachte. Er wollte nicht darüber nachdenken. Er *wollte* es nicht.

»Michael?«

Er atmete tief durch, um sich zu beruhigen. Ein weiteres Geheimnis, das er mit sich herumtragen musste. Aber er würde tun, was er immer tat. Er vergrub diese Information so tief in sich, wie es nur ging.

»Und«, sagte er, »wie baut man ein Funkgerät?«

Ein Funkgerät sei kein Problem, erklärte Elton. Das Problem sei der Berg.

Ursprünglich war das Signal von einer Antenne ausgestrahlt worden, die auf dem Gipfel des Berges stand. Ein fünf Kilometer langes Kabel hatte sie mit dem Sender im Lichthaus verbunden. Nach dem Einen Gesetz war alles demontiert und zerstört worden. Ohne die Antenne waren sie in östlicher Richtung hoffnungslos abgeschnitten, und jedes Signal von Westen, das sie vielleicht hätten empfangen können, ging unweigerlich in den elektromagnetischen Interferenzen der Akkus unter.

Damit blieben zwei Möglichkeiten: Man bat den Haushalt um Erlaubnis, auf dem Berg eine Antenne aufzustellen, oder man

sagte gar nichts und versuchte, das Signal irgendwie zu verstärken.

Letzten Endes war die Entscheidung klar. Michael konnte nicht um Erlaubnis bitten, ohne zu erklären, warum er sie haben wollte, und das hätte bedeutet, den Haushalt über den Zustand der Akkus in Kenntnis zu setzen. Das aber kam schlichtweg nicht in Frage, denn dann würden es alle erfahren, und wenn das passierte, wäre alles andere nicht mehr wichtig. Er war nicht nur für die Akkus verantwortlich, sondern auch für den Leim der Hoffnung, der alles hier zusammenhielt. Er konnte den Leuten einfach nicht sagen, dass sie keine Chance mehr hatten. Ihm blieb nur eines übrig: Er musste jemanden da draußen finden, der noch lebte, und er musste ihn per Funk finden, denn das bedeutete, dass dieser Jemand Strom und damit auch Licht hatte. Vorher durfte er zu niemandem ein Wort sagen. Und wenn er niemanden fände, wenn die Welt wirklich leer wäre, dann würde sowieso passieren, was passieren würde. Dann war es besser, wenn niemand es wusste.

Am selben Morgen machte er sich an die Arbeit. Im Schuppen, zwischen Bergen von alten Kathodenstrahlröhren und CPUs und Plasmamonitoren und Kisten mit Handys und Blu-rays, lagen ein Oszilloskop sowie ein alter Stereo-Empfänger – AM und FM, weiter nichts, aber den könnte er aufbohren. Ein Kupferdraht im Kamin diente als Antenne. Die Eingeweide des Empfängers montierte Michael zur Tarnung auf ein schlichtes CPU-Chassis. Der Einzige, der bemerken würde, dass auf dem Steuerpult eine zusätzliche CPU stand, wäre Gabe, und nach allem, was Sara ihm erzählt hatte, würde der arme Kerl nicht mehr zurückkommen. Dann stöpselte Michael den Empfänger in den Audio-Port der Kontrolltafel. Das Steuerungssystem für die Akkus enthielt ein einfaches Medienwiedergabeprogramm, und nach einigem Gefummel hatte er den Equalizer so eingestellt, dass er das Rauschen der Akkus herausfilterte. Sie würden nicht senden können; er würde herausfinden müssen, wie man einen Sender baute. Aber vorläufig und mit

etwas Geduld würde er jedes anständige Signal, das von Westen her kam, empfangen können.

Aber da war nichts.

Oh, zu hören gab es genug. Überraschend viel sogar. Von Ultra-Niederfrequenzen bis zu Mikrowellen. Einsame Mobilfunksender, gespeist von noch funktionierenden Solarzellen, Erdwärmekraftwerke, die immer noch Saft ins Netz pumpten. Sogar zwei Satelliten, die noch im Orbit kreisten, pflichtbewusst ihr kosmisches Hallo ausstrahlten und sich wahrscheinlich fragten, wohin alles auf der Erde verschwunden war.

Eine verborgene Welt elektronischer Geräusche. Und niemand, keine Menschenseele, war zu Hause.

Tag für Tag hockte Elton vor dem Funkgerät, den Kopfhörer über die Ohren gestülpt, die blicklosen Augen in den Höhlen nach oben verdreht. Michael isolierte ein Signal, nahm das Rauschen heraus und leitete es an den Verstärker, wo es noch einmal gefiltert und dann auf die Kopfhörer geschickt wurde. Nach einem Augenblick intensiver Konzentration nickte Elton für gewöhnlich, strich sich versonnen über den von Krümeln bedeckten Bart und verkündete dann mit seiner sanften Stimme: »Schwach und unregelmäßig. Vielleicht ein alter Notrufsender.«

Oder: »Ein Bodensignal. Eine Mine vielleicht.«

Oder mit knappem Kopfschütteln: »Nichts. Machen wir weiter.«

So saßen sie da, Tag und Nacht, Michael am Monitor, Elton mit dem Kopfhörer auf den Ohren, und seine Gedanken schienen sich in den übrig gebliebenen Signalen ihrer fast verschwundenen Spezies zu verlieren. Wenn sie eins entdeckten, verzeichnete Michael es im Logbuch und notierte Zeit, Frequenz und alles andere. Und dann fingen sie wieder von vorn an.

Elton war blind zur Welt gekommen, aber deshalb hatte Michael eigentlich kein Mitleid mit ihm. Es war einfach so. Die radioaktive Strahlung war schuld daran gewesen. Eltons Eltern waren Walker gewesen, Teil der Zweiten Welle von Flüchtlingen, vor etwas mehr als fünfzig Jahren, als die Siedlungen in Baja überrannt worden

waren. Die Überlebenden waren geradewegs durch die verstrahlten Ruinen von San Diego gelaufen, und als der Trupp hier ankam, achtundzwanzig Seelen, hatten diejenigen, die noch stehen konnten, die anderen getragen. Eltons Mutter war schwanger gewesen, im Fieberdelirium, sie hatte ihn geboren und war gestorben. Sein Vater hätte jeder sein können. Niemand erfuhr je den Namen.

Im Großen und Ganzen kam Elton gut zurecht. Er hatte einen Stock, den er benutzte, wenn er das Lichthaus verließ, was nicht allzu oft vorkam, und anscheinend war er damit zufrieden, seine Tage am Steuerpult zu verbringen und sich auf die einzige Weise nützlich zu machen, die er verstand. Neben Michael wusste er mehr über die Akkus Bescheid als irgendjemand sonst – eine erstaunliche Leistung, wenn man bedachte, dass er sie nie gesehen hatte. Aber Elton behauptete, das sei sein Vorteil, denn so könne er sich durch den bloßen Anschein nicht täuschen lassen.

»Diese Akkus sind wie eine Frau, Michael«, sagte er gern. »Du musst lernen, ihnen zuzuhören.«

Jetzt, am Abend des Vierundfünfzigsten des Sommers, kurz vor der Ersten Abendglocke – vier Tage, nachdem Arlo Wilson einen Viral getötet hatte – überprüfte Michael auf dem Monitor die Leistung der Akkus, eine Balkengrafik für jede der sechs Zellen. Vierundfünfzig Prozent auf zwei und drei, eine Idee unter fünfzig bei fünf und vier, glatte fünfzig bei eins und sechs, und die Temperatur bei allen im grünen Bereich: einunddreißig Grad. Die Windgeschwindigkeit unten am Berg betrug gleichmäßige dreizehn km/h, in Böen bis zu zwanzig. Michael ging die Checkliste durch, er lud die Kondensatoren und testete alle Relais. Was hatte Alicia gesagt? Ihr drückt auf einen Knopf, und sie gehen an? So wenig Ahnung hatten die Leute.

»Du solltest die zweite Zelle noch einmal checken«, sagte Elton. Er saß auf seinem Stuhl und löffelte sich Ziegenquark aus einem Becher in den Mund.

»Die zweite Zelle ist in Ordnung.«

»Mach's einfach. Vertrau mir.«

Seufzend sah Michael noch einmal auf seinen Bildschirm. Und tatsächlich: Nummer zwei fiel ab. Vierundfünfzig. Zweiundfünfzig. Und die Temperatur stieg langsam an. Er hätte Elton gefragt, woher er es wusste, aber dann hätte er die übliche Antwort bekommen – eine geheimnisvolle Neigung des Kopfes, die sagte: *Ich hab's gehört, Michael.*

»Öffne das Relais«, riet Elton. »Vielleicht geht es dann ja wieder.«

Bis zur Zweiten Abendglocke waren es nur noch wenige Augenblicke. Na ja, sie könnten die übrigen fünf Zellen hochfahren, wenn es nötig war, und dann feststellen, wo das Problem lag. Michael öffnete das Relais, wartete einen Augenblick, damit das Gas, das vielleicht in der Leitung war, entweichen konnte, und schloss es dann wieder. Die Anzeige stand gleichmäßig auf fünfundfünfzig.

»Eine Störung, weiter nichts«, sagte Elton, als die Zweite Glocke ertönte. »Aber dieses Relais ist ein bisschen zickig. Wir sollten es auswechseln.«

Die Tür des Lichthauses öffnete sich. Elton hob den Kopf.

»Bist du das, Sara?«

Michaels Schwester kam herein, immer noch in Reitkleidung und staubbedeckt. »'n Abend, Elton.«

»Was rieche ich denn da an dir?« Sein Grinsen reichte von einem Ohr zum anderen. »Bergflieder?«

Sie strich eine Strähne ihres schweißfeuchten Haars hinter das Ohr. »Ich rieche nach Schafen, Elton. Aber vielen Dank.« Sie sah Michael an. »Kommst du heute Abend nach Hause? Ich dachte, ich könnte was kochen.«

Wahrscheinlich, dachte Michael, sollte er bleiben, wo er war, nachdem eine der Zellen Mätzchen gemacht hatte. Außerdem war die Nacht die beste Zeit fürs Funken. Aber er hatte den ganzen Tag noch nichts gegessen, und bei dem Gedanken an eine warme Mahlzeit fing sein leerer Magen an zu knurren.

»Was dagegen, Elton?«

Der alte Mann zuckte die Achseln. »Ich weiß ja, wo ich dich finde, wenn ich dich brauche. Geh nur.«

»Soll ich dir was bringen?«, fragte Sara, als Michael aufstand. »Wir haben genug.«

Aber Elton schüttelte den Kopf, wie er es immer tat. »Heute Abend nicht, danke.« Er nahm die Kopfhörer in die Hand. »Ich bin bestens versorgt.«

Michael und seine Schwester traten hinaus ins Scheinwerferlicht. Nach so vielen Stunden in der halbdunklen Baracke musste Michael auf der Schwelle stehen bleiben und im grellen Licht blinzeln. Sie gingen am Lager vorbei Richtung Pferch. Die Luft war schwer vom Geruch frischen Dungs. Er hörte das Blöken der Schafe, und als sie weitergingen, wieherten die Pferde. Hinter der Weide, gleich bei der Südmauer, sah Michael die Läufer, die auf der Mauer hin und her liefen, dunkle Silhouetten im Licht der Scheinwerfer. Er sah, dass Sara sie auch beobachtete; ihr Blick war abwesend und nachdenklich, und Lichtreflexe glänzten in ihren Augen.

»Keine Sorge«, sagte er. »Denen passiert nichts.«

Seine Schwester antwortete nicht. Vielleicht hatte sie ihn nicht gehört. Schweigend gingen sie nach Hause. Sara wusch sich an der Pumpe in der Küche, während Michael die Kerzen anzündete. Dann ging sie hinaus auf die hintere Veranda, und als sie gleich darauf wieder hereinkam, schwenkte sie einen stattlichen Hasen an den Ohren.

»Meine Güte!«, rief Michael. »Wo hast du den denn her?«

Saras Stimmung hatte sich aufgehellt, und sie lächelte stolz. Michael sah die Wunde am Hals des Tieres, wo Saras Pfeil es aufgespießt hatte.

»Von der Oberen Weide. Ich bin einfach so dahergeritten, und da war er, mitten auf dem Feld.«

Wie lange war es her, dass er einen Hasen gegessen hatte? Seit überhaupt irgendjemand einen Hasen *gesehen* hatte? Die meisten Wildtiere waren längst verschwunden, abgesehen von den Eichhörnchen, die sich anscheinend schneller vermehrten, als die Virals sie töten konnten, und den kleinen Vögeln, den Spatzen und Zaunkönigen, die sie entweder nicht fangen wollten oder nicht fangen konnten.

»Willst du ihn ausnehmen?«, fragte Sara.

»Ich bin nicht mal sicher, ob ich noch weiß, wie das geht«, sagte Michael.

Ungeduldig zog Sara das Messer aus dem Gürtel. »Dann mach dich nützlich und zünde den Ofen an.«

Sie machten ein Ragout aus dem Hasen, mit Möhren und Kartoffeln aus der Kiste im Keller, und die Sauce verdickten sie mit Maismehl. Sara behauptete, sie erinnere sich an das Rezept ihres Vaters, aber Michael sah, dass sie improvisierte. Es machte nichts. Schon bald stieg der köstliche Duft von geschmortem Fleisch über dem Herd auf und erfüllte das Haus mit einer behaglichen Wärme, die Michael schon lange nicht mehr verspürt hatte. Sara war mit dem abgezogenen Hasenfell hinter das Haus gegangen, um es abzuschaben, und Michael behielt den Topf im Auge und wartete auf ihre Rückkehr. Er hatte den Tisch gedeckt, als sie wieder hereinkam und sich die Hände mit einem Lappen abwischte.

»Ich weiß, dass du nicht auf mich hören wirst«, sagte sie. »Aber du und Elton, ihr solltet vorsichtig sein.«

Sara wusste über das Funkgerät Bescheid. Sie ging ständig im Lichthaus ein und aus, und da hatte sie es unmöglich übersehen können. Aber alles andere hatte er ihr nicht erzählt.

»Das ist nur ein Empfänger, Sara. Wir senden nichts.«

»Was wollt ihr denn da eigentlich auffangen?«

Achselzuckend setzte er sich an den Tisch. Er wollte dieses Gespräch so schnell wie möglich abwürgen. Was sollte er sagen? Er suchte die Army. Aber die Army gab es nicht mehr. Alle waren tot, und die Lichter gingen aus.

»Hauptsächlich hören wir Rauschen.«

Sie schaute ihn durchdringend an. Die Hände in die Hüften gestemmt lehnte sie an der Spüle und wartete ab. Als Michael nichts weiter sagte, schüttelte sie seufzend den Kopf.

»Na, lasst euch bloß nicht erwischen.«

Sie aßen schweigend am Küchentisch. Das Fleisch war ein bisschen zäh, aber es schmeckte so gut, dass Michael beim Kauen

beinahe stöhnte. Als sie mit dem Essen fertig waren, war es kurz vor Halbnacht. Normalerweise ging er erst nach Tagesanbruch ins Bett, aber jetzt hätte er den Kopf auf die Arme legen und auf der Stelle einschlafen können. Es lag etwas Vertrautes darin – nicht nur vertraut, sondern auch ein bisschen traurig –, wie sie hier am Tisch saßen und Hasenragout aßen. Nur sie beide.

Er hob den Kopf und merkte, dass Sara ihn anschaute.

»Ich weiß«, sagte sie. »Ich vermisse sie auch.«

Da wollte er es ihr erzählen. Alles über die Akkus und das Logbuch, über ihren Vater und das, was er gewusst hatte. Er brauchte noch einen Menschen, der die Last dieses Wissens mit ihm trug. Aber er wusste, dass es ein selbstsüchtiges Verlangen war, dem er nicht nachgeben durfte.

Sara stand auf und trug die Schüsseln zur Wasserpumpe. Als sie abgewaschen hatte, gab sie den Rest des Ragouts in einen Tontopf und wickelte ein dickes Tuch darum, um es warm zu halten.

»Willst du es Walt bringen?«, fragte Michael.

Walter war der ältere Bruder ihres Vaters. Als Lagerverwalter war er verantwortlich für das Gemeingut, er gehörte dem Komitee der Gewerbe und – als ältester lebender Fisher – dem Haushalt an. Diese dreifache Verantwortung machte ihn zu einem der mächtigsten Bürger der Kolonie nach Soo Ramirez und Sanjay Patal. Aber er war auch Witwer und lebte allein. Seine Frau Jean war in der Dunklen Nacht gestorben. Er trank gern zu viel von seinem selbstgebrannten Schnaps und vergaß oft das Essen. Wenn er nicht im Lagerhaus war, werkelte er meistens an der Destille im Schuppen hinter seinem Haus herum oder schlief irgendwo drinnen seinen Rausch aus.

Sara schüttelte den Kopf. »Ich glaube, Walt könnte ich im Moment nicht ertragen. Ich bringe es Elton.«

Michael schaute sie prüfend an. Er wusste, dass sie wieder an Peter dachte. »Du solltest dich ein bisschen ausruhen. Ich bin sicher, es geht ihnen gut.«

»Sie sind überfällig.«

»Nur einen Tag. Das kommt schon mal vor.«

Seine Schwester antwortete nicht. Schrecklich, dachte Michael, was die Liebe mit einem Menschen machen konnte. Er sah keinen Sinn darin.

»Lish ist doch bei ihnen. Ich bin sicher, da passiert nichts.«

Sara runzelte die Stirn und schaute weg. »Wegen Lish mache ich mir ja Sorgen.«

Als Erstes ging sie zur Zuflucht, wie sie es oft tat, wenn sie nicht schlafen konnte. Wenn sie die Kinder anschaute, wohlbehalten in ihren Betten – sie wusste nicht, ob sie sich dann besser oder schlechter fühlte. Aber wenigstens *fühlte* sie etwas außer dem hohlen Schmerz der Sorge.

Sie erinnerte sich gern an ihre eigene Zeit dort. Es war eine sichere, ja sogar glückliche Welt gewesen, und sie hatte keine anderen Sorgen gehabt als die Frage, wann ihre Eltern zu Besuch kommen würden, ob die Lehrerin heute gute Laune hatte oder nicht, und wer mit wem befreundet war. Die meiste Zeit war es ihr nicht seltsam vorgekommen, dass sie und ihr Bruder in der Zuflucht wohnten und ihre Eltern woanders, denn sie hatte kein anderes Leben gekannt, und abends, wenn ihr Vater, ihre Mutter oder beide vorbeischauten, um ihnen gute Nacht zu sagen, war sie nie auf die Idee gekommen, sie zu fragen, wohin sie nach diesem Besuch gingen. *Wir müssen jetzt los,* sagten sie nur, wenn die Lehrerin verkündete, die Zeit sei um, und dieses eine Wort, *gehen,* umfasste die ganze Situation für Sara und wahrscheinlich auch für Michael: Eltern kamen, blieben ein Weilchen, und dann mussten sie gehen. Viele ihrer schönsten Erinnerungen an die Eltern drehten sich um diese kurzen Besuche zur Schlafenszeit, wenn sie ihnen noch eine Geschichte vorlasen oder sie einfach nur zudeckten.

Und dann eines Abends hatte sie alles kaputtgemacht, ganz unabsichtlich. *Wo schlaft ihr?,* hatte sie ihre Mutter gefragt, als sie gerade gehen wollte. *Wenn ihr nicht hier bei uns schlaft, wo geht ihr dann hin?* Als sie diese Frage stellte, schien sich in den Augen

ihrer Mutter irgendetwas herabzusenken – wie ein Rouleau, das vor ein Fenster fiel. Oh, sagte ihre Mutter nur. Sara sah, dass ihr klägliches Lächeln falsch war. *Ich schlafe eigentlich nicht. Schlafen ist etwas für dich, kleine Sara, und für deinen Bruder Michael.* Und als sie den Gesichtsausdruck ihrer Mutter bei diesen Worten sah, hatte sie, wie sie heute glaubte, zum ersten Mal einen kurzen Blick auf die furchtbare Wahrheit geworfen.

Es stimmte, was alle sagten: Man hasste die Lehrerin, wenn sie es offenbarte. Wie hatte Sara sie geliebt, bis zu diesem Tag. So sehr wie ihre Eltern, vielleicht noch mehr. Ihr achter Geburtstag: Sie hatte gewusst, dass etwas passieren würde, etwas Wunderbares. Dass die Kinder, die acht Jahre alt wurden, an einen ganz besonderen Ort gingen. Aber Genaueres hatte sie nicht gewusst. Diejenigen, die später zurückkehrten, um ein jüngeres Geschwister zu besuchen, oder weil sie selbst Kinder hatten, waren älter, und es war so viel Zeit vergangen, dass sie zu ganz anderen Menschen geworden waren. Wo sie inzwischen gewesen waren und was sie getan hatten, war ein Geheimnis. Und gerade *weil* es geheim war, war dieser neue Ort, der sie alle da draußen außerhalb der Zuflucht erwartete, etwas so Besonderes. Ein Kribbeln erfüllte sie, als ihr Geburtstag heranrückte, und vor lauter Aufregung fragte sie sich nie, was eigentlich ohne sie aus Michael werden würde. Auch für ihn würde der Tag kommen. Die Lehrerin hatte ihnen verboten, jemals darüber zu sprechen, aber natürlich taten die Kleinen es doch, wenn sie nicht da war. Im Waschraum, im Speisesaal oder abends im Großen Schlafsaal, wo das Getuschel an den Reihen der Pritschen hin und her wanderte, redeten sie immer von der Entlassung und davon, wer als Nächster an der Reihe wäre. Wie mochte die Welt da draußen aussehen? Wohnten die Leute in Schlössern wie die in den Büchern? Welche Tiere würden sie finden, und würden sie sprechen können? (Die Mäuse in dem Käfig, den die Lehrerin im Klassenzimmer stehen hatte, waren ausnahmslos entmutigend stumm.) Was für wundervolles Essen würden sie bekommen, was für fabelhaftes Spielzeug? Noch nie war Sara so gespannt gewesen

wie beim Warten auf den glorreichen Tag, an dem sie in die Welt hinaustreten würde.

Am Morgen ihres Geburtstags erwachte sie mit einem überschwänglichen Gefühl, als schwebte sie auf einer Wolke des Glücks. Aber irgendwie würde sie dieses Glück noch bis zur Nachmittagsruhe für sich behalten müssen. Erst wenn die Kleinen schliefen, würde die Lehrerin sie hinausbringen. Niemand sagte etwas, doch beim Frühstück und im Morgenkreis merkte sie, dass alle sich für sie freuten – alle außer Michael, der sich gar nicht bemühte, seinen Neid zu verbergen, und sich mürrisch weigerte, mit ihr zu sprechen. Tja, aber so war Michael nun mal. Wenn er sich nicht mit ihr freuen konnte, würde sie sich ihren besonderen Tag dadurch trotzdem nicht verderben lassen. Erst nach dem Lunch, als die Lehrerin alle aufforderte, sich von Sara zu verabschieden, fragte sie sich allmählich, ob er vielleicht mehr wusste als sie. Was ist, Michael?, fragte die Lehrerin. Willst du deiner Schwester nicht auf Wiedersehen sagen, kannst du dich nicht für sie freuen? Und Michael sah sie an und sagte: Es ist nicht so, wie du denkst, Sara. Dann umarmte er sie schnell und rannte hinaus, bevor sie ein Wort hervorbringen konnte.

Na, das war aber merkwürdig, hatte sie damals gedacht, und sie dachte es noch heute, nach all den Jahren. Woher hatte Michael es gewusst? Viel später, als sie beide wieder allein zusammen waren, dachte sie an diese Szene und fragte ihn danach. Woher wusstest du es? Aber Michael konnte nur den Kopf schütteln. Ich wusste es einfach, sagte er. Nicht die Details, aber ich wusste, was es in Wirklichkeit war. Wie sie mit uns gesprochen hatten, Mom und Dad, wenn sie uns abends zudeckten. Ich habe es in ihren Augen gesehen.

Aber damals, am Tag ihrer Entlassung, als Michael weglief und die Lehrerin ihre Hand nahm, hatte sie sich keine großen Gedanken gemacht. Michael war eben Michael. Dann die letzten Abschiede, die Umarmungen, das Gefühl, dass der Augenblick bevorstand: Peter war da, und Maus Patal und Ben Chou und Galen Strauss und Wendy Ramirez und alle anderen, und sie berührten sie und sagten ihren Namen. Vergiss uns nicht, sagten alle. Sie hatte die

Tasche mit ihren Sachen, mit Kleidern, Pantoffeln und der kleinen Stoffpuppe, die sie hatte, seit sie klein war – ein Spielzeug durfte man mitnehmen –, und die Lehrerin nahm sie bei der Hand und führte sie aus dem Großen Saal in den kleinen Innenhof mit der Schaukel, der Wippe und dem Kletterturm aus alten Autoreifen, in dem die Kinder spielten, wenn die Sonne hoch am Himmel stand. Von dort ging es durch eine Tür in einen Raum, den sie noch nie gesehen hatte. Er sah aus wie ein Klassenzimmer, aber er war leer. In den Regalen war nichts, und an den Wänden hingen keine Bilder.

Die Lehrerin schloss die Tür hinter ihnen – eine seltsame und vorzeitige Pause. Sara hatte mehr erwartet. Wo kam sie hin?, fragte sie. War es ein weiter Weg? Würde jemand sie abholen? Wie lange musste sie hier in diesem Zimmer warten? Aber die Lehrerin schien ihre Fragen gar nicht zu hören. Sie ging vor ihr in die Hocke, und ihr großes sanftes Gesicht war dicht vor Saras. Kleine Sara, sagte sie, was glaubst du, was da draußen ist, um dieses Gebäude herum, außerhalb der Räume, in denen du gewohnt hast? Und was mit den Männern ist, die du manchmal siehst, die abends kommen und gehen und über dich wachen? Die Lehrerin lächelte, doch etwas an ihrem Lächeln war anders, fand Sara, etwas, das ihr Angst machte. Die Frau sah sie erwartungsvoll an. Sara dachte an die Augen ihrer Mutter an dem Abend, als sie gefragt hatte, wo sie schlief. Ein Schloss?, fragte sie dann, denn plötzlich war sie so nervös, dass ihr nichts anderes einfiel. Ein Schloss mit einem Wassergraben? Ein Schloss, sagte die Lehrerin, ich verstehe. Und was noch, kleine Sara? Plötzlich lächelte sie nicht mehr. Ich weiß es nicht, sagte Sara. Gut, sagte die Lehrerin und räusperte sich. Es ist kein Schloss.

Und dann sagte sie es ihr.

Zuerst hatte Sara ihr nicht geglaubt. Aber das traf es nicht genau: Es war, als hätte sich ihr Kopf in zwei Hälften gespalten, und die eine Hälfte, die Hälfte, die nichts wusste, die noch ein kleines Kind war und im Morgenkreis saß und im Hof spielte und darauf wartete, dass ihre Eltern sie abends zudeckten, verabschiedete sich von der anderen Hälfte, die es irgendwie immer gewusst hatte. Als

nähme sie Abschied von sich selbst. Ihr wurde davon schwindlig und übel, und sie fing an zu weinen. Die Lehrerin nahm sie wieder bei der Hand und führte sie durch einen Flur und aus der Zuflucht hinaus. Draußen warteten ihre Eltern, die sie nach Hause holen wollten – in das Haus, in dem Sara und Michael heute noch wohnten und von dessen Existenz Sara bis zu diesem Tag nichts gewusst hatte. *Das ist nicht wahr,* stammelte Sara unter Tränen, *das ist nicht wahr.* Und ihre Mutter weinte auch, und sie nahm sie auf den Arm und drückte sie an sich und sagte: *Es tut mir leid, es tut mir leid, es tut mir leid. Es ist wahr, es ist wahr, es ist wahr.*

Die Erinnerung an diesen Augenblick ging ihr immer wieder durch den Kopf, wenn sie sich der Zuflucht näherte, die heute so viel kleiner aussah, als sie damals gewesen war, so viel gewöhnlicher. Ein altes, aus Backstein gemauertes Schulhaus, dessen Name – *F. D. Roosevelt Elementary* – in Stein gemeißelt über der Tür stand. Vom Weg aus sah sie einen einzelnen Wächter oben auf der Eingangstreppe: Hollis Wilson.

»Hi, Sara.«

»'n Abend, Hollis.«

Hollis balancierte eine Armbrust auf der Hüfte. Sara mochte diese Waffe nicht. Sie hatte eine große Durchschlagskraft, doch das Nachladen dauerte zu lange, und außerdem war sie schwer. Alle erzählten immer, es sei unmöglich gewesen, Hollis von seinem Bruder zu unterscheiden, bis er sich den Bart abrasiert habe, aber Sara sah das anders. Schon als kleines Kind – die Brüder Wilson waren drei Jahre vor ihr aus der Zuflucht gekommen – hatte sie immer gewusst, wer Hollis und wer Arlo war. Es waren Kleinigkeiten, an denen sie es erkannte, Details, die man auf den ersten Blick vielleicht gar nicht bemerkte, zum Beispiel, dass Hollis ein kleines bisschen größer war und sein Blick ein bisschen ernster. Aber für sie war es offensichtlich.

Als sie die Stufen hochging, deutete Hollis mit dem Kopf auf den Tontopf, den sie trug, und grinste. »Was hast du mir mitgebracht?«

»Hasenragout. Aber leider ist es nicht für dich.«

Er staunte. »Da bin ich platt. Woher hast du den Hasen?«

»Von der Oberen Weide.«

Er stieß einen leisen Pfiff aus und schüttelte den Kopf. Sara sah ihm den Heißhunger förmlich an. »Ich kann dir gar nicht sagen, wie sehr ich Hasenragout vermisse. Darf ich mal dran riechen?«

Sie schlug das Tuch zur Seite und öffnete den Deckel. Hollis beugte sich über den Topf und atmete tief durch die Nase ein.

»Ich könnte dich wohl nicht dazu überreden, es hier bei mir zu lassen, während du reingehst?«

»Schlag's dir aus dem Kopf, Hollis. Ich bringe es Elton.«

Unbekümmert zuckte er die Achseln. Er hatte es nicht ernst gemeint. »Na, einen Versuch war's wert. Okay, gib mir dein Messer.«

Sie zog es aus der Scheide und reichte es ihm. Nur Wächter durften die Zuflucht mit einer Waffe betreten, und auch sie mussten darauf achten, dass die Kleinen sie nicht sahen.

»Ich weiß nicht, ob du's gehört hast.« Hollis schob das Messer in seinen Gürtel. »Wir haben eine neue Bewohnerin.«

»Ich war den ganzen Tag mit der Herde draußen. Wer ist es?«

»Maus Patal. Wundert wohl keinen.« Hollis zeigte mit seiner Armbrust auf den Weg. »Galen ist eben gegangen. Wundert mich, dass du ihn nicht gesehen hast.«

Sie war tief in Gedanken gewesen. Galen hätte an ihr vorbeigehen können, ohne dass sie ihn bemerkte. Und Maus war schwanger. Warum war sie überrascht?

»Tja.« Sie brachte ein Lächeln zustande und fragte sich, was sie dabei empfand. War es Neid? »Das ist eine tolle Neuigkeit.«

»Tu mir einen Gefallen und sag *ihr* das. Du hättest hören sollen, wie die beiden sich gestritten haben. Die Hälfte der Kleinen dürfte davon aufgewacht sein.«

»Sie ist nicht glücklich darüber?«

»Es war eher Galen, glaube ich. Ich weiß es nicht. Du bist ein Mädel, Sara. Sag du's mir.«

»Mit Schmeicheleien kommst du bei mir nicht weiter, Hollis.«

Er lachte trocken. Sie mochte ihn und seine gelassene Art. »Ich

vertreibe mir nur die Zeit.« Er deutete mit dem Kopf auf die Tür. »Wenn Dora noch wach ist, grüße sie von ihrem Onkel Hollis.«

»Wie geht es Leigh? Arlo ist weg.«

»Leigh kennt das doch. Ich habe ihr gesagt, es kann tausend Gründe geben, weshalb er heute nicht zurückgekommen ist.«

In der Zuflucht stellte Sara den Topf in das leere Büro und ging in den Großen Saal. Hier war früher die Schulsporthalle gewesen. Die meisten Betten waren leer. Es war lange her, dass die Zuflucht auch nur annähernd voll gewesen war. Die Rouleaus vor den hohen Fenstern waren geschlossen. Nur rechts und links fiel ein wenig Licht herein, helle Striche, die auf den schlafenden Kindern lagen. Es roch nach Milch und Schweiß und sonnenwarmem Haar – der Geruch von Kindern, wenn der Tag zu Ende war. Sara schlich durch die Reihen mit Pritschen und Gitterbetten. Kat Curtis und Bart Fisher und Abe Phillips, Fanny Chou und ihre Schwestern Wanda und Susan, Timothy Molyneau und Beau Greenberg, den alle nur »Bowow« nannten, eine Verballhornung seines Namens, die an ihm klebte wie Kleister, die drei »Jots«, Juliet Strauss und June Levine und Jane Ramirez, Reys Jüngste.

Am Ende der letzten Reihe stand das Gitterbett mit Dora Wilson, Leighs und Arlos Tochter. Leigh saß auf einem Stuhl daneben. Junge Mütter durften bis zu einem Jahr in der Zuflucht bleiben. Leigh war immer noch ein bisschen füllig nach der Schwangerschaft. In diesem Zwielicht sah ihr breites Gesicht beinahe durchscheinend aus, weil sie nach den langen Monaten im Haus so blass war. Auf ihrem Schoß lag ein dickes Knäuel Garn mit zwei Nadeln. Sie hörte auf zu stricken und hob den Kopf, als Sara herankam.

»Hey«, sagte sie leise.

Sara nickte nur. Sie beugte sich über das Bettchen. Dora trug nur eine Windel. Sie schlief auf dem Rücken. Ihr Mund stand offen und bildete ein zartes O, und sie schnarchte leise durch die Nase. Der zarte feuchte Hauch ihres Atem streifte Saras Wange wie ein Kuss. Wenn man ein schlafendes Baby ansah, konnte man fast vergessen, was aus der Welt geworden war.

»Keine Angst, du wirst sie nicht wecken.« Leigh gähnte in die hohle Hand und strickte weiter. »Die Kleine da, die schläft tief und fest.«

Sara beschloss, nicht nach Mausami zu suchen. Was immer zwischen ihr und Galen vorgefallen sein mochte, ging sie nichts an. In gewisser Weise tat Galen ihr leid. Er hatte immer eine Schwäche für Maus gehabt. Es war wie eine Krankheit, die er nie ganz los wurde, und alle behaupteten, als er Maus gefragt habe, ob sie ihn heiraten wolle, habe sie nur ja gesagt, weil Theo sie abgewiesen habe. Vielleicht hatte er es auch nie über sich gebracht, sie zu fragen, und Maus hatte versucht, ihn so zu diesem Schritt anzustacheln. Sie wäre kaum die erste Frau, die diesen Fehler begangen hätte.

Aber als Sara den Weg entlangging, fragte sie sich, warum manche Dinge nicht einfach leicht sein konnten. Denn bei ihr und Peter war es genauso. Sara liebte ihn, schon immer, schon als sie beide in der Zuflucht gelebt hatten. Es gab keine Erklärung dafür; solange sie zurückdenken konnte, hatte sie diese Liebe empfunden. Sie war wie ein goldener Faden, der sie miteinander verband. Es war mehr als körperliche Anziehung; es war das Zerbrochene in ihm, das sie am meisten liebte, dieser unerreichbare Ort, an dem er seine Trauer aufbewahrte. Denn das war etwas, das niemand außer ihr über Peter Jaxon wusste, und sie wusste es, weil sie ihn liebte: Er war furchtbar traurig. Und es war nicht die gewöhnliche Trauer, mit der alle an die Menschen und Dinge dachten, die sie verloren hatten. Es war mehr als das. Und wenn sie diese Trauer finden und sie ihm nehmen könnte, würde er ihre Liebe erwidern, da war Sara sicher.

Deshalb hatte sie beschlossen, Krankenschwester zu werden. Wenn sie nicht bei der Wache sein konnte – und das konnte sie unter keinen Umständen –, dann war das Krankenrevier, das Prudence Jaxon leitete, das Zweitbeste. Hundertmal war sie kurz davor gewesen, die Frau zu fragen: Was kann ich tun? Was kann ich tun, damit dein Sohn mich liebt? Aber dann hatte sie immer

geschwiegen. Sie hatte sich bemüht, ihren Beruf zu erlernen, so gut sie konnte. Sie hatte auf Peter gewartet und immer gehofft, er werde wissen, was sie ihm anbot, indem sie einfach nur in diesem Raum war.

Einmal hatte Peter sie geküsst. Vielleicht hatte auch Sara ihn geküsst. Die Frage, wer da wirklich wen geküsst hatte, erschien ihr angesichts der Sache selbst unwichtig. Sie hatten sich geküsst. In der Ersten Nacht. Spät war es gewesen und kalt. Sie alle hatten Schnaps getrunken und Arlo zugehört, der unter den Scheinwerfern Gitarre spielte, und als die Gruppe sich in der letzten Stunde vor Tagesanbruch zerstreute, war Sara unversehens mit Peter allein gewesen. Sie war ein bisschen beschwipst vom Schnaps, aber wohl nicht betrunken, und sie glaubte auch nicht, dass Peter es war. Eine seltsame Stille hatte sie erfasst, als sie zusammen den Weg hinuntergingen, weniger die Abwesenheit von Geräuschen oder Worten als vielmehr etwas Greifbares, leicht Elektrisierendes, wie die Abstände zwischen den Noten von Arlos Gitarre. Die Erwartung umgab sie wie eine Luftblase, als sie unter den Scheinwerfern dahingingen, ohne sich zu berühren und trotzdem verbunden, und als sie bei ihrem Haus angekommen waren – ohne sich einzugestehen, dass es ihr Ziel gewesen war –, war diese Stille nicht nur eine Luftblase, sondern zugleich auch ein Fluss, dessen Strömung sie fortzog, und was als Nächstes geschehen sollte, erschien unaufhaltsam. Sie war glücklich, so glücklich. Sie standen an der Wand ihres Hauses in einem Streifen Schatten, und erst drängte sein Mund sich an sie, und dann alles andere. Es hatte keine Ähnlichkeit mit den Kussspielen, die sie alle in der Zuflucht gespielt hatten. Und auch nicht mit dem ersten unbeholfenen Gefummel als Teenager. Das hier war tiefer, verheißungsvoller. Sara fühlte sich eingehüllt von einer Wärme, die sie kaum kannte: von der Wärme der menschlichen Nähe. Sie war nicht mehr allein. Und in diesem Augenblick hätte sie ihm alles gegeben. Was immer er wollte.

Aber dann war es vorbei gewesen. Plötzlich war er zurück-

gewichen. »Tut mir leid«, brachte er hervor. Anscheinend nahm er an, sie wünschte, er hätte es nicht getan, obwohl der Kuss ihm hätte sagen müssen, dass es nicht so war. Aber inzwischen hatte sich in der Luft etwas verschoben, die Luftblase war geplatzt, und beide waren zu verlegen, zu verwirrt, um noch irgendetwas zu sagen. Er verließ sie an ihrer Haustür, und das war's. Seit dieser Nacht waren sie nie wieder allein zusammen gewesen, und sie hatten kaum ein Wort miteinander gesprochen.

Denn sie wusste es. Sie wusste es, als er sie küsste, und danach immer mehr, als die Tage vergingen. Peter gehörte nicht ihr, konnte niemals ihr gehören, weil es eine andere gab. Sie hatte es gespürt wie ein Gespenst zwischen ihnen und in seinem Kuss. Jetzt ergab alles einen Sinn, und es war hoffnungslos. Während sie im Krankenrevier auf ihn wartete, hatte er die ganze Zeit auf der Mauer verbracht, mit Alicia Donadio.

Als sie jetzt mit ihrem Topf unterwegs zum Lichthaus war, fiel ihr Gabe Curtis ein, und sie beschloss, im Krankenrevier vorbeizuschauen. Der arme Gabe – gerade vierzig, und schon der Krebs. Niemand konnte viel für ihn tun. Sara vermutete, dass es im Magen angefangen hatte. Vielleicht auch in der Leber. Im Grunde war es gleichgültig. Das Krankenrevier war ein kleines Holzhaus in dem Teil der Kolonie, den sie Altstadt nannten – ein halbes Dutzend Häuser, in denen früher verschiedene Läden und Geschäfte gewesen waren. Das Haus, in dem jetzt das Krankenrevier war, hatte früher einen Lebensmittelladen beherbergt. Wenn die Nachmittagssonne im richtigen Winkel auf das Schaufenster schien, konnte man den Namen noch erkennen. »Mountaintop Provision Co, Fine Foods and Spirits, Est. 1996«, war da ins Milchglas geätzt.

Eine einzelne Laterne beleuchtete den Vorraum, wo Sandy Chou sich über den Schwesterntisch beugte und trockenen Wacholder im Mörser zermahlte. Alle nannten sie nur »die Andere Sandy«, denn es hatte einmal zwei Sandy Chous gegeben; die erste war Ben Chous Frau, die im Kindbett gestorben war. Die Luft

war heiß und feucht; aus einem Wasserkessel auf dem Herd hinter dem Tisch quoll eine Dampfwolke. Sara schob ihren Topf zur Seite, nahm den Kessel vom Feuer und stellte ihn auf einen Untersetzer. Sie kam zum Tisch zurück und deutete auf das Pulver, das Sandy gerade in ein Sieb schüttete.

»Ist das für Gabe?«

Sandy nickte. Wacholder galt als Analgetikum, aber sie benutzten es zur Behandlung verschiedener Erkrankungen – bei Erkältungen, Durchfall und Arthritis. Sara war nicht sicher, dass es wirklich etwas bewirkte, aber Gabe behauptete, es lindere den Schmerz, und es sei überhaupt das Einzige, was er bei sich behalten könne.

»Wie geht's ihm?«

Sandy goss Wasser durch das Sieb in einen Keramikbecher mit abgesprungenem Rand. Auf dem Becher standen die Worte NEW DADDY, und die Buchstaben waren aus Sicherheitsnadeln geformt.

»Vorhin hat er geschlafen. Die Gelbsucht ist schlimmer geworden. Sein Junge ist eben gegangen, und jetzt ist Mar bei ihm.«

»Ich bringe ihm den Tee.«

Sara nahm den Becher und trat durch den Vorhang. Dahinter standen sechs Betten, aber nur eins war belegt. Mar saß auf einem Stuhl neben dem Bett, in dem ihr Mann unter einer Wolldecke lag. Sie war beinahe vogelartig dünn, und sie hatte die Last der Pflege in den Monaten, seit Gabe krank war, zum größten Teil getragen. Man sah es an den Halbmonden der Schlaflosigkeit unter ihren Augen. Sie hatten ein Kind, Jacob. Er war ungefähr sechzehn und arbeitete wie seine Mutter in der Molkerei: ein großer schwerfälliger Junge mit leerem, stets freundlichem Gesicht, der weder lesen noch schreiben konnte und es auch nie lernen würde. Er konnte einfache Arbeiten übernehmen, solange jemand da war, der ihn anleitete. Ein hartes und unglückliches Leben – und jetzt das. Mar war über vierzig und hatte Jacob zu versorgen. Es war unwahrscheinlich, dass sie je wieder heiraten würde.

Sie hob den Kopf, als Sara näher kam, und hielt einen Finger an die Lippen. Sara nickte und schob einen Stuhl heran. Sandy hatte recht; die Gelbsucht war schlimmer geworden. Vor seiner Erkrankung war Gabe ein kräftiger Mann gewesen – so groß wie seine Frau zierlich – mit breiten Schultern und klobigen Unterarmen, die zum Arbeiten geschaffen waren. Ein stattlicher Bauch hatte wie ein Sack Mehl über seinen Gürtel gehangen: ein Mann, den Sara nie im Krankenrevier gesehen hatte, bis er eines Tages hereingekommen war und über Rückenschmerzen und Verdauungsbeschwerden geklagt hatte. Er hatte sich dafür entschuldigt, als wäre es ein Zeichen von Schwäche und ein charakterliches Versagen, nicht etwa der Beginn einer schweren Krankheit. Als Sara seine Leber betastet hatte, hatten ihre Fingerspitzen sofort gefühlt, dass da etwas wuchs, und sie hatte begriffen, dass er Höllenqualen leiden musste.

Jetzt, ein halbes Jahr später, war der Mann, der Gabe Curtis gewesen war, nicht mehr da. Geblieben war eine Hülse, die sich nur noch mit reiner Willenskraft ans Leben klammerte. Sein Gesicht, früher so rundlich und rotwangig wie ein reifer Apfel, war zu einem faltigen, kantigen Gebilde geschrumpft und sah aus wie eine hastig hingeworfene Zeichnung. Mar schnitt ihm Bart und Fingernägel, und seine rissigen Lippen glänzten von der Salbe aus dem breitrandigen Tiegel auf dem Rollwagen neben dem Bett – eine kleine Linderung, nutzlos wie der Tee.

Sie blieb eine Weile bei Mar sitzen, aber sie schwiegen beide. Sara wusste, dass ein Leben zu lange dauern oder zu schnell enden konnte. Vielleicht war es die Angst davor, Mar allein zu lassen, was ihn am Leben hielt.

Schließlich stand sie auf und stellte den Becher auf den Wagen. »Wenn er aufwacht, sieh zu, dass er es trinkt«, sagte sie.

Tränen der Erschöpfung blinkten in Mars Augenwinkeln. »Ich habe ihm gesagt, es ist gut, er kann gehen.«

Sara brauchte einen Augenblick, um eine Antwort zusammenzubringen. »Darüber bin ich froh. Manchmal ist es nötig, dass jemand das hört.«

»Es ist wegen Jacob, weißt du. Er will Jacob nicht verlassen. Ich habe ihm gesagt, wir kommen zurecht. Du kannst gehen. Das habe ich zu ihm gesagt.«

»Ich weiß, dass ihr es schafft, Mar.« Ihre Worte klangen kümmerlich. »Und er weiß es auch.«

»Er ist so verdammt stur. Hörst du, Gabe? Warum musst du dauernd so verdammt stur sein?« Sie schlug die Hände vors Gesicht und fing an zu weinen.

Sara wartete respektvoll eine Zeitlang, aber sie wusste, dass sie nichts tun konnte, um den Schmerz der Frau zu lindern. Die Trauer, das wusste sie, war ein Ort, den jeder allein aufsuchen musste. Sie war wie ein Zimmer ohne Türen, und was in diesem Zimmer geschah, all der Zorn und der Schmerz, den man empfand, musste dortbleiben und ging niemand anders etwas an.

»Entschuldige, Sara«, sagte Mar schließlich kopfschüttelnd. »Das hättest du nicht hören sollen.«

»Es ist schon gut. Ich habe nichts dagegen.«

»Wenn er aufwacht, sage ich ihm, dass du hier warst.« Unter Tränen brachte sie ein trauriges Lächeln zustande. »Ich weiß, Gabe hat dich immer gerngehabt. Du warst seine Lieblingskrankenschwester.«

Es war Halbnacht, als Sara beim Lichthaus ankam. Leise öffnete sie die Tür und trat ein. Elton saß allein vor dem Steuerpult und schlief tief und fest. Er hatte den Kopfhörer auf.

Er zuckte zusammen, als die Tür hinter ihr zufiel. »Michael?«

»Ich bin's, Sara.«

Er nahm den Kopfhörer ab, drehte sich um und schnupperte. »Was rieche ich da?«

»Hasenragout. Wahrscheinlich aber inzwischen eiskalt.«

»Na, da bin ich platt.« Er richtete sich auf. »Bring's her.«

Sie stellte den Topf vor ihm auf das Pult. Er griff nach einem schmutzigen Löffel, der vor der Kontrolltafel lag. »Du kannst die Lampe anmachen, wenn du willst.«

»Ich hab's gern dunkel. Wenn es dir nichts ausmacht.«

»Für mich ist alles eins.«

Eine Zeitlang sah sie zu, wie er im Schein der Kontrolltafel aß. Die Bewegungen seiner Hände hatten fast etwas Hypnotisierendes. Mit geschmeidiger Präzision führten sie den Löffel in den Topf und dann zu seinem wartenden Mund, und keine Geste war verschwendet.

»Du beobachtest mich«, sagte er.

Sie spürte, dass sie rot wurde. »Entschuldige.«

Er kratzte den letzten Rest aus dem Topf und wischte sich dann mit einem Lappen den Mund ab. »Kein Grund, dich zu entschuldigen. Du bist so ungefähr das Beste, was je hier hereinkommt. Ein hübsches Mädchen wie du kann mich angucken, solange es will.«

Sie lachte – ob aus Verlegenheit oder Ungläubigkeit, wusste sie nicht. »Du hast mich noch nie gesehen, Elton. Woher willst du wissen, wie ich aussehe?«

Elton zuckte die Achseln, und seine nutzlosen Augen rollten hinter den hängenden Lidern nach oben, als wäre da in der Dunkelheit seines Kopfes ihr Bild zu sehen. »Deine Stimme. Wie du mit mir sprichst und wie du mit Michael sprichst. Und wie du für ihn sorgst. Hübsch ist, wer nett ist, sage ich immer.«

Sie hörte sich seufzen. »Ich fühle mich aber nicht immer so.«

»Vertrau auf den alten Elton.« Er lachte leise. »Irgendjemand wird dich *lieben.*«

Etwas an Elton bewirkte, dass sie sich in seiner Gegenwart immer gut fühlte. Er flirtete schamlos, das war das Erste. Aber es war nicht der eigentliche Grund. Er schien glücklicher zu sein als irgendjemand sonst, den sie kannte. Es stimmte, was Michael über ihn sagte. Seine Blindheit bedeutete nicht, dass ihm etwas fehlte. Er war einfach anders.

»Ich komme eben aus dem Krankenrevier.«

»Ja, so bist du.« Er nickte. »Dauernd kümmerst du dich um die Leute. Wie geht's Gabe?«

»Nicht gut. Er sieht wirklich schrecklich aus, Elton. Und Mar

ist sehr mitgenommen. Ich wünschte, ich könnte irgendetwas für ihn tun.«

»Manchmal kannst du es und manchmal nicht. Jetzt ist Gabe an der Reihe. Du hast getan, was du konntest.«

»Aber es ist nicht genug.«

»Das ist es nie.« Elton tastete mit den Händen über das Pult nach dem Kopfhörer und reichte ihn ihr. »Aber nachdem du mir ein Geschenk gebracht hast, habe ich für dich auch eins. Eine Kleinigkeit, um dich aufzumuntern.«

»Elton, ich hätte doch keine Ahnung, was ich da höre. Für mich ist das alles nur Rauschen.«

Er lächelte verschmitzt. »Tu, was ich sage. Und mach die Augen zu.«

Die Hörmuscheln lagen warm an ihren Ohren. Sie spürte, wie Eltons Hände über das Steuerpult glitten. Dann hörte sie es: Musik. Eine ganz neue Art von Musik. Zuerst erreichte sie ein ferner, hohler Klang wie ein Windhauch, und dann erhoben sich dahinter hohe Töne, die in ihrem Kopf tanzten wie Vogelgesang. Die Klänge schwollen an; sie schienen aus allen Richtungen zu kommen, und sie wusste, was es war: ein Sturm. Sie sah es vor ihrem geistigen Auge, einen machtvollen Sturm aus Musik, der über sie hereinbrach. Noch nie im Leben hatte sie etwas so Schönes gehört. Als die letzten Noten verhallt waren, zog sie den Kopfhörer herunter.

»Das verstehe ich nicht. Hast du das irgendwo aufgefangen?«

Elton kicherte. »Das wäre eine tolle Sache, was?«

Wieder hantierte er am Steuerpult herum. Eine kleine Schublade fuhr heraus, und darin lag eine Silberscheibe: eine CD. Sie hatte sich nie für die Dinger interessiert. Michael hatte ihr gesagt, darauf sei nur Lärm. Sie fasste die Scheibe bei den Rändern und las: *Strawinsky, Le Sacre du Printemps, Chicago Symphony Orchestra unter Leitung von Erich Leinsdorf.*

»Ich dachte, du sollst einfach mal hören, wie du aussiehst«, sagte Elton.

22

»Ich verstehe nur eins nicht«, sagte Theo. »Warum seid ihr drei nicht tot?«

Sie saßen an dem langen Tisch im Kontrollraum – alle außer Finn und Rey, die sich bereits schlafen gelegt hatten. Peters Adrenalinrausch war verflogen und der Schmerz im Knöchel zu einem dumpfen Pochen geworden. Jemand hatte einen Brocken Eis von den Kondensatoren geschlagen, und Peter hielt ihn sich jetzt, eingewickelt in einen durchfeuchteten Lappen, auf das verstauchte Fußgelenk.

Die Tatsache, dass er soeben Zander Phillips getötet hatte, einen Mann, den er gekannt hatte, weckte in ihm noch keine Regung, für die er einen Namen gehabt hätte. Diese Erkenntnis war einfach so seltsam, dass er sie nicht verarbeiten konnte. Zander hatte den Schlüssel um den Hals getragen, und deshalb bestand kein Zweifel daran, dass er es war. Natürlich hatte Peter keine Wahl gehabt. Der Mann war vollständig verwandelt gewesen. Strenggenommen war der Viral, der da versucht hatte, durch die Luke einzudringen, nicht mehr Zander Phillips gewesen. Dennoch wurde Peter das Gefühl nicht los, kurz vor dem Abdrücken so etwas wie ein Wiedererkennen in den Augen des Virals gesehen zu haben – oder gar Erleichterung.

Später fragte Theo Caleb ganz genau aus. Die Geschichte des

Jungen war ein wenig ungereimt, aber das konnte auch daran liegen, dass er zu lange draußen unter freiem Himmel gewesen war. Seine Lippen waren geschwollen und rissig, er hatte einen großen violetten Bluterguss an der Stirn, und seine Füße waren zerschnitten. Der Verlust seiner Schuhe schien ihn am meisten zu schmerzen. Es waren schwarze Nike Push-Offs gewesen, erzählte er, nagelneu mit Karton aus dem Footlocker in der Mall. Bei seinem Sprint quer durch das Tal hatte er sie irgendwie verloren, aber er hatte solche Angst gehabt, dass er es kaum bemerkt hatte.

»Wir besorgen dir ein neues Paar«, versprach Theo. »Aber jetzt erzähl mir von Zander.«

Caleb aß, während er redete. Er biss in seinen Zwieback und spülte ihn mit großen Schlucken Wasser hinunter. Alles sei ganz normal gewesen, berichtete er, bis vor ungefähr sechs Tagen, als Zander angefangen habe, sich ... sonderbar zu benehmen. Sehr sonderbar. Selbst für Zanders Verhältnisse, und das wollte etwas heißen. Er wollte nicht mehr vor den Zaun hinausgehen, und er schlief nicht mehr. Die ganze Nacht hindurch war er auf, ging im Kontrollraum auf und ab und murmelte vor sich hin. Caleb hatte angenommen, er sei einfach zu lange im Einsatz gewesen, und wenn die Ablösung käme, würde er schon wieder zu sich kommen.

»Und dann verkündete er plötzlich, wir müssten raus aufs Turbinenfeld, und ich soll den Karren holen und alles bereit machen. Ich sitze da und esse meinen Lunch, und er kommt einfach reinmarschiert und sagt: Los, mach schon. Er will einen Regler im westlichen Sektor auswechseln. Okay, sage ich, aber ist das so dringend? Ist es nicht ein bisschen spät, um noch rauszugehen? Er hatte so ein irres Glitzern im Blick, und er roch übel. Ich meine, er *stank*. Alles okay, frage ich, und er sagt, pack den Kram zusammen, wir gehen.«

»Wann war das?«

Caleb schluckte. »Vor drei Tagen.«

Theo beugte sich vor. »Ihr wart *drei Tage* draußen?«

Caleb nickte. Er hatte seinen Zwieback aufgegessen und machte

sich mit den Fingern über einen Teller Sojabohnenpaste her. »Wir ziehen also mit dem Maultier los, aber jetzt kommt's. Wir gehen nicht zum westlichen Feld. Wir gehen zum *östlichen* Feld. Da draußen funktioniert seit Jahren nichts mehr. Lauter tote Masten. Und man braucht ewig, um dahin zu kommen. Mindestens zwei Stunden mit dem Karren. Es ist schon nach Halbtag, es wird also knapp. Ich sage: Zander, nach Westen geht's da lang, Kumpel, was zum Teufel machen wir hier draußen? *Willst* du, dass wir umgebracht werden? Dann kommen wir zu dem Mast, den er angeblich reparieren will, und das Ding ist Schrott. Komplett hinüber. Das sehe ich schon von unten. Den Regler auszutauschen hat überhaupt keinen Sinn. Aber das will er machen. Also schleppe ich meinen Arsch die Leiter rauf und setze den Schlüssel an und fange an, das alte Gehäuse abzumontieren, und ich arbeite, so schnell ich kann. Okay, denke ich, das leuchtet nicht ein, und soweit ich es übersehe, riskieren wir hier unseren Hals wegen nichts. Aber vielleicht weiß er was, was ich nicht weiß. Und da hörte ich den Schrei.«

»Zander hat geschrien?«

Caleb schüttelte den Kopf. »Das Maultier. Ich mein's ernst – genauso hat es geklungen. So was habe ich noch nie gehört. Als ich runterschaute, kippte es einfach um, ging zu Boden wie ein Sack Steine. Hat 'ne Sekunde gedauert, bis ich begriffen habe, was ich da sah. Blut. Und zwar eine Menge.« Er wischte sich mit dem Handrücken über den fettigen Mund und schob den leeren Teller zur Seite. »Zander hat immer gesagt, diese Sojapaste schmeckt, wie wenn du einem am Sack lutschst. Ich so: Wann hast du denn mal einem am Sack gelutscht, Zander? Als ob ich das wirklich wissen wollte.«

Theo seufzte ungeduldig. »Caleb, bitte. Das Blut …«

Caleb trank einen großen Schluck Wasser. »Ja, okay, also. Das Blut. Zander kniet bei der Stute, und ich schreie, hey, Zander, was ist passiert? Einen Moment lang tut er gar nichts, er kauert am Boden neben ihrem Kopf, und ich kann nicht sehen, was da los

ist. Und als er aufsteht, sehe ich, er ist nackt bis zum Gürtel, er hat ein Messer in der Hand, und er ist voller Blut. Irgendwie habe ich die Zeichen übersehen, und ich denke, ich habe ungefähr fünf Sekunden, bis er die Leiter zu mir raufkommt. Aber das tut er nicht. Er setzt sich unten an den Mast, in den Schatten einer Strebe, wo ich ihn nicht sehen kann. Zander, schreie ich zu ihm runter, hör zu. Du musst dagegen ankämpfen. Ich bin ganz allein hier oben. Ich denke mir, wenn ich ihn irgendwie ablenken kann, schaffe ich es vielleicht abzuhauen.«

»Das verstehe ich nicht.« Alicia runzelte die Stirn. »Wann könnte er sich denn infiziert haben?«

»Das ist es ja«, sagte Caleb. »Das konnte ich mir auch nicht erklären. Ich war ja Tag für Tag ungefähr jede Minute mit ihm zusammen.«

»Und nachts?«, fragte Theo. »Du sagst, er hat nicht geschlafen. Vielleicht war er draußen.«

»Wäre möglich. Aber warum sollte er? Außerdem, er sah eigentlich nicht verändert aus, abgesehen von dem Blut.«

»Was war mit seinen Augen?«

»Nichts. Keine Orangefärbung, soweit ich sehen konnte. Ich sage euch, es war *unheimlich*. Ich hocke also oben auf dem Mast, Zander ist unten, vielleicht befallen, vielleicht nicht, aber so oder so wird es irgendwann dunkel. Zander, schreie ich, hör zu, ich komme jetzt runter, egal wie. Ich bin nicht bewaffnet, ich habe nur den Schraubenschlüssel, aber vielleicht kann ich ihm damit eins überbraten und verschwinden. Und irgendwie muss ich ihm auch den Torschlüssel abnehmen. Von der Leiter aus kann ich ihn nicht sehen, und als ich drei Meter über dem Boden bin, denke ich, scheiß drauf, ich springe einfach. Ich habe nichts mehr zu verlieren, tot bin ich sowieso. Ich lasse mich fallen, komme wieder hoch und hole mit dem Schraubenschlüssel aus. Aber da ist er schon weg. Zander hat ihn mir glatt aus der Hand gerissen, und er steht hinter mir. Und dann sagt er: Steig wieder rauf.«

»Wieder rauf?« Das war Arlo.

Caleb nickte. »Kein Witz. Das hat er gesagt. Und wenn er dabei war rüberzuticken, konnte ich es immer noch nicht erkennen. Aber er hat das Messer in der einen Hand, den Schraubenschlüssel in der anderen, er ist überall voll Blut, und ohne den Torschlüssel kann ich nicht zurück. Ich frage ihn, was soll das heißen, steig wieder rauf? Und er sagt, oben auf dem Mast bist du sicher. Also bin ich wieder raufgestiegen.« Caleb zuckte die Achseln. »Und da oben habe ich drei Tage gesessen, bis ich euch auf der Straße dort gesehen habe.«

Peter sah seinen Bruder an, aber Theo wusste anscheinend auch nicht, was er von dieser seltsamen Geschichte halten sollte. Was hatte Zander vorgehabt? War er schon befallen gewesen oder noch nicht? Es war viele Jahre her – länger, als die Lebenden sich erinnern konnten –, dass jemand das Anfangsstadium der Infektion mit eigenen Augen gesehen hatte. Doch es gab jede Menge Geschichten, vor allem aus der Anfangszeit, aus der Zeit der Walker, Geschichten über bizarres Verhalten. Nicht nur über den Blutdurst und das spontane Entkleiden, das alle kannten. Seltsame Äußerungen, öffentliche Reden, manische Wahnsinnstaten. Ein Walker, erzählte man sich, war ins Lagerhaus eingebrochen und hatte sich dort regelrecht zu Tode gefressen. Ein anderer hatte seine Kinder in ihrem Bett umgebracht und sich dann selbst angezündet. Und ein Dritter hatte sich nackt ausgezogen, war vor den Augen der Wache auf die Mauer hinaufgestiegen und hatte aus voller Lunge zuerst die Gettysburgh Address – die in einem der Klassenzimmer in der Zuflucht an der Wand hing – aufgesagt und dann fünfundzwanzig Strophen von »Row Row Row Your Boat« gesungen, bevor er sich zwanzig Meter in die Tiefe stürzte.

»Und die Smokes?«, fragte Theo.

»Ja, das ist das Komische. Wie Zander sagte. Da waren keine. Zumindest keine, die in meine Nähe kamen. Ab und zu nachts habe ich sie gesehen, draußen im Tal. Aber sie haben mich in Ruhe gelassen. Sie jagen nicht gern in den Turbinenfeldern. Zander dachte immer, die Propeller machen sie verrückt. Vielleicht hat das damit was zu tun. Ich weiß es nicht.« Der Junge schwieg. Peter

sah, dass die Erschöpfung nach diesen Strapazen ihn übermannte. »Als ich mich dran gewöhnt hatte, war es sogar ganz friedlich. Zander habe ich danach nicht mehr gesehen. Ich konnte ihn hören, wie er unten am Mast herumschlurfte. Aber er hat mir nie geantwortet. Da dachte ich, am besten warte ich, bis die Ablösung da ist, und versuche dann, irgendwie wegzukommen.«

»Und dann hast du uns gesehen.«

»Glaub mir, ich habe mir die Lunge aus dem Hals geschrien, aber ihr wart wahrscheinlich zu weit weg, um mich zu hören. Zander war weg. Das Maultier auch, die Virals müssen es weggeschleift haben. Ich hatte kein Wasser mehr, und kein Mensch würde mich im östlichen Sektor suchen kommen. Also beschloss ich, runterzuklettern und hierherzurennen. Ungefähr einen Kilometer von hier tauchten dann plötzlich *überall* Smokes auf. Ich dachte, das war's, jetzt bin ich erledigt. Ich versteckte mich unter dem Sockel eines Windrads und wartete eigentlich nur noch auf den Tod. Aber aus irgendeinem Grund blieben sie auf Abstand. Ich weiß nicht, wie lange ich da unten gelegen habe. Jedenfalls war, als ich dann rausguckte, kein Smoke weit und breit zu sehen. Ich wusste, dass das Tor inzwischen geschlossen war, aber ich dachte wohl, ich würde schon irgendwie reinkommen.«

Arlo sah Theo an. »Das kapiere ich nicht«, sagte er. »Wieso haben sie ihn in Ruhe gelassen?«

»Weil sie ihm gefolgt sind«, sagte Alicia. »Das haben wir vom Dach aus gesehen. Vielleicht wollten sie ihn als Köder benutzen, um uns hinauszulocken? Seit wann tun sie das?«

»Keine Ahnung.« Theos Miene verhärtete sich, und er saß steif auf seinem Stuhl. »Hört mal zu. Ich bin froh, dass Caleb nichts passiert ist, versteht mich da nicht falsch. Aber das war eine saudumme Aktion von euch beiden. Wenn dieses Kraftwerk vom Netz geht, wenn die Lichter ausgehen, dann war's das für *alle*. Ich weiß nicht, warum ich euch das erklären muss, aber anscheinend ist es nötig.«

Peter und Alicia schwiegen. Theo hatte recht. Wenn Peters Schuss nur ein paar Zentimeter nach links oder nach rechts

gegangen wäre, dann wären sie jetzt wahrscheinlich alle tot. Es war ein Glückstreffer gewesen, und das wusste er.

»Aber das alles erklärt nicht, wie Zander sich infiziert hat«, fuhr Theo fort. »Oder was er sich dabei gedacht hat, als er Caleb oben auf dem Mast in Ruhe ließ.«

»Zum Teufel damit.« Arlo schlug sich mit den flachen Händen auf die Knie. »Mich interessiert vor allem, was es mit diesen Gewehren auf sich hat. Wie viele sind es?«

»Zwölf Kisten unten an der Treppe«, sagte Alicia. »Und noch mal sechs auf dem Kriechspeicher unter dem Dach.«

»Und genau da werden sie auch bleiben«, erklärte Theo.

Alicia lachte. »Das ist nicht dein Ernst.«

»O doch. Sieh dir doch an, was beinahe passiert wäre. Kannst du ganz ehrlich behaupten, ihr wärt ohne diese Gewehre da hinausgegangen?«

»Vielleicht nicht. Aber wegen der Gewehre ist Caleb noch am Leben. Und du kannst sagen, was du willst, ich bin froh, dass wir ihn da weggeholt haben. Und das sind nicht einfach *Gewehre,* Theo. Die Dinger sind nagelneu.«

»Das weiß ich«, sagte Theo. »Ich habe sie gesehen. Ich weiß alles darüber.«

»Ach ja?«

Er nickte. »Selbstverständlich.«

Einen Moment lang sagte niemand etwas. Alicia beugte sich über den Tisch. »Und wem gehören sie?«

Aber Theo richtete seine Antwort an Peter. »Sie haben unserem Vater gehört.«

Und in den letzten Stunden der Nacht erzählte Theo die Geschichte. Caleb hatte sich schlafen gelegt, weil ihm vor Müdigkeit die Augen zufielen, und Arlo hatte den Schnaps herausgeholt, wie sie es manchmal nach einer Nacht auf der Mauer taten. Er goss zwei Fingerbreit in jeden Becher.

Östlich von hier liege ein alter Stützpunkt des Marine Corps,

erklärte Theo, ungefähr zwei Tagesritte weit entfernt. Er heiße Twentynine Palms. Das meiste davon ist nicht mehr da, sagte er. Fast alles versandet. Man erkennt kaum noch, dass da mal was war, wenn man nicht weiß, wo man suchen muss. Ihr Vater hatte die Waffen in einem Bunker gefunden, gut verpackt in festen Kisten und trocken. Und nicht nur Gewehre. Auch Pistolen und Mörser. Maschinengewehre und Granaten. Eine ganze Halle mit Fahrzeugen, sogar zwei Panzer. Die schweren Waffen konnten sie nicht bewegen, und die Fahrzeuge liefen nicht mehr, aber die Gewehre hatten ihr Vater und Onkel Willem mit dem Karren zum Kraftwerk gebracht – insgesamt drei Fuhren, bis Onkel Willem gestorben war.

»Und warum hat er niemandem etwas davon erzählt?«, fragte Peter.

»Er hat es erzählt – unserer Mutter und auch ein paar anderen. Und er ist ja nicht allein geritten, weißt du. Ich nehme an, der Colonel wusste Bescheid. Wahrscheinlich auch Old Chou. Und Zander musste davon wissen, denn er hat sie hier gebunkert.«

»Aber nicht Sanjay«, warf Alicia ein.

Theo schüttelte stirnrunzelnd den Kopf. »Glaub mir, Sanjay wäre der Letzte gewesen, dem mein Vater etwas davon gesagt hätte. Nichts gegen Sanjay. Er macht einen guten Job. Aber er war immer ganz entschieden gegen die Ritte, besonders nachdem Raj getötet worden war.«

»Stimmt«, sagte Arlo. »Er war einer von den dreien.«

Theo nickte. »Ich glaube, es ist Sanjay immer gegen den Strich gegangen, dass sein Bruder mit unserem Vater reiten wollte. Ich habe es nie ganz verstanden, aber es gab aus irgendeinem lange zurückliegenden Grund böses Blut zwischen ihnen. Und nachdem Raj getötet worden war, wurde es noch schlimmer. Sanjay brachte den Haushalt gegen unseren Vater auf, wählte ihn als Oberhaupt ab und machte Schluss mit den Langen Ritten. Unser Vater zog sich zurück und fing an, allein zu reiten.«

Peter hielt den Schnapsbecher unter die Nase. Der scharfe Dunst brannte ihm in den Nasenlöchern. Er stellte den Becher wieder auf den Tisch. Es war schwer zu sagen, was ihn mehr deprimierte – dass sein Vater ihm dieses Geheimnis vorenthalten hatte, oder dass Theo es getan hatte.

»Warum haben sie die Gewehre überhaupt versteckt?«, fragte er. »Statt sie einfach auf den Berg zu bringen?«

»Und wie sollte es dann weitergehen? Überleg doch, Bruder. Wir alle haben euch da draußen gehört. Nach meiner Zählung habt ihr sechsunddreißigmal geschossen, um – wie viele? – zwei Virals zu töten? Und wie viele waren es insgesamt? Diese Gewehre hätten ungefähr eine Jahreszeit gereicht, wenn er sie einfach der Wache ausgehändigt hätte. Die Leute hätten auf ihren eigenen Schatten geschossen. Verflucht, die halbe Zeit hätten sie wahrscheinlich *auf*einander geschossen. Ich glaube, davor hatte er die größte Angst.«

»Wie viele sind noch da?«, fragte Alicia.

»In dem Bunker? Ich weiß es nicht. Ich war nie da.«

»Aber du weißt, wo er ist.«

Theo nahm einen Schluck Schnaps. »Ich weiß, worauf du hinauswillst. Und du kannst gleich wieder aufhören. Unser Vater – na ja, er hatte Flausen im Kopf. Peter, das weißt du genauso gut wie ich. Er konnte einfach nicht akzeptieren, dass wir als Einzige übrig sind, dass da draußen niemand mehr ist. Er dachte, wenn er andere finden könnte und wenn sie Gewehre hätten …« Er ließ den Satz in der Schwebe.

Alicia richtete sich auf. »Eine Armee«, sagte sie und schaute in die Runde. »Das war's, nicht wahr? Er wollte eine Armee aufstellen. Gegen die Smokes.«

»Und das ist sinnlos«, sagte Theo, und Peter hörte die Bitterkeit in der Stimme seines Bruders. »Sinnlos und verrückt. Die Army *hatte* Gewehre, und was ist aus ihr geworden? Ist sie je zu uns zurückgekommen? Mit ihren Gewehren und Raketen und Hubschraubern? Nein, sie ist nicht zurückgekommen, und ich sage dir, warum nicht: Weil die Soldaten alle tot sind.«

Alicia ließ sich nicht beirren. »Ich finde die Idee trotzdem fabelhaft.«

Theo lachte bitter. »Dass es *dir* gefallen würde, habe ich mir gedacht.«

»Und ich glaube auch nicht, dass wir allein sind«, legte sie noch einen drauf. »Es *gibt* noch andere so wie wir. Irgendwo da draußen.«

»Ach ja? Warum bist du da so sicher?«

»Ich weiß nicht«, sagte sie. »Ich bin's einfach.«

Theo starrte stirnrunzelnd in seinen Becher und ließ den Schnaps eine Weile kreisen. »Glaub, was du willst«, sagte er leise. »Dadurch wird es nicht wahr.«

»Unser Vater hat es auch geglaubt«, sagte Peter.

»Ja, das hat er, Bruder. Und es hat ihn das Leben gekostet. Ich weiß, dass wir darüber nicht sprechen, aber es ist die Wahrheit. Wenn man auf der Mauer steht, um ihm bei seiner Rückkehr den Gnadentod zu geben, wird einem so manches klar, glaub mir. Unser Vater ist nicht da rausgeritten, um seinem Leben ein Ende zu machen. Wer das glaubt, weiß nicht das Geringste über ihn. Er hat es getan, weil er die Ungewissheit einfach nicht ertragen konnte. Nicht eine Minute länger. Es war tapfer, und es war dumm, und er hat seine Antwort bekommen.«

»Er hat einen Walker gesehen. Bei Milagro.«

»Kann sein«, sagte Theo. »Wenn du mich fragst, er hat gesehen, was er sehen wollte. Und wenn schon. Was würde sich durch *einen* Walker ändern?«

Theos Hoffnungslosigkeit erschütterte Peter zutiefst. Sie zeugte nicht nur von Resignation, sondern erschien ihm regelrecht illoyal.

»Wo es einen gibt, gibt es auch noch andere«, beharrte Peter.

»Was es gibt, Bruder, sind die Smokes. Daran können alle Gewehre dieser Welt nichts ändern.«

Eine Zeitlang schwiegen alle. Der Gedanke hing in der Luft, unausgesprochen, aber mit Händen zu greifen. Wie viel Zeit hatten sie noch, bis die Lichter ausgingen? Bis niemand mehr die Akkus aufladen konnte?

»Das glaube ich nicht«, sagte Arlo. »Und ich kann mir nicht vorstellen, dass du so denkst, Theo. Wenn es nichts anderes mehr gibt, was hat dann das alles noch für einen Sinn?«

»Was es für einen Sinn hat?« Wieder starrte Theo in seinen Becher. »Das würde ich selber gerne wissen. Vermutlich besteht der einzige Sinn darin, am Leben zu bleiben. Die Lichter brennen zu lassen, solange wir können.« Er hob den Becher an die Lippen und trank ihn in einem Zug leer. »Apropos: Bald wird es hell, Leute. Lasst Caleb schlafen, aber weckt die anderen. Wir müssen die Kadaver beseitigen.«

Es waren vier. Drei fanden sie im Hof, und einen – Zander – auf dem Dach. Er lag mit dem Gesicht nach oben auf dem Betondach neben der Luke, die nackten Gliedmaßen ausgestreckt, als hätte er sich ergeben wollen. Die Kugel aus Peters Gewehr hatte seinen Kopf durchschlagen und die Schädeldecke weggerissen. Sie hing an einem Hautlappen schräg herunter. Er hatte schon angefangen, in der Morgensonne zu schrumpfen. Ein feiner grauer Dunst stieg von seiner verwesenden Haut auf.

Peter war an das Aussehen der Virals gewöhnt, aber es war immer noch verstörend, einen aus der Nähe zu sehen. Die Gesichtszüge, wie wegpoliert und zu einer fast infantilen Ausdruckslosigkeit geglättet. Die gekrümmten Hände und Füße mit ihren Greifklauen und den rasiermesserscharfen Krallen. Die kompakte Muskulatur an Gliedern und Rumpf und der lange, in alle Richtungen drehbare Hals. Die spitzen Zähne, dicht an dicht gedrängt wie Nadeln aus Stahl. Finn trug Gummistiefel und Handschuhe und hatte sich einen Lappen vor das Gesicht gebunden, als er mit einer Forke den Schlüssel an seiner Schnur aufhob und in einen Blecheimer fallen ließ. Sie überschütteten den Schlüssel mit Alkohol und zündeten ihn an. Dann legten sie ihn zum Trocknen in die Sonne. Was die Flammen nicht abgetötet hatte, würden die Sonnenstrahlen erledigen. Zander, steif wie ein Stück Holz, rollten sie auf eine Plastikplane, die sie dann über ihm zu einem Schlauch

zusammenfalteten. Arlo und Rey schleppten ihn zur Dachkante und ließen ihn in den Hof hinunterfallen.

Als sie alle vier Leichen vor den Zaun hinausgeschleift hatten, stand die Sonne hoch und heiß am Himmel. Peter lehnte sich an ein Rohr und sah von der windabgewandten Seite her zu, wie Theo Alkohol über die Kadaver schüttete. Er kam sich nutzlos vor, doch mit seinem verstauchten Knöchel war er keine große Hilfe. Alicia stand mit einem Gewehr im Arm Wache. Caleb war inzwischen aufgewacht und zu ihnen herausgekommen. Peter sah, dass er hohe Lederstiefel trug.

»Von Zander.« Der Junge zuckte ein wenig schuldbewusst die Achseln. »Sein extra Paar. Ich dachte, er hat bestimmt nichts dagegen.«

Theo nahm eine Dose Schwefelhölzer aus seinem Beutel und zog die Gesichtsmaske herunter. In der anderen Hand hielt er eine Fackel. Große runde Schweißflecken durchfeuchteten sein Hemd am Hals und unter den Armen. Es war ein altes Hemd aus dem Lagerhaus. Die Ärmel waren längst verschwunden, und der Kragen war zerfranst. In die Brusttasche war in einer geschwungenen Schrift der Name *Armando* gestickt.

»Will noch jemand etwas sagen?«

Peter spürte, dass er es tun sollte, aber er fand keine Worte. Der Anblick der Leiche auf dem Dach hatte nichts an dem unguten Gefühl geändert, dass Zander immer noch Zander gewesen war. Aber all diese Kadaver auf dem Stapel waren einmal jemand gewesen. Vielleicht war einer von ihnen Armando.

»Okay, dann übernehme ich es.« Theo räusperte sich. »Zander, du warst ein guter Ingenieur und ein guter Freund. Du hattest nie ein böses Wort für irgendjemanden, und dafür danken wir dir. Ruhe in Frieden.« Er riss ein Streichholz an, hielt es an die Fackel, bis sie brannte, und zündete die Kadaver an.

Die Haut verbrannte schnell. Sie löste sich auf wie Papier, und dann folgte der Rest. Die Knochen fielen in sich zusammen und zerbarsten zu kleinen Aschewölkchen. Nach einer Minute war

alles vorbei. Als die letzten Flammen erloschen waren, schaufelten sie die Asche in die flache Grube, die Rey und Finn ausgehoben hatten, und bedeckten sie mit einer Schicht Erde.

Sie klopften den Grabhügel fest, als Caleb plötzlich sprach. »Ich möchte nur sagen ... ich glaube, er hat sich dagegen gewehrt. Er hätte mich da draußen umbringen können.«

Theo legte die Schaufel zur Seite. »Versteh mich nicht falsch«, sagte er. »Aber es macht mir Sorgen, dass er es nicht getan hat.«

In den folgenden Tagen dachte Peter immer wieder an die Ereignisse jener Nacht und ließ sie im Geiste noch einmal vorüberziehen. Nicht nur das, was auf dem Dach passiert war, und Calebs seltsame Geschichte von seinem Mast, sondern auch den verbitterten Ton seines Bruders, als sie von den Gewehren gesprochen hatten. Denn Alicia hatte recht: Diese Gewehre *bedeuteten* etwas. Sein Leben lang hatte Peter die Welt aus der Zeit Davor als etwas Verschwundenes betrachtet. Es war, als sei eine Messerklinge in die Zeit gefallen und habe sie in zwei Hälften zerschnitten, in das, was vorher war, und das, was danach war. Zwischen diesen Hälften gab es keine Brücke. Der Krieg war verloren, die Army gab es nicht mehr, die Welt außerhalb der Kolonie war das offene Grab einer Geschichte, an die niemand sich mehr erinnerte. Peter hatte sich nie den Kopf darüber zerbrochen, was sein Vater da draußen in der Dunkelheit eigentlich gesucht hatte. Vermutlich, weil es auf der Hand gelegen hatte: Menschen, andere Überlebende. Aber als er eins der Gewehre seines Vaters in der Hand gehalten hatte – und auch jetzt, als er in der Unterkunft lag, während sein Knöchel allmählich heilte, und sich daran erinnerte, wie es sich angefühlt hatte –, spürte er, dass da mehr war: als wäre die Vergangenheit mit all ihrer Macht in ihn geflossen. Und vielleicht war es das, was sein Vater die ganze Zeit auf seinen Langen Ritten versucht hatte. Er hatte versucht, sich an die Welt zu erinnern.

Sicher hatte Theo das gewusst, sicher hatte er die Größe gekannt, die in ihm war wie in allen Männern der Langen Ritte.

Peter hatte schon vor langer Zeit beschlossen, Theo nicht zu verübeln, was seine Mutter am Morgen ihres Todes gesagt hatte. *Gib acht auf deinen Bruder, Theo. Er ist nicht stark wie du.* Die Wahrheit war die Wahrheit, und im Laufe der Jahre hatte Peter festgestellt, dass er mit diesem Wissen über sich selbst gut leben konnte. Manchmal war es beinahe eine Erleichterung. Ihr Vater hatte ein schwieriges und verzweifeltes Unternehmen begonnen, und nichts sprach dafür, dass er recht hatte. Wenn Theo nun also diese Bürde – für sie beide – auf seine Schultern nahm, dann war es Peter mehr als recht.

Aber als er gehört hatte, wie sein Bruder zu Arlo sagte, es habe alles keinen Sinn, und ihnen bleibe nichts weiter, als die Lichter brennen zu lassen, solange es ging – wie er das ausgerechnet zu Arlo sagte, der ein Kind in der Zuflucht hatte –, da war es ein anderer Theo gewesen als der, den er kannte. Etwas in seinem Bruder hatte sich verändert. Was mochte es sein?

Sie blieben fünf Tage. Finn und Rey verbrachten den ersten Tag damit, den Elektrozaun zu reparieren, und dann gingen sie daran, auf dem westlichen Feld die Turbinen zu schmieren. Arlo, Theo und Alicia begleiteten sie paarweise abwechselnd, und sie kehrten jedes Mal lange vor Sonnenuntergang zurück, um die Anlage zu sichern. Da Peter nichts anderes zu tun hatte, spielte er Solitaire mit einem Kartenspiel, bei dem drei Karten fehlten, oder er durchstöberte eine Kiste mit bunt zusammengewürfelten Büchern im Lagerraum: *Charlie und die Schokoladenfabrik, Die Geschichte des Osmanischen Reiches,* Zane Greys *Ritter der Weiten Wüste (Klassiker der Westernliteratur).* Innen auf dem hinteren Deckel jedes Buches klebte eine Tasche aus Pappe mit der Aufschrift EIGENTUM DER RIVERSIDE COUNTY PUBLIC LIBRARY, und in der Tasche steckte eine Karte mit einer Liste von Daten in verblasster Tinte: 7. September 2014, 3. April 2012, 21. Dezember 2016.

»Wer hat die hergebracht?«, fragte er Theo eines Abends, nachdem die Gruppe vom Turbinenfeld zurückgekommen war. Ein Stapel Bücher türmte sich neben seiner Koje.

Theo stand am Waschbecken und wusch sich das Gesicht. »Ich glaube, die sind schon lange hier. Ich weiß nicht, ob Zander besonders gut lesen konnte. Deshalb hat er sie wohl ins Lager gestellt. Ist was Gutes dabei?«

Peter hielt das Buch hoch, das er gerade las: *Moby Dick oder Der Wal.* »Ehrlich gesagt, ich bin nicht mal sicher, ob es wirklich Englisch ist. Ich habe heute fast den ganzen Tag für eine Seite gebraucht.«

Sein Bruder lachte erschöpft. »Lass mich mal deinen Knöchel sehen«, sagte Theo und setzte sich auf die Bettkante. Behutsam nahm er Peters Fuß in beide Hände und drehte ihn im Gelenk. Seit der Nacht des Angriffs hatten die beiden kaum ein Wort miteinander gesprochen. Aber eigentlich waren alle ziemlich schweigsam.

»Na, sieht ja schon besser aus.« Theo rieb sich das Stoppelkinn. Er war hohläugig vor Erschöpfung. »Die Schwellung ist zurückgegangen. Glaubst du, du kannst reiten?«

»Ich würde kriechen, um hier rauszukommen, wenn es sein müsste.«

Am nächsten Morgen nach dem Frühstück brachen sie auf. Arlo hatte sich bereit erklärt, bei Rey und Finn zu bleiben, bis die nächste Ablösung käme. Caleb hatte auch bleiben wollen, aber Theo redete es ihm aus: Wenn Arlo hier sei, und solange sie innerhalb des Elektrozauns blieben, sei ein vierter Mann unnötig. Und Caleb habe mehr als genug getan.

Eine andere Frage betraf die Gewehre. Theo wollte sie lassen, wo sie waren, doch Alicia fand, es sei unvernünftig, sie allesamt hierzulassen. Sie wüssten immer noch nicht, was mit Zander passiert sei und warum die Smokes Caleb nicht umgebracht hätten, obwohl sie Gelegenheit dazu gehabt hatten. Schließlich fanden sie einen Kompromiss: Sie würden bewaffnet zurückreiten, aber die Gewehre dann vor der Befestigungsmauer verstecken. Die restlichen Waffen würden hierbleiben.

»Ich bezweifle, dass ich sie brauche«, sagte Arlo, als die Gruppe aufsaß. »Wenn hier Smokes auftauchen, quatsche ich sie einfach

tot.« Aber auch er trug ein Gewehr über der Schulter. Alicia hatte ihm gezeigt, wie man es lud und reinigte, und sie hatte ihn im Hof ein paarmal schießen lassen. »Allmächtiger!«, hatte er mit seiner dröhnenden Stimme gerufen und mit dem nächsten Schuss das Ziel vom Zaunpfahl fliegen lassen. »Das ist ja unglaublich!« Theo hatte recht, dachte Peter: Wenn man so ein Gewehr einmal hatte, wollte man es nicht mehr loslassen.

»Sei vorsichtig, Arlo«, mahnte Theo. Die Pferde, die seit Tagen keine Bewegung mehr gehabt hatten, warteten ungeduldig darauf, dass es losging. Sie tänzelten unter ihnen und stampften mit den Hufen im Staub. »Irgendetwas stimmt nicht. Bleibt innerhalb des Zauns und schaltet ihn jeden Abend ein, bevor ihr die ersten Schatten seht. Okay?«

»Keine Sorge, Cousin.« Arlo grinste durch seinen Bart und sah Finn und Rey an. Die beiden versuchten gar nicht erst, ihre Verzweiflung zu verhehlen: Arlo und seinen Geschichten würden sie nicht entkommen. Wahrscheinlich würde er irgendwann sogar noch mit Singen anfangen, Gitarre hin oder her. Der Schlüssel, den sie Zanders Leiche abgenommen hatten, hing nun an Arlos Hals. Theo hatte den anderen.

»Ach, kommt schon, Jungs«, rief Arlo den beiden zu und klatschte in die Hände. »Kopf hoch. Das wird bestimmt ganz lustig werden.« Doch als er an Theos Pferd herantrat, wurde seine Miene plötzlich ernst. »Tu das in deinen Beutel«, sagte er leise und reichte Theo ein zusammengefaltetes Blatt Papier. »Für Leigh und das Baby, falls etwas passiert.«

Theo steckte das Blatt ein, ohne es anzusehen. »Zehn Tage. Bleibt drinnen.«

»Zehn Tage, Cousin.«

Sie ritten davon. Ohne den Karren konnten sie einfach querfeldein Kurs auf Banning nehmen und ihren Weg so um ein paar Kilometer abkürzen. Niemand sprach. Sie sparten ihre Kräfte für den weiten Ritt, der vor ihnen lag.

Als sie sich dem Stadtrand näherten, zügelte Theo sein Pferd.

»Jetzt hätte ich es fast vergessen.« Er schob die Hand in seine Satteltasche und holte das seltsame Ding heraus, das Michael ihm vor sechs Tagen am Tor in die Hand gedrückt hatte. »Weiß jemand noch, was das ist?«

Caleb trieb sein Pferd zu ihm heran, nahm Theo das Board ab und betrachtete es. »Das ist ein Motherboard. Ein Intel-Prozessor, Serie Pion. Siehst du die Neun? Daran kann man es erkennen.«

»Du verstehst was von diesem Kram?«

»Muss ich ja.« Caleb reichte ihm die Platine schulterzuckend zurück. »Für die Turbinensteuerung werden Pion-Prozessoren benutzt. Unsere sind für den Militäreinsatz gehärtet, aber im Grunde sind es die gleichen. Sie sind unverwüstlich und superschnell. Sechzehn Gigahertz ohne Übertakten.«

Peter sah Theos Gesichtsausdruck. Sein Bruder hatte auch keine Ahnung, was das bedeutete.

»Tja, Michael will so was haben.«

»Das hättest du früher sagen sollen. Wir haben jede Menge davon im Kraftwerk.«

Alicia lachte. »Ich muss sagen, du überraschst mich, Caleb. Du klingst wie Akku. Ich wusste nicht mal, dass Schrauber lesen können.«

Caleb drehte sich im Sattel zu ihr um, aber wenn er beleidigt war, ließ er es nicht erkennen. »Machst du Witze? Was soll man denn hier unten sonst tun? Zander hat sich dauernd in die Bibliothek geschlichen, um neue Bücher zu holen. Da stehen Kisten über Kisten im Werkzeugschuppen. Und nicht bloß technisches Zeug. Der Kerl hat einfach alles gelesen. Er meinte, Bücher wären interessanter als Leute.«

Einen Augenblick lang schwiegen alle.

»Habe ich was Falsches gesagt?«, fragte Caleb.

Die Bibliothek lag in der Nähe der Empire Valley Outlet Mall am Nordrand der Stadt, ein gedrungenes kastenförmiges Gebäude, umgeben von hartem Boden, aus dem hohe Unkrautbüschel

wuchsen. Im Schutz einer Tankstelle stiegen sie ab. Theo nahm das Fernglas aus der Satteltasche und betrachtete das Gebäude.

»Ziemlich versandet. Aber die Fenster über dem Erdgeschoss sind noch intakt. Sieht aus, als wäre alles dicht.«

»Kannst du hineinsehen?«, fragte Peter.

»Die Sonne ist zu hell, und die Fenster spiegeln.« Er reichte Alicia das Fernglas und wandte sich an Caleb. »Bist du sicher?«

»Dass Zander oft hier war?« Der Junge nickte. »Ja natürlich.«

»Warst du mal mit ihm da?«

»Ist das dein Ernst?«

Alicia war über einen Container auf das Dach der Tankstelle geklettert, um besser sehen zu können.

»Und?«, fragte Theo.

Sie nahm das Fernglas ab. »Du hast recht, die Sonne ist zu grell. Ich kann mir aber nicht vorstellen, dass da was drin ist, bei so vielen Fenstern.«

»Das hat Zander auch immer gesagt.« Caleb nickte.

»Das kapiere ich nicht«, sagte Peter. »Wieso ist er allein hierhergekommen?«

Alicia sprang vom Dach herunter. Sie klopfte sich die Hände an ihrem T-Shirt ab und strich sich eine schweißfeuchte Haarsträhne aus dem Gesicht. »Ich denke, wir sollten mal nachsehen. Es ist mitten am Tag. Eine bessere Gelegenheit finden wir nicht.«

Warum bin ich nicht überrascht?, fragte Theos Blick. Er sah Peter an. »Wofür stimmst du?«

»Seit wann stimmen wir ab?«

»Seit eben. Wenn wir es tun, müssen alle einverstanden sein.«

Peter versuchte, Theo am Gesicht abzulesen, was er wollte. Er spürte das Gewicht einer Herausforderung in Theos Frage. Warum denn das?, dachte er. Warum jetzt?

Er nickte zustimmend.

»Okay, Lish.« Theo griff nach seinem Gewehr. »Du hast deine Smoke-Jagd.«

Sie ließen Caleb bei den Pferden zurück und näherten sich dem

Gebäude in lockerer Formation. Die Sandwehen reichten bis an die Fenster hinauf, aber der Vordereingang oben an der kurzen Treppe war frei. Die Tür ließ sich mühelos öffnen, und sie traten ein. Am anderen Ende des Eingangsflurs war eine zweite Flügeltür. An der Wand gleich hinter der Tür hing ein schwarzes Brett mit lauter Zetteln, verblichen, aber immer noch lesbar: *Auto zu verkaufen, 14er Nissan Serata, wenig Meilen ... Abnehmen? Fragen Sie mich! ... Babysitter gesucht, für nachmittags und gelegentlich abends, Auto erforderlich ... Geschichten für Kinder, dienstags und donnerstags, 10:30–11:30.* Und größer als alle anderen war ein gelbes Blatt, das sich an den Rändern rollte:

Vorsicht!
Bleiben Sie in gut beleuchteten Bereichen.
Melden Sie jegliches Anzeichen einer Infektion.
Lassen Sie keine Fremden ins Haus.
Verlassen Sie die sicheren Zonen nur auf Anweisung eines Regierungsbeamten.

Sie gingen weiter und kamen in einen großen Lesesaal, hell erleuchtet durch hohe Fenster, die zum Parkplatz hinausgingen. Es war stickig heiß hier drin.

Hinter dem Ausleihetisch saß eine Leiche.

Die Frau – Peter sah, dass es eine Frau war – hatte sich anscheinend erschossen. Die Waffe, ein kleiner Revolver, lag noch in ihrer Hand, die in den Schoß gefallen war. Die Leiche war braun wie Leder, und die ausgetrocknete Haut der Frau spannte sich straff über die Knochen. Das Einschussloch in der Schädelseite war deut-

lich zu sehen. Ihr Kopf war zur Seite geneigt, als wäre ihr etwas heruntergefallen, und sie suchte danach.

»Ich bin froh, dass Arlo das hier nicht sieht«, sagte Alicia leise.

Schweigend gingen sie zwischen den Reihen der Bücherregale hindurch. Überall auf dem Boden lagen zahllose Bücher verstreut wie Schneewehen. Theo deutete mit dem Gewehrlauf zur Treppe. »Augen überall.«

Die Treppe führte hinauf zu einem weiteren großen Lesesaal, durchflutet vom Sonnenlicht, das durch die Fenster hereinschien. Ein geräumiger Eindruck entstand dadurch, dass die Regale allesamt zur Seite geschoben worden waren, um Platz für die Feldbetten zu machen, die hier in Reihen hintereinanderstanden.

Auf jedem Feldbett lag eine Leiche.

»Das müssen ungefähr fünfzig sein«, flüsterte Alicia. »Ist das so was wie ein Lazarett?«

Theo ging zwischen den Reihen der Feldbetten hindurch. Ein seltsamer Moschusgeruch hing in der Luft. Auf halber Strecke blieb er an einer Pritsche stehen, bückte sich und hob einen kleinen Gegenstand auf, etwas Weiches, Schlaffes aus zerfallendem Stoff. Er hielt es hoch, damit Alicia und Peter es sehen konnten. Eine Stoffpuppe.

»Ich glaube nicht.«

Das Bild vor seinen Augen verschwamm, und Peter begriff plötzlich. Die Leichen waren so klein. Hände aus lederumhüllten Knochen umklammerten Stofftiere und Spielsachen. Peter tat einen Schritt vorwärts und hörte und fühlte das Knirschen von Plastik unter seiner Sohle. Eine Injektionsspritze. Da lagen Dutzende, verstreut auf dem Boden.

Die Erkenntnis traf ihn wie ein Faustschlag.

»Theo, das ist … das sind …« Die Worte blieben ihm in der Kehle stecken.

Sein Bruder war schon auf dem Weg zur Treppe. »Machen wir, dass wir hier rauskommen.«

Erst draußen vor der Tür blieben sie wieder stehen und atmeten

die frische Luft in tiefen Zügen. Peter sah Caleb drüben auf dem Dach der Tankstelle. Er suchte die Umgebung mit dem Fernglas ab.

»Sie müssen über ihr Schicksal Bescheid gewusst haben«, sagte Alicia leise. »Dachten sich, es wäre besser so.«

Theo hängte sich das Gewehr über die Schulter und trank gierig aus seiner Wasserflasche. Er war aschgrau im Gesicht, und Peter sah, dass seine Hände zitterten. »Dieser verdammte Zander«, sagte Theo. »Weshalb zum Teufel musste er herkommen?«

»An der Rückseite ist noch eine zweite Treppe«, sagte Alicia. »Wir sollten sie uns ansehen.«

Theo spuckte aus und schüttelte heftig den Kopf.

»Lass es gut sein, Lish«, sagte Peter.

»Was hat es für einen Sinn, das Gebäude zu überprüfen, wenn wir nicht alles überprüfen?«

Theo fuhr herum. »Ich will keine Sekunde länger hierbleiben.« Er war fest entschlossen, und seine Entscheidung war endgültig. »Wir brennen alles nieder. Und keine Diskussionen.«

Sie gingen wieder hinein, rissen Bücher aus den Regalen und warfen sie auf einen Haufen vor dem Ausleihetisch. Das Papier fing rasch Feuer, und die Flammen sprangen von einem Buch zum anderen. Sie liefen hinaus, und aus einem Abstand von fünfzig Metern sahen sie zu, wie die Bibliothek brannte. Peter trank aus seiner Wasserflasche, aber nichts konnte den Geschmack in seinem Mund wegspülen, den Geschmack von Tod und Leichen. Er wusste, dass seine Augen etwas gesehen hatten, das ihn für den Rest seines Lebens begleiten würde. Zander war hergekommen, aber nicht nur wegen der Bücher. Er war gekommen, um die Kinder zu sehen.

Und in diesem Augenblick begannen die Sandwehen am Fuße des Gebäudes sich zu bewegen.

Alicia, die neben ihm stand, sah es als Erste.

»Peter …«

Der Sand brach überall ein, und die Virals kamen hervor,

krallten sich aus den Dünen herauf, die sich vor die unteren Fenster geschoben hatten. Ein Schwarm von sechsen, die von den Flammen ins gleißende Mittagslicht getrieben wurden.

Sie schrien. Ihr lautes, schrilles Geheul voller Schmerz und Wut ließ die Luft erzittern.

Die Bibliothek stand jetzt in hellen Flammen. Peter hob sein Gewehr, und sein Finger tastete fummelnd nach dem Abzug. Seine Bewegungen fühlten sich unbestimmt an, ziellos. Alles an dieser Szene erschien ihm nur halb real. Noch mehr Virals erschienen in dem dicken schwarzen Rauch, der aus den oberen Fenstern wallte. Die Scheiben explodierten in einem glitzernden Scherbenschauer, und auf der Haut der Kreaturen loderten flüssige Feuerschleier. Ihm war, als wäre geraume Zeit vergangen, seit er das Gewehr gehoben hatte, um zu schießen. Der erste Schwarm hatte sich in den Schatten der Treppe geflüchtet; eng kauerten sie sich zusammen und drückten die Gesichter in den Sand wie Kinder beim Versteckspiel.

»Peter, los, nichts wie weg!«

Als er Alicias Stimme hörte, schüttelte er die Lähmung von sich ab. Theo stand wie betäubt neben ihm. Der Lauf seines Gewehrs war nutzlos zu Boden gerichtet, und die Augen in seinem schlaffen Gesicht waren groß und unbeteiligt: *Was soll's?*

»Theo, hör auf mich.« Alicia zerrte wütend an seinem Arm, und einen Moment lang glaubte Peter, sie würde ihn schlagen. Die Virals unten an der Treppe regten sich wieder. Ein kollektives Zucken ging durch ihre Körper wie ein Windhauch, der das Wasser eines Teichs kräuselt. »Wir müssen weg, *sofort*!«

Theo sah Peter an. »O Bruder«, sagte er. »Ich glaube, wir sind am Arsch.«

»Peter«, flehte Alicia, »hilf mir.«

Sie packten Theo bei den Armen und nahmen ihn zwischen sich, und als sie den Platz halb überquert hatten, rannte Theo von allein. Das unwirkliche Gefühl war verflogen, und nur ein einziger Gedanke war an seine Stelle getreten: weg von hier. Als sie um die Ecke der Tankstelle bogen, sahen sie Caleb davongaloppieren.

Sie sprangen auf die Pferde und jagten hinter ihm her über den harten Sandboden. Hinter ihnen hörte Peter, wie weitere Fensterscheiben klirrend explodierten. Alicia zeigte nach vorn und schrie durch den Wind: zur Mall. Offenbar wollte Caleb dorthin. In vollem Galopp stürmten sie eine Düne hinauf und wieder hinunter auf das leere Gelände, und sie sahen noch, wie Caleb am Westeingang des Einkaufszentrums aus dem Sattel sprang. Er schlug seinem Pferd aufs Hinterteil, und es lief davon, als er durch die Tür verschwand.

»Rein da!«, schrie Alicia. Sie hatte jetzt das Kommando. Theo war verstummt. »Los, und lasst die Pferde laufen!«

Die Pferde waren ein Köder, ein Opfer. Für einen Abschied war keine Zeit; sie sprangen herunter und rannten in das Gebäude. Der beste Platz, wusste Peter, wäre das Atrium. Das Glasdach dort war weggerissen, es gab Sonnenlicht und Deckung, und sie würden sich halbwegs gut verteidigen können. Sie rannten durch den dunklen Korridor. Die Luft roch schwer und sauer, die Wände waren vom Schimmel aufgequollen, und rostige Träger, lose Kabel und verkrustete Rohre traten überall zutage. Vor den meisten Geschäften waren die Rollläden heruntergelassen, aber andere standen offen wie staunende Mäuler, und das halbdunkle Innere war übersät von Müll. Peter sah Caleb, der vor ihnen herrannte, auf das goldene Tageslicht zu, das in breiten Strahlen hereinfiel.

Im Atrium schien die Sonne so hell, dass sie blinzeln mussten. Es sah aus wie in einem Wald. Fast jede Fläche erstickte unter dicken grünen Ranken, und in der Mitte streckten sich ein paar Palmen zur offenen Decke. Von den Dachträgern hingen Lianen herunter wie verschlungene lebende Seile. Hinter einer Barrikade aus umgestürzten Tischen gingen sie in Deckung. Caleb war nirgends zu sehen.

Peter sah seinen Bruder an, der neben ihm kauerte. »Alles in Ordnung?«

Theo nickte unsicher. Sie alle atmeten keuchend. »Tut mir leid. Das vorhin. Ich bin einfach …« Er schüttelte den Kopf. »Ich weiß

es nicht.« Er wischte sich den Schweiß aus den Augen. »Ich übernehme die linke Seite. Bleib du bei Lish.« Er huschte davon.

Lish kniete neben Peter. Sie zog den Verschluss ihres Gewehrs zurück. Vier Gänge trafen sich im Atrium. Der Angriff, falls er käme, würde von Westen her kommen.

»Glaubst du, die Sonne hat sie erledigt?«, fragte Peter.

»Keine Ahnung. Die schienen ziemlich aufgebracht zu sein. Ein paar vielleicht, aber nicht alle.« Sie schlang sich den Riemen ihres Gewehrs locker um den Unterarm. »Du musst mir eins versprechen«, sagte sie. »Ich will keine von denen werden. Wenn es so weit kommt, musst du dich darum kümmern.«

»Nein, Lish. Das werde ich nicht tun. Sag so was gar nicht erst.«

»Ich sage, *wenn* es so weit kommt.« Ihre Stimme klang fest. »Du darfst nicht zögern.«

Sie hatten keine Zeit mehr zum Reden. Sie hörten Schritte herankommen. Caleb stürmte ins Atrium. Er drückte etwas an die Brust. Als er sich hinter die Tische warf, sah Peter, was es war. Ein schwarzer Schuhkarton.

»Das glaube ich nicht«, sagte Alicia. »Du warst *abstauben*?«

Caleb nahm den Deckel ab und warf ihn beiseite. Ein Paar leuchtend gelbe Turnschuhe, noch in Seidenpapier gewickelt. Er streifte Zanders Stiefel ab und schob die Füße in die neuen Schuhe.

»Scheiße.« Enttäuscht zog er die Stirn kraus. »Die sind viel zu groß. Passen nicht mal *annähernd*.«

Und dann sprang der erste Viral herunter – eine verschwommene Bewegung, erst über, dann hinter ihnen. Er fiel geradewegs vom Dach des Atriums, und Peter bekam nur noch mit, wie Theo hochgehoben und Richtung Decke geschleudert wurde. Sein Gewehr baumelte an dem Riemen, der sich an seinem Arm verheddert hatte, und er griff mit Händen und Füßen ins Leere. Ein zweiter Viral, der kopfüber an einem der Deckenträger hing, packte ihn beim Fußknöchel, als wäre er federleicht. Theo schwebte dort oben mit dem Kopf nach unten, und Peter sah den Gesichtsausdruck seines Bruders, den Ausdruck blanken Erstaunens. Er gab

keinen Laut von sich. Sein Gewehr fiel herunter und landete kreiselnd auf dem Boden. Dann schleuderte der Viral ihn durch das offene Dach hinaus, und er war verschwunden.

Peter war aufgesprungen, und sein Finger fand den Abzug. Er hörte eine Stimme, seine eigene Stimme, die den Namen seines Bruders rief, und er hörte, wie Alicia anfing zu schießen. Drei Virals waren jetzt da oben, und sie schwangen sich von einer Strebe zur anderen. Aus den Augenwinkeln sah Peter, wie Alicia mit Caleb quer durch das Atrium lief und ihn über die Theke eines Restaurants auf der anderen Seite schob. Dann schoss er endlich, schoss noch einmal. Aber die Virals waren zu schnell. Immer war die Stelle leer, auf die er gezielt hatte. Es kam ihm vor wie eine Art Spiel – als wollten sie ihn mit einem Trick dazu bringen, seine Munition zu verschießen. *Seit wann tun sie das?*, dachte er und fragte sich sofort, wann er diese Worte schon einmal gehört hatte.

Als der Erste dort oben losließ, sah Peter vor seinem geistigen Auge die tödliche Präzision seiner Flugbahn. Alicia stand jetzt mit dem Rücken zur Theke, und der Viral stürzte geradewegs auf sie herunter, die Arme ausgestreckt, die Beine angezogen, um die Wucht des Aufpralls aufzufangen – ein Wesen aus Zähnen und Klauen und geschmeidigen, kraftvollen Muskeln. Einen Augenblick, bevor er landete, tat Alicia einen Schritt vorwärts, direkt unter ihn, und hielt das Gewehr vor sich wie ein Messer.

Sie schoss.

Ein roter Dunst, ein Gewirr von sich überschlagenden Gliedmaßen, und das Gewehr flog klappernd zu Boden. Im Nu war Alicia wieder auf den Beinen. Der Viral lag reglos da, und in seinem Hinterkopf klaffte ein Krater voller Blut. Alicia hatte ihm geradewegs in den Mund geschossen. Die beiden anderen Virals waren über ihnen erstarrt. Ihre Zähne blitzten, und sie schwenkten ihre Köpfe langsam in Alicias Richtung, als würde jemand an einer unsichtbaren Schnur ziehen.

»Raus hier«, schrie Alicia und flankte über die Theke. »Renn!«

Und das tat er. Er rannte.

Jetzt war er irgendwo mitten in dem Riesengebäude. Anscheinend führte kein Weg hinaus. Alle Ausgänge waren verbarrikadiert, versperrt von Bergen von Müll: Möbeln, Einkaufswagen, Abfallcontainern.

Und Theo, sein Bruder, war verschwunden.

Er musste sich verstecken. Das war seine einzige Chance. Er zerrte an den herabgelassenen Gittern, aber keins ließ sich hochschieben. Alle waren fest verschlossen. Aus dem Nebel der Panik erhob sich eine Frage: Warum war er noch nicht tot? Als er aus dem Atrium geflohen war, hatte er damit gerechnet, keine zehn Schritte weit zu kommen. Ein blitzartiger Schmerz, und alles wäre vorüber. Mindestens eine Minute verging, bevor er begriff, dass die Virals ihn nicht verfolgt hatten.

Weil sie beschäftigt waren, dachte er. Er musste sich an einem Gitter festhalten, um nicht in die Knie zu sacken. Er krümmte die Finger zwischen die Stäbe, legte die Stirn an das kalte Metall und rang nach Luft. Seine Freunde waren tot. Das war die einzige Erklärung. Theo war tot, Caleb war tot, Alicia war tot. Und wenn die Virals mit ihnen fertig wären, wenn sie sich satt getrunken hätten, würden sie hinter ihm herkommen.

Ihn jagen.

Er rannte. Den Gang hinunter und in den nächsten, vorbei an Reihen von verrammelten Geschäften, ohne noch auf die Rollgitter zu achten. Er hatte nur noch einen Gedanken: raus hier, ins Freie. Plötzlich schimmerte Tageslicht vor ihm, irgendeine Öffnung: Er bog um die Ecke und schlitterte über die Fliesen in eine weite, kuppelartige Halle. Ein zweites Atrium. Ohne jegliche Spuren von Müll. Das Sonnenlicht fiel in rauchigen Strahlen durch einen Ring von Fenstern hoch über ihm herein.

Mitten in der Halle stand eine reglose Herde kleiner Pferde.

Sie standen in einem engen Kreis beisammen, unter einem freistehenden Schutzdach. Peter erstarrte. Gleich würden sie davonlaufen. Wie kam eine Pferdeherde in die Mall? Vorsichtig ging er weiter, und dann sah er es: Die Pferde waren nicht echt. Ein

Karussell. Peter erinnerte sich, dass er so etwas auf einem Bild gesehen hatte, in einem Buch in der Zuflucht. Der Sockel drehte sich, und Musik spielte, und Kinder ritten auf den Pferdchen im Kreis herum. Er stieg hinauf. Eine dicke Staubschicht lag auf den Pferden und verhüllte die Einzelheiten. Dann trat er an eins der Tiere heran und wischte den Schmutz ab. Bunte Farben kamen zum Vorschein, präzise gemalte Details: die Augenwimpern, die Rillen in den Zähnen, die Blesse und die geblähten Nüstern.

Und dann spürte er es – ein plötzliches Kribbeln in den Finger- und Zehenspitzen, wie bei der Berührung von kaltem Metall. Er schreckte auf und hob den Kopf.

Vor ihm stand ein Mädchen.

Ein Walker.

Er hätte nicht sagen können, wie alt sie war. Dreizehn? Sechzehn? Ihr langes dunkles Haar war stumpf und verfilzt. Sie trug eine verschlissene Jeans, die über den Knöcheln abgeschnitten war, und ein T-Shirt, das starr vor Dreck war. Die Sachen waren zu groß für ihre knabenhafte Gestalt. Die Hose war mit einem Elektrokabel um ihre Taille gebunden, und an den Füßen trug sie Sandalen mit Plastik-Gänseblümchen.

Bevor Peter etwas sagen konnte, legte sie einen Finger an die Lippen. *Nicht reden.* Sie lief in die Mitte des Karussells, drehte sich um und winkte ihn zu sich: Er solle mitkommen.

Er hörte sie wieder. Ein Huschen im Gang, das Rattern der Stahlgitter vor den Geschäften.

Die Virals kamen. Suchten ihn. Jagten ihn.

Das Mädchen riss die Augen auf. *Beeil dich,* sagte ihr Blick. Sie nahm seine Hand und zog ihn in die Mitte der Karussellplattform. Dort fiel sie auf die Knie und packte einen Eisenring im Boden. Eine Falltür, glatt in die Holzplanken des Bodens eingepasst. Sie kletterte hinunter, und er sah nur noch ihr Gesicht.

Schnell, schnell.

Peter folgte ihr in das Loch und schloss die Falltür über sich.

Jetzt waren sie unter dem Karussell in einer Art Kriechkeller. Stäubchen flirrten in den Lichtstrahlen, die durch die Ritzen zwischen den Bodendielen über ihnen fielen. Peter konnte die dunkle klobige Maschinerie des Karussells ausmachen und daneben auf dem Boden eine zerknüllte Schlafdecke. Plastikflaschen mit Wasser und Konservendosen mit längst abgeblätterten Etiketten stapelten sich reihenweise. Wohnte sie hier?

Der Holzboden über ihnen erbebte. Das Mädchen war auf die Knie gesunken. Ein Schatten ging über sie hinweg. Sie zeigte ihm, was er tun sollte.

Leg dich hin. Sei ganz still.

Er gehorchte. Sie kletterte auf ihn und legte sich auf seinen Rücken. Er fühlte ihre Wärme, ihren Atem in seinem Nacken. Sie bedeckte ihn mit ihrem Körper. Die Virals waren jetzt überall auf dem Karussell. Er spürte ihre Gedanken, wie sie suchten, tasteten, hörte das leise Klicken in ihren Kehlen. Wie lange würde es dauern, bis sie die Falltür entdeckten?

Nicht bewegen. Nicht atmen.

Er schloss fest die Augen und zwang sich zu absoluter Stille, und er wartete auf das Krachen, wenn die Falltür aus den Angeln gerissen würde. Das Gewehr lag neben ihm auf dem Boden. Vielleicht würde er einen oder zwei Schüsse abgeben können, aber das wäre alles.

Sekunden vergingen. Wieder erzitterte der Boden, und er hörte das scharfe, erregte Atmen der Virals, die Menschen witterten und Blut in der Luft schmeckten. Doch irgendetwas stimmte nicht. Er spürte, dass sie unsicher waren. Das Mädchen lastete auf ihm. Schirmte ihn ab, beschützte ihn. Oben war Stille. Waren die Virals weg? Eine Minute verstrich, dann noch eine. Er rätselte, was das Mädchen als Nächstes tun würde. Schließlich rutschte sie von ihm herunter. Er richtete sich auf den Knien auf. Ihre Gesichter waren nur eine Handbreit voneinander entfernt. Die weich gerundete Wange war die eines Kindes, aber ihre Augen hatten nichts Kindliches. Er konnte ihren Atem riechen, ein wenig süß, wie Honig.

»Wie hast du …«

Sie schüttelte heftig den Kopf, um ihn zum Schweigen zu bringen. Sie zeigte zur Decke und drückte dann noch einmal den Finger an die Lippen.

Sie sind weg. Aber sie kommen wieder.

Sie stand auf und öffnete die Falltür. Mit einer kurzen Drehung des Kopfes gab sie ihm ein Zeichen.

Komm mit. Sofort.

Sie stiegen hinauf auf die Karussellplattform. Die Halle war leer, aber die Anwesenheit der Virals war noch spürbar. Die Luft bewegte sich in unsichtbaren Wirbeln, wo sie gewesen waren. Mit schnellen Schritten führte das Mädchen ihn zu einer Tür auf der anderen Seite des Atriums. Sie stand offen; ein Betonkeil hielt sie fest. Sie liefen hindurch, und das Mädchen nahm den Keil weg und ließ die Tür zufallen. Er hörte das Klicken eines Schlosses.

Schwarze Finsternis.

Wieder überkam ihn Panik und das überwältigende Gefühl der Orientierungslosigkeit. Aber dann nahm sie seine Hand. Ihr Griff war fest und sollte ihn beruhigen. Sie zog ihn weiter.

Ich habe dich. Es ist alles in Ordnung.

Er versuchte, seine Schritte zu zählen, doch es gelang ihm nicht. Ihre Hand forderte ihn auf, schneller zu gehen; seine Unsicherheit hielte sie auf. Er stolperte über irgendetwas, und das Gewehr rutschte ihm aus der Hand und verschwand im Dunkeln.

»Warte …«

Von hinten kam ein hallendes Dröhnen. Dann das Kreischen von verbogenem Metall. Die Virals hatten sie gefunden. Vor ihnen schimmerte mattes Tageslicht, und allmählich trat die Umgebung aus der Dunkelheit hervor. Sie waren in einem langen hohen Korridor. Links und rechts lehnten Slims an den Wänden, ein Chor von grinsenden Skeletten mit verrenkten Gliedern, deren Haltung wie eine Warnung erschien. Wieder krachte es hinter ihnen. Die Tür gab nach und brach aus den Angeln. Der Korridor endete an einer weiteren offenen Tür. Ein Treppenhaus. Von

hoch oben fiel fahles Tageslicht herunter, und das Gurren und der Geruch von Tauben wehte ihm entgegen. An der Wand hing ein Schild: ZUM DACH.

Er drehte sich um. Das Mädchen war vor der Tür zum Treppenhaus stehen geblieben. Ihre Blicke trafen sich für einen spukhaften Moment. Ehe eine weitere Sekunde vergehen konnte, war das Mädchen herangetreten, hatte sich auf die Zehenspitzen gestellt und ihren geschlossenen Mund an seine Wange gedrückt wie ein Vogel, der den Schnabel ins Wasser taucht.

Einfach so. Sie küsste ihn auf die Wange.

Peter war zu verdattert, um etwas zu sagen. Das Mädchen hatte sich in den dunklen Gang zurückgezogen. *Geh jetzt,* sagte ihr Blick.

Dann schloss sie die Tür.

»Hey!« Er hörte das Klicken des Schlosses und packte die Türklinke; sie ließ sich nicht bewegen. Er hämmerte gegen die verschlossene Stahltür. »Hey! Lass mich nicht allein!«

Aber das Mädchen war verschwunden wie ein Gespenst. Sein Blick fiel wieder auf das Schild. ZUM DACH. Sie wollte, dass er hinaufging.

Er lief die Stufen hoch. Die Luft war heiß wie in einem Backofen, der Gestank von Taubenkot erstickend. Lange Streifen mit getrocknetem Vogeldreck verschmierten die Wände und überkrusteten Treppe und Geländer wie eine dicke Farbschicht. Die Vögel nahmen kaum Notiz von ihm; sie flatterten hierhin und dahin, als er näher kam, als wäre seine Anwesenheit nicht mehr als eine Kuriosität. Drei Absätze, vier – er keuchte vor Anstrengung, der faulige Geschmack in Mund und Nase war widerwärtig und quälend, und seine Augen brannten, als wäre Säure hineingespritzt worden.

Endlich war er oben. Eine letzte Tür. Und darüber ein winziges Fenster, unerreichbar hoch. Das Glas war zerbrochen, und die verbliebenen Splitter waren am Rand vergilbt von Ruß und Alter.

Vor der Tür hing ein Vorhängeschloss.

Eine Sackgasse. Nach alldem hatte das Mädchen ihn in eine

Sackgasse geschickt. Ein wütendes Dröhnen erschütterte das Treppenhaus, als der erste Viral unten gegen die Tür schlug. Die Tauben flatterten auf und stoben auseinander, und Federn wirbelten durch die Luft.

Dann sah er sie – so verkrustet von Vogelkot, dass sie mit der Wand ringsum unsichtbar verschmolzen war. Mit dem Ellenbogen zertrümmerte er die Scheibe und riss die Axt heraus. Unten krachte es zum zweiten Mal. Mit dem nächsten Schlag würden die Virals die Tür zertrümmern und die Treppe heraufstürmen.

Peter hob die Axt über den Kopf und ließ sie auf das Vorhängeschloss herunterfahren. Die Klinge prallte ab, aber er sah, dass er ein wenig Schaden angerichtet hatte. Er holte tief Luft, schätzte den Abstand und schlug noch einmal mit aller Kraft zu. Ein sauberer Treffer: Das Schloss splitterte und flog davon. Er stemmte sich mit seinem ganzen Gewicht gegen die Tür. Ächzend vor Alter und Rost gab sie nach, und er taumelte hinaus ins Sonnenlicht.

Er war auf dem Dach am Nordende der Mall. Der Blick ging zu den Bergen hinüber. Hastig humpelte er bis zum Rand.

Es ging mindestens fünfzehn Meter tief hinunter. Er würde sich die Beine brechen. Mindestens.

Dann würde er bewegungsunfähig auf dem Boden liegen und auf die Virals warten. Er wollte nicht so enden. Sein Ellenbogen blutete, und eine Blutspur folgte ihm von der Tür bis zur Dachkante. An Schmerz konnte er sich nicht erinnern, aber offenbar hatte er sich geschnitten, als er die Glasscheibe vor der Feueraxt eingeschlagen hatte. Auf ein bisschen Blut kam es jetzt allerdings kaum noch an. Zumindest hatte er die Axt.

Er drehte sich zur Tür um und hob die Axt schlagbereit über den Kopf, als ein Schrei von unten heraufkam.

»Spring!«

Alicia und Caleb kamen im Galopp um die Ecke geritten. Alicia winkte ihm zu. Sie stand vorgebeugt in den Steigbügeln. »Spring!«

Er dachte an Theo, der in die Höhe gerissen worden war. Er dachte an seinen Vater, der am Ufer des Meeres gestanden hatte,

und er dachte an das Meer und die Sterne. Er dachte an das Mädchen, das ihn mit seinem Körper beschützt hatte, und er dachte an ihren warmen, süßen Atem in seinem Nacken und auf seiner Wange, wo sie ihn geküsst hatte.

Seine Freunde riefen und winkten, die Virals kamen die Treppe herauf, und die Axt lag in seiner Hand.

Nicht jetzt, dachte er. *Noch nicht.* Er schloss die Augen und sprang.

23

Es war wieder Sommer, und sie war allein. Allein bis auf die Stimmen, die sie hörte, überall um sich herum.

Sie erinnerte sich an Menschen. Sie erinnerte sich an den MANN. Sie erinnerte sich an den anderen Mann und seine Frau und den Jungen und dann an die Frau. Sie erinnerte sich an manche besser als an andere. Sie erinnerte sich, dass niemand mehr da gewesen war. Sie erinnerte sich, dass sie eines Tages gedacht hatte: Ich bin allein. Da ist kein Ich außer mir. Sie lebte im Dunkel. Sie gewöhnte sich an das Tageslicht, obwohl das nicht leicht war. Eine Zeitlang tat es weh und machte sie krank.

Sie ging und ging. Sie folgte den Bergen. Der MANN hatte ihr gesagt, sie solle den Bergen folgen, solle laufen und immer weiter laufen, aber dann eines Tages waren die Berge zu Ende gewesen. Die Berge waren nicht mehr da. Sie fand sie nicht mehr wieder, nicht dieselben. An manchen Tagen ging sie nirgendwohin. Manche Tage waren Jahre. Sie lebte hier und da, mit diesen und jenen, mit dem Mann und seiner Frau und dem Jungen und dann mit der Frau und dann mit niemandem. Manche Leute waren gut zu ihr, bevor sie starben. Andere nicht. Sie sei anders, sagten sie. Sie sei nicht wie sie, und sie gehöre nicht zu ihnen. Sie war für sich und allein, und es gab keine anderen wie sie auf der Welt. Die Leute schickten sie weg, oder sie taten es nicht, aber am Ende starben sie immer.

Sie träumte. Sie träumte von den Stimmen und dem MANN. Eine Zeitlang, Monate oder Jahre, hörte sie den MANN im Heulen des Windes und im Rascheln der Sterne, wenn sie nur zuhörte, und dann erwachte in ihrem Herzen die Sehnsucht nach seiner Fürsorge. Im Laufe der Zeit jedoch vermischte sich seine Stimme in ihrem Kopf mit den Stimmen der anderen, der Träumenden, die da waren und zugleich nicht da waren, wie die Dunkelheit ein Ding und doch kein Ding war, etwas Anwesendes und zugleich etwas Abwesendes. Die Welt war eine Welt aus träumenden Seelen, die nicht sterben konnten. Sie dachte: Da ist der Boden unter meinen Füßen, da ist der Himmel über meinem Kopf, da sind die leeren Gebäude und der Wind und der Regen und die Sterne und überall die Stimmen. Die Stimmen und die Frage.

Wer bin ich? Wer bin ich? Wer bin ich?

Sie hatte keine Angst vor ihnen, nicht wie der MANN und wie die anderen, der Mann und seine Frau und der Junge, und dann die Frau. Sie hatte versucht, die Träumenden von dem Mann wegzuführen, doch sie waren ihr gefolgt mit ihrer Frage, die sie hinter sich her schleppten wie eine Kette, wie der Geist, Jacob Marley, von dem sie in einer Geschichte gelesen hatte. Eine Zeitlang glaubte sie, sie wären auch Geister, aber das waren sie nicht. Sie hatte keinen Namen für sie. Sie hatte auch keinen Namen für sich selbst, für das Ding, das sie war. Eines Nachts wachte sie auf und sah sie um sich herum, ihre notleidenden Augen, die im Dunkeln glühten wie Kohlen. Sie erinnerte sich an den Ort, denn es war eine Scheune gewesen, und draußen war es kalt, und es regnete. Ihre Gesichter drängten sich um sie herum, ihre träumenden Gesichter, so traurig und verloren wie die einsame Welt, durch die sie ging. Sie wollten, dass sie es ihnen sagte, dass sie die Frage beantwortete. Sie konnte ihren Atem riechen, den Atem der Nacht und der Frage, die wie eine Strömung in ihrem Blut war. *Wer bin ich?*, fragten sie.

wer bin ich wer bin ich wer bin ich wer bin ich wer bin ich wer bin ich wer bin ich wer bin ich wer bin ich wer bin ich wer bin ich

wer bin ich wer bin ich

Da war sie weggerannt. Sie rannte und rannte immer weiter.

Die Jahreszeiten wechselten. Von einer zur nächsten und so weiter und so fort. Es war kalt, und dann war es nicht kalt. Die Nächte waren lang, und dann waren sie es nicht. Sie trug einen Rucksack mit Sachen, die sie brauchte, und mit Sachen, die sie einfach dabeihaben wollte, weil sie ihr Trost spendeten. Sie halfen ihr, sich zu erinnern und die guten wie die schlechten Zeiten im Gedächtnis zu behalten. Dinge wie die Geschichte von dem Geist Jacob Marley. Das Medaillon der Frau, das sie ihr vom Hals genommen hatte, nachdem die Frau gestorben war. Einen Knochen von dem Knochenfeld und einen Stein von dem Strand, wo sie das Schiff gesehen hatte. Ab und zu aß sie. Manches in den Dosen, die sie fand, war nicht mehr gut. Sie öffnete eine Dose mit dem Werkzeug aus ihrem Rucksack, und ein schrecklicher Geruch entwich, wie aus dem Innern eines Gebäudes, in dem tote Leute in Reihen oder nicht in Reihen lagen, und dann wusste sie, das konnte sie nicht essen. Sie musste etwas anderes essen. Eine Zeitlang war das Meer neben ihr, riesig und grau, und ein Strand mit glatten, von den Wellen polierten Steinen und hohe Kiefern streckten ihre langen Arme über das Wasser. Nachts sah sie zu, wie die Sterne kreisten, sie sah, wie der Mond aufstieg und über dem Meer heruntersank. Es war derselbe Mond wie überall auf der Welt, und für eine Weile war sie dort glücklich. Dort sah sie auch das Schiff. *Hallo!*, rief sie, denn sie hatte ewig niemanden gesehen, und sie war überglücklich bei dem bloßen Anblick. *Hallo, Schiff! Hallo, du großes Boot, hallo!* Aber das Schiff hatte nicht geantwortet. Es ging jeden Tag für einige Zeit weg, verschwand hinter dem Rand des Meeres und kam nachts mit dem Mond und den Gezeiten zurück. Wie der Traum von einem Schiff, den niemand träumte außer ihr. Sie folgte ihm

Tage und Nächte hindurch bis dorthin, wo die Felsen waren und die eingestürzte Brücke, so rot wie Blut, wo sein großer Bug zwischen den anderen zum Stehen kam, den Großen und den Kleinen, und inzwischen wusste sie, dass dieses Schiff genau wie seine Kameraden auf den Felsen leer war und ohne Menschen, und das Meer war schwarz und hatte einen fauligen Geruch wie den, der aus den verdorbenen Konserven kam. Und da war sie auch von dort weggegangen.

Oh, sie konnte sie fühlen, sie alle. Sie konnte die Hände ausstrecken und die Dunkelheit streicheln und sie darin fühlen, überall. Ihr kummervolles Vergessen. Ihre große und schreckliche Betrübnis. Ihre endlosen Fragen. Es weckte eine Trauer in ihr, die eine Art Liebe war. Wie die Liebe, die sie für den MANN empfunden hatte, der ihr in seiner Fürsorglichkeit gesagt hatte, sie solle weglaufen und immer weiter weglaufen.

Der MANN. Sie erinnerte sich an das Feuer und an das Licht in ihren Augen, grell wie eine explodierende Sonne. Sie erinnerte sich an seine Traurigkeit und daran, wie der MANN sich angefühlt hatte. Aber sie konnte ihn nicht mehr hören. Der MANN, dachte sie, war fort.

Es gab andere, die sie im Dunkeln hörte. Und sie wusste auch, wer sie waren.

Ich bin Babcock.

Ich bin Morrison.

Ich bin Chávez.

Ich bin Baffes-Turrell-Winston-Sosa-Echols-Lambright-Martinez-Reinhardt-Carter.

Das waren die Zwölf für sie, und die Zwölf waren überall, verwoben mit der Dunkelheit. Die Zwölf waren das Blut unter der Haut aller Dinge.

All das, über Jahre und Jahre. Sie erinnerte sich an einen Tag, an den Tag auf dem Knochenfeld, und an einen anderen, den Tag des Vogels und des Nicht-Sprechens. Das war an einem Ort mit Bäumen, sehr hohen Bäumen. Da war er, ein kleines flatterndes

Ding in der Luft vor ihrem Gesicht. Barfuß stand sie im Gras in der Sonne, hin und her flog er mit schwirrenden Flügeln. Sie schaute und schaute. Es war, als hätte sie dieses kleine Ding tagelang betrachtet. Sie überlegte nach einem Wort für das, was es war, aber als sie es aussprechen wollte, konnte sie es nicht. *Vogel.* Das Wort war in ihr, aber es gab keine Tür, durch die es herauskommen konnte. *Kolibri.* Sie dachte an all die anderen Wörter, die sie kannte, und es war genauso damit. All die Wörter waren in ihr eingeschlossen.

Und eines Nachts im Mondlicht, und nachdem viel Zeit vergangen war, war sie einsam und ohne einen Freund auf der Welt, der ihr Gesellschaft leisten konnte, und sie dachte: *Kommt her.*

Sie kamen. Erst einer, dann noch einer, und immer mehr.

Kommt zu mir.

Sie traten aus dem Schatten hervor. Sie fielen vom Himmel herunter und von den Höhen ringsum, und bald waren es unendlich viele – wie sie es in der Scheune gewesen waren, nur eben viel mehr. Sie drängten sich um sie mit ihren träumenden Gesichtern. Sie berührte sie, liebkoste sie und war nicht mehr allein. Sie fragte: *Sind wir die Einzigen? Denn ich habe niemanden gesehen, weder Mann noch Frau, in all den Jahren. Gibt es kein Ich außer mir?* Aber solange sie auch fragte, sie hatten keine Antwort für sie, nur die Frage, wild und glühend.

Geht jetzt, dachte sie und schloss die Augen, und als sie sie wieder öffnete, war sie allein.

So hatte sie es gelernt.

Dann, nach all den Nächten, war sie an den Ort der vergrabenen Stadt gekommen, wo sie im fahlen Licht der Abenddämmerung die Männer auf den Pferden gesehen hatte. Es waren sechs, auf sechs dunklen, sehr großen Pferden. Die Männer hatten Gewehre wie andere Männer, an die sie sich erinnerte und die ihr dunkles Spiel mit ihr getrieben hatten, in der Zeit nach dem Mann und seiner Frau und dem Jungen und dann der Frau. Deshalb versteckte sie sich im Schatten und wartete auf die Nacht. Was sie weiter tun

würde, wusste sie nicht, aber dann kamen die Erinnerungslosen zu ihr, wie sie es im Dunkeln immer taten, und obwohl sie sagte, sie sollten es nicht tun, fielen sie schnell und mit großem Tumult über die Männer her, und so begannen die Männer zu sterben und starben dann auch, drei von ihnen.

Sie ging zu den Leichen. Die Männer und auch ihre Pferde hatten kein Blut mehr in sich. So war es bei allen Dingen, die auf diese Weise gestorben waren. Die drei anderen Männer waren nirgendwo zu finden, aber die Seele eines dieser Männer war noch in der Nähe, an irgendeinem namenlosen Ort und ohne feste Gestalt, und beobachtete, wie sie sich über ihn beugte, um sein Gesicht zu betrachten und den Ausdruck darin. Es war der Ausdruck, den sie auch in den Gesichtern des Mannes und seiner Frau und des Jungen und dann der Frau gesehen hatte. Angst und Schmerz, und dann das Loslassen. Sie wusste plötzlich, dass der Name des Mannes Willem gewesen war. Und denjenigen, die Willem dies angetan hatten, tat es leid, so leid, und sie richtete sich auf und sagte, es ist schon gut, jetzt geht und tut es nicht wieder, wenn ihr es vermeiden könnt – aber sie wusste, dass sie es nicht konnten. Sie konnten es nicht, denn die Zwölf füllten ihre Köpfe mit schrecklichen Träumen von Blut und gaben keine Antwort auf die Frage außer dieser:

Ich bin Babcock.

Ich bin Morrison.

Ich bin Chávez.

Ich bin Baffes-Turrell-Winston-Sosa-Echols-Lambright-Martinez-Reinhardt-Carter.

Ich bin Babcock.

Babcock.

Babcock.

Sie folgte ihnen über den Sand, obwohl das Licht sehr grell in ihre Augen stach und sie sich an manchen Tagen nicht davor verstecken konnte. Sie hüllte sich in ein Tuch, das sie gefunden hatte,

und trug eine Brille. Die Tage waren lang, und auf ihrem gebogenen Weg schnitt die Sonne eine Schneise in den Himmel, und ihr Licht pflügte sich durch die Erde wie eine lange Klinge. Nachts wurde es still in der Wüste, und sie hörte nichts außer ihren eigenen Bewegungen, dem Klopfen ihres Herzens und der träumenden Welt ringsum.

Dann eines Tages gab es wieder Berge. Die Männer auf ihren Pferden hatte sie nicht wiedergefunden, und sie wusste nicht, woher sie gekommen waren, bevor ein paar von ihnen vor ihren Augen in der vergrabenen Stadt gestorben waren. Das Tal zwischen den Bergen war übersät von Bäumen, die sich im Wind drehten, und dort fand sie das Gebäude, in dem die kleinen Pferde standen. Als sie sie sah, so still und einsam, dachte sie: Vielleicht sind das die Pferde, die ich gesehen habe. Die Pferde waren nicht lebendig, sie sahen nur so aus, und ihr Anblick erfüllte sie mit Frieden und dem Gedanken an den MANN und seine Fürsorge für sie, und deshalb dachte sie, hier sollte sie bleiben. Dies war der Ort, an dem sie zur Ruhe kommen würde.

Aber jetzt war es auch damit zu Ende. Die Männer auf den Pferden waren endlich zurückgekehrt, und sie hatte einen von ihnen gerettet. Sie hatte ihn mit ihrem Körper bedeckt, wie es ihr Instinkt in diesem Augenblick befohlen hatte, und sie hatte den Träumenden gesagt: *Geht jetzt, geht weg und tötet diesen hier nicht.* Eine Zeitlang hatte ihre Beschwörung auf sie gewirkt, aber die andere Stimme in ihren Köpfen war stark, und ihr Hunger war ebenso stark.

In ihrem Versteck in der staubigen Dunkelheit unter den Pferden dachte sie an den, den sie gerettet hatte, und sie hoffte, er wäre nicht tot. Sie wartete und lauschte, ob die Männer mit ihren Pferden und ihren Gewehren zurückkamen. Als sie nach ein paar Tagen nichts von ihnen gehört hatte, verließ sie diesen Ort, wie sie alle anderen davor verlassen hatte, und trat hinaus in die Mondnacht, deren Teil sie war, untrennbar eins mit mir.

– Wo sind sie?, fragte sie die Dunkelheit. – Wo sind die Männer

mit ihren Pferden, damit ich hingehen und sie finden kann? Denn ich war allein in all den Jahren, kein Ich außer mir.

Und eine neue Stimme kam zu ihr aus dem Nachthimmel und sagte: *Geh ins Mondlicht, Amy.*

– Wohin denn? Wohin soll ich gehen?

Bring sie zu mir. Der Weg wird dir den Weg zeigen.

Ja. Sie würde es tun. Denn sie war zu lange allein gewesen, und sie war erfüllt von Trauer und einer großen Sehnsucht nach anderen von ihrer Art, damit sie nicht länger allein wäre.

Geh ins Mondlicht und finde die Männer, damit ich sie kenne, wie ich dich kenne, Amy.

– Amy, dachte sie. Wer ist Amy?

Und die Stimme sagte: *Das bist du.*

V

Das Mädchen von Nirgendwo

Euch, die ihr euch an die Reise
aus der anderen Welt nicht erinnert,
sage ich, ich konnte wieder sprechen: was immer
aus dem Vergessen zurückkehrt, kehrt zurück,
um eine Stimme zu finden.

Louise Glück, *Wilde Iris*

24

Log der Wache
Sommer 92

Tag 51: Keine Sichtung.
Tag 52: Keine Sichtung
Tag 53: Keine Sichtung
Tag 54: Keine Sichtung
Tag 55: Peter Jaxon stationiert auf FP1 (Gnade: Theo Jaxon).
Keine Sichtung.
Tag 56: Keine Sichtung.
Tag 57: Keine Sichtung.
Tag 58: Keine Sichtung.
Tag 59: Keine Sichtung.
Tag 60: Keine Sichtung.

Während dieser Zeit: 0 Kontakte. Keine Seele getötet oder befallen.

Vakanz Second Captain (T. Jaxon, gefallen) ausgefüllt durch Sanjay Patal.

Hochachtungsvoll dem Haushalt vorgelegt durch
S.C. Ramirez, First Captain

In der Morgendämmerung des achten Tages klappte Peter die Augen auf, als er die Herde herankommen hörte.

Er erinnerte sich, dass er irgendwann nach Halbnacht gedacht hatte: *Nur ein paar Minuten. Nur ein paar Minuten sitzen, um wieder zu Kräften zu kommen.* Aber kaum hatte er sich hingesetzt, den Rücken an die Brüstung gelehnt und den müden Kopf auf die über den Knien verschränkten Arme sinken lassen, hatte der Schlaf ihn übermannt.

»Gut. Du bist wach.«

Lish stand vor ihm. Peter rieb sich Augen und Nase und nahm wortlos die Wasserflasche, die sie ihm reichte. Seine Glieder waren schwer und träge, als wären darin keine Knochen, sondern Schläuche mit einer schwappenden Flüssigkeit. Er trank von dem lauwarmen Wasser und warf einen Blick über die Brüstung. Jenseits des Schussfeldes stieg ein feiner Dunst langsam von den Hügeln herauf.

»Wie lange war ich weg?«

Sie straffte die Schultern. »Mach dir keine Gedanken. Du warst sieben Nächte lang ohne Pause auf den Beinen. Du hättest gar nicht mehr hier draußen sein dürfen. Wer was anderes sagt, kriegt es mit mir zu tun.«

Die Morgenglocke ertönte. Peter und Alicia sahen schweigend zu, wie die Tore zurückglitten. Die Herde, rastlos und begierig hinauszukommen, wogte durch die Öffnung.

»Geh nach Hause und schlaf«, sagte Alicia, als die Holzfällerteams sich abmarschbereit machten. »Um den Stein kannst du dir später Sorgen machen.«

»Ich werde auf ihn warten.«

Sie schaute ihm fest ins Gesicht. »Peter. Es waren sieben Nächte. Geh nach Hause.«

Schritte kamen die Leiter herauf. Hollis Wilson schwang sich auf die Mauer und sah die beiden stirnrunzelnd an.

»Du meldest dich ab, Peter?«

»Der Posten gehört dir«, sagte Alicia. »Wir sind hier fertig.«

»Ich habe gesagt, ich bleibe.«

Die Tagschicht fing an. Zwei weitere Wächter kamen die Leiter herauf, Gar Phillips und Vivian Chou. Gar erzählte gerade irgendeine Geschichte, und Vivian lachte, aber als sie die drei dort oben stehen sahen, verstummten sie sofort und liefen schnell weiter.

»Hör zu«, sagte Hollis, »wenn du dableiben willst, soll es mir recht sein. Ich werde es aber Soo melden müssen.«

»Nein, will er nicht«, sagte Alicia. »Ich meine es ernst, Peter. Geh nach Hause.«

Er wollte protestieren, aber als er den Mund öffnete, überwältigte ihn urplötzlich eine lähmende Trauer, und er gab auf. Alicia hatte recht, es war vorbei. Theo war fort. Peter hätte erleichtert sein sollen, aber alles, was er empfand, war Erschöpfung, eine Müdigkeit, die bis in die Knochen reichte. Es fühlte sich an, als müsste er sie für den Rest seines Lebens mit sich schleifen wie eine Kette. Es erforderte fast all seine Kräfte, die Armbrust vom Boden auf die Brüstung zu heben.

»Es tut mir leid wegen deines Bruders«, sagte Hollis. »Ich glaube, nach sieben Nächten kann ich das sagen.«

»Danke, Hollis.«

»Ich nehme an, damit gehörst du jetzt zum Haushalt, was?«

Daran hatte Peter eigentlich noch gar nicht gedacht. Vermutlich stimmte es. Seine Cousinen, Dana und Leigh, waren beide älter, aber Dana hatte verzichtet, als Peters Vater zurückgetreten war, und Leigh hatte vermutlich kein Interesse an dem Job, da sie jetzt ein Baby in der Zuflucht hatte.

»Ja, wahrscheinlich.«

»Tja, äh … gratuliere?« Hollis zuckte verlegen die Achseln. »Klingt wohl komisch, aber du weißt, was ich meine.«

Er hatte niemandem von dem Mädchen erzählt, nicht einmal Alicia, die ihm vielleicht sogar geglaubt hätte.

Das Dach der Mall war nicht so hoch über dem Boden gewesen, wie er angenommen hatte. Anders als Alicia von unten, hatte er nicht sehen können, wie hoch der Sand an der Wand des Gebäudes

heraufreichte. Die hohe, abschüssige Düne hatte seinen Aufprall abgefangen, und er war kopfüber hinuntergerollt. Ohne die Axt loszulassen, war er hinter Alicia auf Omegas Rücken gestiegen. Erst als sie wohlbehalten auf der anderen Seite von Banning waren und halbwegs sicher sein konnten, dass sie nicht verfolgt wurden, hatte er angefangen, sich zu fragen, wie sie eigentlich entkommen und warum die Pferde nicht tot waren.

Alicia und Caleb waren durch die Küche des Restaurants aus dem Atrium geflüchtet und durch eine Reihe von Korridoren zu einer Laderampe gelangt. Die großen Tore waren festgerostet, aber eins stand einen Spaltbreit offen und ließ einen schmalen Streifen Sonnenlicht herein. Die beiden hatten ein Rohr als Hebel benutzt und das Tor so weit aufstemmen können, dass sie hindurchpassten. Sie taumelten ins Sonnenlicht hinaus und sahen, dass sie an der Südseite der Mall waren. Und dann entdeckten sie zwei der Pferde. Sie frasen ganz gemächlich das hohe Gras. Alicia konnte ihr Glück nicht fassen. Sie und Caleb stiegen auf und ritten um das Gebäude herum, als sie das Krachen der Tür hörten und Peter auf dem Dach sahen.

»Warum seid ihr nicht einfach weggeritten, als ihr die Pferde gefunden hattet?«, fragte Peter sie.

Sie hatten auf dem Rückweg kurz haltgemacht, um die Pferde zu tränken, nicht weit von der Stelle, wo sie sechs Tage zuvor den Viral in den Bäumen gesehen hatten. Sie hatten nur das, was in ihren Flaschen war, aber nachdem sie selbst ein wenig getrunken hatten, gossen sie das restliche Wasser in ihre hohlen Hände und ließen die Pferde daran lecken. Peters blutender Ellenbogen war mit einem Streifen Stoff verbunden, den sie von seinem T-Shirt abgeschnitten hatten. Die Wunde war nicht tief, aber wahrscheinlich würde sie doch genäht werden müssen.

»Ich mache mir über so etwas nachträglich keine Gedanken, Peter«, antwortete Alicia in scharfem Ton, und er fragte sich, ob er sie vielleicht beleidigt hatte. »In dem Augenblick schien es so richtig zu sein, und das war es ja auch.«

Jetzt hätte er ihnen von dem Mädchen erzählen können. Aber er zögerte, und dann war der Moment vorbei. Ein Mädchen, ganz allein – und was sie dann unter dem Karussell getan, wie sie ihn beschützt hatte, der Blick, der zwischen ihnen hin und her gegangen war, der Kuss auf seiner Wange und die plötzlich zugeschlagene Tür … Vielleicht hatte er sich in der Hitze des Augenblicks alles nur zusammenfantasiert. Er erzählte ihnen, er habe eine Treppe gefunden, die aufs Dach führte, und beließ es dabei.

Bei ihrer Rückkehr herrschte großer Aufruhr. Sie waren vier Tage überfällig, und man war kurz davor, sie für verschollen zu erklären. Als sich herumsprach, dass sie wieder da waren, versammelte sich eine Menschenmenge am Tor. Leigh fiel in Ohnmacht, bevor irgendjemand ihr sagen konnte, dass Arlo nicht tot, sondern im Kraftwerk zurückgeblieben war. Peter brachte es nicht übers Herz, in die Zuflucht zu gehen und Mausami zu sagen, was mit Theo passiert war. Sie würde es sowieso erfahren. Michael war da und Sara auch. Sie nähte die Verletzung an seinem Ellenbogen, während er mit schmerzverzerrtem Gesicht auf einem Stein saß und sich betrogen fühlte, weil die tranceartige Betäubung, die der Verlust seines Bruders auslöste, jetzt, da seine Haut mit einer Nadel durchstochen wurde, nicht wirkte. Sara legte ihm einen richtigen Verband an, umarmte ihn kurz und brach in Tränen aus. Als es dunkel wurde, ging die Menge auseinander und machte ihm Platz, und bei der Zweiten Abendglocke stieg Peter auf die Mauer, um seinem Bruder den Gnadentod zu geben.

Er ließ Alicia unten an der Leiter stehen und versprach ihr, nach Hause zu gehen und zu schlafen. Aber nach Hause wollte er zu allerletzt. Nur wenige unverheiratete Männer wohnten noch in der Kaserne; es war dreckig dort und stank wie im Kraftwerk. Aber dort würde er von jetzt an wohnen. Er musste nur ein paar Sachen aus dem Haus holen, das war alles.

Die Morgensonne schien schon warm auf seine Schultern, als er bei sich zu Hause ankam – einem Fünfzimmer-Cottage, gleich

neben der Östlichen Wiese. Es war das einzige Zuhause, das Peter gekannt hatte, seit er aus der Zuflucht gekommen war. Seit dem Tod ihrer Mutter waren er und Theo eigentlich nur noch zum Schlafen dort gewesen, und sie hatten wenig dafür getan, das Haus in Ordnung zu halten. Das Chaos hatte Peter immer gestört: schmutziges Geschirr im Spülbecken, Kleidungsstücke auf dem Boden verstreut, und alles von einer klebrigen Dreckschicht überzogen. Trotzdem hatte er es nie über sich gebracht, etwas daran zu ändern. Ihre Mutter hatte das Haus immer tadellos in Schuss gehalten; sie hatte die Böden gewischt, die Teppiche geklopft, die Asche aus dem Herd gefegt und den Abfall entsorgt. Im Erdgeschoss waren zwei Schlafzimmer, in denen er und Theo schliefen, das Zimmer seiner Eltern lag im ersten Stock unter dem Dach. Peter ging in sein Zimmer und stopfte rasch ein paar Kleidungsstücke für die nächsten Tage in einen Rucksack. Theos Sachen würde er später durchsehen, um zu entscheiden, was er für sich behielt, bevor er den Rest ins Lagerhaus schaffte. Dort würden die Kleider und Schuhe seines Bruders in Regale geräumt und später dann an andere verteilt werden. Nach dem Tod ihrer Mutter hatte Theo diese Aufgabe übernommen, weil er wusste, dass Peter es nicht konnte. An einem Wintertag fast ein Jahr später hatte Peter eine Frau – Gloria Patal – mit einem Schal gesehen, den er wiedererkannte. Gloria stand an einem Marktstand und sortierte Honiggläser. Der Schal mit den Fransen stammte ohne Zweifel von seiner Mutter. Peter war so verstört gewesen, dass er die Flucht ergriffen hatte, als wäre hier ein Frevel begangen worden, an dem er beteiligt war.

Als er gepackt hatte, ging er in das größte Zimmer des Hauses, eine Wohnküche mit freiliegenden Deckenbalken. Der Herd hatte seit Monaten nicht mehr gebrannt, und der Holzstapel hinter dem Haus war inzwischen wahrscheinlich voller Mäuse. Alles war von einer schmierigen Staubschicht überzogen, als ob hier kein Mensch mehr wohnte. Tja, dachte er, so war es nun auch.

Zuletzt zog es ihn die Treppe hinauf zum Zimmer seiner Eltern.

Die Schubladen der kleinen Kommode waren leer, die durchgelegene Matratze nicht bezogen, und in den Fächern im alten Kleiderschrank hingen filigrane Spinnennetze, die in der Zugluft zitterten, als er die Türen öffnete. Der kleine Nachttisch seiner Mutter, auf dem immer ein Becher Wasser neben ihrer Brille gestanden hatte – übrigens der einzige Gegenstand, den Peter gern behalten hätte, obwohl das nicht möglich gewesen war –, war von gespenstischen kreisförmigen Flecken bedeckt. Seit Monaten hatte niemand die Fenster geöffnet, und die eingesperrte Luft roch abgestanden. Noch etwas, das Peter durch Vernachlässigung entehrt hatte. Es stimmte: Er hatte sie im Stich gelassen, sie alle.

In der Morgenhitze schleppte er seinen Rucksack zur Tür hinaus. Überall war Betrieb: Aus den Ställen kam das Stampfen und Wiehern der Pferde, in der Schmiede ertönten klingende Hammerschläge. Die Rufe der Tagschicht hallten von der Mauer, und als er in die Altstadt kam, hörte er das Quieken und Lachen der spielenden Kinder in der Zuflucht. Das war die Morgenpause – eine beglückende Stunde lang durften die Kinder wie die Mäuse fröhlich durcheinanderlaufen. Er erinnerte sich plötzlich an einen sonnigen, kalten Wintertag, an dem sie Wegschnappen gespielt hatten. Ihm war es mit müheloser Leichtigkeit gelungen, den Stock einem viel größeren, älteren Jungen abzunehmen – in seiner Erinnerung war es einer der Brüder Wilson gewesen. Und er hatte ihn behalten, bis die Lehrerin in die Fausthandschuhe geklatscht und mit den Armen gewedelt hatte, um sie alle wieder ins Haus zu scheuchen. Die schneidend kalte Luft in seiner Lunge, das stumpfe Braun der Welt im Winter, der Schweiß auf seiner Stirn, das tiefe Glücksgefühl, als er sich zwischen den zugreifenden Händen seiner Angreifer hindurchgeschlängelt hatte – wie lebendig hatte er sich da gefühlt! Peter suchte diese Erinnerung nach seinem Bruder ab – sicher war Theo an diesem Wintermorgen doch unter den Kleinen gewesen, ein Teil der galoppierenden Meute –, aber er fand keine Spur von ihm. Dort, wo sein Bruder hätte sein müssen, war eine Lücke.

Er kam zum Ausbildungslager. Drei breite Mulden im Boden, zwanzig Meter lang und umgeben von hohen Erdwällen, die unvermeidlich fehlgehende Bolzen und Pfeile und blindlings geworfene Messer auffangen sollten. Am vorderen Ende der mittleren Grube standen fünf Leute in Habtachtstellung, drei Mädchen und zwei Jungen zwischen neun und dreizehn Jahren, die zu Wächtern ausgebildet wurden. In ihrer starren Haltung und den eifrigen Gesichtern sah Peter den gleichen bemühten Ernst, den er selbst aufgebracht hatte, als er seine Ausbildung angefangen hatte, das gleiche überwältigende Verlangen, sich selbst zu beweisen. Theo war drei Klassen über ihm gewesen. Peter erinnerte sich an den Morgen, an dem sein Bruder als Läufer ausgewählt worden war, an sein stolzes Lächeln, als er sich abwandte und zum ersten Mal auf die Mauer stieg. Peter sonnte sich im Glanze seines Bruders, und er war mächtig stolz: Bald würde er Theo folgen.

Die Ausbilderin heute Morgen war Peters Cousine Dana, Onkel Willems Tochter. Sie war acht Jahre älter als Peter. Nach der Geburt ihrer ersten Tochter, Ellie, hatte sie den Wachdienst aufgegeben und im Trainingscamp angefangen. Ihre Jüngste, Kat, war noch in der Zuflucht. Sie ging in die erste Klasse, war groß für ihr Alter und so schlank wie ihre Mutter und trug das lange schwarze Haar zu einem Wächterzopf geflochten.

Dana stand vor ihrer Gruppe und musterte sie mit versteinerter Miene, als wählte sie ein Lamm für die Schlachtbank aus. Aber das war Teil des Rituals.

»Was haben wir?«, fragte sie die Gruppe.

Sie antworteten wie aus einem Munde. »Einen Schuss!«

»Woher kommen sie?«

»Sie kommen von oben!« Lauter jetzt.

Dana schwieg und wippte auf den Fersen zurück. Sie sah Peter kommen und lächelte ihm betrübt zu, bevor sie sich stirnrunzelnd wieder an ihre Schützlinge wandte. »Tja, das war grauenhaft. Ihr habt euch soeben drei Extrarunden vor dem Essen verdient. In zwei Reihen antreten, den Bogen hoch!«

»Was meinst du?«

Sanjay Patal. Peter war so in Gedanken versunken gewesen, dass er den Mann nicht hatte kommen hören. Sanjay schaute mit verschränkten Armen über die Gruben hinweg.

»Sie werden's schon lernen.«

Unter ihnen begannen die Rekruten mit dem Morgendrill. Einer der Jüngsten, der kleine Darrell, schoss daneben, und sein Pfeil bohrte sich mit dumpfem Schlag in den Zaun hinter der Zielscheibe. Die anderen lachten.

»Tut mir leid, das mit deinem Bruder.« Sanjay drehte sich zu ihm hin. Er war schmächtig, machte aber einen kompakten Eindruck. Er war stets glatt rasiert, hatte grau gesprenkeltes, kurz geschorenes Haar und kleine weiße Zähne. Dichte, struppige Brauen überschatteten seine tiefliegenden Augen. »Theo war ein guter Mann. Es hätte nicht passieren dürfen.«

Peter antwortete nicht. Was sollte er auch sagen?

»Ich habe nachgedacht über das, was du mir erzählt hast«, fuhr Sanjay fort. »Um ehrlich zu sein, habe ich das Ganze nicht so recht verstanden. Die Sache mit Zander. Und was ihr in der Bibliothek wolltet.«

Mit leisem Frösteln dachte Peter an die Lüge. Sie alle hatten sich an die Abmachung gehalten, niemandem etwas von den Gewehren zu erzählen, zumindest vorläufig nicht. Aber das war viel komplizierter als erwartet, wie sich sehr schnell gezeigt hatte. Ohne die Gewehre war ihre Geschichte voller Auslassungen, denn es ließ sich nicht erklären, was sie auf dem Dach des Kraftwerks gesucht hatten, wie sie Caleb gerettet hatten, wie Zander gestorben war, und warum sie in der Bibliothek gewesen waren.

»Wir haben euch alles erzählt«, sagte Peter. »Zander muss irgendwie gebissen worden sein. Wir dachten, vielleicht ist es in der Bibliothek passiert, und deshalb wollten wir einen Blick hineinwerfen.«

»Aber wieso ist Theo ein solches Risiko eingegangen? Oder war es Alicias Idee?«

»Wie kommst du denn darauf?«

Sanjay räusperte sich. »Ich weiß, sie ist deine Freundin, Peter, und ich habe keinen Zweifel an ihren Fähigkeiten. Aber sie ist waghalsig. Immer schnell zum Kampf bereit.«

»Das war nicht ihre Schuld. Niemand war schuld. Es war einfach Pech. Wir haben alles gemeinsam entschieden.«

Sanjay schwieg und schaute nachdenklich über die Gruben hinweg. Peter hielt den Mund und hoffte, dass diese Unterredung damit zu Ende wäre.

»Trotzdem fällt es mir schwer, das zu verstehen.« Sanjay schüttelte sanft den Kopf. »Passt nicht zu deinem Bruder, ein solches Risiko. Aber wahrscheinlich werden wir es nie erfahren.« Er sah Peter wieder an. »Entschuldige, ich sollte dich nicht so ins Verhör nehmen. Du bist sicher müde. Aber da ich dich gerade hier habe – ich hätte noch etwas anderes mit dir zu besprechen. Es geht um den Haushalt. Um den Platz deines Bruders.«

Bei dem bloßen Gedanken daran wurde Peter plötzlich müde. Doch er stand nun in der Pflicht. »Sag mir einfach, was ich tun soll.«

»Darüber will ich ja mit dir reden, Peter. Ich glaube, dein Vater hat einen Fehler begangen, als er seinen Platz an deinen Bruder weitergab. Rechtmäßig kam dieser Platz Dana zu. Sie war und ist die älteste Jaxon.«

»Sie hat damals abgelehnt.«

»Das stimmt. Aber im Vertrauen gesagt, wir waren nicht immer … glücklich mit der Art und Weise, wie es dazu gekommen ist. Dana war außer sich. Ihr Vater war, wie du dich erinnern wirst, gerade getötet worden. Viele von uns glauben, sie hätte ihren Platz gern eingenommen, wenn dein Vater sie nicht dazu gedrängt hätte zurückzustehen.«

Was wollte Sanjay damit sagen? Dass Dana die Nachfolge antreten sollte? »Ich weiß nicht, wovon du redest. Theo hat mir gegenüber nie ein Wort darüber gesagt.«

»Ja, das glaube ich«, sagte Sanjay, und er schwieg einen Moment

lang. »Euer Vater und ich waren uns nicht immer einig. Das weißt du sicher. Ich war von Anfang an gegen die Langen Ritte. Aber dein Vater ließ sich nicht davon abhalten, nicht einmal, nachdem er so viele Männer verloren hatte. Sein Wunsch war es, dass dein Bruder diese Ritte irgendwann fortsetzte. Deshalb wollte er Theo im Haushalt haben.«

Die Rekruten hatten die Grube jetzt verlassen und marschierten den Weg hinunter, um ihre Runden um die Kolonie zu laufen. Was hatte Theo noch gesagt, an dem Abend im Kontrollraum? Sanjay mache einen guten Job? All das bereitete Peter im Moment akutes Unbehagen und weckte plötzlich das heftige Bedürfnis, einen Posten zu verteidigen, den er noch vor wenigen Minuten mit Vergnügen an den Nächstbesten abgetreten hätte.

»Ich weiß nicht so recht, Sanjay.«

»Du brauchst nichts zu wissen, Peter. Der Haushalt hat getagt. Wir sind uns alle einig. Der Platz gehört von Rechts wegen Dana.«

»Und sie will ihn haben?«

»Als ich ihr alles erklärt habe, wollte sie ihn, ja.« Sanjay legte eine Hand auf Peters Schulter – eine Geste, die ihn trösten sollte, nahm Peter an, aber sie tat es keineswegs. »Bitte nimm es nicht krumm. Es hat nichts mit dir zu tun. Wir waren bereit, die Unregelmäßigkeit zu übersehen, weil Theo überall so hoch angesehen war.«

Und so einfach, dachte Peter, hatten die anderen bereits mit seinem Bruder abgeschlossen. Theos Hemden lagen noch zusammengefaltet in seinen Schubladen, sein zweites Paar Stiefel stand noch unter dem Bett, und schon war es, als hätte er nie existiert.

Sanjay hob den Kopf. »Tja. Da kommt Soo.«

Als Peter sich umdrehte, sah er Soo Ramirez vom Tor her auf sie zukommen. Jimmy Molyneau war an ihrer Seite. Soo, eine hochgewachsene aschblonde Frau von Anfang vierzig, war nach Willems Tod in den Rang des First Captain aufgestiegen. Sie war eine überaus kompetente Frau, und wenn sie einen ihrer Jähzornanfälle hatte, duckte sich selbst der abgebrühteste Wächter furchtsam zusammen.

»Peter, ich habe dich gesucht. Nimm dir ein paar Tage frei, wenn du willst. Und sag mir Bescheid, wenn du den Namen in den Stein meißeln willst. Ich würde gern ein paar Worte sagen.«

»Daran habe ich auch eben gedacht«, erklärte Sanjay. »Sag uns Bescheid. Und nimm unbedingt ein paar Tage frei. Es hat keine Eile.«

Dass Soo genau in diesem Augenblick auftauchte, war kein Zufall, begriff Peter. Er wurde manipuliert.

»Okay«, sagte er nur. »Das werde ich wohl tun.«

»Ich hatte deinen Bruder wirklich gern«, bekannte Jimmy jetzt. Anscheinend dachte er, seine Anwesenheit erfordere einen Kommentar. »Und Karen auch.«

»Danke. Das höre ich oft.«

Diese Reaktion klang zu bitter, und Peter bereute sie sofort, als er den verwirrten Ausdruck in Jimmys hakennasigem Gesicht sah. Jimmy war Theos Freund gewesen, ein Second Captain, genau wie Theo, und er wusste, was es hieß, einen Bruder zu verlieren. Connor Molyneau war fünf Jahre zuvor bei einer Smoke-Jagd ums Leben gekommen, als sie einen Schwarm auf der Oberen Weide eliminieren wollten. Nach Soo war Jimmy der älteste Offizier; er war Mitte dreißig und hatte eine Frau und zwei Töchter. Schon vor Jahren hätte er abtreten können, ohne dass jemand es ihm übelgenommen hätte, aber er hatte es nicht getan. Manchmal brachte seine Frau Karen ihm warmes Essen auf die Mauer. Das war ihm immer peinlich und trug ihm endlose Spötteleien von den anderen Wächtern ein, aber alle sahen ihm an, dass es ihm gefiel.

»Tut mir leid, Jimmy.«

Jimmy zuckte die Achseln. »Schon gut. Glaub mir, ich habe das auch durchgemacht.«

»Er sagt es, weil es stimmt, Peter. Dein Bruder wurde von uns allen sehr geschätzt.« Mit dieser letzten Verlautbarung hob Sanjay wichtigtuerisch das Kinn und sah Soo an. »Captain, hast du einen Augenblick Zeit?«

Soo nickte, ohne Peter aus den Augen zu lassen. »Ich mein's

ernst«, sagte sie und fasste Peters Arm dicht über dem Ellenbogen. »Nimm dir so viel Zeit, wie du brauchst.«

Peter wartete einen Augenblick, um Abstand zwischen sich und die drei zu bringen. Er war seltsam erregt. Hellwach, aber orientierungslos. Dabei war das alles nur leeres Gerede gewesen, letzten Endes nichts, was ihn hätte überraschen dürfen: die üblichen, verlegenen Beileidsbekundungen, die er so gut kannte, und dann die Mitteilung, dass er nun doch nicht dem Haushalt angehören würde – eine Nachricht, die ihn eigentlich hätte erfreuen müssen, da er mit diesen täglichen Führungspflichten ohnehin nichts zu tun haben wollte. Aber Peter hatte unter der Oberfläche dieser Unterredung noch eine tiefere Strömung wahrgenommen. Er hatte den deutlichen Eindruck, dass man an seinen Strippen zog, dass alle etwas wussten, was er nicht wusste.

Er warf sich den Rucksack über die Schulter. Das verdammte Ding war so gut wie leer. Er beschloss, doch noch nicht geradewegs zur Kaserne zu gehen, sondern in die entgegengesetzte Richtung.

Der Stein der Dunklen Nacht stand am hinteren Ende des Sonnenflecks: ein birnenförmiger Granitblock, zweimal so hoch wie ein Mann, grauweiß mit juwelenartigen Einsprengseln von rosa Quarz. In diesen Stein waren die Namen der Vermissten und der Toten eingemeißelt. Deshalb war er hergekommen. Einhundertzweiundsechzig Namen: Es hatte Monate gedauert, sie alle in den Stein zu hauen. Zwei ganze Familien – die Levines und die Darrells. Die gesamte Boyes-Sippe, neun insgesamt. Scharen von Greenbergs und Patals und Chous und Molyneaus und Straussens und Fishers und zwei Donadios – Lishs Eltern, John und Angel. Die ersten Jaxons, deren Namen auf den Stein gekommen waren, waren Darla und Taylor Jaxon, Peters Großeltern. Sie waren unter den Trümmern ihres Hauses an der Nordmauer gestorben. Es fiel Peter leicht, sie sich als alte Leute vorzustellen, denn sie waren seit fünfzehn Jahren tot, und ihr ganzes Leben gehörte in die

Zeit vor seiner Erinnerung, in eine Welt, die Peter einfach als »früher« betrachtete. Tatsächlich aber war Taylor zum Zeitpunkt des Erdbebens nicht viel älter als vierzig gewesen und Darla, Taylors zweite Frau, gerade sechsunddreißig.

Der Stein war ursprünglich für die Opfer der Dunklen Nacht gedacht gewesen, doch dann war es nur natürlich gewesen, diesen Brauch fortzusetzen und die Namen der Toten und Verschollenen festzuhalten. Zanders Name, sah Peter, war bereits eingemeißelt worden. Er stand nicht allein da, sondern unter den Namen seines Vaters und seiner Schwester und der Frau, mit der Zander vor Jahren verheiratet gewesen war, wie Peter sich jetzt erinnerte. Es passte überhaupt nicht zu Zander, auch nur mit jemandem zu sprechen, geschweige denn verheiratet zu sein, und deshalb hatte Peter sie ganz vergessen. Die Frau hatte Janelle geheißen, und sie war im Kindbett mit ihrem Baby zusammen gestorben, nur wenige Monate nach der Dunklen Nacht. Das Kind hatte noch keinen Namen gehabt, den man hätte aufschreiben können, und so war sein kurzer Aufenthalt auf Erden hier gar nicht verzeichnet worden.

»Wenn du willst, kann ich es übernehmen, Theos Namen einzumeißeln.«

Peter fuhr herum und sah Caleb. Der Junge trug immer noch die knallgelben Sneaker. Sie sahen viel zu groß aus; der Anblick erinnerte an die Schwimmfüße einer Ente. Als Peter sie sah, empfand er leise Gewissensbisse. Calebs riesige lächerliche Schuhe: Sie waren ein Hinweis – eigentlich der einzige Hinweis – auf das, was in der Mall passiert war. Aber irgendwie wusste Peter auch, dass Theo nur einen Blick auf Calebs Sneaker geworfen und dann gelacht hätte. Er hätte den Witz verstanden, bevor Peter auch nur begriffen hätte, dass es ein Witz *war.*

»Hast du Zanders Namen draufgeschrieben?«

Caleb zuckte nur mit den Schultern. »Ich kann ziemlich gut mit dem Meißel umgehen. Ist ja niemand sonst da, der sich darum kümmert, nehme ich an. Er hätte versuchen sollen, ein paar Freunde zu finden.« Der Junge schwieg und warf über Peters Schulter

hinweg einen Blick auf den Stein. Er sah plötzlich traurig aus. »Gut, dass du ihn erschossen hast. Zander hat die Virals wirklich gehasst. Befallen zu werden war für ihn das Schlimmste auf der Welt. Ich bin froh, dass er nicht lange zu denen gehören musste.«

In diesem Augenblick stand Peters Entschluss fest. Er würde Theos Namen nicht in den Stein meißeln, und auch niemand anders würde es tun. Nicht solange er nicht sicher war.

»Wo schläfst du jetzt?«, fragte er Caleb.

»In der Kaserne. Wo sonst?«

Peter hob die Schulter mit seinem Rucksack. »Was dagegen, wenn ich mitkomme?«

»Ist dein Bier.«

Erst später, als Peter seine Sachen ausgepackt und sich endlich auf die durchgelegene, viel zu weiche Matratze gelegt hatte, wurde ihm klar, was Caleb angeschaut hatte, als er an ihm vorbei auf den Stein geblickt hatte. Nicht Zanders Namen, sondern drei andere, die darüber standen: Richard und Marilyn Jones und darunter Nancy Jones, Calebs große Schwester. Sein Vater, ein Schrauber, war in den ersten panischen Stunden der Dunklen Nacht von einem Lichtmast zu Tode gestürzt, und seine Mutter und seine Schwester waren in der Zuflucht gestorben, verschüttet unter dem eingestürzten Dach. Caleb war gerade ein paar Wochen alt gewesen.

Und jetzt begriff er, warum Alicia mit ihm auf das Dach des Kraftwerks gestiegen war. Es hatte nichts mit den Sternen zu tun. Caleb Jones war ein Waise der Dunklen Nacht, genau wie sie. Und niemand außer ihr würde für ihn da sein.

Sie war mit Peter auf das Dach gestiegen, um auf Caleb Jones zu warten.

25

Michael Fisher, Erster Ingenieur für Licht und Strom, saß im Lichthaus und lauschte einem Geist.

So nannte er es: das Geistersignal. Am oberen Rand des hörbaren Spektrums blitzte es aus dem Nebel des Rauschens hervor – wo, soweit er wusste, eigentlich nichts sein durfte. Das Fragment eines Fragments, da und doch nicht da. Das Funkerhandbuch, das er im Lagerschuppen gefunden hatte, verzeichnete diese Frequenz als »nicht zugewiesen«.

»Das hätte ich dir auch sagen können«, behauptete Elton.

Drei Tage nachdem die Nachschubabteilung vom Kraftwerk zurückgekommen war, hatten sie es zum ersten Mal gehört. Michael konnte immer noch nicht glauben, dass Theo verschwunden sein sollte. Ausgerechnet Theo Jaxon. Alicia hatte ihm versichert, es sei nicht seine Schuld, und die Sache mit dem Motherboard habe nichts damit zu tun. Aber Michael fühlte sich trotzdem mitverantwortlich und sah sich als Glied in einer Kette von Ereignissen, die seinem Freund das Leben gekostet hatten. Und das Motherboard – das war das Allerschlimmste, das hatte er ganz vergessen. Er brauchte es gar nicht mehr. Einen Tag nachdem der Trupp die Kolonie verlassen hatte, war es ihm gelungen, das Teil, das er brauchte, aus einer alten Flusssteuerung auszubauen. Es war kein Pion-Prozessor, aber die zusätzliche Rechenleistung genügte, um

jedes Signal aus dem oberen Ende des Spektrums herauszuquetschen.

Und selbst wenn es anders gewesen wäre – was war schon ein Prozessor? Nichts, wofür Theo hätte sterben dürfen.

Aber dieses Signal. 1432 MHz. Leise wie ein Flüstern, aber es *sagte* etwas. Es wollte etwas von ihm, aber immer wenn er genauer hinhörte, schien es davonzuhuschen. Es war digital, eine gleichförmig wiederkehrende Zeichenfolge, und es kam und ging auf rätselhafte Weise. So hatte es jedenfalls ausgesehen, bis er erkannt hatte – okay, Elton hatte es erkannt –, dass es alle neunzig Minuten hereinkam, exakt 242 Sekunden anhielt und dann wieder verstummte.

Darauf hätte er auch selbst kommen können. Eigentlich gab es keine Entschuldigung.

Und es wurde stärker. Stunde um Stunde, mit jedem Zyklus, und besonders bei Nacht. Es war, als ob das verdammte Ding den Berg heraufkäme. Er hatte aufgehört, nach etwas anderem zu suchen; er saß einfach am Steuerpult, zählte die Minuten und wartete darauf, dass das Signal wiederkam.

Es war nichts Natürliches, nicht bei diesem Neunzig-Minuten-Zyklus. Es war kein Satellit. Es kam nicht vom Stromspeicher. Es war eine ganze Menge *nicht*. Aber Michael wusste nicht, *was* es war.

Auch Elton war missmutig. Der »Ist-es-nicht-toll-wenn-man-blind-ist«-Elton, an den Michael sich nach vielen Jahren im Lichthaus gewöhnt hatte – *dieser* Elton war nicht mehr da. Auf seinem Platz hockte ein Miesepeter mit Schuppen auf den Schultern, der kaum Hallo sagte. Er klemmte sich den Kopfhörer auf den Schädel, lauschte dem Signal, wenn es hereinkam, schob die Lippen vor und schüttelte den Kopf, und dann erklärte er vielleicht brummend, er brauche mehr Schlaf, als er bekomme. Es war ihm fast zu viel der Mühe, bei der Zweiten Abendglocke die Natriumdampflampen zu zünden. Michael hätte einen Dampfdruck aufbauen können, der genügte, um sie alle auf den Mond zu schießen, und vermutlich hätte Elton kein Wort dazu gesagt.

Ein Bad könnte er auch brauchen. Verdammt, das könnten sie beide.

Woran lag es? An Theos Tod? Nach der Rückkehr der Versorgungseinheit hatte sich eine beklommene Stille über die ganze Kolonie gelegt. Auf die Sache mit Zander konnte sich niemand einen Reim machen. Wieso hatte er Caleb oben auf dem Propellermast ausgesetzt? Sanjay und die anderen hatten versucht, die Sache zu vertuschen, aber die Gerüchte verbreiteten sich schnell. Sie hätten immer gewusst, sagten die Leute, dass dieser Kerl ein bisschen schräg wäre und dass die vielen Monate unten im Tal etwas mit seinem Gehirn angestellt hätten: Seit der Geschichte mit seiner Frau und dem Baby, die gestorben waren, habe irgendetwas mit ihm nicht mehr gestimmt.

Und dann die Sache mit Sanjay. Michael hatte keine Ahnung, was er davon halten sollte. Vor zwei Nächten hatte er am Steuerpult gesessen, als plötzlich die Tür aufging und Sanjay hereinkam. Er war stehen geblieben und hatte große Augen gemacht, die sagten: *A-haaa!* Michael hatte den Kopfhörer auf den Ohren gehabt, und sein Verbrechen hätte offensichtlicher nicht sein können. Das war's, hatte er gedacht, jetzt bin ich tot. Irgendwie hat Sanjay von dem Funkgerät erfahren, und jetzt setzen sie mich todsicher vor die Mauer.

Aber dann passierte etwas Komisches. Sanjay sagte kein Wort. Er blieb einfach in der Tür stehen und schaute Michael an, und als das Schweigen sich in die Länge zog, begriff Michael, dass sein Gesichtsausdruck etwas anderes sagte als das, was er auf den ersten Blick vermutet hatte: Es war nicht die rechtschaffene Empörung über ein Vergehen, sondern eine beinahe tierhafte Fassungslosigkeit, das blanke Erstaunen über gar nichts. Sanjay trug einen Schlafanzug, und er war barfuß. Sanjay wusste nicht, wo er war. Sanjay schlafwandelte. Das taten viele Leute; manchmal war es, als spazierte die halbe Kolonie in der Nacht herum. Es hatte etwas mit dem Licht zu tun: Nie war es dunkel genug, um wirklich zur Ruhe zu kommen. Michael selbst hatte es auch schon ein- oder zweimal erlebt. Einmal war er in der Küche aufgewacht, wo er gerade dabei war, sich das

Gesicht mit Honig zu beschmieren. Aber Sanjay? Sanjay Patal, das Oberhaupt des Haushalts? Er schien kaum der Typ dafür zu sein.

Michaels Verstand arbeitete auf Hochtouren. Er musste Sanjay aus dem Lichthaus schaffen, ohne ihn zu wecken. Er bastelte noch an verschiedenen Theorien – wenn er ihm doch nur ein bisschen Honig anbieten könnte! –, als Sanjay plötzlich die Stirn runzelte, den Kopf schräg legte, als müsste er ein fernes Geräusch verarbeiten, und in starrer Haltung an ihm vorbeischlurfte.

»Sanjay? Was hast du vor?«

Vor dem Hauptschalter blieb Sanjay stehen. Seine rechte Hand, die locker herabhing, fing an zu zucken.

»Ich … weiß nicht …«

»Solltest du nicht … ich weiß nicht, irgendwo anders sein?«

Sanjay antwortete nicht. Er hob die Hand, hielt sie vor sein Gesicht und drehte sie langsam hin und her. Mit sprachloser Verwunderung starrte er sie an, als wüsste er nicht genau, wem sie gehörte.

»Bab … cock?«

Wieder kamen Schritte von draußen, und dann erschien Gloria. Auch sie war im Nachthemd. Ihr langes Haar, das sie tagsüber hochband, fiel ihr über den Rücken. Sie war außer Atem; anscheinend hatte sie versucht, ihren Mann einzuholen. Michael empfand inzwischen weniger Angst als vielmehr Verlegenheit, weil er offenbar unabsichtlich Zeuge eines privaten Ehedramas wurde. Ohne ihn zu beachten, marschierte sie an ihm vorbei zu ihrem Mann und packte ihn entschlossen beim Ellenbogen.

»Sanjay, komm ins Bett.«

»Das ist meine Hand, nicht wahr?«

»Ja«, sagte sie ungeduldig, »das ist deine Hand.« Ohne seinen Ellenbogen loszulassen, sah sie Michael an und formte mit den Lippen lautlos das Wort *Schlafwandeln.*

»Eindeutig, ganz eindeutig meine.«

Sie seufzte tief. »Sanjay, komm jetzt mit.«

Sanjay schien wieder zu sich zu kommen. Er sah sich verwundert um.

»Michael. Hallo.«

Der Kopfhörer war längst unter dem Pult verschwunden. »Hey, Sanjay.«

»Anscheinend habe ich … einen Spaziergang gemacht.«

Michael unterdrückte ein Lachen. Aber was mochte Sanjay am Hauptschalter gesucht haben?

»Gloria war so nett, mich nach Hause zu holen. Da gehe ich jetzt wieder hin.«

»Okay.«

»Danke, Michael. Entschuldige, dass ich dich bei deiner wichtigen Arbeit gestört habe.«

»Das macht nichts.«

Und damit führte Gloria Patal ihren Mann hinaus und brachte ihn vermutlich wieder ins Bett, wo er beenden konnte, was sein rastlos träumender Verstand angefangen hatte.

Aber was sollte man davon halten? Als Michael am nächsten Morgen Elton davon erzählt hatte, war die Antwort nur gewesen: »Ich schätze, es packt ihn wie uns alle.« Und als Michael gefragt hatte: »Was heißt *es?* Was meinst du mit *es?*«, hatte Elton gar nichts mehr gesagt. Anscheinend wusste er es nicht.

Er brütete, brütete, brütete. Sara hatte recht; er vergrub sich viel zu oft im Sand seiner Sorgen. Das Signal war jetzt verstummt. Er würde noch vierzig Minuten warten müssen, bis der nächste Zyklus begann. Weil er nichts anderes zu tun hatte, rief er sich die Überwachung der Akkus auf den Monitor. Er hoffte auf etwas Positives, aber da war nichts. Den ganzen Tag hatte ein starker Wind durch den Pass ins Tal geweht, und die Zellen lagen *jetzt schon* unter fünfzig Prozent.

Er ließ Elton im Lichthaus zurück und machte einen Spaziergang, um einen klaren Kopf zu bekommen. 1432 MHz. Das bedeutete etwas – aber was? Da war das Offenkundige: Die Ziffern bezeichneten die ersten vier positiven Integralzahlen in wiederholter Sequenz: 14321432143214321432 und so weiter. Die Eins schloss die Sequenz ab, und mit der Vier begann sie von vorn. Das war

interessant – und vermutlich bloß Zufall. Doch daran glaubte er nicht. Das Geistersignal fühlte sich anders an.

Er kam zum Sonnenfleck, wo oft noch bis tief in die Nacht hinein Leute unterwegs waren. Blinzelnd schaute er in das reflektierte Licht. Eine einsame Gestalt saß vor dem Stein. Dunkles Haar fiel über die auf den Knien verschränkten Arme. Mausami.

Michael räusperte sich, um sie auf sich aufmerksam zu machen, aber als er näher kam, warf sie ihm nur einen flüchtigen Blick zu. Es war klar, sie war allein, und sie wollte es bleiben. Aber Michael war jetzt stundenlang allein im Lichthaus gewesen – Elton zählte ja kaum – und hatte im Dunkeln Phantome gejagt. Für ein winziges bisschen Gesellschaft würde er eine Zurückweisung gern riskieren.

»Hey.« Er blieb vor ihr stehen. »Ist es okay, wenn ich mich setze?«

Sie hob den Kopf, und er sah die Tränen auf ihren Wangen.

»Entschuldige«, sagte Michael verlegen. »Ich kann auch gehen.«

Aber sie schüttelte den Kopf. »Ist schon gut. Setz dich, wenn du willst.«

Das Hinsetzen war ein bisschen problematisch, denn da war nicht viel Platz. Ihre Schultern berührten sich praktisch, und er lehnte wie sie mit dem Rücken an dem Stein. Allmählich fühlte er sich doch nicht mehr so wohl in seiner Haut, erst recht nicht, als das Schweigen sich in die Länge zog. Er wusste, indem er hierblieb, hatte er sich stillschweigend bereit erklärt, sie zu fragen, was sie bedrücke, und vielleicht sogar ein paar tröstende Worte für sie zu finden. Schwangere Frauen konnten launisch sein. Nicht dass sie es nicht sowieso waren: Ihr Benehmen war auch sonst wechselhaft wie der Wind. Sara war da eine Ausnahme, aber auch nur, weil sie seine Schwester war und er sie kannte.

»Ich habe die Neuigkeit gehört. Ich nehme an, ich darf gratulieren?«

Sie wischte sich die Tränen aus den Augen. Ihre Nase lief, aber er hatte kein Taschentuch, das er ihr hätte anbieten können. »Danke.«

»Weiß Galen, dass du hier draußen bist?«

Sie lachte freudlos. »Nein, Galen weiß es nicht.«

Das ließ ihn vermuten, dass es nicht nur eine Laune war, was sie bedrückte. Sie war wegen Theo zu dem Stein gekommen, und sie weinte um ihn.

»Ich dachte nur …« Aber er fand nicht die richtigen Worte. »Ich weiß es nicht.« Er zuckte die Achseln. »Es tut mir leid. Wir waren auch Freunde.«

Zu seiner Überraschung griff Mausami nach seiner Hand auf seinem Knie und schob ihre Finger zwischen die seinen. »Danke, Michael. Die Leute unterschätzen dich, glaube ich. Du hast genau das Richtige gesagt.«

Eine Zeitlang saßen sie schweigend da. Mausami nahm ihre Hand nicht weg, sondern ließ sie, wo sie war. Es war merkwürdig: Erst in diesem Augenblick begriff Michael wirklich, dass Theo nicht mehr da war. Er war traurig, aber nicht nur das. Er fühlte sich allein. Er wollte etwas sagen, um dieses Gefühl in Worte zu fassen, doch bevor er es tun konnte, erschienen zwei Gestalten am anderen Ende des Platzes und kamen zielstrebig auf sie zu. Galen und hinter ihm Sanjay.

»Hör zu«, sagte Mausami, »nimm dir Lish mit ihrem Quatsch nicht allzu sehr zu Herzen. Sie ist einfach so. Sie wird auch wieder vernünftig.«

Lish? Wieso redete sie von Lish? Aber er hatte keine Zeit, darüber nachzudenken, denn Galen und Sanjay standen jetzt vor ihnen. Galen war verschwitzt und außer Atem, als wäre er eine Runde um die Kolonie gelaufen. Und was Sanjay anging – der verwirrte Schlafwandler, der sich zwei Nächte zuvor ins Lichthaus verirrt hatte, war nicht mehr zu sehen. An seiner Stelle stand die stirnrunzelnde Verkörperung väterlicher Selbstgerechtigkeit.

»Was denkst du dir eigentlich?« Galen kniff erbost die Augen zusammen, als könnte er sie so besser erkennen. »Du sollst die Zuflucht nicht verlassen, Maus. Du *sollst* es nicht.«

»Mir fehlt nichts, Galen.« Sie brachte ihn mit einer Handbewegung zum Schweigen. »Geh nach Hause.«

Sanjay drängte sich nach vorn, sodass er die beiden überragte, eine herrische Erscheinung, lichtumflossen, als brächte väterliche Enttäuschung seine Haut zum Leuchten. Er warf nur einen kurzen Blick auf Michael herunter und tat seine Anwesenheit mit einem kurzen Kräuseln der buschigen Brauen ab.

»Mausami. Ich hatte Geduld mit dir, aber damit hat es jetzt ein Ende. Ich verstehe nicht, warum du dich so widerspenstig aufführen musst. Du weißt, wo du sein sollst.«

»Ich bleibe hier bei Michael. Wer etwas dagegen hat, bekommt es mit ihm zu tun.«

Michaels Magen krampfte sich zusammen. »Hört zu …«

»Du hältst dich da raus, Akku«, fauchte Galen. »Aber da wir schon mal dabei sind, was treibst du eigentlich hier draußen mit meiner Frau?«

»Was ich treibe?«

»Ja. War das deine Idee?«

»Mein Gott, Galen.« Mausami stöhnte. »Weißt du eigentlich, wie du dich anhörst? Nein, es war nicht Michaels Idee.«

Michael merkte, dass ihn alle ansahen. Dass er unversehens in diese Szene geraten war, obwohl er doch nur ein bisschen Gesellschaft und frische Luft gesucht hatte, war eine grausame Fügung des Schicksals. Galens Gesicht glühte vor Demütigung, und Michael fragte sich, ob der Mann womöglich fähig war, ihm tatsächlich etwas anzutun. Galen wirkte leicht einfältig; es sah immer so aus, als hinkte seine Aufmerksamkeit einen Schritt hinter den Ereignissen her. Aber Michael machte sich nichts vor: Der Kerl war gut dreißig Pfund schwerer als er. Außerdem – und darauf kam es an – glaubte Galen in diesem Augenblick bestimmt, dass er so etwas wie seine Ehre zu verteidigen hatte. Michaels Erfahrungen mit Kämpfen unter Männern beschränkten sich auf ein paar Raufereien in der Zuflucht, bei denen es um wenig gegangen war, aber er wusste, dass man mit dem Herzen dabei sein sollte. Und das war er ganz sicher nicht. Wenn es Galen tatsächlich gelänge, einen Schlag zu landen, hätte Michael schlechte Karten.

»Hör zu, Galen«, begann er noch einmal. »Ich habe nur einen Spaziergang gemacht …«

Aber Mausami ließ ihn nicht ausreden. »Es ist schon gut, Michael. Er weiß das.«

Sie wandte ihm das Gesicht zu. Ihre Augen waren verheult. »Wir haben alle eine Aufgabe zu erfüllen, nicht wahr?« Sie nahm seine Hand und drückte sie, als wollte sie eine Abmachung besiegeln. »Meine besteht anscheinend darin zu tun, was man mir sagt, und nicht widerspenstig zu sein. Vorläufig werde ich das also tun.«

Galen streckte die Hände aus, um ihr beim Aufstehen zu helfen, aber Mausami ignorierte ihn und kam allein auf die Beine. Sanjay war einen Schritt zurückgetreten. Er machte immer noch ein finsteres Gesicht und stemmte die Hände in die Hüften.

»Ich verstehe nicht, dass es so schwierig sein muss, Maus«, sagte Galen.

Mausami tat, als hätte sie ihn nicht gehört. Sie wandte den beiden den Rücken zu und sah Michael an, der immer noch an den Stein gelehnt am Boden saß. In ihrem Blick sah er die Herabwürdigung durch die Kapitulation, die Beschämung der Befehlsempfängerin.

»Danke, dass du mir Gesellschaft geleistet hast, Michael.« Sie lächelte betrübt. »Es war nett, was du da gesagt hast.«

Sara saß im Krankenrevier und wartete darauf, dass Gabe Curtis starb.

Sie war eben vom Reiten zurückgekommen, als Mar vor der Tür gestanden hatte. Es ist so weit, hatte Mar gesagt. Gabe stöhnt, schlägt um sich, ringt nach Atem. Sandy wisse nicht, was sie tun solle. Ob Sara nicht kommen könne? Für Gabe?

Sara holte ihre Sanitätertasche und folgte Mar. Als sie durch den Vorhang trat, sah sie als Erstes Jacob, der sich unbeholfen über das Bett seines Vaters beugte und ihm einen Becher Tee an die Lippen hielt. Gabe würgte und hustete Blut. Sara ging schnell zum Bett und nahm Jacob behutsam den Becher aus der Hand. Dann rollte sie Gabe auf die Seite. Der arme Mann wog fast nichts mehr, war

nur noch Haut und Knochen. Mit der freien Hand nahm sie eine Blechschale vom Rollwagen und schob sie unter sein Kinn. Wieder keuchte er, zweimal, rasselnd. Das Blut war tiefrot, sah Sara, und darin waren kleine schwarze Klumpen von abgestorbenem Gewebe.

Die Andere Sandy trat aus dem Schatten hinter der Tür hervor. »Es tut mir leid, Sara.« Ihre Hände flatterten nervös. »Er fing einfach an zu husten, und ich dachte, ein Tee könnte …«

»Und dann lässt du Jacob damit allein? Was ist los mit dir?«

»Was hat er denn?«, heulte der Junge. Hilflos und verwirrt stand er neben dem Bett.

»Dein Dad ist sehr krank«, sagte Sara. »Niemand ist böse auf dich. Du hast alles richtig gemacht. Du hast ihm geholfen.«

Jacob fing an, sich zu kratzen. Die Fingernägel seiner rechten Hand gruben sich in die wundgescheuerte Haut an seinem Unterarm.

»Ich werde für ihn tun, was ich kann, Jacob. Das verspreche ich dir.«

Gabe hatte innere Blutungen, das war klar. Der Tumor hatte etwas zerrissen. Sie strich mit der Hand über seinen Bauch und fühlte die warme Ausdehnung von Blut. Sie zog das Stethoskop aus ihrer Tasche, klemmte es in die Ohren, schob Gabes T-Shirt hoch und hörte seine Lunge ab. Ein nasses Gurgeln, wie Wasser in einer Blechdose. Er war dicht davor, und trotzdem konnte es noch Stunden dauern. Sie hob den Kopf und sah Mar an, und die nickte. Sara wusste, was sie gemeint hatte, als sie sagte, Sara sei Gabes Lieblingskrankenschwester, und sie wusste auch, worum Mar sie jetzt bat.

»Sandy, bring Jacob hinaus.«

»Was soll ich mit ihm machen?«

Was war nur los mit dieser Frau? »Irgendwas!« Sara atmete tief durch. »Jacob, du musst mit Sandy gehen. Tust du mir den Gefallen?«

In seinem Blick lag kein Verstehen – sie sah nur Angst und die lange Gewohnheit, den Entscheidungen zu gehorchen, die andere für ihn trafen. Sie wusste, er würde gehen, wenn sie ihn darum bat.

Er nickte widerstrebend. »Ist wohl okay.«

»Danke, Jacob.«

Sandy ging mit dem Jungen hinaus. Sara hörte, wie die Vordertür geöffnet und wieder geschlossen wurde. Mar saß auf der anderen Seite des Bettes und hielt die Hand ihres Mannes.

»Sara, hast du ... etwas für ihn?«

Das war etwas, worüber niemals gesprochen wurde, jedenfalls nicht offen. Die Kräuter wurden im Keller in dem alten Kühlschrank aufbewahrt, in Gläsern, die auf den Metallborden standen. Sara ging hinunter und nahm heraus, was sie brauchte: Digitalis – oder Fingerhut –, um die Atmung zu verlangsamen, die kleinen schwarzen Samenkörner einer Pflanze, die sie Engelstrompete nannten und die das Herz stimulierte, die bitteren braunen Späne von der Schierlingswurzel, die das Bewusstsein betäubten.

Sie stellte alles auf den Tisch und zerrieb es im Mörser zu einem feinen braunen Pulver, das sie auf ein Blatt Papier schüttete. Sie hielt das Blatt über einen Becher und ließ die Mischung hineinrieseln. Dann räumte sie alles weg, wischte den Tisch ab und stieg die Kellertreppe hinauf.

Im Vorraum setzte sie Wasser auf. Der Kessel war noch warm, und bald darauf war der Sud fertig. Er schimmerte leicht grünlich wie Algen und roch bitter und erdig. Sie trug den Becher zum Krankenbett.

»Ich glaube, das wird helfen.«

Mar nickte und nahm ihr den Becher ab. Es gehörte zu ihrem unausgesprochenen Einverständnis, dass Sara nur das Mittel besorgte. Sie war Krankenschwester und durfte nichts weiter tun.

Mar starrte lange in den Becher. »Wie viel?«

»Alles, wenn es geht.«

Sara stellte sich ans Kopfende, um Gabe bei den Schultern hochzuheben, und Mar hielt ihm den Becher an die Lippen und bat ihn zu trinken. Seine Augen waren geschlossen, und er schien gar nicht zu wissen, dass sie da waren. Sara befürchtete, er würde es nicht schaffen, und sie hätten zu lange gewartet. Aber dann nahm er einen ersten zaghaften Schluck aus dem Becher und dann noch

einen. Er nippte gleichmäßig wie ein Vogel, der aus einer Pfütze trank. Als er den Sud ausgetrunken hatte, ließ Sara seinen Kopf wieder auf das Kissen sinken.

»Wie lange?« Mar sah sie nicht an.

»Nicht lange. Es geht schnell.«

»Und du bleibst hier. Bis es vorbei ist.«

Sara nickte.

»Jacob darf es nicht erfahren«, sagte Mar. »Er würde es nicht verstehen.«

»Ich verspreche es dir«, sagte Sara.

Und dann warteten sie, nur sie beide.

Peter träumte von dem Mädchen. Sie waren unter dem Karussell, in diesem niedrigen Gefängnis voller Staub, und das Mädchen lag auf seinem Rücken und atmete ihm seinen Honigatem in den Nacken. *Wer bist du?*, dachte er, *wer bist du?*, aber die Worte blieben in seinem Mund stecken, zusammengeknüllt wie ein wollener Lappen. Er war durstig, so durstig. Er wollte sich umdrehen und ihre Augen sehen, aber er konnte sich nicht rühren, und dann lag nicht mehr das Mädchen auf ihm, sondern ein Viral, der seine Zähne in die Haut seines Halses bohrte, und er wollte nach seinem Bruder schreien, doch kein Laut kam über seine Lippen, er begann zu sterben, und ein Teil seiner selbst dachte, wie merkwürdig, ich bin noch nie gestorben. So ist das also.

Mit klopfendem Herzen wachte er auf, und der Traum verflog sofort und hinterließ nichts als ein unbestimmtes, aber durchdringendes Gefühl von Panik, den Nachhall eines Schreis. Einen Augenblick lang lag er bewegungslos da und wartete, bis er sich in Raum und Zeit wieder zurechtfand. Er verdrehte den Hals, um aus dem Fenster über seiner Pritsche zu schauen, und sah das Licht der Scheinwerfer. Sein Mund war knochentrocken, und seine Zunge fühlte sich geschwollen und faserig an. Er hatte geträumt, er sei durstig, weil er es war. Er tastete nach der Wasserflasche auf dem Boden neben seiner Pritsche, hob sie an den Mund und trank.

Caleb schlief in der Koje neben ihm. Peter zählte noch vier andere Männer, schnarchende Klötze im Dunkeln. Alle waren hereingekommen, ohne dass er aufgewacht war. Wie lange war es her, dass er so fest geschlafen hatte?

Er lag im Dunkeln und spürte die ersten Regungen der Nervosität, das dumpfe Vibrieren einer körperlichen Ungeduld, die seit der Rückkehr auf den Berg in seiner Brust wohnte. Das Nächstliegende wäre gewesen, sich wieder zum Dienst auf der Mauer zu melden. Doch Soo hatte ihm klar zu verstehen gegeben, dass sie ihn erst in ein paar Tagen wieder bei der Wache sehen wollte.

Er beschloss, Auntie zu besuchen. Er hatte ihr noch nichts von Theo erzählt. Wahrscheinlich wusste sie es schon, aber er wollte trotzdem, dass sie von ihm hörte, was passiert war, auch wenn er dabei Bekanntes wiederholte.

Manchmal war es möglich, sie vollständig zu vergessen, drüben in ihrem kleinen Haus auf der Lichtung. Ach *Auntie,* sagten die Leute, wenn ihr Name erwähnt wurde, als fiele ihnen erst jetzt wieder ein, dass sie existierte. Und die Wahrheit war, dass die alte Frau überraschend gut ohne Hilfe zurechtkam. Peter oder Theo hackten manchmal Holz für sie oder erledigten kleine Reparaturen an ihrem Haus, und Sara half ihr gelegentlich im Lagerhaus. Aber sie brauchte nicht viel, denn sie hatte einen großen Gemüse- und Kräutergarten auf dem sonnigen Grundstück hinter ihrem Haus, den sie ohne jede Unterstützung allein pflegte. Abgesehen von der Gartenarbeit, die sie auf einem Schemel sitzend erledigte, verbrachte sie die meiste Zeit im Haus zwischen ihren Papieren und Aufzeichnungen, und ihre Gedanken durchstreiften die Vergangenheit. An einem Gewirr von Kordeln trug sie drei verschiedene Brillen um den Hals, die sie abwechselnd aufsetzte, je nachdem, was sie gerade zu tun hatte, und sie ging immer barfuß, nur im Winter nicht. Nach allem, was man wusste, war Auntie fast hundert Jahre alt. Sie war verheiratet gewesen, erzählte man sich, nicht ein-, sondern zweimal. Weil sie allerdings nie eigene Kinder hatte bekommen können, erschien ihr langes Leben wie ein Wunder ohne Sinn und Zweck:

ein Pferd, das zählen konnte, indem es mit dem Huf aufstampfte. Niemand wusste genau, wie sie die Dunkle Nacht überlebt hatte. Ihr Haus hatte das Erdbeben fast unbeschädigt überstanden, und am Morgen hatte man sie in ihrer Küche gefunden, wo sie gesessen und einen Becher von ihrem berühmt grauenhaften Tee getrunken hatte, als wäre überhaupt nichts geschehen. »Vielleicht wollten sie mein altes Blut einfach nicht.« Mehr hatte sie nicht gesagt.

Die Nacht war kühl geworden. In den Fenstern von Aunties Cottage leuchtete mattes Licht. Sie behauptete, sie schlafe nie. Tag und Nacht seien eins für sie. Tatsächlich konnte Peter sich nicht erinnern, dass sie einmal nicht auf den Beinen und bei der Arbeit gewesen war. Er klopfte an die Tür, und als keine Antwort kam, öffnete er sie einen Spaltbreit.

»Auntie? Ich bin's, Peter.«

Drinnen raschelte Papier, und dann wurde ein Stuhl über den alten Holzfußboden geschoben. »Peter, komm herein, komm herein.«

Er trat ein. Das Licht kam von einer Laterne in der Küche, einem angeflickten Schuppen an der Rückseite des Hauses. Das Haus war vollgestopft, aber aufgeräumt, und die Anordnung von Möbeln und anderen Gegenständen – turmhohe Bücherstapel, Gläser mit Steinen und alten Münzen und anderer Schnickschnack, den er nicht identifizieren konnte – wirkte nicht nur durchdacht, sondern ließ eine natürliche Systematik erkennen, die daher kam, dass sie ihren jetzigen Platz schon seit Jahrzehnten innehatten, wie Bäume in einem Wald.

Auntie erschien in der Küchentür und winkte ihn herein.

»Du kommst gerade rechtzeitig. Ich habe Tee gemacht.«

Sie hatte immer »gerade Tee gemacht«. Aunties Tee war, behauptete sie, der Grund für ihr langes Leben. Sie braute ihn aus einem Sammelsurium von Kräutern, die sie teils züchtete und teils einfach am Wegrand pflückte. Er war der Preis, den man für ihre Gesellschaft bezahlen musste.

»Danke«, sagte Peter. »Ich trinke gern eine Tasse.«

Sie nestelte an ihren Brillen herum und suchte in dem Durcheinander an ihrem Hals nach der richtigen. Endlich schob sie sie in ihr ausgemergeltes nussbraunes Gesicht. Im Verhältnis zum Rest ihres Körpers erschien ihr Kopf ein wenig geschrumpft, als schritte der körperliche Zerfall von oben nach unten voran. Sie sah ihn prüfend an und lächelte ihr zahnloses Lächeln, als wäre sie erst jetzt davon überzeugt, dass er tatsächlich der war, für den sie ihn hielt. Sie trug wie immer ein weites Kittelkleid, bunt zusammengeflickt aus den Überresten zahlloser anderer Kleider der letzten Jahre. Was von ihrem Haar noch übrig war, bildete ein spinnwebzartes Gewirr aus weißen Fäden, das nicht aus dem Kopf zu wachsen, sondern ihn eher zu umschweben schien, und ihre Wangen waren übersät von Flecken, die weder Sommersprossen noch Leberflecken waren, sondern irgendetwas dazwischen.

»Dann in die Küche mit dir.«

Er folgte ihren schlurfenden barfüßigen Schritten durch einen schmalen Korridor in den hinteren Teil des Hauses. Der Eichenholztisch füllte die kleine Küche mehr oder weniger aus. Die Luft war hier drin stickig von dem Dampf, der aus dem verbeulten Aluminium-Teekessel aufstieg. Peter spürte, wie seine Poren sich öffneten und er anfing zu schwitzen. Während Auntie sich mit dem Tee beschäftigte, schob er das einzige Fenster der Küche hoch. Ein leises Lüftchen wehte unter dem Rahmen herein. Er setzte sich auf einen Stuhl. Auntie trug die Teekanne zum Tisch und stellte sie auf einen eisernen Untersatz. Dann ging sie zur Pumpe am Spülbecken, wusch zwei Becher aus und stellte sie ebenfalls auf den Tisch.

»Und wie kommt's, dass du mich besuchst, Peter?«

»Ich fürchte, ich muss dir was sagen. Es geht um Theo.«

Aber die alte Frau winkte ab. »Oh«, sagte sie, »das weiß ich schon.«

Auntie setzte sich ihm gegenüber, zog ihr Kleid über den knochendürren Schultern zurecht und streckte die Beine aus. Sie goss den Tee durch ein Sieb in die Becher und sog die Wangen ein. Der Tee hatte die dünne gelbe Farbe von Urin, und im Sieb blieben

kleine, beunruhigend nach kleinen Tierchen aussehende grüne und braune Krümel zurück, womöglich zerquetschte Insekten.

»Wie ist es passiert?«

Peter seufzte. »Das ist eine lange Geschichte.«

»Zeit für Geschichten ist alles, was ich noch habe, Peter. Solange du Lust hast, sie zu erzählen, habe ich Ohren, um sie zu hören. Na los, der Tee ist fertig. Lass ihn nicht kalt werden.«

Peter nippte an dem kochend heißen Gebräu. Es schmeckte ein bisschen nach Erde, und der Nachgeschmack war so bitter, dass man es kaum trinken konnte. Respektvoll brachte er einen Schluck hinunter. Auf dem Tisch neben ihm lag ihr Buch, in dem sie immer schrieb. Ihr Erinnerungsbuch nannte sie es: ein dicker handgebundener Klotz mit einem Einband aus Lammleder, dessen Seiten mit der winzigen Druckschrift bedeckt waren, in der sie schrieb – mit einer Krähenfeder und selbstgemachter Tinte. Auch das Papier machte sie selbst; sie kochte Sägemehl zu einer Pulpe und strich dann die Bogen auf viereckige alte Fensterscheiben. Peter wusste, dass sie mit Schreiben beschäftigt war, wenn er diese Bogen an einer Wäscheleine hinter dem Haus trocknen sah.

»Wie kommst du mit deiner Geschichte voran, Auntie?«

»Sie nimmt kein Ende.« Sie schenkte ihm ein runzliges Lächeln. »Es gibt so viel aufzuschreiben. Was alles passiert ist. Die Welt von früher. Der Zug, der uns im Feuer hierherbrachte. Terrence und Mazie und all die anderen. Das alles – ich schreibe es auf, wie es mir wieder einfällt. Eines Tages wird jemand wissen wollen, was passiert ist.«

»Glaubst du?«

»Peter, ich *weiß* es.« Sie trank einen Schluck, schmatzte mit den farblosen Lippen und runzelte die Stirn über den Geschmack. »Ich glaube, ich habe zu wenig Löwenzahn hineingetan.« Sie blinzelte Peter durch ihre Brillengläser an. »Aber danach hast du nicht gefragt, was? Was schreibe ich hier bloß alles rein – das war's, nicht wahr?«

So arbeitete ihr Verstand: Er sprang vor und zurück, bildete seltsame Zusammenhänge und tauchte in die Vergangenheit ein.

Sie sprach oft von Terrence, der mit ihr im Zug gefahren war. Manchmal schien er ihr Bruder zu sein, manchmal ihr Cousin. Und es gab noch andere. Mazie Chou. Einen Jungen namens Vincent Gum, ein Mädchen namens Sharise. Lucy und Rex Fisher. Doch diese Wanderungen durch die Zeit wurden immer wieder durch Augenblicke von verblüffender Klarheit unterbrochen.

»Hast du über Theo geschrieben?«

»Theo?«

»Meinen Bruder.«

Aunties Blick ging ins Weite. »Er hat mir gesagt, er reitet zum Kraftwerk. Wann kommt er zurück?«

Sie wusste es also nicht. Oder sie hatte es einfach vergessen, und die Nachricht von Theos Verschwinden hatte sich in ihrem Kopf mit anderen, ähnlichen Geschichten vermischt.

»Ich glaube nicht, dass er zurückkommt«, sagte Peter. »Das wollte ich dir sagen; deshalb bin ich hier. Es tut mir leid.«

»Das braucht dir nicht leidzutun«, sagte sie. »Mit dem, was du alles nicht weißt, könnte man ein Buch füllen. Das ist ein Witz, nicht? Ein Buch. Na los. Trink deinen Tee.«

Peter beschloss, sie nicht weiter zu bedrängen. Was half es der alten Frau, wenn sie hörte, dass wieder jemand gestorben sei. Er nippte an der bitteren Flüssigkeit, aber der Geschmack war allenfalls noch schlimmer geworden. Leise Übelkeit blubberte in seinem Magen.

»Das ist die Birkenrinde, was du da fühlst. Gut für die Verdauung.«

»Schmeckt wirklich gut.«

»Nein, tut es nicht. Aber es wirkt. Macht dich innerlich sauber wie ein weißer Wirbelwind.«

Peter fiel ein, dass es noch etwas gab. »Das wollte ich dir auch noch erzählen: Ich habe die Sterne gesehen.«

Die alte Frau strahlte. »Na, bitte sehr.« Sie berührte seinen Handrücken mit einer runzligen Fingerspitze. »Das ist mal was Gutes. Erzähl mir, wie haben sie für dich ausgesehen?«

Seine Gedanken kehrten zurück zu diesem Augenblick auf dem Dach, als er neben Lish auf dem Beton gelegen hatte. Die Sterne, so dicht über ihren Gesichtern, dass er sie fast hätte berühren können. Es war wie ein Erlebnis, das viele Jahre zurücklag, die letzten Minuten eines Lebens, das er hinter sich gelassen hatte.

»Das ist schwer in Worte zu fassen, Auntie. Ich wusste nichts davon.«

»Das ist ein Ding, was?« Ihr Blick richtete sich auf die Wand hinter seinem Kopf, und in ihren Augen funkelte die Erinnerung an das Sternenlicht. »Ich habe sie nicht mehr gesehen, seit ich ein kleines Mädchen war. Dein Vater kam immer herein wie du jetzt und erzählte mir von ihnen. Ich habe sie gesehen, Auntie, sagte er dann, und ich fragte, wie geht's ihnen, Demo? Wie geht's meinen Sternen? Und dann haben wir beide uns über sie unterhalten, so wie wir es jetzt tun.« Sie nahm einen Schluck Tee und stellte den Becher wieder auf den Tisch. »Warum guckst du so überrascht?«

»Das hat er getan?«

Sie runzelte tadelnd die Stirn, aber ihre Augen, die immer noch von innen heraus leuchteten, schienen zu lachen. »Warum sollte er es nicht tun?«

»Ich weiß nicht«, stammelte Peter. Und tatsächlich, er wusste es nicht. Aber als er versuchte, sich diese Szene vorzustellen – wie sein Vater, der große Demetrius Jaxon, bei Auntie in der überheizten Küche saß und ihr von den Langen Ritten erzählte –, gelang es ihm nicht. »Ich glaube, ich wusste nicht, dass er noch jemandem davon erzählt hat.«

Sie lachte leise. »Oh, dein Vater und ich, wir haben *geredet*. Über vieles. Über die *Sterne*.«

Das war alles sehr verwirrend, dachte Peter. Mehr als verwirrend: Es war, als hätte sich in wenigen Tagen – seit der Nacht, als Arlo Wilson den Viral erledigt hatte – eine fundamentale Weltregel geändert, ohne dass jemand es ihm gesagt hatte.

»Hat er dir je etwas ... von dem Walker erzählt, Auntie?«

Die alte Frau sog die Wangen zwischen die Zähne. »Von einem

Walker, sagst du? Nein, ich kann mich nicht erinnern. Theo hat einen Walker gesehen?«

Er hörte sich seufzen. »Nicht Theo. Mein Vater.«

Aber sie hörte nicht mehr zu. Ihr Blick ging wieder in weite Ferne. »Ich glaube, Terrence hat mir etwas von einem Walker erzählt. Terrence und Lucy. Sie war ein so winziges Ding. Terrence hat sie getröstet, damit sie aufhörte zu weinen, weißt du? Das konnte er.«

Es war hoffnungslos. Wenn Auntie einmal in Fahrt war, konnte es Stunden, ja Tage dauern, bis sie wieder in die Gegenwart zurückkam. Fast beneidete er sie um diese Fähigkeit.

»Aber wonach wolltest du mich jetzt fragen?«

»Schon gut, Auntie. Das hat Zeit.«

Sie hob die knochigen Schultern. »Wenn du es sagst.« Sie schwieg kurz. »Sag mir eins. Glaubst du an den allmächtigen Gott, Peter?«

Diese Frage kam überraschend. Sie hatte zwar schon oft von Gott gesprochen, aber noch nie hatte sie ihn gefragt, woran er glaubte. Und es stimmte: Als er vom Dach des Kraftwerks zu den Sternen hinaufgeschaut hatte, hatte er etwas gespürt – irgendeine Wesenheit hinter ihrer gewaltigen Unendlichkeit. Als ob die Sterne *ihn* beobachteten. Doch der Augenblick war vergangen und mit ihm das Gefühl, das er geweckt hatte. Es wäre schön, an so etwas zu glauben, dachte Peter, aber letzten Endes konnte er es einfach nicht.

»Eigentlich nicht«, gestand er, und er hörte die Düsternis in seiner eigenen Stimme. »Ich glaube, das ist nur ein Wort, das die Leute benutzen.«

»Das ist schade. Wirklich *schade.* Denn der Gott, den ich kenne? Der kennt ein Erbarmen.« Auntie trank den letzten Schluck Tee und schmatzte mit den Lippen. »Darüber denke mal ein bisschen nach, und dann erzähl mir von Theo und wohin er verschwunden ist. Mehr sage ich nicht.«

Das Gespräch schien zu Ende zu sein. Peter stand auf, beugte sich über sie und drückte ihr einen Kuss auf den Kopf.

»Danke für den Tee, Auntie.«

»Nicht der Rede wert. Komm wieder und sag mir, was dir dazu eingefallen ist. Dann reden wir über Theo. Unterhalten uns miteinander. Und – Peter?«

Er drehte sich in der Küchentür um.

»Nur damit du es weißt. Sie kommt.«

Er war verblüfft. »Wer kommt, Auntie?«

Sie runzelte die Stirn wie eine Lehrerin. »Du weißt, wer, Junge. Du weißt es seit dem Tag, an dem Gott dich zusammengeträumt hat.«

Einen Augenblick lang stand Peter sprachlos in der Tür.

»Mehr habe ich jetzt nicht zu sagen.« Die alte Frau wedelte mit der Hand, als verscheuchte sie eine Fliege. »Geh jetzt und komm wieder, wenn du so weit bist.«

»Schreib nicht mehr die ganze Nacht, Auntie«, brachte Peter hervor. »Versuch, ein bisschen zu schlafen.«

Ein Lächeln zerfurchte das Gesicht der alten Frau. »Dafür habe ich noch die ganze Ewigkeit Zeit.«

Er ging allein hinaus in den kühlen Nachtwind, der über sein Gesicht strich und den Schweiß erkalten ließ, der sich in der überheizten Küche unter seinem T-Shirt gesammelt hatte. Sein Magen rumorte immer noch von dem Tee. Einen Moment lang blieb er stehen und blinzelte im Licht der Scheinwerfer. Was Auntie da gesagt hatte, war merkwürdig. Aber sie konnte unmöglich etwas von dem Mädchen wissen. So wie der Verstand der alten Frau arbeitete, wie sie Geschichten auf Geschichten türmte und Vergangenheit und Gegenwart vermischte, konnte sie jeden gemeint haben. Vielleicht hatte sie von einem Mädchen gesprochen, das schon vor Jahren gestorben war.

Im selben Moment hörte er die Schreie vom Haupttor, und dann brach die Hölle los.

26

Angefangen hatte es mit dem Colonel. So viel konnte man in den ersten paar Stunden immerhin sagen.

Seit Tagen hatte ihn niemand mehr gesehen, weder im Stall noch auf dem Sonnenfleck noch auf der Mauer, wo er nachts manchmal erschien. Peter hatte ihn in den sieben Nächten, in denen er nach Theo Ausschau gehalten hatte, nicht zu Gesicht bekommen, aber das hatte er nicht weiter merkwürdig gefunden. Der Colonel kam und ging, wie es ihm passte, und manchmal ließ er sich tagelang nicht blicken.

Eins wusste man allerdings – Hollis hatte es als Erster gemeldet, doch andere hatten es bestätigt: Der Colonel war kurz nach Halbnacht auf der Mauer erschienen, in der Nähe des Feuerpostens drei. Es war eine stille, mondlose Nacht gewesen, ohne Sichtungen. Das offene Gelände vor der Mauer hatte im Flutlicht der Scheinwerfer gelegen. Nur wenige Leute sahen ihn dort stehen, und keiner dachte sich etwas dabei. Hey, da ist der Colonel, hatten sie vielleicht gesagt. Der alte Knabe schafft es einfach nicht, sich ganz zur Ruhe zu setzen. Schade, dass heute Nacht nichts los ist.

Er stand ein paar Minuten so herum, befingerte seine Halskette aus Zähnen und starrte auf das leere Vorfeld hinunter. Hollis nahm an, er sei gekommen, um mit Alicia zu sprechen, aber er wusste nicht, wo sie war, und der Colonel sah auch nicht aus, als suchte

er sie. Er war nicht bewaffnet, und er sprach mit niemandem. Als Hollis wieder hinschaute, war der Mann weg. Einer der Läufer, Kip Darrell, behauptete später, er habe gesehen, wie der Colonel die Leiter hinunterstieg und auf dem Weg zu den Stallungen davonging.

Als ihn das nächste Mal jemand sah, rannte er quer über das Schussfeld.

»Sichtung!«, schrie einer der Läufer. »Wir haben Sichtung!«

Hollis sah es, sah *sie*. Am Rande des Vorfelds, ein Schwarm von dreien, der ins Licht sprang.

Der Colonel rannte geradewegs auf sie zu.

Sie fielen sofort über ihn her, verschluckten ihn wie eine Welle, schnappend und fauchend, und oben auf der Mauer schwirrte ein Dutzend Pfeile im hohen Bogen von den Sehnen. Bei der Entfernung hätte aber höchstens ein Glückstreffer etwas ausrichten können.

Sie sahen zu, wie der Colonel starb.

Und dann sahen sie das Mädchen. Sie stand am Rande des Schussfelds, eine einzelne Gestalt, die aus der Dunkelheit hervortrat. Zuerst, berichtete Hollis, hielten alle sie für einen weiteren Viral, und außerdem war in der allgemeinen Schießwut jeder bereit, auf alles zu zielen, was sich bewegte. In einem Hagel von Pfeilen und Bolzen lief sie über die Weidefläche auf das Haupttor zu. Einer traf sie an der Schulter und wirbelte sie herum wie einen Kreisel. Aber sie kam trotzdem immer näher heran.

»Ich weiß es nicht«, gestand Hollis später. »Könnte sein, dass ich es war, der sie erwischt hat.«

Inzwischen war auch Alicia zur Stelle. Sie stand oben auf der Mauer und schrie, sie sollten das Feuer einstellen, das sei ein Mensch, *ein Mensch, verdammt,* und schafft die Seile her, *schafft sofort die Seile her*! Einen Augenblick lang herrschte Chaos: Soo war nirgends zu sehen, und der Befehl, sich abzuseilen, konnte nur von ihr kommen. Alicia zögerte keinen Moment. Bevor jemand ein Wort sagen konnte, war sie auf die Brüstung gesprungen, packte das Seil mit beiden Händen und sprang.

Es war, erklärte Hollis, das Verrückteste, das er jemals gesehen hatte.

Sie sauste rasend schnell in die Tiefe und schwang an der Mauer entlang. Ihre Beine wirbelten umher, als renne sie durch die Luft, während drei Händepaare fieberhaft versuchten, die Bremse zu ziehen, bevor sie unten aufschlug. Metall bog sich kreischend, als der Mechanismus einrastete. Alicia überschlug sich bei der Landung im Staub, kam gleich wieder auf die Beine und rannte los. Die Virals waren zwanzig Meter entfernt, noch immer über die Leiche des Colonels gebeugt. Als sie Alicias Aufprall hörten, zuckten sie, verdrehten zähnefletschend die Hälse, schnupperten.

Frisches Blut.

Das Mädchen war jetzt am Fuße der Mauer, eine dunkle Gestalt, die dort kauerte. Ein glitzernder Klumpen saß auf ihrem Rücken – ihr Rucksack, den der Armbrustbolzen an den Körper der Kleinen geheftet hatte, nass glänzend von ihrem Blut. Alicia packte sie wie einen Mehlsack und warf sie sich über die Schulter, und dann rannte sie los, so schnell sie konnte. Das Seil baumelte nutzlos und vergessen hinter ihr. Das Tor war ihre einzige Chance.

Alles erstarrte. Was immer man tat, das Tor wurde nicht geöffnet. Nicht in der Nacht. Für niemanden, nicht einmal für Alicia.

In diesem Augenblick traf Peter ein. Er war von Aunties Haus herübergerannt, als er den Aufruhr hörte. Caleb kam im Laufschritt von der Kaserne und war kurz vor ihm am Haupttor. Peter hatte keine Ahnung, was auf der anderen Seite passierte. Er hörte nur, was Hollis von der Mauer herunterrief.

»Es ist Lish!«

»Was?«

»Lish!«, schrie Hollis. »Sie ist draußen!«

Caleb war als Erster im Windenhaus. Diese Tatsache sollte ihn später belasten, während sie Peter von aller Schuld an dem, was dann passierte, befreite. Als Alicia das Tor erreichte, war es gerade so weit offen, dass sie mit dem Mädchen hereinschlüpfen konnte. Wenn sie es gleich wieder hätten schließen können, wäre

alles andere wahrscheinlich nicht geschehen. Aber Caleb hatte die Bremse gelöst. Peter packte das Windenseil. Hinter und über sich hörte er Schreie, das Zischen der Armbrustsalven, die abgehackten Schritte der Wächter, die über die Leitern herunterkamen. Weitere Hände kamen ihm zu Hilfe und umklammerten das Seil – Ben Chou und Ian Patal und Dale Levine. Entsetzlich langsam drehte sich die Winde jetzt in die andere Richtung.

Zu spät. Von den drei Virals kam nur einer durch das Tor. Aber das genügte.

Er nahm geradewegs Kurs auf die Zuflucht.

Hollis erreichte das Gebäude als Erster, als der Viral gerade auf das Dach hinaufsprang. Er schnellte über den First wie ein Stein, der über das Wasser hüpft, und landete im Innenhof. Als Hollis durch die Tür ins Haus stürmte, hörte er drinnen das laute Krachen von zerbrechendem Glas.

Gleichzeitig mit Mausami stürzte er in den Großen Saal. Sie war von der anderen Seite herangelaufen gekommen, und sie war unbewaffnet. Hollis hatte seine Armbrust. Es war unerwartet still. Hollis hatte sich auf lautes Geschrei und Chaos gefasst gemacht, auf Kinder, die wild durcheinanderliefen. Aber fast alle lagen mit weit aufgerissenen Augen in ihren Betten, erschrocken und hilflos. Ein paar hatten sich unter den Pritschen verkrochen, und als Hollis über die Schwelle trat, sah er eine panische Bewegung in der vorderen Reihe, wo eine der drei »Jots« – June oder Jane oder Juliet – aus ihrem Bettchen rollte und darunter verschwand. Das einzige Licht fiel durch das zerbrochene Fenster herein. Die abgerissene Jalousie hing schief herunter und schaukelte noch hin und her.

Der Viral stand an Doras Bett.

»Hey!«, schrie Mausami und schwenkte die Arme über dem Kopf. »Hey, hier bin ich!«

Wo war Leigh? Wo war die Lehrerin? Der Viral riss den Kopf herum, als er Mausamis Stimme hörte. Er blinzelte, legte den Kopf

schräg. Ein feuchtes Klicken kam aus der scharfen Krümmung seiner Kehle.

»Hier!«, brüllte Hollis. Er folgte Mausamis Beispiel und fuchtelte mit den Armen, um die Aufmerksamkeit der Bestie auf sich zu ziehen. »Ja, schau her!«

Der Viral fuhr herum und starrte ihn an. Irgendetwas funkelte an seinem Hals, irgendein Schmuckstück. Aber Hollis hatte keine Zeit, sich darüber den Kopf zu zerbrechen. Er hatte sein Ziel vor sich, seine Chance. Jetzt stürzte Leigh herein. Sie hatte im Büro geschlafen und nichts gehört. Als sie anfing zu schreien, hob Hollis die Armbrust und schoss.

Ein guter Schuss, ein sauberer Schuss, mitten in den Sweetspot – als der Bolzen vom Schaft flog, hatte er gespürt, dass er stimmte, dass er perfekt war. Und in dem Sekundenbruchteil, den der Bolzen brauchte, um die kurze Distanz von weniger als fünf Metern zurückzulegen, wusste er es. Der blinkende Schlüssel an der Schnur um den Hals, die traurige Dankbarkeit in den Augen des Virals. Ein einziger Gedanke schoss ihm in den Kopf, ein Wort nur, als der Bolzen – der gnädige, furchtbare und uneinholbare Bolzen – mitten in die Brust des Virals fuhr.

»Arlo.«

Hollis hatte seinen Bruder getötet.

Sara erinnerte sich nicht daran und würde es auch nie tun, aber das erste Mal erfuhr sie in einem Traum von dem Walker: in einem konfusen Traum, in dem sie wieder ein kleines Mädchen war. Sie war dabei, Maisfladen zu backen. Die Küche, in der sie arbeitete – sie stand auf einem Schemel und rührte den schweren Teig in einer großen Holzschüssel –, war die Küche des Hauses, in dem sie wohnte, und zugleich die Küche in der Zuflucht, und es schneite: ein sanftes Schneetreiben, das nicht vom Himmel kam, weil es keinen Himmel gab, sondern scheinbar aus der Luft vor ihrem Gesicht. Seltsam, dieser Schnee – es schneite fast nie, und schon gar nicht im Haus, soweit Sara sich erinnern konnte. Doch

sie hatte andere Sorgen. Heute war der Tag ihrer Entlassung, und bald würde die Lehrerin sie holen, aber ohne die Maisfladen hätte sie in der Welt da draußen nichts zu essen. In der Welt da draußen, hatte die Lehrerin ihr erklärt, aßen die Leute nichts anderes.

Dann war da ein Mann. Gabe Curtis. Er saß am Küchentisch vor einem leeren Teller. »Sind sie fertig?«, fragte er Sara, und dann wandte er sich an das Mädchen, das neben ihm saß, und sagte: »Ich habe Maisfladen immer gern gemocht.« Sara fragte sich mit leiser Besorgnis, wer dieses Mädchen sein mochte. Sie versuchte, sie anzusehen, doch es ging nicht: Wenn sie hinschaute, war das Mädchen dort nicht mehr. Und ganz langsam dämmerte Sara, dass sie jetzt woanders war. Sie war in dem Zimmer, in das die Lehrerin sie geführt hatte und in dem sie es erfahren würde, und ihre Eltern waren da und warteten. Sie standen in der Tür. »Geh mit ihnen, Sara«, sagte Gabe. »Es wird Zeit, dass du gehst. Lauf, lauf immer weiter.« »Aber du bist tot«, sagte Sara, und als sie ihre Eltern anschaute, sah sie dort, wo ihre Gesichter hätten sein müssen, nur konturlose Flecken, als blickte sie durch fließendes Wasser, und irgendetwas stimmte mit ihren Hälsen nicht. Jetzt hörte sie von draußen ein dumpfes Hämmern, und eine Stimme rief ihren Namen. »Ihr seid alle tot.«

Dann war sie wach. Sie war auf dem Stuhl neben dem kalten Herd eingeschlafen. Ein Klopfen an der Tür hatte sie geweckt, und jemand rief ihren Namen. Wo war Michael? Wie spät war es?

»Sara! Mach auf!«

Caleb Jones? Sie riss die Tür auf, als er gerade wieder dagegenhämmern wollte. Seine erhobene Faust stoppte mitten im Schlag.

»Wir brauchen eine Krankenschwester.« Er war außer Atem, und sein Gesicht war schweißüberströmt. »Jemand ist verwundet.«

Sofort war sie hellwach und griff nach ihrer Tasche auf dem Tisch. »Wer?«

»Lish hat sie hereingebracht.«

»Lish? Lish ist verwundet?«

Caleb schüttelte den Kopf. Er rang immer noch nach Luft. »Nicht sie. Das Mädchen.«

»Welches Mädchen?«

Sein Blick war erstaunt. »Sie ist ein Walker, Sara.«

Als sie am Krankenrevier ankamen, zog das erste fahle Licht über den Himmel. Niemand war da, und das wunderte sie. Nach Calebs Bericht hatte sie eine Menschenmenge erwartet. Sie stieg die Treppe hinauf und eilte hinein.

Auf der vordersten Pritsche lag ein Mädchen. Der Bolzen steckte noch in ihrer Schulter. Etwas Dunkles hing an ihrem Rücken. Alicia stand vor ihr; ihr T-Shirt war blutbespritzt.

»Sara, tu etwas«, sagte sie.

Sara trat rasch heran und schob die Hand um den Hals des Mädchens, um die Atemwege zu kontrollieren. Das Mädchen hatte die Augen geschlossen. Sie atmete schnell und flach, und ihre Haut war kühl und feucht. Sara tastete nach der Halsschlagader. Der Puls raste wie bei einem kleinen Vogel.

»Sie hat einen Schock. Hilf mir, sie umzudrehen.«

Der Bolzen war dicht unter dem löffelförmigen Schlüsselbein eingedrungen. Alicia fasste das Mädchen vorsichtig bei den Schultern, Caleb packte sie bei den Füßen, und zusammen drehten sie sie auf die Seite. Sara holte eine Schere und setzte sich hinter sie, um den blutgetränkten Rucksack abzuschneiden. Dann kam das dünne T-Shirt an die Reihe; sie schnitt den Halsausschnitt auf und riss es dann auseinander. Die schlanke Gestalt eines heranwachsenden Kindes kam zum Vorschein – knospende kleine Brüste und eine helle Haut. Die Widerhakenspitze des Bolzens ragte aus einer sternförmigen Wunde oberhalb des Schulterblatts.

»Die muss ich abschneiden. Dazu brauche ich etwas Größeres als diese Schere.«

Caleb nickte und ging das entsprechende Gerät holen. Als er durch den Vorhang verschwand, kam Soo Ramirez hereingestürzt. Ihr langes Haar hatte sich gelöst, und ihr Gesicht war schmutzig. Am Fuße des Bettes blieb sie stehen.

»Mich trifft der Schlag. Das ist ja noch ein Kind.«

»Wo zum Teufel ist die Andere Sandy?«, wollte Sara wissen.

Soo machte ein verdattertes Gesicht. »Wo um alles in der Welt kommt sie her?«

»Soo, ich bin hier ganz allein. Wo ist *Sandy*?«

Soo hob den Kopf und sah sie an. »Sie ist … in der Zuflucht, glaube ich.«

Draußen kam Tumult auf. Schritte, Stimmen – der Vorraum füllte sich mit Neugierigen.

»Soo, schaff diese Leute hinaus.« Sara hob den Kopf zum Vorhang. »Alles raus da! Die Leute sollen verschwinden!«

Soo nickte und lief hinaus. Sara tastete noch einmal nach dem Puls des Mädchens. Ihre Haut war jetzt fleckig angelaufen wie ein Winterhimmel kurz vor dem Schnee. Wie alt mochte sie sein? Vierzehn? Was suchte ein vierzehnjähriges Mädchen da draußen im Dunkeln?

Sara sah Alicia an. »Du hast sie hereingeholt?«

Alicia nickte.

»Hat sie etwas gesagt? War sie allein?«

»Mein Gott, Sara.« Alicias Blick irrte umher. »Ich weiß es nicht. Ja, ich glaube, sie war allein.«

»Ist das ihr Blut oder deins?«

Alicia schaute an ihrem T-Shirt hinunter. Anscheinend bemerkte sie das Blut erst jetzt. »Ihres, glaube ich.«

Von draußen kam Gepolter, dann Calebs Stimme. »Ich bin's!« Er kam herein und schwenkte eine schwere Drahtschere.

Ein schmieriges altes Ding, aber es würde genügen. Sara goss Alkohol über die Schere und über ihre Hände und wischte sie dann mit einem Lappen ab. Das Mädchen lag immer noch auf der Seite. Sie schnitt die Bolzenspitze ab und schüttete noch einmal Alkohol über alles. Dann befahl sie Caleb, sich die Hände zu waschen, wie sie es getan hatte. Inzwischen nahm sie einen Strang Wolle von einem Bord, schnitt ein langes Stück davon ab und rollte es zu einer Kompresse zusammen.

»Hightop, wenn ich den Bolzen herausziehe, presst du das hier auf die Eintrittswunde. Sei nicht zimperlich, drück fest zu. Ich werde die andere Seite vernähen. Vielleicht lässt die Blutung so nach.«

Er nickte unsicher. Sara wusste, dass er überfordert war, aber in Wahrheit waren sie es alle. Ob das Mädchen die nächsten paar Stunden überlebte oder nicht, hing vom Ausmaß der Blutung und vom Umfang der inneren Verletzungen ab. Sie drehten sie wieder auf den Rücken. Caleb und Alicia hielten sie bei den Schultern fest, und Sara packte den Bolzen und fing an zu ziehen. Durch den Metallschaft spürte sie den faserigen, knorpeligen Widerstand von zerfetztem Gewebe, das Knirschen gesplitterter Knochen. So etwas konnte man nicht behutsam tun. Es musste schnell gehen. Mit einem heftigen Ruck fuhr der Bolzen heraus, gefolgt von einem seufzenden Schwall Blut.

»Mein Gott, das ist sie!«

Sara drehte sich um und sah Peter. Was meinte er damit, *das ist sie*? Kannte er sie? Wusste er, wer sie war? Aber das war natürlich unmöglich.

»Dreht sie auf die Seite. Los, Peter, pack mit an.«

Sara griff zu Nadel und Garnrolle, trat hinter das Mädchen und fing an, die Wunde zu nähen. Inzwischen war überall Blut. Es sammelte sich auf der Matratze und tropfte auf den Boden.

»Sara, was soll ich machen?« Calebs Kompresse war schon durchnässt.

»Einfach weiterdrücken.« Sie schob die Nadel durch die Haut des Mädchens und zog den Faden straff. »Ich brauche hier mehr Licht!«

Drei Stiche, vier, fünf, und jeder zog die Wundränder fester zusammen. Aber sie wusste, dass es nichts nutzte. Der Bolzen musste die Schlüsselbeinarterie verletzt haben. Daher kam das viele Blut. In ein paar Minuten würde das Mädchen tot sein. Vierzehn Jahre alt, dachte sie. Woher bist du gekommen?

»Ich glaube, es hört auf«, sagte Caleb.

Sara verknotete den letzten Faden. »Das kann nicht sein. Du musst einfach weiterdrücken.«

»Nein, wirklich. Sieh doch.«

Sie rollten das Mädchen wieder auf den Rücken, und Sara nahm die nasse Kompresse weg. Caleb hatte recht: Die Blutung hatte nachgelassen. Die Eintrittswunde sah sogar kleiner aus, rosig und runzlig an den Rändern. Das Gesicht des Mädchens war sanft und gefasst, als schliefe sie. Sara legte ihr zwei Finger an den Hals. Ein fester, regelmäßiger Puls schlug an Saras Fingerspitzen. Was um alles in der Welt …?

»Peter, leuchte mit der Laterne herüber.«

Peter hob die Laterne über das Gesicht des Mädchens, und Sara zog vorsichtig das linke Augenlid hoch. Ein dunkler, feucht schimmernder Augapfel, die Pupille eng zusammengezogen, eine gebänderte Iris von der Farbe von durchnässter Erde. Aber etwas war anders. Da war noch etwas.

»Noch näher.«

Als Peter die Laterne herüberschwenkte und das helle Licht auf das Auge fiel, fühlte sie es. Es war, als stürzte sie in die Tiefe, als hätte die Erde unter ihren Füßen sich geöffnet – schlimmer als Sterben, schlimmer als der Tod. Überall war schreckliche schwarze Dunkelheit, und sie fiel hinein, fiel in alle Ewigkeit.

»Sara, was ist los?«

Sie wich taumelnd zurück. Ihr Herz bäumte sich auf, und ihre Hände zitterten wie Blätter im Wind. Alle starrten sie an. Sie wollte sprechen, aber kein Wort kam über ihre Lippen. Was hatte sie gesehen? Doch sie hatte nichts gesehen, sie hatte etwas *gefühlt*. Und Sara fiel das Wort ein: allein. Allein! Das war es, was sie war – was sie alle waren. Und ihre Eltern waren es, deren Seelen in Ewigkeit durch die schwarze Dunkelheit irrten. Sie waren allein!

Ihr wurde bewusst, dass jetzt noch andere im Raum waren. Sanjay und neben ihm Soo Ramirez. Zwei weitere Wächter hielten sich im Hintergrund. Alle warteten darauf, dass sie etwas sagte; sie spürte die Glut ihrer Blicke.

Sanjay trat heran. »Wird sie überleben?«

Sie atmete tief durch, um sich zu beruhigen. »Ich weiß es nicht.«

Ihre Stimme kam kraftlos aus ihrer Kehle. »Es ist eine schlimme Wunde, Sanjay. Sie hat viel Blut verloren.«

Sanjay betrachtete das Mädchen einen Moment lang. Anscheinend überlegte er, was er von ihr halten, wie er ihre unfassbare Anwesenheit erklären sollte. Schließlich wandte er sich ab und sah Caleb an, der mit der bluttriefenden Kompresse neben dem Bett stand. Etwas Aggressives schien mit einem Mal in der Luft zu liegen. Die beiden Männer im Hintergrund traten vor und legten die Hände an die Messer.

»Komm mit, Caleb.«

Die beiden Wächter – Jimmy Molyneau und Ben Chou – packten den Jungen bei den Armen. Er war zu überrascht, um sich zu sträuben.

»Sanjay, was hast du vor?«, fragte Alicia. »Soo, was zum Teufel soll das?«

Sanjay beantwortete ihre Fragen. »Caleb ist verhaftet.«

»Verhaftet?«, quiekte der Junge. »Wieso bin ich verhaftet?«

»Caleb hat das Tor geöffnet. Er kennt das Gesetz so gut wie jeder andere. Jimmy, schafft ihn raus.«

Jimmy und Ben zogen den zappelnden Jungen zum Vorhang.

»Lish!«, schrie Caleb.

Sie trat ihnen in den Weg. »Soo, sag's ihnen. Ich war es. Ich bin über die Mauer gegangen. Wenn ihr jemanden verhaften wollt, dann mich.«

Soo stand neben Sanjay. Sie schwieg.

»Soo? Sag's ihm.«

Aber die Frau schüttelte den Kopf. »Das kann ich nicht, Lish.«

»Was soll das heißen, du kannst es nicht?«

»Sie hat es nicht zu entscheiden«, sagte Sanjay. »Die Lehrerin ist tot. Caleb wird wegen Mordes festgenommen.«

27

Am Vormittag kannte jeder in der Kolonie die Geschichte der vergangenen Nacht in dieser oder jener Fassung. Ein Walker war vor der Mauer erschienen, und Caleb hatte das Tor geöffnet und einen Viral hereingelassen. Der Walker, ein kleines Mädchen, lag im Krankenrevier im Sterben; ein Wächter hatte sie mit der Armbrust schwer verwundet. Der Colonel war tot. Wie es aussah, hatte er Selbstmord begangen, doch kein Mensch wusste, wie er über die Mauer gekommen war. Und Arlo war auch tot. Sein Bruder hatte ihn in der Zuflucht erschossen.

Aber das Schlimmste war das mit der Lehrerin.

Sie fanden sie im Schlafsaal unter dem Fenster. Wahrscheinlich hatte sie gehört, wie der Viral über das Dach kam, und versucht, ihm den Weg zu versperren. Das Messer war noch in ihrer Hand.

Natürlich hatte es über die Jahre eine ganze Reihe von Lehrerinnen gegeben. Aber im eigentlichen Sinn gab es immer nur eine, und die, die in dieser Nacht gestorben war, war eine Darrell – April Darrell. Sie war die Frau, an die Peter sich erinnerte und die über seine Fragen nach dem Meer gelacht hatte. Aber damals war sie jünger gewesen, nicht viel älter als er jetzt, und auf eine sanfte, blasse Art hübsch wie eine ältere Schwester, die wegen irgendeines körperlichen Leidens im Haus bleiben musste. Sie war die Frau, an die Sara sich erinnerte, wenn sie an den Morgen ihrer

Entlassung dachte, an die vielen Fragen, die Sara ihr gestellt hatte. Es war, als führte die Lehrerin sie über eine Treppe in einen dunklen Keller, in dem die schreckliche Wahrheit verborgen lag, um sie dann in die Arme ihrer Mutter zu geben, wo Sara weinen konnte über die Welt und das, was einen da draußen erwartete. Es war ein schwerer Beruf, das wussten alle, ein undankbares Leben, eingeschlossen mit den Kleinen und so gut wie ohne erwachsene Gesellschaft mit Ausnahme schwangerer oder stillender Frauen, die nichts außer ihren Babys im Kopf hatten. Und es stimmte auch, dass der kollektive Groll sich gegen die Lehrerin richtete, weil sie es war, von der man die schmerzliche Wahrheit erfuhr – von der es bislang jeder erfahren hatte. Mit Ausnahme der Ersten Nacht, wenn sie manchmal für kurze Zeit auf dem Sonnenfleck erschien, setzte die Lehrerin das ganze Jahr über fast nie einen Fuß vor die Tür der Zuflucht, und wenn sie es tat, war es, als bewegte sie sich in einer unsichtbaren Aura des Verrats. Peter hatte Mitleid mit ihr, aber es war zugleich nicht zu leugnen, dass er es kaum über sich brachte, ihr in die Augen zu sehen.

Der Haushalt war gleich im Morgengrauen zusammengetreten und hatte den Notstand ausgerufen. Läufer gingen von Haus zu Haus und gaben es bekannt. Bis man Genaueres wusste, wurden sämtliche Tätigkeiten außerhalb der Mauer eingestellt, und die Herde sowie sämtliche Arbeitskolonnen blieben in der Kolonie. Das Tor würde nicht geöffnet werden. Caleb war im Gefängnis. Man hatte sich darauf geeinigt, vorläufig kein Urteil zu fällen, da so viele Seelen verloren waren und in der Kolonie Angst und Verwirrung herrschten.

Und dann war da die Sache mit dem Mädchen.

In den frühen Morgenstunden hatte Sanjay die Mitglieder des Haushalts ins Krankenrevier geführt, um sie ihnen zu zeigen. Die Verletzung an ihrer Schulter war offensichtlich schwerwiegend, und sie war noch nicht wieder zu sich gekommen. Es gab keinerlei Anzeichen für eine Virusinfektion, aber ihr Auftauchen war absolut unerklärlich. Warum hatten die Virals sie nicht angegriffen? Wie hatte sie

überlebt, ganz allein in der Dunkelheit? Sanjay befahl, dass jeder, der Kontakt mit ihr gehabt hatte, entkleidet und gewaschen wurde, und seine Kleidung wurde verbrannt. Auch der Rucksack des Mädchens und ihre Kleidung wanderten ins Feuer, und das Mädchen wurde unter strenge Quarantäne gestellt. Niemand außer Sara durfte das Krankenrevier betreten, bis man mehr wusste.

Das Hearing wurde in einem alten Klassenzimmer in der Zuflucht abgehalten – in dem Zimmer, erkannte Peter, in das die Lehrerin ihn am Tag seiner Entlassung geführt hatte. Hearing: Das war der Ausdruck, den Sanjay benutzt hatte, ein Wort, das Peter noch nie gehört hatte. Es klang wie eine elegante Bezeichnung für die Suche nach einem Sündenbock. Sanjay hatte ihnen – Peter, Alicia, Hollis und Soo – verboten, vor ihrer Einzelvernehmung miteinander zu sprechen. Sie warteten draußen auf dem Flur, in die winzigen Pulte geklemmt, die in einer Reihe an der Wand standen, und mit ihnen zusammen wartete ein einzelner Wächter, Sanjays Neffe Ian. Um sie herum war es ungewöhnlich still. Die Kleinen waren alle nach oben gebracht worden, damit der Große Saal geschrubbt werden konnte. Niemand wusste, wie die Kinder die Ereignisse der Nacht verarbeiten würden und was Sandy Chou, die vorläufig die Betreuung übernahm, ihnen erzählen würde. Wahrscheinlich, dass sie das alles nur geträumt hätten. Bei den Jüngsten würde dieser Trick sicher funktionieren. Aber ob ihr das die Älteren abnahmen – wer weiß? Vielleicht würde man die älteren Kinder auch vorzeitig aus der Zuflucht entlassen müssen.

Soo war als Erste hereingerufen worden. Kurze Zeit später kam sie wieder heraus und eilte mit gehetztem Blick den Flur hinunter. Hollis war der Nächste. Als er seine langen Beine unter dem Pult herausfaltete, sah er aus, als wäre alle Energie aus ihm entwichen. Ian hielt ihm die Tür auf und behielt die anderen warnend im Auge. Auf der Türschwelle blieb Hollis stehen, drehte sich zu ihnen um und brach das Schweigen, das jetzt eine Stunde gedauert hatte.

»Ich will nur wissen, dass es nicht umsonst war.«

Sie warteten. Peter hörte murmelnde Stimmen hinter der Tür

des Klassenzimmers. Gern hätte er Ian gefragt, ob er etwas wisse, aber dessen Gesichtsausdruck gab ihm zu verstehen, dass er es gar nicht erst zu versuchen brauchte. Ian war so alt wie Theo, und er und seine Frau Hannah hatten eine kleine Tochter namens Kira in der Zuflucht. Das erklärte seinen Gesichtsausdruck, dachte Peter: Es war der Blick eines Vaters.

Als Hollis herauskam, sah er Peter kurz an und nickte knapp, bevor er den Flur hinunterging. Peter wollte aufstehen, aber Ian sagte: »Nicht du, Jaxon. Lish ist die Nächste.«

Jaxon? Seit wann nannte irgendjemand ihn Jaxon? Erst recht jemand von der Wache? Und wieso klang es aus Ians Mund plötzlich anders?

»Schon gut.« Lish stand müde auf. Noch nie hatte er sie so mutlos gesehen. »Ich will es nur hinter mich bringen.«

Sie verschwand, und Peter und Ian waren allein. Ian starrte befangen an die Wand über Peters Kopf.

»Es war wirklich nicht ihre Schuld, Ian. Niemand ist schuld.«

Ian nahm eine steife Haltung ein und antwortete nicht.

»Wenn du da gewesen wärst, hättest du wahrscheinlich das Gleiche getan.«

»Hör zu, spar dir das für Sanjay. Ich darf nicht mit dir reden.«

Als Lish endlich herauskam, war Peter tatsächlich eingedöst. Wortlos warf sie ihm einen Blick zu, den er kannte: *Ich komm gleich noch zu dir.*

Er spürte es, als er den Raum betrat. Was immer passieren würde, war bereits entschieden. Sein Auftritt hier und das, was er zu sagen hatte, würden daran kaum etwas ändern. Soo war aufgefordert worden, wegen Befangenheit nicht an dem Hearing teilzunehmen, und deshalb waren nur fünf Mitglieder des Haushalts anwesend: Sanjay, der in der Mitte des langen Tisches saß, und rechts und links neben ihm Old Chou, Jimmy Molyneau, Walter Fisher und Peters Cousine Dana, die den Platz der Jaxons innehatte. Peter bemerkte die ungerade Zahl: Durch Soos Abwesenheit war dafür gesorgt, dass keine Pattsituation entstehen konnte. Vor

dem Tisch stand eine leere Schulbank. Die Anspannung im Raum war mit Händen zu greifen. Niemand sprach ein Wort. Anscheinend war nur Old Chou bereit, Peter in die Augen zu sehen. Alle anderen schauten weg, sogar Dana. Walter Fisher saß zusammengesunken auf seinem Stuhl; er sah aus, als wüsste er kaum, wo er war, und als kümmerte es ihn auch nicht. Selbst für Walters Verhältnisse war seine Kleidung außergewöhnlich schmutzig und zerknautscht. Peter roch den Schnapsdunst, den er verströmte.

»Nimm Platz, Peter«, sagte Sanjay.

»Ich möchte lieber stehen bleiben, wenn's recht ist.«

Er empfand heimliche Freude über seinen Trotz und den Punkt, den er damit erzielt hatte. Aber Sanjay ließ sich davon nicht beirren. »Dann wollen wir also fortfahren.« Er räusperte sich. »Zwar ist in diesem Punkt noch einiges unklar, aber nach der allgemeinen Auffassung des Haushalts, die im Großen und Ganzen auf der Aussage Calebs beruht, stehst du nicht in der Verantwortung. Er ganz allein hat das Tor geöffnet. Ist das auch deine Version?«

»Meine Version?«

»Ja, Peter.« Sanjay seufzte unverhohlen ungeduldig. »Deine Version der Ereignisse. So wie du glaubst, dass es passiert ist.«

»Ich *glaube* überhaupt nichts. Was hat Hightop euch erzählt?«

Old Chou hob die Hand und beugte sich vor. »Sanjay, wenn ich darf …?«

Sanjay runzelte die Stirn, aber er sagte nichts.

Old Chou beugte sich gebieterisch über den Tisch. Er hatte ein sanftes faltiges Gesicht und feucht schimmernde Augen, die ihn zutiefst ernsthaft aussehen ließen. Er war viele Jahre lang Oberhaupt des Haushalts gewesen, bevor er diese Position an Theos Vater abgetreten hatte, und dieser Umstand verlieh ihm immer noch beträchtliche Autorität, wenn er es darauf anlegte. Meistens war das aber nicht der Fall. Nach dem Tod seiner Frau in der Dunklen Nacht hatte er eine zweite, sehr viel jüngere Frau geheiratet, und jetzt verbrachte er den größten Teil seiner Zeit im Bienenhaus bei seinen geliebten Bienen.

»Peter, niemand bezweifelt, dass Caleb das Richtige zu tun glaubte. Seine Absichten stehen hier nicht zur Debatte. Hast du das Tor geöffnet oder nicht?«

»Was habt ihr mit ihm vor?«

»Das ist noch nicht entschieden. Bitte beantworte meine Frage.«

Peter versuchte, Dana in die Augen zu sehen, aber es gelang nicht. Sie starrte vor sich auf den Tisch.

»Ich hätte es getan, wenn ich zuerst da gewesen wäre.«

Sanjay richtete sich entrüstet auf seinem Stuhl auf. »Seht ihr? Genau das habe ich gesagt.«

Doch Old Chou beachtete Sanjays Einwurf nicht. Er ließ Peter nicht aus den Augen. »Ich verstehe dich richtig, wenn ich sage, deine Antwort lautet nein? Du *hättest* es getan, aber tatsächlich hast du es *nicht* getan?« Er faltete die Hände auf dem Tisch. »Nimm dir einen Augenblick Zeit, wenn du darüber nachdenken musst.«

Peter hatte den Eindruck, dass Old Chou versuchte, ihn zu beschützen. Aber wenn er sagte, was geschehen war, würde er Caleb die ganze Schuld in die Schuhe schieben, obwohl der Junge nur das getan hatte, was Peter selbst getan hätte, wenn er vor ihm im Windenhaus gewesen wäre.

»Niemand zweifelt an deiner Loyalität gegenüber deinen Freunden«, fuhr Old Chou fort. »Und ich erwarte nichts anderes von dir. Aber unsere oberste Loyalität muss der Sicherheit aller gelten. Ich frage dich also noch einmal. Hast du Caleb geholfen, das Tor zu öffnen? Oder hast du im Gegenteil versucht, es zu schließen, als du gesehen hast, was geschah?«

Peter hatte plötzlich das Gefühl, vor einem tiefen Abgrund zu stehen. Was immer er jetzt sagte, es wäre endgültig. Doch die Wahrheit war alles, was er hatte.

Er schüttelte den Kopf. »Nein.«

»Was heißt nein?«

»Nein, ich habe das Tor nicht geöffnet.«

Old Chou entspannte sich sichtlich. »Danke, Peter.« Sein Blick wanderte über die Gruppe. »Wenn niemand mehr etwas …«

»Moment«, sagte Sanjay.

Peter spürte die plötzliche Anspannung. Sogar Walter schien aufzuwachen. Jetzt kommt's, dachte Peter.

»Jeder hier weiß, dass du mit Alicia befreundet bist«, sagte Sanjay. »Sie vertraut dir. Stimmt das?«

Peter nickte.

»Hat sie dir in irgendeiner Weise zu verstehen gegeben, dass sie dieses Mädchen kennt? Sie vielleicht schon einmal gesehen hat?«

Es war wie ein Schlag in die Magengrube. »Wie kommst du darauf?«

Sanjay warf den anderen einen Blick zu, dann nahm er wieder Peter ins Visier. »Es könnte Zufall sein oder auch nicht, weißt du. Ihr drei seid als Letzte vom Kraftwerk zurückgekommen. Und was ihr da erzählt habt, erst über Zander und dann über Theo ... na ja, du musst zugeben, es hört sich ziemlich seltsam an.«

Jetzt konnte Peter seinen Zorn nicht länger zügeln. »Glaubst du, wir haben das alles *geplant*? Ich habe meinen Bruder da unten verloren. Wir konnten von Glück sagen, dass wir lebend zurückgekommen sind.«

Es war wieder sehr still geworden. Sogar Dana musterte ihn jetzt mit offenem Misstrauen.

»Also, und nur für das Protokoll«, sagte Sanjay, »du behauptest, du kennst diesen Walker nicht. Du hast dieses Mädchen nie gesehen.«

Es ging überhaupt nicht um Alicia, begriff er plötzlich. Es ging um ihn.

»Ich habe keine Ahnung, wer sie ist«, sagte er.

Sanjay schaute ihm auffällig lange ins Gesicht. Dann nickte er. »Danke, Peter. Wir wissen deine Offenheit zu schätzen. Du kannst gehen.«

Einfach so. Es war vorbei. »Das war's?«

Sanjay hatte sich bereits in die Papiere vor ihm vertieft. Er blickte auf und runzelte die Stirn, als wäre er überrascht, Peter immer noch im Zimmer zu sehen. »Ja. Vorläufig.«

»Ihr werdet nichts weiter … mit mir machen?«

Sanjay zuckte die Achseln. Er war mit seinen Gedanken schon woanders. »Was sollen wir mit dir machen?«

Peter empfand eine unerwartete Enttäuschung. Beim Warten draußen hatte er sich mit Alicia und Hollis verbunden gefühlt, sie hatten ein gemeinsames Interesse am Ergebnis dieses Hearings gehabt. Jetzt war jeder für sich.

»Wenn es sich so abgespielt hat, wie du sagst, trifft dich keine Schuld. Die Schuld hat Caleb. Soo hat gesagt – und Jimmy stimmt ihr zu –, dass die Sache mit deinem Bruder eine Belastung für dich ist, die man auf alle Fälle mit berücksichtigen sollte. Nimm dir noch ein paar Tage frei. Danach werden wir sehen.«

»Und was ist mit den anderen?«

Sanjay zögerte. »Vermutlich gibt es keinen Grund, es dir nicht zu sagen. Bald wissen es sowieso alle. Soo Ramirez hat ihren Rücktritt als First Captain angeboten, und der Haushalt hat dieses Angebot mit einigem Widerstreben angenommen. Sie war nicht auf ihrem Posten, als der Angriff kam, und trägt deshalb einen Teil der Schuld. Jimmy ist neuer First Captain. Und Hollis ist vorläufig vom Dienst auf der Mauer suspendiert.«

»Und Lish?«

»Alicia ist aufgefordert worden, den Dienst bei der Wache zu quittieren. Sie ist der Schwerarbeit zugeteilt worden.«

»Du machst Witze.« Von allem, was passiert war, konnte Peter diese Entscheidung am wenigsten nachvollziehen. Alicia als Schrauberin? Das war einfach unvorstellbar.

Sanjay zog tadelnd seine buschigen Brauen hoch. »Nein, Peter. Ich versichere dir, ich mache keine Witze.«

Peter wechselte einen kurzen Blick mit Dana: Hast du davon gewusst? Ja, sagten ihre Augen.

»Wenn das alles ist …«, sagte Sanjay.

Peter ging zur Tür, doch dann kamen ihm plötzlich Zweifel, und er drehte sich noch einmal um.

»Was ist mit dem Kraftwerk?«

Sanjay seufzte müde. »Was soll damit sein, Peter?«

»Wenn Arlo tot ist, sollten wir dann nicht jemanden hinunterschicken?«

Als er ihre verdatterten Gesichter sah, hatte er im ersten Moment den Eindruck, er hätte etwas Falsches gesagt und sich im letzten Augenblick doch noch selbst belastet. Aber dann ging ihm ein Licht auf: Sie hatten nicht daran gedacht.

»Ihr habt nicht gleich bei Tagesanbruch jemanden hingeschickt?«

Sanjay drehte sich zu Jimmy um, und der zuckte sichtlich ertappt die Achseln. »Jetzt ist es zu spät«, sagte er leise. »Bis zum Einbruch der Dunkelheit ist das nicht mehr zu schaffen. Wir müssen bis morgen warten.«

»Himmel noch mal, Jimmy!«

»Hör zu, ich hab's versäumt, okay? Es war eine Menge los. Und Finn und Rey muss ja nichts zugestoßen sein.«

Sanjay nahm sich einen Moment Zeit, um durchzuatmen und sich wieder zu fassen. Peter sah ihm an, dass er außer sich vor Wut war.

»Danke, Peter. Wir werden darüber beraten.«

Es gab nichts weiter zu sagen. Peter trat hinaus auf den Flur. Ian stand noch da, wo er ihn verlassen hatte; mit verschränkten Armen lehnte er an der Wand.

»Das mit Lish hast du vermutlich gehört, hm?«, fragte Ian.

»Ja.«

Ian zuckte die Achseln. Seine Haltung hatte sich gelockert. »Hör zu, ich weiß, du bist mit ihr befreundet. Aber irgendwie geschieht es ihr ganz recht. Einfach so über die Mauer zu gehen.«

»Und das Mädchen?«

Ian stutzte. Wut sprach aus seinem Blick, und er runzelte die Stirn. »Was soll schon mit ihr sein? Ich habe ein *Kind,* Peter. Was interessiert mich irgendein Walker?«

Peter antwortete nicht. Ian hatte allen Grund, wütend zu sein. »Du hast recht«, sagte er schließlich. »Es war dumm.«

Ians Miene wurde milder. »Hey«, sagte er, »die Leute sind aufgebracht, das ist alles. Tut mir leid, dass ich wütend geworden bin. Niemand sagt, es ist deine Schuld.«

Aber das ist es, dachte Peter. Das ist es.

Kurz nach Tagesanbruch hatte Michael die Antwort gefunden. 1432 Megahertz: *natürlich*.

Die Frequenz war offiziell »nicht zugewiesen«, weil sie es in Wirklichkeit doch gewesen war – nämlich dem Militär. Ein digitales Kurzstreckensignal mit einem Zyklus von neunzig Minuten auf der Suche nach seinem Mainframe.

Und die ganze Nacht hindurch war das Signal immer stärker geworden. Jetzt war es praktisch vor der Haustür.

Die Verschlüsselung wäre kein Problem. Knifflig wäre es, den Handshake zu finden – mit anderen Worten, genau die Antwort zu senden, die den Transmitter des Signals, wo und was immer er sein mochte, dazu veranlassen würde, sich mit dem Mainframe zu verbinden. Wenn ihm das gelänge, bräuchte er nur noch die Daten heraufzuladen.

Wonach also suchte das Signal? Wie lautete die digitale Antwort auf die Frage, die es alle neunzig Minuten stellte?

Er dachte über etwas nach, das Elton gesagt hatte, kurz bevor er zu Bett ging. *Jemand ruft uns.*

Und dann ging ihm ein Licht auf.

Er wusste, was er brauchte. Das Lichthaus war voll von allem möglichen Schrott, der in Tonnen oder auf den Regalen lagerte, und er wusste von mindestens einem BlackBerry aus Beständen der Army. Die Dinger enthielten ein paar alte Lithium-Akkus, die immer noch zu gebrauchen waren – nicht mehr als ein paar Minuten, aber mehr brauchte er nicht. Er arbeitete schnell, und er behielt die Uhr im Auge und wartete darauf, dass das Neunzig-Minuten-Intervall verging, damit er das Signal auffangen könnte. Undeutlich nahm er wahr, dass draußen irgendein Tumult im Gange war, doch es scherte ihn nicht weiter. Er könnte den BlackBerry in

den Computer einstöpseln, das Signal abgreifen, die eingebettete ID erfassen und die Daten direkt bearbeiten.

Elton schnarchte auf seiner durchgelegenen Pritsche im hinteren Teil der Baracke, träumte seine schmutzigen Träume und ließ Michael in Ruhe arbeiten. Verflucht noch mal, wenn der Alte nicht bald mal badete, wusste Michael nicht mehr, was er machen sollte. Die ganze Bude stank nach alten Socken.

Es war beinahe Halbtag, als er schließlich fertig war. Wie lange hatte er gearbeitet, fast ohne von seinem Stuhl aufzustehen? Nach der Sache mit Mausami war er zu aufgeregt gewesen, um zu schlafen, und lieber ins Lichthaus zurückgegangen. Das war vielleicht zehn Stunden her. Sein Arsch fühlte sich an, als hätte er mindestens so lange hier gesessen. Und er musste dringend pinkeln. Er verließ den Schuppen zu schnell, und das grelle Tageslicht traf seine Augen unvorbereitet.

»Michael!«

Jacob Curtis, Gabes Junge. Michael sah, wie er schwerfällig den Weg heraufgelaufen kam und mit den Armen fuchtelte, und er holte tief Luft, um sich zu wappnen. Der Junge konnte nichts dazu, aber mit Jacob zu reden konnte eine Strapaze sein. Bevor Gabe krank geworden war, hatte er ihn manchmal ins Lichthaus gebracht und Michael gefragt, ob der Junge sich irgendwie nützlich machen könne. Michael hatte sein Bestes getan, aber eigentlich kapierte Jacob nicht viel. Man konnte ganze Tage damit verplempern, ihm die einfachsten Aufgaben zu erklären.

Er kam vor Michael zum Stehen, stützte die Hände auf die Knie und keuchte atemlos. Trotz seiner Körpergröße waren seine Bewegungen unkoordiniert wie die eines Kindes, und die einzelnen Teile waren nie ganz im Gleichtakt. »Michael«, japste er. »Michael …«

»Ruhig, Jacob. Immer langsam.«

Der Junge wedelte mit der Hand vor seinem Gesicht, als könnte er so mehr Sauerstoff in seine Lunge pumpen. Michael wusste nicht, ob er verstört oder nur aufgeregt war. »Ich suche … Sara«, brachte der Junge hervor.

»Nicht da«, sagte Michael. »Hast du es zu Hause versucht?«

»Da ist sie auch nicht!« Jacob hob den Kopf. Seine Augen waren weit aufgerissen. »Ich habe sie *gesehen,* Michael.«

»Ich dachte, du kannst sie nicht finden.«

»Nicht *sie.* Die *andere.* Ich habe geschlafen und sie gesehen!«

Was der Junge sagte, ergab nicht immer viel Sinn, aber so hatte Michael ihn noch nie gesehen. In seinem Blick lag die nackte Panik.

»Ist etwas mit deinem Dad, Jacob? Geht's ihm gut?«

Jacob zog die feuchte Stirn kraus. »Oh. Der ist gestorben.«

»Gabe ist *tot?*«

Es hatte verstörend sachlich geklungen; ebenso gut hätte er Michael mitteilen können, wie das Wetter war. »Er ist gestorben und wird nicht mehr aufwachen.«

»O mein Gott, Jacob. Das tut mir leid.«

Erleichtert sah Michael, dass Mar auf sie zukam.

»Jacob, wo bist du gewesen?« Die Frau blieb vor ihnen stehen. »Wie oft muss ich es dir sagen? Du darfst nicht einfach weglaufen. Das *darfst* du nicht!«

Der Junge wich zurück und ruderte mit den langen Armen. »Ich muss Sara finden!«

»Jacob!«

Ihre Stimme traf ihn wie ein Pfeil. Er blieb starr stehen, aber sein Gesicht war immer noch beseelt von einer seltsamen, unergründlichen Angst. Sein Mund stand offen, und er atmete stoßweise. Mar ging vorsichtig auf ihn zu, als wäre er ein großes unberechenbares Tier.

»Jacob, sieh mich an.«

»Mama ...«

»Still jetzt. Nicht mehr reden. Sieh mich an.« Sie hob die Hände, legte sie an seine Wangen und schaute ihm fest in die Augen.

»Ich habe sie gesehen, Mama.«

»Ich weiß. Aber es war nur ein Traum, Jacob, weiter nichts. Weißt du nicht mehr? Wir sind nach Hause gegangen, ich habe dich ins Bett gebracht, und du hast geschlafen.«

»Ja?«

»Ja, mein Schatz, du hast geschlafen. Es war nichts. Nur ein Traum.« Jacob atmete jetzt langsamer, und unter der Berührung seiner Mutter schien er sich zu beruhigen. »So ist es brav, mein Junge. Jetzt gehst du nach Hause und wartest da auf mich. Nicht mehr nach Sara suchen. Tust du das?«

»Aber Mama …«

»Kein Aber, Jacob. Tust du, was ich sage?«

Zögernd nickte er.

»Braver Junge.« Mar ließ ihn los und trat zurück. »Und jetzt ab nach Hause.«

Der Junge warf Michael einen kurzen, verstohlenen Blick zu und trabte davon.

Mar sah Michael an. »Das funktioniert immer, wenn er so ist. Alles andere nicht«, sagte sie und zuckte ermattet die Achseln.

»Ich habe von Gabe gehört«, sagte Michael. »Es tut mir leid.«

Mar sah aus, als hätte sie so viel geweint, dass keine Tränen mehr übrig waren. »Danke, Michael. Ich glaube, Jacob wollte zu Sara, weil sie da war, am Ende. Sie war eine gute Freundin. Für uns alle.« Sie stockte, und ein schmerzlicher Ausdruck huschte über ihr Gesicht, aber dann schüttelte sie den Kopf, als wollte sie einen Gedanken abwehren. »Sag ihr doch bitte, dass wir ihr das nie vergessen. Ich glaube, ich hatte keine Gelegenheit, ihr richtig zu danken.«

»Sie ist sicher nicht weit. Hast du im Krankenrevier nachgesehen?«

»Natürlich ist sie dort. Da war Jacob als Erstes.«

»Das verstehe ich nicht. Wenn Sara im Krankenrevier ist, warum hat er sie dann nicht gefunden?«

Mar sah ihn befremdet an. »Wegen der Quarantäne natürlich.«

»Quarantäne?«

Mar war fassungslos. »Michael, wo bist du gewesen?«

28

Alicia kam dann doch nicht zu ihm, sondern es war andersherum. Peter wusste, wo sie sein würde.

Sie saß in einem schattigen Eckchen vor der Hütte des Colonels an einen Holzstapel gelehnt, die Knie an die Brust gezogen. Als sie Peter kommen hörte, hob sie den Kopf und wischte sich hastig die Tränen mit dem Handrücken aus dem Gesicht.

»O verdammt, verdammt«, sagte sie.

Er setzte sich neben ihr auf den Boden. »Ist schon gut.«

Alicia seufzte bitter. »Nein, ist es nicht. Wenn du irgendjemandem erzählst, dass du mich so gesehen hast, kriegst du mein *Messer* zwischen die Rippen, Peter.«

Eine Zeitlang saßen sie schweigend da. Der Himmel war bewölkt, das Licht blass und rauchig; in der Luft hing ein starker, beißender Geruch – draußen vor der Mauer wurden die Leichen verbrannt.

»Weißt du, eins habe ich mich immer gefragt«, sagte Peter. »Warum haben wir ihn Colonel genannt?«

»Weil das sein Name war. Er hatte keinen anderen.«

»Und warum, glaubst du, ist er hinausgelaufen? Er schien nicht der Typ dafür zu sein. Nicht einer, weißt du, der einfach aufgibt.«

Alicia antwortete nicht. Über ihre Beziehung zum Colonel sprach sie nur selten und nie im Detail. Aber dass die beiden etwas

verband, war Peter stets bewusst. Er glaubte nicht, dass sie den Colonel als ihren Vater betrachtete; diese Art von Wärme hatte Peter zwischen den beiden niemals wahrgenommen. Bei den seltenen Gelegenheiten, wenn sein Name erwähnt wurde oder wenn er nachts auf der Mauer erschien, spürte Peter, dass eine Art Starre sie überkam, eine kühle Distanz. Es war nichts Offenkundiges, und wahrscheinlich war er der Einzige, der es überhaupt bemerkte. Aber was immer der Colonel für sie gewesen war, das Band zwischen ihnen hatte bestanden, und er wusste, dass sie ihre Tränen um ihn weinte.

»Ist das zu fassen?«, sagte Alicia kläglich. »Sie haben mich gefeuert.«

»Sanjay wird schon wieder zur Vernunft kommen. Er ist ja nicht dumm. Er wird einsehen, dass er einen Fehler gemacht hat.«

Doch Alicia schien kaum zuzuhören. »Nein, Sanjay hat recht. Ich hätte niemals so über die Mauer gehen dürfen. Ich habe total den Kopf verloren, als ich das Mädchen da draußen gesehen habe.« Verzweifelt schüttelte sie den Kopf. »Nicht dass es jetzt noch wichtig wäre. Du hast die Wunde gesehen.«

Das Mädchen, dachte Peter. Er hatte noch nichts über sie erfahren. Wer war sie? Wie hatte sie überlebt? Gab es noch andere wie sie? Wie war sie den Virals entkommen? Aber jetzt sah es so aus, als würde sie sterben und alle Antworten mit ins Grab nehmen.

»Du musstest es versuchen. Ich finde, du hast das Richtige getan. Genau wie Caleb.«

»Weißt du, dass Sanjay tatsächlich daran denkt, ihn auszusetzen? Hightop auszusetzen, Herrgott.«

Ausgesetzt zu werden – das war das schlimmste Schicksal, das man sich vorstellen konnte. »Das kann nicht sein.«

»Im Ernst, Peter. Ich schwöre dir, sie reden in diesem Augenblick darüber.«

»Das würden die anderen niemals hinnehmen.«

»Seit wann haben sie denn tatsächlich etwas zu sagen? Du warst doch in diesem Raum. Die Leute haben *Angst*. Jemand muss die

Schuld für den Tod der Lehrerin auf sich nehmen. Caleb ist allein auf der Welt. Mit ihm haben sie ein leichtes Spiel.«

Peter atmete ein und hielt die Luft an. »Hör zu, ich kenne Sanjay«, sagte er dann. »Er mag ein ziemlicher Wichtigtuer sein, aber ich glaube wirklich nicht, dass er zu so etwas fähig ist. Und alle mögen Caleb.«

»Alle mochten Arlo. Alle mochten deinen Bruder. Das heißt nicht, dass die Geschichte nicht trotzdem ein böses Ende nimmt.«

»Allmählich klingst du wie Theo.«

»Vielleicht bin ich auch wie Theo.« Sie blinzelte ins Licht. »Ich weiß nur, Caleb hat mich letzte Nacht gerettet. Wenn Sanjay glaubt, er kann ihn aussetzen, bekommt er es mit mir zu tun.«

»Lish.« Er zögerte. »Sei vorsichtig. Überleg dir, was du sagst.«

»Ich habe es mir überlegt. Niemand setzt ihn aus.«

»Du weißt, dass ich auf deiner Seite bin.«

»Vielleicht möchtest du das lieber nicht sein.«

In der Kolonie um sie herum war es gespenstisch still. Alle waren immer noch wie vom Donner gerührt nach den Ereignissen in den frühen Morgenstunden. Peter fragte sich, ob es die Stille danach war oder die Stille davor. War es die Stille, in der die Schuld abgewogen wurde? Alicia hatte recht: Die Leute hatten Angst.

»Was das Mädchen angeht«, sagte er. »Es gibt da etwas, das ich dir hätte erzählen sollen.«

Das Gefängnis war eine alte öffentliche Toilette in der Wohnwagensiedlung auf der Ostseite der Stadt. Als sie näher kamen, hörten Peter und Alicia es schon: anschwellende Stimmen, die durch die Luft zu ihnen getragen wurden. Sie gingen schneller durch das Labyrinth der Wracks – aus den meisten Wohnwagen hatte man längst alles Brauchbare ausgebaut –, und vor dem Eingang sahen sie eine kleine Menschenmenge, vielleicht ein Dutzend Männer und Frauen, die sich dicht um einen einzelnen Wächter drängten, um Dale Levine.

»Was zum Teufel ist da los?«

Alicias Blick verfinsterte sich. »Es hat angefangen«, sagte sie. »Das ist los.«

Dale war nicht klein, doch in diesem Moment wirkte er winzig. Er stand vor der Menge wie ein in die Enge getriebenes Tier. Weil er ein bisschen schwerhörig war, hatte er die Angewohnheit, den Kopf leicht nach rechts zu drehen, um dem, der mit ihm sprach, sein gesundes Ohr zuzuwenden. Das ließ ihn immer ein wenig geistesabwesend aussehen. Aber jetzt machte er überhaupt nicht den Eindruck, geistesabwesend zu sein.

»Es tut mir leid, Sam«, sagte er gerade. »Ich weiß nichts, was ihr nicht auch wisst.«

Der Mann, den er da anredete, war Sam Chou, Old Chous Neffe, ein ganz zurückhaltender Mensch, den Peter im ganzen Leben nur ein paarmal hatte sprechen hören. Die Andere Sandy war seine Frau; sie hatten fünf Kinder, und drei von ihnen waren in der Zuflucht. Als Peter und Alicia bei der Gruppe angekommen waren, wusste er, wer die Leute waren: Es waren Eltern. Genau wie Ian hatten alle, die hier vor dem Gefängnis standen, ein oder mehrere Kinder. Patrick und Emily Phillips, Hodd und Lisa Greenberg, Grace Molyneau und Belle Ramirez und Hannah Fisher Patal.

»Der Junge hat das Tor aufgemacht.«

»Und was soll ich jetzt tun? Frag deinen Onkel, wenn du mehr wissen willst.«

Sam hob den Kopf und rief zu den Fenstern unter dem Dach des Gefängnisses hinauf: »Hörst du mich, Caleb Jones? Wir wissen alle, was du getan hast!«

»Hör zu, Sam. Lass den armen Jungen in Ruhe.«

Ein zweiter Mann trat vor: Milo Darrell. Milo war ein Schrauber wie sein Bruder Finn, und er hatte den kräftigen Körperbau und das wortkarge Auftreten eines Schraubers – groß und mit hängenden Schultern, einem wolligen Vollbart und ungekämmten Haaren, die ihm wirr in die Augen fielen. Hinter ihm, winzig im Vergleich zu ihm, stand seine Frau Penny.

»Du hast auch ein Kind, Dale«, rief Milo. »Wie kannst du einfach so dastehen?«

Das war eine der drei »Jots«, begriff Peter. Die kleine June Levine. Er sah, dass Dale blass wurde.

»Denkst du, das weiß ich nicht?« Das wenige, was er an Autorität besaß, war fast verschwunden. »Ich stehe nicht einfach so da. Überlasst diesen Fall dem Haushalt.«

»Er gehört ausgesetzt.«

Die Frauenstimme kam aus der Mitte der Gruppe. Belle Ramirez, Reys Frau. Ihre kleine Tochter war Jane. Peter sah, dass ihre Hände zitterten, und sie war den Tränen nahe. Sam trat zu ihr und legte ihr tröstend einen Arm um die Schultern. »Siehst du, Dale? Siehst du, was dieser Junge getan hat?«

Im selben Augenblick drängte Alicia sich entschlossen durch die Menge. Ohne Belle oder sonst jemanden anzusehen, trat sie an Dale heran, der die verzweifelte Belle in völliger Hilflosigkeit anstarrte.

»Dale, gib mir deine Armbrust.«

»Lish, das darf ich nicht. Das hat Jimmy gesagt.«

»Ist mir egal. Gib sie mir einfach.«

Sie wartete nicht ab, sondern entriss ihm die Waffe. Dann drehte sie sich um und hielt die Armbrust locker an der Seite – eine bewusst unbedrohliche Haltung, aber Alicia war Alicia. Dass sie dort stand, hatte etwas zu bedeuten.

»Leute, ich weiß, dass ihr aufgebracht seid, und wenn ihr mich fragt, seid ihr es zu Recht. Aber Caleb Jones ist einer von uns.«

»Du hast leicht reden«, sagte Milo. Er stand jetzt bei Sam und Belle. »Du warst diejenige, die draußen war.«

Zustimmendes Gemurmel ging durch die Gruppe. Aber Alicia sah ihn nur kühl an.

»Da ist was dran, Milo. Wenn Hightop nicht gewesen wäre, wäre ich jetzt tot. Ich an eurer Stelle würde lange und gründlich darüber nachdenken, ob ihr ihm etwas antun wollt.«

»Was hast du vor?«, fragte Sam spöttisch. »Uns alle mit der Armbrust erschießen?«

»Nein.« Sie zog die Stirn kraus. »Nur dich, Sam. Ich glaube, Milo erledige ich mit dem Messer.«

Ein paar der Männer lachten nervös, aber sie hörten gleich wieder auf. Peter, der ganz am Rand stand, merkte, dass seine Hand zum Griff seines eigenen Messers gewandert war. Jetzt hing alles davon ab, was als Nächstes passieren würde.

»Ich glaube, du bluffst«, sagte Sam, ohne Alicia aus den Augen zu lassen.

»Ach ja? Du kennst mich anscheinend nicht besonders gut.«

»Der Haushalt wird ihn aussetzen. Wart's nur ab.«

»Vielleicht hast du recht. Aber darüber hat keiner von uns zu entscheiden. Hier passiert überhaupt nichts – außer dass du eine Menge Leute ohne jeden Grund aus dem Häuschen bringst. Das lasse ich nicht zu.«

Die Menge war plötzlich still geworden. Peter spürte ihre Unsicherheit. Die Dynamik hatte sich verschoben. Mit Ausnahme von Sam und vielleicht noch Milo war hier niemand, dessen Wut wirklich ungehalten war. Sie hatten nur Angst.

»Sie hat recht, Sam«, sagte Milo. »Lasst uns gehen.«

In Sams Augen glühte rechtschaffener Zorn, als er Alicia anstarrte. Die Armbrust an ihrer Seite hatte sich nicht bewegt, doch das brauchte sie auch nicht. Peter, der hinter den beiden Männern stand, hatte immer noch die Hand auf dem Messergriff liegen. Alle anderen hatten sich zurückgezogen.

»Sam«, meldete sich Dale wieder zu Wort. »*Bitte.* Geh einfach nach Hause.«

Milo wollte Sam beim Ellenbogen fassen, aber Sam riss seinen Arm weg. Er wirkte verdattert, als hätte Milos Berührung ihn aus einer wütenden Trance gerissen.

»Schon gut, schon gut. Ich komme ja.«

Erst als die beiden Männer im Gewirr der Wohnwagen verschwunden waren, ließ Peter die angehaltene Luft aus seiner Lunge entweichen. Noch vor einem Tag hätte er so etwas niemals für möglich gehalten: dass diese Leute – Leute, die er kannte, die ihre

Arbeit taten und ihr Leben lebten und ihre Kinder in der Zuflucht besuchten – durch Angst in einen Mob verwandelt werden konnten. Und Sam Chou – noch nie hatte er den Mann so wütend gesehen. Er hatte ihn überhaupt noch nie wütend gesehen.

»Zum Teufel, Dale«, sagte Alicia. »Wann hat das angefangen?«

»Eigentlich sofort nachdem sie Caleb hergebracht hatten.« Erst jetzt, da sie allein waren, begriff Dale das ganze Ausmaß dessen, was passiert war – oder beinahe passiert wäre. Er sah aus wie ein Mann, der aus großer Höhe abgestürzt war und jetzt feststellte, dass er wie durch ein Wunder unverletzt geblieben war.

»Meine Güte, ich dachte anfangs, ich muss sie reinlassen. Ihr hättet hören sollen, was sie sagten, bevor ihr gekommen seid.«

Aus dem Gefängnis kam Calebs Stimme. »Lish? Bist du das?«

Alicia rief zu den Fenstern hinauf. »Halt durch!« Sie sah Dale an. »Geh und hol noch ein paar Wächter dazu. Ich weiß nicht, was Jimmy sich gedacht hat, aber hier draußen sind mindestens drei nötig. Peter und ich können aufpassen, bis du zurückkommst.«

»Lish, du weißt, dass ich das nicht tun darf. Sanjay reißt mir den Arsch auf. Du gehörst nicht mal mehr zur Wache.«

»Vielleicht nicht, aber Peter schon. Und seit wann nimmst du Befehle von Sanjay entgegen?«

»Seit heute Morgen.« Er sah sie verwirrt an. »Jimmy hat es gesagt. Sanjay hat … wie nennt man das? Er hat den Notstand ausgerufen.«

»Das wissen wir. Aber das bedeutet nicht, dass Sanjay zu befehlen hat.«

»Das sagst du besser Jimmy. Er scheint es zu glauben. Und Galen auch.«

»Galen? Was hat Galen damit zu tun?«

»Habt ihr es nicht gehört?« Dale schaute zwischen den beiden hin und her. »Vermutlich nicht. Galen ist jetzt Second Captain.«

»Galen *Strauss*?«

Dale zuckte die Achseln. »Ich verstehe es auch nicht. Jimmy hat

einfach alle zusammengetrommelt und uns mitgeteilt, dass Galen jetzt deinen Posten hat, und Ian hat Theos.«

»Und Jimmy? Wenn er jetzt zum First Captain aufgestiegen ist, wer hat dann seinen Posten als Second?«

»Ben Chou.«

Ben und Ian – das konnte Peter verstehen. Beide hatten zur Beförderung angestanden. Aber Galen?

»Gib mir den Schlüssel, Dale«, sagte Alicia. »Hol noch zwei Wächter. Aber keine Captains. Geh Soo suchen, und wenn du sie findest, sag ihr, was ich dir gesagt habe.«

»Ich weiß nicht, wer dann ...«

»Ich mein's ernst, Dale«, fauchte Alicia. »Geh einfach.«

Sie schlossen das Gefängnis auf und traten ein. Der Innenraum war leer, ein kahler Betonkasten. Alte Toilettenkabinen, deren Installationen vor langer Zeit herausgerissen worden waren, standen an der einen Wand. Gegenüber war eine Rohrleitung, und darüber hing ein langer Spiegel, matt und von feinen Rissen durchzogen.

Caleb saß auf dem Boden unter den Fenstern. Sie hatten ihm einen Krug Wasser und einen Eimer gegeben, sonst nichts. Lish lehnte ihre Armbrust an eine der Kabinen und hockte sich vor ihm hin.

»Sind sie weg?«, fragte er.

Alicia nickte. Peter sah, wie verängstigt der Junge war. Anscheinend hatte er geweint.

»Ich bin im Arsch, Lish. Sanjay schmeißt mich ganz bestimmt raus.«

»Dazu wird es nicht kommen. Das verspreche ich dir.«

Seine Nase lief. Er wischte sie mit dem Handrücken ab. Sein Gesicht und seine Hände waren dreckig, und unter seinen Fingernägeln waren schwarze Schmutzränder. »Was kannst du denn machen?«

»Das lass meine Sorge sein.« Sie zog ein Messer aus ihrem Gürtel. »Kannst du damit umgehen?«

»Verdammt, Lish. Was soll ich mit einem Messer?«

»Nur für alle Fälle. Kannst du es?«

»Ich kann ein bisschen schnitzen. Nicht sehr gut.«

Sie drückte es ihm in die Hand. »Steck es so ein, dass man es nicht sieht.«

»Lish«, sagte Peter leise. »Glaubst du, das ist eine gute Idee?«

»Ich lasse ihn nicht unbewaffnet hier.« Sie schaute Caleb an. »Du hältst dich bereit. Wenn irgendetwas passiert und du eine Chance hast zu verschwinden, dann darfst du nicht zögern. Renn wie der Teufel zu dem kleinen Tunnel bei der Mauer. Da draußen gibt es Deckung. Ich werde dich finden.«

»Warum da?«

Sie hörten Stimmen von draußen. »Es dauert zu lange, das zu erklären. Haben wir uns verstanden?«

Dale kam herein. Eine Wächterin war bei ihm, Sunny Greenberg. Sie war sechzehn, eine Läuferin, die erst vor Kurzem den Dienst angetreten hatte.

»Lish, ich mach keine Witze«, sagte Dale. »Ihr müsst raus hier.«

»Ganz ruhig, Dale. Wir gehen ja.« Aber als Alicia aufstand und Sunny in der Tür stehen sah, wurde sie wütend. »Besser ging's nicht? Eine Läuferin?«

»Alle anderen sind auf der Mauer.«

Noch vor zwölf Stunden, begriff Peter, hätte Alicia jeden bekommen, den sie wollte. Ein ganzes Sonderkommando. Jetzt musste sie um Brosamen betteln.

»Was ist mit Soo?«, drängte Alicia. »Hast du sie gesehen?«

»Ich weiß nicht, wo sie ist. Wahrscheinlich ist sie auch da oben.« Dale warf Peter einen flehenden Blick zu. »Kannst du sie nicht einfach wegbringen?«

Sunny hatte bisher nichts gesagt, aber jetzt kam sie weiter herein. »Dale, was ist hier los? Ich dachte, du hättest gesagt, Jimmy hätte angeordnet, dass ein zweiter Wächter herkommt. Wieso nimmst du jetzt Befehle von *ihr* entgegen?«

»Lish ist nur kurz eingesprungen.«

»Dale, sie ist kein Captain. Sie gehört nicht mal mehr zur *Wache.*« Jetzt hatte das Mädchen nur noch ein kurzes, leicht

verlegenes Achselzucken für Alicia übrig. »Nichts für ungut, Lish.«

»Schon okay.« Alicia deutete mit dem Kopf auf die Armbrust, die das Mädchen in der Hand hielt. »Sag mal, kannst du mit diesem Ding eigentlich umgehen?«

In falscher Bescheidenheit zuckte sie die Achseln. »Hatte die meisten Treffer in meiner Klasse.«

»Hoffentlich stimmt das. Denn anscheinend bist du gerade befördert worden.« Alicia wandte sich an Caleb. »Hältst du es aus hier drin?«

Der Junge nickte.

»Vergiss nur nicht, was ich dir gesagt habe. Ich werde nicht weit weg sein.«

Alicia sah Dale und Sunny noch einmal an, und ihr Blick sagte alles: *Versteht mich nur richtig. Das hier ist etwas Persönliches.* Dann ging sie mit Peter hinaus.

29

Für Sanjay Patal, Oberhaupt des Haushalts, hatte alles schon vor Jahren angefangen. Es hatte mit den Träumen angefangen.

Nicht das Mädchen – von ihr hatte er nie geträumt, da war er sicher. Oder fast sicher. Das Mädchen von Nirgendwo – so nannten sie nun alle, sogar Old Chou; im Laufe eines einzigen Vormittags war das zu ihrem offiziellen Namen geworden. Dieses Mädchen von Nirgendwo war zu ihnen gekommen, ein junger, in seiner Blüte stehender Mensch; eine Geistererscheinung, die sich als Wesen aus Fleisch und Blut entpuppte. Dass so etwas schlicht unmöglich war, wurde durch ihre Existenz widerlegt. Er hatte sich durchforscht, aber er konnte sie nirgends finden, nicht in dem Teil, den er als sich selbst kannte, als Sanjay Patal, und auch nicht in dem anderen, in dem geheimen, träumenden Teil.

Denn das Gefühl wohnte in ihm, solange Sanjay zurückdenken konnte. Das Gefühl, das wie eine zweite Person war, eine Seele für sich, die in der seinen wohnte. Eine Seele mit einem Namen und einer Stimme, die in ihm sang: *Sei der Meine. Ich bin dein, und du bist mein, und zusammen sind wir größer als die Summe, die Summe unserer Teile.*

Seit er als Kind in der Zuflucht gewesen war, war dieser Traum zu ihm gekommen. Ein Traum von einer längst verschwundenen Welt und eine Stimme, die in ihm sang. In gewisser Hinsicht war es ein

Traum wie jeder andere, ein Traum aus Tönen und Licht und Empfindungen. Ein Traum von der dicken Frau in ihrer Küche, aus deren Mund Rauch kam. Die Frau, wie sie Essen in die weite, weiche Höhle ihres Mundes schob, wie sie in ihr Telefon sprach, ein wunderliches Ding mit einer langen schlangenhaften Schnur, wo man hier hineinsprach und dort hörte. Irgendwie wusste er, was dieses Ding war, dass es ein Telefon war, und so hatte Sanjay allmählich begriffen, dass es nicht einfach ein Traum war, den er träumte. Es war eine Vision. Eine Vision der Zeit Davor. Und die Stimme in ihm sang ihren geheimnisvollen Namen: *Ich bin Babcock.*

Ich bin Babcock. Wir sind Babcock.

Babcock. Babcock. Babcock.

Er hatte in Babcock damals einen imaginären Freund gesehen – nicht anders eigentlich als in einem Spiel der Fantasie. Aber das Spiel hörte nicht auf. Babcock war immer bei ihm, im Großen Saal und im Hof, beim Essen, und wenn er abends ins Bett ging. Was in diesem Traum passierte, fühlte sich nicht anders an als in allen anderen Träumen, die er hatte. Es waren die üblichen Dinge, albern und kindisch: in der Badewanne sitzen, auf den Autoreifen spielen, ein Eichhörnchen beobachten, das Nüsse fraß. Manchmal träumte er so etwas, und manchmal träumte er von der dicken Frau in der Zeit Davor, und das alles war ohne Sinn und Verstand.

Er erinnerte sich an einen Tag vor langer Zeit, als sie im Kreis im Großen Saal gesessen hatten und die Lehrerin gesagt hatte: Sprechen wir darüber, was es bedeutet, ein Freund zu sein. Die Kinder hatten gerade zu Mittag gegessen, und er war erfüllt von dem warmen, schläfrigen Gefühl, das danach kam. Die anderen Kleinen lachten und alberten herum, aber er nicht; er war nicht so, er tat, was man ihm sagte, und als die Lehrerin in die Hände klatschte, um sie zur Ruhe zu bringen, hatte sie ihn angesehen, weil er als Einziger so brav war. Ihr gütiges Gesicht versprach, dass sie ihm jetzt ein Geschenk machen würde, das wunderbare Geschenk ihrer Aufmerksamkeit, und dann sagte sie: *Erzähl uns, kleiner Sanjay, wer sind deine Freunde?*

»Babcock«, antwortete er.

Er musste nicht lange nachdenken. Das Wort war ganz von allein aus seinem Mund gekommen. Sofort erkannte er, wie groß der Fehler gewesen war, diesen geheimen Namen auszusprechen: Als er ungeschützt in der Luft hing, schien er zu welken, zu schrumpfen. Die Lehrerin runzelte ratlos die Stirn. Das Wort sagte ihr nichts. Babcock?, wiederholte sie. Hatte sie richtig gehört? In diesem Augenblick begriff Sanjay, dass nicht alle wussten, wer es war. Natürlich nicht. Wie kam er darauf, dass sie es wussten? Babcock war etwas Besonderes, etwas, das ihm allein gehörte, und dass er den Namen so gedankenlos ausgesprochen hatte, nur weil er gefällig und brav sein wollte, war ein Fehler gewesen. Mehr als ein Fehler: eine Entweihung. Indem er den Namen aussprach, hatte er ihm seine Besonderheit genommen. *Wer ist Babcock, kleiner Sanjay?* In der furchtbaren Stille, die jetzt eintrat – alle Kinder waren verstummt, gebannt von diesem fremdartigen Wort –, hörte er jemanden kichern. In seiner Erinnerung war es Demo Jaxon, den er schon damals gehasst hatte. Aber dann kicherte noch einer und noch einer, und das spöttische Gelächter wanderte im Kreis der Kinder herum wie die Funken um ein Feuer. Demo Jaxon – natürlich war er es gewesen. Sanjay kam auch aus einer Ersten Familie, aber Demo mit seinem lockeren Lächeln und seiner Beliebtheit benahm sich, als gäbe es noch eine zweite, vornehmere Kategorie, die Ersten der Ersten, und zu denen gehöre niemand außer ihm, Demo Jaxon.

Am meisten kränkte ihn jedoch Raj. Der kleine Raj, zwei Jahre jünger als Sanjay, hätte ihn respektieren und den Mund halten sollen, aber auch er lachte mit. Er saß im Schneidersitz links neben Sanjay – wenn Sanjay auf sechs Uhr und Demo auf dem Mittag saß, war Raj irgendwo im Vormittag –, und Sanjay sah entsetzt, wie sein kleiner Bruder Demo einen kurzen, fragenden Blick zuwarf und seinen Beifall suchte. *Siehst du?*, fragte sein Blick. *Siehst du, dass ich mich auch über Sanjay lustig machen kann?* Die Lehrerin klatschte wieder in die Hände und versuchte, sie zur Ordnung zu rufen. Sanjay wusste, wenn er nicht schnell reagierte,

würde ihn diese Sache in alle Ewigkeit verfolgen. Immer würde der schrille Chor ihres Gelächters in den Ohren gellen – beim Essen, nach dem Löschen des Lichts, im Hof, wenn die Lehrerin ihnen den Rücken zugedreht hätte. *Babcock! Babcock! Babcock!* Wie ein unanständiges Wort oder Schlimmeres. *Sanjay hat einen kleinen Babcock!*

Er wusste, was er sagen musste.

»Verzeihung, Lehrerin. Ich meinte Demo. Demo ist mein Freund.« Er schenkte dem kleinen Jungen, der ihm gegenübersaß, sein ernsthaftestes Lächeln, diesem Jungen mit dem dunklen Haarschopf – Jaxon-Haar –, den perlweißen Zähnen und dem rastlos umherwandernden Blick. Wenn Raj es konnte, konnte er es auch. »Demo Jaxon ist mein allerbester Freund.«

Seltsam, dass er sich jetzt, so viele Jahre später, an diesen Tag erinnerte. Demo Jaxon, spurlos verschwunden, und Willem, und auch Raj. Die Hälfte der Kinder, die an jenem Nachmittag im Kreis gesessen hatten, waren inzwischen tot oder befallen. Die Dunkle Nacht hatte die meisten geholt, und die Übrigen waren auf ihre Weise verschwunden, jeder zu seiner Zeit. Es war wie ein langsames Nagen, ein Gefressenwerden. So war das Leben, so fühlte es sich an. So viele Jahre waren seitdem vergangen – das Verstreichen der Zeit an sich war schon so etwas wie ein Wunder –, und Babcock war stets bei ihm gewesen. Wie eine leise drängende Stimme in ihm, die ihm ein Freund war, wenn andere es nicht sein konnten, auch wenn sie nicht immer in Worten redete. Babcock war sein Gefühl für die Welt. Seit dem Tag in der Zuflucht hatte er nie wieder von ihm gesprochen.

Tatsächlich war es nach und nach noch einmal zu etwas anderem geworden, dieses Gefühl von Babcock, und auch die Träume hatten sich verändert. Nicht der mit der dicken Frau aus der Zeit Davor, den er ab und zu immer noch träumte. (Und wenn er es sich überlegte – was *hatte* er eigentlich im Lichthaus gewollt, in jener seltsamen Nacht? Er wusste es nicht mehr.) Es ging nicht mehr um die Vergangenheit, sondern um die Zukunft und um seinen Platz,

um Sanjays Platz in dem Neuen, das sich darin entfaltete. Etwas würde geschehen, etwas Großes. Er wusste nicht genau, was. Die Kolonie konnte nicht ewig bestehen, da hatte Demo recht gehabt und Joe Fisher auch. Irgendwann würde das Licht ausgehen. Sie lebten von geborgter Zeit. Die Army war fort, tot, und sie würde nie mehr kommen. Ein paar Leute klammerten sich noch immer an diesen Gedanken, aber nicht er, nicht Sanjay Patal. Nein – was immer da kommen würde, die Army war es nicht.

Natürlich wusste er von den Gewehren. Die Gewehre waren kein richtiges Geheimnis. Demos Gewehre, aus dem Bunker der Army. Nicht Raj hatte ihm davon berichtet. Damit hatte Sanjay auch gar nicht gerechnet, aber dass sein Bruder mit Demo gemeinsame Sache machte, kränkte ihn. Raj hatte Mimi von dem Versteck erzählt, und die hatte es Gloria weitererzählt. Mimi, Rajs schwatzhafte Frau, konnte ein Geheimnis nicht länger als fünf Sekunden für sich behalten; sie war schließlich eine Ramirez. Und Gloria hatte sich eines Morgens beim Frühstück verplappert, in den Tagen, nachdem Demo Jaxon völlig unbewaffnet zum Tor hinausgeschlüpft war. Ich weiß nicht genau, ob du davon wissen sollst, hatte sie gesagt.

Zwölf Kisten, hatte sie mit vertraulich gesenkter Stimme erzählt, mit dem ganzen Ernst einer eifrigen Schülerin. Unten im Kraftwerk, hinter einer verschiebbaren Wand. Blitzblanke neue Gewehre, *Army*-Gewehre aus einem Bunker, den Demo und Raj und die anderen gefunden hatten. War das wichtig?, hatte Gloria wissen wollen. War es richtig gewesen, dass sie es ihm erzählte? Aber ihre Bangigkeit war nur gespielt. Ihre Stimme sagte das eine, doch in ihren Augen hatte er die Wahrheit gesehen. Sie wusste, was diese Gewehre bedeuteten. Ja, hatte er gesagt und gleichmütig genickt. Ja, ich glaube, es könnte wichtig sein. Ich glaube, am besten behalten wir es für uns. Danke, Gloria, dass du es mir gesagt hast.

Sanjay bildete sich nicht ein, er sei der Einzige. Er war an jenem Morgen geradewegs zu Mimi gegangen und hatte ihr unmissverständlich verboten, irgendjemandem davon zu erzählen. Aber

ein solches Geheimnis zu bewahren war unmöglich. Zander musste Bescheid wissen. Das Kraftwerk war sein Reich. Wahrscheinlich war auch Old Chou informiert, denn Demo hatte ihm immer alles erzählt. Dass Soo davon wusste, glaubte er nicht, und auch nicht Jimmy oder Dana, Willems Tochter. Sanjay hatte ihnen vorsichtig auf den Zahn gefühlt und nichts Verräterisches entdecken können. Aber sicher gab es noch andere. Theo Jaxon zum Beispiel – und wem konnte der es anvertraut haben? Wem hatten diese Leute – ganz im Vertrauen, wie Gloria beim Frühstück – zugeflüstert: »Ich muss dir ein Geheimnis verraten«? Die Frage war also nicht, ob die Gewehre zum Vorschein kommen würden, sondern nur, wann und unter welchen Umständen. Und die zweite Frage – er hatte seine Lektion in der Zuflucht gelernt – lautete: Wer war wessen Freund?

Deshalb hatte er gewollt, dass Mausami mit dem Wachdienst aufhörte, sich von Theo Jaxon fernhielt.

Sanjay wusste es seit dem Tag ihrer Geburt: Sie war der Grund für alles. Natürlich gab es Zeiten – noch bis heute –, da wünschte sich Sanjay einen Sohn. Er spürte, dass es sein Leben vollkommen gemacht hätte. Aber Gloria war einfach nicht fähig gewesen, ihm einen Sohn zu schenken: die üblichen Fehlgeburten und falschen Alarme, und irgendwann war ihre Blutung versiegt. Mausami war nach einer Schwangerschaft zur Welt gekommen, in deren Verlauf sich noch einmal eine Katastrophe anzubahnen schien. Gloria hatte ständig geblutet, und die qualvolle, zwei Tage dauernde Entbindung war Sanjay, der im Vorzimmer des Krankenreviers ihrem verzweifelten Stöhnen hatte lauschen müssen, wie eine Tortur erschienen, die kein Mensch überstehen konnte.

Doch Gloria hatte es geschafft. Ausgerechnet Prudence Jaxon war es gewesen, die ihm seine Tochter herausbrachte. Er hatte dagesessen, den Kopf in den Händen vergraben, völlig leer nach dem stundenlangen Warten und den furchtbaren Lauten aus dem Entbindungszimmer. Er hatte sich inzwischen schon damit abgefunden, dass das Kind sterben würde und Gloria mit ihm und dass er allein zurückbleiben würde. So nahm er das in Windeln

gewickelte Bündel völlig verständnislos in Empfang, und im ersten Moment glaubte er, Prudence reiche ihm sein totes Kind. *Es ist ein Mädchen,* hatte Prudence gesagt, *ein gesundes Mädchen.* Selbst da hatte es noch einen Augenblick gedauert, bis der Gedanke zu ihm durchgedrungen war, bis er diese Worte mit dem seltsamen neuen Etwas in seinen Armen verband. *Du hast eine Tochter, Sanjay.* Und als er das Wickeltuch zur Seite schob und ihr Gesicht sah, so verblüffend in seiner Menschlichkeit, den winzigen Mund, das schwarze Flaumhaar und die sanften vorquellenden Augen, da wusste er, dass das, was er jetzt empfand, zum ersten und einzigen Mal in seinem Leben Liebe war.

Und dann hätte er sie beinahe verloren. Eine bittere Ironie des Schicksals, dass sie sich mit Theo Jaxon einlassen musste, mit dem Sohn, der seinem Vater so ähnlich war. Mausami hatte es vor ihm und auch vor Gloria zu verheimlichen versucht. Aber Sanjay sah, was da im Gange war. Er hatte schon damit gerechnet, dass sie Theo heiraten wollte, und es deshalb wie eine Rettung empfunden, als Gloria ihm die Neuigkeit erzählte: Galen Strauss, nach alldem! Nicht dass Galen der Mann gewesen wäre, den er für seine Tochter ausgesucht hätte. Durchaus nicht. Er hätte einen robusteren Mann vorgezogen, einen wie Hollis Wilson oder Ben Chou. Aber Galen war nicht Theo Jaxon, und darauf kam es an. Er hatte nichts mit den Jaxons gemein, und es war für jeden offensichtlich, dass er Mausami liebte. Wenn diese Liebe im Kern ein Element von Schwäche, ja, von Verzweiflung enthielt, konnte Sanjay das in Kauf nehmen.

Das alles ging ihm durch den Kopf, als er jetzt am Halbtag auf der Krankenstation stand und das Mädchen betrachtete. Dieses Mädchen von Nirgendwo. Es war, als wären die einzelnen Stränge seines Lebens, Mausami und Babcock und Gloria und die Gewehre und alles andere, in dieser unfassbaren Person zusammengeflochten, in dem Geheimnis, das sie verkörperte.

Sie schien zu schlafen. Jedenfalls sah es *aus,* als schliefe sie. Sanjay

hatte Sara mit Jimmy in den Vorraum verbannt, und Ben und Galen bewachten draußen die Tür. Warum er das veranlasst hatte, hätte er nicht genau sagen können, aber etwas in ihm wollte, dass er dieses Mädchen allein in Augenschein nahm. Sie war offensichtlich schwer verletzt, und nach allem, was Sara gesagt hatte, nahm Sanjay nicht an, dass sie überleben würde. Aber als sie jetzt mit geschlossenen Augen und ganz still vor ihm lag, langsam und ruhig atmend und ohne dass ihr Gesicht eine Spur von Kampf oder Not erkennen ließ, konnte er sich des Eindrucks nicht erwehren, dass sie widerstandsfähiger war, als sie aussah. Eine solche Verwundung durch den Armbrustbolzen eines Wächters hätte einen erwachsenen Mann umgebracht, ganz zu schweigen von einem Mädchen in ihrem Alter … sechzehn? Dreizehn? Jünger oder älter? Sara hatte sie gewaschen, so gut sie konnte, und ihr etwas angezogen, ein Baumwollhemd, das vorn zu öffnen war. Der nicht eben feine Stoff war nach jahrelangem Waschen zu einem winterlichen Grau verschlissen. Nur der rechte Ärmel war ausgefüllt; der linke hing verstörend leer herunter, als enthielte er ein unsichtbares Glied. Das Hemd war offen, und er sah den dicken Wollverband um ihre Brust und die linke Schulter, der bis zum Ansatz ihres hellweißen Halses reichte. Sie hatte nicht den Körper einer Frau, das konnte er deutlich sehen. Hüften und Brust waren schmal wie bei einem Jungen, und ihre Beine, die unter dem Saum des Hemdes hervorragten, waren fohlenhaft schlank, die Knie knochig wie bei einem Kind. Es war erstaunlich, dass an solchen Knien nicht die eine oder andere Narbe zu sehen war, die Spuren eines kleinen Unglücks – eines Sturzes von der Schaukel oder einer Spielplatzrauferei.

Und ihre Haut, dachte Sanjay, als sein Blick an ihr heraufwanderte und sie noch einmal ganz betrachtete, ihre Knie, ihre Arme und schließlich ihr Gesicht. Nicht weiß, nicht blass – diese beiden Worte waren keine angemessene Beschreibung des Strahlens, das von ihr ausging. Als hätte die Helligkeit ihrer Haut nichts mit fehlenden Pigmenten zu tun, sondern käme von woandersher. Ein inneres Strahlen. Er konnte eine leichte Bräune entdecken, wo die

Sonne sie berührt hatte, an Händen, Armen und Gesicht, und einen Streifen von verblassten Sommersprossen, der sich quer über ihre Wangen und die Nase zog. Sie waren es, die in ihm ein Gefühl von väterlicher Zärtlichkeit weckten, ihn an früher erinnerten: Mausami hatte als Kind genau solche Sommersprossen gehabt.

Die Kleidung und der Rucksack des Mädchens waren verbrannt worden, aber vorher hatte der Haushalt mit dicken Handschuhen den ärmlichen blutgetränkten Inhalt untersucht. Sanjay wusste nicht, was er erwartet hatte – jedenfalls nicht das, was er gefunden hatte. Der Rucksack selbst war aus gewöhnlichem grünem Segeltuch. Vielleicht Militärgepäck, wer weiß? Ein paar Gegenstände waren nach allgemeiner Ansicht wirklich nützlich – ein Taschenmesser, ein Büchsenöffner, ein dickes Bindfadenknäuel –, aber das meiste wirkte bunt zusammengewürfelt. Es war nicht zu erkennen, was das alles bedeutete: ein überraschend runder, glatter Stein, ein sonnengebleichtes Stück von einem Knochen, eine Halskette mit einem aufklappbaren, aber leeren Medaillon, ein Buch mit dem mysteriösen Titel *Charles Dickens' Weihnachtsgeschichte, Illustrierte Ausgabe.* Der Bolzen war mitten hindurchgefahren und hatte das Buch aufgespießt; die Seiten waren aufgequollen vom Blut des Mädchens. Old Chou hatte sich erinnert, dass Weihnachten in der Zeit Davor ein Fest gewesen war, vergleichbar mit der Ersten Nacht. Aber Genaues wusste niemand.

So konnte nur das Mädchen selbst seine Geschichte erzählen. Dieses Mädchen von Nirgendwo in seiner Kapsel des Schweigens. Was ihr Auftauchen bedeutete, lag auf der Hand: Da draußen lebte noch jemand. Wer und wo diese Leute auch sein mochten, sie hatten eine der Ihren in die Wildnis hinausgetrieben, ein wehrloses Mädchen, das irgendwie den Weg hierhergefunden hatte. Das hätte eigentlich eine gute Nachricht sein müssen, fand Sanjay, als er darüber nachdachte, ein Grund zum Feiern. Und doch hatte ihre Ankunft nichts als beklommenes Schweigen hervorgerufen. Nicht ein einziges Mal hatte er jemanden sagen hören: *Wir sind nicht allein. Das bedeutet es. Es gibt doch andere da draußen.*

Es war wegen der Lehrerin, dachte er. Nicht weil die Lehrerin tot war, obwohl das sicher auch eine Rolle spielte. Es lag an dem, was sie sagte, wenn man aus der Zuflucht entlassen wurde. Wenn die Leute daran zurückdachten und die Geschichte von ihrer Entlassung erzählten, taten sie es meist mit einem Lachen ab. *Unfassbar, was für ein Theater ich gemacht habe,* sagten sie dann alle. *Ihr hättet sehen sollen, wie ich geheult habe!* Als sprächen sie nicht von ihrem eigenen kindlichen Ich, von unschuldigen Wesen, denen man Mitgefühl und Verständnis entgegenbringen sollte, sondern von jemand ganz anderem, weit entfernt und ein bisschen lächerlich. Und es stimmte: Wenn man erst einmal wusste, dass die Welt ein Ort war, wo der Tod wütete, dann kam einem das Kind, das man gewesen war, fremd vor. Es hatte ihm in der Seele wehgetan, als er Mausamis enttäuschtes Gesicht gesehen hatte, wie sie aus der Zuflucht kam. Manche Leute kamen nie darüber weg, aber die meisten schafften es irgendwie weiterzumachen. Man fand eine Möglichkeit, die Hoffnung nicht ganz aufzugeben, sie in eine Flasche zu füllen und irgendwo auf ein Regal zu stellen und die Pflichten des Lebens zu erfüllen. Sanjay selbst hatte es getan, Gloria und auch Mausami – sie alle.

Aber jetzt war dieses Mädchen da. Alles an ihr war ein Schlag ins Gesicht der Tatsachen. Dass jemand – zumal ein schutzloses Kind – plötzlich auftauchte, war so fundamental verstörend wie Schneefall mitten im Sommer. Sanjay hatte es in den Augen der anderen gesehen, bei Old Chou und Walter Fisher und Soo und Jimmy und dem ganzen Rest. Es war *falsch.* Es *passte* nicht. Hoffnung war etwas, das Schmerzen bereitete, und so war es mit diesem Mädchen. Eine schmerzhafte Sorte Hoffnung.

Er räusperte sich – wie lange hatte er dagestanden und sie angeschaut? –, dann sprach er sie an.

»Wach auf.«

Keine Reaktion. Aber ihm war, als sähe er hinter ihren geschlossenen Lidern etwas aufflackern. Er sprach noch einmal, lauter jetzt.

»Wenn du mich hören kannst, wach auf.«

Ein Geräusch hinter ihm unterbrach ihn. Sara kam durch den Vorhang, gefolgt von Jimmy.

»Bitte, Sanjay. Lass sie schlafen.«

»Diese Frau ist eine Gefangene, Sara. Es gibt Dinge, die wir wissen müssen.«

»Sie ist keine Gefangene, sie ist eine *Patientin.*«

Er schaute wieder auf das Mädchen hinunter. »Sie sieht nicht aus, als läge sie im Sterben.«

»Ich weiß nicht, ob sie stirbt oder nicht. Es ist ein Wunder, dass sie noch lebt, bei dem Blutverlust. Gehst du jetzt bitte hinaus? Ich weiß nicht, wie ich den Laden hier sauber halten soll, wenn ihr alle hier durchmarschiert.«

Sanjay sah, wie abgekämpft die Frau war. Ihr Haar war verschwitzt und zerzaust, ihre Augen glasig vor Erschöpfung. Es war für alle eine lange Nacht gewesen, und der Tag hatte noch länger gedauert. Trotzdem lag Autorität in ihrem Blick: Hier bestimmte sie die Regeln.

»Und du sagst mir Bescheid, wenn sie aufwacht?«

»Ja. Das weißt du doch.«

Sanjay wandte sich an Jimmy, der vor dem Vorhang stand. »Okay, Jimmy. Wir gehen.«

Aber der Mann reagierte nicht. Er schaute – nein, er starrte das Mädchen an.

»Jimmy?«

Jetzt erst riss er sich von ihr los. »Was hast du gesagt?«

»Ich habe gesagt, wir gehen. Wir lassen Sara arbeiten.«

Jimmy schüttelte verwundert den Kopf. »Entschuldige. Ich glaube, ich war einen Moment lang abwesend.«

»Du solltest ein bisschen schlafen«, stellte Sara fest. »Du auch, Sanjay.«

Sie gingen hinaus auf die Veranda, wo Ben und Galen Wache standen. Die beiden schwitzten in der Hitze. Anfangs hatten sich hier Neugierige versammelt, die unbedingt einen Blick auf den

Walker werfen wollten, aber Ben und Galen hatten sie wieder weggeschickt. Es war schon nach Halbtag, und nur wenige Leute waren unterwegs. Gegenüber sah Sanjay einen Arbeitstrupp, der mit Masken, schweren Stiefeln und Eimern unterwegs zur Zuflucht war, um den Schlafsaal noch einmal sauber zu schrubben.

»Ich weiß nicht, was es ist«, sagte Jimmy. »Aber irgendetwas an diesem Mädchen … Hast du ihre Augen gesehen?«

Sanjay war verblüfft. »Ihre Augen waren geschlossen, Jimmy.«

Jimmy starrte auf den Boden, als hätte er etwas verloren und könnte es nicht wiederfinden. »Wenn ich's mir recht überlege … ja, kann sein, dass sie wirklich geschlossen waren«, sagte er. »Aber wie komme ich dann darauf, dass sie mich angesehen hat?«

Sanjay schwieg. Die Frage ergab keinen Sinn. Trotzdem war etwas an dem, was Jimmy da sagte. Als Sanjay das Mädchen angeschaut hatte, hatte ihn das deutliche Gefühl beschlichen, beobachtet zu werden. Er sah zu Galen und Ben hinüber. »Weiß einer von euch beiden, wovon der Kerl da redet?«

Ben zuckte die Achseln. »Keine Ahnung. Vielleicht steht sie auf dich, Jimmy.«

Jimmy fuhr herum. In seinem schweißnassen Gesicht lag tatsächlich Panik. »Hört auf mit den Witzen! Geht doch rein und seht selbst, was ich meine. Es ist unheimlich, ich sag's euch.«

Ben warf einen kurzen Blick zu Galen hinüber, aber der zuckte nur hilflos die Achseln. »Himmel noch mal«, sagte Ben, »es war nur ein Scherz. Wieso regst du dich auf?«

»Es war nicht lustig, verdammt. Und was hast du zu grinsen, Galen?«

»Ich? Ich habe doch gar nichts gesagt.«

Sanjay platzte der Kragen. »Das reicht, ihr drei. Und Jimmy – niemand betritt dieses Gebäude. Verstanden?«

Jimmy nickte zerknirscht. »Ja. Alles klar.«

»Ich mein's ernst. Egal, wer es ist.«

Sanjay starrte Jimmy durchdringend an. Der Mann war keine Soo Ramirez, das stand fest, und er war auch keine Alicia. Sanjay

fragte sich, ob er ihn möglicherweise gerade deshalb für diesen Job auserwählt hatte.

»Was sollen wir mit Hightop anfangen?«, fragte Jimmy. »Ich meine, wir schmeißen ihn doch nicht wirklich raus, oder?«

Der Junge, dachte Sanjay müde. Caleb Jones war plötzlich der Letzte, über den er sich den Kopf zerbrechen wollte. Caleb hatte den ersten Stunden der Krise die Klarheit verliehen, die sie erforderte: Die Leute brauchten etwas oder jemanden als Zielscheibe für ihren Zorn. Aber bei Licht betrachtet erschien es einfach nur grausam, den Jungen auszusetzen – eine sinnlose Geste, die alle später bereuen würden. Und der Junge hatte wirklich Mut. Als die Anklage verlesen wurde, hatte er vor dem Haushalt gestanden und ohne Zögern die ganze Schuld auf sich genommen. Manchmal entdeckte man Mut bei den seltsamsten Leuten, und Sanjay hatte ihn bei dem Schrauber namens Caleb Jones gefunden.

»Haltet ihn einfach weiter unter Bewachung.«

»Und was ist mit Sam Chou?«

»Was soll mit ihm sein?«

Jimmy zögerte. »Die Leute reden, Sanjay. Sam und Milo und ein paar andere. Sie wollen ihn aussetzen.«

»Wo hast du das gehört?«

»Ich gar nicht. Galen hat es gehört.«

»Ich habe es *gehört*«, erklärte Galen. »Genau gesagt, Kip hat es mir erzählt. Er war zu Hause bei seiner Familie und hat gehört, wie ein paar von ihnen darüber sprachen.«

Kip war ein Läufer, Milos ältester Sohn. »Und? Was hat er gehört?«

Galen zuckte unsicher die Achseln, als wollte er sich von seiner eigenen Geschichte distanzieren. »Dass Sam sagt, wenn wir ihn nicht vor die Mauer setzen, wird er es tun.«

Das hätte er kommen sehen müssen, dachte Sanjay. Es war das Letzte, was er brauchen konnte: dass die Leute die Sache selbst in die Hand nahmen. Aber Sam Chou … so hitzig loszustürmen passte nicht zu diesem Mann, der so sanft war wie nur

irgendjemand, den Sanjay je gekannt hatte. Sam war verantwortlich für die Treibhäuser, eine Aufgabe, die schon immer von einem Chou übernommen worden war, und angeblich umgluckte er die Erbsen, Möhren und Salatpflanzen auf seinen Beeten, als wären es Haustiere. Vermutlich hatte es mit all seinen Kindern zu tun – jedes Mal, wenn Sanjay sich umdrehte, reichte Sam seinen Schnaps zur Feier des freudigen Ereignisses herum, und die Andere Sandy war schon wieder schwanger.

»Ben, er ist dein Cousin. Weißt du etwas darüber?«

»Woher sollte ich? Ich war den ganzen Morgen hier.«

Sanjay befahl ihnen, die Wache am Gefängnis zu verdoppeln, und machte sich davon. Es war wirklich verdammt still, dachte er. Nicht einmal die Vögel sangen. Er musste wieder daran denken, wie er das Mädchen angeschaut und dabei das Gefühl gehabt hatte, dass sie ihn sah. Als durchforschte ihr Geist hinter dem süßen Gesicht – und sie hatte in der Tat etwas *Süßes* an sich, fand er, eine babyhafte Süße, die ihn an Mausami erinnerte, wie sie als kleines Kind im Schlafsaal in ihr Bettchen kletterte und darauf wartete, dass Sanjay sich über sie beugte und ihr einen Gutenachtkuss gab –, als durchforschte ihr Geist, der Geist dieses Mädchens, hinter den Augenlidern, den Vorhängen aus zarter Haut, den Raum. Jimmy irrte sich nicht; sie hatte etwas an sich. Etwas war mit ihren Augen.

»Sanjay?«

Er merkte, dass seine Gedanken wegdrifteten und ihn davontrugen wie eine Strömung. Er drehte sich um und sah Jimmy auf der obersten Stufe. Mit zusammengekniffenen Augen stand er erwartungsvoll vorgebeugt da, und die Worte einer noch unausgesprochenen Erklärung stockten auf seinen Lippen.

»Was ist?« Sanjay hatte plötzlich eine trockene Kehle. »Was ist los?«

Jimmy öffnete den Mund, aber er brachte kein Wort heraus.

»Nichts weiter«, sage er schließlich. »Sara hat recht. Ich könnte wirklich ein bisschen Schlaf brauchen.«

30

Viele Jahre später würde Peter sich an die Ereignisse rund um die Ankunft des Mädchens erinnern wie an eine Folge von tänzerischen Bewegungen: Gestalten, die zusammenkamen und sich wieder trennten, für kurze Zeit in einen äußeren Kreis hinaustrieben, nur um wieder zurückgesogen zu werden, und alles unter dem Einfluss unbekannter Mächte, so ruhig und unentrinnbar wie die Schwerkraft.

Als er in der Nacht zuvor ins Krankenrevier gekommen war und das Mädchen gesehen hatte – so viel Blut überall, Sara, die verzweifelt versuchte, die Wunde zu verschließen, und Caleb mit der furchtbar tropfenden Kompresse in der Hand –, hatte er weder Entsetzen noch Überraschung empfunden, sondern tief in seinem Innern ein Gefühl des Wiedererkennens. Hier war das Mädchen vom Karussell. Hier war das Mädchen, das mit ihm in wilder Flucht durch den dunklen Flur gelaufen war. Hier war das Mädchen, das ihn geküsst und die Tür geschlossen hatte.

Der Kuss. Er wusste jetzt, dass er nie etwas Ähnliches verspürt hatte. In den langen Stunden auf der Mauer, als er auf Theo gewartet hatte, waren seine Gedanken immer wieder dahin zurückgekehrt, hatten über seine Bedeutung gerätselt und sich gefragt, was für ein Kuss das gewesen war. Kein Kuss wie Saras Kuss in der Nacht unter den Scheinwerfern. Nicht der Kuss einer

Freundin, und streng genommen nicht einmal der keusche Kuss eines Kindes, obwohl etwas Kindliches dabei gewesen war: die verstohlene Hast, die verlegene Schnelligkeit, mit der es vorbei gewesen war, fast bevor es angefangen hatte, und der jähe Rückzug des Mädchens, das wieder im Flur verschwunden war, bevor er ein Wort hatte sagen können, und ihm die Tür vor der Nase zugeschlagen hatte. Es war alles das und nichts davon, und erst als er sie im Krankenrevier gesehen hatte, war ihm klar geworden, was es gewesen war: ein Versprechen. Ein Versprechen, so unmissverständlich wie ein Wort von einem Mädchen, das keine Worte hatte. Ein Kuss, der sagte: *Ich werde dich finden.*

Jetzt stand er mit Alicia versteckt hinter ein paar Zypressen an der Wand der Zuflucht, und sie sahen zu, wie Sanjay davonging. Jimmy folgte ihm einen Augenblick später und ließ Ben und Galen im Schatten der Veranda auf ihrem Posten zurück. Jimmys Gang hatte etwas Sonderbares, fand Peter, eine richtungslose Mattigkeit, als wüsste er nicht genau, wohin er gehen oder was er mit sich anfangen sollte.

Alicia schüttelte den Kopf. »Ich glaube nicht, dass wir die beiden beschwatzen können, uns reinzulassen.«

»Komm«, sagte er.

Er führte sie zur Rückseite des Gebäudes, in eine kleine Gasse zwischen dem Krankenrevier und den Treibhäusern. Die Hintertür und sämtliche Fenster der Rückfront waren zugemauert, aber hinter einem Stapel leerer Kisten verbarg sich eine stählerne Luke. Darunter war eine alte Anlieferungsrutsche, die in den Keller hinunterführte. Manchmal, wenn seine Mutter hier abends allein Dienst getan hatte, hatte sie ihn herkommen und dort rutschen lassen.

Er klappte die Luke hoch. »Rein mit dir.«

Alicia ließ sich hineinfallen. Er hörte, wie sie gegen die Wände der Rutsche prallte, und dann kam ihre Stimme von unten: »Okay.« Er packte die Ränder des Einstiegs, ließ sich hinunter und klappte die Luke über seinem Kopf wieder zu. Plötzliche Dunkelheit umgab ihn, und er erinnerte sich, dass es ein Teil des

Nervenkitzels gewesen war, im Dunkeln hinunterzurutschen. Er ließ los.

Eine kurze ratternde Schussfahrt, und dann landete er auf den Füßen. Der Kellerraum war, das wusste er noch, voll von Kisten und Material. Zur Rechten lag der alte begehbare Kühlschrank mit zahllosen Glasbehältern im Wandregal, und in der Mitte stand der breite Tisch mit Waage, Instrumenten und abgebrannten Kerzenstummeln. Alicia stand am Fuße der Treppe, die zum Vorzimmer des Krankenreviers führte, und reckte den Kopf in den Lichtstrahl, der von oben herunterfiel. Das obere Ende der Treppe war von der Veranda aus sichtbar; an den Fenstern vorbeizukommen würde schwierig werden.

Peter stieg als Erster hinauf und spähte Richtung Veranda. Er war noch nicht groß genug, um etwas erkennen zu können, aber er hörte die gedämpften Stimmen der beiden Männer, die vorhin noch mit dem Rücken zur Wand gestanden hatten. Er drehte sich zu Alicia um, gab ihr zu verstehen, was er vorhatte, und dann lief er schnell weiter und huschte leise durch den Vorraum zu dem Gang, der zur Station führte.

Das Mädchen war wach und saß aufrecht im Bett. Das war das Erste, was er sah. Ihre blutgetränkten Kleider waren fort, und sie trug ein dünnes Hemd, unter dem der weiße Verband zu sehen war. Sara saß abgewandt auf der Kante des schmalen Bettes und hielt das Handgelenk des Mädchens.

Das Mädchen hob den Blick und sah ihn an. Panik durchzuckte sie: Sie riss die Hand weg und rutschte zum Kopfende des Bettes hinauf. Sara sprang auf und fuhr herum.

»Um Himmels willen, Peter!« Ihr ganzer Körper war angespannt, und ihre Stimme war ein heiseres Flüstern. »Wie zum Teufel bist du hier hereingekommen?«

»Durch den Keller«, antwortete Alicia hinter ihm. Das Mädchen hatte sich zu einer Kugel zusammengekrümmt, die Knie wie eine schützende Barrikade an die Brust gepresst und das weite Hemd um die Beine gezogen, die sie mit beiden Händen umklammerte.

»Was ist passiert?«, fragte Alicia. »Ihre Schulter war noch vor ein paar Stunden völlig zerfetzt.«

Erst jetzt entspannte Sara sich wieder. Sie stieß einen müden Seufzer aus und setzte sich auf das Nachbarbett.

»Ich kann's euch ja sagen. Soweit ich sehen kann, ist sie völlig gesund. Die Wunde ist praktisch verheilt.«

»Wie ist das möglich?«

Sara schüttelte den Kopf. »Ich habe keine Erklärung dafür. Aber ich glaube, sie will nicht, dass es jemand weiß. Sanjay war eben mit Jimmy hier. Wenn jemand hereinkommt, stellt sie sich schlafend.« Sie zuckte die Achseln. »Vielleicht spricht sie ja mit euch. Ich bringe kein Wort aus ihr heraus.«

Peter hörte das alles wie von Weitem, als käme es aus einem anderen Zimmer. Er war näher an das Bett herangetreten. Das Mädchen beobachtete ihn wachsam über seine Knie hinweg. Eine wirre Haarsträhne war ihr über die Augen gefallen, und sie wirkte auf ihn wie ein ängstliches kleines Tier. Er setzte sich auf die Bettkante und sah sie an.

»Peter.« Das war Sara. »Was ... machst du da?«

»Du bist mir gefolgt. Nicht wahr?«

Ein winziges Nicken, fast unmerklich. *Ja, ich bin dir gefolgt.*

Er hob den Kopf. Sara stand am Fußende und starrte ihn an.

»Sie hat mich gerettet«, sagte Peter. »In der Mall, als die Virals angriffen. Sie hat mich beschützt.« Er richtete den Blick wieder auf das Mädchen. »Das stimmt doch, nicht wahr? Du hast mich beschützt. Du hast sie weggeschickt.«

Ja. Ich habe sie weggeschickt.

»Du *kennst* sie?«, fragte Sara.

Er zögerte. Nur mit Mühe brachte er die Geschichte im Kopf zusammen. »Wir waren unter einem Karussell. Theo war nicht mehr da. Die Smokes kamen, und ich dachte, nun ist alles vorbei. Und dann ist sie ... auf mich gestiegen.«

»Sie ist auf dich gestiegen.«

Er nickte. »Ja, auf meinen Rücken. Als wollte sie mich

abschirmen. Ich weiß, ich erzähle es nicht richtig, aber so ist es gewesen. Ehe ich wusste, was los war, waren die Smokes verschwunden. Sie führte mich durch einen Gang zu einer Treppe, die zum Dach hochging. So bin ich da rausgekommen.«

Einen Moment lang sagte Sara gar nichts.

»Ich weiß, es klingt merkwürdig.«

»Peter, warum hast du das niemandem erzählt?«

Er hob ratlos die Schultern. Er hatte keine Entschuldigung, zumindest keine gute. »Ich hätte es tun sollen. Aber ich war nicht mal sicher, dass es wirklich passiert war.«

»Und was ist, wenn Sanjay davon erfährt?«

Das Mädchen hatte das Gesicht langsam über die Barrikade der Knie gehoben. Sie musterte ihn, erforschte sein Gesicht mit einem dunklen, wissenden Blick. Das Gefühl der Wildheit war immer noch da, ein tierhaft nervöses Zucken in ihren Bewegungen, ihrer Haltung. Aber in den paar Minuten, seit sie hier waren, hatte sich etwas verändert. Die Angst war spürbar weniger geworden.

»Er erfährt es nicht«, sagte Peter.

»O mein Gott«, sagte eine Stimme hinter ihnen. »Es stimmt also.«

Alle drehten sich um. Michael stand vor dem Vorhang.

»Akku, wie bist du reingekommen?«, zischte Alicia. »Und sprich nicht so laut.«

»Genau wie ihr. Ich habe gesehen, wie ihr hinter das Haus gegangen seid.« Michael trat vorsichtig an das Bett heran und starrte das Mädchen an. Er hielt etwas in der Hand. »Im Ernst – wer *ist* das?«

»Das wissen wir nicht«, sagte Sara. »Ein Walker.«

Michael schwieg, und sein Blick war unergründlich. Aber Peter sah, wie sein Verstand arbeitete und schnelle Berechnungen anstellte. Plötzlich schien ihm der Gegenstand bewusst zu werden, den er in der Hand hielt.

»Heilige Scheiße. Heilige *Scheiße*. Das erklärt es. Genau wie Elton gesagt hat.«

»Wovon redest du?«

»Das Signal. Das Geistersignal.« Er brachte sie mit erhobener Hand zum Schweigen. »Nein, Moment ... wartet. Ich *glaube* es nicht! Alle bereit?« Sein Gesicht erstrahlte in einem triumphierenden Lächeln. »Es geht los.«

Und im selben Augenblick begann das Gerät, das er in der Hand hielt, zu summen.

»Akku«, sagte Alicia, »was ist das?«

Er hielt es hoch, um es ihnen zu zeigen. Ein BlackBerry.

»Ich bin hergekommen, weil ich es euch sagen wollte«, erklärte Michael. »Dieses Mädchen? Der Walker? Sie *ruft* uns.«

Der Sender musste irgendwo an ihrem Körper sein, erläuterte Michael. Wie er aussehen mochte, konnte er nicht genau sagen. Groß genug, um eine Stromquelle zu enthalten, aber mehr wusste er nicht.

Ihr Rucksack war samt Inhalt ins Feuer gewandert. Damit blieb nur das Mädchen selbst als Quelle des Signals. Sara setzte sich zu ihr auf das Bett und erklärte ihr, was sie tun solle, und sie bat das Mädchen, ganz stillzuhalten. Sara begann bei den Füßen und strich langsam an ihrem Körper herauf, berührte behutsam jede Fläche und betastete ihre Arme und Beine, die Hände und den Hals. Dann stand sie auf, trat hinter das Mädchen ans Kopfende und zog die Finger langsam durch das verfilzte Nest ihrer Haare. Das Mädchen ließ alles brav über sich ergehen; sie hob Arme und Beine, als Sara sie darum bat, und ihr Blick wanderte mit neutraler Neugier umher, als wäre sie nicht ganz sicher, was sie von alldem halten sollte.

»Wenn es hier ist, dann ist es gut versteckt.« Sara richtete sich auf und strich eine schweißfeuchte Haarsträhne aus dem Gesicht. »Michael, bist du sicher?«

»Ja, ganz sicher. Dann muss es in ihr sein.«

»In ihrem *Körper*?«

»Es dürfte dicht unter der Oberfläche sitzen. Wahrscheinlich unter der Haut. Such nach einer Narbe.«

Sara dachte darüber nach. »Also, das tue ich nicht vor Zuschauern. Peter und Michael, dreht euch um. Lish, komm her. Vielleicht brauche ich dich.«

Peter nutzte den Augenblick, um an den Vorhang zu treten und hinauszuspähen. Ben und Galen standen noch draußen, zwei verschwommene Gestalten mit dem Rücken zum Fenster. Wie viel Zeit mochten sie noch haben? Sicher würde bald jemand kommen – Sanjay oder Old Chou oder Jimmy.

»Okay, ihr könnt euch wieder umdrehen.«

Das Mädchen saß mit gesenktem Kopf auf der Bettkante. »Michael hatte recht. Ich brauchte nicht lange zu suchen.« Sara hob das wirre Haar hoch und zeigte es ihnen: ein deutlich erkennbarer weißer Strich unten am Nacken, nicht mehr als zwei Zentimeter lang, und darüber die verräterische Wölbung eines körperfremden Gegenstands.

»Man kann die Ränder fühlen.« Sara drückte mit dem Finger an die Wölbung, um es ihnen zu zeigen. »Wenn da nicht noch mehr dranhängt, sollte es sauber herauskommen.«

»Wird es ihr wehtun?«, fragte Peter.

Sara nickte. »Aber es wird schnell gehen. Und es ist nichts im Vergleich zu dem, was sie letzte Nacht durchgemacht hat. Als ob man einen großen Splitter entfernt.«

Peter setzte sich auf das Bett und sah das Mädchen an. »Sara muss etwas unter deiner Haut herausschneiden. Eine Art Sender. Ist das okay?«

Ein banges Flackern huschte über ihr Gesicht. Dann nickte sie.

»Aber sei vorsichtig«, sagte Peter zu Sara.

Sara ging zu dem Instrumentenschrank und kam mit einer Schale, einem Skalpell und einer Flasche Alkohol zurück. Sie tränkte ein Tuch mit dem Alkohol und reinigte die Umgebung der Narbe. Dann setzte sie sich wieder hinter das Mädchen, schob das Haar beiseite und nahm das Skalpell aus der Schale.

»Das wird jetzt ein bisschen wehtun.«

Mit einem Strich zog sie die Skalpellklinge an der Narbe entlang.

Wenn das Mädchen Schmerz empfand, ließ sie es nicht erkennen. Ein einzelner Blutstropfen erschien in der Wunde, lief den schlanken Nacken herunter und verschwand im Hemd. Sara betupfte die Wunde mit dem Tuch und deutete mit dem Kopf auf die Schale.

»Jemand muss mir die Pinzette geben. Aber die Zinken nicht berühren.«

Das übernahm Alicia. Sara schob die Pinzette in die klaffende Öffnung in der Haut und hielt das blutgefärbte Tuch darunter. Peter konzentrierte sich so sehr auf diesen Vorgang, dass er fühlen – tatsächlich in den Fingerspitzen fühlen – konnte, wie die Enden der Pinzette den Gegenstand erfassten. Mit einer langsamen Bewegung zog Sara ihn heraus, einen dunklen Schatten, den sie auf das Tuch legte. Sie hielt es hoch, damit Michael es sehen konnte.

»Ist es das, was du suchst?«

Es war eine kleine längliche Scheibe aus irgendeinem glänzenden Metall. Der Rand war umgeben von winzigen wimpernartigen Drähten mit Perlen an den Spitzen. Alles in allem, fand Peter, sah das Ding aus wie eine plattgedrückte Spinne.

»Das ist ein Sender?«, fragte Alicia.

Michael runzelte die Stirn. »Ich bin nicht sicher«, gestand er.

»Du bist nicht sicher? Erst machst du die Pferde scheu, und dann weißt du nicht, was das da ist?«

Michael polierte den Gegenstand mit einem sauberen Lappen und hielt ihn ins Licht. »Na ja, es ist so etwas wie ein Sender. Deshalb wahrscheinlich diese Drähte.«

»Und wie kommt es in sie hinein?«, fragte Alicia. »Wer könnte so etwas getan haben?«

»Vielleicht sollten wir *sie* fragen, was es ist«, schlug Michael vor.

Aber als er ihr das blutbefleckte Tuch mit dem Gegenstand zeigte, schaute das Mädchen nur verwirrt drein. Peter hatte den Eindruck, dieses Ding aus ihrem Nacken war ihr ebenso ein Rätsel wie allen anderen.

»Glaubst du, die Army hat es ihr eingepflanzt?«, fragte er.

»Könnte sein«, sagte Michael. »Er hat auf einer Militärfrequenz gesendet.«

»Aber durch bloßes Anschauen kannst du es nicht erkennen.«

»Peter, ich weiß nicht mal, was es sendet. Nach allem, was ich weiß, kann es das Alphabet hersagen.«

Alicia zog die Stirn kraus. »Warum sollte es das Alphabet hersagen?«

Michael überging diese Frage kommentarlos. Er sah Peter an. »Mehr kann ich euch nicht sagen. Wenn ihr mehr wissen wollt, muss ich es aufmachen.«

»Dann mach es auf«, sagte Peter.

31

Sanjay Patal wollte Old Chou aufsuchen. Es gab Dinge zu besprechen und zu entscheiden. Die Sache mit Sam und Milo, zum Beispiel – das war ein Stolperstein, mit dem er nicht gerechnet hatte –, und die Frage, was mit Caleb und mit dem Mädchen passieren sollte.

Das Mädchen. Etwas an ihren Augen.

Aber als er das Krankenrevier verließ, überkam ihn mit einem Mal eine unerwartete Schwere. Vermutlich war das nur natürlich – die halbe Nacht auf den Beinen, dann ein solcher Vormittag, so viel zu tun und zu reden und zu bedenken, so viele Sorgen. Die Leute machten sich oft lustig über den Haushalt: Das sei kein richtiger Job, nicht wie eins der Gewerbe. Theo Jaxon war es gewesen, der die Bezeichnung »Klempnerkomitee« erfunden hatte, ein Scherz, der Sanjay zutiefst getroffen hatte. Aber das lag daran, dass sie keine Vorstellung von der Verantwortung hatten. Sie war eine schwere Last, die man zu tragen hatte und niemals ganz ablegen konnte. Sanjay war fünfundvierzig Jahre alt; das war nicht mehr jung, aber als er jetzt über den Kiesweg ging, fühlte er sich viel älter.

Um diese Tageszeit würde Old Chou im Bienenhaus sein. Ob das Tor offen oder geschlossen war, war den Bienen gleichgültig. Doch der Gedanke an den weiten Weg dorthin unter der hohen, heißen Mittagssonne und an die Leute, denen er unterwegs

vielleicht begegnen und mit denen er würde sprechen müssen, erfüllte ihn mit einer plötzlichen Müdigkeit, die wie ein grauer Nebel durch sein Hirn zog. Im selben Augenblick wusste er, er musste sich hinlegen. Old Chou wäre auch später noch da. Und fast ehe er sichs versah, stapfte er langsam über die schattige Lichtung zu seinem Haus, trat durch die Tür (lauschte nach Gloria, hörte aber nichts), stieg die knarrende Treppe hinauf ins Dachgeschoss mit seinen spinnwebverhangenen Winkeln und legte sich auf sein Bett. Er war müde, so müde. Wie lange mochte es her sein, dass er sich mitten am Tag ein Nickerchen gestattet hatte? Er war eingeschlafen, bevor er diese Frage zu Ende gedacht hatte.

Einige Zeit später erwachte er mit einem ätzend sauren Geschmack im Mund, und das Blut rauschte in seinen Ohren. Er fühlte sich, als wäre er nicht aufgewacht, sondern aus dem Schlaf geschleudert worden. Sein Kopf war leergepumpt. Er hatte tief und fest geschlafen! Sanjay blieb still liegen und genoss das Gefühl, in dem er schwebte. Irgendwann wurde ihm bewusst, dass er Stimmen von unten hörte – Glorias Stimme und eine tiefere, eine Männerstimme, Jimmy oder Ian oder vielleicht Galen. Er lag da und lauschte, und irgendwann wurde ihm klar, dass noch mehr Zeit verstrichen war, und die Stimmen waren verstummt. Wie schön, einfach so dazuliegen. Schön und ein bisschen seltsam, denn eigentlich, dachte er, hätte er schon vor einer Weile aufstehen müssen. Es wurde Abend; das sah er durch das Fenster. Die Dämmerung färbte den grellweißen Sommerhimmel rosarot, und er hatte noch zu tun. Jimmy würde wissen wollen, was wegen des Kraftwerks unternommen werden und wer morgen früh hinausreiten sollte (allerdings konnte Sanjay sich im Moment nicht genau erinnern, weshalb darüber entschieden werden musste). Und dann war da immer noch der Junge, Caleb, den alle aus irgendeinem Grund Hightop nannten (vielleicht hatte es etwas mit seinen Schuhen zu tun). So viele Dinge … Aber je länger er dalag, desto ferner und verschwommener erschienen ihm diese Sorgen, als beträfen sie jemand anders.

»Sanjay?«

Gloria stand in der Tür. Ihre Anwesenheit erreichte ihn nicht körperlich, sondern nur als Stimme: eine körperlose Stimme, die im Dunkeln seinen Namen rief.

»Warum bist du im Bett?«

Ich weiß es nicht, dachte er. Seltsam, ich weiß nicht, warum ich in diesem Bett liege.

»Es ist schon spät, Sanjay. Die Leute suchen dich.«

»Ich habe … ein Nickerchen gemacht.«

»Ein Nickerchen?«

»Ja, Gloria. Ein Nickerchen. Ich habe geschlafen.«

Seine Frau schien über ihm zu sein. Ihr glattes, rundes Gesicht schwebte körperlos im grauen Meer seines Blickfelds. »Warum hältst du die Decke so fest?«

»Wie denn? Wie halte ich die Decke fest?«

»Ich weiß nicht. Sieh doch selbst.«

Als er sich die Anstrengung vorstellte, die das kosten würde, erschien sie ihm gewaltig, und er wollte es gar nicht erst versuchen. Trotzdem gelang es ihm irgendwie: Er hob den Kopf vom schweißfeuchten Kissen und schaute an sich herunter. Offenbar hatte er das Laken im Schlaf vom Bett gezogen und zu einem Strick zusammengedreht, den er quer über den Leib gelegt hatte und fest mit beiden Händen umklammerte.

»Sanjay, was ist los mit dir? Warum redest du so?«

Ihr Gesicht war immer noch über ihm, aber er konnte sich nicht darauf konzentrieren. Es blieb unscharf. »Mir geht's gut. Ich war nur müde.«

»Aber jetzt bist du nicht mehr müde.«

»Nein. Ich glaube nicht. Aber vielleicht schlafe ich noch ein bisschen.«

»Jimmy war hier. Er will wissen, was wegen des Kraftwerks passieren soll.«

Das Kraftwerk. Was war damit?

»Was soll ich ihm sagen, wenn er wiederkommt?«

Jetzt fiel es ihm ein. Jemand musste zum Kraftwerk hinunterreiten und die Anlage sichern – was immer da im Gange sein mochte.

»Galen«, sagte er.

»Galen? Was ist mit ihm?«

Aber ihre Frage erreichte ihn nur nebelhaft. Seine Augen hatten sich wieder geschlossen. Glorias Gesicht löste sich auf, und ein anderes trat an seine Stelle: das Gesicht eines Mädchens. So klein. Ihre Augen. Etwas war mit ihren Augen.

»Was ist mit Galen, Sanjay?«

»Es wäre gut für ihn, meinst du nicht?«, hörte er jemanden sagen. Ein Teil seiner selbst war noch in diesem Raum, aber der andere, der träumende Teil war es nicht mehr. »Sag ihm, er soll Galen schicken.«

32

Die Stunden vergingen, und es wurde Nacht.

Von Michael hatten sie noch nichts gehört. Nachdem die drei das Krankenrevier verlassen hatten, waren sie auseinandergegangen. Michael war ins Lichthaus zurückgekehrt, Peter und Alicia hatten sich zum Trailerpark geschlichen, wo sie im Schutze eines ausgeschlachteten Wohnwagens auf Caleb aufpassten für den Fall, dass Sam und Milo zurückkommen sollten. Sara war bei dem Mädchen geblieben. Vorläufig konnte man nur abwarten.

Der Trailer, in dem sie sich versteckten, stand zwei Reihen weit vom Gefängnis entfernt, weit genug, um unentdeckt zu bleiben und trotzdem die Tür im Auge zu behalten. Es hieß, die Trailer seien von den Erbauern hinterlassen worden, und sie hätten dort die Arbeiter untergebracht, die Mauer und Flutlichtanlage errichtet hätten. Solange Peter zurückdenken konnte, hatte niemand mehr dort gewohnt. Die Innenverkleidung hatte man beinahe vollständig herausgerissen, um an Rohre und Kabel heranzukommen, die Armaturen hatte man abmontiert und anderswo verwendet. Im hinteren Teil hatte eine Matratze auf einer Art Sockel gelegen, durch eine Falttür vom Rest getrennt, und am anderen Ende stand ein winziger Tisch mit zwei Bänken, die mit sprödem Vinyl bezogen waren. Aus den Rissen in den Polstern quoll vertrockneter Schaumstoff, der zu Staub zerbröselte, wenn man ihn berührte.

Alicia hatte ein Kartenspiel mitgebracht, um die Zeit zu vertreiben. Zwischen den einzelnen Partien rutschte sie nervös auf der Bank hin und her und schaute durch das Fenster zum Gefängnis hinüber. Dale und Sunny waren nicht mehr da. Die Ablösung bestand aus Gar Phillips und Hollis Wilson, der offenbar beschlossen hatte, doch nicht aus dem Dienst auszuscheiden. Irgendwann am späten Nachmittag war Kip Darrell gekommen und hatte ihnen etwas zu essen gebracht. Sonst hatten sie niemanden gesehen.

Peter verteilte neue Karten. Alicia wandte den Blick vom Fenster, nahm ihr Blatt vom Tisch und warf einen kurzen Blick darauf. Dann runzelte sie die Stirn.

»Warum gibst du mir solchen Schrott?«

Sie sortierte ihre Karten, während Peter das Gleiche tat, und kam dann mit einem roten Buben heraus. Peter bediente und konterte mit einer Pik Acht.

»Passe.«

Peter hatte kein Pik mehr; er musste eine Karte ziehen. Alicia schaute wieder aus dem Fenster.

»Hör auf damit, ja?«, sagte er. »Du machst mich nervös.«

Alicia antwortete nicht. Peter musste vier Karten ziehen, bis er die Farbe bedienen konnte, und jetzt hatte er die Hand hoffnungslos voll. Er spielte eine Zwei und sah, dass Alicia mit einer Herz Zwei die Farbe wechselte und vier Karten hintereinander ablegte. Die letzte war eine Dame, die ihn wieder zu Pik zurückbrachte.

Wieder musste er ziehen. Er ahnte, dass sie jede Menge Pik auf der Hand hatte, aber er konnte nichts tun. Er spielte eine Sechs und musste zusehen, wie sie mehrere Karten ablegte, mit einer Neun zu Karo wechselte und den Rest ihres Blattes ausspielte.

»Das machst du immer, weißt du?«, sagte sie und schob die Karten zusammen. »Du eröffnest immer mit deiner schwächsten Farbe.«

Peter starrte immer noch auf sein Blatt, als könnte er noch etwas ablegen. »Das wusste ich nicht.«

»Immer.«

Bis zur Ersten Glocke waren es nur noch wenige Augenblicke. Es würde merkwürdig sein, dachte Peter, diese Nacht nicht bei der Wache zu verbringen.

»Was machst du, wenn Sam wiederkommt?«, fragte er.

»Ich weiß es nicht. Wahrscheinlich versuche ich, es ihm auszureden.«

»Und wenn du das nicht kannst?«

Sie ließ eine Schulter hängen und zog die Stirn kraus. »Dann werde ich es anders lösen.«

Sie hörten die Erste Glocke.

»Du musst das nicht tun, weißt du«, sagte Alicia.

Du auch nicht, hätte er beinahe gesagt. Aber er wusste, dass es nicht stimmte.

»Glaub mir«, sagte Alicia, »nach der Zweiten Glocke passiert hier nichts mehr. Heute Nacht verkriechen sich wahrscheinlich alle in ihren Häusern. Du solltest noch mal bei Sara vorbeischauen. Und bei Akku. Stell fest, ob er etwas herausgefunden hat.«

»Was glaubst du, wer sie ist?«

Alicia zuckte die Achseln. »Soweit ich sehen kann, ist sie nur ein verängstigtes Kind. Das erklärt aber nicht das Ding in ihrem Nacken und auch nicht, wie sie da draußen überlebt hat. Vielleicht erfahren wir es nie. Mal sehen, was Michael herausfindet.«

»Aber glaubst du mir, was ich erzählt habe? Was sie in der Mall getan hat?«

»Natürlich glaube ich dir, Peter.« Alicia sah ihn stirnrunzelnd an. »Warum soll ich dir nicht glauben?«

»Es ist eine ziemlich verrückte Geschichte.«

»Wenn du sagst, es ist passiert, dann ist es passiert. Ich habe noch nie an dir gezweifelt, und ich werde jetzt nicht damit anfangen.« Sie schaute ihn einen Moment lang durchdringend an. »Aber danach hast du nicht gefragt, nicht wahr?«

Er schwieg eine Weile. »Wenn du sie ansiehst«, sagte er, »was siehst du dann?«

»Keine Ahnung, Peter. Was sollte ich denn sehen?«

Die Zweite Glocke ertönte. Alicia schaute ihn immer noch an und wartete auf eine Antwort. Aber Peter hatte keine Worte für das, was er empfand – jedenfalls keine, denen er vertraute.

Draußen strahlte grelles Licht auf: Die Scheinwerfer brannten. Peter zog die Beine unter dem Tisch hervor und stand auf.

»Hättest du heute wirklich auf Sam geschossen?«, fragte er.

Er schaute auf Alicia hinunter. Ihr Gesicht lag im Schatten.

»Ich weiß es ehrlich gesagt nicht. Vielleicht. Aber ganz sicher würde ich es bereuen, wenn ich es getan hätte.«

Er verharrte einen Moment. Auf dem Boden standen Alicias Rucksack, Proviant, Wasser und eine Schlafdecke. Ihre Armbrust lag daneben.

»Na los.« Sie deutete mit dem Kopf zur Tür. »Mach, dass du rauskommst.«

»Bist du sicher, dass du allein zurechtkommst?«

»Peter.« Sie lachte. »Bin ich jemals nicht allein zurechtgekommen?«

Probleme hatte Michael Fisher im Lichthaus mehr als genug. Aber der Gestank machte ihm von allem am meisten zu schaffen.

Es war immer schlimmer geworden. Der saure Achselhöhlengestank eines ungewaschenen Körpers und der Mief alter Socken. Ein Gestank wie von verschimmeltem Käse und Zwiebeln. Er hing so beißend in der Luft, dass Michael sich kaum noch konzentrieren konnte.

»Elton, hau doch einfach ab, ja? Du stinkst den ganzen Laden voll.«

Der alte Mann saß an seinem gewohnten Platz rechts neben Michael am Steuerpult. Seine Hände langen schwer auf den Armlehnen seines alten Bürostuhls, und sein Gesicht war leicht zur Seite gekippt. Als sie den Strom für die Nacht eingeschaltet hatten – die Ladestandsanzeigen waren alle im grünen Bereich; was immer unten im Kraftwerk los sein mochte, sie schickten jedenfalls noch Strom auf den Berg herauf –, hatte Michael sich wieder

über den Sender hergemacht, der jetzt in seine Einzelteile zerlegt vor ihm lag. Leicht verzerrt wölbten sie sich unter der Lupe, die er aus dem Geräteschuppen geholt hatte. Nervös hatte Michael auf einen Besuch von Sanjay gewartet, jederzeit darauf gefasst, den ganzen Kram mit einem Wisch in einer Schublade verschwinden zu lassen. Aber nur Jimmy hatte am späten Nachmittag vorbeigeschaut. Jimmy hatte nicht gut ausgesehen – irgendwie erhitzt und ein bisschen matt, als würde er krank werden. Und er hatte betreten nach den Akkus gefragt, als hätte er sie ganz vergessen und genierte sich jetzt, überhaupt noch davon anzufangen. Er war zwei, drei Schritte weit hereingekommen, aber dieser Geruch musste ja jeden fernhalten, diese Barrikade aus menschlichem Gestank. Das Vergrößerungsglas, das unübersehbar für jeden, der halbwegs bei Sinnen war, auf dem Pult lag, hatte er anscheinend nicht bemerkt und auch nicht den offenen Slot an der Kontrolltafel mit den bunten Drähten und freiliegenden Schaltkreisen und nicht den Lötkolben, der daneben stand.

»Ich mein's ernst, Elton. Wenn du schlafen willst, geh nach hinten.«

Der alte Mann zuckte zusammen und erwachte zum Leben. Seine Finger spannten sich um die Armlehnen. Er wandte Michael sein blindes, starres Gesicht zu.

»Ja. Sorry.« Er rieb sich das Gesicht. »Hast du es verlötet?«

»Gleich. Jetzt mal im Ernst, Elton – du bist hier nicht allein. Wann hast du dich das letzte Mal gewaschen?«

Der alte Mann antwortete nicht. Wenn Michael es sich recht überlegte, sah er selbst auch nicht besonders vorzeigbar aus – nicht dass die Maßstäbe, was Elton betraf, allzu hoch waren. Aber der Alte war unbestreitbar verschwitzt, ausgelaugt und irgendwie ein wenig weggetreten. Michael beobachtete, wie Eltons Hand langsam zum Pult wanderte und mit den Fingern suchend umhertastete, bis sie auf seinem Kopfhörer landeten, ohne ihn aufzuheben.

»Alles mit dir okay?«

»Hmhm?«

»Du siehst nicht gut aus, das ist alles.«

»Ist das Licht an?«

»Seit einer Stunde. Wie fest hast du geschlafen?«

Elton leckte sich mit schwerer Zunge über die Lippen. Was war da? Etwas zwischen seinen Zähnen?

»Vielleicht hast du recht. Vielleicht lege ich mich wirklich hin.«

Schwerfällig kam der alte Mann auf die Beine und schlurfte durch den schmalen Gang, der vom Arbeitsraum in den hinteren Teil der Baracke führte. Michael hörte das Knarren der Federn, als die massige Gestalt auf die Pritsche sank.

Na, zumindest roch es jetzt nicht mehr ganz so schlimm.

Michael wandte sich wieder seiner Arbeit zu. Er hatte recht gehabt, was das Ding im Nacken des Mädchens anging. Der Sender war mit einem Speicherchip verbunden, einer Art Flashdrive, aber anders als alle, die er bisher gesehen hatte: viel kleiner und ohne sichtbare Ports bis auf zwei winzige goldene Kontaktstifte. Der eine steckte im Sender, der andere an dem Filigran der feinen Drähte mit den perlförmigen Enden. Diese Drähte waren also entweder Antennen, und der Transmitter versendete Daten vom Chip, was ihm unwahrscheinlich erschien. Oder sie waren eine Art Sensoren für die Daten, die der Chip dann aufzeichnete. Um Gewissheit darüber zu haben, musste er lesen, was auf dem Chip gespeichert war. Und das ging nur auf eine Weise: Er musste den Chip mit der Speicherplatine des Mainframes hartverdrahten.

Das war riskant. Michael verband eine unbekannte Schaltung mit dem Steuerpult. Vielleicht würde das System es nicht bemerken. Aber vielleicht würde das System auch abstürzen, und die Scheinwerfer würden ausgehen. Am klügsten wäre es wahrscheinlich, bis zum Morgen zu warten. Doch inzwischen hatte seine Arbeit eine Eigendynamik entwickelt, und sein Gehirn hatte sich in das Problem verbissen wie ein Eichhörnchen in eine Nuss. Er hätte nicht mehr warten können, selbst wenn er es gewollt hätte.

Als Erstes würde er den Mainframe vom Netz nehmen müssen. Das bedeutete, dass die Controller abgeschaltet und die

Scheinwerfer direkt aus den Akkus gespeist wurden. Das konnte man eine Zeitlang tun, aber nicht sehr lange; wenn das System den Stromzufluss nicht überwachte, konnte jede Spannungsschwankung einen Unterbrechungsschalter aktivieren. Er würde also schnell arbeiten müssen, wenn der Mainframe einmal offline wäre.

Er holte tief Luft und rief das Systemmenü auf.

Herunterfahren?

Er tippte: J

Die Festplatte lief surrend aus. Michael sprang von seinem Stuhl auf und rannte quer durch den Raum zum Unterbrecherkasten.

Keiner der Schalter bewegte sich.

Sofort machte er sich an die Arbeit. Er zog das Motherboard heraus, legte es auf das Pult unter die Lupe, nahm den Lötkolben in die eine Hand und ein Stück Lötzinn in die andere. Er hielt den Zinn an die Spitze des Lötkolbens – ein Rauchfädchen kräuselte sich in die Luft –, und ein einzelner Tropfen fiel auf die freie Leiterbahn auf dem Motherboard.

Bingo.

Er fasste den Chip mit der Pinzette. Es musste auf Anhieb klappen; er hatte nur einen Versuch. Er umfasste sein rechtes Handgelenk mit der Linken, senkte die blanken Kontakte des Chips in den Lötzinn und hielt ihn dort bewegungslos fest. Er zählte bis zehn, während die Perle aus flüssigem Zinn sich abkühlte und erstarrte.

Erst jetzt atmete er wieder. Er schob das Board wieder ins Gehäuse, setzte es in seinen Steckplatz und fuhr den Mainframe wieder hoch.

In der langen Minute, die das System brauchte, um wieder online zu gehen, während der Harddrive klickte und surrte, schloss Michael Fisher die Augen und dachte: *Bitte.*

Und da war es. Als er die Augen öffnete, sah er es auf dem Bildschirm. UNBEKANNTES LAUFWERK. Er wählte es an und sah, wie das Fenster sich öffnete. Zwei Partitionen, A und B. A war winzig, ein paar Kilobyte nur. Aber B nicht.

B war riesig.

Die Partition enthielt zwei Dateien von gleicher Größe; die eine war vermutlich ein Backup der anderen. Zwei identische Dateien von schwindelerregender Größe. Dieser Chip – als wäre die ganze Welt darin gespeichert. Wer immer dieses Ding gemacht und dem Mädchen unter die Haut gepflanzt hatte, war nicht wie irgendjemand, den er kannte; er kam nicht aus der Welt, zu der Michael gehörte. Er überlegte, ob er Elton rufen und ihn fragen sollte, was er meinte. Aber das Schnarchen, das von hinten kam, verriet ihm, dass er sich das sparen konnte.

Als Michael die Datei schließlich öffnete, tat er es beinahe verstohlen. Er hielt eine Hand vor die Augen und spähte zwischen den Fingern hindurch.

33

Peter hatte Glück. Als er sich dem Krankenrevier näherte, sah er, dass nur ein einzelner Wächter auf Posten stand. Er marschierte bis an die Treppe heran.

»'n Abend, Dale.«

Dales Armbrust baumelte locker an seiner Seite.

Er seufzte genervt, drehte den Kopf ein wenig zur Seite und hielt Peter sein gutes Ohr entgegen. »Du weißt, ich kann dich nicht reinlassen.«

Peter reckte den Hals, um an Dale vorbei durch das Fenster hineinzuschauen. Auf dem Schreibtisch leuchtete eine Laterne.

»Ist Sara da?«

»Sie ist vor einer Weile gegangen. Wollte etwas essen.«

Peter wich nicht von der Stelle und schwieg. Bei diesem Spiel kam es darauf an zu warten. Das wusste er. Er sah die Unentschlossenheit in Dales Gesicht. Nach einer Weile pustete der Wächter resigniert und trat zur Seite.

»Aber mach's kurz.«

Peter trat durch die Tür und lief nach hinten, zum Bett des Mädchens. Sie lag zusammengerollt da, die Knie an die Brust gedrückt, mit dem Rücken zu ihm. Als er hereinkam, rührte sie sich nicht. Peter nahm an, dass sie schlief.

Er schob einen Stuhl neben das Bett, setzte sich hin und stützte

das Kinn auf die Hände. Unter dem zerzausten Haar sah Peter das Mal an ihrem Nacken, wo Sara den Sender entfernt hatte – eine kaum sichtbare Wunde, fast vollständig verheilt.

Plötzlich drehte sie sich um. Das Weiße in ihren Augen leuchtete in dem Licht, das durch den Vorhang fiel.

»Hey«, sagte er, und seine Stimme drang kaum durch seine Kehle. »Wie geht's dir?«

Ihre Hände waren zusammengepresst, und die Handgelenke klemmten zwischen den Knien. Ihre ganze Haltung schien darauf ausgerichtet zu sein, sie kleiner aussehen zu lassen, als sie war.

»Ich wollte dir dafür danken, dass du mich gerettet hast.«

Ein kurzes Straffen der Schultern unter dem Hemd. *Gern geschehen.*

Wie seltsam, so mit ihr zu sprechen. Seltsam, weil es gar nicht so seltsam war. Noch nie hatte er die Stimme des Mädchens gehört, aber das störte ihn nicht. Es hatte etwas Beruhigendes, als hätte sie den Lärm der Worte einfach abgeschafft.

»Ich nehme an, du hast keine Lust, dich zu unterhalten«, sagte Peter vorsichtig. »Zum Beispiel, mir zu sagen, wie du heißt? Damit könnten wir anfangen.«

Das Mädchen sagte nichts, ließ nichts erkennen. *Warum sollte ich dir sagen, wie ich heiße?*

»Auch gut«, sagte Peter. »Ist mir recht. Wir können auch einfach hier sitzen.«

Und das tat er. Er blieb im Dunkeln bei ihr sitzen. Nach einiger Zeit erschlaffte das Gesicht des Mädchens. Noch ein paar Minuten vergingen, und ohne seine Anwesenheit weiter zur Kenntnis zu nehmen, schloss sie die Augen wieder.

Peter saß in der Stille, und plötzlich überkam ihn Müdigkeit, und er musste an einen Abend vor langer Zeit denken, als er ins Krankenrevier gekommen war und gesehen hatte, wie seine Mutter bei einem ihrer Patienten wachte, wie er es jetzt tat. Er wusste nicht mehr, wer der Patient gewesen war oder ob diese Erinnerung nicht tatsächlich aus mehreren, miteinander verwobenen

Erinnerungen bestand; vielleicht war es eine Nacht gewesen, vielleicht waren es auch mehrere. Aber in der Nacht, an die er sich erinnerte, war er durch den Vorhang getreten, hatte seine Mutter auf einem Stuhl neben einem der Betten gesehen, den Kopf zur Seite gelegt, und er hatte gewusst, dass sie schlief. Der Patient im Bett war ein Kind, eine kleine Gestalt in der Dunkelheit, und das einzige Licht kam von einer Kerze auf einem kleinen Teller neben dem Bett. Wortlos trat er näher; niemand sonst war im Raum. Seine Mutter rührte sich und sah zu ihm hin. Sie war jung und gesund, und er war froh, so froh, sie wiederzusehen.

Gib acht auf deinen Bruder, Theo.

– Mama, sagte er, ich bin Peter.

Er ist nicht stark wie du.

Stimmen von draußen rissen ihn aus seinen Gedanken, und die Tür öffnete sich klappernd. Sara kam herein. Die Laterne baumelte an ihrer Hand.

»Peter? Alles okay mit dir?«

Er blinzelte in der plötzlichen Helligkeit, und es dauerte einen Moment, bis er wieder wusste, wo er war. Er spürte, dass er nur eine Minute geschlafen hatte, aber es kam ihm trotzdem länger vor. Schon waren die Erinnerung und der Traum, den sie hervorgebracht hatte, wieder fort.

»Ich habe nur … ich weiß nicht …« Weshalb entschuldigte er sich? »Ich glaube, ich bin eingedöst.«

Sara hantierte mit der Laterne herum und schob einen kleinen Rollwagen an das Bett. Das Mädchen saß aufrecht, wachsam und aufmerksam.

»Wie hast du Dale dazu gekriegt, dich reinzulassen?«

»Oh, Dale ist schon in Ordnung.«

Sara setzte sich zu dem Mädchen aufs Bett und öffnete ihre Tasche, um ihr zu zeigen, was sie mitgebracht hatte: Fladenbrot, einen Apfel, ein Stück Käse.

»Hungrig?«

Das Mädchen aß schnell und vertilgte alles mit flinken Bissen –

zuerst das Brot, dann den Käse, an dem sie misstrauisch schnupperte, bevor sie ihn probierte, und schließlich den Apfel bis auf das Kerngehäuse. Als sie fertig war, wischte sie sich mit dem Handrücken über das Gesicht und verschmierte den Saft auf den Wangen.

»Tja, ich schätze, damit ist alles klar«, befand Sara. »Nicht die besten Tischmanieren, die ich je gesehen habe, aber dein Appetit ist ganz normal. Ich sehe mir jetzt deinen Verband an, okay?«

Sara knöpfte das Nachthemd auf und zog es zur Seite, um sich die verbundene Schulter anzusehen. Alles andere ließ sie bedeckt. Dann schnitt Sara mit einer Schere den Verband auf. Wo der Bolzen eingedrungen war und Haut, Muskeln und Knochen durchschlagen hatte, war nichts als eine kleine rosarote Vertiefung zu sehen. Peter musste an ein Baby denken, an weiche, frische neue Haut.

»So schnell sollten all meine Patienten wieder gesund werden. Gibt wohl keinen Grund, die Fäden noch drinzulassen. Dreh dich um, damit ich mit der anderen Seite anfangen kann.«

Folgsam drehte das Mädchen sich auf dem Bett herum. Sara nahm eine Pinzette, zog die Fäden und warf sie einen nach dem anderen in eine Metallschale.

»Weiß sonst noch jemand davon?«, fragte Peter.

»Von dieser schnellen Heilung? Ich glaube nicht.«

»Seit heute Nachmittag war also niemand mehr hier?«

Sie trennte den letzten Faden und zog ihn heraus. »Nur Jimmy.« Sie zog das Hemd wieder über die Schulter. »So, das war's.«

»Jimmy? Was wollte er?«

»Das weiß ich nicht. Ich nehme an, Sanjay hat ihn geschickt.« Sie sah ihn an. »Es war ziemlich merkwürdig, ehrlich gesagt. Ich habe nicht gehört, wie er hereinkam. Als ich hinschaute, stand er plötzlich in der Tür mit diesem ... diesem Gesicht.«

»Mit diesem Gesicht?«

»Ich weiß nicht, wie ich seinen Ausdruck beschreiben soll. Ich habe ihm gesagt, dass sie noch kein Wort gesagt hat, und da ist er wieder gegangen. Aber das ist schon ein paar Stunden her.«

Peter war plötzlich beunruhigt. Warum hatte er so ein Gesicht gemacht? Was hatte Jimmy gesehen?

Sara griff wieder zur Pinzette. »Okay, jetzt bist du an der Reihe.«

Womit?, wollte Peter fragen, aber dann fiel es ihm ein: sein Ellenbogen. Der Verband war inzwischen zu einem schmutzigen Lumpen verschlissen. Vermutlich war der Schnitt inzwischen verheilt; er hatte seit Tagen nicht danach geschaut.

Er setzte sich auf eine der leeren Pritschen. Sara wickelte den Verband ab. Der saure Geruch von ungewaschener Haut stieg auf.

»Hast du dich da überhaupt nicht gewaschen?«

»Ich glaube, ich hab's vergessen.«

Sie nahm seinen Arm und beugte sich mit der Pinzette darüber. Peter spürte, dass das Mädchen sie aufmerksam beobachtete.

»Gibt's was Neues von Michael?« Er fühlte einen stechenden Schmerz, als sie den ersten Faden herauszog. »Autsch! Pass doch auf!«

»Es würde helfen, wenn du stillhalten könntest.« Sara zuckte die Achseln, ohne ihn anzusehen, und arbeitete weiter. »Ich bin am Lichthaus vorbeigegangen, als ich herkam. Er arbeitet immer noch. Elton hilft ihm.«

»Elton? Ist das klug?«

»Keine Sorge, ihm können wir vertrauen.« Sie hob den Kopf und warf ihm einen kurzen bekümmerten Blick zu. Dann schüttelte sie den Kopf. »Komisch, dass wir alle plötzlich so reden. Wer wem vertrauen kann.« Sie gab ihm einen leichten Klaps auf den Arm. »So. Beweg ihn mal.«

Peter ballte die Faust und beugte und steckte den Arm. »So gut wie neu.«

Sara war zur Pumpe gegangen, um ihre Instrumente zu reinigen. Sie drehte sich um und trocknete sich die Hände an einem Lappen ab.

»Ehrlich, Peter, manchmal mache ich mir Sorgen um dich.«

Er merkte, dass er den Arm immer noch abspreizte. Verlegen ließ er ihn hängen. »Mir fehlt nichts.«

Sie zog zweifelnd die Brauen hoch, aber sie sagte nichts.

In jener Nacht nach der Musik, als Arlo Gitarre gespielt und die Leute ihren Schnaps getrunken hatten, war etwas über ihn gekommen, eine beinahe körperliche Einsamkeit, aber dann, als er sie küsste, auch ein jähes, stechendes Schuldgefühl. Nicht dass er sie nicht mochte. Oder dass sie es ihm schwer gemacht hätte. Alicia hatte recht mit dem, was sie auf dem Dach des Kraftwerks gesagt hatte: Sara war genau die Richtige für ihn. Aber er konnte sich nicht zwingen, etwas zu fühlen, was er nicht fühlte.

»Solange du noch hier bist, werde ich rasch nach Hightop sehen«, sagte Sara. »Ich hoffe, sie haben ihm etwas zu essen gebracht.«

»Was hört man denn?«

»Ich war den ganzen Tag hier. Du weißt wahrscheinlich mehr als ich.« Als Peter nicht antwortete, zuckte sie die Achseln. »Ich nehme an, die Leute sind zwiegespalten. Viele werden wütend sein wegen der letzten Nacht. Am besten lässt man ein bisschen Zeit vergehen.«

»Sanjay sollte sich gut überlegen, ob er etwas gegen ihn unternimmt. Lish wird es nicht hinnehmen.«

Sara versteifte sich plötzlich. Sie hob ihre Tasche auf und hängte sie über die Schulter, ohne ihn anzusehen.

»Habe ich etwas Falsches gesagt?«

Sie schüttelte den Kopf. »Vergiss es, Peter. Lish ist nicht mein Problem.«

Dann war sie weg, und der Vorhang wehte hinter ihr her. Was soll man davon halten?, dachte Peter. Die beiden Frauen, Alicia und Sara, hätten unterschiedlicher nicht sein können, und kein Gesetz der Welt schrieb vor, dass sie gut miteinander auskommen mussten.

Vielleicht war es einfach so, dass Sara Alicia die Schuld am Tod der Lehrerin gab, denn der dürfte Sara härter getroffen haben als die meisten anderen. Wenn er jetzt darüber nachdachte, lag es eigentlich auf der Hand, und er wusste nicht, warum er nicht schon eher daraufgekommen war.

Das Mädchen sah ihn wieder an und zog fragend die Brauen hoch. *Was ist los?*

»Sie ist ein bisschen durcheinander, weiter nichts«, sagte er. »Macht sich Sorgen.«

Wieder dachte er: wie seltsam. Es war, als könnte er ihre Worte im Kopf hören. Jeder, der hier hereinkäme, würde ihn für verrückt halten.

Und dann tat das Mädchen etwas, womit er niemals gerechnet hätte. Er wusste nicht, was sie vorhatte, aber sie stand auf und ging zum Waschbecken, bewegte dreimal energisch den Pumpenschwengel auf und ab und ließ Wasser in eine Schüssel laufen. Damit kam sie zurück zu Peter, der auf dem Bett saß. Sie stellte die Schüssel auf den staubigen Boden neben seine Füße, nahm ein sauberes Tuch vom Rollwagen, setzte sich neben ihn und bückte sich, um es ins Wasser zu tauchen. Dann nahm sie seinen Arm und betupfte die Stelle, an der die Nähte saßen, mit dem feuchten Tuch.

Ihr Atem wehte über seine feuchte Haut. Sie hatte das Tuch jetzt in der flachen Hand ausgebreitet, und ihre Bewegungen waren gründlicher – kein behutsames Tupfen, sondern ein glattes, ja, streichelndes Wischen, das Schmutz und abgestorbene Hautpartikel entfernte. Es war nett von ihr, dass sie ihn wusch, und es weckte in ihm zugleich Empfindungen und Erinnerungen, mit denen er so nicht gerechnet hatte; all seine Sinne versammelten sich um diesen Waschlappen an seinem Arm und ihren Atem auf seiner Haut – wie Motten um eine Kerzenflamme. Als wäre er wieder ein Junge, der hingefallen und sich den Ellenbogen aufgeschürft hatte und nach Hause gelaufen war, wo sie ihn wusch.

Sie vermisst dich.

Jeder einzelne Nerv in seinem Körper zuckte zusammen. Das Mädchen hielt seinen Arm fest. Es waren keine Worte, keine laut ausgesprochenen Worte. Es war in seinem Kopf. Sie umklammerte seinen Arm, und ihr Gesicht war dicht vor seinem.

»Was hast du …?«

Sie vermisst dich sie vermisst dich sie vermisst dich.

Er sprang auf und taumelte zurück. Sein Herz klopfte in der Brust wie ein großes eingesperrtes Tier. Er stolperte mit seinem ganzen Gewicht rücklings gegen einen Glasschrank, und der Inhalt fiel hinter ihm von den Regalen. Jemand war durch den Vorhang gekommen, eine Gestalt am Rande seines Gesichtsfeldes. Dale Levine.

»Was zum Teufel geht hier vor?«

Peter schluckte und versuchte zu antworten. Dale stand am Vorhang und sah verwirrt aus; offenbar gelang es ihm nicht, sich einen Reim auf die Szene vor ihm zu machen. Er sah das Mädchen an, das mit der Schüssel zu seinen Füßen auf der Pritsche saß, und wandte sich dann wieder an Peter.

»Sie ist wach? Ich dachte, sie *stirbt.*«

Endlich fand Peter seine Sprache wieder. »Du darfst es ... niemandem erzählen.«

»Verdammt, Peter! Weiß Jimmy davon?«

»Ich mein's ernst.« Er wusste plötzlich, dass er losheulen würde, wenn er diesen Raum nicht sofort verließe. »Du darfst niemandem was sagen.«

Er drehte sich um und stürmte so hastig an Dale vorbei, dass er ihn fast umgestoßen hätte. Durch den Vorhang, zur Tür hinaus, die Treppen hinunter auf den beleuchteten Platz, und noch immer hielt der Fluss der Worte seine Gedanken gefangen – *sie vermisst dich sie vermisst dich* –, und alles verschwamm in den Tränen, die ihm in die Augen stiegen.

34

Für Mausami Patal begann die Nacht in der Zuflucht.

Sie saß allein im Großen Saal und versuchte, sich selbst das Stricken beizubringen. Alle Pritschen und Gitterbettchen waren hinausgeschafft worden. Die Kinder schliefen jetzt oben. Das zerbrochene Fenster war mit Brettern vernagelt worden; man hatte die Scherben weggefegt und die Wände und sämtliche Flächen mit Alkohol geschrubbt. Der Geruch würde noch tagelang in der Luft hängen.

Eigentlich sollte sie nicht hier sein. Der Alkoholdunst trieb ihr die Tränen in die Augen. Der arme Arlo, dachte Maus. Und Hollis, der seinen Bruder einfach hatte töten müssen – obwohl es ein Glück war, dass er es getan hatte. Und natürlich war Arlo nicht mehr wirklich Arlo gewesen, genau wie Theo, wenn er noch da draußen war, nicht mehr Theo wäre. Das Virus nahm die Seele weg. Den Menschen, den man liebte.

Sie saß in einem alten Schaukelstuhl, den sie im Lager gefunden hatte. Daneben hatte sie einen kleinen Tisch aufgestellt, auf dem die Laterne stand, sodass sie genug Licht zum Arbeiten hatte. Leigh hatte ihr gezeigt, wie man einfache Maschen strickte. Anfangs war es kinderleicht gewesen, aber irgendwann war sie auf ein falsches Gleis geraten. Die Maschen waren nicht gleichmäßig, und wenn sie die Wolle um die Nadel schlingen wollte, wie Leigh

es ihr gezeigt hatte, war ihr linker Daumen im Weg. So saß sie hier, eine Frau, die in weniger als einer Sekunde den Bolzen auf die Armbrust legen und in weniger als fünf ein halbes Dutzend Pfeile mit dem Langbogen in die Luft schießen konnte – aber ein Paar Babysocken zu stricken überstieg anscheinend ihre Fähigkeiten. Sie war so abwesend, dass das Wollknäuel zweimal von ihrem Schoß auf den Boden und quer durch den Raum gekullert war, und als sie es wieder aufgerollt hatte, wusste sie nicht mehr, wo sie gewesen war, und musste von vorn anfangen.

Zum Teil konnte sie es einfach nicht fassen, dass Theo verschwunden sein sollte. Sie hatte vorgehabt, ihm auf dem Ritt von dem Baby zu erzählen, gleich in der ersten Nacht im Kraftwerk. In diesem Labyrinth von Räumen mit dicken Wänden und dicht verschlossenen Türen wäre es einfach gewesen, einen Augenblick mit ihm allein zu sein. Wenn sie ehrlich sein sollte, war die ganze Situation nur aus diesem Grund entstanden.

Galen zu heiraten – warum hatte sie es getan? In gewisser Weise war es grausam, denn er war kein schlechter Mensch. Es war kaum seine Schuld, dass sie ihn nicht liebte, ja nicht einmal mehr besonders mochte. Nicht mehr. Ein Bluff. Das war es gewesen. Um Theo aufzurütteln. Und als sie ihm in jener Nacht auf der Mauer gesagt hatte, vielleicht werde ich Galen Strauss heiraten, und als Theo geantwortet hatte, gut, wenn du es willst und wenn es dich glücklich macht, da hatte sich dieser Bluff in etwas anderes verwandelt: in etwas, das sie tun *musste,* um ihm zu beweisen, dass er sich irrte. Dass er sich in ihr irrte, in sich selbst, überhaupt in allem. Es blieb ihr nichts anderes übrig. Sie musste *handeln.* Sie durfte sich nicht davon abhalten lassen. Eine Glanzleistung der Sturheit, das war es gewesen, als sie Galen Strauss heiratete, und alles nur wegen Theo Jaxon.

Eine Zeitlang, den größten Teil des Sommers hindurch und bis in den Herbst hinein, hatte sie sich bemüht, eine gute Ehe zu führen. Sie hatte gehofft, sich zu den richtigen Gefühlen zwingen zu können, und eine Zeitlang war es ihr fast gelungen, weil die

schlichte Tatsache ihrer Existenz Galen anscheinend so glücklich machte. Sie gehörten beide zur Wache, und deshalb sahen sie einander nicht allzu oft und nicht eben regelmäßig. Tatsächlich war es sogar ziemlich leicht, ihm aus dem Weg zu gehen, weil er meist in der Tagschicht Dienst hatte – ein subtiler, aber unmissverständlicher Hinweis darauf, dass er in seiner Klasse der Schlechteste gewesen war und mit seinen Augen im Dunkeln sowieso nicht zu gebrauchen war. Manchmal, wenn er sie ansah und blinzelte, wie es seine Art war, fragte sie sich, ob sie wirklich das Mädchen war, das er liebte. Vielleicht sah er irgendeine andere Frau, eine, die er sich ausgedacht hatte.

So hatte sie einen Weg gefunden, ihn fast nie mehr in ihre Nähe kommen zu lassen.

Fast – denn es war ja nicht möglich, *nicht* bei ihrem Mann zu schlafen. *Ist er zärtlich zu dir?*, hatte ihre Mutter gefragt. *Ist er liebevoll? Kümmert es ihn, was mit dir passiert? Mehr will ich nicht wissen.* Aber Galen war nur zu gern zärtlich. Ich kann es nicht glauben!, sagten sein Gesicht und sein ganzer Körper. Ich kann nicht glauben, dass du mir gehörst! Was sie nicht tat. Wenn Galen im Dunkeln auf ihr schnaufte und keuchte, war sie meilenweit weg. Je mehr er sich anstrengte, ein Ehemann zu sein, desto weniger fühlte sie sich bei ihm wie eine Ehefrau, und irgendwann – das war das Üble daran, das, was ihr selbst so unfair erschien – hatte sie gemerkt, dass sie ihn tatsächlich nicht leiden konnte. Als der erste Schnee fiel, malte sie sich unversehens aus, wie es wäre, wenn sie einfach die Augen schließen und ihn aus der Welt zaubern könnte. Was nur dazu führte, dass Galen sich noch mehr anstrengte und sie ihn noch weniger mochte.

Wusste er denn nicht, dass das Kind nicht von ihm war? Konnte der Mann nicht rechnen?

Schön, sie hatte bei den Daten gemogelt. An dem Morgen, als er sie dabei ertappt hatte, wie sie sich nach dem Frühstück über dem Komposthaufen übergab, da hatte sie von drei Perioden gesprochen, obwohl es in Wirklichkeit nur zwei gewesen waren.

Drei, und das Kind war von Galen. Zwei, und es war nicht von ihm. In dem Monat, als sie schwanger geworden war, hatte Galen nur einmal mit ihr geschlafen; ansonsten hatte sie sich immer unter irgendeinem Vorwand, den sie vergessen hatte, davor gedrückt. Nein, für Mausami war das Wann und Wer völlig klar. Es war unten im Kraftwerk passiert; Theo war da gewesen, Alicia und Dale Levine. Sie waren alle vier lange auf gewesen und hatten im Kontrollraum Karten gespielt, dann waren Alicia und Dale ins Bett gegangen, und ehe sie sichs versah, hatte sie mit Theo allein dagesessen, zum ersten Mal, seit sie verheiratet war. Sie hatte angefangen zu weinen, selbst überrascht davon, wie sehr sie es wollte und wie zahlreich ihre Tränen flossen. Theo hatte sie in den Arm genommen und getröstet, und auch das hatte sie gewollt. Beide hatten beteuert, wie leid es ihnen tue, und danach hatte es keine dreißig Sekunden mehr gedauert. Sie hatten keine Chance gehabt.

Danach hatte sie ihn kaum noch gesehen. Sie waren am nächsten Morgen zurückgeritten, und das Leben hatte seinen normalen Lauf genommen – obwohl es keineswegs normal war. Sie war jetzt ein Mensch mit einem Geheimnis. Wie ein warmer Stein hatte es in ihr geruht, ein geheimes, leuchtendes Glück. Sogar Galen schien die Veränderung zu bemerken. Es freut mich, sagte er, dass deine Stimmung sich gebessert hat. Schön, dich lächeln zu sehen. (Am liebsten hätte sie es ihm erzählt und ihn an ihrer Freude teilhaben lassen, was natürlich völlig absurd und abwegig war.) Sie wusste nicht, was passieren würde, und sie dachte auch nicht darüber nach. Als ihre Periode ausblieb, nahm sie kaum Notiz davon. Ihre Tage waren alles andere als regelmäßig; das war immer schon so gewesen. Sie konnte immer nur an den nächsten Ritt zum Kraftwerk denken, wo sie wieder mit Theo Jaxon schlafen könnte. Natürlich sah sie ihn auf der Mauer und bei der Abendversammlung, aber das war nicht das Gleiche; beides war weder der Zeitpunkt noch der Ort, um einander zu berühren oder auch nur miteinander zu reden. Sie würde warten müssen. Doch sogar dieses Warten, das quälend langsame Dahinkriechen der Tage –

das Datum des nächsten Trips runter zum Kraftwerk stand fett auf dem Dienstplan, wo jeder es lesen konnte – war Teil ihres Glücks im Nebel der Liebe.

Dann blieb die nächste Periode aus, und Galen sah, wie sie sich am Kompost übergab.

Natürlich war sie schwanger. Wieso hatte sie das nicht erkannt? Wie hatte sie diese Möglichkeit übersehen können? Denn wenn es etwas gab, was Theo Jaxon nicht würde haben wollen, dann war es ein Baby. Vielleicht hätte sie ihn unter den richtigen Umständen dafür gewinnen können, aber nicht so.

Dann war ein zweiter Gedanke heraufgedämmert, ein Gedanke von schlichter Klarheit: ein Baby. Sie bekam ein Baby. Ihr Baby, Theos Baby, ihr gemeinsames Kind. Ein Kind war nichts, was nur im Kopf existierte, so wie die Liebe. Ein Kind war eine Tatsache. Es war ein Mensch, und es hatte einen eigenen Charakter und einen eigenen Willen. Und letztlich scherte es sich nicht darum, was man von ihm dachte. Durch seine bloße Existenz verlangte es, dass man an die Zukunft glaubte, an eine spätere Zeit, in der es krabbeln, laufen, leben würde. Ein Kind war ein Stück Zeit; es war ein Versprechen, das man gab und von der Welt zurückbekam. Ein Kind war die älteste Abmachung zum Weiterleben, die es gab.

Vielleicht war das, was Theo Jaxon am meisten brauchte, ein Kind.

Und das hätte Mausami ihm unten im Kraftwerk gesagt, in der kleinen Kammer mit den Regalen, die jetzt ihnen gehörte. Sie hatte sich diese Szene auf vielfältige Weise ausgemalt, manchmal gut und manchmal nicht so gut, und das schlimmste Szenario war das, in dem sie der Mut verließ und sie gar nichts sagte. (Das Zweitschlimmste: Theo erriet es, sie wagte nicht, die Wahrheit auszusprechen, und tat so, als wäre das Kind von Galen.) Ihre Hoffnung war, dass sie dann sehen würde, wie ein Licht in seinen Augen aufleuchtete. Das Licht, das vor langer Zeit erloschen war. Ein Kind, würde er sagen. Unser Kind. Was sollen wir tun? Was die Leute immer tun, würde sie sagen, und dann würde er sie wieder umarmen, und sie

würde wissen, dass alles gut werden würde. Sie würden zusammen zurückreiten, um es Galen – und allen anderen – zu sagen.

Aber das würde jetzt nie mehr passieren. Die Geschichte, die sie sich selbst erzählt hatte, war nur das: eine Geschichte.

Sie hörte Schritte im Gang hinter ihr. Schwere, schlenkernde Schritte, die sie kannte. Was musste sie tun, um wenigstens einen Augenblick lang Ruhe zu haben? Aber es war nicht seine Schuld, ermahnte sie sich. Nichts war Galens Schuld.

»Was machst du hier unten, Maus? Ich habe dich überall gesucht.«

Er blieb vor ihr stehen. Sie zuckte die Achseln, ohne den Blick von ihrer schrecklichen Strickerei zu heben.

»Du solltest nicht hier drin sein.«

»Es ist alles sauber geputzt worden, Galen.«

»Ich meine, du solltest nicht allein hier sein.«

Mausami antwortete nicht. Was *machte* sie hier? Wie kam sie auf die Idee, sie würde jemals stricken lernen?

»Schon gut, Galen. Mir geht's gut.«

Waren es Schuldgefühle, die sie dazu brachten, ihn so zu quälen? Aber das glaubte sie nicht. Es fühlte sich eher an wie Zorn – Zorn über seine Schwäche; Zorn darüber, dass er sie liebte, wie er es tat, obwohl sie es ganz offensichtlich nicht verdiente; Zorn darüber, dass sie ihm in die Augen schauen und ihm die Wahrheit sagen müsste, sobald das Kind auf der Welt war. Ein Kind, das – welch Ironie! – vermutlich aussehen würde wie Theo Jaxon.

»Na ja.« Er räusperte sich. »Ich reite morgen früh. Das wollte ich dir nur sagen.«

»Was heißt das, du reitest morgen früh?«

Sie ließ die Stricknadeln sinken und sah ihm ins Gesicht. Wie er so im matten Licht stand, mit blinzelnd zusammengekniffenen Augen, wirkte sein Gesicht jungenhaft.

»Jimmy will, dass ich das Windkraftwerk sichere. Nachdem Arlo nicht mehr da ist, wissen wir nicht, was da unten vorgeht.«

»Und warum schickt er dich?«

»Glaubst du, ich schaffe das nicht?«

»Das habe ich nicht gesagt, Galen.« Sie hörte sich selbst seufzen. »Ich frage mich nur, warum, weiter nichts. Du warst noch nie da unten.«

»Jemand muss es übernehmen. Vielleicht meint er, ich bin der beste Mann für diesen Job.«

Sie bemühte sich um ein freundliches Gesicht. »Sei vorsichtig, ja? Augen überall.«

»Klingt fast so, als ob du es ernst meinst.«

Mausami wusste nicht, was sie darauf antworten sollte. Sie war plötzlich müde.

»Natürlich meine ich es ernst.«

»Sonst solltest du es wahrscheinlich sagen.«

Sag's ihm, dachte sie. Warum sagte sie es ihm nicht einfach?

»Geh schon, es ist in Ordnung.« Sie hob ihr Strickzeug. »Ich bin hier, wenn du zurückkommst. Reit dort runter.«

»Hältst du mich wirklich für so dumm?«

Er funkelte sie an. Die eine Hand, seine rechte, lag auf der Messerklinge und zuckte kurz.

»Das habe ich … nicht gesagt.«

»Na, ich bin's jedenfalls nicht.«

Beide schwiegen für einen Moment. Seine Hand war zu seinem Gürtel hochgewandert, gleich über dem Messergriff.

»Galen?«, fragte sie sanft. »Was tust du da?«

Die Frage schien ihn aus der Fassung zu bringen. »Was meinst du?«

»Wie du mich ansiehst. Was du da mit der Hand tust.«

Er schaute zu seinem Gürtel hinunter. Ein leises *hmhm* kam aus seiner Kehle. »Ich weiß es nicht.« Er runzelte die Stirn. »Ich glaube, du bringst mich dazu.«

»Werden sie dich nicht bei der Wache vermissen? Müsstest du nicht dort sein?«

Sein Blick, dachte sie, war irgendwie seltsam nach innen gerichtet, als nähme er sie kaum wahr. »Ich gehe wohl besser«, sagte er.

Aber er machte immer noch keine Anstalten zu gehen. Auch seine Hand bewegte er nicht.

»Dann sehen wir uns also in ein paar Tagen«, sagte Mausami.

»Was soll das heißen?«

»Du wolltest doch runter zum Kraftwerk reiten, Galen. Hast du das nicht gerade gesagt?«

Verständnis schimmerte in seinem Blick. »Ja, morgen geht's los.«

»Dann pass auf dich auf, okay? Ich mein's ernst. Augen überall.«

»Ja. Augen überall.«

Seine Schritte verhallten im Gang, und das Geräusch wurde jäh gedämpft, als die Tür des Großen Saals sich hinter ihm schloss. Erst jetzt merkte Mausami, dass sie eine der Stricknadeln aus den Maschen gezogen hatte und fest mit der Faust umklammerte. Sie sah sich um; der Raum wirkte plötzlich unendlich groß. Ein verlassener Ort ohne die Pritschen und Gitterbettchen. Die Kleinen nicht mehr da.

Und dann spürte sie es, ein kaltes Beben, das von innen kam: Etwas würde passieren.

VI

Die Nacht der Klingen und der Sterne

Wie Schatten wandelbar, wie Träume kurz,
Schnell wie der Blitz, der in geschwärzter Nacht
In einem Winke Himmel und Erd' entfaltet;
Doch eh' ein Mensch vermag zu sagen: »Schaut!«,
Schlingt gierig ihn die Finsternis hinab:
So schnell verdunkelt sich des Glückes Schein.

Shakespeare, *Ein Sommernachtstraum*

35

Zweiundneunzig Jahre, acht Monate und sechsundzwanzig Tage lang, seit der letzte Bus den Berg hinaufgefahren war, hatten die Seelen der Ersten Kolonie so gelebt:

Unter den Scheinwerfern.

Unter dem Einen Gesetz.

Der Gewohnheit gehorchend.

Den Instinkten vertrauend.

Von-Tag-zu-Tag.

Sie selbst und diejenigen, die sie gezeugt hatten, waren ihre einzige Gesellschaft.

Sie lebten unter dem Schutz der Wache.

Unter dem Befehl des Haushalts.

Ohne die Army.

Ohne Erinnerung.

Ohne die Welt.

Ohne die Sterne.

Für Auntie, die allein in ihrem Haus auf der Lichtung lebte, begann die Nacht – die Nacht der Klingen und der Sterne – wie so viele Nächte davor: Sie saß am Tisch ihrer dampfdunstigen Küche und schrieb in ihr Buch. Am Nachmittag hatte sie einen Stoß Blätter von der Leine abgenommen, steif von der Sonne – sie fühlten

sich immer an wie viereckige Stücke von eingefangenem Sonnenschein –, und die Zeit bis zum Abend damit verbracht, sie zuzurichten: Sie hatte die Kanten auf ihrem Schneidebrett begradigt, den Einband mit den Deckeln aus straff gespanntem Lammleder geöffnet und sorgfältig die Fäden gelöst, mit denen die Seiten an ihrem Platz gehalten wurden, und mit Nadel und Faden die neuen eingeheftet. Es war eine langwierige Arbeit, und als sie fertig war, gingen draußen die Lichter an.

Komisch, dass alle dachten, sie habe nur dieses eine Buch.

Der Band, an dem sie schrieb, war nach ihrer Erinnerung der siebenundzwanzigste seiner Art. Immer wenn sie eine Schublade öffnete oder Tassen in den Schrank stellte oder unter ihrem Bett fegte, fand sie einen – so kam es ihr jedenfalls vor. Vermutlich lag es daran, wie sie die Bände wegräumte, mal hierhin, mal dorthin, nicht säuberlich aufgereiht auf einem Regal, wo sie auf sie herunterschauten. Jedes Mal, wenn sie ein Buch fand, war es, als liefe sie einem alten Freund über den Weg.

Die meisten erzählten die gleichen Geschichten. Geschichten, an die sie sich erinnerte, von der Welt, und wie sie war. Von Zeit zu Zeit kam ihr aus heiterem Himmel irgendeine Kleinigkeit zugeflogen, eine Erinnerung, die sie lange vergessen hatte. Das Fernsehen zum Beispiel und das alberne Zeug, das sie sich da angeschaut hatte (das blaugrüne Flackern, und Daddys Stimme: *Ida, stell das verdammte Ding ab, weißt du nicht, dass man dabei verblödet?*). Manchmal brachte irgendetwas die Erinnerungen in Gang, ein Sonnenstrahl, der auf ein Blatt fiel, ein Windhauch mit einem bestimmten Geruch, und dann durchwehten sie die Gefühle, die Geister der Vergangenheit. Ein Herbsttag im Park, ein Springbrunnen im Wind, das Nachmittagslicht, das die sprühenden Tropfen in eine funkelnde Blume verwandelte. Ihre Freundin Sharise, die unten an der Ecke wohnte; sie saß neben ihr auf der Treppe und zeigte ihr einen Zahn, der ihr ausgefallen war, hielt den blutigen Stumpf in der flachen Hand, damit Auntie ihn anschauen konnte. (*Die Zahnfee gibt's nicht, ich weiß schon, aber*

sie bringt mir immer einen Dollar.) Ihre Mama in ihrem hellgrünen Lieblingssommerkleid, wie sie in der Küche die Wäsche faltete, und die Duftwolke von einem Handtuch, das sie ausschlug und dann vor der Brust zusammenlegte. Wenn so etwas geschah, würde es eine gute Nacht zum Schreiben werden. Erinnerungen führten zu anderen Erinnerungen wie ein Flur mit lauter Türen, durch den Aunties Geist wandern konnte, bis die Morgensonne durch die Fenster hereinschien.

Aber nicht heute Nacht, dachte Auntie, als sie die Federspitze in den Tintenbecher tauchte und das Blatt Papier mit der Hand glatt strich. Heute war keine Nacht für die Welt von früher. Heute wollte sie über Peter schreiben. Sie rechnete damit, dass er gleich kommen würde, dieser Junge mit den Sternen in sich.

Die Dinge kamen ihr auf ganz eigene Art in den Sinn. Vermutlich, dachte sie, lag es daran, dass sie so lange gelebt hatte – als wäre sie selbst ein Buch, ein Buch aus lauter Jahren. Sie erinnerte sich an die Nacht, als Prudence Jaxon vor der Tür gestanden hatte. Die Frau war schwer krank; der Krebs weit fortgeschritten. Sie stand vor der Tür und drückte den Karton an die Brust, zerbrechlich und mager, als könnte der Wind sie wegwehen. Auntie hatte es in ihrem Leben schon so oft gesehen, dieses Böse in den Knochen. Man konnte nie etwas anderes tun, als zuzuhören und zu tun, was der kranke Mensch wollte, und das tat Auntie in jener Nacht auch für Prudence Jaxon. Sie nahm den Karton und bewahrte ihn auf, und nicht einmal einen Monat später war die Frau tot.

Irgendwann wird der richtige Augenblick da sein. Das waren Prudence Jaxons Worte gewesen. Wahre Worte, denn so war es mit allen Dingen. Alles im Leben kam zu seiner Zeit, wie ein Zug, den man erwischen musste. Manchmal war es einfach; man brauchte nur einzusteigen, der Zug war bequem und komfortabel und voller Leute, die einen in der gedämpften Stille anlächelten, und ein Schaffner knipste die Fahrkarte und zerzauste einem das Haar mit seiner großen Hand und sagte: *Was für ein hübsches kleines Mädchen du bist, und was für ein Glück die junge Lady hat, dass sie*

mit ihrem Daddy so eine weite Reise mit der Eisenbahn machen darf. Und man versank im traumhaft weichen Sitzpolster, trank Ginger Ale aus einer Dose und sah zu, wie die Welt in magischer Stille draußen vor dem Fenster vorbeizog, die Wolkenkratzer der City im klaren Herbstlicht, und dann die Rückseiten der Häuser mit der flatternden Wäsche an den Leinen und ein Bahnübergang mit einer Schranke, vor der ein Junge mit seinem Fahrrad stand und winkte, und schließlich die Wälder und Felder und eine einsame Kuh, die Gras fraß.

Aber nicht über den Zug wollte sie schreiben, sondern über Peter. (Wohin waren sie eigentlich gefahren?, überlegte Auntie. Wohin waren sie mit der Eisenbahn gefahren, sie beide zusammen, sie und ihr Daddy, Monroe Jaxon? Grandma und die Verwandten hatten sie besucht, fiel ihr ein, an einem Ort namens »unten im Süden«. Peter und der Zug. Manchmal war es ganz einfach, und dann wieder war es anders, überhaupt nicht einfach; die Dinge des Lebens kamen brüllend herangerast, und nur mit Müh und Not konnte man sie packen und festhalten. Das alte Leben war zu Ende, und der Zug brachte einen in ein neues, und ehe man sichs versah, stand man im Staub, und überall waren Hubschrauber und Soldaten, und die einzige Erinnerung an die Familie war das Bild, das man in seiner Manteltasche fand, das Bild, das die eigene Mutter beim Abschied dort hineingeschoben hatte.

Als Auntie hörte, wie es klopfte und wie die Fliegentür klappernd auf- und wieder zuging, als der Besucher eintrat, hatte sie mit ihrer dummen alten Heulerei schon fast wieder aufgehört. Sie hatte sich geschworen, es bleiben zu lassen. Ida, hatte sie zu sich selbst gesagt, Schluss damit. Vorbei ist vorbei. Aber nach all den Jahren wurde ihr immer noch schwer ums Herz, wenn sie an ihre Mutter dachte, wie sie ihr das Bild in die Tasche geschoben und gewusst hatte, wenn Ida es fände, wären sie beide schon tot.

»Auntie?«

Sie hatte Peter erwartet, Peter mit seinen Fragen nach dem

Mädchen, aber er war es nicht. Sie erkannte das Gesicht nicht, das da verschwommen vor ihr schwebte. Ein gequetschtes, schmales Männergesicht, das aussah, als hätte es in einer Tür geklemmt.

»Ich bin's, Jimmy, Auntie. Jimmy Molyneau.«

Jimmy Molyneau? Das konnte nicht stimmen. War Jimmy Molyneau nicht tot?

»Auntie, du weinst ja.«

»Natürlich weine ich. Hab was ins Auge gekriegt.«

Er hatte sich ihr gegenüber auf den Stuhl sinken lassen. Als sie die richtige Brille an den Kordeln um ihren Hals gefunden hatte, sah sie, dass er wirklich, wie er behauptete, ein Molyneau war. Diese Nase – das war eine Molyneau-Nase.

»Was willst du denn? Du kommst wegen dem Walker?«

»Du weißt davon, Auntie?«

»Heute Morgen kam ein Läufer durch. Sagte, sie hätten ein Mädchen gefunden.«

Ihr war nicht ganz klar, was er eigentlich wollte. Er wirkte irgendwie traurig, ja mutlos. Normalerweise wäre ihr ein bisschen Gesellschaft ganz willkommen gewesen, aber als das Schweigen sich in die Länge zog und dieser fremde, missmutige Mann, an den sie sich nur vage erinnern konnte, einfach nur vor ihr hockte wie ein geprügelter Hund, wurde sie allmählich ungeduldig. Einer, der nichts wollte, sollte nicht einfach irgendwo hereinplatzen.

»Ich weiß eigentlich gar nicht, warum ich gekommen bin. Ich glaube, ich sollte dir etwas sagen.« Er seufzte tief und rieb sich das Gesicht. »Eigentlich müsste ich auf der Mauer sein, weißt du.«

»Wenn du es sagst.«

»Na ja. Der First Captain gehört da eigentlich hin, oder? Auf die Mauer?« Er sah sie nicht an; er starrte auf seine Hände und schüttelte den Kopf, als wäre die Mauer vielleicht der letzte Ort auf Erden, an dem er sein wollte. »Das ist ein Ding, was? First Captain. Ich.«

Dazu hatte Auntie nichts zu sagen. Was immer in dem Mann vorging, es hatte nichts mit ihr zu tun. Manchmal konnte man

etwas Kaputtes nicht mit Worten reparieren, und das hier war anscheinend so ein Fall.

»Glaubst du, ich könnte eine Tasse Tee bekommen, Auntie?«

»Wenn du willst, koche ich dir welchen.«

»Wenn es keine Umstände macht.«

Doch, es machte Umstände, aber sie kam wohl nicht darum herum. Sie stemmte sich hoch und setzte den Teekessel auf. Die ganze Zeit saß dieser Mann, Jimmy Molyneau, schweigend am Tisch und starrte auf seine Hände. Als der Kessel zu summen anfing, goss sie den Tee durch das Sieb in zwei Becher und brachte sie zum Tisch.

»Vorsicht. Er ist heiß.«

Er nippte vorsichtig daran. Anscheinend hatte er überhaupt keine Lust mehr zu reden. Genau besehen sollte es ihr recht sein. Die Leute kamen ab und zu vorbei, um über Probleme zu reden, über private Angelegenheiten. Vermutlich nahmen sie an, weil sie so allein hier wohnte, hatte sie auch niemanden, dem sie es weitersagen könnte. Meistens waren es Frauen, die über ihre Männer reden wollten, aber nicht immer. Vielleicht hatte dieser Jimmy Molyneau ein Problem mit seiner Frau.

»Weißt du, was die Leute über deinen Tee sagen, Auntie?« Stirnrunzelnd starrte er in seinen Becher, als schwämme die Antwort, die er haben wollte, darin herum.

»Was denn?«

»Dass er der Grund ist, weshalb du so lange lebst.«

Tiefes Schweigen machte sich breit. Er nahm einen letzten Schluck Tee, verzog das Gesicht wegen des Geschmacks und stellte den Becher auf den Tisch.

»Danke, Auntie.« Müde stand er auf. »Ich gehe jetzt wohl besser. War nett, mit dir zu reden.«

»Schon in Ordnung.«

An der Tür blieb er stehen und legte eine Hand an den Rahmen. »Ich bin Jimmy«, sagte er. »Jimmy Molyneau.«

»Ich weiß, wer du bist.«

»Für alle Fälle«, sagte er. »Falls jemand fragt.«

Die Ereignisse, die mit Jimmys Besuch bei Auntie begannen, sollten falsch in Erinnerung bleiben. Mit dem Namen fing es an. Die Nacht der Klingen und der Sterne umfasste in Wahrheit drei Nächte und die zwei Tage dazwischen. Aber wie immer bei solchen Begebenheiten – denen es bestimmt ist, noch viele Jahre lang erzählt und wiedererzählt zu werden – schien die Zeit komprimiert worden zu sein. Das ist an sich nichts Ungewöhnliches: Das Gedächtnis neigt dazu, solch Geschehen nachträglich eine Kohärenz zu verleihen, angefangen mit dem zeitlichen Rahmen. In dieser Jahreszeit. In jenem Jahr. In der Nacht der Klingen und der Sterne.

Ferner verkompliziert wurde die ganze Sache dadurch, dass die Geschichte jener Nacht des Sechsundfünfzigsten des Sommers, aus denen sich dann der Rest ergab, im Grunde aus einer Reihe von Einzelgeschichten bestand, die sich zeitlich überlappten. Überall geschah etwas. Zum Beispiel: Während Old Chou aus dem Bett aufstand, das er mit seiner jungen Frau Constance teilte, und von einem geheimnisvollen Drang getrieben zum Lagerhaus auf der anderen Seite der Kolonie eilte, hatte Walter Fisher den gleichen Gedanken. Doch der Umstand, dass er zu betrunken war, um sich die Stiefel zuzubinden, sollte seinen Besuch im Lagerhaus und die Entdeckung dessen, was dort lag, um vierundzwanzig Stunden verzögern. Miteinander gemeinsam hatten diese zwei Männer, dass sie beide das Mädchen gesehen hatten, das Mädchen von Nirgendwo, als der Haushalt am Abend zuvor das Krankenrevier aufgesucht hatte; es traf allerdings auch zu, dass nicht alle, die ihr begegnet waren, die gleiche Reaktion an den Tag legten. Dana Curtis zum Beispiel blieb davon völlig unberührt, und Michael Fisher ebenfalls. Das Mädchen war selbst nicht die Quelle, sondern der Kanal, der Weg, auf dem ein gewisses Gefühl – das Gefühl verlorener Seelen – in die Köpfe der Empfänglichsten gelangte. Es gab andere, wie etwa Alicia, die weder jetzt noch später davon berührt werden würden. Im Gegensatz zu Sara Fisher und Peter Jaxon, die auf harmlose, aber nicht weniger beunruhigende

Weise Zeugen der Macht dieses Mädchens geworden waren: Beide suchten sie Zwiesprache mit den Toten.

First Captain Jimmy Molyneau hatte sich an diesem Abend noch nicht auf der Mauer blicken lassen, was bei der Wache zu beträchtlicher Verwirrung geführt hatte, sodass man Sanjays Neffen Ian in aller Hast zum zeitweilig stellvertretenden First Captain ernannte. Jimmy lauerte derweil in der Dunkelheit vor seinem Haus am Rand der Lichtung und versuchte zu entscheiden, ob er ins Lichthaus gehen, jeden dort töten und die Scheinwerfer abschalten sollte oder nicht. Der Drang, diesen entscheidenden letzten Schritt zu tun, war zwar schon den ganzen Tag über immer stärker geworden, aber erst als er in Aunties dampfdunstiger Küche in seinen Tee starrte, hatte der Gedanke in seinem Kopf konkrete Formen angenommen, und hätte ihn jetzt jemand zufällig gesehen und gefragt, was er da mache, hätte er wohl nicht gewusst, was er sagen sollte. Er hätte es nicht erklären können, dieses Verlangen, das zugleich tief aus seinem Innern aufstieg und dennoch nicht ganz sein eigenes zu sein schien. Im Haus schliefen seine Töchter Alice und Avery und seine Frau Karen. Im Laufe seiner Ehe hatte es Zeiten gegeben, etliche Jahre, in denen er Karen nicht so geliebt hatte, wie er es hätte tun sollen (insgeheim war er verliebt in Soo Ramirez). Aber nie hatte er an ihrer Liebe zu ihm gezweifelt: Sie erschien ihm grenzenlos und unerschütterlich, und der Beweis dafür waren ihre beiden Mädchen, die ihrer Mutter wie aus dem Gesicht geschnitten waren. Alice war elf, Avery neun. Angesichts ihrer sanften Augen, ihrer zarten herzförmigen Gesichter und ihrer lieben, melancholischen Wesensart – beide brachen manchmal beim geringsten Anlass in Tränen aus – spürte Jimmy immer die beruhigende Kraft des historischen Kontinuums. Und wenn die Düsternis über ihn kam, wie sie es mitunter tat, eine dunkle Flut, die sich anfühlte, als ertränke er von innen heraus, dann war es immer der Gedanke an seine Töchter, der ihn rettete.

Und doch, je länger er sich hier im Dunkeln herumdrückte, desto mehr war es, als hätte der Drang, die Scheinwerfer auszuschalten,

absolut nichts zu tun mit dem Gedanken an seine schlafende Familie und wäre deshalb von ihm auch nicht zu beeinflussen. Er fühlte sich innerlich seltsam, sehr seltsam, als bräche sein Sehvermögen zusammen. Er trat aus dem Schatten des Hauses hervor, und als er am Fuße der Mauer angekommen war, wusste er, was er zu tun hatte. Er empfand überwältigende Erleichterung, so wohltuend wie ein heißes Bad, als er die Leiter zur Feuerplattform neun hinaufstieg. Die Feuerplattform neun bezeichnete man auch als Soloposten: Wegen ihrer Lage über dem Durchbruch in der Mauer, durch den die Hauptstromleitung hereinführte, war sie von den benachbarten Plattformen aus nicht zu sehen. Hier war der Dienst am schlimmsten, am einsamsten, und hier, das wusste Jimmy, würde Soo Ramirez heute Nacht sein.

Zwar war das, was sie empfand, noch nichts Konkreteres als ein namenloses Grauen, aber auch Soo war den ganzen Abend voller Unruhe. Dieses unbestimmte Gefühl, dass irgendetwas nicht stimmte, wurde allerdings überlagert von anderen, persönlicheren Gedanken – dem Groll und der tiefen Enttäuschung, dass sie vom Posten des First Captain hatte zurücktreten müssen. In den Stunden nach dem Hearing hatte sie festgestellt, dass ihr diese Entwicklung letztlich entgegenkam – die Verantwortung forderte allmählich ihren Tribut –, und irgendwann hätte sie ohnehin abtreten müssen. Aber eine Entlassung war nicht der Abgang, den sie sich gewünscht hatte. Sie war geradewegs nach Hause gegangen, hatte sich in die Küche gesetzt und zwei Stunden lang geweint. Sie war dreiundvierzig Jahre alt und hatte nichts mehr vor sich außer Nächten auf der Mauer und gelegentlichen, pflichtschuldigen Mahlzeiten mit Cort, der es gut meinte, aber dem schon vor tausend Jahren der Gesprächsstoff ausgegangen war, und so war die Wache alles, was sie hatte. Cort war in den Stallungen wie immer, und einen kurzen Moment lang wünschte sie, er wäre zu Hause, aber es war auch in Ordnung, dass er nicht da war, denn sonst hätte er wahrscheinlich nur dagestanden mit diesem

hilflosen Gesicht und sich nicht zu helfen gewusst. (Drei tote Babys in ihrem Bauch – drei! –, und selbst da hatte er nie gewusst, was er sagen sollte. Damals, vor vielen Jahren.)

Sie konnte niemandem die Schuld geben außer sich selbst. Das war das Schlimmste. Diese blöden Bücher! Soo hatte sie im Gemeingut gefunden, als sie ziellos in den Containern gestöbert hatte, in denen Walter all das Zeug aufbewahrte, das niemand haben wollte. Es war alles nur wegen der blöden Bücher! Denn kaum hatte sie das erste aufgeschlagen – der brüchige Einband hatte geknistert, und sie hatte tatsächlich im Schneidersitz auf dem Boden gesessen wie ein Kind im Morgenkreis –, hatte es sie erfasst wie ein Strudel im Abfluss und sie aufgesogen. *(»Ja, wenn das nicht Mr Talbot Carver ist«, rief Charlene DeFleur aus, während sie in ihrem langen raschelnden Ballkleid die Treppe hinabschritt, die Augen in unverhohlenem Schrecken weit aufgerissen angesichts des hochgewachsenen, breitschultrigen Mannes, der da in der Halle stand, angetan mit einer staubigen Reithose, deren Stoff sich straff um seine männliche Gestalt schmiegte. »Was haben Sie sich nur dabei gedacht herzukommen, wenn mein Vater nicht da ist?«) Die Ballschönheit* von Jordana Mixon. The Passionate Press, Irvington, New York 2014. Da war auch ein Bild der Autorin, innen auf der hinteren Umschlagseite: eine lächelnde Frau mit langem dunklem Haar, die zurückgelehnt in einem Bett mit spitzenbesetzten Kissen ruhte. Arme und Hals waren entblößt, und auf ihrem Kopf saß ein eigentümliches scheibenförmiges Hütchen, zu klein, um auch nur den Regen abzuhalten.

Als Walter Fisher neben ihr aufgetaucht war, war Soo schon beim dritten Kapitel angelangt. Der Klang seiner Stimme war so zudringlich gewesen, so anders als die Worte auf den Seiten des Buches, dass sie tatsächlich zusammengezuckt war. Was Gutes dabei?, hatte Walter gefragt und neugierig die Brauen hochgezogen. Scheint dich ja ziemlich zu interessieren. Weil du es bist, hatte er dann gesagt, kann ich dir die ganze Kiste für ein Achtel überlassen. Soo hätte feilschen sollen; denn Walter Fisher setzte den Preis

immer zu hoch an. Aber im Grunde ihres Herzens hatte sie die Bücher längst gekauft. Okay, hatte sie gesagt und die Kiste aufgehoben. Abgemacht.

Die Geliebte des Leutnants, Tochter des Südens, Braut wider Willen, Gefahren der Liebe – noch nie im Leben hatte Soo etwas Ähnliches gelesen. Wenn sie sich die Zeit Davor ausmalte, war sie immer gleichbedeutend mit Maschinen gewesen – mit Autos und Motoren und Fernsehgeräten und Küchenherden und anderen Apparaten aus Metall und Draht, die sie in Banning gesehen hatte, ohne zu wissen, wozu sie gut waren. Vermutlich war es auch eine Welt der Menschen gewesen, aller möglichen Menschen, die Tag für Tag ihren Geschäften nachgingen. Aber weil diese Menschen nicht mehr da waren und sie nur die kaputten Maschinen zurückgelassen hatten, dachte Soo immer nur an die Maschinen.

Die Welt, die sie zwischen den Deckeln dieser Bücher fand, war erstaunlicherweise gar nicht so anders als ihre eigene. Die Leute ritten auf Pferden und heizten ihre Häuser mit Holz und beleuchteten die Zimmer mit Kerzen, und diese äußere Ähnlichkeit hatte sie überrascht und zugleich ihr Herz für die Geschichten geöffnet, lauter glückliche Geschichten über die Liebe. Auch Sex kam vor, jede Menge Sex, aber er hatte kein bisschen Ähnlichkeit mit dem Sex, den sie mit Cort kannte. Er war feurig und leidenschaftlich, und manchmal merkte sie, dass sie die Seiten hastig überfliegen wollte, um zu einer dieser Szenen zu kommen. Aber das tat sie nicht; sie wollte, dass es möglichst lange dauerte.

Niemals hätte sie eins mit auf die Mauer nehmen dürfen, aber sie hatte es getan in der Nacht, als das Mädchen erschien. Das war ihr großer Fehler gewesen. Sie hatte es eigentlich nicht vorgehabt. Sie hatte das Buch den ganzen Tag in ihrem Beutel mit sich herumgetragen und auf eine freie Minute gehofft, und sie hatte vergessen, dass es da war. Na ja, vielleicht nicht gerade vergessen – aber ganz sicher war es nicht ihre Absicht gewesen, einen kurzen Besuch im Arsenal zu machen, wie sie es dann getan hatte. Aber dort, wo niemand sie sehen konnte, hatte sie es allein und in aller

Stille herausgeholt und angefangen zu lesen. Das Buch war *Die Ballschönheit* (sie hatte inzwischen alle Bücher gelesen und wieder von vorn angefangen), und als sie den Anfang jetzt zum zweiten Mal las – wie die ungestüme Charlene die Treppe herunterkam und den arroganten backenbärtigen Talbot Carver erblickte, den Gegenspieler ihres Vaters, den sie liebte, aber auch hasste –, da empfand sie wieder jenes Prickeln, diesmal jedoch noch stärker, denn sie wusste bereits, dass Charlene und Talbot am Ende zueinanderfinden würden. Das war das Beste an den Geschichten: Sie gingen immer gut aus.

Das alles ging Soo durch den Kopf, als sie vierundzwanzig Stunden später, nicht mehr im Rang des First Captain, aber noch immer mit der *Ballschönheit* im Beutel (warum konnte sie das verdammte Buch nicht einfach zu Hause lassen?) Schritte hinter sich hörte. Als sie sich umdrehte, sah sie, wie Jimmy Molyneau von der Leiter auf Feuerplattform neun trat. Natürlich war es Jimmy. Wahrscheinlich wollte er sich an ihrem Unglück weiden oder sich entschuldigen oder beides zugleich. Obwohl er besser den Mund halten sollte, dachte Soo verbittert, nachdem er bei der Ersten Glocke nicht zum Dienst erschienen war.

Jimmy?, sagte sie. Wo zum Teufel hast du gesteckt?

Die Nacht war voller Träume. In den Häusern und in der Kaserne, in der Zuflucht und im Krankenrevier wanderten Träume durch die schlafenden Seelen der Ersten Kolonie und senkten sich hier und da herab wie umherschwebende Geister.

Manche, wie Sanjay Patal, hatten einen geheimen Traum, der sie schon ihr Leben lang verfolgt hatte. Manchmal wussten sie von diesem Traum, manchmal nicht; der Traum war wie ein unterirdischer Fluss, der unablässig strömte und ab und zu an die Oberfläche kam, um für kurze Zeit im Tageslicht aufzuscheinen, als wandelten die Träumenden gleichzeitig in zwei Welten. Manche träumten von einer Frau in ihrer Küche, aus deren Mund Rauch herauskam. Andere, wie der Colonel, hatten von einem Mädchen

im Dunkeln geträumt. Manche dieser Träume wurden zu Alpträumen – woran Sanjay sich nicht erinnerte und niemals erinnert hatte, war der Teil des Traums, in dem das Messer vorkam –, und manchmal war der Traum überhaupt nicht wie ein Traum, sondern realer als die Realität, und er ließ den Träumer hilflos in die Nacht hinausstolpern.

Woher kamen sie? Woraus bestanden sie? Waren es Träume, oder war es mehr – die Andeutung einer verborgenen Realität, einer unsichtbaren Ebene des Daseins, die sich nur in der Nacht offenbarte? Warum meinte man, es seien Erinnerungen – und nicht nur das, sondern die Erinnerungen eines *anderen*? Und warum schien in dieser Nacht die gesamte Einwohnerschaft der Ersten Kolonie in dieser Traumwelt zu versinken?

In der Zuflucht träumte eine der drei »Jots«, die kleine Jane Ramirez von einem Bären. Sie war die Tochter von Belle und Rey Ramirez – desselben Rey Ramirez, der sich in diesem Moment am Elektrozaun zu knisternder Asche verbrannte, nachdem er sich plötzlich beängstigend allein in der Kraftwerksstation gefühlt und einem dunklen Verlangen nachgegeben hatte, das er weder beschreiben noch zügeln konnte. Jane war gerade vier Jahre alt geworden. Bären kannte sie aus Büchern und aus den Geschichten, die die Lehrerin erzählte: große, freundliche Geschöpfe des Waldes mit pelzigem Wanst und sanftem Gesicht, in denen eine gutmütige tierische Weisheit wohnte. Das galt auch für den Bären in ihrem Traum, zumindest am Anfang. Jane hatte noch nie einen echten Bären gesehen, aber einen Viral schon. Sie gehörte zu den Kleinen in der Zuflucht, die den Viral Arlo Wilson mit eigenen Augen gesehen hatten. Sie war aus ihrem Bettchen aufgestanden, das in der letzten Reihe stand, am weitesten entfernt von der Tür – sie hatte Durst und wollte die Lehrerin um einen Becher Wasser bitten –, als er unter dem ohrenbetäubenden Krachen von Glas, Metall und Holz durch das Fenster hereingesprungen und praktisch auf ihr gelandet war. Zuerst hatte sie ihn für einen Mann gehalten, denn er sah aus wie ein Mann, genauso raumfüllend und präsent. Aber

er trug keine Kleider, und etwas war anders an ihm, vor allem an seinen Augen und seinem Mund. Und er leuchtete. Er sah sie traurig an – sein trauriger Blick hatte sie an einen Bären denken lassen –, und Jane wollte ihn fragen, was ihm fehle und warum er so leuchte, aber da hörte sie hinter sich einen Schrei, und die Lehrerin kam auf sie zugerannt. Wie eine Wolke zog sie über Jane hinweg und ließ das Messer, das sie immer verborgen in einer Scheide unter den wallenden Röcken trug, auf ihn nieder. Was als Nächstes kam, konnte Jane nicht sehen – sie war hingefallen und kroch davon –, aber sie hörte einen leisen Aufschrei und ein reißendes Geräusch und einen dumpfen Aufschlag. Dann wurde wieder geschrien – »Hier drüben«, rief jemand, »ja, schau her!« –, und sie hörte Gebrüll und Rufe und aufgeregte Erwachsene, Mütter und Väter, die hin und her rannten, und ehe Jane sichs versah, zerrte eine weinende Frau sie unter ihrer Pritsche hervor und schleifte sie mit all den anderen Kleinen die Treppe hinauf. (Erst später wurde ihr klar, dass diese Frau ihre Mutter war.)

Niemand hatte ihr diese verwirrenden Ereignisse erklärt, und Jane hatte auch niemandem erzählt, was sie gesehen hatte. Die Lehrerin war nicht mehr da; ein paar Kinder, Fanny Chou und Bowow Greenberg und Bart Fisher, verbreiteten tuschelnd, sie sei tot. Aber das glaubte Jane nicht. Tot sein bedeutete, dass man sich hinlegte und für immer einschlief, und die Frau, deren fliegenden Sprung sie gesehen hatte, war kein bisschen müde gewesen. Im Gegenteil – in diesem Augenblick war die Lehrerin wundersam und machtvoll lebendig gewesen, beseelt von einer Anmut und einer Kraft, die Jane noch nie gesehen hatte.

Janes Leben hier war fest geregelt. Die Zuflucht bot Ordnung, Sicherheit und Routine. Natürlich gab es die üblichen Streitereien und Kränkungen, und an manchen Tagen schien die Lehrerin von morgens bis abends brummig zu sein. Aber im Allgemeinen war die Welt, die Jane kannte, von einer Liebenswürdigkeit durchdrungen, die von der Lehrerin ausging: Ihre Person strahlte eine mütterliche Wärme aus, wie die Sonnenstrahlen Luft und Erde

erwärmten. Jetzt, in den verwirrenden Nachwehen der nächtlichen Ereignisse, spürte Jane, dass sie einen kurzen Augenblick lang ins Innere dieser Frau geschaut hatte, die so selbstlos für sie gesorgt hatte.

Sie hatte erkannt, dass es Liebe war, was sie dort gesehen hatte. Es konnte nichts anderes als die Macht der Liebe sein, was die Lehrerin da in die Höhe geschnellt hatte, in die wartenden Arme des leuchtenden Bärenmannes. Er war ein Bärenprinz, der gekommen war, um sie in sein Schloss im Wald zu holen. Und vielleicht war die Lehrerin jetzt dort, und deshalb hatte man die Kleinen alle nach oben gebracht: damit sie dort auf sie warteten. Wenn sie zurückkäme, wenn sie als Königin des Waldes gefeiert würde, dann würde man sie alle wieder hinunter in den Schlafsaal bringen, um die Lehrerin willkommen zu heißen und ein großes Fest zu feiern.

Das waren die Geschichten, die Jane sich beim Einschlafen erzählte, in einem Raum zusammen mit fünfzehn anderen Kindern, die alle ihre eigenen Träume träumten. Janes Traum begann als Neufassung der vergangenen Nacht; sie sprang im Großen Saal auf ihrem Bett herum, als sie den Bären hereinkommen sah. Diesmal kam er aber nicht durch das Fenster, sondern durch die Tür, die klein und weit weg war, und er sah anders aus als in der Nacht davor, bärenhafter, dick und pelzig wie die Bären in den Büchern, und weise und freundlich kam er auf allen vieren auf sie zu. Als er am Fußende ihres Bettes angekommen war, hockte er sich auf die Hinterbeine und richtete sich langsam auf, und sie sah den daunenweichen Pelzteppich auf seinem dicken, runden Bauch, den riesigen Bärenkopf mit den feucht schimmernden Bärenaugen und die großen paddelförmigen Tatzen. Es war ein wundervoller Anblick, seltsam und zugleich nicht unerwartet – wie ein Geschenk, mit dem Jane schon immer gerechnet hatte. Bewunderung für dieses große, edle Wesen durchströmte ihr vierjähriges Herz. Er blieb eine Weile so stehen und betrachtete sie nachdenklich, und dann redete er sie an, während sie immer noch glücklich auf und ab hüpfte, und sagte mit der dunklen männlichen Stimme

seiner Waldheimat: Hallo, kleine Jane. Ich bin Mister Bär. Ich bin gekommen, um dich zu fressen.

Das klang lustig. Jane fühlte das Kitzeln im Bauch, mit dem das Lachen anfing. Aber der Bär reagierte nicht, und als der Augenblick sich in die Länge zog, sah sie, dass er auch noch andere Eigenschaften hatte, verstörende Eigenschaften: seine Krallen, die weiß und gekrümmt an seinen dicken Tatzen saßen, seinen breiten, starken Kiefer, seine Augen, die nicht mehr freundlich oder weise aussahen, sondern dunkel und erfüllt von unergründlichen Absichten. Wo waren die anderen Kinder? Warum war Jane allein im Großen Saal? Aber sie war nicht allein; die Lehrerin war jetzt auch in ihrem Traum und stand neben dem Bett. Sie sah aus wie immer. Nur ihre Gesichtszüge waren ein wenig verschwommen, als trüge sie eine Schleiermaske. Komm jetzt, Jane, drängte die Lehrerin. Die anderen Kleinen hat er alle schon gefressen. Jetzt sei brav und hör auf zu springen, damit Mister Bär dich auch fressen kann. *Ich – will – nicht,* antwortete Jane und hüpfte weiter, denn sie wollte nicht gefressen werden. Die Bitte der Lehrerin klang zwar eher albern als beängstigend, aber trotzdem. *Ich – will – nicht.* Ich mein's ernst, sagte die Lehrerin warnend, und ihre Stimme wurde lauter. Ich bitte dich noch einmal in aller Freundlichkeit, kleine Jane. Ich zähle bis drei. *Ich – will – nicht.* Siehst du?, sagte die Lehrerin zu dem Bären, der immer noch aufrecht am Fußende stand. Genervt hob sie die blassen Arme. Siehst du es jetzt? Damit muss ich mich den ganzen Tag herumschlagen. Das kann einen schon um den Verstand bringen. Okay, Jane, sagte sie dann, du willst es nicht anders. Sag nicht, ich hätte dich nicht gewarnt.

An dieser Stelle nahm der Traum seine letzte, unheimliche Wendung ins Reich des Alptraums. Die Lehrerin packte Jane bei den Handgelenken und drückte sie auf das Bett herunter. Aus der Nähe sah Jane, dass an dem Hals der Frau ein Stück fehlte, wie bei einem Apfel, in den jemand gebissen hatte, und etwas Faseriges hing dort herab, ein paar baumelnde Streifen und Schläuche, nass und glitzernd und ekelhaft. Erst jetzt begriff Jane, dass die anderen

Kinder nicht da waren, weil sie tatsächlich gefressen worden waren, genau wie es die Lehrerin gesagt hatte. Mister Bär hatte sie alle aufgefressen, eins nach dem anderen. Aber er war nicht mehr Mister Bär, er war ein leuchtender Mann. *Lass mich los,* schrie Jane. *Ich will nicht,* schrie Jane, *ich will nicht!* Aber sie war nicht stark genug, um Widerstand zu leisten. Und so musste sie zusehen, wie erst ihr Fuß und ihr Knöchel und dann das ganze Bein in seiner dunklen Schnauze verschwand.

Die Träume zeugten davon, wie verschieden die Sorgen und Ängste waren. Es gab so viele Träume, wie es Träumende gab. Gloria Patal träumte von einem riesigen Bienenschwarm, der ihren Körper bedeckte. Ein Teil ihrer selbst wusste, dass die Bienen symbolisch zu verstehen waren. Jede Biene, die über ihre Haut kroch, war eine Sorge, die sie im Leben begleitete. Kleine Sorgen, zum Beispiel, ob es an einem Tag, an dem sie im Freien arbeiten wollte, regnen würde oder nicht. Oder ob Mimi, Rajs Witwe und ihre einzige echte Freundin, wütend auf sie war, weil sie nicht, wie sonst täglich, auf einen Sprung bei ihr vorbeigeschaut hatte. Aber auch größere Sorgen. Sorgen um Sanjay und um Mausami. Die Sorge, dass die Schmerzen in ihrem Kreuz und der Husten, den sie manchmal hatte, Vorboten von etwas Schlimmerem sein könnten. Zu diesem Katalog gehörte auch die wehmütige Liebe zu jedem der Babys, die sie nicht hatte austragen können, und der bange Knoten, der sich bei jeder Abendglocke in ihrem Magen zusammenschnürte und der mit der Befürchtung zu tun hatte, dass ihr Schicksal und das der anderen im Grunde schon besiegelt war. Es ließ sich nicht vermeiden, daran zu denken, dass ihre Chancen gering waren. Man tat sein Bestes und machte weiter wie gehabt, aber Fakten waren Fakten. Eines Tages würden diese Lichter ausgehen. Die größte Sorge von allen war deshalb vielleicht die, dass man eines Tages erkennen würde, worauf sämtliche Sorgen des Lebens hinausliefen: auf die Sehnsucht danach, einfach keine Sorgen mehr zu haben.

Das waren die Bienen: große und kleine Sorgen; und im Traum wimmelten sie auf ihr herum, auf ihren Armen und Beinen, auf dem Gesicht und in den Augen, sogar in den Ohren. Die Umgebung dieses Traums entsprach ihrem letzten wachen Augenblick; nachdem sie erfolglos versucht hatte, ihren Mann aus dem Bett zu holen, und nachdem sie Jimmy und Ian und Ben und die anderen abgewimmelt hatte, die gekommen waren, um sich mit ihm zu beraten – über den Jungen Caleb –, war Gloria am Küchentisch eingeschlafen. Ihr Kopf war nach hinten gefallen, ihr Mund stand offen, und ein leises Schnarchen kam aus ihrer Kehle. Das alles war auch in dem Traum so (das Geräusch ihres Schnarchens war das Summen der Bienen), und nur der Schwarm war dazugekommen, war aus Gründen, die ihr nicht völlig klar waren, in die Küche eingedrungen, während sie schlief, und hatte sich geschlossen auf sie gelegt wie eine große zitternde Wolldecke. Jetzt erschien es völlig normal, dass Bienen so etwas taten. Wieso hatte sie sich nicht besser vorgesehen? Gloria fühlte das prickelnde Scharren der winzigen Füße auf ihrer Haut, das summende Schwirren ihrer Flügel. Sie wusste, wenn sie sich bewegte, ja wenn sie nur atmete, würde sie die Bienen zu tödlicher Wut reizen, und sie würden sie alle stechen. Sie blieb in diesem Zustand qualvoller Reglosigkeit – es war ein Traum der Bewegungsunfähigkeit –, und als sie Sanjays Schritte auf der Treppe hörte und seine Anwesenheit in der Küche spürte und als er dann wortlos hinausging und die Fliegentür klatschend zufiel, ertönte in Glorias Kopf ein lautloser Schrei, der sie ins Hier und Jetzt zurückholte und zugleich jede Erinnerung an das Geschehene auslöschte: Als sie aufwachte, hatte sie nicht nur die Bienen vergessen, sondern auch die Sache mit Sanjay.

Auf der anderen Seite der Kolonie lag Elton, sein Leben lang ein Träumer prachtvoll ausgeschmückter erotischer Fantasien, in seiner eigenen Duftwolke auf der Pritsche und hatte einen guten Traum. Diesen Traum – den Traum im Heu – hatte Elton am liebsten, denn er war wahr, ein Traum aus dem Leben. Auch wenn Michael es ihm nicht glaubte – und warum sollte er auch? –, hatte

es vor vielen Jahren eine Zeit gegeben, als Elton, ein Mann von zwanzig Jahren, die Gunst einer unbekannten Frau genoss, die ihn anscheinend erwählt hatte, weil seine Blindheit für sein Schweigen garantierte. Wenn er nicht wusste, wer die Frau war – und sie sprach nie mit ihm –, konnte er auch nichts erzählen. Vermutlich war sie verheiratet, und vielleicht wollte sie ein Kind, das sie mit ihrem Mann nicht bekommen konnte, oder sie wollte auch nur ein bisschen Abwechslung. (In Augenblicken des Selbstmitleids fragte Elton sich, ob sie es als Mutprobe betrachtet hatte.) Eigentlich kam es nicht darauf an. Ihre stets nächtlichen Besuche waren ihm willkommen. Manchmal weckte ihn das Erlebnis mit seinen ausgeprägten Empfindungen einfach auf, als sei die Realität aus einem Traum erwachsen, in den sie dann wieder zurückkehrte und die leeren Nächte befeuerte, die danach kamen. Dann wieder kam die Frau zu ihm, nahm ihn schweigend bei der Hand und führte ihn woandershin. So wie in dem Heutraum, der sich in der Scheune abspielte, umgeben vom Wiehern der Pferde und von dem süßen, trockenen Duft von frisch gemähtem Gras. Die Frau sprach nicht; die einzigen Laute, die aus ihrem Mund kamen, waren Laute der Liebe, und es war viel zu schnell zu Ende. Ein Haarbüschel streifte seine Wange, als die Frau sich mit einem letzten erschauernden Ausatmen von ihm löste und wortlos erhob. Er träumte diese Ereignisse immer genau so, wie sie gewesen waren, bis zu dem Augenblick, als er allein auf dem Boden der Scheune lag und sich nur wünschte, er hätte die Frau sehen oder wenigstens hören können, wie sie seinen Namen sprach. Dann schmeckte er Salz auf den Lippen und wusste, dass er weinte.

Aber nicht heute Nacht. Heute Nacht, als es zu Ende war, beugte sie sich über sein Gesicht und flüsterte ihm ins Ohr.

»Jemand ist im Lichthaus, Elton.«

Sara Fisher war im Krankenrevier und träumte nicht, aber das Mädchen tat es anscheinend. Von der leeren Pritsche aus, auf der sie saß, sah Sara, dass die Augen des Mädchens hin und her

flackerten, als wanderten sie über eine unsichtbare Landschaft. Sara hatte Dale mit Mühe und Not überreden können, den Mund zu halten. Sie hatte ihm versprochen, den Haushalt gleich morgen zu informieren, denn jetzt müsse das Mädchen schlafen. Und wie um diese Behauptung zu untermauern, hatte das Mädchen genau das getan und sich zusammengerollt. Sara betrachtete sie und fragte sich, was das Ding in ihrem Nacken gewesen war, was Michael herausfinden würde und warum sie, wenn sie das Mädchen anschaute, glaubte, sie träume von Schnee.

Es gab nicht wenige andere, die auch nicht schliefen. Die Nacht war voll von wachen Seelen. Galen Strauss zum Beispiel: Er stand auf seinem Posten auf der Nordmauer – Feuerplattform zehn – und blinzelte in den Lichtkreis der Scheinwerfer, und zum hundertsten Mal an diesem Tag sagte er sich, er sei kein Vollidiot. Dass er das Bedürfnis hatte, sich das einzureden – er hatte sich tatsächlich dabei ertappt, dass er die Worte vor sich hin murmelte –, bedeutete natürlich, dass er doch einer war. Das wusste sogar er. Er war ein Idiot. Er war ein Idiot, weil er dachte, er könnte Mausami dazu bringen, ihn so zu lieben, wie er sie liebte. Er war ein Idiot, weil er sie geheiratet hatte, obwohl alle Welt wusste, dass sie Theo Jaxon liebte. Er war ein Idiot, weil er seinen Stolz hinuntergeschluckt hatte, als sie ihm von dem Baby erzählte und ihm diese blöde Lüge mit den drei Monaten aufgetischt hatte. Weil er ein dämliches Lächeln aufgesetzt und nur gesagt hatte: ein Baby. Wow. Was sagt man dazu.

Er wusste verdammt genau, von wem das Kind war. Einer der Schrauber, Finn Darrell, hatte ihm von der Nacht unten im Kraftwerk erzählt. Finn war aufgestanden, um zu pinkeln; er hatte ein Geräusch aus einem der Lagerräume gehört und war hingegangen, um nachzusehen. Die Tür war geschlossen, erzählte er, aber man brauchte sie nicht aufzumachen, um zu wissen, was dahinter los war. Finn war ein Typ, dem es ein bisschen zu viel Spaß machte, einem etwas zu erzählen, wovon er glaubte, man müsse es wissen.

Seinen Worten war anzumerken, dass er sehr viel länger vor der Tür gestanden hatte, als nötig war. Mensch, hatte er gesagt, macht sie dabei immer solche Geräusche?

Dieser verfluchte Finn Darrell. Dieser verfluchte Theo Jaxon.

Trotzdem hatte Galen sich einen hoffnungsvollen Moment lang der Vorstellung hingegeben, das Kind könne das Verhältnis zwischen ihnen vielleicht verbessern. Das war dämlich, aber er hatte es trotzdem gehofft. Natürlich hatte das Kind die Streitereien zwischen ihnen in Wirklichkeit nur verschärft. Wenn Theo von seinem Ritt ins Tal zurückgekommen wäre, hätten sie es ihm wahrscheinlich auf der Stelle gebeichtet. Galen konnte sich die Szene gut vorstellen: Es tut uns leid, Galen. Wir hätten es dir sagen müssen. Es ist einfach irgendwie … passiert. Demütigend – aber immerhin wäre es dann vorbei gewesen. Wie die Dinge jetzt lagen, würden er und Maus in Ewigkeit mit dieser Lüge leben müssen. Wahrscheinlich würden sie einander schließlich verachten, wenn sie es nicht jetzt schon taten.

Diese Gedanken gingen ihm durch den Kopf, und zugleich dachte er auch mit Grauen an den nächsten Morgen, wenn er zum Kraftwerk würde reiten müssen. Der Befehl war von Ian gekommen, aber Galen hatte das dumpfe Gefühl, dass es nicht Ians Idee gewesen war – wahrscheinlich steckte Jimmy dahinter, vielleicht, auch Sanjay. Er durfte einen Läufer mitnehmen, aber das war alles; sie konnten niemanden sonst entbehren. Mach den Laden da unten dicht und warte auf die nächste Ablösungsmannschaft, hatte Ian gesagt. Drei Tage, Maximum. Okay, Galen? Schaffst du das? Und natürlich hatte er gesagt, ja, kein Problem. Er hatte sich sogar ein bisschen geschmeichelt gefühlt. Im Laufe der nächsten Stunden hatte er allerdings gemerkt, dass er seine schnelle Zustimmung bereute. Er war noch nicht oft im Tal gewesen, und es war furchtbar dort – all die leeren Gebäude und die Slims, die in ihren Autos schmorten –, aber das war nicht das eigentliche Problem. Das Problem war: Galen hatte Angst. Die Leute wussten nicht, wie schlecht seine Augen in Wirklichkeit waren. Nicht einmal Maus

wusste es. Sie wussten es natürlich, aber nicht *wirklich,* sie kannten nicht das ganze Ausmaß, und es schien jeden Tag schlimmer zu werden. Sein Gesichtsfeld war auf weniger als zwei Meter geschrumpft, und alles, was weiter weg war, verschwand zusehends in rauchiger Leere, all die schwankenden Gestalten und formlosen Farben und Lichtflecken. Er hatte alle möglichen Brillen aus dem Lagerhaus ausprobiert, aber keine hatte geholfen. Von den Brillen bekam er nur Kopfschmerzen, die sich anfühlten, als bohrte ihm jemand eine Messerklinge in die Schläfe, und deshalb hatte er es schon längst aufgegeben. Stimmen konnte er ziemlich gut unterscheiden, und meistens konnte er das Gesicht in die richtige Richtung drehen, doch er sah so vieles nicht, und er wusste, dass er deshalb schwerfällig und dumm erschien, aber das war er nicht. Er wurde nur blind.

Und jetzt würde er – Second Captain der Wache – morgen früh den Berg hinunterreiten, um das Kraftwerk zu sichern. Ein Auftrag, der ihm in Anbetracht dessen, was mit Zander und Arlo passiert war, wie ein Himmelfahrtskommando vorkam. Hoffentlich würde er noch Gelegenheit finden, mit Jimmy darüber zu reden und ihn vielleicht zur Vernunft zu bringen, aber bisher war der Kerl nicht aufgetaucht.

Apropos – wo *steckte* Jimmy eigentlich? Soo war irgendwo da draußen, und Dana Curtis auch; weil Arlo und Theo nicht mehr da waren und Alicia endgültig vom Wachdienst suspendiert war, hatte Dana ihre Arbeit als Ausbilderin aufgegeben und bewachte jetzt die Mauer wie alle anderen. Galen kam gut mit ihr aus, und die Tatsache, dass sie jetzt dem Haushalt angehörte, dachte er, würde ihr vielleicht ein bisschen Einfluss auf Jimmy verschaffen. Vielleicht sollten sie beide sich über diesen Ritt unterhalten. Soo war auf Neun, Dana auf Acht. Wenn er sich beeilte, könnte er in ein paar Minuten wieder auf seinem Posten sein. Und übrigens, was er da hörte – Stimmen, scheinbar ganz in der Nähe, aber Geräusche trugen nachts ziemlich weit –, war das nicht Soo Ramirez? Und gehörte die andere Stimme nicht Jimmy? Wenn er jetzt Dana

auftreiben könnte, genügten vielleicht ein paar richtige Worte, um Jimmy zur Einsicht zu bringen. Vielleicht könnten Soo oder Dana sagen, ja natürlich, ich kann auch runter zum Kraftwerk reiten, und wieso sollte es ausgerechnet Galen tun?

Nur zwei Minuten, dachte Galen, und er nahm seine Armbrust und ging davon.

Zu selben Zeit saßen Peter und Alicia in dem alten Wohnwagen und spielten Karten. Sie hatten nur noch das Licht der Scheinwerfer, und so wurde ihr Spiel unkonzentriert, aber beiden war es schon lange gleichgültig, wer gewann – falls es sie überhaupt je interessiert hatte. Peter überlegte, ob er Alicia erzählen sollte, was im Krankenrevier passiert war, dass er eine Stimme im Kopf gehört hatte, aber mit jeder Minute fiel es ihm schwerer. Er wusste nicht, wie er es erklären sollte. Er hatte *Worte* in seinem *Kopf* gehört. Seine Mutter *vermisste* ihn. Ich muss träumen, sagte er sich, und als Alicia ungeduldig ihre Karten hob und ihn damit aus seinen Gedanken riss, schüttelte er nur den Kopf. Es ist nichts weiter, sagte er. Du legst aus.

Auch Sam Chou war zu dieser Stunde wach, um halb-plus-eins im Log der Wache. Er war ein Mann, der nichts so sehr liebte wie sein gemütliches Bett und die zärtlichen Arme seiner Frau. Aber Sandy war in die Zuflucht gezogen – sie hatte angeboten, so lange dortzubleiben, bis man eine Nachfolgerin für die Lehrerin gefunden hatte –, und so war Sam aus seinem gewohnten Rhythmus gerissen und starrte an die Decke. Außerdem bedrückte ihn ein Gefühl, das er, als der Tag in die Nacht überging, als Verlegenheit erkannt hatte. Diese komische Geschichte vor dem Gefängnis: Er hatte keine Erklärung dafür. In der Hitze des Augenblicks hatte er aufrichtig geglaubt, etwas müsse geschehen. Aber in den Stunden seitdem – er hatte seine Kinder in der Zuflucht besucht, die die Erlebnisse anscheinend gut überstanden hatten – hatte Sam festgestellt, dass er über die Sache mit Caleb erheblich maßvoller

urteilte. Caleb war schließlich noch ein Junge, und Sam sah jetzt ein, dass sich dadurch, dass man ihn hinauswarf, nichts bessern würde. Er hatte auch ein schlechtes Gewissen, weil er Belle so aufgestachelt hatte – solange Rey unten im Kraftwerk war, musste die Frau ja außer sich vor Sorge sein. Er und Alicia konnten einander zwar nicht ausstehen, er musste jedoch zugeben, dass es nur gut gewesen war, dass sie sich eingeschaltet hatte. Was hätte nicht alles passieren können, wenn sie es nicht getan hätte. Sam hatte später nochmals mit Milo geredet und ihm vorgeschlagen, über alles in Ruhe nachzudenken, und wenn sie darüber geschlafen hätten, würde die Sache vielleicht schon ganz anders aussehen. Milo hatte mit unverhohlener Erleichterung reagiert. Okay, gut, hatte er gesagt. Vielleicht hast du recht. Mal sehen, wie wir morgen früh darüber denken.

Und jetzt hatte Sam Gewissensbisse wegen der Angelegenheit, und ein bisschen verwirrt war er außerdem, denn es passte nicht zu ihm, so wütend zu werden. Es war überhaupt nicht seine Art. Einen Augenblick lang da draußen vor dem Gefängnis hatte er es wirklich geglaubt: Jemand musste dafür bezahlen. Es war völlig gleichgültig gewesen, dass es nur ein wehrloser Junge war, der wahrscheinlich geglaubt hatte, jemand auf der Mauer habe ihm befohlen, das Tor zu öffnen. Und das Sonderbarste war eigentlich, dass Sam die ganze Zeit kaum oder gar nicht an das Mädchen gedacht hatte, an den Walker, und dabei war sie der Grund dafür, dass die ganze Sache überhaupt passiert war. Er sah, wie das Licht der Scheinwerfer auf der Dachtraufe über seinem Kopf glänzte, und fragte sich, wie das hatte kommen können. Mein Gott, dachte er. Nach all den Jahren – ein Walker. Und nicht bloß ein Walker, sondern ein junges Mädchen noch dazu. Sam gehörte nicht zu denen, die immer noch glaubten, dass die Army kommen würde – man musste schon ziemlich dämlich sein, um daran nach all den Jahren noch zu glauben –, aber ein solches Mädchen hatte etwas zu bedeuten. Es bedeutete, dass noch jemand am Leben war. Vielleicht sogar *viele* Menschen. Und als er darüber nachdachte, stellte

er fest, dass ihm diese Vorstellung seltsam … unbehaglich war. Er hätte nicht genau sagen können, warum, aber dieses Mädchen von Nirgendwo war ein Mosaikstein, der nicht ins Bild passte. Und was wäre, wenn all diese Leute plötzlich aus heiterem Himmel hereinschneiten? Was, wenn sie nur der Anfang einer ganzen Welle von Walkern wäre, die den Schutz der Scheinwerfer suchten? Lebensmittel und Brennstoff gab es hier nicht in unbegrenzter Menge. Sicher, in den Anfangstagen der Kolonie hatte man es wahrscheinlich nicht übers Herz gebracht, die Walker abzuweisen. Aber war die Situation heute nicht ein bisschen anders? Nach so langer Zeit? Nachdem alles irgendwie ins Gleichgewicht gekommen war? Denn Tatsache war, dass Sam Chou sein Leben liebte. Er gehörte nicht zu den Sorgenmachern, den Bedenkenträgern, den Hütern dunkler Gedanken. Er kannte solche Leute – Milo war so jemand –, doch Sams Sache war das nicht. Natürlich konnten schreckliche Dinge passieren, doch das war doch immer schon so gewesen, und einstweilen hatte er sein Bett und sein Haus und seine Frau und seine Kinder, sie hatten genug zu essen, sie hatten Kleider, und sie hatten den Schutz der Scheinwerfer. War das nicht genug? Und je länger Sam darüber nachdachte, desto klarer wurde ihm, dass nicht Caleb derjenige war, mit dem etwas geschehen musste, sondern das Mädchen. Und das würde er Milo morgen früh vielleicht sagen: Mit diesem Mädchen von Nirgendwo muss etwas geschehen.

Michael Fisher war ebenfalls wach. Die meiste Zeit betrachtete er Schlafen als Zeitverschwendung, als eine der unsinnigen Forderungen des Körpers an den Geist. Seine Träume – wenn er überhaupt Lust hatte, sich an sie zu erinnern – waren allesamt Variationen von dem, was er im wachen Zustand erlebte: Sie handelten von Schaltkreisen und Unterbrechern und Relais, von tausend Problemen, die gelöst werden mussten, und wenn er aufwachte, fühlte er sich nicht erholt, sondern brutal durch die Zeit katapultiert, ohne dass irgendetwas erreicht worden wäre.

Aber heute Nacht war es anders. Heute Nacht hatte Michael Fisher etwas entdeckt. Der Inhalt des Chips, der sich in seiner gewaltigen Fülle in den Mainframe ergossen hatte – eine wahre Flut von Daten –, war nicht weniger als eine Neuschreibung der Welt. Diese Erkenntnis ließ Michael jetzt ein weiteres Risiko eingehen: Er wollte eine Antenne oben auf die Mauer setzen. Auf dem Dach des Lichthauses hatte er angefangen und eine Zwanzig-Meter-Spule unisolierten Drei-Millimeter-Kupferdraht mit der Antenne verbunden, die sie schon vor Monaten im Kamin angebracht hatten. Zwei weitere Spulen hatten ihn bis an die Mauer gebracht. Mehr Kupferdraht hatte er nicht übrig. Für den Rest würde er ein isoliertes Hochspannungskabel benutzen, das er mit der Hand abisolieren musste. Das Problem bestand jetzt darin, das Kabel bis zur Mauerkrone hinauf zu verlegen, ohne dass die Wache es bemerkte. Er hatte zwei weitere Spulen aus dem Schuppen geholt, und jetzt stand er in dem dunklen Winkel unter einer der Stützstreben und überlegte, wie er es am besten anstellte. Die nächste Leiter, zwanzig Meter links von ihm, führte zum Feuerposten neun hinauf. Dort würde er niemals unbemerkt hinaufsteigen können. Eine zweite Leiter befand sich auf halbem Wege zwischen Posten acht und sieben. Sie wäre ideal, aber sein Kabel reichte nicht so weit.

Damit blieb nur eine Möglichkeit. Er musste eine Kabelrolle über die hintere Leiter hinaufschaffen, oben auf der Mauer bis zu der Stelle über dem Durchlass gehen, das Kabel oben befestigen und dann zum Boden hinunterlassen, um es unten mit dem zweiten Kabel zu verbinden. Und das alles, ohne dass ihn jemand fragte, was zum Teufel er da mache.

Michael kniete sich auf den Boden, nahm die Drahtschere aus dem alten Segeltuchrucksack, den er als Werkzeugtasche benutzte, und fing an, das Kabel abzuspulen und die Plastikumhüllung abzustreifen. Die ganze Zeit lauschte er nach klackenden Schritten auf der Mauer über ihm, die ihm signalisierten, dass ein Läufer vorüberkam. Als der Draht abisoliert und wieder aufgerollt war, hatte er sie zweimal gehört, und er war halbwegs sicher, dass

er jetzt ein paar Minuten Zeit hatte, bevor der Nächste käme. Er stopfte alles in seinen Rucksack, eilte zur Leiter und atmete einmal tief durch, bevor er hochstieg.

Mit Höhen hatte Michael schon immer Probleme gehabt – er stand nicht einmal gern auf einem Stuhl –, und in seiner Entschlossenheit hatte er versäumt, diesen Umstand in seine Kalkulationen einzubeziehen. Als er nach einem Aufstieg von zwanzig Metern, die ihm wie das Zehnfache vorkamen, oben angekommen war, erwachten erste Zweifel an der Klugheit dieses Unternehmens. Er hatte panisches Herzklopfen, und seine Glieder hatten sich in Pudding verwandelt. Auf dem Laufsteg entlangzulaufen, einem offenen Metallgitter über dem tiefen Abgrund, würde seine ganze Willenskraft erfordern. In seinen Augen brannte der Schweiß, als er sich über die letzte Sprosse hinaufzog und bäuchlings auf das Gitter rutschte. Im gleißenden Licht der Scheinwerfer und ohne die gewohnten Bezugspunkte am Boden und am Himmel erschien ihm alles größer und näher, lebendig und aufgebläht. Aber wenigstens schien niemand ihn bemerkt zu haben. Er hob den Kopf. Plattform acht, hundert Meter weit links von ihm, war anscheinend leer. Kein Wächter war auf dem Posten. Warum das so war, wusste Michael nicht, aber er nahm es als ermutigendes Zeichen. Wenn er sich beeilte, konnte er wieder im Lichthaus sein, ohne dass jemandem etwas auffiel.

Er machte sich auf den Weg, und als er sein Ziel erreicht hatte, ging es ihm schon besser, viel besser sogar. Seine Angst hatte sich gelegt, und stattdessen empfand er eine belebende Zuversicht. Es würde klappen. Plattform acht war immer noch leer; wer immer dort Dienst hatte, würde wahrscheinlich einen Haufen Ärger bekommen, doch Michael hatte dadurch den Spielraum, den er brauchte. Er kniete nieder und zog die Drahtspule aus dem Rucksack. Der Laufsteg bestand aus einer Titanlegierung; er würde selbst einen brauchbaren Leiter abgeben und seine vorteilhaften elektromagnetischen Eigenschaften denen des Drahtes hinzufügen: Im Grunde verwandelte Michael die gesamte Mauerkrone

in eine gigantische Antenne. Mit dem Schraubenschlüssel löste er eine der Schrauben, die den Gitterrost mit dem Rahmen verbanden, und schlang den blanken Draht um das Gewinde. Dann ließ er die Rolle hinunterfallen. Er hörte den dumpfen Aufschlag.

Amy, dachte er. Wer hätte gedacht, dass das Mädchen von Nirgendwo einen Namen wie Amy hatte?

Michael konnte nicht wissen, dass Feuerplattform acht leer war, weil die dort diensthabende Dana Curtis bereits tot am Fuße der Mauer lag. Jimmy hatte sie umgebracht, gleich nachdem er Soo Ramirez getötet hatte. Soo zu ermorden hatte er wirklich nicht vorgehabt; er hatte ihr nur etwas sagen wollen. Goodbye? Es tut mir leid? Ich habe dich immer geliebt? Aber mit der seltsamen Unausweichlichkeit dieser Nacht, der Nacht der Klingen und der Sterne, hatte eins zum anderen geführt, und jetzt waren sie alle zwei nicht mehr da.

Galen Strauss, der von der anderen Seite herankam, beobachtete diese Ereignisse wie durch das falsche Ende eines Teleskops: ein ferner Klecks aus Farbe und Bewegung, weit außerhalb seines Gesichtsfelds. Wäre in dieser Nacht jemand anders auf Plattform zehn gewesen, jemand mit besseren Augen, der nicht an einem akuten Glaukom erblindete wie Galen Strauss, hätte sich vielleicht ein klareres Bild des Geschehens ergeben. Aber so würde niemand außer den unmittelbar Beteiligten wissen, was sich auf Feuerplattform neun ereignet hatte, und auch sie hatten es nicht verstanden.

Was geschah, war Folgendes:

Die Wächterin Soo Ramirez drehte sich um und sah, wie Jimmy sich auf die Plattform hochzog. Ihre Gedanken kreiselten noch immer in den Strudeln der *Ballschönheit,* genauer gesagt mitten in einer Szene, die in einer fahrenden Kutsche während eines Gewitters spielte und so lebendig geschildert war, dass Soo sich praktisch Wort für Wort an alles erinnern konnte (*Der Himmel tat sich auf, und Talbot umschlang Charlene mit seinen starken Armen und presste seine Lippen mit glühender Macht auf ihre. Seine Hände*

fanden die seidenweiche Wölbung ihrer Brust, und Wogen der Leidenschaft durchfluteten sie ...). Soo war gleich zweifach verärgert (er störte sie, und er hatte sich verspätet), doch irgendetwas sagte ihr, dass sie ihm unrecht tat. *Irgendetwas stimmt nicht mit ihm,* dachte sie. *Das ist nicht der Jimmy, den ich kenne.* Er blieb einen Moment lang in merkwürdig schlaffer Haltung stehen und blinzelte verwirrt ins Licht wie ein Mann, der gekommen war, um etwas bekannt zu geben, und jetzt seinen Text vergessen hatte. Vielleicht, dachte Soo, wusste sie schon, welche unausgesprochene Mitteilung er ihr zu machen hatte. Sie hatte schon seit einer Weile das Gefühl, dass Jimmy zwischen ihnen beiden mehr als nur Freundschaft sah, und unter anderen Umständen hätte sie sich gefreut, es von ihm zu hören. Aber nicht jetzt. Nicht heute Nacht auf Feuerplattform neun.

»Es sind ihre Augen«, sagte er matt. Er schien Selbstgespräche zu führen. »Zumindest dachte ich, es seien ihre Augen.«

Soo tat einen Schritt auf ihn zu. Sein Gesicht war abgewandt, als brächte er es nicht über sich, sie anzusehen. »Jimmy? Wessen Augen?«

Aber er antwortete nicht. Eine Hand wanderte zum Saum seines T-Shirts und zupfte daran herum, wie ein nervöser Junge an seinen Kleidern herumfummelt. »Spürst du es nicht, Soo?«

»Jimmy, wovon redest du?«

Er hatte angefangen, mit den Lidern zu klappern, und dicke Tränen, funkelnd wie Diamanten, rollten über seine Wangen. »Sie sind so verdammt traurig.«

Irgendetwas passierte mit ihm, das konnte sie sehen, irgendetwas Schlimmes. Unvermittelt riss er sich das T-Shirt über den Kopf und schleuderte es über die Brüstung. Im Licht glänzte seine Brust von Schweiß.

»Diese Kleider«, knurrte er. »Ich kann diese Kleider nicht *ausstehen.*«

Sie hatte ihre Armbrust an die Brüstung gelehnt und wollte gerade danach greifen, aber sie hatte zu lange gewartet: Jimmy kam

von hinten und packte ihren Hals. Eine ruckartig drehende Bewegung, und in ihrem Nacken zerbrach etwas mit einem Knacks. Ihr Körper war weg, einfach so, ihr Körper trieb davon und war nicht mehr da. Sie wollte schreien, aber kein Laut kam aus ihrer Kehle. Lichtpunkte trieben vor ihren Augen dahin wie silberne Scherben. (*O Talbot, stöhnte Charlene, als er sich an sie drängte, und sie konnte sich dem lustvollen Angriff seiner Männlichkeit nicht länger widersetzen. O Talbot, ja, lass uns dieses absurde Spiel beenden …*). Jemand anders kam auf sie zu; sie hörte Schritte auf der Mauer, auf der sie jetzt hilflos lag, und dann das Schwirren eines Armbrustbolzens und einen erstickten, keuchenden Aufschrei. Und jetzt war sie in der Luft. Jimmy hob sie hoch und würde sie über die Mauerbrüstung werfen. Sie wünschte, sie hätte ein anderes Leben gelebt, aber sie hatte dieses gehabt, und sie wollte es noch nicht verlassen. Dann fiel sie, tiefer und tiefer und tiefer.

Sie lebte noch, als sie unten aufschlug. Die Zeit lief langsamer, kehrte sich um und begann wieder von vorn. Die Scheinwerfer strahlten ihr in die Augen, und sie schmeckte Blut im Mund. Über ihr sah sie Jimmy am Rand der Brüstung stehen, nackt und schweißglänzend, und dann war auch er verschwunden.

Und im letzten Augenblick, bevor alles Denken zu Ende war, hörte sie die laute Stimme des Läufers Kip Darrell hoch oben auf der Mauer. »Sichtung, wir haben eine Sichtung! Heilige Scheiße, die sind überall!«

Aber seine letzten Worte hallten durch die Dunkelheit. Die Lichter waren erloschen.

36

Die Versammlung wurde für den Halbtag einberufen, unter einem trübseligen Himmel, aufgebläht von Regenwolken, die keinen Tropfen hergeben wollten. Alle kamen auf dem Sonnenfleck zusammen, wo man den langen Tisch aus der Zuflucht aufgestellt hatte. Nur zwei Männer saßen vor den Leuten: Walter Fisher und Ian Patal. Walter sah zerzaust wie immer aus, ein Wrack aus fettigen Haaren, tränenden Augen und schmutzigen Kleidern, die er wahrscheinlich schon die ganze Jahreszeit hindurch getragen hatte. Dass er jetzt als kommissarisches Oberhaupt des Haushalts oder dessen, was von ihm noch übrig war, amtierte, war eine der weniger verheißungsvollen Tatsachen dieses Tages, dachte Peter. Ian sah viel besser aus, aber selbst er wirkte nach den Ereignissen der Nacht eher zögerlich und unsicher und hatte schon Mühe, die Versammlung zur Ordnung zu rufen. Peter war nicht ganz klar, welche Rolle er genau spielte – saß er hier als ein Patal oder in seiner Eigenschaft als First Captain? –, doch das war auch eine eher unwichtige Formalität. Einstweilen hatte Ian das Kommando.

Peter stand mit Alicia am Rand und ließ den Blick über die Versammlung wandern. Auntie war nirgends zu sehen, aber das wunderte ihn nicht. Es war viele Jahre her, dass sie an einer öffentlichen Versammlung des Haushalts teilgenommen hatte. Auch Michael, der ins Lichthaus zurückgekehrt war, sah er nicht, und

Sara war noch im Krankenrevier. Er sah Gloria, die ganz vorn stand, aber nicht Sanjay; ringsum spekulierte man sorgenvoll darüber, wo er und Old Chou wohl sein mochten. Die Leute wussten einfach nicht, was hier mit ihnen passierte. Aber es war Besorgnis, was er wahrnahm, wenigstens bisher. Panik war noch nicht ausgebrochen, doch für Peter war es nur eine Frage der Zeit. Die nächste Nacht würde kommen.

Er sah andere Gesichter, die er lieber nicht gesehen hätte – die Gesichter derjenigen, die bei dem Angriff einen Ehepartner, Vater oder Mutter oder ein Kind verloren hatten. Cort Ramirez gehörte dazu und Russell Curtis, Danas Mann, der bei seinen Töchtern Ellie und Kat stand; alle waren wie gelähmt. Da war Karen Molyneau mit ihren beiden Mädchen Alice und Avery, auch sie todtraurig, und Milo und Penny Darrell, deren Sohn Kip, ein Läufer, nur fünfzehn Jahre alt geworden war – der Jüngste unter den Getöteten. Hodd und Lisa Greenberg, Sunnys Eltern. Addy Phillips und Tracey Strauss, die über Nacht zehn Jahre älter geworden war und alle Lebenskraft verloren hatte. Constance Chou, Old Chous junge Frau, drückte ihre Tochter Darla mit wütender Entschlossenheit an sich, als könnte auch sie ihr sonst verloren gehen. An diese Gruppe von Trauernden – denn sie standen da wie eine geschlossene Einheit; der schwere, schmerzliche Verlust verband sie und hielt sie zugleich von den anderen getrennt wie durch einen Magneten –, an dieses Häuflein schien Ian seine Worte zu richten, als ein wenig Ruhe eingekehrt war.

Ian begann mit der Aufzählung der Fakten, die Peter schon zum größten Teil kannte. Kurz nach Halbnacht waren aus unbekannten Gründen die Scheinwerfer ausgefallen. Ursache war anscheinend ein kurzer Überspannungsstoß gewesen, der den Unterbrecherschalter ausgelöst hatte. Der Einzige, der sich zu diesem Zeitpunkt im Lichthaus aufgehalten hatte, war Elton, der hinten geschlafen hatte. Der diensthabende Ingenieur, Michael Fisher, hatte die Baracke kurz verlassen, um einen der Lüfter am Stromspeicher manuell zurückzusetzen, und das Steuerpult war in dieser

Zeit nicht besetzt gewesen. In dieser Hinsicht, versicherte Ian, sei Michael kein Vorwurf zu machen. Dass er das Lichthaus verlassen habe, um sich um die Belüftung zu kümmern, sei völlig in Ordnung; den Stromstoß, der den Unterbrecherschalter ausgelöst hatte, habe er nicht voraussehen können. Alles in allem waren die Scheinwerfer weniger als drei Minuten lang ausgeschaltet gewesen – so lange hatte Michael gebraucht, um durch die Dunkelheit zurückzulaufen und das System neu zu starten –, aber in diesem kurzen Zeitraum war die Mauer überwunden worden. Der letzte Bericht meldete einen großen Schwarm, der sich am Rand des Schussfelds versammelte. Als der Strom wieder eingeschaltet war, waren drei Seelen gefallen: Jimmy Molyneau, Soo Ramirez und Dana Jaxon. Alle drei waren am Fuße der Mauer gesehen worden, wo sie weggeschleift wurden.

Das war die erste Angriffswelle. Ian fiel es sichtlich schwer, die Fassung zu bewahren, als er berichtete, was als Nächstes passiert war. Zwar hatte sich der erste große Schwarm zerstreut, aber ein zweiter, kleinerer Dreierschwarm hatte sich von Süden her genähert und bei Plattform sechs einen Angriff unternommen – bei derselben Plattform, auf der Arlo Wilson vor gut zwei Wochen den großen weiblichen Viral mit dem auffälligen Haarschopf getötet hatte. Die geborstene Fuge, die ihr den Aufstieg ermöglicht hatte, war inzwischen repariert worden, und die drei hatten keinen Halt an der Mauer gefunden, aber anscheinend war das auch nicht ihr Ziel gewesen. Inzwischen war die Wache in völliger Unordnung, und alle rannten zu Plattform sechs. Unter einem Hagel von Pfeilen und Bolzen hatten die drei Virals immer wieder versucht heraufzusteigen, und unterdessen war ein dritter Schwarm – vielleicht ein Teil des zweiten, von dem er sich getrennt hatte, vielleicht auch ein separater Schwarm – bei der unbemannten Plattform neun über die Mauer gekommen.

Er hielt geradewegs auf die Wachleute zu.

Es war eine Schlacht. Ein anderes Wort gab es dafür nicht. Drei weitere Wächter waren tot, bevor der Schwarm zurückgetrieben

werden konnte: Gar Phillips, Aidan Strauss und Kip Darrell, der Läufer, der die erste Sichtung am Rand des Schussfelds gemeldet hatte. Eine Vierte, Sunny Greenberg, die ihren Posten am Gefängnis verlassen hatte, um den Verteidigern zu helfen, wurde vermisst und war vermutlich tot. Unter den Verschollenen – und hier stockte Ian mit tiefbekümmertem Blick, weil er anscheinend nicht wusste, wie er es erklären oder auch nur aussprechen sollte – war auch Old Chou. Constance war früh am Morgen aufgewacht, und er war nicht da gewesen. Seitdem hatte ihn niemand mehr gesehen. Es gab zwar keinen unmittelbaren Hinweis darauf, aber wahrscheinlich hatte er mitten in der Nacht sein Haus verlassen, um zur Mauer zu gehen, wo er zusammen mit den anderen gefallen war. Kein einziger Viral war getötet worden.

Das war's, sagte Ian. Mehr wissen wir nicht.

Irgendetwas ging hier vor, und die Leute spürten es alle. Noch nie hatten sie einen Angriff von dieser taktischen Finesse erlebt. Am ehesten war er vergleichbar mit der Dunklen Nacht, doch selbst damals hatte der Sturm der Virals keinerlei Organisation erkennen lassen. Als das Licht ausgegangen war, war Peter mit Alicia vom Trailerpark zur Mauer gelaufen, um zu kämpfen wie alle anderen, aber Ian hatte sie beide in die Zuflucht geschickt, die in dem Durcheinander ungeschützt geblieben war. Was sie gesehen und gehört hatten, war durch die Entfernung abgemildert und gerade deshalb zugleich verschlimmert worden. Peter wusste, er hätte dort sein müssen. Er gehörte auf die Mauer.

Eine Stimme erhob sich über das Gemurmel der Menge. »Was ist mit dem Kraftwerk?«

Es war Milo Darrell. Er hielt seine Frau Penny im Arm.

»Soweit wir wissen, ist es immer noch sicher, Milo«, sagte Ian. »Michael sagt, der Strom fließt noch.«

»Aber du hast gesagt, es gab eine Überspannung! Jemand sollte hinunterreiten, um nachzusehen. Und wo zum Teufel steckt Sanjay?«

Ian zögerte. »Dazu wollte ich noch kommen, Milo. Sanjay ist krank. Einstweilen fungiert Walter als Oberhaupt.«

»Walter? Das kann nicht dein Ernst sein.«

Walter schien wieder zu sich zu kommen. Er straffte sich auf seinem Stuhl, hob den Kopf und starrte triefäugig in die Versammlung. »Moment mal, verdammt ...«

Aber Milo schnitt ihm das Wort ab. »Walter ist ein Säufer.« Seine Stimme wurde lauter, und er wurde kühner. »Ein Säufer und ein Betrüger. Das weiß jeder. Wer hat hier wirklich die Führung, Ian? Du vielleicht? Denn soweit ich sehen kann, hat sie niemand. Ich sage: Öffnet das Arsenal und lasst jeden auf die Mauer, der dort hinwill. Und lasst uns sofort jemanden zum Kraftwerk hinunterschicken.«

Zustimmendes Gemurmel ging durch die Menge. Was hat Milo bloß vor?, dachte Peter. Will er einen Aufstand anzetteln? Er warf einen Blick zu Alicia hinüber. Sie starrte Milo eindringlich an. Ihre Haltung war wachsam, und sie hielt die Hand griffbereit an ihrer Waffe. Augen überall.

»Es tut mir leid wegen deines Jungen«, sagte Ian, »aber dies ist nicht der richtige Augenblick für kopflose Aktionen. Überlass diese Angelegenheit der Wache.«

Aber Milo hörte nicht auf ihn. Er ließ den Blick über die Versammlung wandern. »Ihr habt ihn gehört. Ian sagt, sie waren organisiert. Tja, vielleicht müssen wir uns auch nur besser organisieren. Wenn die Wache nichts unternimmt, dann müssen wir etwas tun, sage ich.«

»Milo, Menschenskind. Beruhige dich. Die Leute haben Angst, und was du da machst, hilft uns nicht weiter.«

Sam Chou trat vor und redete als Nächster. »Sie haben aus gutem Grund Angst. Caleb hat das Mädchen hereingelassen, und jetzt sind – wie viele? – elf Leute tot. Sie ist der Grund dafür, dass die Virals hier sind!«

»Das wissen wir nicht, Sam.«

»*Ich* weiß es. Und alle anderen wissen es auch. Caleb und dieses

Mädchen – damit hat alles angefangen. Und mit ihnen soll auch alles wieder aufhören, sage ich.«

Peter hörte, wie sich hier und da Stimmen erhoben. *Das Mädchen, das Mädchen,* murrten die Leute. *Er hat recht. Es war das Mädchen.*

»Und was sollen wir deiner Meinung nach tun?«

»Was ihr *tun* sollt?«, fragte Sam. »Das, was ihr schon längst hättet tun sollen. Die beiden gehören vor die Mauer.« Er sah die Menge an. »Hört auf mich, Leute! Die Wache spricht es nicht aus, aber ich werde es tun. Armbrüste können uns nicht schützen, nicht davor. Ich sage, wir werfen sie sofort hinaus!«

Und dann kam der erste zustimmende Ruf aus der Menge. Noch einer und noch einer, und die Stimmen wurden zum Chor.

Werft sie raus! Werft sie raus! Werft sie raus!

Es war, als wäre plötzlich ein Damm gebrochen, der die Sorgen und Befürchtungen eines ganzen Lebens zurückgehalten hatte. Vorn fuchtelte Ian mit den Armen und verlangte lautstark Ruhe. Jeden Augenblick konnte es zu Gewalttätigkeiten kommen, zu irgendeinem schrecklichen Ausbruch. Es war nicht aufzuhalten; die Fassade der Ordnung war zusammengebrochen.

Und er begriff: Er musste das Mädchen fortschaffen. Caleb auch, denn dessen Schicksal war jetzt mit ihrem verbunden. Aber wo konnten sie hin? Wo wären sie in Sicherheit?

Er drehte sich zu Alicia um, doch sie war nicht mehr da.

Dann sah er sie. Sie hatte sich durch die brodelnde Menge gedrängt, und mit einem Satz sprang sie auf den Tisch und drehte sich zu den Leuten um.

»Hey!«, schrie sie. »Hört mir zu!«

Peter spürte, wie alle sich anspannten, und eine ganz neue Angst strömte durch seine Adern. Lish, dachte er, was hast du vor?

»Das Mädchen ist nicht der Grund dafür, dass sie gekommen sind«, erklärte Alicia. »Ich bin es.«

»Komm da runter, Lish!«, bellte Sam. »Du hast hier nichts zu entscheiden!«

»Es ist alles meine Schuld. Die Virals sind nicht hinter dem Mädchen her, sondern hinter mir. *Ich* habe die Bibliothek angezündet. Damit hat es angefangen. Dort war ein Nest mit Virals, und ich habe sie alle hierhergeführt. Wenn ihr jemanden hinauswerfen wollt, dann muss ich es sein. Meinetwegen sind all diese Leute gestorben.«

Milo Darrell reagierte als Erster und stürzte zum Tisch. Es war nicht klar, ob er Alicia packen wollte oder Ian oder sogar Walter, aber er brachte das Fass zum Überlaufen. Mit Geschiebe und Gedränge wogte die Menge nach vorn, eine kaum koordinierte Masse, die nur von sich selbst vorangetrieben wurde. Sie überrannten den Tisch, und Peter sah, wie Alicia rückwärtstaumelte und im Gedränge unterging. Die Leute schrien und brüllten. Diejenigen, die Kinder hatten, wollten sich anscheinend zurückziehen, und die anderen wollten nur nach vorn. Peter hatte nur einen Gedanken: Er musste zu Alicia. Aber sosehr er sich bemühte, er steckte im Gedränge fest. Er spürte, dass er auf jemanden trat. Es war Jacob Curtis; der Junge war hingefallen und hielt die Hände über den Kopf, um sich vor den trampelnden Füßen zu schützen. Peter fiel über Jacobs breiten Rücken, rappelte sich wieder auf und wühlte sich durch das Gewirr von Armen und Beinen weiter voran. Wie ein Schwimmer in einem Meer von Menschen schob er die Leute vor ihm rechts und links zur Seite. Jemand schlug ihm mit der Faust an den Hinterkopf – offenbar absichtlich. Vor seinen Augen blitzte es auf, er fuhr herum und holte aus, und seine Faust traf klatschend in ein bärtiges Gesicht mit dichten Brauen. Erst später wurde ihm klar, dass es Hodd Greenberg gehörte, Sunnys Vater. Dann war er vorn angekommen. Alicia lag am Boden. Wie Jacob bedeckte sie den Kopf mit beiden Händen und hatte sich zu einer Kugel zusammengekrümmt, um sich vor einem Hagel von Faustschlägen und Tritten zu schützen.

Peter brauchte nicht lange nachzudenken. Er zog das Messer.

Was vielleicht als Nächstes passiert wäre, sollte Peter nicht erfahren. Denn vom Tor herauf kam eine zweite Welle von Menschen:

die Wache. Ben und Galen mit ihren Armbrüsten, Dale Levine, Vivian Chou, Hollis Wilson und die anderen. Mit schussbereiten Waffen bildeten sie eine Kampflinie zwischen dem Tisch und der Menge, und ihr bloßes Erscheinen ließ die Leute hastig zurückweichen.

»Geht nach Hause!«, brüllte Ian. Sein Haar war feucht von Blut, das seitlich an seinem Gesicht herunter und in den Kragen seines T-Shirts lief. Er war rot vor Wut, und der Speichel flog in funkelnden Tröpfchen von seinen Lippen. Er schwenkte die Armbrust über die Menge, als könnte er nicht entscheiden, auf wen er zuerst schießen sollte. »Der Haushalt ist vorläufig aufgelöst! Ich rufe das Kriegsrecht aus! Ab sofort herrscht Ausgangsperre!«

Alles erstarrte in einer spröden Stille. Alicia lag allein da. Als Peter neben ihr auf die Knie fiel, wandte sie ihm ihr staubverschmiertes Gesicht zu und sah ihn eindringlich an. Das Weiße in ihren Augen war riesengroß.

Mit den Lippen formte sie ein einziges Wort. »Geh.«

Er richtete sich auf und tauchte in der Menge unter. Manche standen, andere lagen am Boden, und einige halfen den Gestürzten wieder auf die Beine. Alle waren voller Staub. Peter schmeckte ihn im Mund. Walter Fisher saß neben dem umgestürzten Tisch und hielt sich den Schädel. Sam und Milo waren nirgends zu sehen. Sie hatten sich verdrückt.

Zwei Wächter, Galen und Hollis, hatten Alicia aufgehoben. Sie leistete keinen Widerstand, als Ian ihr die Messer abnahm. Peter sah ihr an, dass sie verletzt war, aber er konnte nicht erkennen, wo. Ihr Körper sah schlaff und starr zugleich aus, als halte sie Schmerzen in Schach. Ihr Zopf hatte sich aufgelöst, und ein Ärmel ihres T-Shirts war abgerissen und hing nur noch an ein paar Fäden. Ian und Galen nahmen sie jetzt in die Mitte und hielten sie fest wie eine Gefangene. In dem Moment begriff Peter, dass sie die Wut der Leute auf sich gelenkt hatte, um ihnen beiden ein bisschen Zeit zu verschaffen. Schon um die aufgebrachte Menge unter Kontrolle zu bringen, würde Ian sie jetzt ins Gefängnis sperren müssen. *Halte dich bereit,* hatte ihr Blick ihm gesagt.

»Alicia Donadio«, rief Ian jetzt so laut, dass alle ihn hören konnten. »Du bist wegen Verrats verhaftet.«

»Schmeißt das Dreckstück raus!«, schrie jemand.

»Ruhe!« Aber Ians Stimme klang dünn und zittrig. »Ihr habt gehört, was ich gesagt habe. Ihr geht *sofort* in eure Häuser. Die Tore bleiben bis auf Weiteres geschlossen. Die Wache wird jeden festnehmen, der im Freien angetroffen wird, und sie wird auf jeden schießen, der eine Waffe trägt. Und glaubt ja nicht, ich werde es in irgendeiner Form zurücknehmen!«

Und in einer Welt, die ihm völlig fremd geworden war, unter Leuten, die er nicht kannte, sah Peter zu, wie die Wache Alicia abführte.

37

In der Zuflucht hatte Mausami Patal eine unruhige Nacht und einen noch unruhigeren Morgen bei den Kleinen im Klassenzimmer im ersten Stock verbracht. Die Andere Sandy, deren Mann Sam im Morgengrauen hereingekommen war, hatte ihr von den schrecklichen Ereignissen der Nacht berichtet, und Mausami hatte einen Entschluss gefasst.

Der Gedanke war ihr still und plötzlich gekommen. Sie hatte gar nicht gewusst, dass sie ihn dachte. Aber beim Aufwachen hatte sie das deutliche Gefühl gehabt, dass sich in der Nacht etwas in ihr verändert hatte. Und der Entschluss stand ihr schlicht wie eine mathematische Gleichung vor Augen. Sie würde ein Kind bekommen. Das Kind war von Theo Jaxon. Und weil dieses Kind von Theo Jaxon war, konnte Theo Jaxon nicht tot sein. Mausami würde ihn finden und ihm von dem Kind erzählen.

Der richtige Augenblick zum Verlassen der Kolonie wäre kurz vor der Morgenglocke, beim Wachwechsel. So würde es kaum auffallen, und sie hätte das Licht eines vollen Tages, um zu Fuß ins Tal zu kommen. Dort würde sie dann sehen, wie es weiterging. Am besten käme sie an der Stelle die Mauer hinunter, wo der Tunnel war. Denn die Stelle war von der Wache nicht komplett einsehbar. Wenn Sandy und die anderen schlafen gegangen wären, würde sie unauffällig ins Lagerhaus eindringen und sich ausrüsten: Sie

brauchte ein starkes Seil, um sich an der Mauer herunterzulassen, Proviant und Wasser, eine Armbrust und ein Messer, ein Paar gute, schwere Stiefel, Kleider zum Wechseln und einen Rucksack, um das alles zu tragen.

Weil die Ausgangssperre verhängt worden war, würde niemand unterwegs sein. Sie würde von Schatten zu Schatten bis an die Mauer huschen und dort warten, bis der Morgen dämmerte.

Als der Plan in ihrem Kopf erblühte und detaillierte Formen annahm, erkannte Mausami allmählich, was sie da tat: Sie inszenierte ihren Tod. Tatsächlich tat sie es schon seit Tagen. Nachdem die Nachschubeinheit ohne Theo zurückgekommen war, war sie völlig aufgelöst gewesen: Sie war sogar so deprimiert, dass die anderen sich mittlerweile schon Sorgen um Mausamis Gemütszustand machten. Überzeugender hätte sie das alles nicht inszenieren können. Sogar die tränenreiche Szene am Haupttor, als Lish sie gezwungen hatte zurückzubleiben, würde sich bestens einfügen. Wie war es möglich, dass wir es nicht haben kommen sehen?, würden die Leute kopfschüttelnd sagen. Wir hätten es erkennen müssen. Denn wenn die Andere Sandy am nächsten Morgen aufwachte und feststellte, dass Mausamis Pritsche leer war, würde sie vielleicht noch ein paar Stunden abwarten, bevor sie begriff, wie merkwürdig das war, aber dann würde sie es irgendwann melden, und andere würden sich auf die Suche nach ihr machen und das Seil an der Mauer entdecken. Ein Seil, das nur eins bedeuten konnte: Es war ein Seil ins Nirgendwo, ins Nichts. Eine andere Schlussfolgerung konnte es nicht geben. Sie, die Wächterin Mausami Patal Strauss, Ehefrau des Galen Strauss, Tochter von Sanjay und Gloria Patal, aus Erster Familie stammend, schwanger und voller Angst, hatte beschlossen loszulassen.

Der Tag nahm seinen Lauf. Hier saß sie in der Zuflucht, strickte Babysocken – sie war fast gar nicht vorangekommen –, hörte dem Geplapper der Anderen Sandy zu und beschäftigte die Kleinen mit Spielen und Geschichten und Liedern. Und die Neuigkeit von Mausamis Tod war eine Tatsache, die nur noch nicht

eingetroffen war – wie ein Pfeil, der, wenn er einmal von der Sehne geschnellt war, sich nur noch ins Ziel bohren musste, damit man wusste, wozu er gedacht war. Sie fühlte sich wie ein Geist. Als wäre sie schon fort. Sie überlegte, ob sie ihre Eltern ein letztes Mal besuchen sollte, aber was sollte sie sagen? Wie konnte sie sich von ihnen verabschieden, ohne es auszusprechen? Sie musste auch an Galen denken, doch nach dem letzten Abend wollte sie ihn in ihrem ganzen Leben nicht mehr wiedersehen. Galen war der Letzte, der sie kümmerte. Er war doch nicht zum Kraftwerk hinuntergeritten, hatte die Andere Sandy ihr erzählt und dabei offenbar geglaubt, es sei eine gute Nachricht für sie. Galen gehörte zu den Wächtern, die Alicia verhaftet hatten. Mausami fragte sich, ob er der Erste sein würde, dem sie es sagten, oder der Zweite oder der Dritte. Würde er traurig sein? Würde er weinen? Würde er sich vorstellen, wie sie sich an der Mauer hinunterließ, und erleichtert sein?

Die Stricknadeln in ihren Händen bewegten sich nicht mehr. Sie fragte sich, ob sie wirklich verrückt war. Wahrscheinlich. Sie musste ja verrückt sein, wenn sie glaubte, dass Theo noch am Leben war. Aber das war ihr egal.

Sie entschuldigte sich bei der Anderen Sandy, die nur abwesend winkte – sie versuchte gerade, die Kleinen zur Ruhe zu bringen, damit der Unterricht anfangen konnte –, und dann ging Mausami hinaus in den Korridor und schloss die Tür hinter sich. Der Lärm der Kinder blieb zurück, und die jähe Stille war selbst wie ein lautes Geräusch. Sie blieb kurz stehen. In einem solchen Augenblick konnte man sich beinahe vorstellen, die Welt wäre nicht die Welt, es gäbe noch eine *andere* Welt, in der die Virals nicht existierten, wie sie für die Kleinen nicht existierten, die in einem Traum von der Vergangenheit lebten. Wahrscheinlich hatte man die Zuflucht überhaupt nur deshalb eingerichtet: damit es einen solchen Ort immer noch gab. Mausamis Sandalen klatschten auf dem rissigen Linoleum, als sie den Gang hinunterging, vorbei an den Türen der leeren Klassenzimmer und die Treppe hinunter. Der Spiritusgeruch

im Schlafsaal war immer noch so stark, dass ihr die Augen tränten, doch als Mausami sich dort mit ihrem Strickzeug niederließ, wusste sie, dass sie trotzdem den Rest des Tages hier verbringen würde. Sie würde hier in der Stille sitzen und ihre Babysocken fertig stricken, damit sie sie mitnehmen konnte.

38

Hätte er sagen sollen, welches der schlimmste Augenblick seines Lebens gewesen sei, dann hätte Michael Fisher mit der Antwort nicht gezögert: Es war der Augenblick, als die Lichter ausgingen.

Er hatte eben die Drahtspule von der Mauer gerollt, als es passierte: Die jähe Dunkelheit war ein so totales, alles verschlingendes, dreidimensionales Nichts, dass er einen schrecklichen Augenblick lang dachte, er sei zusammen mit der Spule heruntergefallen und habe es einfach nicht bemerkt, und dies sei die Dunkelheit des Todes. Aber dann hörte er Kip Darrells Stimme – »Sichtung! Wir haben eine Sichtung! Heilige Scheiße, die sind überall!« –, und blitzartig begriff er, dass er nicht tot war: Das Licht war ausgegangen.

Das Licht war ausgegangen!

Dass er es geschafft hatte, im Stockdunkeln über die Mauer zur Leiter zu sprinten und hinunterzuklettern, war eine Leistung, die ihm im Rückblick völlig unglaublich erschien. Die letzten paar Meter war er mitsamt seiner schlenkernden Werkzeugtasche einfach gesprungen und mit federnden Knien gelandet, und dann war er in vollem Galopp zum Lichthaus gerannt. »Elton!«, schrie er, als er um die Ecke schlitterte, auf die Veranda sprang und durch die Tür stürmte. »Elton, wach auf!« Er hatte einen Systemabsturz vermutet, aber als er das Steuerpult erreichte, sah er, dass

die Kathodenstrahlröhren leuchteten und alle Anzeigen im grünen Bereich standen. Er erstarrte.

Warum zum Teufel war das Licht ausgegangen?

Mit einem Satz war er beim Schaltkasten, und dann sah er das Problem: Der Hauptschalter war runtergedrückt. Er brauchte ihn nur hochzuschieben, und die Scheinwerfer gingen wieder an.

Michael erstattete Ian sofort bei Tagesanbruch Bericht. Die Geschichte von dem Überspannungsstoß war das Beste, was ihm einfiel, um Ian gleich wieder loszuwerden. Und vermutlich könnte eine Überspannung tatsächlich den Unterbrecherschalter auslösen, doch dann hätte das System es registriert, und in der Logdatei stand nichts davon. Auch ein Kurzschluss an irgendeiner Stelle hätte die Ursache sein können, dann hätte jedoch der Schalter sich nicht umlegen lassen, sondern wäre sofort wieder zurückgeschnellt. Den ganzen Vormittag über hatte er jede Verbindung überprüft, die Ports gereinigt und noch einmal gereinigt und die Kondensatoren geladen. Nirgends fand sich etwas zu beanstanden.

War jemand hier?, fragte er Elton. Hast du etwas gehört? Aber Elton schüttelte nur den Kopf. Ich habe geschlafen, Michael. Ich war hinten und habe fest geschlafen. Ich habe nichts gehört, bis du schreiend hereingekommen bist.

Halbtag war schon vorbei, als er wieder in der geistigen Verfassung war, sich mit dem Funkgerät zu befassen. In der ganzen Aufregung hatte er es fast vergessen. Er machte sich auf die Suche nach der Drahtrolle, die er in der Nacht von der Mauer geworfen hatte, von Neuem überzeugt, dass es wichtig war. Die Rolle lag immer noch dort, wo sie gelandet war, am Boden, und der lange Draht reichte bis ganz nach oben. Michael verspleißte den Draht mit dem Kupferkabel, das er bis zur Mauer gezogen hatte, kehrte ins Kontrollzentrum zurück, nahm das Logbuch vom Regal, um die Frequenz nachzuschlagen, und setzte sich den Kopfhörer auf.

Zwei Stunden später, von Adrenalin durchströmt, die Haare und das T-Shirt verschwitzt, fand er seinen Freund in der Kaserne. Peter saß auf einer Pritsche und ließ ein Messer um den

Zeigefinger kreiseln. Sonst war niemand dort. Als er Michael hereinkommen hörte, blickte Peter nur beiläufig interessiert auf. Er sah aus, als wäre etwas Furchtbares passiert, dachte Michael. Als wollte er mit diesem Messer auf jemanden losgehen – aber auf wen? Und überhaupt: Wo waren sie eigentlich alle? War es nicht verdammt still hier? Kein Mensch erzählte ihm etwas.

»Was gibt's?« Peter senkte den Kopf und nahm das trübselige Spiel mit dem Messer wieder auf. »Was immer es ist, es ist hoffentlich gut.«

»O mein Gott.« Michael rang nach Worten. »Das musst du hören.«

»Michael. Hast du eine Ahnung, was hier los ist? Was muss ich hören?«

»Amy«, sagte Michael. »Amy musst du hören.«

39

Im Lichthaus setzte Michael sich an seinen Computer. Peter sah, dass das Gerät, das sie aus dem Nacken des Mädchens entfernt hatten, in seine Einzelteile zerlegt auf einer Lederunterlage neben Michaels Monitor lag.

»Die Stromquelle«, sagte Michael eben, »also, die ist interessant. *Hochinteressant.*« Mit einer Pinzette hob er eine winzige Metallkapsel aus dem Transmitter. »Eine Batterie, aber anders als alle, die ich bisher gesehen habe. Angesichts der langen Laufzeit würde ich sagen, es ist eine Nuklearbatterie.«

Peter erschrak. »Ist das nicht gefährlich?«

Michael zuckte nur die Achseln. »Für sie war es das anscheinend nicht. Und es hat lange in ihr gesteckt.«

»Was heißt ›lange‹?« Peter sah seinen Freund an. Dessen Gesicht glühte vor Aufregung. Bis jetzt hatte er auf Peters Fragen nur sehr unbestimmt geantwortet. »Ein Jahr? Länger?«

Michael grinste geheimnisvoll. »Du hast keine Ahnung. Warte einen Moment.« Er deutete auf den Gegenstand, der auf dem Pult lag, und zeigte mit der Pinzette auf die einzelnen Teile. »Da ist ein Sender, eine Batterie, und dann – der Rest. Meine erste Vermutung war, dass es ein Speicherchip ist, aber er war zu klein, um in einen der Ports am Mainframe zu passen. Also musste ich ihn hartverdrahten.«

Michael drückte schnell hintereinander ein paar Tasten an seinem Keyboard und rief eine Seite mit Informationen auf den Bildschirm.

»Die Daten auf diesem Chip sind auf zwei Partitionen verteilt, und die eine ist viel kleiner als die andere. Was du da siehst, ist die erste Partition.«

Peter sah eine einzelne durchlaufende Zeile Text, grün leuchtende Buchstaben und Zahlen, lückenlos aneinandergereiht. »Das kann ich nicht lesen«, gestand er.

»Weil die Zwischenräume entfernt sind. Aus irgendeinem Grund sind die Zeichen auch teilweise vertauscht. Ich glaube, es ist einfach ein defekter Sektor auf dem Chip. Kann sein, dass etwas schiefgegangen ist, als ich ihn mit dem Board verlötet habe. Aber was da ist, verrät uns eine ganze Menge.«

Michael wechselte die Darstellung auf dem Monitor. Die gleichen Zahlen und Ziffern, aber neu geordnet:

AMY NNU
PROBAND 13
ZUGEWIESEN: NOAH USAMRIID SWD
G:w Gew:22,72 kg

»Amy NNU.« Peter hob den Blick vom Monitor. »Amy?«

Michael nickte. »Das ist unser Mädchen. Ich weiß nicht, was NNU bedeutet, aber ich vermute, es heißt ›Nachname unbekannt‹. Zu dem Zeug in der Mitte komme ich gleich, aber ich glaube, die untere Zeile ist ziemlich klar. Geschlecht: Weiblich. Gewicht: 22,72 Kilo. Das entspricht ungefähr einem fünf oder sechs Jahre alten Kind. Ich schätze also, sie war ungefähr so alt, als ihr der Sender eingepflanzt wurde.«

Peter verstand noch gar nichts, aber Michael sprach mit solcher Überzeugung, dass er ihm einfach glauben musste. »Dann hat sie ihn wie lange mit sich herumgetragen? Zehn Jahre?«

»Tja«, meinte Michael und grinste immer noch vor sich hin.

»Nicht genau. Aber lass uns nicht vorgreifen. Ich habe dir eine Menge zu zeigen. Also – das ist alles, was ich der ersten Partition entnehmen kann, und es ist nicht viel und bei Weitem nicht das Interessanteste. Die zweite Partition ist die eigentliche Schatzkammer. Sie enthält fast sechzehn Terabyte. Das sind sechzehn *Billionen* Byte.«

Er drückte eine Taste. Zahlenkolonnen flogen über den Bildschirm.

»Toll, was? Zuerst dachte ich, es ist eine Art Verschlüsselung, aber das ist es nicht. Es ist alles da, nur dicht zusammengeschoben, wie auf der ersten Partition.« Michael stoppte den Lauf der Zahlenkolonnen und klopfte mit dem Finger an das Glas des Bildschirms. »Der Schlüssel war diese Zahl hier, die erste in der Sequenz. Sie wiederholt sich immer wieder.«

Peter spähte blinzelnd auf den Monitor. »Neunhundertsechsundachtzig?«

»Beinahe. Achtundneunzig *Komma* sechs. Klingelt's?«

Peter schüttelte den Kopf. »Nein. Eher nicht.«

»Achtundneunzig Komma sechs ist die normale menschliche Körpertemperatur nach der alten Fahrenheit-Skala. Jetzt sieh dir den Rest der Zeile an. Die Zweiundsiebzig ist wahrscheinlich die Herzfrequenz. Da ist die Atmung, da der Blutdruck. Ich vermute, der Rest hat etwas mit Hirnaktivität, Nierenfunktion und so weiter zu tun. Wahrscheinlich würde Sara es besser verstehen als ich. Aber das Wichtigste ist, die Daten kommen in separaten Gruppen. Das ist ziemlich eindeutig, wenn man die erste Zahl sucht und dann sieht, wo die Sequenz von vorn anfängt. Vermutlich ist das Ding eine Art Körperfunktionsmonitor, der die Daten an einen Mainframe übermittelt. Ich würde sagen, sie war so was wie eine Patientin.«

»Eine Patientin? War sie krank?« Peter runzelte die Stirn.

»Pass auf, hier wird es noch interessanter. Insgesamt befinden sich fünfhundertfünfundvierzigtausendvierhundertundsechs Sequenzen auf diesem Chip. Der Transmitter ist anscheinend auf

einen Sendezyklus von neunzig Minuten eingestellt. Der Rest ist bloße Mathematik: sechzehn Zyklen pro Tag mal dreihundertfünfundsechzig Tage pro Jahr.«

Peter fühlte sich wie einer, der versuchte, aus einem Hochdruckschlauch einen Schluck Wasser zu trinken. »Tut mir leid, Michael. Ich kann dir nicht folgen.«

Michael drehte sich um und sah ihn an. »Ich versuche dir zu erklären, dass dieses Ding in ihrem Nacken alle anderthalb Stunden ihre Körpertemperatur gemessen und gesendet hat, und zwar dreiundneunzig Jahre lang. Dreiundneunzig Jahre, vier Monate und einundzwanzig Tage, um genau zu sein. Amy NNU ist hundert Jahre alt.«

Als Peter wieder klar denken konnte, wurde ihm bewusst, dass er inzwischen auf einen Stuhl gesunken war.

»Das kann unmöglich wahr sein.«

Michael zuckte die Achseln. »Okay, es ist schwer zu begreifen, aber anders kann ich es mir nicht erklären, Peter. Und da ist noch mehr. Du erinnerst dich an die erste Partition? An das Wort USAMRIID? Ich habe es sofort erkannt. Es steht für ›United States Army Medical Research Institute for Infectious Diseases‹. Im Schuppen ist tonnenweise Zeug mit der Aufschrift USAMRIID. Dokumente über die Epidemie, jede Menge Labormaterial.« Er drehte sich auf seinem Stuhl um und deutete auf den oberen Bildschirmrand. »Siehst du das da? Diese lange Zahlenreihe in der ersten Zeile? Das ist die digitale Signatur des Mainframes.«

»Die was?«

»So etwas wie eine Adresse. Der Name des Systems, das dieser kleine Sender sucht. Auf den ersten Blick sieht es vielleicht aus wie Kauderwelsch, aber wenn du genau hinsiehst, verraten die Ziffern eine ganze Menge. Dieses Ding musste so was wie ein eingebautes Peilsystem haben, wahrscheinlich verbunden mit einem Satelliten. Altes Militärzeug. Was du da siehst, ist nicht irgendwas Verrücktes; es sind Koordinaten in einem Raster. Genau gesagt: Längen- und Breitengrad. Siebenunddreißig Grad sechsundfünfzig

Minuten nördliche Breite, hundertsieben Grad neunundvierzig Minuten westliche Länge. Nehmen wir uns die Landkarte vor ...«

Michael klapperte auf der Tastatur. Ein neues Bild erschien. Peter brauchte einen Moment, um zu begreifen, was er sah: eine Karte des nordamerikanischen Kontinents.

»Jetzt geben wir die Koordinaten ein, nämlich so ...«

Ein Gitter aus schwarzen Linien legte sich über die Karte und teilte sie in Quadrate auf. Mit schwungvoller Handbewegung hob Michael die Hand von der Tastatur und schlug mit dem Zeigefinger auf die Enter-Taste.

»... und da haben wir's. Südwest-Colorado. Eine Stadt namens Telluride.«

Der Name sagte Peter nichts. »Und?«

»*Colorado,* Peter. Das Herz der ZQZ.«

»Was ist die ZQZ?«

Michael seufzte ungeduldig. »Du solltest deine Geschichtskenntnisse aufpolieren. Die Zentrale Quarantänezone. Wo die Epidemie *angefangen* hat. Die allerersten Virals kamen alle aus Colorado.«

Peter hatte das Gefühl, von einem durchgehenden Pferd weggeschleift zu werden. »Nicht so schnell, bitte. Willst du damit sagen, sie kommt von dort?«

Michael nickte. »Im Grunde ja. Es war ein Kurzstreckensender; sie muss also dort gewesen sein, als sie ihn einpflanzten. Die eigentliche Frage aber lautet: warum.«

»Woher soll ich das wissen?«

Michael schwieg kurz. »Ich habe eine Frage. Hast du je darüber nachgedacht, was die Virals sind? Nicht bloß, was sie *tun,* Peter. Was sie *sind.*«

»Wesen ohne Seele?«

Michael nickte. »Ja, das sagen alle. Aber was ist, wenn mehr dahintersteckt? Dieses Mädchen, Amy – sie ist kein Viral. Wir wären alle tot, wenn sie einer wäre. Aber du hast gesehen, wie schnell ihre Wunde geheilt ist. Und sie hat da draußen überlebt. Du hast

selbst gesagt, sie hat dich beschützt. Und wie erklärst du dir die Tatsache, dass sie fast hundert Jahre alt ist, aber nicht einen Tag älter als, sagen wir, vierzehn aussieht? Die Army hat etwas mit ihr gemacht. Ich weiß nicht, wie, aber sie haben etwas gemacht. Dieser Transmitter hat auf einer militärischen Frequenz gesendet. Vielleicht war sie infiziert, und sie haben etwas mit ihr gemacht, sodass sie wieder normal wurde.« Er schwieg wieder und sah Peter ins Gesicht. »Vielleicht ist sie das Heilmittel.«

»Das ist ... ein gewagter Schluss.«

»Wirklich? Da bin ich mir gar nicht so sicher« Michael stand auf und nahm ein Buch von dem Bord über seinem Computer. »Ich habe das alte Logbuch durchgesehen, um festzustellen, ob wir jemals ein Signal von diesen Koordinaten empfangen haben. Nur so eine Vermutung. Und richtig, wir haben. Vor achtzig Jahren haben wir einen Leitstrahl aufgefangen, der diese Koordinaten sendete. Eine militärische Notruffrequenz, Morsefunk im alten Stil. Hier haben wir es.«

Michael schlug eine markierte Seite im Logbuch auf, legte Peter das Buch auf den Schoß und deutete auf die Worte, die dort transkribiert standen.

Wenn ihr sie gefunden habt, bringt sie her.

»Und jetzt kommt der Hammer«, fuhr Michael fort. »Er sendet immer noch. Deshalb habe ich so lange gebraucht. Ich musste eine Antenne auf der Mauer anbringen, um das Signal einigermaßen gut zu empfangen.«

Peter hob den Blick. Michael sah ihn erwartungsvoll an.

»Er tut was?«

»Er *sendet.* Dieselben Worte: ›Wenn ihr sie gefunden habt, bringt sie her.‹«

Peter spürte ein leises Schwindelgefühl. »Wie kann er senden?«

»Weil jemand *da* ist, Peter. Kapierst du nicht?« Michael lächelte triumphierend. »Dreiundneunzig Jahre. Das heißt, das Jahr des Ausbruchs. Das will ich damit sagen. Vor dreiundneunzig Jahren, im Frühling des Jahres null, in Telluride, Colorado, hat jemand ei-

nem sechsjährigen Mädchen einen nukleargespeisten Transmitter in den Nacken eingesetzt. Einem Mädchen, das immer noch lebt und hier in Quarantäne sitzt, als wäre sie geradewegs aus der Zeit Davor hereinspaziert. Und seit dreiundneunzig Jahren will der, der das getan hat, sie zurückhaben.«

40

Es war kurz vor Halbnacht, und niemand war unterwegs. Wegen der Ausgangssperre waren alle bis auf die Wachleute in ihren Häusern. Auf der Mauer schien alles ruhig zu sein. In den letzten paar Stunden hatte Peter versucht, sich einen Reim auf das Ganze zu machen. Er hatte sich nicht zum Dienst gemeldet, und niemand hatte nach ihm gesucht; allerdings hätte wohl auch niemand daran gedacht, im Lichthaus oder in dem Trailer nachzusehen, in dem er gesessen und das Gefängnis im Auge behalten hatte. Weil die Wache so stark dezimiert war, hatte Ian am Abend nur einen einzigen Wächter dort postiert, nämlich Galen Strauss. Aber Peter bezweifelte, dass Sam und die anderen vor dem Morgengrauen irgendetwas unternehmen würden. Und bis dahin wollte er längst über alle Berge sein.

Das Krankenrevier wurde schwerer bewacht. Dort standen zwei Wächter, einer vorn und einer an der Rückseite. Sara durfte nach wie vor kommen und gehen, wie sie wollte. Peter hatte sich im Gebüsch an der Wand der Zuflucht versteckt und gewartet. Es dauerte lange, bevor die Tür aufging und Sara auf die Veranda heraustrat. Sie wechselte ein paar Worte mit dem Wächter, Ben Chou, und dann kam sie die Stufen herunter und ging den Weg entlang. Offenbar wollte sie nach Hause, um etwas zu essen. Peter folgte ihr in diskretem Abstand, bis er sicher war, dass sie außer Sichtweite der Mauer waren. Dann sprach er sie an.

»Komm mit.«

Er führte sie zum Lichthaus, wo Michael und Elton warteten. Michael wiederholte das, was er Peter erzählt hatte, und sagte seiner Schwester, was er wusste. Als er von dem Morsesignal sprach und ihr die Worte im Logbuch zeigte, nahm sie ihm das Buch aus der Hand und schaute es ganz genau an.

»Okay.«

Michael zog die Stirn kraus. »Was soll das heißen, okay?«

»Michael, es ist nicht so, dass ich an dir zweifle. Ich kenne dich viel zu lange. Aber was sollen wir mit dieser Information anfangen? Wie weit ist es von hier bis Colorado? Tausend Meilen?«

»Tausendsechshundert«, sagte Michael. »Plus/minus.«

»Und wie sollen wir da hinkommen?«

Michael zögerte. Er schaute an seiner Schwester vorbei zu Elton hinüber, der nickte.

»Das eigentliche Problem ist das, was passiert, wenn wir nicht hinkommen.«

Und dann erzählte Michael ihnen von den Akkus.

Peter nahm die Nachricht seltsam unbeteiligt und mit einem Gefühl der Unausweichlichkeit auf. Natürlich ging es mit den Akkus zu Ende. Die ganze Zeit schon ging es mit den Akkus zu Ende. Er spürte es in allem, was passiert war, er spürte es in seinem tiefsten Innern, als hätte er es schon immer gewusst. Das Mädchen zum Beispiel. Dieses Mädchen, Amy, das Mädchen von Nirgendwo. Dass sie bei ihnen erschienen war, als es mit den Akkus zu Ende ging, war mehr als ein bloßer Zufall. Ihm blieb nichts weiter zu tun, als diesem Wissen entsprechend zu handeln.

Er merkte, dass seit einer Weile niemand mehr etwas gesagt hatte. »Wer weiß sonst noch davon?«, fragte er Michael.

»Nur wir.« Michael zögerte. »Und dein Bruder.«

»Du hast es Theo gesagt?«

Er nickte. »Ich wünschte immer, ich hätte es nicht getan. Er war es, der mir gesagt hat, ich soll mit niemandem darüber sprechen. Bis jetzt habe ich es auch nicht getan.«

Natürlich, dachte Peter. Natürlich hatte sein Bruder es gewusst.

»Ich nehme an, er wollte nicht, dass die Leute Angst bekommen«, fuhr Michael fort. »Solange es nichts gab, was wir tun konnten.«

»Aber du glaubst, jetzt gibt es etwas.«

Michael rieb sich die Augen. Peter sah, dass die Erschöpfung sich allmählich bemerkbar machte. Keiner von ihnen hatte geschlafen.

»Du weißt, was ich hier tue, Peter. Das Funksignal ist wahrscheinlich automatisiert. Aber wenn die Army noch da draußen ist, dann weiß ich nicht, wie wir einfach untätig bleiben können. Wenn das Mädchen in der Mall getan hat, was du sagst, dann kann sie uns vielleicht alle beschützen.«

Peter sah Sara an. Nach dem, was Michael ihnen gerade eröffnet hatte, war er überrascht, sie so gefasst zu sehen. Ihr Gesicht zeigte keine Gefühlsregung. Aber sie war Krankenschwester, und Peter wusste, wie tough sie sein konnte.

»Sara? Du hast noch gar nichts gesagt.«

»Was soll ich denn sagen?«

»Du warst doch die ganze Zeit bei ihr. Was glaubst du, was sie ist?«

Sara seufzte müde. »Ich weiß nur, was sie alles nicht ist. Sie ist kein Viral, das ist offensichtlich. Aber ein gewöhnlicher Mensch ist sie auch nicht. Du hast gesehen, wie schnell ihre Wunden heilen.«

»Und warum kann sie nicht sprechen?«

»Keine Ahnung. Wenn sie so alt ist, wie Michael sagt, und wenn sie die ganze Zeit allein war, dann hat sie es vielleicht verlernt.«

»War niemand sonst bei ihr?«

»Nicht seit gestern. Ich habe den Eindruck, alle haben … Angst vor ihr.«

»Du auch?«

Sara runzelte die Stirn. »Warum sollte ich Angst vor ihr haben, Peter?«

Er wusste es nicht. Die Frage hatte in seinen eigenen Ohren seltsam geklungen, als er sie stellte.

Sara stand auf. »Ich muss zurück. Ben wird sich sonst fragen, wo ich bleibe.« Sie legte Michael eine Hand auf die Schulter. »Du musst versuchen, ein bisschen zu schlafen. Und du auch, Elton. Ihr beide, ihr seht furchtbar aus.«

Sie war schon an der Tür, als sie sich noch einmal umdrehte und Peter ansah.

»Du meinst das nicht wirklich ernst, oder? Dass du nach Colorado willst.«

Die Frage klang zu einfach. Und dennoch deutete alles auf diese Schlussfolgerung hin. Peter war zumute wie in dem Augenblick vor der Bibliothek, als Theo ihn gefragt hatte: Wofür stimmst du?

»Denn wenn das so ist«, fuhr Sara fort, »dann würde ich nicht mehr viel länger abwarten, sondern sie von hier wegbringen.« Und damit war sie draußen.

Im Lichthaus wurde es sehr still. Peter wusste, dass Sara recht hatte. Trotzdem konnte sein Verstand noch nicht das ganze Ausmaß dessen, was sie da in Betracht zogen, in allen Details erfassen. Das Mädchen Amy und die Stimme in seinem Kopf, die ihm sagte, dass seine Mutter ihn vermisse. Die Akkus, die bald versagen würden, und dass Theo es gewusst hatte. Der Funkspruch, den Michael aufgefangen hatte und der nicht nur durch den Raum, sondern durch die Zeit kam und aus der Vergangenheit zu ihnen redete. Das alles gehörte zu einem einzigen Stück, dessen Form trotzdem nicht erkennbar war, als fehlte eine entscheidende Information in der gesamten Struktur.

Peter merkte, dass er Elton anstarrte. Der alte Mann hatte noch kein Wort gesagt. Vielleicht war er eingeschlafen.

»Elton?«

»Hm?«

»Du bist sehr still.«

»Was soll ich sagen?« Seine Augen bewegten sich hin und her. »Du weißt, mit wem du sprechen musst. Ihr Jaxon-Jungs, ihr seid alle gleich. Ich brauche es dir nicht zu sagen.«

Peter stand auf.

»Wo willst du hin?«, fragte Michael.

»Ich hole mir die Antwort«, sagte Peter.

Sanjay Patal konnte nicht schlafen. Er lag im Bett, aber er konnte nicht einmal die Augen schließen.

Es war das Mädchen. Dieses Mädchen von Nirgendwo. Sie war irgendwie in ihn hineingekommen, in seinen Kopf. Da war sie mit Babcock und den Vielen – mit welchen Vielen?, fragte er sich, wieso dachte er an die Vielen? –, und es war, als wäre er jetzt jemand anders, jemand Neues, der ihm fremd war. Er hatte ... ja, was hatte er gewollt? Ein bisschen Frieden. Ein bisschen Ordnung, um das Gefühl zu vertreiben, dass alles nicht das war, was es zu sein schien, dass die Welt nicht die Welt war. Was hatte Jimmy über die Augen des Mädchens gesagt? Aber ihre Augen waren geschlossen, das hatte er deutlich gesehen; ihre Augen waren geschlossen und öffneten sich nie. Sie waren in ihm, diese Augen, als betrachtete er alles aus zwei Blickwinkeln, einmal von innen und einmal von außen, Sanjay und nicht Sanjay, und was er sah, war ein Seil.

Warum dachte er an ein Seil?

Er hatte Old Chou finden wollen. Darum hatte er letzte Nacht das Haus verlassen, als Gloria in der Küche schlief. Der Drang, Old Chou zu finden, hatte ihn aus dem Bett getrieben, die Treppe hinunter und zur Tür hinaus. Die Scheinwerfer, erinnerte er sich. Kaum war er in den Hof hinausgetreten, hatte ihr grelles Licht seine Augen erfüllt, war auf seiner Netzhaut explodiert wie eine Bombe und hatte seinen Kopf mit einem Schmerz versengt, der kein richtiger Schmerz war, sondern eher die Erinnerung an Schmerz, aber es hatte jeden Gedanken an Old Chou weggeschwemmt, an das Lagerhaus und an das, was er dort wollte. Was er als Nächstes getan hatte, war anscheinend in einem Zustand der Willenlosigkeit geschehen. Die Bilder in seinem Gedächtnis waren unzusammenhängend wie ein Kartenspiel, das zu Boden gefallen war. Gloria hatte ihn nachher gefunden. Er hatte im Gebüsch an ihrem Haus gekauert und gewimmert wie ein Kind. Sanjay, hatte

sie gesagt, was hast du getan? Was hast du getan, was hast du getan? Er konnte ihre Frage nicht beantworten – in diesem Augenblick hatte er wirklich keine Ahnung –, doch ihr Gesicht und ihre Stimme verrieten, dass es etwas Furchtbares, Undenkbares war, als hätte er vielleicht jemanden umgebracht. Er hatte sich von ihr ins Haus und zu seinem Bett führen lassen. Erst als die Sonne aufging, fiel ihm wieder ein, was er getan hatte.

Er wurde verrückt.

So war der Tag vergangen. Nur indem er wach blieb – und nicht nur wach blieb, sondern unbeweglich dalag und seine ganze Willenskraft zusammennahm –, konnte er seine verstörten Gedanken vielleicht wieder in einen Zusammenhang bringen und eine Wiederholung der Ereignisse der letzten Nacht vermeiden. Das war sein neuer Wachdienst. Eine Zeitlang, kurz nach dem Morgengrauen und dann später, als es dunkel wurde, hatte er unten aufgeregte Stimmen gehört (Ian und Ben und Gloria – was mochte aus Jimmy geworden sein?), aber auch das war vorbeigegangen. Er fühlte sich wie in einer Luftblase; alles passierte in der Ferne, unerreichbar für ihn. Zwischendurch wurde ihm bewusst, dass Gloria im Zimmer war. Ihr besorgtes Gesicht schwebte über ihm, und sie stellte ihm Fragen, die er nicht beantworten konnte. *Sollte ich ihnen von den Gewehren erzählen, Sanjay? Sollte ich? Ich weiß nicht, was ich tun soll, ich weiß nicht, was ich tun soll. Warum sprichst du nicht mit mir, Sanjay?* Aber er konnte immer noch nichts sagen. Wenn er spräche, würde er den Bann brechen.

Jetzt war sie weg. Gloria war weg, Mausami war weg, alle waren weg. Seine Mausami. Ihr Bild hielt er jetzt vor seinem geistigen Auge fest – nicht die erwachsene Frau, zu der sie geworden war, sondern das winzige Baby, das er gesehen hatte, dieses Bündel von einem warmen, neuen Leben, das Prudence Jaxon ihm in die Arme gelegt hatte –, und als das Bild verblasste und Sanjay endlich die Augen schloss, hörte er die Stimme, Babcocks Stimme, die aus der Dunkelheit kam.

Sanjay. Sei der Meine.

Jetzt war er in der Küche. In der Küche aus der Zeit Davor. Ein Teil seiner selbst sagte: Du hast die Augen geschlossen, Sanjay. Was immer du tust, du darfst die Augen nicht schließen. Aber es war zu spät. Er war wieder in seinem Traum, in dem Traum mit der Frau und dem Telefon und ihrer lachenden Stimme aus Rauch und dem Messer. Das Messer war in seiner Hand. Ein großes Messer mit schwerem Griff, mit dem er die Worte, die lachenden Worte, aus ihrer Kehle schneiden würde. Und aus der Dunkelheit seines Geistes stieg die Stimme zu ihm herauf.

Bring sie zu mir, Sanjay. Bring mir einen und dann noch einen. Bring sie zu mir.

Sie saß am Tisch und sah ihn an mit ihrem großen pausbäckigen Gesicht, und Rauch kam in kleinen grauen Wölkchen zwischen ihren Lippen hervor. Was hast du mit dem Messer vor? Hm? Soll mir das Angst machen?

Tu es. Töte sie. Töte sie und sei frei.

Er stürzte sich auf sie und stieß mit dem Messer auf sie herab, mit all seiner Kraft.

Aber etwas stimmte nicht. Das Messer war stecken geblieben, sein blinkender Glanz mitten in der Luft erstarrt. Irgendeine Macht war in den Traum eingedrungen und hielt seine Hand fest. Er spürte ihren starken Griff an seinem Arm. Die Frau lachte. Er zog und zerrte und versuchte, das Messer voranzubringen, doch es ging nicht. Der Rauch quoll aus ihrem Mund, und sie lachte ihn aus, lachte, lachte, lachte …

Mit einem Ruck wachte er auf. Sein Herz raste. Jeder Nerv in seinem Körper schien Funken zu sprühen. Sein Herz! Sein Herz!

»Sanjay?« Gloria war hereingekommen. Sie hatte eine Laterne in der Hand. »Sanjay, was ist los?«

»Hol Jimmy!«

Ihr Gesicht war beunruhigend dicht vor ihm, verzerrt vor Angst. »Er ist tot, Sanjay. Weißt du nicht mehr? Jimmy ist tot!«

Er schleuderte die Decke zur Seite, und jetzt stand er, mitten im Zimmer, und eine wilde Macht durchströmte ihn. Diese Welt

mit ihren Nichtigkeiten. Dieses Bett, diese Kommode, diese Frau namens Gloria, seine Frau. Was tat er hier? Wohin hatte er gehen wollen? Warum hatte er nach Jimmy gerufen? Aber Jimmy war tot, Old Chou war tot, Walter Fisher und Soo Ramirez und der Colonel und Theo Jaxon und Gloria und Mausami und sogar er selbst – alle waren sie tot! Denn die Welt war nicht die richtige Welt, das war der springende Punkt, das war die furchtbare Wahrheit, die er entdeckt hatte. Es war eine Traumwelt, ein Schleier aus Licht und Geräuschen und Materie, der die wahre Welt verhüllte. Walker in einem Traum vom Tod, das waren sie, und die Träumerin war das Mädchen, dieses Mädchen von Nirgendwo. Die Welt war ein Traum, und sie erträumte sie.

»Gloria«, krächzte er. »Hilf mir.«

In Aunties Küche brannte noch eine Laterne. Peter klopfte an die Tür und trat dann leise ein.

Die alte Frau saß am Küchentisch. Sie schrieb nicht, und sie trank keinen Tee. Als er hereinkam, hob sie den Kopf und griff gleichzeitig in das Gewirr der Brillen an ihrem Hals. Die richtige wanderte auf ihre Nase.

»Peter. Hab mir gedacht, dass du das bist.«

Er setzte sich ihr gegenüber. »Woher wusstest du von ihr, Auntie?«

»Von wem?«

»Du weißt, von wem, Auntie. Bitte.«

Sie winkte kurz. »Du meinst den Walker? Oh, da muss jemand vorbeigekommen sein und es mir erzählt haben. Ich glaube, das war dieser Molyneau.«

»Ich rede von vorgestern Abend. Du hast da etwas gesagt. Hast mir erzählt, dass sie kommt. Dass ich wüsste, wer sie ist.«

»Das habe ich gesagt?«

»Ja, Auntie. Das hast du gesagt.«

Die alte Frau runzelte die Stirn. »Keine Ahnung, was mir da durch den Kopf gegangen ist. Vorgestern Abend, sagst du?«

Er hörte sich seufzen. »Auntie ...«

Sie hob die Hand und schnitt ihm das Wort ab. »Okay, jetzt reg dich nicht auf. Ich habe ein bisschen Spaß gemacht. Hab ich schon so lange nicht mehr getan, dass ich es mir einfach nicht verkneifen konnte.« Sie sah ihn durchdringend an. »Also sag's mir selbst. Bevor ich meine Meinung dazu äußere. Was glaubst du, was sie ist? Dieses Mädchen?«

»Amy?«

»Ich weiß nicht, wie sie heißt. Wenn du sie Amy nennen willst, von mir aus.«

»Ich weiß es nicht, Auntie.«

Sie riss die Augen auf. »Natürlich weißt du es nicht!« Sie gluckste und bekam dann einen Hustenanfall. Peter stand auf und wollte ihr helfen, doch sie winkte ab. »Setz dich«, krächzte sie. »Meine Stimme ist rostig geworden, weiter nichts.« Sie nahm sich einen Augenblick Zeit, um sich wieder zu fassen, und räusperte sich mit feuchtem Rasseln. »Das musst du selbst herausfinden«, sagte sie dann. »Für jeden gibt es im Leben etwas, das er herausfinden muss, und das hier ist deins.«

»Michael sagt, sie ist hundert Jahre alt.«

Die alte Frau nickte. »Dann pass lieber auf. Eine *ältere* Frau. Sieh zu, dass diese Amy dich nicht allzu sehr herumkommandiert.«

So kam er nicht weiter. Mit Auntie zu reden war immer eine Herausforderung, aber so hatte er sie noch nie erlebt, so gespenstisch vergnügt. Sie hatte ihm nicht einmal Tee angeboten.

»Auntie, du hast da noch etwas anderes gesagt«, drängte er. »Etwas von einer Chance.«

»Kann sein. Klingt wie etwas, das ich sagen würde.«

»Ist sie eine?«

Die alte Frau zögerte, und ihre bleichen Lippen kräuselten sich skeptisch. »Ich würde sagen, das kommt darauf an.«

»Worauf?«

»Auf dich.«

Bevor Peter etwas sagen konnte, redete die alte Frau weiter.

»Ach, jetzt mach nicht so ein jämmerliches Gesicht. Ratlos wäre jeder an deiner Stelle.« Sie schob den Tisch zurück und stand auf. »Komm mal mit. Ich will dir was zeigen. Vielleicht hilft es dir, dich zu entscheiden.«

Er folgte ihr durch den Flur zu ihrem Schlafzimmer. Wie der Rest des Hauses war auch dieser Raum vollgestopft, aber sauber; alles war an seinem Platz. An der Wand stand ein altes Himmelbett. Die Kuhle in der Matratze verriet ihm, dass sie nur mit losem Stroh gefüllt war. Auf einem Holzstuhl daneben stand eine Öllampe. Die Kommode, das einzige andere Möbelstück im Zimmer, war mit einer Kollektion von scheinbar beliebig zusammengestellten Gegenständen geschmückt: Da war eine alte Glasflasche, auf der in den verblichenen Lettern einer verschlungenen Schrift die Worte *Coca-Cola* standen, eine Blechdose, in der es rasselte, als er sie in die Hand nahm – vermutlich enthielt sie Stecknadeln –, der Kieferknochen irgendeines kleinen Tieres und ein pyramidenförmiger Haufen von flachen glatten Steinen.

»Das sind meine Trösterchen«, erklärte Auntie.

Peter sah sie an. Jetzt, da sie nebeneinander in dem engen Zimmer standen, wurde ihm bewusst, wie klein sie war: Ihr weißer Scheitel reichte ihm kaum bis an die Schulter.

»So hat meine Mama sie genannt. Behalte deine Trösterchen in der Nähe, hat sie immer gesagt.« Sie winkte ihn mit krummem Finger zu der Kommode. »Wo das meiste herkommt, habe ich vergessen, aber bei dem Bild weiß ich's natürlich noch. Das hatte ich im Zug bei mir.«

Das Bild stand mitten auf der Kommode. Peter nahm es herunter und hielt es schräg ans Fenster ins Licht der Scheinwerfer. Der Rahmen war stumpf und verkratzt, und das Foto war zu klein dafür; vermutlich, dachte Peter, war der Rahmen später gekommen. Zwei Personen standen auf der Treppe vor der Tür eines Backsteinhauses, der Mann hinter der Frau; er hatte die Arme um ihre Taille geschlungen, und sie lehnte sich an ihn. Offenbar war es kalt, denn sie trugen dicke Mäntel, und Peter sah, dass das Pflaster

im Vordergrund mit Schnee überstäubt war. Die Farben waren im Laufe der Jahre zu einem gedämpften Braunton ausgeblichen, doch er sah, dass die beiden dunkelhäutig wie Auntie waren, und sie hatten das Haar der Jaxons. Die Frau trug ihres fast so kurzgeschnitten wie der Mann. Sie hatte einen langen Schal um den Hals gebunden und lächelte in die Kamera. Der Mann schaute weg, und sein Gesichtsausdruck sah aus wie ein Lachen, das die Kamera unterbrochen hatte. Es war ein eindringliches Bild voller Hoffnung und Verheißung, und in der abschweifenden Aufmerksamkeit des Mannes und dem Lächeln der Frau, in der Art, wie er sie mit den Armen umschloss und an sich zog, spürte Peter, das die beiden ein Geheimnis miteinander teilten. Als er das Bild genauer betrachtete – die Konturen der Frau und die Wölbung unter dem Mantel –, begriff er, was für ein Geheimnis es war. Auf dem Bild waren nicht zwei Menschen, sondern drei: Die Frau war schwanger.

»Monroe und Anita«, sagte Auntie. »So hießen sie. Und das ist unser Haus. 2121 West Laveer.«

Peter berührte die Glasscheibe über dem Bauch der Frau. »Und das da bist du, ja?«

»Natürlich bin ich das. Was glaubst du denn, wer es ist?«

Peter stellte das Bild wieder auf seinen Platz auf der Kommode. Er wünschte, er hätte auch so etwas, ein Andenken an seine Eltern. Mit Theo war es anders; er konnte immer noch das Gesicht seines Bruders vor sich sehen und seine Stimme hören, und als er jetzt an Theo dachte, sah er ihn im Kraftwerk am Tag vor ihrem Abmarsch. Theos müder, sorgenvoller Blick, als er sich auf Peters Pritsche gesetzt hatte, um seinen Knöchel zu untersuchen, und dann sein erwartungsvolles, herausforderndes Lächeln, als er den Kopf hob: *Die Schwellung ist zurückgegangen. Glaubst du, du kannst reiten?* Aber Peter wusste, dass diese Erinnerung im Laufe der Zeit, vielleicht schon in ein paar Monaten, verblassen würde wie alle anderen – wie die Farben auf Aunties Foto. Als Erstes würde der Klang von Theos Stimme verschwinden, und dann das Bild selbst.

»Hier drunter muss es irgendwo sein«, sagte Auntie. Sie war auf die Knie gesunken und hatte den Volant am Bett zur Seite gezogen, um darunterzuschauen. Ächzend langte sie unter das Bett und zerrte einen Karton hervor. »Hilf mir auf, Peter.«

Er nahm sie beim Ellenbogen und zog sie auf die Beine. Es war ein gewöhnlicher Schuhkarton mit einem klappbaren Deckel und einer Lasche, mit der man ihn verschließen konnte.

»Na los.« Auntie ließ sich auf die Bettkante nieder, und ihre nackten Füße baumelten über dem Boden wie die eines Kindes. »Mach auf.«

Er stellte den Karton neben ihr auf das Bett und hob den Deckel. Der Karton war voll von zusammengefaltetem Papier. Das hatte er sich schon gedacht. Aber es war nicht einfach nur Papier, sah er dann. Es waren Landkarten. Die Schachtel war voller Landkarten.

Behutsam nahm er die oberste heraus. Das Papier war abgegriffen, und an den Knickfalten war es so brüchig, dass er Angst hatte, die Karte könnte auseinanderfallen. Vorn standen die Worte: AUTOMOBILE CLUB OF AMERICA, GROSSRAUM LOS ANGELES UND SÜDKALIFORNIEN.

»Die haben meinem Vater gehört. Er hat sie auf den Langen Ritten benutzt.«

Vorsichtig nahm er die anderen heraus und breitete sie auf der Kommode aus. SAN BERNARDINO NATIONAL FOREST. STRASSENATLAS LAS VEGAS. SÜDLICHES NEVADA UND UMGEBUNG. LONG BEACH, SAN PEDRO UND DER HAFEN VON LOS ANGELES. WÜSTENREGION KALIFORNIEN, MOJAVE NATIONAL PRESERVE. Und ganz unten, größer als die anderen, die geknickten Ränder an die Seiten des Kartons gepresst: FEDERAL EMERGENCY MANAGEMENT AGENCY, KARTE DER ZENTRALEN QUARANTÄNEZONE.

»Das verstehe ich nicht«, sagte er. »Woher hast du die?«

»Deine Mutter hat sie mir gegeben. Bevor sie starb.« Auntie beobachtete ihn vom Bett aus, die Hände im Schoß. »Die Frau

kannte dich besser, als du dich selbst kennst. Gib sie ihm, wenn er so weit ist, hat sie gesagt.«

Peter spürte, wie ihn die gewohnte Traurigkeit überkam. »Tut mir leid, Auntie. Da hast du etwas missverstanden. Sie muss Theo gemeint haben.«

Aber sie schüttelte den Kopf. »Nein, Peter.« Sie lächelte zahnlos. Ihr wolkenartiges Haar, das von den Scheinwerfern von hinten angestrahlt wurde, schien wie ein Kranz zu glühen. »Sie hat dich gemeint. Sie hat gesagt, dir soll ich sie geben.«

Später dachte Peter, wie seltsam es doch war. Wie er in der Stille von Aunties Schlafzimmer, umgeben von all diesen Dingen, das Gefühl gehabt hatte, als öffnete sich etwas; so wie wenn man ein Buch aufgeschlägt. Er dachte an die letzten Stunden seiner Mutter – an ihre Hände und die stickige, heiße Luft in dem kleinen Zimmer, in dem sie lag; an ihr plötzliches Ringen nach Atem und ihre letzten beschwörenden Worte: *Gib acht auf deinen Bruder, Theo. Er ist nicht stark wie du.* Es war so klar gewesen, was sie gemeint hatte. Aber als er diesen Augenblick jetzt in Gedanken durchforschte, begann die Erinnerung sich zu verschieben. Die Worte seiner Mutter nahmen eine neue Gestalt, eine neue Betonung an, und damit bekamen sie auch eine ganz andere Bedeutung.

Gib acht auf deinen Bruder Theo.

Es klopfte plötzlich an der Tür, und er erschrak.

»Erwartest du jemanden, Auntie?«

Die alte Frau legte die Stirn in scharfe Falten. »Um diese Zeit?«

Peter legte die Landkarten schnell in den Karton und schob ihn wieder unters Bett. Erst als er die Haustür öffnete und Michael hinter dem Fliegengitter stehen sah, fragte er sich, warum er das getan hatte. Michael kam herein und warf einen Blick an ihm vorbei zu Auntie, die mit verschränkten Armen hinter Peter stand. »Hey, Auntie«, sagte er atemlos.

»Selber hey, du ungezogener Bengel. Wenn du schon mitten in der Nacht an meine Tür klopfst, dann erwarte ich ein ›Guten Abend‹.«

»Verzeihung.« Er errötete verlegen. »Guten Abend, Auntie. Wie geht's dir?«

Sie nickte. »Ganz gut, schätze ich.«

Michael sah Peter an und senkte vertraulich die Stimme. »Kann ich dich sprechen? Draußen?«

Peter ging mit Michael hinaus auf die Veranda und sah Dale Levine, der aus dem Schatten hervortrat.

»Erzähl ihm, was du mir erzählt hast«, sagte Michael.

»Dale? Was soll das?«

»Hör zu«, sagte der Mann und sah sich nervös um. »Wahrscheinlich sollte ich den Mund halten. Aber wenn du vorhast, Alicia und Caleb hier rauszubringen, dann würde ich es an deiner Stelle gleich morgen früh tun, sobald es dämmert. Ich kann euch am Tor helfen.«

»Wieso? Was ist passiert?«

Michael übernahm die Antwort. »Die Gewehre, Peter. Sie holen die Gewehre.«

41

Im Krankenrevier wachte Sara Fisher, Erste Krankenschwester, bei dem Mädchen.

Amy, dachte Sara. Sie heißt Amy. Dieses Mädchen, dieses hundert Jahre alte Mädchen, heißt Amy. Bist du das?, fragte sie. Heißt du so? Bist du Amy?

Ja, sagten die Augen. Vielleicht lächelte sie sogar. Wie lange hatte sie ihren Namen nicht mehr gehört? *Das bin ich. Ich bin Amy.*

Sara wünschte, sie hätte ein paar Kleider für das Mädchen, nicht nur dieses Krankenhaushemd. Es kam ihr nicht richtig vor, dass ein Mädchen mit einem Namen nichts anzuziehen und keine Schuhe hatte. Daran hätte sie denken sollen, bevor sie zum Krankenrevier zurückgegangen war. Das Mädchen war kleiner als sie, feingliedriger und schmaler in den Hüften, aber Sara hatte ein Paar Hosen, die sie gern beim Reiten trug, eng anliegend in der Taille und am Hintern. Mit einem Gürtel würden sie dem Mädchen gut passen. Ein Bad hatte sie auch nötig, und einen Haarschnitt.

Sara stellte nichts von dem in Frage, was Michael ihr erzählt hatte. Michael war Michael, das sagten alle, und das sollte heißen, er sei einfach oberschlau – schlauer, als gut für ihn war. Aber eins gab es wirklich nicht, niemals: dass er sich irrte. Irgendwann würde es passieren, vermutete Sara. Kein Mensch konnte immer nur recht haben, und sie fragte sich, was an diesem Tag aus ihrem

Bruder werden würde. Dann würde er plötzlich zusammenbrechen. Sara musste an ein Spiel denken, das sie als Kinder gespielt hatten: Sie hatten aus Bauklötzen Türme gebaut und dann die unteren Klötze herausgezogen, einen nach dem anderen, ohne dass das ganze Ding einstürzte. Und wenn es dann doch einstürzte, geschah es schnell, und alles war kaputt. Ob es so auch bei Michael sein würde? Oder ob noch irgendetwas stehen bleiben würde? Dann würde er sie brauchen, wie er sie an jenem Morgen gebraucht hatte, als sie ihre Eltern gefunden hatten – an dem Tag, als Sara ihn im Stich gelassen hatte.

Sie hatte es ernst gemeint, als sie Peter sagte, sie habe keine Angst vor dem Mädchen. Zuerst hatte sie welche gehabt. Aber allmählich hatte sie etwas Neues empfunden. In der wachsamen, rätselhaften Gegenwart des Mädchens – still und regungslos, und doch wieder nicht – hatte sie Beruhigung, ja sogar Hoffnung verspürt. Das Gefühl, dass sie nicht allein war, aber noch mehr als das: dass die Welt nicht allein war. Als wachten sie alle nach einer langen Nacht mit schrecklichen Träumen auf, um wieder ins Leben zurückzutreten.

Bald würde der Morgen dämmern. Die Ereignisse der Nacht zuvor hatten sich offenbar nicht wiederholt. Sie hätte das Geschrei gehört. Es war, als hielte die Nacht noch einmal den Atem an und wartete auf das, was als Nächstes kommen würde. Denn was Sara weder Peter noch sonst jemandem erzählt hatte, war das, was sich im Krankenrevier abgespielt hatte, kurz bevor die Lichter ausgegangen waren. Das Mädchen hatte plötzlich kerzengerade auf dem Bett gesessen. Sara war erschöpft gewesen und hatte sich gerade schlafen gelegt, und ein Geräusch hatte sie aufgeschreckt, das von dem Mädchen gekommen war. Ein leises Stöhnen, ein einzelner ununterbrochener Ton, der aus der Kehle kam. Was ist?, fragte Sara, und sie stand sofort auf und ging zu ihr. Was ist passiert? Tut dir was weh? Aber das Mädchen antwortete nicht. Ihre Augen waren weit aufgerissen, und trotzdem schien sie Sara nicht zu sehen. Sara spürte, dass draußen etwas im Gange war; es war

merkwürdig dunkel im Raum, sie hörte Schreie von der Mauer, lauten Aufruhr, rufende Stimmen und schnelle Schritte vor dem Haus. Aber obwohl das wichtig zu sein schien, konnte sie den Blick nicht von dem Mädchen wenden. Sie spürte ganz deutlich, dass das, was da draußen vor sich ging, sich auch hier abspielte, in diesem Raum, in den leeren Augen des Mädchens, ihrem angespannten Gesicht und der klagenden Melodie, die irgendwo aus der Tiefe ihres Innern in die Kehle heraufstieg. Sara zählte die Minuten nicht, die vergingen – es waren zwei Minuten und sechsundfünfzig Sekunden gewesen, sagte Michael, aber ihr war es wie eine Ewigkeit vorgekommen –, und dann, genauso schnell und überraschend, wie es angefangen hatte, war es vorbei. Das Mädchen war verstummt, hatte sich hingelegt und die Knie an die Brust gezogen, und das war es gewesen.

Jetzt saß Sara am Schreibtisch im vorderen Zimmer und erinnerte sich an all das. Sie überlegte, ob sie es Peter hätte erzählen sollen, als sie draußen auf der Veranda Stimmen hörte. Sie hob das Gesicht zum Fenster. Ben saß immer noch am Geländer und wandte ihr den Rücken zu; sie hatte ihm einen Stuhl hinausgestellt. Das Ende seiner Armbrust, die auf seinem Schoß lag, ragte seitlich hervor. Mit wem er sprach, konnte Sara nicht sehen; derjenige stand unten vor der Veranda. *Was wollt ihr hier?*, hörte sie Ben sagen, und seine Stimme nahm einen warnenden Ton an. *Wisst ihr nicht, dass wir Ausgangssperre haben?*

Als Sara aufstand, um zu sehen, mit wem Ben redete, sah sie, dass Ben sich ebenfalls erhob und seine Armbrust hochriss.

Peter und Michael liefen durch den Trailerpark. Sie huschten von Schatten zu Schatten und legten den letzten Rest des Weges zum Gefängnis im Schutze der Bäume zurück. Kein Wachtposten.

Die Tür war angelehnt. Peter schob sie behutsam auf und trat ein. An der Wand gegenüber lag eine Gestalt, an Händen und Füßen gefesselt. Alicia erschien links hinter ihm und ließ die Armbrust sinken, mit der sie auf seinen Rücken gezielt hatte.

»Wo zum Teufel hast du gesteckt?«, sagte sie.

Caleb stand hinter ihr mit einem Messer in der Hand.

»Ist eine lange Geschichte. Ich erzähl's dir unterwegs.« Er deutete auf die Gestalt am Boden; jetzt erkannte er, dass es Galen Strauss war. »Wie ich sehe, hast du ohne mich angefangen. Was hast du mit ihm gemacht?«

»Nichts, woran er sich erinnern wird, wenn er wieder aufwacht.«

»Ian weiß von den Gewehren«, sagte Michael.

Alicia nickte. »Dachte ich mir.«

Peter erklärte ihr, was sie planten: Zuerst zum Krankenrevier, um Sara und das Mädchen zu holen, dann zum Stall, um sich Pferde zu beschaffen. Kurz vor der Ersten Glocke würde Dale auf der Mauer eine Sichtung ausrufen. In dem Durcheinander würden sie bei Sonnenaufgang zum Tor hinausschleichen und zum Kraftwerk hinunterreiten können. Dort würden sie sich überlegen, wie es weitergehen sollte.

»Weißt du, ich glaube, ich habe Dale unterschätzt«, sagte Alicia. »Er hat mehr Mumm, als ich dachte.« Sie schaute Michael an. »Du auch, Akku. Ich hätte nicht gedacht, dass einer wie du bereit wäre, den Knast zu stürmen.«

Alle vier gingen hinaus. Es wurde schnell heller. Peter schätzte, dass sie nur noch ein paar Minuten Zeit hatten. Schnell und lautlos liefen sie in Richtung Krankenrevier und um die Westseite der Zuflucht herum, wo sie Deckung und einen freien Blick auf das Gebäude hatten.

Die Veranda war leer, die Tür stand offen. Aus den vorderen Fenstern fiel flackerndes Lampenlicht. Dann hörten sie einen Schrei.

Sara.

Peter war als Erster da. Der Vorraum war leer. Alles sah aus wie immer, nur der Stuhl vor dem Tisch lag auf der Seite. Aus Richtung der Betten hörte Peter ein Stöhnen. Als die anderen hinter

ihm hereinkamen, lief er bereits durch den Flur und riss den Vorhang zur Seite.

Amy kauerte an der Wand. Sie hatte die Arme um den Kopf gelegt, als wollte sie einen Schlag abwehren. Sara lag auf den Knien. Ihr Gesicht war blutüberströmt.

Überall lagen Leichen.

Die anderen kamen hinzu. Michael stürzte zu seiner Schwester.

»Sara!«

Sie wollte etwas sagen. Ihr Mund öffnete sich, aber kein Laut kam über ihre blutigen Lippen. Peter fiel neben Amy auf die Knie. Anscheinend war sie unverletzt. Sie zuckte zusammen, rutschte davon und fuchtelte abwehrend mit den Armen.

»Ist ja gut«, sagte er, »ist alles gut«, doch nichts war gut. Was war hier passiert? Wer hatte diese Männer umgebracht? Hatten sie sich gegenseitig abgeschlachtet?

»Das ist Ben Chou«, sagte Alicia. Sie kniete neben einem der Toten. »Die zwei da sind Milo und Sam. Und der andere ist Jacob Curtis.«

Ben hatte ein Messer abbekommen. Milo, der mit dem Gesicht nach unten in einer Blutlache lag, war durch einen Schlag auf den Kopf getötet worden, und Sam war es anscheinend ebenso ergangen: Sein Schädel war seitlich eingedrückt.

Jacob lag auf dem Rücken am Fußende von Amys Pritsche. Der Bolzen von Bens Armbrust ragte aus seinem Hals. Ein wenig Blut quoll immer noch schaumig über seine Lippen, und seine Augen waren offen und starrten überrascht herauf. In der ausgestreckten Hand hielt er ein Stück Eisenrohr, beschmiert mit Blut und Hirnmasse, rot mit weißlichen Tupfen.

»Heilige Scheiße!«, sagte Caleb. »Heilige Scheiße, die sind alle tot!«

Alles an diesem Anblick trat mit entsetzlicher Klarheit hervor. Die Leichen auf dem Boden, die Blutpfützen. Jacob mit dem Rohr in der Hand. Michael half Sara auf die Beine, Amy kauerte noch immer an der Wand.

»Es waren Sam und Milo«, brachte Sara hervor. Michael führte sie zu einer der Pritschen, und sie setzte sich. Sie sprach stockend, mit aufgesprungenen und geschwollenen Lippen. Ihre Zähne glänzten rot. »Ben und ich haben versucht, sie aufzuhalten. Es war alles … ich weiß nicht. Sam hat mich geschlagen. Dann kam jemand herein.«

»War das Jacob?«, fragte Peter. »Er liegt da und ist tot, Sara.«

»Ich weiß es nicht, ich weiß es nicht!«

Alicia nahm Peter beim Ellenbogen. »Es ist egal, was passiert ist«, drängte sie. »Kein Mensch wird uns glauben. Wir müssen *sofort* weg!«

Sie konnten jetzt nicht mehr riskieren, zum Tor zu gehen. Alicia erklärte allen, was sie tun sollten. Das Wichtigste war, nicht ins Blickfeld der Mauer zu geraten. Peter und Caleb würden zum Lagerhaus laufen und Seile und Rucksäcke und Schuhe für Amy holen, und Alicia würde die anderen zum Treffpunkt führen.

Die Tür des Lagerhauses stand einen Spaltbreit offen, das Schloss war nicht richtig zu – was seltsam war. Allerdings hatten sie keine Zeit, sich darüber Gedanken zu machen. Caleb und Peter betraten den dunklen Schuppen mit den langen Regalreihen. Hier fanden sie Old Chou und neben ihm Walter Fisher. Sie hingen Seite an Seite an den Deckenbalken. Die Stricke spannten sich straff um ihre Hälse, und ihre Füße baumelten über einem Haufen umgestoßener Bücherkisten. Ihre Haut hatte einen grauen Schimmer, und beiden Männern hing die Zunge aus dem Mund. Offensichtlich hatten sie die Bücherkisten als Trittleitern benutzt; sie hatten sie aufeinandergestellt, sich die Schlingen um den Hals gelegt und die Kisten mit den Füßen weggestoßen. Einen Augenblick lang standen Peter und Caleb nur da und starrten die beiden an. Es war ein unfassliches Bild.

»Leck … mich«, sagte Caleb.

Alicia hatte recht, erkannte Peter in diesem Moment. Sie mussten sofort verschwinden. Was immer hier im Gange sein mochte, es war groß und furchtbar, eine Macht, die sie alle hinwegfegen würde.

Sie suchten sich ihre Ausrüstung zusammen und gingen nach draußen. Dann fielen Peter die Landkarten ein.

»Lauf schon los«, sagte er zu Caleb. »Ich komme gleich nach.«

Der Junge rannte davon. Peter machte sich nicht die Mühe, an Aunties Tür zu klopfen; er trat ein und ging geradewegs ins Schlafzimmer. Auntie schlief. Er blieb kurz in der Tür stehen und sah zu, wie ihre Brust sich sanft hob und senkte. Die Karten waren da, wo er sie zurückgelassen hatte, unter dem Bett. Er bückte sich, zog den Karton heraus und schob ihn in seinen Rucksack.

»Peter?«

Er erstarrte. Aunties Augen waren immer noch geschlossen, und ihre Hände lagen auf der Bettdecke.

»Ich ruhe mich nur ein bisschen aus.«

»Auntie ...«

»Keine Zeit für große Abschiedsworte«, sagte die alte Frau feierlich. »Geh nur, Peter. Du bist jetzt in deiner eigenen Zeit.«

Als er bei der Mauer ankam, stiegen rosarote Schleier im Osten herauf. Alle waren da. Alicia kletterte aus dem Hauptleitungstunnel hervor und klopfte sich den Staub von den Kleidern.

»Alles bereit?«

Hinter ihnen waren Schritte zu hören. Peter fuhr herum und zog sein Messer. Aber dann sah er, dass es Mausami Patal war, die aus dem Gebüsch kam. Sie hatte eine Armbrust über die Schulter geschlungen und trug einen Rucksack.

»Ich bin euch vom Lagerhaus aus gefolgt. Wir müssen uns beeilen.«

»Maus ...«, begann Alicia.

»Spar dir deine Worte, Lish. Ich komme mit.« Mausami sah Peter an. »Sag mir nur eins. Glaubst du, dein Bruder ist tot?«

Es war, als hätte er nur darauf gewartet, dass jemand ihm diese Frage stellte. »Nein.«

»Ich auch nicht.«

Ihre Hand wanderte zu ihrem Bauch. Es war eine unbewusste Gebärde, und ihre Bedeutung war so unmissverständlich, dass es ihm nicht wie eine Erkenntnis vorkam, sondern eher wie eine Erinnerung. Als hätte er es die ganze Zeit gewusst.

»Ich konnte es ihm nie sagen«, erklärte Mausami. »Aber ich will, dass er es erfährt.«

Peter wandte sich an Alicia, die sie beide entnervt musterte.

»Sie kommt mit.«

»Peter, das ist keine gute Idee. Überleg dir doch, wo wir hingehen.«

»Mausami gehört jetzt zur Familie. Schluss, aus.«

Alicia schwieg. Anscheinend fehlten ihr die Worte.

»Zum Teufel damit«, sagte sie schließlich. »Wir haben keine Zeit zum Streiten.«

Alicia ging als Erste und zeigte ihnen den Weg. Sara folgte ihr, dann Michael, dann Caleb und schließlich Mausami. Nacheinander stiegen sie in den Kabeltunnel, und Peter würde die Nachhut übernehmen.

Amy war die Letzte. Sie hatten ein T-Shirt, ein Paar Hosen und Sandalen für sie gefunden. Sie ließ sich durch die Luke herunter, und ihr Blick fand Peter mit plötzlicher, beschwörender Kraft. *Wo gehen wir hin?*

Nach Colorado, dachte er. In die ZQZ. Es waren nur Namen auf einer Landkarte, bunte Lichtpunkte auf Michaels Monitor. Die Realität dahinter, die verborgene Welt, zu denen sie gehörten, war etwas Unvorstellbares für Peter. Als sie am letzten Abend von einer solchen Reise gesprochen hatten – war das wirklich erst gestern Abend gewesen, als sie zu viert im Lichthaus zusammengehockt hatten? –, hatte Peter eine richtige Expedition vor Augen gehabt: eine große bewaffnete Einheit, Karren mit Vorräten und Material, zumindest ein Spähtrupp, eine sorgsam geplante Route. Sein Vater hatte Monate mit der Planung seiner Langen Ritte verbracht. Jetzt waren sie Flüchtlinge, die zu Fuß davonhasteten, und sie hatten kaum mehr bei sich als einen Stapel alter Landkarten

und die Messer in ihren Gürteln. Welche Hoffnung hatten sie, an einen solchen Ort zu gelangen?

»Ich weiß es wirklich nicht«, sagte er zu ihr. »Aber ich glaube, wenn wir jetzt nicht gehen, werden wir alle hier sterben.«

Sie duckte sich und verschwand im Tunnel. Peter zog die Riemen seines Rucksacks straff, stieg hinter ihr ein und schloss die Luke über seinem Kopf. Es wurde finster. Die Wände waren kühl, und es roch nach Erde. Der Tunnel war vor langer Zeit gegraben worden, vielleicht von den Erbauern der Kolonie selbst, um die Wartung der Hauptstromleitung zu erleichtern. Abgesehen vom Colonel hatte ihn seit Jahren niemand mehr benutzt. Es war sein Geheimausgang gewesen, hatte Alicia erklärt, den er benutzt hatte, um auf die Jagd zu gehen. So war zumindest ein Rätsel gelöst.

Nach fünfundzwanzig Metern kam Peter draußen in einem Mesquitengestrüpp wieder an die Oberfläche. Alle warteten auf ihn. Die Scheinwerfer waren abgeschaltet, und der Morgenhimmel war grau. Über ihnen ragte die Bergflanke auf wie eine glatte Felsplatte, eine stumme Zeugin all dessen, was passiert war. Peter hörte die Rufe der Wache von der Mauer, die Meldung der einzelnen Posten zur Morgenglocke und zum Schichtwechsel. Dale würde sich fragen, was aus ihnen geworden war, wenn er es nicht schon wusste. Bestimmt würden die Leichen bald entdeckt werden.

Alicia klappte die Luke hinter ihm zu und drehte das Rad, um sie zu verschließen. Dann kniete sie sich hin und bedeckte sie mit Reisig.

Peter hockte sich neben sie. »Sie werden uns verfolgen«, sagte er leise. »Sie haben Pferde. Wir können ihnen nicht entkommen.«

»Ich weiß.« Ihr Gesicht war angespannt. »Es kommt nur darauf an, wer zuerst bei den Gewehren ist.«

Alicia stand auf, drehte sich um und führte sie vom Berg hinunter.

VII

Darklands

Ich sah die Ewigkeit letzte Nacht
Wie einen großen Reif aus reinem unbegrenztem Licht,
Ganz still und klar in seinem Glanz –
und unten, rings, in Stunden, Tagen, Jahren: Zeit,
von Sphären umgetrieben,
schattenhaft bewegt – darin die Welt
und all ihr Trug gequirlt.

Henry Vaughan, *Die Welt*

42

Bevor es Halbtag war, kamen sie am Fuß des Berges an. Der Weg, ein Serpentinenpfad an der Ostflanke des Berges, war zu steil für Pferde, und an manchen Stellen war es nicht einmal ein Pfad. Hundert Meter oberhalb des Kraftwerks schien ein Teil des Berges einfach abgebrochen zu sein. Sie kletterten wieder zurück und suchten nach einem anderen Weg, und die Minuten verstrichen. Endlich fanden sie einen und machten sich an den letzten langsamen Abstieg.

Sie näherten sich dem Kraftwerk von der Rückseite her. Im Innern des umzäunten Geländes rührte sich nichts. »Hört ihr was?«, fragte Alicia.

Peter blieb stehen und lauschte. »Ich höre nichts.«

»Weil der Zaun abgeschaltet ist.«

Das Tor stand offen. Dann sahen sie einen dunklen Klumpen auf dem Boden unter dem Segeltuchdach des Stalls. Als sie näher kamen, schien der Klumpen sich in seine Atome aufzulösen; er zerstob zu einer wirbelnden Wolke.

Ein Maultier. Die Fliegenwolke verwehte, als sie herankamen. Die Erde unter dem Tier war dunkel von Blut.

Sara kniete neben dem Kadaver nieder. Das Maultier lag auf der Seite, und der geschwollene Bauch wölbte sich vor, aufgedunsen von Verwesungsgasen. Ein langer Riss, in dem es von Maden wimmelte, zog sich am Hals herunter.

»Es ist seit zwei Tagen tot, würde ich sagen.« Sara verzog das zerschundene Gesicht, als ihr der Geruch in die Nase stieg. Ihre Unterlippe war aufgeplatzt, und an ihren Zähnen klebten Blutkrusten. Das eine Auge, das linke, war zugeschwollen von einem riesigen blauen Veilchen. »Sieht aus, als hätte jemand ein Messer benutzt.«

Peter sah Caleb an. Der starrte mit weit aufgerissenen Augen auf den Hals des Maultiers und zog sich das T-Shirt über die untere Gesichtshälfte, eine behelfsmäßige Maske gegen den Gestank.

»Wie bei Zanders Maultier? Draußen auf dem Turbinenfeld?«

Caleb nickte.

»Peter …« Alicia deutete zum Zaun. Auch dort lag etwas Dunkles auf dem Boden.

»Noch ein Maultier?«

»Das glaube ich nicht.«

Es war Rey Ramirez. Viel war nicht übrig, nur Knochen und verkohltes Fleisch. Er kniete vor dem Zaun, und seine starren Finger krallten sich immer noch in die Drähte des Zauns. Die entblößten Knochen seines Gesichts ließen ihn aussehen, als ob er lächelte.

»Das wäre die Erklärung für den Zaun«, sagte Michael. Er sah aus, als müsste er sich gleich übergeben. »Er muss einen Kurzschluss verursacht haben, als er sich so festklammerte.«

Die Lukentür des Kraftwerks stand offen. Sie kletterten durch und gingen durch die dunklen Innenräume. Alles schien an seinem Platz zu sein. Die Steuertafel leuchtete, und der Strom floss den Berg hinauf. Finn war nirgends zu sehen. Alicia führte sie nach hinten. Das Regal, hinter dem die Gewehre versteckt waren, stand unverändert an der Wand. Aber erst als sie die Sperrholzwand weggeschoben und die Gewehre mit eigenen Augen gesehen hatten, wurde Peter klar, dass er Angst gehabt hatte, sie könnten fort sein. Alicia zog eine Kiste heraus und öffnete sie.

Michael stieß einen bewundernden Pfiff aus. »Ihr habt nicht übertrieben. Die sehen aus wie nagelneu.«

»Wo sie herkommen, gibt es noch mehr.« Alicia sah Peter an. »Glaubst du, du findest den Bunker auf diesen Karten?«

Schritte polterten die Treppe herunter. Caleb.

»Da kommt jemand.«

»Wie viele?«

»Anscheinend nur einer.«

Hastig verteilte Alicia Waffen, und sie gingen nach draußen auf den Hof. Peter sah einen einzelnen Reiter in der Ferne. Er zog eine wallende Staubwolke hinter sich her. Caleb gab Alicia das Fernglas.

»Ich werd verrückt«, sagte sie.

Ein paar Augenblicke später kam Hollis Wilson durch das Tor und sprang aus dem Sattel. Sein Gesicht und seine Arme waren starr vor Dreck. »Wir müssen uns beeilen.« Er trank in tiefen Zügen aus seiner Wasserflasche. »Hinter mir ist ein Trupp von mindestens sechs Mann. Wenn wir es bis zum Bunker schaffen wollen, bevor die Sonne untergeht, sollten wir sofort aufbrechen.«

»Woher weißt du, wohin wir wollen?«, fragte Peter.

Hollis wischte sich mit dem staubigen Handrücken über den Mund. »Du vergisst etwas. Ich bin mit deinem Vater geritten, Peter.«

Die Gruppe hatte sich im Kontrollraum versammelt. Sie packten alles zusammen, was sie irgendwie tragen konnten – Proviant, Wasser, Gewehre. Peter hatte die Landkarte auf dem Tisch in der Mitte ausgebreitet, damit Hollis sie studieren konnte. Bald hatte er die gefunden, die er haben wollte: *Großraum Los Angeles und Südkalifornien.*

»Theo hat gesagt, bis zum Bunker sind es zwei Tagesritte«, sagte Peter.

Hollis runzelte konzentriert die Stirn und betrachtete die Karte. Jetzt erst bemerkte Peter, dass er angefangen hatte, seinen Bart wachsen zu lassen. Einen Moment lang hatte er das Gefühl, neben Arlo zu stehen.

»Nach meiner Erinnerung waren es eher drei, aber wir hatten die Karren dabei. Zu Fuß, würde ich sagen, schaffen wir es in zwei

Tagen.« Er beugte sich über die Karte und zeigte mit dem Finger darauf. »Wir sind hier, am San Gorgonio Pass. Als ich mit deinem Vater geritten bin, sind wir dieser Straße gefolgt, der Route 62, von der Östlichen Straße, der Interstate 10, nach Norden. Sie ist stellenweise kaputt, aber zu Fuß dürfte das kein Problem sein. Übernachtet haben wir hier« – sein Finger wanderte weiter –, »in der Stadt Joshua Valley. Ungefähr zwanzig Kilometer, könnten aber auch fünfundzwanzig sein. Demo hat da eine alte Feuerwache befestigt und Proviant eingelagert. Ist ziemlich gut gesichert, und eine funktionierende Pumpe ist auch da, sodass wir Wasser fassen können, wenn wir welches brauchen – und das werden wir. Von Joshua sind's noch mal dreißig Kilometer Richtung Osten auf dem Twentynine Palms Highway, und dann zehn nordwärts über offenes Gelände bis zum Bunker. Ein verdammter Fußmarsch, aber in einem Tag zu schaffen.«

»Wenn es ein unterirdischer Bunker ist, wie finden wir ihn dann?«

»Ich finde ihn schon. Und glaub mir, das musst du gesehen haben. Dein alter Herr nannte es ›die Kriegskasse‹. Da sind sogar Fahrzeuge. Und Benzin. Wir haben nie rausgekriegt, wie man so was in Gang bringt, aber vielleicht könnten Caleb und Akku es schaffen.«

»Und wie sieht es mit Smokes aus?«

»In der ganzen Gegend haben wir kaum welche gesehen. Das bedeutet nicht, dass keine da sind. Aber es ist Wüstengelände, und das mögen sie nicht. Zu heiß, nicht genug Deckung, und wir haben praktisch kein richtiges Wild gesehen. Demo nannte es ›die Schatzgrube‹.«

»Und weiter ostwärts?«

Hollis zuckte die Achseln. »Darüber weiß ich so viel wie du. Über den Bunker bin ich nie hinausgekommen. Wenn ihr es ernst meint mit Colorado, würde ich sagen, am besten bleiben wir von der I-40 weg und schlagen uns nordwärts zur Interstate 15 durch. Da gibt's ein zweites Vorratslager in Kelso, in einem alten

Eisenbahndepot. Ist raues Gelände da, aber ich weiß, dass dein Alter schon mindestens so weit gekommen ist.«

Alicia würde an der Spitze reiten, und der Rest würde ihr zu Fuß folgen. Caleb war immer noch auf dem Dach und signalisierte, dass alles klar sei, als sie sich im Schatten des Sonnensegels am Stall ihr restliches Gepäck aufluden. Das Maultier war weg. Hollis und Michael hatten es an den Zaun geschleift.

»Sie müssten mittlerweile in Sicht sein«, sagte Hollis. »Ich glaube nicht, dass sie mehr als ein paar Kilometer hinter mir waren.«

Peter drehte sich zu Alicia um. Sollten sie nachsehen? Aber sie schüttelte den Kopf.

»Ist nicht mehr wichtig«, sagte sie entschieden. »Sie sind jetzt auf sich selbst gestellt. Genau wie wir.«

Caleb kam über die Leiter an der Rückseite des Gebäudes herunter und trat zu ihnen in den Schatten. Sie waren jetzt acht. Peter erkannte plötzlich, wie erschöpft sie alle waren. Keiner von ihnen hatte geschlafen. Amy stand dicht neben Sara; sie trug einen Rucksack wie alle anderen. Ihre Haut fing an, sich zu schälen. Unter einer alten Schirmmütze, die jemand im Vorratsraum gefunden hatte, blinzelte Amy mit gleichsam wild entschlossener Tapferkeit in die Sonne. Was immer sonst der Fall sein mochte, an helles Licht war sie nicht gewöhnt. Aber daran konnte er jetzt nichts ändern.

Er trat aus dem Schatten des Segeltuchdachs hervor und schaute zur Sonne. Noch sieben Stunden, bis es dunkel würde. Sieben Stunden für fünfundzwanzig Kilometer, zu Fuß durch das offene Tal. Wenn sie einmal unterwegs wären, gäbe es kein Zurück mehr. Alicia schwang sich mit einem Gewehr über der Schulter auf Hollis' Pferd, eine mächtige sandfarbene Stute. Caleb reichte ihr das Fernglas hinauf.

»Alle fertig?«

»Weißt du«, sagte Michael, »wenn ich es recht bedenke, ist es noch nicht zu spät, sich zu ergeben.« Er stand neben seiner Schwester und hielt unbeholfen ein Gewehr vor der Brust. Alle starrten ihn stumm an. »Hey. Das war nur ein Scherz.«

»Tatsächlich hat Akku nicht ganz unrecht«, erklärte Alicia von ihrem Pferd herunter. »Es ist keine Schande hierzubleiben. Jeder, der das möchte, sollte es jetzt sagen.«

Keiner rührte sich.

»Also gut«, rief Alicia. »Augen überall.«

Er war nicht für so etwas geschaffen, entschied Galen. Er war es einfach nicht. Die ganze Sache war von Anfang an ein Riesenfehler gewesen.

Die Hitze brachte ihn um, und die Sonne brannte wie eine weißglühende Explosion in seinen Augen. Sein Arsch war vom Reiten so wund, dass er eine Woche nicht würde laufen können. Rasende Kopfschmerzen hatte er außerdem, weil Alicia ihm die Armbrust über den Schädel gezogen hatte. Und keiner in der Truppe hörte auf ihn. Verdammt, keiner tat, was er sagte. *Hey, Leute, vielleicht sollten wir es ein bisschen langsamer angehen. Nichts überstürzen. Wieso die verdammte Eile?*

»Bringt sie um«, hatte Gloria Patal gesagt. Dieses kleine Mäuschen, das immer Angst vor seinem eigenen Schatten hatte, soweit Galen es erkennen konnte – aber wie es aussah, hatte Gloria Patal noch ganz andere Seiten, die er noch nie gesehen hatte. Kochend vor Wut hatte sie am Tor gestanden. »Bringt mir meine Tochter zurück, aber die anderen bringt ihr um! Ich will, dass sie *sterben*!«

Es war das Mädchen gewesen, das sagten alle, das Mädchen und Alicia und Caleb und Peter und Michael und … Jacob Curtis. Jacob Curtis! Wie konnte dieser Halbidiot Jacob Curtis für irgendetwas verantwortlich sein? Das kapierte Galen nicht, aber er kapierte die ganze Situation nicht. Vernunft hatte mit alldem nichts zu tun, soweit Galen Strauss es übersehen konnte. Nicht am Tor, wo alle sich versammelt hatten, schreiend, mit den Armen fuchtelnd – es war, als wollte die halbe Kolonie an diesem Morgen jemanden umbringen, irgendjemanden. Wenn Sanjay da gewesen wäre, hätte er die Leute vielleicht zur Vernunft bringen können.

Aber er war nicht da. Er war im Krankenrevier, hatte Ian gesagt, und stammelte und weinte wie ein Baby.

Die Meute war daraufhin losgezogen, um Mar Curtis zu holen und ans Tor zu schleifen. Sie war nicht diejenige, die sie eigentlich haben wollten, aber daran war nichts zu machen. Die Leute drehten durch. Es war eine jämmerliche Szene, wie diese arme Frau, die nie im Leben ein bisschen Glück gehabt hatte und viel zu schwach war, um Widerstand zu leisten, von hundert Händen die Leiter hinaufgeschoben und von der Mauer gestürzt worden war, während alles jubelte. Damit hätte es zu Ende sein können, aber die Meute hatte gerade erst angefangen, das spürte Galen. Bei diesem ersten Opfer hatten sie nur Blut geleckt, und Hodd Greenberg schrie: »Elton! Elton war mit ihnen im Lichthaus!« Und ehe Galen oder sonst jemand sichs versah, stürmten sie alle zum Lichthaus, und unter lautem Gejohle trieben sie den alten Mann, den blinden alten Mann, zur Mauer. Und stürzten ihn ebenfalls hinunter.

Galen für seinen Teil hatte den Mund gehalten. Wie lange würde es dauern, bis irgendjemand fragte: Hey, Galen, wo ist deine Frau? Wo ist Mausami? Gehört sie auch dazu? Lasst uns Galen auch über die Mauer werfen!

Schließlich hatte Ian den Befehl gegeben, sie zu verfolgen. Galen sah keinen Sinn darin, aber er war jetzt der einzige Second Captain, denn alle anderen waren tot, und er begriff, dass Ian zumindest die Illusion aufrechterhalten wollte, dass die Wache immer noch alles im Griff hatte. Irgendetwas musste passieren, sonst würden die Leute jeden über die Mauer werfen. Und dann hatte Ian ihn beiseitegenommen und ihm von den Gewehren erzählt. Zwölf Kisten, hinter einer Wand im Lagerraum. Mir persönlich ist dieser Walker völlig egal, hatte Ian gesagt. Und deine Frau ist deine Sache. Bring mir nur diese verdammten Gewehre.

Sie waren zu fünft: Galen hatte das Kommando, Emily Darrell und Dale Levine kamen als Nächste, und Hodd Greenberg und Cort Ramirez ritten am Schluss. Sein erstes Kommando außerhalb der Mauer, und was hatte er? Diesen Idioten Dale, eine

sechzehnjährige Läuferin und zwei Leute, die nicht mal zur Wache gehörten.

Dieses Unternehmen war Schwachsinn, weiter nichts. Er seufzte so laut, dass die Läuferin, Emily Darrell, die neben ihm ritt, ihn fragte, ob etwas nicht in Ordnung sei. Sie hatte sich als Erste freiwillig für diesen Ritt gemeldet, und neben Dale war sie die Einzige, die zur Wache gehörte. Ein Mädchen, das etwas beweisen wollte. Alles okay, sagte er und beließ es dabei.

Sie hatten Banning jetzt fast hinter sich. Er war froh, dass er nicht viele Details erkennen konnte, aber was er auf dem Ritt durch die Stadt sah – wegschauen konnte er ja nicht –, ließ ihm das Mark gefrieren. Lauter eingestürzte Gebäude und jede Menge verdorrte Slims, die in ihren Autos vor sich hin rösteten wie Streifen von getrocknetem Hammelfleisch. Gar nicht zu reden von den Smokes, die wahrscheinlich auch irgendwo lauerten. *Ein Schuss. Sie kommen von oben.* Das waren die Worte, die einem die Wache in den Schädel hämmerte, sowie man acht Jahre alt war. Und nie verrieten sie einem das große Geheimnis: dass es lauter Blödsinn war. Wenn ein Smoke auf Galen Strauss herabkäme, hätte er nicht die geringste Chance. Er fragte sich, wie weh es tun würde. Wahrscheinlich scheußlich weh.

Die Wahrheit war: So wie die Dinge lagen, war die ganze Geschichte mit Mausami endlich vorbei. Warum hatte er das eigentlich nicht schon früher gesehen? Na ja, vielleicht hatte er es gesehen und es einfach nicht über sich gebracht, es zu akzeptieren. Er war nicht mal wütend. Natürlich, er hatte sie geliebt. Wahrscheinlich tat er es immer noch. Irgendwo in seinem Herzen würde Mausami immer ihren Platz haben, und auch das Baby. Das Baby war nicht von ihm, aber er wünschte immer noch, es wäre seins. Ein Kind konnte dafür sorgen, dass man alles im Leben leichter nahm, selbst das Erblinden. Ob es Maus und dem Baby gut ging? Wenn er sie finden sollte, würde er hoffentlich Manns genug sein, um es zu sagen. Ich hoffe, es geht euch gut.

Sie näherten sich der Rampe zur Östlichen Straße in zwei

Reihen. Himmel, was für Kopfschmerzen! Vielleicht kamen sie nur von dem Schlag, den Alicia ihm verpasst hatte, doch das glaubte er nicht. Sein ganzes Sehvermögen schien zusammenzubrechen. Komische kleine Lichtpunkte tanzten jetzt vor seinen Augen. Ihm war ein bisschen übel.

Er war so tief in Gedanken versunken, dass er nicht gleich begriff, wo er war, als er oben auf der Rampe angekommen war. Er machte halt, um etwas zu trinken. Irgendwo da draußen standen die Turbinen und drehten sich in dem Wind, der ihm ins Gesicht wehte. Er wollte jetzt nur noch zum Kraftwerk kommen, sich im Dunkeln hinlegen und die Augen schließen. Die tanzenden Pünktchen waren noch schlimmer geworden; sie sanken durch sein schmales Gesichtsfeld herab wie leuchtende Schneeflocken. Irgendetwas stimmte da ganz und gar nicht. Vermutlich konnte er so nicht weitermachen; jemand anders würde die Spitze übernehmen müssen. Er wandte sich an Dale, der hinter ihm herangekommen war. »Hör mal, glaubst du …?«

Aber da war niemand.

Er drehte sich im Sattel um. Niemand war hinter ihm. Kein einziger Reiter. Als ob eine Riesenhand sie mitsamt ihren Pferden vom Angesicht der Erde gepflückt hätte.

Ein Schwall von Galle stieg ihm in die Kehle. »Leute?«

Dann hörte er das Geräusch. Es kam von unterhalb der Rampe. Ein leises, feuchtes Reißen, als würde nasses Papier entzweigerissen. Oder als schälte jemand eine saftige Orange.

43

Als sie in Joshua Valley ankamen, hatten sie nur noch wenige Minuten Zeit, und als sie die Feuerwache erreichten, war es fast dunkel. Die Feuerwache stand am Westrand der Stadt, ein gedrungenes viereckiges Gebäude mit einem Betondach und zwei großen Garagentoren an der Straßenseite, die mit Zementblöcken zugemauert waren. Hollis führte sie an die Rückseite, wo ein von dichtem Unkraut überwucherter Wassertank stand. Das Wasser, das aus der Pumpe kam, schmeckte nach Rost und Erde. Alle tranken gierig davon und ließen es sich über den Kopf rauschen. Noch nie, dachte Peter, hatte Wasser so gut geschmeckt.

Sie versammelten sich im Schatten des Gebäudes, und Hollis und Caleb stemmten die Bretter los, mit denen der Hintereingang vernagelt war. Hollis rannte einmal gegen die Tür, und sie brach aus den verrosteten Angeln. Ein Schwall abgestandener Luft wehte heraus, dicht und warm wie menschlicher Atem. Hollis hob sein Gewehr auf.

»Wartet hier.«

Peter lauschte seinen hallenden Schritten, als Hollis im dunklen Innern verschwand. Er war seltsam unbesorgt. Nachdem sie jetzt so weit gekommen waren, erschien es ausgeschlossen, dass die Feuerwache ihnen den Schutz für die Nacht verweigern würde. Hollis kam zurück.

»Alles klar«, sagte er. »Es ist heiß da drin, aber es wird gehen.«

Sie folgten ihm in eine große hohe Garage. Die Fenster waren ebenfalls mit Zementblöcken verschlossen, und nur durch die schmalen Belüftungsschlitze am oberen Rand drang ein gelblicher Schimmer von schwindendem Tageslicht. Es roch nach Staub und Tieren. An den Wänden häufte sich bunt zusammengewürfeltes Werkzeug und Baumaterial: Zementsäcke, Plastiktröge und mörtelverkrustete Kellen, eine Schubkarre und aufgerollte Seile und Ketten. Die Buchten, in denen die Fahrzeuge gestanden hatten, waren leer. Die Garage war jetzt als behelfsmäßiger Stall eingerichtet; es gab ein halbes Dutzend Boxen, und an den Wänden hing Sattelzeug. An der hinteren Wand führte eine Holztreppe ins Nichts hinauf – das Obergeschoss war verschwunden.

»Hinten sind Schlafplätze«, sagte Hollis. Er war in die Knie gegangen und goss etwas aus einem Plastikcontainer in eine Laterne. Peter sah die blassgoldene Farbe der Flüssigkeit und erkannte den Geruch: kein Alkohol, sondern Petroleum, Benzin oder eher noch Paraffin. »Komfortabel wie zu Hause. Es gibt auch eine Küche und ein Bad. Aber kein fließendes Wasser, und der Kamin ist zugemauert.«

Alicia führte das Pferd herein. »Was ist mit dieser Tür?«

Hollis zündete die Laterne mit einem Streichholz an, drehte den Docht herunter und reichte sie Mausami, die neben ihm stand. »Hightop, hilf mir mal.«

Hollis nahm zwei Schraubenschlüssel und gab den einen Caleb. An einem der Balken über der Tür hing eine Barrikade aus dicken, in schweres Holz gefassten Metallplatten an den Ketten eines Flaschenzugs. Sie ließen sie herunter und verschraubten sie in den Einlassfächern. Die Tür war versiegelt.

»Und jetzt?«, fragte Peter.

Er zuckte mit den Schultern. »Jetzt warten wir bis morgen früh«, sagte Hollis. »Ich kann die erste Wache übernehmen. Du und die anderen, ihr solltet schlafen.«

Im hinteren Zimmer waren die Betten, von denen Hollis gesprochen hatte: ein Dutzend Matratzen auf ausgeleierten

Sprungrahmen. Eine zweite Tür führte in die Küche, und dahinter lagen der Waschraum und die Klos. Unter einem zerbrochenen Spiegel waren eine Reihe rostfleckiger Waschbecken und gegenüber vier Toilettenkabinen. Sämtliche Fenster waren verrammelt. Eine der Toilettenschüsseln war herausgerissen worden und lag vornübergekippt wie ein Betrunkener in der hinteren Ecke. An ihrem Platz stand jetzt ein Plastikeimer, und auf dem Boden daneben lag ein Stapel Zeitschriften. Peter nahm die oberste in die Hand: *Newsweek*. Auf der Titelseite war das verschwommene Foto eines Virals. Das Bild erschien seltsam abgeflacht, als wäre es aus großer Entfernung und gleichzeitig aus nächster Nähe aufgenommen worden. Das Biest stand in einer Art Nische vor einem Gerät mit einem kleinen Bildschirm und der Aufschrift GELDAUTOMAT. Peter wusste nicht, was es war, aber er hatte so ein Ding schon in der Mall gesehen. Hinter dem Viral lag ein einzelner Schuh auf dem Boden. Die knappe Bildunterschrift lautete: IST DAS DENN DIE MÖGLICHKEIT!

Er ging mit Alicia in die Garage zurück. »Wo sind die restlichen Vorräte?«, fragte er Hollis.

Hollis zeigte ihm, wo die Bodenbretter hochzuheben waren. Darunter lag ein Hohlraum, vielleicht einen Meter tief, und der Inhalt war mit einer schweren Plastikplane bedeckt. Peter kletterte hinein und zog die Plane weg. Er sah weitere Container mit Treibstoff und Wasser und ein paar dicht zusammengeschobene Kisten wie die, die sie unter der Treppe im Kraftwerk gefunden hatten.

»In diesen zehn sind noch mehr Gewehre«, erklärte Hollis. »Wir haben nur die kleineren Waffen herausgeholt und nichts, was explodieren kann. Demo wusste nicht, ob so was nicht von allein in die Luft fliegen und die Bude hier in Trümmer legen kann. Deshalb haben wir die Explosionswaffen im Bunker gelassen.«

Alicia öffnete eine der Kisten und nahm eine mattschwarze Pistole heraus. Sie zog den Verschluss zurück, spähte am Lauf entlang und drückte ab. Sie hörten das scharfe Klicken des Schlagbolzens auf der leeren Kammer. »Was für Explosionswaffen?«

»Granaten hauptsächlich.« Hollis stieß mit der Stiefelspitze gegen eine der Kisten. »Aber die eigentliche Überraschung ist da drin. Helft mir mal.«

Die andern versammelten sich um das Loch. Hollis und Alicia stellten sich zu beiden Seiten der Kiste auf und hoben sie auf den Boden der Garage hinauf. Hollis kniete sich davor und öffnete den Deckel. Peter hatte weitere Waffen erwartet, und deshalb war er überrascht, als er nur einen Haufen kleiner grauer Beutel sah. Hollis reichte ihm einen davon. Er wog vielleicht ein Kilo, und auf der einen Seite klebte ein weißes Etikett mit einer winzigen schwarzen Schrift. Am oberen Rand standen die Buchstaben »MRE«.

»Das heißt ›*Meals Ready to Eat*‹«, erläuterte Hollis. »Das sind fertig zubereitete Essensrationen für das Militär. Im Bunker sind Tausende davon. Du hast da ... mal sehen ...« Er nahm Peter den Beutel aus der Hand und las die winzige Beschriftung. »›Soja-Hackbraten mit Sauce‹. Das hatte ich noch nicht.«

Alicia nahm einen der Beutel und beäugte ihn skeptisch. »Hollis, dieses Zeug ist seit rund neunzig Jahren ›fertig zubereitet‹. Das *kann* nicht mehr genießbar sein.«

Hollis zuckte mit den breiten Schultern und fing an, die Beutel herumzureichen. »Viele sind's auch nicht. Aber wenn der Beutel noch luftdicht ist, kann man es essen. Glaubt mir, das merkt ihr, wenn ihr den Verschluss aufreißt. Das meiste ist noch ziemlich gut, aber seht euch vor bei dem Beef Stroganoff. Demo nannte es ›fertig vergammelt‹.«

Sie zögerten, aber schließlich überwog doch der Hunger. Peter genehmigte sich gleich zwei: den Soja-Hackbraten und einen süßen, klebrigen Pudding namens »Mango-Cocktail«. Amy hockte sich auf die Kante einer Matratze und knabberte misstrauisch an ein paar gelben Crackern und einer gummiartigen Käseecke. Ab und zu hob sie wachsam den Blick, dann aß sie vorsichtig weiter. Der Mango-Cocktail war so zuckrig, dass ihm davon ganz schlecht wurde, aber als Peter sich auf die Matratze sinken ließ, spürte er, wie die Anspannung sich löste, und er wusste, dass er

auf der Stelle einschlafen würde. Sein letzter Gedanke galt Amy, die an ihren Crackern knabberte und den Blick durch den Raum huschen ließ, als wartete sie darauf, dass etwas passierte. Aber dieser Gedanke war wie ein Seil in seinen Händen, das er nicht festhalten konnte, und gleich darauf waren seine Hände leer, und der Gedanke war weg.

Dann schwebte plötzlich Hollis' Gesicht über ihm in der Dunkelheit. Peter musste sich erst besinnen, wo er war. Es war stickig im Zimmer; sein Hemd und seine Haare waren nass geschwitzt. Er öffnete den Mund und wollte etwas sagen, aber Hollis hielt den Finger an die Lippen.

»Nimm dein Gewehr und komm.«

Hollis hielt die Laterne in der Hand; er führte ihn hinaus in die Garage. Sara stand vor den Wänden aus Zementblöcken, wo die Ausfahrttore gewesen waren. Eine kleine Luke war in eine der Mauern eingelassen: eine Stahlplatte, die auf einer an der Mauer festgeschraubten Schiene zur Seite geschoben werden konnte.

Sara trat zur Seite. »Sieh mal hinaus«, flüsterte sie.

Peter drückte die Stirn an die Öffnung. Er konnte den Wind riechen, die Luft der kühlen Wüstennacht. Der Blick ging auf die Hauptstraße der Stadt hinaus, auf die Route 62. Auf der anderen Straßenseite stand ein Häuserblock, ausgehöhlte Ruinen, und dahinter sah er die sanft gewellte Hügelkette. Bläuliches Mondlicht lag über der Landschaft.

Auf der Straße kauerte ein einzelner Viral.

Noch nie hatte Peter eine dieser Kreaturen so reglos gesehen. Der Feuerwache zugewandt hockte die Gestalt auf den Fersen und starrte herüber. Während Peter noch hinausschaute, erschienen zwei weitere Virals aus dem Dunkeln; sie kamen auf der Straße heran und nahmen vor der Feuerwache die gleiche wachsame Haltung ein. Ein Dreierschwarm.

»Was tun die da?«, flüsterte Peter.

»Hocken bloß da«, sagte Hollis. »Bewegen sich manchmal ein bisschen hin und her, kommen aber nie näher heran.«

Peter trat von der Luke zurück.

»Glaubst du, sie wissen, dass wir hier drin sind?«

»Der Laden ist dicht, aber nicht luftdicht. Das Pferd können sie sicher riechen.«

»Sara, geh und wecke Alicia«, sagte Peter. »Aber sei leise. Es ist besser, wenn die anderen weiterschlafen.«

Er trat wieder ans Fenster. Nach einer Weile fragte er: »Wie viele, sagst du, sind es?«

»Drei«, antwortete Hollis.

»Na, jetzt sind es sechs.«

Peter trat beiseite, damit Hollis hinausschauen konnte.

»Das ist nicht gut«, sagte Hollis.

»Wo sind die schwachen Stellen?« Alicia war da. Sie entsicherte ihr Gewehr und spannte den Hahn, und sie bemühte sich, dabei kein Geräusch zu machen. Dann hörten sie es – einen dumpfen Schlag über ihnen.

»Sie sind auf dem Dach.«

Michael kam taumelnd aus dem Hinterzimmer. Stirnrunzelnd und mit schlaftrunkenem Blick starrte er sie an. »Was ist hier los?«, fragte er zu laut.

Alicia legte einen Finger an die Lippen und zeigte warnend zur Decke.

Wieder kamen Aufprallgeräusche von oben. Peter spürte sie im Bauch wie die weiche Explosion einer Bombe. Die Virals suchten einen Weg ins Gebäude.

Etwas kratzte an der Tür.

Sie hörten den dumpfen Schlag von Fleisch gegen Metall, von Knochen gegen Stahl. Es war, als testeten die Virals das Material und erprobten seine Stärke vor dem letzten Rammstoß. Er presste den Kolben an die Schulter und hielt sich schussbereit, als Amy in sein Gesichtsfeld trat. Später sollte er sich fragen, ob sie schon die ganze Zeit im Raum gewesen war, versteckt in einer Ecke, und stumm zugesehen hatte. Sie trat an die Barrikade.

»Amy, zurück …«

Dann kniete sie vor der Stahlwand nieder und legte die flachen Hände dagegen. Ihr Kopf war gesenkt, und ihre Stirn berührte das Metall. Wieder schlug etwas von außen dagegen, aber sanfter jetzt, irgendwie suchend. Amys Schultern bebten.

»Was macht sie da?«

Sara antwortete. »Ich glaube, sie ... sie weint.«

Niemand rührte sich. Auf der anderen Seite der Tür war nichts mehr zu hören. Endlich stand Amy auf und drehte sich zu ihnen um. Ihr Blick war in unbestimmte Ferne gerichtet, und sie schien sie alle nicht zu sehen.

Peter hob die Hand. »Weckt sie nicht auf.«

Stumm sahen sie zu, als Amy sich abwandte und, immer noch wie entrückt, auf die Tür zum hinteren Zimmer zuging. Jetzt kam Mausami heraus; sie hatte bis zuletzt geschlafen. Anscheinend ohne sie zu bemerken, ging Amy an ihr vorbei. Sie hörten das Knarren des rostigen Bettgestells, als sie sich wieder hinlegte.

»Was ist los?«, fragte Mausami. »Was starrt ihr mich alle so an?«

Peter ging zur Luke und drückte das Gesicht an den Rahmen. Es war so, wie er es erwartet hatte: Draußen regte sich nichts. Die Straße lag leer im Mondlicht.

»Ich glaube, sie sind weg.«

Alicia runzelte die Stirn. »Warum sollten sie einfach so abziehen?«

Er fühlte sich seltsam ruhig. Die Krise war vorbei, das wusste er. »Sieh nach.«

Alicia hängte sich das Gewehr über die Schulter und trat an die Öffnung. Sie reckte den Hals und versuchte, ihr Gesichtsfeld hinter der schmalen Luke zu verbreitern.

»Er hat recht«, meldete sie. »Da draußen ist nichts.« Sie drehte sich um und sah Peter mit zusammengekniffenen Augen an. »Wie ... brave Haustiere?«

Er schüttelte den Kopf und suchte nach dem richtigen Wort. »Eher wie Freunde, glaube ich.«

»Würde mir *bitte* jemand sagen, was hier los ist?«, rief Mausami.

»Ich wünschte, ich wüsste es«, sagte Peter.

Bei Tagesanbruch zogen sie die Stahltür wieder hoch. Überall sahen sie die Spuren der Kreaturen im Staub. Niemand hatte viel geschlafen, aber Peter spürte trotzdem, wie neue Energie ihn durchströmte. Er fragte sich, woher sie kam, aber dann wusste er es. Sie hatten ihre erste Nacht draußen in den Darklands überlebt.

Hollis breitete die Landkarte auf einem Felsblock aus und ging die Route durch.

»Hinter Twentynine Palms geht's hier weiter durch offenes Wüstengelände ohne richtige Straßen. Um den Bunker zu finden, gibt es einen Trick – hier in dieser Bergkette im Osten. Da sind zwei auffallende Gipfel am südlichen Ende, und dahinter ist ein dritter. Wenn der dritte genau in der Mitte zwischen den beiden anderen steht, biegt man nach Osten ab und ist auf dem richtigen Weg.«

»Und wenn wir es nicht schaffen, bevor es dunkel wird?«, fragte Peter.

»Wir könnten uns in Twentynine verkriechen, wenn es sein muss. Ein paar Häuser stehen da noch. Aber wenn ich mich recht erinnere, sind es nur Ruinen. Nichts wie diese Feuerwache hier.«

Peter warf einen Blick zu Amy hinüber, die bei den anderen stand. Sie trug immer noch die Schirmmütze, die sie im Kraftwerk gefunden hatte. Sara hatte ihr ein langärmeliges, an Kragen und Manschetten ausgefranstes Männerhemd zum Schutz gegen den Sonnenbrand und eine Wüstensonnenbrille gegeben, die sie in der Feuerwache gefunden hatten. Der Wind wehte ihr das Haar aus dem Gesicht. Ein Strahlenkranz aus dunklen verfilzten Strähnen flatterte unter der Kappe hervor.

»Glaubst du wirklich, sie hat es getan?«, fragte Hollis. »Sie weggeschickt?«

Peter sah seinen Freund an. Er dachte an die Zeitschrift im Waschraum, an die lakonische Bildunterschrift auf dem Titelblatt.

»Ehrlich, Hollis? Ich weiß es nicht.«

»Na, wir wollen hoffen, dass sie es getan hat. Hinter Kelso gibt's nur offenes Gelände bis zur Grenze nach Nevada.« Er zog sein Messer und wischte es am Saum seines T-Shirts ab. Als er weitersprach, tat er es leise und vertraulich. »Weißt du, bevor ich abgehauen bin, habe ich gehört, wie die Leute über sie redeten. Das Mädchen von Nirgendwo, der letzte Walker. Die Leute sagten, sie sei ein Zeichen.«

»Ein Zeichen wofür?«

Hollis zog die Stirn kraus. »Für das Ende, Peter. Das Ende der Kolonie, das Ende des Krieges. Der menschlichen Rasse – oder was davon noch übrig ist. Ich sage nicht, dass sie recht hatten. Wahrscheinlich war es nur der Blödsinn, den Sam daherredet.«

Sara kam auf sie zu. Die Schwellungen in ihrem Gesicht waren über Nacht zurückgegangen, und die schlimmsten Blutergüsse waren grünlich violett verblasst.

»Wir sollten Maus reiten lassen«, sagte sie.

»Ist alles okay mit ihr?«, fragte Peter.

»Sie ist ein bisschen dehydriert. In ihrem Zustand braucht sie viel Flüssigkeit. Ich glaube, in dieser Hitze sollte sie nicht zu Fuß gehen. Und ich mache mir auch um Amy Sorgen.«

»Was fehlt ihr?«

Sara zuckte die Achseln. »Es ist die Sonne. Ich glaube, sie ist nicht daran gewöhnt. Sie hat jetzt schon einen schlimmen Sonnenbrand. Die Brille und das Hemd werden ihr helfen, aber sie kann in dieser Hitze nicht ewig so vermummt herumlaufen.« Sie legte den Kopf schräg und sah Hollis an. »Und was erzählt Michael mir da von einem Fahrzeug?«

Sie marschierten.

Die Berge blieben hinter ihnen zurück, und bis Halbtag waren sie weit in die offene Wüste vorgedrungen. Die Straße war kaum mehr als eine Andeutung, aber sie war noch zu sehen; sie folgten den Furchen in der hart gebrannten Erde durch eine Landschaft

voller Felsblöcke und seltsamer, verkümmerter Bäume. Die Sonne glühte, und aus dem grenzenlosen Himmel war alle Farbe herausgebleicht. Der Wind hatte sich nicht gelegt, er war kollabiert, und die Luft war so still, dass sie zu summen schien. Die Hitze vibrierte wie die Flügel eines Insekts. Alles in dieser Landschaft erschien nah und fern zugleich, denn der endlose Horizont verzerrte jede Perspektive. Wie leicht, dachte Peter, konnte man in einer solchen Landschaft die Orientierung verlieren und ziellos herumirren, bis es dunkel wurde. Als sie die Stadt Mojave Junction hinter sich gelassen hatten – es war keine Stadt mehr, sondern nur ein paar leere Grundmauern und ein Name auf der Karte –, stiegen sie auf eine kleine Anhöhe, und dahinter entdeckten sie eine lange Doppelreihe verlassener Fahrzeuge, der Richtung zugewandt, aus der sie gekommen waren. Die meisten waren Personenautos, aber auch ein paar Lastwagen waren dabei. Ihre verrosteten, vom Sand abgeschliffenen Fahrgestelle waren in den Boden eingesunken. Es sah aus, als wären sie auf einen Friedhof gestoßen, einen Friedhof für Maschinen. Bei vielen war das Dach zurückgeschält, und die Türen waren aus den Scharnieren gerissen. Das Innere der Wagen sah aus, als wäre es geschmolzen; wenn einmal Leichen darin gesessen hatten, waren sie längst fort, verweht im Wüstenwind. Hier und da in den wahllos verstreuten Überbleibseln entdeckte Peter menschliche Gebrauchsgegenstände: eine Brille, einen offenen Koffer, die Plastikpuppe eines Kindes. Schweigend wanderten sie daran vorbei; sie wagten nicht zu sprechen. Peter zählte mehr als tausend Fahrzeuge, bis die Kolonne in einem Knäuel Wracks endete und der gleichförmige Wüstensand vor ihnen lag.

Am Nachmittag erklärte Hollis, es sei Zeit, die Straße zu verlassen und sich nach Norden zu wenden. Inzwischen hatte Peter erste Zweifel daran, dass sie es jemals bis zum Bunker schaffen würden. Die Hitze war einfach übermächtig. Jetzt wehte ein glutheißer Wind von Osten heran und trieb ihnen Sand in Gesichter und Augen. Seit sie an den Autos vorbeigekommen waren, hatte keiner mehr viel geredet. Michael ging es anscheinend am schlechtesten.

Er hatte erkennbar angefangen zu humpeln. Als Peter ihn fragte, zog er wortlos seinen Stiefel aus und zeigte ihm eine große blutgefüllte Blase an der Ferse.

Im spärlichen Schatten einiger Yuccapflanzen machten sie Pause. »Wie weit ist es noch?«, fragte Michael. Er hatte den Stiefel ausgezogen, damit Sara die Blase behandeln konnte, und er verzog das Gesicht, als sie sie mit einem kleinen Skalpell aus einer Instrumententasche, die sie im Kraftwerk gefunden hatte, aufschnitt. Ein einzelner dicker Blutstropfen quoll heraus.

»Von hier aus noch ungefähr fünfzehn Kilometer«, sagte Hollis. Er stand am Rande des Schattens. »Seht ihr die Bergreihe da hinten? Die ist es.«

Caleb und Mausami hatten den Kopf auf ihre Rucksäcke gelegt und waren eingeschlafen. Sara hatte Michaels Fuß verbunden, und er hatte ihn mit schmerzverzerrtem Gesicht wieder in den Stiefel gezwängt. Nur Amy wirkte kaum angegriffen. Sie saß abseits der anderen und hatte die dünnen Beine unter sich gezogen. Wachsam beobachtete sie alle hinter ihren dunklen Brillengläsern.

Peter ging hinüber zu Hollis. »Werden wir es schaffen?«, fragte er leise.

»Wird knapp.«

»Geben wir allen eine halbe Handbreit Ruhe.«

»Länger würde ich nicht warten.«

Peters erste Wasserflasche war leer. Er gestattete sich einen kleinen Schluck aus der zweiten und nahm sich vor, den Rest in Reserve zu halten. Er legte sich zu den anderen in den Schatten, und ihm war, als hätte er gerade die Augen geschlossen, als jemand seinen Namen rief. Alicia beugte sich über ihn.

»Du hast gesagt, eine halbe Handbreit.«

Er stemmte sich auf den Ellenbogen hoch. »Stimmt. Zeit zum Weitergehen.«

Die Sonne war eine weitere Handbreit gesunken, als sie die Tafel sahen, die aus der flirrenden Hitze heraufragte. Zuerst kam ein hoher Zaun, mit Stacheldrahtrollen gekrönter Maschendraht, und

dann, hundert Meter hinter dem offenen Tor, die kleine Wachbaracke und das Schild daneben:

SIE BETRETEN DAS TWENTYNINE PALMS MARINE CORPS AIR GROUND COMBAT CENTER.
GEFAHR DURCH NICHT EXPLODIERTE MUNITION.
VERLASSEN DER STRASSE VERBOTEN.

»Nicht explodierte Munition.« Michael kniff grimmig die Augen zusammen. »Was heißt das?«

»Es heißt, dass du aufpassen sollst, wo du hintrittst, Akku.« Alicia wandte sich an alle. »Es könnten Bomben sein, vielleicht auch Minen. Wir gehen im Gänsemarsch, und jeder versucht, in die Fußspuren des Vordermanns zu treten.«

»Was ist denn das da?« Mausami streckte die Hand aus und beschirmte mit der anderen ihre Augen vor der grellen Sonne. »Sind das Gebäude?«

Es waren Busse. Zweiunddreißig, dicht nebeneinander in zwei Reihen geparkt, die gelbe Farbe fast vollständig abgeblättert. Peter ging auf den am nächsten stehenden Bus am Ende der Reihe zu. Der Wind war wieder erstorben, und man hörte nichts als ihre Schritte auf dem harten Boden. Unter den mit schweren Drahtgittern gesicherten Fenstern standen die Worte DESERT CENTER UNIFIED SCHOOL DISTRICT. Peter kletterte die Düne hinauf, die an der Seitenwand angeweht war, und spähte hinein. Der Sand war eingedrungen und bedeckte die Bänke mit welligen Wehen. Vögel hatten unter der Decke genistet, und die Wände waren weiß angestrichen von ihrem Kot.

»Hey! Seht euch das an!«, rief Caleb.

Sie folgten seiner Stimme zur anderen Seite. Schräg im Sand lag die Hülle eines kleinen Flugzeugs.

»Das ist ein Hubschrauber«, sagte Michael.

Caleb stand oben auf dem Rumpf. Bevor Peter etwas sagen konnte, hatte Caleb die Tür aufgeklappt und ließ sich hineinfallen.

»Hightop!«, schrie Alicia. »Sei vorsichtig!«

»Ist okay! Ist leer!« Sie hörten, wie er drinnen rumorte, und dann steckte er den Kopf aus der Luke. »Nichts da, nur zwei Slims.« Er stemmte sich herauf. Als er außen am Rumpf heruntergerutscht war, zeigte er ihnen, was er gefunden hatte. »Die haben sie getragen.«

Es waren zwei Ketten, dunkel korrodiert. An jeder hing eine silberne Scheibe. Peter benutzte ein wenig von seinem Wasser, um sie zu säubern.

Sullivan, Joseph D., 0+ 098879254, USMC, röm. kath.

Gomez, Manuel R., AB- 859720152, USMC, konfessionslos.

»USMC, das ist das U. S. Marine Corps«, sagte Hollis. »Die solltest du wieder dahin bringen, wo du sie herhast, Caleb.«

Caleb riss Peter die Ketten aus der Hand und drückte sie schützend an die Brust. »Kommt nicht in Frage. Die behalte ich. Ich habe sie gefunden, und sie gehören mir.«

»Hightop, das waren Soldaten.«

Calebs Stimme wurde schrill. »Na und? Sie sind nie zurückgekommen, oder? Die Soldaten sollten zu uns zurückkommen, und sie haben es nie getan.«

Alle schwiegen für einen Moment. »Das also ist der Ort, ja?«, sagte Sara. »Auntie hat uns Geschichten darüber erzählt. Wie die Ersten damals aus den Städten kamen und mit Bussen auf den Berg gefahren sind.«

Peter hatte die Geschichten auch gehört. Und genau dafür hatte er sie auch immer gehalten – für Geschichten eben. Aber Sara hatte recht: Das hier war der Ort. Mehr als die Busse oder der abgestürzte Hubschrauber mit den toten Soldaten verriet es ihm diese Stille. Es war mehr als das bloße Fehlen von Geräuschen. Es war die Stille, die kam, wenn etwas aufgehört hatte.

Ein Gefühl durchzuckte ihn, eine prickelnde Wachsamkeit. Etwas stimmte nicht.

»Wo ist Amy?«

Sie schwärmten zwischen den Reihen der Busse aus und riefen

ihren Namen. Als Michael meldete, er habe sie gefunden, war Peter bereits in Panik geraten. Er hatte nie daran gedacht, dass sie einfach davonspazieren könnte.

Michael stand vor einem der in den Sand eingesunkenen Busse und spähte durch ein offenes Fenster.

»Was macht sie?«, fragte Sara.

»Ich glaube, sie sitzt nur da«, sagte Michael.

Peter kletterte auf den Bus und zog sich hinein. Der Wind hatte den Sand in den hinteren Teil geweht, und die vorderen Bankreihen waren frei. Amy saß auf der Bank hinter dem Fahrersitz und hielt ihren Rucksack auf dem Schoß. Sie hatte Mütze und Sonnenbrille abgenommen.

»Amy, es wird bald dunkel. Wir müssen weiter.«

Aber das Mädchen rührte sich nicht von der Stelle. Anscheinend wartete sie auf etwas. Dann sah sie sich blinzelnd um, und anscheinend bemerkte sie erst jetzt, dass der Bus ein leeres Wrack war. Sie stand auf, zog sich den Rucksack über die Schultern und kletterte durch das Fenster hinaus.

Der Bunker war genau dort, wo Hollis es gesagt hatte.

Er führte sie zu der Stelle, wo der dritte Berg genau zwischen den beiden anderen aufragte, bog nach Osten ab und machte nach einem halben Kilometer halt. »Hier ist es«, sagte er.

Sie standen vor einer Felswand. Hinter ihnen warf die untergehende Sonne einen letzten Lichtstreifen über den Horizont.

»Ich sehe nichts«, sagte Alicia.

»Das sollst du auch nicht.«

Hollis warf sich das Gewehr über die Schulter und kletterte an der Felswand hinauf. Peter beschirmte seine Augen mit der Hand und beobachtete ihn. Zehn Meter über dem Grund verschwand Hollis plötzlich.

»Wo ist er hin?«, fragte Michael.

Die Bergflanke geriet in Bewegung. Ein Doppeltor, sah Peter, war gut getarnt in den Fels eingelassen. Die beiden Hälften wichen

in die Bergflanke zurück. Dahinter lag eine dunkle Höhle, und darin stand Hollis.

Peter brauchte einen Augenblick, um das, was er sah, in seinem ganzen Ausmaß zu erfassen: ein riesiges Gewölbe, das in den Berg gehauen war. Reihen von Regalen reichten nach hinten in die Dunkelheit, und darauf standen Paletten mit Kisten, die hoch über ihre Köpfe aufragten. Ein Gabelstapler stand neben dem Eingang, wo Hollis eine stählerne Bedienungstafel an der Wand geöffnet hatte. Als die anderen näher kamen, legte er einen Schalter um, und brummendes Licht erfüllte den Raum, das von einem Netz aus leuchtenden Strängen über ihnen ausging. Peter hörte, wie mit rauschendem Summen eine mechanische Belüftungsanlage ansprang.

»Das sind Leuchtstoffröhren.« Michael starrte mit offenem Mund zur Decke. »Woher kriegen die Strom?«

Hollis legte einen zweiten Schalter um. Ein gelbes Warnlicht erwachte zum Leben. Der blinkende Strahl kreiste mit rasender Dringlichkeit über dem Portal. Mit metallischem Quietschen glitten die Türen aus ihren Fächern in der Wand und zogen scharfe Schatten über den Boden.

»Dort, wo wir hergekommen sind, kann man es nicht sehen«, rief Hollis durch das Getöse, »aber an der Südflanke des Berges ist ein Solarkraftwerk. Deshalb hat Demo den Bunker überhaupt gefunden.«

Mit einem harten Dröhnen schloss sich das Tor. Das Echo hallte weit durch die Halle. Jetzt waren sie eingeschlossen und in Sicherheit.

»Der Stromspeicher hält nicht mehr lange durch, aber man kann den Strom ein paar Stunden lang direkt von den Solarzellen beziehen. Tragbare Generatoren gibt es auch ein paar. Und nördlich von hier ist ein Treibstofflager. Ist nur ein kurzer Fußweg. Benzin, Diesel, Kerosin. Alles noch brauchbar, wenn man es richtig abzapft. Und mehr, als wir je verbrauchen könnten.«

Peter ging tiefer ins Innere hinein. Wer immer diese Anlage gebaut hatte, dachte er, hatte sie für die Ewigkeit gebaut. Der Raum

erinnerte ihn an eine Bibliothek, nur dass die Bücher hier Kisten waren, und die Kisten enthielten keine Wörter, sondern Waffen. Die Hinterlassenschaften des letzten verlorenen Krieges, verpackt und eingelagert für den nächsten.

Er ging zum nächstliegenden Regal, wo Alicia mit Amy stand. Nach der Episode mit dem Bus war das Mädchen in ihrer Nähe geblieben. Alicia hatte sich den Ärmel über die Hand gezogen und wischte den Staub von einer Kiste, um zu lesen, was dort auf die Seitenwand gedruckt war.

»Was bedeutet RPG?«, fragte Peter.

»Keine Ahnung.« Alicia strahlte. »Aber ich glaube, ich will eins haben.«

44

Aus dem Tagebuch der Sara Fisher (»Das Buch Sara«)
Vorgelegt auf der Dritten Internationalen Tagung zur Nordamerikanischen Quarantäneperiode
Zentrum zur Erforschung menschlicher Kulturen und Konflikte
University of New South Wales, Indoaustralische Republik
16. – 21. April 1003 n.V.

Tag 4

Ich glaube, ich fange einfach an. Hallo. Mein Name ist Sara Fisher. Ich schreibe euch aus einem Bunker der Army, irgendwo nördlich der Stadt Twentynine Palms, Kalifornien. Ich bin eine von acht Seelen auf dem Weg von den San-Jacinto-Bergen in die Stadt Telluride, Colorado. Es ist merkwürdig, das alles jemandem zu erzählen, den ich nicht mal kenne und der vielleicht noch gar nicht lebt, wenn ich dies schreibe. Aber Peter meint, irgendjemand sollte aufzeichnen, was uns passiert. Eines Tages, sagt er, will das vielleicht jemand wissen.

Wir sind jetzt seit zwei Tagen in diesem Bunker. Alles in allem ist es ziemlich komfortabel; es gibt Strom und fließendes Wasser und sogar eine Dusche, die funktioniert, wenn man nichts gegen kaltes Wasser hat (habe ich nicht). Die Unterkünfte nicht

mitgezählt hat der Bunker drei Haupträume. Einer enthält hauptsächlich Waffen (das »Lager«), im zweiten stehen Fahrzeuge (die »Garage«), und in einem dritten kleineren Raum sind Lebensmittel, Kleider und medizinischer Bedarf (wir haben noch keinen Namen dafür, und deshalb nennen wir ihn einfach »Raum drei«). Dort habe ich die Notizbücher und die Stifte gefunden. Hollis sagt, hier ist genug Zeug, um eine kleine Armee auszurüsten, und das glaube ich auch.

Michael und Caleb wollen versuchen, einen der Humvees in Gang zu bringen. Das ist eine Art Auto. Peter meint, zwei davon dürften uns alle acht und dazu Proviant und Reservebenzin tragen können, aber Michael sagt, er weiß nicht, ob er aus den Teilen, die wir haben, mehr als einen zusammenbekommt. Alicia hilft ihnen, aber anscheinend tut sie dabei nicht viel mehr, als ihnen das Werkzeug zu reichen, das sie haben wollen. Immerhin ist es schön, dass sie zur Abwechslung mal nicht alle herumkommandiert.

Das alles hier hat der Army gehört, und die Soldaten sind jetzt alle tot. Ich glaube, das sollte ich sagen. Und der Grund dafür, dass wir hier sind, das sollte ich auch sagen, ist das Mädchen Amy. Michael sagt, sie ist hundert Jahre alt, aber wenn man sie sieht, erkennt man das nicht. Man denkt, sie ist einfach ein Mädchen. Sie hatte etwas im Nacken, eine Art Sender, und der hat uns verraten, dass sie aus Colorado kommt, aus einer Gegend namens ZQZ. Aber das ist eine lange Geschichte, und ich weiß nicht genau, wie ich sie erzählen soll. Sie kann nicht sprechen, wir glauben jedoch, da draußen gibt es mehr Leute wie sie, denn Michael hat eine Frequenz aufgefangen. Und deshalb gehen wir nach Colorado.

Jeder hier hat eine Aufgabe, und meine besteht darin, dass ich Hollis und Peter helfe herauszufinden, was in den Kisten auf

den Regalen ist. Peter sagt, solange wir auf den Humvee warten, könnten wir die Zeit auch nutzen – für den Fall, dass wir irgendwann wieder herkommen müssen. Außerdem könnten wir hier Sachen finden, die wir jetzt gebrauchen können, zum Beispiel Walkie-Talkies. Michael glaubt, er kann zwei davon in Gang bringen, wenn es Akkus gibt, die ihre Ladung noch halten können. An das Lager grenzt eine Art Nische, die wir »Büro« nennen. Da stehen lauter Schreibtische und Computer, die nicht mehr funktionieren, und Regale mit Aktenordnern und Handbüchern, und da haben wir die Inventarlisten gefunden – unzählige Seiten mit allem – von Gewehren und Mörsern bis zu Hosen und Seife. (Ich hoffe, die Seife finden wir bald.) Neben jedem Artikel steht ein Haufen Zahlen und Buchstaben, und dieselben Zahlen und Buchstaben stehen auf den Regalen, aber nicht immer. Manchmal macht man eine Kiste auf und denkt, es sind Decken oder Batterien drin, aber dann sind es Schaufeln oder noch mehr Gewehre. Amy hilft uns, und obwohl sie immer noch nicht gesprochen hat, ist mir heute klar geworden, dass sie die Listen genauso gut lesen kann wie alle anderen. Ich weiß nicht, warum ich deshalb überrascht war, aber ich war es.

Tag 6

Michael und Caleb arbeiten immer noch an den Humvees. Michael sagt, zwei kann er wahrscheinlich reparieren, aber sicher ist er immer noch nicht. Er sagt, das Problem ist überall dort, wo Gummi ist; das meiste davon ist rissig und spröde. Aber noch nie habe ich Michael so glücklich gesehen, und alle glauben, er wird es hinkriegen.

Gestern habe ich im medizinischen Lager eine Bestandsaufnahme gemacht. Vieles dort ist nicht mehr verwendbar, aber es gibt ein paar Sachen, die ich gebrauchen kann – richtiges Verbandmaterial und Schienen und sogar eine Blutdruckmanschette. Ich habe Mausamis Blutdruck gemessen; er war 120 zu 80, und ich

habe ihr gesagt, sie soll mich jeden Tag daran erinnern, dass ich ihn messe, und sie soll viel Wasser trinken. Sie sagt, das würde sie wohl gern, aber dann müsste sie alle fünf Minuten pinkeln.

Heute Morgen ist Hollis mit uns allen in die Wüste hinausgegangen, um uns zu zeigen, wie man schießt und wie man eine Granate wirft. Hier ist so viel Munition, dass er meinte, es wäre okay, und alle müssten wissen, wie es geht. Also haben wir eine Zeitlang mit Gewehren auf Steinhaufen geschossen und Granaten in den Sand geworfen, und jetzt klingeln mir die Ohren von dem Lärm. Hollis glaubt, das Gelände im Süden ist voller Minen, und niemand soll da hingehen. Ich nehme an, er meinte hauptsächlich Alicia, denn sie reitet frühmorgens mit dem Pferd dort hinaus, um zu jagen, bevor es zu heiß wird. Aber bis jetzt hat sie nur zwei Hasen gebracht, die wir gestern Abend gekocht haben. Peter hat ein Kartenspiel gefunden, und gestern Abend haben wir alle zusammen gespielt, auch Amy, die öfter gewonnen hat als alle anderen, obwohl niemand ihr die Regeln erklärt hatte. Ich nehme an, sie hat es einfach durch Zusehen gelernt.

Echte Lederstiefel! Wir tragen jetzt alle welche – außer Caleb, der immer noch seine Sneakers hat. Sie sind ihm viel zu groß, aber er sagt, das macht nichts, er findet, sie sehen gut aus, und er glaubt, sie bringen ihm Glück, weil er nicht gestorben ist, seit er sie trägt. Vielleicht finden wir noch eine Kiste mit Glück bringenden Sneakers?

Tag 7

Noch immer keine Fortschritte bei den Humvees. Allmählich befürchten alle, wir müssen doch zu Fuß von hier weg.

Das Beste, was wir neben den Stiefeln gefunden haben, sind die Leuchtstäbe. Das sind Plastikrohre, die man über dem Knie knickt und kräftig schüttelt. Dann kommt Licht heraus, ein

blassgrünes Leuchten. Gestern Abend hat Caleb einen zerbrochen und sich das leuchtende Zeug ins Gesicht geschmiert. »Seht mich an!«, sagte er. »Jetzt bin ich ein Smoke!« Das ist nicht komisch, sagte Peter, aber ich fand es doch, und die meisten haben mitgelacht. Ich bin froh, dass Caleb hier ist.

Morgen werde ich Wasser heiß machen und ein richtiges Bad nehmen, und wenn ich einmal dabei bin, werde ich Amy die Haare schneiden oder wenigstens etwas gegen die verfilzten Strähnen tun. Vielleicht kann ich sie dazu bringen, auch zu baden.

Tag 9

Michael sagte, heute würden sie versuchen, einen der Humvees zu starten. Wir haben uns alle im Kreis darum herumgestellt, als sie ihn an einen der Generatoren anschlossen, aber als er versuchte, den Motor in Gang zu bringen, gab es einen lauten Knall und eine Menge Rauch, und Michael sagte, jetzt muss er noch mal von vorn anfangen. Wahrscheinlich war das Benzin schlecht, meinte er, aber ich habe ihm angesehen, dass er es eigentlich auch nicht wusste. Zu allem Überfluss waren dann die Toiletten in den Unterkünften verstopft. Hollis fragte, wie kommt's dass die U. S. Army Lebensmittel machen kann, die hundert Jahre haltbar sind, aber kein anständiges Klo zustande kriegt?

Hollis hat mich gebeten, ihm auch die Haare zu schneiden, und ich muss sagen, wenn man ihn ein bisschen zurechtmacht, sieht er gar nicht schlecht aus. Vielleicht kann ich ihn auch dazu bringen, sich den Bart abzurasieren. Aber ich glaube, der bedeutet ihm zu viel, nachdem Arlo nicht mehr da ist. Armer Arlo. Armer Hollis.

Tag 11

Heute ist die Stute gestorben. Das war allein meine Schuld. Tagsüber haben wir sie draußen im Schatten angepflockt; da gibt es ein bisschen Gestrüpp, wo sie fressen konnte. Ich dachte, ich führe sie ein bisschen herum, aber dann erschreckte sie etwas, und sie ging durch. Hollis und ich rannten ihr nach, aber natürlich konnten wir sie nicht einholen, und dann sahen wir sie draußen auf dem Feld weiden, wo die Minen sind, und bevor ich etwas sagen konnte, gab es einen furchtbaren Knall, und als der Staub sich verzogen hatte, lag sie auf dem Boden. Ich wollte hin, doch Hollis hielt mich fest. Ich sagte, wir können sie nicht so liegen lassen, und er sagte, nein, das können wir nicht, und dann ging er in die Unterkunft und holte sein Gewehr, und das war's. Wir haben beide geweint, und nachher habe ich ihn gefragt, ob er einen Namen für sie hatte. Ja, sagte er, sie hieß Sweetheart.

Wir sind erst neun Tage hier, aber mir kommt es viel länger vor, und allmählich frage ich mich, ob wir je wieder weggehen werden.

Tag 12

In der Nacht ist der Pferdekadaver verschwunden. Jetzt wissen wir, dass Smokes in der Nähe sind. Peter hat beschlossen, das Tor sicherheitshalber eine Stunde vor Sonnenuntergang zu schließen. Ich mache mir ein bisschen Sorgen um Mausami. Seit ein paar Tagen sieht man es ihr plötzlich an. Wahrscheinlich bemerkt es sonst niemand, aber ich schon. Was alle wissen, jedoch nicht sagen, ist, dass Theo wahrscheinlich tot ist. Mausami ist tough, aber dass sich alles so hinschleppt, ist nicht leicht für sie. Ich würde hier draußen kein Kind bekommen wollen.

Tag 13

Gute Nachrichten! Michael sagt, vielleicht versucht er morgen, einen der Humvees zu starten. Alle drücken die Daumen. Wir wollen unbedingt weiter.

In Raum drei habe ich eine Kiste mit der Aufschrift »Transporttaschen für menschliche Überreste« gefunden. Als ich sie öffnete und hineinschaute, sah ich, dass es die Säcke waren, in denen die Army die toten Soldaten verstaute. Ich habe die Kiste wieder zugemacht und hoffe, dass niemand mich danach fragt.

Tag 16

Ich habe seit zwei Tagen nichts geschrieben, weil ich Auto fahren lerne.

Vor zwei Tagen haben Michael und Caleb den ersten Humvee endlich in Gang gebracht, mit Reifen und allem. Alle haben geschrien und gelacht, weil wir so glücklich waren. Michael wollte es als Erster versuchen, und es gab nur ein paar Schrammen, als er ihn rückwärts aus dem Bunker fuhr. Wir haben uns dann am Steuer abgewechselt, und Michael hat uns gesagt, was wir tun sollen, aber wir können es alle nicht besonders gut.

Der zweite Humvee ist heute Morgen hinausgerollt. Caleb sagt, das war's, mehr als zwei kriegen wir nicht startklar, aber zwei reichen uns völlig. Wenn einer kaputtgeht, haben wir immer noch einen in Reserve. Michael meint, wir können genug Diesel mitnehmen, um bis Las Vegas zu kommen, vielleicht sogar noch weiter, bevor wir neuen auftreiben müssen.

Morgen früh fahren wir zum Treibstofflager.

Tag 17
Vollgetankt und abfahrbereit. Den ganzen Vormittag über sind wir zwischen Bunker und Treibstofflager hin und her gefahren, haben die Humvees aufgetankt und die Reservekanister gefüllt.

Alle sind erschöpft, aber auch aufgeregt. Es ist, als ginge die Reise jetzt endlich wirklich los. Wir fahren in zwei Vierergruppen. Peter fährt den einen Humvee und ich den anderen, und Hollis und Alicia sitzen oben und bemannen die .50er Maschinengewehre, die wir heute Nachmittag montiert haben. Michael hat ein paar Akkus gefunden, die ihre Ladung noch halten können; jetzt könnten wir uns über die Walkie-Talkies verständigen, wenigstens bis die Akkus leer sind. Peter meint, wir sollten um Las Vegas herumfahren und im offenen Gelände bleiben, aber Hollis sagt, wenn wir nach Colorado wollen, führt der schnellste Weg über Las Vegas, und die Interstate Highways sind die besten, weil sie nicht so kurvig und bergig sind. Alicia stellte sich auf seine Seite, und schließlich war Peter auch einverstanden. Also fahren wir wohl über Las Vegas. Alle fragen sich, was wir da finden werden.

Ich habe das Gefühl, dass wir jetzt eine richtige Expedition sind. Unsere alten Sachen haben wir weggeworfen, und alle tragen jetzt Tarnkleidung, auch Caleb, obwohl das Zeug viel zu groß für ihn ist. (Maus macht gerade eine Hose für ihn kürzer.) Nach

dem Abendessen hat Peter uns alle zusammengerufen und uns die Route auf der Landkarte gezeigt. Dann sagte er, ich finde, wir sollten auf Hollis anstoßen, oder, und Hollis nickte und sagte, das finde ich auch, und dann hielt er eine Flasche Whiskey hoch, die er in einem der Schreibtische im Büro gefunden hatte. Er schmeckte ein bisschen wie unser Schnaps und wirkte auch genauso; es dauerte nicht lange, und alle sangen und lachten. Es war wunderschön, aber auch ein bisschen traurig, denn wir alle mussten an Arlo und seine Gitarre denken. Sogar Amy trank ein bisschen, und Hollis meinte, vielleicht bringt sie das in Stimmung, und sie sagt was. Und da hat sie gelächelt. Es war das erste Mal, dass ich das bei ihr gesehen habe. Es fühlt sich wirklich so an, als wäre sie jetzt eine von uns.

Jetzt ist es spät, und ich muss ins Bett. Wir brechen bei Tagesanbruch auf. Ich kann es nicht erwarten, aber ich glaube, ich werde diesen Ort auch vermissen. Keiner weiß, was wir finden werden und ob wir je wieder nach Hause kommen. Ich glaube, ohne es zu merken, sind wir hier eine Familie geworden. Also, wer immer das hier liest: Das wollte ich eigentlich sagen.

Tag 18

Wir sind in Kelso angekommen und hatten noch reichlich Zeit. Die Landschaft hier sieht völlig tot aus – die einzigen Lebewesen sind anscheinend die Eidechsen, die überall sind, und Spinnen, riesige behaarte Biester, so groß wie eine Hand. Außer dem Depot steht kein einziges Gebäude. Nach dem Bunker ist es, als wären wir unter freiem Himmel völlig ungeschützt, obwohl Fenster und Türen mit Brettern vernagelt sind. Es gibt eine Pumpe, aber kein Wasser; deshalb trinken wir das, was wir mitgebracht haben. Wenn es so heiß bleibt, müssen wir bald neues finden. Ich weiß, dass niemand viel schlafen wird. Hoffentlich kann Amy die Virals wieder fernhalten.

Tag 19

Letzte Nacht sind sie gekommen. Ein Dreierschwarm. Sie sind durch das Dach eingedrungen, haben das Holz auseinandergerissen wie Papier. Als es vorbei war, waren zwei tot, und der dritte hatte sich verzogen. Aber Hollis war angeschossen. Alicia sagt, sie glaubt, dass sie es war, doch Hollis behauptet, es ist passiert, als er eine Pistole laden wollte. Wahrscheinlich sagt er es nur, um es ihr leichter zu machen. Die Kugel ist durch seinen Oberarm gefahren, eigentlich nur ein Streifschuss, aber jede Wunde muss man ernst nehmen, besonders hier draußen. Hollis ist zu tough, um sich etwas anmerken zu lassen, aber ich sehe ihm an, dass er große Schmerzen hat.

Ich schreibe dies am frühen Morgen, kurz vor Tagesanbruch. Einschlafen kann hier keiner mehr. Wir warten alle nur auf den Sonnenaufgang, damit wir von hier verschwinden können. Wir müssen hoffen, dass wir früh genug in Las Vegas ankommen, um noch eine Unterkunft zu finden. Alle denken es, aber niemand sagt es: Von hier an gibt es eigentlich keine Sicherheit mehr. Das Komische ist, es macht mir eigentlich nicht so viel aus. Natürlich hoffe ich, wir sterben nicht alle hier draußen. Aber ich glaube, ich bin lieber hier bei diesen Leuten als irgendwo anders. Angst zu haben ist was anderes, wenn man von Hoffnung getragen wird. Ich weiß nicht, was wir in Colorado finden werden, falls wir jemals dort ankommen. Ich bin nicht mal sicher, dass es wichtig ist. All die Jahre haben wir auf die Army gewartet, und jetzt stellt sich heraus, die Army sind wir.

45

Sie fuhren in den verblassenden Tag, in eine Traumlandschaft mit turmhohen Ruinen.

Peter saß am Steuer des vorderen Humvee. Alicia war auf dem Dach und suchte das Gelände mit dem Fernglas ab, und Caleb saß neben ihm auf dem Beifahrersitz und hatte die Karte auf dem Schoß. Der Highway war fast verschwunden unter Wellen von rissiger, fahler Erde.

»Caleb, wo zum Teufel sind wir?«

Caleb drehte die Karte hin und her. Er reckte den Hals und schrie zu Alicia hinauf: »Siehst du die 215?«

»Was ist die 215?«

»Ein Highway wie dieser hier! Wir müssten ihn kreuzen!«

»Ich wusste nicht, dass wir auf einem Highway sind!«

Peter hielt an und hob das Funkgerät vom Boden auf. »Sara, was sagt deine Tankanzeige?«

Es knisterte und rauschte, und dann hörten sie Saras Stimme. »Ein Viertel voll. Vielleicht etwas mehr.«

»Gib mir Hollis.«

Er sah im Rückspiegel, wie Hollis, der den verletzten Arm in einer Schlinge trug, von seinem Posten hinunterkletterte und Sara das Walkie-Talkie abnahm. »Kann sein, dass wir von der Straße abgekommen sind«, sagte Peter. »Und wir brauchen beide Sprit.«

»Gibt's hier irgendwo einen Flughafen?«

Peter nahm Caleb die Karte ab und studierte sie. »Ja. Wenn wir immer noch auf dem Highway 15 sind, müsste einer vor uns liegen, im Osten.« Er hob den Kopf und schrie zu Alicia hinauf: »Siehst du etwas, das aussieht wie ein Flughafen?«

»Verdammt, woher soll ich wissen, wie ein Flughafen aussieht?«

»Sie soll nach Treibstofftanks suchen«, sagte Hollis durch das Walkie-Talkie. »Nach großen Treibstofftanks.«

»Lish! Siehst du irgendwo Treibstofftanks?«

Alicia ließ sich in die Fahrerkabine herunter. Ihr Gesicht war staubbedeckt. Sie spülte sich den Mund mit Wasser aus ihrer Flasche aus und spuckte es aus dem Fenster. »Geradeaus, ungefähr fünf Kilometer vor uns.«

»Bist du sicher?«

Sie nickte. »Da ist eine Brücke vor uns. Ich vermute, das könnte die Trasse über den Highway 215 sein. Wenn ich recht habe, ist der Flughafen gleich dahinter.«

Peter hob das Walkie-Talkie hoch. »Lish glaubt, sie hat ihn gesehen. Wir fahren weiter.«

»Augen überall, Cousin.«

Peter legte den Gang ein und fuhr an. Sie waren am Südrand der Stadt in einer von Grasbüscheln bewachsenen Ebene. Im Westen ragten violette Berge in den Himmel wie die Rücken von Tieren, die sich aus der Erde erhoben. Peter sah, wie die Ansammlung der Gebäude im Herzen der Stadt vor der Windschutzscheibe Gestalt annahm und sich zu einem Muster aus einzelnen Bauten auflöste, überflutet von goldenem Licht. Es war nicht zu erkennen, wie groß sie waren oder wie weit entfernt. Auf dem Rücksitz hatte Amy ihre Brille abgenommen und schaute blinzelnd aus dem Fenster. Sara hatte gründliche Arbeit geleistet, als sie ihr die verfilzten Haare abgeschnitten hatte. Was von dem wilden Schopf noch übrig war, sah aus wie ein adretter schwarzer Helm, der die Konturen ihrer Wangen umrahmte.

Sie kamen zu der Trasse, aber die Brücke war nicht mehr da.

Der Beton war in großen Platten heruntergebrochen. Der Highway darunter war ein von Autos und Schutt verstopfter, unüberwindlicher Graben. Es blieb ihnen nichts anderes übrig: Sie mussten versuchen, ihn zu umgehen. Peter steuerte den Humvee nach Osten, an dem Highway unter ihnen entlang. Nach ein paar Minuten kamen sie zu einer zweiten Brücke, die anscheinend noch intakt war. Es war riskant, aber die Zeit wurde knapp.

Er rief Sara. »Ich versuche hinüberzufahren. Warte, bis wir drüben sind.«

Sie hatten Glück. Ohne Zwischenfall gelangten sie auf die andere Seite. Sie warteten, bis Sara herübergekommen war, und Peter nahm Caleb die Karte wieder ab. Wenn er sich nicht irrte, waren sie auf dem South Las Vegas Boulevard. Dann wäre der Flughafen mit seinen Treibstofftanks östlich von ihnen.

Sie fuhren weiter. Die Landschaft veränderte sich. Gebäude und verlassene Autos drängten sich immer dichter aneinander. Die meisten Wagen standen südwärts gewandt, weg von der Stadt.

»Das sind Army-Lastwagen«, stellte Caleb fest.

Eine Minute später sahen sie den ersten Kampfpanzer. Er lag kopfüber mitten auf der Straße wie eine riesige umgekippte Schildkröte. Beide Ketten waren von den Rädern gerissen.

Alicia steckte den Kopf in die Kabine. »Fahr weiter«, sagte sie. »Langsam.«

Er kurbelte am Lenkrad, um den umgestürzten Panzer zu umfahren. Inzwischen war klar, was vor ihnen lag: der Verteidigungsring der Stadt. Sie fuhren durch ein riesiges Trümmerfeld mit Panzern und anderen Fahrzeugen. Dahinter sah Peter eine lange Sandsackbarriere vor einer mit Stacheldrahtrollen gekrönten Betonsperre.

»Was willst du jetzt machen?«, fragte Sara über Funk.

»Wir müssen irgendwie außen herum.« Er ließ die Sprechtaste los und schaute zu Alicia hinauf, die durch das Fernglas spähte. »Lish! Nach Osten oder nach Westen?«

Sie beugte sich wieder herunter. »Nach Westen. Ich glaube, da ist eine Bresche in der Absperrung.«

Es wurde spät, und der Angriff in der vergangenen Nacht hatte sie alle durcheinandergerüttelt. Die letzten Handbreit Tageslicht waren wie ein Trichter, der sie in die Nacht sog. Mit jeder Minute waren die Entscheidungen, die sie trafen, weniger leicht zu widerrufen.

»Alicia sagt, nach Westen«, meldete Peter.

»Aber dann entfernen wir uns vom Flughafen!«

»Ich weiß. Gib mir noch mal Hollis.« Er wartete, bis Hollis sich meldete, und fuhr dann fort. »Ich glaube, wir müssen uns mit dem Sprit, den wir noch haben, einen Unterschlupf für die Nacht suchen. Bei all diesen Gebäuden vor uns – da muss es etwas geben, das wir benutzen können. Morgen früh können wir dann zum Flughafen zurückfahren.«

Hollis' Stimme war ruhig, aber der besorgte Unterton entging Peter nicht. »Wie du meinst.«

Er schaute zu Alicia hinauf, und sie nickte.

»Wir fahren da durch«, sagte Peter.

Die Bresche im Verteidigungsring war etwa zwanzig Meter breit. Daneben lag ein umgekippter ausgebrannter Tanklastzug. Wahrscheinlich, dachte Peter, hatte der Fahrer versucht, die Sperre zu durchbrechen.

Sie fuhren weiter. Die Gebäude standen immer dichter beieinander, je näher sie der Innenstadt kamen. Niemand sprach; man hörte nur das dunkle Dröhnen des Motors und das Scharren des Gestrüpps unter dem Fahrgestell des Humvee. Irgendwie waren sie wieder auf den Las Vegas Boulevard gekommen; ein Straßenschild, das immer noch an seinen Drähten über der Straße hing, schaukelte knarrend im Wind. Die Gebäude waren jetzt größer, monumentaler, und ihre mächtigen zerstörten Fassaden ragten neben der Straße auf. Manche waren ausgebrannte, leere Käfige aus Stahlträgern, andere halb eingestürzt, die Fassaden weggebrochen, sodass man in die Apartments hineinsehen konnte: Hängende Gärten aus Drähten und Kabeln. Einige waren von

Hochwäldern aus Ranken überwuchert, andere standen öd und nackt da, und intakte Schilder verrieten ihre geheimnisvollen Namen: *Mandalay Bay. The Luxor. New York, New York.* Das Gelände dazwischen war übersät von Müll und Schutt, und Peter kam nur im Schritttempo voran. Überall waren Humvees, Panzer, Sandsackstellungen – hier hatte eine Schlacht stattgefunden. Zweimal musste er anhalten, um den Weg um ein Hindernis herum zu suchen.

»Hier ist alles dicht«, sagte Peter schließlich. »Da kommen wir nie durch. Caleb, such mir einen Weg hier raus.«

Caleb dirigierte ihn westwärts auf die Tropicana Avenue. Aber nach hundert Metern verschwand die Straße unter einem Berg von Schutt. Peter wendete, kehrte zur Kreuzung zurück und schlängelte sich wieder nach Norden. Diesmal versperrte ihnen eine zweite Betonbarrikade den Weg.

»Das ist das reinste Labyrinth hier.«

Er versuchte es mit einer neuen Route, nach Osten jetzt, aber auch hier ging es bald nicht weiter. Die Schatten wurden länger; sie hatten vielleicht noch eine halbe Handbreit gutes Licht. Er begriff, dass es ein Fehler gewesen war, durch das Herz der Stadt zu fahren. Sie saßen in der Falle.

Er nahm das Funkgerät von der Ablage. »Irgendeine Idee, Sara?«

»Wir können auf dem Weg zurückfahren, auf dem wir hergekommen sind.«

»Bis wir hier raus sind, ist es dunkel. Wir dürfen nicht im Freien festsitzen, nicht zwischen all diesen hohen Bauten.«

Alicia ließ sich vom Dach herunter. »Da gibt's ein Gebäude, das aussieht, als wäre es sicher«, sagte sie hastig. »An dieser Straße, ungefähr hundert Meter zurück. Wir sind daran vorbeigefahren.«

Peter gab die Information an den zweiten Humvee weiter. »Ich sehe kaum eine andere Möglichkeit.«

Es war Hollis, der antwortete. »Dann los.«

Sie wendeten. Peter reckte den Hals nach vorn, um durch die

Frontscheibe nach oben zu schauen, und sah das Gebäude, das Alicia gemeint hatte: einen weißen Turm von fantastischer Höhe, der aus den langen Schatten ins Sonnenlicht hinaufragte. Er machte einen soliden Eindruck, aber natürlich konnte man die Rückseite nicht sehen – sie konnte völlig abgebrochen sein. Zwischen Gebäude und Straße erstreckte sich eine hohe Mauer und eine grün wabernde Fläche, die sich beim Näherkommen als ein von Ranken überwucherter Swimmingpool herausstellte. Peter befürchtete, dass er dort irgendwie hindurchfahren müsste, doch dann sah er eine Lücke im Gestrüpp, und Alicia rief herunter: »Hier abbiegen.«

Er konnte den Humvee bis an das Hochhaus heranfahren und unter einem von Ranken umkränzten Portikus anhalten. Sara bremste hinter ihm. Die Gebäudefront war mit Brettern vernagelt, der Eingang mit Sandsäcken verbarrikadiert. Als Peter ausstieg, spürte er die plötzliche Kühle. Die Temperatur sank.

Alicia hatte die Heckklappe geöffnet und reichte hastig Rucksäcke und Gewehre heraus. »Nehmt nur das mit, was wir für die Nacht brauchen«, befahl sie. »Alles, was ihr tragen könnt. Und so viel Wasser wie möglich.«

»Was ist mit den Humvees?«, fragte Sara.

»Die fahren allein nirgendwohin.« Alicia streifte sich einen Gurt mit Handgranaten über den Kopf und überprüfte ihr Gewehr. »Hightop, hast du schon einen Weg hinein gefunden? Wir haben bald kein Licht mehr.«

Caleb und Michael arbeiteten wie besessen daran, das Brett von einem der Fenster herunterzureißen. Krachend splitterte das Sperrholz und brach aus dem Rahmen, und dahinter kam die schmutzverkrustete Fensterscheibe zum Vorschein. Caleb schlug einmal mit dem Stemmeisen zu, und das Glas zersplitterte.

»Igitt!« Er rümpfte die Nase. »Was ist das für ein Gestank?«

»Ich schätze, das werden wir bald herausfinden«, sagte Alicia. »Okay, bewegt euch!«

Peter und Alicia kletterten als Erste durch das Fenster. Hollis

würde als Letzter kommen, nach Amy und den anderen. Peter ließ sich drinnen herunterfallen und sah, dass er in einem dunklen Korridor war, der parallel zur Frontseite verlief. Rechts von ihm war eine stählerne Flügeltür, mit einer Kette verschlossen, die um die Klinken geschlungen war. Er trat zurück an das zerbrochene Fenster.

»Caleb, gib mir einen Hammer. Und das Stemmeisen.«

Mit dem scharfen Ende des Stemmeisens zerschlug er die Kette. Die Tür schwang auf, und dahinter lag ein endlos weiter Raum, fast schon eine kleine Landschaft und auffallend unberührt. Abgesehen von dem Gestank – es war ein scharfer, chemischer, aber auch leicht pflanzlicher Geruch – und einer dicken Staubschicht auf allen Flächen erweckte das Ganze nicht den Eindruck von Zerstörung, sondern eher von Verlassenheit, als wären die Bewohner dieser Halle erst vor ein paar Tagen und nicht schon vor Jahrzehnten verschwunden. In der Mitte ragte ein großes steinernes Gebilde auf, eine Art Springbrunnen, und auf einem Podest in der Ecke stand ein von Spinnweben überzogenes Klavier. Links war eine langgestreckte Theke vor einer Reihe hoher Fenster mit Blick in den Innenhof, der so üppig zugewachsen war, dass die Vegetation dem Licht hier drinnen einen stark grünlichen Schimmer verlieh. Peter schaute zur Decke. Verschnörkelter Stuck teilte sie in einzelne konvexe Kassetten mit blumigen Malereien: Geflügelte Gestalten mit traurigen, treuherzigen Augen und rundlichen Wangen schwebten in einem wallenden Wolkenhimmel.

»Ist das … so was wie eine Kirche?«, flüsterte Caleb.

Peter gab keine Antwort. Er wusste es nicht. Etwas an diesen geflügelten Wesen an der Decke wirkte beunruhigend, sogar ein bisschen bedrohlich. Er drehte sich um und sah Amy. Sie stand neben dem spinnwebverhangenen Klavier und starrte an die Decke wie alle anderen.

Dann war Hollis bei ihm. »Wir sollten sehen, dass wir höher nach oben kommen.« Peter sah, dass er sie auch spürte, diese gespenstischen Erscheinungen über ihnen. »Lasst uns die Treppe suchen.«

Durch einen zweiten breiteren Korridor gingen sie tiefer in das Gebäude hinein, vorbei an Geschäften, deren Namen – *Prada, Tutto, La Scarpa, Tesorini* – sinnlos, aber seltsam musikalisch klangen. Hier waren die Schäden größer: Schaufenster waren zertrümmert, und blitzende Glasscherben lagen überall auf dem Boden und knirschten unter den Sohlen ihrer Stiefel. Viele Geschäfte waren offensichtlich geplündert worden – die Theken waren zertrümmert, die Einrichtung umgestürzt –, während man andere anscheinend unberührt gelassen hatte; ihre eigenartigen, nutzlosen Waren – Schuhe, in denen niemand wirklich laufen konnte, Taschen, die so klein waren, dass man nichts hineintun konnte – standen noch in den Schaufenstern. Sie sahen Schilder mit der Aufschrift »Spa Level« und »Pool Promenade« und Pfeilen, die in andere abzweigende Korridore zeigten, und Reihen von Aufzügen, deren schimmernde Türen geschlossen waren. Aber nirgends fand sich ein Wegweiser mit dem Wort »Treppe«.

Der Gang endete in einem zweiten offenen Bereich. Er war so groß wie der erste und verlor sich hinten im Dunkeln, und er wirkte irgendwie unterirdisch – so, als ständen sie am Eingang zu einer riesigen Höhle. Der Geruch war hier stärker. Sie knickten ihre Leuchtstäbe und gingen langsam weiter, die Gewehre im Anschlag. Lange Reihen von Maschinen standen in diesem Saal, wie Peter sie noch nie gesehen hatte, mit Videomonitoren und diversen Knöpfen, Hebeln und Schaltern. Vor jeder Maschine stand ein Hocker; vermutlich hatten die Leute, die diese Maschinen bedienten, darauf gesessen und ihre unbekannte Funktion erfüllt.

Dann sahen sie die Slims.

Erst einen, dann noch einen, und dann immer mehr. Langsam lösten sich die starren Gestalten aus der Dunkelheit. Die meisten saßen um hohe Tische herum, und ihre Haltung war von verbissener Komik, als wären sie bei etwas Peinlichem ertappt worden.

»Was zum Teufel ist das hier?«, wisperte Hollis.

Peter trat an den nächsten Tisch heran. Drei Slims saßen daran, ein vierter lag auf dem Boden neben seinem umgestürzten Hocker.

Peter hob seinen Leuchtstab und beugte sich über die vordere Leiche, eine Frau. Sie war vornübergesunken; ihr Kopf lag auf der Seite, und ihr Wangenknochen ruhte auf der Tischplatte. Ihr völlig ausgeblichenes Haar war ein Knoten aus verdorrten Fasern, der den runden Schädel umgab. Wo die Zähne hätten sein sollen, saß ein Gebiss im Kiefer. Die Gaumenplatte aus Plastik leuchtete in einem absurden lebensechten Rosa. Stränge von goldenem Metall lagen um ihren Hals. An den Fingerknochen auf dem Tisch – anscheinend hatte sie die Hände ausgestreckt, um sich beim Fallen abzustützen – steckten zahllose Ringe mit dicken funkelndem Steinen in allen Farben. Vor ihr lagen zwei aufwärtsgewandte Spielkarten. Eine Sechs und ein Bube. Bei den anderen war es genauso, sah Peter: Jeder hatte zwei Karten aufgedeckt. Auf dem Tisch verstreut lagen noch mehr Karten. Anscheinend war es irgendein Spiel. In der Mitte lag ein Haufen Schmuck, Ringe, Uhren und Armbänder, und außerdem eine Pistole und eine Handvoll Patronen.

»Wir müssen weiter«, sagte Alicia.

Irgendetwas war hier, dachte er. Etwas, das er finden sollte.

»Es ist bald dunkel, Peter. Wir müssen die Treppe finden.«

Er riss den Blick von der Frau los und nickte.

Sie kamen in ein Atrium mit einer Glaskuppel. Der Himmel über ihnen kühlte sich ab. Es wurde Nacht. Rolltreppen führten hinunter in eine weitere dunkle Halle; rechts sahen sie eine Reihe Aufzüge und einen neuen Gang mit Geschäften.

»Gehen wir im Kreis?«, fragte Michael. »Ich könnte schwören, dass wir hier durchgekommen sind.«

Alicia machte ein ernstes Gesicht. »Peter ...«

»Ich weiß, ich weiß.« Der Augenblick der Entscheidung war da, begriff er. Entweder suchten sie die Treppe, oder sie mussten irgendwo im Erdgeschoss unterkommen. Er drehte sich um und sah die Gruppe an. Jemand fehlte.

»Verflucht, nicht *jetzt*!«

Caleb zeigte auf das Schaufenster des nächsten Geschäfts. »Da ist sie.«

Desert Gift Emporium, stand über dem Fenster. Ein Geschäft für Geschenkartikel und Souvenirs. Peter öffnete die Tür und ging hinein. Amy stand vor einem Regal neben der Kassentheke. Sie hatte eine der gläsernen Halbkugeln in die Hand genommen und schüttelte sie einmal kräftig. Ein weißer Wirbel erfüllte die Kugel.

»Amy, was ist das?«

Das Mädchen drehte sich um und strahlte – *Ich habe etwas gefunden,* schienen ihre Augen zu sagen, *etwas Wunderbares* –, und sie hielt ihm die Kugel entgegen. Sie war unerwartet schwer, als er sie nahm. Offenbar war sie mit Flüssigkeit gefüllt. In dieser Flüssigkeit schwebten glitzernde weiße Flöckchen, wie Schnee. Sie senkten sich auf eine Landschaft mit winzigen Häusern herab. Mitten in dieser Miniaturstadt stand ein weißer Turm – derselbe, erkannte Peter, in dem sie jetzt waren.

Die anderen drängten sich heran. »Was ist das?«, fragte Michael.

Peter reichte die Kugel an Sara weiter, und sie zeigte sie den anderen.

»So was wie ein Modell, nehme ich an.« Amys Gesicht strahlte immer noch vor Glück. »Warum zeigst du uns das?«

Aber es war Alicia, die ihm antwortete.

»Peter«, sagte sie, »ich glaube, du solltest dir das hier ansehen.«

Sie hatte die Glaskugel umgedreht und zeigte ihm die Worte, die auf dem Boden standen.

Milagro Hotel and Casino
Las Vegas

Der Gestank hatte nichts mit den Slims zu tun, erklärte Michael. Es war Faulgas. Hauptsächlich Methan, und deshalb roch es hier wie auf einem Plumpsklo. Irgendwo unter dem Hotel, vermutete er, lag ein See von hundert Jahre altem Abwasser – die gesammelte Gülle einer ganzen Stadt, eingeschlossen wie in einem riesigen Sickertank.

»Wir sollten lieber nicht hier sein, wenn das explodiert«, warnte er. »Das wird der größte Furz in der Geschichte der Menschheit. Der Laden wird brennen wie eine Fackel.«

Sie waren im fünfzehnten Stock des Hotels und sahen zu, wie die Nacht heraufzog. Ein paar panische Minuten lang hatte es ausgesehen, als müssten sie sich im Erdgeschoss des Hotels verkriechen. Die einzige Treppe, die sie gefunden hatten – am anderen Ende des Kasinos –, war unpassierbar: Stühle, Tische, Matratzen, Koffer versperrten den Weg, verbogen und zertrümmert, als wäre der ganze Haufen aus großer Höhe herabgeworfen worden. Hollis hatte dann vorgeschlagen, die Tür eines der Aufzüge aufzustemmen. Wenn das Aufzugseil noch intakt wäre, hatte er erklärt, könnten sie ein, zwei Stockwerke hinaufklettern, weit genug, um die Barrikade zu umgehen, und dann könnten sie für den Rest des Weges die Treppe nehmen.

Es klappte. Aber dann, im sechzehnten Stock, stießen sie auf eine zweite Barrikade. Die Treppe war von Patronenhülsen übersät. Sie verließen das Treppenhaus und gelangten in einen dunklen Korridor. Alicia zerknickte einen neuen Leuchtstab. Der Gang war von Türen gesäumt, und auf einem Schild an der Wand stand: *Ambassador Suite Level.*

Peter deutete mit dem Gewehrlauf auf die erste Tür. »Caleb, dein Auftritt.«

Im Zimmer waren zwei Leichen, ein Mann und eine Frau. Sie lagen im Bett. Beide trugen Bademäntel und Pantoffeln. Auf dem Tisch neben dem Bett stand eine offene Whiskeyflasche, deren Inhalt längst bis auf einen braunen Bodensatz verdunstet war, und daneben lag eine Injektionsspritze. Caleb sprach aus, was alle dachten: Er würde die Nacht nicht mit zwei Slims verbringen, schon gar nicht mit Slims, die sich umgebracht hatten. Sie mussten fünf Türen aufbrechen, bis sie eine fanden, hinter der keine Leichen lagen. Es waren drei Zimmer, zwei mit einem Doppelbett und ein drittes, größeres mit einer Fensterwand, durch die man über die Stadt hinwegsehen konnte. Peter trat an die Scheibe. Das

letzte Tageslicht badete alles in seinem orangegelben Glanz. Er wünschte, sie wären noch höher, vielleicht sogar auf dem Dach, aber das hier würde genügen müssen.

»Was ist das da drüben?«, fragte Mausami. Sie zeigte über die Straße hinweg auf eine mächtige Stahlkonstruktion auf vier Beinen, die sich nach oben zu einer dünnen Spitze verjüngte.

»Ich glaube, das ist der Eiffelturm«, sagte Caleb. »Ich habe mal ein Bild in einem Buch gesehen.«

Mausami runzelte die Stirn. »Ist der nicht in Europa?«

»In Paris.« Michael kniete auf dem Boden und packte seinen Rucksack aus. »Paris, Frankreich.«

»Was macht er dann hier?«

»Was weiß ich?« Michael zuckte die Achseln. »Vielleicht haben sie ihn umgesetzt.«

Zusammen schauten sie hinaus und sahen zu, wie die Dunkelheit heraufstieg. In den Straßen fing sie an, dann erfasste sie die Gebäude, dann die Berge am Horizont. Alles versank im Dunkeln wie in einer Badewanne, die langsam vollief. Die Sterne kamen hervor. Niemand hatte Lust zum Reden; allen war die prekäre Lage bewusst. Sara saß mit Hollis auf dem Sofa und erneuerte den Verband an seinem Arm. Es war nicht so sehr das, was sie sagte, sondern das, was sie nicht sagte, und wie sie mit schmallippiger Effizienz ihre Arbeit verrichtete – jedenfalls sah Peter ihr an, dass sie sich Sorgen um ihn machte.

Sie verteilten die Fertigmahlzeiten und legten sich dann hin. Alicia und Sara erklärten sich bereit, die erste Wache zu übernehmen, und Peter war zu erschöpft, um zu widersprechen. Weckt mich, wenn es so weit ist, sagte er. Wahrscheinlich werde ich sowieso nicht schlafen.

Und er schlief auch nicht. Er lag in einem der Schlafzimmer auf dem Boden, den Kopf auf den Rucksack gelegt, und starrte an die Decke. Milagro, dachte er. Dies war Milagro. Amy saß in der Ecke an der Wand und hielt ihre Glaskugel in der Hand. Ab und zu hob sie sie hoch und schüttelte sie, und dann hielt sie sie dicht

vor das Gesicht und sah zu, wie der Schnee darin wirbelte und herabsank. In diesen Augenblicken fragte Peter sich, was wohl in ihr vorging. Er hatte ihr erklärt, wohin sie wollten und warum sie dorthin gingen. Aber wenn sie wusste, was in Colorado war und wer das Signal sendete, ließ sie es nicht erkennen.

Schließlich gab er es auf, einschlafen zu wollen, und ging hinüber ins große Zimmer. Eine schmale Mondsichel stand über den Gebäuden. Alicia stand am Fenster und beobachtete die Straße, und Sara saß an einem kleinen Tisch und spielte Solitär. Ihr Gewehr lag quer auf ihrem Schoß.

»Gibt's eine Sichtung da draußen?«

Sara runzelte die Stirn. »Würde ich dann Karten spielen?«

Er setzte sich in einen Sessel und schaute ihr eine Zeitlang schweigend beim Spielen zu.

»Woher hast du die Karten?« Auf der Rückseite stand der Name: Milagro.

»Lish hat sie in einer Schublade gefunden.«

»Du solltest dich ausruhen, Sara«, sagte er. »Ich kann jetzt übernehmen.«

»Es geht schon.« Stirnrunzelnd schob sie die Karten zusammen und legte sie neu aus. »Geh wieder schlafen.«

Peter sagte nichts weiter. Ihm war, als hätte er etwas falsch gemacht, aber er wusste nicht, was.

Alicia wandte sich vom Fenster ab. »Weißt du, wenn du nichts dagegen hast, nehme ich dein Angebot an und lege mich ein paar Minuten hin. Wenn es dir recht ist, Sara.«

Sara zuckte die Achseln. »Wie du willst.«

Alicia ging hinaus und ließ sie allein. Peter trat ans Fenster und spähte durch das Nachtsichtgerät an seinem Gewehr, um die Straße abzusuchen. Verlassene Autos, Berge von Schutt und Müll, leere Gebäude. Eine Welt, die in der Zeit erstarrt war, im Augenblick der Kapitulation, in den letzten gewalttätigen Stunden der Zeit Davor.

»Du brauchst mir nichts vorzumachen, weißt du.«

Er drehte sich um. Sara musterte ihn kühl. Ihr Gesicht leuchtete im Mondlicht. »Was meinst du mit vormachen?«

»Peter, bitte. Nicht jetzt.« Peter spürte ihre Entschlossenheit. Sie hatte eine Entscheidung getroffen. »Du hast dein Bestes getan. Das weiß ich.« Sie lachte leise und schaute weg. »Und wenn wir alle hier draußen sterben, dann sollst du wissen, dass es in Ordnung ist.«

»Niemand wird sterben.« Etwas anderes fiel ihm nicht ein.

»Tja. Hoffentlich stimmt das.« Sie zuckte die Achseln. »Trotzdem, in der Nacht damals …«

»Hör zu, es tut mir leid, Sara.« Er holte tief Luft. »Ich hätte schon eher mit dir reden sollen. Es war meine Schuld.«

»Du brauchst dich nicht zu entschuldigen, Peter. Ich sage ja, du hast es versucht. Aber ihr beide seid füreinander gedacht. Ich glaube, das habe ich immer gewusst. Es war dumm von mir, es nicht zu akzeptieren.«

Er war völlig verwirrt. »Sara, wovon redest du?«

Sara antwortete nicht. Ihre Augen wurden plötzlich groß. Sie starrte an ihm vorbei aus dem Fenster.

Er fuhr herum. Sara stand auf und kam zu ihm.

»Was hast du gesehen?«

Sie streckte den Finger aus. »Auf der anderen Seite, oben auf dem Turm.«

Er drückte das Nachtsichtgerät ans Auge. »Ich sehe nichts.«

»Es war da, das weiß ich.«

Dann war Amy im Zimmer. Sie drückte die Glaskugel an die Brust. Mit der anderen Hand packte sie Peter beim Arm und zog ihn vom Fenster weg.

»Amy, was ist?«

Die Glasscheibe hinter ihm zerbrach nicht, sie explodierte, zerstob in einem Hagel von glitzernden Scherben. Die Luft entwich aus seiner Lunge, als er quer durch den Raum geschleudert wurde. Erst später begriff Peter, dass der Viral von oben auf sie herabgekommen war. Er hörte Sara schreien – aber es waren keine Worte, sondern

ein Schreckensschrei. Er stürzte zu Boden und rollte, in Amy verheddert, herum – gerade noch rechtzeitig, um zu sehen, wie die Kreatur wieder zum Fenster hinausschnellte.

Sara war fort.

Im Nu waren Alicia und Hollis im Zimmer, alle waren da. Hollis riss sich die Schlinge vom Arm und packte sein Gewehr, er stand am Fenster, zielte nach unten, schwenkte den Lauf hin und her. Aber er schoss nicht.

»*Fuck!*«

Alicia zog Peter auf die Beine. »Bist du verletzt? Hat er dich gekratzt?«

In ihm brodelte es noch. Er schüttelte den Kopf: Nein.

»Was ist passiert?«, rief Michael. »Wo ist meine Schwester?«

Peter fand seine Stimme wieder. »Er hat sie geholt.«

Michael packte Amy brutal bei den Armen. Sie hielt immer noch ihre Schneekugel umklammert. Irgendwie war sie heil geblieben. »Wo ist sie? Wo ist sie?«

»Hör auf, Michael!«, schrie Peter. »Du machst ihr Angst!«

Die Glaskugel fiel krachend zu Boden, als Alicia Michael wegriss und ihn auf das Sofa schleuderte. Amy taumelte rückwärts, die Augen vor Angst weit aufgerissen.

»Akku«, sagte Alicia, »du musst dich beruhigen.«

Tränen der Wut standen in seinen Augen. »Nenn mich nicht so, verdammt!«

Dann eine Donnerstimme: »Maul halten, verdammt! Alle!«

Sie drehten sich um. Hollis stand am offenen Fenster, das Gewehr an der Hüfte.

»Haltet. Das. Maul.« Er sah sie alle nacheinander an. »Ich hole deine Schwester, Michael.«

Er ließ sich auf ein Knie nieder, wühlte ein paar Clips aus seinem Rucksack und stopfte sie in die Taschen seiner Weste. »Ich habe gesehen, wohin sie mit ihr verschwunden sind. Drei Stück.«

»Hollis …«, begann Peter.

»Ich frage dich nicht.« Er sah Peter in die Augen. »Gerade du solltest wissen, dass ich gehen muss.«

Michael trat vor. »Ich komme mit.«

»Ich auch«, sagte Caleb. Er schaute in die Runde und sah plötzlich unsicher aus. »Ich meine, weil wir doch alle gehen, oder?«

Peter sah Amy an. Sie saß auf dem Sofa und hatte die Knie schützend an die Brust gezogen. »Lish, gib mir deine Pistole.«

»Wozu?«

»Wenn wir da rausgehen, braucht Amy eine Waffe.«

Alicia zog die Waffe aus dem Gürtel. Peter ließ das Magazin herausfahren und sah nach, ob es voll war. Dann schob er es wieder in den Kolben und zog den Schlitten zurück, um die Waffe durchzuladen. Er drehte sie in der Hand herum und reichte sie Amy.

»Ein Schuss«, sagte er und klopfte mit dem Finger an sein Brustbein. »Mehr hast du nicht. Hier hinein. Weißt du, wie es geht?«

Amy hob den Blick von der Waffe in ihrer Hand und nickte.

Sie rafften ihre Sachen zusammen. Alicia nahm Peter beiseite. »Nicht dass ich Einwände hätte«, sagte sie leise. »Aber es könnte eine Falle sein.«

»Ich weiß, dass es eine Falle ist.« Peter nahm sein Gewehr und seinen Rucksack. »Ich glaube, ich weiß es, seit wir hier sind. All diese blockierten Straßen – sie haben uns hergeführt. Aber Hollis hat recht. Ich hätte Theo niemals zurücklassen dürfen, und ich lasse Sara nicht zurück.«

Sie knickten ihre Leuchtstäbe und traten in den Korridor. An der Treppe trat Alicia dicht ans Geländer und schaute hinunter. Dann winkte sie die anderen weiter.

So stiegen sie hinunter, Etage für Etage. Alicia und Peter übernahmen abwechselnd die Spitze, und Mausami und Hollis sicherten sie von hinten. Im zweiten Stock verließen sie das Treppenhaus und gingen den Gang hinunter zu den Aufzügen.

Der mittlere Aufzug war offen, wie sie ihn verlassen hatten. Peter spähte in den Schacht und sah die Fahrstuhlkabine mit der offenen Deckenluke zwei Stockwerke tiefer. Er hängte sich das

Gewehr über die Schulter, packte das Seil und ließ sich auf das Fahrstuhldach hinunter. Dann sprang er durch die Luke in die Kabine und schaute zur offenen Tür hinaus. Er sah eine Lobby, zwei Stockwerke hoch, mit gläsernem Dach. Die Wand gegenüber war verspiegelt, und er konnte schräg in die Halle hineinsehen. Mit angehaltenem Atem schob er den Gewehrlauf aus dem Aufzug. Aber die Halle lag leer im Mondlicht. Er hob den Kopf und pfiff durch die Luke hinauf zu den anderen.

Nacheinander reichten sie ihre Gewehre herunter und ließen sich in den Fahrstuhl fallen. Als Letzte kam Mausami. Sie trug zwei Rucksäcke, sah Peter, einen über jeder Schulter.

»Der gehört Sara«, erklärte sie. »Ich dachte mir, sie will ihn haben.«

Das Kasino lag links von ihnen, rechts war ein dunkler Gang mit leeren Geschäften und dahinter der Haupteingang, wo die Humvees standen. Hollis hatte gesehen, wie sie Sara über die Straße zum Turm brachten. Sie würden mit den Humvees von einer Straßenseite zur anderen fahren, geschützt durch die schweren Maschinengewehre. Wie es weitergehen sollte, wusste Peter nicht.

Sie kamen in die Lobby mit dem stummen Klavier. Alles war still und unverändert. Im Licht der Leuchtstäbe schienen die gemalten Figuren an der Decke frei über ihren Köpfen zu schweben, unverbunden mit irgendeiner materiellen Ebene. Als Peter sie das erste Mal gesehen hatte, waren sie ihm irgendwie bedrohlich erschienen, aber als er sie jetzt sah, war dieses Gefühl verschwunden. Diese treuherzigen Augen und die sanften, runden Gesichter – er sah, dass es Kinder waren.

Sie duckten sich unter das offene Fenster neben dem Eingang. »Ich gehe als Erste«, sagte Alicia und nahm einen Schluck aus ihrer Wasserflasche. »Wenn alles okay ist, steigen wir ein und fahren los. Ich will nicht länger als zwei Sekunden vor diesem Gebäude bleiben. Michael, du übernimmst Saras Platz am Steuer des zweiten Humvee, Hollis und Mausami, ihr nehmt die MGs. Caleb, du

rennst wie der Teufel und achtest darauf, dass Amy mit dir einsteigt. Ich gebe euch Deckung, bis alle an Bord sind.«

»Und du?«, fragte Peter.

»Keine Sorge, ich lasse euch nicht ohne mich abfahren.«

Dann sprang sie auf, kletterte aus dem Fenster und rannte zum nächsten Fahrzeug. Peter rückte ans Fenster nach. Draußen war es stockfinster; das Dach des Portikus verdeckte den Mond. Er hörte einen weichen Stoß, als Alicia am Humvee in Deckung ging. Er drückte den Gewehrkolben fest an die Schulter und wartete ungeduldig auf Alicias Pfiff.

»Verdammt, wieso braucht sie so lange?«, flüsterte Hollis neben ihm.

Es gab überhaupt kein Licht, und die dichte Finsternis fühlte sich an wie etwas Lebendiges, wie etwas, das um sie herum pulsierte. Peter wurde nervös. Der Schweiß prickelte in seinem Haar. Er holte tief Luft und spannte den Finger schussbereit um den Abzug.

Eine Gestalt kam rasend schnell aus der Dunkelheit auf sie zu.

»Platz da!«

Alicia hechtete kopfüber durch das Fenster nach drinnen, und in dem Moment sah Peter, was los war: eine grün leuchtende Masse rollte auf das Gebäude zu, mächtig wie eine sich aufbäumende Welle.

Virals. Die Straße war voller Virals.

Hollis feuerte los. Peter kam dazu, zwei Schuss abzugeben, dann packte Alicia ihn beim Ärmel und zog ihn vom Fenster weg.

»Es sind zu viele! Wir müssen verschwinden!«

Sie hatten die Lobby nicht einmal zur Hälfte durchquert, als sie einen lauten Aufprall hörten. Holz zersplitterte, der Haupteingang wurde eingerissen. Caleb und Mausami rannten Richtung Kasino. Alicia feuerte wie wild und deckte ihren Rückzug. Ihre Patronenhülsen klimperten auf die Fliesen. Im Mündungsfeuer sah er Amy auf allen vieren beim Klavier; sie tastete auf dem Boden umher, als hätte sie etwas verloren. Ihre Pistole. Aber es hatte keinen

Sinn, sie jetzt zu suchen. Er packte Amy am Arm und zog sie den Gang hinunter, hinter den anderen her. Wir sind tot, ging es ihm durch den Kopf. Wir sind alle tot.

Wieder klirrte Glas, diesmal tief im Innern des Gebäudes. Sie wurden in die Zange genommen. Bald wären sie umzingelt, verloren in der Dunkelheit. Wie in der Mall, nur schlimmer, denn hier gab es kein Tageslicht, in das sie sich flüchten konnten. Hollis war jetzt neben ihm. Vor sich sah er den Lichtschein eines Leuchtstabs und Michaels Gestalt, der durch das zerschmetterte Fenster eines Restaurants sprang. Als er dort ankam, sah er, dass Caleb und Mausami schon drinnen waren. Er schrie Alicia zu: »Hierher! Schnell!« Dann schob er Amy durch das Fenster. Michael verschwand am anderen Ende des Raums durch eine Tür.

»Lauf ihnen einfach nach!«, rief er Amy zu. »Lauf!«

Dann war Alicia bei ihm und zerrte ihn durch das Fenster. Ohne stehen zu bleiben, zog sie einen neuen Leuchtstab aus ihrer Tasche und knickte ihn über dem Knie. Sie rannten quer durch das Restaurant, Michael hinterher.

Ein Korridor, schmal und niedrig wie ein Tunnel. Hollis und die anderen mussten irgendwo vor ihnen sein. Peter schwenkte den Arm und rief ihre Namen. Der Kloakengestank war plötzlich stärker, beinahe schwindelerregend. Peter und Alicia wirbelten herum, als der erste Viral hinter ihnen durch die Tür kam. Das Mündungsfeuer blitzte im Gang. Peter schoss blindlings in Richtung Tür. Der Erste fiel, dann noch einer. Aber es kamen immer neue.

Er begriff, dass er jetzt abdrückte, ohne dass etwas passierte. Sein Magazin war leer; er hatte die letzte Patrone verschossen. Alicia zog ihn weiter. Eine Treppe führte hinunter in einen weiteren Gang. Er prallte gegen die Wand und wäre fast gestürzt, aber irgendwie rannte er weiter.

Der Gang endete an einer Schwingtür. Dahinter war eine Küche. Die Treppe hatte sie in ein Kellergeschoss geführt, tief hinunter in die Betriebsräume des Hotels. Reihen von Kupfertöpfen hingen an der Decke über einem breiten Edelstahltisch, der im Licht von

Alicias Leuchtstab glänzte. Peter konnte kaum atmen. Die Luft war schwer von Dämpfen. Er warf das leere Gewehr weg und riss eine Pfanne von der Decke, eine breite Kupferpfanne, die schwer in den Händen lag.

Etwas war ihnen durch die Tür gefolgt.

Er fuhr herum und schwang rückwärtstaumelnd die Pfanne – eine Geste, die komisch ausgesehen hätte, wenn sie nicht so verzweifelt gewesen wäre –, und er schirmte Alicia mit seinem Körper ab, als der Viral auf den Tisch sprang und in die Hocke sank. Er war weiblich: An den Fingern steckten Ringe wie bei dem Slim am Tisch. Er hielt die Hände abgespreizt. Die langen Finger krümmten und streckten sich, und die Schultern wiegten sich hin und her. Peter umklammerte die Pfanne jetzt wie einen Schild, und Alicia drückte sich hinter ihn.

»Sie sieht sich!«, schrie Alicia.

Worauf wartete der Viral? Wieso hatte er noch nicht angegriffen?

»Ihr Spiegelbild!«, zischte Alicia. »Er sieht sein Spiegelbild in der Pfanne!«

Jetzt wurde Peter bewusst, dass er ein neues Geräusch hörte. Es kam von dem Viral – ein klagendes, nasales Stöhnen wie das Winseln eines Hundes. Als löste das Abbild seines Gesichts im kupfernen Boden der Pfanne ein tiefes melancholisches Wiedererkennen aus. Peter bewegte die Pfanne vorsichtig hin und her. Die Augen des Virals folgten ihr wie gebannt. Wie lange konnte er die Kreatur so in Schach halten? Bevor weitere Virals durch die Tür kamen? Seine Hände waren schweißnass, und der Gestank nahm ihm den Atem.

Der Laden wird brennen wie eine Fackel.

»Lish, siehst du irgendeinen Ausgang?«

Alicia drehte den Kopf hin und her. »Eine Tür rechts von dir, fünf Meter.«

»Ist sie abgeschlossen?«

»Woher soll ich das wissen?«

Er sprach mit zusammengebissenen Zähnen und bemühte sich, völlig bewegungslos dazustehen, damit der Viral sich weiter auf die Pfanne konzentrierte. »Hat sie ein Schloss, das du sehen kannst, verdammt?«

Die Kreatur schreckte auf und verkrampfte sich plötzlich. Der Viral klappte den Unterkiefer herunter, zog die Lippen zurück und entblößte zwei Reihen schimmernder Zähne. Er stöhnte nicht mehr. Aus seiner Kehle kam jetzt ein Klicken.

»Nein, ich sehe keins.«

»Mach eine Granate scharf.«

»Hier ist nicht genug Platz!«

»Mach schon. Der Raum ist voller Gas. Wirf sie hinter ihn, und dann lauf zur Tür, so schnell du kannst.«

Alicia schob eine Hand an ihre Hüfte und löste eine Granate von ihrem Gürtel. Er spürte, wie sie den Stift herauszog.

»Und los«, sagte sie.

Ein sauberer Bogen, hoch über den Kopf des Virals hinweg. Wie Peter gehofft hatte, verdrehte der Viral den Kopf und verfolgte den Flug der Handgranate durch die Küche. Sie landete klappernd hinter ihm auf dem Tisch und rollte dann auf den Boden. Peter und Alicia drehten sich um und sprangen zur Tür. Alicia war als Erste draußen, und dann schlugen sie die Stahltür zu. Frische Luft und ein Gefühl von Weite – sie waren auf einer Art Laderampe. Peter zählte im Kopf. *Eine Sekunde, zwei, drei* …

Er hörte den ersten Knall, die Erschütterung der explodierenden Granate, und dann einen zweiten, tieferen Donner, als das Gas im Raum sich entzündete. Sie rollten über die Kante der Rampe, als die Tür über ihren Köpfen hinwegflog. Dann kam die Druckwelle in einem Feuerball. Peter spürte, wie ihm die Luft aus der Lunge gerissen wurde. Er presste das Gesicht an den Boden und legte die Hände über den Kopf. Weitere Gasblasen im Gebäude explodierten, und das Feuer raste durch das Gebäude nach oben. Trümmer prasselten herunter, und überall regnete es Glas, das auf dem Asphalt zu funkelnden Splittern zerstob. Peter atmete Staub und Rauch.

»Wir müssen hier raus!« Alicia zerrte an ihm. »Das ganze Ding fliegt in die Luft!«

Seine Hände und sein Gesicht fühlten sich nass an – er wusste nicht, wovon. Sie waren irgendwo an der Südseite des Gebäudes. Im Feuerschein des brennenden Hotels rannten sie über die Straße und gingen hinter dem verrosteten Wrack eines umgestürzten Wagens in Deckung.

Sie husteten vom Rauch. Ihre Gesichter waren von Staub bedeckt. Peter sah einen langen glänzenden Fleck an Alicias Oberschenkel. Der Stoff ihrer Hose war durchnässt.

»Du blutest.«

Sie deutete auf seinen Kopf. »Du auch.«

Über ihnen ließ eine zweite Serie von Explosionen die Luft erbeben. Ein riesiger Feuerball raste durch das Hotel nach oben und überflutete die ganze Umgebung mit wütendem orangegelbem Licht. Ein Hagel von brennenden Trümmern fiel auf die Straße herab.

»Glaubst du, die anderen sind rausgekommen?«, fragte er.

»Ich weiß es nicht.« Alicia hustete, nahm einen Mundvoll Wasser aus ihrer Flasche und spuckte es auf den Boden. »Bleib hier.«

Sie huschte geduckt um den Wagen herum und war einen Augenblick später wieder da. »Von hier aus zähle ich zwölf Smokes.« Mit einer unbestimmten Gebärde deutete sie nach oben und in die Ferne. »Auf dem Turm auf der anderen Seite der Straße sind noch mehr. Das Feuer hat sie zurückgetrieben, aber nicht für immer.«

Das war's also. Sie saßen draußen im Dunkeln, ohne Gewehre, eingeklemmt zwischen einem brennenden Gebäude und den Virals. Sie lehnten sich mit dem Rücken an den Wagen, und ihre Schultern berührten sich.

Alicia rollte den Kopf zur Seite und sah ihn an. »Das war eine gute Idee. Das mit der Pfanne. Woher wusstest du, dass es funktioniert?«

»Wusste ich nicht.«

Sie schüttelte den Kopf. »War trotzdem ein cooler Trick.« Sie schwieg, und ein schmerzlicher Ausdruck huschte über ihr Gesicht. Sie schloss die Augen und atmete ein und aus. »Bist du bereit?«

»Zu den Humvees?«

»Das ist unsere einzige Chance, denke ich. Wir bleiben dicht bei dem Feuer und benutzen es als Deckung.«

Feuer hin, Feuer her, wahrscheinlich würden sie keine zehn Meter weit kommen, wenn die Virals sie entdeckten. So wie Alicias Bein aussah, würde sie wahrscheinlich gar nicht laufen können. Sie hatten nur ihre Messer und fünf Handgranaten an Alicias Gürtel. Aber vielleicht waren Amy und die anderen noch hier draußen. Sie mussten es zumindest versuchen.

Sie hakte zwei Granaten vom Gürtel und gab sie ihm. »Denk an unsere Abmachung«, sagte sie. Er sollte sie töten, wenn es so weit wäre. Die Antwort kam ihm so mühelos über die Lippen, dass er überrascht war. »Du auch. Ich will keiner von ihnen werden.«

Alicia nickte. Sie hatte den Stift aus einer Granate gezogen und hielt sie wurfbereit in der Hand. »Bevor es jetzt losgeht, wollte ich noch sagen – ich bin froh, dass du es bist.«

»Gleichfalls.«

Sie wischte sich mit dem Handballen über die Augen. »*Fuck*, Peter, jetzt siehst du mich zum zweiten Mal heulen. Das darfst du niemandem erzählen. Niemandem.«

»Mach ich nicht. Versprochen.«

Gleißendes Licht strahlte ihm in die Augen. Einen Moment lang glaubte er, es sei etwas passiert, sie habe versehentlich die Granate losgelassen – und der Tod sei am Ende nur eine Sache von Licht und Stille. Aber dann hörte er das Dröhnen eines Motors und wusste, dass da ein Fahrzeug auf sie zukam.

»Steigt ein!«, dröhnte eine Stimme. »Steigt in den Truck!«

Sie erstarrten.

Alicia starrte mit weit aufgerissenen Augen auf die Granate in ihrer Hand. »Mist, was mache ich jetzt mit dem Ding?«

»Wirf sie weg!«

Sie warf sie hoch über den Wagen hinweg, und Peter riss Alicia zu Boden, als die Granate mit lautem Knall explodierte. Die Lichter kamen näher. Peter schlang Alicia den Arm um die Taille, und humpelnd rannten sie los. Aus der Dunkelheit rumpelte ein kastenförmiges Fahrzeug heran. Ein riesiger Pflug saß vor dem Kühler wie ein schwachsinniges Grinsen. Vor der Frontscheibe war ein Drahtgitter, und auf das Dach war ein Geschütz montiert, hinter dem eine Gestalt kauerte. Peter sah, wie das Geschütz zum Leben erwachte und eine Wolke von flüssigem Feuer über ihre Köpfe hinwegschießen ließ.

Sie warfen sich in den Dreck. Peter spürte die sengende Hitze im Nacken.

»Bleibt unten!« Wieder dröhnte die Stimme, und erst jetzt begriff Peter, dass sie verstärkt war und aus einem Trichter auf dem Dach der Fahrerkabine kam. »Bewegt euern Arsch!«

»Ja, was jetzt?«, schrie Alicia, ohne sich zu rühren. »Beides geht nicht!«

Der Truck kam ein paar Meter vor ihren Köpfen knirschend zum Stehen. Peter riß Alicia hoch, und die Gestalt auf dem Dach rutschte an einer Leiter herunter. Eine schwere Drahtgittermaske verdeckte ihr Gesicht, und ihre Kleidung war dick gepolstert. In einem Lederhalfter am Oberschenkel steckte ein kurzläufiges Schrotgewehr. Auf der Seitenwand des Trucks standen die Worte NEVADA DEPARTMENT OF CORRECTIONS.

»Hinten rein! Schnell!«

Die Stimme gehörte einer Frau.

»Wir sind acht!«, schrie Peter. »Unsere Freunde sind noch da draußen!«

Aber die Frau schien nicht zu hören, was er sagte, oder es interessierte sie nicht. Sie stieß sie zum Heck des Lasters. Trotz der schweren Panzerung waren ihre Bewegungen überraschend flink. Sie drückte die Klinke herunter und riss die Hecktür weit auf.

»Steig rein, Lish!«

Das war Caleb. Sie waren alle da, ausgestreckt auf dem Boden im Laderaum des Trucks. Peter und Alicia kletterten hinein, die Tür wurde hinter ihnen zugeschlagen, und es war finster.

Schwankend setzte der Truck sich in Bewegung.

46

Diese grässliche Frau. Diese grässliche fette Frau in der Küche, deren weiche, runde Gestalt über den Stuhl quoll, als wäre sie geschmolzen. Die beklemmende, drückende Hitze im Raum, der Geschmack ihres Rauchs in seiner Nase und seinem Mund und der Geruch ihres Körpers. Die mit Schweiß und Krümeln gefüllten Falten ihres wogenden Fleisches. Der Rauch, der sich um sie herum kräuselte und zwischen ihren Lippen hervorwölkte, wenn sie sprach, als nähmen ihre Worte in der Luft feste Form an. Sein Verstand, der ihm sagte: Wach auf. Du schläfst, und du träumst. Wach auf, Theo. Aber der Sog des Traums war zu stark; je mehr er sich wehrte, desto tiefer wurde er hinuntergezogen. Es war wie ein dunkler Schacht, in den er fiel.

Was glotzt du so? Hä? Du nichtsnutziger kleiner Scheißer. Die Frau beobachtete ihn. Lachte. *Der Junge ist nicht nur blöd. Ich sage euch, er ist mit Blödheit geschlagen.*

Er fuhr aus dem Schlaf hoch, kippte aus dem Traum in die kalte Wirklichkeit seiner Zelle. Seine Haut war von widerlichem Schweiß überzogen. Der Schweiß eines Alptraums, an den er sich nicht mehr erinnern konnte. Übrig war nur das Gefühl, das er wie einen Schmutzfleck nicht mehr loswurde.

Er stand auf und schlurfte zum Loch. Er zielte so gut wie möglich und lauschte auf das Plätschern seines Urins dort unten. Er

hatte angefangen, sich auf das Geräusch zu freuen, und wartete schon drauf, wie man vielleicht auf den Besuch eines Freundes wartete. Er hatte immer darauf gewartet, dass wieder etwas passierte. Er hatte darauf gewartet, dass jemand etwas sagte, dass man ihm erklärte, warum er hier war und was sie von ihm wollten. Dass man ihm sagte, er sei nicht tot. Im Laufe der leeren Tage hatte er begriffen, dass er auf Schmerzen wartete. Die Tür würde sich öffnen, Männer würden hereinkommen, und die Schmerzen würden anfangen. Aber die Stiefel kamen und gingen – er konnte ihre verschrammten Spitzen durch den Schlitz unten in der Tür erkennen –, sie brachten ihm sein Essen und holten den leeren Teller ab, ohne etwas zu sagen. Immer wieder hatte er an die Tür gehämmert, an die kalte Stahltür. *Was wollt ihr von mir? Was wollt ihr?* Doch die einzige Antwort auf sein Flehen war Schweigen.

Er wusste nicht, seit wie vielen Tagen er hier war. Hoch oben, außer Reichweite, war ein Fenster, durch das er nicht hinausschauen konnte. Ein Stück weißer Himmel, und nachts die Sterne. Das Letzte, woran er sich erinnerte, waren die Virals, die sich vom Dach fallen ließen, und wie dann alles auf dem Kopf gestanden hatte. Peters Gesicht wich zurück, er hörte, wie jemand seinen Namen rief, und er erinnerte sich an das peitschende Gefühl in seinem Genick, als er zum Dach hinaufgeschleudert worden war. Wie er noch einmal den Wind geschmeckt und die Sonne auf dem Gesicht gefühlt und wie er das Gewehr verloren hatte. Wie es langsam kreiselnd nach unten gefallen war.

Dann nichts mehr. Der Rest war ein schwarzes Loch in seinem Gedächtnis, ein Loch wie der Krater, den ein verlorener Zahn hinterließ.

Er saß auf der Kante seiner Pritsche, als er die Schritte kommen hörte. Der Schlitz in der Tür öffnete sich, und ein Teller wurde über den Boden hereingeschoben. Die gleiche Wassersuppe, die er Tag für Tag bekam. Manchmal war ein kleines Stückchen Fleisch darin, manchmal nur ein Markknochen, den er aussaugen konnte. Anfangs hatte er sich vorgenommen, nichts zu essen und zu

sehen, was sie, wer immer sie waren, dann tun würden. Aber das hatte er nur einen Tag durchgehalten, und dann hatte der Hunger ihn überwältigt.

»Wie geht's?«

Theos Zunge lag dick in seinem Mund. »Verpiss dich.«

Ein leises, trockenes Lachen. Die Stiefel scharrten auf dem Boden. Die Stimme war jung oder alt – er konnte es nicht erkennen. »So ist's richtig, Theo.«

Als er seinen Namen hörte, schlängelte sich etwas Kaltes über sein Rückgrat. Er schwieg.

»Fühlst du dich wohl da drin?«

»Woher weißt du, wer ich bin?«

»Schon vergessen?« Eine kurze Pause. »Vermutlich ja. Du hast es mir *gesagt*. Als du gekommen bist. Oh, wir haben uns nett unterhalten.«

Angestrengt versuchte er sich zu erinnern, aber alles war dunkel. War die Stimme überhaupt wirklich da? Diese Stimme – sie schien ihn zu kennen. Vielleicht existierte sie nur in seiner Fantasie. An einem Ort wie diesem musste so etwas früher oder später passieren. Das Gehirn machte, was es wollte.

»Keine Lust zum Plaudern, was? Auch in Ordnung.«

»Was immer ihr vorhabt, tut es einfach.«

»Oh, wir haben es schon getan. Wir tun es immer noch. Sieh dich um, Theo. Was siehst du?«

Wider Willen sah er sich in der Zelle um. Die Pritsche, das Loch, das dreckige Fenster. In die Wände waren seltsame Dinge eingeritzt. Tagelang hatte er daran herumgerätselt. Das meiste war sinnloses Gekritzel, weder Wörter noch irgendwelche Bilder, die ihm was sagten. Aber etwas, in Augenhöhe über dem Loch, hatte er entziffert: RUBEN WAS HERE.

»Wer ist Ruben?«

»Ruben? Hm. Ich glaube, ich kenne keinen Ruben.«

»Mach keine Spielchen.«

»Ach, du meinst Ru-*ben*.« Wieder dieses leise Lachen. Wie gern

hätte Theo mit der Faust durch die Tür und dem Kerl ins Gesicht geschlagen. »Vergiss Ru-*ben,* Theo. Für Ru-*ben* ist es nicht so gut gelaufen. Ru-*ben,* könnte man sagen, ist uralte Vergangenheit.« Wieder eine Pause. »Erzähl. Wie schläfst du?«

»Was?«

»Du hast mich verstanden. Gefällt dir die fette Lady?«

Theo stockte der Atem. »Was sagst du da?«

»Die fiese alte Lady, Theo. Komm schon. Arbeite mit mir. Wir kennen das alle. Die fette Lady in deinem Kopf.«

Die Erinnerung platzte in seinem Kopf wie eine verfaulte Frucht. Die Träume. Die dicke Frau in der Küche. Da war eine Stimme vor seiner Tür, und sie wusste, wovon er träumte.

»Ich muss gestehen, ich selbst konnte sie nie besonders gut leiden«, sagte die Stimme. »Quack quack quackediquack, den ganzen Tag. Und dieser Gestank. Was zum Teufel ist das?«

Theo schluckte und versuchte, Ruhe zu bewahren. Die Wände schienen näher zu rücken und ihn zu zerquetschen. Er ließ den Kopf in die Hände sinken. »Ich kenne keine fette Lady«, brachte er hervor.

»Nein, natürlich nicht. Wir haben das alle durchgemacht. Du bist nicht der Einzige. Eine andere Frage.« Die Stimme senkte sich zu einem Flüstern. »Hast du sie schon aufgeschlitzt, Theo? Mit dem Messer? Bist du schon so weit gekommen?«

Die Übelkeit packte ihn wie ein Strudel. Ihm wurde plötzlich eng in der Brust. Das Messer, das Messer.

»Bist du also nicht. Na, dann kommt's noch. Alles zu seiner Zeit. Glaub mir, wenn dieser Teil kommt, geht's dir gleich *viel* besser. Es ist eine Art Wendepunkt, könnte man sagen.«

Theo hob den Kopf. Der Schlitz unten in der Tür war noch offen, und er sah eine einzelne Stiefelspitze. Das Leder war so abgescheuert, dass es fast weiß aussah.

»Theo, hörst du mir zu da drinnen?«

Er fixierte den Stiefel durchdringend, denn jetzt war ihm eine Idee gekommen. Behutsam erhob er sich von seiner Pritsche und

schlich um den Suppenteller herum zur Tür. Dort ging er in die Hocke.

»Hörst du, was ich sage? Denn ich rede hier von echter Er*leichterung.*«

Theo warf sich nach vorn. Zu spät – seine Hand griff ins Leere. Dann ein grell explodierender Schmerz. Etwas landete hart, sehr hart, auf seinem Handgelenk. Ein Stiefelabsatz. Er quetschte die Knochen platt, presste seine Hand auf den Boden, drehte sich mahlend hin und her. Sein Gesicht wurde an den kalten Stahl der Tür gerissen.

»*Fuck!*«

»Tut weh, was?«

Blitzende Funken tanzten vor seinen Augen. Er wollte die Hand wegziehen, aber die Kraft, die sie niederdrückte, war zu groß. Er war festgenagelt und hing mit der Hand im Türschlitz fest. Doch die Schmerzen bedeuteten etwas. Sie bedeuteten, dass die Stimme real war.

»Fahr ... zur ... Hölle.«

Wieder drehte sich der Absatz hin und her. Theo schrie laut auf.

»Der war gut, Theo. Was *dachtest* du, wo du bist? Hölle heißt deine neue Adresse, mein Freund.«

»Ich bin nicht ... dein Freund«, japste er.

»Oh, vielleicht nicht. Vielleicht im Moment nicht. Aber du wirst es sein. Früher oder später bist du es.«

Und der Druck auf Theos Hand hörte auf, einfach so. Das Ende der Qual kam so plötzlich, dass es ein Gefühl des Wohlbehagens in ihm auslöste. Theo riss den Arm aus dem Schlitz und fiel gegen die Wand. Keuchend zog er das Handgelenk auf den Schoß und hielt es fest.

»Denn ob du es glaubst oder nicht, es gibt Dinge, die sind noch schlimmer als ich«, sagte die Stimme. »Schlaf gut, Theo.« Und der Schlitz schloss sich mit einem Knall.

VIII

Der Hafen

Die Insel ist voll Lärm,
Voll Tön' und süßer Lieder, die ergötzen
Und niemand Schaden tun. Mir klimpern manchmal
Viel tausend helle Instrument' ums Ohr,
Und manchmal Stimmen, die mich, wenn ich auch
Nach langem Schlaf erst eben aufgewacht,
Zum Schlafen wieder bringen.

Shakespeare, *Der Sturm*

47

Sie waren jetzt seit Stunden unterwegs. Da sie nur auf dem harten Bodenblech liegen konnten, war an Schlafen praktisch nicht zu denken. Jedes Mal, wenn Michael die Augen schloss, fuhr der Truck über eine Bodenwelle oder schleuderte hin und her, und er prallte irgendwo dagegen.

Er hob den Kopf und sah einen matten Lichtschein im einzigen Fenster des Laderaums, einem kleinen Bullauge aus verstärktem Glas in der Hecktür. Sein Mund war staubtrocken, und er fühlte sich wie zerschlagen, als hätte jemand eine Nacht lang mit einem Hammer auf ihn eingeprügelt. Er setzte sich auf, lehnte sich mit dem Rücken an die schwankende Wand des Laderaums und rieb sich die verklebten Augen. Die anderen lehnten in verschiedenen unbequemen Positionen an ihren Rucksäcken. Jeder war irgendwie verletzt, aber Alicia hatte es anscheinend am schlimmsten erwischt. Bleich und mit schweißglänzendem Gesicht saß sie ihm gegenüber. Ihre Augen waren offen, doch ihr Blick war kraftlos. Mausami hatte Alicia in der Nacht das verletzte Bein gesäubert und verbunden, so gut es ging, aber Michael sah, dass sie schwer verwundet war. Amy war die Einzige, die tatsächlich zu schlafen schien. Sie hatte sich neben ihm auf dem Boden zusammengerollt und die Knie an die Brust gezogen. Dunkles Haar lag wie ein Fächer auf ihrer Wange und flog mit dem Geholper des Trucks hin und her.

Die Erinnerung kam zurück, unvermittelt wie ein Schlag.

Seine Schwester Sara war fort.

Er erinnerte sich, dass er so schnell gerannt war, wie er konnte, durch die Küche, hinaus auf die Laderampe und mit den andern auf die Straße, aber sie waren umzingelt gewesen – Smokes *überall*, die ganze Straße war eine gottverdammte Smoke-Party gewesen –, und dann war der Laster mit seinem riesigen Pflug auf sie zugekommen und hatte seine Flammenstrahlen verspritzt. *Einsteigen, einsteigen,* schrie die Frau auf dem Truck. Und es war gut, dass sie es getan hatte, denn in diesem Augenblick war Michael gelähmt vor Angst. Wie angenagelt. Hollis und die anderen brüllten, er solle kommen, doch Michael konnte keinen Finger rühren. Als hätte er vergessen, wie man sich bewegte. Der Truck war zehn Meter entfernt, aber genauso gut hätten es tausend sein können. Er drehte sich um, und da schaute ihm einer der Virals in die Augen und legte den Kopf so komisch schräg, wie sie es oft taten. Alles bewegte sich plötzlich wie in Zeitlupe, und das war nicht gut. *O Mann,* sagte eine Stimme in seinem Kopf, *o Mannomann, o Mannomann,* und dann erfasste die Frau den Viral mit dem Flammenwerfer und überzog ihn mit einem Strahl aus flüssigem Feuer. Der Viral verbrutzelte wie ein Klumpen Fett. Michael konnte es tatsächlich knistern hören. Dann hatte jemand an seiner Hand gezogen – ausgerechnet Amy. Sie war überraschend stark, stärker, als er es bei diesem kleinen Ding vermutet hätte, und sie hatte ihn in den Truck geschoben.

Jetzt war es Morgen. Er kippte nach vorn, als der Wagen bremste. Amy riss die Augen auf, setzte sich auf und zog die Knie wieder an die Brust. Sie starrte zur Tür.

Der Truck hielt an. Caleb spähte zu dem Fenster hinaus.

»Was siehst du?« Peter hatte sich aufgerichtet. Sein Haar war blutverklebt.

»Da ist irgendein Gebäude, aber es ist zu weit weg.«

Schritte polterten über das Dach. Die Fahrertür wurde geöffnet und wieder geschlossen.

Hollis griff nach seinem Gewehr.

Peter hob die Hand. »Warte.«

Caleb schrie: »Da kommen sie …«

Die Hecktür wurde aufgerissen, und das Tageslicht blendete sie. Zwei Silhouetten standen da draußen. Sie hielten Schrotflinten im Anschlag. Die Frau war jung und hatte kurzgeschorenes dunkles Haar. Der Mann war sehr viel älter. Er hatte ein sanftes breites Gesicht, eine Knollennase und einen Drei-Tage-Bart. Beide trugen noch ihre klobige Panzerung, was ihre Köpfe seltsam winzig erscheinen ließ.

»Gebt eure Waffen heraus!«

»Wer zum Teufel seid ihr?«, fragte Peter.

Die Frau spannte den Hahn an ihrem Gewehr. »Alles. Auch die Messer.«

Sie legten ihre Waffen ab und schoben Gewehre und Messer Richtung Hecktür. Viel mehr als einen Schraubenzieher hatte Michael nicht mehr – er hatte sein Gewehr bei der Flucht aus dem Hotel verloren, ohne das verdammte Ding ein einziges Mal abzufeuern –, aber auch den reichte er hinüber. Wegen eines Schraubenziehers wollte er nicht erschossen werden. Die Frau sammelte die Waffen ein, während der Mann, der noch kein Wort gesprochen hatte, sie alle in Schach hielt. In der Ferne sah Michael die Umrisse eines langgestreckten, niedrigen Gebäudes und dahinter eine kahle Hügellandschaft.

»Wo bringt ihr uns hin?«, wollte Peter wissen.

Die Frau hob einen Blecheimer auf und stellte ihn auf den Boden des Trucks. »Wenn ihr pissen müsst, benutzt den.« Sie warf die Tür zu.

Peter schlug mit der flachen Hand gegen die Wand. »*Fuck!*«

Sie fuhren weiter. Die Temperatur stieg stetig an. Der Truck wurde wieder langsamer und bog nach Westen ab. Lange Zeit ging es über holpriges Gelände, und dann fuhren sie bergauf. Inzwischen war es im Laderaum unerträglich heiß geworden. Sie tranken ihr letztes Wasser aus, und niemand hatte den Eimer benutzt.

Peter hämmerte an die Wand zur Fahrerkabine. »Hey! Wir werden hier drin gebraten!«

Die Zeit verging, und der Tag zog sich in die Länge. Niemand sprach; jeder Atemzug war eine Anstrengung. Anscheinend hatte man sich einen schrecklichen Witz mit ihnen erlaubt: Sie waren vor den Virals gerettet worden, um dann in einem Truck zu Tode geschmort zu werden. Michael verfiel immer wieder in einen leichten Schlaf, aber in Wirklichkeit war es etwas anderes. Ihm war heiß, so heiß. Irgendwann merkte er, dass es bergab ging, doch dieses Detail erschien ihm trivial, als beträfe es jemand anders.

Nur nach und nach sickerte ihm ins Bewusstsein, dass der Wagen angehalten hatte. Er hatte sich in Visionen von Wasser verloren, von kühlem Wasser. Es rauschte über ihn hinweg und durch ihn hindurch, und seine Schwester war da, und Elton mit seinem schiefen Lächeln. Alle waren da, Peter und Mausami und Alicia und sogar seine Eltern, sie alle schwammen zusammen in diesem Wasser, in diesem heilsamen Blau, und einen Augenblick lang versuchte Michael, ihn zurückzuholen, diesen wunderschönen Traum vom Wasser.

»Mein Gott«, sagte eine Stimme.

Michael öffnete die Augen und schaute blinzelnd in ein hartes weißes Licht. Der unverkennbare Geruch von Mist drang ihm in die Nase. Er drehte das Gesicht zur Tür und sah zwei Gestalten – er wusste, dass er sie schon einmal gesehen hatte, aber er wusste nicht, wann –, und zwischen ihnen, in einem gleißenden Gegenlicht, in dem er fast zu schweben schien, stand ein hochgewachsener Mann mit stahlgrauem Haar. Was er trug, sah aus wie ein orangegelber Overall. »Mein Gott, mein Gott«, sagte der Mann. »Das sind sieben. Nicht zu glauben.« Er wandte sich an die beiden anderen. »Steht nicht rum. Wir brauchen Tragen. *Beeilt euch.*«

Die beiden trabten davon. Ein Gedanke schlängelte sich in Michaels Kopf: Etwas hier stimmte ganz und gar nicht. Es war, als passierte das alles am Ende eines Tunnels. Er hätte nicht sagen können, wo er war oder warum er hier war, aber er spürte, dass

dieses Wissen ihn erst vor Kurzem verlassen hatte. Es war wie ein umgekehrtes Déjà-vu. So etwas wie ein Witz, aber kein bisschen komisch. Ein großer trockener Klumpen lag in seinem Mund, dick wie eine Faust, und er begriff, dass es seine eigene Zunge war, an der er langsam erstickte. Er hörte Peters Stimme, ein mühsames Krächzen. »Wer … bist … du?«

»Mein Name ist Olson. Olson Hand.« Ein Lächeln erhellte das windgegerbte Gesicht, doch es war nicht mehr der silberhaarige Mann, es war Theo – Theos Gesicht am Ende des Tunnels –, und das war das Letzte, was Michael sah, bevor der Tunnel einstürzte und er gar nichts mehr denken konnte.

Es war kein Aufwachen. Eher stieg er langsam an die Oberfläche, schwebte aufwärts durch Schichten von Dunkelheit, über einen Zeitraum hinweg, der kurz und zugleich lang war: Eine Stunde wurde zu einem Tag, ein Tag zu einem Jahr. Die Dunkelheit wich einem Weiß, und nach und nach fügte sein Bewusstsein sich wieder zusammen. Seine Augen waren offen, und seine Wimpern bewegten sich auf und ab. Anscheinend konnte kein anderer Teil seines Körpers sich bewegen, nur seine Lider mit ihrem verdammten Geflatter. Er hörte Stimmen, die über ihn hinwegwehten wie der Gesang ferner Vögel, die einander durch einen weiten Himmel riefen. *Kalt,* dachte er. Ihm war kalt. Wunderbar, fabelhaft kalt.

Er schlief, und als er irgendwann die Augen wieder öffnete, wusste er, dass er in einem Bett lag, dass das Bett in einem Zimmer stand und dass er nicht allein war. Den Kopf zu heben kam nicht in Frage; seine Knochen waren schwer wie Eisen. Der Raum sah aus wie ein Krankenrevier: weiße Wände und eine weiße Decke. Gleißend helle Lichtstrahlen fielen auf das weiße Laken, das ihn bedeckte, darunter war er anscheinend nackt. Die Luft war kühl und feucht. Irgendwo über und hinter sich hörte er das rhythmische Brummen von Maschinen und das Geräusch von Wasser, das in ein Metallbecken tropfte.

»Michael? Michael, kannst du mich hören?«

Neben seinem Bett saß eine Frau. Er nahm an, es war eine Frau. Sie hatte dunkles, kurzgeschnittenes Haar wie ein Mann. Ihre Stirn und ihre Wangen waren glatt, ihr Mund klein und schmallippig. Sie schaute ihn an, und in ihrem Blick lag etwas wie tiefe Besorgnis. Ihm war, als hätte er sie schon einmal gesehen, aber weiter reichte das Wiedererkennen nicht. Ihre schlanke Gestalt war in einen weiten orangegelben Anzug gehüllt, der ihm wie alles andere an ihr irgendwie bekannt vorkam. Hinter ihr stand eine Art Wandschirm, der ihm die weitere Sicht versperrte.

»Wie geht es dir?«

Er wollte antworten, aber die Worte blieben ihm im Hals stecken. Die Frau nahm einen Plastikbecher von dem Tisch neben seinem Bett und hielt ihm einen Strohhalm an die Lippen. Wasser, frisch und kalt und mit einem ziemlich bitteren Geschmack.

»So ist's gut. Langsam trinken.«

Er trank und trank. Unglaublich, der Geschmack von Wasser. Als er genug hatte, stellte sie den Becher wieder auf den Tisch.

»Das Fieber ist zurückgegangen. Bestimmt willst du deine Freunde sehen.«

Seine Zunge war langsam und schwer in seinem Mund. »Wo bin ich?«

Die Frau lächelte. »Ich finde, das sollen sie dir selbst erklären.«

Die Frau verschwand hinter dem Wandschirm und ließ ihn allein. Wer war sie? Was ging hier vor sich? Ihm war, als hätte er tagelang geschlafen, wäre dahingetrieben in den Strömungen beunruhigender Träume. Er versuchte sich zu erinnern. Irgendeine dicke Frau. Eine dicke Frau, die Rauch atmete.

Stimmen und Schritte rissen ihn aus seinen Gedanken. Peter erschien am Fußende des Bettes. Er grinste breit.

»Seht mal, wer da aufgewacht ist! Wie fühlst du dich?«

»Was ist … passiert?«, krächzte Michael.

Peter setzte sich neben das Bett. Er goss frisches Wasser in den Becher und hielt Michael den Strohhalm an den Mund. »Wahrscheinlich weißt du es nicht mehr. Du hattest einen Hitzschlag.

Du bist im Truck ohnmächtig geworden.« Er deutete mit dem Kopf auf die Frau, die jetzt abseitsstand und stumm zusah. »Billie hast du wohl schon kennengelernt. Tut mir leid, dass ich nicht da war, als du aufgewacht bist. Wir haben uns alle abgewechselt.« Er beugte sich vor. »Michael, du musst diesen Laden sehen. Er ist fantastisch.«

Diesen Laden, dachte Michael. Wo war er? Er richtete den Blick auf die Frau, auf ihr freundlich lächelndes Gesicht. Schlagartig erkannte er sie wieder. Die Frau aus dem Truck.

Er zuckte zurück und stieß Peter den Becher aus der Hand. Das Wasser spritzte über ihn hinweg.

»Um Himmels willen, Michael. Was ist los?«

»Sie hat versucht, uns umzubringen.«

»Das ist wohl ein bisschen übertrieben, findest du nicht auch?« Er sah die Frau an und lachte leise, als gäbe es ein heiteres Einverständnis zwischen ihnen. »Michael, Billie hat uns *gerettet.* Weißt du nicht mehr?«

Peters gute Laune hatte etwas Beunruhigendes, fand Michael. Sie stand in krassem Gegensatz zu den Tatsachen.

»Was ist mit Lishs Bein? Geht's ihr gut?«

Peter winkte ab. »Oh, der geht's gut. Allen geht es gut. Wir warten nur darauf, dass du wieder auf die Beine kommst.« Er beugte sich wieder vor. »Sie nennen es den Hafen, Michael. Tatsächlich ist es ein altes Gefängnis. Da bist du jetzt – auf der Krankenstation.«

»Ein Gefängnis. Wie unseres?«

»Ungefähr. Das eigentliche Gefängnis benutzen sie kaum noch. Du solltest sehen, wie groß dieser Betrieb ist. Fast dreihundert Walker. Obwohl man wahrscheinlich sagen könnte, dass wir jetzt quasi dazugehören. Und jetzt kommt das Beste, Michael. Bist du bereit? Keine Smokes!«

Das ergab keinen Sinn. »Peter, was redet du da?«

Peter zuckte verwundert die Achseln, als wäre diese Frage nicht interessant genug, um wirklich darüber nachzudenken. »Keine Ahnung. Es gibt einfach keine. Hör zu, wenn du wieder auf den Beinen

bist, musst du es dir selbst anschauen. Du solltest sehen, wie groß die Herde ist. Richtige Fleischrinder.« Er sah Michael mit leerem Grinsen an. »Was meinst du? Glaubst du, du kannst sitzen?«

Michael glaubte es nicht, doch Peter hörte sich an, als sollte er es wenigstens versuchen. Er stemmte sich auf den Ellenbogen hoch. Das Zimmer kippte zur Seite, und sein Gehirn schwappte schmerzhaft in seinem Schädel herum. Er ließ sich wieder zurückfallen.

»Uuuh. Das hat wehgetan.«

»Schon okay, alles okay. Immer langsam. Billie sagt, Kopfschmerzen sind völlig normal nach so einem Anfall. Du bist ruck, zuck wieder auf den Beinen.«

»Ich hatte einen Anfall?«

»Du erinnerst dich wirklich nicht mehr, was?«

»Ich glaube nicht.« Michael atmete gleichmäßig, um sich zu beruhigen. »Wie lange war ich weg?«

»Einschließlich heute? Drei Tage.« Peter warf der Frau einen Blick zu. »Nein, es waren vier.«

»Vier *Tage*?«

Peter zuckte die Achseln. »Tut mir leid, dass du die Party versäumt hast. Aber Hauptsache, es geht dir besser.«

Michael spürte, dass ihm gleich der Kragen platzte. »Welche Party? Peter, was ist los mit dir? Wir sind mitten im Nirgendwo gestrandet. Wir haben unsere komplette Ausrüstung verloren. Diese Frau wollte uns umbringen. Und du redest, als ob alles in Ordnung wäre.«

Die Tür flog auf, und fröhliches Lachen unterbrach sie. Alicia kam schwungvoll auf Krücken um den Wandschirm herum. Hinter ihr war ein Mann, den Michael nicht kannte: wilde blaue Augen und ein Kinn, das aussah wie aus Stein gemeißelt. Halluzinierte er, oder spielten die beiden Fangen wie die Kleinen in der Zuflucht?

Am Fußende seines Bettes kam die Frau zum Stehen. »Akku, du bist wach!«

»Na, sieh mal an«, rief der blauäugige Mann. »Lazarus ist von den Toten auferstanden. Wie geht's, Partner?«

Michael war so verblüfft, dass er nicht antworten konnte. Wer war Lazarus?

Alicia drehte sich zu Peter um. »Hast du es ihm erzählt?«

»Das wollte ich gerade«, sagte Peter.

»*Was* wolltest du mir erzählen?«

»Deine Schwester, Michael.« Peter lächelte. »Sie ist hier.«

Michael kamen die Tränen. »Das ist nicht witzig.«

»Es ist auch kein Witz, Michael. Sara ist hier. Und ihr geht's bestens.«

»Ich erinnere mich einfach nicht.«

Sie waren zu sechst um Michaels Bett versammelt: Sara, Peter, Hollis, Alicia, die Frau, die Billie hieß, und der Mann mit den blauen Augen, der sich Michael als Jude Cripp vorgestellt hatte. Nachdem Peter ihm von Sara erzählt hatte, war Alicia losgezogen, um sie zu holen, und wenig später war sie ins Zimmer gestürmt und ihm um den Hals gefallen, weinend und lachend zugleich. Das alles war so unerklärlich, dass Michael nicht gewusst hatte, wo er anfangen und welche Fragen er stellen sollte. Aber Sara lebte noch. Einstweilen war alles andere nicht wichtig.

Hollis berichtete, wie sie sie gefunden hatten. Am Tag nach ihrer Ankunft hier war er mit Billie zurück nach Las Vegas gefahren, um nach den Humvees zu sehen. Am Hotel hatte sie ein Bild der totalen Verwüstung erwartet, ein rauchender Berg von Schutt und verbogenen Stahlträgern. Irgendwo darunter lagen die zertrümmerten Humvees. Dicke Schwaden von Ruß und Staub hingen in der Luft, und über allem war ein Ascheregen niedergegangen. Das Feuer hatte auf eins der anderen Hotels übergegriffen, und auch dort glühte noch die Asche. Aber der Stahlturm weiter östlich – Hollis hatte gesehen, dass der Viral mit Sara dort verschwunden war – stand noch, und dort gab es im oberen Bereich eine Etage, die »The Eiffel Tower Restaurant« hieß. Eine lange Treppe führte

dort hinauf in einen großen runden Raum, umgeben von Fenstern, die großenteils gesprungen oder ganz zerbrochen waren. Von dort aus blickte man auf das zerstörte Hotel.

Sara lag zusammengekrümmt unter einem der Tische. Sie war bewusstlos. Als Hollis sie berührte, schien sie aufzuwachen, aber ihre Augen blickten glasig ins Leere. Offenbar wusste sie nicht, wo sie war und was mit ihr passiert war. Sie hatte Schrammen im Gesicht und an den Armen, und das Handgelenk, das sie auf dem Schoß festhielt, sah aus, als wäre es gebrochen. Er nahm sie auf den Arm und trug sie elf Treppen hinunter und in die Rauchwolken hinaus. Erst auf halbem Weg zum Hafen war sie allmählich wieder zu sich gekommen.

»Ist das wirklich alles so passiert?«, fragte Michael sie.

»Wenn er es sagt. Ehrlich, Michael, ich erinnere mich nur noch, dass ich Solitär gespielt habe. Als Nächstes war ich im Truck mit Hollis. Der Rest ist ein großes schwarzes Loch.«

»Und dir geht's wirklich gut?«

Sara zuckte die Achseln. Es stimmte: Sie hatte abgesehen von ein paar Schrammen und einem verstauchten Handgelenk keine sichtbaren Verletzungen. »Ich *fühle* mich gut. Ich kann es einfach nicht erklären.«

Jude drehte sich auf dem Stuhl zu Alicia um. »Ich muss schon sagen, Lish, du weißt, wie man eine Party schmeißt. Ich hätte gern ihre Gesichter gesehen, als du die Handgranate geworfen hast.«

»Aber daran war Michael nicht unbeteiligt. Er war es, der uns das mit dem Gas gesagt hat. Und Peter hat den Trick mit der Kupferpfanne erfunden.«

»Das habe ich immer noch nicht ganz verstanden«, sagte Billie ungläubig. »Der Viral hat sein Spiegelbild gesehen?«

Peter zuckte die Achseln. »Ich weiß nur, dass es funktioniert hat.«

»Vielleicht halten die Virals dich nur für einen schlechten Koch«, mutmaßte Hollis.

Alle lachten.

Es war merkwürdig, dachte Michael. Nicht nur die Geschichte an sich, sondern die Art, wie sie sich alle benahmen – als hätten sie überhaupt keine Sorgen.

»Ich kapiere nicht, was ihr da eigentlich gesucht habt«, sagte Peter. »Aber ich bin froh, dass ihr da wart. Es war schon ein unglaublicher Zufall.«

Es war Jude, der ihm antwortete. »Wir schicken immer noch regelmäßig Patrouillen in die Stadt, um Vorräte und Material abzustauben. Als das Hotel in die Luft flog, waren wir ganz in der Nähe. Wir haben einen befestigten Schutzraum in einem der alten Kasinos. Wir haben die Explosion gehört und sind sofort hingefahren.« Er grinste mit geschlossenem Mund. »Es war reines Glück, dass wir euch genau in dem Augenblick gesehen haben.«

Michael dachte kurz darüber nach. »Nein, das kann nicht stimmen«, sagte er dann. »Ich erinnere mich genau. Das Hotel ist explodiert, als wir schon draußen waren. Da wart ihr bereits da.«

Jude schüttelte zweifelnd den Kopf. »Das glaube ich nicht.«

»Frag sie. Sie hat alles gesehen.« Michael sah Billie an. Sie beobachtete ihn kühl und mit unverändert neutraler Anteilnahme. »Ich erinnere mich genau. Du hast deine Flammenkanone auf einen von ihnen gerichtet, und Amy hat mich in den Truck gezogen. Und dann haben wir die Explosion gehört.«

Aber bevor Billie antworten konnte, schaltete Hollis sich ein. »Ich glaube, du bringst das alles ein bisschen durcheinander, Michael. Ich war es, der dich in den Truck gezogen hat. Das Hotel brannte schon. Wahrscheinlich verwechselst du das.«

»Ich könnte schwören …« Michael wandte sich wieder an Jude und schaute in das gemeißelte Gesicht. »Und ihr wart in einem Schutzraum, sagst du?«

»Ja.«

»In der Nähe.«

»Ungefähr drei Straßen weiter.« Jude lächelte nachsichtig. »Ich würde über einen solchen Glücksfall nicht weiter nachdenken, mein Freund.«

Michael bemerkte, wie die anderen ihn genervt ansahen. Judes Geschichte ergab keinen rechten Sinn, das war offensichtlich. Warum sollten diese Leute mitten in der Nacht die Sicherheit eines befestigten Schutzraums verlassen und auf ein brennendes Gebäude *zufahren*? Und warum spielten hier alle mit? Die Straßen rund um das Hotel waren bis auf eine alle mit Schutt versperrt gewesen. Das bedeutete, dass Jude und Billie nur von Süden gekommen sein konnten. Er versuchte sich zu erinnern, auf welcher Seite sie aus dem Hotel herausgekommen waren. Auf der Südseite, dachte er.

»Ach verdammt, ich weiß es nicht«, sagte er schließlich. »Vielleicht täuscht mich mein Gedächtnis. Ehrlich gesagt, in meinem Kopf geht ziemlich viel durcheinander.«

Billie nickte. »Damit ist nach einer langen Bewusstlosigkeit zu rechnen. Ich bin sicher, in ein paar Tagen wird dir alles wieder einfallen.«

»Billie hat recht«, sagte Peter. »Lassen wir den Patienten ein bisschen ausruhen.« Er sah Hollis an. »Olson sagt, er nimmt uns mit auf die Felder, damit wir uns ansehen, wie sie hier alles machen.«

»Wer ist Olson?«, fragte Michael.

»Olson Hand. Er hat hier das Kommando. Du wirst ihn bestimmt bald kennenlernen. Also, wie wär's, Hollis?«

Der kräftige Mann lächelte schmal. »Gute Idee.«

Und damit standen alle auf, um zu gehen. Michael hatte sich schon damit abgefunden, allein hier zu liegen und sich über diese seltsame neue Situation den Kopf zu zerbrechen, als Sara im letzten Moment noch einmal zu seinem Bett zurückgehuscht kam. Jude beobachtete sie vom Wandschirm aus. Sie nahm Michaels Hand und drückte ihm schnell einen Kuss auf die Stirn. Das hatte sie seit Jahren nicht mehr getan.

»Ich bin froh, dass alles gut ist«, sagte sie. »Du musst jetzt versuchen, so schnell wie möglich wieder zu Kräften zu kommen, okay? Darauf warten wir alle.«

Michael lauschte aufmerksam, als sie sich entfernten. Erst hörte

er Schritte und dann eine schwere Tür, die geöffnet und wieder geschlossen wurde. Er wartete noch eine Weile, bis er sicher sein konnte, dass er allein war. Erst dann öffnete er die Faust und las, was auf dem Zettel stand, den Sara dort hineingedrückt hatte.

Sag ihnen nichts.

48

Die Party, von der Peter gesprochen hatte, war am Abend zuvor gefeiert worden, ihrem dritten Abend hier. Für sie war es die einzige Gelegenheit gewesen, alle zu sehen – alle, die zum Hafen gehörten, an einem Ort versammelt. Und was sie gesehen hatten, war nicht glaubhaft gewesen.

Nichts davon – angefangen mit Olsons Behauptung, es gäbe hier keine Virals. Nur zweihundert Kilometer weiter südlich, in Las Vegas, wimmelte es nur so von ihnen. Von Joshua Valley bis Kelso waren sie mindestens so weit gefahren, durch ein ganz ähnliches Gelände, und die Virals hatten sie auf dem ganzen Weg begleitet. Auch den Gestank der Rinderherde, meinte Alicia, würde der Wind sicher weit tragen. Trotzdem bestand die einzige Umgrenzung anscheinend aus einem Metallzaun, viel zu dürftig als Schutz gegen einen Angriff. Abgesehen von den Flammenwerfern auf den Trucks, gestand Olson, hätten sie überhaupt keine brauchbaren Waffen. Die Flinten seien reine Show; die gesamte Munition hätten sie schon vor Jahrzehnten verbraucht.

»Ihr seht«, hatte er gesagt, »wir leben hier absolut friedlich.«

Olson Hand: Peter war noch nie jemandem begegnet, der solch eine natürliche Autorität ausstrahlte. Abgesehen von Billie, dem Mann, den sie als Jude kannten und der anscheinend als einer von Olsons Adjutanten fungierte, sowie dem Fahrer des Trucks, der sie

aus Las Vegas hierhergebracht hatte, konnte Peter keine weiteren Kommandostrukturen erkennen. Olson hatte keinen Titel, er hatte einfach die Leitung, und er übte sie mit leichter Hand aus. Wenn er etwas mitteilte, tat er es mit sanfter, beinahe Nachsicht heischender Stimme. Er war groß und silberhaarig und trug wie die meisten Männer sein Haar zu einem langen Pferdeschwanz gebunden, während die Frauen und Kinder allesamt kurzgeschoren waren. Seine gebeugte Gestalt füllte den orangegelben Overall kaum aus, und beim Sprechen hatte er die Angewohnheit, die Fingerspitzen zusammenzulegen, was ihn mehr als eine gütige Vaterfigur wirken ließ und nicht wie einen, der für das Leben von dreihundert Seelen verantwortlich war.

Es war Olson, der ihnen die Geschichte des Hafens erzählt hatte, wenige Stunden nach ihrer Ankunft. Sie waren im Krankenrevier, wo Michael von Olsons Tochter Mira gepflegt wurde, einer ätherischen, feingliedrigen Halbwüchsigen, deren kurzgeschorenes feines Haar beinahe durchscheinend hell war.

Zuvor waren sie alle sieben entkleidet und gewaschen worden. Ihre Habe hatte man konfisziert, aber sie würden alles wiederbekommen, hatte Olson versprochen, alles bis auf ihre Waffen. Sollten sie sich dafür entscheiden weiterzuziehen – und hier hatte Olson innegehalten, um mit charakteristischer Milde anzumerken, dass er hoffe, sie würden bleiben –, werde man ihnen ihre Waffen zurückgeben. Aber einstweilen müssten Gewehre und Messer unter Verschluss bleiben.

Was die Geschichte des Hafens anging, erklärte Olson weiter, sei vieles einfach unbekannt. Im Laufe der Zeit war sie immer weiter ausgesponnen und verändert worden, bis irgendwann nicht mehr klar war, wie es wirklich war. In einigen Punkten war man sich immerhin einig. Die ersten Siedler waren eine Gruppe von Flüchtlingen aus Las Vegas gewesen, die in den letzten Tagen des Krieges hergekommen waren. Ob sie es absichtlich getan hatten, weil sie hofften, dass das Gefängnis mit seinen Gittern, Mauern und Zäunen ihnen eine gewisse Sicherheit bieten würde, oder ob

sie ein anderes Ziel gehabt und nur hier haltgemacht hatten, wusste niemand. Als sie aber erkannt hatten, dass es hier keine Virals gab, weil die Wildnis ringsum zu unwirtlich war und eine Art natürliche Barriere bildete, hatten sie sich dafür entschieden, hierzubleiben und ihr Leben in der Wüste zu fristen. Der Gefängniskomplex bestand genau genommen aus zwei Anlagen: aus dem Staatsgefängnis Desert Wells, in dem die ersten Siedler untergekommen waren, und dem angrenzenden Internierungscamp, einem halb offenen landwirtschaftlichen Arbeitslager für jugendliche Straftäter, in dem die Bewohner jetzt lebten. Desert Wells, die Quelle, von der das Gefängnis seinen Namen bezog, lieferte das Wasser für die Felder und für die Kühlung einiger Gebäude, unter anderem des Krankenreviers. Das Gefängnis hatte einen großen Teil dessen enthalten, was sie brauchten – einschließlich der orangegelben Overalls, die fast alle hier trugen –, und den Rest hatten sie sich aus den Städten im Süden geholt. Ein leichtes Leben sei es nicht, sagte Olson, und vieles müssten sie entbehren, aber zumindest könnten sie hier in Freiheit existieren, unbedroht durch die Virals. Viele Jahre lang hätten sie Suchtrupps ausgeschickt, um weitere Überlebende aufzustöbern und in Sicherheit zu bringen. Einige, nicht wenige sogar, hätten sie gefunden, aber das sei viele Jahre her, und inzwischen hätten sie die Hoffnung längst aufgegeben.

»Und deshalb«, schloss Olson mit einem warmen Lächeln, »ist es nicht weniger als ein Wunder, dass ihr hier seid.« Seine Augen waren tatsächlich tränenfeucht geworden. »Ihr alle. Ein Wunder.«

Die erste Nacht hatten sie bei Michael im Krankenrevier verbracht, und am nächsten Tag hatte man sie in zwei benachbarte Hohlblockbaracken am Rand des Arbeitslagers verlegt, an einem staubigen, von Feuertonnen gesäumten Platz mit einem Haufen Autoreifen in der Mitte. Hier sollten sie die nächsten drei Tage isoliert verbringen: eine vorgeschriebene Quarantänemaßnahme. Auf der anderen Seite des Platzes standen weitere Baracken, die anscheinend unbewohnt waren. Es war ein spartanisches Quartier;

in jeder der Baracken gab es nur einen Tisch, ein paar Stühle sowie Pritschen in einem hinteren Raum. Es war heiß und stickig, und der Fußboden knirschte von Sand.

Am Morgen war Hollis mit Billie weggefahren, um nach den Humvees zu sehen. Funktionierende Fahrzeuge waren knapp, hatte Olson gesagt, und wenn die Wagen die Explosion überstanden hätten, wäre die Fahrt dorthin das Risiko wert. Ob Olson die Humvees behalten oder ihnen zurückgeben wollte, wusste Peter nicht. Diese Frage blieb offen, und Peter hatte lieber nicht nachgehakt. Nach dem Erlebnis im Truck, als sie alle sieben in der Hitze beinahe verkocht wären, schien es am klügsten zu sein, so wenig wie möglich zu sagen. Olson hatte sie nach der Kolonie und nach dem Zweck ihrer Reise gefragt, und ein paar Erklärungen waren unvermeidlich gewesen. Aber Peter hatte nur gesagt, sie kämen aus einer Siedlung in Kalifornien und seien auf die Suche nach Überlebenden gegangen. Den Bunker hatte er nicht erwähnt, und so musste Olson vermuten, dass die Kolonie, aus der sie kamen, gut bewaffnet war. Irgendwann, dachte Peter, würde er ihm wahrscheinlich die Wahrheit sagen müssen – oder doch wenigstens mehr als bisher. Aber dieser Augenblick war noch nicht gekommen, und Olson hatte seine zurückhaltende Erklärung akzeptiert.

In den nächsten zwei Tagen bekamen sie die anderen Bewohner nur flüchtig zu sehen. Hinter den Baracken lagen die Felder mit den endlosen Bewässerungsrohren, die strahlenförmig vom zentralen Pumpwerk ausgingen, und dahinter war die Herde: mehrere hundert Rinder in großen überschatteten Pferchen. Von Zeit zu Zeit sahen sie die wallende Staubwolke eines Fahrzeugs, das in der Ferne am Zaun entlangfuhr. Doch davon und von ein paar Gestalten auf den Feldern abgesehen sahen sie buchstäblich niemanden. Wo waren all die anderen Leute?

Man hatte sie nicht in den Baracken eingesperrt, aber auf der anderen Seite des Platzes waren immer zwei Männer in orangegelben Overalls. Diese Männer brachten ihnen das Essen, und

meistens kamen sie in Begleitung von Billie oder Olson, die sie über Michaels Zustand informierten. Anscheinend war Michael in einen tiefen Schlaf verfallen; es war nicht unbedingt ein Koma, beruhigte Olson sie, aber doch etwas Ähnliches. Sie hätten so etwas schon öfter erlebt, sagte er; das seien die Auswirkungen der Hitze. Aber das Fieber sei gesunken. Ein gutes Zeichen.

Und dann, am dritten Morgen, war Sara zu ihnen gebracht worden.

Sie hatte keine Erinnerung an das, was mit ihr passiert war. Dieser Teil der Geschichte – die sie Michael erzählten, als er am nächsten Tag aufwachte – war nicht gelogen, ebenso wenig wie Hollis' Bericht darüber, wie er sie gefunden hatte. Alle waren glücklich und erleichtert gewesen. Sara schien wohlauf zu sein, auch wenn sie ziemlich lange brauchte, um das Ganze zu verarbeiten. Aber ihre Entführung und ihre Rückkehr waren in der Tat höchst eigenartig. Genauso merkwürdig wie die Tatsache, dass es hier keine Scheinwerfer und Mauern gab. Beides ergab keinen Sinn.

Inzwischen war das Glücksgefühl verflogen, das sie anfangs gehabt hatten, und an seine Stelle war ein tiefes Unbehagen getreten. Noch immer hatten sie so gut wie niemanden zu Gesicht bekommen, abgesehen von Olson, Billie und Jude und den beiden orangegelben Männern, die auf sie aufpassten. Ihre Namen waren Hap und Leon. Sonst gab es nur noch vier Kinder in zerlumpten Kleidern, die jeden Abend auf dem Platz erschienen, um auf den Autoreifen zu spielen. Aber seltsamerweise kam nie ein Erwachsener, um sie abzuholen. Sie verschwanden einfach wieder, wenn das Spiel zu Ende war. Wenn sie keine Gefangenen waren, warum wurden sie dann bewacht? Und wenn sie welche waren, warum dann dieses Theater? Wo waren alle? Was war los mit Michael? Warum war er immer noch bewusstlos? Ihre Rucksäcke hatten sie zurückbekommen, wie Olson es versprochen hatte. Offensichtlich waren sie durchsucht worden, und ein paar Gegenstände – zum Beispiel das Skalpell in Saras Arztkoffer – waren verschwunden.

Doch die Landkarten, die Caleb in einem Innenfach seines Rucksacks verstaut hatte, waren anscheinend übersehen worden. Das Gefängnis selbst war auf der Karte von Nevada nicht verzeichnet, aber die Stadt Desert Wells hatten sie gefunden, nördlich von Las Vegas am Highway 95. Östlich davon begann ein riesiger, grau markierter Bereich ohne Straßen oder Ortschaften. Aus der Karte ging hervor, dass es ein Testgelände der Air Force war: NELLIS AIR FORCE TEST RANGE COMPLEX. Nur wenige Kilometer von Desert Wells entfernt war ein kleines rotes Quadrat eingezeichnet. »Endlagerstätte«, stand daneben – YUCCA MOUNIN NATIONAL REPOSITORY. Wenn Peter sich mit ihrer Position nicht irrte, konnten sie diese Anlage deutlich sehen – ein buckliger Höhenkamm Richtung Norden.

Als Hollis mit Billie und Gus nach Süden gefahren war, hatte er Gelegenheit gehabt, die Gegend genauer in Augenschein zu nehmen. Der Zaun, berichtete er, war robuster, als er aussah: zwei Reihen aus dicken Stahlgittern, ungefähr zehn Meter weit auseinander und oben mit Stacheldrahtrollen gesichert. Er hatte nur zwei Ausgänge gesehen, einen im Süden, wo die Felder endeten, sowie das Haupttor, das zum Highway führte. Dieses Tor war von zwei Betontürmen mit Beobachtungsplattformen flankiert – ob bemannt oder nicht, wussten sie nicht, aber einer der orangegelb gekleideten Männer war unten in einer kleinen Wachbaracke stationiert, und er hatte das Tor geöffnet, um Hollis und Billie hinauszulassen.

Der Hafen selbst lag ein paar Kilometer weit abseits des Highways, auf dem sie nach Norden gefahren waren. Das alte Gefängnis, ein abweisender Klotz aus grauem Stein, stand am Ostrand des Geländes, umgeben von ein paar kleineren Gebäuden und Nissenhütten. Auf der Fahrt zum Highway, erzählte Hollis, hätten sie Bahngleise überquert, die in Nordsüd-Richtung verliefen, anscheinend geradewegs auf die Bergkette im Norden zu – was merkwürdig sei, meinte er, denn wer verlegte ein Bahngleis auf einen Berg? Bei ihrem ersten Zusammentreffen hatte Olson ein

Eisenbahndepot erwähnt, als Peter sich erkundigt hatte, woher sie den Sprit für ihre Fahrzeuge hätten. Aber auf der Fahrt nach Süden, sagte Hollis, hätten sie nirgends angehalten, und deshalb wusste er nicht, ob es dort irgendwo ein Treibstofflager gab oder nicht. Irgendwo holten sie ihren Sprit natürlich. Erst im Laufe dieses Gesprächs wurde Peter klar, dass der Gedanke, von hier zu verschwinden, in seinem Kopf allmählich Gestalt annahm. Dazu allerdings wäre es notwendig, ein Fahrzeug zu stehlen und den Treibstoff dafür zu finden.

Die Hitze war unerträglich, und die tagelange Isolation forderte allmählich ihren Tribut. Alle waren nervös und machten sich Sorgen um Michael. In den stickigen Baracken konnte niemand gut schlafen – Amy am wenigsten von allen; Peter hatte nicht ein einziges Mal gesehen, dass sie die Augen geschlossen hatte. Sie saß die ganze Nacht auf ihrer Pritsche, und auf ihrem Gesicht lag der Ausdruck intensiver Konzentration. Es sah aus, als versuchte sie in Gedanken, irgendein Problem zu lösen.

Am dritten Abend kam Olson sie holen. Billie und Jude waren bei ihm. Im Laufe der vergangenen Tage war Peter allmählich der Verdacht gekommen, dass Jude mehr war als nur Olsons Adjutant. Er wusste nicht genau, warum, aber der Mann hatte etwas Beunruhigendes an sich. Seine Zähne waren so weiß und ebenmäßig, dass man einfach hinschauen musste, und der Blick seiner strahlend blauen Augen war intensiv und durchdringend. Diese Augen ließen sein Gesicht alterslos erscheinen, als hätte er die Zeit verlangsamen können, und wenn Peter ihn ansah, hatte er immer den Eindruck, der Mann kämpfte gerade gegen einen Sturm an. Ihm wurde bewusst, dass er noch nie gehört hatte, wie Olson Jude einen Befehl erteilte – Olson wandte sich damit ausschließlich an Billie und Gus und die orangegelb gekleideten Männer –, und in seinem Hinterkopf keimte der Gedanke, dass Jude eine von Olson unabhängige Autorität besaß. Ein paarmal hatte er gesehen, wie Jude auf der anderen Seite des Platzes mit den Männern sprach, die sie bewachten.

In der Abenddämmerung kamen die drei über den Platz auf die Baracken zu. Nachdem die Hitze des Tages nachgelassen hatte, waren die Kinder wieder zum Spielen erschienen. Als die drei Männer an ihnen vorbeigingen, stoben sie auseinander wie ein Schwarm aufgescheuchter Vögel.

»Es wird Zeit, dass ihr seht, wo ihr seid«, sagte Olson, als er in der Tür stand. Er lächelte breit, aber dieses Lächeln wirkte inzwischen unaufrichtig, als wäre nichts weiter dahinter. Jude stand neben Olson. Er zeigte seine makellosen Zähne, und der Blick seiner blauen Augen huschte an Peter vorbei ins Halbdunkel der Baracke. Nur Billie konnte anscheinend gar nichts aus der Fassung bringen. Ihr stoisches Gesicht verriet keine Regung.

»Bitte kommt jetzt, alle«, drängte Olson. »Das Warten ist zu Ende. Alle sind schon sehr gespannt auf euch.«

Sie führten die sieben über den leeren Platz. Alicia schwang sich auf ihren Krücken voran, Amy folgte ihr. Wachsam und schweigend betraten sie ein Labyrinth von anderen Baracken. Sie schienen schachbrettartig angeordnet zu sein, mit Durchgängen zwischen den einzelnen Häusern, und offensichtlich waren sie bewohnt: In den Fenstern leuchteten Öllampen, und an Leinen zwischen den Häusern hing Wäsche, steif vom Wüstenwind. Dahinter ragte der Klotz des alten Gefängnisses wie ein Scherenschnitt vor dem Himmel auf. Sie waren im Dunkeln unterwegs, ohne schützendes Flutlicht, nicht einmal mit einem Messer bewaffnet: Noch nie hatte Peter sich so seltsam gefühlt. Irgendwoher wehte ihnen der Geruch von Rauch und kochendem Essen entgegen, und sie hörten Stimmengewirr, das allmählich lauter wurde.

Sie bogen um eine Ecke und sahen eine große Menschenmenge unter einem breiten Dach versammelt, das auf dicken Stahlträgern ruhte. Der Raum darunter war nach allen Seiten offen und beleuchtet von qualmenden Flammen in offenen Tonnen, die ringsherum standen. An einer Seite standen lange Tische und Stühle, und Gestalten in Overalls trugen Töpfe mit Essen aus einem Nachbargebäude herüber.

Alle erstarrten.

Aus dem Meer von Gesichtern, die sie anstarrten, erhob sich erst eine, dann noch eine Stimme, und dann ging es aufgeregt durcheinander. *Da sind sie! Die Reisenden! Die von draußen!*

Die Menge umringte sie, und Peter hatte das Gefühl, sanft verschlungen zu werden. Überflutet von einer menschlichen Woge vergaß er für einen Augenblick all seine Sorgen. Hier waren Menschen, Hunderte von Menschen, Männer, Frauen und Kinder, und alle waren offenbar so beglückt von ihrer Anwesenheit, dass er sich beinahe fühlte wie das Wunder, von dem Olson geredet hatte. Männer klopften ihm auf die Schulter und schüttelten ihm die Hand. Ein paar Frauen hielten ihm Babys entgegen, als wären es Geschenke, und andere berührten ihn nur kurz und liefen gleich wieder weg – verlegen oder ängstlich oder nur von ihren Gefühlen überwältigt. Irgendwo am Rand ermahnte Olson die Leute, ruhig zu bleiben und die Gäste nicht zu überrennen, doch diese Warnung war unnötig. *Wir sind so glücklich, euch zu sehen,* sagten alle. *Wir sind so froh, dass ihr gekommen seid.*

So ging es ein paar Minuten lang, bis Peter allmählich erschöpft war von all dem Lächeln und den Berührungen und endlosen Begrüßungen. Der Gedanke, neue Leute kennenzulernen – von Hunderten ganz zu schweigen –, war so neu und fremdartig, dass sein Verstand ihn kaum fassen konnte. Sie hatten etwas Kindliches an sich, dachte er plötzlich, diese Männer und Frauen in ihren verschlissenen orangegelben Overalls. Ihre Gesichter wirkten verhärmt, aber in ihren großen Augen lag ein Ausdruck von Unschuld, von Gehorsam beinahe. Ihre Herzlichkeit war unbestreitbar, trotzdem wirkte das Ganze inszeniert, nicht spontan, sondern darauf angelegt, genau die Reaktion zu wecken, die Peter gezeigt hatte: das Gefühl völliger Entwaffnung.

All diese Überlegungen gingen ihm durch den Kopf, während er sich zugleich bemühte, die anderen im Auge zu behalten, was sich als schwierig erwies. Durch den Ansturm der Menge waren

sie getrennt worden, und die anderen tauchten nur hier und da kurz auf: Saras blonder Kopf schimmerte hinter der Schulter einer Frau mit einem Baby auf dem Arm, und irgendwo hinten hörte er Caleb lachen. Rechts von ihm drängte sich eine ganze Traube von Frauen um Mausami. Sie gurrten beifällig, und Peter sah, wie eine die Hand ausstreckte und Mausamis Bauch berührte.

Dann war Olson an seiner Seite. Bei ihm war seine Tochter Mira.

»Dieses Mädchen, Amy«, sagte Olson, und zum ersten Mal sah Peter, dass der Mann die Stirn runzelte. »Sie kann nicht sprechen?«

Amy stand dicht neben Alicia, umringt von kleinen Mädchen, die auf sie zeigten und hinter vorgehaltener Hand lachten. Peter sah, wie Alicia eine Krücke hob, um sie zu verscheuchen. Die Gebärde war halb scherzhaft, halb ernst gemeint, und die Mädchen stoben auseinander. Sie sah Peter kurz in die Augen. *Hilfe*, schien ihr Blick zu sagen. Aber sogar sie lächelte.

Er drehte sich zu Olson um. »Nein«, sagte er.

»Merkwürdig. So etwas habe ich noch nie gehört.« Er warf einen Blick auf seine Tochter und wandte sich dann wieder Peter zu. Irgendetwas machte ihm zu schaffen. »Aber sonst ist sie … in Ordnung?«

»In Ordnung?«

Olson schwieg kurz. »Du musst entschuldigen, dass ich so direkt bin. Aber eine Frau, die ein Kind bekommen kann, ist sehr kostbar. Nichts ist wichtiger, nachdem nur noch so wenige von uns übrig sind. Und ich sehe, dass eins eurer Weibchen schwanger ist. Die Leute werden wissen wollen, ob sonst mit dem Mädchen alles stimmt.«

Weibchen, dachte Peter. Was für eine seltsame Wortwahl. Er schaute zu Mausami hinüber, die noch immer von den Frauen umringt war, und sah, dass viele von ihnen ebenfalls schwanger waren.

»Vermutlich.«

»Und die anderen? Sara und die Rote? Lish?«

Diese Befragung war so sonderbar, so unerwartet, dass Peter zögerte und nicht wusste, was er sagen sollte. Aber Olson starrte ihn jetzt durchdringend an. Irgendeine Antwort musste er ihm geben.

»Ich denke schon.«

Anscheinend war die Antwort zufriedenstellend. Olson nickte knapp, und das Lächeln kehrte auf seine Lippen zurück. »Gut.«

Weibchen, dachte Peter. Als ginge es um Vieh. Er hatte das beunruhigende Gefühl, zu viel gesagt zu haben. Als hätte er sich austricksen lassen und dabei wichtige Informationen preisgegeben. Mira stand neben ihrem Vater, der Menge zugewandt, die sich jetzt entfernte. Plötzlich wurde ihm bewusst, dass sie noch kein Wort gesagt hatte.

Alle versammelten sich um die Tische. Das laute Stimmengewirr wurde zu einem Murmeln, als das Essen verteilt wurde: Eintopf aus großen Kasserolen, körbeweise Brot, Töpfe mit Butter und Krüge mit Milch. Peter sah sich um: Alle plauderten und bedienten sich, manche halfen den Kindern, einige Frauen hatten Babys auf dem Schoß, die dort zappelten oder an einer entblößten Brust tranken. Was er da sah, dachte er, war mehr als nur ein Haufen Überlebender. Es war eine Familie. Zum ersten Mal in all den Tagen, seit sie die Kolonie verlassen hatten, durchzuckte ihn das Heimweh, und er fragte sich, ob sein Misstrauen vielleicht unbegründet war. Vielleicht waren sie hier wirklich in Sicherheit.

Aber etwas stimmte nicht; er spürte es deutlich. Diese Versammlung war unvollständig. Irgendetwas fehlte. Er konnte nicht sagen, was es war, es ließ ihm jedoch keine Ruhe. Alicia und Amy waren jetzt mit Jude unterwegs; er zeigte ihnen, wo sie sitzen sollten. In seinen Lederstiefeln – fast alle anderen waren barfuß – überragte der Mann die beiden Frauen turmhoch. Peter sah, wie er sich Alicia zuneigte, ihren Arm berührte und ihr kurz etwas ins Ohr flüsterte. Sie lachte.

Er wurde aus seinen Gedanken gerissen, als Olson ihm eine Hand auf die Schulter legte. »Ich hoffe, ihr werdet euch entschlie-

ßen, bei uns zu bleiben«, sagte er. »Das hoffen wir alle. Je mehr wir sind, desto besser.«

»Wir werden darüber reden müssen«, sagte Peter.

»Natürlich«, sagte Olson. Seine Hand blieb, wo sie war. »Es hat keine Eile. Nehmt euch so viel Zeit, wie ihr braucht.«

49

Es war ganz einfach. Es gab keine Jungen.

Oder fast keine. Alicia und Hollis behaupteten, sie hätten einen oder zwei gesehen. Aber als Peter sie genauer befragte, mussten sie beide gestehen, dass sie nicht sicher waren, ob sie wirklich welche gesehen hatten. Bei den kurzgeschorenen Haaren der Kleinen war es schwer zu sagen, und älteren Kindern waren sie überhaupt noch nicht begegnet.

Es war am Nachmittag des vierten Tages. Michael war endlich wach. Sie hatten sich zu fünft in der größeren der beiden Baracken versammelt; nur Mausami und Amy waren in der anderen. Peter und Hollis waren eben von einem Ausflug auf die Felder zurückgekommen, den Olson mit ihnen unternommen hatte. Der eigentliche Zweck dieses Ausflugs hatte darin bestanden, noch einen Blick auf die Umzäunung zu werfen, denn sie hatten beschlossen, von hier zu verschwinden, sobald Michael dazu in der Lage wäre. Darüber mit Olson zu reden kam nicht in Frage. Peter musste zwar zugeben, dass er den Mann mochte und keinen ersichtlichen Grund hatte, ihm zu misstrauen, aber allzu viel an diesem »Hafen« war einfach eigenartig, und nach den Ereignissen des vergangenen Abends war Peter unsicherer denn je, was Olsons Absichten anging. Olson hatte eine kurze Rede gehalten und sie alle willkommen geheißen, im Laufe des Abends hatte Peter

jedoch die hohle Herzlichkeit der Leute zunehmend bedrückend, ja verstörend empfunden. Alle waren sich auf eine fundamentale Weise ähnlich, und am Morgen hatte Peter festgestellt, dass er sich an niemanden speziell erinnern konnte; alle Gesichter und Stimmen verschwammen in seiner Erinnerung. Niemand, wurde ihm klar, hatte auch nur eine einzige Frage nach der Kolonie gestellt oder wissen wollen, wie sie eigentlich hergekommen waren – eine Tatsache, die immer unverständlicher wurde, je länger er darüber nachdachte. Wäre es nicht das Natürlichste auf der Welt, neugierig auf eine andere Siedlung zu sein? Sie über ihre Reise zu befragen und wissen zu wollen, was sie gesehen hatten? Aber ebenso gut hätten sie vom Himmel gefallen sein können. Und niemand hatte ihm seinen Namen genannt.

Sie würden ein Auto stehlen müssen; in diesem Punkt waren sich alle einig. Das nächste Problem war der Sprit. Sie konnten den Eisenbahnschienen nach Süden folgen und das Treibstofflager suchen oder – wenn der Tank voll genug wäre – nach Las Vegas zum Flughafen fahren. Wahrscheinlich würde man sie verfolgen. Peter bezweifelte, dass Olson ihnen einen seiner Trucks kampflos überlassen würde. Um sich dem zu entziehen, könnten sie stattdessen Richtung Osten fahren, auf das Testgelände der Air Force. Doch ohne ordentliche Straßen würden sie da kaum hinfinden, und wenn das Gelände nur halbwegs so aussah wie in der Umgebung des Hafens, wollte man dort nur ungern stranden.

Damit blieb die Frage nach den Waffen. Alicia war sicher, dass es irgendwo ein Arsenal geben müsse – von Anfang an hatte sie behauptet, dass die Schrotgewehre, die sie gesehen hatte, geladen waren, was immer Olson ihnen erzählen mochte –, und am Abend zuvor hatte sie versucht, Jude darüber auszuhorchen. Jude war den ganzen Abend über in ihrer Nähe geblieben – so wie Olson nicht von Peters Seite gewichen war –, und am Morgen hatte er sie mit einem Pick-up abgeholt, um ihr den Rest des Geländes zu zeigen. Peter gefiel das überhaupt nicht, aber sie mussten jede Gelegenheit nutzen, mehr Informationen zu sammeln, und zwar unauffällig.

Wenn es ein Arsenal gab, hatte Jude es mit keiner Silbe erwähnt. Vielleicht sagte Olson die Wahrheit und wollte ihnen die Waffen, die sie mitgebracht hatten, wirklich zurückgeben, aber sie durften kein Risiko eingehen. Irgendwo hier mussten die Dinger sein. Wenn Peter richtig zählte, waren es drei Gewehre, neun Messer, mindestens sechs Magazine und die restlichen Handgranaten.

»Was ist mit dem Gefängnis?«, fragte Caleb.

Daran hatte Peter schon gedacht. Mit seinen Festungsmauern bot es sich geradezu an, wenn man etwas sicher einschließen wollte. Aber bis jetzt war keiner von ihnen nah genug herangekommen, um zu sehen, wie man hineingelangte. Von außen sah es in jeder Hinsicht aus, als wäre es unbenutzt, wie Olson gesagt hatte.

»Ich finde, wir sollten warten, bis es dunkel ist, und uns den Bau dann ansehen«, sagte Hollis. »Erst dann können wir wissen, womit wir es zu tun haben.«

Peter sah Sara an. »Wie lange, glaubst du, wird es dauern, bis Michael wieder reisefähig ist?«

Sie zog zweifelnd die Stirn kraus. »Ich weiß nicht mal, was ihm fehlt, Peter. Vielleicht war es wirklich ein Hitzschlag, aber das glaube ich nicht.«

Sie hatte diese Zweifel schon vorher geäußert. Ein Hitzschlag, der so schwer war, dass er Krampfanfälle bekam, hatte sie gemeint, hätte ihn mit größter Wahrscheinlichkeit umgebracht, denn das bedeutete, dass das Gehirn angeschwollen war. Die lange Bewusstlosigkeit könne eine Folge davon sein, aber jetzt, nachdem er aufgewacht sei, habe sie keinerlei Anzeichen für einen Hirnschaden erkennen können. Sprachfähigkeit und motorische Koordination seien tadellos, und seine Pupillen reagierten normal. Es sähe aus, als sei er in einen sehr tiefen, aber ansonsten gewöhnlichen Schlaf verfallen, aus dem er einfach aufgewacht sei.

»Er ist immer noch ziemlich schwach«, fuhr sie fort. »Zum Teil liegt es einfach daran, dass er dehydriert ist. Aber ein, zwei Tage kann es noch dauern, bis wir ihn bewegen können. Vielleicht länger.«

Alicia ließ sich stöhnend auf ihre Pritsche sinken. »Ich glaube, so lange halte ich nicht mehr durch.«

»Wo liegt das Problem?«, hakte Peter nach.

»Jude ist das Problem. Ich weiß, wir sollten einfach mitspielen, aber ich frage mich, wie lange ich das noch mitmachen kann.«

Es war klar, was sie meinte. »Glaubst du, du kannst ihn … was weiß ich … hinhalten?«

»Mach dir keine Sorgen um mich. Ich kann auf mich aufpassen. Aber es wird ihm nicht gefallen.« Sie zögerte. »Und da ist noch etwas. Es hat nichts mit Jude zu tun, und ich weiß nicht, ob ich überhaupt davon anfangen sollte. Erinnert sich noch jemand an Liza Chou?«

Peter sagte zumindest der Name noch etwas. Liza Chou war Old Chous Nichte gewesen. Sie und ihre Familie, ein Bruder und ihre Eltern, hatten zu den Opfern der Dunklen Nacht gehört – getötet oder befallen, das wusste er nicht mehr. An Liza erinnerte er sich nur verschwommen; sie waren zusammen in der Zuflucht gewesen, aber sie war damals eins der älteren Kinder gewesen, praktisch erwachsen in seinen Augen.

»Was ist mit ihr?«, fragte Hollis.

Alicia zögerte. »Ich glaube, ich habe sie heute gesehen.«

»Das ist unmöglich.« Sara winkte ab.

»Ich *weiß,* dass es unmöglich ist. *Alles* hier ist unwirklich. Aber Liza hatte eine Narbe an der Wange, das weiß ich noch. Von irgendeinem Unfall – keine Ahnung. Es war dieselbe Narbe.«

Peter beugte sich vor. Etwas an dieser neuen Information war wichtig, ein Teil eines langsam zutage tretenden Musters, das er noch nicht genau erkennen konnte. »Wo war das?«

»In der Molkerei. Ich bin ziemlich sicher, dass sie mich auch gesehen hat. Aber Jude war dabei, und ich konnte nichts machen. Als ich wieder hinschaute, war sie nicht mehr da.«

Aber wie sollte ein kleines Kind so weit kommen?, fragte sich Peter. »Ich weiß nicht, Lish. Bist du sicher?«

»Nein, ich bin nicht sicher. Ich hatte keine Gelegenheit, mich

zu vergewissern. Ich sage nur, sie hatte große Ähnlichkeit mit Liza Chou.«

»War sie schwanger?«

Alicia überlegte kurz. »Jetzt, wo du mich fragst – ja. War sie.«

»Viele Frauen hier sind schwanger«, sagte Hollis.

»Aber warum gibt's keine Jungen?«, fragte Sara. »Und wenn so viele Frauen schwanger sind, müsste es hier doch viel mehr Kinder geben, oder?«

»Und die gibt's nicht?«, fragte Alicia.

»Na ja, ich dachte es zuerst. Aber gestern Abend habe ich nicht mehr als zwei Dutzend gezählt. Und die Kinder, die ich sehe, sind anscheinend immer wieder dieselben.«

»Hollis«, sagte Peter, »da draußen sind doch Kinder.«

Hollis nickte. »Sie spielen auf den Autoreifen.«

»Hightop, sieh mal nach.«

Caleb stand von seiner Pritsche auf, ging zur Tür und öffnete sie einen Spaltbreit.

»Lass mich raten«, sagte Sara. »Die Kleine mit den schiefen Zähnen, und ihre Freundin, die kleine Blonde.«

Caleb drehte sich um. »Sie hat recht. Die sind da draußen.«

»Das meine ich«, beharrte Sara. »Es sind immer dieselben. Als wären sie immer da draußen, damit wir *denken,* es sind mehr, als es tatsächlich gibt.«

»Wovon reden wir hier?«, fragte Alicia. »Okay, das mit den Jungen finde ich auch merkwürdig. Aber jetzt … ich weiß nicht, Sara.«

Sara spreizte streitbar die Schultern. »Du bist diejenige, die behauptet, sie hätte ein Mädchen gesehen, das vor fünfzehn Jahren gestorben ist. Sie müsste jetzt – wie alt? – Mitte zwanzig sein, oder? Woher weißt du, dass es Liza Chou war?«

»Ich hab's doch gesagt. Die Narbe. Und ich glaube, ich erkenne eine Chou, wenn ich sie sehe.«

»Und deshalb sollen wir uns einfach auf dein Wort verlassen?«

Bei Saras scharfem Ton ging Alicia in Kampfstellung. »Mach, was du willst. Was ich gesehen habe, habe ich gesehen.«

Peter hatte genug gehört. »Das reicht. Alle beide.« Die beiden Frauen funkelten einander an. »So kommen wir nicht weiter. Was ist los mit euch?«

Keine der beiden antwortete. Die Anspannung war mit Händen zu greifen. Schließlich ließ Alicia sich seufzend wieder auf die Pritsche fallen.

»Vergiss es. Ich habe einfach die Warterei satt. Ich kann hier nicht schlafen. Es ist so verdammt heiß. Dauernd habe ich Alpträume.«

Einen Moment lang sagte niemand etwas.

»Die dicke Frau?«, fragte Hollis.

Alicia richtete sich auf. »Was hast du gesagt?«

»In der Küche.« Hollis klang sehr ernst. »In der Zeit Davor.«

Caleb kam von der Tür zurück. »*Ich sage euch, der Junge ist nicht nur blöd …*«

Sara beendete den Satz für ihn. »*… er ist mit Blödheit geschlagen.*« Sie sah fassungslos aus. »Ich träume auch von ihr.«

Alle sahen Peter an. Wovon redeten seine Freunde da? Welche dicke Frau?

Er schüttelte den Kopf. »Sorry.«

»Aber alle anderen haben den gleichen Traum«, sagte Sara.

Hollis rieb sich den Bart und nickte. »Sieht so aus.«

Michael war immer wieder in einem konturlosen Dämmerschlaf versunken, als er hörte, wie die Tür aufging. Ein Mädchen kam um den Wandschirm herum. Jünger als Billie, aber in dem gleichen komischen orangegelben Anzug und mit dem strengen Haarschnitt. Sie trug ein Tablett.

»Ich dachte, du hast vielleicht Hunger.«

Sie kam näher, und der Duft von warmem Essen durchfuhr seine Sinne wie ein elektrischer Schlag. Er hatte plötzlich einen Mordshunger. Das Mädchen setzte ihm das Tablett auf den Schoß. Irgendein Fleisch in einer braunen Sauce, Kohlgemüse und – das Beste von allem – eine dicke Scheibe Brot mit Butter. Daneben, in eine Serviette gewickelt, lag Metallbesteck.

»Ich bin Michael«, sagte er.

Das Mädchen nickte zaghaft und lächelte. Wieso lächelten hier immer alle?

»Ich bin Mira.« Sie wurde rot. Die Haarstoppeln auf ihrem Kopf waren so hell, dass sie praktisch weiß aussahen, wie bei einem Kind. »Ich habe dich gepflegt.«

Michael fragte sich, was das genau heißen sollte. In den letzten Stunden war die Erinnerung bruchstückweise zurückgekommen. Stimmen, Formen, Gestalten, die sich um ihn herumbewegten, Wasser an seinem Körper, Feuchtigkeit an seinem Mund.

»Ich glaube, ich muss mich bedanken.«

»Oh, ich hab's gern getan.« Sie betrachtete ihn kurz. »Du bist wirklich von draußen, ja?«

»Draußen?«

Sie zuckte leicht die Achseln. »Es gibt hier, und es gibt draußen.« Sie deutete mit dem Kinn auf das Tablett. »Willst du nicht essen?«

Er fing mit dem Brot an. Es war weich und wundervoll im Mund. Dann machte er sich an das Fleisch und schließlich an das Gemüse – faserig und bitter, aber trotzdem gut. Das Mädchen hatte sich neben seinem Bett auf einen Stuhl gesetzt. Sie ließ ihn nicht aus den Augen und beobachtete ihn hingerissen, als wäre jeder Bissen auch für sie ein Genuss. Was für seltsame Leute.

»Danke«, sagte er, als nur noch ein Rest Fett auf dem Teller übrig war. Wie alt war sie eigentlich? Sechzehn? »Das war fantastisch.«

»Ich kann dir noch etwas bringen. Was immer du willst.«

»Nein, wirklich, ich schaffe nichts mehr.«

Sie nahm ihm das Tablett vom Schoß und stellte es zur Seite. Er dachte, sie wolle gehen, aber stattdessen kam sie auf ihn zu und blieb dicht an seinem Bett stehen.

»Ich ... sehe dir gern zu, Michael.«

Sein Gesicht wurde warm. »Mira? Du heißt Mira, ja?«

Sie nickte, nahm seine Hand von der Bettdecke und umschloss sie mit ihrer eigenen. »Es gefällt mir, wie du meinen Namen sagst.«

»Ja, äh, hm …«

Aber er konnte nicht weitersprechen, denn plötzlich küsste sie ihn. Sanft und süß durchflutete es seinen Mund, und seine Sinne entgleisten. Sie küsste ihn! Unglaublich! Und er küsste sie wieder!

»Poppa sagt, ich kann ein Baby bekommen«, sagte sie, und ihr Atem war warm auf seinem Gesicht. »Wenn ich ein Baby bekomme, muss ich nicht in den Ring. Poppa sagt, ich kann nehmen, wen ich will. Darf ich dich nehmen, Michael? Darf ich dich nehmen?«

Er versuchte zu denken, zu verarbeiten, was sie da redete und was hier passierte – ihren Geschmack und auch die Tatsache, dass sie jetzt anscheinend auf ihn gestiegen war und rittlings auf seinen Hüften saß und ihr Gesicht immer noch an seins schmiegte. Es war ein Zusammenprall spontaner Empfindungen, der ihn in einen Zustand stummer Fügsamkeit versetzte. Ein Baby? Sie wollte ein Baby? Und wenn sie ein Baby bekäme, brauchte sie keinen Ring?

»Mira!«

Einen Moment lang war er völlig durcheinander. Das Mädchen war mit einem Satz verschwunden. Der Raum war plötzlich voll von Männern, großen Männern in orangegelben Overalls, deren Körpermassen alles ausfüllten. Einer von ihnen hatte Mira beim Arm gepackt. Kein Mann: Es war Billie.

»Ich werde so tun«, sagte Billie zu dem Mädchen, »als hätte ich nichts gesehen.«

»Hört zu«, sagte Michael, als er seine Stimme wiedergefunden hatte, »es war meine Schuld, was immer ihr glaubt, gesehen zu haben …«

Billie nagelte ihn mit einem eiskalten Blick fest. Einer der Männer kicherte.

»Du brauchst nicht so zu tun, als wäre es deine Idee gewesen.« Dann nahm sie Mira ins Visier. »Und du gehst nach Hause!«, befahl sie ihr. »Sofort!«

»Er gehört mir! Er ist für mich!«

»Mira, es reicht. Du gehst sofort nach Hause und wartest da. Rede mit niemandem. Hast du mich verstanden?«

»Er ist nicht für den Ring!«, rief Mira. »Das hat Poppa gesagt!«

Wieder dieses Wort, dachte Michael. Der Ring. Was war der Ring?

»Er wird es sein, wenn du jetzt nicht verschwindest. Geh!«

Das schien zu wirken. Mira verstummte, und ohne Michael noch einmal anzusehen, verschwand sie hinter dem Wandschirm. Der Wirbel der Gefühle war immer noch da: Verlangen, Verwirrung, Verlegenheit. Und irgendwo im Hinterkopf dachte er: Genau mein Glück. Die lässt sich nicht mehr hier blicken.

Billie wandte sich an die beiden Männer. »Danny, du bringst den Truck nach hinten. Tip, du bleibst bei mir.«

»Was habt ihr mit mir vor?«

Billie hatte eine kleine Blechdose aus irgendeiner Tasche gezogen. Mit Daumen und Zeigefinger nahm sie eine Prise von dem Pulver, das darin war, und streute es in einen Becher Wasser, den sie ihm reichte.

»Runter damit.«

»Das trinke ich nicht.«

Sie seufzte ungeduldig. »Tip, hilfst du uns mal?«

Der Mann trat heran, riesengroß neben Michaels Bett.

»Vertrau mir«, sagte Billie. »Es schmeckt nicht gut, aber es wird dir rasch helfen. Dann gibt es keine dicke Frau mehr.«

Die dicke Frau, dachte Michael. Die dicke Frau in der Küche in der Zeit Davor.

»Woher weißt du …?«

»Trink einfach. Wir erklären es dir unterwegs.«

Anscheinend war es nicht zu vermeiden. Michael setzte den Becher an die Lippen und schüttete das Zeug runter. Es schmeckte scheußlich.

»Was zum Teufel ist das?«

»Das willst du wohl lieber nicht so genau wissen.« Billie nahm ihm den Becher ab. »Spürst du schon etwas?«

Ja. Es war, als hätte jemand eine lange, straffe Saite in ihm angeschlagen. Gleißende Energiewellen stiegen aus seinem Innersten

auf. Er öffnete den Mund, um von dieser Entdeckung zu berichten, als ihn ein Krampf schüttelte, ein gigantischer Schluckauf, der ihn völlig außer Gefecht setzte.

»Das passiert bei den ersten ein, zwei Malen«, erklärte Billie. »Du musst einfach ruhig weiteratmen.«

Der Schluckauf kam noch einmal. Die Farben im Raum wirkten ungewöhnlich lebhaft, als wäre alles um ihn herum Teil dieser neuen Energie.

»Er sollte lieber still sein«, warnte Tip.

»Das ist fantastisch«, brachte Michael hervor. Er schluckte heftig und kämpfte den Schluckauf nieder.

Der zweite Mann kam wieder herein. »Gleich ist das Licht weg«, sagte er knapp. »Wir müssen uns beeilen.«

»Hol seine Sachen.« Billie wandte sich wieder an Michael. »Peter sagt, du bist Ingenieur. Du kannst alles reparieren. Stimmt das?«

Er dachte an den Zettel, den Sara ihm in die Hand gedrückt hatte. *Sag ihnen nichts.*

»Na?«

»Ich nehm's an.«

»Das reicht mir nicht, Michael. Es ist wichtig. Kannst du es? Oder kannst du es nicht?«

Er drehte sich zu den beiden Männern um, die ihn jetzt erwartungsvoll anschauten, als hinge alles von seiner Antwort ab.

»Okay. Ja.«

Billie nickte. »Dann zieh dich an und tu, was wir dir sagen.«

50

Mausami im Dunkeln. Ein Traum von Vögeln. Ein Flattern unter ihrem Herzen weckte sie, ein Flügelpaar, das in ihr schlug.

Das Baby, dachte sie. Das Baby bewegt sich.

Sie fühlte es wieder – einen deutlichen wässrigen Druck, rhythmisch wie die Wellenringe auf einem Teich. Als klopfte jemand in ihr an eine Scheibe: *Hallo? Hallo da draußen!*

Sie strich mit beiden Händen über die Wölbung ihres Bauches unter dem schweißfeuchten T-Shirt. Wohlige Zufriedenheit durchströmte sie. Hallo, dachte sie. Selber hallo, du.

Das Baby war ein Junge. Sie hatte von Anfang an gedacht, es sei ein Junge, seit jenem Morgen am Komposthaufen, als sie ihr Frühstück wieder ausgespuckt hatte. Sie wollte ihm noch keinen Namen geben. Es war schwerer, ein Kind mit einem Namen zu verlieren, das hatten alle immer gesagt, aber das war nicht der eigentliche Grund, denn dieses Kind würde zur Welt kommen. Dieser Gedanke war mehr als eine Hoffnung, mehr als nur Glaube. Mausami wusste es. Und wenn das Kind geboren wäre, wenn es laut und schmerzhaft auf die Welt gekommen wäre, würde Theo da sein, und sie würden ihm zusammen einen Namen geben.

Dieser Ort. Der Hafen. Er machte sie so müde. Sie konnte immer nur schlafen. Und essen. Das war natürlich das Baby. Es war das Baby, das sie ständig ans Essen denken ließ. Nach all dem

Zwieback und der Bohnenpaste und den scheußlichen fremdartigen Mahlzeiten, die sie im Bunker gefunden hatten – hundert Jahre alter Brei, in Plastik verschweißt: ein Wunder, dass sie sich nicht alle vergiftet hatten –, war es wundervoll, richtiges Essen zu bekommen. Rindfleisch und Milch. Brot und Käse. Echte Butter, so sahnig, dass sie im Hals kitzelte. Mausami schaufelte alles in sich hinein und leckte sich dann die Finger ab. Sie hätte ewig hierbleiben können, nur wegen des Essens.

Aber sie hatten es alle sofort gespürt: Etwas stimmte nicht. Gestern Abend: all die Frauen, die sich um sie herumgedrängt hatten, mit Kindern auf dem Arm oder schwanger – oder sogar beides –, und mit diesem schwesterlichen Leuchten im Gesicht, als sie sahen, dass sie auch schwanger war. Ein Baby! Wie wundervoll! Wann war es so weit? War es ihr erstes? Waren noch andere in ihrer Gruppe schwanger? In dem Augenblick war ihr nicht eingefallen, sich zu fragen, woher sie es wussten – man sah es ihr ja kaum an – oder warum keine von ihnen wissen wollte, wer der Vater sei, geschweige denn den Vater ihres eigenen Kindes erwähnte.

Die Sonne war untergegangen. Das Letzte, woran Mausami sich erinnerte, war, dass sie sich hingelegt hatte, um ein bisschen zu schlafen. Peter und die anderen waren vermutlich in der anderen Baracke und überlegten, was sie tun sollten. Das Baby bewegte sich wieder, es zappelte in ihr. Sie lag mit geschlossenen Augen da und ließ sich von dem Gefühl erfüllen. Wache stehen – das schien viele Jahre her zu sein. Ein anderes Leben. So ging es, das wusste sie, wenn man ein Kind bekam. Dieses fremde neue Wesen wuchs in einem heran, und wenn die Schwangerschaft um war, war man selbst jemand anders geworden.

Plötzlich merkte sie es: Sie war nicht allein.

Amy saß auf der Pritsche neben ihr. Es war unheimlich, wie sie sich unsichtbar machen konnte. Mausami drehte sich zu ihr herum und zog die Knie an, während das Baby in ihr strampelte.

»Hey.« Mausami gähnte. »Ich glaube, ich habe ein bisschen geschlafen.«

So redeten alle immer mit ihr: Sie sprachen das Offensichtliche aus und ergänzten Amys stummen Anteil am Gespräch. Es war ein bisschen verstörend, wie das Mädchen einen anschaute, eindringlich, als könnte sie Gedanken lesen. Im selben Moment kapierte Mausami, was das Mädchen meinte.

»Oh. Ich verstehe«, sagte sie. »Möchtest du es fühlen?«

Amy legte unsicher den Kopf schräg.

»Das kannst du, wenn du willst. Komm her.«

Amy stand auf und setzte sich zu ihr auf die Kante der Pritsche. Mausami nahm ihre Hand und führte sie über ihren Bauch. Amys Hand war warm und ein bisschen feucht, und ihre Fingerspitzen waren eigenartig weich, nicht wie Mausamis, die nach jahrelangem Umgang mit dem Bogen hart und schwielig waren.

»Warte. Eben hat es noch gestrampelt.«

Eine kurz aufflackernde Bewegung. Amy zog hastig die Hand weg.

»Hast du es gefühlt?« Amy riss freudig erschrocken die Augen auf. »Es ist okay – das tun Babys. Hier …« Sie nahm Amys Hand und legte sie wieder auf ihren Bauch. Sofort zappelte und strampelte das Baby. »Wow, das war kräftig.«

Jetzt lächelte Amy auch. Wie seltsam und wunderbar, dachte Mausami, inmitten all dessen, was passierte, zu spüren, wie das Kind sich in ihr bewegte. Ein neues Leben, ein neuer Mensch, der in die Welt kommen würde.

Dann hörte sie es. Drei Worte.

Er ist hier.

Mausami machte einen Satz nach hinten. Sie drückte den Rücken an die Wand. Das Mädchen starrte sie durchdringend an, und ihre Augen waren wie zwei helle Lichtstrahlen.

»Wie hast du das gemacht?« Sie zitterte. Gleich würde ihr schlecht werden.

Er ist in dem Traum. Mit Babcock. Mit den Vielen.

»Wer ist hier, Amy?«

Theo. Theo ist hier.

51

Er war Babcock, und er war es für immer. Er war einer der Zwölf und auch der Andere. Er war Zero. Er war die Nacht der Nächte, und er war Babcock gewesen, bevor er wurde, was er war. Vor dem großen Hunger, der in ihm war wie die Zeit selbst, eine Strömung im Blut, endlos und notleidend, uferlos und ohne Grenzen, ein dunkler Flügel, ausgebreitet über der Welt.

Er war gemacht aus den Vielen. Tausend mal tausend mal tausend, wie die Sterne verstreut über den Nachthimmel. Er war einer der Zwölf und auch der Andere, Zero, aber seine Kinder waren auch in ihm, sie, die die Saat seines Blutes in sich trugen, die Saat der Zwölf. Sie bewegten sich, wie er sich bewegte, sie dachten, wie er dachte, und in ihren Köpfen war ein leerer Raum des Vergessens, in dem er war, in jedem, und sagte: *Du wirst nicht sterben. Du bist ein Teil von mir, wie ich ein Teil von dir bin. Du wirst das Blut der Welt trinken und mich damit füllen.*

Sie gehorchten seinem Kommando. Wenn sie aßen, aß er. Wenn sie schliefen, schlief er. Sie waren Wir, der Babcock, und sie waren es für immer, wie er es für immer war, allesamt Teil der Zwölf und des Anderen, des Zero. Sie träumten seinen dunklen Traum mit ihm.

Er erinnerte sich an eine Zeit, bevor er wurde, was er war. Die Zeit in dem kleinen Haus, in dem Ort namens Desert Wells. Die Zeit des Schmerzes und des Schweigens. Die Zeit der Frau, seiner

Mutter, der Mutter Babcocks. Er erinnerte sich an Kleinigkeiten – an Formen, Farben, Empfindungen, Bilder. Ein Quadrat aus goldenem Sonnenlicht auf einem viereckigen Teppich. Eine abgenutzte Stelle auf der Verandatreppe, in die sein Turnschuh genau passte, und die rostigen Stellen am Geländer, an denen er sich die Haut an den Fingern aufriss. Er erinnerte sich an seine Finger. Er erinnerte sich an den Geruch der Zigaretten, die seine Mutter in der Küche rauchte, während sie redete und ihre Filme anschaute; an die großen Gesichter der Schauspieler in Nahaufnahme, die Augen weit aufgerissen und voller Tränen, die bemalten Lippen der Frauen schimmernd wie glänzende Früchte. Und an ihre Stimme. Ihre Stimme war immer da.

Sei jetzt still, verdammt. Siehst du nicht, dass ich hier fernsehe? Du machst so verdammt viel Lärm – ein Wunder, dass ich nicht verrückt werde, verdammt.

Er erinnerte sich, dass er leise war, so leise.

Er erinnerte sich an ihre Hände, die Hände von Babcocks Mutter, und an die Sternenexplosionen des Schmerzes, wenn sie ihn schlug und wieder schlug. Er erinnerte sich daran, wie er geflogen war, schwebend auf einer Wolke von Schmerz, und an das Schlagen und Klatschen und Brennen. Immer das Brennen. *Jetzt heul nicht. Sei ein Mann. Wenn du heulen willst, gebe ich dir einen Grund zum Heulen, dann hast du Pech, Giles Babcock.* Ihr rauchender Atem, so dicht vor seinem Gesicht. Die rot glühende Spitze ihrer Zigarette, die sie über die Haut seiner Hand rollte, dass sie mit knisternd feuchtem Geräusch verbrannte, mit dem Geräusch, das seine Cornflakes machten, wenn er Milch darübergoss. Das gleiche leise Prasseln. Der Geruch der verbrannten Haut, der sich mit den Rauchwolken mischte, die aus ihren Nasenlöchern kamen. Und er erinnerte sich, wie alle Worte in ihm verstummten, damit der Schmerz aufhörte – damit er ein Mann sein konnte, wie sie es gesagt hatte.

Vor allem an ihre Stimme erinnerte er sich. Die Stimme von Babcocks Mutter. Seine Liebe zu ihr war wie ein Zimmer ohne

Türen, erfüllt vom scharrenden Klang ihrer Worte, ihrem Yak-yak-yak. Höhnisch, durchbohrend wie das Messer, das er aus der Schublade nahm an jenem Tag, als sie am Tisch in der Küche des kleinen Hauses in dem Ort namens Desert Wells saß und redete und lachte und lachte und redete und ihren Rauch aß.

Der Junge ist nicht einfach blöd. Ich sage dir, er ist mit Blödheit geschlagen.

Er war glücklich, so glücklich, noch nie im Leben hatte er so großes Glück empfunden wie in dem Augenblick, als das Messer in sie eindrang, durch die weiße Haut an ihrem Hals, durch die weichen oberen Schichten und die harten Sehnen darunter. Und als er die Klinge drehte und immer tiefer bohrte, wehte die Liebe zu ihr aus seinem Kopf hinaus, und er sah endlich, was sie war: dass sie ein Wesen aus Fleisch und Blut und Knochen war. All ihre Worte bewegten sich in ihm, all das Yak-yak-yak, und sie füllten ihn aus, bis er zu platzen drohte. Sie schmeckten wie Blut in seinem Mund, wie süße lebendige Dinge.

Sie schickten ihn weg. Er war schließlich kein Junge, er war ein Mann; er war ein Mann mit einem Verstand und einem Messer, und sie befahlen ihm zu sterben – stirb, Babcock, für das, was du getan hast. Er wollte nicht sterben, damals nicht, nie. Nachdem der Mann, Wolgast, wie eine erfüllte Prophezeiung dorthin gekommen war, wo er war, nach den Ärzten und der Krankheit und seiner Verwandlung in einen der Zwölf, in *Babcock-Morrison-Chávez-Baffes-Turrell-Winston-Sosa-Echols-Lambright-Martinez-Reinhardt-Carter,* da hatte er die Übrigen genauso genommen, hatte ihre Worte getrunken, ihre Todesschreie, die seinen Mund füllten wie weiche Leckerbissen. Und die, die er nicht tötete, an denen er nur nippte – einer-von-zehn –, wie es die Gezeiten seines Blutes befahlen: Sie wurden sein Eigen, verschmolzen mit ihm im Geiste. Seine Kinder. Seine große und furchterregende Kompanie. Die Vielen. Wir sind Babcock.

Und dieser Ort. Er war hergekommen mit dem Gefühl der Heimkehr, der Wiederherstellung. Er hatte sich sattgetrunken an

der Welt, und hier ruhte er aus, träumte seine Träume in der Dunkelheit, bis er aufwachte und wieder hungrig war, und er hörte den Zero, der Fanning hieß, als er sagte: *Brüder, wir sterben.* Sterben! Denn fast keiner war mehr übrig auf der Welt, keine Menschen, nicht einmal Tiere. Und Babcock wusste, dass die Zeit gekommen war, die Übriggebliebenen zu ihm zu bringen, damit sie ihn kannten, Babcock und den Zero, und ihren Platz bei ihm einnahmen. Er hatte seine Gedanken ausgesandt und zu den Vielen, seinen Kindern, gesagt: *Bringt die Letzten der Menschheit zu mir und tötet sie nicht. Bringt sie und ihre Worte zu mir, damit sie den Traum träumen und eins werden mit Uns, dem Babcock.* Und zuerst war einer gekommen, dann noch einer, mehr und immer mehr, und sie träumten den Traum mit ihm, und wenn sie zu Ende geträumt hatten, sagte er zu ihnen: Jetzt bist du mein wie die Vielen. Du bist mein an diesem Ort, und wenn ich hungrig bin, wirst du mich speisen, wirst meine rastlose Seele nähren mit deinem Blut. Und du wirst mir andere bringen, die jenseits von hier sind, damit sie desgleichen tun, und ich werde euch leben lassen, auf diese und auf keine andere Weise. Und diejenigen, die ihren Willen nicht dem seinen beugten, die nicht zu dem Messer griffen in der Dunkelheit des Traums, wo Babcocks Gedanken den ihren begegneten, mussten sterben, damit die anderen es sahen und sich ihm nicht widersetzten.

Und so war die Stadt gebaut worden. Die Stadt Babcocks, die erste auf der Welt.

Aber jetzt war da die Andere. Nicht Zero, nicht die Zwölf, sondern eine Andere. Die Gleiche und doch nicht die Gleiche. Ein Schatten hinter einem Schatten, und sie pickte an ihm wie ein Vogel, der davonflatterte, wenn er seine Gedanken auf sie richten wollte. Und die Vielen, seine Kinder, seine große und furchterregende Kompanie, hörten sie auch. Er spürte, wie sie an ihnen zog. Eine machtvolle Kraft, die sie wegholen wollte. Wie die hilflose Liebe, die er vor so langer Zeit verspürt hatte, als er noch ein Junge war und sah, wie die rot glühende Spitze über seine Haut rollte und sie verbrannte.

Wer bin ich?, fragten sie sie. *Wer bin ich?*

Sie erweckte in ihnen den Wunsch, sich zu erinnern. Den Wunsch zu sterben.

Sie war jetzt nah, sehr nah. Babcock fühlte es. Sie war eine Welle in den Gedanken der Vielen, ein Riss im Gewebe der Nacht. Er wusste, durch sie konnte alles, was sie getan hatten, aufgehoben, alles, was sie geschaffen hatten, zunichtegemacht werden.

Brüder, Brüder. Sie kommt. Brüder, sie ist schon hier.

52

»Es tut mir leid, Peter«, sagte Olson. »Ich kann nicht all deine Freunde im Auge behalten.«

Peter hatte erfahren, dass Michael kurz vor Sonnenuntergang verschwunden war. Sara war ins Krankenrevier gegangen, um nach ihm zu sehen, und hatte sein Bett leer vorgefunden. Das ganze *Gebäude* war leer.

Sie waren in zwei Gruppen ausgeschwärmt: Sara, Hollis und Caleb suchten das Gelände ab, und Alicia und Peter waren zu Olson gegangen. In seinem Haus, hatte der Mann erzählt, habe einst der Gefängnisdirektor gewohnt. Es war ein kleines zweigeschossiges Gebäude auf einem sonnenverbrannten Grundstück zwischen dem Arbeitscamp und dem alten Gefängnis.

»Ich rede mit Billie«, versprach Olson. »Vielleicht weiß sie, wo er ist.« Er wirkte gehetzt, als hätten sie ihn mitten in einer wichtigen Arbeit gestört. Trotzdem machte er sich die Mühe, ihnen sein beruhigendes Lächeln zu schenken. »Sicher ist alles in Ordnung mit ihm. Mira hat ihn vor ein paar Stunden im Krankenrevier gesehen. Er sagte, es gehe ihm besser, und er wolle sich ein bisschen umsehen. Ich dachte, wahrscheinlich ist er zu euch gegangen.«

»Er konnte kaum laufen«, sagte Peter. »Vermutlich keinen Schritt tun.«

»Dann kann er nicht weit gekommen sein, oder?«

»Sara sagt, das Krankenrevier ist leer. Sind dort normalerweise nicht ein paar Leute?«

»Nicht unbedingt. Wenn es Michael besser ging, hätten sie keinen Grund dortzubleiben.« Olsons Miene verfinsterte sich. Er sah Peter an. »Er taucht sicher wieder auf. Ich rate euch, geht in euer Quartier zurück und wartet dort auf ihn.«

»Ich weiß nicht ...«

Olson hob die Hand und schnitt ihm das Wort ab. »Ich gebe euch nur einen Rat und schlage vor, ihr nehmt ihn an. Und seht zu, dass ihr nicht noch mehr von euren Freunden verliert.«

Bis jetzt hatte Alicia geschwiegen. Auf ihre Krücken gestützt stieß sie Peter mit der Schulter an. »Komm.«

»Aber ...«

»Ist schon gut.« Sie wandte sich an Olson. »Es ist sicher alles okay. Wenn du uns brauchst, weißt du, wo du uns findest.«

Sie gingen zurück, durch das Gewirr von Baracken. Alles war seltsam still, niemand war unterwegs. Als sie an dem Schuppen vorbeikamen, in dem die Party stattgefunden hatte, war er verlassen. In allen Häusern war es dunkel. Peters Haut prickelte, als die kühlende Wüstennacht herabsank, aber er wusste, dass es nicht nur an den frischen Temperaturen lag. Er spürte die Augen der Leute, die ihn hinter den Fenstern beobachteten.

»Sieh nicht hin«, sagte Alicia. »Ich spüre es auch. Einfach weitergehen.«

Als sie zu ihrer Baracke kamen, kehrten auch Hollis und die anderen zurück. Sara war außer sich vor Sorge. Peter berichtete ihnen von der Unterredung mit Olson.

»Sie haben ihn irgendwohin gebracht, nicht wahr?«, sagte Lish.

Es sah ganz so aus. Aber wohin und in welcher Absicht? Olson log, das war offensichtlich. Und was noch seltsamer war: Olson wollte anscheinend, dass sie es *wussten*.

»Wer ist jetzt da draußen, Hightop?«

Caleb hatte seinen Posten an der Tür eingenommen. »Die beiden

Üblichen. Sie lungern auf der anderen Seite herum und tun, als ob sie uns nicht beobachteten.«

»Sonst noch jemand?«

»Nein. Ist totenstill da draußen. Auch keine Kinder.«

»Geh Maus wecken«, sagte Peter. »Sag ihr nichts. Bring sie und Amy her. Mit ihrem Gepäck.«

»Hauen wir ab?« Calebs Blick huschte zu Sara und wieder zurück. »Was ist mit Akku?«

»Ohne ihn gehen wir nirgendwohin. Jetzt lauf.«

Caleb verschwand wie der Blitz. Peter und Alicia wechselten einen Blick. Irgendetwas war im Gange. Sie würden schnell handeln müssen.

Gleich darauf war der Junge wieder da. »Sie sind weg.«

»Wie weg?«

Caleb war aschfahl im Gesicht. »Nebenan ist niemand mehr, Peter.«

Das war alles seine Schuld. Bei der hastigen Suche nach Michael hatte er die beiden Frauen alleingelassen. Er hatte *Amy* alleingelassen. Wie hatte er so dumm sein können?

Alicia hatte ihre Krücken beiseitegelegt und wickelte den Verband von ihrem Bein. Darunter kam das Messer zum Vorschein, das sie am Abend ihrer Ankunft dort versteckt hatte. Die Krücken waren ein Trick; die Wunde war fast ganz verheilt. Alicia stand auf.

»Es wird Zeit, dass wir die Gewehre finden«, sagte sie.

Was immer Billie ihm ins Wasser getan hatte, die Wirkung hielt noch an.

Michael lag auf der Ladefläche eines Pick-ups unter einer Plastikplane. Die Ladefläche war voll von klappernden Rohren. Billie hatte ihm befohlen, still zu liegen und keinen Mucks von sich zu geben, aber das Nervenflattern war fast unerträglich. Wie kam sie dazu, ihm ein solches Gebräu einzuflößen und dann zu erwarten, dass er ganz still dalag? Das Zeug wirkte wie das Gegenteil von

Schnaps: als sänge jede Zelle seines Körpers einen einzigen Ton. Als liefen seine Gedanken durch einen Filter, der ihnen eine helle, pulsierende Klarheit verlieh.

Schluss mit den Träumen, hatte sie gesagt. Schluss mit der fetten Lady mit ihrem Rauch und dem Geruch und der schrecklichen kratzigen Stimme. Woher wusste Billie, was er träumte?

Einmal hatten sie angehalten, kurz hinter dem Krankenrevier, das sie durch den Hinterausgang verlassen hatten. Irgendein Checkpoint. Michael hörte eine Stimme, die er nicht kannte; jemand fragte Billie, wohin sie wolle. Unter der Plane hörte Michael beklommen zu.

»Auf dem östlichen Feld ist eine Leitung gebrochen«, sagte Billie. »Olson sagt, ich soll diese Rohre hinausbringen, damit die Arbeitskolonne morgen anfangen kann.«

»Wir haben Neumond. Du solltest nicht draußen sein.«

Neumond, dachte Michael. Was war denn so wichtig am Neumond?

»Hör zu, Olson hat es gesagt. Wende dich an ihn, wenn du willst.«

»Wie wollt ihr denn rechtzeitig zurück sein?«

»Das lass meine Sorge sein. Können wir jetzt durchfahren oder nicht?«

Das Schweigen wirkte angespannt. Schließlich sagte die Stimme: »Aber seht zu, dass ihr zurück seid, bevor es dunkel ist.«

Jetzt war eine Weile vergangen, und Michael spürte, dass der Truck wieder langsamer fuhr. Er zog die Plane zur Seite und sah den violetten Abendhimmel und eine dicke Staubwolke, die hinter dem Truck verwehte. Die Berge waren eine ferne Wölbung am Horizont.

»Du kannst jetzt herunterkommen.«

Billie stand an der Heckklappe. Michael kletterte dankbar von der Ladefläche; endlich konnte er sich wieder bewegen. Sie parkten vor einem riesigen Blechschuppen, mindestens zweihundert Meter lang und mit einem tonnenförmig gewölbten Dach.

Dahinter sah er die Umrisse rostiger Treibstofftanks. Das Gelände war überzogen mit einem Netz von Bahngleisen, die in alle Himmelsrichtungen führten.

Eine kleine Seitentür öffnete sich, und ein Mann kam heraus und auf sie zu. Er war mit Schmiere und Öl bedeckt; sein Gesicht war praktisch schwarz davon. Er hielt etwas in den Händen, das er mit einem schmutzigen Lappen bearbeitete. Vor ihnen blieb er stehen und musterte Michael von oben bis unten. In einem Halfter an seinem Bein steckte ein kurzläufiges Schrotgewehr. Michael erkannte ihn wieder. Es war der Fahrer, der sie aus Las Vegas hierhergebracht hatte.

»Ist er das?«

Billie nickte.

Der Mann trat an Michael heran, bis sein Gesicht nur noch eine Handbreit entfernt war, und schaute ihm in die Augen – erst in das eine, dann in das andere, und dabei drehte er den Kopf hin und her. Sein Atem roch nach saurer Milch, und seine Zähne waren schwarz verfärbt. Michael musste sich zusammennehmen, um nicht zurückzuweichen.

»Wie viel hast du ihm gegeben?«

»Genug«, sagte Billie.

Der Mann sah ihn noch einmal skeptisch an. Dann trat er zurück und spuckte einen braunen Speichelstrahl auf den harten Boden. »Ich bin Gus.«

»Michael.«

»Ich weiß, wer du bist.« Er hielt den Gegenstand in seinen Händen hoch, damit Michael ihn ansehen konnte. »Weißt du, was das ist?«

Michael nahm das Teil in die Hand. »Eine Solenoidspule, vierundzwanzig Volt. Ich würde sagen, sie stammt aus einer Treibstoffpumpe, einer großen.«

»Ach ja? Und was ist daran kaputt?«

Michael gab die Spule achselzuckend zurück. »Nichts, soweit ich sehe.«

Gus sah Billie an und runzelte die Stirn. »Er hat recht.«

»Ich hab's doch gesagt.«

»Sie behauptet, du kennst dich mit elektrischen Anlagen aus. Kabelbäume, Generatoren, Steuerungseinheiten.«

Michael zuckte wieder die Achseln. Er scheute sich immer noch, allzu viel preiszugeben, aber etwas, irgendein Instinkt, sagte ihm, dass er den beiden vertrauen konnte. Sie hatten nicht zum Vergnügen den weiten Weg hierher mit ihm gemacht.

»Zeig mir, was ihr habt.«

Sie gingen quer über den Hof zum Blechschuppen. Von drinnen hörte Michael das Dröhnen tragbarer Generatoren und den metallischen Klang von Werkzeugen. Sie traten durch die Tür ein, aus der Gus gekommen war. Scheinwerfer auf hohen Masten beleuchteten die Halle. Mehrere Männer in ölverschmierten Overalls gingen hin und her.

Was Michael sah, ließ ihn wie angewurzelt stehen bleiben.

Es war eine Eisenbahn. Eine Diesellokomotive. Und keine verrostete Antiquität – das Ding sah aus, als könnte es tatsächlich fahren. Sie war mit einer schützenden Metallpanzerung verkleidet, Stahlplatten von mindestens einem Dreiviertelzoll Dicke. Ein mächtiger Kuhfänger ragte nach vorn, und auch vor den Frontscheiben waren dicke Stahlplatten montiert, die nur einen schmalen Sehschlitz für den Lokführer offen ließen. Drei kastenförmige Wagen standen dahinter.

»Die mechanischen und pneumatischen Systeme funktionieren alle«, erklärte Gus. »Wir haben die Acht-Volt-Batterien mit den tragbaren Generatoren aufgeladen. Das einzige Problem ist der Kabelbaum. Wir kriegen den Strom nicht von den Batterien zur Pumpe.«

In Michaels Ohren rauschte das Blut. Er holte tief Luft, um das Unruhegefühl in ihm zu unterdrücken. »Habt ihr Schaltpläne?«

Gus führte ihn zu einem wackligen Tisch, auf dem er Zeichnungen ausgebreitet hatte, große Bogen von sprödem Papier, mit blauer Tinte überzogen. Michael warf einen Blick darauf.

»Das ist ein Chaos«, stellte er dann fest. »Es könnte ein paar Wochen dauern, bis ich das Problem finde.«

»Ein paar Wochen haben wir aber nicht«, sagte Billie.

Michael hob den Kopf. »Wie lange habt ihr an dem Ding gearbeitet?«

»Vier Jahre«, sagte Gus. »Mehr oder weniger.«

»Und wie viel Zeit habe ich?«

Billie und Gus wechselten einen sorgenvollen Blick.

»Drei Stunden«, sagte Billie.

53

»Theo.« Er war wieder in der Küche. Die Schublade war offen, und darin lag das blinkende Messer. Eingebettet in sein Fach wie ein Baby in seiner Wiege.

»Na los, Theo. Ich sage dir, du brauchst nichts weiter zu tun, als es zu nehmen und sie zu erledigen. Du murkst sie ab, und alles ist vorbei.«

Die Stimme. Die Stimme, die seinen Namen kannte. Die in seinem Kopf herumkroch, ob er wach war oder schlief. Ein Teil seiner selbst war in der Küche, ein anderer in dieser Zelle, in der er seit Tagen gegen den Schlaf und gegen den Traum ankämpfte.

»Ist das so verdammt schwer? Drücke ich mich nicht völlig klar aus?«

Er öffnete die Augen, und die Küche verschwand. Er saß auf der Pritsche. Die Zelle mit der Tür und dem stinkenden Loch, das seine Scheiße und Pisse schluckte. Wie spät mochte es sein? Welcher Tag, welcher Monat, welches Jahr? Er war seit einer halben Ewigkeit hier.

»Theo? Hörst du mir zu?«

Er leckte sich die Lippen und schmeckte Blut. Hatte er sich auf die Zunge gebissen? »Was willst du?«

Ein Seufzer hinter der Tür. »Ich muss schon sagen, Theo, ich bin

beeindruckt. Niemand hält so lange durch. Ich glaube, du stellst hier einen Rekord auf.«

Theo antwortete nicht. Wozu auch? Die Stimme beantwortete niemals seine Fragen. Falls es die Stimme überhaupt gab. Manchmal glaubte er, dass sie nur in seinem Kopf existierte.

»Ich meine, klar«, fuhr die Stimme fort, »in manchen Fällen könnte man wohl sagen, es geht ihnen gegen den Strich, das alte Miststück aufzuschlitzen.« Ein dunkles Lachen, wie aus einem tiefen Schacht. »Glaub mir, ich habe hier Leute schon die irrsinnigsten Sachen tun sehen.«

Es war furchtbar, dachte Theo, was das Wachbleiben mit dem Verstand anstellen konnte. Man machte Liegestütze und Sit-ups auf dem kalten Steinboden, bis die Muskeln wehtaten. Man ohrfeigte und kratzte sich und grub die blutigen Fingernägel in die eigene Haut, nur um nicht einzuschlafen, und nach einer Weile wusste man nicht mehr, ob man wirklich noch wach war oder schlief. Alles verschwamm ineinander. Es war ein Schmerz, nur schlimmer, denn der Schmerz war nicht im Körper. Es war der Verstand, und der Verstand warst du selbst. Du warst der Schmerz.

»Hör auf meine Worte, Theo. Du willst so was nicht erleben. Es war keine Geschichte mit einem Happy End.«

Er spürte, dass der Schlaf ihn überwältigen wollte. Er bohrte die Fingernägel tief in den Handballen. *Bleib. Wach. Theo.* Denn es gab etwas, das schlimmer war als wach zu bleiben. Das wusste er.

»Früher oder später gibt jeder auf. Das will ich damit sagen, Theo.«

»Woher weißt du meinen Namen?«

»Wie bitte? Hast du etwas gesagt, Theo?«

Er schluckte, und wieder schmeckte er Blut und Fäulnis in seinem Mund. Er hatte den Kopf in die Hände gelegt. »Meinen Namen. Du sagst ihn dauernd.«

»Nur, damit du mir zuhörst. Du bist seit ein paar Tagen nicht mehr du selbst, wenn ich das sagen darf.«

Theo schwieg.

»Also okay«, sagte die Stimme. »Du möchtest nicht, dass ich dich mit deinem Namen anrede. Das verstehe ich nicht, aber ich kann damit leben. Wechseln wir das Thema. Wie denkst du über Alicia? Denn ich finde, dieses Mädel ist etwas ganz Besonderes.«

Alicia? Die Stimme redete von Alicia? Das war einfach nicht möglich. Doch alles hier war unmöglich, das war es ja gerade. Die Stimme sagte andauernd Dinge, die unmöglich waren.

»Also, ich dachte ja, es wäre Mausami – so wie du sie beschrieben hast«, fuhr die Stimme vergnügt fort. »Neulich in unserer kleinen Unterhaltung. Da war ich ziemlich sicher, dass sie mir gefallen würde. Aber diese Rothaarige hat etwas an sich, das mein Blut zum Kochen bringt.«

»Ich weiß nicht, von wem du redest. Ich hab's doch gesagt. Ich kenne niemanden, der so heißt.«

»Du *Hund*, Theo. Soll das heißen, du hast dein Rohr auch bei Alicia verlegt? Wo doch Mausami in anderen Umständen ist?«

Die Zelle schien zu kippen. »Was hast du gesagt?«

»Oh, tut mir leid. Hast du es nicht gehört? Na, es wundert mich, dass sie es dir nicht erzählt hat. Deine Mausami, Theo.« Die Stimme verfiel in einen Singsang. »Hat ein kleines *Brötchen* im *Öfchen.*«

Theo versuchte sich zu konzentrieren, um die Bedeutung der Worte, die er hörte, irgendwie erfassen zu können. Aber sein Gehirn war schwer, so schwer wie ein großer glitschiger Stein, von dem die Worte immer wieder herunterrutschten.

»Ich weiß, ich weiß«, fuhr die Stimme fort. »Für mich war es auch ein Schock. Aber zurück zu Lish. Wie hat sie's denn gern, wenn du die Frage gestattest? Ich könnte mir vorstellen, sie ist ein Mädel, das auf allen vieren den Mond anheult. Wie ist es, Theo? Korrigiere mich, wenn ich falschliege.«

»Ich ... weiß es nicht. Hör auf, mich so zu nennen.«

Kurze Pause. »Okay. Wie du willst. Versuchen wir es mit einem neuen Namen, ja? Wie wär's mit – Babcock?«

Sein Hirn krampfte sich zusammen. Gleich würde er sich

übergeben. Er hätte es getan, wenn er noch etwas im Magen gehabt hätte.

»Ah … jetzt kommen wir weiter. Du weißt von Babcock, nicht wahr, Theo?«

Das war es, was auf der anderen Seite wartete, auf der anderen Seite des Traums. Einer der Zwölf. Babcock.

»Was … ist er?«

»Komm, du bist doch ein schlaues Kerlchen. Weißt du es wirklich nicht?« Die Stimme schwieg erwartungsvoll. »Babcock … bist du.«

Ich bin Theo Jaxon, dachte er und wiederholte diese Worte im Kopf wie ein Gebet. *Ich bin Theo Jaxon, ich bin Theo Jaxon. Sohn von Demetrius und Prudence Jaxon. Aus Erster Familie stammend. Ich bin Theo Jaxon.*

»Er ist du. Er ist ich. Er ist jeder hier in dieser Gegend. Ich denke mir gern, er ist so was wie unser Gott. Nicht wie die alten Götter. Ein neuer Gott. Ein Traum von Gott, den wir alle zusammen träumen können. Sag es mit mir, Theo. *Ich. Bin. Babcock.*«

Ich bin Theo Jaxon. Ich bin Theo Jaxon. Ich bin nicht in der Küche. Ich bin nicht in der Küche mit dem Messer.

»Sei still, sei still«, flehte er. »Was du da redest, ergibt keinen Sinn.«

»Jetzt fängst du wieder an und suchst einen *Sinn*. Du musst *loslassen,* Theo. Unsere Welt hier ergibt seit hundert verdammten Jahren keinen Sinn mehr. Bei Babcock geht es nicht um *Sinn.* Babcock *ist.* Wir. Die Vielen.«

Die Worte fanden ihren Weg über Theos Lippen. »Die Vielen.«

Die Stimme wurde sanfter. Sie schwebte auf leisen Wellen durch die Tür und lockte ihn in den Schlaf. Einfach loslassen und schlafen.

»Ganz recht, Theo. Die Vielen. Wir. Babcocks Wir. Du musst es jetzt tun, Theo. Sei ein braver Junge, mach die Augen zu und schlitz das alte Miststück auf.«

Er war müde, so müde. Es war, als schmölze er von außen nach

innen, als zerflösse sein Körper, als überwältigte ihn nun dieses übermächtige Verlangen, die Augen zu schließen und zu schlafen. Er wollte weinen, aber er hatte keine Tränen. Er wollte betteln, aber er wusste nicht, worum. Er versuchte, an Mausamis Gesicht zu denken. Aber seine Augen waren geschlossen. Er hatte die Lider herabsinken lassen, und er fiel, fiel in diesen Traum.

»Es ist nicht so schlimm, wie du glaubst. Am Anfang gibt's eine kleine Rangelei. Das alte Mädel lässt sich nichts gefallen, das muss man ihr lassen. Aber am Ende – du wirst schon sehen.«

Die Stimme war irgendwo über ihm und schwebte im warmen gelben Licht der Küche auf ihn herab. Die Schublade, das Messer. Die Hitze und der Geruch und der Druck in seiner Brust, das Schweigen, das seine Kehle verstopfte, und die weiche Stelle an ihrem Hals, wo ihre Stimme die Fettrollen wippen ließ. *Ich sage dir, der Junge ist nicht einfach blöd. Er ist mit Blödheit geschlagen.*

Theo griff nach dem Messer.

Aber jetzt war eine neue Person in diesem Traum. Ein kleines Mädchen. Sie saß am Tisch und hatte einen kleinen, weich aussehenden Gegenstand auf dem Schoß. Ein Stofftier.

– Das ist Peter, sagte sie mit ihrer Kleinmädchenstimme, ohne ihn anzusehen. Er ist mein Hase.

– Das ist nicht Peter. Ich kenne Peter.

Aber sie war kein kleines Mädchen, sie war eine schöne Frau, groß und anmutig. Schwarze geschwungene Locken umrahmten ihr Gesicht wie zwei gewölbte Hände, und Theo war plötzlich nicht mehr in der Küche. Er war in der Bibliothek, in diesem schrecklichen, nach Tod stinkenden Lesesaal mit den Reihen der Pritschen unter den Fenstern und einer Kinderleiche auf jeder Pritsche, und die Virals kamen, sie kamen die Treppe herauf.

– Tu es nicht, sagte das Mädchen, das jetzt eine Frau war. Der Küchentisch, an dem sie saß, war auf irgendeine Weise in die Bibliothek gewandert, und Theo sah, dass sie überhaupt nicht schön war. An ihrem Platz saß ein altes Weib, runzlig und zahnlos, mit gespenstisch weißem Haar.

– Töte sie nicht, Theo.

Nein.

Er schreckte auf, und der Traum zerplatzte wie eine Luftblase. »Ich … tu's nicht.«

Die Stimme wurde zu einem Brüllen. »Verflucht, glaubst du, das ist ein Spiel? Glaubst du, du kannst dir aussuchen, wie das hier läuft?«

Theo sagte nichts. Warum brachten sie ihn nicht einfach um?

»Na schön, Partner. Wie du willst«, sagte die Stimme mit einem letzten tiefen Seufzer. »Ich habe Neuigkeiten für dich. Du bist nicht der einzige Gast in diesem Hotel. Ich glaube, was jetzt kommt, wird dir nicht besonders gut gefallen.« Theo hörte das Scharren der Stiefel draußen auf dem Boden, als der Mann sich zum Gehen wandte. »Ich habe mir mehr von dir erhofft. Aber ich schätze, es ist egal. Denn wir werden sie kriegen, Theo. Maus und Alicia und die anderen. So oder so, wir werden sie alle kriegen.«

54

Es war Neumond, erkannte Peter, als sie sich durch die Dunkelheit tasteten. Neumond und keine Menschenseele unterwegs.

An den Wachen vorbeizukommen war einfach gewesen. Sara hatte sich einen Trick ausgedacht. *Möchte wissen, was Lish jetzt machen würde,* hatte sie gesagt und war zur Tür hinaus und geradewegs über den Platz zu den beiden Männern, Hap und Leon, marschiert, die dort neben einer Feuertonne standen und gespannt aufschauten. Sie blieb so vor ihnen stehen, dass sie ihnen den Blick auf die Tür der Baracke versperrte. Es folgte eine kurze Verhandlung; dann wandte sich der kleinere der beiden – Hap – ab und ging davon. Sara fuhr sich mit der Hand durch das Haar: das verabredete Zeichen. Hollis schlüpfte zur Tür hinaus und duckte sich in den Schatten der Baracke, und Peter folgte ihm. Sie liefen außen um den Platz herum und gingen hinter einem der Gebäude in Stellung. Einen Augenblick später erschien Sara dort, begleitet von dem zweiten Wächter, dessen beschwingter Schritt erkennen ließ, was sie ihm versprochen hatte. Als sie an ihnen vorbeikamen, erhob Hollis sich aus seinem Versteck hinter einer leeren Tonne und holte mit einem Stuhlbein aus.

»Hey«, sagte er und traf Leon mit solcher Wucht, dass der Mann glatt zu Boden ging.

Sie schleiften die schlaffe Gestalt in den Schatten hinter den

Baracken. Hollis tastete ihn ab. In einem Lederhalfter am Oberschenkel, unter dem Overall, steckte ein kurzläufiger Revolver. Caleb erschien mit einer Wäscheleine. Sie fesselten den Mann an Händen und Füßen und stopften ihm einen zusammengeknüllten Lappen in den Mund.

»Ist der geladen?«, fragte Peter.

Hollis klappte die Trommel heraus. »Drei Schuss.« Mit einer knappen Drehung des Handgelenks ließ er die Trommel wieder zuschnappen und reichte Alicia die Waffe.

»Peter, ich glaube, die Häuser hier sind leer«, sagte er.

Es stimmte. Nirgends brannte ein Licht.

»Wir sollten uns beeilen.«

Sie näherten sich dem Gefängnis von Süden her über freies Feld. Hollis vermutete den Eingang auf der anderen Seite, die dem Haupttor zugewandt war. Sie würden es dort versuchen, wenn es sein müsste, aber die Stelle lag im Blickfeld der Wachttürme, und es war besser, einen weniger riskanten Weg hinein zu suchen. Die Trucks und Pick-ups standen vermutlich in der Garage, auf die sie jetzt zuliefen. Es lag nahe, dass Olson und seine Leute alles Wichtige an einem Ort aufbewahrten, und irgendwo mussten sie schließlich mit dem Suchen anfangen.

Die Garage war verschlossen. Die Rolltore waren heruntergelassen und mit einem schweren Vorhängeschloss gesichert. Peter spähte durch ein Fenster, aber er sah nichts. Hinter der Garage führte eine lange Betonrampe zu einer Plattform mit einem Vordach und einem doppelten Rolltor in der Gefängniswand. In der Mitte der Rampe war ein dunkler Fleck. Peter hockte sich hin und berührte ihn. Seine Fingerspitzen waren feucht. Er hielt sie unter die Nase. Motoröl.

Das Tor hatte keine Griffe und keinen sichtbaren Mechanismus, mit dem es zu öffnen war. Sie stellten sich zu fünft nebeneinander, drückten die Hände gegen die glatte Fläche und versuchten, es hochzuschieben. Sie spürten keinen harten Widerstand, nur das Gewicht des Tors selbst, das zu schwer war, um es zu

heben, ohne irgendwo zupacken zu können. Caleb sprintete die Rampe hinunter zur Garage. Glas klirrte, und einen Augenblick später war er mit einem Montiereisen wieder da.

Wieder stellten sie sich in einer Reihe auf, und es gelang ihnen, das Tor so weit hochzudrücken, dass Caleb die Eisenstange darunterschieben konnte. Ein Lichtstreifen fiel auf den Betonboden. Sie packten die Unterkante und schoben das Tor hoch. Einer nach dem anderen duckten sie sich darunter hindurch und ließen es dann wieder herunterfallen.

Sie waren in einer Art Ladezone. Auf dem Boden lagen aufgerollte Ketten und alte Motorenteile. Irgendwo in der Nähe tropfte Wasser, und es roch nach Öl und Stein. Die Lichtquelle war weiter hinten – ein flackerndes Leuchten. Als sie weitergingen, tauchten vertraute Umrisse im Halbdunkel auf.

Ein Humvee.

Caleb öffnete die Hecktür. »Alles weg, bis auf das Maschinengewehr. Und drei Kisten Munition.«

»Wo sind die übrigen Waffen?«, fragte Alicia. »Und wer hat den Wagen hergebracht?«

»Wir.«

Sie fuhren herum, und eine einzelne Gestalt löste sich aus dem Schatten. Olson. Dann tauchten weitere auf und umringten sie. Sechs orangegekleidete Männer, allesamt mit Gewehren bewaffnet.

Alicia hatte den Revolver aus dem Gürtel gezogen und richtete ihn auf Olsons Brust. »Sag ihnen, sie sollen sich zurückhalten.«

»Tut, was sie sagt.« Olson hob die Hand. »Ich sag's nicht zweimal. Runter mit den Gewehren, sofort.«

Einer nach dem anderen senkten die Männer die Läufe. Alicia tat es als Letzte. Aber Peter sah, dass sie den Revolver nicht wieder in den Gürtel schob, sondern in der Hand behielt.

»Wo sind sie?«, fragte er Olson. »Habt ihr sie?«

»Ich dachte, Michael wäre der Einzige.«

»Amy und Mausami sind auch verschwunden.«

Olson zögerte, er schien verwundert zu sein. »Tut mir leid. Das war nicht meine Absicht. Ich weiß nicht, wo sie sind. Aber euer Freund Michael ist bei uns.«

»Wer ist ›uns‹?«, fuhr Alicia ihn an. »Was ist hier los, verdammt? Warum träumen wir alle denselben Traum?«

Olson nickte. »Die dicke Frau.«

»Du Scheißkerl, was hast du mit Michael gemacht?«

Dann hob sie tatsächlich den Revolver; sie umklammerte den Kolben mit beiden Händen und zielte auf Olsons Kopf. Ringsumher fuhren sechs Gewehrläufe hoch. Peters Magen zog sich zusammen.

»Ist schon gut«, sagte Olson ruhig. Er fixierte die Mündung des Revolvers.

»Sag's ihm, Peter«, zischte Alicia. »Sag ihm, ich jage ihm eine Kugel in den Schädel, wenn er nicht sofort redet.«

Olson bewegte langsam die Hände hin und her. »Ganz ruhig bleiben, Leute. Sie *wissen* es nicht. Sie *verstehen* es nicht.«

Alicias Daumen spannte den Hahn des Revolvers. »*Was wissen wir nicht?*«

Im trüben Lampenschein sah Olson aus, als wäre er geschrumpft. Er wirkte wie ein anderer Mensch. Es war, als wäre eine Maske von seinem Gesicht gefallen und als sähe Peter zum ersten Mal den wahren Olson – einen müden alten Mann, geplagt von Zweifeln und Sorgen.

»Babcock«, sagte er. »Ihr wisst nichts von Babcock.«

Michael lag auf dem Rücken. Sein Kopf war unter dem Steuerpult verschwunden. Über ihm hing ein Gewirr von Drähten und Plastiksteckverbindungen.

»Versuch's jetzt.«

Gus schloss den Messerschalter, der die Schalttafel mit den Batterien verband. Unter ihnen ertönte das Surren des anspringenden Hauptgenerators.

»Und?«

»Moment«, sagte Gus. Dann: »Nein. Der Unterbrecherschalter wurde wieder ausgelöst.«

Irgendwo in der Verdrahtung der Steuerung war ein Kurzschluss. Vielleicht lag es an dem Zeug, das Billie ihm zu trinken gegeben hatte, vielleicht auch an der langen Zeit mit Elton – jedenfalls konnte er es tatsächlich *riechen:* einen schwachen Entladungsgeruch von heißem Metall und geschmolzenem Plastik irgendwo im Gestrüpp der Drähte über seinem Gesicht. Mit einer Hand bewegte er den Schaltkreisprüfer am Steuerpult auf und ab, und mit der anderen zupfte er behutsam an jeder Verbindung. Alles war fest.

Er rutschte unter der Schalttafel hervor und setzte sich hin. Der Schweiß lief ihm über das Gesicht. Billie stand vor ihm und schaute besorgt auf ihn herunter.

»Michael …«

»Ich weiß, ich weiß.«

Er trank in tiefen Zügen aus einer Wasserflasche, wischte sich mit dem Ärmel über das Gesicht und nahm sich einen Augenblick Zeit zum Nachdenken. Stundenlang hatte er Schaltkreise geprüft, an Drähten gezogen und jede Verbindung zum Steuerpult zurückverfolgt. Und noch immer hatte er nichts gefunden.

Was würde Elton tun?

Die Antwort war klar. Verrückt vielleicht, aber klar. Michael rappelte sich hoch und ging durch den schmalen Gang, der von der Lokführerkabine zum Maschinenraum führte. Gus blieb an der Anlassersteuerung stehen. Eine kleine Taschenlampe klemmte zwischen seinen Zähnen.

»Setz das Relais zurück«, rief Michael.

Gus nahm die Lampe in die Hand. »Das haben wir schon versucht. Wir strapazieren die Batterien, wenn wir es zu oft machen, müssen wir sie mit den tragbaren Generatoren aufladen. Das dauert mindestens sechs Stunden.«

»Mach's einfach.«

Gus zuckte die Achseln und tastete sich blind zwischen den zahllosen Drähten hindurch.

»Okay, was immer das bringen soll – es ist zurückgesetzt.«

Michael trat an den Unterbrecherschalter. »Ich will, dass alle jetzt sehr, sehr leise sind.«

Wenn Elton es gekonnt hatte, konnte er es auch. Er atmete tief ein und ließ die Luft langsam und mit geschlossenen Augen wieder raus, um einen klaren Kopf zu bekommen. Dann legte er den Unterbrecherschalter um.

Im nächsten Augenblick – es war nur ein Sekundenbruchteil – hörte er das Rauschen des Stroms im Steuerpult, und das Geräusch klang in seinen Ohren wie Wasser, das durch ein Rohr fließt. Aber etwas stimmte nicht: Das Rohr war zu dünn. Das Wasser drückte gegen die Wand, und dann strömte es in die falsche Richtung, in wilden Turbulenzen, halb vorwärts, halb zurück, Strömungen, die sich gegenseitig aufhoben – und dann hörte alles einfach auf. Der Stromkreis war unterbrochen.

Als er die Augen öffnete, sah er, dass Gus ihn anstarrte. Der Mund des Mannes stand offen und entblößte die schwarzen Zähne.

»Es liegt am Unterbrecher«, sagte Michael.

Er zog einen Schraubenzieher aus dem Werkzeuggürtel, löste den Schalter aus der Tafel. »Fünfzehn Ampere«, sagte er. »Das Ding reicht nicht mal für eine Kochplatte. Warum zum Teufel sind es fünfzehn Ampere?« Er schaute hinauf zu dem Kasten, zu den Hunderten von Schaltungen. »Was ist das da, im nächsten Slot? Nummer sechsundzwanzig?«

Gus studierte seinen Schaltplan, den er auf dem winzigen Tisch in der Lokführerkabine ausgebreitet hatte. Er warf einen Blick auf die Tafel und wandte sich dann wieder der Zeichnung zu. »Die Innenbeleuchtung.«

»Dafür brauchst du doch keine dreißig Ampere!« Michael nahm den zweiten Schalter heraus und tauschte ihn gegen den ersten. Dann schloss er den Messerschalter wieder und wartete darauf, dass der Unterbrecher ausgelöst wurde. Als es nicht passierte, sagte er: »Das war's.«

Gus runzelte zweifelnd die Stirn. »Das war's?«

»Sie müssen irgendwie vertauscht worden sein. Es hat nichts zu tun mit der Kopfstelle. Setz das Relais zurück, und ich zeig's dir.«

Michael ging nach vorn in die Lokführerkabine, wo Billie auf einem der beiden Drehstühle wartete. Alle anderen waren fort; sie waren kurz nach Sonnenuntergang mit Billies Pick-up zurückgefahren und erwarteten sie am Treffpunkt.

Michael setzte sich auf den anderen Stuhl. Er drehte den Schlüssel, der neben dem Gashebel im Pult steckte. Plötzlich tat sich etwas. Die Anzeigen auf dem Pult leuchteten in kühlem Blau auf. Durch den schmalen Schlitz zwischen den Panzerplatten sah er das offene Tor des Schuppens. Tja, dachte Michael, jetzt oder nie. Entweder der Anlasser hatte Strom oder nicht. Ein Problem hatte er gefunden, aber wer konnte wissen, wie viele andere es noch gab? Zwölf Tage hatte er gebraucht, um einen Humvee in Gang zu bringen. Hier hatte er weniger als drei Stunden zur Verfügung gehabt.

Michael sah sich nach Gus um, der hinten dabei war, den Treibstoff vorzupumpen und die Luft aus der Leitung zu lassen. »Los!«, rief er.

Gus betätigte den Anlasser. Ein mächtiges Brüllen stieg von unten herauf, und mit ihm kam der befriedigende Geruch von verbranntem Diesel. Ein Ruck ließ die Lok erschauern, als die Räder in Gang kamen und an den Bremsen zerrten.

»So.« Michael drehte sich um und sah Billie an. »Wie fährt man dieses Ding?«

55

Am Ende mussten sie sich auf Olsons Wort verlassen. Ihnen blieb einfach nichts anderes übrig.

Sie teilten die Waffen untereinander auf und bildeten zwei Gruppen. Olson und seine Leute würden den Raum durch das Erdgeschoss stürmen, und Peter und die anderen würden von oben angreifen. Der Raum, den sie den »Ring« nannten, war früher der Innenhof des Gefängnisses gewesen und hatte ein Kuppeldach gehabt. Das Dach war teilweise eingestürzt, sodass der Raum nach oben offen war, aber die Träger der ursprünglichen Konstruktion waren noch intakt. Mit diesen waren, fünfzehn Meter über dem Boden, diverse Laufstege verbunden, die früher von den Wärtern benutzt worden waren, um den Bereich darunter zu überwachen. Die Stege waren angeordnet wie die Speichen eines Rades, und über ihnen zogen sich Lüftungsrohre entlang, groß genug, um einzeln hindurchzukriechen. Wenn sie die Stege gesichert hätten, würden Peter und die anderen über die Treppen am nördlichen und südlichen Ende nach unten gelangen. Diese Treppen führten zu drei Etagen mit vergitterten Balkonen, die den Innenhof umringten. Dort würden die meisten Leute sein, hatte Olson erklärt, während ungefähr ein Dutzend am Boden den Flammenring in Gang hielten.

Der Viral, Babcock, würde durch das offene Dach hereinkommen,

an der Ostseite des Rings. Die Rinder, vier Stück, würden auf der anderen Seite durch eine Lücke im Flammenring hereingetrieben werden, gefolgt von den zwei Menschen, die als Opfer bestimmt waren.

Vier und zwei, hatte Olson gesagt, *bei jedem Neumond. Solange wir ihm die vier und zwei geben, hält er die Vielen von uns fern.*

Die Vielen: So nannte Olson die anderen Virals. Die von Babcock, sagte er. Die von seinem Blut. Er beherrscht sie?, fragte Peter. Er konnte das alles noch nicht glauben, es war zu fantastisch – aber noch während er die Frage stellte, spürte er, dass seine Skepsis wich. Wenn Olson die Wahrheit sagte, ergab fast alles plötzlich einen Sinn: der Hafen selbst, seine unglaubliche Existenz. Das seltsame Verhalten der Leute, die sich allesamt benahmen, als hätten sie ein furchtbares Geheimnis. Sogar die Virals selbst und das Gefühl, das Peter sein Leben lang begleitet hatte: dass sie mehr waren als die Summe ihrer Teile. *Er beherrscht sie nicht einfach,* hatte Olson geantwortet, und dabei hatte eine drückende Last auf dem Mann gelegen, eine große Müdigkeit, die tiefer reichte als körperliche Erschöpfung. Es war, als hätte er jahrelang darauf gewartet, seine Geschichte erzählen zu können. *Er* ist *sie, Peter.*

»Es tut mir leid, dass ich euch belogen habe. Aber es ging nicht anders. Die ersten Siedler, die herkamen, waren keine Flüchtlinge. Es waren Kinder. Der Zug hat sie hergebracht, wir wissen nicht genau, woher. Sie sollten sich in Yucca Mountain verstecken, in den Stollen des Endlagers. Aber Babcock war schon hier. Und damals fing der Traum an. Manche sagen, er ist eine Erinnerung aus der Zeit, bevor er ein Viral wurde, als er noch ein Mensch war. Aber wenn man die Frau in dem Traum getötet hat, gehört man ihm. Man gehört dem Ring.«

»Das Hotel und die blockierten Straßen«, sagte Hollis, »das war eine Falle, nicht wahr?«

Olson nickte. »Viele Jahre lang haben wir Patrouillen losgeschickt, um so viele zu holen, wie wir konnten. Ein paar sind einfach durchgewandert. Andere haben die Virals dort zurückgelassen, damit wir sie finden konnten. Wie dich, Sara.«

Sara schüttelte den Kopf. »Ich erinnere mich immer noch nicht, was da passiert ist.«

»Niemand erinnert sich. Das Trauma ist einfach zu übermächtig.« Olson sah Peter flehend an. »Ihr müsst das verstehen. Wir haben immer so gelebt. Nur so konnten wir überleben. Für die meisten ist der Ring ein ziemlich kleiner Preis dafür.«

»Na, es ist ein beschissener Deal, wenn du mich fragst«, schaltete Alicia sich ein. »Ich habe genug gehört. Diese Leute sind *Kollaborateure.*«

Olsons Miene verfinsterte sich, aber als er weiterredete, klang er immer noch beinahe gespenstisch ruhig. »Nenn uns, wie du willst. Du kannst mir nichts vorwerfen, was ich mir nicht selbst schon tausendmal vorgeworfen habe. Mira war nicht mein einziges Kind. Ich hatte auch einen Sohn. Er wäre ungefähr so alt wie du, wenn er noch lebte. Als er ausgewählt wurde, erhob seine Mutter Widerspruch. Am Ende schickte Jude sie mit ihm in den Ring.«

Seinen eigenen Sohn, dachte Peter. Olson hat seinen eigenen Sohn in den Tod gehen lassen.

»Wieso Jude?«

Olson zuckte die Achseln. »Einen Judas hat es immer gegeben. Wenn ich könnte, würde ich es besser erklären. Aber das alles ist jetzt nicht mehr wichtig. Was vergangen ist, ist vergangen; das sage ich mir jedenfalls. Ein paar von uns bereiten sich seit Jahren auf diesen Tag vor. Wir wollen weg von hier und leben wie Menschen. Aber wenn wir Babcock nicht töten, ruft er die Vielen. Mit diesen Waffen haben wir zumindest eine Chance.«

»Und wer muss in den Ring?«

»Das wissen wir nicht. Jude sagt es uns nicht.«

»Was ist mit Maus und Amy?«

»Ich sage doch, wir wissen nicht, wo sie sind.«

Peter drehte sich zu Alicia um. »Bestimmt sind sie das Opfer.«

»Das wissen wir nicht«, widersprach Olson. »Und Mausami ist schwanger. Jude würde sie nicht auswählen.«

Peter war nicht überzeugt. Im Gegenteil, alles, was Olson gesagt

hatte, ließ ihn glauben, dass Maus und Amy diejenigen waren, die in den Ring gehen sollten.

»Gibt es noch einen anderen Weg hinein?«

Olson beschrieb ihnen den Grundriss und die Lüftungskanäle über den Laufstegen. Er kniete sich auf den Boden und zeichnete mit dem Finger im Staub. »Auf dem ersten Stück wird es stockfinster sein«, warnte er, während seine Männer die Gewehre und Pistolen aus dem Humvee verteilten. »Ihr müsst einfach den Geräuschen der Menge folgen.«

»Wie viele Leute seid ihr insgesamt?«, fragte Hollis und stopfte sich die Taschen mit Magazinen voll. Caleb und Sara knieten vor einer offenen Kiste und luden Gewehre.

»Wir sieben hier und noch einmal vier auf den Balkonen.«

»Mehr nicht?«, fragte Peter. Ihre Chancen waren von Anfang an nicht gut gewesen, aber jetzt standen sie noch schlechter, als er gedacht hatte. »Wie viele hat Jude?«

Olson runzelte die Stirn. »Ich dachte, das hättest du begriffen. Er hat alle.«

Als Peter schwieg, fuhr Olson fort. »Babcock ist stärker als jeder Viral, den ihr je gesehen habt, und die Leute werden nicht auf unserer Seite sein. Ihn zu töten wird nicht einfach werden.«

»Hat es jemals einer versucht?«

»Einmal.« Olson zögerte. »Eine kleine Gruppe wie wir. Vor vielen Jahren.«

Peter wollte fragen, was passiert war, aber in Olsons Schweigen lag die Antwort auf diese Frage.

»Das hättest du uns sagen müssen.«

Olson sah plötzlich bedrückt und resigniert aus, und Peter begriff, dass er eine Last trug, die viel schwerer war als Sorge oder Trauer. Es war Schuld.

»Peter. Wie hättest du dann reagiert?«

Peter antwortete nicht. Er wusste es nicht. Wahrscheinlich hätte er ihm nicht geglaubt. Er wusste nicht genau, was er jetzt glaubte. Aber Amy sollte in den Ring, dessen war er sicher; er spürte es.

Er löste das Magazin aus der Pistole, blies darüber, um es zu säubern, schob es wieder in den Griff und zog den Schlitten zurück. Dann sah er Alicia an. Sie nickte. Alle waren bereit.

»Wir sind hier, um unsere Freunde herauszuholen«, sagte er zu Olson. »Der Rest ist eure Sache.«

Aber Olson schüttelte den Kopf. »Da irrst du dich. Sobald ihr im Ring seid, ist unser Kampf derselbe. Babcock muss sterben. Wenn wir ihn nicht töten, wird er die Vielen rufen. Dann kommt es auf den Zug nicht mehr an.«

Neumond. Babcock spürte, wie der Hunger in ihm erwachte. Und er sandte seine Gedanken aus und sagte:

Es ist Zeit.

Es ist Zeit, Jude.

Babcock machte sich auf. Babcock flog. In weiten Sätzen und Sprüngen schwebte er über dem Wüstenboden, durchströmt von großem freudigem Hunger.

Bringe sie zu mir. Bring mir einen und dann noch einen. Bring sie mir, auf dass du lebst auf diese und auf keine andere Weise.

In der Luft lag Blut. Er konnte es riechen, schmecken, konnte fühlen, wie es ihn durchflutete. Zuerst würde das Blut der Tiere kommen, lebendig und süß. Und dann würde sein Bester und Einziger, sein Jude, der den Traum besser träumte als all die anderen, dessen Geist mit ihm in diesem Traum lebte wie ein Bruder – dann würde Jude ihm die Auserwählten bringen, und Babcock würde ihr Blut trinken und satt werden.

Mit einem Satz war er auf der Mauer.

Ich bin hier.

Ich bin Babcock.

Wir sind Babcock.

Er sprang hinunter und hörte den Aufschrei der Menge. Um ihn herum loderten die Feuer auf. Hinter den Flammen waren die Menschen. Durch die Lücke sah er die Tiere kommen, mit der Peitsche vorangetrieben, die Augen furcht- und ahnungslos. Der

Hunger trug ihn hoch wie eine Welle, und er kam auf sie herab, reißend und beißend, erst eins, dann noch eins, nacheinander und in glorreicher Sättigung.

Wir sind Babcock.

Jetzt hörte er die Stimmen. Den Gesang der Menge in ihren Käfigen, hinter dem Ring der Flammen, und die Stimme seines Einen, seines Jude, der oben auf dem Laufsteg stand und den Gesang anführte.

»Bringt sie zu mir! Bringt mir einen und dann noch einen! Bringt sie, auf dass wir leben ...«

Eine Wand aus Klang, anschwellend in wilder Einstimmigkeit: »... auf diese und auf keine andere Weise!«

Zwei Gestalten erschienen. Sie stolperten voran, gestoßen von anderen, die dann rasch zurückwichen. Hinter ihnen schlugen die Flammen wieder hoch, ein Tor aus Feuer, das sich hinter ihnen schloss, damit er sie töten konnte.

Die Menge brüllte.

»Ring! Ring! Ring!«

Donnerndes Getrampel, ein Hämmern, das die Luft beben ließ.

»Ring! Ring! Ring!«

Und dann fühlte er sie. In einer grellen, schrecklichen Eruption fühlte er sie. Den Schatten hinter dem Schatten, den Riss im Gewebe der Nacht. Sie, die die Saat in sich trug für alle Zeit, aber nicht von seinem Blute war, nicht eine der Zwölf, nicht Zero.

Das Mädchen namens Amy.

Peter hörte das alles im Belüftungskanal. Das Singen, das panische Kreischen der Rinder und dann die Stille. Die Stille des angehaltenen Atems angesichts eines Schauspiels, das jetzt beginnen würde. Hitze wehte in Wellen an seinen Bauch herauf, und mit ihr kamen die erstickenden Dünste von verbranntem Dieselöl. Das Rohr war gerade breit genug für einen Mann, der auf den Ellenbogen voranrobbte. Irgendwo unter ihm in dem Tunnel, der vom Ring zum Haupteingang des Gefängnisses führte, versammelten sich Olsons

Männer. Es war unmöglich, ihr Kommen zu koordinieren oder mit den anderen zu kommunizieren, die in der Menge verteilt waren. Sie waren darauf angewiesen, die Lage zu schätzen.

Peter sah eine Öffnung vor sich, einen Stahlrost im Boden des Belüftungsrohrs. Er schob das Gesicht darüber und schaute nach unten. Unter dem Rost sah er den Laufsteg und zwanzig Meter tiefer den Boden des Rings, umgeben von brennendem Öl.

Der Boden war voller Blut.

Auf den Balkonen hatte der Sprechchor wieder eingesetzt. *Ring! Ring! Ring! Ring!* Nach Peters Schätzung waren sie jetzt über der Ostseite des Hofs. Um die Treppe nach unten zu erreichen, würden sie für alle sichtbar über einen der Laufstege rennen müssen. Er warf einen Blick zurück zu Hollis, und als dieser nickte, hob er den Rost hoch und schob ihn zur Seite. Dann entsicherte er seine Pistole und zog sich in der engen Röhre noch ein Stück weiter, bis seine Füße über der Öffnung waren.

Amy, dachte er, *was da unten vorgeht, ist nichts Gutes. Tu etwas, oder wir sind alle tot.*

Er ließ sich nach unten fallen.

Und fiel und fiel. Die Entfernung bis zu dem Steg darunter war größer, als er gedacht hatte – nicht zwei Meter, sondern vier oder fünf, und er landete so hart auf dem stählernen Übergang, dass seine Zähne zusammenschlugen. Er rollte zur Seite. Die Pistole war weg, sie war seinen Fingern entglitten. Und während er noch rollte, sah er aus den Augenwinkeln eine Gestalt dort unten. Die Hände waren gefesselt, der Kopf hing schlaff und resigniert herunter, und der Mann trug ein ärmelloses Hemd, das Peter erkannte. Das Bild brannte sich in seinen Kopf und verband sich mit einer Erinnerung: der Rauchgeruch des Scheiterhaufens an dem Tag, als sie Zander Phillips Leiche verbrannt hatten, draußen in der Sonne vor dem Kraftwerk. Ein Name, der auf die Brusttasche gestickt war. *Armando.*

Theo.

Der Mann im Ring war Theo.

Peters Bruder war nicht allein. Neben ihm lag ein zweiter Mann auf den Knien. Sein Oberkörper war nackt, und er beugte sich nach vorn, sodass sein Gesicht nicht zu erkennen war. Peter sah, dass es die Rinder waren, die da im Ring auf dem Boden lagen. Besser gesagt, es war das, was von ihnen übrig war: Sie lagen in Fetzen gerissen überall zerstreut, als wären sie mitten in eine Explosion geraten. Mitten in diesem Haufen von blutigem Fleisch und Knochen, das Gesicht darin vergraben, der Körper zuckend in zustoßenden Bewegungen, trank ein Viral – aber ein Viral, der anders war als alle, die Peter bisher gesehen hatte. Es war der größte, dem er oder sonst jemand je begegnet war. Seine gekrümmte Gestalt war so riesenhaft, dass er aussah wie ein ganz neuartiges Geschöpf.

»Peter! Du kommst gerade rechtzeitig, um die Show zu erleben!«

Er war auf dem Rücken gelandet und lag da wie eine hilflose Schildkröte. Jude ragte über ihm auf, und mit einem unbeschreiblichen Gesichtsausdruck, einer dunklen Lust, für die es keinen Namen gab, richtete er eine Flinte auf Peters Kopf. Peter spürte, wie der Steg von Schritten erbebte. Weitere orangegelb gekleidete Männer kamen aus allen Richtungen heran.

Jude stand unmittelbar unter der Öffnung im Lüftungskanal.

»Na, mach schon«, sagte Peter.

Jude lächelte. »Wie nobel.«

»Nicht du«, sagte Peter und schaute hoch. »Hollis.«

Jude hob den Kopf, und die Kugel aus Hollis' Gewehr traf ihn über dem rechten Ohr. Ein hellroter Dunst sprühte auf. Peter spürte die Feuchtigkeit in der Luft. Einen Moment lang passierte nichts. Dann fiel die Flinte aus Judes Hand klappernd auf den Metallsteg. Eine Pistole mit großem Kolben steckte in Judes Gürtel, und Peter sah, wie die Hand des Mannes blindlings danach tastete, doch dann gab etwas in ihm nach. Blut floss aus Mund und Augen, jammervolle Tränen aus Blut, er fiel auf die Knie, kippte vornüber, und sein Gesicht erstarrte in einem Ausdruck ewigen Erstaunens: *Ich kann nicht glauben, dass ich tot bin.*

Mausami tötete den Mann, der für die Versorgung mit Dieselöl zuständig war.

Sie und Amy waren kurz vor dem Eintreffen der Zuschauer durch den Haupttunnel hereingekommen und hatten sich unter der Treppe versteckt, die von der unteren Ebene zu den Balkonen hinaufführte. Eine ganze Weile hatten sie dort zusammengekauert gewartet und waren erst herausgekommen, als die Rinder hereingetrieben worden waren und über ihnen wilder Jubel losbrach. Die Luft brodelte von Rauch und Dieseldunst.

Etwas Furchtbares war hinter den Flammen.

Als der Viral über die Rinder herfiel, geriet die Menge in Raserei. Sie stießen die Fäuste in die Höhe, stampften mit den Füßen und sangen wie ein einzelnes Wesen in blutrünstiger Ekstase. Manche hoben ihre Kinder auf die Schultern, damit sie besser sehen konnten. Die Rinder brüllten und rasten in Bocksprüngen im Ring umher, auf die Flammen zu und verwirrt wieder zurück in einem irrsinnigen Tanz zwischen zwei Arten des Todes. Mausami sah, wie der Viral eins der Tiere bei den Hinterbeinen packte und hochschleuderte. Er riss die Beine ab und warf sie durch die Luft zu den Balkonen hinauf, wo sie klatschend gegen die Gitter flogen. Blut spritzte umher. Das Rind ließ er liegen; mit den Vorderbeinen scharrte der Viral zuckend durch den Staub und versuchte, den zerfetzten Körper voranzuschieben. Er packte das nächste Rind bei den Hörnern und brach ihm mit einer einzigen Bewegung das Genick. Dann drückte er das Gesicht an die weiche Kehle des Tiers, und sein ganzer Oberkörper schien anzuschwellen, als er trank. Der Kadaver des Ochsen schrumpfte immer weiter zusammen, als das Blut aus seinem Körper gesogen wurde.

Den Rest sah Mausami nicht. Sie hätte ohnehin nicht hingucken können.

»Bringt sie zu mir!«, schrie eine Stimme. »Bringt mir einen und dann noch einen! Bringt sie, auf dass wir leben …«

» … auf diese und auf keine andere Weise!«

Und dann sah sie Theo.

Freude und Entsetzen prallten in dem Moment in Mausami so gnadenlos aufeinander, dass sie meinte, neben sich zu schweben. Die Luft staute sich in ihrer Lunge, sie fühlte sich benommen, und ihr wurde schlecht. Zwei Männer in Overalls stießen ihn durch eine Lücke in den Flammen. Theos Blick war leer und stumpf. Anscheinend wusste er nicht, was mit ihm geschah. Er hob den Blick zu der Menge auf den Balkonen und blinzelte verständnislos.

Sie wollte ihn rufen, aber ihre Stimme ertrank im Gischt der vielen Stimmen. Sie sah sich nach Amy um in der Hoffnung, das Mädchen würde irgendwie weiterwissen, doch sie war verschwunden. Von allen Seiten kam wieder der Sprechchor:

»Ring! Ring! Ring!«

Ein zweiter Mann wurde hereingeführt. Zwei Bewacher hielten ihn bei den Ellenbogen fest. Sein Kopf hing herab, und seine Füße berührten kaum den Boden. Die Männer schleiften ihn voran, warfen ihn zu Boden und liefen schnell zurück. Das Gejohle der Menge war jetzt ohrenbetäubend wie eine rauschende Brandung. Theo taumelte, und sein Blick irrte Hilfe suchend über die Menge. Der zweite Mann hatte sich auf den Knien aufgerichtet.

Der zweite Mann war Finn Darrell.

Plötzlich stand eine Frau vor ihr. Ein vertrautes Gesicht mit einer langen rosafarbenen Narbe, die sich wie eine Naht über ihre Wange zog. Ihr Overall spannte sich über einem Schwangerschaftsbauch.

»Ich kenne dich«, sagte die Frau.

Mausami wich zurück, die Frau packte sie jedoch beim Arm und starrte ihr mit verzweifelter Eindringlichkeit ins Gesicht. »Ich kenne dich, ich kenne dich!«

»Lass mich los!«

Sie riss sich los und wich zurück. Die Frau zeigte mit dem Finger auf sie und schrie: »Ich kenne sie, ich kenne sie!«

Mausami rannte. Sie hatte nur noch einen Gedanken: Sie musste zu Theo. Aber an den Flammen führte kein Weg vorbei. Der

Viral war mit den Rindern jetzt fast fertig. Gleich würde die Kreatur sich aufrichten und die beiden Männer sehen – der Viral würde Theo sehen –, und das wäre das Ende.

Dann fiel Mausamis Blick auf die Zapfsäule. Es war ein großer ölverschmierter Klotz, durch lange, verschlungene Schläuche mit zwei dicken, rostverkrusteten Dieseltanks verbunden. Der Mann, der sie bediente, hatte eine Schrotflinte quer vor der Brust hängen, und in einer Lederscheide an seinem Gürtel steckte ein Messer. Er sah nicht zu ihr hin, sondern starrte wie alle anderen auf das Spektakel, das sich hinter der lodernden Feuerwand abspielte.

Kurz flackerte Zweifel in ihr auf – sie hatte noch nie einen Menschen getötet –, aber nicht genug, um sie zu stoppen. Mit einem einzigen schnellen Schritt war sie hinter dem Mann, riss das Messer aus der Scheide und rammte es ihm mit aller Kraft ins Kreuz. Sie fühlte, wie er erstarrte. Seine Muskeln spannten sich wie eine Bogensehne, und tief aus seiner Kehle kam ein überraschtes Seufzen.

Sie spürte, wie er starb.

Von oben klang eine Stimme durch den Lärm. War das Peter? »Theo, lauf!«

Die Zapfsäule war ein Chaos von Hebeln und Knöpfen. Wo waren Michael und Caleb, wenn man sie brauchte? Aufs Geratewohl spannte Mausami die Faust um den größten Hebel – er war so lang wie ihr Unterarm – und zog ihn herunter.

»Stoppt sie!«, schrie jemand. »Stoppt die Frau da!«

Als Mausami fühlte, wie eine Kugel durch ihren Schenkel fuhr – ein seltsam unbedeutender Schmerz, wie ein Bienenstich –, wusste sie, dass sie es geschafft hatte. Die Flammen erstarben blakend rund um den Ring. Die Leute hinter den Gittern der Balkone wichen zurück, alle schrien, und Chaos brach aus. Der Viral richtete sich auf, eine mächtige, pulsierende Gestalt – mit angsterregenden Augen, Klauen und Zähnen. Sein glattes Gesicht, der lange Hals und die massige Brust waren blutverschmiert. Sein Leib sah geschwollen aus wie der einer riesigen Zecke. Er war mindestens

drei Meter groß. Eine schnelle Drehung des Kopfes, und er hatte Finn entdeckt. Der Viral legte den Kopf zur Seite, sein ganzer Körper spannte sich, als er den Mann anvisierte und sich zum Sprung anschickte. Schnell wie ein Gedanke flog er durch die Luft, unsichtbar wie eine Gewehrkugel, und sofort war er dort, wo Finn hilflos am Boden lag. Was dann geschah, konnte Mausami nicht genau erkennen, und darüber war sie froh: Es war kurz und entsetzlich, wie bei den Rindern, aber unendlich viel schlimmer, weil es jetzt ein Mensch war. Blut spritzte umher, als wäre etwas geplatzt. Finn war auseinandergerissen. Der eine Teil flog hierhin, der andere dorthin.

Theo, dachte sie, und der Schmerz in ihrem Bein wurde plötzlich stärker – sie knickte ein und stolperte. *Theo, ich bin hier. Ich werde dich retten. Wir haben ein Kind, Theo. Es ist ein Junge.*

Noch im Fallen sah sie eine Gestalt, die quer durch den Ring rannte. Es war Amy. Aus ihrem Haar wehte eine Rauchfahne, und an ihrer Kleidung leckten Flammenzungen. Der Viral hatte sich zu Theo umgedreht. Amy warf sich zwischen die beiden und schützte Theo wie ein Schild. Vor dieser riesenhaften, aufgedunsenen Gestalt sah sie winzig aus. Ein Kind.

Und in diesem Augenblick schien die Zeit stehen zu bleiben. Die ganze Welt hielt inne, und der Viral musterte die kleine Gestalt vor ihm. Mausami dachte: Dieses Mädchen will etwas sagen. Dieses Mädchen wird den Mund öffnen und sprechen.

Zwanzig Meter weiter oben hatte Hollis sich mit seinem Gewehr aus dem Belüftungskanal fallen lassen, dicht gefolgt von Alicia mit dem RPG. Sie schwenkte den Granatwerfer nach unten und richtete das Rohr auf die Stelle, wo Amy und Babcock standen.

»Ich kann nicht schießen!«

Caleb und Sara kamen hinter ihnen aus der Öffnung. Peter riss Judes Flinte an sich und schoss auf die beiden Männer, die über den Steg auf sie zugerannt kamen. Mit einem Würgeschrei kippte der eine über das Geländer und stürzte kopfüber hinunter.

»Schieß auf den Viral!«, schrie er Alicia zu.

Hollis drückte ab, und der zweite Mann brach zusammen.

»Sie steht zu dicht vor ihm!«, sagte Alicia.

»Amy«, brüllte Peter, »geh weg da!«

Das Mädchen blieb stehen. Wie lange würde sie ihn so in Schach halten können? Und wo blieb Olson? Die letzten Flammen waren erloschen, und die Leute strömten die Treppen herunter, eine Lawine von orangegelben Overalls. Theo kroch auf Händen und Knien rückwärts, aber er tat es ohne Entschlossenheit; er hatte sich mit seinem Schicksal abgefunden und besaß nicht mehr die Kraft zum Widerstand. Caleb und Sara waren auf dem Verbindungssteg bis zur Treppe gelaufen und stürmten hinunter in das Getümmel. Peter hörte kreischende Frauen, weinende Kinder und eine Stimme, die wie Olsons klang. Sie drang durch das Getöse. »Zum Tunnel! Alles zum Tunnel, schnell!«

Mausami taumelte in den Ring.

»Hier drüben!« Sie stolperte. Ihre Hose war blutgetränkt. Auf Händen und Knien richtete sie sich auf, sie winkte und schrie: »Schau her!«

Maus, dachte Peter. *Geh zurück.*

Zu spät. Der Bann war gebrochen.

Der Viral reckte das Gesicht zur Decke, ging in die Hocke, und sein Körper sammelte Energie wie eine gespannte Stahlfeder. Dann schnellte er sich in die Höhe, flog ihnen mit gnadenloser Unausweichlichkeit entgegen und im Bogen über ihre Köpfe hinweg. Er packte einen Dachträger, drehte sich in der Luft wie ein Kind, das an einem Ast schaukelt, und landete laut krachend auf dem Steg.

Ich bin Babcock.

Wir sind Babcock.

»Lish …«

Peter fühlte, wie die Granate an seinem Gesicht vorbeirauschte, fühlte sengend heißes Gas auf seiner Wange und wusste, was passieren würde.

Die Granate explodierte. Ein Faustschlag aus Donner und Hitze schleuderte Peter rückwärts gegen Alicia, und beide stürzten auf den Steg, aber der Steg war nicht mehr da. Nieten knallten, und der reißende Stahl stöhnte, als das Ende des Stegs sich von den Dachträgern löste und wie der Kopf eines fallenden Hammers nach unten schoss.

Leon lag mit dem Gesicht nach unten hinter der Baracke. Verdammt, dachte er. Wo war diese Frau geblieben?

Er hatte einen Knebel im Mund, und seine Hände waren auf dem Rücken gefesselt. Das war der Große gewesen, Hollis – jetzt erinnerte Leon sich. Hollis war aus dem Nichts aufgetaucht und hatte mit irgendetwas ausgeholt, und jetzt lag Leon allein im Dunkeln und konnte sich nicht rühren.

Seine Nase war verstopft von Rotz und Blut. Wahrscheinlich hatte der Scheißkerl sie ihm gebrochen. Das hatte ihm gerade noch gefehlt – ein gebrochenes Nasenbein. Anscheinend waren auch ein oder zwei Zähne ausgeschlagen, aber mit diesem Lappen im Maul, der seine Zunge nach hinten drückte, konnte er es nicht genau feststellen.

Es war so verdammt dunkel, dass er keine drei Handbreit weit sehen konnte. Irgendwo stank es nach Müll. Dauernd warfen die Leute ihren Abfall hinter die Häuser, statt ihn auf die Müllkippe zu bringen. Wie oft hatte er gehört, wie Jude ihnen sagte: Bringt euren verschissenen Müll auf die Kippe. Was sind wir, Schweine? Irgendwie auch ein Witz, denn sie waren keine Schweine, aber was war eigentlich der Unterschied? Jude machte immer solche Witze, um zu sehen, wie die Leute sich wanden. Eine Zeitlang hatten sie Schweine gehalten – Babcock mochte Schweine fast so gern wie Rinder –, doch in einem Winter waren sie alle an irgendeiner Seuche eingegangen. Vielleicht hatten sie auch bloß gesehen, was auf sie zukam, und sich gedacht, was soll's, da legen wir uns lieber gleich in den Schlamm und krepieren.

Niemand würde ihn suchen kommen, das stand fest. Das

Problem, wie er jetzt aufstehen sollte, musste er allein lösen. Vielleicht würde es gehen, indem er die Knie an die Brust zog. Es tat gemein weh in den Schultern, weil sie so sehr nach hinten verdreht waren, und außerdem drückte sich dabei sein Gesicht mit der gebrochenen Nase in den Dreck. Vor Schmerzen japste er durch den Knebel, und als er es geschafft hatte, war ihm schwindlig, und er keuchte und schwitzte am ganzen Leib. Er hob den Kopf, und wieder brannte der Schmerz in seinen Schultern – *fuck,* was hatte der Kerl sich gedacht, ihm die Hände so stramm zu fesseln? Dann saß er aufrecht auf den Fersen, die Knie eingeknickt, und erst jetzt begriff er, dass er einen Fehler gemacht hatte. Er konnte nicht aufstehen. Irgendwie hatte er gedacht, er könnte sich mit den Zehen abstoßen und auf diese Weise aufspringen. Aber wenn er das versuchte, würde er nur wieder nach vorn kippen. Er hätte zur Wand rutschen und versuchen sollen, sich daran hochzuschieben. Jetzt saß er fest; seine Beine klemmten schmerzhaft unter ihm, und er hockte unbeweglich da wie ein Riesenblödmann.

Er versuchte, um Hilfe zu rufen – nichts Ausgefallenes, nur ein »Hey!«, aber stattdessen kam nichts als ein ersticktes *Aaaaa,* und er musste husten. Schon spürte er, dass das Blut in seinen Beinen stockte. Eine prickelnde Taubheit kroch von seinen Zehen nach oben wie ein Zug Ameisen.

Da draußen bewegte sich etwas.

Er konnte zwischen zwei Baracken hindurchsehen. Dahinter lag der Platz, ein schwarzes Gelände, nachdem das Feuer in der Tonne ausgegangen war. Er spähte in die Finsternis. Vielleicht war es Hap, der ihn suchte. Na, wer immer es war, er konnte nichts erkennen, verdammt. Wahrscheinlich war es eine Sinnestäuschung. So allein hier draußen bei Neumond – da musste jeder ein bisschen nervös werden.

Nein. Da *bewegte* sich wirklich etwas. Leon spürte es wieder, im Boden, durch die Knie.

Ein Schatten strich über ihn hinweg. Schnell hob er den Kopf, doch er sah nur Sterne in einem Himmel, schwarz wie Wasser. Das

Gefühl an seinen Knien wurde stärker, ein rhythmisches Vibrieren wie das Flattern von tausend Flügeln. Was zum Teufel …?

Eine Gestalt erschien zwischen den Baracken. Hap.

Aaaaaaa, kam es durch den Knebel. *Aaaaaaa*. Aber Hap schien nichts zu hören. Er blieb kurz stehen, rang keuchend nach Atem und rannte dann weiter.

Dann sah er, wovor Hap wegrannte.

Leons Blase entleerte sich und dann sein Darm. Aber sein Kopf registrierte nichts davon. Ein unendliches, schwereloses Grauen löschte alles aus.

Das Ende des Laufstegs krachte mit einem heftigen Ruck auf den Boden. Peter konnte sich mit Müh und Not am Geländer festklammern. Etwas flog an ihm vorbei, überschlug sich und landete dann irgendwo weiter unten: der Granatwerfer. Eine spiralförmige Rauchfahne wehte aus dem Rohr wie ein Kometenschweif. Dann traf ihn etwas Schweres von oben und riss seine Hand vom Geländer, Hollis und Alicia, ineinander verheddert – und das war's: Alle drei rutschten an dem schrägen Steg hinunter.

Sie schlugen gemeinsam auf dem Boden auf, ein Gewirr von Armen, Beinen, Körpern und Ausrüstungsgegenständen, wie drei Bälle, die jemand geworfen hatte. Peter landete auf dem Rücken und blinzelte zum fernen Dach hinauf. Adrenalin schoss durch seine Adern.

Wo war Babcock?

»Komm schon!« Alicia hatte ihn beim Hemd gepackt und riss ihn auf die Beine. Sara und Caleb waren neben ihr, und Hollis kam humpelnd heran, noch immer – unglaublich – mit dem Gewehr in der Hand. »Wir müssen hier raus!«

»Wo ist er hin?«

»Ich weiß es nicht! Er ist weggesprungen!«

Die Überreste der Rinder lagen verstreut im Ring. Es stank nach Blut, nach Fleisch. Amy half Maus auf die Beine. Die Kleider des Mädchens rauchten immer noch, aber sie schien es nicht zu

bemerken. Ein Büschel Haare war versengt, und ihre rosige Kopfhaut schimmerte hervor.

»Hilf Theo«, sagte Mausami, als Peter vor ihr in die Hocke ging.

»Maus, du bist verletzt.«

Vor Schmerzen biss sie die Zähne zusammen. Sie stieß ihn weg. »*Hilf ihm.*«

Peter ging hinüber zu seinem Bruder, der im Dreck kniete. Theo war benommen und sein Blick stumpf. Er war barfuß, seine Kleider waren zerlumpt und seine Arme von Krusten bedeckt. Was hatten sie mit ihm gemacht?

»Theo, sieh mich an«, befahl Peter und packte ihn bei den Schultern. »Bist du verletzt? Glaubst du, du kannst gehen?«

In den Augen seines Bruders schien ein kleines Licht aufzuleuchten. Nicht der ganze Theo, aber doch ein Schimmer.

»O mein Gott«, sagte Caleb. »Das ist *Finn.*«

Der Junge zeigte auf einen blutigen Klumpen, der ein paar Meter weiter auf dem Boden lag. Zuerst hielt Peter es für ein Stück von einem Rind, aber dann sah er Einzelheiten und erkannte, dass dieser Fetzen Fleisch und Knochen ein halber Mensch war, ein Oberkörper, ein Kopf und ein Arm, der sich in einem merkwürdigen Winkel über dem Kopf krümmte. Unterhalb der Taille war nichts mehr da. Aber Caleb hatte recht: Das Gesicht gehörte Finn Darrell.

Er packte Theo noch fester und sah ihm in die Augen. Sara und Alicia halfen Mausami, auf die Füße zu kommen. »Theo, du musst versuchen zu gehen.«

Theo klapperte mit den Lidern und leckte sich die Lippen. »Bist du es wirklich, Bruder?«

Peter nickte.

»Du … hast mich gesucht.«

»Caleb«, sagte Peter. »Hilf mir.«

Peter zog Theo auf die Beine und schlang ihm einen Arm um die Taille. Caleb übernahm die andere Seite.

Zusammen liefen sie los.

Sie liefen in den dunklen Tunnel, hinter der flüchtenden Menge her. Die Leute rannten blindlings zum Ausgang, sie stießen und schoben einander. Weiter hinten winkte Olson die Leute durch und brüllte aus voller Lunge: »Lauft zum Zug!«

Sie stürmten in den Hof. Alles hastete zum Tor, das offen stand. Chaos und Dunkelheit hatten dort einen Engpass entstehen lassen: Zu viele Leute wollten sich gleichzeitig durch die schmale Öffnung im Zaun drängen. Manche versuchten hinüberzuklettern; sie warfen sich gegen das Gitter und zogen sich hinauf. Peter sah, wie ganz oben ein Mann schreiend zurückfiel. Er hatte sich mit den Beinen im Stacheldraht verheddert.

»Caleb!«, rief Alicia. »Übernimm Maus!«

Die Menge wogte um sie herum. Peter sah Alicias Kopf über dem Getümmel auftauchen, und dann leuchtete blondes Haar auf. Das war Sara. Die beiden bewegten sich in die falsche Richtung und kämpften gegen den Strom.

»Lish! Wo willst du hin?« Aber seine Stimme ertrank in einer ohrenbetäubenden Fanfare, einem einzelnen, langgezogenen Ton, der die Luft zerriss und von nirgendwo und zugleich von überall her zu kommen schien.

Michael, dachte er. Michael kam.

Plötzlich wurden sie vorwärtsgeschoben. Irgendwie gelang es ihm, Theo festzuhalten. Sie kamen durch das Tor und blieben gleich wieder stecken, weil die Leute sich in der Lücke zwischen den beiden Zäunen stauten. Jemand prallte gegen seinen Rücken. Er hörte, wie der Mann ächzte, stolperte und unter die Füße der vorandrängenden Menge geriet. Peter kämpfte sich weiter, stoßend, schiebend und benutzte seinen Körper und den seines Bruders als Rammbock, bis sie schließlich auch das zweite Tor hinter sich hatten.

Die Bahngleise waren direkt vor ihnen. Theo kam anscheinend zu sich, und bald hielt er sich allein auf den Beinen und kämpfte sich voran. In der chaotischen Finsternis konnte Peter keinen der anderen entdecken. Er rief ihre Namen, im Geschrei

der Vorüberlaufenden hörte er jedoch niemanden antworten. Die Straße führte auf eine sandige Anhöhe hinauf, und als er sich der Kuppe näherte, sah er ein Licht herankommen. Wieder ertönte die Sirene, und dann sah er ihn.

Ein riesiger silberner Koloss kam stampfend auf sie zu und zerteilte die Nacht wie eine Messerklinge. Ein einzelner Scheinwerfer an seinem Bug ließ seinen Lichtstrahl über das Gewimmel der Leute am Gleis streichen. Peter sah Caleb und Mausami vor sich. Sie rannten dem Zug entgegen. Ohne Theo loszulassen, stolperte Peter die Böschung hinunter. Bremsen quietschten. Leute rannten neben dem Zug her und versuchten, sich daran festzuhalten. Als die Lokomotive näher kam, öffnete sich vorn an der Kabine eine Fensterluke, und Michael lehnte sich heraus.

»Wir können nicht anhalten!«

»Was?«

Michael legte die Hand wie einen Trichter an den Mund. »Wir müssen in Fahrt bleiben!«

Der Zug kroch jetzt nur noch im Schritttempo voran. Peter sah, wie Caleb und Hollis eine Frau in einen der drei hinteren Güterwagen stemmten. Michael half, Mausami über die Leiter in die Zugführerkabine zu ziehen, und Amy schob von hinten nach. Peter rannte mit seinem Bruder neben der Lok her und versuchte, auf gleicher Höhe mit der Leiter zu bleiben. Als Amy durch die Lukentür verschwand, packte Theo eine Sprosse und kletterte hinauf. Peter wartete, bis sein Bruder oben angekommen war, sprang dann auf die Leiter und zog sich hinauf. Seine Füße schwangen hin und her. Hinter sich hörte er Schüsse, und Kugeln prallten schwirrend von den Wänden der Waggons ab.

Oben angekommen schob er schnell die Tür zu. Es war eng hier drin. Michael saß am Steuerpult, umgeben von hundert winzigen Lampen, und Billie war neben ihm. Amy hatte sich hinter Michaels Stuhl auf den Boden gekauert. Mit weit aufgerissenen Augen saß sie da, die Knie schützend an die Brust gezogen. Links von Peter führte ein schmaler Gang nach hinten zum Maschinenraum.

»Meine Fresse, Peter.« Michael drehte sich auf seinem Stuhl um. »Wo zum Teufel kommt Theo her?«

Peters Bruder lag erschöpft im Gang. Mausami hielt seinen Kopf an ihre Brust gedrückt. Ihr blutiges Bein hatte sie unter sich gezogen.

»Gibt es hier einen Erste-Hilfe-Kasten?«, rief Peter nach vorn.

Billie reichte ihm einen Blechkasten nach hinten. Peter öffnete ihn, nahm einen Mullverband heraus und rollte ihn zu einer Kompresse zusammen. Dann riss er Mausamis Hosenbein auf und legte die Wunde frei, einen Krater aus zerrissener Haut und blutigem Fleisch. Er drückte die Kompresse auf das Loch und befahl ihr, sie festzuhalten.

Theo hob den Kopf, und seine Augen flackerten. »Träume ich dich?«

Peter schüttelte den Kopf.

»Wer ist sie? Das Mädchen. Ich dachte …« Er ließ den Satz unvollendet.

Peter begriff erst jetzt: Zum ersten Mal hatte er es getan. *Gib acht auf deinen Bruder.*

»Dazu haben wir später Zeit, okay?«

Theo brachte ein mattes Lächeln zustande. »Ganz wie du meinst.«

Peter schob sich nach vorn zwischen die beiden Sitze. Durch den Schlitz zwischen den Stahlplatten vor der Frontscheibe sah er im Scheinwerferlicht ein Stück Wüste und das Gleis, das unter ihnen hinwegzog.

»Ist Babcock tot?«, fragte Billie.

Er schüttelte den Kopf.

»Ihr habt ihn nicht umgebracht?«

Er sah sie an und war plötzlich wütend. »Wo zum Teufel war Olson?«

Bevor Billie antworten konnte, drehte Michael sich auf seinem Stuhl nach hinten und fragte: »Peter, wo sind die anderen? Wo ist *Sara*?«

Als Peter sie zuletzt gesehen hatte, war sie mit Alicia am Tor gewesen. »Sie muss in einem der Wagen sein.«

Billie hatte die Tür wieder geöffnet. Sie lehnte sich hinaus und zog den Kopf dann wieder herein. »Hoffentlich sind alle an Bord«, sagte sie. »Denn da kommen sie. Gib Gas, Michael.«

»Meine Schwester ist vielleicht noch draußen!«, schrie er sie an. »Du hast gesagt, niemand bleibt zurück!«

Billie fackelte nicht lange. Sie lehnte sich über Michael hinweg, packte einen Hebel auf dem Pult und drückte ihn nach vorn. Peter spürte, wie der Zug beschleunigte. Eine digitale Anzeige am Steuerpult erwachte zum Leben, und die Zahlen stiegen rasch an: 30, 35, 40. Billie drängte sich an Peter vorbei in den Maschinenraum, wo eine Leiter an der Wand zu einer zweiten Luke in der Decke führte. Schnell stieg sie hinauf, drehte das Rad, um sie zu öffnen, und rief nach hinten: »Gus! Na los, komm schon!«

Gus lief zu ihr. Er schleppte eine Segeltuchtasche, und als er sie öffnete, kamen ein paar kurzläufige Gewehre zum Vorschein. Eins reichte er Billie, eins nahm er selbst, und dann sah er mit ölverschmiertem Gesicht zu Peter auf und gab auch ihm eine Waffe.

»Wenn du mitkommen willst«, sagte er schroff, »solltest du gefälligst den Kopf einziehen.«

Sie stiegen die Leiter hinauf, erst Billie, dann Gus. Als Peter den Kopf durch die Luke schob, schlug ihm der Wind ins Gesicht, und er duckte sich. Er schluckte, kämpfte die Angst nieder und unternahm einen zweiten Versuch. Er zog sich durch die Luke hinauf und schob sich mit dem Gesicht nach vorn bäuchlings auf das Dach. Michael reichte ihm das Schrotgewehr nach. Er richtete sich in Hockstellung auf und versuchte, gleichzeitig festen Halt zu finden und das Gewehr vor dem Bauch zu halten. Der Wind peitschte ihm ins Gesicht, und der beständige Druck drohte ihn umzuwerfen. Das Dach der Lokomotive war gewölbt, und in der Mitte war ein flacher Streifen. Er drehte sich um und lehnte sich mit dem Rücken in den Wind. Billie und Gus waren ein gutes Stück weit vor ihm, und er sah, wie sie die Lücke zwischen dem ersten und

zweiten Waggon übersprangen und sich in der tosenden Dunkelheit weiter nach hinten kämpften.

Die Virals sah er zuerst als einen Streifen von pulsierendem grünem Licht weit hinter ihnen. Durch das Dröhnen des Dieselmotors und das Rattern der Räder auf den Schienen hörte er, wie Billie etwas rief, aber er verstand nichts davon. Er atmete tief ein, hielt die Luft an und sprang von der Lok auf den ersten Güterwagen. Ein Teil seiner selbst fragte sich: *Was mache ich hier, was mache ich auf dem Dach eines fahrenden Zuges?* Aber ein anderer Teil akzeptierte diese Tatsache, so merkwürdig sie auch war, als unvermeidliche Konsequenz der Ereignisse dieser Nacht. Das grüne Leuchten war näher gekommen, und der Streifen löste sich zu einer keilförmigen Formation auf. Peter begriff, was er da sah: nicht zehn oder zwanzig, sondern eine Armee von Virals. Hunderte.

Die Vielen.

Babcocks Viele.

Als der Erste Gestalt annahm und sich durch die Luft zum Ende des Zuges schnellte, fingen Billie und Gus an zu schießen. Peter war inzwischen in der Mitte des ersten Wagens. Der Zug bebte, seine Füße gerieten ins Rutschen, und dann war sein Gewehr weg, war ihm einfach so entglitten. Er hörte einen Schrei, und als er aufblickte, sah er niemanden vor sich. Die Stelle, an der Billie und Gus gestanden hatten, war leer.

Eine krachende Druckwelle kam plötzlich vom vorderen Teil des Zuges und schleuderte ihn ein Stück weiter. Der Horizont kippte weg, der Himmel war verschwunden. Er lag auf dem Bauch und rutschte seitwärts am gewölbten Dach des Wagens hinunter. Gerade als er glaubte herunterzufliegen, fand seine Hand eine schmale Metallkante, den oberen Rand einer der Panzerplatten am Wagen. Er hatte nicht einmal Zeit, Angst zu bekommen. In der wirbelnden Dunkelheit spürte er die Nähe einer Wand neben sich. Sie waren in einem Tunnel, der sich durch den Berg bohrte. Er klammerte sich an der Stahlplatte fest; seine Beine baumelten

herunter und scharrten an der Waggonwand. Plötzlich stießen seine Füße ins Leere: Die Tür des Wagens hatte sich geöffnet, Hände packten ihn und zogen ihn hinunter und hinein.

Die Hände gehörten Caleb und Hollis. In einem Gewirr von Armen und Beinen rollten sie alle zusammen über den Boden des Güterwagens. Der Innenraum war durch eine einzelne Laterne beleuchtet, die schaukelnd an einem Haken hing. Der Wagen war fast leer; nur eine Handvoll dunkle Gestalten drückte sich an die Wände, anscheinend starr vor Angst. Vor der offenen Tür flog die Tunnelwand vorbei und erfüllte den Wagen mit Lärm und Wind. Als Peter wieder auf die Beine kam, tauchte ein vertrautes Gesicht in der dunklen Ecke auf. Olson.

Sofort war Peter rasend vor Wut. Er packte den Mann beim Kragen seines Overalls, stieß ihn gegen die Wand und drückte ihm den Unterarm an die Gurgel.

»Wo zum Teufel hast du gesteckt? Ihr habt uns im Stich gelassen!«

Olson war leichenblass geworden. »Es tut mir leid. Es ging nicht anders.«

Peter ging ein Licht auf. Olson hatte sie als Köder in den Ring geschickt.

»Du wusstest, wer das Opfer war, ja? Du wusstest die ganze Zeit, dass es mein Bruder war.«

Olson schluckte, und sein Adamsapfel zuckte an Peters Unterarm. »Ja. Jude glaubte, dass noch andere Überlebende kommen würden. Deshalb haben wir in Las Vegas auf euch gewartet.«

Wieder kam ein donnerndes Krachen von vorn, und alle taumelten vorwärts. Olson entglitt seinem Griff. Sie hatten den Tunnel verlassen und waren wieder in offenem Gelände. Er hörte Schüsse von draußen, und als er durch die offene Tür schaute, sah er den Humvee vorbeirasen. Sara saß auf dem Fahrersitz und umklammerte das Lenkrad, und Alicia lag auf dem Dach hinter dem schweren Maschinengewehr und feuerte konzentrierte Salven zum hinteren Teil des Zuges.

»Springt raus!« Alicia winkte wie von Sinnen und deutete zum letzten Wagen. »Sie sind direkt hinter euch!«

Plötzlich schrien alle im Waggon durcheinander; sie stießen sich gegenseitig zur Seite und versuchten, von der offenen Tür wegzukommen. Olson packte eine der Gestalten beim Arm und stieß sie nach vorn. Mira.

»Nimm sie mit!«, brüllte er. »Bring sie in die Lok. Dort ist sie in Sicherheit.«

Sara war jetzt neben dem Zug. Sie fuhr genauso schnell wie dieser und versuchte, den Zwischenraum weiter zu verringern.

Alicia winkte ihnen zu. »Springt!«

Peter lehnte sich aus der Tür: »Komm näher heran!«

Sara versuchte es.

»Streck die Hände aus!«, rief Alicia zu Mira herauf. »Ich fange dich!«

Das Mädchen stand starr vor Angst an der offenen Tür. »Ich kann nicht!«, heulte sie.

Wieder hörten sie ein splitterndes Krachen. Offenbar lagen Trümmer auf den Schienen, die der Zug beiseiteschleuderte. Der Humvee schwenkte jäh zur Seite, als ein großes Stück Metall durch die Lücke zwischen Zug und Wagen wirbelte. Eine der geduckten Gestalten im Waggon sprang auf und war mit einem Satz bei der Tür. Bevor Peter ein Wort hervorbrachte, warf der Mann sich nach draußen. Er prallte gegen die Seitenwand des Humvee, und seine ausgestreckten Hände krallten sich an das Dach. Einen Augenblick lang sah es aus, als könnte er es schaffen, aber er glitt immer weiter ab. Einer seiner Füße schleifte im Staub, und mit einem stummen Aufschrei flog er nach hinten davon.

»Du musst gleichmäßig Abstand halten!«, schrie Peter.

Zweimal näherte sich der Humvee. Beide Male weigerte Mira sich zu springen.

»So geht es nicht«, sagte Peter. »Wir müssen über das Dach.« Er drehte sich zu Hollis um. »Du gehst als Erster. Olson und ich können dich hinaufschieben.«

»Ich bin zu schwer. Hightop sollte gehen und dann du. Ich hebe Mira zu euch hinauf.«

Hollis ging in die Hocke, Caleb kletterte auf seine Schultern. Der Humvee war wieder abgeschwenkt, und Alicia gab kurze Feuerstöße auf das Zugende ab. Mit Hightop auf den Schultern stellte Hollis sich im Türrahmen auf.

»Warte mal! Okay! Los!«

Hollis duckte sich weg und hielt mit einer Hand Calebs Fuß umklammert. Peter packte den anderen, und zusammen schoben sie Caleb durch die Tür nach oben.

Peter kletterte auf die gleiche Weise auf das Dach hinauf. Von dort sah er, dass das Heer der Virals sich nach dem Tunnel in drei Gruppen aufgeteilt hatte: Eine folgte ihnen direkt, und die beiden anderen waren nach beiden Seiten ausgeschwärmt. Sie liefen in einer Art Galopp und benutzten Hände und Füße, um sich in langen Sätzen voranzuschnellen. Alicia schoss auf die Spitze der mittleren Gruppe, die bis auf zehn Meter herangekommen war. Ein paar von ihnen fielen um – tot, verletzt oder nur betäubt, das war nicht zu erkennen. Der Schwarm flutete über sie hinweg und kam immer näher. Dahinter verschmolzen die beiden anderen Gruppen, sie durchdrangen einander wie zwei Wasserströmungen und teilten sich dann wieder.

Peter legte sich neben Caleb auf den Bauch, und sie langten hinunter. Hollis hob Mira zu ihnen hinauf, und sie packten das verängstigte Mädchen bei den Händen und zogen es auf das Dach.

»Runter!«, schrie Alicia von unten.

Drei Virals waren jetzt auf dem Dach des letzten Wagens. Das Maschinengewehr auf dem Humvee fing an zu rattern, und die Virals flogen davon. Caleb sprang schon hinüber auf die Lok. Peter griff nach Mira, aber das Mädchen lag wie versteinert da und presste sich auf das Dach, als wäre es das Einzige, was sie noch retten könnte.

»Mira.« Peter versuchte sie heranzuziehen. »Bitte.«

Sie klammerte sich fest. »Ich kann nicht, ich kann nicht, ich kann nicht.«

Eine Klaue griff von unten herauf und schloss sich um ihren Fuß.

»Poppa!«

Dann war sie weg.

Peter konnte nichts mehr tun. Er sprintete los, machte einen Satz und ließ sich hinter Caleb durch die Luke fallen. Er wies Michael an, möglichst ohne Ruckeln zu fahren, riss die Tür der Lok auf, lehnte sich hinaus und spähte nach hinten.

Die Virals waren über den letzten Wagen hergefallen. Sie hingen an den Seitenwänden wie ein Insektenschwarm. So groß war ihre Raserei, dass es aussah, als kämpften sie gegeneinander. Einer schnappte fauchend nach dem anderen, und jeder wollte als Erster hinein. Durch den rauschenden Fahrtwind hörte Peter die Schreie der verzweifelten Seelen in den Waggons.

Wo war der Humvee?

Jetzt sah er ihn. Er kam in hohem Tempo schräg auf sie zugeschossen und holperte über den harten Boden. Hollis und Olson klammerten sich immer noch auf dem Wagendach fest. Das Maschinengewehr war verstummt, die ganze Munition verschossen. Die Virals würden jeden Augenblick über die beiden herfallen.

Peter hängte sich aus der Tür: »Komm näher!«

Sara gab noch mehr Gas und kam langsam längsseits. Hollis packte die Leiter als Erster, dann kam Olson. Peter zog sie herein und rief dann hinaus: »Alicia, jetzt du!«

»Und was ist mit Sara?«

Der Abstand vergrößerte sich wieder. Von hinten kam ein lautes Krachen, als die Tür des letzten Waggons herausgerissen wurde. Sie überschlug sich in der Luft und verschwand in der Dunkelheit.

»Die hole ich! Spring auf die Leiter!«

Alicia setzte zum Sprung an. Aber plötzlich war die Lücke zu groß geworden. Vor seinem geistigen Auge sah Peter schon, wie sie fiel, wie ihre Hände ins Leere griffen und sie in den zermalmenden Zwischenraum zwischen Lok und Humvee stürzte. Aber dann hatte sie es doch geschafft. Ihre Hände hatten die Leiter gepackt, und sie zog sich an der Lok hinauf.

Sara umklammerte das Lenkrad mit einer Hand, und mit der anderen versuchte sie panisch, ein Gewehr über das Gaspedal zu schieben, um es festzuklemmen.

»Es hält nicht!«

»Vergiss es, ich fange dich!«, schrie Alicia. »Mach die Tür auf und nimm meine Hand!«

»Das geht nicht!«

Plötzlich ließ Sara den Motor aufheulen. Der Humvee schoss voran und ließ den Zug hinter sich. Sie fuhr jetzt dicht am Gleis entlang. Die Fahrertür flog auf, und Sara trat auf die Bremse.

Die Ecke des Kuhfängers an der Lok erfasste die Tür und schnitt sie ab wie ein Messer. Sie wirbelte davon. Einen atemberaubenden Augenblick lang schien der Humvee zu kippen und nur noch auf den beiden rechten Rädern über die Gleisböschung zu schlittern, doch dann fiel die linke Seite des Wagens krachend zurück, und Sara schwenkte zur Seite. In einem Fünfundvierzig-Grad-Winkel raste sie über den Wüstenboden davon. Peter sah, wie sie schleudernd zurückkurvte, und dann war sie wieder längsseits. Alicia streckte den Arm aus.

»Lish«, schrie er, »was immer du tun willst, tu es jetzt!«

Wie Alicia es schaffte, würde Peter nie ganz verstehen. Als er sie später fragte, zuckte sie nur die Achseln. Sie habe nicht darüber nachgedacht, meinte sie, sie sei lediglich ihrem Instinkt gefolgt. Tatsächlich sollte sehr bald eine Zeit kommen, in der Peter solche Dinge von ihr noch öfter zu sehen bekommen sollte – außergewöhnliche und erstaunliche Dinge. Aber in jener Nacht, in dem heulenden Abgrund zwischen Humvee und Lokomotive, erschien das, was Alicia tat, einfach wie ein Wunder, das unbegreiflich war. Auch hatte niemand von ihnen ahnen können, was Amy im hinteren Teil der Lok tun würde und was sich zwischen der Lok und dem ersten Wagen befand. Das wusste nicht einmal Michael. Vielleicht wusste Olson davon; vielleicht hatte er Peter deshalb gesagt, er solle seine Tochter in die Lok bringen. In Sicherheit.

Als der erste Viral auf den Humvee zusprang, packte Alicia

Saras Hand am Steuer und zog. Sara flog an ihrem Arm in weitem Bogen aus dem Wagen, und der Humvee schoss seitwärts davon. Einen furchtbaren Moment lang schaute sie Peter in die Augen, während ihre Füße über den Boden streiften – und er sah den Blick einer Frau, die sterben würde und die es wusste. Aber Alicia riss sie mit aller Kraft hoch. Saras freie Hand fand die Leiter, und dann kletterten sie beide herauf, Sara und Alicia, und glitten in die Zugführerkabine.

Und kaum lagen sie drinnen, zerbarst der Himmel mit ohrenbetäubendem Donner. Die Lok, von ihrer Last befreit, machte einen wilden Satz nach vorn. Alles schwebte plötzlich durch die Luft. Peter, der an der offenen Tür gestanden hatte, wurde hochgerissen und zurückgeschleudert, und er prallte gegen die Trennwand. *Amy,* dachte er. Wo war Amy? Und als er über den Boden rollte, hörte er ein neues Geräusch, lauter noch als das erste, und er wusste, was das war: Mit markerschütterndem Kreischen und lautem Donnern sprangen die Wagen hinter ihnen aus dem Gleis, flogen quer zueinander durch die Luft und rutschten dann wie eine eiserne Lawine über den Wüstenboden, und alle darin waren tot, tot, tot.

Gegen Halbtag hielten sie an. Die Strecke war zu Ende, sagte Michael und stellte die Maschine ab. Auf den Karten, die Billie ihnen gezeigt hatte, war zu sehen, dass das Gleis bei der Stadt Caliente endete. Sie hatten Glück, dass die Lokomotive sie so weit gebracht hatte. Wie weit?, fragte Peter. Vierhundert Kilometer, sagte Michael, schätzungsweise. Siehst du die Bergkette? Er deutete durch den Schlitz vor der Frontscheibe. Das ist Utah.

Sie stiegen aus und sahen, dass sie auf einer Art Güterbahnhof waren. Überall waren Gleise mit abgestellten Schienenfahrzeugen – Lokomotiven, Kesselwagen, Flachwagen. Das Land hier war weniger trocken. Es gab hohes Gras und Pappeln, und ein leichter Wind spendete Kühlung. Irgendwo in der Nähe floss Wasser, und sie hörten Vögel zwitschern.

»Das kapiere ich nicht«, sagte Alicia in die Stille hinein. »Wohin wollten sie denn?«

Peter hatte unterwegs geschlafen, als klar war, dass die Virals ihnen nicht weiter folgten, und im Morgengrauen war er zusammengerollt auf dem Boden neben Theo und Mausami aufgewacht. Michael war die ganze Nacht wach gewesen. Die Strapazen der letzten paar Tage waren allen anzumerken. Olson hatte vielleicht auch ein Auge zugemacht, aber Peter bezweifelte es. Der Mann hatte noch kein Wort gesprochen, und jetzt saß er nur da und starrte ins Leere. Als Peter ihm von Mira berichtet hatte, hatte er sich nicht nach Einzelheiten erkundigt; er hatte nur genickt und gesagt: »Danke, dass du es mir sagst.«

»Irgendwohin«, antwortete Peter nach einer Weile. Er wusste nicht genau, was er empfand. Die Ereignisse der vergangenen Nacht – ja die ganzen vier Tage im Hafen – waren wie ein Fiebertraum. »Ich glaube, sie wollten einfach … irgendwohin.«

Amy war spazieren gegangen. Eine Zeitlang beobachteten alle sie, wie sie durch das windbewegte Gras wanderte.

»Glaubt ihr, sie begreift, was sie getan hat?«, fragte Alicia.

Es war Amy gewesen, die die Kupplung gelöst hatte. Der Schalter war am hinteren Ende des Maschinenraums. Wahrscheinlich war er mit irgendeinem Zünder an einer Tonne Dieselöl oder Kerosin verbunden, hatte Michael vermutet. Das hätte genügt. Eine Notsicherung für den Fall, dass der Zug überrannt wurde. Es leuchtete ein, sagte Michael, wenn man darüber nachdachte.

Vermutlich leuchtete es ein, dachte Peter. Aber niemand konnte erklären, wie Amy davon hatte wissen können und was sie veranlasst hatte, diesen Schalter tatsächlich zu betätigen. Es überstieg wie alles andere an ihr jedes normale Fassungsvermögen. Wieder einmal war es ihr zu verdanken, dass sie alle noch lebten.

Peter beobachtete sie lange. Im hüfthohen Gras schien sie zu schweben. Sie hatte die Arme ausgebreitet und strich mit den Händen über die fedrigen Ähren. Seit vielen Tagen hatte er nicht mehr an das gedacht, was auf der Krankenstation passiert war, aber als

er jetzt zusah, wie sie sich durch das Gras bewegte, durchflutete ihn die Erinnerung an jene seltsame Nacht. Was mochte sie zu Babcock gesagt haben, als sie vor ihm stand? Es war, als wäre sie Teil zweier Welten. Die eine konnte er sehen, die andere nicht, und in der anderen, verborgenen Welt lag der Sinn ihrer Reise.

»Viele Leute sind gestorben letzte Nacht«, sagte Alicia.

Peter atmete ein. Die Sonne schien, aber ihm war mit einem Mal kalt. Noch immer beobachtete er Amy, doch im Geiste sah er Mira, wie sie auf dem Dach des Wagens lag und wie die Klaue des Virals nach ihr griff und sie fortriss. Die leere Stelle, wo sie gewesen war. Und er hörte den Klang ihrer Schreie, als sie verschwand.

»Ich glaube, sie waren schon lange tot«, sagte er. »Eins steht fest: Wir können nicht hierbleiben. Mal sehen, was wir noch haben.«

Sie breiteten ihre Ausrüstung auf dem Boden vor der Lok aus und machten eine Bestandsaufnahme. Viel war es nicht: ein halbes Dutzend Schrotgewehre, zwei Pistolen mit ein paar Schuss Munition, ein automatisches Gewehr, zwei Magazine für das Gewehr und fünfundzwanzig Patronen für die Schrotflinten, sechs Messer, acht Gallonen Wasser in Containern und einiges mehr im Wassertank der Lokomotive, ein paar hundert Gallonen Dieselöl, aber kein Fahrzeug, um es zu transportieren, zwei Plastikplanen, drei Schachteln Streichhölzer, der Erste-Hilfe-Kasten, eine Paraffinlampe, Saras Tagebuch und nichts zu essen. Hollis meinte, wahrscheinlich gäbe es hier Wild. Sie durften keine Munition vergeuden, aber sie könnten ein paar Fallen aufstellen. Und vielleicht würde sich in Caliente etwas Essbares finden lassen.

Theo schlief auf dem Boden im Maschinenraum. Er hatte ihnen in groben Umrissen berichten können, was er noch wusste – bruchstückhafte Erinnerungen an den Angriff in der Mall, die Zeit in der Zelle und den Traum mit der Frau in der Küche und daran, wie er darum gekämpft hatte, wach zu bleiben. An die höhnischen Besuche des Mannes, der ganz sicher Jude gewesen war, dachte Peter. Aber das Reden hatte ihn sichtbar angestrengt, und

irgendwann war er in einen so tiefen Schlaf gesunken, dass Sara seinem Bruder hatte versichern müssen, dass er noch atmete. Mausamis Wunde am Bein war schlimmer, als sie behauptete, aber nicht lebensbedrohlich. Die Kugel – oder wahrscheinlich eher ein Schrotprojektil – war seitlich durch ihren Oberschenkel gefahren und hatte eine blutige Furche aufgerissen, aber sie war sauber ausgetreten. Mit Nadel und Faden aus dem Erste-Hilfe-Kasten hatte Sara die Wunde genäht und mit Spiritus aus einer Flasche gesäubert, die sie unter dem Waschbecken in der winzigen Toilette der Lokomotive gefunden hatte. Es musste höllisch wehgetan haben, doch Maus hatte alles mit stoischem Schweigen ertragen und dabei zähneknirschend Theos Hand umklammert. Solange sie die Wunde sauber hielt, meinte Sara, wäre alles in Ordnung. Mit etwas Glück würde sie in ein, zwei Tagen sogar wieder mit dem Bein auftreten können.

Dann kam die Frage, wohin sie jetzt gehen sollten. Hollis war es, der sie stellte, und Peter war verblüfft; er war nie auf den Gedanken gekommen, dass sie einmal ihr Ziel aus den Augen verlieren könnten. Für ihn stand fest, dass sie nach Colorado mussten, egal, was sie da erwarten mochte. Zum Umkehren war es jetzt ohnehin viel zu spät. Aber er musste zugeben, dass Hollis nicht ganz unrecht hatte. Theo, Finn Darrell und die Frau, von der Alicia und jetzt auch Mausami behaupteten, sie sei Liza Chou gewesen – sie alle stammten aus der Kolonie. Sollten sie also zurückgehen und die anderen warnen? Und Mausami – selbst wenn ihr Bein in Ordnung war, konnte sie denn wirklich zu Fuß weitergehen? Sie hatten keinen fahrbaren Untersatz und fast keine Munition mehr. Und bald würden sie ins Gebirge kommen, wo das Gelände unwegsamer wäre. Konnten sie von einer schwangeren Frau erwarten, dass sie zu Fuß nach Colorado wanderte? Er stelle die Frage nur, sagte Hollis, weil jemand es ja tun müsse. Er sei selbst unschlüssig, und andererseits seien sie ja nun schon weit gekommen. Babcock, was immer er sein mochte, war noch da draußen, und die Vielen waren auch da. Umzukehren sei daher auch nicht ohne Risiko.

Sie saßen auf dem Boden vor der Lokomotive – sieben Leute,

denn Theo schlief noch in der Lok – und diskutierten über die Möglichkeiten, die ihnen offenstanden. Zum ersten Mal spürte Peter so etwas wie Unsicherheit in der Gruppe. Der Bunker mit seiner Fülle von Vorräten und Material hatte ihnen ein Gefühl der Sicherheit gegeben – ein trügerisches Gefühl vielleicht, aber es hatte genügt, um sie anzuspornen. Jetzt aber, ohne Waffen und Fahrzeuge, ohne Proviant außer dem, was hier in der Wildnis zu finden war, und vierhundert Kilometer weit von zu Hause entfernt, war ihnen plötzlich doch nicht so wohl bei dem Gedanken, nach Colorado zu gehen. Und was im Hafen vorgefallen war, hatte sie zutiefst erschüttert. Nie war es ihnen in den Sinn gekommen, dass andere menschliche Überlebende, denen sie begegnen könnten, sich als Hindernis erweisen würden. Oder dass ein Wesen wie Babcock – ein Viral, aber auch sehr viel mehr, denn er hatte Macht über die anderen – überhaupt existieren konnte.

Es war keine Überraschung, dass Alicia weitergehen wollte, ebenso wie Mausami – wenn auch nur, dachte Peter, um zu beweisen, dass sie genauso tough wie Alicia war. Caleb erklärte, er werde sich nach der Mehrheit richten, aber dabei sah er Alicia an; wenn es zur Abstimmung käme, würde er ihr seine Stimme geben. Auch Michael sprach sich dafür aus weiterzugehen, und er erinnerte sie daran, dass die Akkus in der Kolonie demnächst ausfallen würden. Darauf läuft das alles letzten Endes hinaus, sagte er. Was ihn betreffe, sei Colorado die einzige wirkliche Hoffnung, die sie noch hatten – zumal nach dem, was sie im Hafen erlebt hatten.

Damit blieben Hollis und Sara. Hollis war anzusehen, dass er davon überzeugt war, sie sollten zurückkehren. Aber er sprach es nicht aus, und das ließ vermuten, dass er ebenso wie Peter fand, die Entscheidung müsse einstimmig getroffen werden. Sara, die mit angezogenen Beinen neben ihm im Schatten der Lok saß, schien weniger sicher zu sein. Blinzelnd spähte sie über das Feld hinweg zu Amy, die immer noch allein hin und her lief. Peter wurde klar, dass er ihre Stimme schon seit Stunden nicht mehr gehört hatte.

»Ich erinnere mich jetzt wieder an ein paar Dinge«, sagte Sara

plötzlich. »Wie der Viral mich geholt hat. Jedenfalls bruchstückhaft.« Sie hob die Schultern; halb war es ein Achselzucken, halb ein Schauder, und Peter wusste, dass sie nicht weiter darüber sprechen wollte. »Hollis hat nicht ganz unrecht. Und was du sagst, Maus, zählt nicht: In deiner Verfassung solltest du besser gar nicht hier sein. Trotzdem stimme ich Michael zu. Wenn du meine Stimme haben willst, Peter – dann hast du sie hiermit.«

»Also gehen wir weiter.«

Sie schaute zu Hollis hinüber, und der nickte. »Ja. Wir gehen weiter.«

Das nächste Problem war Olson. Peters Misstrauen gegen den Mann war nicht kleiner geworden, und auch wenn niemand es ausgesprochen hatte, stellte der Mann ein Risiko dar – und sei es nur das Risiko des Selbstmords. Seit die Lokomotive stand, hatte er sich kaum von der Stelle gerührt. Er saß vor der Lok auf dem Boden und starrte mit leerem Blick in die Richtung, aus der sie gekommen waren. Von Zeit zu Zeit strich er mit den Fingern durch die lockere Erde, nahm eine Handvoll davon und ließ sie durch die Finger rieseln. Es sah aus, als wäge er seine Möglichkeiten gegeneinander ab; keine davon sah besonders gut aus, und Peter ahnte, in welche Richtung seine Gedanken gingen.

Hollis nahm Peter beiseite, als sie ihre Sachen einpackten. Die Schusswaffen lagen jetzt auf einer der Planen neben einem Haufen Munition. Sie hatten beschlossen, die Nacht in der Lok zu verbringen, wo sie so sicher waren wie irgendwo sonst, und am nächsten Morgen zu Fuß weiterzugehen.

»Was sollen wir mit ihm anfangen?«, fragte Hollis leise und deutete mit dem Kopf auf Olson. Er hielt eine der Pistolen in der Hand. Peter hatte die andere. »Wir können ihn nicht einfach hierlassen.«

»Ich schätze, er kommt mit.«

»Vielleicht will er nicht.«

Peter dachte kurz darüber nach. »Lass ihn in Ruhe«, sagte er schließlich. »Wir können nichts tun.«

Es war am späten Nachmittag. Caleb und Michael waren hinter

der Lok verschwunden, um mit einem Schlauch, den sie in einem Schrank im hinteren Teil gefunden hatten, Wasser aus dem Tank abzuzapfen. Peter sah, wie Caleb eine Klappe unter der Lok betrachtete. Sie war ungefähr einen Quadratmeter groß.

»Was ist das?«, fragte er Michael.

»Eine Zugangsluke. Da ist ein Kriechtunnel unter dem Boden.«

»Was drin, das wir gebrauchen können?«

Michael zuckte die Achseln. Er war mit dem Schlauch beschäftigt. »Weiß ich nicht. Sieh mal nach.«

Caleb ging in die Knie und drehte am Griff. »Er klemmt.«

Peter, der das alles aus fünf Metern Entfernung beobachtete, spürte plötzlich ein Prickeln auf seiner Haut. Irgendetwas in ihm zog sich zusammen. Augen überall! »Hightop …«

Die Klappe flog auf, und Caleb flog rückwärts zu Boden. Eine Gestalt rollte sich aus der Luke.

Jude.

Alle griffen nach einer Waffe. Jude taumelte auf sie zu und hob eine Pistole. Sein Gesicht war zur Hälfte weggerissen; man sah eine breit verschmierte Fläche von rohem Fleisch und glitzerndem Knochen. Das eine Auge war weg, nur ein schwarzes Loch war noch da. In diesem scheinbar endlosen Augenblick sah er aus wie ein unmögliches Wesen, halb lebendig, halb tot.

»Ihr Drecksäcke!«, fauchte Jude.

Er drückte ab, als Caleb vor ihm auftauchte und nach der Waffe greifen wollte. Die Kugel traf den Jungen in die Brust und wirbelte ihn herum. Im selben Augenblick hatten Peter und Hollis den Abzug ihrer Waffen gefunden, und das Mündungsfeuer beleuchtete Jude in einem irrsinnigen Tanz.

Sie schossen beide Magazine leer, bevor er zusammenbrach.

Caleb lag mit dem Gesicht nach oben im Sand und presste eine Hand auf die Stelle, wo die Kugel eingedrungen war. Seine Brust hob und senkte sich flach und ruckartig. Alicia warf sich neben ihn auf den Boden.

»Caleb!«

Blut quoll zwischen den Fingern des Jungen hindurch. Sein Blick war in den leeren Himmel gerichtet, und seine Augen waren voller Tränen. »O Scheiße«, sagte er und zuckte ein paarmal mit den Wimpern.

»Sara, tu was!«

Der Tod ließ das Gesicht des Jungen langsam erschlaffen. »Oh«, sagte er. »Oh.« Dann schien etwas in seiner Brust stecken zu bleiben, und er war still.

Sara weinte wie alle anderen. Sie kniete sich neben Alicia auf den Boden und berührte ihren Ellenbogen. »Er ist tot, Lish.«

Alicia schüttelte sie ab. »Sag das nicht!« Sie zog die leblose Gestalt an die Brust. »Caleb, hör mir zu! Du machst jetzt die Augen auf! Du machst sofort die Augen auf!«

Peter kam zu ihr.

»Ich hab versprochen, auf ihn aufzupassen«, stöhnte Alicia und presste den Jungen an sich. »Ich hab's ihm doch versprochen.«

»Ich weiß.« Etwas anderes fiel ihm nicht ein. »Dich trifft keine Schuld. Lass ihn jetzt los.«

Peter nahm ihr den Leichnam behutsam aus den Armen. Calebs Augen waren geschlossen, und er lag regungslos auf der staubigen Erde. Er trug immer noch seine gelben Sneakers – der eine Schnürsenkel war offen –, aber der Junge, der er gewesen war, war fort. Caleb gab es nicht mehr. Lange Zeit sagte niemand etwas. Man hörte nur die Vögel und das Rascheln des Grases im Wind und Alicias tränenfeuchtes, halb ersticktes Schluchzen.

Dann plötzlich sprang Alicia auf, raffte Judes Pistole vom Boden an sich und ging mit schnellen Schritten auf Olson zu, der immer noch auf dem Boden hockte. In ihren Augen loderte die Wut. Die Waffe war ein schwerer Revolver mit langem Lauf. Als Olson den Kopf hob und zu der dunklen Gestalt aufblickte, die ihn überschattete, schlug sie ihm mit dem Kolben der Waffe ins Gesicht. Er kippte um, und sie spannte den Hahn mit dem Daumen und richtete den Revolver auf seinen Kopf.

»Fahr zur Hölle!«

»Lish …« Peter sprang mit erhobenen Händen auf sie zu. »Er hat Caleb nicht umgebracht! Nimm den Revolver weg!«

»Wir haben Jude sterben sehen! Wir haben es alle gesehen!«

Blut rann aus Olsons Nase. Er versuchte nicht, sich zu wehren oder zurückzuweichen. »Er war ein Vertrauter.«

»Ein Vertrauter? Was soll das heißen? Ich habe dein nichtssagendes Geschwätz satt. Komm endlich zum Punkt, verdammt noch mal!«

Olson schluckte und leckte sich das Blut von den Lippen. »Es soll heißen … man kann einer von ihnen sein, ohne einer von ihnen zu sein.«

Alicias Fingerknöchel färbten sich weiß, so fest umklammerte sie den Revolver. Peter wusste, sie würde abdrücken. Es war unaufhaltsam, es würde einfach passieren.

»Na los, schieß, wenn du willst.« Olsons Blick war leidenschaftslos. Sein Leben bedeutete ihm nichts. »Es ist sowieso egal. Babcock wird kommen. Ihr werdet schon sehen.«

Jetzt zitterte der Lauf in der Strömung ihrer Wut. »Caleb war mir nicht egal! Er war mehr wert als euer ganzer beschissener Hafen! Er hatte niemanden im Leben. Ich war für ihn da! Ich habe mich um ihn gekümmert!«

Alicias Heulen war ein tiefer animalischer Schmerzenslaut, und dann drückte sie ab – aber kein Schuss fiel. Der Schlagbolzen klickte auf einer leeren Kammer. *»Fuck!«* Wieder und wieder drückte sie ab, aber die Waffe war leer. *»Fuck! Fuck! Fuck!«* Dann drehte sie sich zu Peter um, die nutzlose Waffe fiel ihr aus der Hand, und sie lehnte sich schluchzend an seine Brust.

Am nächsten Morgen war Olson verschwunden. Seine Spuren führten zu einem Wasserlauf. Peter brauchte nicht dorthin zu gehen, er wusste auch so, was geschehen war.

»Sollen wir ihn suchen?«, fragte Sara.

Sie standen vor der leeren Lok und packten ihre letzten Sachen zusammen.

Peter schüttelte den Kopf. »Ich glaube, das hat keinen Sinn.«

Sie versammelten sich dort, wo sie Caleb begraben hatten, im Schatten einer Pappel. Sie hatten die Stelle mit einem Stück Blech markiert, das Michael aus der Lokverkleidung gebrochen hatte. Mit der Spitze eines Schraubenziehers hatte er den Namen und die restlichen Worte hineingeritzt und die Platte dann mit Stahlschrauben am Baum befestigt.

CALEB JONES
HIGHTOP
EINER VON UNS

Alle waren da, nur Amy nicht. Sie stand abseits im hohen Gras. Maus und Theo standen neben Peter. Mausami stützte sich auf eine Krücke, die Michael ihr aus einem Stahlrohr gemacht hatte. Sara hatte die Wunde noch einmal untersucht und gesagt, sie sei marschfähig, solange sie es nicht übertrieben. Theo hatte die ganze Nacht durchgeschlafen und war im Morgengrauen aufgewacht. Er war vielleicht noch nicht wieder auf dem Damm, aber doch auf dem Wege der Besserung. Aber als Peter jetzt neben ihm stand, spürte er, dass etwas in seinem Bruder fehlte. Irgendetwas war verändert, zerbrochen oder verschwunden. Etwas hatte man ihm gestohlen, in der Zelle. In diesem Traum. Bei Babcock.

Um Alicia machte er sich jedoch die größten Sorgen. Sie stand mit Michael am Fußende des Grabs und hielt ein Schrotgewehr vor der Brust. Ihr Gesicht war immer noch verschwollen vom Weinen. Sie sprach kein Wort. Jeder andere hätte angenommen, sie trauere einfach um Caleb, aber Peter kannte sie besser. Sie hatte den Jungen geliebt, und das machte alles nur noch schwerer. Sie alle hatten ihn gemocht. Dass Caleb nicht mehr da war, war ein seltsames Gefühl – als wäre ein Stück von ihnen abgeschnitten worden. Aber was Peter jetzt sah, wenn er in Alicias Augen schaute, war ein tieferer Schmerz. Es war nicht ihre Schuld, dass Caleb tot war, und das hatte er ihr auch gesagt. Trotzdem glaubte sie,

sie hätte ihn im Stich gelassen. Olson zu töten hätte nichts daran geändert, doch Peter wurde den Gedanken nicht los, dass es ihr geholfen hätte. Vielleicht hatte er deshalb nicht nachdrücklicher versucht, ihr Judes Revolver wegzunehmen. Eigentlich hatte er es überhaupt nicht versucht.

Gewohnheitsmäßig wartete er darauf, dass sein Bruder sprach, dass er den Befehl gab, der den Tag in Gang bringen würde. Als Theo es nicht tat, hob Peter sein Bündel hoch und übernahm die Sache.

»Tja«, sagte er. Seine Kehle war wie zugeschnürt. »Wir sollten jetzt wohl aufbrechen. Das Tageslicht ausnutzen.«

»Da draußen sind vierzig Millionen Smokes«, sagte Michael düster. »Welche Chance haben wir zu Fuß?«

In diesem Augenblick trat Amy zu ihnen. »Er irrt sich«, sagte sie.

Einen Moment lang waren alle sprachlos. Keiner schien zu wissen, wohin er schauen sollte. Sollten sie Amy ansehen oder einander? Erschrockene und verblüffte Blicke gingen im Kreis herum.

»Sie kann *sprechen*?«, fragte Alicia.

Peter ging langsam auf das Mädchen zu. Jetzt, nachdem er ihre Stimme gehört hatte, sah ihr Gesicht anders aus. Es war, als wäre sie endlich eine von ihnen.

»Was hast du gesagt?«

»Michael irrt sich«, stellte das Mädchen fest. Ihre Stimme war nicht die einer Frau und nicht die eines Kindes, sondern etwas dazwischen. Sie sprach ausdruckslos und ohne Betonung, als läse sie die Worte aus einem Buch ab. »Es gibt keine vierzig Millionen.«

Peter wusste nicht, sollte er lachen oder weinen? Nach alldem fing sie auf einmal an zu sprechen!

»Amy, warum hast du noch nie etwas gesagt?«

»Tut mir leid. Ich glaube, ich hatte vergessen, wie es geht.« Sie runzelte die Stirn und schien in sich hineinzuschauen, als machte ihr dieser Gedanke Kopfzerbrechen. Dann schüttelte sie ihn ab. »Aber jetzt weiß ich es wieder.«

Wieder starrten alle sie in stummem Erstaunen an.

»Und wenn es keine vierzig Millionen gibt«, fragte Michael, »wie viele sind es dann?«

Amy hob den Kopf und sah sie einen nach dem anderen an.

»Zwölf«, sagte sie.

IX

Die letzte Expeditionärin

Ich bin, was aus des Vaters Haus an Töchtern
Und auch von Brüdern blieb.

Shakespeare, *Was Ihr wollt*

56

Aus dem Tagebuch der Sara Fisher (»Das Buch Sara«)
Vorgelegt auf der Dritten Internationalen Tagung zur Nordamerikanischen Quarantäneperiode
Zentrum zur Erforschung menschlicher Kulturen und Konflikte
University of New South Wales, Indoaustralische Republik
16. – 21. April 1003 n.V.

[…] stießen wir auf den Obstgarten – sehr zu unserer Freude, denn keiner von uns hatte auch nur annähernd genug gegessen, seit Hollis vor drei Tagen den Bock geschossen hatte. Jetzt sind wir vollgepackt mit Äpfeln. Sie sind klein und verwurmt, und wenn man zu viele auf einmal isst, kriegt man Krämpfe, aber es tut gut, mal wieder einen vollen Bauch zu haben. Heute übernachten wir in einem rostigen Wellblechschuppen; er ist voll mit alten Autos, und es stinkt nach Taubenmist. Die Straße haben wir jetzt anscheinend endgültig verloren, aber Peter meint, wenn wir weiter geradewegs nach Osten gehen, müssten wir morgen oder übermorgen auf den Highway 15 stoßen. Die Karte, die wir in der Tankstelle in Caliente gefunden haben, ist das Einzige, woran wir uns orientieren können.

Amy spricht jeden Tag ein bisschen mehr. Es ist immer noch neu für sie, einfach mit jemandem zu reden, und manchmal scheint sie nach Worten zu ringen, als hätte sie ein Buch im Kopf, in dem sie den richtigen Ausdruck sucht. Aber ich sehe ihr an, dass es sie glücklich macht zu sprechen. Sie redet uns gern und oft mit Namen an, auch wenn klar ist, wen sie meint, und das kann manchmal ziemlich peinlich sein. (Gestern hat sie gesehen, wie ich mich hinter einen Busch verdrückte, und wollte wissen, was ich da wollte, und als ich sagte, ich müsse pinkeln, hat sie gestrahlt wie ein Honigkuchenpferd und viel zu laut gemeint: Ich muss auch pinkeln, Sara. Michael hat sich kaputtgelacht, aber Amy schien das nicht zu stören, und als wir fertig waren, sagte sie sehr höflich – sie ist immer sehr höflich –: Ich hatte vergessen, wie man das nennt. Danke, dass du mit mir gepinkelt hast, Sara.)

Das soll nicht heißen, dass wir sie immer verstehen, denn die halbe Zeit tun wir es nicht. Michael sagt, es erinnere ihn an Unterhaltungen mit Auntie, aber es ist schlimmer, denn bei Auntie wusste man immer, dass sie einem was vormachte. Amy erinnert sich anscheinend nicht, woher sie kommt, außer dass es eine Gegend mit Bergen war und dass es da geschneit hat. Das könnte Colorado sein, tatsächlich wissen wir es aber nicht. Anscheinend hat sie überhaupt keine Angst vor den Virals, nicht mal vor denen, die wie Babcock sind und die sie Die Zwölf nennt. Als Peter sie fragte, wie sie ihn im Ring davon abgebracht hätte, Theo zu töten, zuckte Amy nur die Achseln und sagte, als wäre das gar nichts: Ich habe ihn gebeten, es bitte nicht zu tun. Dieser eine Viral gefiel mir überhaupt nicht, sagte sie. Da dachte ich, es ist besser, wenn ich bitte und danke sage.

Ein Viral, und sie hat tatsächlich bitte zu ihm gesagt!

Aber was mir vor allem im Kopf herumgeht, ist ihre Antwort auf Michaels Frage, woher sie gewusst hätte, wie man die Kupp-

lung absprengt. Ein Mann namens Gus hat es mir erzählt, sagte Amy. Ich wusste gar nicht, dass Gus im Zug war, aber Peter erzählte, was mit Gus und Billie passiert war und dass sie von den Virals umgebracht worden waren, und Amy nickte und sagte, ja, da hat er es gesagt. Peter war einen Moment lang sehr still und starrte sie an. Was hat er gesagt?, fragte er, und Amy antwortete: Er hat es mir gesagt. Als er vom Zug gefallen war. Die Virals haben ihn nicht umgebracht; ich glaube, er hat sich das Genick gebrochen. Aber er war nicht gleich tot. Er hat die Bombe zwischen Lok und Güterwagen angebracht. Er wusste wohl, was mit dem Zug gleich passieren würde, und hat sich gedacht, jemand sollte die Bombe zünden.

Michael sagt, es muss noch eine andere Erklärung geben. Gus muss ihr vorher etwas gesagt haben. Aber ich sehe Peter an, dass er ihr glaubt, und ich glaube ihr auch. Peter ist mehr denn je davon überzeugt, dass das Signal aus Colorado der Schlüssel zu alldem ist, und ich bin seiner Meinung. Nach dem, was wir im Hafen erlebt haben, glaube ich allmählich, dass Amy unsere einzige Hoffnung ist.

Tag 31

Eine richtige Stadt, die erste seit Caliente. Wir verbringen die Nacht in einer Schule. Es ist ein bisschen wie in der Zuflucht: Reihen von kleinen Pulten in allen Räumen. Ich hatte Angst, es könnten wieder Slims drin sein, doch wir haben keine gefunden. Wir wachen in Zweierschichten. Ich habe die zweite Schicht, zusammen mit Hollis. Ich dachte, das wird schwierig: ein paar Stunden schlafen, dann geweckt werden, und dann noch mal ein paar Stunden schlafen bis zum Morgengrauen. Aber mit Hollis vergeht die Zeit schnell. Eine Zeitlang haben wir von zu Hause gesprochen, und Hollis wollte wissen, was ich am meisten vermisse. Das Erste, das mir einfiel, war Seife, und darüber musste Hollis lachen. Ich wollte wissen, was daran so komisch ist, und er sagte, ich

dachte, du würdest sagen, das Flutlicht. Denn verdammt, dieses Flutlicht vermisse ich, Sara. Und ich fragte, was vermisst du sonst noch?, und da war er einen Moment lang still, und ich dachte, er würde sagen, Arlo. Aber das tat er nicht. Er sagte: die Kleinen. Dora und die anderen. Ihre Stimmen im Hof und den Geruch im Schlafsaal in der Nacht. Vielleicht liegt es an der Bude hier, dass ich an sie denken muss. Aber das ist es, was ich heute Nacht vermisse. Die Kleinen.

Immer noch keine Virals. Alle fragen sich, wie lange wir noch so viel Glück haben.

Tag 32

Wie es aussieht, werden wir noch eine zweite Nacht hier verbringen. Alle müssen sich ausruhen. Der Knaller ist nämlich: Wir haben ein Geschäft gefunden, Outdoor World, voll mit allen möglichen Sachen, die wir gebrauchen können, unter anderem Pfeile und Bogen. (Der Gewehrschrank war leer.) Wir haben jetzt Messer und eine Handaxt und Rucksäcke mit Tragegestell und ein Fernglas und einen Feldkocher samt Brennstoff, mit dem wir Wasser heiß machen können. Außerdem Landkarten und einen Kompass und Schlafsäcke und warme Jacken. Wir haben jetzt alle neue Hosen und dicke Socken für unsere Stiefel und Thermounterwäsche, die wir eigentlich nicht brauchen – aber bald wahrscheinlich schon. In dem Laden war ein Slim, den wir erst gesehen haben, als wir fast fertig waren. Er lag unter der Theke mit den Ferngläsern. Uns allen war ein bisschen unwohl dabei, dass wir das ganze Zeug aus den Regalen gezerrt hatten, ohne zu merken, dass er da war. Ich weiß, Caleb hätte einen Witz gemacht und uns alle aufgeheitert. Ich kann nicht glauben, dass er wirklich nicht mehr da ist.

Alicia und Hollis waren auf der Jagd. Sie haben wieder einen Bock mitgebracht, einen Jährling. Ich wünschte, wir könnten

lange genug hierbleiben, um das Fleisch zu pökeln. Hollis glaubt, da, wo wir hingehen, gibt es noch mehr. Mehr hat er nicht gesagt, aber das brauchte er auch nicht: Denn wenn es dort Wild gibt, ist wahrscheinlich auch mit Smokes zu rechnen.

Es ist kalt heute Nacht. Ich glaube, es ist Herbst.

Tag 33

Wieder unterwegs. Wir wandern jetzt auf dem Highway 15 nach Norden. Der Highway ist ziemlich kaputt, doch zumindest wissen wir, dass wir in die richtige Richtung gehen. Unmengen von verlassenen Autos. Sie scheinen in Kolonnen stehen geblieben zu sein. Man sieht einen ganzen Haufen und dann eine Zeitlang gar keins, und dann kommen wieder zwanzig Stück oder mehr. Jetzt rasten wir an einem Fluss. Wir hoffen, dass wir am späten Nachmittag in Parowan ankommen.

Tag 35

Immer noch unterwegs. Peter schätzt, wir machen am Tag ungefähr 25 Kilometer. Erschöpft. Ich mache mir Sorgen um Maus. Wie kann sie das durchhalten? Man sieht es jetzt deutlich. Theo weicht nicht von ihrer Seite.

Es ist plötzlich wieder heiß, glühend heiß. Nachts sieht man Wetterleuchten im Osten, wo man die Berge sieht, aber niemals Regen. Hollis hat mit dem Bogen einen Hasen erwischt. Das ist unser Abendessen: Hasenbraten am Spieß, geteilt durch acht, und ein paar Äpfel, die noch übrig sind. Morgen suchen wir ein Lebensmittelgeschäft; vielleicht gibt es da Konserven, die noch genießbar sind. Amy sagt, von dem, was man da findet, kann man noch jede Menge essen. Also wieder hundert Jahre alte Mahlzeiten.

Warum sind hier keine Virals?

Tag 36

Gestern Abend haben wir den Rauch gerochen, und am Morgen wussten wir, dass der Wald hinter den Bergen im Osten brennt. Wir haben uns gefragt, sollen wir umkehren oder abwarten oder versuchen, das Feuer zu umgehen, aber niemand will vom Highway runter. Also gehen wir weiter, und wenn die Luft ganz schlecht wird, müssen wir uns neu beraten.

Tag 36 (immer noch)

Ein Fehler. Die Brände sind jetzt ganz nah, und wir können ihnen nicht entkommen. Wir haben in einer Garage am Rand des Highways Schutz gesucht. Peter weiß nicht genau, wie der Ort heißt oder ob es überhaupt ein Ort ist. Wir haben Nägel und einen Hammer gefunden und die zerbrochenen Fenster an der Vorderseite mit den Planen verschlossen, und jetzt können wir nur noch abwarten und hoffen, dass der Wind sich dreht. Die Luft ist so dick, dass ich kaum sehen kann, was ich schreibe.

[Seiten fehlen]

Tag 38

Wir sind jetzt hinter Richfield, auf dem Highway 70. Die Straße ist teilweise weggespült – Hollis hatte recht: Die Hauptstraßen folgen den Pässen. Das Feuer ist hier durchgekommen. Überall liegen tote Tiere, und es riecht nach verkohltem Fleisch. Alle glauben, die Geräusche, die wir in der Nacht gehört haben, waren die Schreie von Virals, die von den Flammen eingeschlossen waren.

Tag 39

Die ersten Kadaver. Sie lagen unter einer Brücke, drei Stück, dicht beieinander. Peter glaubt, wir haben bis jetzt keine Virals gesehen, weil sie das ganze Wild in die höheren Regionen hinaufgetrieben haben. Und dort wurden sie vom Feuer eingeschlossen.

Vielleicht lag es daran, wie sie aussahen, völlig verbrannt, die Gesichter an den Boden gepresst, aber ich hatte plötzlich Mitleid mit ihnen. Wenn ich nicht gewusst hätte, dass es Virals waren, hätte ich schwören können, es waren Menschen, und ich weiß, genauso gut hätten wir selbst tot dort liegen können. Ich habe Amy gefragt, ob sie glaubt, dass sie Angst hatten, und sie hat gesagt, ja, das dächte sie schon.

In der nächsten Stadt, die wir erreichen, werden wir einen Tag länger bleiben, um uns auszuruhen und Vorräte abzustauben. (Amy hatte recht mit den Konserven. Solange die Nähte dicht sind und sie schwer in der Hand liegen, sind sie okay.

[Seiten fehlen]

Tag 48

Es geht wieder nach Osten. Die Berge sind hinter uns. Hollis glaubt, vorläufig werden wir kein Wild mehr sehen. Es geht quer durch trockenes Flachland, durchzogen von tiefen Gräben. Wohin man auch schaut, sieht man Knochen – nicht nur von Kleintieren, sondern auch von Rehen, Antilopen und Schafen und manchmal etwas, das aussieht wie eine Kuh, nur größer und mit einem dicken buckligen Schädel (Michael sagt, das sind Bisons). Gegen Halbtag machten wir Rast bei ein paar Felsen, in die Wörter eingeritzt waren: »Darren loves Lexie 4Ever« und »Green River SHS 16 – PIRATES SIND DER HAMMER!« Das Erste verstanden alle, aber mit dem anderen konnte niemand etwas anfangen. Es machte mich ein bisschen traurig; ich weiß nicht genau, warum. Vielleicht weil diese Worte schon so lange dastanden und niemand sie las. Ob Lexie Darren auch geliebt hat?

Wir haben den Highway verlassen und sind in der Nähe der Stadt Emery untergekrochen. Eigentlich ist hier nichts mehr übrig, nur ein paar Grundmauern und ein paar Schuppen mit

verrosteten Landwirtschaftsmaschinen und unzähligen Mäusen. Wir können nirgends eine Pumpe finden, aber Peter sagt, in der Nähe ist ein Fluss, und morgen werden wir ihn suchen.

Überall Sterne. Eine schöne Nacht.

Tag 49
Ich habe beschlossen, Hollis Wilson zu heiraten.

Tag 52
Von Crescent Junction jetzt in Richtung Süden auf dem Highway 191. Wir glauben zumindest, es ist der 191. Tatsächlich sind wir mindestens fünf Kilometer weit an der Kreuzung vorbeigelaufen und mussten zurückgehen. Viel ist von der Straße nicht mehr übrig; deshalb haben wir sie beim ersten Mal übersehen. Ich habe Peter gefragt, warum wir die 70 verlassen müssen, und er sagte, wir kommen zu weit nach Norden, wenn wir da weitergehen. Früher oder später müssen wir nach Süden abbiegen – warum also nicht jetzt?

Hollis und ich haben beschlossen, keinem zu erzählen, was passiert ist. Komisch, als ich mich für ihn entschieden hatte, wurde mir klar, dass ich schon lange daran gedacht hatte, ohne es zu merken. Ich wünsche mir dir ganze Zeit, ich könnte ihn noch mal küssen, aber entweder sind alle dabei, oder wir sind auf Wache. Ich habe immer noch ein schlechtes Gewissen wegen neulich nachts. Außerdem könnte er wirklich ein Bad vertragen. (Ich aber auch.)

Kein Ort, nirgends. Peter glaubt nicht, dass wir vor Moab einen finden. Die Nacht verbringen wir in einer offenen Höhle. Eigentlich ist es eher eine Nische unter einem überhängenden Felsen, aber besser als nichts. Die Felsen hier sind alle irgendwie orangerosa. Sehr hübsch und sehr seltsam.

T 53

Heute war der Tag, an dem wir die Farm gefunden haben.

Erst dachten wir, es wäre eine Ruine wie all die anderen, die wir schon gesehen haben. Aber als wir näher kamen, sahen wir, dass sie viel besser in Schuss war – eine Ansammlung von Holzhäusern. Scheunen, Nebengebäude und Koppeln für das Vieh. Zwei andere Häuser sind leer, aber eins, das größte, sieht aus, als ob vor nicht allzu langer Zeit tatsächlich noch jemand hier gewohnt hat. Der Tisch in der Küche war mit Tellern und Tassen gedeckt, an den Fenstern sind Vorhänge, und in den Schubladen liegen zusammengefaltete Kleidungsstücke. Möbel und Töpfe und Pfannen, Bücher auf den Regalen. In der Scheune haben wir ein altes Auto gefunden, völlig verstaubt, und die Borde dort waren voll von Kanistern mit Lampenöl, leeren Einmachgläsern und Werkzeug. Und es gibt etwas, das aussieht wie ein Friedhof: vier Grabstellen, mit Steinen umgrenzt. Michael meinte, wir sollten eine aufgraben, um zu sehen, wer da unten liegt. Aber diesen Vorschlag nahm niemand ernst.

Wir haben den Brunnen gefunden. Die Pumpe war festgerostet, und wir mussten zu dritt anpacken, um sie zu lösen, aber als wir es geschafft hatten, war das Wasser, das herauskam, kalt und klar – das beste, das wir seit Langem getrunken haben. In der Küche ist auch eine Pumpe; Hollis versucht immer noch, sie in Gang zu bringen. Und einen Holzofen zum Kochen gibt es auch. Im Keller haben wir Regale mit Einmachgläsern gefunden – Bohnen, Kürbis, Mais –, und sie sind noch fest verschlossen. Wir haben außerdem noch Konserven, die wir in Green River abgestaubt haben, ein bisschen geräuchertes Wildfleisch und einen Rest Schmalz. Unser erstes richtiges Abendessen seit Wochen. Peter sagt, nicht weit von hier ist ein Fluss, und morgen werden wir ihn suchen. Wir schlafen alle in dem großen Haus auf Matratzen, die wir von oben heruntergeholt und vor den Ofen gelegt haben.

Peter vermutet, die Farm ist seit mindestens zehn Jahren verlassen, wahrscheinlich seit zwanzig. Wer hat hier gewohnt? Wie haben sie überlebt? Es ist ein bisschen unheimlich hier, mehr als in den Städten, die wir gesehen haben. Als wären die, die hier gewohnt haben, eines Tages weggegangen, um zum Abendbrot zurück zu sein, und als wären sie dann einfach nicht mehr nach Hause gekommen.

Tag 54

Wir bleiben noch einen Tag länger. Theo besteht darauf; er meint, Maus kann dieses Tempo nicht durchhalten, aber Peter sagt, wir müssen bald weiter, wenn wir es vor dem Schnee nach Colorado schaffen wollen. Schnee. Daran hatte ich nicht gedacht.

Tag 56

Immer noch auf der Farm. Wir haben beschlossen, ein paar Tage zu bleiben, obwohl Peter kribbelig ist und weiterwill. Er und Theo hatten tatsächlich Streit deswegen. Ich glaube [unleserlich]

[Seiten fehlen]

Tag 59

Morgen früh gehen wir weiter, Theo und Maus bleiben hier. Ich glaube, alle haben gewusst, dass es so kommen würde. Sie haben es gleich nach dem Abendessen verkündet. Peter war dagegen, aber am Ende konnte er Theo nicht umstimmen. Sie haben hier ein Dach über dem Kopf, es gibt reichlich Kleinwild und die Konserven im Keller. Sie können hier überwintern und das Baby zur Welt bringen. Wir sehen uns im Frühling, Bruder, sagte Theo. Vergesst nur nicht, auf dem Rückweg hier vorbeizukommen, wenn ihr gefunden habt, wonach immer ihr sucht.

In ein paar Stunden soll ich die Wache übernehmen, und eigentlich sollte ich schlafen. Ich glaube, was Maus und Theo

vorhaben, ist richtig, und das sollte sogar Peter einsehen. Aber es ist traurig, sie zurückzulassen. Ich glaube, wir alle müssen dabei an Caleb denken, besonders Alicia, die völlig verstummt ist, als Maus und Theo ihren Entschluss bekannt gaben. Seitdem hat sie mit niemandem ein Wort gesprochen. Ich glaube, alle denken an die Gräber im Garten. Werden wir Maus und Theo je wiedersehen?

Ich wünschte, Hollis wäre wach. Ich habe mir vorgenommen, nicht zu weinen. O verdammt. Verdammt.

Tag 60
Wieder unterwegs. In einer Hinsicht hatte Theo recht: Ohne Maus kommen wir schneller voran. Lange vor der Abenddämmerung waren wir in Moab. Hier gibt es nichts mehr; der Fluss hat alles weggeschwemmt. Ein mächtiger Wall aus Schutt und Trümmern versperrt den Weg. Bäume, Häuser, Autos, Reifen und andere Dinge verstopfen den schmalen Canyon, in dem früher die Stadt war. Für die Nacht haben wir uns in eins der wenigen erhaltenen Gebäude zurückgezogen, oben auf dem Berg. Es ist eine Ruine – nur ein Balkengerüst und ein kaputtes Dach über uns. Genauso gut könnten wir gleich im Freien übernachten. Ich glaube allerdings nicht, dass einer von uns heute viel schlafen wird. Morgen werden wir auf den Kamm hinaufsteigen und auf der anderen Seite einen Weg hinunter suchen.

[Seiten fehlen]

Tag 64
Heute haben wir wieder einen Tierkadaver gefunden, irgendeine große Katze. Sie hing in den Ästen eines Baumes wie die anderen. Sie war so stark verwest, dass man es nicht mehr erkennen konnte, aber alle glauben, sie wurde von einem Viral getötet.

Tag 65

Sind noch immer im La-Sal-Gebirge und auf dem Weg nach Osten. Der Himmel ist nicht mehr weiß, sondern blau – die Farbe des Herbsts. Alles verströmt einen feuchten, köstlichen Duft. Laub fällt von den Bäumen, nachts gibt es Frost, und morgens liegt ein dichter silberner Nebel über den Bergen. Ich glaube, ich habe noch nie etwas so Schönes gesehen.

Tag 66

Letzte Nacht hatte Amy wieder einen Alptraum. Wir haben im Freien geschlafen, unter den Plastikplanen. Ich kam gerade mit Hollis von der Wache und zog mir die Stiefel von den Füßen, als ich hörte, wie sie im Schlaf murmelte. Ich dachte noch, vielleicht sollte ich sie wecken, als sie plötzlich kerzengerade aufrecht saß. Sie steckte ganz in ihrem Schlafsack, und nur das Gesicht guckte heraus. Sie sah mich lange an, aber ihr Blick ging durch mich hindurch, als wüsste sie nicht, wer ich war. Er stirbt, sagte sie. Er stirbt immer weiter und kann nicht aufhören. Wer stirbt?, fragte ich. Amy, wer? Der Mann, sagte sie. Der Mann stirbt. Welcher Mann?, fragte ich. Aber da legte sie sich wieder hin und schlief weiter.

Manchmal frage ich mich, ob wir auf etwas Schreckliches zugehen, schrecklicher, als wir alle es uns vorstellen können.

Tag 67

Heute sind wir an einer verrosteten Tafel am Straßenrand vorbeigekommen, auf der stand: »Paradox – 2387 Einw.« Ich glaube, wir sind da, sagte Peter und zeigte es uns allen auf der Landkarte.

Wir sind in Colorado.

57

Endlich senkte sich das Bergland in ein weites Tal hinab. Endlos lag es in der Herbstsonne unter einem azurblauen Himmelsgewölbe. Das hohe Gras war verdorrt, die Äste der Bäume waren kahl oder trugen nur noch ein paar Blätter, die Nachzügler, ausgebleicht wie Knochen. Sie flatterten im Wind wie winkende Hände und raschelten wie altes Papier. Der Boden war trocken, doch in den Gräben strömte das Wasser. Sie füllten ihre Flaschen damit, und es war kalt wie Eis an ihren Zähnen. Der Winter lag in der Luft.

Sie waren nur noch zu sechst, und sie zogen durch das leere Land wie Besucher einer vergessenen Welt, einer Welt ohne Gedächtnis, in der die Zeit stehen geblieben war. Hier und da das Gerippe einer Farm, ein verrosteter Laster, dessen Kühlergrill die Zähne bleckte wie ein Totenschädel, und kein Geräusch außer dem Wind und dem Zirpen der Grillen, die vor ihnen durch das Gras schwirrten. Sie kamen mühelos voran, aber das würde nicht so bleiben. Ein weißer Strich, der quer über den fernen Horizont gemalt war, erzählte von Bergen, die bald kommen würden.

Sie übernachteten in einer Scheune an einem Fluss. Altes Zaumzeug hing an den Wänden, Melkeimer, Schneeketten. Ein verrosteter Traktor auf platten Reifen. Das Wohnhaus stand nicht mehr; es war auf seinem Fundament zusammengebrochen, und die Wände lagen bizarr übereinandergestapelt, als wäre das Haus

zusammengeschoben worden. Sie teilten die Konserven auf, die sie gefunden hatten, setzten sich auf den Boden und aßen den Inhalt kalt. Durch die Löcher im Dach konnten sie die Sterne sehen und, als es Nacht wurde, auch den Mond, umringt von vorbeitreibenden Wolken. Peter übernahm die erste Wache mit Michael. Als Hollis und Sara sie ablösten, waren die Sterne verschwunden, und der Mond war nur noch ein fahler Fleck am wolkenverhangenen Himmel. Peter schlief traumlos, und am Morgen sah er, dass es in der Nacht geschneit hatte.

Im Laufe des Vormittags wurde die Luft wärmer, und der Schnee war geschmolzen. Die nächste Stadt auf der Karte hieß Placerville. Acht Tage war es her, dass sie den Kadaver der Katze in dem Baum gesehen hatten. Das Gefühl, verfolgt zu werden, war in den langen Tagen der Wanderung und den stillen sternhellen Nächten verflogen. Die Farm war eine ferne Erinnerung, und der Hafen mit allem, was dort passiert war, schien Jahre hinter ihnen zu liegen.

Sie wanderten jetzt an einem Fluss entlang. Peter vermutete, es sei der Dolores oder der San Miguel. Die Straße war längst nicht mehr da – überwuchert vom Gras, versunken unter dem Sand der Zeit. In zwei Dreierkolonnen marschierten sie schweigend voran. Was suchten sie, und was würden sie finden? Ihre Reise war zum Selbstzweck geworden: Sie mussten weitergehen, immer weiter. Irgendwann damit aufzuhören, ans Ende zu kommen war ein Gedanke, der Peters Vorstellungsvermögen überstieg. Amy ging an seiner Seite, leicht vorgebeugt unter der Last ihres Rucksacks. Ihr Schlafsack und die Winterjacke waren unten am Traggestell festgeschnallt. Sie trug wie alle anderen die Kleidung, die sie bei Outdoor World abgestaubt hatten: Hosen, die mit einem Gürtel um ihre Taille gezurrt waren, und ein weites, rot-weiß kariertes Hemd, dessen Manschetten nicht zugeknöpft waren und um ihre Handgelenke flatterten. Ihre Füße steckten in ledernen Sneakers. Ihr Kopf war nicht bedeckt, und auch die Brille hatte sie längst abgelegt. Sie blickte entschlossen nach vorn und blinzelte im hellen Licht. In den Tagen, seit sie die Farm verlassen hatten, war eine Verän-

derung vor sich gegangen, unterschwellig, aber spürbar. Genau wie der Fluss war sie es jetzt, die sie führte. Die anderen hatten nur noch die Aufgabe, ihr zu folgen. Mit jedem Tag wurde dieses Gefühl stärker. Peter dachte – wie so oft – an die Botschaft, die Michael ihm gezeigt hatte, in jener längst vergangenen Nacht im Lichthaus. Ihre Worte klangen im Takt seiner Schritte, und jeder Schritt trug ihn weiter in eine Welt, die er nicht kannte, in das verborgene Herz der Vergangenheit, an den Ort, von dem Amy kam.

Wenn ihr sie gefunden habt, bringt sie her. Wenn ihr sie gefunden habt, bringt sie her.

Er vermisste Theo weniger, als er erwartet hatte. Wie der Hafen und alles, was davor passiert war – einschließlich der Kolonie –, schien der Gedanke an seinen Bruder in den Hintergrund zu treten, verdrängt von dem Wunsch weiterzukommen. Er war verschwunden wie die Straße, die von Gras überwuchert war. An jenem Abend, als Theo und Maus sie alle zusammengerufen und ihnen ihre Entscheidung eröffnet hatten, war Peter zuerst wütend gewesen. Doch im selben Augenblick hatte er gewusst, dass sein Zorn irrational war; es war offensichtlich, dass Maus nicht weitergehen konnte. Peter wollte nur nicht, dass sein Bruder ihn so schnell wieder verließ. Aber Theo hatte recht.

Im Laufe der letzten Tage hatte er hinter der Entscheidung seines Bruders allerdings noch eine tiefere Wahrheit erkannt. Es war ihnen bestimmt, dass ihre Wege sich wieder trennten, denn ihr Anliegen war nicht dasselbe. Theo schien ihre Geschichte über Amy nicht anzuzweifeln; zumindest hatte er nichts gesagt, was Peter so hätte deuten können. Aber in der Art, wie sein Bruder sich darauf eingelassen hatte, war eine gewisse Gleichgültigkeit spürbar gewesen: Amy bedeutete ihm nichts oder nur sehr wenig. Allenfalls schien er ein bisschen Angst vor ihr zu haben. Es war klar, dass er nur deshalb überhaupt so weit mitgekommen war, weil die anderen diesen Weg gehen wollten. Bei der ersten Gelegenheit, und mit Rücksicht auf Mausamis Schwangerschaft, hatte er sofort aufgegeben. Aus egoistischen Gründen hätte Peter sich mehr gewünscht, und sei

es nur, dass Theo beim Abschied ein wenig traurig gewesen wäre. Aber das war er nicht. Als die sechs losgegangen waren, hatte Peter sich noch einmal umgedreht, um zu sehen, wie Theo und Mausami ihnen nachschauten. Eine Kleinigkeit – aber für Peter wäre es wichtig gewesen, dass Theo auf der Veranda stehen blieb und wartete, bis sie außer Sicht waren. Doch sein Bruder war bereits verschwunden. Nur Mausami war noch da.

Als die Sonne hoch am Himmel stand, machten sie halt, um sich auszuruhen. Die Berge waren jetzt deutlich zu sehen, eine zerklüftete Masse am östlichen Horizont, die Gipfel weiß bemützt. Es war noch einmal warm geworden, so warm, dass sie schwitzten, aber dort oben, wo sie hinwollten, war der Winter schon angekommen.

»Hat wieder geschneit«, sagte Hollis.

Er saß neben Peter auf einem umgestürzten Baumstamm, dessen vermoderte Rinde schwarz von Feuchtigkeit war. Seit mindestens einer Stunde hatte niemand mehr ein Wort gesagt. Die anderen hatten sich ringsum verteilt; nur Alicia war losgezogen, um das Gelände zu erkunden. Mit seinem Messer öffnete Hollis eine Dose und löffelte sich den Inhalt, irgendein geschnetzeltes Fleisch, in den Mund. Ein Stück davon war in seinem struppig verfilzten Bart hängen geblieben; er wischte es ab, trank mit hüpfendem Adamsapfel in tiefen Zügen aus seiner Wasserflasche und reichte Peter die Dose.

Peter nahm sie und aß. Sara saß ihm gegenüber an einen Baum gelehnt und schrieb in ihr Buch. Sie hielt inne und starrte konzentriert auf das, was sie geschrieben hatte. Ihr Bleistift war nur ein Stummel, so kurz, dass sie ihn fast nicht halten konnte. Sie zog ihr Messer aus dem Gürtel, schabte die Spitze ab und nahm dann ihre geduldige Kritzelei wieder auf.

»Was schreibst du da?«, fragte Peter.

Sara zuckte die Achseln und strich sich eine Haarsträhne hinter das Ohr. »Über den Schnee. Was wir gegessen haben, wo wir geschlafen haben.« Sie hob das Gesicht und blinzelte in das Sonnenlicht, das zwischen den nassen Ästen herabfiel. »Wie schön es hier ist.«

Er merkte, dass er lächelte. Wann hatte er zuletzt gelächelt?

»Ja, das ist es wohl.«

Auch Sara wirkte verändert, seit sie die Farm verlassen hatten, fand Peter. Sie war ruhig und gelassen, als hätte sie eine Entscheidung getroffen und sich damit tiefer in sich selbst zurückgezogen, in einen Zustand jenseits von Sorge oder Angst. Er verspürte leise Reue. Als er sie jetzt so sah, erkannte er, wie dumm er gewesen war. Ihr Haar war lang und verfilzt, ihr Gesicht und die bloßen Arme starrten vor Schmutz, und sie hatte schwarze Ränder unter den Fingernägeln. Trotzdem hatte sie niemals schöner ausgesehen – als wäre alles, was sie erlebt hatte, ein Teil von ihr geworden, der sie mit leuchtender Stille erfüllte. Es war keine Kleinigkeit, jemanden zu lieben. Dieses Geschenk hatte sie ihm angeboten, immer schon. Aber er hatte es zurückgewiesen.

Sie merkte, dass er sie ansah, und legte fragend den Kopf zur Seite. »Was ist?«

Verlegen schüttelte er den Kopf. »Nichts.«

»Du hast mich angestarrt.«

Sie schaute lange zu Hollis hinüber, und ihre Mundwinkel hoben sich zu einem kurzen Lächeln. Es war nur ein Moment, aber Peter spürte deutlich das unsichtbare Band zwischen den beiden. Natürlich. Wie hatte er so blind sein können?

»Es war nichts weiter«, brachte er hervor. »Nur … du hast glücklich ausgesehen, wie du so dasitzt. Hat mich überrascht, das ist alles.«

Alicia kam aus dem Gebüsch. Sie lehnte ihr Gewehr an einen Baum, nahm eine Konservendose aus einem Rucksack und stach sie mit dem Messer auf. Stirnrunzelnd betrachtete sie den Inhalt.

»Pfirsiche«, stöhnte sie. »Wieso kriege ich immer Pfirsiche?« Sie setzte sich auf den Baumstamm, spießte die weichen gelben Früchte auf und schob sie in den Mund.

»Was gibt's da unten?«, fragte Peter.

Der Saft tropfte ihr am Kinn herunter. Sie deutete mit der Messerklinge in die Richtung, aus der sie gekommen war. »Ungefähr

einen halben Kilometer weiter östlich wird der Fluss schmaler und biegt nach Süden ab. Berge auf beiden Seiten, dichte Bewachsung, eine Menge exponierte Stellen.« Sie hatte die Pfirsiche aufgegessen, trank den Saft aus der Dose und warf sie beiseite. Dann wischte sie sich die Hände an ihrer Hose ab. »Am helllichten Tag, wie jetzt, ist es wahrscheinlich okay. Aber wir sollten nicht allzu lange hier herumtrödeln.«

Michael saß ein paar Schritte weiter an den Baumstamm gelehnt auf dem feuchten Boden. Die lange Wanderung hatte ihn schlanker und härter gemacht, und er hatte einen dünnen hellblonden Bart bekommen. Ein Schrotgewehr lag quer über seinem Schoß, und sein Finger war nah am Abzug.

»Keine Sichtung seit – wann? Seit sieben Tagen?« Er sprach mit geschlossenen Augen und hielt das Gesicht in die Sonne. Er trug nur ein T-Shirt und hatte sich die Jacke um den Bauch gebunden.

»Seit acht«, korrigierte Alicia. »Aber das heißt nicht, dass wir nachlässig werden dürfen.«

»Ich sag's ja nur.« Er öffnete die Augen und sah Alicia achselzuckend an. »Diese Katze kann an allem Möglichen krepiert sein. Vielleicht an Altersschwäche.«

Sie lachte. »Hört sich gut an.«

Amy stand allein am Rand des Lagerplatzes. So spazierte sie immer davon. Eine Zeitlang hatte Peter sich wegen dieser Angewohnheit Sorgen gemacht, aber sie ging nie sehr weit weg, und inzwischen hatten sich alle daran gewöhnt.

Er stand auf und ging zu ihr. »Amy, du solltest etwas essen. Wir gehen bald weiter.«

Das Mädchen antwortete nicht gleich. Sie schaute zu den Bergen hinüber, die sich jenseits des Flusses und des flachen Graslands dahinter in der Sonne erhoben.

»Ich erinnere mich an den Schnee«, sagte sie. »Wie ich darin gelegen habe. Wie kalt er war.« Sie sah ihn blinzelnd an. »Wir sind bald da, nicht wahr?«

Peter nickte. »In ein paar Tagen, nehme ich an.«

»Tell-uride«, sagte Amy.

»Ja. Telluride.«

Sie wandte sich wieder ab. Peter sah, dass sie fröstelte, obwohl es warm war.

»Wird es wieder schneien?«, fragte sie.

»Hollis glaubt es.«

Amy nickte zufrieden. Ihr Gesicht leuchtete warm. Es war eine glückliche Erinnerung. »Ich würde mich gern wieder hineinlegen und Schneeengel machen.«

So sprach sie oft – in nebulösen Rätseln. Aber diesmal klang es anders. Es war, als stiege die Vergangenheit vor ihren Augen herauf wie ein Reh, das zaghaft aus dem Dickicht hervorkommt. Die kleinste Bewegung würde es verscheuchen.

»Was sind Schneeengel?«

»Man bewegt Arme und Beine im Schnee auf und ab«, erklärte sie. »Wie die im Himmel. Wie der Geist, Jacob Marley.«

Peter spürte, dass die anderen jetzt zuhörten. Der Wind wehte ihm eine schwarze Haarsträhne über die Augen. Als er sie so betrachtete, fühlte er sich durch die Monate zurückversetzt in die Nacht im Krankenrevier, als Amy seine Wunde gewaschen hatte. Gern hätte er sie gefragt: Woher wusstest du es, Amy? Woher wusstest du, dass meine Mutter mich vermisst, und wie sehr sie mir fehlt? Denn ihr habe ich es nie gesagt, Amy. Sie lag im Sterben, und ich habe ihr nicht gesagt, wie sehr sie mir fehlen würde, wenn sie nicht mehr da wäre.

»Wer ist Jacob Marley?«, fragte er.

Sie runzelte die Stirn und war plötzlich traurig. »Er trug die Ketten, die er im Leben geschmiedet hatte«, sagte sie und schüttelte den Kopf. »Es war eine so traurige Geschichte.«

Sie folgten dem Fluss bis in den Nachmittag hinein. Jetzt waren sie in den Ausläufern des Gebirges, und die Ebene lag hinter ihnen. Es ging aufwärts, und die Bäume wurden dichter – nackte, reisigdürre Espen und riesige uralte Kiefern mit Stämmen, so dick

wie ein Haus, ragten über ihren Köpfen empor. Ihr ausladendes Geäst überschattete den kahlen, mit Kiefernnadeln gepolsterten Boden. Die Luft wehte kalt und feucht vom Fluss herauf. Wie immer wanderten sie schweigend und spähten zwischen den Bäumen hindurch. Augen überall.

Placerville gab es nicht mehr. Es war leicht zu erkennen, was passiert war. Das enge Tal, der Fluss, der sich hindurchschnitt – im Frühling, wenn der Schnee schmolz, würde hier ein reißendes Hochwasser wüten. Wie Moab war auch diese Stadt weggeschwemmt worden.

Die Nacht verbrachten sie am Flussufer. Sie spannten die Plastikplane zwischen zwei Bäumen aus, um ein Dach zu haben, und legten ihre Schlafsäcke auf den weichen Boden. Peter übernahm die dritte Wache, zusammen mit Michael. Die Nacht war still und kalt und erfüllt vom Rauschen des Flusses. Peter bemühte sich, trotz der Kälte bewegungslos auf seinem Posten zu stehen, und dachte an Sara und das Gefühl, das er in dem kurzen Blickwechsel zwischen ihr und Hollis entdeckt hatte, und er erkannte, dass er sich für die beiden ehrlich freute. Er selbst hatte seine Chance schließlich schon gehabt, und offensichtlich liebte Hollis sie so, wie sie es verdiente. Hollis hatte es ihm praktisch gesagt, begriff er – in der Nacht im Milagro, als Sara entführt worden war: *Peter, gerade du solltest wissen, dass ich gehen muss.* Es waren nicht die Worte allein gewesen, sondern auch der Ausdruck in seinem Blick: absolute Furchtlosigkeit. In diesem Moment hatte Hollis alles aufgegeben, und er hatte es für Sara getan.

Der Himmel wurde fahl, als Alicia unter der Plane hervor- und auf ihn zukam.

»So«, sagte sie und gähnte entspannt. »Immer noch hier.«

Er nickte. »Immer noch hier.«

Nach jeder Nacht, die ohne Sichtung verging, fragte er sich, wie lange ihre Glückssträhne noch anhalten würde. Aber er dachte nie lange darüber nach; es hieße, das Schicksal herauszufordern, wenn er ihr Glück hinterfragte.

»Dreh dich um«, sagte Alicia. »Ich muss mal.«

Er wandte sich ab und hörte, wie Alicia ihre Hose aufschnallte und sich hinhockte. Zehn Meter weiter flussaufwärts saß Michael auf dem Boden, an einen Felsblock gelehnt. Peter erkannte, dass er fest schlief.

»Was hältst du von dieser Geschichte?«, fragte Alicia. »Geister und Engel und das alles.«

»Darüber weißt du genauso viel wie ich.«

»Peter«, sagte sie tadelnd, »das glaube ich dir nicht eine Sekunde lang.« Sie machte eine kurze Pause. »Okay, du kannst dich wieder umdrehen.«

Er sah sie an. Alicia zog ihren Gürtel fest. »Deinetwegen sind wir schließlich hier«, stellte sie fest.

»Ich dachte, Amy ist der Grund.«

Alicia schaute hinüber zu den Bäumen auf der anderen Seite des Flusses. »Wir sind Freunde, solange ich zurückdenken kann, Peter. Nichts kann daran etwas ändern. Und deshalb bleibt es unter uns, was ich dir jetzt sage. Verstanden?«

Peter nickte.

»In der Nacht bevor wir weggegangen sind, waren wir beide in dem Trailer vor dem Gefängnis. Du hast mich gefragt, was ich sehe, wenn ich Amy anschaue. Ich glaube, ich habe nichts darauf geantwortet, und wahrscheinlich wusste ich es da auch noch nicht. Aber hier ist meine Antwort. Ich sehe dich, Peter.«

Sie sah ihn mit durchdringendem, fast schmerzvollem Blick an. Peter war verblüfft. »Das verstehe ich nicht.«

»Doch, das verstehst du sehr wohl. Vielleicht weißt du es nicht, aber du verstehst es. Du sprichst nie über deinen Vater oder über die Langen Ritte. Ich habe dich nie bedrängt. Aber das heißt nicht, dass ich nicht wusste, was du wolltest. Du hast dein ganzes Leben lang darauf gewartet, dass etwas wie Amy kommt. Von mir aus kannst du es Bestimmung nennen oder Schicksal. Auntie würde wahrscheinlich sagen, es ist die Hand Gottes. Glaub mir, ich habe diese Reden auch gehört. Ich glaube, es kommt nicht darauf an,

wie du es nennst. Es ist, wie es ist. Du fragst mich, weshalb wir hier sind, und ich sage, klar, wir sind hier wegen Amy. Aber sie ist nur der halbe Grund. Und das Komische ist: Alle wissen es, nur du nicht.«

Peter wusste nicht, was er sagen sollte. Seit Amy in sein Leben getreten war, fühlte er sich, als hätte ihn eine starke Strömung erfasst, und diese Strömung zog ihn irgendwohin, zog ihn zu etwas, das er finden musste. Jeder Schritt, den er tat, sagte ihm das. Aber selbst inmitten dieses Gefühls wusste er, dass jeder von ihnen dabei eine Rolle gespielt hatte, und vieles war einfach nur Glücksache gewesen.

»Ich weiß nicht, Lish«, sagte er schließlich. »Es hätte jeder von uns sein können, an dem Tag damals in der Mall. Du hättest es sein können. Oder Theo.«

Sie winkte ab. »Du traust deinem Bruder zu viel zu, aber das hast du immer getan. Und wo ist er jetzt? Versteh mich nicht falsch; ich finde, er hat das Richtige getan. Maus war nicht in der Verfassung für solch einen langen Marsch. Das habe ich von Anfang an gesagt. Aber das war nicht der einzige Grund, weshalb er zurückgeblieben ist.« Wieder zuckte sie die Achseln. »Ich sage das nur, weil du es von irgendjemandem hören musst. Das hier ist dein Langer Ritt, Peter. Was immer da oben auf dem Berg ist, es wartet darauf, dass du es findest.«

Sie schwieg. Etwas an der Art, wie sie gesprochen hatte, beunruhigte ihn. Es klang, als wären es letzte Worte gewesen. Als wollte sie sich von ihm verabschieden.

»Glaubst du, es geht ihnen gut?«, fragte er. »Theo und Maus?«

»Keine Ahnung. Ich hoffe es.«

»Weißt du …« Er räusperte sich. »Ich glaube, Hollis und Sara …«

»Sind ein Paar?« Sie lachte leise. »Ich dachte, du hättest es nicht mitgekriegt. Du solltest ihnen sagen, dass du es weißt. Wenn du mich fragst, wird allen ein Stein vom Herzen fallen.«

Er war völlig verdattert. »Alle wissen es?«

»Peter.« Sie runzelte missbilligend die Stirn. »Genau das ist es,

wovon ich rede. Es ist gut und schön, die Menschheit retten zu wollen. Aber manchmal könntest du ein bisschen mehr auf das achten, was vor deiner Nase passiert.«

»Ich dachte, das tue ich.«

»Ja, das *dachtest* du. Wir sind ganz gewöhnliche Sterbliche, nichts weiter. Ich habe keine Ahnung, was da oben auf dem Berg ist, aber eins weiß ich: Wir leben, wir sterben. Und wenn wir Glück haben, finden wir irgendwo unterwegs vielleicht jemanden, der uns unsere Last erleichtert. Du solltest ihnen sagen, es ist okay. Sie warten darauf.«

Er begriff immer noch nicht, warum er so lange gebraucht hatte, um zu sehen, was mit Sara und Hollis los war. Vielleicht hatte er es nicht sehen *wollen.* Als er Alicia jetzt anschaute, deren Haar in der Morgensonne glänzte, erinnerte er sich an die Nacht mit ihr auf dem Dach des Kraftwerks, und wie sie dort übers Heiraten und über Kinder gesprochen hatten. An jene seltsame, außergewöhnliche Nacht, als Alicia ihm die Sterne geschenkt hatte. Damals war der bloße Gedanke daran, ein normales Leben zu führen – oder eins, das man so nennen konnte –, so fern und unerreichbar gewesen wie die Sterne da oben. Jetzt waren sie hier, mehr als tausend Kilometer von zu Hause entfernt – von einem Zuhause, das sie wahrscheinlich niemals wiedersehen würden –, und sie waren dieselben Leute, die sie immer gewesen waren, zugleich aber auch *nicht.* Denn etwas war passiert: Sie hatten die Liebe entdeckt.

Das war es, was Alicia ihm jetzt sagen wollte, und dasselbe hatte sie ihm in der Nacht auf dem Dach des Kraftwerks zu sagen versucht, in der letzten entspannten Stunde, bevor alles passierte. Dass sie das, was sie taten, aus Liebe taten. Nicht nur Sara und Hollis, sondern sie alle.

»Lish …«, begann er.

Aber sie schüttelte den Kopf und schnitt ihm das Wort ab. Anscheinend war sie plötzlich durcheinander. Hinter ihr traten Sara und Hollis in den Morgen heraus.

»Wie gesagt, wir alle sind deinetwegen hier«, sagte Alicia. »Und ich noch mehr als alle anderen. Wirst du jetzt Akku wecken, oder soll ich es tun?«

Sie brachen das Lager ab, und als sie flussabwärts weiterwanderten, schien die Sonne bis ins Tal hinunter und durchdrang die Äste der Bäume mit dunstigem Licht.

Es war kurz vor Halbtag, als Alicia, die an der Spitze ging, plötzlich stehen blieb. Sie hob die Hand, um alle zum Schweigen zu bringen.

»Lish«, rief Michael von hinten, »warum bleiben wir stehen?«

»*Still!*«

Sie schnupperte. Jetzt erreichte der Geruch auch Peter, ein merkwürdiger und kräftiger Dunst, der in der Nase brannte.

»Was ist das?«, flüsterte Sara hinter ihm.

Hollis deutete mit dem Gewehr über ihre Köpfe hinweg. »Seht mal da …«

An den Ästen über ihren Köpfen hingen Dutzende kleine weiße Gegenstände an langen Strängen, büschelweise wie Trauben.

»Was zum Teufel *ist* das?«

Aber Alicia schaute jetzt auf den Boden und inspizierte prüfend den Laubteppich zu ihren Füßen. Sie ging in die Knie und schob die dicke Schicht von braunen Blättern zur Seite.

»O Scheiße!«

Peter hörte das Ächzen eines herabfallenden Gewichts. Bevor er ein Wort herausbrachte, hatte das Netz sie verschlungen. Sie wurden hochgehoben und stiegen in die Luft, schreiend und umeinanderpurzelnd, in die Maschen verstrickt. Einen Augenblick lang schwebte alles in der Schwerelosigkeit, und dann ging es wieder hinunter. Das Netz presste sie zu einem einzigen in sich verkeilten, wehrlosen Klumpen zusammen.

Peter hing kopfüber in den Maschen. Jemand lag auf ihm – Hollis. Hollis und Sara und dicht vor seinem Gesicht war ein Stiefel, der zu Amy gehörte. Es war nicht zu erkennen, wo ein Körper

aufhörte und der andere anfing. Sie drehten sich in der Luft wie ein Kreisel. Der Druck auf seiner Brust war so stark, dass er kaum atmen konnte. Seine Wange drückte sich an die Maschen, die aus einem starken faserigen Garn geflochten waren. Der Boden unter ihm war ein rasender Strudel von zerlaufenden Farben.

»Lish!«

»Ich kann mich nicht rühren!«

»Kann es jemand?«

»Ich glaube, mir wird schlecht!« Das war Michael.

Saras Stimme war schrill vor Panik. »Michael, wag es ja nicht!«

Peter kam nicht an sein Messer. Aber selbst wenn er es hätte erreichen können – wenn er die Maschen durchtrennte, würden sie alle kopfüber zu Boden stürzen. Das Kreiseln wurde langsamer, hörte auf und ging dann andersherum wieder los, immer schneller. Irgendwo über sich im Gewirr der Gliedmaßen hörte er Michael würgen.

Sie drehten und drehten sich, und dann drehten sie sich wieder. Bei der sechsten Rotation entdeckte Peter aus den Augenwinkeln ein leichtes Zittern im Unterholz. Als wäre der Wald zum Leben erwacht und rückte heran. Aber inzwischen war ihm so schwummerig, dass er nicht mehr sprechen konnte. «Gottverdammt noch mal«, sagte eine Stimme unter ihnen. »Das sind *Sprengs.*«

Und dann sah Peter sie: Es waren Soldaten.

58

In den ersten Tagen schlief Mausami – sechzehn, achtzehn, zwanzig Stunden hintereinander. Theo hatte die Mäuse aus dem Schlafzimmer im Obergeschoss vertrieben; er hatte sie mit einem Besen und lautem Geschrei die Treppe hinunter und zur Tür hinausgejagt. In einem Wandschrank hatten sie einen Haufen Laken und Decken gefunden, mit gespenstischer Sorgfalt zusammengelegt. Sie rochen alt und staubig. Und sogar zwei Kissen waren da, eins für ihren Kopf und eins, das sie unter die Knie klemmen konnte, um ihren Rücken zu entlasten. Ein heftiger Schmerz schoss ihr jetzt immer wieder durchs Bein: das Baby, das auf ihre Wirbelsäule drückte. Sie betrachtete es als ein Zeichen dafür, dass alles so war, wie es sein musste: Das Baby machte sich Platz in der Enge ihres Bauches. Theo kam und ging, umgluckte sie wie eine Krankenschwester und brachte ihr Essen und Wasser. Nachmittags schlief er auf dem alten, durchgelegenen Sofa im Erdgeschoss, und wenn es Abend wurde, schleppte er einen Sessel hinaus auf die Veranda, und dort saß er die ganze Nacht hindurch, ein Schrotgewehr auf dem Schoß, und starrte in die Dunkelheit hinaus.

Dann wachte sie eines Morgens frisch und gestärkt auf. Die Zeit der Entkräftung war vorbei, die Tage der Ruhe hatten ihre Wirkung getan. Sie setzte sich auf und sah, dass die Sonne zum Fenster hereinschien. Die Luft war kühl und trocken, und ein leichter

Wind bewegte die Vorhänge. Sie konnte sich nicht erinnern, dass sie das Fenster geöffnet hatte, aber vielleicht hatte Theo es getan, irgendwann in der Nacht.

Das Baby drückte auf ihre Blase. Theo hatte ihr den Eimer dagelassen, doch sie wollte ihn nicht benutzen. Sie brauchte ihn nicht mehr. Sie würde sich auf den weiten Weg zum Abort machen, um Theo zu zeigen, dass sie endlich wieder bei Kräften war.

Er war irgendwo unten im Haus zugange. Sie stand auf, zog einen Pullover über das lang herabhängende Hemd – sie war jetzt viel zu dick für das einzige Paar Hosen, das sie hatte – und ging die Treppe hinunter. Ihr Schwerpunkt schien sich über Nacht verlagert zu haben; mit ihrem weit vorgewölbten Bauch fühlte sie sich unförmig und schwerfällig. Vermutlich musste man sich daran einfach gewöhnen. Nicht mal im sechsten Monat, und schon so dick.

Sie kam in ein Zimmer, an das sie sich kaum erinnern konnte. Es dauerte einen Moment, bis sie begriffen hatte, dass hier viel verändert worden war. Das Sofa und die Sessel, die an den Wänden gestanden hatten, waren in die Mitte des Zimmers gerückt worden und standen einander gegenüber vor dem Kamin. Dazwischen war ein kleiner Holztisch, unter dem ein verschlissener Wollteppich lag. Der Boden unter ihren bloßen Füßen war sauber gefegt. Theo hatte ein paar Decken über das Sofa gelegt und die Ränder zwischen die Polster gestopft, um die fadenscheinigen und fleckigen Stellen zu verbergen.

Aber das Interessanteste waren die Bilder. Vergilbte Fotografien, auf denen immer dieselben Leute waren, unterschiedlich alt und unterschiedlich gruppiert, aber immer vor dem Haus, in dem Mausami jetzt stand. Ein Mann, eine Frau und drei Kinder, ein Junge und zwei Mädchen. Die Fotos waren anscheinend in Abständen von einem Jahr aufgenommen; auf jedem waren die Kinder ein bisschen größer als auf dem vorigen. Der Jüngste, auf dem ersten Bild ein Baby auf dem Arm seiner Mutter – einer müde aussehenden Frau mit Sonnenbrille im Haar –, war auf dem letzten Bild ein Junge von fünf oder sechs Jahren. Er stand vor seinen

älteren Schwestern, grinste frech in die Kamera und zeigte eine Zahnlücke. Auf seinem T-Shirt stand etwas, womit Mausami nichts anfangen konnte: UTAH JAZZ.

»Die sind toll, was?«

Mausami drehte sich um. Theo stand in der Küchentür.

»Wo hast du sie gefunden?«

Er kam zu ihr und nahm das letzte Foto, das mit dem grinsenden Jungen, in die Hand. »Sie waren in einem kleinen Kabuff unter der Treppe. Siehst du das hier?« Er klopfte mit dem Finger auf das Glas. Im Hintergrund, am Rand des Bildes, stand ein Auto, vollgepackt bis obenhin, und noch mehr Gepäck war auf dem Dach festgezurrt. »Das ist das Auto, das wir in der Scheune gefunden haben.«

Mausami betrachtete die Fotos noch eine Weile. Wie glücklich sie alle aussahen. Nicht nur der grinsende Junge, sondern auch seine Eltern und seine Schwestern. Alle.

»Glaubst du, sie haben hier gewohnt?«

Theo nickte und stellte das Foto zurück zu den anderen auf dem Kaminsims. »Ich vermute, sie sind vor dem Ausbruch hergekommen und dann hier gestrandet. Oder sie haben einfach beschlossen hierzubleiben. Und vergiss die vier Gräber im Garten nicht.«

Mausami überlegte kurz. Sie wollte darauf hinweisen, dass es vier Gräber waren, nicht fünf. Aber dann erkannte sie ihren Fehler. Das vierte Grab musste der letzte Überlebende gegraben haben, und er hatte sich nicht selbst begraben können.

»Hunger?«, fragte Theo.

Sie fuhr mit den Fingern durch ihr schmutziges Haar. »Was ich wirklich gern hätte, wäre ein Bad.«

»Zufällig habe ich mir so etwas gedacht.« Er lächelte listig. »Komm mit.«

Er führte sie in den Garten hinaus. Ein großer gusseiserner Kessel hing an einer Kette über einem Haufen glühender Asche, und daneben stand ein Blechzuber, lang und tief genug für eine Person, um darin zu sitzen. Mit einem Plastikeimer füllte er den Zuber mit

Wasser aus der Pumpe, und dann packte er den Kessel mit einem dicken Lappen und goss den dampfenden Inhalt ebenfalls dazu.

»Na los, steig schon rein«, sagte er.

Sie war plötzlich verlegen.

»Schon gut«, sagte er. »Ich sehe nicht zu.«

Nach allem, was gewesen war, kam es ihr albern vor, sich vor ihm zu genieren. Aber sie tat es. Theo wandte sich ab, und sie zog sich hastig aus und blieb einen Moment lang nackt in der Herbstsonne stehen. Die Luft war kühl an der straffen Haut ihres gewölbten Bauches. Sie ließ sich in das Wasser gleiten, und es bedeckte ihren Bauch und die geschwollenen Brüste, die von blauen Adern durchzogen waren.

»Okay, wenn ich mich umdrehe?«

»Ich fühle mich so dick, Theo. Ich kann nicht glauben, dass du mich so sehen willst.«

»Du wirst noch dicker werden. Daran musst du dich gewöhnen.«

Wovor hatte sie Angst? Sie hatten miteinander geschlafen, aber sie wollte nicht, dass er sie nackt sah? Sie hatten sich seit Tagen nicht einmal mehr berührt. Dabei wartete sie darauf, dass er es tat: dass er die Barriere zwischen ihnen überschritt, jetzt, da sie allein waren.

»Es ist okay. Du kannst dich umdrehen.«

Er zog kurz die Brauen hoch, als er sie sah. Aber nur kurz. Er hielt eine rußgeschwärzte Bratpfanne in der Hand, und darin war eine glitzernde feste Substanz. Er stellte sie neben dem Zuber auf den Boden und schnitt mit seinem Messer ein keilförmiges Stück heraus.

»Mein Gott, Theo. Du hast Seife gemacht?«

Er zuckte die Achseln. »Meine Mutter hat mir das gezeigt. Ich weiß aber nicht, ob ich genug Asche genommen habe. Das Fett ist von einer Gabelantilope, die ich gestern Morgen geschossen habe. Das sind magere Biester, aber für ein kleines Stück Seife hat es gereicht.«

»Du hast eine Gabelantilope geschossen?«

Er nickte. »War eine wüste Plackerei, sie herzuschleppen«, sagte er. »Mindestens fünf Kilometer. Im Fluss gibt's übrigens auch jede Menge Fische. Ich schätze, wir können genug Vorräte anlegen, um mühelos über den Winter zu kommen.« Er richtete sich auf und klopfte die Hände an den Hosenbeinen ab. »Na los, bade jetzt, und ich mache das Frühstück.«

Als sie fertig war, war das Wasser trüb vor Dreck und mit einer Fettschicht von der Seife bedeckt. Sie stand auf und spülte sich mit dem Rest des heißen Wassers aus dem Kessel ab, und dann stand sie nackt im Garten und ließ sich von der Sonne trocknen. Sie wusste nicht, wann sie sich das letzte Mal so sauber gefühlt hatte.

Dann zog sie sich rasch an. Ihre Kleider fühlten sich schmutzig an, und sie beschloss, demnächst einen Waschtag einzulegen. Als sie ins Haus kam, sah sie, dass der Keller weitere Überraschungen enthalten hatte: Theo hatte den Tisch gedeckt, mit richtigem Porzellan, Besteck und Gläsern, die trüb vom Alter waren. Er briet etwas in der Pfanne, das aussah wie zwei Steaks mit glasigen Zwiebelscheiben. Es war heiß in der Küche; im Herd glühten ein paar Holzklötze von dem Stapel, den er neben der Tür aufgetürmt hatte.

»Das letzte Stück von der Antilope«, sagte er. »Der Rest wird geräuchert.« Er wendete die Steaks, drehte sich um und wischte sich mit einem Lappen die Hände ab. »Es ist ein bisschen sehnig, aber nicht übel. Unten am Fluss gibt es wilde Zwiebeln und Büsche, die aussehen wie Brombeeren, aber da müssen wir bis zum Frühling warten.«

»Und was gibt es noch?« Die Frage war nicht ernst gemeint; es war unglaublich, was er alles getan hatte.

»Kartoffeln.«

»Kartoffeln?«

»Die meisten haben schon gekeimt, aber ein paar kann man noch essen. Ich habe sie in die Kisten im Keller gebracht.« Mit einer langen Gabel spießte er die Steaks auf und legte sie auf die

Teller. »Wir werden nicht verhungern. Es gibt viel hier – man muss sich nur umsehen.«

Nach dem Frühstück spülte er die Teller ab, und sie sah ihm dabei zu. Sie hatte helfen wollen, aber er bestand darauf, dass sie nichts tat.

»Lust auf einen Spaziergang?«, fragte er, als er fertig war.

Er verschwand in der Scheune und kam mit einem Eimer und zwei langen Stangen zurück: Angelruten, die noch immer mit Nylonschnüren ausgerüstet waren. Er gab Mausami einen kleinen Spaten und das Schrotgewehr mit einer Handvoll Patronen. Als sie am Fluss ankamen, stand die Sonne schon hoch am Himmel. Der Fluss floss hier langsamer und verbreiterte sich in einer weiten seichten Biegung. Das Ufer war dicht bewachsen und das hohe Schilf herbstlich golden. Theo hatte keine Angelhaken, aber in einer Küchenschublade versteckt hatte er ein kleines Nähetui mit einer Schachtel Sicherheitsnadeln gefunden. Während Maus in der Erde nach Würmern grub, knotete Theo die Nadeln an die Angelschnüre.

»Und wie angelt man?«, fragte Maus. Sie hatte beide Hände voll mit wimmelnder Erde; wo sie auch grub, war der Boden anscheinend voller Leben.

»Ich denke, man hängt den Haken einfach ins Wasser und wartet ab, was passiert.«

Also taten sie es. Aber nach einer Weile kam es ihnen albern vor. Sie konnten die Haken im flachen Wasser hängen sehen.

»Geh zur Seite«, sagte Theo. »Ich versuche, weiter hinauszuwerfen.«

Er löste die Sperre an seiner Spule, schwang die Rute über die Schulter und schleuderte die Schnur nach vorn. Sie schoss in weitem Bogen über das Wasser, und der Haken verschwand mit einem Plumps im Wasser. Beinahe sofort bog die Rute sich ruckartig herunter.

»Scheiße!« Panisch riss er die Augen auf. »Was mache ich jetzt?«

»Lass ihn nicht abhauen!«

Der Fisch brach schimmernd durch die Oberfläche. Theo fing an, ihn einzuholen.

»Scheint ein Riesenkerl zu sein!«

Während Theo den Fisch ans Ufer zog, stolperte Maus ins seichte Wasser hinaus. Es war überraschend kalt und lief ihr in die Stiefel. Sie bückte sich, um den Fisch zu greifen. Er glitt davon, und im nächsten Augenblick hatte sich die Angelschnur um ihre Beine gewickelt.

»Theo, Hilfe!«

Sie lachten beide. Theo packte den Fisch und zog ihn aus dem Wasser – ein langes glitzerndes Ding wie ein einzelner bunter Muskel, der funkelte, als wäre er mit Hunderten von winzigen Edelsteinen besetzt. Die Nadel steckte in seinem Unterkiefer, und der Wurm hing noch daran.

»Und welchen Teil davon isst man?«, fragte Maus.

»Das hängt wohl davon ab, wie hungrig man ist.«

Dann küsste er sie. Ein Glücksgefühl durchströmte sie. Er war immer noch Theo, ihr Theo. Sie spürte es in seinem Kuss. Was immer in dieser Zelle passiert war, sie hatte ihn nicht verloren.

»Jetzt ich«, sagte sie; sie schob ihn weg, nahm die Rute und warf die Schnur aus, wie er es getan hatte.

Sie füllten den ganzen Eimer mit zappelnden Fischen. Der Fluss war voll davon – es kam ihnen vor wie ein übertrieben extravagantes Geschenk. Der weite blaue Himmel, der sonnenhelle Fluss, die vergessene Landschaft, und sie mitten in alldem: Das alles war wie ein Wunder.

Als sie zum Haus zurückgingen, musste Maus wieder an die Familie auf den Fotos denken. An die Mutter und den Vater und an die beiden Mädchen und den Jungen mit der Zahnlücke und dem triumphierenden Lachen. Sie hatten hier gewohnt und waren hier gestorben. Aber vor allem, da war sie sicher, hatten sie gelebt.

Sie nahmen die Fische aus und legten das zarte Fleisch auf den Rost in der Räucherkammer; morgen würden sie es zum Trocknen in die Sonne legen. Einen Fisch hatten sie für das Abendessen

aufgehoben; sie brieten ihn in der Pfanne mit ein paar Zwiebeln und einer Kartoffel.

Als die Sonne unterging, nahm Theo die Schrotflinte, die in der Küche an ihrem Platz in der Ecke stand. Maus stellte die Teller in den Schrank. Sie drehte sich um und sah, wie er die Patronen auswarf – drei Stück –, sie in der flachen Hand hielt und den Staub wegblies. Dann schob er sie wieder ins Magazin. Er zog sein Messer aus dem Gürtel und wischte es an seiner Hose ab.

»Tja.« Er räusperte sich. »Ich glaube, es ist Zeit.«

»Nein, Theo.«

Sie stellte den letzten Teller ab, kam zu ihm, nahm ihm das Gewehr aus der Hand und legte es auf den Küchentisch.

»Wir sind hier sicher. Ich weiß es.« Und noch während sie diese Worte aussprach, spürte sie ihre Wahrheit. Sie waren in Sicherheit, weil sie es glaubte. »Geh nicht.«

Er schüttelte den Kopf. »Ich glaube, das ist keine besonders gute Idee, Maus.«

Sie küsste ihn, langsam und ausgiebig, damit er es wusste. Sie waren in Sicherheit, sie beide. Das Baby in ihrem Bauch bekam einen Schluckauf.

»Komm ins Bett, Theo«, sagte Mausami. »Ich will, dass du mit mir ins Bett kommst. Jetzt.«

Es war der Schlaf, was er fürchtete. Das sagte er ihr in dieser Nacht, als sie aneinandergeschmiegt im Dunkel lagen. Er konnte nicht *nicht* schlafen, das wusste er. Nicht schlafen war das Gleiche wie nicht essen oder wie nicht atmen. Es war, als hielte man den Atem an, solange man konnte, bis kleine Lichtpunkte vor den Augen tanzten und jede Faser des Körpers nur noch ein Wort sagte: *Atme!* So war es in der Zelle gewesen, tagelang, Tag um Tag.

Und jetzt: Der Traum war vorbei, doch das Gefühl des Traums nicht. Nicht die Angst, er könnte die Augen schließen und sich wieder in dieser Welt finden. Denn wenn das Mädchen nicht gewesen wäre, hätte er es getan. Er hätte die Frau getötet. Er hätte

jeden getötet. Er hätte alles getan, was sie wollten. Und wenn du das erst über dich weißt, sagte er, kannst du dieses Wissen nicht mehr abschütteln. Wer immer du zu sein glaubtest, jetzt bist du jemand anders, ganz und gar.

Sie hielt ihn fest, während er redete. Seine Stimme klang dünn in der Dunkelheit, und dann schwiegen sie beide sehr lange.

Maus? Bist du noch wach?

Ich bin hier. Aber das stimmte nicht; tatsächlich war sie eingedöst.

Er kuschelte sich an sie, zog ihren Arm über seine Brust wie eine wärmende Decke. Bleib wach für mich, sagte er. Kannst du das? Bis ich schlafe.

Ja, sagte sie. Ja, das kann ich.

Eine Zeitlang war er still. In der Lückenlosigkeit zwischen ihren Körpern strampelte das Baby.

Wir sind hier sicher, Theo. Solange wir zusammen sind, sind wir sicher.

Ich hoffe, das ist wahr, sagte er dann.

Ich weiß, dass es wahr ist, sagte Mausami. Aber auch als sie spürte, wie er langsamer atmete und endlich einschlief, hielt sie die Augen offen und starrte in die Dunkelheit. Es ist wahr, dachte sie, weil es wahr sein muss.

59

Als sie in der Garnison ankamen, war es Nachmittag. Ihre Rucksäcke hatten sie zurückbekommen, ihre Waffen nicht. Sie waren keine Gefangenen, aber es stand ihnen auch nicht frei zu gehen, wohin sie wollten. Der Ausdruck, den der Major benutzt hatte, war »Schutzhaft«. Vom Fluss aus marschierten sie geradewegs nach Norden über den Bergkamm. Im nächsten Tal stießen sie auf eine lehmige Piste, zerfurcht von Hufabdrücken und Reifenspuren. Dichte Wolken waren von Westen her aufgezogen; man roch und fühlte den Regen kommen. Als die ersten Tropfen fielen, trug der Wind Holzrauch zu ihnen hin.

Major Greer trat neben Peter. Er war ein großer kräftiger Mann mit einer Stirn, die so zerfurcht war, dass sie aussah wie gepflügt. Er mochte vierzig Jahre alt sein, und er trug einen locker sitzenden, grün und braun gefleckten Tarnanzug mit einem breiten Gürtel, der sich straff um die Taille schlang. Seine Taschen waren prall gefüllt mit seiner Ausrüstung. Über den kahlrasierten Schädel hatte er eine Wollmütze gezogen. Wie bei all seinen Leuten, einem Trupp von fünfzehn Mann, war sein Gesicht mit Holzkohle und Erde beschmiert, was das Weiße der Augen erschreckend lebendig erscheinen ließ. Sie sahen aus wie Wölfe, wie Kreaturen des Waldes; wie der Wald selbst. Seit Wochen waren sie im Wald unterwegs, eine Langstrecken-Patrouille.

Greer blieb auf dem Weg stehen und schulterte sein Gewehr. Im Halfter an seiner Hüfte steckte eine schwarze Pistole. Er trank in tiefen Zügen aus seiner Wasserflasche und deutete dann damit zum Berghang. Es war jetzt nicht mehr weit. Peter spürte es daran, dass Greers Männer schneller wurden. Eine heiße Mahlzeit, ein Feldbett zum Schlafen, ein Dach über dem Kopf.

»Gleich hinter dem nächsten Höhenkamm«, sagte Greer.

In den letzten Stunden war zwischen ihnen etwas entstanden, das sich für Peter anfühlte wie der Beginn einer Freundschaft. Nach dem anfänglichen Durcheinander ihrer Gefangennahme, das noch dadurch verschlimmert wurde, dass keiner von beiden sagen wollte, wer er war, war es Michael gewesen, der die Pattsituation beendete. Er hob sein Gesicht aus der Kotze und rief: »O *fuck*. Ich ergebe mich. Wir sind aus Kalifornien, okay? Kann mich bitte jemand erschießen, damit der Boden aufhört, sich zu drehen?«

Greer schraubte seine Flasche zu, und Alicia kam von hinten heran. Von Anfang an war sie ungewöhnlich schweigsam gewesen. Sie hatte keine Einwände erhoben, als Greer ihnen befohlen hatte, unbewaffnet weiterzugehen. Das passte eigentlich überhaupt nicht zu ihr. Aber wahrscheinlich stand sie nur unter Schock, wie sie alle. Während des ganzen Marsches war sie schützend an Amys Seite geblieben. Vielleicht, dachte Peter, schämte sie sich einfach dafür, dass sie sie geradewegs in die Falle der Soldaten geführt hatte. Was Amy anging, so schien sie diese neue Wendung so aufzunehmen, wie sie alles aufnahm: neutral und wachsam.

»Wie ist es da?«, fragte er Greer.

Der Major zuckte die Achseln. »So wie Sie es sich vorstellen. Eine Riesenlatrine. Aber besser, als draußen im Regen zu sitzen.«

Als sie die Kammhöhe erreicht hatten, kam die Garnison in Sicht. Sie schmiegte sich unter ihnen in ein muldenförmiges Tal: eine Ansammlung von Segeltuchzelten und Fahrzeugen, umringt von einem Palisadenzaun aus angespitzten Pfählen, mindestens fünfzehn Meter hoch. Der Fuhrpark bestand aus etwa einem halben Dutzend Humvees, zwei Tanklastern sowie einer ganzen Reihe

von kleineren Trucks, Pick-ups und Fünftonnern mit schweren schlammverkrusteten Reifen. Ringsum am Zaun zählte er ein Dutzend große Flutlichtscheinwerfer auf hohen Masten, und auf einer Koppel am anderen Ende des Geländes grasten ein paar Pferde. Zwischen den Gebäuden und auf den Beobachtungstürmen waren Soldaten postiert. In der Mitte der Anlage, alles überragend, flatterte eine große Flagge im Wind: rot, weiß und blau mit einem weißen Stern in der Mitte. Das Ganze konnte nicht mehr als einen halben Quadratkilometer groß sein, aber von oben sah es aus wie eine ganze Stadt: das Herz einer Welt, an die er immer geglaubt hatte, ohne sich je ein Bild davon zu machen.

»Sie haben *Licht*«, sagte Michael. Die Männer aus Greers Einheit zogen an ihnen vorbei, den Berg hinunter.

»Was denkst du denn?«, sagte einer namens Muncey – ein Corporal, kahlgeschoren wie alle anderen, und mit breitem Schiefe-Zähne-Lächeln. Die meisten von Greers Männern gaben sich soldatisch wortkarg und redeten nur, wenn man sie ansprach. Aber Muncey schwatzte wie ein Vogel. Passenderweise war er für das Funkgerät zuständig, das er auf dem Rücken trug, ein Gerät mit einem Generator, dessen Handkurbel unten herausragte wie ein Schwanz.

»Hinter dem Zaun da?«, sagte er grinsend. »Da ist *Texas.* Was wir hier nicht haben, brauchst du nicht.«

Sie waren keine reguläre Truppe, hatte Greer erklärt. Zumindest waren sie nicht die U. S. Army. Es gab keine U. S. Army mehr. Wessen Army seid ihr dann?, hatte Peter gefragt.

Da hatte Greer ihnen von Texas erzählt.

Als sie unten angekommen waren, war dort ein ganzer Pulk von Männern am Tor versammelt. Trotz der Kälte und des einsetzenden, gleichmäßigen Nieselregens waren manche nackt bis zu den Hüften. Man sah schmale Taillen und von Muskelsträngen überzogene Schultern und Brustpartien. Alle waren glattrasiert, auch auf dem Kopf. Und alle waren bewaffnet – mit Gewehren, Pistolen und vereinzelten Armbrüsten.

»Die Leute werden glotzen«, sagte Greer leise. »Gewöhnt euch lieber daran.«

»Wie viele … Sprengs bringt ihr denn sonst so her?«, fragte Peter. Sprengs, hatte Greer ihm erklärt, war ihre Abkürzung für »Versprengte«.

Greer zog die Stirn kraus. Sie näherten sich jetzt dem Tor. »Keine. Weiter östlich findet man manchmal welche. Oben in Oklahoma hat das Dritte Bataillon mal eine ganze verdammte *Stadt* gefunden. Aber hier draußen? Wir suchen nicht mal.«

»Wofür war dann das Netz?«

»Sorry«, sagte Greer, »ich dachte, das hätten Sie kapiert. Das ist für die Dracs. Die ihr Smokes nennt.« Er ließ den erhobenen Zeigefinger kreiseln. »Die Dreherei macht sie meschugge. Im Netz kann man sie abknallen wie in der Schießbude.«

Peter erinnerte sich an etwas, das Caleb ihm erzählt hatte. Es war darum gegangen, dass die Virals sich vom Turbinenfeld fernhielten. *Zander dachte immer, die Propeller machen sie verrückt.* Er erzählte es Greer.

»Leuchtet ein«, meinte der Major. »Sie mögen's nicht, wenn sich was dreht. Von Windrädern habe ich es allerdings noch nicht gehört.«

»Und was war das Zeug auf dem Baum?«, fragte Michael, der neben ihnen ging. »Das so übel gerochen hat.«

»Knoblauch.« Greer lachte kurz. »Der älteste Trick der Welt. Die verfluchten Dracs lieben das Zeug.«

Ihre Unterhaltung war zu Ende, als sie durch das Tor traten. Greers Einheit hatte sich zerstreut. Niemand sagte etwas. Im Vorbeigehen sah Peter, dass sie ihn alle nur kurz musterten, und sofort begriff er, wohin die Blicke der Soldaten sich richteten: auf die Frauen.

»Aaach-*tung*!«

Alle standen stramm. Ein Mann kam zielstrebig von einem der Zelte auf sie zu. Auf den ersten Blick sah er nicht so aus, wie Peter sich einen hochrangigen Offizier beim Militär vorgestellt hatte. Er

sah aus wie eine Tonne, war einen ganzen Kopf kleiner als Greer, und sein Watschelgang wirkte nachlässig. Seine Gesichtszüge waren zerknautscht, als wären sie unter dem kahlrasierten Schädel zu sehr zusammengedrückt. Aber als er näher kam, spürte Peter die Kraft seiner Autorität, eine mysteriöse Energie, die den Mann umgab wie statische Elektrizität. Der offene, stechende Blick seiner kleinen dunklen Augen passte so gar nicht zu diesem Gesicht.

Er betrachtete Peter eine ganze Weile, die Hände in die Hüften gestemmt, und dann schaute er an ihm vorbei zu den anderen und taxierte sie alle nacheinander.

»Ich werd verrückt.«

Er sprach mit dem gleichen breiten Akzent wie Greer und seine Leute.

»Rührt euch, alle.«

Alle standen bequem. Peter wusste nicht, was er sagen sollte. Am besten, er überließ das Reden diesem Mann.

»Männer vom Zweiten.« Er hob die Stimme und wandte sich an die versammelten Soldaten. »Mir ist zur Kenntnis gekommen, dass ein paar dieser Sprengs Frauen sind. Ihr werdet diese Frauen nicht ansehen. Ihr werdet nicht mit ihnen sprechen, nicht in ihre Nähe kommen, ja nicht einmal auf den Gedanken kommen, sie hätten etwas mit euch zu tun – oder ihr mit ihnen. Sie sind nicht eure Freundinnen und nicht eure Ehefrauen. Sie sind nicht eure Mütter und nicht eure Schwestern. Sie sind gar nichts, sie existieren nicht, sie sind nicht hier. Ist das klar?«

»Sir, jawohl, Sir!«

Peter drehte sich zu Alicia um, die bei Amy stand, aber sie sah ihn nicht an. Hollis warf ihm einen Blick zu und runzelte skeptisch die Stirn. Offenbar wusste er auch nicht, was er damit anfangen sollte.

»Ihr sechs, legt eure Rucksäcke ab und kommt mit. Major, Sie auch.«

Sie folgten ihm in das Zelt, einen einzelnen Raum mit einem Lehmboden unter dem durchhängenden Segeltuchdach. Die

Einrichtung bestand aus einem dickbauchigen Ofen, zwei mit Papieren bedeckten Sperrholztischen auf Böcken und einem weiteren kleinen Tisch an der Rückwand, auf dem ein Funkgerät stand. Davor saß ein Soldat mit Kopfhörern. An der Zeltwand über ihm hing eine große farbige Landkarte, auf der Dutzende von Stecknadeln mit bunten Köpfen ein unregelmäßiges V bildeten. Als Peter näher heranging, sah er, dass die Spitze des V mitten in Texas lag. Der eine Arm erstreckte sich nordwärts über Oklahoma ins südliche Kansas; der zweite ging westwärts nach New Mexico, schwenkte dann ebenfalls nach Norden und endete kurz hinter der Grenze von Colorado – dort, wo sie jetzt standen. Auf einem schwarzen Streifen am oberen Rand der Karte stand in gelber Schrift POLITIKUNTERRICHT FÜR MITTELSCHULEN. Darunter las er: *Fox & Sons Schulwandkarten, Cincinnati, Ohio.*

Greer trat zu ihm. »Willkommen im Krieg«, murmelte er.

Der Commander war hinter ihnen eingetreten und wandte sich an den Funker, der unverhohlen die Frauen anstarrte, genau wie die Männer draußen es getan hatten. Anscheinend hatte er sich für Sara entschieden, aber wieder zuckte sein Blick nervös zu Alicia und Amy hinüber.

»Corporal, entschuldigen Sie uns bitte.«

Es kostete ihn sichtlich viel Mühe, seinen Blick loszureißen. Er streifte den Kopfhörer ab und bekam ein hochrotes Gesicht. »Sir, Verzeihung, Sir.«

»Raus, Junge.«

Der Corporal rappelte sich hoch und stolperte hinaus.

»So.« Der Commander sah Greer scharf an. »Major. Haben Sie vielleicht vergessen, etwas zu melden?«

»Drei der Sprengs sind Frauen, Sir.«

»Ja. Ja, das stimmt. Danke, dass Sie mich darüber in Kenntnis setzen.«

»Verzeihung, General.« Greer verzog gequält das Gesicht. »Wir hätten es durchgeben sollen.«

»Ja, das hätten Sie. Da Sie die Leute gefunden haben, übergebe

ich Ihnen die Zuständigkeit. Glauben Sie, das können Sie bewältigen?«

»Selbstverständlich, Sir. Kein Problem.«

»Stellen Sie eine Einheit zusammen und verschaffen Sie ihnen ein Quartier. Sie brauchen auch eine eigene Latrine.«

»Jawohl, General.«

»Gehen Sie.«

Greer nickte, warf Peter einen kurzen Blick zu – *viel Glück,* schien er zu sagen – und verließ das Zelt. Der General – Peter kannte noch immer nicht seinen Namen – musterte sie noch einmal kurz. Jetzt, da sie allein waren, wirkte er lockerer.

»Sie sind Jaxon?«

Peter nickte.

»Ich bin Brigadier General Curtis Vorhees, Zweites Expeditionsbataillon, Armee der Republik Texas.« Die Andeutung eines Lächelns. »Ich bin hier der Leithammel – für den Fall, dass Major Greer auch das zu erwähnen versäumt hat.«

»Hat er nicht, Sir. Ich meine, er hat. Es erwähnt.«

»Gut.« Vorhees nickte, und sein Blick ging von einem zum anderen. »Und ich soll Ihnen also abnehmen – verzeihen Sie, wenn ich in diesem Punkt ein wenig ungläubig erscheine –, dass Sie sechs den ganzen Weg von Kalifornien hierher zu Fuß gekommen sind.«

Genau gesagt, dachte Peter, *sind wir ein Stück weit mit dem Auto gefahren. Und dann wieder mit der Eisenbahn.* Aber er antwortete schlicht: »Jawohl.«

»Und warum, wenn ich fragen darf, unternimmt jemand einen solchen Versuch?«

Peter öffnete den Mund und wollte antworten, aber schon wieder erschien ihm die Wahrheit zu gewaltig. Draußen regnete es jetzt richtig. Die Tropfen prasselten auf das Zeltdach.

»Das ist eine lange Geschichte«, brachte Peter hervor.

»Da bin ich sicher, Mr Jaxon. Und ich würde sie sehr gern hören. Einstweilen müssen wir uns mit ein paar Präliminarien befassen. Sie sind zivile Gäste des Zweiten Expeditionsbataillons.

Für die Dauer Ihres Aufenthalts unterstehen Sie meiner Autorität. Glauben Sie, damit können Sie leben?«

Peter nickte.

»In sechs Tagen wird diese Einheit nach Süden marschieren, um in der Stadt Roswell, in New Mexico, mit dem Dritten Bataillon zusammenzutreffen. Von dort können wir Sie mit einem Nachschubkonvoi nach Kerrville bringen. Ich schlage vor, dass Sie dieses Angebot annehmen, aber das ist ausschließlich Ihre Entscheidung. Zweifellos werden Sie darüber unter sich beraten wollen.«

Peter drehte sich zu den anderen um. Sie waren genauso überrascht wie er. Dass ihre Reise hier zu Ende sein könnte, war eine Möglichkeit, an die er nicht gedacht hatte.

»Nun zu der anderen Sache«, fuhr Vorhees fort. »Sie haben gehört, dass ich mit dem Major darüber gesprochen habe. Ich muss Sie ersuchen, die Frauen in Ihrer Gruppe anzuweisen, keinen Kontakt mit meinen Männern aufzunehmen. Sie werden in ihrem Zelt bleiben, außer wenn sie sich zur Latrine begeben. Alles, was sie brauchen, bekommen sie von Ihnen oder von Major Greer. Ist das klar?«

Peter sah keinen Grund zur Widerrede, aber diese Anweisung erschien ihm einfach lächerlich. »Ich weiß nicht genau, ob ich ihnen das vorschreiben kann, Sir.«

»Sie können es nicht?«

»Nein, Sir.« Er hob die Schultern. Es gab keine anderen Worte dafür. »Wir gehören alle zusammen.«

Der General seufzte. »Vielleicht haben Sie mich missverstanden. Dass ich es als Bitte formuliere, ist reine Höflichkeit. In Anbetracht des Auftrags des Zweiten Expeditionsbataillons wäre es absolut unangebracht, ja gefährlich, wenn die Frauen sich hier frei bewegten.«

»Wieso wären sie dabei in Gefahr?«

Vorhees runzelte die Stirn. »Sie nicht. Ich denke dabei nicht an die Frauen.« Er holte geduldig Luft und fing noch einmal an.

»Ich werde es Ihnen so einfach erklären, wie ich kann. Wir sind eine Freiwilligenarmee. Wer sich den Expeditionsstreitkräften anschließt, tut es auf Lebenszeit und mit einem blutigen Eid. Jeder dieser Männer hat geschworen, sein Leben zu geben. Er hat alles aufgegeben und lebt nur noch für diese Truppe und die Männer, die dazugehören. Jedes Mal, wenn ein Mann das Gelände verlässt, muss er davon ausgehen, dass er nicht zurückkommen wird. Und er akzeptiert es. Mehr noch, er will es so. Ein Mann wird immer für seine Freunde sterben, aber eine Frau – eine Frau bringt ihn dazu, dass er leben will. Und wenn das passiert, garantiere ich Ihnen: Er wird durch dieses Tor hinausgehen und nicht zurückkommen.«

Vorhees redete davon, seinem Leben ein Ende zu setzen, das war Peter klar. Aber nach allem, was sie durchgemacht hatten, war es einfach unvorstellbar, ihnen – und vor allem Alicia – zu sagen, sie müssten sich in ihrem Zelt verkriechen.

»Ich bin sicher, diese Frauen sind hervorragende Kämpferinnen«, fuhr Vorhees fort. »Sie wären sonst nie so weit gekommen. Aber unser Kodex ist sehr streng, und Sie müssen ihn respektieren. Wenn Sie das nicht können, gebe ich Ihnen Ihre Waffen zurück, und Sie müssen weitergehen.«

»Okay«, sagte er. »Wir gehen weiter.«

»Moment, Peter.«

Es war Alicia. Peter drehte sich zu ihr um.

»Lish, es ist okay. Ich bin auf eurer Seite. Wenn er sagt, wir müssen gehen, dann gehen wir.«

Aber Alicia beachtete ihn nicht. Sie schaute den General an, und Peter sah, dass sie vor ihm strammstand.

»General Vorhees. Colonel Niles Coffee vom Ersten Expeditionsbataillon lässt Ihnen seine Grüße ausrichten.«

»Niles Coffee?« Sein Gesicht fing an zu leuchten. »*Der* Niles Coffee?«

»Lish …« Langsam ging Peter ein Licht auf. »Meinst du etwa … den Colonel?«

Aber Alicia antwortete nicht. Sie sah ihn nicht einmal an, und ihr Gesicht trug einen Ausdruck, den er noch nie gesehen hatte.

»Junge Frau. Colonel Coffee ist mit all seinen Leuten vor dreißig Jahren draufgegangen.«

»Nein, Sir«, sagte Alicia. »Er hat überlebt.«

»Coffee *lebt*?«

»Er ist gefallen, Sir. Vor drei Monaten.«

Vorhees' Blick irrte im Zelt umher und kehrte dann zu Alicia zurück. »Und wer, wenn ich fragen darf, sind Sie?«

Sie senkte knapp das Kinn. »Seine Adoptivtochter, Sir. Gefreiter Alicia Donado, Erstes Expeditionsbataillon.«

Niemand sagte etwas. Was jetzt kam, war endgültig, das wusste Peter. Und unwiderruflich. Vor lauter Panik wurde ihm ganz schwindlig. Es war, als wäre ihm der Boden unter den Füßen plötzlich und ohne Vorwarnung weggerissen worden.

»Lish, was redest du da?«

Sie drehte sich zu ihm um, und ihre Augen schwammen in Tränen.

»O Peter«, sagte sie, und der erste Tropfen rollte über ihre Wimpern auf ihre schweißglänzende Wange. »Es tut mir leid. Ich hätte es dir wirklich sagen müssen.«

»Sie können sie nicht mitnehmen!«

»Bedaure, Jaxon«, sagte der General. »Aber das haben Sie nicht zu entscheiden. Da gibt es gar nichts zu entscheiden.« Er ging forschen Schrittes zum Zelteingang. »Greer! Jemand soll Major Greer in mein Zelt schicken, und zwar *sofort*!«

»Was geht hier vor?«, wollte Michael wissen. »Peter, was erzählt sie da?«

Plötzlich redeten alle durcheinander. Peter packte Alicia bei den Armen und zwang sie, ihn anzusehen. »Lish, was soll das? Überleg doch, was du tust!«

»Es ist schon passiert.« Erleichterung schimmerte durch die Tränen, als hätte sie eine Last, die sie lange getragen hatte, endlich

ablegen können. »Es ist passiert, bevor ich dich kannte. Lange vorher. An dem Tag, als der Colonel in die Zuflucht kam und mich zu sich genommen hat. Ich musste ihm versprechen, es niemandem zu erzählen.«

Jetzt begriff er, was sie ihm am Morgen zu sagen versucht hatte. »Du bist ihnen *gefolgt.*«

Sie nickte. »Ja, seit zwei Tagen schon. Als ich flussabwärts die Gegend erkundet habe, bin ich auf einen ihrer Lagerplätze gestoßen. Die Asche ihres Feuers war noch warm. So weit hier draußen konnte es niemand anders sein, dachte ich.« Sie schüttelte zaghaft den Kopf. »Ganz ehrlich, Peter, ich hatte nicht von Anfang an vor, die Soldaten zu finden. Ich war immer davon ausgegangen, dass der alte Mann mir irgendwelche Geschichten erzählt hat. Das musst du mir glauben.«

Greer kam triefend nass aus dem Regen ins Zelt.

»Major Greer«, sagte der General, »diese Frau gehört zum Ersten Expeditionsbatallion.«

Greers Unterkiefer klappte herunter. »Sie – was?«

»Sie ist Niles Coffees Tochter.«

Greer starrte Alicia mit weit aufgerissenen Augen an, als wäre sie ein seltsames Tier. »Heiliger Strohsack. Coffee hatte eine Tochter?«

»Sie sagt, sie hat den Eid geschworen.«

Greer kratzte sich verwirrt den kahlen Schädel. »Mein Gott. Sie ist eine *Frau*. Was wollen Sie jetzt machen?«

»Nichts. Vereidigt ist vereidigt. Die Männer werden lernen müssen, damit zu leben. Bringen Sie sie zum Haareschneiden und teilen Sie sie zum Dienst ein.«

Es ging alles zu schnell. Peter hatte das Gefühl, etwas Großes wäre in ihm aufgebrochen. »Lish, sag ihnen, dass du lügst!«

»Es tut mir leid, Peter. Es muss sein. Major?«

Greer nickte ernst und trat an ihre Seite.

»Du kannst mich nicht verlassen«, hörte Peter sich sagen, aber die Stimme, die diese Worte aussprach, war nicht seine eigene.

»Ich muss, Peter. Es geht nicht anders.«

Ohne es zu merken, hatte er sie umarmt. Tränen schnürten ihm die Kehle zusammen. »Ich kann … das nicht ohne dich.«

»Doch, du kannst. Das weiß ich.«

Es hatte keinen Sinn. Alicia verließ ihn. Er spürte, wie sie ihm entglitt. »Ich kann nicht. Ich kann nicht.«

»Es ist gut.« Ihre Stimme war dicht an seinem Ohr. »Still jetzt.«

Sie hielt ihn eine ganze Weile so fest, und sie beide waren umhüllt von einem Kokon des Schweigens, als wären sie allein. Schließlich nahm Alicia sein Gesicht zwischen beide Hände, zog ihn zu sich heran und küsste ihn einmal und sehr kurz auf die Stirn. Es war ein Kuss, der um Vergebung bat und sie zugleich gewährte: ein Abschiedskuss. Dann war Abstand zwischen ihnen. Sie hatte ihn losgelassen und trat zurück.

»Danke, General«, sagte sie. »Major Greer, ich bin so weit.«

60

Tage voller Regen, und Peter erzählte ihnen alles.

Fünf Tage lang regnete es ununterbrochen. Stundenlang saßen sie an dem langen Tisch in Vorhees' Zelt, manchmal nur sie beide, aber meistens war auch Greer dabei. Er erzählte ihnen von Amy und der Kolonie und von dem Signal, dem sie gefolgt waren. Er erzählte ihnen von Theo und Mausami, von dem Hafen und dem, was dort passiert war. Er erzählte ihnen, dass sechzehnhundert Kilometer weit von hier, auf einem Berg in Kalifornien, neunzig Seelen darauf warteten, dass das Licht ausging.

»Ich werde Sie nicht belügen«, sagte Vorhees, als Peter ihn fragte, ob sie die Soldaten hinschicken könnten. Es war spät am Nachmittag. Alicia hatte die Garnison am Morgen mit einer Patrouille verlassen. Umstandslos hatte sie sich in das Leben der Soldaten eingefügt.

»Es ist nicht so, dass ich Ihnen nicht glaube«, erklärte Vorhees. »Allein dieser Bunker scheint den Trip wert zu sein. Aber ich muss die Sache nach oben weitergeben – das heißt, an die Division. Es dauert mindestens bis zum nächsten Frühjahr, ehe wir an ein solches Unternehmen denken können. Es handelt sich um komplett unbekanntes Gelände.«

»Ich weiß nicht, ob sie noch so lange warten können.«

»Tja, sie werden es müssen. Meine größte Sorge ist, dass wir aus diesem Tal hinauskommen, bevor die Schneefälle einsetzen. Wenn

der Regen nicht aufhört, könnten wir festsitzen. Unser Treibstoff reicht nur noch, um die Lichter dreißig Tage brennen zu lassen.«

»Ich würde gern mehr über diesen ›Hafen‹ erfahren«, warf Greer ein. Außerhalb des Zeltes oder in Anwesenheit der Männer war das Verhältnis zwischen ihm und Vorhees von starrer Förmlichkeit, aber hier drinnen entspannten sie sich sichtlich, und man merkte, dass sie Freunde waren.

Greer sah den General an, und dessen Blick verdunkelte sich. »Klingt ein bisschen wie diese Leute in Oklahoma.«

»Was für Leute?«, fragte Peter.

»Ein Ort namens Homer.« Sofort nahm Vorhees den Faden auf. »Das Dritte Bataillon ist vor ungefähr zehn Jahren darauf gestoßen, am Arsch der Welt, weit draußen im Westen von Oklahoma. Eine ganze Stadt mit Überlebenden, mehr als elfhundert Männer, Frauen und Kinder. Ich war nicht dabei, aber ich habe die Geschichten gehört. Es war, als ginge man hundert Jahre zurück in die Vergangenheit; sie schienen nicht mal zu wissen, was die Dracs waren. Sie kümmerten sich einfach um ihren Kram, nett und friedlich, ohne Lichter, ohne Zäune. Schön, Sie zu sehen, aber machen Sie die Tür leise zu, wenn Sie wieder gehen. Der Befehlshabende bot ihnen an, sie mitzunehmen, doch sie sagten, nein danke, und in Wahrheit reichte auch die Ausrüstung des Dritten Batallions nicht, um so viele Leute nach Süden und nach Kerrville zu transportieren. Verdammt, es war unglaublich! Überlebende, und sie wollten nicht gerettet werden. Das Dritte ließ eine Einheit da und marschierte nach Norden, rauf nach Wichita, und da wurde ihnen der Arsch aufgerissen. Sie verloren die Hälfte ihrer Männer, und die Übrigen flüchteten Hals über Kopf zurück. Als sie da ankamen, war der Ort leer.«

»Was heißt leer?«, fragte Peter.

Vorhees hob die Brauen. »Leer heißt *leer.* Keine Seele, und auch keine Leichen. Alles blitzsauber, die Tische zum Essen gedeckt. Von der Einheit, die sie zurückgelassen hatten, war auch keine Spur mehr da.«

Peter musste zugeben, dass es rätselhaft war, aber er begriff nicht, was es mit dem Hafen zu tun haben sollte. »Vielleicht haben sie einfach beschlossen, woandershin zu gehen, wo es sicherer war«, erwog er.

»Vielleicht. Vielleicht haben die Dracs sie so schnell erwischt, dass sie nicht mal Zeit hatten, das Geschirr wegzuräumen. Ich habe keine Antwort auf das, was Sie wissen wollen. Aber ich sage Ihnen eins. Vor dreißig Jahren, als von Kerrville aus das Erste Expeditionsbataillon losgeschickt wurde, konnten Sie keine hundert Meter weit gehen, ohne über einen Drac zu stolpern. Das Erste hat an guten Tagen ein halbes Dutzend Männer verloren, und als Coffees Einheit verschwand, dachten alle, es sei so gut wie vorbei. Ich meine, der Kerl war eine Legende. Damals hat sich das Expeditionsbataillon mehr oder weniger aufgelöst. Aber jetzt sind Sie hier, und Sie kommen aus dem fernen Kalifornien. Damals hätten Sie keine zwanzig Schritte bis zur Latrine geschafft.«

Peter sah Greer an, und der nickte bestätigend. »Wollen Sie sagen, sie sterben aus?«

»Oh, es gibt noch jede Menge, glauben Sie mir. Man muss nur wissen, wo man sie suchen soll. Ich will etwas anderes sagen. Etwas hat sich verändert. In den letzten fünf Jahren haben wir von Kerrville aus zwei Nachschublinien eingerichtet, eine bis rauf nach Hutchinson, Kansas, und die andere durch New Mexico nach Colorado. Wir haben festgestellt, dass sie sich jetzt üblicherweise zu großen Schwärmen zusammenrotten. Und sie graben sich ein. Benutzen Bergwerke, Höhlen, Orte wie den Berg, den Sie gefunden haben. Manchmal sind sie da drin so dicht zusammengezwängt, dass man ein Stemmeisen braucht, um sie auseinanderzuhebeln. In den Großstädten wimmelt es immer noch von ihnen, bei all den leeren Gebäuden, aber auf dem Land gibt es Gegenden, wo Sie tagelang herumlaufen können, ohne einen zu sehen.«

»Und Kerrville? Warum ist es da sicher?«

Der General runzelte die Stirn. »Ist es nicht. Nicht hundertprozentig. Tatsächlich kann man so gut wie nirgendwo in Texas

hingehen. Nach Laredo nicht und auch nicht nach Dallas. Houston, oder was davon übrig ist, ist ein gottverdammter Blutegelsumpf. Die Stadt ist so vergiftet von der Petrochemie, dass ich nicht weiß, wie die Leute es da aushalten, aber sie tun es. San Antonio und Austin wurden im ersten Krieg weitgehend dem Erdboden gleichgemacht, und El Paso auch. Die verfluchte Bundesregierung hat versucht, die Dracs auszuräuchern. Das hat zur Unabhängigkeitserklärung geführt, etwa um dieselbe Zeit, als Kalifornien sich abspaltete.«

»Abspaltete?«, fragte Peter.

Vorhees nickte. »Von den USA. Hat sich für unabhängig erklärt. Die Sache mit Kalifornien endete in einem Blutbad; eine Zeitlang kam es zu richtig schweren Gefechten, als hätte man damals keine anderen Sorgen gehabt. Texas rutschte in dem Getümmel unten durch. Vielleicht weil die Bundesregierung nicht an zwei Fronten kämpfen wollte. Der Gouverneur beschlagnahmte sämtliche militärischen Anlagen, was nicht schwierig war, weil die Army mittlerweile fast aufgelöst war. Alles brach auseinander. Sie verlegten die Hauptstadt nach Kerrville und gruben sich ein. Es gab eine Mauer wie in Ihrer Kolonie, aber der Unterschied ist: Wir hatten Öl, und zwar jede Menge. Unten bei Freeport lagern ungefähr fünfhundert Millionen Barrel in unterirdischen Salzstöcken, die alte strategische Erdölreserve. Hast du Öl, hast du Strom. Hast du Strom, hast du Licht. Wir haben mehr als dreißigtausend Seelen innerhalb der Mauer, fünfzigtausend Hektar bewässertes Land und eine befestigte Nachschublinie zu einer funktionsfähigen Raffinerie an der Küste.«

»An der Küste«, wiederholte Peter. Das Wort lag ihm schwer auf der Zunge. »Sie meinen das Meer?«

»Na ja, den Golf von Mexiko.« Vorhees zuckte die Achseln. »Ihn ›Meer‹ zu nennen wäre höflich. Ist eine Chemikalienbrühe. All die Offshore-Plattformen pumpen immer noch ihren Dreck hinaus, und dazu kommen die Abwässer von New Orleans. Die Meeresströmungen haben auch eine Menge Müll herangeschwemmt.

Tanker, Frachter, alles Mögliche. An manchen Stellen kann man praktisch hinüberlaufen, ohne nasse Füße zu kriegen.«

»Aber man könnte immer noch von dort wegkommen«, sagte Peter. »Mit einem Boot.«

»Theoretisch, ja. Ich würde es allerdings nicht empfehlen. Das Problem besteht darin, an dem Sperrgürtel vorbeizukommen.«

»Minen«, erläuterte Greer.

Vorhees nickte. »Und zwar viele. In den letzten Tagen des Krieges rotteten sich unsere sogenannten Freunde in der NATO zusammen und unternahmen einen letzten Versuch, die Ausbreitung der Infektion zu verhindern. Schwere Bombardierungen entlang der Küste, und zwar nicht nur mit konventionellen Sprengköpfen. Sie haben so gut wie alles, was im Wasser schwamm, in die Luft gejagt. Unten in Corpus Christi kann man immer noch die Wracks sehen. Und dann haben sie Minen gelegt, nur um die Tür wirklich zuzumachen.«

Peter dachte an die Geschichte, die sein Vater ihm erzählt hatte. Die Geschichten vom Meer und von Long Beach. Die verrosteten Gerippe der großen Schiffe, so weit das Auge reichte. Nie hatte Peter sich gefragt, wie es dazu gekommen war. Er hatte in einer Welt ohne Vergangenheit gelebt, ohne Ursachen, in einer Welt, in der die Dinge einfach waren, was sie waren. Als er jetzt mit Vorhees und Greer redete, war es, als betrachtete er die Linien auf einer Heftseite und sähe plötzlich die Worte, die daraufgeschrieben standen.

»Wie sieht es weiter östlich aus?«, fragte er. »Haben Sie jemals jemanden hingeschickt?«

Vorhees schüttelte den Kopf. »Seit Jahren nicht mehr. Die Erste Expedition hat zwei Bataillone hingeschickt, eins über Shreveport nach Louisiana und eins durch Missouri nach St. Louis. Sie sind nicht zurückgekommen.« Er zuckte die Achseln. »Vielleicht kommen sie eines Tages noch. Vorläufig bleibt uns nur Texas.«

»Das würde ich gern sehen«, sagte Peter. »Diese Stadt. Kerrville.«

»Das werden Sie, Peter.« Vorhees gestattete sich ein Lächeln. »Wenn Sie mit dem Konvoi fahren.«

Sie hatten Vorhees noch nicht gesagt, wie sie sich entschieden hatten, und Peter fühlte sich hin- und hergerissen. Hier waren sie in Sicherheit, hier gab es Licht, sie hatten die Army gefunden. Vielleicht würde es bis zum Frühjahr dauern, doch Peter war zuversichtlich, dass Vorhees eine Expeditionstruppe zur Kolonie schicken und die anderen herholen würde. Kurz gesagt, sie hatten gefunden, was sie gesucht hatten, und mehr als das. Seine Freunde jetzt zum Weiterziehen aufzufordern erschien ihm unnötig riskant. Und ohne Alicia wollte ein Teil seiner selbst ohnehin ja sagen, damit das Ganze einfach vorbei wäre.

Aber immer wenn er darüber nachdachte, dachte er als Nächstes an Amy. Alicia hatte recht gehabt. So weit gekommen zu sein und dann aufzugeben – er würde es später sicher bereuen, wahrscheinlich sein Leben lang. Michael hatte versucht, das Signal über das Funkgerät im Zelt des Generals wieder einzufangen, aber dieses Gerät reichte nicht so weit. Vorhees hatte gesagt, er habe keinen Anlass, ihm die Geschichte nicht zu glauben, aber wer konnte schon wissen, was das Signal bedeutete?

»Das Militär hat allen möglichen Scheiß hinterlassen. Die Zivilisten auch. Glauben Sie mir, wir kennen das. Sie können nicht hinter jedem Piepser herjagen.« Er sprach mit der Müdigkeit eines Mannes, der schon mehr als genug gesehen hatte. »Dieses Mädchen, das Sie da haben. Amy. Vielleicht ist sie hundert Jahre alt, wie Sie sagen, vielleicht auch nicht. Ich habe keinen Grund, Ihnen nicht zu glauben – nur dass sie aussieht wie eine Fünfzehnjährige mit einer Scheißangst. Man kann solche Sachen nicht immer erklären. Ich schätze, sie ist einfach eine arme traumatisierte Seele, die irgendwie überlebt hat und durch reinen Zufall in Ihr Camp spaziert ist.«

»Und was ist mit dem Sender in ihrem Nacken?«

»Was soll damit sein?« Vorhees' Ton war nicht spöttisch, sondern völlig sachlich. »Verdammt, vielleicht ist sie eine Russin oder eine Chinesin. Wir haben schon darauf gewartet, dass diese Leute aufkreuzen, immer angenommen, dass da drüben noch jemand lebt.«

»Und lebt da noch jemand?«

Vorhees schwieg, und er und Greer wechselten einen warnenden Blick.

»Die Wahrheit ist, wir wissen es nicht. Manche behaupten, die Quarantäne hat funktioniert, und der Rest der Welt lässt sich's ohne uns gut gehen. Da stellt sich natürlich die Frage, warum wir dann per Funk nichts davon mitkriegen, aber vermutlich ist es möglich, zusätzlich zu den Minen auch eine elektronische Barrikade zu errichten. Andere glauben – und ich glaube, der Major und ich teilen diese Auffassung –, dass alle tot sind. Wohlgemerkt, das sind alles nur Mutmaßungen, aber man munkelt, die Quarantäne war nicht ganz so dicht, wie die Leute glaubten. Fünf Jahre nach dem Ausbruch waren die Vereinigten Staaten weitgehend entvölkert. Es konnte zugegriffen werden. Das Goldlager in Fort Knox. Der Tresor der Zentralbank in New York. Jedes Museum, jedes Juweliergeschäft, jede Bank bis hinunter zu der Sparkasse an der Ecke, alles war immer noch da, und niemand war im Laden. Aber der Hauptgewinn war das komplette amerikanische Rüstungsarsenal, das einfach so herumlag, unter anderem mehr als zehntausend Nuklearsprengköpfe, von denen in einer Welt, in der die Vereinigten Staaten nicht mehr den Babysitter spielten, jeder Einzelne das Gleichgewicht der Macht verschieben konnte. Offen gesagt, ich glaube, die Frage ist nicht, ob jemand hier gelandet ist, sondern wer und wie viele. Und da ist es wahrscheinlich, dass sie das Virus mit nach Hause genommen haben.«

Peter nahm sich einen Augenblick Zeit, um das alles zu verdauen. Vorhees gab ihm zu verstehen, dass die Welt leer war.

»Ich glaube nicht, dass Amy hier ist, um etwas zu stehlen«, sagte er schließlich.

»Zu Ihrer Beruhigung: Ich glaube es auch nicht. Sie ist ein Kind, Peter. Wie sie da draußen überlebt hat, weiß niemand. Vielleicht erzählt sie es Ihnen ja irgendwann mal.«

»Ich glaube, das hat sie schon getan.«

»Das glauben Sie. Und ich werde Ihnen nicht widersprechen.

Aber ich will Ihnen etwas anderes sagen. Als Junge kannte ich eine Frau, eine verrückte alte Lady, die in einer Hütte hinter unserem Viertel wohnte, in einer alten baufälligen Bruchbude. Runzlig wie eine Rosine, und mit hundert Katzen. Die Hütte stank nur so nach Katzenpisse. Und diese Frau behauptete, sie könnte *hören*, was die Dracs dachten. Wir Kids haben uns ohne Ende über sie lustig gemacht, aber natürlich konnten wir auch nie genug von ihr kriegen. Das war so ein Fall, wo man nachher Gewissensbisse hat, doch nicht in dem Augenblick. Sie war das, was ihr Walker nennt; eines Tages stand sie einfach vor dem Tor.« Vorhees hob die Schultern. »Von Zeit zu Zeit hört man solche Geschichten. Meistens geht es um alte Leute, halb verrückte Mystiker, nie um ein Kind wie dieses Mädchen. Aber die Geschichte an sich ist nicht neu.«

Greer beugte sich vor. Er wirkte plötzlich interessiert. »Was ist aus ihr geworden?«

»Aus der alten Frau?« Der General rieb sich das Kinn und versuchte, sich zu erinnern. »Wenn ich mich recht entsinne, ist sie auf die Reise gegangen. Hat sich in ihrem nach Katzenpisse stinkenden Häuschen aufgehängt.« Als weder Peter noch Greer etwas sagten, redete er weiter: »Man kann nicht lange über diese Dinge nachdenken. Zumindest wir können es nicht. Da wird der Major mir sicher zustimmen. Wir sind hier, um so viele Dracs wie möglich zu beseitigen, Vorratsdepots anzulegen, die Hotspots zu finden und sie auszuräuchern. Vielleicht ergibt das alles eines Tages einen Sinn. Aber das werde ich sicher nicht mehr erleben.«

Der General stand auf und Greer ebenfalls. Die Zeit zum Plaudern war vorbei, jedenfalls für heute. »Einstweilen denken Sie über mein Angebot nach, Jaxon. Wir bringen Sie zurück. Sie haben es verdient.«

Als Peter am Ausgang stehen blieb, beugten Greer und Vorhees sich schon über den Tisch, auf dem sie eine große Landkarte ausgerollt hatten. Vorhees hob den Kopf.

»Gibt's noch was?«

»Es ist nur …« Was hatte er sagen wollen? »Ich habe an Alicia gedacht. Wie es ihr geht.«

»Es geht ihr gut, Peter. Keine Ahnung, wie Coffee es gemacht hat, aber er hat ihr eine ganze Menge beigebracht. Wahrscheinlich würden Sie sie nicht wiedererkennen.«

Das schmerzte. »Ich würde sie gern sehen.«

»Das weiß ich. Aber im Moment ist es keine gute Idee.« Als Peter sich nicht bewegte, fragte Vorhees mit kaum verhohlener Ungeduld: »Ist das alles?«

Peter schüttelte den Kopf. »Sagen Sie ihr nur, dass ich nach ihr gefragt habe.«

»Das werde ich tun, mein Junge.«

Peter trat durch die Zeltklappe hinaus in den dunkler werdenden Nachmittag. Der Regen hatte nachgelassen, aber die Luft war völlig gesättigt und schwer. Die Kälte fuhr einem bis in die Knochen. Jenseits des Zauns kroch eine dichte Nebelbank über den Bergkamm. Alles war schlammbespritzt. Er zog die Jacke fester um die Schultern und überquerte den freien Platz zwischen Vorhees' Zelt und der Messe. Dort sah er Hollis; er saß allein an einem der langen Tische vor einem abgenutzten Plastiktablett und löffelte sich Bohnen in den Mund. Ein paar Soldaten saßen verstreut in der Kantine und redeten leise miteinander. Peter nahm ein Tablett vom Stapel, schaufelte Bohnen aus dem Topf auf einen Teller und ging damit zu Hollis.

»Hier noch frei?«

»Hier ist nirgends frei«, sagte Hollis düster. »Ich durfte diesen Platz nur ausborgen.«

Peter setzte sich auf die Bank. Er wusste, was Hollis meinte. Sie waren hier wie ein überschüssiges, verkümmertes Glied, sie hatten nichts zu tun, spielten keine Rolle. Sara und Amy waren in ihr Zelt verbannt, aber trotz seiner relativen Freiheit fühlte Peter sich eingesperrt wie sie. Keiner der Soldaten wollte etwas mit ihnen zu tun haben. Sie nahmen Peter und seine Leute nicht richtig ernst, und verschwunden wären sie ohnehin bald wieder.

Er berichtete Hollis, was er erfahren hatte, und stellte dann die Frage, die ihm vor allem auf dem Herzen lag. »Hast du sie gesehen?«

»Ich habe sie heute Morgen weggehen sehen, mit Raimeys Einheit.«

Raimeys Einheit, eine von sechsen, unternahm kurze Erkundungspatrouillen in Richtung Südost. Als Peter den General gefragt hatte, wie lange sie wegbleiben würden, hatte dieser geheimnisvoll geantwortet: »So lange, wie es dauert.«

»Wie sah sie aus?«

»Wie eine von ihnen, Peter.« Hollis schwieg einen Moment. »Ich habe ihr zugewinkt, aber ich glaube, sie hat mich nicht gesehen. Weißt du, wie sie sie nennen?«

Peter schüttelte den Kopf.

»Die Letzte Expeditionärin.« Hollis runzelte die Stirn. »Ein ziemlicher Zungenbrecher, wenn du mich fragst.«

Sie schwiegen; alles war gesagt. Sie mochten überflüssige Gliedmaßen sein, aber ohne Alicia fühlte Peter sich wirklich so, als fehlte ihm ein Arm oder ein Bein.

Im Geiste suchte er sie unentwegt, und er fragte sich, wo sie jetzt wohl sein mochte. Er glaubte nicht, dass er sich daran jemals gewöhnen würde.

»Ich habe nicht den Eindruck, dass sie uns die Sache mit Amy abnehmen«, sagte er schließlich.

»Würdest du es glauben?«

Peter schüttelte den Kopf. »Wohl nicht«, gestand er.

Wieder schwiegen sie.

»Und was denkst du?«, fragte Hollis dann. »Dass sie uns mitnehmen wollen?«

Wegen des Regens hatte sich der Abmarsch des Bataillons schon um eine Woche verzögert. »Vorhees drängt darauf, dass wir mitgehen. Vielleicht hat er recht.«

»Aber du bist anderer Ansicht.« Als Peter zögerte, legte Hollis seine Gabel auf den Tisch und sah ihm in die Augen. »Du kennst mich, Peter. Ich mache das, was du willst.«

»Wieso habe ich hier das Kommando? Ich will nicht für alle entscheiden müssen.«

»Ich habe nicht gesagt, dass du das musst. Wenn du es noch nicht weißt, weißt du es eben noch nicht. Es hat Zeit bis nach dem Regen.«

Peter hatte Gewissensbisse. Seit sie in der Garnison angekommen waren, hatte er aus irgendeinem Grund nie Gelegenheit gefunden, Hollis zu sagen, dass er über ihn und Sara Bescheid wusste. Alicia war fort, und im Grunde seines Herzens wollte er der Tatsache nicht ins Auge sehen, dass die Kraft, die sie alle zusammengehalten hatte, in Auflösung begriffen war. Die drei Männer waren in einem Zelt neben dem einquartiert, in dem Sara und Amy sich die Zeit mit Kartenspielen vertrieben und darauf warteten, dass der Regen aufhörte. Zwei Nächte hintereinander war Peter aufgewacht und hatte gesehen, dass Hollis' Pritsche leer war, aber morgens war er immer da und schnarchte vor sich hin. Er fragte sich, ob Hollis und Sara seinetwegen Theater spielten oder ob sie es für Michael taten, der ja schließlich Saras Bruder war. Und was Amy anging – anfangs, vielleicht einen Tag lang, war sie nervös erschienen, und vielleicht hatte sie sogar ein bisschen Angst vor den Soldaten gehabt, die ihnen das Essen brachten und sie zur Latrine eskortierten, aber dann war sie in einen Zustand hoffnungsvoller, ja freudiger Erwartung verfallen. *Brechen wir bald auf?*, hatte sie Peter sanft drängend gefragt. *Denn ich würde so gern den Schnee sehen.* Peter hatte immer nur gesagt, ich weiß es nicht, Amy. Wenn der Regen aufhört, werden wir sehen. Das war die Wahrheit, doch es klang trotzdem hohl und verlogen.

Hollis deutete mit dem Kopf auf Peters Teller. »Du solltest essen.«

Er schob das Tablett zur Seite. »Ich habe keinen Hunger.«

Michael kam herein. Regentropfen perlten auf seinem Poncho, als er mit einem vollbeladenen Tablett an den Tisch gerauscht kam. Er war der Einzige, der seine Zeit einigermaßen nutzbringend

verwendete: Vorhees hatte ihn der Fahrzeugabteilung zugewiesen, und er half mit, die Autos für die Fahrt nach Süden startklar zu machen. Er stellte sein Tablett auf den Tisch und machte sich gierig über sein Essen her; er nahm ein Stück Maisbrot in die ölverschmierte Hand und schaufelte sich damit die Bohnen in den Mund.

»Was ist los?« Er blickte auf und schluckte einen Mundvoll Bohnen und Brot hinunter. »Ihr zwei seht aus, als ob jemand gestorben wäre.«

Ein Soldat ging mit seinem Tablett an ihrem Tisch vorbei. Er hatte Segelohren, und auf seinem kahl geschorenen Schädel schimmerte daunenweicher Flaum.

»Hey, Radmutter«, sagte er zu Michael.

Michael strahlte. »Sancho. Was läuft?«

»*De nada.* Hör zu. Ein paar von uns haben so geredet. Wir dachten, vielleicht hast du nachher Lust, zu uns zu kommen.«

Michael grinste mit einem Mund voll Bohnen. »Aber klar.«

»Neunzehn Uhr in der Kantine.« Der Soldat sah Peter und Hollis an, als bemerkte er sie erst jetzt. »Ihr Sprengs könnt auch kommen, wenn ihr wollt.«

Peter hatte sich noch nicht ganz an diese Bezeichnung gewöhnen können. Für seine Ohren hatte sie einen geringschätzigen Unterton. »Wohin kommen?«

»Danke, Sancho«, sagte Michael. »Ich erklär's ihnen.«

Als der Soldat weitergegangen war, sah Peter ihn mit schmalen Augen an. »Radmutter?«

Michael aß schon wieder weiter. »Sie haben's mit solchen Namen. Aber es gefällt mir besser als Akku.« Er wischte die letzten Bohnen auf seinem Teller zusammen. »Die Jungs sind nicht übel, Peter.«

»Habe ich auch nicht behauptet.«

»Was gibt's denn heute Abend?«, fragte Hollis nach einer Weile.

»Ach so.« Michael zuckte wegwerfend die Achseln und bekam ein rotes Gesicht. »Wundert mich, dass es euch niemand gesagt hat. Heute ist Kinoabend.«

Um achtzehn Uhr dreißig waren alle Tische aus der Kantine hinausgetragen worden, und die Bänke standen in Reihen hintereinander. Am Abend hatte es sich spürbar abgekühlt, und die Luft war trockener. Die Regenfront war vorübergezogen. Die Soldaten hatten sich draußen versammelt, und sie unterhielten sich lautstark miteinander, wie Peter es noch nicht erlebt hatte. Sie lachten, rissen Witze und ließen Schnapsflaschen herumgehen. Er setzte sich mit Hollis auf eine der hinteren Bänke mit dem Gesicht zur Projektionswand, einer großen, weiß angestrichenen Sperrholzplatte. Michael war irgendwo weiter vorn bei seinen neuen Freunden aus dem Fahrzeugpool.

Michael hatte sein Bestes getan, um ihnen zu erklären, wie Kino funktionierte, aber Peter wusste immer noch nicht genau, was ihn erwartete. Die ganze Sache war irgendwie beunruhigend, denn er verstand nicht, wie so etwas machbar war. Der Projektor, der hinter ihnen auf einem hohen Tisch stand, würde auf irgendeine Weise einen Strom von beweglichen Bildern an die weiße Wand strahlen. Aber wenn das stimmte, woher kamen die Bilder dann? Wenn es Reflektionen waren, was reflektierten sie? Ein langes Stromkabel führte vom Projektor durch die Tür hinaus zu einem Generator. Peter hielt es für verschwenderisch, den kostbaren Treibstoff für simple Unterhaltungszwecke zu benutzen. Aber als Major Greer unter dem aufgeregten Gejohle von sechzig Männern nach vorn trat, spürte Peter es auch: reinste Vorfreude, ein beinahe kindliches Kribbeln im Bauch.

Greer hob die Hand, um die Männer zur Ruhe zu bringen, doch sie johlten nur noch lauter.

»Ruhe, ihr Saftsäcke!«

»Der Graf soll kommen!«, schrie jemand.

Wieder lautes Jubelgeschrei. Greer stand vor der weißen Wand und lächelte kaum verhohlen. Ganz kurz nur brach der harte Panzer der militärischen Disziplin ein wenig auf. Peter hatte inzwischen genug Zeit mit Greer verbracht, um zu wissen, dass das nicht zufällig geschah.

Greer wartete ab, bis die Aufregung sich von allein gelegt hatte. Dann räusperte er sich. »Okay, Leute, das reicht. Zuerst eine Bekanntmachung. Ich weiß, ihr habt den Aufenthalt hier oben in den Wäldern des Nordens genossen …«

»*Fuck*, und wie!«

Greer schaute stirnrunzelnd in die Richtung des Mannes, der da gerufen hatte. »Unterbrechen Sie mich noch einmal, Muncey, und Sie dürfen einen Monat lang Latrinen auslutschen.«

»Wollte nur sagen, wie froh ich bin, hier zu sein und Dracs zu scheuchen, Sir!«

Neues Gelächter. Greer ließ es durchgehen.

»Wie ich sagte, nachdem das Wetter sich gebessert hat, gibt es Neuigkeiten. General?«

Vorhees, der am Rand gewartet hatte, trat nach vorn. »Danke, Major. Guten Abend, Zweites Bataillon!«

»Guten Abend, Sir!«, schrien alle im Chor.

»Wie es aussieht, klart das Wetter hier für eine Weile auf, und deshalb ziehen wir ab. Morgen früh um fünf, nach dem Frühstück, melden Sie sich bei Ihrem Truppführer und lassen sich Ihre Sektion zuweisen. Wenn es hell wird, soll alles mit Sack und Pack bereitstehen. Sobald Einheit Blau zurückkommt, marschieren wir nach Süden.«

Ein Soldat hob die Hand. Peter erkannte ihn; er hatte Michael in der Kantine angesprochen. Sancho.

»Was ist mit dem schweren Gerät, Sir? Damit kommen wir nicht durch den Schlamm.«

»Man hat entschieden, es hierzulassen. Wir marschieren schnell und mit leichtem Gepäck. Ihre Truppführer werden das mit Ihnen besprechen. Noch jemand?«

Schweigen.

»Also gut. Dann viel Vergnügen.«

Die Laternen wurden gelöscht, und hinten im Raum begannen die Räder an dem Projektor sich zu drehen. Jetzt war es also so weit, dachte Peter: Der Augenblick der Entscheidung war

gekommen. Eine Woche war plötzlich wie im Flug vergangen. Er spürte, dass jemand neben ihm auf die Bank rutschte. Es war Sara. Amy war bei ihr. Sie hatte sich zum Schutz gegen die Kälte eine dunkle Wolldecke um die Schultern gelegt.

»Ihr solltet nicht hier sein«, flüsterte Peter.

»Zum Teufel damit«, sagte Sara leise. »Glaubst du, das lasse ich mir entgehen?«

Die weiße Wand strahlte plötzlich hell auf. Leuchtende Zahlen in einem Kreis, in absteigender Folge. 5, 4, 3, 2, 1. Und dann:

CARL LAEMMLE
PRÄSENTIERT

»DRACULA«
VON BRAM STOKER

NACH DEM BÜHNENSTÜCK FÜR DEN FILM
BEARBEITET VON
HAMILTON DEANE & JOHN L. BALDERSTON
EINE TOD BROWNING PRODUKTION

»Ton!«, brüllte einer der Soldaten, und andere stimmten ein. »Ton! Ton!«

Der Soldat, der den Projektor bediente, überprüfte hastig alle Verbindungen und drehte an den Knöpfen. Dann rannte er nach vorn und kniete vor einem Kasten unter der Projektionswand nieder.

»Moment, da, ich glaube, das war's …«

Ein dröhnendes Knattern brach los, und Peter, der fasziniert auf das bewegliche Bild starrte – eine Kutsche rollte in ein Dorf, und die Leute liefen ihr entgegen –, sprang unweigerlich auf. Aber dann begriff er, wozu der Kasten da vorn in der Lage war. Das Pferdegetrappel, das Knarren der Kutsche auf ihren Federn und die Stimmen der Dorfbewohner, die in einer fremden Sprache miteinander redeten, die er noch nie gehört hatte: Die Bilder waren mehr als Abbildungen, mehr als Licht. Sie waren wie etwas Lebendiges.

Ein Mann mit einem weißen Hut fuchtelte mit einem Gehstock vor den Kutschern herum. Als er den Mund zum Sprechen öffnete, deklamierten alle Soldaten einstimmig:

»*Nehmt mein Gepäck nicht herunter, ich fahre heute Nacht noch zum Borgo-Pass.*«

Ein allgemeiner Heiterkeitsausbruch folgte. Peter riss den Blick von der Projektionswand los und schaute zu Hollis hinüber. Aber die Augen seines Freundes, in denen sich das Licht funkelnd spiegelte, starrten hingerissen auf die beweglichen Bilder vor ihnen. Er drehte sich zu Sara und Amy um, und sie sahen genauso aus.

Vorn redete jetzt ein stämmiger Mann mit dem Kutscher in einem Kauderwelsch aus unverständlichen Lauten. Dann wandte er sich dem ersten Mann zu, dem mit dem Hut, und seine Worte vervielfachten sich in der lärmenden Rezitation der Soldaten.

»Der Kutschär. Er hat … Angst. Ist ein gutär Mann. Ich soll Sie fragen, ob Sie können warten. Fahren morgen, nach Sonnänaufgang.«

Der erste Mann wedelte arrogant mit seinem Stock und wollte nichts davon wissen. »Tja, ich bedaure, aber um Mitternacht erwartetet mich ein Wagen am Borgo-Pass.«

»Am Borgo-Pass? Wessen Wagen?«

»Nun, der des Grafen Dracula.«

Der schnurrbärtige Mann riss entsetzt die Augen auf. »Graf … *Dracula*?«

»Tu es nicht, Renfield!«, schrie einer der Soldaten, und alle lachten.

Es war eine Geschichte, erkannte Peter. Eine Geschichte wie in den alten Büchern in der Zuflucht, aus denen die Lehrerin ihnen im Kreis vorgelesen hatte, vor vielen Jahren. Die Leute da vorn auf der Wand sahen aus, als spielten sie etwas: Ihre übertriebene Gestik und Mimik erinnerte ihn daran, wie Teacher beim Vorlesen die Stimmen der verschiedenen Personen nachgeahmt hatte. Der stämmige Mann mit dem Schnurrbart wusste etwas, das der Mann mit dem Hut nicht wusste. Hier drohte Gefahr. Aber trotz

der Warnung setzte der Reisende unter den spöttischen Zurufen der Soldaten seine Fahrt fort. Die Kutsche rollte eine dunkle Bergstraße hinauf und auf ein wuchtiges Gebäude mit Türmen und Mauern zu, das abweisend im Mondschein aufragte. Was dort lauerte, war klar; der Schnurrbärtige hatte es mehr oder weniger erklärt. Vampire. Ein altes Wort, aber Peter kannte es. Er wartete darauf, dass die Virals erschienen, dass sie über die Kutsche herfielen und den Reisenden in Fetzen rissen, aber das geschah nicht. Die Kutsche fuhr durch das Tor, der Mann – Renfield – stieg aus und sah, dass er allein war; der Kutscher war verschwunden. Eine Tür öffnete sich knarrend von allein und verlockte ihn zum Eintreten. Er betrat eine große ruinenhafte Halle. Ahnungslos und mit fast lächerlicher Einfalt ging Renfield rückwärts auf eine breite Treppe zu, auf der ein Mann in einem dunklen Umhang und mit einer Kerze in der Hand herunterkam. Als der Mann unten angekommen war, drehte Renfield sich um, und das Weiße seiner Augen weitete sich so entsetzt, dass man glauben konnte, er wäre über einen ganzen Schwarm Smokes gestolpert, nicht über einen einzelnen Mann in einem Cape.

»Ich bin … *Drrrrra-culaaaah.*«

Wieder erzitterte das Zeltdach unter einer Explosion von Jauchzern, Rufen und Pfiffen. Ein Soldat in einer der vorderen Reihen sprang auf.

»Hey, Graf, friss das hier!«

Stahl blitzte im Lichtstrahl des Projektors. Die Spitze des Messers bohrte sich mit fleischig dumpfem Schlag in das Sperrholz und mitten in die Brust des Mannes im Cape, der überraschenderweise keine Notiz davon nahm.

»*Fuck,* Muncey, was soll das!«, schrie der Mann am Projektor.

»Zieh dein Messer da raus«, rief jemand anders, »es ist im Weg!«

Aber die Stimmen klangen nicht wütend. Alle fanden es wahnsinnig komisch. Unter lauten Buhrufen und Pfiffen sprang Muncey zur Projektionswand, um sein Messer herauszuziehen. Die

Bilder flimmerten über seine Gestalt. Er drehte sich grinsend um und verbeugte sich.

Trotz alldem – trotz der chaotischen Störungen, des Gelächters und der höhnischen Sprechchöre der Soldaten, die jede Textzeile schon auswendig kannten – nahm die Geschichte Peter bald völlig gefangen. Er hatte das Gefühl, dass Teile des Films fehlten, denn die Erzählung machte mitunter verwirrende Sprünge: Das Schloss verschwand, und man sah ein Schiff auf hoher See und dann einen Ort namens London. Eine Großstadt, erkannte er. Eine Stadt aus der Zeit Davor. Der Graf – eine Art Viral, obwohl er nicht so aussah – tötete Frauen. Zuerst ein Mädchen, das auf der Straße Blumen verteilte, dann eine junge Frau, die schlafend im Bett lag, mit vielen zerzausten Locken und einem so gefassten Gesicht, dass sie aussah wie eine Puppe. Die Bewegungen des Grafen waren von komischer Langsamkeit, und die seiner Opfer ebenfalls. Alle in dem Film schienen in einem Traum gefangen zu sein, in dem sie sich nicht schnell genug oder auch gar nicht bewegen konnten. Dracula selbst hatte ein blasses, beinahe feminines Gesicht. Seine Lippen waren so geschminkt, dass sie wie Fledermausflügel geschwungen waren, und wenn er jemanden beißen wollte, sah man eine ganze Weile nur seine von unten beleuchteten Augen, die funkelten wie zwei Kerzenflammen.

Natürlich wusste Peter, dass das alles nicht echt war und nicht ernst genommen werden durfte. Aber als die Geschichte weiterging, machte er sich trotzdem Sorgen um dieses Mädchen Mina, die Tochter des Doktors – Doktor Sewells, dem das Sanatorium, oder was immer das sein mochte, gehörte. Minas Mann, der unfähige Harker, hatte offenbar keine Ahnung, wie er ihr helfen sollte: Er stand immer nur mit den Händen in den Taschen herum und sah hilflos und verloren aus. Keiner wusste im Grunde, was er tun sollte – außer Van Helsing, dem Vampirjäger. Er sah nicht aus wie die Jäger, die Peter kannte. Er war ein alter Mann mit dicken Brillengläsern und neigte zu ungeheuer hochtrabenden Verlautbarungen, die den lautesten Spott der Soldaten auf sich zogen:

»Gentlemen, wir haben es hier mit dem Undenkbaren zu tun!«, und »Der Aberglaube von gestern kann schon heute wissenschaftliche Realität sein!« Jedes Mal gellten die Pfiffe, aber vieles von dem, was Van Helsing sagte, schien doch zu stimmen, fand Peter, vor allem, als er behauptete, der Vampir sei »eine Kreatur, deren Leben unnatürlich verlängert ist«. Besser konnte man die Smokes nicht beschreiben. Er fragte sich, ob Van Helsings Trick mit dem Spiegel in der Schmuckschatulle vielleicht eine Variante dessen war, was mit der Bratpfanne in Las Vegas passiert war, und ob es stimmte, dass ein Vampir »jede Nacht in heimischer Erde schlafen« müsse. Kehrten die Befallenen vielleicht deshalb immer nach Hause zurück? Manchmal kam ihm der Film vor wie ein Lehrbuch. Vielleicht war es überhaupt keine erfundene Geschichte, sondern ein Bericht über etwas, das passiert war.

Das Mädchen, Mina Harker, wurde befallen. Harker und Van Helsing folgten dem Vampir in sein Nest, einen feuchten Keller. Peter begriff, worauf die Geschichte hinauslaufen würde: Sie würden ihn erlösen. Sie würden Mina jagen und töten, und Harker, Minas Ehemann, würde diese schreckliche Pflicht übernehmen müssen. Peter machte sich auf alles gefasst. Die Soldaten waren jetzt still geworden; ihre Albernheiten hatten aufgehört, und wider Willen waren sie gefesselt von den letzten düsteren Entwicklungen der Geschichte.

Das Ende bekam er nicht zu sehen. Ein Soldat kam hereingestürzt.

»Scheinwerfer an! Rettungseinsatz am Tor!«

Sofort war der Film vergessen. Alle Soldaten sprangen auf. Waffen tauchten auf – Pistolen, Gewehre, Messer. In der allgemeinen Hast stolperte jemand über das Stromkabel des Projektors, und die Kantine versank in der Dunkelheit. Alle drängten, schrien, brüllten Befehle. Peter hörte, wie draußen geschossen wurde. Als er hinter den anderen ins Freie kam, sah er zwei Leuchtraketen, die über den Zaun und den schlammigen Vorplatz am Eingangstor flogen. Michael rannte mit Sancho an ihm vorbei. Peter packte ihn beim Arm.

»Was ist los? Was ist passiert?«

Michael ließ sich nicht aufhalten. »Einheit Blau!«, rief er. »Komm mit!«

Aus dem Chaos in der Kantine war plötzlich Ordnung geworden. Jeder wusste, was er zu tun hatte. Die Soldaten hatten erkennbare Gruppen gebildet; einige kletterten eilig die Leitern zu dem schmalen Brettergang entlang des Zauns hinauf, andere gingen hinter einer Sandsackbarrikade am Tor in Stellung. Wieder andere schwenkten die Scheinwerfer und richteten sie auf das Schlammfeld vor dem Tor.

»Da kommen sie!«

»Aufmachen!«, schrie Greer am Fuße des Zauns. »Macht das verdammte Tor auf!«

Entlang des Zauns ging ein ohrenbetäubendes Sperrfeuer los. Ein halbes Dutzend Soldaten sprang zu den Seilen, die über ein System von Winden und Flaschenzügen mit dem Tor verbunden waren. Einen Moment lang war Peter gebannt von der koordinierten Eleganz dieses Schauspiels und der routinierten Schönheit der synchronen Bewegungen. Die Soldaten packten die Seile und zogen daran, und die Torflügel begannen sich zu öffnen und gaben den Blick auf das lichtüberflutete Gelände und eine Gruppe von Gestalten frei, die auf das Tor zurannten. Alicia war an der Spitze. In vollem Lauf stürmten die sechs durch das Tor und warfen sich zu Boden, während die Männer hinter den Sandsäcken einen Hagel von Kugeln über ihre Köpfe hinwegfeuerten. Wenn Virals hinter ihnen waren, konnte Peter sie nicht sehen. Alles ging zu schnell, war zu laut – und dann war es einfach vorbei: Das Tor hatte sich hinter ihnen geschlossen.

Peter rannte zu Alicia. Keuchend kauerte sie auf allen vieren im Schlamm. Die Tarnfarbe rann ihr über das Gesicht, und ihr kahler Schädel glänzte wie poliertes Metall im harten Licht der Scheinwerfer.

Sie richtete sich auf den Knien auf, und ihre Blicke trafen sich. »Peter, ihr müsst sofort von hier verschwinden.«

Oben fielen ein paar letzte halbherzige Schüsse. Die Virals hatten sich zerstreut und aus dem Scheinwerferlicht zurückgezogen.

»Ich mein's ernst«, zischte sie. Jede Faser ihres Körpers war angespannt. »Geht!«

Andere drängten sich heran. »Wo ist Raimey?«, brüllte Vorhees und drängte sich zwischen den Männern hindurch. »Wo zum Teufel ist Raimey?«

»Er ist tot, Sir.«

Vorhees drehte sich zu Alicia um, die im Schlamm kniete. Als er Peter sah, blitzten seine Augen wütend auf. »Jaxon, Sie haben hier nichts zu suchen.«

»Wir haben es gefunden, Sir«, sagte Alicia. »Sind geradewegs hineingestolpert. Ein regelrechtes Hornissennest. Da müssen Hunderte sein.«

Vorhees winkte Hollis und den anderen zu. »Sie alle, ab in Ihre Unterkunft, *sofort.*« Ohne eine Antwort abzuwarten, wandte er sich wieder an Alicia. »Gefreiter Donadio, berichten Sie.«

»Das Bergwerk, General«, sagte sie. »Wir haben das Bergwerk gefunden.«

Den ganzen Sommer über hatten Vorhees' Leute danach gesucht: nach dem Eingangsschacht einer alten Kupfermine, die irgendwo in den Bergen verborgen war. Man vermutete, dass dort einer der Hotspots war, von denen Vorhees gesprochen hatte, ein Nest, in dem die Virals schliefen. Sie hatten alte geologische Vermessungskarten studiert und die Bewegungen der Virals mit Hilfe der Netze verfolgt, und so hatten sie die Suche auf den südöstlichen Quadranten eingrenzen können, auf einen Bereich von ungefähr zwanzig Quadratkilometern oberhalb des Flusslaufs. Die Einheit Blau hatte einen letzten Versuch unternommen, das Bergwerk vor der Räumung des Camps zu finden. Es war reiner Zufall, dass es ihnen gelungen war; wie Peter von Michael erfuhr, waren sie einfach hineinspaziert, kurz vor Sonnenuntergang – eine sanfte Absenkung des Bodens, in der der vorderste Mann mit einem

Aufschrei verschwunden war. Der erste Viral, der herauskam, erwischte zwei weitere Männer, bevor einer von ihnen einen Schuss abfeuern konnte. Der Rest der Einheit hatte so etwas wie eine Feuerlinie bilden können, aber immer mehr Virals waren herausgekommen und hatten sich in ihrem Blutdurst dem schwindenden Tageslicht ausgesetzt. Wenn die Sonne erst untergegangen wäre, würde die Einheit schnell aufgerieben werden, und dann wäre die Kenntnis der Lage des Bergwerkschachts mit ihnen verloren gegangen. Die Leuchtkugeln, die sie bei sich hatten, würden ihnen ein paar Minuten Zeit einbringen, mehr jedoch nicht. Sie hatten sich in zwei Gruppen geteilt; die eine sollte sich ins Camp zurückflüchten, während die andere unter Führung von Lieutenant Raimey ihren Rückzug sichern und die Kreaturen so lange in Schach halten würde, bis die Sonne unterginge und alle Leuchtkugeln verschossen wären. Das war alles.

Die ganze Nacht hindurch herrschte reges Treiben im Camp. Peter spürte die Veränderung: Die Tage des Wartens, der kurzen Jagdausflüge in die Wälder, waren vorbei, und Vorhees' Leute bereiteten sich auf die Schlacht vor. Michael war verschwunden; er half mit, die Fahrzeuge einsatzbereit zu machen, die mit den Bomben beladen werden sollten – Fässer mit Dieselöl und Ammoniumnitrat und einem Clustergranaten-Zünder, »Rohrreiniger« hießen sie hier nur. Sie würden mit einer Winde senkrecht in den Schacht hinabgelassen werden. Die Explosionen würden zweifellos viele der Virals dort unten töten. Die Frage war nur, wo die Überlebenden herauskommen würden. Im Laufe von hundert Jahren hatte die Topographie sich verändert, und Vorhees und die anderen konnten nicht wissen, ob sich durch einen Erdrutsch oder ein Erdbeben nicht ein völlig neuer Ausgang geöffnet hatte. Während eine Einheit die Sprengbomben einbrachte, würden die anderen die Gegend nach weiteren Ausstiegen absuchen.

Als grau der Morgen dämmerte, erloschen die Lichter. Die Nacht war eisig kalt gewesen, und die Pfützen im Camp waren von Eiskrusten bedeckt. Die Fahrzeuge wurden beladen, und die

Soldaten sammelten sich am Tor. Nur eine Einheit würde zurückbleiben und die Garnison sichern. Alicia hatte einen großen Teil der vergangenen Stunden in Vorhees' Zelt verbracht. Sie war es, die den Rest ihrer Einheit am Fluss entlang zum Camp zurückgeführt hatte, auf dem gleichen Weg, auf dem sie losgezogen waren. Jetzt sah Peter sie mit dem General vor einer Karte, die auf der Haube eines Humvees ausgebreitet war. Greer saß zu Pferde und beaufsichtigte das Verladen der Ausrüstung. Peter stand abseits und sah zu. Er empfand wachsendes Unbehagen, aber auch noch etwas anderes: eine machtvolle Verlockung, instinkthaft wie das Atmen. Tagelang war er hin und her geschwankt; er wusste, sie sollten weitergehen, aber er konnte Alicia nicht zurücklassen. Als er jetzt den Soldaten am Tor bei ihren letzten Vorbereitungen zuschaute und Alicia mitten unter ihnen sah, erwachte ein übermächtiges Verlangen in ihm und stellte alles andere in den Schatten. Vorhees' Soldaten zogen in den Krieg, und er wollte dabei sein.

Als Greer an der Kolonne entlangritt, trat Peter vor. »Major, ich würde gern mit Ihnen sprechen.«

Greer wirkte abgelenkt und eilig. Sein Blick ging über Peters Kopf hinweg, als er fragte: »Was gibt's, Jaxon?«

»Ich möchte mitkommen, Sir.«

Greer musterte ihn kurz. »Wir können keine Zivilisten mitnehmen.«

»Stellen Sie mich nach hinten. Es muss doch etwas geben, das ich tun kann. Ich weiß es nicht, vielleicht können Sie mich als Läufer einsetzen.«

Greers Blick wanderte zum Heck eines der Trucks, wo vier Männer, unter ihnen Michael, dabei waren, die Öltonnen mit einer Winde auf die Ladenfläche zu hieven.

»Sergeant«, bellte Greer zu dem Truppführer, einem Mann namens Withers, hinüber. »Können Sie hier für mich übernehmen? Und, Sancho, achten Sie auf die Kette da. Sie hat sich verheddert.«

»Ja, Sir. Sorry, Sir.«

»Das sind *Bomben*, Junge. Himmel, seien Sie doch vorsichtig.« Dann wandte er sich wieder an Peter. »Kommen Sie mit.«

Der Major stieg vom Pferd und ging mit ihm beiseite, bis sie außer Hörweite der anderen waren. »Ich weiß, Sie machen sich Sorgen um sie«, sagte er. »Okay? Ich weiß das. Wenn es nach mir ginge, würde ich Sie wahrscheinlich mitkommen lassen.«

»Vielleicht wenn wir mit dem General reden ...«

»Kommt nicht in Frage. Tut mir leid.« Ein seltsamer Ausdruck huschte über sein Gesicht, ein Flackern der Unentschlossenheit. »Hören Sie. Was Sie mir da über das Mädchen erzählt haben, über Amy. Es gibt etwas, das Sie wissen sollten.« Er schüttelte den Kopf und schaute weg. »Ich kann nicht fassen, dass ich Ihnen davon erzähle. Vielleicht bin ich wirklich schon zu lange im Wald. Wie sagt man gleich? Wenn man das Gefühl hat, etwas schon mal erlebt zu haben? Als hätte man es geträumt? Dafür gibt es einen Ausdruck.«

»Sir?«

Greer schaute ihn immer noch nicht an. »Déjà-vu. So heißt das. Dieses Gefühl habe ich, seit ich euch gefunden habe. Und zwar ganz heftig. Ich weiß, jetzt sieht man es mir nicht mehr an, aber als Kind war ich ein dürrer Hänfling und dauernd krank. Meine Eltern sind gestorben, als ich noch klein war. Ich habe sie eigentlich nicht gekannt, und wahrscheinlich lag es einfach an dem Waisenhaus, in dem ich aufgewachsen bin. Fünfzig Gören, dicht zusammengepfercht, überall Rotz und dreckige Hände. Ständig habe ich mich angesteckt. Ungefähr ein Dutzend Mal waren die Schwestern kurz davor, mich abzuschreiben. Und Fieberträume, die Sie sich nicht vorstellen können. Nichts, was ich wirklich beschreiben könnte, und ich erinnere mich auch nicht mehr daran. Nur an das Gefühl: Als wäre ich tausend Jahre lang im Dunkeln verloren. Aber das Komische war, ich war nicht allein. Auch das gehörte zu diesem Traum. Ich habe lange nicht mehr daran gedacht – erst, als ihr hier aufgekreuzt seid. Dieses Mädchen. Ihre Augen. Glauben Sie, das hätte ich nicht bemerkt? Mein Gott, es ist, als wäre ich wieder sechs Jahre alt, und das Fieber glühte mir

das Hirn aus. Aber ich sage Ihnen, sie war es. Ich weiß, es klingt verrückt. Sie war bei mir in dem Traum.«

Er schwieg erwartungsvoll. Peter lief ein Schauer über den Rücken, als er die Geschichte wiedererkannte.

»Haben Sie Vorhees davon erzählt?«

»Sind Sie verrückt? Was soll ich ihm sagen? Verdammt, ich hab's nicht mal *Ihnen* erzählt. Kapiert?«

Um zu zeigen, dass die Unterredung beendet war, packte er sein Pferd beim Zügel und schwang sich wieder in den Sattel. »Das ist alles. Aber wenn Sie mich fragen, warum Sie nicht mitkommen dürfen, haben Sie jetzt meine Antwort. Wenn wir nicht zurückkommen, hat die Einheit Rot den Befehl, Sie nach Roswell zu evakuieren. Das ist so *angeordnet*. Inoffiziell sage ich Ihnen: Niemand wird Sie aufhalten, wenn Sie sich entschließen, nach Colorado weiterzugehen.«

Er riss sein Pferd herum und nahm seinen Platz an der Spitze der Kolonne ein. Motoren brüllten auf, das Tor öffnete sich. Peter sah zu, wie fünf Einheiten mit Pferden und Fahrzeugen langsam abzogen. Alicia war irgendwo dabei, wahrscheinlich vorn bei Vorhees. Aber Peter konnte sie nicht entdecken.

Die Kolonne war längst an ihnen vorüber, als Michael zu ihm kam.

»Er wollte dich nicht mitgehen lassen, was?«

Peter konnte nur den Kopf schütteln.

»Mich auch nicht«, sagte Michael.

61

Sie warteten den ganzen Tag und bis in den nächsten hinein. Mit einer einzigen Einheit als Bewachung wirkte das Camp seltsam leer und einsam. Amy und Sara konnten sich frei umherbewegen, aber wohin sollten sie gehen? Sie konnten nur warten. Amy war in ein so tiefes Schweigen verfallen, dass Peter sich fragte, ob er ihre Stimme nicht überhaupt geträumt hatte. Den ganzen Tag saß sie auf ihrer Pritsche im Zelt und starrte konzentriert vor sich hin. Als Peter es nicht länger aushielt, fragte er sie, ob sie wisse, was da draußen vor sich ging.

Ihre Stimme kam wie von ferne. Sie sah ihn an und zugleich durch ihn hindurch. »Sie sind verloren. Im Wald verloren.«

»Wer, Amy? Wer ist verloren?«

Erst jetzt schien sie ihn wahrzunehmen und in die Gegenwart zurückzukehren. »Gehen wir bald weiter, Peter?«, fragte sie. »Ich würde nämlich gern weitergehen.« Sie lächelte versonnen. »Und Schneeengel machen.«

Es war mehr als nur verwirrend, es trieb einen in den Wahnsinn. Zum ersten Mal war Peter tatsächlich wütend auf sie. Noch nie hatte er sich so hilflos gefühlt. Er hatte sich mit seiner Unentschlossenheit selbst festgenagelt. Sie hätten schon vor Tagen weitergehen sollen, und jetzt saßen sie hier in der Falle. Er konnte nicht weg von hier, ohne zu wissen, ob Alicia wohlauf war.

Peter stürmte aus dem Frauenzelt und ging weiter rastlos im Camp umher, um die Stunden der Untätigkeit auszufüllen. Er mochte mit niemandem reden und hielt sich abseits. Der Himmel war klar, aber auf den Berggipfeln im Osten glänzte das Eis. Inzwischen sah es aus, als würden sie die Garnison vielleicht überhaupt nicht mehr verlassen.

Und dann, am Morgen des dritten Tages, hörte er Motorengeräusch. Er rannte zur Leiter und kletterte auf die Umzäunung hinauf. Der Truppführer, Eustace, spähte durch ein Fernglas nach Süden. Er war der Einzige, der sich überhaupt dazu herabließ, mit Peter zu sprechen, und auch er beschränkte sich auf kurze, knappe Antworten.

»Sie sind es«, sagte Eustace. »Ein paar jedenfalls.«

»Wie viele?«, fragte Peter.

»Sieht aus wie zwei Einheiten.«

Die Männer, die durch das Tor hereinkamen, waren dreckig und erschöpft. Man sah ihnen die Niederlage an. Alicia war nicht dabei. Am Ende der Kolonne, immer noch zu Pferde, war Major Greer. Hollis und Michael kamen aus ihrem Zelt gerannt. Greer stieg leicht benommen ab und trank in tiefen Zügen aus einer Wasserflasche, bevor er sprach.

»Sind wir die Ersten?«, fragte er Peter. Er schien nicht genau zu wissen, wo er war.

»Wo ist Alicia?«, wollte Peter wissen.

»Gott, was für eine Scheiße. Der ganze verdammte Berghang ist eingebrochen. Sie sind von allen Seiten über uns hergefallen. Wir waren eingekesselt.«

Peter konnte sich nicht länger zurückhalten. Er packte Greer bei den Schultern und zwang den Mann, ihm in die Augen zu sehen. »Verflucht, sagen Sie mir, wo sie ist!«

Greer ließ es sich gefallen. »Ich weiß es nicht, Peter. Es tut mir leid. Im Dunkeln sind wir alle voneinander getrennt worden. Sie war bei Vorhees. Wir haben einen ganzen Tag am Sammelplatz gewartet, aber sie sind nicht aufgetaucht.«

Wieder mussten sie warten. Es war unerträglich und machte ihn rasend. Noch nie hatte Peter sich so ohnmächtig gefühlt. Kurze Zeit später kam ein Ruf von dem Beobachtungsposten am Zaun.

»Noch zwei Einheiten!«

Peter saß in der Messe in einem Nebel von Sorgen. Er sprintete hinaus und war am Tor, als der erste Truck auf das Gelände fuhr. Es war der, auf dem die Bomben gewesen waren; die Winde war noch da, und der leere Haken schwang hin und her. Vierundzwanzig Mann – aus drei Einheiten waren zwei geworden. Peter suchte unter den matten Gesichtern nach Alicia.

»Gefreiter Donadio! Weiß jemand, wo der Gefreite Donadio ist?«

Niemand wusste es. Alle erzählten die gleiche Geschichte: Die Bomben waren explodiert, der Boden unter ihnen war aufgerissen, die Virals waren herausgeströmt, und alle waren auseinandergelaufen. Im Dunkeln verschwunden. Manche behaupteten, sie hätten Vorhees sterben sehen, andere sagten, er sei bei Einheit Blau gewesen. Aber Alicia hatte niemand gesehen.

Der Tag zog sich hin. Peter lief auf dem Exerzierplatz auf und ab, ohne mit jemandem zu sprechen. Als höchster Offizier hatte Greer jetzt das Kommando. Er redete kurz mit Peter und ermunterte ihn, die Hoffnung nicht aufzugeben. Der General wisse, was er tue; wenn jemand seine Einheit lebend zurückbringen könne, sei es Curtis Vorhees. Aber Peter sah Greer an, dass auch er allmählich nicht mehr daran glaubte, es könnten noch weitere Überlebende zurückkommen.

Seine Hoffnung schwand ganz, als es dunkel wurde. Peter kehrte ins Zelt zurück, wo Hollis und Michael Karten spielten. Beide blickten auf, als er hereinkam.

»Wir versuchen nur, uns irgendwie zu beschäftigen.«

»Ich habe nichts gesagt.«

Peter legte sich auf sein Feldbett und zog die Decke über sich, ohne sich die Mühe zu machen, seine schlammverschmierten Stiefel auszuziehen. Er war dreckig und restlos erschöpft; die letzten

unwirklichen Stunden schienen in einer Trance verstrichen zu sein. Seit Tagen hatte er kaum etwas gegessen, aber der Gedanke ans Essen war abwegig. Ein kalter Wind – ein Winterwind – rüttelte an der Zeltwand. Bevor er einschlief, gingen ihm noch einmal Alicias letzte Worte durch den Kopf. *Peter, ihr müsst sofort von hier verschwinden.*

Ein Schrei aus der Ferne riss ihn aus dem Schlaf. Hollis kam unter der Zeltklappe hindurch.

»Jemand ist am Tor.«

Peter warf die Decke beiseite und stürmte hinaus ins grelle Scheinwerferlicht. Aus seinen Zweifeln wurde Gewissheit, und als er den Platz halb überquert hatte, wusste er, was ihn erwartete.

Alicia. Alicia war wieder da.

Sie stand am Tor. Als er auf sie zulief, dachte er zuerst, sie sei allein. Aber als er sich zwischen den Soldaten hindurchdrängte, sah er, dass da noch jemand auf dem Boden kniete. Es war Muncey. Seine Hände waren gefesselt, und im Licht der Scheinwerfer sah Peter, dass sein Gesicht vor Schweiß glänzte. Er zitterte, aber nicht vor Kälte. Eine seiner Hände war mit einem blutgetränkten Lappen umwickelt.

Die beiden waren umringt von Soldaten, doch alle hielten Abstand. Ein ehrfürchtiges Schweigen hatte sich ausgebreitet. Greer trat auf Alicia zu.

»Der General?«

Sie schüttelte den Kopf: Nein.

Der Soldat hielt die blutige Hand vom Körper weg und atmete keuchend. Greer ging vor ihm in die Hocke.

»Corporal Muncey«, sagte er leise und beruhigend.

»Jawohl, Sir.« Muncey fuhr sich mit schwerer Zunge über die Lippen. »Sorry, Sir.«

»Schon gut, mein Junge. Sie haben Ihre Sache gut gemacht.«

»Keine Ahnung, wieso ich den verfehlt habe, der es getan hat. Hat mich gebissen wie ein Hund, bevor Donadio ihn wegpustete.« Er hob den Kopf und sah Alicia an. »Man sollte nicht meinen,

dass sie ein Mädel ist, wenn man sie kämpfen sieht. Sie haben hoffentlich nichts dagegen, dass ich sie gebeten habe, mich zu fesseln und nach Hause zu bringen.«

»Das ist Ihr gutes Recht, Muncey. Das ist Ihr Recht als Soldat der Expeditionstruppe.«

Muncey fing an, am ganzen Leib zu zittern – drei heftige Krämpfe hintereinander. Seine Lippen zogen sich zurück und entblößten seine Zahnlücken. Peter spürte, wie die Soldaten sich wappneten; ringsumher legten sie die Hände auf ihre Messergriffe, schnell und instinktiv. Nur Greer, der vor dem verwundeten Soldaten kauerte, zuckte nicht zurück.

»Tja, ich schätze, das war's«, sagte Muncey. Als der Anfall vorbei war, sah Peter keine Angst mehr in seinem Blick, nur stille Resignation. Alle Farbe war aus seinem Gesicht gewichen, wie Wasser im Boden versickert. Muncey hob die gefesselten Hände und wischte sich mit dem blutigen Lappen den Schweiß von der Stirn. »Es packt einen so, wie sie alle sagen. Wenn es keine Umstände macht, hätte ich es gern mit dem Messer, Major. Ich möchte fühlen, wie es aus mir hinausläuft.«

Greer nickte. »Sie sind ein guter Mann, Muncey.«

»Und Donadio soll es machen, wenn's recht ist. Meine Mutter hat immer gesagt, du tanzt mit der, die dich mitgebracht hat, und sie war so gut, mich zurückzubringen. Das hätte sie nicht tun müssen.« Seine Lider flatterten. »Ich wollte nur noch sagen, es war eine Ehre, Sir. Auch was den General angeht. Ich wollte nach Hause, damit ich das noch sagen kann. Aber ich glaube, jetzt sollten Sie nicht mehr warten, Major.«

Greer richtete sich auf und trat zurück. Alle standen stramm. Er hob die Stimme.

»Dieser Mann ist ein Soldat der Expeditionsstreitmacht! Es ist Zeit, dass er seine letzte Mission antritt! Wir grüßen Sie, Corporal Muncey. Hipp, hipp …«

»Hurra!«

»Hipp, hipp …«

»Hurra!«
»Hipp, hipp …«
»Hurra!«

Greer zog sein Messer und reichte es Alicia. Ihr Gesicht war emotionslos. Das Gesicht eines Soldaten, das Gesicht der Pflicht. Sie nahm das Messer in die Faust und kniete vor Muncey nieder. Er wartete mit gesenktem Kopf, die Hände schlaff im Schoß. Alicia beugte sich ihm entgegen, bis ihre Stirnen einander berührten. Peter sah, dass ihre Lippen sich bewegten. Sie murmelte ihm leise etwas zu. Er empfand kein Entsetzen, nur Staunen. Der Augenblick war erstarrt – nicht Teil eines Stroms von Ereignissen, sondern fest und einzigartig. Hier war eine Grenze, hinter der es kein Zurück mehr gab, wenn sie einmal überschritten wäre. Dass Muncey sterben würde, war nur ein Teil von dem, was dies bedeutete.

Das Messer tat sein Werk, fast bevor Peter begriff, was passierte. Als Alicia die Hand sinken ließ, steckte es bis zum Heft in Munceys Brust. Seine Augen waren weit aufgerissen und feucht, sein Mund stand offen. Alicia hielt jetzt sein Gesicht umfasst, sanft wie die Hände einer Mutter. »Ganz ruhig jetzt, Muncey«, sagte sie. »Ganz ruhig.« Ein bisschen Blut quoll auf seine Lippen. Er atmete noch einmal und hielt die Luft in der Brust, als wäre es nicht Luft, sondern mehr als das: der süße Geschmack der Freiheit, des Endes aller Sorgen. Alles war getan und vorbei. Dann wich das Leben aus ihm, und er sank nach vorn. Alicia fing ihn in den Armen auf und ließ seinen Körper sanft auf den schlammigen Boden der Garnison gleiten.

Am nächsten und am übernächsten Tag bekam Peter sie nicht zu sehen. Er dachte daran, ihr durch Greer eine Nachricht zukommen zu lassen, aber er wusste nicht, was er sagen sollte. Im Grunde seines Herzens kannte er die Wahrheit: Alicia war fort. Sie war in ein anderes Leben gewechselt, an dem er keinen Anteil hatte.

Sie hatten insgesamt sechsundvierzig Mann verloren, unter ihnen auch General Vorhees. Man musste annehmen, dass einige

von ihnen nicht tot, sondern befallen waren, und die Männer sprachen davon, Suchtrupps auszusenden. Aber Greer lehnte ab. Das Zeitfenster für den Abmarsch und das Zusammentreffen mit dem Dritten Bataillon würde sich bald schließen. Zweiundsiebzig Stunden, gab er bekannt, und dann sei Schluss.

Am Ende des zweiten Tages war das Camp zum großen Teil abgebaut. Proviant, Waffen, Ausrüstung, die größeren Zelte mit Ausnahme der Messe: Alles war gepackt und marschfertig. Die Scheinwerfer würden zurückbleiben, ebenso die großen Treibstofftanks, die jetzt fast leer waren, und ein einzelner Humvee. Das Bataillon würde in zwei Gruppen nach Süden marschieren: Eine kleine Vorhut zu Pferde, geführt von Alicia, würde die Spitze übernehmen, und der Rest würde auf LKWs und zu Fuß folgen. Alicia war jetzt Offizier. Nachdem so viele Männer gefallen waren – nur zwei Truppführer waren übrig –, waren die Reihen der Offiziere dünn geworden, und deshalb hatte Greer sie befördert. Sie war jetzt Lieutenant Donadio.

Viele Männer waren verwundet. Hauptsächlich waren es leichte Verletzungen – Schnittwunden, Schrammen, Verstauchungen –, aber ein Soldat hatte ein gebrochenes Schlüsselbein, und zwei andere, Sancho und Withers, hatten bei der Bombenexplosion schwere Verbrennungen erlitten. Die beiden Sanitäter des Bataillons waren tot, und deshalb hatte Sara mit Amys Hilfe die Versorgung der Verwundeten übernommen und sie so gut wie möglich für den Marsch nach Süden präpariert. Peter und Hollis waren den Packern zugewiesen worden. Sie hatten die Aufgabe, den Inhalt zweier großer Vorratszelte durchzusehen, auszusortieren, was mitgenommen werden sollte, und den Rest in einer Reihe von Gruben einzulagern, die überall auf dem Gelände ausgehoben worden waren. Michael war bei den Mechanikern mehr oder minder verschwunden; er schlief in der Mannschaftsunterkunft und nahm seine Mahlzeiten Seite an Seite mit den anderen Ölhänden ein. Sogar sein Name war verschwunden. Er hieß jetzt Radmutter.

Über allem hing die Frage der Evakuierung wie ein Schwert.

Peter hatte Greer noch immer keine Antwort gegeben, denn Tatsache war, dass er nicht wusste, was er sagen sollte. Die anderen – Sara, Hollis, Michael und sogar Amy auf ihre stille, in sich gekehrte Art – warteten ab und ließen ihn in Ruhe entscheiden. Dass sie das Thema mit keinem Wort erwähnten, machte das alles nur deutlicher. Aber was wusste er – vielleicht gingen sie ihm auch nur aus dem Weg. So oder so, sich von den Soldaten zu trennen erschien jetzt gefährlicher denn je. Greer hatte ihn gewarnt: Nachdem sie das Bergwerk aufgemischt hatten, würde es im Wald bestimmt nur so von Virals wimmeln. Vielleicht wäre es besser, bis zum nächsten Sommer abzuwarten und dann mit den Soldaten loszuziehen. Er würde mit der Heeresleitung sprechen und sie überreden, eine richtige Expedition auszurüsten. Was immer dort war, wo Peter hinwollte, meinte Greer, ist schon sehr lange dort. Sicher kann es auch noch ein Jahr warten.

Am Abend des zweiten Tages nach Alicias Rückkehr kam Peter in sein Zelt und traf Hollis allein an. Er saß auf seiner Pritsche und hatte einen Winterparka über seine Schultern gelegt. Auf dem Schoß hielt er eine Gitarre.

»Wo hast du die gefunden?«

Hollis zupfte an den Saiten herum und runzelte konzentriert die Stirn. Er blickte auf und lächelte durch seinen dichten Bart. »Einer von den Ölhänden hatte sie. Ein Freund von Michael.« Er blies in die Hände und spielte noch ein paar Töne. Peter konnte mit der Melodie nichts anfangen. »Es ist so lange her, dass ich dachte, ich kann es nicht mehr.«

»Ich wusste nicht, dass du es konntest.«

»Ich kann's auch nicht, nicht richtig jedenfalls. Arlo war immer derjenige.«

Peter setzte sich ihm gegenüber auf ein Feldbett. »Na los. Spiel was.«

»Ich habe keine Ahnung mehr. Ein oder zwei Lieder …«

»Dann spiel die. Irgendetwas.«

Hollis zuckte die Achseln, aber Peter sah ihm an, dass er sich

freute, weil er darum gebeten wurde. »Aber sag nicht, ich hätte dich nicht gewarnt.«

Hollis machte irgendetwas mit den Saiten. Er drehte sie straffer und schlug sie prüfend an, und dann atmete er tief durch und fing an zu spielen. Es dauerte ein Weilchen, bis Peter erkannte, was er hörte: Es war eins von Arlos lustigen, selbstgemachten Liedern, die er den Kleinen in der Zuflucht vorgespielt hatte, aber es war auch irgendwie anders. Das Gleiche und doch nicht das Gleiche. Unter Hollis' Händen klang es dunkler und voller, wehmütig und traurig. Peter legte sich zurück und ließ die Musik über sich hinwegströmen. Als das Lied zu Ende war, spürte er die Töne immer noch wie ein sehnsüchtiges Vibrieren in der Brust.

»Es ist okay«, sagte er. Er atmete tief ein und starrte auf die durchhängende Leinwand des Zeltdachs. »Du und Sara, ihr solltet mit dem Konvoi fahren. Michael auch – ich glaube nicht, dass sie ohne ihn fährt.«

Hollis schwieg lange. Die Melodie des Liedes schien immer noch um ihn herumzuschweben.

»Es stimmt, was Vorhees gesagt hat, als wir hier ankamen. Über seine Männer und den Eid, den sie ablegen. Er hatte recht. Ich tauge nicht mehr für so etwas, falls ich es überhaupt je getan habe. Ich liebe sie wirklich, Peter.«

»Du brauchst es mir nicht zu erklären. Ich freue mich für euch beide. Und ich bin froh, dass ihr euch gefunden habt.«

»Was wirst du tun?«, fragte Hollis.

Die Antwort lag auf der Hand. Trotzdem musste sie ausgesprochen werden. »Das, was wir vorhatten.«

Es war seltsam. Peter war traurig, doch da war noch etwas anderes. Er hatte plötzlich Frieden gefunden. Die Entscheidung lag hinter ihm, und er war befreit. Vielleicht hatte sein Vater das Gleiche empfunden, in der Nacht vor seinem letzten Ritt. Peter sah zu, wie das Zeltdach im Winterwind flatterte, und dachte an das, was Theo in jener Nacht im Kraftwerk gesagt hatte, als sie im Kontrollraum am Tisch gesessen und Schnaps getrunken hatten. *Unser*

Vater ist nicht da rausgeritten, um seinem Leben ein Ende zu setzen. Wer das glaubt, weiß nicht das Geringste über ihn. Er hat es getan, weil er die Ungewissheit nicht länger ertragen konnte. Nicht eine Minute länger. Es war der Frieden der Wahrheit, den Peter empfand, und darüber war er zutiefst froh.

Durch die Zeltwand hörte Peter das Brummen der Generatoren, die Rufe der Wache. Noch eine Nacht, und alles würde still sein.

»Ich kann es dir nicht ausreden, was?«, sagte Hollis.

Peter schüttelte den Kopf. »Tut mir nur einen Gefallen.«

»Was du willst.«

»Folgt mir nicht.«

Er fand den Major in dem Zelt, das Vorhees gehört hatte. Peter und Greer hatten seit Alicias Rückkehr kaum miteinander gesprochen. Nach dem gescheiterten Einsatz wirkte der Major schwermütig, und Peter hatte Abstand gehalten. Er wusste, dass es nicht nur die Bürde des Kommandos war, was den Mann bedrückte. In den vielen Stunden, die er mit den beiden Männern verbracht hatte, war deutlich geworden, wie eng sie miteinander verbunden waren. Es war Trauer, was Greer verspürte. Trauer um seinen verlorenen Freund.

Im Zelt brannte Licht.

»Major Greer?«

»Herein.«

Peter trat durch die Zeltklappe. Drinnen glühte die Wärme des Holzofens. Der Major saß in Tarnhose und olivgrünem T-Shirt an Vorhees' Tisch und sortierte Papiere im Licht der Laterne. Eine offene Kiste, halb voll mit Habseligkeiten, stand zu seinen Füßen.

»Jaxon. Ich habe mich schon gefragt, wann ich von Ihnen höre.« Greer lehnte sich auf seinem Stuhl zurück und rieb sich müde die Augen. »Kommen Sie her und sehen Sie sich das an.«

Er zeigte auf die Papiere vor ihm. Auf dem obersten Blatt war ein Bild, das drei Gestalten zeigte, eine Frau und zwei kleine Mädchen. Die Darstellung war so präzise, dass Peter zuerst

glaubte, es wäre eine Fotografie aus der Zeit Davor. Aber dann erkannte er, dass es eine Zeichnung war, mit Kohlestift gemalt. Die Figuren auf dem Porträt waren von den Hüften an aufwärts gezeichnet; die untere Hälfte zerfloss im Nichts. Die Frau hielt das kleinere Mädchen, das mit seinem runden Babygesicht nicht mehr als drei Jahre alt sein konnte, auf dem Schoß. Das andere, vielleicht zwei Jahre älter, stand hinter den beiden und schaute der Frau über die linke Schulter. Greer nahm andere Blätter von dem Stapel und zeigte sie ihm: immer dieselben drei Figuren in derselben Haltung.

»Hat Vorhees die gemalt?«

Greer nickte. »Curt war nicht sein Leben lang Soldat wie die meisten von uns. Er hatte ein Leben vor der Expeditionsstreitmacht. Eine Frau, zwei kleine Töchter. Er war Farmer, wenn Sie das glauben können.«

»Was ist mit seiner Familie passiert?«

Greer zuckte die Achseln. »Was immer passiert, wenn es passiert.«

Peter beugte sich wieder über die Zeichnungen. Er spürte die peinliche Sorgfalt, mit der sie geschaffen worden waren, die Kraft der Konzentration in jedem Detail. Das schiefe Lächeln der Frau. Die Augen des kleinen Mädchens, groß und strahlend wie die der Mutter. Das Haar der Größeren, das sich in einem Windstoß hob. Ein bisschen grauer Staub lag immer noch auf dem Papier, wie Asche, die im Wind der Erinnerung verwehte.

»Ich glaube, er hat das alles gezeichnet, damit er es nicht vergisst«, sagte Greer.

Peter war plötzlich verlegen. Was immer diese Bilder dem General bedeutet haben mochten, sie waren seine Privatsache. »Wenn Sie die Frage gestatten, Major – warum zeigen Sie mir das?«

Greer schob die Blätter sorgfältig zusammen, schob sie in einen Aktendeckel und legte sie in die Kiste zu seinen Füßen. »Jemand hat mir mal gesagt, der Mensch ist erst wirklich tot, wenn niemand mehr an ihn denkt. Jetzt erinnern Sie sich auch an sie.«

Er verschloss die Kiste mit einem Schlüssel, den er um den Hals trug, und lehnte sich zurück. »Aber deshalb sind Sie nicht gekommen, oder? Sie haben sich entschieden.«

»Ja, Sir. Ich breche morgen früh auf.«

»Aha.« Ein nachdenkliches Nicken, als hätte er damit gerechnet. »Alle fünf, oder nur Sie?«

»Hollis und Sara lassen sich mit dem Konvoi evakuieren. Michael auch, obwohl er das vielleicht noch nicht weiß.«

»Also nur Sie beide. Sie und das geheimnisvolle Mädchen.«

»Amy.«

Greer nickte wieder. »Amy.« Peter wartete darauf, dass Greer versuchte, es ihm auszureden, aber stattdessen sagte der Major: »Nehmen Sie mein Pferd. Es ist ein gutes Pferd und wird Sie nicht im Stich lassen. Ich sage am Tor Bescheid, dass man Sie hinauslassen soll. Brauchen Sie Waffen?«

»Was immer Sie erübrigen können.«

»Sollen Sie bekommen.«

»Das ist sehr freundlich von Ihnen, Sir. Danke für alles.«

»Ist wohl das Mindeste, was ich tun kann.« Greer sah nach unten auf seine Hände, die er im Schoß gefaltet hatte. »Sie wissen, dass es wahrscheinlich Selbstmord ist, oder? Allein auf den Berg zu reiten. Das muss ich Ihnen sagen.«

Einen Moment lang schwiegen sie beide. Peter würde Greer vermissen, ihn und seine ruhige, verlässliche Art.

»Tja, dann heißt es wohl Abschiednehmen.« Greer stand auf und streckte die Hand aus. »Besuchen Sie mich, wenn Sie je nach Kerrville kommen sollten. Ich will wissen, wie es ausgeht.«

»Wie was ausgeht?«

Der Major lächelte, und seine große Hand hielt Peters immer noch umschlossen. »Mit dem Traum, Peter.«

In der Unterkunft brannte Licht. Peter hörte Gemurmel hinter der Zeltwand. Es gab keine richtige Tür, man konnte nicht anklopfen. Aber als er davor stand, trat ein Soldat durch die Zeltklappe

und zog seinen Parka fester um die Schultern. Er hieß Wilco und gehörte zu den Ölhänden.

»Jaxon.« Er sah ihn verdutzt an. »Wenn du Radmutter suchst, der ist mit ein paar anderen Jungs losgezogen. Sie wollen das Öl ablassen, das noch in dem Tankfahrzeug ist. Ich wollte eben hin.«

»Ich bin auf der Suche nach Lish.« Als Wilco ihn verständnislos anstarrte, erklärte er: »Lieutenant Donadio.«

»Ich bin nicht sicher ...«

»Sag ihr einfach, dass ich hier bin.«

Wilco zuckte mit den Schultern und duckte sich ins Zelt zurück. Peter spitzte die Ohren, um zu hören, was drinnen gesprochen wurde. Aber die Stimmen waren verstummt. Er wartete so lange, bis er sich fragte, ob Alicia vielleicht gar nicht kommen würde. Aber dann wurde die Klappe zur Seite geschlagen, und sie kam heraus.

Zu sagen sie sah verändert aus, wäre nicht zutreffend gewesen, dachte er. Sie *war* einfach verändert. Die Frau, die vor ihm stand, war die Alicia, die er immer gekannt hatte, aber zugleich war sie eine ganz neue Person. Sie hatte die Arme verschränkt, und trotz der Kälte trug sie nur ein T-Shirt. In den letzten Tagen waren die abrasierten Haare ein wenig nachgewachsen; ein geisterhafter Flaum schimmerte auf der Kopfhaut wie eine leuchtende Mütze im Licht der Scheinwerfer. Aber das alles war es nicht, was diesen Augenblick so merkwürdig machte. Es war die Art, wie sie dastand und sich von ihm fernhielt.

»Ich habe von deiner Beförderung gehört«, sagte er. »Gratuliere.«

Alicia antwortete nicht.

»Lish ...«

»Du solltest nicht hier sein, Peter. Ich sollte nicht mit dir reden.«

»Ich bin nur gekommen, um dir zu sagen, dass ich es verstehe. Im ersten Moment habe ich es nicht verstanden. Aber jetzt schon.«

»Tja.« Sie schwieg und schlang fröstelnd die Arme um sich. »Was hat dich umgestimmt?«

Er wusste nicht genau, was er darauf antworten sollte. Plötzlich

hatte er alles vergessen, was er ihr hatte sagen wollen. Munceys Tod hatte etwas damit zu tun, sein Vater und auch Amy. Aber der eigentliche Grund war etwas, für das er keine Worte hatte.

Er sagte das Einzige, was ihm einfiel. »Im Grunde war es Hollis' Gitarre.«

Alicia sah ihn verständnislos an. »Hollis hat eine Gitarre?«

»Er hat sie von einem der Soldaten bekommen.« Peter brach ab; er konnte es nicht erklären. »Entschuldige. Ich rede wirres Zeug.«

Es war, als hätte sich in seiner Brust etwas geöffnet, und er wusste, was es war: das schmerzhafte Gefühl, einen Menschen zu vermissen, bevor er ihn verlassen hatte.

»Na, danke, dass du es mir sagst. Aber ich muss wirklich wieder hinein.«

»Lish, warte.«

Alicia drehte sich um und sah ihn mit hochgezogenen Brauen an.

»Warum hast du es mir nie erzählt? Das mit dem Colonel.«

»Bist du deshalb hier? Um mich nach dem Colonel zu fragen?« Sie seufzte und schaute weg. Sie wollte nicht darüber reden. »Weil er nicht wollte, dass jemand es erfährt. Wer er war.«

»Aber warum denn nicht?«

»Was hätte er sagen sollen, Peter? Er war ganz allein. Er hatte all seine Leute verloren. Und wäre dabei lieber mit ihnen in den Tod gegangen.« Sie atmete durch. »Und was den ganzen Rest angeht, ich glaube, er hat mich auf die einzige Art und Weise großgezogen, die er kannte. Ich weiß es nicht. Lange Zeit hat es mir einfach Spaß gemacht, weißt du. Geschichten über mutige Männer, die durch die Darklands ziehen und kämpfen und sterben. Den Eid ablegen. Ein Haufen Hokuspokus, der mir nichts weiter sagte. Es waren Worte. Und dann war ich wütend. Ich war acht damals, Peter. Acht Jahre alt, und er hat mich vor die Mauer gebracht, durch den Tunnel mit der Hauptstromleitung hindurch, und hat mich da alleingelassen. Die ganze Nacht, mit nichts, nicht mal ein Messer hatte ich. Davon hast du nie was erfahren.«

»Was ist passiert?«, fragte er dann.

»Nichts. Wenn etwas passiert wäre, wäre ich tot. Ich habe einfach unter einem Baum gesessen und die ganze Nacht geweint. Bis heute weiß ich nicht, was er auf die Probe stellen wollte, meinen Mut oder mein Glück.«

Das konnte nicht alles sein. »Er muss da draußen in deiner Nähe gewesen sein und auf dich aufgepasst haben.«

»Kann sein.« Sie hob das Gesicht in den winterlichen Himmel. »Manchmal denke ich es auch, und manchmal nicht. Du hast ihn nicht gekannt, wie ich ihn kannte. Danach habe ich ihn gehasst, ewig lange. Habe ihn wirklich und wahrhaftig gehasst. Aber man kann niemanden endlos hassen.« Wieder atmete sie ein, tief und resigniert. »Ich hoffe, das stimmt auch für dich, Peter. Dass du es irgendwann über dich bringst, mir zu verzeihen.« Sie zog die Nase hoch und wischte sich über die Augen. »Das ist alles. Ich habe jetzt schon zu viel gesagt. Ich bin nur froh, dass ich dich so lange hatte.«

Er sah sie an, sah ihr verzweifeltes Gesicht, und da wusste er es. Der Colonel war nicht das eigentliche Geheimnis. Er selbst war es. Er war das Geheimnis, das sie bewahrt hatte. Das sie beide voreinander und sogar vor sich selbst bewahrt hatten.

Er streckte die Hand nach ihr aus. »Alicia, hör zu …«

»Tu das nicht. Nicht.« Aber sie wich nicht zurück.

»Die letzten drei Tage … als ich dachte, du würdest sterben, und ich wäre nicht da.« Ein faustgroßer Kloß stieg ihm in die Kehle. »Ich habe immer gedacht, ich würde da sein.«

»Peter, verdammt.« Sie zitterte, und er spürte, wie schwer der Kampf war, der in ihr tobte. »Es ist zu spät, Peter. Es ist zu spät.«

»Ich weiß.«

»Sag nichts, bitte. Du hast gesagt, du verstehst es.«

Das stimmte. Er verstand es wirklich. Peter war weder überrascht noch traurig, sondern empfand im Gegenteil tiefe, unverhoffte Dankbarkeit. Eine machtvolle Klarheit durchströmte ihn wie die kalte Winterluft. Er fragte sich, was für ein Gefühl das war, und dann wusste er es. Er gab sie auf.

Sie ließ zu, dass er die Arme um sie schlang und sie mit seiner offenen Jacke umschloss. Er hielt sie fest, wie sie ihn festgehalten hatte, vor Tagen in Vorhees' Zelt. Der gleiche Abschied, nur umgekehrt. Er fühlte, wie sie erstarrte und sich dann wieder an ihm entspannte und in seinen Armen kleiner wurde.

»Du gehst weg«, sagte sie.

»Du musst mir etwas versprechen. Sorg dafür, dass den anderen nichts passiert. Bring sie nach Roswell.«

Sie nickte matt an seiner Brust. »Und du?«

Wie sehr er sie liebte. Aber die Worte durften nicht ausgesprochen werden. Er hielt sie in den Armen, schloss die Augen und versuchte, sich dieses Gefühl ins Gedächtnis einzuprägen, damit er es mitnehmen könnte.

»Ich glaube, du hast lange genug auf mich aufgepasst, oder?« Er trat einen Schritt zurück, um ein letztes Mal ihr Gesicht zu sehen. »Das ist alles. Ich wollte dir nur danken.«

Dann wandte er sich ab und ging davon, und sie stand allein im eisigen Wind vor der Unterkunft.

Er versuchte zu schlafen, so gut es ging, aber er wälzte sich die ganze Nacht unruhig hin und her, und in der letzten Stunde vor dem Morgengrauen konnte er nicht mehr länger warten. Er stand auf und packte hastig sein Zeug zusammen. Er dachte an die Kälte: Decken würden sie brauchen, Extrasocken, alles, was sie warm und trocken halten konnte. Schlafsäcke, Ponchos, eine Plane mit einem guten, starken Seil. Am vergangenen Abend war er auf dem Rückweg von der Unterkunft in ein Materialzelt geschlichen und hatte einen Klappspaten, eine Handaxt und zwei schwere Parkas geklaut. Hollis lag leise schnarchend auf seiner Pritsche, das bärtige Gesicht unter Decken vergraben. Wenn er aufwachte, würde Peter nicht mehr da sein.

Er wuchtete sich den Rucksack auf die Schultern und trat ins Freie. Eine betäubende Kälte schlug ihm entgegen und sog die Luft aus seiner Lunge. In der Garnison war es still. Nur wenige

Männer waren auf, und der Geruch von Holzrauch und warmem Essen, der aus der Messe herüberwehte, ließ seinen Magen knurren. Doch er hatte keine Zeit mehr. Im Frauenzelt saß Amy auf ihrem Feldbett. Sie hielt ihren kleinen Rucksack auf dem Schoß. Er hatte ihr nichts gesagt. Sie war allein. Sara war noch bei Sancho und den anderen im Krankenrevier.

»Ist es so weit?«, fragte sie. Ihre Augen strahlten.

»Ja. Es ist so weit.«

Zusammen gingen sie hinüber zur Koppel. Greers Pferd, ein großer schwarzer Wallach mit dichtem Winterfell, graste mit den anderen. Peter holte Zaumzeug aus dem Schuppen und führte ihn damit zum Zaun. Gern hätte er einen Sattel benutzt, aber zu zweit würde das nicht gehen. Er band ihre Rucksäcke zusammen und warf sie über die Kruppe des Pferdes. Seine Finger waren jetzt schon steifgefroren. Er hob Amy hoch und setzte sie auf das Pferd, und dann kletterte er auf den Zaun und schwang sich ebenfalls hinauf. Der Morgen dämmerte; die Dunkelheit wich einem sanften Grau, als löste sie sich auf, statt sich zu lichten. Es hatte angefangen zu schneien, fahle, fast unsichtbare Flocken, die vor ihren Gesichtern aus dem Nichts auftauchten.

Am Tor stand ein einzelner Soldat mit geschultertem Gewehr. Es war Eustace, der Mann, der Peter von der Rückkehr des Einsatzkommandos berichtet hatte.

»Der Major sagt, ich soll euch durchlassen. Und ich soll euch das hier geben.« Er schleifte eine große Tasche aus seiner Wachhütte und ließ sie vor dem Pferd zu Boden fallen. »Ihr sollt nehmen, was ihr braucht.«

Peter sprang vom Pferd, kniete vor der Tasche nieder und öffnete sie. Gewehre, Magazine, zwei Pistolen, ein Gürtel mit Handgranaten. Peter sah sich alles an und überlegte, was er tun sollte.

Dann richtete er sich auf. »Trotzdem vielen Dank«, sagte er, zog sein Messer aus dem Gürtel und reichte es Eustace. »Hier. Ein Geschenk für den Major.«

Eustace zog die Stirn kraus. »Verstehe ich nicht. Du willst mir dein Messer geben?«

Peter hielt es ihm entgegen. »Nimm schon.«

Zögernd nahm Eustace das Messer und betrachtete es einen Moment lang, als wäre es ein seltsames Artefakt, das er im Wald gefunden hatte.

»Gib es Major Greer«, sagte Peter. »Ich glaube, er wird es verstehen.«

Er drehte sich zu Amy um, die hoch über ihm saß. Sie hatte das Gesicht in den herabrieselnden Schnee erhoben.

»Fertig?«

Das Mädchen nickte. Ein leises Lächeln leuchtete auf ihrem Gesicht. Schneeflocken saßen auf ihren Wimpern und ihrem Haar wie Juwelenstaub. Eustace verschränkte die Hände ineinander, damit Peter sie als Trittleiter benutzen und sich auf das Pferd schwingen konnte. Peter nahm den Zügel in die Hand, und das Tor öffnete sich. Er warf einen letzten Blick zurück zu den Unterkünften, aber alles war still und unverändert. Lebt wohl, dachte er. Lebt wohl. Dann stieß er dem Pferd die Fersen in die Flanken, und sie ritten hinaus in den anbrechenden Tag.

X

Der Engel des Berges

Dem armen Eremiten gleich in seiner Klause
Will endlos zweifelnd meine Tage ich verbringen,
Beklagen wohl das Leid, das keine Zeit kann heilen,
Und niemand als die Liebe wird mich jemals finden.

Sir Walter Raleigh, aus:
Das Nest des Phoenix

62

Gegen Halbtag waren sie wieder am Fluss. Sie ritten schweigend durch den Schnee, der jetzt heftiger fiel und den Wald mit weichem Licht erfüllte. Der Fluss begann am Ufer entlang zu gefrieren, aber das dunkle Wasser floss in seinem schmaler werdenden Bett unbeeindruckt und frei dahin. Amy lehnte sich an Peters Rücken; ihre blassen Handgelenke lagen schlaff auf seinem Schoß. Sie war eingeschlafen. Er spürte die Wärme ihres Körpers. Ihr Oberkörper hob und senkte sich im Rhythmus ihres Atems. Warme Dampfwolken wehten aus den Nüstern des Pferdes nach hinten. Sie rochen nach Gras und Erde. Vögel saßen auf den Bäumen, schwarze Vögel, die einander durch das Geäst riefen. Der weiche Schnee dämpfte ihre Stimmen.

Beim Reiten kamen ihm Erinnerungen in den Sinn, eine ungeordnete Collage von Bildern, die wie Rauch durch seinen Kopf trieben. Seine Mutter, kurz vor ihrem Ende, als er in der Zimmertür gestanden und ihr beim Schlafen zugesehen hatte; ihre Brille hatte auf dem Tisch gelegen, und er hatte gewusst, sie würde sterben. Theo im Windkraftwerk, wie er auf der Pritsche saß und Peters Fuß in die Hände nahm, und später, wie er mit Mausami auf der Veranda der Farm stand und ihnen nachschaute. Auntie in ihrer überheizten Küche und der Geschmack ihres abscheulichen Tees. Die letzte Nacht im Bunker, als alle Whiskey getrunken und

über etwas Komisches gelacht hatten, das Caleb getan oder gesagt hatte, während das große Unbekannte sich vor ihnen auftat. Sara am Morgen nach dem ersten Schnee, an den Baumstamm gelehnt, das Notizbuch auf ihrem Schoß, wie ihr Gesicht von der Sonne beschienen wurde und sie sagte: »Es ist so schön hier.« Alicia.

Alicia.

Sie wandten sich nach Osten. Jetzt waren sie in einer ganz anderen Gegend. Der Weg führte durch eine zerklüftete Landschaft bergauf, und der weiß verhüllte Bergwald umschloss sie. Der Schneefall ließ nach, hörte auf und fing dann wieder an. Es wurde steiler. Peter konzentrierte sich jetzt auf winzige Kleinigkeiten. Auf den langsamen, rhythmischen Gang des Pferdes. Das abgenutzte Leder des Zügels in seiner Faust. Amys Haarspitzen in seinem Nacken. Alles war irgendwie stimmig – als stammten diese Einzelheiten aus einem Traum, den er einmal gehabt hatte, vor Jahren.

Als es dunkel wurde, schaufelte Peter mit dem Klappspaten an einer Stelle am Flussufer den Schnee beiseite und spannte die Plane auf. Das Holz am Boden war größtenteils zu nass, um zu brennen, aber unter dem dichten Dach des Waldes gab es genug dürres Reisig, um ein Feuer in Gang zu bringen. Peter hatte sein Messer nicht mehr, in seinem Rucksack war jedoch ein kleines Taschenmesser, mit dem er Konserven öffnen konnte. Sie aßen zu Abend und schliefen dann dicht aneinandergeschmiegt, um sich zu wärmen.

Als sie aufwachten, waren sie durchgefroren bis auf die Knochen. Das Schneegestöber war vorbei, und der Himmel strahlte in einem grellen, kalten Blau. Während Amy Feuer machte, ging Peter auf die Suche nach dem Pferd, das sich in der Nacht losgerissen hatte und davonspaziert war. Unter anderen Umständen wäre er sofort in Panik geraten, aber an diesem Morgen war er nicht einmal beunruhigt. Er fand das Tier hundert Meter weiter flussabwärts, wo es am Ufer an ein paar Grassprossen knabberte. An seinem großen schwarzen Maul hing ein Bart aus Schnee. Peter hatte nicht den Eindruck, dass er es dabei stören durfte; also blieb er eine Zeitlang stehen und sah dem Pferd beim Frühstücken zu,

bevor er es zu ihrem Schlaflager zurückführte. Amy war dabei, mit Mühe ein kleines qualmendes Feuer aus feuchten Kiefernnadeln und knisternden Zweigen anzufachen. Sie aßen aus Konserven und tranken kaltes Wasser aus dem Fluss, und dann blieben sie am Feuer sitzen und wärmten sich auf. Sie ließen sich Zeit. Er wusste, dass es ihr letzter Morgen sein würde. Die Garnison hinter ihnen im Westen würde jetzt leer und ausgestorben sein. Die Soldaten waren auf dem Weg nach Süden.

»Ich glaube, das war's«, sagte er zu Amy, als er das Gepäck auf das Pferd lud. »Ich glaube nicht, dass es noch mehr als zehn Kilometer sind.«

Das Mädchen sagte nichts; es nickte nur. Peter führte das Pferd zu einem umgestürzten Baumstamm, einem mächtigen durchnässten Klotz, mindestens einen Meter dick, und kletterte von dort auf das Pferd. Er rückte sich zurecht, zog das Gepäck dicht an sich und streckte den Arm hinunter, um Amy heraufzuziehen.

»Vermisst du sie?«, fragte Amy. »Deine Freunde?«

Er hob den Kopf und schaute zu den verschneiten Bäumen hinauf. Es war ein schöner Morgen, still und sonnig.

»Ja. Aber das macht nichts.«

Einige Zeit später kamen sie zu einer Weggabelung. Ein paar Stunden lang waren sie einer Straße gefolgt. Besser gesagt, früher war es eine Straße gewesen. Der Boden unter dem Schnee war fest und eben, und hier und da stand ein verrostetes Hinweisschild oder ein verwitterter Zaun. Sie ritten in ein Tal hinein, das immer schmaler wurde. Steile Felswände ragten zu beiden Seiten auf, und hier teilte sich die Straße. Sie konnten weiter geradeaus am Fluss entlangreiten oder ihn auf einer Brücke überqueren, einer geschwungenen Konstruktion aus nackten schneebedeckten Stahlträgern. Auf der anderen Seite führte die Straße wieder bergauf und verschwand zwischen den Bäumen.

»Welche Richtung?«, fragte er.

Sie war einen Moment lang still. »Über den Fluss«, sagte sie dann.

Sie stiegen ab. Der Schnee war tief, ein lockerer Pulverschnee, der fast bis an den oberen Rand von Peters Stiefel reichte. Als sie zum Flussufer kamen, sah Peter, dass der Überweg nicht mehr da war. Die Planken der Brücke, die vermutlich aus Holz bestanden hatten, waren an vielen Stellen verrottet und zerfallen. Fünfzig Meter: Wahrscheinlich würden sie es schaffen, auf den bloßliegenden Trägern hinüberzubalancieren, aber das Pferd niemals.

»Bist du sicher?« Sie stand neben ihm und blinzelte konzentriert im Licht. Genau wie er hatte sie die Ärmel ihrer Jacke schützend über die Hände gezogen.

Sie nickte.

Er ging zurück zum Pferd und schnallte das Gepäck ab. Es kam nicht in Frage, Greers Pferd angebunden hier auf sie warten zu lassen. Das Tier hatte sie so weit gebracht, und Peter konnte es jetzt nicht wehrlos sich selbst überlassen. Als er alles abgeladen hatte, ging er zum Hinterteil des Pferdes. »Ha!«, schrie er und gab ihm einen festen Klaps. Nichts. Er versuchte es noch einmal, lauter jetzt. *»Ha!«* Das Tier rührte sich nicht. Er klatschte ihm auf das Hinterteil, schrie und fuchtelte mit den Armen. *»Na los! Hau ab!«* Aber das Pferd stand da und starrte sie beide ungerührt mit seinen großen glänzenden Augen an.

»Was für ein sturer Bock. Ich glaube, er will einfach nicht weggehen.«

»Sag ihm einfach, was er tun soll.«

»Das ist ein Pferd, Amy.«

So seltsam es war, aber was als Nächstes geschah, verwunderte Peter überhaupt nicht. Amy legte dem Pferd die Handflächen ans Gesicht, und sofort beruhigte sich das Tier. Seine breiten Nüstern weiteten sich in einem tiefen Seufzer. Einen langen stillen Augenblick lang standen Mädchen und Pferd einfach da, vereint in gegenseitiger tiefer Betrachtung. Dann wandte das Tier sich ab, machte einen weiten Bogen und ging den Weg zurück, den sie gekommen waren. Es fing an zu traben und verschwand zwischen den Bäumen.

Amy hob ihren Rucksack aus dem Schnee und setzte ihn auf. »Jetzt können wir los.«

Peter wusste nicht, was er sagen sollte, aber es gab auch keinen Grund, etwas zu sagen.

Sie kletterten die Böschung hinunter zum Rand des Flusses. Die Sonnenreflexe, die auf dem Wasser tanzten, waren von explosiver Helligkeit, als hätte sich seine Spiegelkraft kurz vor dem Gefrieren noch einmal vervielfacht. Peter ließ Amy zuerst auf die Brücke steigen; er schob sie mit dem Knie durch eine lukenartige Öffnung zwischen den Planken hinauf. Als sie oben war, reichte er ihr die Rucksäcke und zog sich dann selbst hoch.

Am sichersten wäre es wahrscheinlich, am Rand der Brücke zu bleiben. Dort könnten sie sich am Geländer festhalten, wenn sie über dem tosenden Fluss von Planke zu Planke sprangen. Die Lücken waren ungefähr meterbreit. Das kalte Metall brannte mit eisiger Schärfe an seinen Handflächen. Sie mussten es möglichst schnell hinter sich bringen. Amy ging voraus; anmutig und sicher sprang sie über die Bohlen. Als er ihr folgte, merkte er sofort, dass nicht die Bohlen selbst das Problem waren. Sie waren anscheinend noch ganz solide, doch unter dem Schnee lag eine verborgene Eisschicht. Gleich zweimal verlor er den Halt. Die Füße glitten unter ihm weg, und er bekam nur noch mit knapper Not das Geländer zu fassen. Aber in einem eiskalten Fluss zu ertrinken, nachdem sie so weit gekommen waren, das konnte er sich nicht vorstellen. Als sie die andere Seite erreicht hatten, waren seine Finger völlig gefühllos, und er zitterte. Gern hätte er Rast gemacht und ein Feuer angezündet, doch sie durften sich jetzt nicht aufhalten. Die Schatten wurden schon länger. Der kurze Wintertag wäre bald zu Ende.

Sie kletterten die Uferböschung hinauf, und danach ging es weiter aufwärts. Wo immer sie ankommen mochten, hoffentlich würden sie dort einen Unterschlupf finden, denn sonst würden sie die Nacht vermutlich nicht überstehen. Zum Teufel mit den Virals – die Kälte war genauso tödlich. Es kam darauf an, in Bewegung zu bleiben. Amy hatte jetzt die Führung übernommen; mit großen

Schritten stieg sie den Berg hinauf, und Peter konnte ihr nur mit Mühe folgen. Die Luft war dünn in seiner Lunge, und die Bäume ringsum stöhnten im Wind. Nach einiger Zeit drehte er sich um. Das Tal lag tief unter ihnen, der Fluss schlängelte sich hindurch. Sie wanderten jetzt im Schatten durch das Zwielicht. Die Bergflanken auf der anderen Seite des Tales glitzerten in goldenem Glanz. Auf den Gipfel der Welt, dachte Peter. Dorthin bringt Amy mich. Auf den höchsten Gipfel der Welt.

Der Tag versickerte. In der herabsinkenden Dunkelheit war die Landschaft ein verwirrendes Durcheinander. Was Peter für den Scheitelpunkt ihres Aufstiegs gehalten hatte, erwies sich als Höhenkamm, hinter dem stufenweise weitere folgten, und jede Flanke war weniger geschützt und noch windiger als die vorige. Nach Westen hin ging es steil, beinahe senkrecht bergab. Die Kälte schien noch tiefer in ihn eingedrungen zu sein, und sie betäubte seine Sinne. Es war ein Fehler gewesen, begriff er jetzt, das Pferd zu verjagen. Wenn es hart auf hart käme, hätten sie wenigstens zu ihm umkehren und an seinem Körper Schutz und Wärme finden können.

Er sah, dass Amy stehen geblieben war. Er stolperte weiter und blieb nach Luft schnappend bei ihr stehen. Der Schnee war hier nicht mehr so tief, weil der Wind ihn davonwehte. Amy spähte mit schmalen Augen in den Himmel, als lauschte sie einem fernen Geräusch. Eisperlen klebten an ihrem Rucksack und in ihren Haaren.

»Was ist?«

Ihr Blick richtete sich auf die Baumreihe links von ihnen.

»Da«, sagte sie.

Aber da war nichts, nur die Bäume. Die Bäume, der Schnee, der gleichgültige Wind.

Dann sah er es: eine Lücke im Unterholz. Amy ging bereits auf die Stelle zu. Bald konnte er es besser erkennen: Es war ein Tor in einem halb umgestürzten Zaun, der sich nach beiden Seiten am Waldrand entlangzog, überwuchert von dichten Ranken, die jetzt blattlos und schneebedeckt waren. Vielleicht wanderten sie schon

eine ganze Weile an dem Zaun entlang, ohne dass Peter ihn bemerkt hatte. Hinter dem Tor stand eine kleine Hütte. Ein Teil des Fundaments war eingebrochen, und alles war schief. Die Tür hing halb offen in den Angeln. Er spähte hinein. Nichts – nur Schnee und Laub. Fäulnisspuren liefen wie Rinnsale die Wände herunter.

Er drehte sich um. »Amy, wo …«

Aber sie war verschwunden. Er entdeckte sie ein Stück weiter vorn und stapfte hinterdrein. Amy lief immer schneller, ja sie rannte jetzt beinahe. Durch den Nebel der Erschöpfung drang langsam die Erkenntnis, dass sie am Ende ihrer Reise angekommen waren. Jedenfalls waren sie kurz davor. Etwas entwich aus ihm: Seine Kräfte, verzehrt von der Kälte, verließen ihn endgültig.

»Amy«, rief er. »Warte.«

Sie schien ihn nicht zu hören.

»Amy, bitte.«

Sie drehte sich um.

»Was ist denn hier?«, fragte er flehentlich. »Hier ist nichts.«

»Doch, Peter.« Sie strahlte vor Freude. »Doch.«

»Wo denn?« Er hörte den Zorn in seiner Stimme. Die Hände auf die Knie gestützt rang er keuchend nach Atem. »Sag mir, wo es ist.«

Sie hob das Gesicht zum dunklen Himmel und schloss die Augen. »Es ist … überall«, sagte sie. »Hör doch.«

Er tat sein Bestes. Mit den letzten Resten seiner Kraft ließ er seine Sinne ins Weite tasten. Aber da war nichts als der Wind.

»Da ist nichts«, sagte er, und seine Hoffnung zerbrach. »Amy, hier ist nichts.«

Aber dann hörte er es.

Eine Stimme. Eine menschliche Stimme.

Irgendwo sang jemand.

Den Funkmasten sahen sie zuerst. Er ragte zwischen den Bäumen auf.

Der Wald hatte sich geöffnet, und sie waren auf einer Lichtung.

Ringsumher sah Peter die Spuren menschlicher Behausungen, die angedeuteten Umrisse von Ruinen und verlassenen Fahrzeugen unter dem Schnee. Der Funkmast stand am Rand einer breiten Bodensenke voller Schutt; anscheinend waren es die Fundamentreste eines Gebäudes, das schon lange verschwunden war. Die Antenne war mindestens hundert Meter hoch, ein vierbeiniger Stahlturm, gesichert mit Stahltrossen, die in Beton verankert waren. Auf der Spitze saß eine graue, mit Stacheln besetzte Kugel. Darunter, rings um den Mast und seitwärts ausgestreckt wie Blütenblätter, befanden sich paddelartige Objekte. Vielleicht waren es Sonnenkollektoren; Peter wusste es nicht. Er legte eine Hand an den kalten Stahl. Auf einer der Streben stand eine Inschrift. Er wischte den Schnee ab und legte die Worte frei. UNITED STATES ARMY CORPS OF ENGINEERS.

»Amy …«

Aber sie war nicht mehr bei ihm. Etwas bewegte sich am Rand der Lichtung, und er ging rasch dorthin, ins Dickicht. Der Gesang war jetzt lauter. Er hörte keine Worte, vielmehr eine Kaskade von Tönen, die vom Wind aus allen Richtungen herangeweht wurde. Weit konnte es nicht mehr sein. Er spürte, dass etwas vor ihm war, etwas Offenes. Die Bäume teilten sich, der Himmel trat hervor. Amy war stehen geblieben, und er kam zu ihr.

Es war eine Frau. Sie stand mit dem Rücken zu ihnen im Vorgarten einer kleinen Blockhütte. Die Fenster waren erleuchtet, und Rauch kräuselte sich aus dem Kamin. Die Frau schüttelte eine Wolldecke aus, und weitere Decken hingen an einer Leine zwischen zwei Bäumen. Es dauerte eine Weile, bis er es endlich begriff: Diese Frau, wer immer sie war, legte Wäsche zusammen. Sie legte Wäsche zusammen und sang dabei. Sie trug einen schweren Wollmantel, und ihr schwarzes, von schneeweißen Strähnen durchzogenes Haar floss in dichten, wolkigen Massen über ihre Schultern. An den Füßen unter dem Saum ihres Mantels trug sie anscheinend nur ein Paar Hanfsandalen, und ihre Zehen bohrten sich in den Schnee.

Peter und Amy gingen auf sie zu, und die Worte ihres Liedes nahmen allmählich Gestalt an. In ihrer vollen, kehligen Stimme lag eine geheimnisvolle Zufriedenheit. Singend ging sie ihrer Arbeit nach; sie legte die Decken in einen Korb zu ihren Füßen und schien die beiden überhaupt nicht zu bemerken, obwohl Amy und Peter jetzt nur wenige Schritte hinter ihr standen. *Schlaf, mein Kind,* sang die Frau,

Schlaf nur in Frieden,
Schlaf die ganze Nacht.
Engel sendet Gott hienieden,
Schlaf die ganze Nacht.

Sanft im Traum vergehn die Stunden,
Berg und Tal, sie schlummern sacht.
Wenn du Ruhe hast gefunden,
Halte ich bei dir die Wacht.

Sie brach ab, und ihre Hände verharrten über der Wäscheleine.

»Amy.«

Die Frau drehte sich um. Sie hatte ein breites hübsches Gesicht, die Haut so dunkel wie bei Auntie. Aber es war keine alte Frau, die da stand. Ihre Haut war glatt, ihr Blick klar und hell. Ein strahlendes Lächeln legte sich auf ihr Gesicht.

»Oh, wie schön, dich zu sehen.« Ihre Stimme klang wie Musik. Sie kam auf sie zu, nahm Amys Hände und hielt sie mit mütterlicher Zärtlichkeit fest. »Meine kleine Amy, ganz erwachsen.« Ihr Blick ging an Amy vorbei zu Peter, und erst jetzt schien sie ihn zu bemerken. »Und da ist er ja, dein Peter.« Erstaunt schüttelte sie den Kopf. »Ich hab's gewusst. Weißt du noch, Amy, wie ich dich gefragt habe, wer ist Peter? Das war, als ich dich das erste Mal gesehen habe. Du warst noch sehr klein.«

Jetzt liefen Amy die Tränen über das Gesicht. »Ich habe ihn alleingelassen.«

»Ssch. Es ist alles so, wie es sein musste.«

»Er hat gesagt, ich soll weglaufen!«, rief sie. »Ich habe ihn alleingelassen! Ich habe ihn alleingelassen!«

Die Frau drückte Amys Hände. »Und du wirst ihn wiederfinden, Amy. Deshalb bist du doch hergekommen, oder? Ich war nicht die Einzige, die über dich gewacht hat in all den vielen, vielen Jahren. Die Traurigkeit, die du fühlst, ist nicht deine eigene. Es ist seine Traurigkeit, die du in deinem Herzen spürst, Amy. Er vermisst dich.«

Die Sonne war untergegangen. Kalte Dunkelheit drängte sich heran, als sie so im Schnee vor dem Haus der Frau standen. Trotzdem war Peter außerstande, sich zu bewegen oder zu sprechen. Dass er in dem, was hier geschah, eine Rolle spielte, daran zweifelte er nicht, aber er wusste nicht, welche.

Endlich fand er seine Stimme wieder. »Sag es mir«, bat er. »Bitte. Sag mir, wer du bist.«

Die Augen der Frau funkelten plötzlich mutwillig. »Wollen wir es ihm sagen, Amy? Wollen wir deinem Peter sagen, wer ich bin?«

Amy nickte, und die Frau sah Peter mit strahlendem Lächeln an.

»Ich bin die, die auf euch gewartet hat«, sagte sie. »Mein Name ist Schwester Lacey Antoinette Kudoto.«

63

Der Gefreite Sancho würde sterben.

Sara fuhr am Ende des Konvois in einem der großen Lastwagen. An den Seitenwänden an der Ladefläche waren Kojen für die Verwundeten aufgehängt. Die Ladefläche selbst war mit Ausrüstungskisten vollgestellt, und Sara konnte sich nur mit Mühe zwischen ihnen hindurchzwängen, um zu tun, was in ihrer Macht stand.

Den anderen, Withers, hatte es nicht so schlimm erwischt. Die meisten Brandwunden hatte er an Armen und Händen. Wahrscheinlich würde er überleben, wenn er keine Sepsis bekäme. Aber nicht Sancho.

Irgendetwas war schiefgegangen, als sie die Bombe hinabgelassen hatten. Ein Drahtseil hatte sich verklemmt. Der Zünder hatte nicht funktioniert. Irgendetwas. Sara hatte die Geschichte bruchstückhaft von verschiedenen Leuten gehört, und jeder hatte die Ereignisse in einer geringfügig anderen Version geschildert. Sancho war derjenige gewesen, der in den Schacht hinabgestiegen war; an einem Gurt hatte er sich am Drahtseil hinuntergelassen, um in Ordnung zu bringen, was immer da haken mochte, und er war noch unten gewesen oder gerade wieder heraufgekommen, Withers hatte nach ihm gegriffen, um ihn herauszuziehen, als die Öltonnen explodierten.

Die Flammen hatten ihn völlig eingehüllt. Sara sah den Weg,

den das Feuer an seinem Körper herauf genommen hatte. Die Uniform war mit seinem Fleisch verschmolzen, und dass Sancho noch lebte, war ein Wunder, dachte Sara – allerdings keins, das ihn retten würde: Noch immer konnte sie seine Schreie hören, als sie mit Hilfe von zwei Soldaten die verkohlten Überreste seiner Kleidung abgeschält und dabei den größten Teil der Haut an Brust und Beinen mit abgezogen hatte. Und dann wieder, als sie die Brandwunden nach besten Kräften gesäubert und das rohe rote Fleisch darunter bloßgelegt hatte. Schon hatten die Wunden an Beinen und Füßen zu eitern begonnen, und in den eklig süßen Geruch verbrannter Haut mischte sich der Gestank der Fäulnis. Brust, Arme, Hände, Schultern – die Flammen hatten alles erreicht. Sein Gesicht war ein glatter rosiger Klumpen, fast wie das Radiergummi an einem Bleistift. Als sie alle Wunden versorgt hatte – eine furchtbare Qual –, brachte er kaum noch einen Laut heraus. Er war in einen unruhigen Schlaf versunken, aus dem er nur ab und zu aufwachte, um nach Wasser zu verlangen. Sie war überrascht, als er am nächsten Morgen und am nächsten Tag immer noch lebte. In der Nacht vor dem Abmarsch hatte Sara angeboten, mit Sancho im Lager zurückzubleiben. Aber Greer wollte davon nichts wissen. Wir haben schon genug Männer in diesen Wäldern zurückgelassen, hatte er gesagt. Pflegen Sie ihn, so gut es geht.

Eine Zeitlang war der Konvoi nach Osten gefahren, aber jetzt ging es wieder südwärts, und Sara vermutete, dass sie auf einer Straße waren. Das schlimmste Geholper hatte aufgehört, der Wagen schwankte nicht mehr hin und her, und der schlammige Schnee, den die Räder aufwirbelten, spritzte nicht mehr lärmend in die Radkästen unter ihr. Ihr war übel und kalt; sie war durchgefroren bis auf die Knochen, und ihre Glieder schmerzten vom stundenlangen Gerüttel. Die Kolonne aus Fahrzeugen, Pferden und Männern bewegte sich ruckweise und mit Unterbrechungen voran. Immer wieder warteten sie, bis Alicias Spähtrupp freie Bahn signalisierte. Das Ziel des ersten Marschtages war Durango, wo

eine befestigte Unterkunft in einem alten Getreidesilo, einer von neun solchen Unterständen an der Nachschubstraße nach Roswell, ihnen Sicherheit für die Nacht bieten würde.

Sara hatte Peter mittlerweile verziehen, dass er ohne ein Wort fortgegangen war. Anfangs war sie wütend auf ihn gewesen, als Hollis mit der Neuigkeit in die Messe gekommen war, aber sie hatte Sancho und Withers versorgen müssen, und deshalb hatte sie sich nicht lange mit solchen Gefühlen befassen können. Und in Wahrheit hatte sie es kommen sehen – vielleicht nicht unbedingt, dass Peter und Amy fortgehen würden, aber doch etwas Ähnliches. Etwas Endgültiges. Wenn sie und Hollis über die Fahrt mit dem Konvoi geredet hatten, hatte im Hintergrund immer die unausgesprochene Ahnung gestanden, dass Peter und Amy nicht mitkommen würden.

Michael dagegen war wütend gewesen. Mehr als das, er hatte getobt. Hollis hatte ihn festhalten müssen, damit er nicht hinter den beiden herritt. Seltsam, wie mutig, beinahe tollkühn Michael in den letzten Monaten geworden war. Sie hatte sich immer als eine Art Ersatzmutter empfunden, die für ihn verantwortlich war. Jetzt jedoch nicht mehr. Vielleicht war es also gar nicht Michael, der sich verändert hatte, sondern sie selbst.

Sie wollte unbedingt nach Kerrville. Der Name schwebte mit schimmernder Schwerelosigkeit in ihrem Kopf. Dreißigtausend Seelen! Unfassbar! Das weckte eine Hoffnung, die sie nicht mehr verspürt hatte, seit die Lehrerin sie aus der Zuflucht in eine zerbrochene Welt hinausgeführt hatte. Denn die Welt war *nicht* zerbrochen. Das kleine Mädchen Sara, das in der Zuflucht geschlafen und mit ihren Freundinnen gespielt und beim Schaukeln an dem Reifen im Hof die Sonne im Gesicht gefühlt und geglaubt hatte, die Welt sei ein herrlicher Ort, und sie werde ein Teil davon sein – dieses kleine Mädchen hatte die ganze Zeit recht gehabt. Ein so einfacher Wunsch: ein Mensch zu sein und ein ganz normales Leben zu führen. In Kerrville würde sie es bekommen, zusammen mit Hollis. Mit Hollis, der sie liebte und es ihr immer wieder sagte. Es

war, als hätte er etwas in ihr geöffnet, etwas, das lange Zeit fest zugesperrt gewesen war, denn das Gefühl hatte sie sofort erfüllt, gleich in jener ersten Nacht auf der Wache, irgendwo in Utah, als er sein Gewehr hingelegt und sie geküsst hatte, und dann jedes Mal wieder, wenn er die Worte auf seine stille, beinahe verlegene Art aussprach, so nah an ihr, dass sie seine Bartzotteln an der Wange spüren konnte: als offenbarte er eine tiefe Wahrheit über sich selbst. Er hatte ihr gesagt, dass er sie liebte, und sie hatte ihn auch geliebt, sofort und grenzenlos. Sie glaubte nicht an das Schicksal; die Welt war voller Zufälle, eine Kette von Missgeschicken, denen man mit knapper Not entkam, bis man es eines Tages nicht tat. Trotzdem fühlte sich die Liebe zu Hollis so an: wie eine Fügung des Schicksals. Als ständen die Worte längst irgendwo geschrieben, und sie brauchte die Geschichte nur noch zu leben. Ob ihre Eltern genauso füreinander empfunden hatten? Sie dachte nicht gern an sie und vermied es nach Möglichkeit, aber jetzt, als sie hinten in dem kalten Lastwagen saß, wünschte sie sich unversehens, sie lebten noch, damit sie ihnen diese Frage stellen könnte.

Es war Michael gewesen, der arme Michael, der die beiden an jenem Morgen im Schuppen gefunden hatte. Elf war er damals gewesen, und Sara war gerade fünfzehn geworden. Im Grunde ihres Herzens hatte sie immer geglaubt, ihre Eltern hätten nur gewartet, bis sie alt genug war, um für ihren Bruder zu sorgen, und in den Überlegungen zu dem, was sie dann getan hatten, habe ihr Geburtstag eine Rolle gespielt. Als sie Michael schreien hörte, war sie aus dem Bett gesprungen und die Treppe hinunter und durch den Garten zum Schuppen gerannt. Er hatte die Arme um die Beine der beiden geschlungen und versucht, sie hochzuhalten. Sie hatte sprachlos und wie gelähmt in der Tür gestanden, während Michael sie weinend anflehte, ihm zu helfen, und sie hatte gewusst, dass sie schon tot waren. In diesem Augenblick hatte sie nicht Entsetzen oder Schmerz empfunden, sondern etwas wie Staunen: eine stumme Verwunderung angesichts der nüchternen Faktizität dieser Szene und ihrer erbarmungslosen Mechanik. Sie hatten Stricke

und zwei hölzerne Hocker benutzt. Sie hatten sich die Stricke um den Hals geschlungen, die Knoten festgezogen und die Hocker zur Seite gestoßen, sodass ihr eigenes Gewicht sie stranguliert hatte. Hatten sie es zusammen getan?, fragte sie sich. Hatten sie bis drei gezählt? Oder waren sie nacheinander gestorben? Michael flehte: *Bitte, Sara, hilf mir. Wir müssen sie retten.* Doch sie wusste, dass es zu spät war. Am Abend zuvor hatte ihre Mutter Fladenbrote gebacken; sie waren noch auf dem Küchentisch, als sie beide irgendwann später ins Haus zurückkehrten, nachdem pflichtschuldig getan war, was getan werden musste. Ihr Onkel Walt hatte sich um die Leichen gekümmert. Sara hatte in ihrer Erinnerung nach irgendeinem Hinweis darauf gesucht, dass ihre Mutter die Fladenbrote anders als sonst gebacken hatte; sie musste ja gewusst haben, dass sie ein Frühstück vorbereitete, das sie nicht essen würde, für Kinder, die sie nicht wiedersehen würde. Aber Sara fiel nichts ein.

Als ob sie einem letzten wortlosen Befehl gehorchten, hatten sie und Michael alles bis auf den letzten Bissen aufgegessen. Und als sie fertig waren, hatte Sara gewusst – wie auch Michael es sicher wusste –, dass sie von diesem Tag an für ihren Bruder sorgen würde. Ein Teil dieser Fürsorge bestand in der unausgesprochenen Übereinkunft, dass sie nie wieder von ihren Eltern sprechen würden.

Der Konvoi war langsamer geworden. Sara hörte von vorn den lauten Befehl zum Anhalten und dann das Getrappel eines einzelnen Pferdes, das an ihnen vorbei durch den Schnee galoppierte. Sie rappelte sich hoch und sah, dass Withers die Augen geöffnet hatte und sich umschaute. Seine verbundenen Arme lagen über der Decke auf seiner Brust, und sein Gesicht war rot und schweißnass.

»Sind wir da?«

Sara befühlte seine Stirn mit dem Handgelenk. Fieber schien er nicht zu haben, im Gegenteil, seine Haut war eher zu kalt. Sie hob eine Feldflasche vom Boden auf und tröpfelte ihm ein bisschen Wasser in den Mund. Kein Fieber, und trotzdem sah er viel schlechter aus. Anscheinend konnte er den Kopf nicht mehr heben.

»Ich glaube nicht.«

»Dieses Jucken macht mich verrückt. Als ob Ameisen über meine Arme krabbelten.«

Sara schraubte die Flasche zu und legte sie beiseite. Fieber hin oder her, seine Gesichtsfarbe war beunruhigend.

»Das ist ein gutes Zeichen. Es bedeutet, dass die Heilung im Gange ist.«

»Fühlt sich aber nicht so an.« Withers holte tief Luft und atmete langsam wieder aus. »*Fuck.*«

Sancho lag in der Koje unter ihm, völlig eingehüllt in Verbände. Nur der kleine rosarote Kreis seines Gesichts schaute hervor. Sara ging in die Knie und zog das Stethoskop aus ihrem Arztkoffer, um seine Brust abzuhören. Sie hörte ein feuchtes Rasseln; es klang, als schwappte ein wenig Wasser in einem Eimer umher. Er starb an Dehydration, und trotzdem ertrank er in seiner eigenen Lunge. Seine Wangen waren glühend heiß, und die Luft um ihn herum roch stechend nach Eiter und Entzündung. Sie zog ihm die Decke um die Schultern, befeuchtete einen Lappen und betupfte damit seinen Mund.

»Wie geht's ihm?«, fragte Withers von oben.

Sara richtete sich auf.

»Er ist bald hinüber, was? Ich sehe es dir am Gesicht an.«

Sie nickte. »Ich glaube, es dauert nicht mehr lange.«

Withers schloss die Augen wieder.

Sie zog ihren Parka an und stieg hinten aus dem Truck in den Schnee und die Sonne. Die geordneten Kolonnen der Soldaten hatten sich zu Grüppchen von jeweils drei oder vier Männern aufgelöst, die herumstanden und gelangweilt und ungeduldig die Stirn runzelten. Sie hatten ihre Kapuzen über die Köpfe gezogen, und ihre Nasen liefen in der Kälte. Sara schaute nach vorn und sah das Problem. Einer der Trucks stand mit offener Motorhaube da, und weiße Dampfwolken stiegen in die Luft. Der Wagen war umringt von Soldaten, die ihn ratlos anstarrten, als wäre er ein riesiger Kadaver, den sie auf der Straße gefunden hatten.

Michael stand auf der Stoßstange und hatte die Arme bis an die

Ellenbogen im Motor vergraben. Greer schaute von seinem Pferd auf ihn herunter. »Kriegen Sie es hin?«

Michaels Kopf tauchte unter der Haube auf. »Ich glaube, es ist nur ein Schlauch. Das kann ich reparieren, wenn das Gehäuse keinen Riss hat. Wir brauchen auch mehr Kühlmittel.«

»Wie lange dauert das?«

»Nicht mehr als eine halbe Handbreit.«

Greer hob den Kopf und brüllte zu den Männern herüber: »Den Ring enger ziehen! Blau nach vorn und behaltet die Bäume dort im Auge! Donadio! Wo zum Teufel ist Donadio?«

Alicia kam mit dem Gewehr über der Schulter herangeritten. Dampf wehte wirbelnd um ihr Gesicht. Trotz der Kälte hatte sie den Parka abgestreift und trug nur eine Taschenweste über ihrem T-Shirt.

»Anscheinend sitzen wir hier eine Weile fest«, sagte Greer. »Sehen Sie sich schon mal an, wie es da vorn auf der Straße weitergeht. Wir werden die verlorene Zeit aufholen müssen.«

Alicia stieß ihrem Pferd die Fersen in die Flanken und galoppierte davon. Sie ritt vorbei, ohne einen Blick auf Hollis zu werfen, der auf sie zutrat. Greer hatte ihn einem der Versorgungstrucks zugewiesen, wo er Essen und Wasser an die Männer verteilte.

»Was ist los?«, fragte er Sara.

»Warte. Major Greer!«, rief Sara dem Mann hinterher.

Greer war schon weitergeritten. Jetzt wendete er sein Pferd.

»Wegen Sancho, Sir. Ich glaube, er stirbt.«

Greer nickte. »Verstehe. Danke, dass Sie es mir sagen.«

»Sie sind sein Kommandeur, Sir. Ich dachte, vielleicht freut er sich über einen Besuch von Ihnen.«

Sein Gesicht zeigte keine Regung. »Sanitäterin Fisher. Wir haben noch vier Stunden Tageslicht für eine Strecke von ungefähr sechs Stunden. Im Moment habe ich nur daran zu denken. Tun Sie einfach Ihr Bestes. War das alles?«

»Hat er jemanden, mit dem er gut befreundet ist, Sir? Jemanden, der jetzt bei ihm sein könnte?«

»Bedaure, ich kann im Moment keinen Mann erübrigen. Das würde er sicher verstehen. Und jetzt entschuldigen Sie mich.« Er ritt davon.

Sara stand im Schnee und merkte, dass sie plötzlich mit den Tränen kämpfte.

»Komm.« Hollis nahm sie beim Arm. »Ich helfe dir.«

Sie stiegen in den Lastwagen. Withers war wieder eingeschlafen. Sie zogen zwei Kisten neben Sanchos Koje. Er atmete jetzt noch rauer. Ein wenig Schaum stand auf seinen Lippen, die vom Sauerstoffmangel blau waren. Sie brauchte nicht nach seinem Puls zu tasten, um zu wissen, dass sein Herz raste. Die Uhr lief ab.

»Was können wir für ihn tun?«, fragte Hollis.

»Ich glaube, wir können nur bei ihm sein.« Sancho würde sterben; das hatte sie von Anfang an gewusst, aber jetzt, als es so weit war, erschienen all ihre Bemühungen zu kläglich. »Es dauert wohl nicht mehr lange.«

Sie hatte recht. Sie sahen, dass seine Atmung immer langsamer wurde. Seine Lider flatterten. Sara hatte gehört, dass ein Sterbender sein ganzes Leben an sich vorbeiziehen sah. Wenn das stimmte, was sah Sancho dann jetzt? Was sähe sie, wenn sie an seiner Stelle hier läge? Sie nahm seine bandagierte Hand und überlegte, was sie sagen sollte. Welchen Trost konnte sie ihm spenden? Doch ihr fiel nichts ein. Sie wusste nichts über ihn, sie kannte nur seinen Namen.

Als es vorbei war, zog Hollis dem toten Soldaten die Decke über das Gesicht. Über ihnen regte Withers sich. Sara stand auf und sah, dass er blinzelte. Sein graues Gesicht glänzte vor Schweiß.

»Ist er …?«

Sara nickte. »Es tut mir leid. Ich weiß, er war dein Freund.«

Aber er nahm keine Notiz von ihr. Er war in Gedanken woanders.

»Verdammt«, stöhnte er. »Was für ein beschissener Traum.«

Hollis stand jetzt neben Sara. »Was hat er gesagt?«

»Sergeant.« Sara war plötzlich beunruhigt. »Was für ein Traum?«

Ihn schauderte, als er versuchte, die Erinnerung abzuschütteln. »Einfach grässlich. Ihre Stimme. Und dieser Gestank.«

»Wessen Stimme, Sergeant?«

»Irgendeine dicke Frau«, antwortete Withers. »Eine dicke, fette, hässliche Frau, die Rauch atmete.«

Als Michael an der Spitze des Zuges den Kopf aus dem Motorraum des liegen gebliebenen Fünftonners hob, sah er, wie Alicia auf dem Höhenweg in vollem Galopp durch den Schnee herankam. Sie preschte an ihm vorbei nach hinten und rief nach Greer.

Was zum Teufel …?

Wilco stand mit offenem Mund neben ihm, und sein Blick folgte Alicia. Jetzt kam auch Alicias Trupp heran.

»Mach das hier fertig«, sagte Michael, und als Wilco nicht antwortete, drückte er ihm den Schraubenschlüssel in die Hand. »Mach's einfach und beeil dich. Ich glaube, wir ziehen ab.«

Michael folgte den Spuren ihres Pferdes im Schnee. Mit jedem Schritt wurde die Ahnung stärker: Alicia hatte dort hinter der Anhöhe etwas gesehen. Etwas Schlimmes. Hollis und Sara sprangen hinten aus ihrem Truck, und alles versammelte sich um Greer und Alicia, die beide abgestiegen waren. Alicia deutete über den Höhenkamm und schwenkte den Arm in weitem Bogen. Dann fiel sie auf die Knie und zeichnete hastig etwas in den Schnee. Als Michael sie erreichte, hörte er, wie Greer fragte: »Wie viele?«

»Sie müssen letzte Nacht durchgekommen sein. Die Spuren sind noch frisch.«

»Major Greer …« Das war Sara.

Greer hob die Hand und schnitt ihr das Wort ab. »Wie viele, verdammt?«

Alicia richtete sich auf. »Nicht viele. *Die* Vielen. Und sie ziehen geradewegs zu diesem Berg.«

64

Als Theo erwachte, schreckte er nicht hoch, sondern hatte das Gefühl, ganz langsam in die Welt der Lebenden zu taumeln. Seine Augen waren offen – schon eine ganze Weile, begriff er. Das Baby, dachte er. Er tastete nach Mausami und fand sie neben sich. Sie bewegte sich, als er sie berührte, und zog die Knie an. Das war es gewesen. Er hatte von dem Baby geträumt.

Er war durchgefroren bis auf die Knochen, und trotzdem war seine Haut schweißnass. Hatte er Fieber? Man musste schwitzen, nur so ging das Fieber runter, das hatte die Lehrerin immer gesagt, und auch seine Mutter, und sie hatte dabei sein Gesicht gestreichelt, während er glühend im Bett gelegen hatte. Aber das war lange her, die Erinnerung an eine Erinnerung. Er hatte seit so vielen Jahren kein Fieber mehr gehabt, dass er gar nicht mehr wusste, wie es sich anfühlte.

Er schlug die Decke zur Seite und stand auf. Er zitterte vor Kälte, und die Feuchtigkeit auf seiner Haut sog den letzten Rest Wärme aus seinem Körper. Er trug dasselbe dünne Hemd, das er den ganzen Tag getragen hatte, als er hinter dem Haus Holz gestapelt hatte. Der Winter konnte kommen: Endlich war alles versorgt, verstaut und weggeschlossen. Er zog das schweißnasse Hemd aus und wühlte ein frisches aus der kleinen Kommode. In einem der Außengebäude hatte er Schränke voller Kleider

gefunden, manche noch in der Verkaufsverpackung: Hemden, Hosen, Socken, Thermounterwäsche und Pullover aus einem Material, das sich anfühlte wie Baumwolle, aber keine war. Mäuse und Motten hatten ein paar Sachen angefressen, aber nicht alles. Wer immer diesen Vorrat angelegt hatte, hatte langfristig gedacht. Er holte Stiefel und Schrotgewehr von ihrem Platz neben der Tür und ging die Treppe hinunter. Das Feuer im Wohnzimmer war zu glühender Asche heruntergebrannt. Er wusste nicht, wie spät es war, aber vermutlich würde bald der Morgen dämmern. Er und Maus hatten im Laufe der Wochen einen Rhythmus gefunden, sie hatten die Nächte verschlafen und waren aufgewacht, wenn die ersten Sonnenstrahlen zum Fenster hereinschienen, und so hatte er angefangen, die Zeit auf eine Weise zu erfassen, die ganz natürlich und zugleich für ihn völlig neu war. Es war, als hätte er ein tief verborgenes Reservoir des Instinkts angezapft, ein lange Zeit vergrabenes Stammesgedächtnis. Es lag nicht nur daran, dass es hier keine Scheinwerfer gab, sondern an dem Ort an sich. Auch Maus hatte es gespürt, an jenem ersten Tag, als sie zusammen zum Fluss gegangen waren, um zu angeln, und später in der Küche, als sie ihm gesagt hatte, sie seien in Sicherheit.

Er setzte sich hin und zog die Stiefel an, nahm einen dicken Pullover vom Haken, vergewisserte sich, dass das Gewehr geladen war, und trat hinaus auf die Veranda. Im Osten, jenseits der Hügel, kroch ein zartes Leuchten am Himmel herauf. In der ersten Woche, als Maus geschlafen hatte, hatte er jede Nacht auf der Veranda verbracht und dabei leise Trauer empfunden. Sein Leben lang hatte er die Dunkelheit und das, was sie bringen konnte, gefürchtet. Niemand, nicht einmal sein Vater, hatte ihm erzählt, wie schön der Nachthimmel war. Unter ihm fühlte man sich klein und gleichzeitig groß, als Teil einer endlosen Ewigkeit. Einen Moment lang blieb er in der Kälte stehen und atmete die Nachtluft ein und aus, bis Geist und Körper wirklich wach waren. Wenn er schon auf war, konnte er auch gleich das Feuer anzünden, damit Mausami nicht in einem eiskalten Haus aufwachen musste.

Theo trat von der Veranda herunter und ging in den Garten. Die letzten Tage hatte er fast nur damit verbracht, Holz zu holen und zu hacken. Die Wälder am Fluss waren voll von totem Holz, trocken und gut für den Ofen. Die Säge, die er gefunden hatte, taugte nichts mehr; die Zähne waren stumpf vom Rost. Aber die Axt war gut. Jetzt lagerten die Früchte seiner Arbeit reihenweise gestapelt in der Scheune und mit einer Plastikplane bedeckt unter der Dachtraufe.

Diese Leute, dachte er, als er auf das offene Scheunentor zuging. Die Leute auf den Fotos. Ob sie hier glücklich gewesen waren? Er hatte keine weiteren Bilder gefunden, und erst vor ein paar Tagen war er auf die Idee gekommen, den Wagen zu durchsuchen. Er wusste nicht genau, wonach er eigentlich suchte, aber nachdem er ein paar Minuten auf dem Fahrersitz gesessen und in der Hoffnung, dass irgendetwas passieren würde, planlos auf Knöpfe gedrückt und Schalter betätigt hatte, war tatsächlich etwas passiert: Eine kleine Klappe am Armaturenbrett hatte sich geöffnet, und in dem Fach dahinter hatte er einen Stapel Landkarten und, darunter versteckt, eine lederne Brieftasche gefunden. Darin steckte ein Ausweis mit der Aufschrift *Finanzbehörde Utah, Abt. Kraftfahrzeugsteuer.* Darunter stand ein Name: David Conroy. David Conroy, 1634 Mansard Place, Provo, UT. Das waren sie, sagte er zu Mausami, als er ihr die Karte zeigte. Die Conroys.

Die Scheunentür, dachte er jetzt, als er den Hof überquerte. Warum stand sie offen? Konnte er tatsächlich vergessen haben, sie zu schließen? Im nächsten Augenblick drang ein neues Geräusch an sein Ohr, ein leises Rascheln in der Scheune.

Er blieb wie angewurzelt stehen und zwang sich zu absoluter Reglosigkeit. Lange Zeit hörte er nichts mehr. Vielleicht war es Einbildung gewesen.

Dann kam es wieder.

Was immer da drinnen war, hatte ihn anscheinend noch nicht bemerkt. Wenn es ein Viral war, hatte Theo nur einen einzigen

Schuss. Er könnte ins Haus zurückgehen und Mausami warnen, aber wo sollten sie sich verstecken? Seine einzige Chance lag im Überraschungselement. Vorsichtig und mit angehaltenem Atem lud er die Flinte durch und hörte das leise Klicken, mit dem die erste Patrone in die Kammer glitt. Aus der Tiefe der Scheune drang ein leiser, dumpfer Schlag und ein beinahe menschliches Seufzen. Theo schob den Gewehrlauf langsam vor, bis er das Holz des Scheunentors berührte. Behutsam drückte er die Tür weiter auf, als eine geflüsterte Stimme hinter ihm durch das Halbdunkel kam.

»Theo? Was machst du da?«

Mausami in ihrem langen Nachthemd. Das lange Haar floss über ihre Schultern, und sie schwebte wie eine Geistererscheinung in der Morgendämmerung. Theo öffnete den Mund und wollte sie zurück ins Haus schicken, als die Tür aufflog und den Gewehrlauf mit solcher Wucht beiseitestieß, dass er sich um sich selbst drehte. Ehe er sichs versah, war die Waffe losgegangen, und der Rückstoß schleuderte ihn zurück. Ein springender Schatten flog an ihm vorbei in den Hof.

»Schieß nicht!«, schrie Mausami.

Es war ein Hund.

Das Tier kam ein paar Meter vor Mausami rutschend zum Stehen und klemmte den Schwanz ein. Das Fell war dicht und silbergrau mit schwarzen Flecken. Der Hund stand auf dürren Beinen vor Maus und schaute sie mit einer Art Verbeugung an. Der Kopf war unterwürfig gesenkt, die Ohren schmiegten sich nach hinten in das wollige Nackenfell. Anscheinend wusste er nicht, wohin er schauen und ob er weglaufen oder angreifen sollte. Ein dunkles Knurren kam aus seiner Kehle.

»Maus, sei vorsichtig«, warnte Theo.

»Ich glaube, er tut mir nichts. Oder, mein Junge?« Sie hockte sich hin und streckte dem Hund die Hand entgegen, damit er daran schnuppern konnte. »Du hast nur Hunger, nicht wahr? Hast in der Scheune etwas zu fressen gesucht.«

Der Hund stand genau zwischen Theo und Mausami. Sollte er

aggressiv werden, wäre die Flinte nutzlos. Theo drehte sie in den Händen herum, damit er sie als Keule benutzen könnte. Vorsichtig kam er näher.

»Tu das Gewehr weg«, sagte Mausami.

»Maus …«

»Mach schon, Theo.« Lächelnd sah sie den Hund an und streckte ihm weiter die Hand entgegen. »Wir zeigen dem netten Mann, was für ein braver Hund du bist. Komm her, mein Junge. Möchtest du an Mamas Hand schnuppern?«

Unsicher machte das Tier einen Schritt auf sie zu, wich zurück und kam wieder heran. Es folgte seiner schwarzen Knopfnase zu Mausamis ausgestreckter Hand. Verblüfft sah Theo, wie der Hund den Kopf an die Hand schmiegte und anfing, sie zu lecken. Maus saß jetzt auf dem Boden. Gurrend redete sie mit dem Tier und streichelte ihm Kopf und Nackenfell.

»Siehst du?« Sie lachte, als der Hund ihr laut und feucht ins Ohr nieste. »Er ist ein großes altes Schätzchen, weiter nichts. Wie heißt du denn, mein Alter? Hm? Hast du einen Namen?«

Theo merkte, dass er das Gewehr immer noch schlagbereit über dem Kopf hielt. Er entspannte sich einigermaßen verlegen.

Mausami runzelte nachsichtig die Stirn. »Er nimmt es dir bestimmt nicht übel. Oder, mein Guter?« Energisch zerzauste sie dem Hund die Mähne. »Was meinst du? Du bist so mager. Wie wär's mit einem Frühstück? Wie würde dir das gefallen?«

Die Sonne war jetzt über die Berge heraufgestiegen. Die Nacht war vorbei, begriff Theo, und sie hatte einen Hund gebracht.

»Conroy«, sagte er.

Mausami sah ihn an. Der Hund leckte ihr das Ohr, und es sah fast unanständig aus, wie er seine Schnauze an ihrem Kopf rieb.

»So nennen wir ihn«, erklärte Theo. »Conroy.«

Mausami nahm den Kopf des Hundes zwischen die Hände und knetete seine Lefzen. »Bist du das? Bist du Conroy?« Sie ließ ihn nicken und lachte vergnügt. »Ja, das ist Conroy.«

Theo wollte ihn nicht ins Haus lassen, doch gegen Mausami kam er nicht an. Conroy stürmte die Treppe hinauf und durchstöberte jedes Zimmer, als ob ihm das Haus gehörte. Seine langen Krallen klickten aufgeregt über die Dielen. Mausami kochte ihm ein Frühstück aus Fisch und Kartoffeln, in Schmalz gebraten, und stellte ihm den Napf auf den Boden unter dem Küchentisch. Conroy hatte es sich bereits auf dem Sofa bequem gemacht, aber als er das Geräusch des Steinguts auf dem Holzboden hörte, kam er sofort in die Küche gestürmt, vergrub die Schnauze im Napf und schob ihn beim Fressen mit der langen Nase vor sich her. Maus füllte eine zweite Schüssel mit Wasser und stellte sie ihm hin. Als Conroy mit seinem Frühstück fertig war und ausgiebig schlürfend getrunken hatte, trottete er wieder hinaus und kehrte zum Sofa zurück, wo er sich mit einem geräuschvollen Seufzer der Zufriedenheit niederließ.

Conroy, der Hund. Wo kam er her? Offensichtlich war er schon früher bei Menschen gewesen; jemand hatte für ihn gesorgt. Er war mager, aber nicht unterernährt. Sein Fell war verfilzt und voller Kletten, aber er sah gesund aus.

»Schütte mir Wasser in die Wanne«, befahl Maus. »Wenn er auf dem Sofa herumliegt, will ich ihn baden.«

Theo ging hinaus und zündete ein Feuer an, um Wasser heiß zu machen. Als die Wanne voll war, stand die Sonne hoch über dem Garten. Der Winter stand vor der Tür, doch tagsüber konnte es noch mild sein, warm genug, um im Hemd herumzulaufen. Theo setzte sich auf einen Holzklotz und sah zu, wie Maus den Hund badete. Sie massierte eine ganze Handvoll von ihrer kostbaren Seife in sein silbriges Fell, kämmte mit den Fingern die Knoten heraus, so gut es ging, und zupfte die Kletten ab. Der Hund war das Inbild verzweifelter Demütigung. Ein Bad?, schien er zu fragen. Wessen Idee war das? Als Maus fertig war, hob Theo das große triefende Bündel aus dem Zuber, und Maus ließ sich wieder auf die Knie sinken – selbst solche einfachen Bewegungen fielen ihr von Tag zu Tag schwerer –, um ihn in eine Wolldecke zu hüllen.

»Mach nicht so ein eifersüchtiges Gesicht!«

»Habe ich das getan?« Aber sie hatte ihn erwischt; er war tatsächlich eifersüchtig. Conroy hatte die Decke wieder abgeworfen und schüttelte sich energisch. Wassertropfen sprühten im Bogen nach beiden Seiten.

»Gewöhn dich lieber daran«, sagte Maus.

Sie hatte recht. Das Baby würde bald da sein. Alles an ihr erschien größer. Sogar ihr Haar, das üppig und glänzend über ihre Schultern fiel, wirkte fülliger. Er erwartete immer, dass sie sich darüber beklagte, aber sie tat es nie. Als er sie mit Conroy beobachtete, der sich ihren verspäteten und unnötigen Versuchen, ihn abzutrocknen, endlich doch gefügt hatte, war er plötzlich zutiefst froh – froh über alles. Dort in seiner Zelle hatte er nur sterben wollen. Eigentlich schon vorher. Ein Teil seiner selbst hatte schon immer mit diesem Wunsch gekämpft. Einfach loslassen: Theo kannte diesen Sog, eine Sehnsucht, so schmerzlich wie jeder Hunger. Sich dem Schicksal überlassen, einfach hinaustreten ins Dunkel. Es war zu einer Art Spiel für ihn geworden: Er sah sich selbst zu, wie er seinen täglichen Verrichtungen nachging, als wäre er nicht schon halb tot, und wie er jeden, sogar Peter, damit täuschte. Je schlimmer es wurde, desto leichter fiel ihm diese Täuschung, bis sie am Ende das Einzige war, was ihn noch trug. Als Michael ihm an jenem Nachmittag auf der Veranda vom Zustand der Akkus berichtet hatte, war ihm unwillkürlich ein Gedanke durch den Hinterkopf gegangen: Gott sei Dank, es ist vorbei.

Und wie anders sah es jetzt aus! Er hatte sein Leben wieder. Mehr als das, es war, als hätte er ein ganz neues Leben bekommen.

Sie brachten den Tag zu Ende und zogen sich bei Sonnenuntergang zurück. Conroy ließ sich am Fußende des Bettes nieder, und wie jeden Abend schliefen sie miteinander und fühlten, wie das Baby zwischen ihnen strampelte – ein beharrliches, Aufmerksamkeit heischendes Klopfen, fast wie ein Morsecode. Anfangs hatte er es verstörend empfunden, aber jetzt nicht mehr. Es gehörte alles zusammen: das Treten und Stoßen des Babys in seiner warmen

Höhle, Mausamis leise Schreie, der Rhythmus ihrer Bewegungen, sogar die Geräusche, die Conroy machte, wenn er sich behutsam umdrehte. Ein Segen, dachte Theo. Dieses Wort kam ihm in den Sinn, als der Schlaf herankroch. Das war dieser Ort hier: ein Segen.

Dann fiel ihm das Scheunentor ein.

Er *wusste,* dass er den Riegel vorgeschoben hatte. Er hatte das Bild klar und deutlich vor Augen: Er hatte die Tür in ihren knarrenden Angeln zugedrückt und den Riegel an seinen Platz geschoben, bevor er zum Haus zurückgegangen war.

Aber wie hatte Conroy dann hineinkommen können?

Im nächsten Augenblick war er in seiner Hose, zerrte mit der einen Hand die Stiefel über die Füße und zog sich mit der anderen den Pullover über den Kopf. Den ganzen Tag über war er im Haus und draußen unterwegs gewesen, und er hatte nicht ein einziges Mal in die Scheune geschaut.

»Was ist?«, fragte Mausami. »Theo, was ist los?«

Sie richtete sich auf und zog die Decke über die Brust. Conroy spürte die Aufregung; er war aufgesprungen und lief mit langen klickenden Krallen im Zimmer hin und her.

Theo griff nach dem Schrotgewehr neben der Tür. »Bleib hier.«

Er hätte Conroy lieber bei ihr gelassen, doch der Hund wollte nichts davon wissen; als Theo die Haustür öffnete, schoss das Tier hinaus. Zum zweiten Mal an diesem Tag schlich Theo auf die Scheune zu, den Kolben der Flinte an die Schulter gepresst. Die Tür stand immer noch offen, wie sie sie zurückgelassen hatten. Conroy lief vor ihm her und verschwand in der dunklen Scheune.

Theo trat durch das Tor und hielt den Finger schussbereit am Abzug. Er hörte, wie der Hund durch die Dunkelheit lief und am Boden entlangschnupperte.

»Conroy?«, flüsterte er. »Was ist da?«

Als seine Augen sich an die Dunkelheit gewöhnt hatten, konnte er den Hund sehen. Er lief gleich hinter dem Volvo im Kreis herum. Auf dem Boden hinter dem Holzstapel stand eine Laterne, die Theo vor ein paar Tagen dort abgestellt hatte. Er kniete davor

nieder und zündete hastig den Docht an. Er hörte, dass Conroy auf dem staubigen Boden etwas gefunden hatte.

Eine Konservendose. Theo hob sie auf und hielt sie an ihrem schartigen Rand hoch. Jemand hatte sie mit einem Messer geöffnet. Das Innere der Dose war noch feucht und roch nach Fleisch. Theo hob die Laterne höher und ließ das Licht über den Boden fallen. Fußabdrücke. Menschliche Fußspuren im Staub.

Jemand war hier gewesen.

65

Es war der Doktor gewesen. Der Doktor war es, der sie gerettet hatte, und Lacey hoffte, dass sie ihm am Ende ein kleines bisschen Trost hatte spenden können.

Seltsam, was die Jahre mit Laceys Erinnerungen an diese Nacht anstellten, an die Nacht vor so langer Zeit, als alles angefangen hatte. Die Schreie und der Rauch. Die Rufe der Sterbenden und der Toten. Endlose Nacht, die wie eine große schwarze Flut über die Welt hinwegrollte. Manchmal stand ihr das alles so klar vor Augen, als wären nicht Jahrzehnte, sondern nur ein paar Tage vergangen. Dann wieder war alles ganz verschwommen. Die Bilder, die sie sah, und die Gefühle, die sie empfand, waren so klein und weit weg wie Strohhalme auf dem breiten rauschenden Fluss der Zeit, der sie durch all die vielen Jahre getragen hatte.

Sie erinnerte sich an den einen, an Carter. Carter, der auf sie zugekommen war, als sie schreiend und winkend aus Wolgasts Wagen geflohen war. Carter, der ihr Rufen gehört und auf sie herabgestoßen war, um vor ihr zu landen wie ein großer kummervoller Vogel. *Ich … bin … Carter.* Er war nicht wie die anderen. Er bot einen monströsen Anblick, aber sie sah doch, dass es ihm keine Freude machte, was er tat. Dass sein Herz gebrochen war. Chaos ringsumher, Schreie und Schüsse und Rauch.

Männer rannten an ihr vorbei, schreiend, um sich schießend, sterbend, und ihr Schicksal stand geschrieben schon seit Anbeginn der Welt. Aber Lacey war nicht mehr an diesem Ort, denn als Carter seinen Mund an ihren Hals drückte, um den sanften Schlag ihres Herzens in sein eigenes zu saugen, da fühlte sie es. All seinen Schmerz und seine Ratlosigkeit, die lange traurige Geschichte dessen, der er war. Das Bett aus Lumpenbündeln unter der Straßenbrücke, den Schweiß und den Dreck auf seiner Haut. Den großen glänzenden Wagen mit einem Kühlergrill aus diamantenen Zähnen, der neben ihm anhielt, und die Stimme der Frau, die seinen Namen durch das schmutzige Tosen der Welt rief. Den süßen Duft von frisch gemähtem Gras und die Kühle eines beschlagenen Glases Tee. Den Sog des Wassers und die Arme der Frau, Rachel Wood, die ihn festhielt und immer tiefer hinabzog. Es war sein Leben, das sie in sich fühlte, sein kleines menschliches Leben, das er nie so sehr geliebt hatte wie die Frau, deren Geist er jetzt in sich trug – denn auch den konnte Lacey fühlen –, und als seine Zähne sich in das weiche Fleisch ihres Halses bohrten und Laceys Sinne mit der Hitze seines Atems erfüllten, hörte sie ihre eigene Stimme: *Gott segne Sie. Gott segne und bewahre Sie, Mr Carter.*

Dann war er fort. Sie lag blutend auf dem Boden, die Zeit verging, die Übelkeit begann. Was den Weg von ihm zu ihr finden sollte, war geschehen, das wusste sie. Lacey schloss die Augen und betete um ein Zeichen, aber da kam kein Zeichen. Genau wie damals auf dem Feld, nachdem die Männer sie verlassen hatten, als sie noch ein kleines Mädchen war. In dieser dunklen Stunde schien es, als hätte Gott sie vergessen, doch als die Morgendämmerung den Himmel über ihrem Gesicht öffnete, kam aus der Stille die Gestalt eines Mannes. Sie hörte seine Schritte auf der weichen Erde, roch den Rauch an seiner Haut und in seinen Haaren. Sie wollte sprechen, aber kein Wort kam aus ihrem Mund, und auch der Mann sprach sie nicht an und nannte nicht seinen Namen. Wortlos nahm er sie auf den Arm wie ein kleines Kind, und Lacey glaubte, das

sei Gott selbst, der gekommen war, um sie in sein Haus im Himmel zu holen. Seine Augen waren überschattet, sein Haar war ein dunkler Kranz um seinen Kopf, wild und schön wie sein Bart, der dicht und grau sein Gesicht verhüllte. Er trug sie durch die rauchenden Ruinen davon, und sie sah, dass er weinte. Das sind die Tränen Gottes, dachte Lacey, und sie sehnte sich danach, die Hand zu heben und sie zu berühren. Sie war nie auf den Gedanken gekommen, dass Gott weinen könnte, aber natürlich konnte er es. Gott würde die ganze Zeit weinen. Er würde weinen und weinen und niemals aufhören. Der Friede der Erschöpfung durchströmte sie, und eine Zeitlang schlief sie. Sie wusste nicht, was als Nächstes passiert war, aber als es vorbei und die Übelkeit vergangen war, hatte sie die Augen geöffnet und gewusst, dass er es getan hatte: Er hatte sie gerettet. Sie hatte den Weg zu Amy gefunden. Endlich hatte sie den Weg gefunden.

Lacey, hörte sie. *Lacey, hör zu.*

Sie tat es. Sie hörte zu. Die Stimmen wehten über sie hinweg wie der Wind über das Wasser, wie das Blut durch den Körper. Überall ringsumher.

Höre sie, Lacey. Höre sie alle.

Und so kam es, dass sie all die Jahre hindurch gewartet hatte. Sie, Schwester Lacey Antoinette Kudoto, und der Mann, der sie durch den Wald getragen hatte und der doch nicht Gott war, sondern ein Mensch. Der gute Doktor – so nannte sie ihn, auch wenn sein Taufname Jonas war. Jonas Lear. Der traurigste Mann auf der ganzen Welt. Zusammen hatten sie das Haus auf der Lichtung gebaut, in dem Lacey immer noch wohnte – nicht viel größer als die Hütten an den staubigen Straßen und lehmig roten Feldern ihrer Jugend, aber solider, dauerhafter. Der Doktor erzählte ihr, er habe schon einmal ein Haus gebaut, eine Hütte an einem See in den Wäldern von Maine. Dass er diese Hütte zusammen mit seiner Frau Elizabeth gebaut hatte, die dann gestorben war, erzählte er ihr nicht, aber das war auch nicht nötig. Auf dem verlassenen

Versuchsgelände gab es alles in Hülle und Fülle: Sie brauchten sich nur zu bedienen. Das Holz hatten sie aus den niedergebrannten Trümmern des Chalets geborgen. In den Lagerschuppen hatten sie Hämmer, Sägen, Hobel und Säcke mit Nägeln gefunden, aber auch Zement und eine Mischmaschine, um das Fundament zu gießen und die Feldsteine zu vermörteln, die sie beide für den Kamin übereinanderwuchteten. Einen ganzen Sommer lang hatten sie die Asphaltschindeln von den Dächern der Unterkünfte abgedeckt, nur um dann festzustellen, dass sie undicht waren. Der Asphalt war an zu vielen Stellen gerissen. Am Ende hatten sie das Dach mit Grassoden gedeckt. Waffen waren auch da, Hunderte von Waffen aller Art. Es war nicht einfach, so viele Waffen zu beseitigen. Eine ganze Weile hatten sie sich damit beschäftigt, diese Waffen zu zerlegen, bis nichts weiter übrig war als ein riesiger Berg von Schrauben und Nieten und glänzenden Metallteilen, die sich nicht einmal zu vergraben lohnten.

Nur einmal ließ er sie allein. In ihrem dritten Sommer auf dem Berg machte er sich auf die Suche nach Saatgut. Er nahm das eine Gewehr mit, das er behalten hatte, und so viel Proviant, Treibstoff und Ausrüstungsmaterial, wie er brauchen würde. Alles war auf dem Pick-up verstaut, den er für seine Reise instand gesetzt hatte. Drei Tage, sagte er, doch zwei volle Wochen vergingen, ehe Lacey das Motorengeräusch am Berghang hörte. Als er ausstieg, sah er so verzweifelt aus, dass Lacey sofort wusste, er war nur zurückgekommen, weil er es ihr versprochen hatte. Bis Grand Junction war er gefahren, gestand er, ehe er sich entschieden hatte, doch wieder umzukehren. Im Wagen lagen die versprochenen Saatgutsäcke. An diesem Abend zündete er das Feuer im Kamin an und setzte sich davor. In schreckliches, trostloses Schweigen versunken starrte er in die Flammen. Noch nie hatte sie in den Augen eines Mannes solches Leid gesehen, und obwohl sie wusste, dass sie ihm seinen Schmerz nicht nehmen konnte, ging sie noch in derselben Nacht zu ihm und sagte, sie finde, von diesem Tag an sollten sie als Mann und Frau

zusammenleben, in jeglicher Hinsicht. Es kam ihr unbedeutend vor, ihm diese Liebe anzubieten, diese Kostprobe der Vergebung, und als es dann geschah, da begriff sie, dass die Liebe, die sie ihm angetragen hatte, auch eine Liebe war, die sie selbst suchte: das Ende der Reise, die sie vor all den Jahren in den Feldern ihrer Jugend begonnen hatte.

Er ließ sie nie wieder allein.

Über die Jahre hinweg liebte sie ihn mit ihrem Körper, der nicht alterte wie seiner. Sie liebte ihn, und er liebte sie. Jeder tat es auf seine Weise, und sie lebten allein auf ihrem Berg. Der Tod kam langsam und im Laufe der Jahre zu ihm, nahm ihm dieses und dann jenes, nagte an den Rändern und drang weiter vor. Seine Augen und seine Haare. Seine Zähne und seine Haut. Die Beine, das Herz, die Lunge. Es gab viele Tage, an denen Lacey sich wünschte, sie könnte auch sterben, damit er seine letzte Reise nicht allein antreten müsste.

Eines Morgens, als sie im Garten arbeitete, spürte sie seine Abwesenheit. Sie ging ins Haus, dann in den Wald, und sie rief seinen Namen. Es war Hochsommer, die Luft war frisch und klar, und das Sonnenlicht funkelte auf den Blättern. Er hatte sich einen Platz ausgesucht, wo die Bäume spärlich standen und der Himmel über ihm war. Er konnte das Tal sehen und dahinter, wie ein großes stilles Meer, die Wogen der Berge, die bis zum blauen Horizont reichten. Er stützte sich auf einen Spaten und rang keuchend nach Atem. Er war jetzt ein alter Mann, grau und gebrechlich, aber hier stand er und grub ein Loch in die Erde. Wofür ist das Loch da?, fragte sie, und er sagte, das ist für mich. So brauchst du es nicht zu graben, wenn ich nicht mehr da bin. Den ganzen Tag und bis in den Abend hinein grub er, warf kleine Häufchen Erde zur Seite und wartete nach jedem Spatenstich, bis er wieder Luft bekam. Sie sah ihm zu – vom Rand der Lichtung aus, denn er wollte ihre Hilfe nicht. Als er fertig war und das Loch zufriedenstellende Ausmaße hatte, kehrte er in das Haus zurück, in dem sie so viele Jahre zusammengelebt hatten, und legte sich

in das Bett, das er mit eigener Hand zusammengebaut hatte, aus schweren Bohlen und einem Geflecht von faserigen Seilen, in das ihrer beider Umrisse eingedrückt waren. Und am nächsten Morgen war er tot.

Wie lange war das her? Lacey hielt in ihrer Erzählung inne. Amy und der junge Mann – Peter – sahen sie erwartungsvoll an. Wie seltsam, diese Geschichten nach so langer Zeit zu erzählen: von Jonas und der furchtbaren Nacht und von allem, was hier an diesem Ort geschehen war. Sie hatte das Feuer geschürt und einen Topf zum Kochen auf den Dreifuß gestellt. Die Luft im Haus – zwei niedrige, durch einen Vorhang getrennte Zimmer – war warm und von einem angenehmen Duft erfüllt, und das Feuer verbreitete sein sanftes Licht.

»Vierundfünfzig Jahre«, sagte sie und beantwortete die Frage, die sie selbst gestellt hatte. Und im Stillen sagte sie es noch einmal. Vierundfünfzig Jahre, seit Jonas sie alleingelassen hatte. Sie rührte in dem Topf, in dem dies und jenes köchelte, das Fleisch von einem fetten Opossum, das ihr in die Schlinge gegangen war, und herzhaftes Gemüse, die haltbaren Knollen, die sie für den Winter eingekellert hatte. Auf den Wandborden standen Gläser mit den Samen, die sie jedes Jahr aussäte. Es waren die Nachkommen derer, die Jonas in den Säcken hergebracht hatte. Zucchini und Tomaten, Kartoffeln und Kürbisse, Zwiebeln und Rüben und Salat. Sie brauchte nicht viel, und manchmal aß sie tagelang oder sogar wochenlang kaum etwas. Aber Peter würde Hunger haben. Er war genau so, wie sie ihn sich vorgestellt hatte: jung und stark und mit einem entschlossenen Gesicht. Allerdings hatte sie irgendwie angenommen, er würde größer sein.

Sie sah, dass er sie stirnrunzelnd anschaute.

»Du bist ganz allein … seit fünfzig Jahren?«

Sie zuckte die Achseln. »Es war eigentlich gar nicht so lange.«

»Und *du* hast den Funkmast aufgestellt.«

Der Funkmast – den hätte sie fast vergessen. Aber natürlich

musste er danach fragen. »Oh, das hat der Doktor getan«, sagte sie, und sie vermisste ihn schmerzlich, als sie so redete. Sie schaute weg, hörte auf zu rühren, wischte sich die Hände mit einem Lappen ab und nahm die Teller vom Tisch. »Lauter solche Sachen. Immer hat er irgendetwas gebastelt. Aber zum Reden haben wir noch genug Zeit. Jetzt essen wir.«

Sie servierte ihnen den Eintopf, und sie freute sich, als Peter herzhaft zulangte. Amy, das sah sie, tat nur so, und Lacey selbst hatte überhaupt keinen Appetit. Richtigen Hunger verspürte Lacey schon lange nicht mehr. Wenn es Zeit wurde, etwas zu essen, meldete sich ihr Verstand und bemerkte beiläufig, als gehe es um das Wetter oder die Tageszeit: *Es wäre gut, jetzt etwas zu essen.*

Sie saß da und sah Peter zu, und Dankbarkeit erfüllte sie. Draußen lastete die dunkle Nacht auf dem Berg. Sie wusste nicht, ob sie noch eine Nacht erleben würde. Bald wäre sie frei.

Nach dem Essen stand sie vom Tisch auf und ging ins Schlafzimmer. Das kleine Zimmer war sparsam möbliert; es gab nur das Bett, das der Doktor gebaut hatte, und eine kleine Kommode, in der sie die wenigen Dinge aufbewahrte, die sie brauchte. Die Kisten standen unter dem Bett. Peter war am Vorhang stehen geblieben. Schweigend sah er zu, als sie niederkniete und sie herauszog. Es waren zwei Militärkisten; früher hatten sie Gewehre enthalten. Amy stand jetzt hinter Peter und beobachtete Lacey neugierig.

»Helft mir, sie in die Küche zu tragen«, sagte Lacey.

Wie viele Jahre lang hatte sie sich diesen Augenblick ausgemalt! Sie stellten sie neben dem Tisch auf den Boden. Wieder ging Lacey in die Knie und öffnete die Schließen an der ersten Kiste, die sie für Amy aufbewahrt hatte. Darin lag Amys kleiner Rucksack, den sie im Kloster getragen hatte. Die *PowerPuff Girls*.

»Das ist deiner«, sagte sie und legte ihn auf den Tisch.

Einen Moment lang schaute das Mädchen ihn nur an. Dann zog sie bedächtig und sorgfältig den Reißverschluss auf und nahm die Sachen heraus, die darin waren. Eine Zahnbürste. Ein

kleines T-Shirt, formlos vom Alter, mit der Aufschrift »Frechdachs« in glitzernden Pailletten. Eine verschlissene Jeans. Und ganz unten war ein ausgestopfter Hase aus braunem Baumwollsamt, der eine hellblaue Jacke trug. Der Stoff war brüchig; ein Ohr war ganz zerbröselt, und nur eine Drahtschlaufe ragte aus dem Kopf.

»Schwester Claire hat dir das T-Shirt gekauft«, sagte Lacey. »Ich glaube, Schwester Arnette hat es nicht gefallen.«

Amy hatte die anderen Sachen auf dem Tisch beiseitegeschoben. Sie hielt den Hasen in den Händen und schaute ihm ins Gesicht.

»Deine Schwestern«, sagte sie, und sie hob den Kopf und sah Lacey an. »Waren aber keine ... *richtigen* Schwestern.«

Lacey setzte sich vor ihr auf einen Stuhl. »Ganz recht, Amy. Das habe ich zu dir gesagt. Wir sind Schwestern in den Augen Gottes.«

Amy senkte den Kopf wieder und strich mit dem Daumen über das Fell des Hasen.

»Er hat ihn mir gebracht. Ins Krankenzimmer. Ich erinnere mich an seine Stimme. Wie er mir sagte, ich solle aufwachen. Aber ich konnte ihm nicht antworten.«

Lacey spürte Peters Blick. Er beobachtete sie aufmerksam. »Wer hat das gesagt, Amy?«

»Wolgast.« Ihre Stimme kam aus weiter Ferne. Sie hatte sich in der Vergangenheit verloren. »Er hat mir von Eva erzählt.«

»Eva?«

»Sie ist gestorben. Er hätte sein Herz für sie gegeben.« Das Mädchen sah Lacey blinzelnd an. »Du warst auch da. Ich erinnere mich jetzt.«

»Ja. Ich war da.«

»Und noch ein Mann.«

Lacey nickte. »Agent Doyle.«

Tiefe Falten erschienen auf Amys Stirn. »Ich mochte ihn nicht. Er dachte, ich mag ihn, doch das stimmte nicht.« Sie schloss die Augen und erinnerte sich. »Wir waren im Auto. Wir waren im

Auto, aber dann haben wir angehalten.« Sie öffnete die Augen. »Du hast geblutet. Warum hast du geblutet?«

Lacey hatte es fast vergessen. Nach allem anderen erschien ihr dieser Teil der Geschichte so unbedeutend. »Ehrlich gesagt, ich weiß es nicht. Aber ich glaube, einer der Soldaten muss auf mich geschossen haben.«

»Du bist ausgestiegen. Warum?«

»Um auf dich zu warten, Amy«, sagte Lacey. »Damit jemand hier wäre, wenn du zurückkämst.«

Wieder wurde es still. Die Finger des Mädchens betasteten den Hasen wie einen Talisman.

»Sie sind so traurig. Sie haben so furchtbare Träume. Ich höre sie dauernd.«

»Was hörst du, Amy?«

»*Wer bin ich, wer bin ich, wer bin ich?* Sie fragen und fragen und fragen, aber ich kann es ihnen nicht sagen.«

Lacey umfasste Amys Kinn und hob ihr Gesicht. In ihren Augen glänzten die Tränen. »Du wirst es können. Wenn die Zeit dazu gekommen ist.«

»Sie sterben, Lacey. Sie sterben und wollen wissen, wer sie sind. Warum können sie nicht damit aufhören, Lacey?«

»Ich glaube, sie warten auf dich, Amy. Damit du ihnen den Weg zeigst.«

Lange blieben sie so sitzen. Dort, wo Laceys Geist mit Amys zusammentraf, spürte sie die Trauer und die Einsamkeit des Mädchens, aber mehr noch: Sie fühlte ihren Mut.

Schließlich drehte Lacey sich zu Peter um. Er liebte Amy nicht – nicht, wie Wolgast es getan hatte. Sie sah, dass da noch jemand war, jemand, den Peter zurückgelassen hatte. Aber er war trotzdem dem Funksignal gefolgt. Er hatte es gehört und Amy zurückgebracht.

Sie beugte sich über die zweite Kiste auf dem Boden und öffnete sie. Darin lagen Stapel von braunen Umschlägen mit vergilbtem Papier. Nach so vielen Jahren rochen sie immer noch schwach

nach Rauch. Der Doktor hatte sie geborgen, zusammen mit Amys Rucksack, nachdem das Feuer durch die unterirdischen Ebenen des Chalets gerast war. *Jemand sollte es erfahren,* hatte er gesagt.

Sie nahm den obersten Umschlag heraus und legte ihn vor Peter auf den Tisch. Darauf stand:

EX ORD 13292 TS1 STRENG GEHEIM
VIA WOLGAST, BRADFORD J.
AUFNAHME-PROTOKOLL CT3
PROBAND 1 BABCOCK, GILES J.

»Es wird Zeit, dass du erfährst, wie diese Welt geschaffen wurde«, sagte Schwester Lacey. Und dann öffnete sie den Umschlag.

66

Zu fünft ritten sie durch den verblassenden Tag, mit Alicia an der Spitze. Die Spur der Vielen war eine breite Schneise der Zerstörung – zertrampelter Schnee, abgebrochene Äste, Dreck überall. Mit jedem Kilometer wurde sie dichter und breiter, als stießen immer mehr dieser Kreaturen zu dem Schwarm, der sie aus der Wildnis zu sich rief. Hier und da sah man einen Blutfleck im Schnee, wo irgendein Tier, ein Reh, ein Kaninchen oder ein Eichhörnchen, ein schnelles Ende gefunden hatte. Die Spuren waren weniger als zwölf Stunden alt. Irgendwo vor ihnen, im Schatten der Bäume, unter Felsvorsprüngen und vielleicht sogar unter dem Schnee, warteten sie und verdämmerten den Tag, ein riesiger Schwarm von Virals. Tausende.

Am Spätnachmittag mussten sie eine Entscheidung treffen: Sollten sie der Spur der Virals weiter folgen? Das wäre der kürzeste Weg auf den Berg, aber einer, der sie mitten in den Schwarm führen würde. Oder sollten sie nach Norden abbiegen, bis sie wieder auf den Fluss stießen, und sich von Westen her nähern?

Michael blieb im Sattel und sah zu, wie Alicia und Greer sich berieten. Hollis und Sara waren an seiner Seite. Ihre Gewehre lagen quer über den Schenkeln, und ihre Parkas waren bis zum Kinn geschlossen. Die Luft war bitterkalt. In der endlosen Stille klang

jedes Geräusch doppelt laut, und der Wind fegte wie ein statisches Rauschen über das gefrorene Land.

»Wir reiten nach Norden«, verkündete Alicia. »Augen überall.«

Es hatte keine Diskussionen über die Frage gegeben, wer mitkommen würde; die einzige Überraschung war Greer gewesen. Als die vier aufgestiegen waren, um loszureiten, war er auf seinem Pferd herangekommen und hatte sich ihnen ohne ein Wort der Erklärung angeschlossen. Das Kommando hatte er Eustace übergeben. Michael fragte sich, ob das bedeutete, dass Greer die Führung übernahm, aber kaum hatten sie den Höhenkamm hinter sich gelassen, hatte er sich an Alicia gewandt und nur gesagt: »Das hier ist Ihre Show, Lieutenant. Sind wir uns alle darüber im Klaren?« Alle hatten bejaht, und das war's gewesen.

So ritten sie weiter. Als der Abend dämmerte, hörte Michael die hellen Geräusche des Flusses vor ihnen. Sie kamen aus dem Wald an das südliche Ufer und wandten sich nach Osten, und dann folgten sie seinem Lauf durch die herabsinkende Dunkelheit. Sie ritten in einer Reihe hintereinander, Alicia an der Spitze und Greer als Letzter. Ab und zu stolperte eins der Pferde, oder Alicia hielt an und hob die Hand. Dann lauschte sie angestrengt und ließ den Blick am dunklen Waldsaum entlangwandern, bevor es weiterging. Seit Stunden hatte niemand mehr gesprochen. Die Nacht war mondlos.

Als schließlich ein heller Streifen über den Bergen heraufstieg, tat sich das Tal ringsherum auf. Im Osten sahen sie die Umrisse des Berges, und vor ihnen war eine Art Gerüst zu erkennen, eine düster brütende Silhouette, die sich beim Näherkommen als Brücke erwies. Sie spreizte sich auf Betonpfeilern quer über den vereisten Fluss. Alicia stieg ab und ging in die Hocke.

»Zwei Paar Fußspuren«, sagte sie und deutete mit ihrem Gewehr hinüber. »Sind über die Brücke gekommen, von der anderen Seite.«

Sie machten sich an den Aufstieg.

Wenig später fanden sie das Pferd. Mit einem knappen

Kopfnicken bestätigte Greer, dass es sein Wallach war, den Peter und Amy mitgenommen hatten. Alle stiegen ab und standen im Kreis um das tote Tier herum. Die aufgerissene Kehle glänzte hell, und der Körper lag steif und zusammengeschrumpft auf der Seite im Schnee. Irgendwie war es ihm gelungen, den Fluss zu überqueren; wahrscheinlich hatte es eine seichte Stelle gefunden. Sie sahen die Hufabdrücke, die es bei seinem letzten verzweifelten Galopp hinterlassen hatte.

Sara kniete nieder und berührte die Flanke des Pferdes.

»Er ist noch warm«, stellte sie fest.

Niemand sagte etwas. Bald würde der Morgen dämmern. Der Himmel im Osten wurde schon fahl.

67

Sie waren Verbrecher.

Als Peter die letzte Akte aus der Hand legte und sich die müden Augen rieb, war die Nacht fast vorbei. Amy war längst eingeschlafen; sie lag zusammengerollt im Bett unter einer Decke. Lacey hatte einen Stuhl aus der Küche geholt und sich zu ihr gesetzt. Ab und zu, beim Umblättern und wenn er aufstand, um eine Mappe in die Kiste zu legen und die nächste herauszunehmen, hörte er, wie Amy im Schlaf leise murmelte. So gut es ging, versuchte er, die Geschichte zusammenzufügen, Stück für Stück.

Als Amy zu Bett gegangen war, hatte Lacey noch eine Weile bei ihm am Tisch gesessen und ihm all das erklärt, was er sich nicht selbst zusammenreimen konnte. Die Akten waren dick und voller Informationen aus einer Welt, die er nicht kannte, die er nie gesehen und in der er nie gelebt hatte. Trotzdem hatte die Geschichte mit Laceys Hilfe im Laufe der Stunden allmählich Gestalt angenommen. Fotos waren auch da: erwachsene Männer mit aufgedunsenen, verlebten Gesichtern und glasigem, ziellosem Blick. Einige hielten eine beschriebene Tafel vor die Brust oder trugen sie wie eine Kette um den Hals. Strafjustizbehörde Texas, stand auf einer. Vollzugsbehörde Louisiana auf einer anderen. Kentucky und Florida und Wyoming und Delaware. Auf manchen Tafeln standen überhaupt keine Worte, sondern nur Zahlen, und einige der

Männer hatten gar keine Tafel. Es waren Schwarze, Weiße und Braune, Kräftige und Schmächtige, aber etwas in ihrem dumpf resignierten Blick ließ sie alle gleich aussehen. Er las:

Proband 12, Carter, Anthony L., geb. 12. September 1985 in Baytown, TX. Zum Tode verurteilt wegen Mordes, Harris County, TX, 2013.

Proband 11, Reinhardt, William J., geb. 9. April 1987 in Jefferson City, MO. Zum Tode verurteilt wegen dreifachen Mordes und Vergewaltigung, Miami Dade County, FL, 2012.

Proband 10, Martinez, Julio A., geb. 3. Mai 1991 in El Paso, TX. Zum Tode verurteilt wegen Mordes an einem Hilfspolizisten, Laramie County, WY, 2011.

Proband 9, Lambright, Horace D., geb. 19. Oktober 1992 in Oglala, SD. Zum Tode verurteilt wegen zweifachen Mordes und Vergewaltigung, Maricopa County, AZ, 2014.

Proband 8, Echols, Martin S., geb. 15. Juni 1985 in Everett, WA. Zum Tode verurteilt wegen Mordes und bewaffneten Raubes, Cameron Parish, LA, 2012.

Proband 7, Sosa, Rupert I., geb. 22. August 1989 in Tulsa, OK. Zum Tode verurteilt wegen vorsätzlicher, auf sittlich niedrigster Stufe stehender Tötung im Straßenverkehr, Lake County, IN, 2009.

Proband 6, Winston, David D., geb. 1. April 1994 in Bloomington, MN. Zum Tode verurteilt wegen Mordes sowie Vergewaltigung in drei Fällen, Newcastle County, DE, 2014.

Proband 5, Turrell, Thaddeus R., geb. 26. Dezember 1990 in New Orleans, LA. Zum Tode verurteilt wegen Mordes an einem Beamten des Heimatschutzministeriums, New Orleans Federal Housing District, 2014.

Proband 4, Baffes, John T., geb. 12. Februar 1992 in Orlando, FL. Zum Tode verurteilt wegen Mordes sowie wegen vorsätzlichen, auf sittlich niedrigster Stufe stehenden Totschlags, Pasco County, FL, 2010.

Proband 3, Chávez, Victor Y., geb. 5. Juli 1995 in Niagara Falls, NY. Zum Tode verurteilt wegen Mordes sowie wegen Vergewaltigung von Minderjährigen in drei Fällen, Elko County, NV, 2012.

Proband 2, Morrion, Joseph P., geb. 9. Januar 1992 in Black Creek, KY. Zum Tode verurteilt wegen Mordes, Lewis County, KT, 2013.

Und schließlich:

Proband 1, Babcock, Giles J., geb. 29. Oktober 1994 in Desert Wells, NV. Zum Tode verurteilt wegen Mordes, Nye County, NV, 2013.

Babcock, dachte Peter. Desert Wells.

Sie gehen immer nach Hause.

Amys Akte war dünner als die anderen. **Proband 13, Amy, Nachname unbekannt,** stand auf dem Etikett. **Konvent der Barmherzigen Schwestern, Memphis, Tn.** Größe, Gewicht, Haarfarbe und eine Zahlenreihe, bei der es sich vermutlich um medizinische Daten handelte, wie Michael sie auf dem Chip in ihrem Nacken gefunden hatte. Das Foto eines kleinen Mädchens war an das Blatt geheftet. Das Kind war höchstens sechs Jahre alt, genau wie Michael es gesagt hatte. Sie schien nur aus Knien und Ellenbogen

zu bestehen, wie sie da auf einem Holzstuhl saß, das Gesicht umrahmt von dunklem Haar. Peter hatte noch nie ein Foto von jemandem gesehen, den er leibhaftig kannte, und einen Moment lang hatte er Mühe zu begreifen, dass dieses Bild dieselbe Person zeigte, die nebenan schlief. Aber es gab keinen Zweifel: Ihre Augen waren Amys Augen. *Siehst du?*, schien ihr Blick zu sagen. *Was dachtest du, wer ich bin?*

Als Nächstes kam die Akte über Wolgast, Bradford J. Ein Foto war nicht dabei, aber ein Rostfleck am oberen Rand der Seite markierte die Stelle, wo eins angeheftet gewesen war. Trotzdem konnte Peter sich ein Bild von diesem Mann machen, der – wenn es stimmte, was Lacey erzählte – jeden der Zwölf und außerdem Amy auf das Gelände gebracht hatte. Ein großer Mann mit einer guten Figur, tiefliegenden Augen und grau meliertem Haar und mit großen Händen, die zum Arbeiten taugten. Ein sanftes, aber bekümmertes Gesicht; etwas brodelte da unter der Oberfläche, das sich nur mühsam beherrschen ließ. Aus der Akte ging hervor, dass Wolgast verheiratet gewesen war und eine Tochter gehabt hatte; ihr Name war Eva, und sie war »verstorben«. Peter fragte sich, ob das der Grund war, weshalb er sich am Ende dafür entschieden hatte, Amy zu helfen. Sein Instinkt sagte ihm, dass es so war.

Aber aus der letzten Akte erfuhr er am meisten. Sie enthielt den Bericht eines gewissen Cole an einen Colonel Sykes, U.S. Army Division of Special Weapons, und dabei ging es um die Arbeit eines Dr. Jonas Lear und um etwas, das »Projekt NOAH« genannt wurde. Ein zweites Dokument, das fünf Jahre später aufgesetzt worden war, enthielt den Befehl zur Verlegung von zwölf Testpersonen von Telluride, Colorado, nach White Sands, New Mexico, zum Zweck der »Erprobung im Kampfeinsatz«. Peter brauchte eine Weile, um das Puzzle zusammenzufügen. Was ein »Kampfeinsatz« war, wusste er.

All die Jahre, dachte er, hatten sie darauf gewartet, dass die Army ihnen zu Hilfe käme, und dabei war die Army an allem schuld.

Als er die letzte Akte weglegte, hörte er, wie Lacey aufstand. Sie kam durch den Vorhang und blieb stehen.

»So. Du hast es gelesen.«

Plötzlich überkam ihn große Erschöpfung. Lacey fachte das Feuer an und setzte sich zu ihm an den Tisch. Er zeigte auf die Papierstapel auf dem Tisch.

»Er hat das wirklich getan? Der Doktor?«

»Ja.« Sie nickte. »Es gab noch andere, aber – ja.«

»Hat er jemals gesagt, *warum*?«

Das trockene Holz hinter ihr flammte mit einem leisen dumpfen Fauchen auf, und flackerndes Licht erfüllte die Küche. »Ich glaube, weil er es konnte. Das ist meistens der Grund für das, was die Leute tun. Er war kein schlechter Mensch, Peter. Und es war nicht ganz und gar seine Schuld, auch wenn er das glaubte. So oft habe ich ihn gefragt: Glaubst du, die Welt kann von den Menschen vernichtet werden? Aber ich habe ihn nie ganz überzeugen können, dass es nicht so ist.« Sie deutete mit dem Kopf auf die Akten. »Er hat sie für dich hinterlassen, weißt du.«

»Für mich? Wie konnte er sie für mich hinterlassen?«

»Für den, der zurückkäme, wer immer es sein würde. Damit sie wissen, was hier passiert ist.«

Peter saß schweigend da. Er wusste nicht genau, was er sagen sollte. In einem hatte Alicia recht gehabt. Sein Leben lang, seit er aus der Zuflucht gekommen war, hatte er sich gefragt, warum die Welt so war, wie sie war. Aber jetzt hatte er die Wahrheit erfahren, und es änderte nichts.

Amys Stoffhase lag immer noch auf dem Tisch. Er nahm ihn in die Hand. »Glaubst du, sie erinnert sich daran?«

»Was sie mit ihr gemacht haben? Ich weiß es nicht. Vielleicht.«

»Nein, ich meine an die Zeit davor. Als sie ein Mensch war.«

»Ich glaube, sie war immer ein Mensch.«

Er wartete darauf, dass Lacey mehr sagte. Als sie es nicht tat, legte er das Kaninchen zur Seite.

»Wie ist das, wenn man ewig lebt?«

Sie lachte plötzlich. »Ich glaube nicht, dass ich ewig leben werde.«

»Aber er hat dich mit dem Virus infiziert. Du bist wie sie. Wie Amy.«

»Niemand ist wie Amy, Peter.« Sie zuckte die Achseln. »Aber wenn du wissen willst, wie es in all den Jahren seit Jonas' Tod für mich war, dann kann ich dir sagen, es war sehr einsam. Ich bin überrascht, *wie* einsam.«

»Du vermisst ihn, nicht wahr?«

Sofort bereute er seine Worte. Trauer zog über ihr Gesicht wie der Schatten eines Vogels über einem Feld.

»Entschuldige, ich wollte nicht …«

Sie schüttelte den Kopf. »Nein, es ist ganz in Ordnung, dass du fragst. Es ist nur schwer, nach so langer Zeit über ihn zu reden. Aber die Antwort ist: Ja, ich vermisse ihn. Ich möchte meinen, es ist wunderbar, so vermisst zu werden.«

Eine Zeitlang saßen sie schweigend im Schein des Feuers. Peter fragte sich, ob Alicia an ihn dachte und wo sie jetzt wohl war. Würde er sie und die anderen jemals wiedersehen?

»Ich weiß nicht … was ich tun soll, Lacey«, sagte er schließlich. »Ich weiß nicht, was ich mit alldem anfangen soll.«

»Du hast den Weg hierher gefunden. Das ist doch schon etwas. Das ist ein Anfang.«

»Aber was ist mit Amy?«

»Was soll mit ihr sein, Peter?«

Er wusste nicht genau, wonach er da fragte. Was er schlicht und einfach wissen wollte, war dies: Was war mit Amy?

»Ich dachte …« Er brach wieder ab und schaute hinüber zu dem Zimmer, in dem Amy schlief. »Hör zu. Ich weiß nicht, was ich dachte.«

»Dass du sie alle besiegen könntest, Peter? Dass du die Antwort hier finden würdest?«

Er nickte. »Ja. Ich wusste bis eben nicht mal, dass ich es dachte. Aber – ja, das stimmt.«

Eine ganze Weile betrachtete sie ihn nachdenklich. Er fragte sich, ob er langsam verrückt wurde. Wahrscheinlich. »Sag mir, Peter, kennst du die Geschichte von Noah?«, fragte sie dann. »Ich meine nicht das Projekt NOAH. Ich meine den Mann.«

Er kannte den Namen nicht. »Nein, ich glaube nicht.«

»Es ist eine alte Geschichte. Eine wahre Geschichte. Ich glaube, sie wird dir ein wenig helfen.« Lacey richtete sich auf, und ihr Blick wurde lebhaft. »Also. Einem Mann namens Noah wurde von Gott aufgetragen, ein Schiff zu bauen, ein großes Schiff. Das war vor langer Zeit. Warum soll ich ein Schiff bauen?, fragte Noah. Die Sonne scheint, ich habe was anderes zu tun. Weil diese Welt böse geworden ist, sagte Gott zu ihm, und weil ich die Absicht habe, eine große Flut zu schicken, um sie zu vernichten und alles, was darin lebt, zu ertränken. Aber du, Noah, bist ein rechtschaffener Mann unter den Deinen, und ich will dich und deine Familie retten, wenn du tust, was ich dir befehle, und dieses Schiff baust für dich und deine Familie und für alle Tiere, zwei von jeder Art. Und weißt du, was Noah tat, Peter?«

»Er baute das Schiff?«

Sie machte große Augen. »Natürlich baute er es! Aber nicht sofort. Und siehst du, das ist das Interessante an der Geschichte. Wenn Noah einfach getan hätte, was Gott ihm befahl, würde die Geschichte nichts bedeuten. Nein. Er hatte Angst, die Leute könnten sich über ihn lustig machen. Er hatte Angst, er würde das Schiff bauen, und die Flut würde nicht kommen, und dann würde er dastehen wie ein Idiot. Gott wollte ihn auf die Probe stellen, weißt du, er wollte sehen, ob es jemanden gab, für den es sich lohnte, die Welt zu retten. Er wollte sehen, ob Noah dieser Aufgabe gewachsen war. Und das war er am Ende. Er baute das Schiff, der Himmel tat sich auf, und die Welt wurde weggeschwemmt. Lange trieben Noah und seine Familie auf dem Wasser herum, und es sah aus, als wären sie vergessen worden, als hätte man ihnen einen schrecklichen Streich gespielt. Aber als viele Tage vergangen waren, dachte Gott an Noah und schickte ihm eine Taube, die ihn zum trockenen

Land führte, und die Welt wurde wiedergeboren.« Voller Genugtuung klatschte sie leise in die Hände. »So. Verstehst du?«

Er verstand gar nichts. Die Geschichte erinnerte ihn an die Fabeln, die die Lehrerin ihnen vorgelesen hatte, wenn sie im Kreis gesessen hatten, Geschichten von sprechenden Tieren, die am Ende immer eine Lehre enthielten. Nett anzuhören und vielleicht auch nicht falsch, aber letzten Endes zu einfach. Etwas für Kinder.

»Du glaubst mir nicht? Das macht nichts. Eines Tages wirst du es tun.«

»Es ist nicht so, dass ich dir nicht glaube«, stammelte Peter. »Entschuldige. Aber es ist … es ist letztlich nur eine Geschichte.«

»Vielleicht. Und vielleicht wird man eines Tages mit genau den gleichen Worten von dir erzählen, Peter. Was sagst du dazu?«

Er wusste es nicht. Es war spät – oder früh; die Nacht war fast vorbei. Trotz allem, was er erfahren hatte, war er ratloser als am Anfang.

»Nur mal angenommen«, sagte er, »wenn ich Noah sein soll, wer ist dann Amy?«

Lacey sah ihn ungläubig an. Es sah aus, als wollte sie lachen. »Peter, ich muss mich über dich wundern. Aber vielleicht habe ich es auch nicht richtig erzählt.«

»Nein, du hast nichts falsch gemacht«, versicherte er ihr. »Ich weiß es einfach nicht.«

Sie beugte sich vor und lächelte wieder – lächelte auf ihre seltsame, traurige, tiefgläubige Art.

»Das Schiff, Peter«, sagte Lacey. »Amy ist das Schiff.«

Peter versuchte immer noch, sich einen Reim auf diese geheimnisvolle Antwort zu machen, als Lacey aufschreckte. Sie runzelte die Stirn, und ihr Blick huschte hin und her.

»Lacey, was ist?«

Doch sie schien ihn nicht gehört zu haben. Entschlossen stand sie auf.

»Ich fürchte, ich habe zu lange geredet. Bald ist es hell. Geh sie jetzt wecken und pack deine Sachen zusammen.«

Er war verdutzt; seine Gedanken schwammen immer noch in den seltsamen Strömungen der Nacht. »Wir gehen weg?«

Er erhob sich und sah Amy am Vorhang stehen. Ihr dunkles Haar war verwuschelt. Was immer Lacey aufgestört hatte, hatte auch sie geweckt. Aus Amys Gesicht sprach eine plötzliche Dringlichkeit.

»Lacey …«, sagte sie.

»Ich weiß. Er wird versuchen, vor Tagesanbruch hier zu sein.« Lacey zog ihren Mantel an und warf Peter einen drängenden Blick zu. »Beeil dich.«

Der Friede der Nacht war plötzlich vorbei, und an seine Stelle war ein Krisengefühl getreten, das er noch nicht ganz erfassen konnte. »Lacey, von wem redest du? Wer kommt denn?«

Aber dann sah er Amy an und wusste Bescheid.

Babcock.

Babcock kam.

»Schnell, Peter.«

»Lacey, du verstehst das nicht.« Er fühlte sich schwerelos und wie betäubt. Womit sollte er kämpfen? Er hatte nicht einmal ein Messer. »Wir sind völlig unbewaffnet. Ich habe gesehen, wozu er fähig ist.«

»Es gibt Waffen, die mächtiger sind als Gewehre und Messer«, sagte die Frau. In ihrem Blick lag keine Angst, nur Zielstrebigkeit. »Es wird Zeit, dass du es siehst.«

»Dass ich *was* sehe?«

»Das, was du hier gesucht hast«, sagte Lacey. »Den Weg der Erlösung.«

68

Peter lief durch die Finsternis: Lacey führte sie weg vom Haus und in den Wald. Ein kalter Wind wehte zwischen den Bäumen hindurch, ein gespenstisches Seufzen. Eine Mondsichel war aufgegangen und übergoss die Umgebung mit schaurigem Licht. Die Schatten um ihn herum taumelten und schwankten. Sie hatten einen Höhenkamm erstiegen, und jetzt ging es bergab. Der Schnee war tief hier, zu Wehen aufgehäuft und von Harsch überkrustet. Sie waren an der Südflanke des Berges. Peter hörte den Fluss im Tal.

Er fühlte es, bevor er es sah: Eine endlose Weite öffnete sich vor ihnen, und der Berg fiel steil ab. Reflexhaft streckte er die Hand nach Amy aus, doch sie war nicht mehr da. Der Abgrund konnte überall sein. Ein falscher Schritt, und die Dunkelheit würde ihn verschlucken.

»Hier entlang«, rief Lacey vor ihm. »Schnell, schnell.«

Er folgte ihrer Stimme. Was er für einen senkrechten Abgrund gehalten hatte, war in Wirklichkeit ein felsiger Steilhang, unwegsam, aber gangbar. Amy war auf dem Serpentinenpfad vorausgelaufen. Er atmete die eisige Luft tief ein, kämpfte seine Angst nieder und folgte ihr.

Der Pfad wurde schmaler und zog sich quer über die Bergflanke. Links von ihm war blanker Fels, der im Mondlicht vor Eis glänzte. Rechts war Abgrund, ein schwarzes Nichts. Bloßes Hinschauen

konnte einen in die Tiefe reißen. Peter hielt den Blick geradeaus gerichtet. Die beiden Frauen vor ihm bewegten sich schnell voran, zwei schattenhafte Gestalten am Ende seines Gesichtsfelds. Wo brachte Lacey sie hin? Was war das für eine Waffe, von der sie gesprochen hatte? Wieder hörte er tief unten die Stimme des Flusses. Die Sterne funkelten hart und rein wie Eissplitter über seinem Gesicht.

Hinter einer Wegbiegung blieb er stehen. Lacey und Amy standen vor einer großen röhrenartigen Öffnung in der Bergflanke. Das Loch war so hoch wie er, ein schwarzer Schlund von undurchdringlicher Tiefe.

»Hier hinein«, sagte Lacey.

Zwei Schritte, drei Schritte, vier, und die Dunkelheit umschloss ihn. Lacey führte sie in den Berg hinein. Peter dachte an die Schachtel Streichhölzer in seiner Tasche. Er blieb stehen und versuchte, eins anzureißen. Seine vor Kälte gefühllosen Finger waren ungeschickt, und als die Flamme aufstrahlte, blies der wirbelnde Luftzug sie gleich wieder aus.

Von vorn kam Laceys Stimme. »Beeil dich, Peter.«

Zoll für Zoll schob er sich voran, und jeder Schritt war ein Akt des Vertrauens. Dann spürte er den festen Druck einer Hand auf seinem Arm. Amy.

»Halt.«

Er konnte nicht das Geringste sehen. Trotz der Kälte hatte er unter seinem Parka angefangen zu schwitzen. Wo war Lacey? Er hatte sich umgedreht und suchte nach der Eingangsöffnung, um sich zu orientieren, als hinter ihm Metall kreischte. Er hörte, wie eine Tür sich öffnete.

Es wurde gleißend hell.

Sie befanden sich in einem langen Gang, der in den Berg gehauen war. An den Wänden zogen sich Rohrleitungen und metallene Kabel entlang. Lacey stand vor einem Hauptschalter an der Wand neben dem Eingang. Hoch über ihnen summten Reihen von Leuchtstoffröhren.

»Hier gibt es Strom?«

»Akkus. Der Doktor hat mir gezeigt, wie sie funktionieren.«

»Kein Akku kann so lange halten.«

»Die hier sind … anders.«

Lacey schloss die schwere Tür hinter ihnen.

»Er nannte es Ebene fünf. Ich zeige es euch. Bitte kommt.«

Der Gang führte zu einem größeren Raum. Lacey tastete an der Wand entlang nach dem Lichtschalter. Durch die Sohlen seiner nassen Stiefel spürte Peter ein Summen, ein unverkennbar mechanisches Vibrieren.

Die Leuchtstoffröhren summten und erwachten flackernd zum Leben.

Der Raum sah aus wie eine Art Krankenrevier. Ein Hauch von Verlassenheit lag über allem – über der fahrbaren Trage und der lang gestreckten hohen Theke mit den staubigen Gerätschaften, mit Bunsenbrennern, Bechergläsern, altersblinden Chromschalen und einem Tablett mit Injektionsspritzen, noch in ihrer Plastikverpackung. Auf einem langen rostfleckigen Stoffstreifen lag eine Reihe von stählernen Sonden und Skalpellen. Am hinteren Ende des Raums, in einem Nest aus Kabeln, stand etwas, das aussah wie ein Stromspeicher.

Wenn ihr sie gefunden habt, bringt sie her.

Hierher, dachte Peter. Nicht bloß auf den Berg, sondern hierher. In diesen Raum.

Was war hier?

Lacey war zu einem Stahlkasten gegangen; er sah aus wie ein Schrank und war an die Wand geschraubt. An der Vorderseite war ein Griff und daneben ein Tastenfeld. Er sah zu, wie die Frau eine lange Zahlenreihe eingab. Dann drehte sie den Griff, und man hörte, wie ein Getriebe ineinandergriff.

Zuerst dachte er, der Schrank sei leer. Dann sah er einen einzelnen Gegenstand im untersten Fach. Eine Kassette aus Metall. Lacey nahm sie heraus und gab sie ihm.

Die Kassette war klein genug, um sie in einer Hand zu halten,

und sie war überraschend leicht. Er sah nirgends eine Nahtstelle, aber da war ein Riegel und daneben ein kleiner Knopf, auf den sein Daumen passte. Peter drückte darauf, und sofort sprang die Kassette auf und teilte sich in zwei absolut identische Hälften. In einem Schaumstoffbett lagen winzige Glasampullen in zwei Reihen. Sie enthielten eine grün schimmernde Flüssigkeit. Peter zählte elf. Die zwölfte Mulde im Schaumstoff war leer.

»Das ist das letzte Virus«, sagte Lacey. »Das, das er Amy gegeben hat. Er hat es aus ihrem Blut gemacht.«

Er suchte in ihrem Gesicht nach einer Erklärung. Aber er kannte die Wahrheit bereits, und mehr als das: Er spürte, dass es so sein musste.

»Das leere Fach. Das war deins, nicht wahr? Die Ampulle, die Lear dir gegeben hat?«

Lacey nickte. »Ich glaube, ja.«

Er klappte die Kassette zu. Der Deckel schloss sich mit solidem Klicken. Er streifte seinen Rucksack ab, zog eine Wolldecke heraus und wickelte die Kassette darin ein. Dann nahm er eine Handvoll der verpackten Spritzen von der Theke, und beides schob er in den Rucksack. Am besten wäre es, gleich bei Tagesanbruch vom Berg hinunterzusteigen. Wie es dann weitergehen sollte, wusste er nicht. Er sah Amy an.

»Wie viel Zeit haben wir noch?«

Sie schüttelte den Kopf: Nicht mehr viel. »Er ist bereits ganz nah.«

»Kann er durch diese Tür da kommen, Lacey?«

Die Frau antwortete nicht.

»Lacey?«

»Ich hoffe sehr, dass er es tun wird«, sagte sie.

Sie waren jetzt auf freiem Feld, hoch über dem Fluss. Peters und Amys Spuren waren verschwunden. Der Schnee hatte sie verweht. Alicia war vorausgeritten. Inzwischen sollte eigentlich der Morgen dämmern, dachte Michael. Aber das dunkle Grau, dem sie jetzt

scheinbar schon seit Stunden entgegenritten, wurde nur ganz zögerlich heller.

»Wo zum Teufel sind sie denn nun?«, fragte Hollis.

Michael wusste nicht, ob er Peter und Amy oder die Virals meinte. Ihm wurde immer klarer, dass sie alle hier oben sterben würden, dass keiner von ihnen diesen eisigen, öden Ort jemals wieder verlassen würde. Sara und Greer waren schweigsam; wahrscheinlich dachten sie das Gleiche wie er, aber wer weiß, vielleicht war es ihnen auch nur zu kalt zum Reden. Seine eigenen Hände waren so steifgefroren, dass er sein Gewehr vermutlich nicht mehr würde abfeuern, geschweige denn nachladen können. Er wollte einen Schluck aus seiner Flasche trinken. Aber das Wasser war gefroren.

Aus der Dunkelheit kam der Hufschlag von Alicias Pferd. Sie kam im Trab zurückgeritten und hielt vor ihnen an.

»Spuren«, sagte sie und deutete mit einer knappen Kopfbewegung hinter sich. »Da ist eine Lücke im Zaun.«

Sie riss ihr Pferd herum, ohne auf die anderen zu warten, und galoppierte in die Richtung zurück, aus der sie gekommen war. Greer folgte ihr wortlos, und die anderen bildeten die Nachhut. Alicia ritt immer schneller durch den Schnee. Michael stieß seinem Pferd die Fersen in die Flanken und trieb es voran. Sara war an seiner Seite, tief über den Hals ihres Pferdes gebeugt, um den vorbeistreifenden Ästen zu entgehen.

Etwas bewegte sich über ihnen in den Bäumen.

Michael hob den Kopf, und im selben Augenblick hörte er hinter sich einen Schuss, und ein heftiger Schlag traf ihn in den Rücken, trieb ihm die Luft aus der Lunge und katapultierte ihn über den Hals seines Pferdes. Das Gewehr schnellte ihm wie eine Peitsche aus der Hand. Einen winzigen Augenblick lang schwebte er schmerzlos über der Erde, und im Hinterkopf registrierte er diese erstaunliche Tatsache, aber der Augenblick währte nicht lange. Er landete hart auf dem Rücken im Schnee, und sofort gab es andere Dinge, an die er zu denken hatte. Er sah, dass er geradewegs in der Bahn seines galoppierenden Pferdes lag, rollte sich zur Seite und

bedeckte den Kopf mit den Händen, als könnte ihn das schützen. Er fühlte den reißenden Luftstrom, als das panische Tier über ihn hinwegflog, der Boden bebte unter den Hufen, und einer verfehlte sein Ohr nur um eine Handbreit.

Dann war es weg. Alles war weg.

Michael sah den Viral, als er sich aufrichtete. Vermutlich war es derselbe, der ihn vom Pferd geschleudert hatte. Die Kreatur hockte ein paar Meter weiter auf den Hinterbacken wie ein Frosch. Seine Unterarme waren im Schnee vergraben, und das grünliche Licht der Biolumineszenz schimmerte hindurch, als säße das Wesen halb untergetaucht in einem Tümpel mit blaugrünem Wasser. Schnee klebte wie glitzernder Staub an seiner Brust und seinen Armen, und dünne Rinnsale liefen ihm über sein Gesicht. Michael begriff, dass er Schüsse hörte, deren Echo verstreut über die Anhöhe wehte, und dazwischen Stimmen, die seinen Namen riefen. Es klang wie ein Lied, aber all diese Geräusche konnten ebenso gut Signale von einem fernen Stern sein. Genau wie die endlose Dunkelheit um ihn herum – auch sie war aus seinem Bewusstsein verschwunden, hatte sich zerstreut wie die Moleküle einer expandierenden Gaswolke – betrafen sie scheinbar eine ganz andere Person. Der Viral hatte jetzt angefangen zu schnalzen und die Kiefermuskeln spielen zu lassen. Er kippte den Kopf zur Seite und schnappte einmal scheinbar träge mit den Zähnen, als hätte er es nicht eilig – als hätten sie beide alle Zeit der Welt. Und in diesem Augenblick begriff Michael, dass der Ort, an dem er seine Angst aufbewahrte, leer war. Er, Michael der Akku, hatte keine Angst. Was er empfand, war eher Wut, ein riesiger müder Zorn, wie er ihn vielleicht einer Fliege entgegengebracht hätte, die allzu lange um sein Gesicht herumgesummt war. Verdammt, dachte er, während seine Hand zu der Scheide an seinem Gürtel wanderte. Ich habe diese Biester so satt. Vielleicht gibt es vierzig Millionen von euch, vielleicht auch nicht. In zwei Sekunden gibt es auf jeden Fall einen weniger.

Als Michael sich erhob, flog der Viral ihm entgegen. Er breitete Arme und Beine aus wie die Finger einer gespreizten Hand, und

Michael hatte gerade noch Zeit, das Messer vor sich auszustrecken, bevor er reflexhaft die Augen zukniff. Er spürte den Biss des Stahls, und dann prallte der Viral gegen ihn, warf ihn auf den Rücken und knickte über ihn hinweg.

Michael rollte sich herum und sah, dass der Viral mit dem Gesicht nach oben im Schnee lag. Das Messer steckte in seiner Brust, und seine Arme und Beine griffen mit paddelnden Bewegungen in die Luft. Zwei Gestalten standen daneben: Peter und Amy. Wo kamen sie her? Amy hatte ein Gewehr in der Hand – Michaels Gewehr. Es war voller Schnee. Die Kreatur zu ihren Füßen gab ein Geräusch von sich, ein Seufzen oder ein Stöhnen. Amy drückte den Gewehrkolben an die Schulter, senkte den Lauf und schob ihn in den offenen Mund des Virals.

»Es tut mir leid«, sagte sie und drückte ab.

Michael stand auf. Der Viral rührte sich nicht mehr; seine Todeszuckungen hatten aufgehört. Ein breiter Fächer von Blutspritzern lag auf dem Schnee. Amy reichte Peter das Gewehr.

»Nimm.«

»Alles okay?«, fragte Peter ihn.

Erst jetzt merkte Michael, dass er zitterte. Er nickte.

»Dann komm.«

Wieder fielen Schüsse hinter dem Höhenkamm. Sie rannten los.

Es war nicht fair, was sie getan hatte, das wusste Lacey – dass sie Peter und Amy in dem Glauben gelassen hatte, sie werde mit ihnen gehen. Sie hatte den Zeitzünder der Bombe aktiviert, die beiden an die Tür zu dem Tunnel nach draußen geführt und sie angewiesen, auf der anderen Seite stehen zu bleiben. Dann hatte sie die Tür vor ihren Augen zugezogen und die Riegel vorgeschoben.

Sie hörte, wie die beiden dagegenhämmerten. Sie hörte Amys Stimme; ein letztes Mal hallte sie in ihrem Kopf wider.

Lacey, Lacey, geh nicht weg!

Lauft jetzt. Er wird jeden Augenblick hier sein.

Lacey, bitte!

Du musst ihnen helfen. Sie werden Angst haben. Sie werden nicht verstehen, was passiert. Hilf ihnen, Amy.

Alles, was hier passiert war, hier auf diesem Berg, musste ausgelöscht werden, wie Gott die Erde ausgelöscht hatte in den Tagen Noahs, damit das große Schiff davonsegeln und die Welt neu erschaffen konnte.

Und Lacey würde Sein Wasser sein.

Ein so furchtbares Ding, diese Bombe. Sie war klein, hatte Jonas erklärt, nur eine halbe Kilotonne – groß genug, um das Chalet und all seine unterirdischen Ebenen zu zerstören und alle Spuren dessen, was sie getan hatten, zu verwischen, aber nicht so groß, dass irgendein Satellit sie hätte registrieren können. Eine Sicherheitsmaßnahme für den Fall, dass die Virals jemals ausgebrochen wären. Doch dann war in den oberen Ebenen der Strom ausgefallen, und Sykes war weg oder tot gewesen. Jonas hätte die Bombe auch selbst zünden können, hatte dies allerdings nicht über sich gebracht, nicht solange Amy hier war.

Peter und Amy hatten zugeschaut, als Lacey davor niedergekniet war: vor dem kleinen kofferförmigen Kasten mit der stumpfen Oberfläche aller militärischen Gegenstände. Jonas hatte ihr die einzelnen Schritte gezeigt. Sie drückte auf eine kleine Einkerbung an der Seite, und eine Klappe senkte sich herab. Dahinter waren eine Tastatur und ein kleiner Monitor, groß genug für eine einzelne Textzeile. Sie tippte:

ELIZABETH
Der Monitor leuchtete auf.
ZÜNDER AKTIVIEREN? J / N
Lacey drückte auf »J«.
ZEIT?
Sie überlegte kurz. Dann tippte sie »5«.
5:00 BESTAETIGEN? J / N
Wieder tippte sie »J«. Auf dem Monitor begann eine Uhr zu laufen.

4:59
4:58
4:57

Lacey schloss die Klappe und richtete sich auf.

»Schnell«, sagte sie zu den beiden und führte sie eilig durch den langen Gang. »Wir müssen jetzt raus.«

Und dann hatte sie sie ausgesperrt.

Lacey, bitte. Ich weiß nicht, was ich tun muss! Sag mir, was ich tun muss!

Du wirst es wissen, Amy, wenn es so weit ist. Du wirst wissen, was in dir ist. Du wirst wissen, wie du sie befreist, damit sie den Übergang hinter sich bringen und ihre letzte Reise antreten können.

Jetzt war sie allein. Ihre Arbeit war fast getan. Als sie sicher war, dass Peter und Amy weg waren, schob sie die Riegel zurück und öffnete die Tür weit.

Komm zu mir, dachte sie. Sie stand in der Tür, atmete tief durch, sie sammelte sich und sandte ihre Gedanken aus. *Komm zu dem Ort, wo du geschaffen wurdest.*

Lacey wartete. Fünf Minuten – nach so vielen Jahren erschien das wie nichts, und das war es ja auch.

Der Morgen dämmerte über dem Berg.

Zu dritt rannten sie auf die Schüsse zu. Sie überquerten einen Höhenkamm, und unter ihnen sah Michael ein Haus und die Pferde. Sara und Alicia standen vor der Tür und winkten.

Die Biester waren jetzt hinter ihnen, zwischen den Bäumen. Sie rannten den Hang hinunter und stürzten ins Haus. Greer und Hollis kamen durch einen Vorhang. Sie schleppten eine hohe Kommode.

»Sie sind gleich hinter uns«, sagte Michael.

Sie schoben die Kommode gegen die Tür. Eine hoffnungslose Geste, dachte Michael. Aber ein, zwei Sekunden würden sie damit vielleicht herausschinden können.

»Was ist mit den Fenstern?«, fragte Alicia. »Können wir die irgendwie sichern?«

Sie versuchten, den Schrank zu verschieben, doch er war zu schwer. »Vergesst das«, sagte Alicia. Sie zog eine Pistole aus dem Gürtel und drückte sie Michael in die Hand. »Greer, Sie und Hollis übernehmen das Fenster im Schlafzimmer. Alle anderen bleiben hier. Zwei an der Tür, einer an jedem Fenster, vorn und hinten. Akku, du bewachst den Kamin. Sie werden als Erstes die Pferde holen.«

Alle gingen in Position.

Aus dem Schlafzimmer schrie Hollis: »Da kommen sie!«

Etwas stimmt nicht, dachte Lacey. Sie müssten inzwischen hier sein. Sie konnte sie fühlen, überall ringsumher, sie spürte ihren Hunger im Kopf, ihren Hunger und die Frage.

Wer bin ich?

Wer bin ich?

Wer bin ich?

Sie trat in den Tunnel hinaus.

Komm zu mir, antwortete sie. *Komm zu mir. Komm zu mir.*

Schnell ging sie durch den dunklen Gang. Sie konnte die Öffnung schon sehen, einen Kreis, der langsam grau wurde. Das war die verlängerte Morgendämmerung am Berg; das erste richtige Sonnenlicht würde von Westen her einfallen, reflektiert von den Schnee- und Eisfeldern auf der anderen Seite des Tals.

Dann hatte sie die Tunnelmündung erreicht und trat ins Freie. Unter sich sah sie die Spuren und die Verwüstung, die die Virals bei ihrem Aufstieg am eisigen Hang hinterlassen hatten. Tausend mal tausend und mehr.

Sie waren vorbeigezogen.

Verzweiflung überkam sie. Wo bist du?, dachte sie, und dann rief sie es laut, und sie hörte die Wut im Echo ihrer Stimme über dem Tal. »Wo bist du?« Aber der Himmel schwieg.

Dann, inmitten der Stille, hörte sie es.

Ich bin hier.

Die Virals rannten gleichzeitig gegen Türen und Fenster an. Glas klirrte, und Holz splitterte mit wütendem Krachen. Peter, der sich mit der Schulter gegen die Kommode gestemmt hatte, wurde rückwärts gegen Amy gestoßen. Er hörte, wie Hollis und Greer aus dem Schlafzimmerfenster schossen. Alicia, Michael, Sara – alle feuerten hinaus.

»Zurück!«, schrie Alicia. »Die Tür gibt nach!«

Peter packte Amy beim Arm und zog sie ins Schlafzimmer. Hollis stand am Fenster, Greer saß neben dem Bett auf dem Boden und blutete aus einer tiefen Wunde am Kopf.

»Eine Glasscherbe!«, schrie er über das Dröhnen von Hollis' Schüssen hinweg. »Nur eine Glasscherbe!«

»Hollis, bleib an dem Fenster!«, rief Alicia. Sie ließ den leeren Clip zu Boden fallen, schob einen neuen in den Schaft und lud ihr Gewehr durch. Hier würden sie Widerstand leisten. »Alles bereit machen!«

Sie hörten, wie die Vordertür brach. Alicia, die dem Vorhang am nächsten stand, fuhr herum und fing an zu feuern.

Der sie erwischte, war nicht der Erste, nicht der Zweite, nicht mal der Dritte. Es war der Vierte. Inzwischen war ihr Magazin leer. Später sollte Peter sich an eine Folge von Einzeleindrücken erinnern, wenn er an die Szene dachte. Das Klingeln ihrer letzten Patronenhülsen auf dem Boden. Der Pulverdampf in der Luft und der Senkrechtflug des leeren Magazins, während sie ein neues aus der Weste zerrte. Der Viral, der sich durch den zerfetzten Vorhang auf sie stürzte, die gnadenlose Glätte seines Gesichts, das Blitzen seiner Augen und des offenen Rachens, der hochgerissene Lauf des nutzlosen Gewehrs, und Alicias Hand, die blitzschnell zum Messer griff – zu spät. Der Augenblick des Aufpralls, und Alicia, die rückwärts zu Boden fiel. Die gefräßig drängenden Kiefer des Virals an ihrem Hals.

Hollis war es, der den Schuss anbrachte. Er trat vor, als der Viral den Kopf hob, bohrte ihm den Gewehrlauf in den Rachen und drückte ab. Die Kugel verspritzte den Hinterkopf der Bestie an

der Wand des Schlafzimmers. Peter stolperte auf Alicia zu, packte sie unter den Armen und zog sie weg von der Tür. Das Blut lief in Strömen aus ihrem Hals; dunkelrot tränkte es ihre Weste. Jemand schrie ihren Namen, immer wieder, aber das war er vielleicht selbst. Er stemmte sich mit dem Rücken gegen die Wand und drückte Alicia an seine Brust, er hielt sie zwischen seinen Beinen aufrecht und presste seine Hände auf die Wunde, um die Blutung zu stoppen. Amy und Sara kauerten jetzt auch auf dem Boden vor der Wand. Wieder kam ein Viral durch den Vorhang, und Peter hob seine Pistole und feuerte seine letzten beiden Patronen ab. Die erste Kugel ging daneben, aber die zweite nicht. Alicia in seinen Armen atmete jetzt merkwürdig schnappend und keuchend, und überall war Blut, so viel Blut.

Er schloss die Augen und zog sie fest an sich.

Lacey drehte sich um. Babcock hockte über ihr auf dem Tunneleingang, so groß und schrecklich, wie Gott nur je etwas geschaffen hatte. Lacey empfand keine Furcht, sondern nur Staunen angesichts der prachtvollen Werke Gottes, der ein Wesen erschaffen hatte, so vollkommen, dass es eine ganze Welt verschlingen konnte. Und als sie ihn anschaute, wie er in seinem machtvollen und schrecklichen Licht leuchtete – heilig wie das Licht der Engel –, da ging ihr das Herz über in dem Wissen, dass sie sich nicht geirrt hatte: Die lange Nacht ihrer Wache würde enden, wie sie es vorhergesehen hatte. Einer Wache, die vor so vielen Jahren an einem feuchten Frühlingsmorgen begonnen hatte, als sie die Tür des Konvents der Barmherzigen Schwestern in Memphis, Tennessee, geöffnet und ein kleines Mädchen gesehen hatte.

Jonas, dachte sie, siehst du, dass ich recht hatte? Alles ist verziehen, und was verloren geht, kann man auch wiederfinden. Jonas, ich komme jetzt, um es dir zu erzählen. Ich bin so gut wie da.

Sie lief zurück in den Tunnel.

Komm zu mir. Komm zu mir komm zu mir komm zu mir.

Sie rannte. Sie war dort, aber auch anderswo. Sie rannte durch

den Tunnel und lockte Babcock in den Berg hinein, doch sie war auch ein kleines Mädchen auf dem Feld. Sie roch den süßen Duft der Erde und fühlte die kalte Nachtluft auf den Wangen, sie hörte die Stimmen ihrer Schwestern und ihrer Mutter in der Tür, die riefen: *Lauft, Kinder, lauft, so schnell ihr könnt.*

Sie lief durch die Tür und weiter durch den Korridor mit den summenden Lampen in den Raum mit der fahrbaren Trage und den Bechergläsern und Batterien, mit all den kleinen Dingen aus der Alten Welt mit ihren schrecklichen Bluträumen.

Sie blieb stehen und wandte sich zur Tür zurück. Und da war er.

Ich bin Babcock. Einer der Zwölf.

Genau wie ich, dachte Schwester Lacey, als der Timer hinter ihr auf 0:00 sprang und die Atome im Kern der Bombe in sich zusammenfielen. Und ihr Geist füllte sich für alle Zeit mit dem reinen weißen Licht des Himmels.

69

Sie war Amy, und sie war etwas Besonderes. Sie war wie die Zwölf, aber sie war auch anders. Sie war das Mädchen von Nirgendwo, die, die von weit her kam und tausend Jahre lebte. Amy der Heerscharen, das Mädchen mit den Seelen in sich.

Sie war Amy. Sie war Amy. Sie war Amy.

Sie war die Erste, die wieder auf den Beinen war. Nach dem Donnern und dem Beben, nach dem Zittern und dem Dröhnen. Laceys kleines Haus hüpfte wie ein bockendes Pferd, wie ein winziges Boot auf hoher See, und alles schrie und brüllte durcheinander, kauerte an der Wand und hielt sich irgendwo fest.

Aber dann war es vorbei. Die Erde unter ihnen kam wieder zur Ruhe. Die Luft war voller Staub. Alle husteten und keuchten und wunderten sich, dass sie noch lebten.

Sie lebten.

Sie führte Peter und die anderen hinaus, vorbei an den Leichen, ins Licht des Morgens, wo die Vielen warteten. Die Vielen, aber nicht mehr Babcocks Viele.

Sie waren überall, ein Meer von Gesichtern und Augen. Sie kamen ihr entgegen in gewaltiger Zahl, strömten ins Sonnenlicht des Morgens, und sie spürte die Leere in ihnen, wo der Traum gewesen war, Babcocks Traum, und wo jetzt nur noch die Frage war, wild und brennend:

Wer bin ich wer bin ich wer bin ich?

Und sie wusste es. Amy wusste es. Sie kannte sie alle, jeden Einzelnen. Endlich kannte sie alle. Sie war das Schiff, wie Lacey gesagt hatte: Sie trug ihre Seelen in sich. Und sie hatte sie die ganze Zeit bewahrt und auf diesen Tag gewartet, an dem sie zurückgeben würde, was rechtmäßig ihnen gehörte: ihre Geschichten – die Geschichten derer, die sie waren. Das war der Tag, an dem sie den Übergang vollziehen würden.

Kommt zu mir, dachte sie. *Kommt zu mir kommt zu mir kommt zu mir.*

Sie kamen. Aus dem Wald, aus den verschneiten Wiesen, aus all ihren Verstecken. Sie ging unter ihnen umher, berührte sie zärtlich und sagte ihnen, was sie mit solcher Sehnsucht wissen wollten.

Du bist … Smith.

Du bist … Tate.

Du bist … Duprey.

Du bist Erie du bist Ramos du bist Ward du bist Cho du bist Singh Atkinson Johnson Montefusco Cohen Murrey Ngyuen Elberson Lazaro Torres Wright Winborne Pratt Scalamonti Mendoza Ford Chung Frost Vandyne Carlin Park Diego Murphy Parsons Richini O'Neil Myers Zapata Young Scheer Tanaka Lee White Gupta Solnik Jessup Rile Nichols Maharana Rayburn Kennedy Mueller Doerr Goldman Pooley Price Kahn Cordell Ivanov Simpson Wong Palumbo Kim Rao Montgomery Busse Mitchell Walsh McEvoy Bodine Olson Jaworski Ferguson Zachos Spenser Ruscher …

Die Sonne stieg jetzt über den Berg, blendend grell. Kommt, dachte Amy. Kommt ins Licht und erinnert euch.

Du bist Cross du bist Flores du bist Haskell Vasquez Andrews McCall Barbash Sullivan Shapiro Jablonski Choi Zeidner Clark Huston Rossi Culhane Baxter Nunez Athanasian King Higbee Jensen Lombardo Anderson James Sasso Lindquist Masters Hakeemzedah Levander Tsujimoto Michie Osther Doody Bell Morales

Lenzi Andriyakhova Watkins Bonilla Fitzgerald Tinti Asmundson Aiello Daley Harper Brewer Klein Weatherall Griffin Petrova Kates Hadad Riley MacLeod Wood Patterson …

Amy fühlte die Trauer der Unzähligen, aber etwas war mit einem Mal anders. Es kam ihr vor wie ein heiliges Aufschweben. Tausend erinnerte Leben zogen durch sie hindurch, tausend mal tausend Geschichten – von Liebe und Arbeit, von Eltern und Kindern, von Pflicht und Freude und Leid. Betten, in denen geschlafen worden war, Mahlzeiten, die geschmeckt hatten, die Freuden und Leiden des Körpers, der Blick auf sommerliches Laub vor dem Fenster an einem Morgen, an dem es geregnet hatte, die Nächte der Einsamkeit und die Nächte der Liebe, die Seele in ihrem Körper, die sich unablässig nach Ausdruck sehnte. Und Amy bewegte sich unter ihnen umher, wo sie im Schnee lagen, jeder an der Stelle, die er sich erwählt hatte. Sie waren jetzt die Vielen nicht mehr.

Die Schneeengel.

Erinnert euch, sagte sie zu ihnen. Erinnert euch.

Ich bin Flynn ich bin Gonzalez ich bin Young Wentzell Armstrong O'Brien Reeves Farajian Watanabe Mulroney Chernesky Logan Braverman Livingston Martin Campana Cox Torrey Swartz Tobin Hecht Stuart Lewis Redwine Pho Markovich Todd Mascucci Kostin Laseter Salib Hennesey Kasteley Merriweather Leone Barley Kiernan Campbell Lamos Marion Quang Kagan Glazner Dubois Egan Chandler Sharpe Browning Ellenzweig Nakamura Giacomo Jones ich bin ich bin ich bin …

Die Sonne würde ihr Werk tun. Bald würden sie tot sein, dann Asche, dann nichts mehr. Ihre Leiber würde der Wind zerstreuen. Sie verließen Amy. Sie fühlte, wie ihre Seelen sich erhoben und davonschwebten.

Peter war jetzt bei ihr. Sie hatte keine Worte für den Ausdruck in seinem Gesicht.

»Amy.«

Sie würde es ihm bald sagen, dachte sie. Sie würde ihm alles

sagen, was sie wusste, alles, was sie glaubte. Was vor ihnen lag – die lange Reise, auf die sie zusammen gehen würden. Aber jetzt war nicht die Zeit zum Reden.

»Geh ins Haus.« Sie nahm ihm die leere Pistole aus der Hand und ließ sie in den Schnee fallen. »Geh ins Haus und rette sie.«

»Kann ich sie retten?«

Und Amy nickte.

»Du musst es«, sagte sie.

Sara und Michael hatten Alicia auf das Bett gelegt und ihr die völlig verblutete Weste ausgezogen. Ihre Augen waren geschlossen, aber die Lider flatterten.

»Ich brauche Verbandzeug!«, schrie Sara. Sie hatte Blut an den Händen und in den Haaren, und ihr Gesicht war staubbedeckt. »Irgendetwas, womit ich die Blutung stoppen kann!«

Mit seinem Messer schnitt Hollis einen Streifen Stoff vom Bettlaken ab. Es war nicht sauber; nichts war sauber, aber es musste genügen.

»Wir müssen sie festbinden«, sagte Peter.

»Peter, die Wunde ist zu tief.« Sara schüttelte verzweifelt den Kopf. »Es kommt nicht mehr darauf an.«

»Hollis, gib mir dein Messer.«

Er sagte den anderen, was sie tun sollten, und dann schnitt er Laceys Bettwäsche in lange Streifen und drehte sie zusammen. Sie banden Alicias Hände und Füße an die Bettpfosten. Sara meldete, dass die Blutung nachließ: ein bedrohliches Zeichen. Alicias Puls war schnell und schwach.

»Wenn sie überlebt«, warnte Greer vom Fußende des Bettes her, »werden diese Bettlaken sie nicht halten.«

Aber Peter hörte nicht zu. Er ging ins vordere Zimmer, wo er seinen Rucksack zurückgelassen hatte. Die Stahlkassette war noch darin, zusammen mit den Spritzen. Er nahm eine der Ampullen heraus, kehrte ins Schlafzimmer zurück und gab sie Sara.

»Gib ihr das.«

Sie nahm die Ampulle und betrachtete sie. »Peter, ich weiß nicht, was das ist.«

»Das ist Amy«, sagte er.

Sie gab Alicia die halbe Ampulle. Sie warteten den ganzen Tag und bis tief in die Nacht hinein. Alicia war in eine Art Dämmerzustand versunken. Ihre Haut war trocken und heiß. Die Blutung an ihrem Hals war gestoppt, die Wunde sah violett und entzündet aus. Hin und wieder schien Alicia kurz aufzuwachen; dann stöhnte sie und schloss die Augen sofort wieder.

Die Leichen der Virals hatten sie zu den anderen hinausgebracht. Sie waren rasch zu grauer Asche zerfallen, die immer noch durch die Luft wirbelte und alles bedeckte wie eine schmutzige Schneeschicht. Morgen früh, dachte Peter, würden sie alle verschwunden sein. Michael und Hollis hatten die Fenster mit Brettern vernagelt und die Tür wieder eingehängt, und als es dunkel wurde, verbrannten sie die Trümmer der Kommode im Kamin. Sara vernähte die Schnittwunde an Greers Kopf und legte auch ihm einen Verband aus Bettlakenstreifen an. Sie schliefen abwechselnd, und immer wachten zwei an Alicias Bett. Peter wollte die ganze Nacht bei ihr bleiben, aber schließlich überwältigte ihn die Erschöpfung, und er schlief auf dem kalten Fußboden neben dem Bett.

Gegen Morgen begann Alicia, an den Fesseln zu zerren. Ihre Haut hatte alle Farbe verloren, und die Augen unter den Lidern waren rot verfärbt von geplatzten Blutgefäßen.

»Gib ihr noch mehr.«

»Peter, ich weiß nicht, was ich da tue«, sagte Sara. Sie war erschöpft und zermürbt wie alle anderen. »Es könnte sie umbringen.«

»Tu es!«

Sie spritzten ihr den Rest aus der Ampulle. Draußen schneite es wieder. Greer und Hollis zogen los, um sich im Wald umzusehen, und kamen eine halbe Stunde später halb erfroren zurück. Es gehe jetzt richtig los, sagten sie.

Hollis nahm Peter beiseite. »Mit dem Proviant wird es ein

Problem geben«, sagte er. Sie hatten sich Laceys Speiseschrank angesehen: Die meisten Einmachgläser waren zerschlagen.

»Ich weiß.«

»Da ist noch etwas. Ich weiß, dass die Bombe unterirdisch explodiert ist, aber radioaktive Strahlung lässt sich nicht ausschließen. Michael sagt, zumindest im Grundwasser. Er meint, wir sollten nicht viel länger hierbleiben. Da ist irgendein Gebäude auf der anderen Seite des Tals. Anscheinend gibt's da einen Höhenkamm, über den wir nach Osten gehen können.«

»Was ist mit Lish? Wir können sie nicht transportieren.«

Hollis zögerte. »Ich sage nur, wir könnten hier irgendwann festsitzen. Dann kommen wir wirklich in Teufels Küche. Halb verhungert in einem Schneesturm brauchen wir es gar nicht erst zu versuchen.«

Hollis hatte recht, und das wusste Peter. »Willst du es dir ansehen?«

»Sobald der Schnee nachlässt.«

Peter nickte zustimmend. »Dann nimm Michael mit.«

»Ich dachte an Greer.«

»Er sollte hierbleiben«, sagte Peter.

Hollis schwieg kurz. Er verstand, was Peter meinte. »Okay«, sagte er.

Im Laufe der Nacht hörte das Schneetreiben auf, und als der Morgen kam, war der Himmel klar und hell. Hollis und Michael packten ihre Ausrüstung zusammen und machten sich marschbereit. Wenn alles gut ginge, meinte Hollis, würden sie bis zum Abend zurück sein. Aber es könnte einen vollen Tag dauern. Im Schnee vor dem Haus umarmte Sara erst Hollis, dann Michael. Greer und Amy waren drinnen bei Alicia. In den letzten vierundzwanzig Stunden, seit sie ihr die zweite Dosis des Virus gespritzt hatten, war ihr Zustand anscheinend gleich geblieben. Aber sie hatte immer noch hohes Fieber, und ihre Augen sahen jetzt schlimmer aus.

»Lass es nur nicht ... allzu lange dauern«, sagte Hollis leise zu Peter. »Das würde sie nicht wollen.«

Sie warteten. Amy blieb jetzt immer bei Alicia und wich nicht von ihrem Bett. Allen war klar, was im Gange war. Der kleinste Lichtschimmer ließ sie zusammenzucken, und sie hatte wieder angefangen, an den Fesseln zu zerren.

»Sie wehrt sich dagegen«, sagte Amy. »Aber ich fürchte, sie schafft es nicht.«

Es wurde dunkel, und Michael und Hollis kamen nicht. Noch nie hatte Peter sich so hilflos gefühlt. Warum wirkte das Mittel nicht, wie es bei Lacey gewirkt hatte? Aber er war kein Arzt, und sie konnten alle nur mutmaßen, was zu tun war. Nach allem, was sie wussten, konnte die zweite Dosis sie umbringen. Peter wusste, dass Greer ihn beobachtete und darauf wartete, dass er etwas unternahm. Gleichwohl konnte er nichts tun.

Im ersten Morgengrauen rüttelte Sara ihn wach. Er war auf dem Stuhl eingeschlafen, und sein Kopf war auf die Brust gesunken.

»Ich glaube … es passiert jetzt«, sagte sie.

Alicia atmete sehr schnell. Ihr ganzer Körper war angespannt, ihre Kiefermuskeln zuckten, und ein Zittern erfasste sie. Ein dunkles, gequältes Stöhnen drang aus ihrer Kehle. Sie entspannte sich für einen Moment, und dann ging es weiter.

»Peter.«

Er drehte sich um. Greer stand in der Tür und hielt ein Messer in der Hand.

»Es ist so weit.«

Peter stand auf und stellte sich zwischen Greer und das Bett mit Alicia. »Nein.«

»Ich weiß, es ist hart. Aber sie ist Soldatin. Mitglied der Expeditionstruppe. Es wird Zeit, dass sie die letzte Reise antritt.«

»Ich meinte: Nein, es ist nicht Ihre Aufgabe.« Peter streckte die Hand aus. »Geben Sie mir das Messer, Major.«

Greer zögerte und sah Peter forschend an. »Sie müssen das nicht tun.«

»Doch, ich muss.« Er empfand keine Angst. Nur Resignation. »Ich habe es ihr versprochen. Ich bin der Einzige, der es tun kann.«

Greer gab ihm das Messer. Gewicht und Balance fühlten sich vertraut an: Peter sah, dass es sein eigenes Messer war, das er am Tor bei Eustace zurückgelassen hatte.

»Ich möchte gern mit ihr allein sein, wenn ich darf.«

Die anderen verabschiedeten sich. Peter hörte, wie die Haustür sich öffnete und wieder schloss. Er ging zum Fenster und riss eins der Bretter herunter. Das weiche graue Licht des Morgens erfüllte das Zimmer. Alicia stöhnte und wandte den Kopf zur Seite. Greer hatte recht. Vermutlich durfte er sich nicht viel Zeit lassen. Er dachte an das, was Muncey am Ende gesagt hatte: dass es einen sehr schnell packte. Und dass er fühlen wollte, wie es aus ihm hinauslief.

Peter setzte sich mit dem Messer in der Hand auf die Bettkante. Er wollte etwas zu Alicia sagen, aber Worte waren zu klein für das, was er fühlte. Einen stillen Augenblick lang saß er so da und überließ sich den Gedanken an sie. Gedanken an das, was sie getan und gesagt hatten und was immer noch unausgesprochen zwischen ihnen lag. Er wusste nicht, was er sonst tun sollte.

Einen ganzen Tag lang hätte er so sitzen bleiben können, ein Jahr lang, hundert Jahre. Aber er wusste, er durfte nicht länger warten. Er stieg zu ihr auf das Bett und kniete rittlings über ihrer Taille. Er packte das Messer mit beiden Händen und drückte die Spitze an den Ansatz ihres Brustbeins, auf den Sweetspot. Er fühlte, wie sein Leben sich in zwei Hälften teilte – in das, was bisher passiert war, und all das, was nachher kommen würde. Sie bäumte sich unter ihm auf, und ihr ganzer Körper wehrte sich gegen die Fesseln. Seine Hände zitterten, und seine Augen schwammen in Tränen.

»Es tut mir leid, Lish«, sagte er, und dann schloss er die Augen und hob das Messer. Er musste all seine Kräfte zusammennehmen, bevor er den Willen aufbrachte zuzustoßen.

70

Es war Frühling, und das Baby kam.

Maus hatte schon seit Tagen Wehen. Sie putzte die Küche oder lag im Bett oder sah zu, wie Theo im Garten arbeitete, und plötzlich spürte sie es: eine jähe Anspannung quer über den Leib, bei der ihr der Atem stockte. Ist es so weit?, fragte Theo dann. Kommt es? Kommt das Baby? Dann schaute sie einen Moment lang zur Seite und legte den Kopf schräg, als lauschte sie auf ein fernes Geräusch. Wenn sie ihn dann wieder ansah, lächelte sie beruhigend. Da. Siehst du? Es war nichts. Nur diese eine. Alles in Ordnung. Geh wieder an deine Arbeit, Theo.

Aber jetzt war doch etwas. Es war mitten in der Nacht. Theo träumte, einen einfachen, glücklichen Traum vom Sonnenschein auf einem goldenen Feld, als er Maus' Stimme hörte. Sie rief seinen Namen. Auch sie war in dem Traum, aber er konnte sie nicht sehen; sie versteckte sich vor ihm und spielte irgendein Spiel. Sie war vor ihm, dann hinter ihm – er wusste nicht, wo sie war. *Theo.* Conroy kläffte und bellte, er sprang durch das Gras, rannte davon und kam wieder zurück und wollte, dass er ihm folgte.

Wo bist du?, rief Theo, wo bist du? *Ich bin nass,* rief Mausamis Stimme. *Ich bin ganz nass. Wach auf, Theo. Ich glaube, die Fruchtblase ist geplatzt.*

Dann war er wach und sprang aus dem Bett und fummelte im

Dunkeln mit seinen Stiefeln. Conroy war auch wach und wedelte mit dem Schwanz, und er stupste Theo mit seiner feuchten Nase ins Gesicht, als der auf den Knien versuchte, die Laterne anzuzünden. Ist es schon Morgen? Gehen wir hinaus?

Mausami sog die Luft zischend zwischen den Zähnen ein. »Uuuu.« Sie krümmte den Rücken in die durchhängende Matratze. »Uuuu.«

Sie hatte ihm gesagt, was er tun sollte und was sie brauchen würde. Laken und Handtücher, die er unter sie legen sollte, für das Blut und alles andere. Eine Waschschüssel. Ein Messer und eine Angelleine für die Nabelschnur. Wasser, um das Baby zu waschen, und eine Decke, um es hineinzuwickeln.

»Geh nirgendwohin, ich bin gleich wieder da.«

»Meine Güte«, stöhnte sie, »wo soll ich denn hingehen?« Wieder packte sie eine Wehe. Sie griff nach seiner Hand und drückte sie so fest, dass ihre Nägel sich in seinen Handballen gruben. Sie knirschte vor Schmerzen mit den Zähnen. »Oh, *fuck.*« Dann drehte sie sich zur Seite und übergab sich auf den Boden.

Der saure Geruch des Erbrochenen erfüllte das Zimmer. Conroy dachte, was da lag, sei für ihn: ein wunderbares Geschenk. Theo stieß ihn mit einem Fußtritt beiseite und half Mausami, sich auf das Kissen zurücksinken zu lassen.

»Da stimmt etwas nicht.« Sie war bleich vor Angst. »Es sollte nicht so wehtun.«

»Was soll ich machen, Maus?«

»Ich weiß es nicht!«

Theo sprang die Treppe hinunter, und Conroy folgte ihm auf dem Fuße. Das Baby, das Baby kam. Er hatte immer vorgehabt, alles Nötige zusammenzutragen und an einem Ort bereitzuhalten, aber natürlich hatte er es nie getan. Im Haus war es eiskalt. Das Feuer war niedergebrannt. Das Baby würde es jedoch warm haben müssen. Er legte einen Armvoll Holz in den Kamin, kniete davor nieder und blies in die Glut, um es in Brand zu setzen. Dann holte er Lappen und einen Eimer aus der Küche.

Er hatte Wasser kochen wollen, um es zu sterilisieren, aber dazu war jetzt anscheinend keine Zeit mehr.

»Theo, wo bist du?«

Er füllte den Eimer mit Wasser, holte ein scharfes Messer und trug alles hinauf ins Schlafzimmer. Maus saß im Bett. Ihr langes Haar hing ihr ins Gesicht, und er sah, dass sie Angst hatte.

»Tut mir leid, das mit dem Fußboden«, sagte sie.

»Hattest du noch mehr Wehen?«

Sie schüttelte den Kopf.

Conroy hatte sich wieder über das Erbrochene hergemacht. Theo scheuchte ihn hinaus und kauerte sich dann auf Händen und Knien auf den Boden, um die Pfütze wegzuwischen. Mit angehaltenem Atem. Wie lächerlich. Sie bekam hier ein Kind, und er scheute den Geruch von Erbrochenem.

»O-oh«, sagte Maus.

Als er auf den Beinen war, hatte die Wehe schon eingesetzt. Sie hatte die Beine angezogen und drückte die Fersen ans Gesäß. Tränen quollen aus den zusammengepressten Augenwinkeln.

»Das tut weh! So weh!« Plötzlich rollte sie auf die Seite. »Drück mir auf den Rücken, Theo!«

Davon hatte sie nie etwas gesagt. »Wo denn? Wo soll ich drücken?«

»Irgendwo!«, schrie sie ins Kopfkissen.

Er drückte unsicher.

»Tiefer! Herrgott!«

Er ballte die Faust und presste ihr die Knöchel ins Kreuz, und er spürte, dass sie dagegendrückte. Er zählte die Sekunden. Zehn, zwanzig, dreißig.

»Rückenwehen.« Hechelnd rang sie nach Atem. »Der Kopf des Babys drückt gegen mein Rückgrat. Am liebsten würde ich pressen. Aber ich darf noch nicht pressen, Theo. Lass mich nicht pressen.«

Sie richtete sich auf Händen und Knien auf. Sie trug nur ein T-Shirt, und das Laken unter ihr war durchnässt von einer

Flüssigkeit, die einen warmen, süßlichen Duft wie von frisch gemähtem Heu verbreitete. Er dachte an seinen Traum mit dem Feld und dem goldenen Sonnenlicht.

Die nächste Wehe – Mausami stöhnte und ließ das Gesicht auf die Matratze fallen.

»Steh nicht einfach da herum!«

Theo setzte sich neben ihr auf das Bett, legte die Faust auf ihre Wirbelsäule und drückte mit seinem ganzen Gewicht zu.

Stunden und noch mehr Stunden. Die Wehen gingen den ganzen Tag weiter, reißend und schmerzhaft. Theo blieb bei ihr auf dem Bett und drückte auf ihre Wirbelsäule, bis seine Hände taub und seine Arme gummiweich vor Erschöpfung waren. Aber verglichen mit dem, was mit ihr passierte, waren solche kleinen Beschwerden bedeutungslos. Er wich nur zweimal von ihrer Seite: um Conroy aus dem Garten hereinzurufen, und später, um ihn wieder hinauszulassen, als der Tag zu Ende ging und er ihn an der Tür winseln hörte. Und jedes Mal, wenn er dann die Treppe wieder hinaufging, hörte er, wie Mausami nach ihm schrie.

Ob es immer so war? Eigentlich wusste er es nicht. Es war furchtbar, endlos, anders als alles, was er in seinem Leben bisher erlebt hatte. Würde Mausami noch die Energie haben, das Baby hinauszupressen, wenn es so weit wäre? Zwischen den Wehen schien sie in einer Art Halbschlaf zu schweben, aber er wusste, dass sie sich konzentrierte und auf die nächste Welle des Schmerzes vorbereitete. Er konnte lediglich auf ihren Rücken drücken, auch wenn das nur ganz wenig zu helfen schien. Eigentlich gar nicht.

Er hatte die Laterne angezündet – noch eine Nacht, dachte er verzweifelt, wie konnte das noch eine Nacht so weitergehen? –, als Maus einen schrillen Schrei ausstieß. Er fuhr herum und sah, dass wässriges Blut aus ihr heraus und in Bändern über ihre Schenkel lief.

»Maus, du blutest.«

Sie hatte sich auf den Rücken gedreht und die Schenkel angezogen. Ihr Atem ging sehr schnell, und ihr Gesicht war schweißüberströmt. »Halte. Meine Beine«, keuchte sie.

»Wie soll ich sie halten?«

»Ich. Presse. Jetzt. Theo.«

Er stellte sich ans Fußende und legte die Hände auf ihre Knie. Als die nächste Wehe kam, richtete sie sich in der Taille auf und drückte ihm ihr ganzes Gewicht entgegen.

»O Gott. Ich kann es sehen.«

Sie hatte sich geöffnet wie eine Blume, und er sah eine runde Scheibe von rosaroter, mit nassen schwarzen Haaren bedeckter Haut. Im nächsten Augenblick war sie wieder verschwunden; die Blütenblätter falteten sich darüber zusammen, und das Baby wurde in sie zurückgezogen.

Drei-, vier-, fünfmal presste sie so, und jedes Mal erschien das Baby und verschwand genauso schnell wieder. Zum ersten Mal kam ihm der Gedanke: Dieses Baby will nicht geboren werden. Dieses Baby will bleiben, wo es ist.

»Hilf mir, Theo«, flehte sie. »Zieh es heraus, zieh es heraus, bitte zieh es heraus.«

»Du musst noch einmal pressen, Maus.« Aber sie sah völlig hilflos aus, halb besinnungslos, am Rande des völligen Zusammenbruchs. »Hörst du mich? Du musst pressen!«

»Ich kann nicht, ich kann nicht!«

Die nächste Wehe kam über sie, und sie hob den Kopf und stieß einen animalischen Schmerzensschrei aus.

»Pressen, Maus, pressen!«

Sie tat es. Sie presste. Als die Schädeldecke des Babys erschien, griff Theo zu und schob den Zeigefinger in sie hinein, in die Hitze und Nässe. Er fühlte die Rundung von Augenhöhlen, die zarte Vorwölbung einer Nase. Aber er konnte das Baby nicht herausziehen, er fand keinen Halt, das Baby musste zu ihm kommen. Er zog die Hand zurück, schob sie unter sie und drückte die Schulter an ihre Beine, um sich ihrer Anstrengung entgegenzustemmen.

»Wir haben es fast! Hör jetzt nicht auf!«

Und als hätte die Berührung seiner Hand in ihm den Willen geweckt, geboren zu werden, glitt das Gesicht des Babys aus ihr hervor – ein Anblick von prachtvoller Fremdartigkeit, mit Ohren und einer Nase und einem Mund und vorquellenden Froschaugen. Theo legte die Hand unter die glatte, nasse Wölbung des Kopfes. Die Nabelschnur, ein durchscheinender blutgefüllter Schlauch, war um den Hals geschlungen. Obwohl niemand es ihm gesagt hatte, schob Theo einen Finger darunter und hob sie behutsam weg. Dann schob er die Hand in Mausami, hakte einen Finger unter den Arm des Babys und zog.

Der Körper wand sich heraus und füllte Theos Hände, glitschig, blauhäutig und warm. Ein Junge. Das Baby war ein Junge. Noch hatte er nicht geatmet oder sonst einen Laut von sich gegeben. Seine Ankunft in der Welt war unvollendet, aber was jetzt passieren musste, hatte Maus ihm ziemlich gut erklärt. Theo drehte das Baby in den Händen herum, legte den dünnen Leib der Länge nach auf seinen Unterarm und stützte das abwärtsgewandte Gesicht mit der flachen Hand, und dann rieb er mit der freien Hand in kreisförmigen Bewegungen den Rücken. Das Herz hämmerte in seiner Brust, aber er empfand keine Panik. Seine Gedanken waren klar und konzentriert, und jede Faser seines Wesens widmete sich dieser einen Aufgabe. Komm schon, sagte er, komm schon, atme. Nach allem, was du jetzt durchgemacht hast, kann das doch nicht so schwer sein. Das Kind war gerade erst geboren, und schon spürte Theo, wie es ihn im Griff hatte – wie dieses kleine graue Ding auf seinem Arm jede andere Möglichkeit, sein Leben zu führen, durch seine bloße Existenz ausgelöscht hatte. Komm, Baby. Mach schon. Öffne deine Lunge und atme.

Und dann geschah es. Theo fühlte, wie die kleine Brust sich mit einem hörbaren Klicken blähte, und mit einem Nieser sprühte etwas Warmes, Klebriges auf seine Hand. Das Baby tat einen zweiten Atemzug und füllte seine Lunge, und Lebenskraft strömte durch den Körper. Theo drehte das Kind um und griff nach

einem Lappen. Jetzt fing es an zu schreien, doch es war nicht der energische Protest, den er erwartet hatte, sondern eher ein Quäken. Er wischte ihm Nase, Lippen und Wangen ab und strich den letzten Schleim mit dem Finger aus seinem Mund. Dann legte er das Kind, immer noch an der Nabelschnur, auf Maus' Brust.

Sie sah erschöpft und ausgelaugt aus, und ihre Lider waren schwer. An ihren Augenwinkeln sah er Fächer aus kleinen Fältchen, die einen Tag zuvor noch nicht da gewesen waren. Sie brachte ein mattes, aber dankbares Lächeln zustande. Es war vorbei. Das Kind war geboren, es war endlich da.

Er breitete eine Wolldecke über das Baby, über sie beide, und dann setzte er sich neben sie auf das Bett und ließ alles los. Er weinte.

Mitten in der Nacht wachte Theo auf und dachte: Wo ist Conroy?

Maus und das Baby schliefen. Sie hatten beschlossen – besser gesagt, Maus hatte es beschlossen, und Theo war sofort einverstanden gewesen –, das Kind Caleb zu nennen. Sie hatten ihn fest in eine Decke gewickelt und neben Maus auf die Matratze gelegt. Die Luft im Zimmer war immer noch schwer von einem vollen, erdigen Geruch nach Blut und Schweiß und Kindbett. Sie hatte das Baby gestillt oder es zumindest versucht – ihre Milch würde erst in ein, zwei Tagen kommen – und auch selbst ein bisschen gegessen, einen Brei aus gekochten Kartoffeln aus dem Keller und ein paar Bissen von einem mehligen Apfel aus ihrem Wintervorrat. Theo wusste, bald würde sie Protein brauchen. Aber jetzt, da es wärmer geworden war, gab es jede Menge Kleinwild in der Umgebung. Sobald alles seinen geordneten Gang ginge, würde er auf die Jagd gehen müssen.

Es schien plötzlich ganz klar zu sein, dass sie nie mehr von hier weggehen würden. Sie hatten hier alles, was sie zum Leben brauchten. Das Haus hatte all die Jahre überstanden und darauf gewartet, dass jemand es wieder zu einem Zuhause machte. Er wusste nicht, warum er so lange gebraucht hatte, um das zu sehen. Wenn Peter zurückkäme, würde Theo es ihm sagen. Vielleicht war

etwas da oben auf diesem Berg, vielleicht auch nicht. Es war egal. Hier waren sie zu Hause, und sie würden nie mehr weggehen.

Er hatte eine Zeitlang dagesessen und über all das nachgedacht, erfüllt von stillem Staunen und einer ganz unerwarteten Zufriedenheit, die in seinem tiefsten Innern zu wurzeln schien. Aber irgendwann übermannte ihn doch die Müdigkeit; er kroch zu ihnen ins Bett und war bald eingeschlafen.

Als er jetzt wach war, fiel ihm ein, dass er Conroy ganz vergessen hatte. Er versuchte sich zu erinnern, wann er den Hund zuletzt gesehen hatte. Irgendwann kurz vor Sonnenuntergang hatte er angefangen zu winseln, weil er hinausgelassen werden wollte. Theo hatte es rasch erledigt, denn er wollte nicht einen Augenblick lang von Maus' Seite weichen. Conroy lief nie weit weg, und wenn er sein Geschäft erledigt hatte, kratzte er an der Tür. Theo war so sehr abgelenkt gewesen, dass er einfach die Tür zugeschlagen hatte und die Treppe hinaufgerannt war, und danach hatte er den Hund völlig vergessen.

Bis jetzt. Es war merkwürdig, dachte er, dass er nicht einmal einen Piepser von ihm gehört hatte. Kein Kratzen an der Tür und kein Gebell draußen. Nach den Fußspuren in der Scheune hatte Theo ein paar Tage lang wachsam die Augen offen gehalten; er war nie weit vom Haus weggegangen und hatte die Schrotflinte stets griffbereit gehabt. Aber als die Zeit verging und er nichts Auffälliges mehr entdeckte, hatte er sich wieder der dringenderen Angelegenheit der Geburt zugewandt, und er fragte sich, ob er missdeutet hatte, was er gesehen hatte. Die Fußspuren konnten auch seine eigenen gewesen sein, und die Konserve hatte Conroy vielleicht aus dem Müll gefischt.

Leise stand er auf, nahm die Laterne, seine Stiefel und das Gewehr, das neben der Tür lehnte, und ging hinunter ins Wohnzimmer. Er setzte sich auf die Treppe, um die Stiefel anzuziehen. Ohne sich die Schnürsenkel zu binden, zündete er einen Kienspan an der Glut im Kamin an, hielt ihn an den Laternendocht und öffnete die Tür.

Er hatte erwartet, Conroy schlafend auf der Veranda zu finden, aber die Veranda war leer. Theo hob die Laterne, damit das Licht weiter hinausfallen konnte, und trat auf den Hof. Der Mond schien nicht; es gab nicht einmal Sterne. Ein feuchter Frühlingswind wehte, der Regen mitbrachte. Theo hob das Gesicht in den aufziehenden Dunst, und feine Tröpfchen legten sich auf Stirn und Wangen. Wo immer der Hund hingelaufen sein mochte, er würde sich freuen, ihn zu sehen. Er würde aus dem Regen ins Haus kommen wollen.

»Conroy!«, rief er. »Conroy, wo bist du?«

Bei den anderen Häusern war es still. Conroy hatte nie mehr als ein flüchtiges Interesse für sie gezeigt, als ob irgendein Hundesinn ihm sagte, dass sie für ihn wertlos waren. Es gab Dinge darin, die der Mann und die Frau benutzten, aber was kümmerte ihn das?

Theo ging langsam den Weg entlang. Die Flinte klemmte unter seinem Arm, und mit der anderen Hand schwenkte er die Laterne hin und her und beleuchtete den Boden vor ihm. Wenn es anfangen sollte, richtig zu regnen, würde das Ding wahrscheinlich ausgehen. Dieser verdammte Hund, dachte er. Dies war nicht der richtige Augenblick, um wegzulaufen.

»Conroy, verdammt, wo bist du?«

Er fand ihn vor der Grundmauer des letzten Hauses, und er wusste sofort, dass der Hund tot war. Der schlanke Körper lag reglos da, und die silbrige Mähne war voller Blut.

Das Geräusch flog mit der schnellen Sicherheit eines Pfeils heran und durchbohrte seine Gedanken mit der Spitze des Entsetzens. Er hörte Mausami schreien.

Dreißig Schritte, fünfzig, hundert: Die Laterne war weg, sie lag neben Conroy auf dem Boden, und er rannte durch die Finsternis mit offenen Stiefeln. Sie flogen ihm von den Füßen, erst der eine, dann der andere. Mit einem Satz war er auf der Veranda, stürmte durch die Tür und lief die Treppe hinauf.

Das Schlafzimmer war leer.

Er rannte durch das Haus und rief ihren Namen. Es gab nirgends Kampfspuren. Maus und das Baby waren einfach verschwunden. Er lief durch die Küche und zur Hintertür hinaus, gerade zur rechten Zeit, um sie wieder schreien zu hören. Es klang seltsam gedämpft, als dränge der Laut durch eine Meile tiefes Wasser zu ihm herauf.

Sie war in der Scheune.

In vollem Lauf brach er durch die Tür, drehte sich einmal um sich selbst und schwenkte das Gewehr im Dunkeln herum. Maus saß auf dem Rücksitz des alten Volvo und drückte das Baby an die Brust. Sie winkte wie von Sinnen, und ihre Worte drangen dumpf durch die dicken Scheiben.

»Theo, hinter dir!«

Er wirbelte herum, und die Schrotflinte wurde ihm aus den Händen geschlagen wie ein Zweig. Etwas packte ihn – nicht einen Arm oder ein Bein, sondern seinen ganzen Körper, und er wurde hochgehoben. Der Wagen mit Mausami und dem Baby war irgendwo unter ihm, und er flog durch die Dunkelheit. Er prallte auf die Motorhaube. Das Blech gab knirschend unter ihm nach. Er rollte herum, überschlug sich und landete mit dem Gesicht nach oben auf dem Boden. Kaum lag er da, packte ihn etwas – dasselbe Etwas –, und er flog wieder durch die Luft. Diesmal gegen die Wand mit den Borden voller Werkzeug und Vorräten und Treibstoffkanistern. Er schlug mit dem Gesicht voran dagegen. Glas klirrte, Holz splitterte, alles fiel herab wie ein klappernder Regen, und als der Boden ihm entgegenkam, erst langsam, dann schneller, und schließlich unvermittelt da war, spürte er das Knirschen brechender Knochen.

Rasender Schmerz. Er sah Sterne, richtige Sterne. Der Gedanke, dass er sterben würde, erreichte ihn wie eine Botschaft aus der Ferne. Eigentlich sollte er schon tot sein. Der Viral hätte ihn umbringen müssen. Bald wäre es so weit. Er schmeckte Blut im Mund, und Blut brannte in seinen Augen. Er lag mit dem Gesicht nach unten auf dem Boden der Scheune, und ein Bein, das gebrochene,

klemmte verdreht unter ihm. Die Kreatur war jetzt über ihm, ein hoch aufragender Schatten, der gleich zuschlagen würde. So war es besser, dachte Theo. Der Viral sollte ihn zuerst nehmen. Er wollte nicht mitansehen, was mit Mausami und dem Baby passieren würde. Durch den Nebel in seinem zerschlagenen Kopf hörte er sie nach ihm rufen.

Schau weg, Maus, dachte er. Ich liebe dich. Schau weg.

XI

Das neue Wesen

Mir kannst du, Herz, nicht altern; denn so schön,
Wie da zuerst mein Aug' in deines blickte,
Bist du noch heute.

Shakespeare, *Sonett 104*

71

Sie kamen den Berg herunter, als der Fluss auftaute. Sie fuhren über den Schnee, alle zusammen, mit Rucksack und blitzendem Messer. Sie kamen herunter ins Tal, Michael am Steuer des Sno-Cat, Greer an seiner Seite, die anderen hinter ihnen, Wind und Sonne in den Gesichtern. Sie kamen endlich herunter in das wilde Land, das sie wieder in Besitz genommen hatten.

Sie fuhren nach Hause.

Einhundertundzwölf Tage waren sie auf dem Berg gewesen. In der ganzen Zeit hatten sie keinen einzigen Viral gesehen. Nachdem sie über den Höhenkamm auf die andere Seite des Tals gezogen waren, hatte es tagelang ununterbrochen geschneit, und sie waren in dem alten Hotel eingeschlossen gewesen, in einem großen Steingebäude, dessen Türen und Fenster mit Sperrholzplatten gesichert waren. Sie hatten damit gerechnet, Leichen zu finden, doch das Hotel war leer. Die Möbel vor dem Kamin in der weiten Eingangshalle waren mit geisterhaft weißen Laken bedeckt, und die Speisekammer der riesigen Küche war voll von Konserven aller Art, teilweise noch mit unversehrtem Etikett. Oben war ein Labyrinth von Korridoren mit Schlafzimmern, und im Keller fanden sie einen mächtigen Heizkessel und an den Wänden lange Halterungen mit Skiern. Überall war es kalt wie im Grab. Sie wussten nicht, ob der Kamin verschlossen war; zumindest würde

er mit Laub und Vogelnestern verstopft sein. Sie konnten nur ein Feuer anzünden und das Beste hoffen. In einem Schrank im Büro fanden sie Kartons mit Papier, das sie zum Anzünden zusammenrollten, und mit Peters Axt zerhackten sie zwei Stühle aus dem Speiseraum. Nach ein paar verräucherten Minuten war es hell und warm in der Halle. Sie schleppten Matratzen aus dem ersten Stock herunter und schliefen vor dem Feuer, während draußen der Schnee immer höher wurde.

Die Sno-Cats hatten sie am nächsten Morgen gefunden: Drei dieser Schneepflüge standen auf ihren Ketten in der Garage hinter dem Hotel. Peter fragte Michael: Glaubst du, du kriegst eins von den Dingern zum Laufen?

Sie hatten fast den ganzen Winter dort ausgeharrt. Inzwischen hatten alle einen Hüttenkoller und wollten nur noch weg. Die Tage wurden länger, und in der Sonne lag eine ferne Wärme, an die sie sich erinnerten, aber der Schnee war immer noch tief und schob sich in hohen Wehen an den Mauern des Hotels hinauf. Sie hatten den größten Teil des Mobiliars und des Verandageländers verbrannt. Aus den drei Sno-Cats hatte Michael genug Einzelteile ausgebaut, um einen zum Laufen zu bringen. Das nahm er jedenfalls an, das Problem war allerdings der Treibstoff. Der große Tank hinter der Garage war leer und verrottet, und er hatte Risse. Übrig war nur das, was in den Tanks der Cats selbst zurückgeblieben war, nicht mehr als ein paar Gallonen, stark verunreinigt durch Rost. Michael saugte es in Plastikeimer ab und goss es durch einen mit Lappen ausgelegten Trichter. Dann ließ er es über Nacht stehen, damit der Schmutz sich setzen konnte, und wiederholte den Vorgang. Jedes Mal war der Sprit ein wenig sauberer, aber auch weniger. Als Michael endlich zufrieden war, hatte er noch fünf Gallonen, die er in den Tank des Cat zurückgoss.

»Ich kann nichts versprechen«, warnte er. Er hatte sein Bestes getan, um den Benzintank mit Unmengen von geschmolzenem Schnee auszuspülen, viel war indes nicht nötig, um eine Benzinleitung zu verstopfen. »Das verfluchte Ding kann nach hundert

Metern den Geist aufgeben«, sagte er, obwohl er wusste, die anderen würden seine Warnung nicht ernst nehmen.

An einem sonnigen Morgen schoben sie den Cat aus der Garage und luden ihre Sachen hinein. Riesige Eiszapfen hingen wie diamantene Zähne an den Dachtraufen des Hotels. Greer, der Michael bei der Arbeit geholfen hatte – wie sich herausstellte, war er früher Ölhand gewesen und verstand das eine oder andere von Motoren –, setzte sich zu ihm in die Kabine, und die anderen würden hinten mitfahren, auf einem breiten, mit einem Geländer gesicherten Aufsatz. Den Pflug hatten sie abmontiert, um das Gewicht zu reduzieren; so hofften sie, aus dem bisschen Sprit, das sie hatten, ein paar Meilen mehr herausquetschen zu können.

Michael öffnete das Fenster und rief nach hinten: »Sind alle an Bord?«

Peter zurrte das letzte Bündel auf dem Sno-Cat fest. Amy hatte ihren Platz am Geländer eingenommen, und Sara stand unten und reichte Skier hinauf. »Moment«, sagte Peter und wölbte die Hände um den Mund. »Lish, ein bisschen Beeilung!«

Sie kam aus dem Haus. Wie alle trug sie eine rote Nylonjacke mit der Aufschrift SKI PATROL auf dem Rücken und kleine Lederstiefel, die in die Skier passten, und ihre Leggins steckten bis an die Knie unter Segeltuch-Gamaschen. Ihr Haar war in einem noch lebhafteren Rot nachgewachsen und zum größten Teil unter einer Mütze mit langem Schirm versteckt. Sie trug eine dunkle Schutzbrille mit Lederriemen, die sich fest um ihren Kopf schlangen.

»Anscheinend müssen wir immer irgendwo weg«, sagte sie. »Ich wollte mich nur von dem Haus verabschieden.«

Sie stand zehn Meter weiter am Rand der Veranda, ungefähr auf einer Höhe mit dem Metallaufsatz des Cat. An ihrem plötzlichen schiefen Grinsen und der Art, wie sie den Kopf erst zur einen, dann zur anderen Seite legte, erkannte Peter, was sie vorhatte: Sie schätzte Entfernung und Winkel ab. Dann nahm sie die Mütze ab, schüttelte ihr rotes Haar in der Sonne und stopfte die Mütze unter den Klettverschluss ihrer Jacke. Sie machte drei Schritte

rückwärts, wippte in den Knien, lockerte die Arme und erhob sich schließlich auf die Zehenspitzen.

»Lish …«

Zu spät – zwei kurze Sprünge, und sie war unterwegs. Die Veranda war leer, und Alicia flog durch die Luft. Was für ein Anblick, dachte Peter: Alicia Blades, jüngster Captain der Ersten Kolonie, Alicia Donadio, die letzte Expeditionärin, in der Luft. Mit ausgebreiteten Armen, die Füße zusammen, zog sie an der Sonne vorbei. Im Zenit ihres Fluges drückte sie das Kinn an die Brust und schlug einen Salto. Ihre Stiefelsohlen richteten sich auf den SnoCat, sie streckte die Arme über den Kopf und kam wie ein Pfeil auf sie zu. Dann landete sie mit einem metallischen Krachen, das die Ladefläche erzittern ließ, und sank in die Hocke, um die Wucht des Aufpralls abzufedern.

»*Fuck!*« Michael fuhr am Steuer herum. »Was war das?«

»Nichts«, sagte Peter. Die Erschütterung der Landung vibrierte noch immer in seinen Knochen. »Nur Lish.«

Alicia richtete sich auf und klopfte an das Rückfenster der Kabine. »Entspann dich, Michael.«

»Verdammt, ich dachte, der Motor ist uns um die Ohren geflogen.«

Hollis und Sara kletterten an Bord. Alicia setzte sich ans Geländer und drehte sich zu Peter um. Selbst durch die rauchig dunklen Brillengläser konnte Peter das orangerote Leuchten ihrer Augen sehen.

»Sorry«, sagte sie mit betretenem Grinsen. »Ich dachte, ich krieg's besser hin.«

»Ich glaube, ich werde mich nie daran gewöhnen«, sagte er.

Das Messer war nie herabgefahren. Das heißt, es *war* herabgefahren, aber dann hatte es aufgehört.

Alles hatte aufgehört.

Alicia hatte das getan: Sie hatte Peters Handgelenke gepackt und die Messerklinge auf ihrem abwärts gerichteten Bogen eine

Handbreit vor ihrer Brust gestoppt. Ihre Fesseln waren zerrissen wie Papier. Peter spürte die Kraft in ihren Armen, eine titanenhafte Stärke, übermenschlich, und er wusste, es war zu spät.

Doch als sie die Augen öffnete, war es Alicia, die er sah.

»Wenn es dir recht ist, Peter«, sagte sie, »würdest du dann die Vorhänge zuziehen? Es ist nämlich richtig, richtig hell hier drin.«

Das Neue Wesen. So nannten sie sie. Weder das eine noch das andere, sondern irgendwie beides. Sie konnte die Virals nicht fühlen, wie Amy es konnte, und sie hörte auch die ewig gleiche Frage nicht, die sie stellten; die große Trauer in der Welt. In jeder Hinsicht war sie die alte, dieselbe Alicia, die sie immer gewesen war, nur in einer nicht:

Wenn sie wollte, konnte sie die erstaunlichsten Dinge tun.

Andererseits, dachte Peter – war das nicht schon immer so gewesen?

Der Sno-Cat krepierte in Sichtweite des Talbodens. Der Motor puffte und keuchte, nieste noch einmal eine Abgaswolke durch den Auspuff, und dann rollten sie auf den Ketten noch ein paar Meter weiter und blieben stehen.

»Das war's«, rief Peter aus der Kabine. »Jetzt geht's zu Fuß weiter.«

Alle kletterten herunter. Hinter den Bäumen weiter unten hörte Peter das Rauschen des Flusses, der vom Schmelzwasser angeschwollen war. Ihr Ziel war die Garnison – mindestens zwei Tagesmärsche durch den schweren Frühlingsschnee. Sie luden ihr Gepäck ab und schnallten die Skier an. Die Grundlagen des Skilaufens hatten sie aus einem Buch gelernt, das sie im Hotel gefunden hatten, einem dünnen vergilbten Bändchen mit dem Titel *Einführung in den Ski-Langlauf*. Allerdings hatten die Worte und Bilder die ganze Sache einfacher aussehen lassen, als sie wirklich war. Ausgerechnet Greer konnte sich anfangs kaum auf den Beinen halten, und selbst wenn es ihm gelang, rutschte er immer wieder hilflos zwischen die Bäume. Amy tat ihr Bestes, um ihm

zu helfen – sie hatte es sofort gekonnt und glitt mit flinker Anmut durch den Schnee –, und sie zeigte ihm, was er tun musste. »So geht das«, sagte sie dann. »Man fliegt irgendwie über den Schnee. Es ist ganz einfach.« Es war keineswegs einfach, und auch alle anderen waren oft genug in den Schnee gepurzelt, aber nach einigem Üben kamen sie alle ganz gut zurecht.

»Sind alle fertig?«, fragte Peter und ließ seine Bindung einrasten. Die anderen murmelten zustimmend. Es war kurz vor Halbtag, und die Sonne stand hoch am Himmel. »Amy?«

Das Mädchen nickte. »Ich glaube, es ist alles in Ordnung.«

»Okay, Leute. Augen überall.«

Sie überquerten den Fluss bei der alten Eisenbrücke, wandten sich nach Westen, verbrachten eine Nacht im Freien und erreichten die Garnison am Ende des zweiten Tages. Im Tal war es Frühling. Hier unten war der Schnee fast vollständig geschmolzen, und der Boden war von einer dicken Schlammschicht bedeckt. Sie tauschten ihre Skier gegen den Humvee, den das Bataillon zurückgelassen hatte, versorgten sich mit Proviant, Treibstoff und Waffen aus dem unterirdischen Lager und setzten ihre Reise fort.

Sie konnten genug Diesel mitnehmen, um bis zur Staatsgrenze von Utah zu gelangen, vielleicht auch noch ein bisschen weiter. Wenn sie bis dahin nichts mehr fänden, würden sie wieder zu Fuß weitermarschieren müssen. Sie fuhren nach Süden, an den Bergen entlang und in trockenes Gelände mit blutroten Felsen, die in fantastischen Formationen ringsherum aufragten. Nachts krochen sie unter, wo es gerade ging – in einem Getreidesilo, in einem leeren Sattelschlepper, in einer Tankstelle, die aussah wie ein Tipi.

Sie wussten, dass sie nicht in Sicherheit waren. Die von Babcock Befallenen waren tot, aber es gab andere. Die von Sosa. Die von Lambright. Die von Baffes und Morrison und Carter und der ganze Rest. Das hatten sie begriffen. Das hatte Lacey ihnen klargemacht, als sie die Bombe gezündet hatte. Was die Zwölf waren – aber auch noch mehr: wie man die anderen befreite.

»Ich glaube, am ehesten vergleichbar sind Bienen«, hatte Michael gesagt. In den endlosen Tagen, die sie auf dem Berg verbracht hatten, hatte Peter ihnen Laceys Akten zu lesen gegeben, und sie hatten stundenlang darüber diskutiert. Aber am Ende war es Michael gewesen, dessen Hypothese sämtliche Fakten zusammengefügt hatte.

»Diese zwölf ursprünglichen Probanden«, sagte er und deutete auf die Unterlagen, »sind wie Bienenköniginnen, und jeder trägt eine abgewandelte Variante des Virus in sich. Die Träger dieser Variante sind Teil eines kollektiven Bewusstseins und mit dem ursprünglichen Träger verbunden.«

»Wie kommst du darauf?«, wollte Hollis wissen. Er war skeptischer als alle anderen und hinterfragte jedes Argument.

»Zunächst mal wegen der Art und Weise, wie sie sich bewegen. Hast du dich darüber nie gewundert? Alles, was sie tun, sieht aus, als wäre es koordiniert, weil es koordiniert *ist,* genau wie Olson es gesagt hat. Und es erklärt, wieso eins von zehn Opfern befallen wird. Man muss es sich als virale Fortpflanzung vorstellen, als Methode der Arterhaltung eines bestimmten Stammes.«

»Wie eine Familie?«, fragte Sara.

»Na ja, das nun wieder auch nicht. Wir sprechen hier immerhin von *Virals.* Aber in gewisser Weise trifft es zu.«

Peter erinnerte sich an etwas, das Vorhees gesagt hatte: dass die Virals sich – welches Wort hatte er benutzt? Dass sie sich zusammenrotteten, zu großen Schwärmen. Er erzählte es den anderen.

»Das passt ins Bild.« Michael nickte die ganze Zeit. »Es gibt nur noch wenig Wild und fast keine Menschen mehr. Ihnen geht die Nahrung aus, und sie finden kaum noch neue Opfer, die sie infizieren können. Sie sind eine Spezies wie jede andere, programmiert zum Überleben. Insofern könnte diese Sammelbewegung eine Art Anpassungsmaßnahme sein, mit der sie ihre Kräfte sparen.«

»Das heißt ... sie sind jetzt schwächer?«, vermutete Hollis.

Michael rieb sich den spärlichen Bart und überlegte. »Schwächer ist ein relativer Ausdruck«, sagte er. »Aber ja, ich würde

sagen, es stimmt. Und ich komme noch einmal auf den Vergleich mit den Bienen zurück. Alles, was ein Bienenvolk tut, dient dem Schutz seiner Königin. Wenn Vorhees recht hatte, scharen sie sich um jeden der ursprünglichen Zwölf. Das haben wir, glaube ich, im Hafen beobachten können. Sie brauchen uns, und sie brauchen uns lebend. Ich wette, es gibt irgendwo noch elf solche großen Völker.«

»Und wenn wir die finden könnten?«, fragte Peter.

Michael runzelte die Stirn. »Vergiss es.«

Peter beugte sich vor. »Aber wenn wir es könnten? Was wäre, wenn wir den Rest der Zwölf tatsächlich finden und töten könnten?«

»Wenn die Königin stirbt, stirbt das Volk auch.«

»Wie Babcock. Wie die Vielen.«

Michael warf einen vorsichtigen Blick in die Runde und sah dann wieder Peter an. »Hör zu, das ist nur eine Theorie. Ich könnte mich auch irren. Und das Problem Nummer eins ist damit nicht gelöst – nämlich, sie zu finden. Der Kontinent ist groß. Sie können überall sein.«

Peter merkte plötzlich, dass alle ihn ansahen.

»Peter?«, fragte Sara, die neben ihm saß. »Was ist?«

Sie gehen immer nach Hause, dachte er.

»Ich glaube, ich weiß, wo sie sind«, sagte er.

Sie fuhren weiter. In der fünften Nacht, die sie draußen verbrachten – sie waren in Arizona, in der Nähe der Grenze nach Utah –, wandte Greer sich an Peter und sagte: »Wissen Sie, das Komische ist, ich dachte immer, das sei alles erfunden.«

Sie saßen an einem knisternden Mesquiteholz-Feuer, das sie wegen der Kälte angezündet hatten. Alicia und Hollis hatten Wache und patrouillierten draußen um den Lagerplatz herum. Die anderen schliefen. Sie waren in einem breiten kargen Tal und hatten sich zum Übernachten unter eine Brücke zurückgezogen, die über ein trockenes Flussbett führte.

»Was meinen Sie?«

»Den Film. *Dracula.*« Greer war in den letzten Wochen schlanker geworden. Auf seinem rasierten Schädel war ein grauer Haarkranz gewachsen, und er hatte einen Vollbart bekommen. Sie konnten sich kaum noch daran erinnern, dass er einmal nicht einer von ihnen gewesen war. »Sie haben das Ende nicht gesehen, oder?«

Der Abend in der Messe. Seitdem schien eine Ewigkeit vergangen zu sein. Peter versuchte sich zu erinnern.

»Stimmt«, sagte er schließlich. »Sie wollten das Mädchen umbringen, als die Einheit Blau zurückkam. Harker und dieser andere. Van Helsing.« Er zuckte die Achseln. »Ich war irgendwie froh, dass ich mir diesen Teil nicht mehr ansehen musste.«

»Sehen Sie, und das ist es. Sie bringen das Mädchen nicht um. Sie töten den *Vampir.* Treiben dem Scheißkerl einen Pfahl mitten durch den Sweetspot. Und Mina wacht einfach wieder auf und ist so gut wie neu.« Greer schüttelte den Kopf. »Das hat mich nie so recht überzeugt, ehrlich gesagt. Aber jetzt bin ich gar nicht mehr so sicher. Nicht nach dem, was ich auf dem Berg gesehen habe.« Er schwieg kurz. »Glauben Sie wirklich, sie haben sich daran erinnert, wer sie waren? Und sie konnten es bis zu ihrem Tod nicht?«

»Das sagt Amy.«

»Und Sie glauben ihr.«

»Ja.«

Greer nickte nachdenklich. »Komisch. Ich habe mein Leben lang versucht, die Virals umzubringen. Ich habe nie wirklich darüber nachgedacht, wer sie einmal gewesen waren. Aus irgendeinem Grund war es nie wichtig. Und jetzt stelle ich fest, dass ich Mitleid mit ihnen habe.«

Peter wusste, was er meinte. Ihm ging es genauso.

»Ich bin nur ein Soldat, Peter. Zumindest war ich einer. Formal gesehen nennt man das, was ich getan habe, unerlaubtes Entfernen von der Truppe. Aber alles, was passiert ist, hat etwas zu *bedeuten.* Sogar dass ich jetzt hier bin, bei euch. Es ist mehr als nur Zufall, glaube ich.«

Peter dachte an die Geschichte, die Lacey ihm erzählt hatte, von Noah und dem Schiff, und plötzlich sah er etwas, woran er bisher nicht gedacht hatte. Noah war nicht allein. Da waren natürlich die Tiere, aber das war nicht alles. Er hatte seine Familie mitgenommen.

»Was meinen Sie, was sollen wir tun?«, fragte er.

Greer schüttelte den Kopf. »Ich glaube, das habe ich nicht zu entscheiden. Sie sind derjenige mit den Ampullen im Rucksack. Die Frau hat sie Ihnen gegeben und niemandem sonst. Was mich angeht, mein Freund, liegt diese Entscheidung bei Ihnen.« Er stand auf und nahm sein Gewehr. »Aber als Soldat kann ich Ihnen sagen: Wenn Sie auf die Jagd nach den Zwölfen gehen wollen, dann wären noch zehn wie Donadio eine höllische Waffe.«

In dieser Nacht sprachen sie nicht weiter darüber. Bis Moab waren es noch zwei Tage.

Sie näherten sich der Farm von Süden her. Sara saß am Steuer des Humvee, Peter mit dem Fernglas auf dem Dach.

»Siehst du was?«, rief Sara.

Es war später Nachmittag. Ein starker Wind wirbelte Staubwolken auf und verschleierte die Sicht. Nach vier warmen Tagen war die Temperatur wieder gesunken; es war kalt wie im Winter.

Peter stieg vom Dach und blies sich in die Hände. Die anderen hockten zusammengedrängt mit ihrem Gepäck auf den Bänken. »Ich sehe die Gebäude. Aber nichts, was sich bewegt. Die Staubwolken sind zu dicht.«

Alle schwiegen und fragten sich bang, was sie finden würden. Zumindest hatten sie Sprit; südlich der Stadt Blanding waren sie über ein riesiges Treibstofflager gestolpert – genauer gesagt, sie waren mitten hineingefahren: zwei Dutzend verrostete Tanks, die wie riesige Pilze aus dem Erdboden ragten. Wenn sie ihre Route richtig planten, erkannten sie, und Flugplätze und größere Ortschaften – vor allem solche mit Bahnhöfen – ansteuerten, dann würden sie unterwegs wahrscheinlich genug Diesel finden, um

damit nach Hause zu kommen, natürlich vorausgesetzt, der Humvee hielt durch.

»Los, weiter«, sagte Peter.

Langsam fuhr sie an und rollte an den kleinen Häusern an der Straße vorbei. Mit einem flauen Gefühl im Magen stellte Peter fest, dass sie alle noch genauso aussahen wie damals: leer und verlassen. Und inzwischen hätten Theo und Mausami das Motorengeräusch gehört haben und herauskommen müssen. Sara stoppte vor der Veranda des Hauses und stellte den Motor ab. Alle stiegen aus. Noch immer blieb alles still.

Alicia sprach als Erste. Sie legte Peter die Hand auf die Schulter. »Lass mich hineingehen.«

Aber er schüttelte den Kopf. Das war seine Aufgabe. »Nein. Ich gehe.«

Er stieg auf die Veranda und öffnete die Tür. Sofort sah er, dass alles verändert war. Die Möbel waren umgestellt worden, und alles sah behaglicher, ja, anheimelnd aus. Ein paar alte Fotos schmückten den Kaminsims. Er trat heran und legte die Hand auf die Asche, die im Kamin lag, aber sie war kalt. Das Feuer war schon lange erloschen.

»Theo?«

Keine Antwort. Er ging in die Küche. Alles wirkte sauber geschrubbt und aufgeräumt. Es überlief ihn eiskalt, als er an die Geschichte dachte, die Vorhees erzählt hatte – die Geschichte von der Stadt, aus der alle Leute verschwunden waren. Wie hatte sie noch geheißen? Homer. Homer, Oklahoma. Geschirr auf den Tischen, alles tipptopp, nur die Menschen hatten sich in Luft aufgelöst.

Die Treppe führte hinauf zu einem kleinen Korridor mit zwei Türen, hinter denen Schlafzimmer lagen. Peter öffnete vorsichtig das erste. Der Raum war leer und unberührt. Ängstlich machte er die zweite Tür auf.

Theo und Maus lagen auf dem großen Bett, sie schliefen tief und fest. Maus lag auf der Seite, die Decke über die Schulter gezogen. Ihr schwarzes Haar ergoss sich auf das Kissen. Theo lag

steif auf dem Rücken; sein linkes Bein war vom Knöchel bis zur Hüfte geschient.

Zwischen ihnen spähte ein winziges Babygesicht aus einem Guckloch in der dicken Decke, in die es eingewickelt war.

»Ich werd verrückt«, sagte Theo und entblößte lächelnd eine Reihe abgebrochener Zähne. »Das nenn ich eine Überraschung!«

72

Als Erstes bat Maus sie darum, Conroy zu begraben. Sie hätte es schon selbst getan, sagte sie, aber sie schaffte es einfach nicht. Sie hatte Theo und das Baby zu versorgen, und deshalb hatte sie den Hund nach dem Überfall vor drei Tagen liegen lassen müssen, wo er war. Peter trug das, was von dem armen Tier übrig war, zu den anderen Gräbern, wo Hollis und Michael eine Grube ausgehoben und Steine herumgelegt hatten, um die Stelle zu markieren. Wenn die frisch aufgegrabene Erde nicht gewesen wäre, hätte Conroys Grab ausgesehen wie alle anderen.

Wie sie den Angriff in der Scheune überlebt hatten, konnten Theo und Mausami nicht restlos erklären. Mausami hatte mit dem kleinen Caleb im Wagen auf dem Rücksitz gekauert und das Gesicht auf den Boden gedrückt, und sie hatte gehört, wie die Flinte losging. Sie hatte den Kopf gehoben und den Viral tot auf dem Boden der Scheune liegen sehen, und da hatte sie angenommen, Theo habe ihn erschossen. Aber Theo konnte sich daran nicht erinnern, und das Gewehr selbst hatte ein paar Meter weit weggelegen, an der Tür, weit außerhalb seiner Reichweite. Als er den Schuss gehört hatte, waren seine Augen geschlossen gewesen, und das Nächste, woran er sich erinnern konnte, war Mausamis Gesicht im Dunkeln über ihm. Sie hatte seinen Namen gerufen. Für ihn hatte es nur eine logische Schlussfolgerung gegeben: Sie hatte

geschossen. Sie hatte die Waffe irgendwie an sich gebracht und den Schuss abgefeuert, der sie alle gerettet hatte.

Damit blieb als einzige mögliche Erklärung ein unbekannter Dritter. Derjenige, der die Fußspuren hinterlassen hatte, die Theo in der Scheune entdeckt hatte. Aber wie eine solche Person genau im richtigen Moment auftauchen und dann unerkannt wieder verschwinden konnte – und vor allem, *warum* er oder sie das hätte tun sollen –, konnten sie sich nicht erklären. Sie hatten auch keine weiteren Fußspuren gefunden, keine zusätzlichen Indizien dafür, dass noch jemand da gewesen war. Es war, als hätte ein Gespenst sie gerettet.

Die nächste Frage war, warum der Viral sie nicht einfach umgebracht hatte, als er Gelegenheit dazu hatte. Weder Theo noch Mausami waren nach dem Überfall noch einmal in der Scheune gewesen, und der Kadaver lag immer noch dort, vor der Sonne geschützt. Aber als Alicia und Peter hinübergingen, um nachzusehen, war dieses Rätsel gelöst. Keiner von ihnen hatte jemals die Leiche eines Virals gesehen, der mehr als ein paar Stunden tot war. Die Tage in der dunklen Scheune hatten eine ganz unerwartete Wirkung gehabt. Die Haut hatte sich straffer um das Gesicht gespannt und ihm einen erkennbaren Anschein von Menschlichkeit zurückgegeben. Die Augen des Virals waren offen und milchig verschleiert wie Murmeln. Die eine Hand lag auf der Brust, die Finger über dem Einschusskrater gespreizt – eine Geste der Überraschung, vielleicht sogar des Schreckens. Peter verspürte bei dem Anblick ein plötzliches Gefühl der Vertrautheit, als sähe er einen sehr entfernten Bekannten oder jemanden, der unter einer spiegelndenden Glasscheibe lag. Aber dann sprach Alicia den Namen aus, den er kannte, und im selben Moment war alle Ungewissheit verflogen. Die Wölbung der Stirn, der Ausdruck der Verwirrung im Gesicht, verstärkt durch die kalte Leere seines Blicks, die suchende Geste der Hand auf der Wunde, als hätte er im letzten Augenblick noch versucht zu ergründen, was ihm da passierte. Es gab keinen Zweifel: Der Mann auf dem Boden der Scheune war Galen Strauss.

Wie war er hierhergekommen? Hatte er sie gesucht und war unterwegs befallen worden, oder war es umgekehrt gewesen? Hatte er Mausami oder das Baby gewollt? Hatte er sich rächen wollen? Oder sich verabschieden?

Wo war Galen Strauss zu Hause?

Alicia und Peter rollten die Leiche in eine Plane und schleiften sie weg vom Haus. Sie wollten sie verbrennen, doch Mausami erhob Einspruch. Er mag ein Viral gewesen sein, sagte sie, aber er war einmal mein Mann. So eine Behandlung hat er nicht verdient. Er soll bei den anderen begraben werden. Wenigstens das wollen wir ihm geben.

Und so taten sie es.

Am späten Nachmittag des zweiten Tages auf der Farm legten sie Galen zur letzten Ruhe. Alle hatten sich im Garten versammelt, nur Theo nicht; er war ans Bett gefesselt und würde es noch viele Tage bleiben. Sara schlug vor, jeder solle eine Geschichte erzählen, an die er sich erinnerte, etwas, das er mit Galen erlebt hatte. Das war anfangs mühsam, denn abgesehen von Maus hatte keiner von ihnen ihn gut gekannt oder gar besonders gemocht. Aber am Ende schafften sie es alle, und jeder erzählte von irgendeinem Ereignis, bei dem Galen etwas getan oder gesagt hatte, das komisch oder loyal oder gutmütig gewesen war, und Greer und Amy schauten als stumme Zeugen dieses Rituals zu. Als sie fertig waren, erkannte Peter, dass etwas Bedeutsames geschehen war: Es war ein Eingeständnis gewesen, das nicht mehr zurückgenommen werden konnte, nachdem es einmal in der Welt war. Der Kadaver, den sie begraben hatten, mochte ein Viral gewesen sein, aber die Person, die sie bestattet hatten, war ein Mensch.

Die Letzte, die sprach, war Mausami. Sie hielt Baby Caleb auf dem Arm. Das Kind schlief. Sie räusperte sich, und Peter sah, dass ihre Augen feucht von Tränen waren.

»Ich will nur sagen, er war sehr viel tapferer, als die Leute dachten. Die Wahrheit ist, er konnte kaum etwas sehen. Niemand sollte wissen, wie schlimm es war, aber ich habe es gemerkt. Er war nur

zu stolz, um es zuzugeben. Es tut mir leid, dass ich ihn betrogen habe. Ich weiß, er wollte gern Vater sein, und vielleicht ist er deshalb hergekommen. Vermutlich ist es merkwürdig, wenn ich das sage, aber ich glaube, er wäre ein guter Vater gewesen. Ich wünschte, er hätte die Gelegenheit dazu gehabt.«

Sie schwieg, schob das Baby auf die Schulter und wischte sich mit der freien Hand über die Augen. »Das ist alles«, sagte sie. »Danke, dass ihr das getan habt, ihr alle. Wenn es euch recht ist, wäre ich jetzt gern ein bisschen allein.«

Sie gingen davon und ließen Maus zurück. Peter ging hinauf ins Schlafzimmer. Sein Bruder war wach und saß aufrecht im Bett, das geschiente Bein vor sich ausgestreckt. Sara vermutete, dass er außer dem Beinbruch noch mindestens drei gebrochene Rippen hatte. Alles in allem konnte er von Glück sagen, dass er noch lebte.

Peter trat ans Fenster und schaute in den Garten hinunter. Maus stand immer noch am Grab; sie wandte dem Haus den Rücken zu. Das Baby war aufgewacht und fing an zu zappeln, Maus drehte sich in den Hüften hin und her und schmiegte eine Hand an Calebs Hinterkopf, um ihn zu beruhigen.

»Ist sie noch draußen?«, fragte Theo.

Peter drehte sich zu seinem Bruder um. Theo hatte das Gesicht zur Decke gewandt.

»Es ist okay«, sagte Theo. »Ich habe mich … nur gefragt.«

»Ja, sie ist noch draußen.«

Theo sagte nichts weiter, und seine Miene war unergründlich.

»Wie geht's dem Bein?«, fragte Peter.

»Beschissen.« Theo strich mit der Zunge über seine abgebrochenen Zähne. »Aber diese Zähne gehen mir am meisten auf die Nerven. Da ist nichts, wo etwas sein sollte. Ich kann mich nicht daran gewöhnen.«

Peter schaute wieder aus dem Fenster. Maus war nicht mehr da. Er hörte, wie unten die Küchentür geschlossen und dann wieder geöffnet wurde; Greer kam mit einem Gewehr aus dem Haus. Er blieb kurz stehen, und dann ging er quer über den Hof zu dem

Holzstapel an der Scheune, lehnte das Gewehr an die Wand, nahm die Axt und fing an, Holz zu hacken.

»Hey«, sagte Theo. »Ich weiß, ich habe dich im Stich gelassen, als ich hiergeblieben bin.«

Peter drehte sich um. Irgendwo im Haus hörte er die Stimmen der anderen; anscheinend versammelten sie sich in der Küche.

»Das ist okay«, sagte er. Nach allem, was geschehen war, hatte er seine Enttäuschung längst vergessen. »Maus hat dich gebraucht. Ich hätte das Gleiche getan.«

Aber sein Bruder schüttelte den Kopf. »Lass mich einfach reden. Ich weiß, es hat eine Menge Mut erfordert, was du getan hast. Du sollst nicht glauben, ich hätte es nicht bemerkt. Aber darüber will ich eigentlich gar nicht sprechen. Mut zu haben ist einfach, wenn die Alternative darin besteht, umgebracht zu werden. Du hast da draußen etwas gesehen, das niemand sonst sehen konnte, und du bist ihm gefolgt. Und das könnte ich niemals. Ich habe es versucht, glaub mir, und sei es nur, weil Dad es sich anscheinend so sehr gewünscht hat. Aber ich hatte es einfach nicht in mir. Und weißt du, was komisch ist? Ich war tatsächlich froh, als es mir klar wurde.«

Es klang beinahe wütend, fand Peter. Aber zugleich sah sein Bruder erleichtert aus.

»Wann?«, fragte er.

»Was, wann?«

»Wann ist es dir klar geworden?«

Theos Blick ging zur Decke. »Die Wahrheit? Ich glaube, gekannt habe ich sie immer, zumindest was mich betrifft. Aber in dieser Nacht damals im Kraftwerk habe ich begriffen, wirklich begriffen, was in dir steckt. Nicht weil du nach draußen geklettert bist, wie du es getan hast – ich bin sicher, das war Lishs Idee. Nein, es war dein Gesichtsausdruck –, als zöge es dich dorthin. Ich habe dich zusammengestaucht, klar. Es war dumm, und es hätte uns alle den Kopf kosten können. Aber hauptsächlich war ich erleichtert. Ich wusste, ich brauchte mich nicht mehr zu verstellen.« Seufzend schüttelte er den Kopf. »Ich wollte nie wie Dad sein, Bruder. Ich

habe seine Langen Ritte immer für verrückt gehalten, lange bevor er wegritt und nicht mehr zurückkam. Ich sah keinen Sinn darin. Aber jetzt sehe ich dich und Amy an, und ich weiß, dass es nicht um irgendeinen Sinn geht. Nichts an alldem hat irgendeinen *Sinn.* Was du getan hast, hast du getan, weil du daran geglaubt hast. Ich beneide dich nicht, und ich weiß, ich werde mir bis ans Ende meines Lebens Sorgen um dich machen. Aber ich bin stolz auf dich.« Er schwieg kurz. »Und willst du noch etwas wissen?«

Peter war zu verdattert, um zu antworten. Er konnte nur nicken.

»Ich glaube, es war wirklich ein Geist, der uns gerettet hat. Frag Maus, sie wird es dir sagen. Ich weiß nicht, was es ist, aber etwas ist hier anders. Ich dachte, ich bin *tot,* Peter. Ich dachte, wir sind alle tot. Ich dachte es nicht bloß, ich wusste es. Und genauso weiß ich dies: Dieser Ort hier wacht über uns und kümmert sich um uns. Er sagt uns, solange wir hier sind, sind wir in Sicherheit.« Er sah Peter an, und sein Blick war gequält. »Du brauchst mir nicht zu glauben.«

»Ich habe nicht gesagt, ich glaube dir nicht.«

Theo lachte und verzog dann das Gesicht, weil seine bandagierten Rippen schmerzten. »Das ist gut.« Er ließ den Kopf auf das Kissen fallen. »Denn ich glaube an dich, Bruder.«

Vorläufig würden sie nicht weiterfahren. Sara meinte, es werde mindestens sechzig Tage dauern, bis Theo wieder ans Gehen denken könnte, und Mausami war immer noch sehr schwach und entkräftet von der langen und schweren Entbindung. Von allen war Baby Caleb der Einzige, dem es anscheinend tadellos ging. Er war erst ein paar Tage alt, aber er schaute sich mit hellen, weit offenen Augen um. Für jeden hatte er ein freundliches Lächeln, vor allem für Amy. Wenn er ihre Stimme hörte oder auch nur spürte, dass sie hereinkam, fing er schrill und glücklich an zu krähen und wedelte mit Armen und Beinen.

»Ich glaube, er hat dich gern«, sagte Maus eines Tages in der

Küche, während sie mühsam versuchte, ihn zu stillen. »Du kannst ihn halten, wenn du willst.«

Peter und Sara sahen zu, wie Amy sich an den Tisch setzte und Mausami ihr Caleb behutsam in die Arme legte. Er streckte einen Arm aus der Wickeldecke, und Amy neigte ihm das Gesicht entgegen, sodass er mit seinen winzigen Fingern nach ihrer Nase greifen konnte. »Ein Baby«, sagte sie lächelnd.

Maus lachte trocken. »Das kann man wohl sagen.« Sie drückte die flache Hand an ihre schmerzenden Brüste und stöhnte. »Und was für eins.«

»Ich habe noch nie eins gesehen.« Amy betrachtete Calebs Gesicht. Alles an ihm war so neu, dass es schien, als wäre er in irgendeine wundersame, lebenspendende Flüssigkeit getaucht worden. »Hallo, Baby.«

Das Haus war zu klein, um alle darin unterzubringen, und Caleb brauchte Ruhe. Sie holten die überschüssigen Matratzen heraus und zogen in eins der leeren Häuser am Weg. Wie lange war es her, dass hier so viel Leben gewesen war? Dass mehr als ein Haus von Menschen bewohnt gewesen war? Am Flussufer wuchsen dichte Dornenbüsche mit bitteren Brombeeren, die in der Sonne süß wurden, und im Wasser sprangen die Fische. Jeden Tag kam Alicia von der Jagd zurück, verschmutzt und lachend, und ein Stück Wild baumelte an einem Strick über ihrem Rücken: langohrige Hasen, fette Rebhühner, etwas, das aussah wie eine Kreuzung zwischen Eichhörnchen und Murmeltier und nach Hirsch schmeckte. Sie nahm kein Gewehr und keinen Bogen mit; sie brauchte nur ein Messer. »Niemand muss hungern, solange ich da bin«, sagte sie.

Auf ganz eigene Art war es eine glückliche Zeit, eine unbeschwerte Zeit. Es gab reichlich zu essen, die milden Tage wurden immer länger, und die Nächte unter dem Sternenhimmel waren still und scheinbar sicher. Trotzdem hing für Peter bange Sorge wie eine Wolke über allem. Zum Teil lag es daran, dass er wusste, wie vorübergehend alles war. Dazu kamen die Probleme, die mit

ihrer bevorstehenden Weiterreise verbunden waren – organisatorische Probleme mit Proviant, Treibstoff, Waffen und genug Platz, um alles zu transportieren. Sie hatten nur den einen Humvee, und der reichte kaum für alle, schon gar nicht für eine Frau mit einem Baby. Die Frage war auch, was sie in der Kolonie vorfinden würden, wenn sie dort ankämen. Würden die Lichter noch brennen? Würde Sanjay sie festnehmen lassen? Lauter Sorgen, die noch ein paar Wochen zuvor in weiter Ferne gelegen hatten und über die man sich den Kopf nicht hatte zerbrechen müssen. Das war jetzt nicht mehr so.

Aber letzten Endes bedrückte ihn etwas anderes. Es war das Virus. Zehn Ampullen in einer glänzenden Metallkassette in seinem Rucksack, den er im Wandschrank des Hauses verstaut hatte, in dem er mit Greer und Michael schlief. Der Major hatte recht: Es konnte nur einen Grund geben, weshalb Lacey ihm die Kassette gegeben hatte. Alicia hatte das Virus bereits gerettet – und mehr als das. Es war die Waffe, von der Lacey gesprochen hatte, mächtiger als Gewehre und Armbrüste, mächtiger selbst als die Bombe, die sie benutzt hatte, um Babcock zu töten. In seiner Stahlkassette war es jedoch wirkungslos.

In einem hatte Greer nicht recht. Die Entscheidung hatte Peter nicht allein zu treffen. Alle anderen mussten zustimmen. Die Farm eignete sich für das, was er vorhatte, so gut wie jeder andere Ort. Natürlich würden sie ihn fesseln müssen. Dazu konnten sie ein Zimmer in einem der leeren Häuser benutzen. Wenn es schiefginge, könnte Greer sich um ihn kümmern. Dass er es konnte, hatte Peter gesehen.

Eines Abends rief er sie alle zusammen. Sie setzten sich um ein Feuer im Garten – alle außer Mausami, die oben schlief, und Amy, die auf Baby Caleb aufpasste. Er hatte es so geplant; er wollte Amy nicht einweihen. Nicht weil sie Einwände erheben könnte – er bezweifelte, dass sie es tun würde. Aber er wollte sie beschützen, vor dieser Entscheidung und vor dem, was sie bedeuten konnte. Theo war auf einem Paar Krücken herausgehumpelt, die Hollis

ihm aus Abfallholz gemacht hatte; in ein paar Tagen würde ihm die Schiene abgenommen werden. Peter hatte seinen Rucksack mitgebracht; darin war die Kassette mit den Ampullen. Wenn alle einverstanden waren, sah er keinen Grund mehr, weiter zu warten. Sie saßen auf Steinen rings um das Feuer, und Peter erklärte ihnen, was er tun wollte.

Michael sprach als Erster. »Ich bin einverstanden«, sagte er. »Ich finde, wir sollten es probieren.«

»Ich halte es für verrückt«, warf Sara ein. Sie hob den Kopf und sah die anderen an. »Seht ihr nicht, was es ist? Niemand will es sagen, aber ich tu's. Es ist böse. Wie viele Millionen sind gestorben durch das, was in diesem Kasten ist? Ich kann nicht fassen, dass wir überhaupt darüber reden. Ich sage, wirf es ins Feuer.«

»Vielleicht hast du recht, Sara«, sagte Peter. »Aber ich glaube, wir können uns nicht leisten, nichts zu tun. Babcock und die Vielen mögen tot sein. Der Rest der Zwölf ist allerdings immer noch da draußen. Wir haben gesehen, was Lish kann und was Amy kann. Das Virus ist aus einem bestimmten Grund zu uns gekommen, wie Amy zu uns gekommen ist. Wir können das nicht einfach ignorieren.«

»Es könnte dich umbringen, Peter. Oder Schlimmeres.«

»Ich bin bereit, dieses Risiko einzugehen. Und Lish hat es nicht umgebracht.«

Sara wandte sich an Hollis. »Sag's ihm. Bitte sag ihm, dass es kompletter Wahnsinn ist.«

Aber Hollis schüttelte den Kopf. »Tut mir leid. Ich glaube, ich bin Peters Meinung.«

»Das kannst du nicht ernst meinen.«

»Er hat recht. Es muss einen Grund geben.«

»Wieso reicht dir nicht die Tatsache, dass wir alle noch am *Leben* sind?«

Er griff nach ihrer Hand. »Das ist nicht genug, Sara. Wir sind am Leben. Ja und? Ich will ein Leben mit dir. Ein *richtiges* Leben. Ohne Scheinwerfer, ohne Mauern, ohne die Wache. Vielleicht

gibt es das für andere, eines Tages. Wahrscheinlich sogar. Aber ich kann zu dem, was Peter will, nicht nein sagen – nicht solange eine Chance besteht. Und ich glaube, im Grunde deines Herzens siehst du das auch so.«

»Wir können doch einfach so gegen sie kämpfen. Wir werden sie finden und töten. Wir. Als Menschen.«

Sara schwieg, und Peter spürte ein stummes Einverständnis zwischen den beiden. Als Hollis ihn wieder ansah, wusste Peter, was er sagen würde.

»Wenn es klappt, bin ich der Nächste.«

Peter sah Sara an. Aber da war kein Widerspruch mehr. Sie hatte es akzeptiert.

»Das brauchst du nicht zu tun, Hollis.«

Der breitschultrige Mann schüttelte den Kopf. »Ich tue es nicht für dich. Wenn du willst, dass ich auf deiner Seite bin, ist das meine Bedingung. Überleg's dir.«

Peter sah Greer an, und der nickte. Er drehte sich zu Theo um, der auf einem Holzklotz auf der anderen Seite des Kreises saß, das geschiente Bein vor sich ausgestreckt.

»Meine Güte, Peter, was soll ich sagen? Ich habe dir gesagt, das hier ist deine Show.«

»Nein, das ist es nicht. Es betrifft uns alle.«

Theo zögerte. »Nur damit ich dich richtig verstehe. Du willst dich absichtlich mit dem Virus infizieren, und du willst, dass ich sage: Na klar, nur zu. Und Hollis hier will das Gleiche tun – vorausgesetzt, dass du nicht stirbst oder uns alle umbringst.«

Bei diesen unverblümten Worten fragte Peter sich zum ersten Mal, ob er wirklich den Mut dazu hatte. Er begriff, dass Theo ihn mit seiner Frage auf die Probe stellte.

»Ja. Genau das will ich.«

Theo nickte. »Dann ist es okay.«

»Das ist alles? Nur ›okay‹?«

»Ich liebe dich, Bruder. Wenn ich dächte, ich könnte es dir ausreden, würde ich es tun. Aber ich weiß, ich kann es nicht. Ich habe

ja gesagt, ich werde mir Sorgen um dich machen. Also kann ich auch gleich damit anfangen.«

Schließlich sah er Alicia an. Sie hatte die Brille abgenommen, und der Feuerschein verstärkte den pulsierenden orangeroten Glanz ihrer Augen zu funkelnder Intensität. Ihre Zustimmung brauchte er mehr als alles andere. Ohne sie würde er gar nichts tun.

»Ja.« Sie nickte. »Es tut mir leid, das zu sagen, aber – ja.«

Es gab keinen Grund mehr, länger zu warten. Wenn er zu lange über alle möglichen Konsequenzen nachdächte, könnte seine Entschlossenheit zerbröckeln; das wusste er. Er führte die anderen zu dem leeren Haus, das er vorbereitet hatte. Es war das letzte am Weg, kaum mehr als eine Hülse; alle Innenwände waren herausgerissen, nur die nackten Balken standen noch. Die Fenster waren bereits mit Brettern vernagelt; auch das war ein Grund, weshalb Peter es ausgesucht hatte – das und die Tatsache, dass es am weitesten entfernt war. Hollis nahm die Stricke mit, die Peter aus der Scheune geholt hatte, und Michael und Greer holten eine Matratze aus einem der Nachbarhäuser. Jemand hatte die Laterne mitgebracht. Während Hollis die Stricke an die Tragbalken knotete, zog Peter sich bis zur Hüfte aus und legte sich auf den Rücken. Er war plötzlich sehr nervös; seine Sinne spielten verrückt, und sein Herz raste. Er schaute zu Greer auf. Es war eine stumme Abmachung zwischen ihnen: Wenn es so weit ist, zögere nicht.

Hollis schlang die Stricke um seine Hand- und Fußgelenke, und Peter lag mit ausgestreckten Armen und Beinen auf der Matratze, die nach Mäusen roch. Er atmete tief durch, um sich zu beruhigen.

»Sara, tu es jetzt.«

Sie hielt die Kassette mit dem Virus in der einen Hand und eine Spritze, noch in ihrer Plastikverpackung in der anderen. Er sah, dass ihre Hände zitterten.

»Du kannst das.«

Sie gab Michael die Kassette. »Bitte«, sagte sie flehentlich.

»Was soll ich damit?« Er hielt die Kassette weit von sich und wollte sie ihr zurückgeben. »Du bist die Krankenschwester.«

Peter platzte der Kragen. Wenn es noch länger dauerte, wäre es aus mit seinem Entschluss. »Könnte irgendjemand es jetzt bitte erledigen?«

»Ich mach's«, sagte Alicia.

Sie nahm Michael die Kassette aus der Hand und öffnete sie.

»Peter.«

»Was ist jetzt wieder? Himmel noch mal, Lish!«

Sie drehte die Kassette herum und zeigte sie ihm. »Dieser Kasten ist leer.«

Amy, dachte er. Amy, was hast du getan?

Sie fanden sie am Feuer, als sie gerade die letzte Ampulle in die Flammen warf. Baby Caleb lag an ihrer Schulter, in eine Decke gehüllt. Die Flüssigkeit in der Ampulle dehnte sich kochend aus und ließ das Glas mit einem zischenden Ploppen zerplatzen.

Peter hockte sich neben ihr auf den Boden. Er war so schockiert, dass er nicht einmal Zorn empfand. Er wusste nicht, was er überhaupt noch empfand. »Warum, Amy?«

Sie sah ihn nicht an, sondern starrte konzentriert ins Feuer, als wollte sie sich vergewissern, dass das Virus wirklich verbrannt war. Mit der freien Hand streichelte sie über das dunkle Haar des Babys.

»Sara hatte recht«, sagte sie schließlich. »Mir blieb nichts anderes übrig.«

Sie hob den Kopf, und als Peter ihren Blick sah, verstand er, was sie getan hatte – dass sie beschlossen hatte, ihm diese Bürde abzunehmen, ihnen allen, und dass es eine Gnade war.

»Es tut mir leid, Peter«, sagte Amy. »Aber es hätte dich werden lassen wie mich. Und das konnte ich nicht zulassen.«

Sie sprachen nie wieder von diesem Abend – von dem Virus, vom Feuer und von dem, was Amy getan hatte. Manchmal, wenn er sich unversehens daran erinnerte, hatte Peter das seltsame Gefühl, es sei alles ein Traum gewesen – oder, wenn nicht das, doch etwas Ähnliches mit der Unausweichlichkeit eines Traums. Und

allmählich kam er zu der Überzeugung, dass die Vernichtung des Virus letzten Endes nicht die Katastrophe war, die er befürchtet hatte, sondern ein weiterer Schritt auf dem Weg, den sie zusammen gehen würden, und dass er nicht wissen konnte und auch nicht zu wissen brauchte, was vor ihnen lag. Wie Amy selbst war es etwas, das er guten Glaubens annehmen musste.

Am Morgen ihrer Abreise stand Peter mit Michael und Theo auf der Veranda und sah zu, wie die Sonne aufging. Sein Bruder hatte die Schiene endlich ablegen können. Er konnte gehen, aber er hinkte stark und ermüdete schnell. Unter ihnen waren Hollis und Sara dabei, die letzten Sachen in den Humvee zu laden. Amy war noch bei Maus, die Caleb ein letztes Mal stillte, bevor sie aufbrachen.

»Weißt du«, sagte Theo, »ich habe das Gefühl, wenn wir je hierher zurückkämen, wäre es genau so, wie es jetzt ist. Als wäre es eine Welt für sich. Als verginge hier nie wirklich die Zeit.«

»Vielleicht kommst du irgendwann zurück«, sagte Peter.

Theo schwieg und ließ den Blick über die staubige Straße wandern.

»Ach, zum Teufel, Bruder.« Er schüttelte den Kopf. »Ich weiß es nicht. Aber es ist eine schöne Vorstellung.«

Amy und Mausami kamen aus dem Haus, und alle versammelten sich um den Humvee. Wieder ein Aufbruch, wieder ein Abschied. Umarmungen, gute Wünsche, Tränen. Sara stieg auf den Fahrersitz, Hollis setzte sich neben sie, Theo und Mausami richteten sich mit ihrem Gepäck hinter ihnen ein. Im Laderaum des Humvee waren auch die Dokumente, die Peter von Lacey bekommen hatte. Gebt sie dem, der das Kommando hat, hatte Peter gesagt. Wer immer das ist.

Amy streckte sich in den Wagen, um Baby Caleb ein letztes Mal zu umarmen. Als Sara den Motor startete, trat Greer an das offene Seitenfenster.

»Denkt daran, was ich gesagt habe. Vom Treibstoffdepot geradewegs nach Süden auf dem Highway 191. In Eagar solltet ihr

auf die Route 60 stoßen. Das ist die Straße nach Roswell; sie führt direkt zur Garnison. Ungefähr alle hundert Kilometer gibt es befestigte Bunker. Ich habe sie auf Hollis' Karte markiert. Achtet einfach auf die roten Kreuze – ihr könnt sie nicht übersehen. Keinerlei Komfort, aber ihr könnt euch dort versorgen. Sprit, Munition, alles, was ihr braucht.«

Sara nickte. »Verstanden.«

»Und haltet euch fern von Albuquerque. Da wimmelt es nur so von ihnen. Hollis? Augen überall.«

Der große Mann auf dem Beifahrersitz nickte. »Augen überall, Major.«

Greer trat zurück und machte Platz für Peter.

»Tja«, sagte Sara. »Das war's dann wohl.«

»Ja.«

»Pass auf Michael auf, okay?« Sie schniefte und wischte sich über die Augen. »Er braucht … einen Aufpasser.«

»Du kannst dich darauf verlassen.« Peter langte in den Wagen, schüttelte Hollis die Hand und wünschte ihm viel Glück. Dann rief er nach hinten: »Theo? Maus? Alles in Ordnung bei euch?«

»Besser wird's nicht, Bruder. Wir sehen uns in Kerrville.«

Peter trat zurück. Sara legte den Gang ein, wendete in weitem Bogen und fuhr langsam die Straße hinunter. Die fünf – Peter, Alicia, Michael, Greer und Amy – standen schweigend da und schauten ihnen nach. Eine wallende Staubwolke, verhallendes Motorgeräusch, und sie waren fort.

»So«, sagte Peter schließlich. »Der Tag wird nicht jünger.«

»Ist das ein Witz?«, fragte Michael.

Peter zuckte die Achseln. »Ich glaube, es war einer.«

Sie holten ihre Rucksäcke und setzten sie auf. Als Peter sein Gewehr vom Boden aufhob, sah er, dass Amy immer noch auf der Veranda stand und der verwehenden Staubwolke nachschaute.

»Amy? Was ist?«

Sie drehte sich zu ihm um. »Nichts«, sagte sie. »Ich denke, sie werden es schaffen.« Sie lächelte. »Sara ist eine gute Fahrerin.«

Es gab nichts weiter zu sagen; der Augenblick des Abmarschs war gekommen. Die Morgensonne war über dem Tal heraufgestiegen. Wenn alles gut ginge, würden sie irgendwann im Hochsommer Kalifornien erreichen.

Sie machten sich auf den Weg.

73

In der schimmernden Ferne sahen sie es: ein riesiges Feld von Rotoren, die sich im Wind drehten.

Die Turbinen.

Sie hatten den Weg durch die Wüsten genommen, durch heiße, trockene Gegenden, waren untergekrochen, wo es ging, und dort, wo es nicht ging, hatten sie ein Feuer angezündet und die Nacht abgewartet. Einmal, nur ein einziges Mal, hatten sie lebende Virals gesehen, einen Dreierschwarm. Das war in Arizona gewesen, in einer Gegend, die als »Painted Desert« auf der Karte verzeichnet war. Die Kreaturen hingen kopfüber an den Stahlträgern einer Brücke und dösten im Schatten. Amy hatte sie gespürt. Überlass sie mir, hatte Alicia gesagt.

Sie hatte alle drei erledigt, mit dem Messer. Die anderen waren dazugestoßen, als sie gerade die Klinge aus der Brust des letzten zog. Die Virals hatten schon angefangen zu qualmen. War ganz einfach, sagte Alicia. Anscheinend hatten sie gar nicht gewusst, was sie war. Vielleicht hatten sie sie für einen Viral gehalten.

Sie fanden noch andere. Kadaver, klägliche Überreste. Die Umrisse eines geschwärzten Brustkorbs, die zerbröselnden aschgrauen Knochen einer Hand oder eines Schädels, ein Fleck auf einem Stück Asphalt, wie von etwas Angebranntem in einer Pfanne. Die meisten lagen nicht weit entfernt von den Gebäuden, in denen sie

geschlafen und die sie dann verlassen hatten, um sich in die Sonne zu legen und zu sterben.

Peter und die anderen hatten um Las Vegas einen weiten Bogen gemacht. Sie nahmen zwar an, dass die Stadt leer war, wollten jedoch auf Nummer sicher gehen. Inzwischen war es richtig Sommer geworden, und die schattenlosen Tage waren lang und brutal. Sie wollten so schnell wie möglich nach Hause. Und jetzt standen sie vor dem Kraftwerk. Das Tor im Zaun war offen. Michael nahm sich die Eingangsluke vor. Er schraubte die Stahlplatte vor dem Schloss ab und löste die Zuhaltungen mit der Spitze seines Messers.

Peter ging als Erster hinein. Ein helles metallisches Klacken unter seinen Sohlen – er wischte sich den Schweiß aus den Augen und bückte sich, um zu sehen, was es war. Patronenhülsen.

Die Wände an der Treppe waren völlig zerschossen, und die Stufen waren von Betonbrocken übersät. Die Lampe war zerschmettert. Alicia kam herein und nahm in der kühlen Dunkelheit ihre Sonnenbrille ab. Dunkelheit war kein Problem für sie. Peter und die anderen warteten, während sie mit dem Gewehr im Anschlag in den Kontrollraum hinunterstieg. Dann hörten sie ihren Pfiff: Alles klar.

Als sie unten ankamen, hatte Lish schon eine Laterne gefunden und den Docht angezündet. Der Raum war verwüstet. Der lange Tisch in der Mitte lag auf der Seite; offensichtlich hatte er als Deckung gedient. Auch hier war der Boden übersät mit Patronenhülsen und leeren Magazinen. Aber die Steuertafel selbst schien noch intakt zu sein: Die elektrischen Anzeigen leuchteten. Sie gingen weiter zu den Lagerräumen und Unterkünften.

Niemand. Keine Leichen.

»Amy«, sagte Peter, »weißt du, was hier passiert ist?«

Wie alle anderen betrachtete sie das Ausmaß der Zerstörung mit stummer Ratlosigkeit.

»Nicht? Du fühlst nichts?«

Sie schüttelte den Kopf. »Ich glaube … das haben Menschen getan.«

Das Regal vor der Wand, hinter dem die Gewehre versteckt

gewesen waren, war abgerückt, und die Gewehre waren ebenfalls verschwunden. Was hatte sich hier abgespielt? Ein Kampf – doch wer hatte gegen wen gekämpft? Hunderte Patronen waren im Korridor und im Kontrollraum abgefeuert worden und weitere in der Unterkunft, die ein Trümmerhaufen war. Wo waren die Toten? Wo war das Blut?

»Tja, Strom gibt es noch«, verkündete Michael, der sich an das Steuerpult gesetzt hatte. Sein Haar fiel ihm inzwischen bis auf die Schultern. Seine Haut war bronzebraun von der Sonne und windgegerbt, und sie schälte sich auf den Wangenknochen. Er tippte auf der Tastatur und betrachtete die Zahlen, die über den Monitor liefen. »Die Diagnostik lässt kein Problem erkennen. Eigentlich müsste reichlich Saft den Berg hinauffließen. Es sei denn ...« Er brach ab und klopfte mit einem Finger an seine Lippen. Dann fing er wieder an, wie rasend zu tippen, sprang auf, um die Anzeigen über seinem Kopf abzulesen, und setzte sich wieder hin. Mit einem langen Fingernagel klopfte er an den Monitor. »Hier.«

»Michael, erzähl's uns einfach«, sagte Peter.

»Das ist das Backup-Log des Systems. Jede Nacht, wenn die Akkus auf unter vierzig Prozent sinken, schicken sie ein Signal hierher und fordern mehr Strom an. Alles komplett automatisiert – man sieht nicht, wie es passiert. Zum ersten Mal ist es vor sechs Jahren passiert, und seitdem ungefähr jede Nacht. Bis jetzt. Bis vor ... mal sehen ... bis vor dreihundertdreiundzwanzig Zyklen.«

»Zyklen.«

»Tagen, Peter.«

»Michael, ich habe keine Ahnung, was das bedeutet.«

»Es bedeutet, dass entweder jemand eine Möglichkeit gefunden hat, die Akkus wieder aufzumöbeln, was ich ernsthaft bezweifeln möchte – oder dass sie keinen Strom mehr beziehen.«

Alicia runzelte die Stirn. »Das ergibt keinen Sinn. Warum sollten sie das nicht tun?«

Michael zögerte, und Peter sah die Antwort in seinem Gesicht. »Weil jemand das Licht abgeschaltet hat.«

Sie verbrachten eine ruhelose Nacht im Kraftwerk und zogen am nächsten Morgen weiter. Gegen Halbtag hatten sie Banning hinter sich gelassen und den Aufstieg begonnen. Als sie im Schatten einer hohen Kiefer rasteten, wandte Alicia sich an Peter.

»Nur für den Fall, dass Michael sich irrt und wir verhaftet werden: Ich werde sagen, dass ich diese Männer getötet habe. Das sollst du wissen. Was immer dann kommt, werde ich auf mich nehmen, aber dich sollen sie nicht bekommen. Und Amy oder Akku werden sie nicht anrühren.«

Damit hatte er mehr oder weniger gerechnet. »Lish, das brauchst du nicht zu tun. Ich glaube auch nicht, dass Sanjay jetzt noch etwas unternehmen wird.«

»Vielleicht nicht. Ich will nur, dass es klar ist. Und es war auch keine Bitte. Verhalt dich einfach dementsprechend. Greer? Verstanden?«

Der Major nickte.

Doch ihre Ankündigung war überflüssig. Sie wussten es, als sie die letzte Kehre über der Oberen Weide erreicht hatten. Sie konnten die Mauer jetzt sehen. Sie ragte zwischen den Bäumen auf. Die Feuerposten waren verwaist, und von der Wache war keine Spur. Eine gespenstische Stille hing über dem Ort. Das Tor stand offen und war unbewacht.

Die Kolonie war leer.

Sie fanden zwei Leichen.

Die erste war Gloria Patel. Sie hatte sich im Großen Raum in der Zuflucht erhängt, zwischen leeren Betten und Pritschen. Sie war auf eine hohe Trittleiter gestiegen und hatte den Strick an einem Deckenbalken in der Nähe der Tür befestigt. Die Leiter lag jetzt unter ihren Füßen auf dem Boden. Es sah aus, als hätte sie sich gerade eben erst die Schlinge um den Hals gelegt und die Leiter weggestoßen.

Die andere Tote war Auntie. Peter war es, der sie fand. Sie saß auf einem Küchenstuhl auf der kleinen Lichtung vor ihrem Haus.

Sie war schon seit Monaten tot, das konnte er sehen, aber ihr Äußeres war kaum verändert. Nur als er die Hand auf ihrem Schoß berührte, spürte er die kalte Starre des Todes. Ihr Kopf war nach hinten geneigt, und ihr Gesicht sah friedlich aus, als wäre sie einfach eingeschlafen. Er wusste, sie war herausgekommen, als es dunkel geworden war und die Scheinwerfer nicht angingen. Sie hatte einen Stuhl in den Garten getragen und sich hingesetzt und die Sterne angeschaut.

»Peter.« Alicia berührte seinen Arm, als er noch vor der Toten kauerte. »Peter, was willst du jetzt tun?«

Gewaltsam riss er den Blick von Auntie los, und erst jetzt merkte er, dass er Tränen in den Augen hatte. Die anderen standen wie stumme Zeugen hinter Alicia.

»Wir sollten sie hier beerdigen. Bei ihrem Haus, in ihrem Garten.«

»Das werden wir tun«, sagte Alicia behutsam. »Ich meinte die Scheinwerfer. Es wird bald dunkel. Michael sagt, wir haben genug Strom.«

Er blickte an ihr vorbei zu Michael hinüber, und der nickte.

»Okay«, sagte er.

Sie schlossen das Tor und versammelten sich auf dem Sonnenfleck – alle außer Michael, der ins Lichthaus gegangen war. Es fing an zu dämmern, und der Himmel färbte sich violett. Alles war wie in einem Schwebezustand; nicht einmal die Vögel sangen. Mit einem hörbaren Plopp strahlte das Flutlicht auf und übergoss sie alle mit grellem, endgültigem Gleißen.

Michael erschien. »Für diese Nacht dürften wir in Sicherheit sein.«

Peter nickte. Eine Zeitlang schwiegen sie alle im Angesicht einer unausgesprochenen Wahrheit: Noch eine Nacht, und die Lichter der Ersten Kolonie würden für immer erlöschen.

»Und was jetzt?«, fragte Alicia.

In der Stille spürte Peter jeden seiner Freunde. Alicia, deren Mut ein Teil von ihm war. Michael, der rank und schlank geworden

war, ein Mann. Greer mit seiner weisen, soldatischen Haltung. Und Amy. Er dachte an all das, was er gesehen hatte, und an die, die gestorben waren – nicht nur die, die er gekannt hatte, sondern auch alle anderen –, und er wusste, wie die Antwort lautete.

»Jetzt«, sagte er, »ziehen wir in den Krieg.«

74

Amy schlich sich allein aus dem Haus, kurz vor dem Morgengrauen. Es war das Haus der Frau namens Auntie, die gestorben war. Sie hatten sie in die Steppdecke von ihrem Bett eingewickelt und dort begraben, wo sie gesessen hatte. Peter hatte ihr ein Foto aus ihrem Schlafzimmer auf die Brust gelegt. Der Boden war hart, und sie hatten stundenlang graben müssen, und als sie fertig waren, hatten sie beschlossen, hier zu übernachten. Das Haus der Frau, hatte Peter gesagt, sei so gut wie jedes andere. Er hatte ein eigenes, das wusste Amy, aber da wollte er anscheinend nicht hin.

Peter war fast die ganze Nacht aufgeblieben; er hatte in der Küche der alten Frau gesessen und in ihrem Buch gelesen. Blinzelnd hatte er im Licht der Laterne die Seiten mit ihrer kleinen säuberlichen Handschrift umgeblättert. Er hatte sich eine Tasse Tee aufgebrüht, aber er trank ihn nicht; er stand unberührt und über der Lektüre vergessen neben ihm auf dem Tisch.

Endlich war Peter schlafen gegangen, genau wie Michael und Greer, die nach Halbnacht die Wache mit Alicia getauscht hatten. Alicia war immer noch oben auf der Mauer. Amy trat hinaus auf die Veranda und hielt die Tür fest, damit sie nicht hinter ihr zuschlug. Der Boden unter ihren Füßen war kühl vom Tau und von einem weichen Polster aus Kiefernnadeln bedeckt. Ohne Mühe fand sie den Tunnel, der unter der Hauptleitung nach draußen

führte. Sie ließ sich durch die Luke hineinfallen und rutschte hindurch.

Sie spürte ihn schon seit Tagen, Wochen, Monaten. Das wusste sie jetzt. Sie hatte ihn jahrelang gespürt, schon von Anfang an. Seit Milagro und dem Tag des Nichtsprechens, seit dem großen Boot und lange vorher, durch all die Jahre der Zeit, die sich in ihr dehnten. Den, der ihr folgte, der immer in der Nähe war, dessen Trauer die Trauer war, die sie in ihrem Herzen fühlte. Trauer, weil er sie vermisste.

Sie gingen immer nach Hause, und zu Hause war dort, wo Amy war.

Sie kletterte aus dem Tunnel. Der Morgen würde gleich dämmern; der Himmel war schon fahl, und die Dunkelheit um sie herum löste sich auf wie Dunst. Sie ging weg von der Mauer und in den Schutz der Bäume, und dort schloss sie die Augen und sandte ihre Gedanken aus.

– Komm zu mir. Komm zu mir.

Stille.

– Komm zu mir, komm zu mir, komm zu mir.

Dann spürte sie es: ein Rascheln. Sie hörte es nicht, sie fühlte es, es glitt über sie hinweg, über jeden Teil ihres Körpers, und küsste sie wie ein Windhauch. Die Haut an ihren Händen, ihrem Hals, ihrem Gesicht, die Kopfhaut unter ihrem Haar, die Spitzen ihrer Wimpern. Ein sanfter Wind der Sehnsucht, der ihren Namen wisperte.

Amy.

– Ich wusste, dass du hier bist, sagte sie und weinte, wie er in seinem Herzen weinte, weil seine Augen keine Tränen hatten. – Ich wusste, dass du hier bist.

Amy, Amy, Amy.

Sie öffnete die Augen und sah, dass er vor ihr hockte. Sie ging einen Schritt auf ihn zu und berührte sein Gesicht, wo die Tränen gewesen wären, und sie schlang die Arme um ihn. Und als sie ihn umschlungen hielt, spürte sie seinen Geist in sich, anders als all

die anderen, die sie in sich trug, denn es war auch ihr eigener. Die Erinnerungen durchströmten sie wie eine Wasserflut. Erinnerungen an ein Haus im Schnee und einen See und ein Karussell mit Lichtern und das Gefühl seiner großen Hand, die ihre umschloss in einer Nacht, als sie zusammen unter dem Dach des Himmels dahinschwebten.

– Ich wusste es, ich wusste es. Ich wusste es immer. Du warst derjenige, der mich liebte.

Der Morgen zog über den Berg herauf. Die Sonne strahlte ihnen entgegen, eine Klinge aus Licht über der Erde. Sie hielt ihn im Arm, solange es ging; hielt ihn fest in ihrem Herzen. Alicia war oben auf der Mauer und beobachtete sie. Das wusste Amy, aber es war nicht wichtig. Was sie da beobachtete, würde ein Geheimnis zwischen ihnen bleiben, etwas, das sie wussten, ohne je darüber zu sprechen. Genau wie Peter und das, was er war. Denn auch das, glaubte Amy, wusste Alicia.

– Erinnere dich, sagte sie zu ihm. Erinnere dich.

Doch er war fort; ihre Arme griffen ins Leere. Wolgast stieg auf und flog davon.

Licht bebte zwischen den Bäumen.

Nachschrift

Roswell Road

Aus dem Tagebuch der Sara Fisher (»Das Buch Sara«)
Vorgelegt auf der Dritten Internationalen Tagung zur Nordamerikanischen Quarantäneperiode
Zentrum zur Erforschung menschlicher Kulturen und Konflikte
University of New South Wales, Indoaustralische Republik
16. – 21. April 1003 n.V.

Tag 268

Drei Tage, seit wir die Farm verlassen haben. Heute Morgen kurz nach Sonnenaufgang haben wir New Mexico erreicht. Die Straße ist in sehr schlechtem Zustand, aber Hollis ist sicher, dass es die Route 60 ist. Flaches, weites Gelände, aber im Norden können wir Berge sehen. Ab und zu steht ein großes leeres Schild am Straßenrand, überall sind verlassene Autos, und manche versperren den Weg, sodass wir nur langsam vorankommen. Das Baby ist unruhig und schreit. Ich wünschte, Amy wäre hier, um es zu beruhigen. Die letzte Nacht mussten wir im Freien verbringen, und deshalb sind alle erschöpft und fauchen einander an, sogar Hollis. Allmählich machen wir uns wieder Sorgen wegen des Benzins. Wir haben nur noch das, was im Tank ist, und einen Extrakanister. Hollis meint, bis Roswell sind es noch fünf Tage, vielleicht sechs.

Tag 269

Die Stimmung bessert sich. Heute haben wir das erste Kreuz gesehen, einen großen roten Klecks an einem fünfzig Meter hohen Getreidesilo. Maus war oben auf dem Wagendach und hat es als Erste gesehen. Alle fingen an zu jubeln. Wir verbringen die Nacht in einem Betonbunker direkt dahinter. Hollis vermutet, es war früher eine Art Pumpwerk. Dunkel, klamm, und überall Rohre. In Tonnen lagert dort Dieselöl, wie Greer es gesagt hat. Wir haben welches abgezapft und in den Humvee geschüttet, bevor wir uns für die Nacht eingeschlossen haben. Es gibt keine Schlafgelegenheiten, nur den harten Zementboden, aber wir sind jetzt so nah bei Albuquerque, dass niemand im Freien schlafen möchte.

Seltsam und schön, mit einem Baby in einem Raum zu schlafen und die kleinen Geräusche zu hören, die es macht, selbst wenn es schläft. Ich habe Hollis die Neuigkeit noch nicht erzählt; ich will erst sicher sein. Halb glaube ich, er weiß es schon. Wie kann er es nicht wissen? Es steht mir sicher im Gesicht geschrieben. Immer wenn ich daran denke, kann ich nicht aufhören zu lächeln. Heute Abend habe ich Maus dabei ertappt, wie sie mich anstarrte, als wir den Sprit zum Wagen brachten. Was ist?, habe ich gefragt. Was starrst du so? Und sie hat gesagt: Nur so. Aber wenn du was brauchst, sagst du es mir, ja, Sara? Ich habe so unschuldig wie möglich geguckt, und das war nicht einfach. Nein, habe ich gesagt, was redest du denn da, und sie hat gelacht und gesagt, na okay, mir soll's recht sein.

Ich weiß nicht, warum ich das denke, aber wenn es ein Junge ist, will ich ihn Joe nennen, und wenn es ein Mädchen ist, soll sie Kate heißen. Nach meinen Eltern. Seltsam, aber wenn man über etwas glücklich ist, kann einen das genauso traurig über etwas anderes machen.

Wir denken alle an die anderen, und wir hoffen, es geht ihnen gut.

Tag 270

Heute Morgen lauter Fußspuren rings um den Humvee. Sieht aus, als wären es drei gewesen. Wieso sie nicht versucht haben, in den Bunker einzudringen, ist uns ein Rätsel. Sie haben uns sicher gewittert. Hoffentlich haben wir noch genug Zeit, uns zu verbarrikadieren, wenn wir heute nach Soccoro kommen.

Tag 270 (noch einmal)

Soccoro. Hollis ist ziemlich sicher, dass die Bunker Teil einer alten Gas-Pipeline sind. Wir haben für die Nacht alles dicht gemacht. Jetzt warten wir [unleserlich]

Tag 271

Sie waren wieder da. Mehr als drei, viel mehr. Wir haben die ganze Nacht gehört, wie sie an den Wänden des Bunkers gescharrt haben. Heute Morgen überall Spuren, zu viele, um sie zu zählen. Die Frontscheibe des Humvee war eingeschlagen und fast alle Seitenfenster. Was wir im Wagen gelassen hatten, war überall auf dem Boden verstreut, zerschlagen und zerfetzt. Ich fürchte, es ist nur eine Frage der Zeit, wann sie versuchen, in einen der Bunker einzudringen. Ob die Riegel an den Türen dann halten? Caleb schreit die halbe Nacht, egal, was Maus mit ihm anstellt. Wo wir sind, ist kein Geheimnis. Was mag sie hindern?

Jetzt ist es ein Wettrennen. Das wissen alle. Heute fahren wir quer durch das Raketentestgelände White Sands zu dem Bunker in Carrizozo. Ich möchte es Hollis erzählen, aber ich tue es nicht. Ich kann es einfach nicht, nicht so. Ich werde warten, bis wir in der Garnison sind. Das soll uns Glück bringen.

Ob das Baby weiß, wie viel Angst ich habe?

Tag 272

Heute Nacht keine Sichtung. Alle sind erleichtert. Hoffentlich haben wir sie abgehängt.

Tag 273

Der letzte Bunker vor Roswell. Ein Ort namens Hondo. Ich fürchte, das wird mein letzter Eintrag werden. Den ganzen Tag über sind sie uns gefolgt, im Schutz der Bäume. Wir hören sie draußen, und dabei wird es gerade erst Abend. Caleb will einfach nicht still sein. Maus hält ihn nur noch auf dem Arm, und er schreit und schreit. Sie wollen Caleb, sagt sie immer wieder. Sie wollen Caleb.

O Hollis. Es tut mir so leid, dass wir die Farm verlassen haben. Ich wünschte, wir hätten es haben können, dieses Leben. Ich liebe dich ich liebe dich ich liebe dich.

Tag 275

Ich sehe mir an, was ich zuletzt geschrieben habe, und ich kann nicht fassen, dass wir noch leben, dass wir diese furchtbare Nacht irgendwie hinter uns gebracht haben.

Die Virals haben nicht angegriffen. Als wir heute Morgen die Tür aufmachten, lag der Humvee auf der Seite in einer Lache von Flüssigkeit. Er sah aus wie ein großer Vogel, der mit gebrochenen Flügeln auf die Erde gestürzt war. Der Motor ist irreparabel zerschmettert. Die Haube lag hundert Meter weiter weg. Sie hatten die Reifen abgerissen und zerfetzt. Wir hatten Glück, dass wir die Nacht überstanden haben, aber jetzt hatten wir kein Fahrzeug mehr. Nach der Karte waren es noch fünfzig Kilometer bis zur Garnison. Möglich – aber Theo würde es niemals schaffen. Maus wollte bei ihm bleiben, aber natürlich hat er nein gesagt, und keiner von uns hätte es zugelassen. Wenn sie uns letzte Nacht nicht umgebracht haben, sagte Theo, dann stehe ich

sicher auch noch eine durch, wenn es sein muss. Marschiert los und nutzt das Tageslicht aus, und wenn ihr da seid, schickt ein Fahrzeug her. Aus einem Stück Seil und einem Fetzen von einem Sitzpolster hat Hollis eine Schlinge für Caleb gemacht, in der Maus ihn tragen kann, und dann hat Theo die beiden zum Abschied geküsst und die Tür zugeschlagen und die Riegel vorgeschoben, und wir sind losmarschiert. Wir haben nur Wasser und unsere Gewehre mitgenommen.

Wie sich herausstellte, waren es mehr als fünfzig Kilometer, viel mehr. Die Garnison war auf der anderen Seite der Stadt. Aber das machte nichts, denn kurz nach Halbtag wurden wir von einer Patrouille aufgelesen. Es war ausgerechnet Lieutenant Eustace. Er war so was von verblüfft, als er uns sah. Sie haben jetzt einen Humvee zurück zum Bunker geschickt, und wir sind alle heil und gesund hinter den Mauern der Garnison.

Ich schreibe dies im Essenszelt für Zivilisten (es gibt drei Messen, eine für Mannschaften, eine für Offiziere und eine für zivile Arbeiter). Alle anderen sind schon ins Bett gegangen. Der Kommandant hier heißt Crukshank. Ein General wie Vorhees, aber damit hört die Ähnlichkeit auch schon auf. Bei Vorhees konnte man sehen, dass hinter all der militärischen Strenge ein fröhlicher Mensch steckte, aber Crukshank sieht aus wie ein Mann, der in seinem Leben noch kein Lächeln zustande gebracht hat. Außerdem habe ich den Eindruck, dass Greer einen ziemlichen Ärger hat, und das scheint Auswirkungen auf uns alle zu haben. Morgen früh um sechs sind wir zur Nachbesprechung bestellt, und dann können wir die ganze Geschichte erzählen. Im Vergleich zur Garnison Roswell erscheint die in Colorado mickrig. Ich schätze, sie ist fast so groß wie die Kolonie, und sie hat gigantische Betonmauern mit Stahlstreben, die in den Exerzierplatz hineinreichen. Wenn ich sie beschreiben soll, kann ich nur sagen, sie sieht aus wie eine nach innen gestülp-

te Spinne. Ein Meer von Zelten und festen Gebäuden. Den ganzen Abend über sind Fahrzeuge hereingekommen – riesige Tanklaster und Fünftonner mit Männern und Gewehren und Kisten und mit Reihen von Scheinwerfern auf den Kabinendächern. Die Luft ist erfüllt von Motorengedröhn, Dieselqualm und den sprühenden Funken der Fackeln. Morgen werde ich das Krankenrevier suchen und sehen, ob ich mich dort nützlich machen kann. Es sind noch andere Frauen hier, nicht viele, aber ein paar, und die meisten gehören zum Sanitätskorps. Solange wir uns in den zivilen Bereichen aufhalten, können wir uns frei bewegen.

Der arme Hollis. Er war so geschafft, dass ich keine Gelegenheit hatte, es ihm zu erzählen. So wird dies die letzte Nacht sein, in der ich mit meinem Geheimnis allein bin, bevor jemand davon erfährt. Ich frage mich, ob es hier jemanden gibt, der uns verheiraten kann. Vielleicht der Kommandant. Aber Crukshank scheint mir nicht der Typ zu sein, und vielleicht sollte ich auch besser warten, bis Michael mit uns zusammen in Kerrville ist. Er sollte derjenige sein, der mich meinem Mann übergibt. Es wäre nicht fair, es ohne ihn zu tun.

Ich müsste erschöpft sein, aber ich bin es nicht. Ich bin viel zu aufgedreht, um zu schlafen. Wahrscheinlich bilde ich es mir ein, aber wenn ich die Augen schließe und ganz still sitze, dann könnte ich schwören, ich fühle das Baby in mir. Nicht dass es sich bewegt – so nicht, dazu ist es noch viel zu früh. Es ist nur eine warme und hoffnungsvolle Anwesenheit, diese neue Seele, die ich in meinem Körper trage und die darauf wartet, zur Welt zu kommen. Ich fühle mich … wie sagt man? Glücklich. Ich fühle mich glücklich.

Draußen wird geschossen. Ich werde nachsehen.

*****************ENDE DES DOKUMENTS*************

Geborgen auf dem Gelände Roswell (»Roswell-Massaker«)
Abschnitt 16, Marker 267
33,39 N, 104,53 W
2. Schicht, Tiefe 2,1 Meter
Katalognummer BL 1894.02

Danksagung

Für die Fürsprache, die Ermunterung, den Rat, die Inspiration, das Fachwissen, die Freundschaft, die Kameradschaft, die Geduld, die Zuflucht, die Unterstützung und dafür, dass sie mich bei der Stange gehalten haben, danke ich: Ellen Levine und Claire Roberts bei der Trident Media Group; Mark Tavani and Libby McGuire bei Ballantine Books; Gina Centrello, Vorsitzende der Random House Publishing Group; Bill Massey bei Orion; den eindrucksvollen Presse-, Marketing- und Verkaufsteams bei Ballantine und Orion; Rich Green bei der Creative Artists Agency; Michael Ellenberg und Ridley Scott bei Scott Free Productions; Rodney Ferrell und Elizabeth Gabler bei Fox 2000; meinen brillanten und unerschrockenen Lesern Jenny Smith, Tom Barbash, Jennifer Vanderbes und Ivan Strausz; meinen vielen wunderbaren Kollegen und Studenten an der Rice University; Bonnie Thompson; John Logan; Alex Parsons; Andrea White und dem House of Fiction; ACC, dem besten Jungen aller Zeiten; IAC, dem Mädchen, das die Welt rettete; Leslie, Leslie, Leslie.

Es ist nicht vorbei …

Wenn Sie wissen wollen, wie die Geschichte von Amy weitergeht, finden Sie im Anhang eine Leseprobe aus Band zwei der großen Passage-Trilogie von Justin Cronin:

FEAR THE DARK
Die Zwölf bedrohen die Welt –
und nur Amy kann sie besiegen

1

Waisenhaus der Barmherzigen Schwestern, Kerrville, Texas

Später, nach Abendbrot und Gebet, nach dem Baden, wenn es Badeabend war, und nach den letzten Verhandlungen über den Abschluss des Tages (*Bitte, Schwester, können wir nicht noch ein bisschen länger aufbleiben? Bitte, nur noch eine Geschichte?*), wenn die Kinder endlich eingeschlafen waren und alles sehr still war, betrachtete Amy sie in ihren Betten. Das verstieß gegen keine Regel; die Schwestern waren an ihre nächtlichen Wanderungen gewöhnt. Wie ein Geist huschte sie von einem stillen Zimmer zum anderen und wehte zwischen den Reihen der Betten auf und ab, in denen die Kinder selig schliefen. Die Ältesten waren dreizehn, bereit zum Schritt ins Erwachsenenalter, die Jüngsten noch Babys. Jedes hatte seine Geschichte, und sie war immer traurig. Viele waren Drittlinge, vor dem Waisenhaus ausgesetzt von Eltern, die die Steuer nicht zahlen konnten. Andere Opfer noch grausamerer Umstände: die Mutter im Kindbett gestorben oder unverheiratet, eine Schmach, die viele nicht ertragen konnten; der Vater verschwunden in den dunklen Winkeln der Stadt oder gefallen vor der Mauer. Die Herkunft der Kinder war unterschiedlich, aber ihr Schicksal würde immer das gleiche sein. Die Mädchen würden in den Orden eintreten, wo sie ihre Tage mit Gebet und Kontemplation verbringen und für die Kinder sorgen würden, die sie selbst einmal gewesen waren, und die Jungen würden Soldaten werden, Angehörige der

Expeditionsstreitkräfte, und ihr Gelübde würde von anderer Art, doch nicht weniger bindend sein.

Aber in ihren Träumen waren sie Kinder – immer noch Kinder, dachte Amy. Ihre eigene Kindheit war die fernste von allen Erinnerungen in ihr; unendlich weit weg. Doch wenn sie diese schlafenden Kinder betrachtete und sah, wie deren geschlossene Augen im Traum flatterten, rückte sie wieder näher heran – die Erinnerung an eine Zeit, in der Amy selbst ein kleines Wesen in der Welt gewesen war und in ihrer Unschuld nichts geahnt hatte von dem, was vor ihr lag, von der allzu langen Reise ihres Lebens. Die Zeit war eine endlose Weite in ihr, zu viele Jahre waren seither vergangen, als dass sie das eine noch vom anderen hätte unterscheiden können. Vielleicht also wanderte sie deshalb zwischen ihnen umher: um sich zu erinnern.

Caleb war es, dessen Bett sie sich bis zuletzt aufhob, denn er würde auf sie warten. Baby Caleb – obwohl er kein Baby mehr war, sondern ein Junge von fünf Jahren, stramm und energisch wie alle Kinder, voller Überraschungen, Humor und verblüffender Offenheit. Von seiner Mutter hatte er die hohen, scharf gemeißelten Wangenknochen und die olivfarbene Haut ihres Klans. Von seinem Vater den unnachgiebigen Blick, das dunkle Staunen, das grobe schwarze Haar, kurzgeschoren wie eine Mütze, das früher, in der Kolonie, immer nur »Jaxon-Haar« geheißen hatte. Ein Amalgam physischer Elemente, ein Puzzle, zusammengesetzt aus Stücken seines Stammes. Sie sah sie in seinen Augen. Er war Mausami, er war Theo. Er war nur er selbst.

»Erzähl mir von ihnen.«

Immer, jeden Abend, das gleiche Ritual. Es war, als könnte der Junge nicht einschlafen, ohne eine Vergangenheit zu besuchen, an die er sich nicht erinnern konnte. Amy nahm ihren gewohnten Platz auf der Kante seiner Pritsche ein. Unter den Decken waren die Umrisse seines schlanken Kinderkörpers kaum zu sehen. Um sie herum zwanzig schlafende Kinder, ein Chor der Stille.

»Ja«, begann sie leise, »mal sehen. Deine Mutter war sehr schön.«

»Eine Kriegerin.«

»Ja.« Sie lächelte. »Eine schöne Kriegerin. Mit langen schwarzen Haaren, die sie zu einem Kriegerinnenzopf flocht.«

»Damit sie mit ihrem Bogen schießen konnte.«

»Richtig. Aber vor allem war sie eigensinnig. Weißt du, was es bedeutet, wenn jemand eigensinnig ist? Ich hab's dir schon gesagt.«

»Störrisch?«

»Ja. Aber auf gute Art. Wenn ich dir sage, du sollst dir vor dem Essen die Hände waschen, und du weigerst dich, dann ist das nicht gut. Das ist die falsche Art von Eigensinn. Ich will damit sagen, dass deine Mutter immer getan hat, was sie für richtig hielt.«

»Darum hat sie mich bekommen.« Er konzentrierte sich auf diese Worte. »Weil es … weil es richtig war, ein Licht in die Welt zu bringen.«

»Gut. Du weißt es noch. Erinnere dich immer daran, dass du ein helles Licht bist, Caleb.«

Ein warmes, glückliches Leuchten trat auf Calebs Gesicht. »Jetzt erzähl mir von Theo. Von meinem Vater.«

»Von deinem Vater?«

»Biiitteeee.«

Sie lachte. »Also gut. Dein Vater. Zunächst einmal war er sehr tapfer. Ein tapferer Mann. Er hat deine Mutter sehr geliebt.«

»Und traurig.«

»Stimmt, traurig war er auch. Aber gerade das machte ihn so tapfer, weißt du. Denn er tat das Tapferste, was es gibt. Weißt du, was das ist?«

»Hoffnung zu haben.«

»Ja. Hoffnung zu haben, wenn es scheinbar keine mehr gibt. Auch daran musst du dich immer erinnern.« Sie beugte sich über ihn und küsste seine Stirn, die feucht war von kindlicher Wärme. »Jetzt ist es spät. Zeit zum Schlafen. Morgen ist auch noch ein Tag.«

»Haben sie ... mich geliebt?«

Sie war verblüfft. Nicht über die Frage an sich – die hatte er schon viele Male gestellt –, sondern über seinen unsicheren Tonfall.

»Natürlich, Caleb. Das hab ich dir doch schon oft gesagt. Sie haben dich sehr geliebt. Sie lieben dich immer noch.«

»Weil sie im Himmel sind.«

»Richtig.«

»Wo wir alle zusammen sind, für immer. Da, wo die Seele hingeht.« Er zögerte und schaute weg. Dann flüsterte er: »Sie sagen, du bist sehr alt.«

»Wer sagt das, Caleb?«

»Weiß ich nicht.« Eingehüllt in seine Decken wie in einen Kokon zuckte er kaum merklich die Achseln. »Alle. Die anderen Schwestern. Ich hab gehört, wie sie reden.«

Darüber war noch nie gesprochen worden. Nach allem, was Amy wusste, kannte nur Schwester Peg die Geschichte.

»Na ja«, sagte sie und sammelte sich, »ich bin älter als du. Das weiß ich immerhin. Alt genug, um dir zu sagen, es ist Zeit zum Schlafen.«

»Ich sehe sie manchmal.«

Sie stutzte. »Caleb? Wie siehst du sie?«

Der Blick des Jungen war plötzlich nach innen gerichtet. »Nachts. Wenn ich schlafe.«

»Wenn du träumst, meinst du.«

Darauf hatte der Junge keine Antwort.

Sie berührte seinen Arm unter der Decke. »Ist schon gut, Caleb. Du kannst es mir sagen, wenn du so weit bist.«

»Es ist nicht dasselbe. Es ist nicht wie ein Traum.« Sein Blick kehrte zu ihrem Gesicht zurück. »Dich sehe ich auch, Amy.«

»Mich?«

»Aber du bist dann anders. Nicht, wie du jetzt bist.«

Sie wartete darauf, dass er noch mehr sagte. Doch es kam nichts mehr. Inwiefern anders?

»Sie fehlen mir«, sagte der Junge schließlich.

Sie nickte, und für den Augenblick ließ sie es durchgehen. »Ich weiß. Du wirst sie auch irgendwann wiedersehen. Aber vorläufig hast du mich. Du hast deinen Onkel Peter. Er wird bald nach Hause kommen, weißt du.«

»Mit den Expi-lions-Truppen.« Ein Ausdruck von Entschlossenheit trat in das Gesicht des Jungen. »Wenn ich groß bin, will ich Soldat werden wie Onkel Peter.«

Amy drückte ihm noch einen Kuss auf die Stirn und richtete sich auf. »Wenn du das werden willst, dann wirst du es auch werden. Und jetzt schlaf.«

»Amy?«

»Ja, Caleb?«

»Hat dich auch jemand so geliebt?«

Sie blieb am Bett des Jungen stehen, und die Erinnerungen brandeten über sie hinweg. Die Erinnerung an einen Frühlingsabend, an ein kreisendes Karussell und den Geschmack von Puderzucker. An einen See und an ein Haus im Wald und an das Gefühl einer großen Hand, die ihre eigene umschloss. Tränen stiegen ihr in die Kehle.

»Ich glaube, ja. Ich hoffe es zumindest.«

»Tut Onkel Peter es?«

Erschrocken runzelte sie die Stirn. »Wie kommst du darauf, Caleb?«

»Ich weiß nicht.« Der Junge zuckte ein bisschen verlegen die Achseln. »Die Art, wie er einen ansieht. Er lächelt immer.«

»Tja.« Sie tat ihr Bestes, sich nichts anmerken zu lassen. War da auch nichts? »Ich glaube, er lächelt, weil er sich freut, dich zu sehen. Jetzt wirst du schlafen. Versprochen?«

Sein Blick war ein Stöhnen. »Versprochen.«

Draußen strahlten die Scheinwerfer auf die Stadt herab. Die Helligkeit war nicht so total wie in der Kolonie; dazu war Kerrville viel zu groß. Es war eher eine Art Dämmerlicht, hell an den

Rändern und mit einer Krone aus Sternen. Amy schlich sich aus dem Hof und hielt sich im Schatten. Am Fuße der Mauer fand sie die Leiter. Sie versuchte nicht, ihren Aufstieg zu verheimlichen. Oben empfing sie der Posten, ein breitschultriger Mann mittleren Alters mit einem Gewehr quer vor der Brust.

»Was fällt dir ein?«

Aber mehr sagte er nicht. Als der Schlaf ihn überkam, ließ sie ihn auf den Laufgang sinken und lehnte ihn mit dem Gewehr auf dem Schoß an die Brüstung. Wenn er aufwachte, würde er sich nur bruchstückhaft und traumartig an sie erinnern. Ein Mädchen? Eine der Schwestern, im groben grauen Gewand des Ordens? Vielleicht würde er nicht von selbst aufwachen, sondern von einem seiner Kameraden gefunden und weggeschleppt werden, weil er auf dem Posten geschlafen hatte. Das bedeutete ein paar Tage Haft, mehr aber auch nicht. Und glauben würde ihm sowieso niemand.

Sie lief auf dem Laufsteg entlang bis zur leeren Beobachtungsplattform. Die Streife kam alle zehn Minuten vorbei; mehr Zeit hatte sie also nicht. Die Scheinwerfer ließen ihr helles Licht wie eine leuchtende Flüssigkeit über die Felder dort unten fließen. Amy schloss die Augen, wartete, bis ihr Kopf leer war, und schickte dann ihre Gedanken nach draußen, hoch hinaus über das Feld.

– Kommt zu mir.

– Kommt zu mir kommt zu mir kommt zu mir.

Sie glitten aus der Dunkelheit heran. Erst einer, dann noch einer und noch einer, eine leuchtende Phalanx, wo sie am Rande der Schatten kauerten. Und im Geiste hörte sie die Stimmen. Die Stimmen und die Frage:

Wer bin ich?

Sie wartete.

Wer bin ich wer bin ich wer bin ich?

Wie sehr sie ihn vermisste. Wolgast, den, der sie geliebt hatte. Wo bist du?, dachte sie, und das Herz tat ihr weh vor Einsamkeit, denn Nacht für Nacht, seit dieses Neue in ihr erwacht war, spürte sie seine Abwesenheit schmerzlich. Warum hast du mich

alleingelassen? Aber Wolgast war nirgendwo, nicht im Wind und nicht im Himmel, nicht in dem Geräusch, mit dem die Erde sich langsam drehte. Der Mann, der er war, war fort.

Wer bin ich wer bin ich wer bin ich wer bin ich wer bin ich wer bin ich?

Sie wartete solange wie möglich. Die Minuten tickten dahin. Dann näherten sich Schritte auf dem Laufsteg: der Posten.

– Ihr seid ich, sagte sie zu ihnen. Ihr seid ich. Jetzt geht.

Sie zerstoben in die Dunkelheit.

